BASTEI LÜBBE

Kathleen Winsor

AMBER

BASTEI
LÜBBE

BASTEI-LÜBBE-TASCHENBUCH
Band 10 002

1. Auflage 1972
2. Auflage 1974
3. Auflage 1975
4. Auflage 1976
5.–6. Auflage 1977
7. Auflage 1978
8. Auflage 1979
9. Auflage 1980
10. Auflage 1982
11. Auflage 1984
12. Auflage 1987

Titel der amerikanischen Originalausgabe: Forever Amber

Lizenzausgabe: Bastei-Verlag Gustav H. Lübbe, Bergisch Gladbach
Printed in Western Germany 1987
Einbandgestaltung: Manfred Peters
Titelbild: Bayat, Berlin
Gesamtherstellung: Ebner Ulm
ISBN 3-404-10002-6

PROLOG

Das kleine Zimmer war warm und feucht. Wütende Donnerschläge ließen die Scheiben klirren, und der Blitz schien durch das Zimmer selbst zu zucken. Keiner hatte gewagt, zu sagen, was er dachte – daß dieser Sturm, der selbst für den März außerordentlich heftig war, ein übles Vorzeichen sein müsse.

Wie üblich hatte man aus dem Zimmer, wo die Kreißende lag, fast alle Möbel entfernt. Jetzt blieb nur noch das Bett mit dem hohen Kopf- und Fußende und den leinenen Seitenvorhängen, ein halbes Dutzend niedriger Stühle und der Geburtsstuhl der Hebamme mit seinen Armstützen, der schrägen Rückenlehne und dem ausgeschnittenen Sitz. Neben der Feuerstelle stand ein Tisch mit einem zinnenen Wasserbecken, brauner Schnur und einem Messer, mit Flaschen und Salbentiegeln und einem Stoß weicher, weißer Tücher. Nahe am Kopfende des Bettes gab es eine sehr alte Wiege, die noch leer war.

Die Dorffrauen standen in tiefem Schweigen um das Bett und beobachteten mit gespannten, angstvollen Blicken, was dort geschah. Mitleid und Besorgnis war in ihren Zügen, als sie jetzt von dem winzigen roten Kind neben der Frau, die ihm eben das Leben geschenkt hatte, zu der schwitzenden Hebamme sahen, die sich über die Frau beugte und unter dem Leintuch ihre Arbeit erledigte. Eine der Frauen, die selbst schwanger war, lehnte sich mit erschrockenen, verstörten Augen über das Kind – und dann plötzlich schnappte das Baby nach Luft, nieste, öffnete den Mund und begann zu schreien. Die Frauen seufzten erleichtert.

»Sarah –« sagte die Hebamme leise.

Die schwangere Frau blickte auf. Sie wechselten ein paar leise Worte, und, während die Hebamme an die Feuerstelle ging und sich niedersetzte, um das Kind mit warmem rotem Wein zu waschen, ließ die andere ihre Hände unter die Leintücher gleiten und begann, mit sanften, aber festen Bewegungen den Unterleib der Mutter zu kneten. In ihrem Gesicht war ein Ausdruck von Furcht, der sich fast zum Entsetzen steigerte, aber er verschwand sogleich, als die Frau auf dem Bett langsam die Augen öffnete und sie anblickte.

Ihr Gesicht war verzogen und eingefallen vom langen Leiden, und ihre Augen lagen tief in dunklen Höhlen. Nur ihr helles blondes Haar, das in dichter Masse ihren Kopf umgab, schien noch zu leben. Und auch ihre Stimme war, als sie jetzt sprach, kaum ein Wispern.

»Sarah, Sarah, ist das mein Kind, das da schreit?«

Sarah hörte nicht in ihrer Arbeit auf, nickte aber und zwang sich zu einem schnellen Lächeln. »Ja, Judith. Das ist dein Kind – deine Tochter.« Das wütende Geschrei des Kindes erfüllte das Zimmer.

»Meine Tochter?« Bei aller Erschöpfung ließ sich nicht verkennen, daß sie enttäuscht war. »Ein Mädchen«, flüsterte sie gekränkt und müde. »Aber ich wollte doch einen Jungen. John hätte sich einen Jungen gewünscht.« Tränen füllten ihre Augen und rollten aus den Winkeln über ihre Schläfen; ihr Kopf wandte sich mühsam ab, als wollte sie dem Geräusch des Kindergeschreis entfliehen.

Doch sie war zu erschöpft, als daß die Kränkung gedauert hätte. Eine Art entspanntes Träumen begann sich ihrer zu bemächtigen, es war fast angenehm, und je nachdrücklicher es Gewalt über sie bekam, Geist und Körper mit sich zog, desto williger ergab sie sich, denn nach den Qualen der vergangenen zwei Tage schien es Erleichterung zu gewähren. Sie konnte das rasche, leichte Schlagen ihres Herzens spüren. Nun wurde sie von einem Strudel eingezogen, dann mit immer zunehmender Geschwindigkeit hinaufgewirbelt und, während sie sich drehte, war es ihr, als würde sie aus sich selbst und aus dem Zimmer emporgehoben – über Raum und Zeit hinausgetragen.

*

Natürlich würde es John gleichgültig sein, daß es ein Mädchen war. Er würde sie ebensosehr lieben – und dann sollte es später Jungen geben – Jungen und auch noch andere Mädchen dazu. Denn jetzt, da das erste Kind geboren war, würde es das nächste Mal leichter gehen. Das hatte ihre Mutter ihr oft gesagt, und ihre Mutter hatte neun Kinder geboren.

Sie sah Johns Gesicht, die Überraschung, als sie ihm erzählte, daß er Vater sei, und dann der plötzliche Ausdruck von Glück und Stolz. Sein Lächeln erhellte sein ganzes Gesicht, seine weißen Zähne schimmerten in den sonnverbrannten Zügen, und seine Augen schauten voller Verehrung zu ihr hinunter, wie sie auch geblickt hatten, als sie ihn zum letztenmal sah. Es waren immer seine Augen, an die sie sich am besten erinnerte, denn sie waren bernsteinfarben, wie ein Glas Ale, das die Sonnenstrahlen durchglänzen, und rund um ihren schwarzen Mittelpunkt waren grüne und braune Flecken. Es waren seltsam zwingende Augen, als ob sein ganzes Wesen sich in ihnen wie in einem Brennpunkt sammeln würde.

Während der Zeit ihrer Schwangerschaft hatte sie gehofft, dieses Kind werde Johns Augen haben, hatte es mit so leidenschaftlicher Inbrunst gehofft, daß ihr nie der Zweifel gekommen war, ihr Wunsch könnte unerfüllt bleiben.

Von der Zeit an, da sie noch ein sehr kleines Mädchen gewesen war, hatte Judith gewußt, daß sie bestimmt war, eines Tages John Mainwaring zu heiraten, der, wenn sein Vater einmal starb, Earl von Roßwood werden sollte. Ihre eigene Familie war sehr alt – der Name hieß ursprünglich Marisco, als sie mit den normannischen Eroberern nach England kam, doch im Lauf der Jahrhunderte war Marsh daraus geworden;

die Mainwarings andererseits waren im vergangenen Jahrhundert zu ihrer höchsten Macht gelangt, als sie ihren Anteil an der Beute beim Zusammenbruch der katholischen Kirche erhielten. Ihre Gebiete grenzten aneinander, und seit drei Generationen herrschten zwischen ihnen freundschaftliche Beziehungen, nichts war also natürlicher, als daß der älteste Sohn der Mainwarings die älteste Tochter aus dem Hause Marsh heiratete.

John war acht Jahre älter als sie und schenkte ihr lange Zeit nur geringe Aufmerksamkeit, obgleich er es als gegeben hinnahm, daß sie schließlich heiraten sollten; der Verlobungsvertrag war unterzeichnet worden, als er noch ein Kind und Judith ganz klein war. Während all der Jahre, als sie aufwuchsen, sah sie ihn häufig, denn er kam oft nach Rose Lawn, um mit ihren vier älteren Brüdern zu reiten, zu schießen und zu fechten, aber er hatte für sie keine anderen Gefühle als für seine eigenen Schwestern und ließ ihre ehrfürchtige Bewunderung mit gutmütiger Gleichgültigkeit über sich ergehen. Er wurde in die Schule geschickt, zuerst nach Oxford, dann für ein Jahr zu Rechtsstudien in den Inner Temple, und schließlich machte er die übliche Reise nach Europa. Als er heimkehrte, sah er eine junge Dame, sechzehn Jahre alt und schön, und verliebte sich in sie. Da Judith ihn von jeher geliebt hatte und die Familien so völlig übereinstimmten, gab es keinen Grund, länger zu warten, und die Hochzeit wurde für August angesetzt. Für jenen August, in dem der Krieg begann.

Judiths Vater, Lord William Marsh, erklärte sich augenblicklich für den König, der Earl von Roßwood dagegen blieb, wie viele andere, mehrere Wochen lang unschlüssig, bevor er sich für die Parlamentspartei entschied. Judith hatte die beiden seit mehr als einem Jahr hin und wieder miteinander streiten gesehen, und obgleich sie häufig derart in Wut gerieten, daß sie schrien und die Fäuste schüttelten, einigten sie sich doch schließlich immer auf ein Glas Wein und sprachen von etwas anderem. Niemals ahnte sie, daß diese Zänkereien ihr ganzes Leben umwandeln könnten.

Der Earl von Roßwood sagte hundertmal, er wäre imstande, Karl des Ersten Absolutismus zu ertragen, nicht aber Louds Kirchenpolitik – während Lord Marsh überzeugt war, daß sein Freund am Scheideweg doch mit dem König gehen würde. Als Roßwood das aber nicht tat, war er entrüstet und wütend, zuerst wohl ungläubig, doch dann erfüllt von Bitterkeit und Zorn. Judith hatte noch nicht erfaßt, daß England mitten im Bürgerkrieg war, bevor ihre Mutter ihr ganz kühl mitteilte, sie dürfe nicht länger an John Mainwaring denken – von der Hochzeit könne nie mehr die Rede sein.

Ganz verblüfft nickte Judith, aber sie glaubte es nicht wirklich. In drei Monaten würde der Krieg vorüber sein, wenigstens sagte das ihr Vater, und dann würde der Streit aufhören, und alle würden wieder Freunde sein. Der Krieg war nichts als ein kurzer peinlicher Zwischenfall in ihrem Leben – nichts von Belang würde sich durch ihn ändern, kein Plan rückgängig gemacht, keine alte, vertraute Gewohnheit zerstört werden. Weder sie noch irgend jemand, den sie kannte, würde durch den Krieg ernstlich betroffen werden.

Doch als John ihr Lebewohl zu sagen kam, bevor er in den Krieg zog, da ritt ihm Lord William in schäumender Wut entgegen und verbot ihm, seinen Grund auch nur zu betreten. Judith weinte stundenlang, als sie davon hörte, denn nun war er in den Krieg gegangen, und sie hatten sich nicht einmal geküßt.

Wenige Tage später zog Lord William mit ihren vier Brüdern aus, um sich dem König anzuschließen, und mit ihnen zogen die meisten diensttauglichen Männer vom Gut und Dorf. Jetzt wurde der Krieg zur Wirklichkeit für sie, und sie haßte ihn, sie nahm ihm übel, daß er in ihr Leben eindrang, das bis dahin so gesichert, so glücklich verlaufen war.

Wie Lord William vorausgesagt hatte, begleitete der Erfolg die Königlichen. Der Neffe Seiner Majestät, der schöne, riesenhafte Prinz Rupert erfocht Sieg nach Sieg, bis fast ganz England bis auf die südöstliche Ecke in der Hand des Königs war. Doch die Rebellen gaben das Spiel nicht verloren, und die Monate verstrichen.

Judith war sehr beschäftigt, denn jetzt, da die Männer fort waren, gab es eine Menge zu tun. Sie hatte keine Zeit mehr zu singen oder zu tanzen, zu sticken oder auf dem Spinett zu spielen. Doch wieviel sie auch arbeiten mußte, sie hörte nicht auf, an John Mainwaring zu denken, fragte sich, wann er wohl zurückkommen würde, und in ihren Plänen gab es immer noch eine Zukunft, die kein Bürgerkrieg bedrückte. Ihre Mutter, die leicht genug den Grund für Judiths nachdenklich stilles Wesen erraten konnte, befahl ihr ungeduldig, sich John aus dem Sinn zu schlagen. Sie ließ durchblicken, daß sie und Lord William eine andere und passendere Ehe planten, und zwar mit einem Mann, dessen Loyalität über jeden Zweifel erhaben war.

Doch Judith wollte John nicht vergessen. Sie hätte sich ebensowenig dazu entschließen können, einen anderen Mann zu heiraten, wie sie es hingenommen hätte, plötzlich irgendeinen neuen fremden Gott anzuerkennen.

Als John bereits fünf Monate fort war, brachte er es fertig, ihr eine Botschaft zu senden; es gehe ihm gut, und er liebe sie. ›Wir werden heiraten, sobald der Krieg aus ist, Judith – was auch immer unsere Eltern dazu sagen mögen.‹ Und er fügte hinzu, er werde kommen, sobald er nur könne, um sie wiederzusehen.

Es war Mitte Juni geworden, als er sein Versprechen halten konnte. Dann erfand sie ein Märchen, das sie ihrer Mutter erzählte, und ritt zu dem Bach, der zwischen den beiden Besitzungen dahinfloß. In all den Jahren war es das erste Mal, daß sie völlig allein, frei und unbewacht beisammen waren; und obgleich Judith Angst gehabt hatte, nervös und verlegen gewesen war – jetzt saß sie ab und warf sich ohne Zögern und Hemmungen in seine Arme. Nie vorher hatte sie sich so zufrieden, ihrer so sicher und so von ihrem Recht überzeugt gefühlt.

»Ich habe nicht lange Zeit«, sagte er rasch und küßte sie. »Ich dürfte überhaupt nicht hier sein. Aber ich mußte dich sehen. Oh, wie schön du bist – viel schöner, als ich dich in Erinnerung hatte.«

Sie klammerte sich verzweifelt an ihn und dachte, sie könnte nie mehr von ihm lassen. »O John, Liebling, wie habe ich dich vermißt!«

»Es ist so wunderbar, dich das sagen zu hören! Ich hatte Angst, als unsere Eltern sich zerstritten. Aber was liegt jetzt daran? Wir lieben einander wie eh und je.«

»Wie eh und je?« rief sie, und in ihrer Stimme zitterten Tränen von Glück und Angst. O John, wir lieben einander mehr als je! Ich wußte nie, wie sehr ich dich liebte! Erst als du fort warst und ich Angst hatte ... Ach, dieser schreckliche, schreckliche Krieg! Ich hasse ihn! Wann wird er enden, John? Wird er bald zu Ende sein?« Sie sah zu ihm auf, wie ein kleines Mädchen, das um eine Gunst bittet, und ihre blauen Augen waren groß und nachdenklich und erschrocken.

»Bald, Judith.«

Seine Züge verdunkelten sich, und er war eine Weile ganz still, während sie ihn ängstlich beobachtete und ein Schauer des Schreckens sie überlief.

»Wird es nicht bald sein, John?«

Er legte einen Arm um sie, und sie gingen langsam den Bach entlang. Der Himmel war blau mit großen, weißen Wolken, als hätte ein Regenschauer ihn eben erst geklärt; die Luft war voll von Feuchtigkeit und dem Duft dampfender Erde. Am Ufer wuchsen Erlen und Weiden, und der weiße Hartriegel stand in Blüte.

»Ich glaube nicht, daß es bald vorüber sein wird, Judith«, sagte er endlich. »Es kann noch sehr lange dauern – vielleicht jahrelang.«

Judith blieb stehen und sah ihn ungläubig an. Wenn man siebzehn Jahre und sechs Monate alt ist, dann ist ein Jahr eine Ewigkeit. Sie konnte und wollte nicht fassen, daß es so weitergehen sollte, daß sie auf Jahre getrennt sein könnten.

»Jahre?« rief sie. »Aber das ist doch unmöglich! Was soll aus uns werden? Wir werden alt sein, bevor wir begonnen haben zu leben. John –« Plötzlich ergriff sie seinen Arm. »Nimm mich mit dir! Wir können jetzt heiraten. Mir ist es gleich, wie ich leben muß«, sagte sie schnell, denn sie merkte, daß er sie unterbrechen wollte. »Andere Frauen gehen mit in das Lager. Ich weiß, daß sie es tun, und ich kann es auch. Ich habe vor nichts Angst. Ich kann.«

»Judith, Liebling!« Seine Stimme flehte, seine Augen blickten zärtlich und besorgt. »Wir können jetzt nicht heiraten. Um nichts in der Welt möchte ich dir das antun. Natürlich gibt es Frauen, die dem Heer folgen – aber keine Frauen wie du, Judith. Nein, Liebling, wir können nichts tun als warten – eines Tages wird es vorüber sein – es kann ja nicht ewig dauern.«

Plötzlich wurde alles, was in diesem vergangenen Jahr geschehen war, Wirklichkeit für sie, hatte scharfe Konturen und einen klaren Sinn. Er würde fortgehen, bald, vielleicht noch an diesem Tag – und wann würde sie ihn wiedersehen? Vielleicht erst nach Jahren, vielleicht niemals –! Und wenn er fiel? Sie riß sich zusammen; sie wagte nicht, diese Möglichkeit auszudenken. Doch es war zwecklos, sich noch länger zu täuschen. Der Krieg war eine Wirklichkeit. Er griff an ihrer beider Leben. Er hatte bereits alles geändert, worauf sie gehofft, woran sie geglaubt – er konnte ihr auch die Zukunft rauben, ihr die einfachsten Wünsche und Bedürfnisse verweigern.

»Aber, John«, rief sie jetzt. »Was geschieht denn mit uns? Was wirst du tun, wenn der König siegt? Und was geschieht, wenn das Parlament siegt? O John, ich fürchte mich! Wie wird das alles enden?«

John wandte den Kopf ab, und seine Lippen preßten sich aufeinander. »Mein Gott, Judith«, sagte er endlich, »ich weiß es nicht. Was machen die Menschen mit ihrem Leben, wenn ein Krieg aus ist? Irgendwie wird es sich einrichten, denke ich.«

Plötzlich bedeckte Judith das Gesicht mit den Händen und begann zu weinen. All die Einsamkeit, die hinter ihr lag und die noch kommen mußte, flutete in ihr hoch und überwältigte sie. Und John nahm sie wieder in die Arme und versuchte, sie zu trösten.

»Weine nicht, Judith, Liebling. Ich komme zu dir zurück. Eines Tages werden wir unser Heim und unsere Familie haben. Eines Tages werden wir einander haben –«

»Eines Tages, John!« Ihre Arme umschlangen ihn verzweifelt, ihr Gesicht war voller Angst. »Eines Tages! Was aber, wenn dieser Tag niemals kommt?«

Eine Stunde später war er fort, und Judith ritt nach Hause zurück, glücklich und in Frieden mit sich selbst wie nie zuvor in ihrem Leben. Denn jetzt – was auch geschehen mochte, und wer auch den Krieg gewann oder verlor – jetzt waren sie einander sicher. Waren sie auch gezwungen, sich manchmal voneinander zu trennen, so konnten sie doch niemals mehr völlig getrennt werden. Das Leben schien ihr jetzt einfacher und vollkommener geworden zu sein.

Zunächst verwirrte und erschreckte sie der Gedanke, ihre Mutter wiederzusehen. Ihr war, als sei sie noch ein kleines Mädchen, und Lady Anne hatte immer – selbst ohne sie anzublicken – gewußt, ob sie etwas Unrechtes angestellt hatte. Doch nachdem die ersten unbehaglichen Tage ruhig vorübergegangen waren, überließ Judith sich dem Glück der Erinnerung. Jedes Lächeln, jeder Kuß, jedes Liebeswort, jede Berührung wurde zu teurem Andenken, füllte ihre leeren Stunden, besänftigte ihre Zweifel, bannte die dunkle Furcht.

Einen Monat später kam die Nachricht von einem großen royalistischen Sieg bei Roundway Down, und Lord William schrieb seiner Frau, der Friede sei stündlich zu erwarten. Judiths Hoffnungen hoben sich in wildem Optimismus, und sie achtete nicht auf die strenge Mahnung Lady Annes, daß weder John Mainwaring noch irgendein Mitglied seiner Familie jemals wieder den Fuß nach Rose Lawn setzen dürfe. Wenn nur der Krieg zu Ende war, gleichgültig, wie er endete, würden sie ihr Leben schon einrichten. Das hatte auch John gesagt.

Und dann wurde ihr bewußt, daß sie schwanger war.

Seit einiger Zeit hatte sie seltsame Anzeichen bemerkt, und wenn sie auch anfangs meinte, es handle sich um vorübergehende Erscheinungen, wurde es ihr am Ende doch klar. Der Schreck war so groß, daß sie einige Tage im Bett bleiben mußte. Sie konnte nicht essen, wurde blasser und magerer, und wenn ihre Mutter im Zimmer war, dann beobachtete Judith sie mit krankhafter Angst, fürchtete jeden Blick, jedes Wort, glaubte Verdacht in den Augen, Verachtung in der Stimme zu spüren. Sie wagte nicht, auszudenken, was geschehen sollte, wenn man es entdecken würde. Denn ihres Vaters Vorurteile und Temperament waren so heftig, daß er bestimmt John aufsuchen und töten würde. Sie mußte irgendwie, bevor es ruchbar war, aus dem Hause fort – zu John gehen, wo er auch sein mochte. Sie durfte kein illegitimes Kind gebären; das wäre ein Fleck auf der Ehre der Familie, den nichts wieder auslöschen konnte.

Lord William kam im September zurück, er brachte begeisternde Nachrichten von royalistischen Erfolgen mit. »Sie können sich keinen Monat mehr halten«, prophezeite er nachdrücklich. Und Judith, die keine Nachrichten von John hatte, lauschte gierig den Worten des Vaters und hoffte, er würde doch endlich auch seinen Namen erwähnen, irgendein Hinweis würde sie wissen lassen, daß er am Leben und unverwundet sei. Doch wenn Lord William etwas von ihm wußte, dann sprach er doch vor seiner Tochter nicht darüber, und ihre Mutter war ebensowenig mitteilsam. Beide taten, als wüßten sie nicht, daß es John Mainwaring gab oder je gegeben hatte.

Dann aber sagte man ihr, daß man einen Gatten für sie gewählt habe.

Es war Edmund Mortimer, Earl of Radclyffe. Judith war ihm vor anderthalb Jahren begegnet, als er einen Besuch in Rose Lawn abgestattet hatte. Er war fünfunddreißig Jahre alt, seit nicht allzu langer Zeit verwitwet und Vater eines kleines Knaben. Sie erinnerte sich wenig an ihn, nur, daß sie ihn nicht gemocht hatte. Er maß höchstens fünf Fuß und sechs oder sieben Zoll, hatte zarte Knochen und einen Kopf, der zu groß für die schmalen Schultern und den schmächtigen Leib war. Seine Züge waren aristokratisch, mit langer, dünner Nase und dünnen Lippen, und wenn seine Augen auch hart und kalt waren, so sprach doch eine streng geschulte Intelligenz aus ihnen. Das waren natürlich keine Eigenschaften, die ihn einem Mädchen von siebzehn Jahren empfahlen, dessen Herz von einem schönen, ritterlichen, tapfern jungen Mann erfüllt war. Und irgend etwas an dem Earl, was sie selbst nicht recht zu erklären vermochte, stieß sie von ihm ab. Sie hätte ihn nicht heiraten wollen, auch wenn sie John Mainwaring niemals gekannt hätte.

»Ich möchte nicht heiraten«, sagte sie und war selbst erstaunt über ihre Kühnheit.

Ihr Vater blickte sie an, seine Augen begannen gefährlich zu glitzern, aber gerade als er den Mund öffnen wollte, schickte Lady Anne sie aus dem Zimmer und sagte, sie würde später mit ihr sprechen. Judiths Trotz ärgerte und überraschte ihre Eltern. Nichtsdestoweniger gaben sie ihre Heiratspläne nicht auf und fragten sie gar nicht, denn sie waren überzeugt, je rascher sie verheiratet war und John Mainwaring vergaß, desto besser wäre es für alle Beteiligten.

Ihr Hochzeitskleid, vor anderthalb Jahren für ihre Trauung mit John angefertigt, wurde aus der Truhe genommen, gebürstet und gebügelt und in ihrem Zimmer aufgehängt. Es war aus schwerem Satin und übersät mit aufgestickten Perlen. Der tiefe Kragen und die Handkrausen waren aus cremefarbenen Spitzen, und der geschlitzte, zurückgeschlagene Rock ließ einen Unterrock von silbern leuchtendem Stoff sehen. Es war französische Handarbeit, ein schönes und sehr kostspieliges Kleid, und zuerst hatte sie es sehr geliebt. Jetzt war sie nicht einmal imstande, das Kleid zu probieren, und leidenschaftlich sagte sie zu ihrer Kinderfrau, sie würde ebensogern damit in den Sarg steigen.

Ein wenig später kam der Earl, und obgleich Judith wiederholt streng aufgetragen worden war, ihm Achtung und Neigung zu zeigen, weigerte sie sich. Sie vermied ihn, wie sie nur konnte, sprach zu ihm mit größter Kälte und verweinte endlose Stunden in ihrem Zimmer. Der vierte Monat ihrer Schwangerschaft war nun vorüber, und sie lebte in der ständigen Furcht vor Entdeckung, obgleich ihre gebauschten Röcke wohl noch mehrere Wochen nichts merken ließen. Angst und Unruhe hatten sie abmagern lassen; beim kleinsten unerwarteten Geräusch fuhr sie auf, war wortkarg, launisch und leicht gereizt.

Was soll aus mir werden? dachte sie, wenn sie am Fenster stand, und hoffte und flehte, John möchte sich doch zeigen oder einen Boten senden, der sie retten könnte. Doch keiner kam. Seit Juni hatte sie nichts mehr von ihm gehört. Sie wußte nicht einmal, ob er am Leben war oder tot.

Ihre Erleichterung war ungeheuer, als – weniger denn vierzehn Tage vor dem Tag, der für die Hochzeit angesetzt war – begründete Nachrichten einliefen, daß die Parlamentspartei ein großes Haus zwanzig Meilen südöstlich angegriffen hatte und der Earl mit ihrem Vater hinritt.

Rose Lawn lag an der Grenze, die das royalistische Gebiet von dem des Parlaments trennte, und Nachrichten von einem Angriff in nächster Nähe hatte unheilvolle Bedeutung. Ihr Haus war sei Beginn des Krieges für jeden möglichen Notfall instandgesetzt worden, und jetzt bereitete Lady Anne sich, gemäß den Instruktionen ihres Gatten, auf eine Belagerung vor. Es geschah nicht selten, daß ein paar Frauen und alte Männer die Angreifer Wochen oder Monate aufzuhalten vermochten, und wer Lady Anne kannte, durfte nicht zweifeln, daß sie Rose Lawn, wenn es zur Belagerung käme, halten würde, bis das letzte Kind und der letzte Hund vor Erschöpfung gestorben wären.

In der folgenden Nacht gab es einen plötzlichen Alarm. Die Frauen kreischten angstvoll, Kinder jammerten, Hunde bellten, irgendwo ging eine Muskete los. Judith sprang aus dem Bett, warf einen Schlafrock über und eilte zu ihrer Mutter. Sie fand sie im Gespräch mit einem Bauern, und als Judith erschien, übergab Lady Anne ihr einen versiegelten Brief. Judith konnte einen Seufzer nicht unterdrücken und wurde bleich, doch selbst unter dem kalten, anklagenden Blick ihrer Mutter vermochte sie die leidenschaftliche Dankbarkeit und die Erleichterung nicht zu verbergen, die sie fühlte. Der Brief mußte von John kommen. Während sie das Siegel aufriß und den Brief las, entließ Lady Anne den Bauern.

»In wenigen Tagen werden wir Rose Lawn angreifen. Ich kann den Angriff nicht verhindern, aber ich kann dich und Mylady in Sicherheit bringen. Nehmt nichts mit euch, was die Reise beschwerlich machen könnte, und wartet morgen abends an der Quelle unterhalb des Hauses, sobald es dunkelt. Ich selbst werde euch nicht holen können, aber ich habe einen Diener, dem ich vertraue, und ich habe es so eingerichtet, daß für euch gesorgt wird, bis ich zu euch kommen kann.«

Judith hob die Augen zu ihrer Mutter und reichte ihr, wie unter einem Zwang, den Brief. Lady Anne warf einen flüchtigen Blick darauf, dann ging sie quer durch das Zimmer und ließ ihn ins Feuer fallen. Sie wandte sich zu ihrer Tochter um.

»Nun?« sagte sie schließlich.

Judith lief hastig auf sie zu. »O Madame, wir müssen fort! Wenn wir hier bleiben, kann man uns töten. Er wird uns beide in Sicherheit bringen.«

»Ich habe nicht die Absicht, mein Haus zu solchen Zeiten zu verlassen. Und ganz bestimmt werde ich nicht den Schutz eines Feindes annehmen.« Ihr Auge beobachtete Judith kalt. Sie sah stolz, unbeugsam und ein wenig grausam aus. »Wähle für dich, Judith, aber wähle sorgsam. Denn wenn du es tust, dann werde ich deinem Vater erzählen, daß du gefangengenommen worden bist. Wir werden uns niemals wiedersehen.«

Einen Augenblick fühlte Judith das heftige Verlangen, ihrer Mutter zu sagen, was geschehen war. Wenn sie ihr nur zu erklären vermöchte, wie redlich sie einander liebten – wie unmöglich es sei, diese Liebe zu unterdrücken, weil in England Krieg war. Doch als sie in Lady Annes Augen blickte, wußte sie, daß ihre Mutter sie nie verstehen, daß sie sie nur verachten und verdammen würde. Sie selbst mußte den Entschluß fassen, und hatte sie ihn einmal gefaßt, konnte es keine Erklärung mehr geben.

Nur mit einem zweiten Kleid und ihrem geringen Schmuck verließ sie Rose Lawn. Die ganze Nacht ritt sie mit Johns Diener, und am Vormittag des folgenden Tages erreichten sie ein Bauernhaus in Essex, das tief innerhalb des Machtbereiches der Parlamentspartei lag. Dort wurde sie Sarah und Matthew Goodegroome als Judith St. Clare, Frau des John St. Clare vorgestellt, die ihr Heim wegen eines Streites zwischen ihrer Familie und der Familie ihres Gatten verlassen hatte. Sarah wußte wohl, daß es sich um eine vornehme Dame handelte, kannte aber ihren Rang nicht. Und, entsprechend Johns Weisungen, erzählte Judith ihr auch nichts weiter. Wenn der Krieg vorüber war und John sie holen kam, dann wollten sie alles erklären. Unterdessen stellte Sarah sie den Frauen vom Dorf als ihre eigene Schwester vor, die gekommen war, weil der Kampf gerade in der Gegend tobte, wo Judiths Mann seinen Hof hatte.

An Sarah Goodegroome war etwas so Freies und Sicheres, daß auch in Judith das Gefühl der Sicherheit wuchs und ihr alter Optimismus wiedererwachte. Sie wurden eng befreundet, und Judith war glücklicher, als sie es seit langem gewesen war.

Sooft er nur konnte, sandte John ihr eine Botschaft und versprach immer wieder, er würde zu ihr kommen, wenn es irgend möglich wäre. Einmal erwähnte er kurz, daß Rose Lawn sich noch immer hielt. Doch ihr Heim, ihre Eltern, der Earl of Radclyffe waren ihr jetzt bereits unwirklich geworden. Ihr Leben ging ganz in dem Bauernhaus auf, unter den neuen Freunden, in dem kleinen Dorf Marygreen, ihren Gedanken und Träumen, die John gehörten – und vor allem in dem winzigen Wesen, das ihr Leib in sich trug. Jetzt, da Sorgen und Ängste vorüber waren, da sie als ebenso achtbare Ehefrau angesehen wurde wie die andern – und sich fast auch selbst so ansah – wurde sie täglich glücklicher und schöner. Die Schwangerschaft bekam ihr gut. Doch sie wartete gierig auf den Tag, da sie John seinen ersten Sohn schenken sollte; und niemals kam es ihr in den Sinn, daß dieses Kind auch ein Mädchen sein könnte.

*

Sie begann sich unruhig zu bewegen, in Armen und Beinen spürte sie schmerzhafte Krämpfe. Sie vermochte nur unklar zu sehen, als ob sie die Augen unter Wasser öffnen würde. Und wenn sie auch nicht sagen konnte, wieviel Zeit verstrichen war, sah sie noch immer Sarah mit kundigen, kräftigen Fingern ihren Leib kneten, und Sarahs Gesicht war gespannt und feucht.

Ich muß ihr sagen, daß sie aufhören soll, dachte Judith verschwommen. Sie sieht so müde aus.

Sie hörte das Baby schreien und erinnerte sich wieder, daß es ein Mädchen war. Ich habe nie an einen Namen für ein Mädchen gedacht. Wie soll ich sie nennen? Judith . . . oder Anne . . . oder vielleicht Sarah . . .?

Und dann sagte sie leise: »Sarah, ich glaube, daß ich sie Amber nennen werde – wegen der Farbe von ihres Vaters Augen.«

Sie bemerkte auch die andern Frauen, die sie umstanden, nahm Unruhe und Aufregung im Zimmer wahr, und jetzt beugte sich eine der Frauen über sie, um ihr ein warmes Tuch auf die Stirne zu legen und gleichzeitig das andere wegzunehmen, das kalt geworden war. Man hatte Decken auf sie gehäuft, aber ihr Gesicht war noch immer kalt und feucht, und sie konnte auch die Feuchtigkeit an ihren Fingern spüren. In ihren Ohren läutete es, das Schwindelgefühl war wieder da, zog sie tief hinab, wirbelte sie aufwärts und fort, bis sie nichts mehr sah als einen trüben Dunst, nichts hörte als ein wirres Murmeln.

Und dann, als sie sich bewegte und versuchte, sich gegen die Krämpfe zu wehren, die ihre Beine quälten, ließ Sarah ihr Gesicht plötzlich in die Hände sinken und begann zu schluchzen. Ohne zu zögern, beugte sich eine andere Frau über Judith und übernahm ihre Arbeit, knetete und massierte.

»Sarah – bitte – Sarah«, flüsterte Judith mitleidig.

Sehr langsam und mit großer Anstrengung zog sie ihre Hand unter den Decken hervor und hob sie vor ihr Gesicht. Und nun sah sie, daß die Handfläche und Finger voller Blut waren. Einen Augenblick lang starrte sie verständnislos darauf, dann aber begriff sie plötzlich, warum sie ein so seltsames Behagen empfunden hatte, als läge sie in einem warmen Bad. Ihre Augen weiteten sich entsetzt, und sie stieß einen scharfen, flehenden Schrei aus.

»Sarah!«

Sarah kniete neben ihr nieder, ihr Gesicht war ganz verzerrt von Kummer.

»Sarah! Sarah, hilf mir! Ich will nicht sterben.«

Die anderen Frauen schluchzten laut auf, aber Sarah hatte ihre Selbstbeherrschung wiedergewonnen und zwang sich zu einem Lächeln: »Es ist nichts, Judith, du mußt nicht erschrecken. Ein wenig Blut. Das hat nichts zu bedeuten.« Doch im nächsten Augenblick konnte sie sich nicht mehr halten und weinte hemmungslos.

Sekundenlang sah Judith auf den gebeugten Kopf und die vom Weinen geschüttelten Schultern hinunter, in wilder, wütender, quälender Angst. ›Ich kann doch nicht sterben‹, dachte sie. ›Ich kann nicht. Ich will nicht sterben. Ich will leben!‹

Sie versuchte abermals, zu Sarah zu sprechen, sie um Hilfe anzuflehen, Hilfe zu verlangen – Sarah! Sarah – laß mich nicht sterben. – Aber sie hörte die Worte nicht, sie wußte nicht einmal, ob ihre Lippen sie formten.

Und dann trieb sie langsam in eine warme, angenehme Welt, wo es weder Furcht noch Tod gab, wo sie und John einander begegnen würden. Sie vermochte jetzt gar nichts mehr zu sehen, und sie ließ ihre Augen zufallen, das Klingen in ihren Ohren hatte jedes andere Geräusch verdrängt. Sie kämpfte nicht länger; sie glitt willig dahin, von unendlicher Müdigkeit überwältigt, einer Müdigkeit, die sie als Erlösung willkommen hieß. Und dann konnte sie plötzlich noch einmal laut und klar ihre Tochter schreien hören. Die Schreie wiederholten sich, wurden aber immer schwächer und schwächer, bis sie sie endlich nicht mehr hörte.

I. BUCH

1660

Erstes Kapitel

Innerhalb von sechzehn Jahren veränderte Marygreen sich nicht. Es hatte sich schon in den vergangenen zweihundert Jahren kaum verändert.

Die Kirche von St. Catherine stand am nördlichen Ende der Straße wie ein wohlwollender Gott Vater, und zu beiden Seiten zogen sich die Häuser hin, halb aus Holz gebaute Häuschen mit vorspringendem Stockwerk, gedeckt mit Stroh, das golden schimmerte, wenn es neu war, dann langsam zu einem vollen Braun wurde und jetzt moosgrün war. Kleine Fenster sahen aus ihren Rahmen von Geißblatt und Efeu hervor. Dichte, ungeschnittene Hecken trennten das Haus von der Straße, und über die kleinen hölzernen Gartentüren spannten sich Bögen von Kletterrosen. Über die Hecken wurde das Durcheinander blühender Blumen sichtbar, purpurner und weißer Flieder, Rosenstöcke, die bis zu den Dachrinnen reichten, ein Apfelbaum oder ein Pflaumenbaum oder ein Kirschbaum in voller Blüte.

Am andern Ende der Straße war der Rasen, wo bei festlichen Gelegenheiten die jungen Burschen Fußball spielten und Ringkämpfe veranstalteten und das ganze Dorf tanzte.

Es gab auch ein Wirtshaus aus gedämpft roten Backsteinen, das die alten silbergrauen Balken seines Fachwerks sehen ließ; ein großes Schild, auf dem kunstlos ein goldener Löwe gemalt war, schwang an einem sorgsam gearbeiteten schmiedeeisernen Arm über der Straße. Ganz nahe daran war das Haus des Hufschmieds mit seiner Werkstatt und Häuser und Läden des Apothekers, des Schreiners und des einen oder andern Kaufmanns. Die übrigen Häuser wurden von Bauern bewohnt, die ihre Zeit zwischen der Arbeit auf ihren eigenen kleinen Feldern und auf den benachbarten Höfen teilten. Denn bei Marygreen gab es weder Herrenhaus noch Großgrundbesitz, und die wirtschaftliche Existenz des Dorfes hing von den wohlhabenden kleinen Grundbesitzern ab.

Der Tag war still und warm, der Himmel blau mit langen Wolkenstreifen, die mit einem Malerpinsel und Wasserfarbe gezogen zu sein schienen; die Luft war voll von der Feuchtigkeit des Frühlings und dem lehmigen Geruch der Erde. Hühner und Gänse und vereinzelte Spatzen hatten von der Straße Besitz ergriffen, vor einer der Gartentüren stand ein kleines Mädchen, sein Lieblingskaninchen in den Armen.

Es waren nur wenige Menschen zu sehen, denn es war später Nachmittag, und jeder ging seiner eigenen Arbeit nach, so daß die einzigen Müßiggänger die Hunde, eine oder zwei Katzen und Kinder waren, denen man noch keine nützliche Arbeit beigebracht hatte. Eine Frau mit einem Korb am Arm ging die Straße entlang, blieb eine Weile stehen, um mit einer anderen Frau zu plaudern, die ein Fenster im oberen Stockwerk geöffnet hatte und sich nun wie aus einem Rahmen aus Clematis und Wicken hinausbeugte. Um das Dorfkreuz, das Cromwells Soldaten irgendwie entgangen war, hatten sich acht oder zehn junge Mädchen gesammelt, Töchter der Dörfler, von ihren Eltern täglich geschickt, um das Vieh auf der Gemeindewiese zu hüten und darüber zu wachen, daß keine Ziege, keine Kuh und kein Schaf sich verlief oder gestohlen wurde.

Einige der jüngeren spielten »Wie viele Meilen bis Babylon?«, die drei ältesten aber unterhielten sich entrüstet und übellaunig. Die Hände in die Hüften gestützt, sahen sie zur Gemeindewiese hinüber, wo zwei junge Leute, die Daumen linkisch in den Hosentaschen, von einem Fuß auf den andern schwankend, mit jemandem in ein Gespräch vertieft standen, der sie offensichtlich um ihre ohnehin nicht sehr sichere Haltung brachte. Doch wie sie dort nebeneinander standen, verbargen sie mit ihren Leibern den Partner ihres Gespräches.

»Diese Amber St. Clare«, murrte das älteste Mädchen und warf sein langes blondes Haar wütend zurück. »Wenn es irgendwo einen Mann in der Nähe gibt, kann man sicher sein, daß sie hinkommt. Es ist, als ob sie ihn von weitem riechen könnte!«

»Sie hätte seit einem Jahr verheiratet sein sollen – das sagt meine Mutter immer.«

Das dritte Mädchen lächelte leicht und meinte: »Nun, sie ist vielleicht nicht verheiratet, aber sie ist gewiß schon . . .

»Pst!« unterbrach sie die erste und wies mit dem Kopf auf die kleineren Mädchen.

»Kommt auf eins heraus«, fuhr die dritte ungehemmt fort, wenn sie ihre Stimme auch zu einem Zischen gedämpft hatte. »Mein Bruder sagt, daß Bob Starling ihm gesagt hat, daß er sich am Ostersonntag mit ihr vergnügt hat.«

Aber Lisbeth, die das Gespräch begonnen hatte, schnipste verächtlich mit den Fingern. »Mein Gott, Gartrude! Jack Clarke hat schon vor sechs Monaten dasselbe erzählt – und sie ist darum heute nicht dicker, als sie damals war.«

Gartrude wußte eine Antwort. »Und willst du auch wissen, warum nicht, Lisbeth Morton? Weil sie einem Frosch dreimal ins Maul spucken kann, darum ist es. Maggie Littlejohn hat gesehen, wie sie das getan hat.«

»Puh! Meine Mutter sagt, daß kein Mensch dreimal in ein Froschmaul spucken kann.«

Aber der Streit wurde unterbrochen. Denn plötzlich hallte das Geräusch galoppierender Hufe durch das stille kleine Tal, und ein Trupp kam um die Biegung oberhalb von St. Catherine geritten und sprengte die enge Straße hinauf, geradewegs auf sie zu. Eines der sechsjährigen Kinder stieß einen Schreckensschrei aus und lief auf Lisbeth zu, um sich hinter ihren Röcken zu verbergen.

Die Männer brachten ihre Pferde wenig mehr als zehn Meter von den Mädchen entfernt zum Stehen, deren Angst jetzt einem offen bewundernden Interesse wich. Es mochten alles in allem vierzehn Männer sein, doch mehr als die Hälfte von ihnen als Knechte oder Führer erkennbar, denn sie trugen schlichte Kleidung und hielten in einigem Abstand von den andern. Das halbe Dutzend, das vorangeritten war, bestand offenkundig aus vornehmen Herren.

Sie trugen die Haare nach Kavaliersart bis zur Schulter und hatten prächtige Kleider aus schwarzem Samt, dunkelrotem Samt, grünem Satin, mit breiten Leinenkragen und weißen Leinenhemden. Auf dem Kopf trugen sie breitkrempige Hüte mit wehenden Federn, und von den Schultern hing ein langer Reitermantel. Ihre hohen Lederstiefel waren mit silbernen Sporen geschmückt, und jeder Mann hatte einen Degen an der Seite. Sie hatten sichtlich eine ansehnliche Strecke in scharfem Ritt zurückgelegt, denn ihre Kleider waren staubig und ihre Gesichter von Schmutz und Schweiß bedeckt, in den Augen der Mädchen aber wirkten sie beinahe erschreckend großartig.

Jetzt zog einer der Männer den Hut und redete Lisbeth an, vermutlich weil sie die hübscheste war. »Zu Ihren Diensten, Madame«, sagte er, und seine Augen verrieten eine gute Stimmung. Aber als er Lisbeth vom Kopf bis zu den Füßen musterte, wurde sie feuerrot und konnte kaum atmen. »Wir suchen einen Ort, wo wir essen können. Gibt es in dieser Gegend ein gutes Wirtshaus?«

Lisbeth starrte ihn sprachlos an, während er, die Hände leicht auf dem Sattelknopf, noch immer zu ihr hinunterlächelte. Sein Gewand war aus schwarzem Samt, ein kurzes Wams, eine weite Kniehose mit goldenen Borten. Er hatte dunkles Haar, graugrüne Augen und einen schmalen schwarzen Schnurrbart auf der Oberlippe. Er sah geradezu theatralisch prächtig aus, doch das war nicht das wichtigste an ihm. Denn sein Gesicht verriet vor allem eine unverkennbare Rücksichtslosigkeit und Kraft, die ihn trotz seiner zweifellos aristokratischen Herkunft als Spieler und Abenteuerer entlarvte, als einen Mann frei von Bindungen.

Lisbeth schluckte und machte einen kleinen Knicks. »Die ›Drei Becher‹ in Heathstone würden Ihnen passen, M'lord.« Sie scheute sich, diesen prächtigen Fremden ihr eigenes, armseliges Dorf zu empfehlen.

»Wo liegt Heathstone von hier aus?«

»Zur Hölle mit Heathstone!« protestierte ein anderer. »Was ist denn mit eurer eigenen Schenke nicht in Ordnung? Ich will gleich vom Gaul fallen, wenn ich noch eine einzige Meile reite, ohne gegessen zu haben.« Er war ein schöner, blonder junger Mann mit rötlichem Gesicht, und trotz seinem Fluchen wirkte er fröhlich und gutmütig. Als er sprach, lachten die andern, und einer lehnte sich vor und klopfte ihm auf die Schulter.

»Wir sind, bei Gott, ein Lumpengesindel! Der arme Almsbury hat keinen Mundvoll mehr zu essen gekriegt, seit er heute morgen einen halben Hammel verschluckt hat.«

Darüber lachten sie abermals, denn Almsburys Appetit war offenbar ein ständiger Gegenstand des Scherzens für sie. Auch die Mädchen kicherten jetzt und fühlten sich weit behaglicher, und die Sechsjährige kam hinter Lisbeths Röcken hervor und trat einen oder zwei Schritt näher. In diesem Augenblick begab sich etwas, das in der Beziehung zwischen den Männern und den Mädchen eine jähe Veränderung schaffen sollte.

»Nichts ist mit unserem Gasthaus nicht in Ordnung, Eure Lordschaft«, rief eine volle weibliche Stimme, und das Mädchen, das mit den beiden jungen Bauern gesprochen hatte, kam jetzt über den Rasen auf sie zugelaufen. Die andern Mädchen erstarrten, aber die Männer sahen überrascht und mit plötzlichem Interesse auf. »Die Wirtin braut das beste Bier in ganz Sussex.«

Sie machte Almsbury einen kurzen Knicks, und dann wendeten sich ihre Augen, um dem Blick des Mannes zu begegnen, der zuerst gesprochen hatte, und der sie jetzt mit einem völlig veränderten Ausdruck beobachtete. Während die andern warteten, war es, als stünde die Zeit einen Augenblick lang still und bequemte sich nur zögernd, ihren Lauf fortzusetzen.

Amber St. Clare hob den Arm und wies die Straße hinunter auf das große Schild mit dem verwitterten goldenen Löwen, der in den Strahlen der untergehenden Sonne schwach aufglänzte. »Neben der Werkstatt des Hufschmieds, M'lord.«

Ihr honigfarbenes Haar fiel in schweren Wellen über ihre Schultern, und als sie ihn anblickte, schienen ihre Augen klar und bernsteingefleckt aus den Winkeln hervorzuschauen; ihre Brauen waren schwarz und in Bogen gewölbt, die Wimpern gleichfalls schwarz und stark. Es war etwas ausgesprochen Wollüstiges an ihr, etwas, das den Männern unmittelbar köstliche Erfüllung versprach, etwas, wofür sie wohl nicht verantwortlich, dessen sie sich aber sehr bewußt war. Und das war es mehr als ihre Schönheit, was die andern Mädchen ihr verübelten.

Sie war ungefähr wie die andern gekleidet: in einem rostfarbenen Wollrock über einem grünen Unterrock, einer weißen Bluse, einer gelben Schürze und einem festgeschnürten schwarzen Miederleibchen; ihre Knöchel waren bloß, und sie trug ein Paar saubere schwarze Schuhe. Und dennoch glich sie den andern nicht mehr als eine Feldblume einer veredelten oder ein Spatz einem Goldfasan.

Almsbury lehnte sich im Sattel vorwärts. Er schien zu überlegen. »In Jesu Namen«, sagte er schließlich langsam, »was tust du in diesem gottverlorenen Nest?«

Das Mädchen wendete die Augen von dem andern Mann ab, blickte Almsbury an, und ihr Lächeln ließ weiße, gleichmäßige, schöngeformte Zähne sehen: »Ich lebe hier, M'lord.«

»Zur Hölle! Und wie, zum Teufel, bist du denn hierhergeraten? Wer bist du? Eines Edelmanns Bastard, den man einer Bäuerin zur Pflege gegeben und dann fünfzehn Jahre lang vergessen hat?« Das war nichts Ungewöhnliches, aber sie zog die Brauen unwillig zusammen und wurde wütend.

»Das bin ich nicht, Sir. Ich bin ebensogut meines Vaters Kind wie Sie – oder noch mehr.«

Dazu lachten alle Männer herzlich, und Almsbury mit ihnen. »Nicht böse gemeint, Herzchen. Mein Gott, ich wollte nur sagen, daß du nicht aussiehst wie ein Bauernmädchen.«

Sie lächelte ihm rasch zu, als wollte sie sich wegen ihres Temperamentsausbruchs entschuldigen, dann aber wanderten ihre Augen unverzüglich zu dem andern Mann zurück. Er sah sie noch immer mit einem Blick an, der ihren ganzen Körper erwärmte und langsam eine Erregung in ihr aufsteigen ließ. Die Männer wendeten jetzt ihre Pferde, und das seine bäumte sich hoch auf. Er lächelte und nickte ihr zu. Almsbury dankte ihr, lüftete den Hut, und dann trabten sie zum Wirtshaus. Einen Augenblick blieben die Mädchen schweigend stehn und sahen zu, wie die Männer absaßen und ihre Pferde durch das Tor führten, während die Söhne des Wirts herausstürzten, um sich der Tiere anzunehmen.

Als sie außer Sicht waren, streckte Lisbeth plötzlich die Zunge heraus und versetzte Amber einen Stoß. »Da!« schrie sie triumphierend und meckerte wie eine Ziege. »Das ist dir gut bekommen, du Luder!«

Amber blieb den Stoß nicht schuldig und warf das Mädchen beinahe zu Boden. »Geh zu deinem Strickstrumpf, Klatschmaul!«

Eine Minute lang standen sie einander gegenüber, und ihre Augen blitzten, dann wendete Lisbeth sich ab und ging quer über den Rasen, wo die andern Mädchen, hastend und schreiend, ihre Arbeit beendeten, um zum Abendessen zurechtzukommen. Die Sonne war untergegangen, der Horizont flammte noch in leuchtendem Rot, das weiter oben zu einem zarten Blau wurde. Hier und da glitzerte bereits ein Stern; die ganze Luft war vom Zauber des Zwielichts erfüllt.

Ambers Herz schlug noch heftig. Sie holte jetzt ihren Korb, den sie vorher stehen gelassen hatte. Die beiden jungen Bauern waren fort, sie nahm den Korb und ging auf das Wirtshaus zu.

In ihrem ganzen Leben hatte sie noch keinen Mann gesehen wie diesen. Die Kleider, die er trug, der Klang seiner Stimme, der Ausdruck seiner Augen, das alles bewirkte, daß ihr war, als hätte sie einen raschen Blick in eine andere Welt getan – und sie sehnte sich leidenschaftlich danach, diese andere Welt einmal zu erschauen, wäre es auch nur für eine kurze Weile. Alles andere, ihre eigene Welt von Marygreen und Onkel Matts Hof, all die jungen Leute, die sie kannte, all das erschien ihr jetzt so unerträglich stumpf, ja, geradezu verächtlich.

Einer Unterhaltung mit dem Flickschuster entnahm sie, daß es Adlige sein mußten, doch was sie hier, in Marygreen, taten, das konnte sie sich nicht vorstellen. Denn die Adligen hatten sich in diesen letzten Jahren möglichst abseits gehalten oder waren ins Ausland zu dem Sohn des Königs, dem jetzigen Karl II. gegangen, der im Exil lebte.

Der Flickschuster, der in den Bürgerkriegen auf der Seite Seiner Majestät gekämpft hatte, erzählte ihr eine ganze Menge von den Dingen, die er selbst gesehen, und den Geschichten, die er gehört hatte. Er hatte Karl I. in Oxford gesehen, fast so nahe, daß er ihn berühren konnte, er erzählte von den schönen, lustigen royalistischen Damen, den ritterlichen Herren – es war ein Leben voll Farbe und Heldenhaftigkeit und Romantik. Sie aber hatte von all dem nichts gesehen, denn es war entschwunden, als sie noch ein Kind war, für immer entschwunden an jenem Morgen, da Seiner Majestät im Hofe seines eigenen Palastes der Kopf abgeschlagen wurde. Etwas von dieser Atmosphäre hatte dieser dunkelhaarige Fremde mit sich gebracht – die andern nicht, denn sie hatte sie kaum bemerkt – aber es war auch noch etwas mehr als das, etwas stark Persönliches. Es war ihr, als wäre sie erst jetzt plötzlich völlig zum Leben erweckt worden.

Als sie zum Wirtshaus kam, trat sie nicht durch die Vordertür ein, sondern ging um das Haus zur Hintertür, wo ein kleiner Junge saß und mit seinem fuchsohrigen Hund spielte. Und sie streichelte im Vorbeigehen den Kopf des Kindes. In der Küche lief Mrs. Poterell geschäftig und aufgeregt hin und her. Auf dem Hackblock lag ein Stück rohes Rindfleisch, das eines der Mädchen mit einer feuchten Mischung von Brotkrumen, Zwiebeln und Kräutern spickte. Ein kleines Mädchen pumpte Wasser aus dem Brunnen, der in einer Küchenecke stand. Und der Hund in seinem Käfig oberhalb des Herdfeuers, der den Bratspieß zu drehen hatte, ließ ein ärgerliches Jaulen hören, als ein Junge ihm ein Stück glühende Kohle ans Hinterbein warf, um ihn anzuspornen, damit das Fleisch am Spieß auch von allen Seiten gleichmäßig braun würde.

Amber gelang es, Mrs. Poterells Aufmerksamkeit auf sich zu lenken, die, ihre Schürze mit Eiern gefüllt, von einer Seite des Raumes zur andern segelte. »Da ist ein holländisches Ingwerbrot, das Tante Sarah Ihnen schickt, Mrs. Poterell.« Es war nicht wahr, denn Sarah hatte den Leckerbissen der Frau des Hufschmieds geschickt, aber Amber hielt diese Angelegenheit für wichtiger.

»Oh, vielen Dank, Herzchen! Ach, so einen Rummel habe ich niemals gehabt! Sechs Edelleute auf einmal in meinem Hause! O du großer Gott! Was soll ich tun?« Doch noch während sie sprach, hatte sie schon begonnen, die Eier in eine große Schüssel zu schlagen.

In diesem Augenblick tauchte die fünfzehnjährige Meg aus der Falltüre auf, die zum Keller führte, die Arme voll von staubigen, grünen Flaschen, und Amber stürzte auf sie zu.

»Komm, Meg, ich werde dir helfen!«

Sie nahm fünf von den Flaschen, stieß mit dem Knie die Tür zum Nebenraum auf, hielt aber die Augen gesenkt, als sie eintrat, und ihre ganze Aufmerksamkeit schien den Flaschen zu gehören. Die Männer standen herum, hatten die Mäntel abgelegt, trugen aber noch ihre Hüte, und als Almsbury sie erblickte, trat er lächelnd auf sie zu.

»Ach, Herzchen! Erlaube, daß ich dir helfe. Spielt man also das alte Spiel auch hier draußen?«

»Was für ein altes Spiel, M'lord?«

Er nahm ihr drei Flaschen ab, und sie setzte die beiden andern auf den Tisch. Dann lächelte sie ihn an. Doch sogleich suchten ihre Augen den andern Mann, der mit zwei Gefährten in der Nähe der Fenster stand und Würfel auf eine Tischplatte schüttelte. Er hatte ihr halb den Rücken zugewandt und sah sie nicht an, sondern legte jetzt ein Geldstück auf den Tisch, als ein anderer einen glücklichen Wurf getan hatte. Erstaunt und enttäuscht – denn sie hatte erwartet, daß er sie im Nu erblicken, vielleicht sogar nach ihr ausschauen würde – wendete sie sich wieder Almsbury zu.

»Nun, es ist das älteste Spiel der Welt«, sagte er. »Ein hübsches Schankmädchen als Köder für die Gäste halten, bis sie ihren letzten Schilling ausgegeben haben – ich möchte wetten, daß du schon manchen Bauernsohn auf diese Weise zugrunde gerichtet hast.« Er grinste, griff nach einer Flasche, entkorkte sie und führte sie zum Mund. Amber lächelte ihm nochmals verheißungsvoll zu und wünschte, der andere Mann würde sich umdrehen und sie anschauen.

»Oh, ich bin nicht das Schankmädchen hier, Sir. Ich habe nur Mrs. Poterell einen Kuchen gebracht und Meg geholfen, die Flaschen hereinzubringen.«

Almsbury hatte mit einigen Schlucken die Flasche halbleer getrunken. »Ah, bei Gott!« rief er sachverständig. »Ja, und wer bist du denn eigentlich? Wie heißt du?«

»Amber St. Clare, Sir.«

»Amber! Keine Bauernfrau hat je solch einen Namen erdacht!«

Sie lachte, und ihre Blicke stahlen sich immer wieder quer durch die Stube und zurück, aber der andere Mann war noch immer intensiv mit den Würfeln beschäftigt. »Das sagt auch mein Onkel Matt. Er sagt, ich müßte Mary oder Anne oder Elisabeth heißen.«

Almsbury tat noch einige kräftige Züge und wischte sich den Mund mit dem Handrücken. »Dein Onkel ist ein Mann ohne Phantasie.« Und als sie abermals hinüberblickte, warf er den Kopf zurück und lachte. »Das ist es also, was du willst? Na, komm nur.« Und er faßte sie am Handgelenk und zog sie durch den Raum.

»Carlton«, sagte er, als sie bei den Würfelspielern angelangt waren, »hier ist eine, die sich mit dir hinlegen möchte.«

Carlton drehte sich um, in seinem Blick war heiteres Einverständnis, und er lächelte. Sie starrte ihn mit ihren großen, schimmernden Augen an und hatte die Bemerkung nicht einmal gehört. Sie maß nicht mehr als fünf Fuß drei Zoll, eine Größe, die für einen Durchschnittsmann eindrucksvoll genug sein mochte, er aber überragte sie mindestens um einen Fuß.

Sie erfaßte nur einen Teil von Almsburys vorstellenden Worten: ». . . ein Mann, für den ich die tiefste Achtung hege, obgleich der Kerl mir jedes hübsche Mädel wegschnappt, auf das ich selber gespitzt habe – Bruce, Lord Carlton.« Es gelang ihr, einen Knicks zu machen, und er verbeugte sich und schwenkte den Hut so ritterlich, als wäre sie eine königliche Prinzessin. »Wir alle sind mit dem König wiedergekehrt.«

»Mit dem König? Ist der König zurückgekommen?«

»Er kommt – sehr bald«, sagte Carlton.

Bei dieser erstaunlichen Nachricht vergaß Amber ihre Verlegenheit. Denn wenn die Goodegroomes auch einst mit der Parlamentspartei sympathisiert hatten, war doch nach und nach in ihnen, wie bei den meisten, die Sehnsucht nach der Monarchie und den alten Lebensformen wiedererwacht. Seit der Ermordung des Königs hatte das Volk begonnen, ihn zu lieben, wie es ihn bei Lebzeiten nie geliebt hatte, und diese Liebe hatte sich auf seinen Erben übertragen.

»Jemine!« keuchte sie. Denn das war ein allzu gewaltiges Ereignis – und gar unter diesen Umständen –, als daß sie es mit einem Male hätte fassen können.

Lord Carlton nahm eine der Flaschen, die Meg auf den Tisch gestellt hatte, wischte mit der Handfläche den Staub vom Hals, zog den Korken heraus und begann zu trinken. Amber wandte keinen Blick von ihm, und ihr ganzes Bewußtsein war in Bewunderung und Anbetung versunken.

»Wir sind unterwegs nach London«, erzählte er ihr. »Aber eines unserer Pferde muß beschlagen werden. Wie steht es mit eurem Gasthaus? Ist es ein Ort, wo man übernachten kann? Wird der Gastwirt uns nicht plündern? Gibt es keine Wanzen und Flöhe?« Er beobachtete ihr Gesicht, während er sprach, und aus einem Grund, den sie nicht verstand, war in seinen Augen ein heiteres Leuchten.

»Sie plündern?« rief sie entrüstet. »Mr. Poterell hat noch niemals einen Menschen geplündert. Das ist ein mächtig feines Wirtshaus«, erklärte sie mit unerschütterlicher Loyalität. »Und das in Heathstone ist nichts dagegen.«

Jetzt grinsten beide Männer. »Schön«, sagte Almsbury, »mag der Wirt uns die Stiefel stehlen, und mögen die Wanzen dick sein wie Märzkrähen auf einem Stoppelfeld, es ist doch ein englisches Wirtshaus und, bei Gott, ein gutes!« Und dann machte er eine feierliche Verbeugung. »Zu Ihren Diensten, Madame«, und dann ging er, sich eine andere Flasche holen, und ließ die beiden allein.

Amber hatte ein Gefühl, als ob ihre Knochen und Muskeln zu Wasser würden. Sie stand nur und schaute und verwünschte sich selbst wegen ihrer albernen Schüchternheit. Wie kam es nur, daß sie, die gewöhnlich für jeden Mann, welchen Alters und Standes auch immer, ein keckes Wort hatte, jetzt keine einzige Silbe finden konnte? Gerade jetzt, da es sie so verzweifelt danach verlangte, auf ihn den gleichen Eindruck zu machen wie auf alle Männer. Endlich sagte sie das einzige, was sie ausdenken konnte: »Morgen ist Markt in Heathstone.«

»Wirklich?«

Seine Augen musterten ihre Gestalt; sie gehörte zu den Frauen, die schon sehr früh ihre Reife erreichen, und hatte seit langem nichts Mädchenhaftes mehr an sich.

Amber spürte, wie ihr das Blut in Hals und Kopf stieg. »Es ist der schönste Markt in ganz Sussex«, versicherte sie ihm schnell. »Die Bauern kommen zehn und zwanzig Meilen weit.«

Ihr Blick begegnete abermals dem seinen, und er lächelte und hob eine Braue, sichtlich tief beeindruckt von diesem gewaltigen Ereignis, und dann trank er seinen Wein aus. Sie konnte den Duft des Weins riechen, als er jetzt ausatmete, und sie konnte auch den schweren männlichen Schweiß seiner Kleider riechen und das Leder der Stiefel. All das zusammen berauschte sie fast, und ein mächtiges Verlangen durchdrang sie. Almsburys unverschämte Bemerkung war keine allzu große Übertreibung gewesen.

Nun blickte er aus dem Fenster. »Es wird dunkel. Du solltest lieber heimgehen«, und er ging zur Tür und öffnete sie.

Der Abend war rasch hereingebrochen, und viele Sterne glänzten; der Mond stand hoch und war schmal und durchscheinend. Eine kühle, leichte Brise war aufgekommen. Sie standen allein draußen, umgeben vom Geschwätz und Gelächter aus dem Wirtshaus, den ruhigen Geräuschen der Landschaft, dem Zirpen der Grillen, dem Quaken eines fernen Frosches, dem Schwirren der Mücken.

Sie sah zu ihm auf, und ihr Gesicht war weiß und leuchtete wie eine Mohnblume.

»Können Sie nicht zum Markt kommen, Mylord?« Sie fürchtete, daß sie ihn nie wiedersehen würde, und dieser Gedanke war ihr unerträglich.

»Vielleicht«, sagte er. »Wenn noch Zeit bleibt.«

»Oh, bitte! Er liegt an der Hauptstraße, Sie müssen dort vorüber. Sie werden Halt machen, nicht wahr?« Ihre Stimme, ihre Augen flehten drängend.

»Wie schön du bist«, sagte er sanft, und jetzt war sein Ausdruck zum erstenmal ernst geworden.

Einen Augenblick lang standen sie so und sahen einander an, und dann sank Amber, ohne es zu wollen, mit geschlossenen Augen ihm entgegen. Seine Hände schlossen sich um sie und zogen sie an sich. Ihr Kopf fiel zurück. Ihre Lippen taten sich auf, um seinen Kuß zu empfangen. Es dauerte eine ganze Weile, ehe er sie wieder losließ, ihr aber war es zu rasch – sie fühlte sich beinahe betrogen. Als sie die Augen wieder öffnete, sah sie, daß er sie überrascht anblickte. Sie war so betäubt, als hätte sie einen schweren Schlag erhalten, und all ihre Kraft hatte sie verlassen.

»Du mußt jetzt gehen, mein Kind«, sagte er endlich. »Deine Familie wird sich Sorgen machen, wenn du so lange ausbleibst.«

Rasche, impulsive Worte sprangen ihr auf die Lippen: Mir liegt nichts daran, wenn sie sich Sorgen machen. Mir liegt nichts daran, wenn ich nie mehr heimgehe. Mir liegt an gar nichts – nur an dir. Oh, laß mich bei dir bleiben und morgen mit dir fortgehen. –

Doch irgend etwas hielt sie davon ab, diese Worte zu sprechen. Vielleicht das in ihrer Erinnerung nicht allzuweit zurückliegende Bild von Tante Sarahs besorgter, behutsamer Mahnung, von Onkel Matts strengem, vorwurfsvollem Blick. Es wäre gewiß falsch, so verwegen zu sein, und er würde sie nachher nur hassen. Oft hatte Tante Sarah gesagt, daß die Männer ein keckes Frauenzimmer nicht leiden mögen.

»Ich wohne nicht weit«, sagte sie. »Gerade nur diese Straße hinunter und über die Felder, etwa eine Viertelstunde.« Sie hoffte, er würde anbieten, sie zu begleiten, aber das tat er nicht, obgleich sie einige Sekunden wartete. Schließlich machte sie ihm einen Knicks. »Ich werde morgen nach Ihnen ausschauen, M'lord.«

»Vielleicht komme ich. Gute Nacht.«

Er machte vor ihr eine Verbeugung, schwenkte abermals seinen Hut, dann musterte er sie noch einmal mit einem Lächeln und einem Blick und ging ins Wirtshaus zurück. Amber blieb noch einen Augenblick wie ein verdutztes Kind stehen; dann begann sie zu laufen. Einmal kehrte sie sich noch um, aber er war fort.

Sie lief weiter – die enge Straße hinunter, an der Kirche vorbei, beschleunigte ihren Lauf, als sie am Friedhof vorüberkam, wo ihre Mutter begraben lag, und dann bog sie in einen baumumsäumten Weg ein, der über die Felder zum Hof der Goodegroomes führte. Sonst hatte sie immer ein wenig Angst, wenn sie im Dunkel allein draußen war, aber Geister und Hexen und Zwerge hatten jetzt keinen Schrecken für sie. Zu erfüllt war ihre Seele von anderen Dingen.

Sie hatte niemals einen Mann gesehen wie diesen und hatte gar nicht erfaßt, daß es solch einen Mann geben konnte. Er war jener schöne, ritterliche Edelmann, den der Flickschuster beschrieben hatte, und er war, womit ihre Träume diese Schilderungen umsponnen hatten. Bob Starling und Jack Clarke! Zwei Tölpel!

Ob er jetzt an sie dachte? Sie war dessen gewiß. Kein Mann konnte eine Frau so küssen und im nächsten Augenblick vergessen. Dieser Kuß, wenn sonst nichts, würde ihn morgen zum Markt locken, meinte sie – würde es, auch gegen seinen Willen. Sie wünschte sich selbst Glück dazu, daß sie die Männer und ihre Art so gut verstand.

Die Nachtluft war kühl, als hätte sie über Eis geweht, und die Wiesen standen voll von roten und weißen Blüten. Amber näherte sich dem Farmhaus von hinten. Sie überquerte den Bach auf der Brücke, die nichts war als ein paar Bretter mit einem Geländer, ging an dem Streifen vorüber, wo der Kohl und die anderen Gemüse wuchsen, und dann zwischen den zahlreichen Nebengebäuden hindurch – den Scheunen und Ställen – alle sauber geweißt und mit Moos und gelben Schlingpflanzen bedeckt. Dann kam sie am Rande des Ententeichs vorbei in den Hof.

Das Haus war zweistöckig, die Eichenbalken des Fachwerks geschnitzt, das weiche Rot der Backsteinmauern mit Wein bewachsen. Um jeden Schornstein rankte sich der Efeu, und ein hölzernes Gitter umrahmte, von Geißblatt verdeckt, die Küchentür, über die zum Schutz gegen Hexen ein Hufeisen genagelt war. In dem klinkergepflasterten Hof wuchsen an allen Mauern Sarahs Blumen, weiße und violette Veilchen in dichten Büscheln, Rosenstöcke, die bis zu den Dachrinnen reichten und Lavendel, den sie zwischen die Wäsche legte. Mehrere Obstbäume standen in Blüte und durchdufteten die Luft mit leichter Süße. Auf einer niedrigen Holzbank standen zwei strohgedeckte Bienenstöcke; an der Mauer, zwischen den rosa Rosen verloren, hing neben der Tür ein kleiner Vogelbauer; und auf der Schwelle saß eine kecke, grünäugige Katze und putzte ihre Pfoten.

Das Haus besaß Schönheit und Frieden und sah gleichzeitig nach tätigem, nützlichem Leben aus. Es war mehr als hundert Jahre alt, und fünf Generationen hatten darin gewohnt und eine erfreuliche Atmosphäre von Wohlstand geschaffen – nicht von Reichtum, aber von solidem Wohlstand und Fülle, von gutem Essen und Wärme und Behaglichkeit. Es war ein Haus, das man liebhaben mußte.

Als Amber eintrat, bückte sie sich, nahm das Kätzchen in die Arme, streichelte sein glattes, weiches Fell mit ihren Fingern und hörte, wie es leise und zufrieden schnurrte. Das Abendessen war vorüber, und nur Sarah und die fünfzehnjährige Agnes waren noch in der Küche geblieben. Sarah zog gerade heiße Brotlaibe aus dem Backofen neben dem Herd, Agnes war mit einem Binsenlicht beschäftigt.

Agnes redete auf ihre Mutter ein, ihre Stimme war heftig und vorwurfsvoll: »– und es ist kein Wunder, daß man über sie spricht. Ich schwöre dir, Mutter, ich schäme mich, daß sie meine Cousine ist.«

Amber hörte sie wohl, achtete aber nicht darauf. Agnes hatte die gleichen Worte schon oft gesagt. Mit einem fröhlichen Ruf trat sie ein und schlang einen Arm um ihre Tante. »Tante Sarah!« Sarah wendete den Kopf und lächelte, aber in ihren Augen war ein sorgenvoller Blick. »Das Wirtshaus ist voll von Edelleuten. Seine Majestät kommt heim!«

Die Sorge war verschwunden. »Bist du dessen sicher, Kind?«

»Jawohl«, bekräftigte Amber stolz. »Sie haben es mir selbst gesagt!« Sie war ganz erfüllt von der Wichtigkeit ihrer Nachrichten und dem Wundervollen, das sie eben erlebt hatte. Sie meinte, jeder müsse ihr auf den ersten Blick ansehen, welche Änderung in den zwei Stunden, seit sie das Haus verlassen hatte, mit ihr vorgegangen war.

Agnes betrachtete sie mit offenem Argwohn, aber Sarah stürzte aus dem Haus auf die Scheunen zu, wo die meisten von den Männern noch dabei waren, ihre Abendarbeit zu beenden. Amber lief hinter ihr her. Sobald die beiden Frauen gleichzeitig ihre Neuigkeit losgeworden waren, brach ein allgemeines Freudengeschrei aus. Die Männer kamen von Scheunen und Ställen gelaufen, die Frauen eilten aus ihren kleinen Häuschen, deren mehrere zum Hof gehörten, herbei, und sogar die Hunde bellten laut und lustig, als wollten auch sie sich der allgemeinen Fröhlichkeit anschließen.

Lang lebe Seine Majestät, König Karl II.!

Schon eine Woche vorher hatte Matthew auf dem Markt Gerüchte von einer Restauration vernommen. Seit März schwirrten sie durch das Land, von Reisenden und fahrenden Händlern herumgetragen, von all jenen, die mit der großen Welt im Süden in Verbindung standen. Der

Sohn des Protektors war aus seinem Amt verjagt worden, General Monk war von Schottland herunter marschiert, hatte London besetzt und verlangte ein freies Parlament. Abermals schien es zum Krieg zwischen den Bürgern und den großen mobilisierten Armeen zu kommen. Diese Ereignisse hatten Müdigkeit und Hoffnung in ihren Spuren hinter sich gelassen – man war der endlosen Wirren der vergangenen zwanzig Jahre müde, und man hoffte, eine Wiederaufrichtung der Monarchie würde Friede und Sicherheit wiederbringen. Man sehnte sich nach den alten, vertrauten Lebensformen. Und wenn jetzt die Edelleute zurückkehrten, dann mußte das bedeuten, daß auch König Karl heimkam – ein goldenes Zeitalter von Wohlstand, Glück und Friede sollte anbrechen.

Als schließlich die Erregung verebbte und jeder sich an seine Arbeit machte, ging auch Amber wieder auf das Haus zu. Morgen mußte früh aufgestanden werden, denn sie fuhren auf den Markt, und Amber wollte lange schlafen, um sich möglichst gut zu fühlen und vor allem möglichst gut auszusehen. Aber als sie auf dem Weg zur Küche an der Milchkammer vorbeikam, hörte sie, wie ihr Name leise und dringlich gerufen wurde, und blieb stehn. Es war Tom Andrews, der im Schatten stand und die Hand ausstreckte, um sie am Gelenk zu fassen.

Tom war ein junger Mensch von zweiundzwanzig Jahren, der bei ihrem Onkel arbeitete und sehr verliebt in Amber war, die ihn darum auch gut leiden konnte, obgleich sie wußte, daß er keineswegs ein passender Bewerber für sie war. Denn es war ihr bekannt, daß ihre Mutter ihr eine Mitgift hinterlassen hatte, mit der der reichste Bauer in der Gegend zufrieden gewesen wäre. Aber sie fand einen gewissen Reiz an Toms Verehrung und hatte ihn noch ermutigt.

Mit einem raschen Blick vergewisserte sie sich, daß weder Tante Sarah noch Onkel Matt sie sehen konnten, und huschte dann hinein. Der kleine Raum war kühl, angenehm frisch und völlig dunkel. Tom nahm sie mit recht derbem Griff, und das war sichtlich beiden nichts Neues, denn Amber ließ es eine Weile lang ohne Widerstreben geschehen, dann aber stieß sie ihn heftig zurück.

»Himmelkreuz, Tom Andrews! Wer erlaubt dir, so frech mit mir zu sein?«

Sie dachte daran, wie unglaublich es doch sei, daß der Kuß eines gemeinen Mannes sich so sehr von dem eines Lords unterschied, aber Tom war verdutzt und gekränkt und streckte die Hände abermals nach ihr aus.

»Was ist denn los, Amber? Was habe ich getan? Was ist nur in dich gefahren?«

Ärgerlich machte sie ihre Hand frei und lief hinaus, denn jetzt fühlte sie sich über solche Dummheiten mit Männern vom Schlage Tom Andrews' erhaben und wollte nur rasch hinaus und ins Bett, wo sie stillliegen und an Lord Carlton denken und von morgen träumen konnte.

*

In der Küche war nur noch Sarah, die ein letztes Mal den Fliesenboden fegte, bevor sie zu Bett ging. Drei oder vier Binsenlichter brannten, und jede Flamme umschwärmte ein Kreis von Mücken. Nur das glockengleiche Lied der Grillen durchdrang die abendliche Stille. Matt trat scheltend ein, dann ging er, ohne ein weiteres Wort zu verlieren, zu dem Bierfaß, das in einer kühlen Ecke des Raumes stand, schenkte sich einen Becher randvoll und trank ihn leer. Er war ein mittelgroßer, ernster Mann, der hart arbeitete, sein gutes Auskommen hatte und seine Familie liebte. Er war gewissenhaft und gottesfürchtig und hatte ein starkes Gefühl dafür, was recht und was unrecht, was gut und was schlecht war.

Sarah warf ihm einen Blick zu. »Was gibt's denn, Matt? Geht es dem Fohlen schlechter?«

»Nein, es wird wohl am Leben bleiben. Das Mädchen ist es!«

Er sah verärgert aus und trat jetzt vor den großen Kaminplatz, der überall mit geschwärzten Töpfen und Pfannen, schimmerndem Kupfer und Bechern, die wie Silber blinkten, umgeben war. In großen Netzen hingen Speckseiten und Schinken von den Deckbalken, und hier und dort auch Bündel getrockneter Kräuter.

»Wer?« fragte Sarah. »Amber?«

»Wer sonst? Es ist noch keine Stunde her, da sah ich sie aus der Milchkammer herauskommen und eine Minute später Tom hinter ihr her, der aussah wie ein geprügelter Hund. Sie hat den Burschen ganz um den Verstand gebracht – er taugt gar nichts mehr. Und was tut sie denn unten im Wirtshaus mit dem ganzen Pack von Edelleuten?« Seine Stimme schwoll zornig.

Sarah stellte gerade den Besen vor die Tür, schloß sie dann und schob den Riegel vor. »Still, Matt! Einige von den Leuten sind noch im Zimmer. Ich glaube nicht, daß sie etwas Unrechtes getan hat. Sie ist zufällig vorübergekommen und hat sie gesehen – es ist nur natürlich, daß sie stehen geblieben ist.«

»Und allein in der Dunkelheit nach Hause gekommen ist? Hat sie eine Stunde dazu gebraucht, um zu hören, daß der König zurückkommt? Ich sage dir, Sarah, sie muß verheiratet werden. Ich möchte nicht, daß sie Schande über meine Familie bringt. Hast du gehört?«

»Ja, Matt, ich habe gehört.« Sarah ging zu der Wiege neben dem Kamin, wo das Baby unruhig geworden war und wimmerte. Sie nahm es auf, legte es an die Brust und setzte sich auf die Lehnbank. Dann seufzte sie schwach. »Sie will aber nicht heiraten!«

»Oh!« machte Matt spöttisch. »Sie will also nicht heiraten! Jack Clarke oder Bob Starling sind ihr wohl nicht gut genug, – zwei der prächtigsten Burschen von ganz Essex!«

Sarah lächelte sanft, ihre Stimme war leise und müde. »Schließlich, Matt – sie ist eine Dame.«

»Dame! Eine Dirne ist sie! Seit Jahren hat sie mir nichts als Ärger bereitet, und bei Gott, ich habe es satt bis zu den Zähnen. Ihre Mutter mag eine Dame gewesen sein, aber sie ist eine . . .«

»Matt! Sprich nicht so von Judiths Kind. Oh, ich weiß, Matt, es macht mir auch Sorgen. Ich versuche, sie zu warnen – aber ich weiß nicht, ob sie auf mich hört. Heute abend erzählte mir Agnes – nun, ich glaube nicht, daß es etwas zu bedeuten hat. Sie ist hübsch, und die Mädchen sind eifersüchtig, und sie klatschen vermutlich.«

»Ich bin gar nicht so sicher, daß es nur Geklatsch ist, Sarah. Du bist immer bereit, nur das Beste von den Leuten zu denken, aber sie verdienen das nicht immer. Bob Starling hat erst heute wieder bei mir um sie angehalten, und ich sage dir, wenn sie nicht bald heiratet, dann wird nicht einmal Tom Andrews sie nehmen. Mitgift hin, Mitgift her.«

»Aber nimm einmal an, daß ihr Vater wiederkommt und sie mit einem Bauern verheiratet findet. O Matt, manchmal glaube ich, daß wir nicht recht tun, wenn wir ihr nicht sagen, wer sie ist.«

»Was können wir anderes tun, Sarah? Ihre Mutter ist tot. Ihr Vater ist auch tot, sonst hätten wir von ihm gehört, und von den andern St. Clares haben wir nie eine Spur gefunden. Ich sage dir, Sarah, sie hat keine andere Wahl, als einen Bauern zu heiraten, und was das betrifft, daß sie erfahren soll, wer sie ist –« Er hob abwehrend die Hände. »Da sei Gott vor! Der Mann, der sie bekommt, tut mir ohnehin schon leid. Warum soll man es ihm noch schwerer machen? Und jetzt keine weiteren Ausreden, Sarah. Es ist Jack Clarke oder Bob Starling, der eine oder der andere, und je früher, desto besser!«

Zweites Kapitel

In ihren blau und rot gestrichenen Wagen, zu Fuß und zu Pferd strömten sämtliche Bauern und Dörfler aus einem Umkreis von zwanzig Meilen nach Heathstone. Und mit sich brachten sie ihre Frauen, ihre Kinder, das Korn und den Weizen und das Vieh, das sie verkaufen wollten, und das Linnen und die Wolle, die die Frauen an den langen Winterabenden selbst gesponnen und gewoben hatten. Doch sie kamen auch, um einzukaufen: Schuhe und Zinnteller und Werkzeuge für die Farm, aber auch manche Dinge, die sie wohl nicht brauchten, die sie aber gerne haben wollten: Spielzeug für die Kinder, Bänder für das Haar der Töchter, Bilder für das Haus, Bibermützen für sich selbst.

Auf der Wiese um das Sachsenkreuz wurden Buden aufgestellt, aus denen sich Straßen bildeten, gedrängt voll von Leuten in Sommerkleidern – Pluderhosen und Halskrausen und langärmlige Röcke –, alles schon seit vielen Jahren aus der Mode, dennoch aber sorgfältig von einem wichtigen Anlaß zum andern in den Schränken aufbewahrt. Trommeln dröhnten und Geigen kratzten. Die Budenbesitzer priesen ihre Waren mit Stimmen an, die bereits heiser waren. Neugierige Menschenhaufen blieben stehen und sahen, die Gesichter von Mitleid verzogen, zu, wie einem schwitzenden Mann sein schlechter Zahn ausgerissen wurde, während der Zahnarzt laut verkündete, die Operation sei gänzlich schmerzlos. Da gab es einen Feuerfresser, einen Stelzenläufer, dressierte Flöhe, Akrobaten, Gaukler, abgerichtete Affen, Kasperletheater. Über einem großen Zelt wehte eine Flagge, um anzuzeigen, daß das Spiel eben begonnen habe – doch der puritanische Einfluß blieb stark genug, und so war das Publikum dünn gesät.

Amber stand zwischen Bob Starling und Jack Clarke, sie runzelte die Stirn und stampfte mit dem Fuß, während ihre Augen schnell und ungeduldig über die Menge glitten.

Wo war er?

Sie selbst war seit sieben Uhr da, jetzt war es neun, und noch hatte sie nichts von Lord Carlton oder von seinen Freunden gesehen. Ihr Magen zog sich nervös zusammen, ihre Hände waren feucht, ihr Mund trocken. Oh, gewiß, wenn er überhaupt gekommen wäre, dann müßte er schon da sein. Aber er ist fort. Er hat mich ganz und gar vergessen und ist fort.

Jack Clarke, ein großer junger Mensch mit stumpfem Gesicht stieß sie an: »Sieh nur, Amber, wie gefällt dir das?«

Sie wandte den Kopf und spähte in die fröhlich johlende Menge, die den Hanswurst umstand, der von Kopf bis Fuß mit Eierschaum bedeckt war, den man nach ihm geschmissen hatte, ein Farthing der Wurf.

Ach, warum kam er nicht!

»Amber – wie würde dir dieses Band gefallen?«

Sie lächelte den beiden rasch zu und versuchte, die Gedanken von ihm abzuwenden, aber das brachte sie nicht fertig. Jeden wachen Augenblick war er in ihren Sinnen und in ihrem Herz gewesen, und wenn sie ihn heute nicht wiedersah, würde sie die Enttäuschung nicht überleben. Es war die schwerste Herzenskrise, die ihr begegnet war, und sie glaubte doch, schon manche überstanden zu haben.

Sie hatte sich mit außerordentlicher Sorgfalt angezogen und war ganz überzeugt, daß sie noch nie reizender ausgesehen hatte.

Ihr Rock, der nicht ganz bis zu den Knöcheln reichte, war aus leuchtend grünem Baumwollstoff, hinten hochgerafft, um einen rot-weiß gestreiften Unterrock sehen zu lassen. Die Schnüre ihres schwarzen Miederleibchens hatte sie so fest wie möglich zusammengezogen, um ihre schmale Taille zur Geltung zu bringen, und kaum hatte sie sich von Sarah losgemacht, da öffnete sie auch schon die weiße Bluse bis zum Busenansatz. Auf dem Kopf hatte sie einen Kranz von weißen Margeriten, und in der Hand trug sie einen breitrandigen Strohhut.

Und sollte all das jetzt an ein paar Tölpel vergeudet sein, die sie umdrängten, mit den Münzen in ihrer Tasche klimperten und einander scheel ansahen?

»Ich glaube, daß dieses . . .« Sie wußte kaum, was sie sagte, zeigte gleichgültig auf ein rotes Satinband, das unter einem Haufen anderer auf dem Ladentisch lag, dann runzelte sie wieder die Stirn, wendete den Kopf – und sah ihn.

»Oh!«

Eine halbe Minute stand sie regungslos, und dann plötzlich raffte sie ihre Röcke und rannte davon und ließ es sich nicht kümmern, daß die andern ihr erstaunt und verblüfft nachschauten. Lord Carlton hatte soeben mit Almsbury und einem andern jungen Mann das Marktgelände betreten, und sie blieben stehen, während eine alte Frau niederkniete und ihnen, nach dem Brauch der Vorväter, die Stiefel putzte. Atemlos kam Amber gelaufen, aber sie lächelte und machte vor ihnen einen Knicks, den die Herren mit einem Schwenken des Huts und gravitätischer Verbeugung erwiderten.

»Verdammt, Herzchen«, schrie Almsbury begeistert, »du bist doch das reizendste kleine Weibstück, das ich seit Teufelszeiten gesehen habe.«

»Vielen Dank, M'lord«, sagte sie zu ihm, aber ihre Augen kehrten sich nicht von Lord Carlton ab, der sie mit einem Blick anschaute, daß ihr Arme und Rücken zu zittern begannen. »Ich hatte Angst – ich hatte Angst, Sie wären fort.«

Er lächelte. »Der Hufschmied war auch auf den Markt gegangen, und so mußten wir unser Pferd selbst beschlagen.« Er sah sich um. »Nun – was sollen wir uns denn zuerst anschauen?«

In seinen Augen und in dem Zug um seinen Mund war eine Art lässiger Heiterkeit. Das machte sie verlegen, machte sie hilflos und stumm und linkisch und auch ein wenig wütend. Denn wie sollte sie Eindruck auf ihn machen, wenn sie nichts zu sagen wußte, wenn er sah, wie sie bald weiß und bald rot wurde, wenn sie dastand und ihn anstarrte wie eine alberne Gans?

Die alte Frau war jetzt fertig, und nachdem jeder der Männer ihr, wie es das Herkommen verlangte, eine Münze gegeben hatte, ging sie ihres Wegs. Aber sie sah noch einmal über die Schulter nach Amber zurück, die schon merkte, daß sie Aufsehen erregte, denn jedermann schaute nach den Edelleuten und fragte sich zweifellos, was ein Bauernmädchen mit ihnen zu schaffen haben konnte. Diese allgemeine Aufmerksamkeit hätte sie entzückt, aber sie fürchtete, jemand von ihrer Familie könnte sie erwischen – und sie wußte, was das bedeutete. Sie mußten von hier fort, an eine ruhigere, sicherere Stelle.

»Ich weiß, was ich zuerst sehen möchte«, sagte Almsbury. »Dort drüben die Bude, wo man Schnaps ausschenkt. Wir treffen uns an der Kreuzung unterhalb des Ortes, Bruce, wenn die Sonne dort steht.« Er zeigte mit dem Finger auf den Himmel, dann machte er noch eine Verbeugung und entfernte sich mit dem andern jungen Mann.

Sie zögerte eine Weile und wartete, was er jetzt vorschlagen werde, aber da er nichts sagte, wandte sie sich dem Zelt zu, wo die Vorstellung stattfand. Das Gedränge war noch immer groß, aber hier war man doch nicht mehr im Mittelpunkt des Marktlebens. Er ging neben ihr her, und mehrere Minuten lang sprachen sie nichts. Amber war froh, daß es zu lärmend war, als daß man hätte sprechen können, ohne zu schreien – und sie hoffte, er werde das für den Grund ihres Schweigens halten.

Sie fühlte sich so jämmerlich unzulänglich, fürchtete, was immer sie sagen oder tun mochte, würde ihm töricht erscheinen. In der letzten Nacht, als sie im Bett lag, hatte sie sich schon sehr heiter und überlegen gefühlt und war sicher gewesen, daß sie ihren Zauber auf ihn ebenso ausüben würde wie auf Tom Andrews und Bob Starling und viele, viele andere. Jetzt aber wurde sie abermals des großen Abstands zwischen ihnen gewahr und fand keinen Weg zu ihm.

Um ihre Verwirrung nicht merken zu lassen, betrachtete sie jede Bude, an der sie vorüberkamen, mit dem größten Interesse. Als sie schließlich vor einer Bude standen, wo eine junge Frau eine Menge glitzernder Schmuckstücke feilbot, warf Lord Carlton ihr einen Blick zu.

»Siehst du hier irgend etwas, was du gern haben möchtest?«

Amber erwiderte seinen Blick überrascht und entzückt. Alles sah so wunderbar aus, aber es mußte natürlich furchtbar teuer sein. Solchen Schmuck hatte sie nie getragen, obgleich ihre Ohren durchstochen waren, denn Sarah hatte gesagt, wenn sie einmal heiratete, sollte sie die Ohrringe haben, die ihrer Mutter gehört hatten. Natürlich, wenn sie jetzt mit dergleichen heimkäme, würde Onkel Matt wütend werden, und Tante Sarah würde abermals vom Heiraten reden – doch die Lockung des Schmucks und die Aussicht auf ein Geschenk Seiner Lordschaft überwanden jeden Widerstand.

Ohne Zögern antwortete sie: »Ich hätte gern ein Paar Ohrringe, M'lord.«

Schon hatte die junge Frau hinter dem Tisch, da sie die beiden stehenbleiben sah, einen geräuschvollen Schwatz begonnen und Halsbänder und Kämme und Armbänder vor ihnen ausgebreitet. Jetzt, als Amber von Ohrringen sprach, hielt sie ein Paar bereit, an denen rohgeschnittene, farbige, aber durchsichtige Glasstückchen baumelten.

»Sehen Sie einmal das an, Herzchen! Schön genug für die Ohren einer Gräfin, das kann ich beschwören. Lehnen Sie sich einmal vor, mein Kind, und ich will sie Ihnen anprobieren. Noch etwas näher. So! Oh, wollen Sie das einmal betrachten, Euer Lordschaft. Sie machen einen ganz anderen Menschen aus ihr, eine Dame von Stand, oder der Teufel soll mich auf der Stelle holen. Hier, Herzchen, sehen Sie sich in diesem Spiegel an. Nein, ich schwöre, daß ich noch nie erlebt habe, daß ein Schmuck einen Menschen so verändern kann wie Sie, Madame.«

Mit wütendem Eifer schwatzte sie weiter und hielt einen Spiegel hoch, damit Amber die phänomenale Veränderung selbst betrachten könnte. Und Amber beugte sich vor, strich die Haare zurück, so daß ihre Ohren sichtbar wurden, und ihre Augen schimmerten vor Vergnügen. Sie fühlte sich ganz großartig, aber auch ein wenig schlecht. Sie lächelte Lord Carlton von der Seite zu, um zu sehen, was er darüber dachte. Denn einerseits begehrte sie die Ohrringe heftig, andererseits fürchtete sie, er könnte weniger gut von ihr denken, wenn sie allzu gierig wäre. Er erwiderte ihr Lächeln und wandte sich dann zu der Verkäuferin.

»Wieviel?«

»Zwanzig Schilling, Mylord.«

Er zog ein paar Goldstücke aus der Tasche und warf sie auf den Ladentisch. »Sie sind ganz bestimmt jeden Farthing wert, den sie kosten.«

Er und Amber gingen weiter, Amber in hellem Entzücken und überzeugt, daß alles echtes Gold, Diamanten und Rubine waren. »Ich werde sie immer tragen, Euer Lordschaft. Ich schwöre, daß ich niemals ein anderes Schmuckstück tragen will.«

»Mich freut's, daß sie dir gefallen. Und was tun wir jetzt? Hast du Lust, dir die Vorstellung anzusehen?«

Er wies mit dem Kopf auf das Zelt, dem sie sich näherten. Amber, die immer große Lust verspürt hatte, einmal eine Vorstellung zu besuchen – denn seit sie denken konnte, war es ihr verboten –, warf einen raschen, sehnsüchtigen Blick auf das Zelt. Doch jetzt zauderte sie, teils wohl aus Angst, sie könnte im Zelt von einem Bekannten gesehen werden, vielleicht aber doch noch mehr, weil sie mit ihm allein sein wollte, fern von allen andern.

»Ach – nun – um Ihnen die Wahrheit zu sagen, Sir, ich glaube, mein Onkel Matt würde es nicht gern sehen, wenn ich ginge.«

Und als sie neben ihm stand und wünschte, er würde den Entschluß für sie fassen, da sah sie – keine zehn Meter entfernt – Agnes und Lisbeth Morton und Gartrude Shakerly. Alle drei starrten sie mit weit aufgerissenem Mund an – verblüfft, entrüstet, empört und wütend vor Eifersucht. Einen Augenblick lang begegneten Ambers Augen den Augen ihrer Cousine, der Atem stockte ihr vor Entsetzen, dann aber sah sie zur Seite und versuchte, zu tun, als hätte sie sie überhaupt nicht gesehen. Nervös fingerte sie am Rand ihres Strohhuts.

»Herrgott, Euer Lordschaft«, murmelte sie erregt. »Dort ist meine Cousine. Jetzt läuft sie bestimmt zu meiner Tante und erzählt es ihr. Wir wollen lieber dorthin gehn . . .«

Sie sah das Lächeln auf Carltons Gesicht nicht, denn schon drängte sie sich durch die Menge, und ohne den drei Mädchen einen Blick zu gönnen, folgte er ihr. Amber wandte sich nur einmal um, um festzustellen, daß Agnes ihr nicht nachspürte, und dann schenkte sie ihm das strahlendste Lächeln, das sie nur aufbringen konnte. Aber sie war in großer Angst, Agnes würde so rasch wie möglich Sarah oder Matt verständigen, und dann würde sie von jedem Mitglied der Familie gesucht und in Sicherheit gebracht werden. Sie mußten fort, mußten außer Sicht sein – denn sie war entschlossen, eine oder zwei Stunden für sich zu haben, mochte nachher daraus entstehen, was da wollte.

Jetzt sagte sie hastig: »Hier ist der Friedhof – wir wollen hineingehen und uns an den Brunnen etwas wünschen.«

Er blieb stehen, und sie blieb auch stehen und sah ihn mit einer Art ängstlichem Trotz an. »Mein liebes Kind«, sagte er, »ich glaube, daß du dir nur Unannehmlichkeiten bereitest. Dein Onkel ist offenbar ein sehr moralischer Herr und wird bestimmt keinen Wert darauf legen, seine Nichte in Gesellschaft eines Adligen zu sehen. Vielleicht bist du noch zu jung, um das zu wissen, aber die Puritaner und die Edelleute haben wenig Vertrauen zueinander, zumal wenn es sich um weibliche Verwandte handelt.«

Es war der gleiche lässige Ton in seiner Stimme, die gleiche leichte Erheiterung auf seinem Gesicht, die sie am vergangenen Abend so seltsam gespürt hatte.

Sie antwortete ihm hemmungslos, denn jetzt begann sie sich wieder sicherer zu fühlen. »Ich kümmere mich nicht um meinen Onkel – meine Tante glaubt mir immer –, überlassen Sie das nur mir, Euer Lordschaft. Ach, bitte, Sir, ich möchte einen Wunsch tun.«

Er zuckte die Achseln, und sie gingen weiter, überquerten die Straße und traten durch die efeuumwachsene Friedhofspforte zu dem Ort, wo zwei Brunnen etwa drei Fuß voneinander entfernt standen. Amber sank zwischen ihnen auf die Knie, tauchte in jeden eine Hand, bis das kalte Wasser ihre Gelenke bedeckte, dann schloß sie die Augen und tat schweigend einen Wunsch.

Ich wünsche, daß er sich in mich verliebt.

Dann blieb sie noch einen Augenblick still und gesammelt, und schließlich hob sie die hohlen Hände und trank das Wasser. Er streckte seine Hand aus und half ihr beim Aufstehen.

»Du hast dir vermutlich das Blaue vom Himmel gewünscht«, sagte er. »Wie lange wird es dauern, bis du es kriegst?«

»Ein Jahr – wenn ich daran glaube; aber niemals, wenn ich nicht daran glaube.«

»Aber du glaubst natürlich daran?«

»Meine andern Wünsche sind alle in Erfüllung gegangen. Wollen Sie sich nicht auch etwas wünschen?«

»Für die meisten meiner Wünsche ist ein Jahr nicht lang genug.«

»Nicht lang genug? Jemine! Ich dächte, ein Jahr müßte für alles lang genug sein.«

»Wenn man siebzehn Jahre alt ist, dann schon.«

Sie sah sich um, teils, weil sie den ständig auf sich gerichteten Blick seiner graugrünen Augen nicht länger ertrug, teils aber auch, weil sie einen Platz suchte, wohin sie sich wenden konnten. Der Friedhof war ein gar zu öffentlicher Ort. Auch andere Leute mochten hierher kommen, und jeder Mann oder jede Frau oder jedes Kind schienen ihr eine Bedrohung ihres Glücks zu sein. Sie hatte das Gefühl, als wären sie alle miteinander im Bund, um sie fortzurufen, um sie ihm zu entreißen und wieder unter den trockenen, strengen Schutz von Onkel und Tante zurückzuzwingen.

Neben der Kirche war ein Garten und dahinter die Wiese, die Heathstone vom Bluebellwald trennte. Das war natürlich der richtige Ort! Im Wald war es kühl und dunkel, und da gab es manche kleine Schlupfwinkel, wo keiner sie sehen konnte – sie selbst kannte mehrere, an die sie sich von den Märkten der letzten Jahre erinnerte. Nun schlug sie diesen Weg ein, hoffte aber, er würde meinen, es sei ein reiner Zufall.

Sie durchquerten den Garten, kletterten über den Zauntritt und gingen durch die Wiese.

Das Gras war hier dicht vermischt mit Butterblumen und Margeriten und wilder, gelber Iris. Der Boden war weich und schwammig, und ihre Füße sanken bei jedem Schritt ein. Beim Fluß, wo die Ringelblumen wuchsen, war ein orangefarbener Fleck, und als sie näher kamen, konnten sie das hohe, grüne Schilfrohr im Wasser stehen sehen. An den Ufern wuchsen Weiden, und jenseits des Flusses, am Rande des Waldes, war ein Espengehölz, dessen Blätter in der Sonne wie Goldstücke glitzerten.

»Ich hatte beinahe vergessen«, sagte er, »wie schön England im Frühling ist.«

»Wie lange ist es her, daß Sie fortgegangen sind?«

»Fast sechzehn Jahre. Meine Mutter und ich gingen ins Ausland, nachdem mein Vater bei Marston Moor gefallen war.«

»Sechzehn Jahre im Ausland!« rief sie ungläubig. »Mein Gott, wie haben Sie das fertiggebracht?«

Er sah zu ihr hinunter und lächelte mit einer gewissen Zärtlichkeit. »Es war nichts, was einer von uns sich ausgesucht hätte, aber wir hatten keine Wahl. Und ich konnte mich jedenfalls nicht beklagen.«

»Hat es Ihnen drüben etwa gefallen?« fragte sie, beinahe empört über diese Lästerung.

Nun gingen sie auf einer schmalen, wackeligen Holzbrücke über den langsam dahinfließenden Fluß; unter ihnen schossen die Fische hin und her, und die Libellen schwirrten knapp über der Oberfläche und zwischen den Wasserrosen, die in einer stillen Bucht wuchsen. Am andern Ufer traten sie in den Wald und schlugen einen unscheinbaren, kleinen Pfad ein, der zwischen den Bäumen und Farnkräutern und blühenden wilden Hyazinthen hindurchführte. Es war kühl und still hier, und es duftete nach Blüten und vermoderten Blättern.

»Vermutlich klingt es wie ein Verrat, wenn ein Engländer zugibt, daß andere Länder ihm gefallen. Aber ich hatte mehrere darunter liebgewonnen – Italien und Frankreich und Spanien. Aber Amerika am meisten.«

»Amerika! Das ist doch jenseits des Meeres!« Das war tatsächlich das einzige, was sie von Amerika wußte.

»Ein weiter Weg über das Meer«, nickte er.

»War der König dort?«

»Nein, ich segelte auf einem Kaperschiff mit dem Vetter des Königs, dem Prinzen Rupert, und ein andermal mit einer Handelsflotte.«

Sie war wie verzaubert. Solch ferne Länder gesehen zu haben – sogar über das Meer gesegelt zu sein! Es war unglaubhaft wie ein Feenmärchen. Sie war niemals weiter gekommen als bis Heathstone, und auch das nur zweimal im Jahr, zum Frühjahrs- und zum Herbstmarkt, während der einzige Mensch ihrer Bekanntschaft, der London gesehen hatte, das fünfundzwanzig Meilen südöstlich von Marygreen lag, der Flickschuster war.

»Wie herrlich muß es sein, die große Welt zu sehen!« Sie seufzte. »Sind Sie auch in London gewesen?«

»Soweit ich mich erinnern kann, nur zweimal. Ich war damals zehn Jahre alt, und dann ein paar Monate später, als Cromwell starb. Aber ich habe mich beide Male nicht lange aufgehalten.«

Sie waren stehengeblieben, und er warf durch die Bäume einen Blick zum Himmel, als wollte er sehen, wieviel Zeit er noch hatte. Amber, die ihn beobachtete, wurde plötzlich wie von einer Panik gepackt. Jetzt ging er wieder fort – hinaus in die große Welt mit ihrem Treiben und ihrem Lärm und ihren Zerstreuungen, und sie mußte hier bleiben. Sie hatte ein furchtbares Einsamkeitsgefühl, als stünde sie bei einer Gesellschaft, wo sie die einzige Fremde war, allein in einer Ecke. All diese Länder, die er gesehen hatte, würde sie niemals sehen; all die schönen Dinge, die er getan hatte, würde sie niemals tun. Doch das Schlimmste von allem – sie würde ihn niemals wiedersehen.

»Sie müssen doch noch nicht fort?«

»Nein, ich habe noch eine Weile Zeit.«

Amber ließ sich im Gras auf die Knie fallen, mit schmollenden Lippen und gekränkten Augen – und einen Augenblick später setzte er sich und sah sie an. Sekundenlang blickte sie noch trotzig drein und dachte trübselig an ihre unglückliche Zukunft, und dann wandte sie ihm ihren Blick zu. Er beobachtete sie unablässig, prüfend. Sie erwiderte seinen Blick, ihr Herz klopfte, und langsam überkam sie eine Schwäche und Mattigkeit, die so verzehrend war, daß selbst ihre Augen schwer wurden. Jede Faser war erfüllt von qualvollem Verlangen nach ihm. Und doch ängstigte sie sich auch, war unsicher und zögerte, und ihre Furcht war beinahe noch größer als ihre Begierde.

Endlich streckte er den Arm aus, legte ihn um sie und zog sie sachte an sich. Amber hob den Kopf, um seinem Mund zu begegnen, und schlang ihre Arme um ihn.

Die Zurückhaltung, die er bisher gezeigt hatte, verschwand schnell und machte einer Leidenschaftlichkeit Platz, die wild, heftig, rücksichtslos, selbstsüchtig war. Amber, unerfahren, aber nicht unschuldig, erwiderte seine Küsse gierig. Von den Liebkosungen seines Mundes und seiner Hände angestachelt, steigerte ihr Verlangen sich in gleichem Maße wie das seine, und mochte sie auch anfangs irgendwo tief in ihrer Seele Sarah gehört haben, die sie rief, sie warnte, so wurde Klang und Bild immer schwächer, zerging und war verschwunden.

Doch als er sie zu Boden zwang, wagte sie noch eine rasche Bewegung der Abwehr, einen leichten Schrei – dessen war sie sich noch bewußt. Etwas Geheimnisvolles, Schreckliches mußte dahinter liegen. Ihre Hände preßten gegen seine Brust, sie seufzte tief erschrocken, wandte ihr Gesicht ab. Ihre Furcht war jetzt völlig unsinnig, heftig, fast hysterisch.

»Nein«, schrie sie, »lassen Sie mich!«

Sie sah sein Gesicht über sich, seine Augen waren glitzerndes Grün, sie schrie halb toll vor Leidenschaft und Entsetzen, und dann, plötzlich, ergab sie sich. –

Mit einigem Widerstreben wurde Amber sich der Umwelt wieder bewußt, spürte, daß sie beide wieder getrennte Wesen waren. Sie seufzte tief, die Augen noch geschlossen – sie hatte das Gefühl, als könnte sie keinen Finger rühren.

Nach einer Weile löste er sich von ihr, setzte sich auf, die Arme auf den Knien, einen langen Grashalm zwischen den Zähnen, und blickte aufwärts. Sein sonnverbranntes Gesicht war feucht von Schweiß, und er wischte mit dem schwarzsamtenen Ärmel seines Rockes darüber. Amber lag völlig still, einen Arm über der Stirne. Sie war wie berauscht und fühlte sich mit jeder Fiber ihres Wesens beglückt darüber, daß es geschehen war.

Jetzt schien es ihr, als habe sie bis zu diesem Augenblick nur halb gelebt.

Sie spürte seine Augen auf sich, wendete leicht den Kopf und lächelte ihm lässig zu. Sie wollte sagen, daß sie ihn liebte, aber selbst jetzt wagte sie es nicht. Wenn er doch nur sagen wollte, daß er sie liebte! Aber er beugte sich nur über sie und küßte sie sehr sanft.

»Es tut mir leid«, sagte er leise, »ich hatte nicht erwartet, daß du eine Jungfrau warst.«

»Ich bin froh, daß ich es war.«

War das alles, was er zu sagen hatte? Sie erwartete, beobachtete ihn, Unsicherheit und Angst überkamen sie. Er sah wieder ganz so aus wie beim ersten Mal, da sie ihn erblickt hatte – weder sein Ausdruck noch sein Benehmen verrieten, wie nahe sie einander gewesen waren. Sie war erstaunt und gekränkt, weil das, was geschehen war, ihn nicht ebenso verändert hatte wie sie. Nichts sollte so sein wie vorher, weder für sie noch für ihn.

Endlich stand er auf und blinzelte nach der Sonne. »Sie erwarten mich schon. Wir müssen noch vor der Nacht in London sein.« Er reichte ihr die Hand, um ihr zu helfen, und sie sprang auf, schüttelte ihr Haar, strich die Bluse glatt, griff an die Ohrringe, um sich zu versichern, daß sie sie nicht verloren hatte.

»Mein Gott, wir dürfen uns nicht verspäten!« sagte sie.

Er klopfte den Staub von seinem Hut und warf ihr einen erstaunten Blick zu. Er fluchte innerlich; er hatte gewissermaßen mehr erhalten, als er verlangt hatte.

Unter seinem Blick erstarb Ambers Lächeln und Erregung im Nu.

»Wollen Sie denn nicht, daß ich mitgehe?« Sie war dem Weinen nahe.

»Mein liebes Kind, deine Tante und dein Onkel würden das niemals billigen.«

»Was liegt mir daran? Ich will mit Ihnen gehen! Ich hasse Marygreen. Ich will es nie wieder sehen. Oh, bitte, Euer Lordschaft, lassen Sie mich mit Ihnen gehen!« Marygreen und ihr Leben dort waren ihr plötzlich unerträglich geworden. Er hatte die Unruhe, den Durst, die Sehnsucht nach einem größeren, glänzenderen Leben Gestalt werden lassen, die nur halbverstanden in ihr wirksam gewesen waren, seit sie zum ersten Mal vor vielen Jahren mit dem Flickschuster gesprochen hatte.

»London ist kein Ort für ein unverheiratetes Mädchen ohne Geld und ohne Beziehungen«, sagte er in einem gleichmütig feststellenden Ton, aus dem auch Amber heraushörte, daß er keinen Wert darauf legte, mit ihr belastet zu sein. Und dann fügte er hinzu – vielleicht weil es ihm leid tat, daß er sie gekränkt hatte: »Ich werde nicht lange dort bleiben. Und was wirst du anfangen, wenn ich fort bin? Es würde dir dann nicht leichtfallen, hierher zurückzukommen – ich weiß gut genug, wie man in einem englischen Dorf über derartige Eskapaden denkt. Und in London stehen einer Frau nicht viele Verdienstmöglichkeiten offen. Nein, mein Kind, ich glaube, daß du besser daran tust, hierzubleiben.«

Da brach sie ganz plötzlich, ebensosehr zu seiner wie zu ihrer eigenen Überraschung, in Tränen aus. »Ich will nicht hierbleiben! Wie soll ich Onkel Matt erklären, wo ich diese zwei Stunden gewesen bin – wo hundert Leute, die ich kenne, gesehen haben, wie wir miteinander vom Markt fortgingen!«

Er sah unzufrieden aus, aber sie bemerkte es nicht. »Ich habe dir gesagt, daß das geschehen würde«, erinnerte er sie. »Aber auch wenn er zornig ist, ist es viel besser für dich, zurückzugehen und . . .«

Sie unterbrach ihn. »Ich gehe nicht zurück! Ich will nicht länger hier leben, hören Sie? Und wenn Sie mich nicht mitnehmen – dann gehe ich eben allein.« Sie hielt plötzlich inne und sah ihn an; wütend und trotzig, aber gleichzeitig flehend: »Oh, bitte – Eure Lordschaft, nehmen Sie mich mit!«

So standen sie und blickten einander an, aber schließlich verschwand sein Mißbehagen, und er lächelte. »Gut, du kleines Mädchen, ich will dich mitnehmen. Aber ich werde dich nicht heiraten, wenn wir dort sind – und vergiß nicht, was auch geschehen mag, daß ich dir das gesagt habe.«

Sie hörte nur den ersten Teil dessen, was er sagte, denn der zweite schien keinerlei unmittelbare Bedeutung zu besitzen. »Oh, Eure Lordschaft! Kann ich mitkommen? Ich werde gar keine Belastung für Sie sein, das schwöre ich Ihnen.«

»Das weiß ich noch nicht«, sagte er langsam. »Und ich glaube, daß es durchaus nicht so sein wird.«

*

Es war um die Mitte des Nachmittags, als sie über die Whitechapelroad in London einritten, an den vielen kleinen Dörfern vorüber, die sich an den Rand der Stadt klammern und trotz ihrer Nähe zur Hauptstadt äußerlich kaum anders waren als Heathstone oder Marygreen. Auf den Wiesen weidete das Vieh, rupfte träge das Gras, und die Dorffrauen hatten ihre Wäsche zum Trocknen über die Büsche gebreitet. Sie wurden unterwegs als heimkehrende Royalisten erkannt und mit lautem Zuruf begrüßt. Kleine Jungen liefen neben ihnen her und versuchten, ihre

Stiefel zu berühren. Frauen lehnten sich aus den Fenstern, Männer blieben auf den Straßen stehen, zogen den Hut und riefen:

»Willkommen daheim!«

»Lange lebe der König!«

»Gesundheit Seiner Majestät!«

Die Stadt in ihren Mauern war ein Gemisch der Jahrhunderte, war alt und häßlich und voll Fäulnis, aber auch voll von Farbe und malerischem Glanz und einer Art welkender Schönheit. Allseits war sie von einem riesigen Kranz von Misthaufen umgeben, Abfällen, die man mit Karren angeschleppt und liegengelassen hatte. Die Straßen waren eng, manche mit runden Steinen gepflastert, die meisten aber nicht, und in der Mitte oder an den Seiten waren offene Kloaken. Pfosten dienten in gewissen Abständen dazu, die Fahrbahn von dem schmalen Raum zu trennen, den man den Fußgängern überlassen hatte. Und an den Straßen standen die Häuser, jedes Stockwerk über das untere vorspringend, wie um Licht und Luft aus diesen überfülltesten aller Gassen fast vollständig auszuschließen.

Kirchtürme beherrschten den Horizont, denn innerhalb der Mauern gab es ihrer mehr als hundert und der Klang ihrer Glocken war die ununterbrochene, leidenschaftlich schöne Musik Londons. Knarrend schwangen sich Schilder über den Köpfen, mit goldenen Lämmern, blauen Ebern, roten Löwen bemalt, und dann gab es einige funkelnagelneue mit dem Wappen der Stuarts oder dem Profil eines schwärzlichen, dunkelhaarigen Mannes mit einer Krone auf dem Kopf. Draußen auf dem Land war es sonnig und beinahe warm gewesen, hier aber hing der Nebel schwer über den Straßen, verdichtet noch durch den Rauch der Feuer der Seifensieder und Kalkbrenner, und die Luft war empfindlich kalt.

Die Straßen waren überfüllt. Verkäufer schlenderten vorüber, riefen ihre Waren in einem jahrhundertalten Singsang aus, der gar nicht verstanden werden mußte, und eine Hausfrau konnte ihre Einkäufe fast durchwegs von der Schwelle ihrer Türe aus besorgen. Träger trugen schwankend ihre Lasten auf dem Rücken und fluchten laut, wenn sie durch irgend etwas aufgehalten wurden. Lehrlinge standen in den Ladentüren, brüllten ihre Anpreisungen und zauderten auch nicht, einen Kunden am Ärmel zu fassen und ins Innere zu schleppen.

Da gab es Balladensänger und Bettler und Krüppel, satingekleidete Stutzer und Damen von Stand mit schwarzen Samtmasken, gesetzte Kaufleute und zerlumpte Landstreicher, und hin und wieder einen livrierten Diener, der der Sänfte eines Barones oder einer Gräfin den Weg bahnte. Der größte Teil des Verkehrs spielte sich zu Fuß ab, doch saßen manche auch in Mietskutschen oder Tragstühlen oder auch zu Pferd, aber wenn der Verkehr stockte, wie es oft geschah, dann konnten sie manchmal minutenlang eingequetscht bleiben.

Es bedurfte keines scharfen Auges, um auf den ersten Blick zu sehen, daß der Londoner von anderer Art war als der Engländer vom Lande. Er war anmaßend im Bewußtsein seiner Macht, denn er war das Königreich, und er wußte es. Er war geräuschvoll und streitsüchtig und immer bereit, sich über die Frage, wer an den Häusern entlang gehen dürfe, in einen mörderischen Zank einzulassen. Er hatte das Parlament achtzehn Jahre lang ertragen, aber jetzt bereitete er sich fröhlich auf die Rückkehr seines legitimen Herrschers vor, brachte auf den Straßen ein Hoch auf dessen Gesundheit aus, schwor, daß er zu allen Zeiten nur die Stuarts geliebt habe. Den Franzosen haßte er wegen dessen Sprechweise und Benehmen, Tracht und Religion und warf ihm gern eine Handvoll Abfall nach oder blies ihm den Schaum von einem Glas Bier ins Gesicht, bevor er ihn zum Teufel wünschte. Aber er haßte den Holländer oder irgendeinen andern Ausländer fast ebenso wild, denn für ihn war London die Welt, und ein Mann, der nicht hier lebte, war darum weniger wert.

London – das stinkende, schmutzige, lärmende, tosende, farbige London – war das Herz Englands, und seine Bürger beherrschten die Nation.

Amber war es, als wäre sie heimgekommen, und sie verliebte sich auf den ersten Blick in London, wie sie sich in Lord Carlton verliebt hatte. Diese heftige Energie und Lebendigkeit fanden in ihren stärksten, tiefsten Gefühlen ein Echo. Die Stadt war eine Herausforderung, eine Reizung, sie wagte alles, versprach sogar noch mehr. Instinktiv fühlte Amber, wie das jeder gute Londoner tat, daß sie nun alles gesehen hatte, was es zu sehen gab. Kein anderer Ort auf Erden ließ sich damit vergleichen.

Die Reiter trennten sich am Bishopsgate voneinander, jeder schlug seinen eigenen Weg ein, und Bruce und Amber blieben allein mit zwei von den Knechten. Sie ritten die Gracious Street hinunter und wendeten bei dem Schild des Sarazenenkönigs durch ein großes Tor in den Hof des Gasthauses. Das Haus umschloß von allen Seiten den Hof, und an jedem Stockwerk entlang lief eine Galerie. Bruce half ihr vom Pferd, und sie traten ein. Der Wirt war nicht zu sehen, und nach einer Weile hieß Bruce sie warten, während er versuchen wollte, ihn zu finden.

Amber sah ihm nach; ihre Augen glänzten vor Stolz und Bewunderung und atemberaubender Erregung. Ich bin in London! Es kann nicht wahr sein, und doch ist es wahr. Ich bin in London! Es schien ihr ganz unglaublich, daß sich ihr Leben binnen weniger als vierundzwanzig Stunden so schnell und so unwiderruflich geändert haben sollte. Denn sie war entschlossen, was auch geschehen mochte, nicht nach Marygreen zurückzukehren. Niemals! Solange sie lebte nicht!

Bruces Mantel über den Schultern, trat sie näher ans Feuer und streckte die Hände nach seiner Wärme aus, und jetzt erst wurde sie gewahr, daß drei oder vier Männer vor den Butzenscheiben saßen, ihr Bier tranken und sie beobachteten. Sie empfand das schnell als angenehme Überraschung, denn diese Männer waren Londoner, und sie drehte den Kopf, um sie ihr Profil sehen zu lassen, mit der reizenden Stupsnase, den vollen Lippen und dem kleinen, runden Kinn.

In diesem Augenblick kam Bruce zurück und lachte zu dem kleinen Mann hinunter, der neben ihm ging und ihm kaum bis zur Schulter reichte. Das war offenbar der Wirt, und er schien in höchster Erregung zu sein.

»Bei Gott, Eure Lordschaft!« schrie er. »Ich schwöre, daß ich Sie für tot gehalten habe. Keine halbe Stunde, nachdem Sie fort waren, kamen diese spitzbübischen Rundköpfe und durchstöberten mein ganzes Haus, um Sie zu suchen. Und als sie Sie nicht fanden, schleppten sie mich auf den Hof hinaus und warfen mich ins Kohlenloch!« Er spuckte auf den Boden. »Bah! Die Pest über sie! Hoffentlich sehe ich sie noch allesamt wie Schinken auf dem Tyburnhügel hängen!«

Bruce lachte. »Ich zweifle nicht, daß Ihr Wunsch in Erfüllung gehen wird.« Darüber waren sie zu der Stelle gekommen, wo Amber stand, und der Wirt stutzte, denn er hatte noch nicht gewußt, daß sie da war. Dann machte er vor ihr eine spaßhafte kleine Verbeugung. »Mrs. St. Clare«, sagte Bruce, »darf ich Ihnen unsern Wirt, Mr. Gumble, vorstellen?« Es war eine Erleichterung für sie, daß er sie Mrs. St. Clare nannte, denn nur sehr kleine Mädchen und berufsmäßige Dirnen wurden Miß genannt.

Amber nickte und lächelte, denn sie fühlte, daß sie es jetzt schon viel zu weit in der Welt gebracht hatte, um vor einem Gastwirt einen Knicks zu machen. Doch einen unbehaglichen Moment lang fragte sie sich, ob der Blick, den er auf sie warf, bedeuten sollte, daß er es mißbilligte, wenn Seine Lordschaft mit einer Dame reiste, die nicht seine Frau war. Immerhin verhielt Bruce sich so selbstverständlich, als ob sie seine Schwester wäre, und Mr. Gumble nahm unverzüglich das Gespräch dort auf, wo er unterbrochen worden war.

»Es ist ein Mordsglück, daß Sie keinen Tag später gekommen sind, Mylord. Ich schwöre, daß mein Haus niemals so überfüllt gewesen ist – ganz England kommt nach London, um Seine Majestät bei der Heimkehr zu begrüßen. Ende der Woche wird zwischen hier und der Temple Bar kein Zimmer frei sein.«

»Wie kommt's, daß Sie Ihrem Sarazenen keine Krone aufgesetzt haben, um ihn für den König auszugeben? Die Hälfte aller Schilder, die wir gesehen haben, tragen Kopf oder Wappen des Königs.«

Der kleine Mann zog das Taschentuch hervor und wischte sich die schwitzende Stirne. »Ja, wir können mächtig froh sein, daß wir ihn daheim haben, dafür verbürge ich mich. Verflucht, Eure Lordschaft! Sie können sich nicht vorstellen, was wir hier durchgemacht haben. Keine Karten, keine Würfel, keine Spiele, nicht trinken, nicht tanzen. Mein Gott! Nun aber genug davon! Eure Lordschaft müssen hungrig sein und vielleicht auch müde. Ich habe das ›Flower de Luce‹ noch frei –«

»Schön. Das letzte Mal hat es mir Glück gebracht. Vielleicht tut es das wieder.«

Sie stiegen die Stufen hinauf und hörten, wie die Männer unten zu singen begannen; die Stimmen gröhlten wohlgelaunt, wenn auch falsch:

»Der König liebt die Flasche, Jungens,
Der König liebt den Becher,
Er hat ein volles Glas bereit
Für dralle Dirnen jederzeit,
Und setzt uns allen Hörner auf, Jungens,
Und setzt uns allen Hörner auf!«

Oben sperrte Mr. Gumble die Tür auf, trat zurück und ließ sie vorangehen. Das Zimmer war groß und, nach Ambers Ansicht, höchst prächtig, denn sie hatte dergleichen vorher niemals gesehen.

Die Wände waren mit schönem, dunklem Eichenholz getäfelt, auch der Kamin war aus Eichenholz und kunstvoll mit Schnitzereien von Früchten und Blumen geschmückt. Der Fußboden war unbedeckt, und die ganze Einrichtung war in dem schweren, überladenen Stil, der dem Anfang jenes Jahrhunderts eigen ist, obgleich Lehnstühle und Sessel, mit dicken Kissen aus salbeigrünem oder rubinrotem Samt gepolstert, hinreichend abgenützt waren, um dem Raum eine gewisse Milde zu verleihen.

Im Schlafzimmer stand ein ungeheures Bett mit vier Pfosten und roten Samtvorhängen, die nachts zugezogen werden konnten, um die Insassen völlig abzuschließen. Zwei Kleiderschränke standen an der Wand. Es gab mehrere Sessel und einige Lehnstühle, ein Tischchen, über dem ein Spiegel hing, und einen Schreibtisch. Die eine Seite des Zimmers hatte lange Fenster und Türen, die sich nach der Galerie öffneten, von der Treppen in den Hof führten.

Amber sah sich sprachlos um, während Bruce sagte: »Es sieht recht heimelig aus. Wir wollen unser Abendessen hier oben einnehmen. Schicken Sie uns, was Sie Gutes haben!«

Mr. Gumble versicherte mehrmals, er würde alles besorgen, was man nur wünschen konnte, und verschwand – und Amber durchbrach plötzlich die Verzauberung. Sie warf den Mantel ab und lief an das Wohnzimmerfenster, um zwei Stockwerke tief auf die Straße hinunterzusehen. Eine Schar Jungen hatte ein Feuer angezündet und röstete, dem Rumpfparlament zum Hohn, Fleischstücke; durch die dicken Mauern drangen nur schwach die Stimmen der Männer, die noch immer sangen.

»O London, London!« rief sie leidenschaftlich. »Ich liebe dich!«

Bruce lächelte, nahm den Hut ab, trat hinter sie und legte einen Arm um ihre Taille. »Du verliebst dich leicht.« Und dann, als sie sich rasch umdrehte, um ihn anzusehen, fügte er hinzu: »London frißt hübsche Mädchen, weißt du?«

»Mich nicht!« versicherte sie triumphierend. »Ich habe keine Angst!«

Und nun endlich, da es bereits so aussah, als würde sich niemals mehr etwas ändern, kam er heim nach England und zu seinem Volke. Charles Stuart war nicht länger Charles Lackland.

Elf Jahre vorher hatte eine kleine Bande puritanischer Extremisten seinen Vater geköpft – und das Murren der zuschauenden Menge hatte in ganz Europa einen Widerhall gefunden. Es war ein Verbrechen, das für alle Zeiten schwer auf den englischen Herzen lasten sollte. Im Exil in Frankreich erfuhr der älteste Sohn des Königs, daß seine Bemühungen zur Rettung seines Vaters gescheitert waren, zuerst dadurch, daß sein Kaplan vor ihm niederkniete und ihn mit »Majestät« anredete. Er wandte sich ab und zog sich in sein Schlafzimmer zurück, um allein zu trauern. Er sah sich als König ohne Reich, als Herrscher ohne Untertanen.

Und in England drückte Cromwells mächtige Hand schwer auf den Nacken des Volkes. Jetzt war es ein Verbrechen, zur Aristokratie zu gehören und dem verstorbenen König treu gewesen zu sein war eine Beleidigung, die häufig mit der Einziehung von Land und Geld bestraft wurde. Wer es vermochte, folgte Karl II. ins Ausland, in der Hoffnung, einst, in besseren Tagen, heimkehren zu können. Eine düstere Frömmigkeit machte sich breit und unterdrückte vieles, was zum englischen Wesen gehörte: die frohe Laune, die ungestüme Freude an Sport und Festen und Feiertagen, die kräftige Lust an Trinken und Tanzen und Spielen und Lieben.

Maibäume wurden gefällt, Theater geschlossen. Vorsichtige Frauen legten ihre Kleider aus heiterfarbigem Satin und Samt ab, taten Masken und Fächer und Locken und falsche Haare beiseite, bedeckten den tiefen Ausschnitt ihrer Toiletten und wagten nicht länger, ihre Lippen rot zu färben und Schönheitspflästerchen aufzusetzen, aus Furcht, royalistischer Sympathien verdächtig zu sein. Selbst die Möbel wurden nüchterner.

Elf Jahre lang beherrschte Cromwell das Land. Aber schließlich merkte England, daß auch er sterblich war.

Als die Nachricht von seiner Krankheit sich verbreitete, umstanden Scharen von Soldaten und Bürgern sorgenvoll die Tore des Palastes. Das Land war in Schrecken, denn man erinnerte sich noch der entsetzlichen Jahre des Bürgerkriegs, da Banden von marodierenden Soldaten England in seiner ganzen Ausdehnung durchzogen, die Bauernhöfe ausraubten, in Häuser einbrachen und plünderten, das Vieh forttrieben und jeden erschlugen, der sich ihnen zu widersetzen wagte. Sie liebten den lebenden Cromwell nicht, aber sie fürchteten seinen Tod.

Als die Nacht hereinbrach, erhob sich ein mächtiger Sturm, erschütterte die Häuser in ihren Grundfesten, entwurzelte Bäume, stürzte Türme um. Solch ein Sturm konnte für das Volk nur eine Bedeutung haben. Der Teufel war gekommen, um die Seele Oliver Cromwells zu holen. Und Cromwell selbst rief erschrocken: »Es ist ein furchtbares Ding, in die Hände des lebendigen Gottes zu fallen!«

Der Sturm tobte über ganz Europa, raste Nacht und Tag, und als Cromwell am Nachmittag um drei Uhr starb, verwüstete das Unwetter noch immer das Land. Sein Leichnam wurde unverzüglich einbalsamiert und hastig begraben. Seine Anhänger bekleideten ein wächsernes Abbild von ihm mit den Staatsgewändern und stellten es in Somerset House auf, als wäre er ein König gewesen. Das Volk aber bewarf seinen Leichenzug mit Unrat.

Doch es gab niemanden, der seinen Platz einnehmen konnte, und so folgten fast zwei Jahre halber Anarchie. Sein Sohn, den der Protektor zum Nachfolger bestimmt hatte, besaß nichts von den Fähigkeiten des Vaters, und schließlich bemächtigten sich die militärischen Autokraten der Regierung – sehr zu seiner Erleichterung. Sogleich begannen die Reibereien zwischen Kavallerie und Infanterie, zwischen Veteranen und Rekruten, und ein neuer Bürgerkrieg zwischen Armee und Volk schien unvermeidlich. Das Land war in Verzweiflung. All das noch einmal durchzumachen – nachdem man schon beim ersten Mal nichts gewonnen hatte! Mit Sehnsucht begann man an eine Restauration der Monarchie zu denken, als an die einzige Rettung.

General Monk, der Karl I. gedient hatte, aber schließlich, nach dem Tode des Königs, in Cromwells Dienst getreten war, marschierte von Schottland her und besetzte die Hauptstadt mit seinen Truppen. Obgleich Monk Soldat war, glaubte er dennoch, das Militär müsse der Zivilgewalt unterstellt sein, und er hoffte, das Land von der Versklavung durch die Armee zu retten. Er wartete vorsichtig, um die Stimmung des Volkes zu erforschen, und dann, überzeugt, daß die royalistische Welle, die alle Klassen durchflutete, unwiderstehlich sei, erklärte er sich für Charles Stuart. Ein freies Parlament wurde aufgeboten, der König schrieb von Breda aus einen Brief, worin er seine guten Absichten versicherte, und England sollte wieder einmal eine Monarchie werden – wenn es wollte.

London war überfüllt von Royalisten und ihren Frauen und Familien, und wenn es einen Mann in der ganzen Stadt gab, der sich nicht aus tiefstem Herzen nach der Rückkehr Seiner Majestät sehnte, so schwieg er oder verbarg sich. Und war man nach Beendigung des Krieges nur schrittweise zu Fröhlichkeit und Lachen zurückgekehrt, so nahm das jetzt einen stürmischen Verlauf. Alle Hemmungen wurden beiseite geworfen. Ein ernstes Gewand, ein frommer Blick galten als sichere Zeichen puritanischer Sympathien und wurden von jedem vermieden, der seine Königstreue beweisen wollte. Die Welt tat einen Purzelbaum, und alles, was Laster gewesen war, wurde mit einemmal zur Tugend.

Doch es war nicht bloß der Wunsch, loyal zu wirken, nicht eine vorübergehende Begeisterung für die wiedererstehende Monarchie, das Glück über die plötzliche Erlösung vom Druck, es war etwas Tiefergehendes und Dauerhafteres. Die langen Jahre des Krieges hatten Familien auseinandergebrochen, alte gesellschaftliche Traditionen untergraben, die Grenzen des Herkommens zerstört. Neue gesellschaftliche Formen bildeten sich – Formen, die glänzend, aber auch geschmacklos, fröhlich, aber auch leichtfertig, elegant, aber auch vulgär waren.

*

Am 29. Mai 1660 – an seinem dreißigsten Geburtstag – ritt Karl II. in London ein.

Für ihn war das das Ende von fünfzehn Jahren Verbannung, eines ewigen Wanderns durch Europa, von einem Lande zum andern, überall unwillkommen, denn seine Gegenwart war eine Verlegenheit für die Politiker, die mit dem Mörder seines Vaters Geschäfte machen wollten. Es war das Ende von Armut, von Dürftigkeit; nicht länger mußte man einem mißtrauischen Wirt das Essen für den nächsten Tag abbetteln. Es war das Ende der fruchtlosen Bemühungen, sein Königreich zurückzuerlangen, die ihn länger als zehn Jahre unablässig beschäftigt hatten. Vor allem aber war es das Ende der Demütigung und Verachtung; nicht länger brauchte er sich von Leuten lächerlich machen und geringschätzig behandelt zu lassen, die an Rang und allem andern tief unter ihm standen. Er war, kurz gesagt, nicht länger ein Mann ohne Land und ein König ohne Krone.

Der Tag war hell und klar, leuchtend durchsonnt und wolkenlos, und das Volk meinte, das Wetter sei ein gutes Omen. Von London Bridge bis Whitehall, auf dem ganzen Weg, den der Zug nehmen sollte, war jeder Balkon, jedes Fenster, jedes Dach dicht besetzt. Und obgleich der Zug erst um Mittag erwartet wurde, war schon um acht Uhr morgens kein Fußbreit Raum mehr zu finden. Zwölftausend Milizen bildeten Spalier in den Straßen – sie hatten gegen Karl I. gefochten, jetzt aber wurden sie verwendet, um bei der Rückkehr seines Sohnes die Menge in Ordnung zu halten.

Die Schilder waren mit Maiblumen geschmückt; über die Straßen spannten sich mächtige Bögen aus Weißdorn, und grüne Eichenzweige waren an viele Häuser genagelt worden. Girlanden wanden sich von Fenster zu Fenster, verziert mit Bändern und silbernen Löffeln, die in der Sonne glänzten. Von den Häusern der Wohlhabenden senkten sich Teppiche herab und goldene, scharlachfarbene und grüne Fahnen – selbst von dem bescheidensten Dach wehte stolz eine Flagge. Aus den Brunnen floß Wein, und von jedem Kirchturm läuteten ohne Unterlaß die Glocken. Endlich verkündete das tiefe, mächtige Dröhnen der Kanonen, daß der Zug London Bridge erreicht hatte.

Er wand sich langsam durch die engen Straßen, die Hufe klapperten rhythmisch auf dem Pflaster, Trompeten und Klarinetten tönten, Pauken rollten wie der Donner und widerhallten von den Hügeln. Der ganze Zug funkelte und glitzerte märchenhaft in unglaublichem Glanz. Es war wie ein Strom, der kein Ende nehmen wollte: Gruppen von Männern in scharlach- und silberfarbenen Gewändern, in schwarzem Samt, in Gold und Grün, mit blitzenden Degen, fliegenden Fahnen; die Pferde, schnaubend und wiehernd, hoben stolz die Hufe. Stunde um Stunde verging, bis den Zuschauern die Augen schmerzten, ihre Kehlen rauh waren vom Schreien und ihre Ohren vom unaufhörlichen Lärm dröhnten.

Die Hunderte treuer Reiter, die für den ersten Karl gekämpft, ihre Güter verkauft hatten, um ihm zu helfen, und seinem Sohn ins Ausland gefolgt waren, ritten fast am Ende des Zuges. Sie waren ausnahmslos prächtig gekleidet und beritten – obgleich all der Glanz auf Kredit beschafft worden war. Hinter ihnen kam der Lord Mayor mit dem bloßen Amtsschwert, zu seiner Seite General Monk, ein kleiner, gedrungener, häßlicher Mann, der nichtsdestoweniger würdevoll auf seinem Pferd saß und Soldaten, wie Bürgern gleichermaßen Respekt einflößte. Nächst dem König war er vielleicht an diesem Tage der populärste Mann in England. Und an der andern Seite des Lord Mayors ritt George Villiers, zweiter Herzog von Buckingham.

Der Herzog, eine große, schöne, männliche Erscheinung, mit blonden Locken wie ein Gott, lächelte und nickte den Frauen auf den Balkonen zu, die ihm Küsse sandten und Blumen auf seinen Weg warfen. Im Rang stand er nur den Prinzen von königlichem Geblüt nach, und sein Privatvermögen war das größte in England. Denn er hatte es fertiggebracht, die Tochter jenes Parlamentsgenerals zu heiraten, dem sein gewaltiger Landbesitz zugesprochen worden war, und hatte sich auf diese Art gerettet. Manche wußten wohl, daß er seiner vielfachen Verrätereien wegen nicht in Gunst, ja, fast in Ungnade war, aber der Herzog sah so selbstzufrieden drein, als hätte er ganz allein die Restauration durchgeführt.

Hinter ihnen kamen einige Pagen, zahlreiche Trompeter mit dem königlichen Wappen und Trommler, deren Gesichter von Schweiß glänzten, so unermüdlich schlugen sie die Trommeln. Und dann kam Karl II., Erbkönig von England, Irland und Frankreich, Monarch von Großbritannien, Verteidiger des Glaubens, geritten. Ein Sturm von Begeisterung durchzitterte das Volk, als er vorüberritt, und pflanzte sich weit fort. Die Leute fielen auf die Knie, streckten die Hände nach ihm aus, schluchzten und riefen immer wieder seinen Namen.

»Gott segne Eure Majestät!« – »Lang lebe der König!«

Langsam, lächelnd, die Hand zum Gruß erhoben, ritt Karl weiter.

Er war mehr als sechs Fuß groß, und man sah ihm die kräftige Gesundheit und die animalische Stärke an. Sein Äußeres war prächtig, und besonders zu Pferd wirkte er ungemein vorteilhaft. Ein Mischling vieler Nationen, sah er weit mehr wie ein Bourbon oder ein Medici aus als wie ein Stuart. Seine Haut war dunkel, seine Augen schwarz, und eine Fülle schwarzen, glänzenden Haars fiel ihm auf die Schultern und ringelte sich in natürlichen Locken; wenn er lächelte, schimmerten die Zähne hell unter einem schmalen Schnurrbart. Seine Züge waren scharf und ausdrucksvoll, von Enttäuschung und Zynismus verhärtet, und dennoch ging ein Zauber von ihm aus, der sich jedem mitteilte, jedes Herz wärmte.

Sie hatten ihn sogleich liebgewonnen.

Zu seinen Seiten ritten seine beiden jüngeren Brüder. James, Herzog von York, war ebenso groß, ebenso athletisch gebaut, doch sein Haar war blond und seine Augen blau, und mehr als die andern Kinder glich er seinem toten Vater. Er war ein schöner Mann, drei Jahre jünger als der König, mit starken, gut geformten, dunklen Brauen, einem leicht gespaltenen Kinn und einem eigensinnigen Mund. Doch sein Mißgeschick war es, daß er nicht das rasch gewinnende Wesen seines Bruders besaß. Und gleich von Anfang an beurteilte das Volk ihn zurückhaltend, fand in seinem Ausdruck eine gewisse Kälte, einen Hochmut, der die Leute beleidigte. Henry, Herzog von Gloucester, war erst zwanzig Jahre alt, ein glücklicher, lebhafter junger Mann, der aussah, als sei er in alle Welt verliebt und als zweifele er auch durchaus nicht an der Gegenliebe.

*

Es war spät in der Nacht, als der König sich endlich von weiteren Zeremonien befreite und sich erschöpft, aber glücklich in seine Gemächer in Whitehall zurückzog. Er betrat, immer noch in seinem prunkvollen Gewand, das Schlafzimmer, auf einem Arm einen kleinen Spaniel. Zwischen seinen Füßen tummelte sich ein halbes Dutzend Hunde, sie jaulten und bellten, doch auf einen plötzlichen rauhen Laut wurden sie stumm und sahen verdutzt auf. Es war ein grüner Papagei, der in einem Ring von der Decke hing, die Hunde musterte und ärgerlich kreischte:

»Verfluchte Hunde! Da kommen sie wieder!«

Die Spaniels hatten rasch einen alten Feind erkannt und ihren Mut wiedergefunden, sammelten sich unter dem Vogel, bellten und sprangen, während er ihnen seine Flüche zuschrie. Karl und die Herren seines Gefolges lachten über das Schauspiel, aber endlich winkte der König müde mit der Hand, und die Menagerie wurde in ein anderes Zimmer gebracht.

Einer der Höflinge steckte die Finger in die Ohren und schüttelte heftig den Kopf. »Ich glaube, daß ich im ganzen Leben mein Gehör nicht wiederfinde. Wenn es noch einen Menschen in London gibt, der morgen seine Stimme gebrauchen kann, dann ist er ein Verräter und verdient, gehängt zu werden.«

Karl lächelte. »Um die Wahrheit zu sagen, meine Herren, ich kann mir nur einen Vorwurf daraus machen, daß ich so lange im Ausland geblieben bin. In diesen vergangenen vier Tagen bin ich keinem Menschen begegnet, der mir nicht sagte, wie er stets meine Rückkehr ersehnte.«

Die andern lachten. Denn jetzt waren sie wieder daheim, wieder einmal Herren der Schöpfung und nicht länger unerwünschte Bettler, die man von einem Land ins andere abschob. Nun hatten sie leicht lachen. Die vergangenen Jahre begannen schon eine Art Patina anzunehmen, und heute, da sie wußten, daß die Geschichte ein glückliches Ende fand, meinten sie, das Ganze sei schließlich ein romantisches Abenteuer gewesen.

Karl, der sich aus seinen Prunkgewändern schälen ließ, wandte sich zu einem der Männer und fragte ihn leise: »Ist sie gekommen, Progers?«

»Sie wartet unten, Sire.«

Edward Progers war seiner Majestät Page für vertrauliche Dienstleistungen. Er behandelte die privaten Geldgeschäfte, die geheime Korrespondenz und war auch der wohlbestallte Kuppler des Königs. Das war eine Stellung von nicht geringem Ansehen, erforderte aber auch keine geringe Arbeitskraft.

Endlich verabschiedete er die andern mit einem lässigen Wink. Auch Progers ging, aber durch eine andere Tür, und Karl schlenderte zu den offenen Fenstern und wartete ungeduldig. Die Nacht war kühl und frisch, und gerade unter ihm floß der Fluß, auf dem einige kleine Barken vor Anker lagen, deren Laternen im Wasser glitzerten wie Leuchtkäfer. Der Palast lag an der Biegung der Themse, aber die zahllosen Freudenfeuer in der Stadt warfen ihren Schein an den Himmel, und er konnte die gelb aufblitzenden Spuren der Raketen sehen, wenn sie in die Höhe stiegen und dann zischend ins Wasser fielen. Immer wieder dröhnten die Kanonen, und noch drang schwach das Läuten der Glocken zu ihm.

Minutenlang stand er am Fenster und blickte hinaus, doch der Ausdruck seines Gesichtes war verstimmt und fast traurig. Er sah wie ein müder, enttäuschter Mann aus, nicht aber wie ein König, der im Triumph zu seinem Volk heimkehrt. Dann hörte er, wie hinter ihm die Tür aufging, drehte sich rasch auf dem Absatz um, und jetzt strahlte sein Gesicht vor Freude und Bewunderung.

»Barbara!«

»Majestät!«

Sie beugte den Kopf und machte einen tiefen Knicks, während Progers sich diskret zurückzog.

Sie war um einige Zoll kleiner als er, doch immer noch imposant. Ihre Gestalt prachtvoll, mit schwellenden Brüsten, schmaler Taille, und unter dem reichen Satin ihrer Röcke ahnte man wohlgeformte Hüften und Beine. Sie trug einen violetten Samtmantel, die Kapuze mit Fuchspelz gefüttert, und in der Hand hielt sie einen großen Muff aus schwarzem Fuchspelz mit Amethysten verziert. Ihr Haar war dunkelrot, ihre Haut hell und weiß, und der Widerschein ihres Mantels ließ ihre blauen Augen violett schimmern. Sie war auffallend, fast aufreizend schön und schuf unmittelbar den Eindruck von Leidenschaft und unzähmbarer Sinnlichkeit.

Karl nahm sie in die Arme und küßte ihren Mund, und als er sie endlich freigab, warf sie Muff und Mantel beiseite. Sie streckte ihm die Hände entgegen, und er nahm sie in die seinen.

»Ach, es war wunderbar! Wie die Menschen Sie lieben!«

Er lächelte und zuckte die Achseln. »Wie sie jeden geliebt hätten, der sie von der Armee befreite.«

Sie machte sich los und ging, in bewußter Koketterie, von ihm fort zum Fenster. »Erinnern Sie sich, Sire«, fragte sie leise, »als Sie sagten, Sie würden mich lieben, bis das Königreich wieder auferstehen würde?«

Er lächelte. »Ich dachte, das sollte bedeuten: für immer!«

Er trat hinter sie, legte die Arme um sie, und sein Mund berührte ihren Nacken. Seine Stimme war tief und heiser, und auf seinem Gesicht war ungeduldiges Verlangen. Barbaras Hände faßten die Fensterbrüstung, und ihr Hals bog sich rückwärts, aber sie starrte in die Nacht hinaus. »Wird es nicht für immer sein?«

»Natürlich wird es das, Barbara. Und auch ich werde für immer hier sein. Komme, was da mag – eines weiß ich: ich werde niemals mehr herumwandern.« Plötzlich legte er den einen Arm unter ihre Knie und hob sie mühelos auf.

»Wo glaubt Monsieur, daß du jetzt bist?« ›Monsieur‹ war ihre Bezeichnung für Barbaras Gatten. Sie preßte die Lippen auf seine glattrasierte Wange. »Ich erzählte ihm, ich sei heute Nacht bei meiner Tante – aber vermutlich ahnt er, daß ich hier bin.« Ein verächtlicher Ausdruck trat in ihr Gesicht. »Roger ist ein Narr!«

Viertes Kapitel

Amber betrachtete sich in dem Spiegel, der über dem Toilettentisch hing.

Sie trug ein tiefausgeschnittenes mit Spitzen und Bändern verziertes Hemd aus reinem, weißen Leinen mit halblangen Puffärmeln und einen langen üppigen Rock. Darüber war ein kurzes Mieder geschnürt, das ihre Brüste in die Höhe zwang und die zweiundzwanzig Zoll ihrer normalen Taillenweite um zwei herabsetzte. Wenn sie es trug, hatte sie gewisse Schwierigkeiten beim Atmen und Bücken, aber es verlieh ihr ein so genußreiches Gefühl, modisch zu sein, daß sie gern auch die doppelte Unbequemlichkeit ertragen hätte. Den Rock hatte sie über die Knie hinaufgezogen, so daß sie ihre gekreuzten Beine und schwarzen Seidenstrümpfe sehen konnte, die sie bedeckten; unter den Knien waren die Spitzenstrumpfbänder in Schleifen gebunden, und sie trug hochhackige Schuhe aus schwarzem Satin.

Hinter ihr war ein kleiner flinker Mann tätig, Monsieur Baudelaire, frisch aus Paris angekommen, der in seinen Fingerspitzen die allerneuesten Tricks besaß, mit denen man aus dem Kopf einer englischen Frau den Kopf einer Pariserin machen konnte. Fast eine Stunde arbeitete er nun schon an ihr herum und schwatzte in seinem halb französischen, halb englischen Jargon von ›Herzbrechern‹ und ›Favoriten‹ und ›Kußlöckchen‹. Zumeist verstand sie nicht, was er sagte, aber sie beobachtete mit atemloser Bewunderung seine gewandten Manipulationen mit Kämmen und Salben und Bürsten und Nadeln.

Jetzt war es ihm endlich gelungen, ihr Haar glänzend zu machen wie braunen Satin; es war in der Mitte gescheitelt und legte sich in schattigen Wellen an ihren Kopf. Schimmernde Löckchen hingen auf ihre Schultern herunter, von unsichtbaren Kämmen ein wenig gestützt, um sie stärker erscheinen zu lassen. Rückwärts hatte er alles Haar vom Hals hinaufgestrichen, zu einer hohen Rolle gedreht und mit mehreren goldköpfigen Haarpfeilen gesichert. Das sei der Stil, erzählte er ihr, den alle großen Damen bevorzugten. Er verwandle ihre Züge vollständig und gebe ihr etwas Pikantes und Verführerisches. Wie ein Koch, der sein Meisterstück schmückt, befestigte er an jeder Schläfe noch eine kecke schwarze Satinschleife, dann trat er zurück, schlug die Hände ineinander und legte den Kopf zur Seite wie ein neugieriger kleiner Vogel.

»Oh, Madame«, rief er und sah durchaus nicht Madame, sondern lediglich ihr Haar und sein eigenes Werk. »Oh, Madame, c'est magnifique! C'est un triomphe! C'est la plus belle –« die Worte versagten, er rollte die Augen und spreizte die Hände.

Amber war durchaus seiner Ansicht. »Jemine!« Sie drehte ihren Kopf hin und her und hielt einen Handspiegel so, daß sie sich auch von hinten sehen konnte. »Bruce wird mich nicht erkennen.«

Sechs Wochen hatte es gedauert, bis ihr Kleid fertig wurde, denn jede gute Schneiderin von London hatte mehr Aufträge, als sie je ausführen konnte. Aber Madame Darnier hatte das Kleid für heute nachmittag versprochen, und Seine Lordschaft hatte ihr gesagt, er wolle sie hinführen, wohin zu gehen sie nur Lust habe. Sie hatte die Tage schon ungeduldig gezählt, denn bis jetzt war ihr wenig Vergnügen gegönnt worden, außer am Fenster zu stehen und die Menge in den Straßen zu beobachten oder hinunterzulaufen, um bei den vorübergehenden Händlern ihre Einkäufe zu besorgen. Einen großen Teil der Zeit war Lord Carlton fort – wo, wußte sie nicht –, und obgleich er einen Wagen gekauft hatte, der ihr fast immer zur Verfügung stand, schämte sie sich doch, in ihrem Bäuerinnenkleid auszugehen. Nun würde alles anders werden.

Wenn sie allein war, hatte sie manchmal Heimweh, sobald sie an Sarah dachte, an der sie wirklich hing, an die zahlreichen jungen Leute, die jedem ihrer Winke gehorcht hatten, und daran, was für eine große Persönlichkeit im Dorf sie gewesen war, wo alles, was sie tat, bemerkt und beredet wurde. Doch öfter noch dachte sie an dieses vergangene Leben mit tiefer Verachtung.

Was würde ich jetzt tun? fragte sie sich dann.

Sarah in der Vorratskammer helfen, spinnen, Binsenlichter vorbereiten, kochen, zum Markt gehen oder in die Kirche. Es schien ihr unglaublich, daß solch langweilige Beschäftigungen sie einst vom Aufstehen bis zum Schlafengehen – beides sehr früh – in Anspruch genommen hatten.

Jetzt lag sie morgens, solange sie wollte, in ein Federbett gekuschelt, in schwelgerischen Träumen. Und ihre Gedanken kreisten nur um Lord Carlton. Sie war heftig verliebt, ganz verblendet; verloren, wenn er fort war, und überglücklich, wenn sie beisammen waren. Und dennoch wußte sie sehr wenig von ihm, und das meiste von dem Wenigen hatte sie von Almsbury erfahren, der sie zweimal besucht hatte, als Bruce ausgegangen war.

Sie brachte heraus, daß Almsbury nicht sein Name war, wie sie geglaubt hatte, sondern sein Titel, der im ganzen lautete: John Randolph, Earl of Almsbury. Er hatte ihr erzählt, daß sie durch Marygreen gekommen seien, weil sie in Ipswich ihr Schiff verlassen hatten und dann einige Meilen nordwärts nach Carlton Hall geritten waren, wo Bruce ein Kästchen mit Schmuck holte, das seine Mutter bei der Flucht nicht mitzunehmen gewagt hatte; die Gegend war damals in den Händen der Parlamentspartei und wimmelte von Soldaten.

Marygreen und Heathstone lagen an der Hauptstraße nach London.

Es war wie ein Wunder, von Gott selbst beschert, daß sie gerade in dem Augenblick, da die Reiter kamen, in der Nähe gestanden hatte. Denn Sarah hatte zuerst Agnes befohlen, das Ingwerbrot zu nehmen, aber Amber hatte ihr so lange zugesetzt, bis sie sie an Agnes' Stelle gehen ließ – denn sie war immer darauf aus, vom Bauernhof fort und in die größere Welt von Marygreen zu gelangen. Agnes war wütend gewesen, doch Amber war davongesegelt, summte vor sich hin, hielt aber gleichzeitig ihr Auge für alles offen, was in ihren Gesichtskreis kam. Und dann hatte sie so viel Zeit mit Tom Andrews vertrödelt, der gerade über die Wiese kam; nur noch eine Viertelstunde, und sie hätte die Edelleute überhaupt nicht gesehen. Durch solche Gedanken überzeugte sie sich, daß es ihnen seit ihrer Geburt bestimmt war, einander auf der Gemeindewiese von Marygreen am fünften Mai 1660 zu begegnen, und sie glaubte an dieses, ihr Schicksal.

Er erzählte ihr, Bruce sei neunundzwanzig Jahre alt, beide Eltern seien tot, und er habe noch eine jüngere Schwester, die einen französischen Grafen geheiratet hatte und jetzt in Paris lebte. Sie interessierte sich sehr dafür, was er während der sechzehn Jahre getan hatte, die er fern von England gewesen war, und auch davon erzählte Almsbury ihr manches.

Im Jahre 1647 hatten sie beide als Offiziere in der französischen Armee gedient, denn das gehörte zur Ausbildung jedes Edelmanns. Zwei Jahre später war Bruce mit den Kaperschiffen Prinz Ruperts in See gestochen, um die Schiffahrt der Parlamentspartei zu schädigen. Dann war er abermals in die französische Armee eingetreten, und dann folgte ein Freibeuterzug mit Rupert nach Westindien und der Küste von Guinea. Almsbury selbst hatte keinen Geschmack am Leben zur See gefunden und zog vor, beim Hof zu bleiben. Er hatte ein Wanderdasein von der Hand in den Mund, in Schenken und Unterkunftshäusern von halb Europa geführt. Nach Bruces Rückkehr waren sie zusammen über den

Kontinent gereist und hatten von ihrem Verstand gelebt – was besagen wollte, daß sie sich zumeist durch ihre Geschicklichkeit beim Spiel ernährt hatten. Und vor zwei Jahren waren sie in der spanischen Armee gewesen, die gegen Frankreich und England kämpfte. Sie seien beide, wie er das ausdrückte, die Erben ihrer rechten Hand.

Das war die Lebensart, die den exilierten Adligen im allgemeinen eigen war, mit dem Unterschied, daß Carlton noch ruheloser war als die meisten und der Unterhaltungen eines Hofs sehr rasch müde wurde. Amber erschien das alles als das reizvollste und bezauberndste Dasein der Welt, und sie wollte Bruce immer wieder bitten, ihr noch mehr von dem zu erzählen, was er erlebt hatte.

Um ihr über die Langeweile der Tage hinwegzuhelfen, hatte er einen Französischlehrer, einen Tanzmeister, einen Lehrer der Gitarre und einen Gesangslehrer engagiert; jeder von ihnen kam zweimal in der Woche. Sie übte fleißig, denn es verlangte sie sehr danach, einer vornehmen Dame zu gleichen, und sie meinte, mit diesen Künsten würde sie ihm anziehender erscheinen. Sie wollte immer noch hören, daß Lord Carlton sie liebe, und sie hätte gern Feueressen und Seiltanzen gelernt, wenn sie geglaubt hätte, ihm damit die Zauberworte herauslocken zu können. Nun rechnete sie ernstlich mit dem Effekt, den ihre neuen Kleider und ihre Frisur auf sein Herz haben mußten.

Gerade jetzt wurde an der Außentüre geklopft, und Amber sprang auf. Doch sie war noch nicht weit gekommen, als eine dralle Frau in mittleren Jahren ins Zimmer stürmte, mit rauschenden Taftröcken, völlig atemlos und erregt.

Es war Madame Darnier, eine andere Pariserin, die nach London gekommen war, um die heftige Frankophilie auszubeuten, die in der Aristokratie wütete. Ihr schwarzes Haar war graumeliert, und ihre Wangen leuchteten rosig, eine mächtige Schleife aus grünem Satin steckte auf ihrem Kopf gerade hinter den falschen Stirnlocken, und ihr steifes, glänzendes schwarzes Kleid war bedenklich tief ausgeschnitten. Und doch gelang es ihr, wie es einer Französin geziemt, eher elegant als verrückt auszusehen. Hinter ihr lief ein junges Mädchen, einfach gekleidet, das in ihren Armen eine mächtige vergoldete Holzschachtel trug.

»Schnell!« rief Amber, klatschte in die Hände und hüpfte erregt. »Lassen Sie sehen!«

Madame Darnier plapperte französisch und befahl dem Mädchen, die Schachtel auf den Tisch zu legen, von dem sie mit großer Gebärde Ambers grünen Wollrock und gestreiften Baumwollunterrock wegfegte. Dann aber nahm sie mit großartigem Wortschwall den Deckel ab, zog mit einem Schwung ihre Kreation hervor und streckte sie in Armlänge den beiden hin. Amber und der Coiffeur hielten den Atem an und traten einen oder zwei Schritte zurück, während das andere Mädchen Madame Darniers Triumph teilte und vor Stolz strahlte.

»Ohhh –«, hauchte Amber und dann »oh!« Sie hatte so Liebliches in ihrem Leben noch nicht gesehen.

Es war aus schwarzem und honigfarbenem Satin mit enger, spitzer Taille, tiefem, rundem Halsausschnitt, Puffärmeln bis zu den Ellbogen und einem bauschigen, gerafften Rock, über den noch ein zweiter Rock aus köstlichen schwarzen Spitzen fiel. Der Mantel war honigfarbener Samt, eingefaßt mit schwarzem Satin, und die Kapuze hatte einen Saum aus schwarzem Fuchspelz. Dazu einen Spitzenfächer, lange, duftende, beigefarbene Handschuhe, einen großen Fuchsmuff und eine jener schwarzsamtenen Halbmasken, die jede vornehme Frau anlegte, wenn sie ausging. Der ganze Putz der letzten Mode war vorhanden.

»Oh, lassen Sie es mich anziehen!«

Madame Darnier war entsetzt. »Mais non, Madame! Zuerst müssen wir Ihr Gesicht schminken!«

»Mais oui! Zuerst müssen wir Ihr Gesicht schminken!« klang das Echo Monsieur Baudelaires.

Alle vier gingen an den Tisch zurück, und dort entfaltete Madame Darnier ein großes rotsamtenes Tuch und breitete dessen Inhalt aus: Flaschen und Tiegel und kleine chinesische Büchsen, eine Hasenpfote, eine Bürste für die Brauen, Bleistifte, Schönheitspflästerchen. Amber stieß einen überraschten kleinen Schrei aus, als man begann, ihr die Brauen auszuzupfen, doch dann saß sie ganz geduldig und genoß in Ekstase die Veränderung, die mit ihr vorging. Streitend, plappernd, schreiend hatten sie binnen einer halben Stunde ein verfeinertes, funkelndes, gekünsteltes Geschöpf aus ihr gemacht – eine Weltdame, wenigstens dem äußeren Schein nach.

Und nun war sie endlich so weit, daß sie ihr Kleid anziehen konnte, kein geringes Unternehmen, denn da durfte es keine Falte geben, kein Haar durfte von seinem Platz verrückt, nichts mit Lippenpomade oder Puder verschmiert werden. Sie mußten alle drei daran arbeiten, voran Madame Darnier, gackernd und glucksend, abwechselnd mit dem Mädchen und mit Monsieur Baudelaire scheltend und schimpfend. Doch schließlich hatten sie ihr das Kleid übergestülpt, Madame zog den Ausschnitt zurecht, so daß die Schultern völlig und die Brüste zum größten Teil sichtbar wurden, dann drückte sie ihr noch den Fächer in die Hand und hieß sie, langsam durch das Zimmer zu gehen, sich umzudrehen und die andern anzusehen.

»Mon Dieu«, sagte sie dann befriedigt. »Wenn Sie nicht Madame Palmer ausstechen . . .!«

»Wer ist Madame Palmer?« wollte Amber wissen und sah an sich hinunter.

»Seiner Majestät Mätresse.« Madame Darnier rauschte durch das Zimmer, um eine Falte zu richten, einen Ärmel um einen Viertelzoll zu drehen, eine verknitterte Stelle an der Taille zu glätten. »Heute wenigstens«, murmelte sie, völlig in ihre Tätigkeit vertieft. »Nächste Woche –« sie zuckte die Achseln. »Vielleicht eine andere.«

Amber war von diesem Kompliment entzückt, aber jetzt, da sie endlich bereit war, wünschte sie, er würde doch kommen. Äußerlich fühlte sie sich neu und frisch wie Seidenpapier, aber ihr Magen zog sich vor Nervosität zusammen, und ihre Hände waren feucht. Und wenn er mich in diesem Aufzug nicht mag? Sie fühlte sich beinahe krank. Ach, warum kam er bloß nicht?

Und dann hörte sie, wie die Türe ging, und seine Stimme rief ihren Namen. »Darf ich hinein?«

»Oh!« Amber legte die Hand vor den Mund. »Da ist er! Schnell!« Sie begann die drei hinauszudrängen, und sie schossen im Zimmer umher, überall gleichzeitig, sammelten Schachteln und Büchsen und Kämme und erreichten die Schlafzimmertür im gleichen Augenblick, da er eintrat. Sie knicksten und verbeugten sich und konnten sich nicht enthalten, noch einmal zurückzuschauen, um zu sehen, was er tun würde. Amber stand in der Mitte des Zimmers, die Lippen geöffnet, mit verhaltenem Atem, die Augen erwartungsvoll schimmernd. Er trat lächelnd in die Tür, und dann blieb er plötzlich überrascht auf der Schwelle stehen.

»Wie reizend du bist!«

Amber entspannte sich. »Oh – gefalle ich Ihnen so?«

Er ging auf sie zu, nahm die Finger ihrer linken Hand und ließ Amber sich langsam umdrehen, während sie ihn über die Schulter ansah, denn sie wollte keinen Ausdruck in seinem Gesicht missen. »Du bist jeder Traum von schönen Frauen, den je ein Mann geträumt hat.« Zuletzt nahm er ihren Mantel auf. »Und jetzt – wohin wollen wir gehen?«

Sie wußte es genau und konnte gar nicht abwarten, hinauszukommen. »Ich möchte ein Schauspiel sehen.«

Er lachte. »Ein Schauspiel ist es, aber wir müssen uns beeilen. Es ist schon fast vier Uhr.«

*

Es war halb fünf, als sie bei dem alten Red-Bull-Theater in der oberen St. John Street ankamen, und die Vorstellung war bereits seit mehr als einer Stunde im Gang. Das Theater war heiß und stickig, beinahe feucht, und roch heftig nach Schweiß und ungewaschenen Leibern und starken Parfums. Im ganzen Hause war ein Hin und Her und ein Geschwatz, das niemals abriß, und Dutzende von Köpfen wendeten sich neugierig um, als sie jetzt ihre Plätze im Vordergrund einer Loge einnahmen. Selbst die Schauspieler ließen sich Zeit, um ihnen einen Blick zuzuwerfen.

Amber war völlig verzaubert, wollte alles auf einmal sehen, war benommen von dieser ganzen geräuschvollen übelriechenden, niedrigen und doch so seltsam erregenden Menge. Sie hatte das Gefühl eines persönlichen Triumphs und begriff nicht, daß man jede andere hübsche Frau, die zu spät kam, ebenso angegafft hätte. Jede Ablenkung war willkommen, denn weder Schauspieler noch Publikum schienen an der Aufführung irgendein ernstliches Interesse zu haben.

Im ganzen unteren Raum, Parterre genannt, waren die Bänke von etwa dreihundert jungen Leuten besetzt, die dauernd miteinander schwatzten. Auch einige Frauen saßen unter ihnen, die meisten gut gekleidet, aber verwegen geschminkt, und als Amber Bruce fragte, wer diese Frauen seien, antwortete er, es seien Prostituierte. In Marygreen hatte es keine Prostituierten gegeben, und wenn es sie gegeben hätte, so hätte man sie in den Stock gelegt, und jeder ehrbare Bauer, jede Hausfrau hätte sie mit Unrat beworfen. Und sie war ganz verdutzt, zu sehen, daß hier die jungen Leute sie augenscheinlich mit Respekt behandelten, sich ganz offen mit ihnen unterhielten und gelegentlich sogar eine von ihnen küßten oder umarmten. Die Damen sahen auch keineswegs nach Gewissensbissen und Selbstvorwürfen aus. Sie lachten und plauderten laut und wirkten ganz glücklich und selbstverständlich.

Vor der Bühne, die sich in das Parterre hinein erstreckte, standen ein halbes Dutzend Mädchen mit Körben am Arm, riefen ihre Waren aus – Orangen und Zitronen und Süßigkeiten – und verkauften sie zu unverschämten Preisen.

Rund um das Parterre, aber an die Bühne anschließend, zog sich ein Balkon, der in Logen geteilt war, und darin saßen die Damen von Stand, prächtig gekleidet und geschmückt, mit ihren Gatten und Liebhabern. Darüber zog sich abermals ein Balkon, den das gemeine Volk füllte. Und auf der höchsten Galerie waren die Lehrlinge, die mit ihren Stökken den Takt zu der Musik schlugen, ein lautes, mißbilligendes Summen hören ließen, und, wenn sie in Entrüstung gerieten, dann pfiffen sie auf ihren schrillen Pfeifen.

Im wesentlichen war das Publikum aristokratisch, und die Damen und Herren kamen, um zu sehen und gesehen zu werden, zu plaudern und zu flirten. Das Stück selbst war von geringerer Wichtigkeit.

Amber fand nichts, was sie enttäuscht hätte. Es war alles, wie sie es erwartet hatte, und noch schöner.

Ganz gespannt vor Erregung und Glück, saß sie aufrecht neben Bruce, ihre Augen waren rund und funkelten und wanderten von einer Seite des Theaters zur anderen. Das also war die große Welt! Und sie war sich heftig ihres neuen Kleides bewußt, ihrer kunstvollen Frisur, des Duftes ihres Parfums und des unvertrauten, aber angenehmen Gefühls der kosmetischen Mittel auf ihrer Haut, der seidigen Liebkosung ihres Pelzmuffs zwischen den Fingern, der üppigen Schaustellung ihres Busens.

Und dann, als sie um sich blickte, begegnete sie in einer Nachbarloge den Augen zweier Frauen, die sich leicht vorbeugten und sie beobachteten – und der Ausdruck der beiden Gesichter war ein plötzlicher, harter Schlag für sie.

Sie waren beide schön, reich gekleidet, funkelten von Brillanten, und hatten jene undefinierbare Erhabenheit und Selbstsicherheit, die Amber bereits als Kennzeichen des Rangs erkannte. Bruce hatte sich verbeugt und mit ihnen gesprochen, als sie eingetreten waren – so, wie er mit vielen andern Männern und Frauen gesprochen und Grüße der Herren aus dem Parterre zur Kenntnis genommen hatte. Doch jetzt, als ihre Blicke sich kreuzten, war in den Augen der Damen ein verächtlicher Schimmer, die eine Dame flüsterte etwas hinter ihrem Fächer, dann hoben sie einverständlich die Brauen und sahen weg.

Ein paar Sekunden starrte Amber sie noch an; sie war erstaunt und verletzt, fühlte sich ganz elend vor Demütigung und biß auf die Lippen, um die plötzlich aufsteigenden Tränen zurückzudrängen. Oh, dachte sie in leidenschaftlicher Erniedrigung, sie denken, ich sei eine Hure. Sie verachten mich! Und mit einem Mal war all die Herrlichkeit ihres ersten Ausflugs in die große Welt erloschen, und sie wünschte, sie wäre nie gekommen, hätte sich niemals der Verachtung ausgesetzt.

Als Bruce, der die Szene offenbar beobachtet hatte, jetzt ihre Hand warm und beruhigend drückte, hoben sich ihre Lebensgeister wieder, und sie warf ihm einen dankbaren Blick zu. Doch wenn sie auch die Augen wieder der Bühne zuwendete und versuchte, ein Interesse an den Vorgängen zu nehmen, war ihr das doch unmöglich. Sie hatte nur einen Wunsch: die Vorstellung möge vorüber sein, damit sie in die tröstende Abgeschlossenheit ihrer Zimmer zurück könnte. Wie würde Sarah sich schämen, wie wütend Onkel Matt sein, wenn sie sehen müßten, wohin sie es gebracht hatte!

Endlich war der Epilog gesprochen, und das Publikum erhob sich. Bruce wandte sich mit einem Lächeln zu ihr und legte ihr den Mantel über die Schultern. »Nun, wie hat es dir gefallen?«

»Mir – mir hat es gut gefallen.« Sie sah ihm nicht in die Augen, wagte auch nicht, sich umzusehen, aus Angst, sie könnte abermals dem Blick der beiden Frauen oder einem andern spöttischen Gesicht begegnen.

Unten im Parterre sammelten sich einige junge Leute um die Orangenmädchen, küßten sie, tätschelten sie vertraulich, während andere untereinander grobe Scherze trieben. Der Schauspieler, der die Julia gespielt hatte, kam, noch in seiner langen, blonden Perücke und dem Kostüm mit ausgestopfter Brust, heraus und unterhielt sich mit einigen der Beaus. Andere kletterten auf die Bühne und verschwanden hinter der Szene. Über sich konnte sie die Hinausdrängenden stampfen hören, und die Damen und vornehmen Herren rundherum standen in kleinen Gruppen, die Frauen küßten einander und plauderten, während die Herren affektiert lächelten. Doch Amber blieb verstört stehen, ihre Augen hafteten an Bruces Krawatte, und sie wünschte, sie wäre schon fort.

»Wollen wir gehen, meine Liebe?« Er reichte ihr den Arm.

Vor dem Theater bahnten sie sich ihren Weg durch die Müßigen bis zu ihrem Wagen, der in einer Reihe mit den andern stand, die die Straße derart versperrten, daß die Fußgänger nicht vom Fleck kamen. Jeder drängte sich vorwärts, wie er nur konnte, und Händler und Träger fluchten ärgerlich. Plötzlich kreuzte ein Bettler ihren Weg, gab unverständliche Laute von sich und riß den Mund auf, um Amber zu zeigen, wie er blutete, weil man ihm die Zunge abgeschnitten hatte. Vor Entsetzen und Mitleid preßte sie sich an Bruce und hielt seinen Arm fest.

Bruce warf dem Mann eine Münze hin. »Hier! Aus dem Weg!«

»Ach, der arme Mann! Haben Sie das gesehen? Warum hat man ihm das getan?«

Sie waren jetzt bei ihrem Wagen, und er half ihr einsteigen. »Es fehlt ihm gar nichts. Das ist einfach ein Trick. Sie rollen die Zunge nach hinten und stechen hinein, damit sie blutet.«

»Aber warum arbeitet er nicht lieber, statt das zu tun?«

»Er arbeitet ja. Glaub nicht, daß Betteln der einfachste Beruf auf der Welt ist.«

Sie setzte sich, während er sich umdrehte und mit zwei jungen Leuten sprach, die seinen Namen gerufen hatten, und sie sah, wie die beiden, über seine Schulter hinweg, offen abschätzend nach ihr blickten. Einen kecken Moment lang erwiderte sie den Blick, dann aber wurde sie plötzlich rot und sah fort. O Gott, die beiden dachten wahrscheinlich von ihr dasselbe, was die beiden Damen gedacht hatten! Und doch konnte sie nicht umhin, ihnen noch einen vorsichtigen Blick zuzuwerfen – und ihre Augen begegneten dem voll auf sie gerichteten Blick des schöneren der beiden. Rasch sah sie wieder fort. Und dennoch – ohne Zweifel war es weniger kränkend, wenn es von einem Mann kam.

Endlich verabschiedete sich Bruce, gab dem Kutscher einen Befehl, stieg ein und setzte sich neben sie, während der Wagen mit einem Ruck anfuhr. Er nahm eine ihrer Hände zwischen die seinen. »Du hast die ganze Stadt in Aufregung gebracht. Das war Lord Buckhurst, und er sagt, du seist viel schöner als Barbara Palmer.«

»Sie meinen die Geliebte des Königs?«

»Ja. Aber wie, zum Teufel, hast du es fertiggebracht, schon allen Klatsch zu kennen?« Er sah sie amüsiert an, als wäre sie eine nette Puppe oder ein anderes Spielzeug.

»Die Schneiderin erzählte mir von ihr. Bruce – wer waren diese beiden Damen? Die in der Nachbarloge, die Ihnen zuwinkten.«

»Frauen meiner Freunde. Warum?«

Sie sah auf ihren Fächer hinunter. »Haben Sie bemerkt, wie sie mich angeschaut haben? So –« Sie verzog ihr Gesicht zu einer raschen Grimasse, einer vollkommenen, wenn auch ein wenig übertriebenen und boshaften Nachahmung der beiden. »Sie halten mich für eine Dirne. Ich weiß, daß sie es tun!«

Bruce sah sie überrascht an, dann warf er zu ihrem größten Erstaunen den Kopf zurück und lachte.

»Nun!« rief sie gekränkt. »Was, zum Teufel, gibt es da zu lachen?«

Sie hatte bereits einige seiner Ausdrücke aufgepickt, Worte und Sätze, die Matt Goodegroome selbst seinen Söhnen nicht erlaubt hätte. Amber hatte den Eindruck, daß alle feinen Leute fluchten und daß es geradezu ein Zeichen vornehmer Herkunft sei.

»Es tut mir leid, Amber. Ich habe nicht über dich gelacht. Aber aufrichtig gesprochen, glaube ich, daß sie dich aus einem ganz anderen Grund angeschaut haben – aus Eifersucht, zweifellos. Ganz gewiß hat keine von beiden das geringste Recht, über den Stand einer anderen Frau eine schlechte Meinung zu haben. Sie dürften mit den meisten Männern geschlafen haben, die nach Frankreich gekommen waren.«

»Aber Sie sagten doch, daß sie verheiratet sind!«

»Das sind sie auch. Wenn sie es nicht wären, dann wären sie vorsichtiger gewesen.«

Sie war erleichtert, gleichzeitig aber blitzte ein Verdacht in ihr auf. Konnte auch er einer dieser Männer gewesen sein? Doch sie entschied sogleich, er hätte die Sache gar nicht erwähnt, wenn er auch zu diesen Männern gehört hätte – und sie verdrängte den Gedanken. Sie begann, sich wieder glücklich zu fühlen, und war schon auf das nächste Abenteuer begierig.

»Wohin fahren wir jetzt?«

»Ich dachte, ein kleines Souper in einem Gasthaus würde dir gefallen.«

Sie waren jetzt wieder in der City und hielten in der New Street vor einem Haus, das einen großen goldenen Adler auf seinem Schild trug. Als sie ausstiegen,hob Amber ihre Röcke hoch genug, um ihre Strumpfbänder aus schwarzen Spitzen zu zeigen, wie sie es an manchen Damen vor dem Theater bemerkt hatte. Dann, als sie schon in der Türe waren, hörte sie das laute Geschrei einer bekannten Männerstimme.

»He, Carlton!«

Neugierig sahen sie sich um. Es war Almsbury, der mit andern Männern dicht gedrängt in einer Mietskutsche saß und jetzt heraussprang, den andern Lebewohl zuwinkte und auf die beiden zutrat. Er blinzelte, als er Amber sah, dann zog er den Hut und machte eine tiefe Verbeugung.

»Heiliger Christus, Herzchen! Ich will verdammt sein, wenn du nicht so schön bist wie eine venezianische Hure!«

In Ambers Gesicht gefror das entzückte Lächeln.

So! Das war es, was auch er von ihr dachte! Ihre Brauen zogen sich wütend zusammen, doch auf einen Blick von Bruce beeilte sich der Earl, seinen Fehler wiedergutzumachen. Er hob die Schultern und zog ein komisches Gesicht.

»Ja – nämlich, die venezianischen Huren sind die reizendsten Frauen von Europa. Und dann, ich meine, wenn du . . .«

Er hielt inne und sah sie mit schmeichelndem Grinsen an, und Amber hob die Augen wieder zu ihm. Sie konnte seiner Herzlichkeit nicht widerstehen, und plötzlich lächelte sie. Er nahm ihren Arm. »Herr Gott, Herzchen, du weißt doch, daß ich dich um nichts auf der Welt kränken möchte.« Die drei traten ein und wurden auf Bruces Wunsch in einen abgesonderten Raum im ersten Stockwerk geführt.

Nachdem die Herren bestellt hatten, brachte der Kellner ihnen ein kleines Fäßchen mit Austern. Sie öffneten sie, aßen sie roh mit einem Körnchen Salz und ein paar Tropfen Zitronensaft und warfen die Schalen auf den Tisch oder auf den Boden.

Als sie damit fertig waren, wurden die andern Speisen aufgetragen: eine gebratene Ente, gefüllt mit Austern und Zwiebeln, gebackene Artischockenböden, ein üppiger Käsekuchen. Dazu tranken die beiden Männer Burgunder und Amber Rheinwein. So saßen sie noch lange plaudernd bei Tisch, gewärmt, gesättigt und zufrieden, und Amber hatte ihren Kummer ganz vergessen.

Der Wein war stärker als das Bier, an das sie gewöhnt war, und nach einigen Gläsern wurde sie still und benommen und hörte mit halb geschlossenen Augen dem Gespräch der Männer zu. Ein Gefühl der Leichtigkeit durchdrang sie, es war ihr, als löste sich ihr Kopf vom Körper und schwebte in die Höhe. Bewundernd sah sie Bruce an, jeden Ausdruck, der über sein Gesicht glitt, jede Geste seiner Hände. Und wenn er sich ihr lächelnd zuwandte, wie er das ein- oder zweimal tat, sich vorbeugte, um mit seinen Lippen ihre Wangen zu berühren, dann wurde ihr Glück zu reinster Seligkeit.

Einmal flüsterte sie ihm etwas ins Ohr, und nach seiner Antwort stand sie auf und verschwand in einem kleinen Nebenraum. Von dort aus hörte sie ein Klopfen an der Außentür, eine fremde Stimme sagte etwas, und dann schloß die Tür sich wieder.

Als sie zurückkam, saß Almsbury allein am Tisch und schenkte sich ein Glas Wein ein. Er sah über die Schulter nach ihr. »Er mußte geschäftlich fort, aber er wird gleich wieder da sein. Komm her, damit ich dich anschauen kann.«

Etwa zehn Minuten vergingen langsam, während Amber nach der Tür blickte, beim leisesten Geräusch eifrig aufhorchte, nervös und unglücklich war. Ihr schien bereits eine Stunde vergangen, als der Kellner eintrat. Er verbeugte sich vor Almsbury.

»Sir, Seine Lordschaft bedauert, aber er ist in einem wichtigen Geschäft abberufen worden und bittet, Sie mögen so freundlich sein, Madame nach Hause zu bringen.«

Almsbury, der Amber beobachtet hatte, während der Mann sich seines Auftrags entledigte, nickte. Und nun sah Amber ihn an, ihr Gesicht war weiß, ihre Augen so gekränkt, als hätte man sie geschlagen.

»Geschäft?« wiederholte sie leise. »Wo kann er zu dieser Stunde Geschäfte haben?«

Almsbury zuckte die Achseln. »Ich weiß nicht, Herzchen. Hier, trink noch ein Glas!«

Doch obgleich Amber das Glas ergriff, das er ihr reichte, trank sie nicht. Anderthalb Monate lang hatte sie sich auf diesen Abend gefreut – und jetzt mußte er irgendeinem Geschäft nachgehen. Jedesmal, wenn sie ihn fragte, wo er gewesen sei oder wohin er gehe, gab es immer die gleiche Antwort: »Geschäfte.« Doch warum heute abend? Warum gerade an diesem einen Abend, von dem sie sich so viel erhofft hatte? Sie fühlte sich müde und entmutigt, kauerte teilnahmslos auf ihrem Stuhl, sprach kaum, so daß Almsbury sich nach wenigen Minuten erhob und vorschlug, nach Hause zu gehen.

Während der Fahrt gab sie sich keine Mühe, mit dem Earl Konversation zu machen, aber als sie beim Sarazenenkönig ankamen, fragte sie ihn, ob er noch hinaufkommen wolle – hoffte allerdings halb und halb, er würde es ablehnen. Doch er nahm bereitwillig an und während sie vorausging, um sich umzuziehen, hielt er sich in der Schankstube auf und holte ein paar Flaschen Sekt. Als sie aus dem Schlafzimmer trat, in klappernden Pantöffelchen und einem Schlafrock aus goldfarbenem Satin – gleichfalls ein neuer Kauf – fand sie ihn behaglich auf den reichlichen Kissen einer Lehnbank vor dem Feuer ausgestreckt. Er winkte ihr mit dem Arm, bedeutete ihr, sich zu ihm zu setzen, und dann griff er nach einer ihrer Hände, betrachtete sie einige Sekunden nachdenklich und führte sie zu den Lippen. Mit gerunzelter Stirne blickte Amber ins Leere und bemerkte ihn kaum.

»Wohin, meinen Sie, ist er gegangen?« fragte sie endlich.

Almsbury hob die Schultern und tat einen guten Zug aus der Flasche.

»Was, zum Teufel, ist dieses ›Geschäft‹, dem er immer nachgeht? Wissen Sie, worum es geht?«

»Jeder Royalist in England hat heute Geschäfte. Der eine will sein Eigentum zurück. Ein anderer will eine Sinekure, die tausend jährlich tragen soll, weil er dem König in die Hosen und aus den Hosen hilft. Die Galerien sind voll von ihnen – Landedelleute und alte Soldaten und besorgte Mütter, die gehört haben, daß der König sich für hübsche Mädchen interessiert. Sie alle wollen irgend etwas – mich inbegriffen. Ich will Almsbury zurück und meine Güter in Herfordshire. Seine Majestät kann nicht allen genugtun, und wenn er König Midas und der große Jupiter in einer Person wäre.«

»Und was verlangt Bruce? Carlton Hall?«

»Nein, das glaube ich nicht. Es ist verkauft worden, nicht konfisziert, und ich glaube nicht, daß sie Besitztümer zurückgeben, die verkauft sind.« Er trank die Flasche leer und lehnte sich vor, um eine neue zu beginnen.

Der Earl konnte mehr trinken als irgendein Mann, den sie gesehen hatte, ohne daß es irgendwie auf ihn zu wirken schien, und Bruce hatte ihr gesagt, das käme daher, weil er so lange in Schenken gelebt habe, daß sein Blut zu Alkohol geworden sei. Und sie war nicht ganz sicher, ob er das im Scherz oder im Ernst gemeint hatte.

»Ich kann nicht verstehen, was er braucht«, sagte sie. »Wenn man so reich ist wie er.«

»Reich?« Almsbury schien überrascht.

»Nun – ist er es denn nicht?«

Amber wußte nur wenig von Geld, denn sie hatte nie mehr als ein paar Schilling gleichzeitig besessen und konnte den Wert der verschiedenen Münzen kaum unterscheiden. Aber sie hatte den Eindruck, Lord Carlton müsse doch fabelhaft reich sein, da er einen vierspännigen Wagen besaß und so stattlich angezogen ging und ihr so wunderbare Dinge kaufte.

»Keineswegs. Seine Familie hat alles verkauft, was sie besaß, um dem König zu helfen, und was sie nicht verkaufte, wurde ihr an Steuern abgenommen. Die Juwelen, die er in Carlton Hall fand, waren so ziemlich alles, was noch geblieben war. Nein, er ist nicht reich. Er ist in Wahrheit ungefähr so arm wie ich selbst.«

»Aber wie ist es mit dem Wagen und meinen Kleidern?«

»Ach, nun dazu reicht es noch. Ein Mann, der sich auskennt, kann wohl ein paar Stunden bei den Karten oder bei den Würfeln sitzen und mit ein paar hundert Pfund mehr aufstehen.«

»Mit Schwindel?« Sie war entrüstet, doch geneigt zu glauben, daß Almsbury log.

Aber er lächelte. »Nun, vielleicht kennt er seinen Vorteil beim Spiel. Aber das tun wir alle. Natürlich sind die einen geschickt dabei und die andern weniger – Bruce kann es mit jedem Mann in Europa aufnehmen. Er hat fünfzehn Jahre lang seinen Lebensunterhalt mit ein paar Würfeln und einem Spiel Karten verdient – und er hat verdammt viel besser gelebt als die meisten von uns. Tatsächlich habe ich ihn neulich abends im Groom Porter's Lodge, fünfundzwanzighundert auf einen Schlag gewinnen sehen.«

»Ist das das Geschäft, nach dem er immer ausgeht? Spielen?«

»Zum Teil. Er braucht eben Geld.«

»Warum verlangt er es dann nicht vom König, wenn jeder andere das tut?«

»Mein liebes Kind, du kennst Bruce nicht.«

In diesem Augenblick hörte sie einen Wagen näher rasseln und lief ans Fenster, doch zu ihrer Enttäuschung setzte der Wagen seine Fahrt fort und verschwand um die nächste Ecke. Sie blieb stehen und starrte ins Dunkel hinaus, denn es gab keine Straßenbeleuchtung irgendwelcher Art, nur den fahlen Schimmer des Neumondes und die Sterne. Die Straßen lagen verlassen, kein Mensch war zu sehen. Die Londoner Bürger blieben nachts daheim, wenn sie nicht einen sehr triftigen Grund hatten, auszugehen, und dann nahmen sie eine Eskorte von Fackelträgern und Dienern mit sich.

In der Ferne sah sie den Schein der Laterne des Nachtwächters und konnte seinen monotonen Singsang hören: »Zehn Uhr vorüber von einer schönen Sommernacht, und alles ist in Ordnung. Zehn Uhr vorüber . . .«

Ganz von ihren Sorgen erfüllt, hatte sie völlig vergessen, daß Almsbury noch im Zimmer war. Doch jetzt fühlte sie seine Arme um sich, die eine Hand glitt unter ihren Schlafrock, die andere drehte sie um. Und dann küßte er sie auf den Mund. Ganz verblüfft stieß sie ihn zurück und gab ihm eine klatschende Ohrfeige.

»Himmelkreuz, Sir!« schrie sie. »Ein feiner Freund sind Sie! Wenn Seine Lordschaft das hört, bohrt er Ihnen den Degen in den Leib.«

Einen Augenblick starrte er sie verdutzt an, dann lachte er laut. »Bohrt mir den Degen in den Leib? Jesus, Herzchen, du bist aber gelungen! Du glaubst doch bestimmt nicht, daß Bruce auch nur einen Finger rührt, weil ich mir dich für eine Nacht ausborge?«

Ambers Augen flammten in heftiger Wut. Sie trat ihn ins Schienbein und begann mit geballten Fäusten auf seine Brust zu hämmern. »Ich bin keine Hure, du verdammter Hund! Hinaus mit dir, hinaus, oder ich reiße dich in Fetzen!«

»He!« Er erwischte ihre Handgelenke und schüttelte sie. »Halt, du kleine Füchsin! Was willst du machen? Es tut mir leid. Ich bitte um Entschuldigung. Ich wollte nicht.«

»Hinaus, du Schuft!« brüllte sie.

»Ich gehe schon, ich gehe schon, hör nur auf zu schreien!«

Er hob seinen Hut auf und ging an die Tür. Dort, die Hand an dem Knauf, wendete er sich noch einmal nach ihr um. Sie stand, die Fäuste in die Hüften gestützt, und blitzte ihn an, aber in ihren Augen funkelten Tränen, und sie hatte alle Mühe, nicht zu weinen. Seine Keckheit war wie weggeblasen.

»Nur noch eines, Herzchen, bevor ich gehe. Im Gegensatz zu dem, was deine Tante Sarah dir gesagt haben mag, ein Mann beleidigt dich durchaus nicht, wenn er dich ins Bett einlädt. Und wenn du aufrichtig bist, mußt du zugeben, daß es dir geschmeichelt hat. Denn es gibt nur eines, was eine Frau einem Mann niemals verzeiht, und das ist, wenn er nicht mit ihr schlafen will. Und jetzt werde ich dich nicht länger stören. Gute Nacht.« Er machte eine Verbeugung und öffnete die Tür.

Amber sah ihn an wie ein kleines Mädchen, das von seinem großen Onkel eine Lektion in Etikette empfangen hat. Sie begann festzustellen, daß ihre Hülle von ländlichen Moralbegriffen hier in London ebensowenig der Mode entsprach wie ihr baumwollener Unterrock und der grüne Wollrock. Nun streckte sie die Hand mit einer impulsiven, aber noch immer unsicheren Geste aus und ging zwei oder drei Schritte auf ihn zu.

»Gehen Sie nicht, Mylord. Es tut mir leid – nur . . .«

»Nur – du liebst Bruce.«

»Ja.«

»Und darum meinst du, daß du mit keinem andern Mann schlafen sollst. Nun, mein Kind, eines Tages wirst du vielleicht entdecken, daß das schließlich keinen so großen Unterschied ausmacht. Und wenn es so weit ist – Ihr ergebener Diener, Madame.« Er machte vor ihr noch eine Verbeugung.

Sie stand still und sah ihn an und wußte nicht, was sie jetzt tun sollte. Denn obgleich sie sich eingestehen mußte, daß sein Antrag ihr in gewissem Sinn wirklich geschmeichelt hatte, stimmte sie doch darin nicht mit ihm überein, daß Treue zu dem Mann, den man liebte, unwichtig sei. Es schien ihr ganz unmöglich, auch nur im Ernst daran zu denken, daß sie mit einem andern Mann schlafen könnte. Nie wollte sie das! Solange sie lebte, nicht!

Und dann rumpelte abermals ein Wagen über das Pflaster; sie lief ans Fenster. Der Wagen kam die Straße herunter, schwankte nach rechts und links, der Kutscher zog an den Zügeln und hielt gerade vor dem Haus. Flink wie ein Affe war der Lakai von seinem Sitz herunter und öffnete die Tür, und einen Moment später stieg Lord Carlton aus. Er drehte sich um und sprach mit jemandem im Wagen. Ein anderer Lakai hielt eine flammende Fackel, die die eine Seite des Gesichts Seiner Lordschaft erhellte und starke Schatten auf die Straße und die Hausmauern warf.

Amber wollte sich hinauslehnen und ihm einen Gruß zurufen, als zu ihrem größten Entsetzen eine Frau den Kopf zum Wagenfenster herausstreckte, und Amber sah ein schönes, lachendes Gesicht und eine Fülle roten Haares. Bruce lehnte sich zu ihr, und man hörte ein Stimmengemurmel. Dann trat er zurück, verbeugte sich, zog den Hut, der Lakai schloß die Tür, und der Wagen rollte weiter; Bruce drehte sich um und verschwand im Torbogen.

Amber klammerte sich an das Fenstersims, einer Ohnmacht nahe. Und dann richtete sie sich mit großer physischer Anstrengung auf und wandte sich langsam um. Alle Farbe war aus ihrem Gesicht entschwunden, und ihr Herz pochte heftig. Sekundenlang starrte sie vor sich hin und sah auch Almsbury nicht, der sie mit einer Art Mitleid anblickte. Sie hielt die Augen geschlossen, und eine Hand griff langsam nach der Stirne.

In diesem Augenblick öffnete sich die Türe, und Bruce trat ein.

Fünftes Kapitel

Er blieb erstaunt stehen und sah von einem zum andern, doch bevor er noch ein Wort sagen konnte, brach Amber in Tränen aus, lief in das Schlafzimmer, schlug die Tür hinter sich zu und warf sich aufs Bett.

Das Schluchzen schüttelte sie, und sie gab sich ihm völlig verzweifelt hin. Das war der furchtbarste Augenblick in ihrem ganzen Leben, und sie hatte nicht einmal den Wunsch, tapfer zu sein und sich zu beherrschen. Still zu leiden war nicht ihre Art. Und als er nicht unverzüglich zu ihr kam, wie sie es erwartet hatte, bekam sie geradezu einen hysterischen Anfall.

Doch endlich hörte sie, wie die Tür sich öffnete, und dann das Geräusch von Schritten. Ihr Schluchzen wurde nur um so lauter. Ach, dachte sie, ich möchte sterben! Jetzt sofort! Dann wäre er traurig.

Der Raum erhellte sich, als er jetzt die Kerzen anzündete. Sie hörte, wie er Mantel und Hut ablegte und den Degen abschnallte, aber sie sagte noch immer nichts. Schließlich hob sie den Kopf von den Armen und sah ihn an; ihr Gesicht war verzerrt und ihre Augen rot und geschwollen.

»Nun?« rief sie herausfordernd.

»Guten Abend.«

»Ist das alles, was Sie zu sagen haben?« Sie sah ihn unerbittlich an und fuhr fort: »Sie könnten mir doch wenigstens erzählen, wo Sie waren – und mit wem Sie zusammen waren!«

Er löste seine Halsbinde und zog das Wams aus. »Glaubst du nicht, daß das meine Sache ist?«

Sie war so verletzt, als hätte er sie geschlagen. Sie hatte sich ihm aus vollem Herzen hingegeben, so rückhaltlos, daß sie geglaubt hatte, es müsse bei ihm dasselbe sein. Jetzt erfaßte sie plötzlich, daß es anders war. Sein Leben war nicht verändert, seine Gewohnheiten waren nicht verändert, sie bedeutete nichts für ihn.

»Oh!« sagte sie leise und blickte fort.

Eine Weile lang blieb er stehen und beobachtete sie, dann trat er plötzlich näher und setzte sich auf ihr Bett. »Es tut mir leid, Amber, ich wollte nicht grob sein. Und es tut mir auch leid, daß ich dich verlassen mußte, dir den Abend verdorben habe, auf den du dich so lange gefreut hattest. Aber es war tatsächlich ein Geschäft, das mich wegrief.«

Sie sah ihn skeptisch an, die Tränen quollen wieder aus ihren Augen und fielen in Tropfen auf den Schlafrock. »Tatsächlich ein Geschäft! Was für Geschäfte hat ein Mann mit einer Frau?«

Jetzt lächelte er, seine Augen waren zärtlich und heiter. Sie hatte immer das unbehagliche Gefühl, daß er sie nicht ganz ernst nahm.

»Mehr, als du dir vorstellen kannst, Liebling, und ich werde dir auch sagen, warum. Der König kann unmöglich jeden befriedigen oder jeden entschädigen, der ihm treu gewesen war, er muß aus Tausenden von Ansprüchen seine Wahl treffen wie jeder andere. Ich glaube wohl nicht, daß Seine Majestät sich von einer Frau – oder sonst jemandem – überreden läßt, etwas zu tun, was er nicht tun will, aber wenn es zur Wahl zwischen mehreren Dingen kommt, die er tun möchte, dann kann die richtige Frau sehr nützlich sein, um ihm bei seiner Entscheidung zu helfen. Und derzeit gibt es keine, die größeren Einfluß beim König hätte, als eine junge Frau namens Barbara Palmer, und sie war so gütig, ihren Einfluß zu meinen Gunsten zu verwenden.«

Barbara Palmer!

Das also war die Frau, die sie gesehen hatte!

Sie hatte im Nu ein durchbohrendes Gefühl der Niederlage, denn eine Frau, die den König zu bezaubern vermochte, mußte unzweifelhaft etwas Überirdisches an sich haben. Ihr Selbstvertrauen sank in sich zusammen, überwältigt durch den unerschütterlichen Glauben, ein König und alles, was ihn umgab, sei mehr als zur Hälfte göttlicher Art. Ihr Kopf sank in die Hände.

»Ach, Amber, Liebe – bitte! Es ist gar nichts Ernsthaftes daran. Sie fuhr zufällig vorüber, sah meinen Wagen und ließ fragen, ob ich da sei. Ich hätte doch ein verdammter Narr sein müssen, wenn ich abgelehnt hätte. Mehr als irgendwer auf der Erde hat sie mir dazu verholfen, zu bekommen, was ich wollte.«

»Was? Ihre Besitzungen?«

»Nein. Die sind verkauft. Ich möchte sie nicht wiederhaben, es sei denn, daß ich sie dem jetzigen Eigentümer abkaufen könnte, und ich glaube nicht, daß ich Lust dazu haben werde. Sie half mir, den König und seinen Bruder dazu zu überreden, sich mit mir in ein Freibeuterunternehmen einzulassen; die beiden beteiligen sich mit ein paar tausend Pfund. Gestern habe ich meinen Kaperbrief erhalten.«

»Was ist das?«

»Das ist ein Brief des Königs, der den Besitzer ermächtigt, Schiffe und Waren anderer Nationen zu kapern. In diesem Fall kann ich spanische Schiffe wegnehmen, die von Amerika kommen.«

Ihre Furcht vor Barbara Palmer und ihre Eifersucht waren verschwunden.

»Sie gehen doch nicht zur See?«

»Doch, Amber, das tue ich. Ich habe zwei Schiffe mit meinen eigenen Mitteln gekauft, und mit dem Geld, das der König und York mir gegeben haben, kann ich noch drei weitere Schiffe kaufen. Sobald sie ausgerüstet sind und die Mannschaft angeheuert ist, segeln wir.«

»O Bruce, Sie können nicht fort. Sie können nicht!«

Ein ungeduldiger Zug erschien auf seinem Gesicht. »Ich habe es dir damals in Heathstone gesagt, daß ich nicht lange bleiben würde. Es mag vielleicht noch zwei Monate dauern oder vielleicht auch ein wenig länger, aber sobald ich kann, fahre ich.«

»Warum aber? Warum bekommen Sie nicht – ich habe vergessen, wie Almsbury das nannte – warum bekommen Sie nicht Geld dafür, daß Sie Seiner Majestät aus den Hosen helfen?«

Er lachte, obgleich ihr Gesicht leidenschaftlich ernst war. »Weil ich zufällig keine Lust dazu habe. Ich brauche Geld, aber ich werde es auf meine Art kriegen. Für den Rest meines Lebens auf dem Bauch kriechen, ist eben nicht meine Art.«

»Dann nehmen Sie mich mit! Oh, bitte, Bruce! Ich werde Sie nicht stören. Lassen Sie mich mitgehen, bitte!«

»Das kann ich nicht, Amber. Das Leben an Bord eines Schiffes ist schon für einen Mann hart genug – das Essen verdorben, es ist kalt und ungemütlich, und man kann nicht fort, wenn man es satt hat. Und wenn du glaubst, daß du nicht stören würdest . . .« Er lächelte und musterte sie anzüglich. »Nein, mein Kind, es hat keinen Zweck, darüber zu sprechen.«

»Aber was soll aus mir werden? Was werde ich tun, wenn Sie fortgehen? O Bruce, ohne Sie werde ich sterben!« Sie sah ihn kläglich an und legte die Hände auf seine Arme, sie fühlte sich schon jetzt wie ein verlorener Hund.

»Das habe ich dich gefragt, als du mit mir nach London kommen wolltest. Hast du es vergessen? Höre auf mich, Amber. Du kannst nur eines tun, sogleich nach Marygreen zurückkehren. Ich werde dir so viel Geld mitgeben, wie ich kann. Wir werden uns irgendeine Geschichte ausdenken, die du deinem Onkel und deiner Tante erzählen kannst – ich weiß, es wird nicht leicht für dich sein, aber auch in einem Dorf hat man Respekt vor einer größeren Summe Geldes. Nach einiger Zeit wird das Geschwätz sich legen, und dann kannst du heiraten. – Warte eine Minute, laß mich zu Ende reden. Ich weiß, daß ich zu tadeln bin, weil ich dich hergebracht habe, und ich will auch nicht behaupten, meine Motive seien edel gewesen. Ich dachte nicht an dich, oder daran, was aus dir werden sollte, und, ganz aufrichtig, es lag mir auch nicht viel daran. Aber jetzt liegt mir daran; ich möchte dir kein Leid zufügen, wenn ich es vermeiden kann. Du bist jung, und du bist unschuldig, und du bist schön, und das alles, verbunden mit deiner Lebenslust, kann dich leicht zugrunde richten. Ich hatte nicht gescherzt, als ich sagte, daß London die hübschen Mädchen frißt – die Stadt ist voll von Lumpen und Abenteurern jeder Art, die man sich nur vorstellen kann. Im Nu wärst du erledigt. Glaub mir, ich weiß, was ich sage, geh nach Hause zurück, wo du hingehörst.«

Ambers Augen blitzten vor Ärger, und sie hob das Kinn, als sie ihm jetzt antwortete: »Ich bin nicht so unschuldig, Mylord. Ich kann Ihnen versichern, daß ich meine Interessen ebensogut zu wahren verstehe wie irgendein anderer! Und glauben Sie nicht, daß ich nicht erkenne, worauf Sie aus sind. Jetzt, da die Geliebte des Königs ein Auge auf Sie geworfen hat, sind Sie meiner überdrüssig geworden und wollen mich damit foppen, daß ich zu meinem eigenen Besten heimkehren soll. Nun, Sie wissen nicht, was Sie sagen. Mein Onkel Matt würde mich nicht mehr ins Haus lassen, mit oder ohne Geld. Und der Konstabler würde mich in den Stock setzen. Und jedermann in der Gemeinde würde sich ins Fäustchen lachen, und ich . . .« Sie hielt plötzlich inne und brach abermals in Tränen aus. »Ich kann es nicht tun. Ich will nicht nach Hause zurück!«

Er nahm sie in die Arme. »Amber, mein Liebling, weine nicht. Ich schwöre dir, daß mir an Barbara Palmer nichts liegt. Und ich sprach die Wahrheit, als ich dir sagte, du solltest um deiner selbst willen heimkehren. Ich sage es noch. Aber nicht deshalb, weil ich deiner überdrüssig wäre. Du bist reizend – du bist begehrenswerter, als du ahnen kannst. Mein Gott, kein Mann könnte deiner überdrüssig werden.«

Unter seinen liebkosenden Fingern wurde ihr Schluchzen ruhiger, sie erwärmte sich und schnurrte wie ein Kätzchen. »Sie sind meiner nicht überdrüssig, Bruce? Ich kann bei Ihnen bleiben?«

»Wenn du willst, aber ich glaube noch immer . . .«

»Oh, sagen Sie das nicht! Mir liegt nichts daran, mir liegt nichts daran, was aus mir wird – ich werde bei Ihnen bleiben!«

Er küßte sie leicht und stand auf, um sich auszuziehen, während sie auf den Knien hockte und ihn, Anbetung in den Augen, beobachtete. Sein Körper war prachtvoll – Brust und Schultern breit, schmale Hüften und schöne, muskulöse Beine. Sein Fleisch war fest, und die Haut seines Körpers vom Leben in der freien Luft gebräunt. Jede seiner Bewegungen hatte die leichte Anmut eines Tieres, scheinbar ohne Hast, aber schnell und geschmeidig.

Er ging durch das Zimmer, um die Kerzen auszulöschen. Und plötzlich konnte Amber sich nicht länger zurückhalten.

»Bruce, haben Sie mit ihr geschlafen?«

Er antwortete nicht, sondern warf ihr nur einen Blick zu, der ausdrükken sollte, daß er diese Frage für überflüssig hielt; dann bückte er sich und blies die letzte Kerze aus.

*

Von Anfang an hatte Amber halb gehofft und halb gefürchtet, sie könnte schwanger werden. Sie hoffte es, weil ihre Liebe zu ihm auf jede Art nach Erfüllung verlangte. Aber sie fürchtete es auch, denn sie wußte, daß er sie nicht heiraten würde, und es war ihr in lebhafter Erinnerung, daß eine Frau, die ein uneheliches Kind gebar, auf keinerlei zärtliche Behandlung durch die Gemeinschaft zu rechnen hatte. Vor zwei Jahren war eine Bauerntochter in Marygreen schwanger geworden und hatte den Namen des Vaters entweder nicht gekannt oder nicht nennen wollen, und die bloße Kraft der öffentlichen Meinung zwang sie, den Ort zu verlassen. Amber erinnerte sich des Falles sehr genau, denn er war endlose Wochen hindurch der Gesprächsstoff der ebenso entzückten wie empörten Mädchen gewesen, und sie hatte ebenso verächtlich, ebenso höhnisch geredet wie irgendeine andere.

Und jetzt sollte ihr dasselbe geschehen.

Sie war mit den ersten Anzeichen der Schwangerschaft wohl vertraut, denn sie hatte oft genug mit verheirateten Freundinnen davon gesprochen und hatte auch Sarah vier Kinder austragen sehen, als sie selbst schon alt genug war, um solche Dinge zu bemerken. Doch Ende Juni, als sie schon fast zwei Monate in London waren, hatte sie noch keinen Grund gehabt, zu glauben, daß sie schwanger sei. Und um ihrer Ungewißheit ein Ende zu machen, ging sie einen Astrologen befragen.

Die waren nicht gar schwierig zu finden, denn überall in der City gab es sie in solchen Mengen wie Fliegen in einer Garküche, und so fuhr sie eines Tages in Bruces Wagen, um von einem gewissen Mr. Chout ihr Schicksal zu erfahren. Sie sah während der Fahrt zum Fenster hinaus, und als sie ein Schild mit einem Mond, sechs Sternen und einer Hand erblickte, ließ sie den Kutscher halten, und der Lakai mußte an die Tür klopfen. Der Astrologe, der aus dem Fenster geschaut und ihren Wagen mit dem Wappen gesehen hatte, kam selbst heraus und lud sie ein, näher zu treten.

Er sah nicht wie ein Magier aus. Er hatte ein breites rotes Gesicht, schmutzige Poren bedeckten seine Nase, und er roch widerlich. Doch er grüßte sie so unterwürfig, verbeugte sich so tief, als wäre sie eine Herzogin aus königlichem Blut, und das stärkte ihr Vertrauen zu ihm.

Der Lakai folgte ihr ins Haus und wartete, während sie und Mr. Chout sich in sein Sprechzimmer zurückzogen. Der Raum war schmutzig und roch nicht besser als sein Bewohner, und Amber musterte mißtrauisch den Stuhl, bevor sie sich setzte. Er setzte sich ihr gegenüber und begann von der Rückkehr des Königs und seiner unwandelbaren Treue zum Hause Stuart zu sprechen. Während er sprach, rieb er sich die schmutzigen Hände, und seine Augen sahen sie an, als wollten sie durch ihren Mantel hindurchblicken. Endlich wie ein Arzt, der seinen Patienten lang genug dadurch zutraulich gemacht hat, daß er von andern Dingen schwätzt, fragte er sie, was sie begehre.

»Ich möchte wissen, was aus mir werden wird.«

»Sehr wohl, Madame. Da sind Sie zum richtigen Mann gekommen. Doch zunächst gibt es verschiedene Dinge, die Sie mir sagen müssen.«

Amber fürchtete, er könnte ihr peinliche persönliche Fragen stellen, aber alles, was er wissen wollte, war Tag und Stunde und Ort ihrer Geburt. Als sie ihm das gesagt hatte, studierte er mehrere Tabellen, blickte in eine Kristallkugel, die auf dem Tische stand, warf einen Blick in die Flächen ihrer beiden Hände, die er in seinen eigenen feuchten Händen hielt, und nickte ernsthaft. Die ganze Zeit über beobachtete sie ihn ängstlich und streichelte nur hin und wieder geistesabwesend eine große graue Katze, die sich an ihren Röcken rieb.

»Madame«, sagte er endlich, »Ihre Zukunft ist von ganz besonderem Interesse. In Ihrem Horoskop steht Venus im Quadrat zum Mars im fünften Hause.«

Amber nahm das feierlich in sich auf, viel zu stark beeindruckt, um zu fragen, was das zu bedeuten habe. Dann, als sie gerade die Frage stellen wollte, fuhr er fort und kam zu seinen Schlußfolgerungen, zu denen ihr Aussehen ihm mindestens ebenso sehr verholfen hatte wie seine Tabellen. »Darum neigen Sie, Madame, zu überheftigen Gefühlen und werden impulsiv vom andern Geschlecht angezogen. Das kann Ihnen ernsthafte Unannehmlichkeiten verursachen. Sie neigen auch allzusehr dazu, Ihrer Vergnügungssucht nachzugeben – und müssen eben die Schwierigkeiten erdulden, die daraus entstehen.«

Amber seufzte schwermütig. »Sehen Sie auch etwas Günstiges?«

»Oh, natürlich, Madame, natürlich. Dazu komme ich gerade. Ich sehe Sie im Besitz eines sehr großen Vermögens.« Ihren Kleidern und ihrem eleganten Wagen hatte er angemerkt, daß sie bereits reichlich mit Geld versehen sein mußte.

»Wirklich?« rief Amber entzückt. »Und was sehen Sie noch?«

»Ich sehe Eifersucht und Zwietracht. Aber ich sehe auch«, fügte er auf Ambers Stirnrunzeln hastig hinzu, »ich sehe, daß die Sextile der Venus zu Neptun und Uranus Ihnen einen beträchtlichen Magnetismus verleihen. Kein Mann kann Ihnen widerstehen.«

»Ohhh–« hauchte Amber. »Jemine! Und was sehen Sie noch? Werde ich Kinder haben?«

»Lassen Sie mich noch einmal Ihre Hand sehen, Madame. Ja, ein sehr schönes Bild. – Die Reichtumslinie sehr stark betont. Die Glücksräder sehr breit. Diese Unterbrechungen bedeuten Kinder. Sie werden – lassen Sie sehen – mehrere haben. Sieben, möchte ich sagen, ja, mehr oder weniger.«

»Und wann werde ich das erste bekommen? Bald?«

»Ja. Ich glaube wohl. Sehr bald.« Seine Augen glitten an ihrem Mantel hinunter, aber das offenbarte ihm nichts. »Das heißt natürlich«, setzte er vorsichtig hinzu, »innerhalb einer vernünftigen Zeit. Sie verstehen, Madame.«

»Und wann werde ich heiraten? Bald?« Ihre Stimmen und ihre Augen waren hoffnungsvoll, fast flehend auf ihn gerichtet.

»Lassen Sie sehen. Hm – lassen Sie sehen. Und was haben Sie in der letzten Nacht geträumt? Meiner Erfahrung nach gibt nichts so klaren Aufschluß darüber, wann eine Frau heiraten wird, wie ein Traum.«

Amber runzelte die Stirne, versuchte, sich zu entsinnen. Sie konnte sich nur erinnern, daß sie von Gewürzen geträumt hatte, die sie zerstieß, wie sie das oft für Sarah getan hatte, besonders nach den beiden Märkten, wo sie in größeren Mengen einzukaufen pflegten. Doch für Mr. Chouts Zwecke genügte das vollständig.

»Das ist sehr wichtig, Madame, sehr wichtig. Vom Zerstoßen von Gewürzen träumen sagt immer eine Heirat voraus.«

»Werde ich den Mann heiraten, den ich liebe?«

»Das, Madame, kann ich nicht mit völliger Sicherheit sagen.« Doch auf Ambers sichtliches Entsetzen hin beeilte er sich, seine Erklärung richtigzustellen. »Natürlich, Madame, werden sie ihn eines Tages heiraten, vielleicht nicht heute und nicht morgen, aber eines Tages. Diese Linien hier bedeuten Ehemänner. Sie werden – lassen Sie sehen – etwa ein halbes Dutzend haben. Mehr oder weniger.«

»Ein halbes Dutzend! Ich mag aber kein halbes Dutzend! Ich will nur einen einzigen.« Sie zog ihre Hand fort, denn er war ihr widerlich und hatte die Hand allzu fest gehalten. Doch er war noch nicht fertig.

»Und noch eines sehe ich – wenn ich ganz offen sprechen darf? – ich sehe, Madame, daß sie eines Tages hundert Liebhaber haben werden.« Seine gierigen Augen beobachteten sie berechnend und fanden ein Vergnügen an ihrem überraschten Blick und der schwachen Röte, die sich über Gesicht und Hals verbreitete. »Mehr oder weniger natürlich.«

Amber hatte ein erregtes, leichtes Lachen. Er verursachte ihr lebhaftes Unbehagen, und sie wünschte, sie wäre schon draußen; sie konnte kaum atmen, und obgleich er ihr nicht nähergerückt war, schien er bedrückend nahe zu sein. »Hundert Liebhaber!« rief sie und versuchte, großstädtische Selbstverständlichkeit zu mimen. »Himmelkreuz! Einer genügt mir. Ist das alles, Mr. Chout?« Sie stand auf.

»Ist es nicht genug, Madame? Gestatten Sie mir, zu sagen, daß ich nicht allzu oft so viel entdecken kann. Das Honorar beträgt zehn Schilling.«

Amber zog etwa ein Dutzend Geldstücke aus ihrem Muff und ließ sie auf den Tisch fallen. Sein breites Grinsen sagte ihr, daß sie ihn wahrscheinlich überbezahlt hatte. Doch daran lag ihr nichts. Bruce ließ ihr immer eine Handvoll Geldstücke zurück, und wenn ein Haufen fort war, erschien ein anderer. Zehn Schilling als Geldbetrag bedeutete ihr nichts.

›Ich werde ein Kind haben, Bruce heiraten und reich werden‹, dachte sie entzückt, als sie heimfuhr.

In dieser Nacht fragte sie Bruce, was der Planet Venus sei, obgleich sie ihm nichts von ihrem Besuch erzählte und das auch nicht beabsichtigte, bevor sich etwas Entscheidendes begeben hätte. Doch vielleicht ahnte er es.

»Das ist ein Stern, den man nach der römischen Liebesgöttin Venus nennt. Er soll die Geschicke jener regieren, die unter ihm geboren sind. Ich glaube, man behauptet, daß diese Leute schön und begehrenswert und von Gefühlen beherrscht sein sollen – wenn du an solchen Unsinn glaubst.« Er lächelte ihr zu, denn Ambers Gesicht zeigte Empörung über solch ketzerische Reden.

»Glauben Sie denn nicht daran?«

»Nein, Liebling, ich glaube nicht daran.«

Sie legte die Hände an die Lippen und schüttelte ihre Locken. »Eines Tages werden Sie daran glauben, dafür bürge ich Ihnen. Nur abwarten und zusehen!«

Doch nichts, was sich in der nächsten Zeit begab, schien darauf hinzudeuten, daß eine von Mr. Chouts Voraussagen sich erfüllen sollte. Und unterdessen verlief ihr Leben ungefähr wie bisher.

Den größten Teil seiner Zeit war Bruce nicht daheim, sondern im Groom Porter's Lodge, wo die Edelleute zusammenkamen, um Würfel oder Karten zu spielen, oder er überwachte die Ausrüstung seiner Schiffe. Sie wußte auch, daß er häufig zu Bällen oder Banketten ging, die bei Hof oder in den Häusern seiner Freunde stattfanden. Und obgleich sie wehmütig daran dachte, wie wundervoll es sein müßte, mit ihm zu gehen, forderte er sie doch nie auf, und sie erwähnte es niemals. Denn sie war sich noch immer stark des Abgrundes bewußt, der seine gesellschaftliche Stellung von der ihren trennte – und doch, wenn sie auf ihn wartete, war sie traurig und einsam und überdies eifersüchtig. Sie hatte eine Sterbensangst vor Barbara Palmer und anderen solchen Frauen.

Almsbury kam häufig zu Besuch, und wenn Bruce nicht da war, ging er auch mit ihr aus.

Eines Tages fuhren sie zu einem Kampf zwischen Büffeln und Bären nach Southwark. Und Amber lehnte sich aus dem Fenster der Kutsche, um die verwitterten Köpfe zu betrachten, die an der London Bridge auf Pfählen staken. Ein andermal führte er sie zu einem Fechtkampf, bei dem einer der Kämpfer ein Ohr verlor, das einer Dame in der ersten Reihe in den Schoß fiel.

Zum Abendessen gingen sie in die verschiedenen Restaurants à la Mode, und zwei- oder dreimal nahm er sie auch ins Theater mit. Sie achtete nicht mehr auf die Vorstellung als das übrige Publikum – denn, obgleich sie tat, als wäre ihr das ganz gleichgültig, hatte sie doch viel zu viel Freude an der Verheerung, die sie unten im Parterre anrichtete. Einige der jungen Leute kamen zu Almsbury hinauf und trieben es so geschickt, daß er nicht vermeiden konnte, sie vorzustellen, und zwei oder drei machten ihr vor seiner Nase die beleidigendsten Vorschläge. Dann aber nahm Almsbury eine würdige Haltung an und ließ sie wissen, daß Amber eine Dame von Stand und Tugend sei. Und Amber, die sich ihres bäuerischen Akzents schämte, hoffte, sie würden sie für eine royalistische Dame halten, die während des Protektorates mit ihren Eltern in der Zurückgezogenheit gelebt hatte und erst jetzt an den Hof zurückkehrte.

Doch das allergrößte Abenteuer war ihr Besuch in Whitehall Palace.

Whitehall lag im Westen, an der Biegung des Flusses. Es war eine große Masse von Gebäuden aus roten Backsteinen im alten Tudorstil; von Korridoren durchzogen, glich es einer Wabe, hatte Dutzende von getrennten Wohnungen, die miteinander in Verbindung standen, wie ein Irrgarten oder ein riesiger Kaninchenbau. Hier lebte die königliche Familie und jeder Höfling und jeder Speichellecker, die sich eine Dienstwohnung erschleichen konnten. Es lag so nahe am Fluß, daß die Küchen bei Hochflut oft unter Wasser standen. Und zwischen den Fundamenten lief die schmutzige, ungepflasterte, enge King Street, einerseits flankiert von jenem Teil des Palastes, der ›Cockpit‹ hieß, und andererseits von der Mauer des privaten Gartens.

Whitehall stand allen Besuchern offen. Jeder, der einmal bei Hof vorgestellt worden war oder mit jemandem kam, der Zutritt erlangt hatte, und auch zahlreiche Fremde fanden den Weg durch die nachlässig bewachten Tore. Als Amber und Almsbury in der Steingalerie ankamen, war sie derart überfüllt, daß man sich kaum rühren konnte.

Die Galerie war die Hauptader des Gebäudes, ein Korridor von fast hundert Fuß Länge und fünfzehn Fuß Breite, und an den Wänden hingen einige der prachtvollen Bilder, die Karl I. gesammelt hatte und die sein Sohn jetzt wieder aufzutreiben versuchte – Bilder von Raffael, Tizian, Guido Reni. Scharlachfarbene Samtvorhänge bedeckten die Türen zu den königlichen Gemächern, und vor jeder hielten Gardisten Wache. Die Menge war buntscheckig zusammengewürfelt aus Damen in Seidenkleidern, müßigen Gecken, unternehmungslustigen Geschäftsleuten, die taten, als hätten sie gewichtige Probleme zu lösen, Soldaten in Uniformen, Landadligen mit ihren Frauen. Die letzteren konnte Amber leicht erkennen, denn sie trugen durchweg Kleider, die hoffnungslos unmodern waren – Stiefel, wie kein vornehmer Mann sie trug, der nicht gerade zu Pferd saß, hohe Hüte wie Puritaner, obgleich die neue Mode niedrige Hüte vorschrieb. Hier und da sah man sogar noch eine Krause. Für so viel Provinzialität hatte Amber nur tiefe Verachtung, und sie war froh, daß ihre eigene Kleidung in keiner Weise ihre Herkunft verriet.

Dennoch war ihr Selbstvertrauen nicht gar so groß. »Jemine!« flüsterte sie Almsbury zu und machte runde Augen. »Wie schön all diese Damen sind!«

»Nicht eine von ihnen«, sagte der Earl, »ist halb so schön wie du.«

Sie schenkte ihm ein dankbar strahlendes Lächeln und legte ihren Arm in den seinen. Sie und Almsbury waren enge Freunde geworden, und obgleich er nie mehr davon gesprochen hatte, daß er mit ihr schlafen wolle, hatte er ihr doch gesagt, wenn sie Geld oder eine Hilfe brauche, stände er gern zu ihrer Verfügung. Sie war der Meinung, daß er sich in sie verliebt habe.

Und dann geschah plötzlich etwas Besonderes. Eine Welle der Erregung durchflutete die Galerie und bemächtigte sich auch des Earls und Ambers.

»Hier kommt Mrs. Palmer!«

Amber wandte den Kopf wie alle andern. Und sie sah, wie die Menge auf beiden Seiten zurückwich, um einer prachtvollen, rothaarigen, weißhäutigen Frau den Weg freizugeben, hinter der eine Dienerin, zwei Pagen und ein Neger gingen. Hochmütig und anmaßend schritt sie mit erhobenem Kopf und sah niemanden an, obgleich sie der Erregung, die sie geschaffen hatte, sehr wohl gewahr werden mußte. Ambers Augen brannten vor Wut, und ihr Herzschlag wollte aussetzen. Sie hatte eine krankhafte Angst, Madame Palmer würde Almsbury sehen, der sie gut kannte, und würde stehenbleiben. Aber sie blieb nicht stehen. Ohne einen Blick ging sie an ihnen vorüber.

»Oh, ich hasse sie!« Die Worte brachen wie von aufgespeicherter Heftigkeit getrieben hervor.

»Herzchen«, sagte Almsbury, »eines Tages wirst du lernen, daß es unmöglich ist, jede Frau zu hassen, mit der ein Mann gern schlafen möchte. Davon wird man ganz verrückt, und das ist das Einzige, was man davon hat.«

Doch Amber konnte oder wollte die sanfte Philosophie Seiner Lordschaft nicht akzeptieren. »Das ist mir gleich«, erklärte sie hartnäckig. »Ich hasse sie, und ich hoffe, daß sie die Pocken kriegen wird.«

»Bestimmt wird sie das.«

Dann gingen sie in die Banketthalle, um den König bei der öffentlichen Tafel zu sehen, die er gewöhnlich Mittwoch, Freitag und Sonntag um ein Uhr hielt. Die Galerien waren von Neugierigen gefüllt, aber er kam nicht, und schließlich mußten sie enttäuscht gehen. Auf Amber hatte es tiefen Eindruck gemacht, als sie König Karl am Tage seines Einzuges in London erblickte; nach Bruce war er für ihre Begriffe der schönste Mann in England.

*

Nach dem 1. August war Amber davon überzeugt, daß sie schwanger war, teils weil sie wenigstens ein Symptom feststellen, teils weil sie an nichts anderes denken konnte. Sie wollte es Bruce erzählen, aber sie hatte doch auch Angst davor, denn sie ahnte, daß er nicht entzückt sein würde.

Er stand jeden Morgen sehr früh auf, wann immer er in der Nacht nach Hause gekommen sein mochte, und Amber zog ihren Schlafrock an und unterhielt sich mit ihm, bis er fortging, und legte sich dann wieder schlafen. An jenem Tag saß sie am Rand ihres Bettes, ließ die nackten

Füße baumeln und kämmte ihre wirren Locken mit einem Schildpattkamm. Bruce stand unweit von ihr, nur mit Hosen und Schuhen bekleidet, und rasierte sich mit einem langen Messer.

Einige Minuten lang sah Amber ihm zu, und keiner von beiden sprach ein Wort. Immer wenn sie versuchte, den Mund zu öffnen, machte ihr Herz einen Satz und ihr Mut versagte. Dann begann sie plötzlich:

»Bruce – und wenn ich ein Kind tragen würde?«

Er sah unwillkürlich auf und schnitt sich; das helle Blut rieselte in einem dünnen Streifen über das Kinn. Dann wandte er sich ihr zu, um sie anzusehen: »Warum sagst du das? Glaubst du, daß es so weit ist?«

»Nun – haben Sie nichts bemerkt?« Sie empfand eine seltsame Verlegenheit.

»Bemerkt? Was? Ach, ich hatte gar nicht daran gedacht.« Er fluchte, und obgleich es nicht ihr galt, fühlte sie sich doch plötzlich einsam; dann drehte er sich um, griff nach einer kleinen Flasche und tropfte blutstillende Flüssigkeit auf den Schnitt.

»O Bruce!« Sie sprang aus dem Bett und lief auf ihn zu. »Bitte, seien Sie mir nicht böse!«

Er rasierte sich weiter. »Dir böse? Es ist ja meine Schuld. Ich wollte vorsichtig sein, aber manchmal habe ich es vergessen.«

Amber sah ihn verwirrt an. Wovon sprach er da? Sie hatte in Marygreen gehört, man könnte die Schwangerschaft dadurch vermeiden, daß man einem Frosch dreimal ins Maul spuckte oder Schafharn trank, aber Sarah hatte sie oft genug davor gewarnt. Diese Methoden seien ganz unzuverlässig.

Er wischte sich das Gesicht, warf das Tuch auf den Tisch und zog sich an. »O Herr Gott! Amber – es tut mir leid! Das ist eine höllische Patsche.«

Einige Sekunden lang war sie still, aber endlich sagte sie: »Sie mögen kleine Kinder nicht?«

Sie fragte so naiv, sah ihn mit so traurigem Gesicht an, daß er sie in die Arme nahm, ihren Kopf an seine Brust drückte und zärtlich über ihr Haar strich. »Doch, Liebling, natürlich habe ich kleine Kinder gern.« Er preßte seine Lippen auf ihren Kopf, aber ihre Augen waren verstört und auch ein wenig verärgert.

»Was sollen wir tun?« fragte sie ihn schließlich.

Von seinen Armen umschlungen, an ihn geschmiegt, fühlte sie sich warm und sicher und glücklich – das Problem war gelöst. Wenn er ihr auch gesagt hatte, er werde sie nicht heiraten, und sie das anfänglich auch geglaubt hatte, so war sie jetzt beinahe überzeugt, daß er sie doch heiraten würde. Warum sollte er auch nicht? Sie liebten einander, sie waren glücklich miteinander, und während der vergangenen Wochen ihres Zusammenlebens mit ihm hatte sie fast vergessen, daß er ein Lord und sie die Nichte eines Bauern war. Was einst völlig unmöglich und unsinnig erschienen war, schien ihr jetzt höchst natürlich und logisch.

Er ließ sie los, seine Arme hingen herab, während er sprach, und seine graugrünen Augen betrachteten sie hart und unnachgiebig. Kein Zweifel, er meinte jedes Wort so, wie er es sagte.

»Ich werde dich nicht heiraten, Amber. Ich habe es dir von Anfang an gesagt, und ich habe kein einziges Mal etwas anderes gesagt. Es tut mir leid, daß es so gekommen ist, aber du wußtest, daß es wahrscheinlich so kommen mußte. Und, erinnere dich – es war deine Idee, nach London zu kommen, nicht meine. Ich will dich nicht im Stich lassen, ich werde alles tun, um es dir zu erleichtern – alles, was meine eigenen Pläne nicht durchkreuzt. Ich werde dir Geld genug zurücklassen, damit für dich und das Kind gesorgt ist. Wenn du nicht nach Marygreen zurück willst, dann tust du am besten, zu einer jener Frauen in London zu gehen, die die Sorge um schwangere Frauen übernehmen und bei der Geburt helfen – einige dieser Häuser sind sehr bequem, und kein Mensch wird viel nach dem Gatten fragen. Wenn du wieder auf den Beinen bist, kannst du machen, was du willst. Mit ein paar hundert Pfund in bar sollte eine Frau, die so schön ist wie du, doch imstande sein, mindestens einen Landedelmann zu heiraten – oder vielleicht auch einen Ritter, wenn du es klug anstellst.«

Amber starrte ihn an. Sie war plötzlich nur wütend, aller Stolz, alles Glück, das sie bei der Aussicht auf ein Kind von ihm gefühlt hatte, war nun in Schmerz und Demütigung verschwunden. Der Klang seiner Stimme regte sie auf – er sprach so kühl davon, als ob einen Mann zu lieben und ein Kind von ihm zu tragen eine Sache wäre, die man mit Geld erledigen könnte, und ungefähr dasselbe, als ob man ein Schiff ausrüsten würde. Beinahe haßte sie ihn.

»Oh!« rief sie. »Du willst mir also Geld genug geben, daß ich einen Ritter kapern kann, wenn ich es klug anstelle. Und ich will dein Geld gar nicht! Ich will auch dein Kind gar nicht. Mir tut nur leid, daß ich dich je gesehen habe. Ich hoffe, daß du jetzt fortgehst und ich dich nie wiedersehen muß. Ich hasse dich – oh!«

Sie bedeckte das Gesicht mit den Händen und begann zu weinen.

Bruce beobachtete sie eine Weile, aber schließlich nahm er seinen Hut und wandte sich zum Gehen. Amber sah auf. Und er hatte kaum die Schlafzimmertür erreicht, als sie schon bei ihm war.

»Wohin gehst du?«

»Zur Werft hinunter.«

»Wirst du abends zurückkommen? Bitte, komm doch! Bitte, laß mich nicht allein!«

»Ja, ich werde versuchen, früh da zu sein, Amber.« Seine Stimme war wieder warm und glatt und schmeichelnd. »Ich weiß, daß es hart für dich ist, und es tut mir leid, daß es geschehen mußte. Aber es wird rascher vorbei sein, als du annimmst, und du bist deshalb um nichts schlechter. Es ist wirklich keine große Tragödie, wenn eine Frau ein Kind kriegt–«

»Keine große Tragödie für einen Mann! Du wirst fortgehen und alles vergessen. Aber ich kann nicht fortgehen. Ich kann es nicht vergessen. – Nichts wird jemals wieder für mich sein, wie es war. O verfluchte Männer!«

Die Tage vergingen, und es wurde ihr vollkommen klar, daß sie schwanger war.

Kaum eine Woche, nachdem sie es gesagt hatte, begann sie, sich jeden Morgen übel zu fühlen. Sie war mürrisch und unglücklich und weinte beim geringsten Anlaß oder auch ohne Anlaß. Er kam noch später heim als sonst, und wenn er heimkam, stritten sie miteinander. Sie wußte, daß es ihre schlechte Laune war, die ihn fernhielt, aber sie schien sich nicht beherrschen zu können. Doch sie wußte auch, daß nichts, was sie sagen oder tun konnte, seinen Entschluß geändert hätte. Und als er einmal einen ganzen Tag und eine Nacht und bis zum nächsten Abend fortblieb, da begriff sie, daß sie ihr Gezänk aufgeben müsse, sonst würde sie ihn noch vor seiner Abfahrt verlieren. Den Gedanken daran konnte sie nicht ertragen, denn noch immer liebte sie ihn, und sie machte die größten Anstrengungen, um wieder heiter und reizend zu sein, wenn sie beisammen waren.

Doch wenn sie allein war, konnte sie sich nicht abfinden, und die Stunden ohne ihn waren endlos. Die große Welt von London, in die sie erst vor vier Monaten mit solch prächtigen Erwartungen eingetreten war, erschien ihr plötzlich als ein unglückseliger, schreckensvoller Ort. Sie hatte keine Ahnung, was sie beginnen sollte, wenn er einmal fort war, und weigerte sich, mit ihm darüber zu sprechen, verdrängte sogar die Gedanken aus ihrem Geist, sobald sie aufzusteigen begannen. Wenn der Tag kam, dann würde es das Ende der Welt bedeuten, und es kümmerte sie nicht, was nachher geschah.

Eines heißen Vormittags, Ende August, war Amber im Hof und spielte mit ein paar kleinen Hunden, die vor etwa vier Wochen im Gasthaus zur Welt gekommen waren. Sie kniete auf den Steinplatten im bunten Schatten eines fruchtschweren Pflaumenbaumes, lachte und hielt zwei der Hündchen in den Armen, während die stolze Mutter schweifwedelnd dabei saß und keinen Blick von ihrer Nachkommenschaft ließ. Und dann sah sie plötzlich auf und erblickte Bruce, der am Geländer der Galerie vor ihrem Schlafzimmer lehnte und zu ihr hinunterschaute.

Er hatte sie erst vor wenigen Stunden verlassen, und sie hatte ihn nicht vor Abend zurückerwartet. Ihre erste Regung war Entzücken darüber, daß er früher gekommen war und sie überrascht hatte, und sie winkte ihm, während sie aufstand und die kleinen Hunde in ihre Kiste legte. Doch dann schlich sich unvermittelt eine heimliche Furcht in ihr Herz und wuchs unheilvoll, und als sie die Treppe erreicht hatte, hinaufstieg und ihr Blick dem seinen begegnete, da wußte sie es bestimmt. Er fuhr heute.

»Was ist geschehen, Bruce?« fragte sie.

»Der Wind hat sich gedreht. Wir segeln in einer Stunde.«

»Segeln! In einer Stunde! Aber gestern abend hast du doch gesagt, es würde noch Tage dauern!«

»Das dachte ich auch. Aber wir sind schneller fertig geworden, als ich erwartet hatte, und wir haben keinen Grund, länger zu warten.«

Während sie hilflos stehenblieb, drehte er sich um und ging durch die Tür, und sie folgte ihm. Auf dem Tisch stand eine kleine lederbezogene, genagelte Kiste, schon mehr als zur Hälfte gepackt, während die Schränke, in denen er seine Kleider hatte, offen und leer waren. Jetzt nahm er einige Hemden aus einer geschnitzten Eichentruhe und legte sie in die Kiste.

»Ich habe nicht mehr viel Zeit«, sagte er, während er das tat, »hör also gut zu, was ich dir sage. Ich lasse dir den Wagen und die Pferde. Der Kutscher bekommt sechs Pfund jährlich und die Livree, der Diener drei, zahl sie aber nicht vor dem nächsten Mai, sonst werden sie dir Schwierigkeiten machen. Ich habe alle Rechnungen bezahlt, die Quittungen liegen in dieser Tischlade. Hier sind auch die Namen und Adressen der Frauen, die dich in ihre Obhut nehmen können. Frage sie, was sie verlangen, bevor du zu ihnen ziehst. Es sollte alles in allem nicht mehr als dreißig oder vierzig Pfund kosten.«

Noch immer starrte Amber ihn an, entsetzt von dem plötzlich so unpersönlichen Klang seiner Stimme; er schloß den Deckel der Kiste, ging schnell zur Tür des andern Zimmers und gab jemandem ein Zeichen, der offenbar in der Halle wartete. Im nächsten Augenblick war er wieder da, gefolgt von einem wüsten Kerl mit einer Binde über einem Auge, der die Kiste auf die Schulter hob und damit verschwand. Die ganze Zeit über hatte Amber ihn beobachtet und verzweifelt nach einem Wort gesucht, das ihn zurückhalten könnte. Aber sie fühlte sich wie gelähmt, und kein Wort kam ihr zu Hilfe.

Jetzt zog Bruce eine schwere, verschnürte Börse aus seinem Wams und warf sie auf den Tisch.

»Hier sind fünfhundert Pfund. Das sollte, wenn nötig, für dich und das Kind einige Jahre genügen, und ich rate dir, sie bei einem Goldschmied zu hinterlegen. Ich wollte es noch für dich besorgen, aber jetzt habe ich keine Zeit mehr. Shadrac Newbold ist vollkommen zuverlässig, und er wird dir sechs Prozent Zinsen zahlen, wenn du ihm das Geld auf zwanzigtägige Kündigung gibst, oder dreieinhalb, wenn du es jederzeit verfügbar haben willst. Er wohnt in ›Krone und Distel‹ in Cheapside; sein Name steht auf diesem Stück Papier aufgeschrieben. Sonst aber traue niemandem – vor allem keinem Mädchen, das du in den Dienst nimmst, und vertrau auch keinen Fremden, wie gut sie dir auch gefallen mögen. Und jetzt –«, er wandte sich ab und nahm seinen Mantel. »Ich muß fort.«

Er redete schnell, gab ihr keine Gelegenheit, ihn zu unterbrechen, und wollte offenbar weg, bevor sie zu weinen anfangen konnte. Aber er war noch keine drei Schritte weit, als sie sich ihm in den Weg stellte und gekränkt fragte:

»Bruce, wirst du mir nicht einmal einen Kuß geben?«

Er zauderte eine Sekunde, und dann schlangen seine Arme sich mit einer Heftigkeit um sie, die verriet, daß es auch ihm nicht ganz leicht wurde, sie zu verlassen. Amber klammerte sich an ihn, ihre Finger gruben sich in seine Arme, als könnte sie ihn bloß mit ihrer Kraft festhalten, ihr Mund hing gierig an dem seinen, und ihr Gesicht war bereits tränennaß.

»O Bruce! Geh nicht! Bitte, geh nicht! Bitte, verlaß mich nicht! Bitte, bitte, verlaß mich nicht!«

Doch schließlich griffen seine Finger nach ihren Gelenken, und langsam befreite er sich. »Amber, Liebling –« Seine Stimme klang flehend. »Ich komme eines Tages wieder, ich werde dich wiedersehen.«

Sie schrie plötzlich auf, wie ein einsames, verzweifeltes Tier, und dann begann sie mit ihm zu kämpfen, versuchte, seine Arme festzuhalten. Doch er hatte ihre Gelenke in sicherem Griff, sein Mund streifte noch einmal rasch den ihren, und bevor sie recht erfaßt hatte, was geschah, war er schon aus dem Zimmer, und die Türe schlug hinter ihm zu.

Betäubt sah sie sekundenlang auf die geschlossene Tür. Dann lief sie darauf zu, die Hand vorgestreckt, um nach dem Knauf zu greifen.

»Bruce!«

Aber sie erreichte die Tür nicht. Sie blieb stehen, von irgendeiner innerlich aufsteigenden Hoffnungslosigkeit gebannt, und obgleich ihre Augen sich noch immer auf die Tür hefteten, brach sie schließlich langsam in die Knie, und ihr Kopf sank in ihre Hände.

Sechstes Kapitel

Der Herzog von York lehnte düster am Kamin. Die Hände hatte er in den Hosentaschen, sein hübsches Gesicht war verdrießlich, und er starrte auf den Boden. Am andern Ende des Zimmers beugte Karl sich über einen Tisch und spähte aufmerksam in ein Gefäß auf einer Öllampe, in dem hundert verschiedene Kräuter siedeten und kochten. Jetzt maß er drei Löffel voll getrockneter, geriebener Waldwurz ab, während er dauernd in dem Gefäß rührte.

Die Brüder waren in Seiner Majestät Laboratorium, allseits umgeben von Tiegeln und Destillierkolben, Retorten und Gläsern, Pasten, vielfarbigen Flüssigkeiten und Ölen. Eiförmige Gefäße jeder Größe und Art reihten sich auf Gestellen. Auf dem Boden oder auf den Tischen häuften sich ledergebundene Folianten. Der Chemie, die ihre Scheidung von der mittelalterlichen Zauberei-Alchimie noch nicht vollzogen hatte, galt ein hauptsächliches Interesse des Königs. Selbst als er noch um eine Mahlzeit betteln mußte, war er nicht fähig gewesen zu widerstehen und hatte aus seiner mageren Börse jedes neue Geheimmittel gekauft, das irgendein wandernder Quacksalber empfahl.

»Wie, zum Teufel«, sagte Karl jetzt und rührte weiter, ohne aufzusehen, »hast du dich von ihr in solch eine Patsche bringen lassen?«

York seufzte schwer. »Ich wollte, ich wüßte das. Sie ist nicht einmal hübsch. Sie ist häßlich wie eine alte Kupplerin. Schielende Augen und so eine Gestalt –«, seine Hände beschrieben wenig anziehende weibliche Formen.

Karl lächelte. »Vielleicht ist es gerade das, was dich genarrt hat. Meiner Beobachtung nach hält eine hübsche Frau es selten für nötig, klug zu sein. Anne Hyde ist klug – bist du nicht dieser Meinung?« Ihn schien die Sache zu amüsieren.

James fluchte. »Ich weiß nicht, was mich genarrt hat. Ich muß den Verstand verloren haben. Diesen verdammten Ehevertrag zu unterzeichnen!«

»Und mit deinem eigenen Blut! Ein malerischer Zug, James, wahrhaftig, ein malerischer Zug. Nun – du hast ihn unterzeichnet, und sie ist schwanger. Was jetzt?«

»Nichts weiter. Ich hoffe, daß ich sie nie wiedersehen werde.«

»Ein Ehevertrag ist ebenso bindend wie eine Zeremonie, James, das weißt du. Ob es dir gefällt oder nicht – du bist mit ihr verheiratet. Und das Kind, das sie trägt, ist dein Kind und wird deinen Namen tragen.«

James ging durch den Raum und blickte in den Sud, in dem sein Bruder gerührt hatte. »Hu!« sagte der Herzog. »Wie das stinkt!«

»Ja, das tut's«, gab Karl zu. »Aber der Bursche, der mir das Rezept verkauft hat, sagt, es sei das beste Mittel gegen hitziges Fieber, das man je entdeckt hat – und London und Fieber, das weißt du, sind gleichbedeutend. Im kommenden Winter wirst du froh sein, wenn ich dir etwas davon leihe.«

Unruhig, mißvergnügt, wütend drehte James sich um und ging wieder durch das Zimmer. Nach einer Weile nahm er das Thema seiner Heirat von neuem auf. »Ich bin gar nicht so sicher«, sagte er langsam, »daß Sie damit recht haben, Sire. Der Balg muß schließlich nicht von mir sein.«

»Was hast du darüber gehört?«

James trat rasch wieder zu ihm: sein Gesicht war ernst und erregt. »Berkeley war vor zwei Tagen bei mir und sagte, Anne sei seine Geliebte gewesen. Seither haben Killigrew und Jermyn dasselbe beschworen.«

Einige Sekunden lang sah Karl seinen Bruder prüfend an: »Und du glaubst ihnen?«

»Natürlich glaube ich ihnen«, erklärte James hitzig. »Sie sind meine besten Freunde! Warum sollte ich ihnen nicht glauben?«

»Berkeley und Jermyn und Harry Killigrew. Die drei größten Lügner in England. Und warum sollten sie dir das erzählt haben? Weil sie wußten, daß du es hören wolltest. Ist es nicht so?« Karls Augen verengten sich. Er verstand seinen Bruder sehr gut, weit besser, als sein Bruder sich selbst verstand.

James antwortete lange nicht, aber dann sagte er leise und ein wenig beschämt: »Ja, vermutlich ist es so. Aber warum, zum Teufel, soll ich glauben, daß Anne Hyde tugendhafter sei als eine andere Frau? Sie haben alle ihren Preis.«

»Und ihr Preis war die Heirat.« Der König hob das Gefäß auf und drehte die Lampe klein. Dann nahm er sein Wams von einer Stuhllehne und schlüpfte hinein. »Sieh, James, mir ist die Geschichte nicht angenehmer als dir. Die Tochter eines Bürgers, wenn er auch mein Kanzler sein mag, ist nicht die passende Gattin für den Erben des englischen Throns. Aber es würde in ganz Europa einen verdammten Stunk geben, wenn sie ein Kind von dir kriegt und du dich weigerst, sie zu heiraten. Wenn sie nicht gerade die Tochter des Kanzlers gewesen wäre, hätten wir wohl eine Lösung gefunden. Aber wie es nun einmal steht, gibt es meiner Ansicht nach nur einen Weg für dich: heirate sie und mit so viel Anstand, wie du nur aufbringen kannst.«

»Das ist es nicht, was der Kanzler will. Er hat sie in ihr Zimmer gesperrt und sagt, er möchte sie lieber im Tower und geköpft sehen, als durch diese Heirat Schande über die Stuarts bringen.«

»Edward Hyde war ein guter Diener meines Vaters, und er war auch mir ein guter Diener. Ich zweifle nicht daran, daß er wütend über sie ist; aber eines magst du wissen, nicht nur der Stuarts wegen ist er besorgt. Er weiß sehr wohl, daß er tausend neue Feinde haben wird, wenn seine Tochter dich heiratet. Eifersucht erzeugt keine Liebe.«

»Wenn Sie sagen, es sei das Beste, Sire, dann werde ich sie heiraten – aber wie steht es mit Mam?« Er warf Karl einen Blick zu, der in seiner Verzweiflung fast komisch war.

Karl lachte, legte aber einen Arm um die Schulter seines Bruders. »Mam wird höchst wahrscheinlich eine Krise haben, die sie beinahe umbringt. Sie hat Hyde immer gehaßt, und ihr Familienstolz ist fast so sehr zur Leidenschaft bei ihr geworden wie ihre Religion. Aber ich werde dich beschützen, Jamie.« Er lachte. »Ich werde ihr mit der Entziehung ihrer Pension drohen.«

Sie gingen langsam hinaus, James noch immer nachdenklich und griesgrämig, Karl wohlgelaunt wie immer. Er schnippte mit den Fingern nach einem Paar kleiner Spaniels, die in einem Flecken Sonne schliefen, und sie richteten sich auf, liefen jaulend aus dem Zimmer, rannten ihm zwischen die Beine, stellten sich auf die Hinterpfoten und sahen zu ihm auf.

*

James' Hochzeit mit Anne Hyde erregte beträchtliches Aufsehen. Der Kanzler war wütend; Anne weinte ununterbrochen, und der Herzog glaubte noch immer, er könnte einen Ausweg finden. Mit der Hilfe Sir Charles Berkeleys stahl er den mit Blut unterzeichneten Vertrag und verbrannte ihn. Und Berkeley machte sich erbötig, sie selbst zu heiraten und dem Kinde seinen Namen zu geben. Die Höflinge waren in mißlicher Lage, denn sie wußten nicht, ob sie der neuen Herzogin ihren Respekt bezeugen oder sie völlig meiden sollten, und nur Karl allein schien sich ganz mit der Sache abzufinden.

Und dann starb plötzlich der Herzog von Gloucester, der an Pocken erkrankt war und den man schon außer Gefahr geglaubt hatte. Karl hatte ihn sehr geliebt, ebenso hing er an seiner ganzen Familie. Der junge Mann schien viel zu versprechen, er war klug und charmant. Es war unglaubhaft, daß er jetzt still und feierlich und tot daliegen und sich nie mehr regen sollte. Es hatte neun Kinder in der Familie gegeben. Zwei waren am Tage ihrer Geburt gestorben, zwei hatten nur kurze Zeit gelebt, und jetzt blieben bloß Karl und James, Mary, die Prinzessin von Oranien, und Henriette Anne, die Jüngste, die noch mit ihrer Mutter in Frankreich lebte.

Doch selbst Henrys Tod konnte dem Festtrubel keinen Einhalt gebieten. Und obgleich der Hof in Gegenwart von Karl oder James ein betrübtes Aussehen zu wahren wußte, gingen Bälle und Bankette, Flirt und Spiel weiter wie vorher, wild, toll, als könnte man nie genug Vergnügen und Sensation haben.

Die großen Häuser am Strand von Fleet Street bis Charing Cross waren den ganzen Tag und tief in die Nacht hinein geöffnet. Ihre Mauern widerhallten von lärmender Fröhlichkeit und dem Klirren der Gläser, von Musik und Lachen, dem Rauschen der seidenen Kleider und dem Klappern hochhackiger Schuhe. Große vergoldete Kutschen rollten zwischen den Bäumen von St. James Park und Pall Mall entlang. In Marrowbone Fields und Knightsbridge wurden eines fallengelassenen Fächers, eines leicht hingeworfenen Scherzes wegen Duelle ausgefochten, und Lords und Ladies saßen auf dem Boden und beobachteten mit atemloser Angst das Rollen der Würfel.

Den Exekutionen der Königsmörder in Charing Cross wohnten Tausende bei, und der ganze Adel war unter den Zuschauern. Die Männer, die vor allem für Karls I. Tod verantwortlich waren, starben jetzt selbst, am Ende eines Stricks aufgehängt, bis sie halbtot waren, dann abgeschnitten, aufgeschlitzt und geköpft. Die blutenden Herzen und Köpfe wurden der jubelnden Menge gezeigt. Schließlich schaffte man ihre Überreste in Karren nach Newgate und salzte sie ein, bevor man sie an den Stadttoren auf Piken gespießt ausstellte.

Eine neue Lebensform war auf den roten Schwingen der Restauration zu voller Blüte gekommen.

Nur eine Woche nach ihres Bruders Tod traf Prinzessin Mary in London ein. Sie war achtundzwanzig Jahre alt, Witwe und Mutter – ihren Sohn hatte sie in Holland gelassen –, eine reizende, anmutige, heitere junge Frau mit kastanienbraunen Locken und leuchtend braunen Augen. Sie hatte Holland immer gehaßt, dieses finstere, zugeknöpfte Land, und jetzt hatte sie vor, mit ihrem Lieblingsbruder in England zu leben und sich all die entzückenden Kleider, den extravaganten Schmuck zu gönnen, nach denen sie sich gesehnt hatte.

Sie umarmte Karl überschwenglich, mit James aber war sie kühler und wartete nur den Augenblick ab, da die drei allein waren, um ihm ihre Meinung zu sagen:

»Wie konntest du das tun, James? Heiraten! Diese Kreatur! Mein Himmel, wo ist dein Stolz? Das Hoffräulein deiner eigenen Schwester!« Anne und Mary waren einst eng befreundet gewesen, doch jetzt war es damit aus.

James fluchte. »Ich bin ganz krank, wenn ich davon höre, Mary. Gott weiß, daß ich sie nicht freiwillig geheiratet habe.«

»Nicht freiwillig geheiratet? Ja aber, ich bitte dich, warum hast du sie dann geheiratet?«

Karl legte den Arm um seine Schwester. »Ich habe es ihm geraten, Mary. Wie die Dinge lagen, war es der einzige ehrenhafte Ausweg.«

Mary hob skeptisch die Brauen. »Mam wird das nicht gar so ehrenhaft finden, dafür bürge ich euch. Wartet nur, bis sie da ist!«

»Darauf«, sagte Karl, »warten wir alle.«

Bis zur Ankunft der Königin-Mutter Henriette Maria verstrich nicht mehr als eine Woche, nachdem Anne Hyde einen Sohn geboren hatte. Der größte Teil des Hofes fuhr ihr nach Dover entgegen, und man verbrachte ein oder zwei Tage in der mächtigen alten Burg, die seit Jahrhunderten die Klippen Englands bewachte.

Henriette Maria war erst neunundvierzig, sah aber mehr wie siebzig aus, eine schmächtige Frau mit eingefallenen Wangen und gehetzten Augen, ohne die leiseste Spur vergangener Schönheit. Das Wenige, was sie davon besessen hatte, war früh verblichen, in den zahlreichen Schwangerschaften, in den Härten des Bürgerkrieges, im Gram um den Gatten, den sie hingebungsvoll geliebt hatte.

Im Ruhezustand war ihr Gesicht häßlich, doch, von Menschen umgeben, wurde sie lebhaft und heiter, gewann den ganzen oberflächlichen Charme und die bezaubernden Umgangsformen, in denen sie auch ihre Kinder so sorgfältig erzogen hatte. Sie trug die Trauerkleider, die sie nach dem Tod ihres Gatten angelegt und bis zu ihrem eigenen Tod nicht abzulegen gedachte. Ihr Kleid war schwarz mit Puffärmeln und hochgeschlossen, dazu ein breiter weißer Leinenkragen und weiße Handkrausen; ihren Kopf bedeckte ein schwerer schwarzer Schleier. Das dunkle Haar trug sie noch immer in altmodischen Korkzieherlocken, und das war ihr einziges Zugeständnis an ihre Neigung zu Putz und schönen Dingen, die früher bei ihr so stark gewesen war.

Von Natur aus war sie herrschsüchtig, und da alle ihre Kinder hartnäkkig und eigenwillig waren, hatte es stets Konflikte in der Familie gegeben. Einige Jahre vorher hatte sie sich mit Gloucester verzankt, weil er sich geweigert hatte, in die katholische Kirche einzutreten. Sie hatte ihm gedroht, sie würde ihn nie mehr ansehen, und als er starb, war sie noch immer unversöhnt. Doch trotz der tiefen Kränkung war sie entschlossen, jetzt James auf den richtigen Weg zurückzubringen oder ihre Beziehung zu ihm abzubrechen. Solange sie getrennt lebten, stand der Herzog mit seiner Mutter sehr gut, und er fürchtete diese Zusammenkunft, denn wenn sie in Zorn geriet, konnte ihre Zunge sehr bitter und verletzend sein.

»Nun, James«, begann sie schließlich, als sie im Schlafzimmer, wohin sie ihn befohlen hatte, allein geblieben waren. Ihre Stimme war ruhig, und sie hatte die Hände leicht ineinandergelegt, aber ihre schwarzen Augen funkelten erregt. »In Frankreich gehen Gerüchte über dich um – Gerüchte, derentwegen ich mich, das brauche ich wohl nicht erst zu sagen, tief geschämt habe.«

Er stand am anderen Ende des Raumes und starrte unglücklich und unbehaglich auf seine Füße hinunter. Er sagte nichts und vermied, sie anzusehen. Eine ganze Weile schwiegen beide; dann wagte er einen Blick, senkte aber sogleich die Augen wieder.

»James!« Ihre Stimme war mütterlich und doch scharf. »Hast du mir nichts zu erwidern?«

Impulsiv schritt er durch das Zimmer und kniete vor ihr nieder. »Madame, ich bitte um Verzeihung, wenn ich Sie gekränkt habe. Ich bin ein Narr gewesen, aber, Gott sei Dank, bin ich jetzt wieder zur Besinnung gekommen. Mrs. Hyde und ich sind nicht verheiratet, und ich will nicht mehr an sie denken – ich habe reichliche Beweise ihrer Unwürdigkeit.«

Die Königin-Mutter beugte sich über ihn und küßte leicht seine Stirn. Der gesunde Menschenverstand, den er zeigte, war für sie eine große Erleichterung, denn da sie James kannte, war sie auf einen harten, zähen Kampf vorbereitet gewesen. Und so war wenigstens ein Teil dessen, weswegen sie gekommen war, erledigt.

Sie hatte aber noch zwei weitere Ziele.

Das eine war, sich ein Ruhegehalt zu sichern, mit dem sie den Rest ihres Lebens in Behaglichkeit verbringen konnte. Zu oft hatte sie den knausrigen Kardinal Mazarin anbetteln, hatte zu lange in Entbehrungen leben müssen – manchmal selbst ohne Feuerung in ihren Zimmern. Wieder über Geld zu verfügen würde für sie sehr viel bedeuten. Ihr anderes Ziel war, eine angemessene Mitgift für Henriette Anne zu erlangen, die unter den Jahren des Exils vielleicht mehr gelitten hatte als die andern. Denn als ihr Vater tot, ihr Bruder aus seinem Lande gejagt war, wuchs sie als arme Verwandte der großen Bourbons auf, ein unscheinbares Waisenkind in all dem Glanz des französischen Hofes.

Nun aber wollte der Bruder König Ludwigs sie heiraten.

Henriette Anne, die Karl Minette nannte, war sechzehn Jahre alt. Ihre Züge waren nicht regelmäßig, ihre Gestalt zu schmächtig und eine Schulter um eine Spur höher als die andere, und dennoch war jeder, der sie sah, sogleich von ihrer Schönheit beeindruckt. Denn man hielt für Schönheit, was tatsächlich ein zarter, wärmender Zauber war; man konnte ihr nicht widerstehen. Und Karl empfand für sie eine tiefe und aufrichtige Neigung wie für keine seiner zahlreichen Mätressen.

Die Heirat seiner Schwester mit Philipp, dem Herzog von Orleans, verschaffte ihm einen schätzbaren Verbündeten am französischen Hof, denn Minette hatte bereits gezeigt, daß sie ein diplomatisches Talent besaß, das selbst die zynischsten Staatsmänner anerkannten und achteten. Und sie liebte ihren Bruder mit einer Treue, die sein Interesse stets dem

Interesse Ludwigs XIV. voransetzen würde. Nichtsdestoweniger zauderte Karl.

»Bist du auch sicher«, fragte er sie, »daß du Philipp heiraten willst?«

»O ja, Sire, das bin ich«, antwortete sie mit eifrigem Lächeln.

Sie hatten die Bankethalle verlassen und schlenderten auf den Kieswegen, die Rasen und Hecken in sorgfältig abgemessene Quadrate teilten, durch die Gärten. Trotz der vorgerückten Jahreszeit – es war Mitte November – trugen die Rosenstöcke noch Blätter, und Minette hatte nicht einmal einen Mantel über ihr Ballkleid gelegt.

Er blickte zu ihr hinunter. »Liebst du ihn?« Karl lag so sehr an dem Glück seiner Schwester, daß ihn der Gedanke bedrückte, sie könnte, wie andere Prinzessinnen es tun müssen, ohne Liebe heiraten.

»Ihn lieben?« Minette lachte. »Mon Dieu! Seit wann hat die Liebe etwas mit dem Heiraten zu tun? Man heiratet, wen man heiraten muß, und wenn man einander ausstehen kann – nun, desto besser. Wenn nicht . . .« Sie zuckte mit den Achseln. Doch in dem, was sie sagte, war kein frühreifer Zynismus, sondern einfach gesunder Pariser Menschenverstand und die Bereitschaft, die Welt so hinzunehmen, wie sie nun einmal war.

»Vielleicht«, sagte er. »Aber immerhin bist du meine Schwester, und ich möchte es wissen. Liebst du ihn?«

»Nun, ganz aufrichtig gesprochen, ich weiß nicht, ob ich ihn liebe oder nicht. Ich habe mit ihm gespielt, seit wir Kinder waren, und er ist mein Cousin. Ich glaube, daß er ein hübscher Mensch ist – und er tut mir ein wenig leid. Ja, vermutlich könnte man sagen, daß ich ihn liebe.« Sie hob die Hand, als jetzt eine leichte Brise mit ihrem Haar spielte. »Und er ist natürlich wahnsinnig in mich verliebt. Er schwört, er könne nicht leben, bevor wir nicht verheiratet sind.«

»O Minette, wie unschuldig du bist. Philipp ist nicht in dich verliebt, er ist überhaupt nur in sich selbst verliebt. Wenn er dich zu lieben glaubt, dann nur, weil er sieht, daß die andern dich lieben und sich vorstellt, von dieser Neigung würde, wenn er dich heiratet, auch einiges für ihn abfallen. Wenn es nicht so ist, dann wird er eifersüchtig und mißgünstig werden. Er ist ein niedriger, kleinlicher Mensch, dieser Philipp, er wird dich niemals glücklich machen.«

»Ach, du beurteilst ihn zu streng«, protestierte sie, »er ist so harmlos. Seine Hauptsorgen sind, eine neue Frisur zu entdecken oder eine neue Art, seine Schleifen zu binden. Was ihn am meisten beschäftigt, ist, wer bei einer Parade oder an einer Bankettafel den Vortritt vor dem andern hat.«

»Oder einen neuen jungen Mann zu finden.«

»Ach, das?« Mit einer anmutigen, leichten Handbewegung erledigte Minette diesen geringfügigen Fehler. »Das ist so allgemein üblich, und nach der Heirat wird er sich zweifellos ändern.«

»Und wenn er es nicht tut?«

Sie stellte sich vor ihren Bruder und sah ihm ins Gesicht.

»Aber mein Lieber«, in ihrer Stimme war vorwurfsvolle Neckerei, »du nimmst das gar zu ernst. Und wenn er es nicht tut? Was liegt daran – wenn wir nur Kinder haben?«

Er fluchte. »Du weißt nicht, wovon du sprichst, Minette.«

»Doch, ich weiß es, mein Lieber. Ich versichere dir, daß ich es weiß, und ich glaube, daß die Welt die Liebe sehr überschätzt. Sie ist nur ein kleiner Teil des Lebens – es gibt noch so viele andere Dinge.« Sie sprach jetzt tief überzeugt von ihrer eingehenden Weltkenntnis.

»Meine kleine Schwester – wieviel hast du noch zu lernen.« Er lächelte ihr zu, aber seine Züge waren zärtlich und bekümmert. »Hast du schon je mit einem Mann zu tun gehabt?«

»Nein. Das heißt, nicht viel. Ach, ich bin ein- oder zweimal geküßt worden, aber sonst nichts«, fügte sie hinzu, wurde ein wenig rot und senkte die Augen.

»Das dachte ich, sonst würdest du nicht so sprechen.« Karls erster Sohn war geboren worden, als er selbst in Minettes Alter stand. »Die Hälfte aller Freuden, die Hälfte allen Leids der Welt wird im Bett entdeckt. Und wenn du Philipp heiratest, wirst du, fürchte ich, nichts als Leid entdecken.«

Minette runzelte die Stirne ein wenig, seufzte leicht, dann gingen sie weiter. »Das alles mag für Männer gelten, aber bestimmt gilt es nicht für Frauen. Bitte, laß mich ihn heiraten! Du weißt, wie sehr Mam es wünscht. Und ich wünsche es auch. Ich möchte in Frankreich leben, es ist der einzige Ort, wo ich je daheim sein kann. Ich weiß, daß Philipp nicht vollkommen ist, aber daran liegt mir nichts. Wenn ich Frankreich habe, dann werde ich glücklich sein.«

*

Weihnachten war Englands beliebtestes Fest, und nirgends wurde es mit mehr Begeisterung gefeiert als in Whitehall.

Jeder Raum, jede Galerie war mit Stechpalme, Zypresse und Lorbeer geschmückt. Da gab es gewaltige Humpen aus getriebenem Silber, mit Efeu umschlungen. Mistelzweige hingen von den Kerzenhaltern in den Türbogen, und für jeden Kuß wurde eine Beere abgerissen. Durch den ganzen Palast hallte heitere Musik, die Treppenhäuser waren voll von fröhlichen jungen Leuten, und Tag und Nacht wurde bei Tanz und Spiel und Karten gefeiert.

In den riesigen Küchen wurden Fleischpasteten zubereitet, eingepökelte Wildschweinköpfe, die auf mächtigen goldenen Schüsseln angerichtet wurden, Pfauen mit ausgebreitetem Gefieder und jede andere herkömmliche Weihnachtsspeise. In der Bankethalle waren die Geschenke des Königs ausgestellt, und jeder Höfling, der nur einen Farthing besaß, hatte ein Geschenk gesandt, statt – wie das sonst üblich war – sich aufs Land zurückzuziehen, um sich dieser Verpflichtung zu entledigen.

Doch plötzlich verstummte das Lachen, hörte die Musik auf zu spielen, schlichen Damen und Herren leise umher und flüsterten nur noch: Die Prinzessin Mary war an den Pocken erkrankt. Sie starb am Tag vor Weihnachten.

So verbrachte die königliche Familie die Weihnacht still und traurig, und Henriette Maria begann mit ihren Vorbereitungen zur Rückreise nach Frankreich. Sie hatte Angst, Minette noch länger in England zu lassen; wie leicht konnte auch die junge Prinzessin sich anstecken. Und es war kein Grund vorhanden, länger zu bleiben, denn wenn sie auch Minettes Mitgift und eine reichliche Pension für sich durchgesetzt hatte, so wußte sie schließlich doch, daß ihre Bemühungen bei James gescheitert waren.

Berkeley hatte am Ende zugegeben, daß seine Geschichte eine Lüge gewesen sei. Killigrew und Jermyn hatten das gleiche getan, und James hatte Anne als seine Frau anerkannt. Doch von diesem Entschluß erwähnte er seiner Mutter gegenüber nichts; und als sie es hörte, war sie wütend, wollte mit ihm weder öffentlich noch privat ein Wort sprechen und erklärte, wenn dieses Weib Whitehall durch eine Türe beträte, würde sie durch eine andere verschwinden.

Und dann änderte sie plötzlich ihre Haltung und sagte zu James, da er Anne nun einmal zur Frau erwählt habe, sei sie bereit, sie zu empfangen, und ersuchte ihn, die Herzogin zu ihr zu bringen. James fühlte sich erleichtert, obzwar er wußte, welchem Umstand diese plötzliche Besänftigung zuzuschreiben war. Kardinal Mazarin hatte ihr offen geschrieben, sie sei in Frankreich nicht willkommen, wenn sie in schlechten Beziehungen zu ihren beiden Söhnen stände. Er fürchtete nämlich, Karl könnte ihr die Pension entziehen und er, Mazarin, würde sie aushalten müssen.

Am Tag vor ihrer Abreise empfing Henriette Maria in ihrem Schlafzimmer in Whitehall ihre Schwiegertochter. Das war unter Personen hohen Ranges noch immer üblich, denn das Schlafzimmer war von allen Räumen am üppigsten eingerichtet und unterschied sich von einem Salon nur durch das riesige, vierpfostige Prunkbett mit dem Baldachin. Es war ein großer Empfang, denn Henriette Maria war bei Hofe sehr populär, und trotz der weitverbreiteten Epidemie wollte keiner fehlen, um zu sehen, wie die Königin und Herzogin einander begrüßen würden. Alles trug düsteres Schwarz, und der Schmuck wurde, mit einigem Widerstreben, zu Hause gelassen. Der Raum roch nach ungewaschenen Körpern und verbranntem Schwefel und Salpeter, die die Luft desinfizieren sollten. Trotz dieser Vorsichtsmaßregeln hatte Henriette Maria nicht gewollt, daß Minette der Gefahr einer Ansteckung ausgesetzt werde, und so blieb die Prinzessin unsichtbar.

Die Königin-Mutter saß in einem großen schwarzsamtenen Stuhl, einen kleinen Hermelinmantel über den Schultern, und unterhielt sich freundlich mit einigen Herren. Der König stand neben ihr, groß und schön in seinem Trauergewand aus purpurnem Samt. Doch alle waren ungeduldig. Der Prolog hatte zu lange gedauert – das Spiel sollte endlich beginnen.

Und dann entstand plötzlich an der Tür eine Bewegung. Der Herzog und die Herzogin von York wurden gemeldet.

Ein erwartungsvolles Murmeln lief durch den Saal, und viele Augenpaare wandten sich schnell auf Henriette Maria. Sie saß ganz still, sah, ein leichtes Lächeln um den Mund, wie ihr Sohn und ihre Schwiegertochter sich näherten; niemand konnte erraten, was sie dachte. Aber Karl, der zu ihr hinunterblickte, sah, daß sie ganz leicht zitterte und ihre starkgeäderte Hand sich fester um die Armlehne ihres Stuhles spannte.

Arme Mam, dachte er. Wieviel bedeutet diese Pension doch für sie!

Anne Hyde war dreiundzwanzig Jahre alt, dunkel und häßlich, mit breitem Mund und vorstehenden Augen. Aber als sie jetzt den Raum betrat, von Dutzenden neugieriger, eifersüchtiger, kritischer Augen umspäht, und einer Schwiegermutter entgegenging, deren Haß ihr kein Geheimnis war, da trug sie den Kopf hoch und bewies eine Art mutiger Größe, die Bewunderung gebot. Mit vollendetem Respekt, doch ohne die leichteste Spur von Unterwürfigkeit kniete sie vor der Königin und senkte den Kopf, während James ein paar Worte der Vorstellung murmelte.

Henriette Maria lächelte und küßte Anne leicht auf die Stirne, alles, als hätte sie selbst ihrem Sohn die Frau erwählt. Der König, der hinter ihr stand, blieb gleichmütig, doch als Anne ihm einen raschen, dankbaren Blick zuwarf, da glänzten seine Augen mit einem Ausdruck, der Aufmunterung und Glückwunsch bedeutete.

Siebentes Kapitel

Am Tag nach Lord Carltons Abreise war Amber fast eine Meile weit nach der »Rose und Krone« in der Fetter Lane übersiedelt. Sie konnte den Anblick der Räume nicht ertragen, wo sie gelebt, des Tisches, an dem sie gegessen, des Bettes, in dem sie geschlafen hatten. Mr. Gumble, der sie mitleidig betrachtete, das Zimmermädchen, selbst die schwarzweiße Hündin mit ihren Jungen – alles erfüllte sie mit Kummer. Sie wollte davon loskommen, wie sie auch die Gelegenheit vermeiden wollte, Almsbury oder einen anderen von den Freunden Seiner Lordschaft wiederzusehen. Daß der Earl ihr seine Hilfe versprochen hatte, wenn sie in Not wäre, bedeutete nichts anderes für sie als die Angst vor einer Ausbeutung ihres Elends. Sie wollte allein sein.

Mehrere Tage lang schloß sie sich in dem einzigen Zimmer ein, das sie gemietet hatte.

Sie war überzeugt, daß ihr Leben vorbei sei, und die Zukunft, die vor ihr lag, trübe und hoffnungslos. Sie wünschte, sie hätte Bruce nie gesehen, vergaß ihre eigene Bereitschaft und machte ihm einen Vorwurf aus all ihren Nöten. Sie vergaß, daß sie selbst dringend gewünscht hatte, ein Kind zu bekommen, haßte ihn jetzt, weil er sie in ihrer Schwangerschaft verließ, und war erschreckt und erniedrigt durch das Wissen, daß der Beweis ihrer Schuld von ihrem Körper umschlossen, mit jedem Tage heranwuchs. Eines Tages würde sie es nicht länger verbergen können, und was sollte dann geschehen? Sie vergaß, wie sie Marygreen verschmäht, wie sie danach verlangt hatte, aus dem Dorf fortzukommen, und konnte ihm nicht verzeihen, daß er sie in diese große Stadt gebracht hatte, wo sie keine Freunde besaß und jedes fremde Gesicht sie feindlich anzustarren schien. Hundertmal hatte sie beschlossen, nach Hause zurückzukehren, aber sie wagte es nicht. Denn mochte sie auch imstande sein, Tante Sarah zu erklären, was geschehen war, ihr Onkel, das wußte sie, würde ihr höchstwahrscheinlich sein Haus verbieten. Zumal wenn sie mit einem Kinde käme.

Amber brütete unglücklich über ihre Probleme, aber es schien weder eine Lösung noch einen Ausweg zu geben. Nie wieder würde sie jung und heiter und frei sein. Und das alles seinetwegen!

Doch gegen ihren Willen, und je mehr die Tage vergingen, desto häufiger trat Lord Carlton hin und wieder aus seiner Rolle als Teufel heraus. Sie liebte ihn noch immer und fühlte eine leidenschaftliche, schmerzliche Sehnsucht nach ihm, die mehr als bloßes Begehren war.

Nach und nach fand sie auch ihre Lebenslust wieder. Das Essen schmeckte ihr, und es gab in London so viele Dinge, die sie vorher nie gekostet hatte: ausgesuchte Süßigkeiten, die man Marzipan nannte, Oliven, die vom Kontinent kamen, Parmesankäse und Bayonner Schinken. Und das seltsame, geheimnisvolle Funktionieren ihres schwangeren Leibes bedeutete für sie Neugier und Staunen. Sie fing auch wieder an, auf ihre Erscheinung Wert zu legen. Und als sie sich einmal die Wangen ein wenig puderte, öffnete sie einen Tiegel nach dem andern, bis sie ihr ganzes Gesicht geschminkt hatte, und, ob sie wollte oder nicht, das Ergebnis war höchst befriedigend.

Und da hatte sie das Gefühl, daß sie doch zu hübsch sei, den Rest ihres Lebens einsam zu vertrauern.

Ihre Fenster gingen auf die Straße, die in einem vornehmen Viertel lag, und sie verbrachte ihre Zeit immer mehr und mehr damit, hinauszusehen, um sich zu fragen, wer wohl diese schöngekleidete Dame sein mochte, die, von vier Herren umringt, aus ihrer Kutsche stieg, wohin der gutaussehende junge Mann, der zu ihr hinaufblickte, jetzt wohl ging, und was er von ihr dachte. London war genauso erregend, wie es immer gewesen war.

Ich aber, ich werde ein Baby kriegen!

Und das machte den Unterschied aus. Mehr noch als Lord Carltons Abreise.

Aber sie konnte doch nicht für alle Zeit in ihrem Zimmer bleiben, und so richtete sie sich eines Tages, etwa zwei Wochen nachdem Lord Carlton weggefahren war, mit großer Sorgfalt her und ging aus. Sie hatte keinerlei besondere Absichten, wollte nur einmal aus ihrem Zimmer kommen, mit ihrem Wagen durch die Straßen rollen, gewissermaßen fühlen, daß auch sie ein Teil der Welt war.

Der Kutscher, den Lord Carlton aufgenommen hatte, war an den Pokken erkrankt; Amber hatte ihm sein Gehalt für das ganze Jahr bezahlt und auch, aus Angst vor Ansteckung, den Diener entlassen. Der Wirt von »Rose und Krone« fand zwei andere an ihrer Statt. Als sie jetzt auf der Schwelle des Wirtshauses auf ihren Wagen wartete und die Handschuhe anzog, war sie nicht imstande, ein erfreutes Lächeln zurückzuhalten, da zwei flachshaarige, bebänderte junge Gecken vorbeigingen und sich die Hälse nach ihr verdrehten. Bestimmt hatten sie sie für eine Dame von Stand gehalten. Und dann hörte sie plötzlich ihren Namen nennen und zuckte zusammen. Sie wandte sich schnell um und sah eine fremde Frau auf sich zukommen.

»Guten Morgen, Mrs. St. Clare. Oh, es tut mir leid! Ich wollte Sie nicht erschrecken, Madame. Ich wollte nur fragen, wie es Ihnen geht. Meine Zimmer liegen neben den Ihren, und der Wirt erzählte mir, Sie seien krank gewesen. Ich habe einen Trank, der bei Fieber wahre Wunder tut.«

Ihre Augen und ihr Lächeln waren freundlich, und sie sah Amber an, als bewundere sie ihre Schönheit und ihr Kleid. Amber war im Nu dankbar für die Aufmerksamkeit und froh, mit jemandem sprechen zu können, sei es auch nur einen Moment lang, und so machte sie einen leichten Knicks.

»Vielen Dank, Madame. Aber ich glaube, daß das Fieber jetzt vorbei ist.«

In diesem Augenblick kam ihr Wagen vorgefahren und blieb vor den Damen stehen; der Diener öffnete die Tür, ließ die Treppe herab und stand hilfsbereit zur Seite. Amber zauderte sekundenlang. Der Stoß, den ihr Selbstvertrauen erlitten hatte, und die zwei Wochen völliger Einsamkeit hatten sie ein wenig schüchtern gemacht. Aber sie war so verzweifelt allein, und die Dame sah so freundlich und nicht allzu kritisch aus. Eine jener glänzenden, selbstsicheren jungen Frauen ihres eigenen Alters, die sie gesehen und bewundert und halb unbewußt nachzuahmen begonnen hatte, wäre ihr peinlicher gewesen. Doch sie war nicht imstande, noch ein Wort hinzuzufügen, und so machte sie vor ihr eine leichte Verbeugung und ging auf den Wagen zu.

»Ach«, rief da die Fremde, »ist das Ihre Familie, Madame?« Und sie wies auf Bruces Wappen, das Amber noch nicht vom Wagenschlag entfernt hatte.

»Ja«, sagte Amber ohne Zögern. Aber sie hoffte nur, daß die Frau nicht ein Wappen vom andern zu unterscheiden vermochte. Für sie wenigstens sahen alle gleich aus, die albernen Löwen mit den Hundegesichtern, die Schachbretter und Streifen.

»Ja, dann kenne ich Ihren Vater sehr gut! Mein eigener Landsitz liegt in der Nähe von Pickering in Yorkshire.«

»Ich bin aus Essex, Madame. In der Nähe von Heathstone.« Sie wünschte bereits, sie hätte nicht gelogen, denn es sah so aus, als würde sie dabei erwischt.

»Ach, natürlich, Mrs. St. Clare! Wie töricht von mir! Aber Ihr Wappen ähnelt so sehr dem eines meiner Nachbarn – obgleich ich jetzt bei näherem Zusehen gut genug erkenne, wo der Unterschied liegt. Darf ich mich Ihnen vorstellen, Madame? Ich bin Mrs. Goodman.«

»Ich freue mich, Ihre Bekanntschaft zu machen, Madame.« Sie verbeugte sich und fand, daß sie sich ungemein damenhaft benahm, denn diese kleinen Förmlichkeiten hatte sie von ihrem Französischlehrer gelernt und auch dadurch, daß sie Lord Carlton und seine Freunde beobachtete. »Kann ich Sie irgendwohin bringen?«

»Auf mein Wort, Madame, ich möchte Ihnen keinerlei Ungelegenheiten verursachen. Ich wollte gerade nur ein paar Kleinigkeiten im ›Change‹ besorgen.«

Das ›Change‹ war, wie Amber wußte, ein eleganter Treffpunkt von Herren und Damen, und jetzt hatte sie den Eindruck, es sei auch ein ganz passendes Ziel für ihre erste Ausfahrt. »Ich fahre ins ›Change‹, Madame. Kommen Sie doch, bitte, mit mir.«

Mrs. Goodman zögerte nicht lange, die beiden Damen stiegen ein, breiteten ihre Röcke aus, fächelten sich und sprachen von der Septemberhitze. Der Wagen fuhr durch die Stadt, rumpelte über das Pflaster, von Zeit zu Zeit wurden sie durch einen Zank mit einer Mietskutsche aufgehalten oder mußten einen Zug von Kohlenwagen abwarten, der sich vorbeischleppte. Amber und Sally Goodman unterhielten sich aufgeregt, und Amber hatte beinahe vergessen, daß sie eine im Stich gelassene Frau war und in ihrem Leib ein uneheliches Kind trug.

Sally Goodman war plump, hatte rosige, fleischige Arme und einen Busen, der sich hoch aus ihrem ausgeschnittenen Kleid hervorwölbte. Ihre Haut trug arge Pockennarben, obgleich sie alles tat, um diesen Mangel durch eine dicke Lage rosaweißer Salbe zu verdecken, und ihr Haar hatte zwei oder drei Schattierungen von Gelb, so daß es klar war, daß sie auch in dieser Beziehung der Natur nachhalf. Sie gab achtundzwanzig von ihren neununddreißig Jahren zu, und zu diesem Zweck brachte sie es fertig, jünger auszusehen, als sie war. Ihre Kleider hatten eine Art Scheineleganz, hinter der ein erfahrenes Auge das zweitklassige Material und die zweitklassige Schneiderin rasch erkannt hätte, und von der gleichen Qualität waren auch ihre Manieren und ihre Persönlichkeit. Doch sie hatte eine herzliche, gemütliche Fröhlichkeit, die Amber als wärmend und erfrischend empfand.

Mrs. Goodman schien eine Dame von Rang und Mitteln zu sein, die sich kurze Zeit in London aufhielt, während ihr Gatte geschäftlich auf Reisen war. In Amber erkannte sie offenbar nach Akzent, Kleidern und Wagen eine Erbin vom Lande, die die Stadt besuchte, und Amber ließ das geschmeichelt gelten.

»Aber, mein Gott, Herzchen!« sagte Mrs. Goodman. »Sind Sie denn ganz allein? Ein reizendes junges Geschöpf wie Sie? Wo es doch in London Dutzende von schlechten Kerlen gibt, die nur nach solch einer Gelegenheit ausspähen!«

Amber war selbst überrascht, wie geschwind sie darauf zu antworten wußte. »Oh, ich bin zu Besuch bei meiner Tante, das heißt, ich werde meine Tante besuchen, sobald sie heimkommt. Sie ist noch in Frankreich, sie war am Hofe Seiner Majestät«.

»O natürlich«, meinte Mrs. Goodman, »mein Mann war auch eine Zeitlang dort, aber der König fand, er könnte hier bessere Dienste leisten, indem er Verschwörungen organisierte. Wo wohnt denn Ihre Tante, meine Liebe?«

»Sie wohnt am Strand, oh, es ist ein mächtig schönes Haus!« Almsbury hatte sie einmal an seinem Haus vorbeigeführt, das dort lag, ihm aber nicht zurückgegeben worden war.

»Hoffentlich kommt sie bald. Ihren Eltern wäre es gewiß nicht lieb, Sie so lange allein zu wissen. Sie sind wohl nicht verheiratet?«

Amber spürte, wie ihr bei dieser Frage das Blut zu Kopf stieg, und ihre Augen senkten sich auf ihren geschlossenen Fächer. Doch sie fand auf ihrer Zungenspitze rasch eine passende Lüge.

»Nein, das bin ich nicht, aber ich werde es bald sein. Meine Tante hat einen Edelmann für mich gefunden – einen Earl, sagte sie, wenn ich mich recht erinnere. Er ist jetzt auf Reisen, wird aber wahrscheinlich gleichzeitig mit ihr zurückkommen.« Dann entsann sie sich dessen, was Almsbury ihr über Bruces Eltern erzählt hatte, und fügte hinzu: »Mein Vater und meine Mutter sind beide tot. Mein Vater ist bei Marston Moor gefallen, und meine Mutter starb vor zehn Jahren in Paris.«

»Ach, Sie armes, liebes Kind! Haben Sie denn niemanden, der Sie behütet, der sich um Sie kümmert?«

»Meine Tante kümmert sich um mich, wenn sie da ist. Seit sie fort ist, habe ich bei einer anderen Tante gelebt.«

Mrs. Goodman schüttelte den Kopf und drückte mitleidig Ambers Hand. Amber empfand leidenschaftliche Dankbarkeit für dieses gütige, verständnisvolle Interesse, für die bloße Tatsache, daß es hier ein anderes menschliches Wesen gab, zu dem sie sprechen konnte – sie hatte sich immer elend und verloren gefühlt, wenn sie allein war.

Das Royal Exchange lag an der Kreuzung von Corn Hill und Threadneedle Street, unweit des Gasthauses zum ›Sarazenenkönig‹. Das Gebäude formte ein riesiges Quadrat, das einen Hof völlig umgab, und die Galerien waren in kleine Läden eingeteilt, in denen hübsche junge Frauen bedienten und ständig ihre Waren anpriesen: »Was brauchen die Herren? Was brauchen die Damen? Bänder, Handschuhe, Parfums . . .« Die Nichtstuer schlenderten herum, flirteten mit den Verkäuferinnen, lehnten an den Pfeilern, um die Damen vorübergehen zu sehen und ihnen freche Worte zuzurufen. Den Hof selbst füllten Kaufleute in nüchterner Tracht, die von Vorräten, von Hypotheken, von ihren Abenteuern zur See sprachen.

Als sie die Stufen hinaufstiegen, folgte Amber zögernd Sally Goodmans Beispiel und zog die Maske vor. Was nützt denn ein hübsches Gesicht, dachte sie, wenn es keiner sieht? Und sie schlug den Mantel zurück, um ihre Gestalt zu zeigen. Doch trotz der Maske erregte sie ohne Zweifel Aufmerksamkeit. Denn während sie auf und ab gingen, hier und dort ein Paar Handschuhe, gestickte Bänder, Spitzen musterten, folgten ihnen begeisterte Bemerkungen.

»Sie ist schön – sehr schön! Bei Gott, das ist sie!«

»Diese mörderischen Augen!«

»Ein Mädchen, wie man sich's für vierzehn Tage nicht hübscher wünschen kann!«

Amber fühlte sich angenehm erregt und warf hastige Blicke nach rechts und nach links, um festzustellen, wie viele Männer sie beobachteten und wie sie aussahen. Mrs. Goodman hatte andere Ansichten über diese Komplimente. Sie schnalzte mit der Zunge und schüttelte den Kopf. »Mein Gott, wie frech die jungen Leute heutzutage reden!«

Amber war einigermaßen beschämt, blickte vor sich hin und verzog das Gesicht, um zu zeigen, daß auch sie unangenehm berührt sei. Doch das dauerte nicht lange, denn alles, was sie rund um sich hörte und sah, wirkte wie ein Zauber auf sie.

Sie wollte so ziemlich alles kaufen, was sie erblickte. Sie hatte wenig Unterscheidungsgefühl, ihr Besitzinstinkt dagegen war stark, und sie hatte den Eindruck, als sei sie so grenzenlos reich, daß sie sich ruhig alles kaufen könnte, was sie nur wünschte. Schließlich blieb sie vor einem Stand stehen, wo eine dralle, schwarzäugige junge Frau von Dutzenden von Vogelbauern umgeben war. Und in jedem saß ein leuchtender Vogel: Kanarienvögel, Papageien, Kakadus, die entweder von der Ostindischen Kompanie oder von irgendeinem Handelsschiff mitgebracht worden waren.

Während sie noch unschlüssig zwischen einem kleinen türkisfarbenen Papagei und einem großen, grünen, kreischenden Vogel schwankte, vernahm sie hinter sich eine Männerstimme: »Bei Gott, ein prächtiges Frauenzimmer! Wofür halten Sie sie?«

Amber sah sich um, denn sie wollte wissen, ob von ihr gesprochen wurde. Und da antwortete ein anderer: »Bei Hof habe ich sie nie gesehen. Sie dürfte eine Erbin vom Lande sein. Bei Gott, ich werde sie kennenlernen, und wenn ich darüber sterben müßte.« Und damit trat er vor, schwenkte seinen Hut und verbeugte sich: »Madame, wenn Sie es mir gestatten wollen, würde ich Ihnen gern diesen Vogel zum Geschenk machen, der – erlauben Sie mir die Feststellung – um nichts prächtiger ist als Sie selbst.«

Entzückt lächelte Amber ihm zu und hatte gerade zu einer Antwort angesetzt, als Mrs. Goodmans Stimme scharf dazwischenfuhr: »Wie können Sie es wagen, eine junge Dame von Stand so zu behandeln? Machen Sie, daß Sie weiterkommen, bevor ich einen Konstabler rufe und Sie für Ihre Unverschämtheit bestrafen lasse!«

Der junge Geck hob erstaunt die Brauen und zögerte einige Sekunden lang, als wüßte er nicht, ob er die Herausforderung nicht annehmen sollte, aber Mrs. Goodman blitzte ihn so grimmig an, daß er sich schließlich sehr zeremoniell vor der enttäuschten Amber verbeugte und mit seinem Freund weiterging. Doch sie konnte noch die verächtliche Bemerkung hören:

»Genau, was ich gedacht habe. Eine Kupplerin mit ihrem Schützling. Aber offenbar will sie sie für irgendeinen alten, gichtischen Herzog aufbewahren.«

Daran merkte Amber, daß sie es doch allzu auffallend auf die Bekanntschaft mit fremden Herren angelegt hatte; sie fächelte sich hastig. »Ach, Himmel! Und ich dachte, es wäre ein junger Mann, den ich einmal bei meiner Tante gesehen habe!«

Sie zog den Mantel um sich und wandte sich wieder dem Stand mit den Vogelbauern zu, und jetzt hielt sie ihre Blicke züchtig auf den Laden gerichtet.

Den vergoldeten Käfig mit dem kleinen türkisfarbenen Papagei bezahlte sie mit einer Münze, die sie ohne langes Suchen aus ihrem Muff zog. Und abermals kam Mrs. Goodmans Geschwindigkeit ihr zu Hilfe, denn als sie das Wechselgeld einstecken wollte, griff Sally nach ihrer Hand.

»Halt, Herzchen. Ich glaube, daß da noch ein Schilling fehlt.«

Das Mädchen hinter dem Ladentisch zog rasch noch einen Schilling hervor, kicherte und erklärte, sie habe sich verzählt. Mrs. Goodman warf ihr einen strengen Blick zu, und dann wandten die beiden Damen sich ab und gingen zu ihrem Wagen.

Auf dem Heimweg unternahm es Mrs. Goodman, Amber vor den Gefahren zu warnen, denen eine junge, hübsche Frau in London ausgesetzt sei, zumal, wenn sie das Stadtleben so wenig kannte. Die Zeiten seien schlecht, sagte sie; eine tugendhafte Frau habe viel zu tun, um nicht bloß ihre Ehrbarkeit, sondern auch den äußeren Schein der Ehrbarkeit zu wahren.

»Denn wie es in der Welt zugeht, Herzchen«, meinte sie, »kann schon der bloße Anschein einer Frau so sehr schaden wie ein Fehltritt selbst.«

Amber nickte feierlich, ihr eigenes schlechtes Gewissen plagte sie, und sie fragte sich, ob ihr Benehmen der sittenstrengen Mrs. Goodman Anlaß zu solchen Predigten gegeben haben mochte. Und dann, als der Wagen hielt, sah sie aus dem offenen Fenster und stieß einen scharfen Schrei des Entsetzens aus. Da schleppte sich eine Frau, nackt bis zum Gürtel, die langen Haare fielen über die Brust, und sie stöhnte jedesmal laut auf, wenn die Peitsche des Mannes, der hinter ihr ging, über ihre Schultern klatschte. Eine ansehnliche Menge folgte den beiden, lachende, johlende kleine Jungen, erwachsene Männer und Frauen, die spotteten und höhnten.

»Oh, sehen Sie doch diese Frau! Man schlägt sie!«

Sally sah hin und fuhr ungerührt wieder fort. »Vergeuden Sie Ihr Mitleid nicht, meine Liebe. Eine schlechte Kreatur, es muß die Mutter eines Bastards sein. Das ist die übliche Strafe, und es ist nicht mehr, als solche Geschäfte verdienen.«

Amber sah wider ihren Willen gefesselt hinaus und folgte dem Zug mit ihren Blicken. Über die nackten Schultern der Frau rann das Blut. Und dann plötzlich wendete Amber sich ab und schloß die Augen. Sie fühlte sich so elend, daß sie ohnmächtig zu werden glaubte, doch die Angst vor Mrs. Goodman zwang sie, sich zusammenzureißen. Aber all ihre Heiterkeit war entschwunden, und sie wurde sich dessen bewußt wie nie zuvor, daß sie ein Verbrechen begangen hatte – ein strafbares Verbrechen.

Das, dachte sie verzweifelt, das könnte ich sein! Das werde ich sein!

Als Amber am nächsten Morgen aufstand und eine Schüssel Stachelbeergelee aß, was ihr gegen die Übelkeiten helfen sollte, klopfte es leicht an der Tür, und Mrs. Goodmans heitere Stimme rief ihren Namen. Schnell schob sie die Schüssel unter das Bett und öffnete die Tür.

»Ich habe mir gerade das Haar aufgesteckt.«

Mrs. Goodman folgte ihr an den Toilettentisch. »Erlauben Sie, daß ich Ihnen helfe, Herzchen. Ist denn Ihre Jungfer ausgegangen?«

Amber spürte, wie die kundigen Finger einen dicken Zopf flochten, ihn hoch auf dem Kopf zu einem Chignon drehten, den sie mit Haarpfeilen feststeckte. »Ach – ich mußte meine Jungfer wegschicken. Sie – sie war in Hoffnung.«

Mrs. Goodman schüttelte den Kopf, doch ihr Mund war so voll von Haarpfeilen, daß sie ihre Zunge nicht gebrauchen konnte. »Es ist eine schlimme Zeit. Aber, mein Gott, Herzchen, wie werden Sie sich denn ohne Jungfer behelfen!«

Amber verzog die Stirne. »Ich weiß nicht. Aber wenn meine Tante heimkommt, wird sie Dutzende haben.«

Mrs. Goodman war jetzt fertig, und Amber kämmte die langen, dikken Flechten zu beiden Seiten ihres Gesichts und rollte sie zu breiten Locken, die auf ihre Schultern fielen.

»Natürlich, Herzchen. Aber bis dahin – mein Himmel, eine Dame kann doch nicht ohne Jungfer bleiben!«

»Nein«, gab Amber zu. »Das weiß ich. Aber ich weiß nicht, wo ich eine hernehmen soll – ich bin noch nie in London gewesen. Und eine alleinstehende Frau muß sich vor Fremden so sehr in acht nehmen«, setzte sie tugendhaft hinzu.

»Das muß sie, meine Liebe, das ist wahr. Sie sind ein kluges junges Geschöpf, wenn Sie daran denken. Aber vielleicht kann ich Ihnen helfen. Eine liebe Freundin von mir ist eben auf ihren Landsitz übersiedelt und hat einige ihrer Mädchen hier gelassen. Ich denke besonders an eine darunter – ein nettes, bescheidenes, perfektes junges Mädchen, und wenn sie noch keinen andern Platz gefunden hat, kann ich sie Ihnen vielleicht beschaffen.«

Amber willigte ein, und in weniger als einer Stunde war das Mädchen da, ein häßliches, derbes kleines Ding in sauberem dunkelblauen Rock, frischer weißer Schürze, langärmliger weißer Bluse, auf dem Kopf eine Leinenhaube, die mit den Bändern unter dem Kinn befestigt war. Sie machte einen Knicks, senkte bescheiden die Augen, und ihre sanfte Stimme ließ hoffen, daß sie ihrer Herrin niemals Ungelegenheiten verursachen würde. Sie hieß Honour Mills, und Amber nahm sie sogleich in ihren Dienst für zwei Pfund jährlich, dazu Wohnung, Ernährung und Kleidung.

Sie fühlte sich ungemein elegant und ganz Modedame, als sie jetzt wieder eine Kammerzofe hatte, die ihr das Haar bürstete, die Kleider zurechtlegte, kleine Besorgungen machte und hinter ihr herging, wenn sie selbst das Haus verließ. Honour war still und gesittet, sah immer sauber aus, war immer gut gelaunt und ein sehr befriedigendes Publikum für ihre Herrin, der sie ihre ganze Bewunderung zu weihen schien.

Nichtsdestoweniger erinnerte Amber sich Lord Carltons Rat, hielt ihr Geld in gutem Versteck und vertraute dem Mädchen keinerlei Privatangelegenheiten an. Sie hatte aber die fünfhundert Pfund nicht zu Shadrac Newbold gebracht, wie Bruce ihr geraten hatte, denn sie hatte nie vorher von einem Goldschmied gehört und wagte nicht, ihr Geld einem völlig Fremden anzuvertrauen. Sie meinte, sie könne ihr Geld sehr wohl allein verwalten. Sie wollte auch erst dann zu den Frauen gehen, die er ihr empfohlen hatte, wenn sie durch ihr Äußeres dazu gezwungen war.

Amber und Mrs. Goodman wurden ständige Gefährtinnen. Sie aßen mittags zusammen in einer der beiden Wohnungen, sie fuhren zusammen in den Hyde Park, stiegen aber nicht aus, sie gingen zusammen ins Royal Exchange oder ins Ostindienhaus einkaufen. Einmal schlug Amber vor, zusammen zu einem Schauspiel zu gehen, doch Mrs. Goodman hatte recht strenge Worte über die Ausschweifung beim Theater, und da wagte sie nicht, ihren Vorschlag zu wiederholen.

Mrs. Goodmans Gatte wurde länger auf dem Kontinent festgehalten, denn seine Geschäfte waren sehr verwickelt. Amber wiederum sagte, sie habe einen Brief von ihrer Tante erhalten, die ihr mitteilte, es würde noch zwei Wochen oder auch länger dauern, bis sie von Frankreich zurückkommen könnte. Wenn nötig, würde sie wohl nach Ablauf dieser Zeit eine andere Ausrede erfinden, meinte Amber.

Ihre Bekanntschaft dauerte nun etwa vierzehn Tage, als Mrs. Goodman Amber von ihrem Neffen erzählte. Sie waren gerade aus der Kirche heimgekommen – es war Sonntag – saßen in Ambers Zimmer und aßen eine Schüssel heißer, gebutterter Garnelen mit den Fingern und spülten sie mit Rheinwein hinunter. Honour machte Feuer, denn der Tag war plötzlich kühl geworden, und über der Stadt lagerte schwerer Nebel.

»Wahrhaftig«, sagte Mrs. Goodman, ohne aufzusehen, denn ihre Aufmerksamkeit gehörte fast ungeteilt der Schüssel, die vor ihr stand, »es hätte gelohnt, zuzuhören, was mein dummer, kleiner Neffe gestern abend von Ihnen gesagt hat. Er erklärte, Sie seien das prächtigste Geschöpf, das er je gesehen habe.«

Amber steckte gerade eine knusprige, fette Garnele in den Mund. Sie sah auf und fragte rasch: »Wann hat er mich gesehen?«

Sie hatte keinen einzigen jungen Mann kennengelernt, obgleich es an Gelegenheiten nicht gefehlt hatte; sie war überzeugt, daß sie sich nie wieder verlieben könnte, aber nichtsdestoweniger verlangte es sie nach männlicher Gesellschaft. Ständig mit einer Frau zusammen zu sein sei langweilig und sensationslos wie ein Glas Wasser, fand sie. Aber sie war noch nie einem Mann begegnet, der nicht zumindest eine Eigenschaft besaß, die ihn erträglich machte.

»Als Sie gestern aus dem Wagen stiegen. Ich dachte, der junge Narr würde gleich aus dem Fenster fallen und sich den Hals brechen. Aber ich sagte ihm, daß Sie einem Earl vorbehalten seien.«

Ambers Lächeln verschwand. »Das hätten Sie nicht sagen sollen!«

»Warum nicht?« Mrs. Goodman wendete sich jetzt einem französischen Kuchen zu, der mit geschmolzener Butter und Rosenwasser befeuchtet und mit Mandeln verziert war. »Es ist doch so, nicht?«

»Nun – ja. Aber schließlich – er ist Ihr Neffe. Mein Himmel, Sie sind doch so gütig zu mir gewesen, Mrs. Goodman, und wenn Ihr Neffe mich kennenzulernen wünscht, nun, da ist doch nichts Böses dabei?«

Luke Channell sollte seine Tante an dem gleichen Abend besuchen, und Mrs. Goodman sagte, sie wolle ihn zu Amber bringen. Er sei eben erst von seinen Reisen heimgekehrt und nun auf dem Weg nach seinem Landsitz in Devonshire. Amber war sehr aufgeregt und hoffte, er werde ihr gefallen. Sie zog ein anderes Kleid an und ließ sich von Honour die Frisur richten. Sie erwartete natürlich keinen Mann wie Lord Carlton, denn dergleichen hatte sie in London nie wieder gesehen, aber die Aussicht, mit einem jungen Mann zu sprechen, vielleicht ein wenig zu flirten, die Bewunderung in seinen Augen glänzen zu sehen, wirkte belebend.

Nun, Luke Channell war eine Enttäuschung.

Kaum größer als sie war er, untersetzt, hatte ein breites, flaches, stumpfnasiges Gesicht, und die beiden Schneidezähne waren quer abgebrochen. Am Rand seines Gaumens wuchs eine Art glitschiges grünes Moos. Aber er war wenigstens recht gut angezogen, hatte einen Überfluß von Bändern und Schleifen an Ellbogen, Hüften und Knien, sein Benehmen war selbstsicher, und er schien ganz in sie vernarrt zu sein. Er grinste beständig, seine Augen wichen nicht von ihrem Gesicht, und manchmal schien er so beeindruckt zu sein, daß er mitten im Satz den Faden verlor.

Wie viele junge Leute, die ins Ausland gingen, hatte er seinen Vorrat an französischen Flüchen mitgebracht, und jedes zweite Wort war ›Morbleu‹ oder ›Mordieu‹. Er erzählte ihr, der Louvre sei viel größer als Whitehall, in Venedig spazierten die Prostituierten mit entblößter Brust über die Straßen und die Deutschen tränken sogar noch mehr als die Engländer. Als er ging, lud er Amber und seine Tante für den nächsten Abend in den Mulberry Garden, und sie nahm die Einladung mit einem lächelnden Knicks an.

Kaum hatte sich die Tür geschlossen, meinte Honour: »Nun, Mem, was halten Sie von ihm? Ein mächtig feiner junger Herr, finde ich. Sie auch?«

Aber Amber fühlte sich plötzlich müde und entmutigt; die Neigung zur Schwermut, die sich mit der Schwangerschaft eingestellt hatte, übermannte sie. Gleichgültig zuckte sie die Achseln. »Viel Staat kann man mit ihm nicht machen.«

Und mit einem Mal stürzte alles auf sie herab, die Enttäuschung, die Einsamkeit, die schmerzende Sehnsucht nach Bruce, die Hoffnungslosigkeit ihrer Lage. Sie warf sich auf das Bett und weinte. Sie fühlte, wie ihre Schwangerschaft von ihr Besitz nahm, sie in einem Raum einzuschließen schien, aus dem es kein Entweichen gab, und sie war entsetzt, als wäre sie von einem lauernden Ungeheuer bedroht.

Ach, was werde ich anfangen? Was werde ich anfangen, dachte sie verzweifelt. Es wächst und wächst und wächst in mir! Ich kann es nicht zurückhalten. Es wird immer größer und größer, bis ich aufschwelle wie ein Ochsenfrosch und jeder es wissen wird. – Oh, ich wünschte, ich wäre tot!

Achtes Kapitel

Amber und Luke Channell wurden Mitte Oktober, drei Wochen nachdem sie einander kennengelernt hatten, in der alten Kirche der Pfarrgemeinde getraut, in der »Rose und Krone« lag. Wie es üblich war, kaufte Amber den Trauring, und sie bekam einen sehr schönen mit mehreren kleinen Diamanten. Sie gab dem Juwelier den Auftrag, ihr die Rechnung zu schicken. Sie hatte entdeckt, daß man auch auf diese Art einkaufen konnte, und übte es jetzt, denn ihre Unkenntnis des Geldwertes war eine ernsthafte Belastung für sie.

Amber war durchaus nicht darauf erpicht gewesen, Luke zu heiraten. Sie betrachtete ihn als einen der wenigst anziehenden Männer, die sie je kennengelernt hatte, und nichts als die ständig nagende Gewißheit ihrer Schwangerschaft hatte sie dazu gebracht, ihn als Gatten in Erwägung zu ziehen. Er schien nur die einzig gute Eigenschaft zu haben, daß er so heftig in sie verliebt war.

Doch am nächsten Morgen wußte sie schon, daß sie auch darin betrogen worden war.

Seine Anbetung war wie weggeblasen, und statt dessen war er unverschämt roh und anmaßend. Seine vulgäre Art empörte sie und widerte sie an. Er gönnte ihr weder Ruhe noch Frieden, sondern verfügte zu jeder Tag- und Nachtzeit über sie. Vom ersten Tag an war er den größten Teil der Zeit fort, trank unablässig und drängte sie, den Rest ihres Geldes holen zu gehen, und ließ fast ohne den geringsten Anlaß seine ewig schlechte Laune an ihr aus.

Herrn Goodmans Finanzaffären blieben dauernd ungeklärt, und mit der Zeit schien er eine fast ebenso nebelhafte Gestalt zu werden wie Ambers Tante, obgleich beide Frauen gegenseitig immer neue Entschuldigungen ersannen, sobald ein Rückkehrtermin abgelaufen war. Kaum waren Amber und Luke verheiratet, so wurden auch die beiden Wohnungen vereinigt, und derzeit lieh sich Sally Ambers Fächer, Handschuhe und Schmuck und versuchte auch, allerdings erfolglos, sich in Ambers Kleider zu pressen. Amber begann zu fühlen, daß sie irgendwie zwischen Tante und Neffen gefangen war, die sich ihrer bemächtig hatten, ohne daß Amber hätte sagen können, wann und wie das eigentlich geschehen war.

Honour blieb so still und zurückhaltend wie immer, obgleich sie nachlässig geworden war und Amber sie immer wieder mahnen mußte, im Hause in Schuhen zu gehen und sich nicht mit einer schmutzigen Schürze auf der Straße zu zeigen. Wenn Luke zu Hause war, himmelte Honour ihn derart albern an, daß es Amber krank machte.

Als sie kaum vierzehn Tage verheiratet waren, erwischte Amber eines Tages Honour und Luke miteinander. Angeekelt blieb sie einen Augenblick lang stehen, bevor sie die Tür zuschlug. Luke sprang auf, und Honour rannte mit erschrecktem Kreischen in Sallys Zimmer.

Luke glotzte sie an: »Was, zur Hölle, hat dich hierher geblasen?«

Sie war nahe daran zu weinen; nicht daß es sie gekränkt hätte, wenn Luke das Mädchen verführte, sondern weil sie nervös und unglücklich war. »Wie hätte ich wissen sollen, was ihr beide treibt?«

Er antwortete nicht, zog sein Wams an, gürtete den Degen, preßte den Hut auf den Kopf und torkelte aus dem Zimmer. Amber sah ihm nach und ging dann Honour suchen. Das Mädchen war in Sallys Zimmer, hockte in der Ecke hinter dem Bett, schluchzte und hielt die Hände schützend vor ihren Kopf. Der Herr oder die Herrin hatten das Recht, ungetreue Diener zu schlagen, und das war es offenbar, was sie erwartete.

»Hör auf!« rief Amber. »Ich werde dich nicht schlagen!« Sie warf ihr eine Münze in den Schoß. »Hier! Das wirst du jedesmal von mir kriegen. Vielleicht läßt er mich dann in Ruhe«, murmelte sie, schwenkte ihre Röcke und ging.

Aber ihr Ekel vor Luke und seine unangenehmen Gewohnheiten waren durchaus nicht die einzige Quelle von Ambers Ärger mit ihrem Gatten. Beide, er und seine Tante, gaben sehr viel Geld aus. Beinahe jeden Tag kamen Waren für den einen oder den andern, aber sie bezahlten nichts. Eines Tages, als sie mit Mrs. Goodman einkaufen ging, brachte sie dieses Thema zu Sprache.

»Wann wird Luke denn Geld von zu Hause kriegen? Wenn er zum Essen ins Gasthaus oder ins Theater geht, verlangt er das Geld von mir.«

Sally lachte, fächelte sich eifrig und sah auf die volle Straße hinaus. »Sieh nur dort drüben das gelbe Satinkleid, Herzchen. So etwas möchte ich auch haben. Ach, was hast du vorhin gesagt? Ja, richtig – Lukes Geld.

Nun, um aufrichtig zu sein, Herzchen, wir wollten dir das verschweigen, aber da du selbst fragst, so magst du es denn wissen. Lukes Vater ist wütend, weil er ohne seine Einwilligung geheiratet hat. Armer Luke, heiratet aus Liebe, und jetzt sieht es so aus, als würde man ihn ohne einen Schilling lassen. Aber schließlich, meine Liebe, mit all deinem Geld könntet ihr beide ja ganz gut auskommen, nicht?« Sie lächelte Amber schmeichelnd an, doch ihre Augen waren hart und forschend.

Amber sah sie entrüstet an. Luke ohne Mittel, und sie sollten beide von ihren fünfhundert Pfund leben! Sie hatte schon angefangen, zu begreifen, daß fünfhundert Pfund durchaus nicht das unerschöpfliche Vermögen waren, als das sie es zuerst angesehen hatte, besonders wenn es von drei Menschen hemmungslos ausgegeben wurde.

»Ja warum, zum Teufel, sollte sein Vater ihn enterben?« Diese Frage war eine scharfe Herausforderung, denn sie und Sally waren keineswegs mehr höflich miteinander wie anfangs, und manchmal war es schon fast zu Streit gekommen. »Ich bin vermutlich keine passende Partie für ihn?«

»O mein Gott, Herzchen, da protestiere ich. Das habe ich doch nicht gesagt. Aber sein Vater hatte ein anderes Mädchen für ihn im Kopf. Warte nur, bis er dich sieht. Dann wird er seine Meinung schnell genug ändern, dafür verbürge ich mich. Übrigens, meine Liebe, die tausend Pfund, die du von dem Anwalt deiner Tante verlangt hast – dauert das nicht schon schrecklich lang?« Sallys Stimme war weich, besänftigend, wie wenn sie Luke bat, sein Temperament zu zügeln oder Honour höflicher zu behandeln.

Aber Amber sah sie nicht an und antwortete mürrisch: »Vielleicht wird der Anwalt sie jetzt gar nicht schicken, da ich doch verheiratet bin!«

Nach und nach verkrümelte sich ihr Geld. Es ging als Taschengeld zu Luke, zu Mrs. Goodman, die immer versprach, alles zurückzuzahlen, sobald ihr Mann aus Frankreich wiederkehrte, oder zu einem Händler, der Rechnungen einkassieren kam, die seit zwei oder drei Monaten unbezahlt waren.

Was werde ich beginnen, wenn es fort ist? dachte sie verzweifelt. Und von Furcht und bösen Ahnungen überwältigt, begann sie wieder zu weinen. In den Wochen, seit Lord Carlton sie verlassen hatte, weinte sie mehr als in ihrem ganzen übrigen Leben. Wenn Luke in Wut geriet, wenn die Büglerin ihre Hemden nicht zur rechten Zeit brachte, die kleinste Aufregung, die geringste Unannehmlichkeit genügte jetzt, um ihr Tränen zu entlocken. Das Leben war nicht länger ein heiteres Abenteuer, sondern wurde leer und hoffnungslos.

Nichts blieb mehr, worauf man sich freuen konnte. Dieses Kind würde geboren werden, und andere würden im Lauf der Jahre folgen. Ohne Geld, mit Kindern, die sie versorgen mußte, mit einem brutalen Gatten und harter Arbeit würden ihre Reize bald vergangen sein. Und sie würde alt werden.

Manchmal erwachte sie mitten in der Nacht und hatte das Gefühl, als kämpfe sie in einem ständig wachsenden, lebendigen Netz. Sie setzte sich plötzlich auf und war so verängstigt, daß sie kaum zu atmen vermochte. Und dann erinnerte sie sich, daß Luke neben ihr lag, sich über drei Viertel des Bettes spreizte. Dann war der Haß in ihr so stark, daß sie ihn am liebsten mit ihren eigenen Händen erwürgt hätte. Sie starrte auf ihn hinunter und malte sich gierig aus, wie es wäre, wenn sie ihn erdolchen würde, wenn er hilflos ans Bett genagelt wäre. Ob sie ihn wohl vergiften könnte? Doch sie wußte nicht, wie sie das anzustellen hätte, und fürchtete sich vor der Entdeckung. Eine Gattenmörderin wurde lebendig verbrannt.

Bisher hatte anscheinend keiner ihre Schwangerschaft geahnt, obgleich jetzt der fünfte Monat verstrichen war. Die zahlreichen gestärkten Unterröcke und die üppigen Kleider halfen ihr tagsüber, und sie brachte es fertig, sich anzukleiden, wenn niemand dabei war, oder den Rücken zu drehen. Nachts brannten die Lichter nicht, denn Honour schlief im gleichen Zimmer auf einem kleinen Rollbett, das morgens unter das Ehebett geschoben wurde. Doch trotzdem mußten sie es bald genug entdekken, und sie wußte, daß sie das Kind niemals glaubhaft Luke zuschreiben konnte. Sie hatte keine Ahnung, was sie dann tun sollte.

Von Zeit zu Zeit hatte Amber das Versteck ihres Geldes gewechselt, nahm immer nur einige Münzen zu sich und war sehr stolz auf ihre Schlauheit. Doch als sie eines Tages über das Versteck ging, war die Börse verschwunden.

Sie hatte die Schnüre des Lederbeutels an einen Nagel an der Rückseite eines schweren, geschnitzten Eichenschranks gehängt, der an einer Wand stand und niemals weggerückt wurde. Jetzt kniete sie mit leichtem Ächzen auf dem Boden, um unter dem Schrank zu suchen. Sie fühlte sich verängstigt und elend. Sie rief Honour, die im Nebenzimmer war. Das Mädchen kam gelaufen, blieb aber augenblicklich stehen, als sie Amber neben dem Schrank sah. Dann machte sie einen zögernden kleinen Knicks und riß die Augen weit auf.

»Ja, Mem?«

»Hast du den Schrank weggeschoben?«

»O nein, Mem!« Ihre Hände hielten sich am Rock fest, als suchte sie dort eine moralische Stütze.

Amber war es klar, daß das Mädchen log, daß aber, was auch Honours Anteil am Diebstahl sein mochte, die Anstiftung von Luke herrührte. Mühsam erhob sie sich, entmutigt, aber weniger überrascht, als sie erwartet hätte, und ging zur Tür, wo ein Schneider, die Rechnung in der Hand, wartete. Er war immerhin sehr höflich, als sie ihm sagte, sie habe kein Geld im Haus. Er würde wiederkommen. Mr. Channell sei ein ausgezeichneter Kunde gewesen, und er wünsche durchaus nicht, ihn zu verstimmen.

Luke kam spät und betrunken heim, so daß Amber keine Wahl hatte, sondern warten mußte. Als sie am nächsten Morgen erwachte, war das Zimmer leer und die Türe zu Sallys Wohnung verschlossen, aber sie konnte leises Sprechen hören. Schnell schlüpfte sie aus dem Bett und wollte sich anziehen, um mit ihm zu reden, bevor er wieder verschwand.

Sie hatte gerade das Hemd über den Kopf gezogen, als Luke die Tür öffnete. Hastig griff sie nach einem Unterrock, aber schon war er bei ihr, packte sie beim Ellbogen, drehte sie um, riß ihr den Unterrock aus der Hand und warf ihn zu Boden.

»Nicht so schnell! Ein Gatte hat wohl das Recht, sich hin und wieder seine Frau anzusehen.« Er wies auf ihren geschwollenen Leib. »Du bist sehr anmaßend«, sagte er langsam und drohend, »für eine Dirne, die bei ihrer Hochzeit schon seit drei Monaten schwanger war.«

Amber starrte ihn reglos an, ihre Augen waren kalt und hart. Plötzlich waren alle ihre Sorgen und ihre Unschlüssigkeit verschwunden. Sie spürte nur einen verbitterten, verachtungsvollen Haß, der so stark war, daß er jedes andere Gefühl wegfegte.

»Hast du mich deswegen geheiratet, du Saumensch? Um deinem Bastard einen Namen zu verschaffen?«

Da schlug ihn Amber mit all ihrer Kraft ins Gesicht. Bevor sie aber eine zweite Bewegung machen konnte, hatte er sie bei den Haaren gepackt, riß ihren Kopf heftig zurück und ohrfeigte sie mit der andern Hand. Plötzlich entsetzt vor der Mordlust in seinen Augen, schrie Amber auf, und Sally Goodman stürzte ins Zimmer und rief:

»Luke! Luke! O du Narr! Du wirst alles verderben! Hör doch auf!«

Sie kämpfte mit ihm, während Amber sich zusammenkauerte und aus Angst, ein Schlag oder Tritt könnte das Kind töten, keine Gegenwehr versuchte. Aber er schlug sie mit Händen und Fäusten, wo er gerade hintraf, fluchte zwischen den Zähnen, das Gesicht weiß und verzerrt vor Wut. Schließlich gelang es Sally, ihn fortzuziehen, und Amber krümmte sich auf dem Boden, ächzend und keuchend und in unsäglichem Elend.

O verflucht, Luke!« hörte sie Sally schreien. »Deine Wut wird uns alle zugrunde richten!«

Er achtete nicht auf sie, sondern brüllte Amber an: »Das nächte Mal breche ich dir das Genick, hörst du?« Er trat noch einmal heftig nach ihr, und Amber schrie auf und suchte ihren Leib mit den Armen zu decken. Dann ging er und schlug die Tür dröhnend hinter sich zu.

Die beiden Frauen eilten sogleich zu Amber und halfen ihr auf das Bett. Einige Minuten lang lag sie da, schluchzend, zitternd, aber mehr aus Wut und Haß und Demütigung als der Schmerzen wegen. Sally setzte sich zu ihr aufs Bett, rieb ihr die Hände und sprach leise und besänftigend auf sie ein, während Honour sich mit einem Gemisch von Mitleid und Bestürzung über sie beugte.

Doch als Amber wieder zum vollen Bewußtsein kam, spürte sie kleine Stöße in ihrem Leib, und wenn sie die Hände auf den Magen legte, konnte sie fühlen, wie das Kind sich regte. »Oh«, schrie sie wütend, »wenn ich dieses Kind verliere, dann schwöre ich, daß ich den Hurensohn auf dem Tyburnhügel am Galgen sehen werde!« Obgleich sie so manches Mal beinahe gewünscht hatte, irgendein Zwischenfall möge sie von dem Kind befreien, erfaßte sie jetzt, daß ihr mehr als an allem andern daran gelegen war, das Kind auszutragen, denn es war alles, was ihr von Lord Carlton geblieben war.

»Mein Gott, Herzchen! Wie du nur sprichst!« rief Sally.

Trotzdem schickte sie Honour zu einem Apotheker, um irgend etwas zu holen, was einer Frühgeburt vorbeugen könnte, und als das Mädchen wiederkam, braute sie selbst die Kräuter zu einem Tee. Amber trank den stinkenden Sud, hielt sich die Nase zu und verzog das Gesicht. Doch als der Tag verging, ohne daß irgend etwas geschah, fühlte sie sich erleichtert, denn war sie auch wund und zerschlagen, so war ihr doch nichts zugestoßen. Aber sie konnte an nichts anderes denken als an Luke Channell und wie sie ihn haßte, und sie war entschlossen, ihn zu verlassen, sobald sie ihr Geld wiederhatte – von London fortzuziehen in irgendeine andere Stadt und sich zu verbergen. So lag sie stundenlang auf ihrem Bett, die Augen geschlossen, und schmiedete Pläne.

Sally war sehr besorgt um sie, und selbst wenn Amber sich schlafend stellte, hörte sie nicht auf, sie auszufragen, brachte ihr etwas zu essen, redete ihr zu, sich aufzusetzen und irgendein Spiel mit ihr zu spielen. Das würde sie aufheitern. Endlich, mit einem erschöpften Seufzer, gab Amber nach, und sie begannen, ein Brett zwischen sich, eine Partie L'Hombre.

»Armer Luke«, sagte Sally nach einigen Minuten. »Ich fürchte, daß der arme Junge seines Vaters Wutanfälle geerbt hat. Manchmal habe ich Sir Walter Channell minutenlang starr mit Schaum vor dem Mund liegen gesehen. Aber wenn es vorüber ist, dann ist er der angenehmste Mann der Welt, genau wie Luke.«

Amber warf Sally einen skeptischen Blick zu, spielte ihre Königin aus und stach. »Genau wie Luke?« wiederholte sie. »Dann tut mir Lady Channell aber sehr leid.«

Sally verzog den Mund. »Nun, meine Liebe – du wirst kaum erwarten können, daß irgendein Mann sich freut, seine Frau mit dem Kind eines andern Mannes schwanger zu sehen. Und weißt du« – sie stach und legte den Stich quer an den Rand des Brettes –, »es sieht beinahe so aus, als wäre dir dein Zustand bei deiner Heirat nicht unbekannt gewesen.«

Amber lächelte boshaft. »Wirklich?« Plötzlich aber blitzte ihr Auge und sie fuhr Sally an: »Warum hätte ich denn sonst diesen stumpfzahnigen Lümmel geheiratet?«

Sally warf ihr einen Blick zu, holte tief Atem und begann, die Stiche zu zählen. Sie mischte die Karten, teilte, und dann spielten sie eine Weile schweigend weiter.

Plötzlich sagte Amber: »Ich vermisse einen Beutel mit ziemlich viel Geld. Ich hatte ihn an einen Nagel hinter diesem Schrank gehängt, und jemand hat ihn gestohlen.«

»Gestohlen? Diebe in diesen Zimmern? O mein Himmel!«

»Ich glaube, daß Luke der Dieb war«

»Luke? Ein Dieb? Mein Gott, Kind, wie du sprichst! Es gibt in ganz

London keinen ehrenhafteren Mann als meinen Neffen! Und dann, meine Liebe, wie könnte er dir denn Geld stehlen? Das Geld einer Frau gehört ihrem Gatten von dem Augenblick an, da sie den Altar verlassen. Ich muß schon sagen, Herzchen, ich bin sehr überrascht, daß du ein paar lumpige Pfund vor ihm versteckst.«

»Ein paar lumpige Pfund? Das waren nicht ein paar lumpige Pfund! Es war alles, was ich auf dieser Welt besitze.«

Sally sah rasch auf. »Alles, was du besitzt? Und wie steht es dann mit deiner Erbschaft? Wie ist es mit den fünftausend Pfund?« Sie starrte sie an, die blauen Augen verengten sich, und die ganze friedliche Gutmütigkeit war fort.

»Und wie steht es mit seiner Erbschaft?«

Sally wollte geduldig bleiben. »Ich habe es dir ja erklärt, meine Liebe. Und soll ich jetzt glauben, daß du meinen Neffen beschwindelt und ihn im Glauben gelassen hast, du wärest eine vermögende Frau, während alles, was du besessen hast, fünfhundert Pfund waren?«

Plötzlich schleuderte Amber die Karten auf den Boden. »Glaub, was du willst, zum Teufel! Der Lump hat mein Geld gestohlen, und ich werde ihn deswegen vor den Richter bringen!«

Sally stand auf, verbeugte sich mit gekränkter Würde, rauschte in ihr Zimmer zurück, schloß die Tür und ließ sich den ganzen Tag nicht mehr sehen. Honour blieb bei ihrer Herrin und ging still ihren gewohnten Pflichten nach. Sie brachte Amber das Abendessen auf einem Tablett, bürstete ihr Haar, und während Amber sich wusch und die Zähne putzte, glättete das Mädchen die Bettücher mit einem Stab. Sie hörte mitleidsvoll Ambers Klagen über Luke und dessen Tante an, machte aber keine Bemerkung und schien auch nicht sehr überrascht, als Amber erklärte, sie wolle ihn verlassen, sobald sie ihn zur Rückerstattung des Geldes gezwungen habe.

Obgleich sie wach bleiben wollte, war sie doch eingeschlafen, bevor Luke heimkam. Einmal, mitten in der Nacht, erwachte sie und hörte Stimmen im Nebenzimmer – Lukes und Sallys Stimmen – und wenn sie auch in kalter, wütender Sorge wartete, blieb die Tür zwischen den Zimmern geschlossen. Schließlich wurde es still, und sie schlief wieder ein.

Am nächsten Morgen brannte ein freundliches Feuer, und das Zimmer hatte ein überraschend wohnliches Aussehen. Sally summte eine Melodie und arrangierte grüne Blätter in einer Schale. Honour staubte die Möbel mit größerem Eifer ab, als sie sonst für diese Beschäftigung aufbrachte. Und Luke stand vor dem Spiegel, band seine Krawatte und betrachtete sich höchst zufrieden.

Als sie die Bettvorhänge zur Seite schob, sah Sally auf.

»Ach«, rief sie heiter. »Guten Morgen, Herzchen!« Sie eilte auf sie zu und küßte sie auf beide Wangen, ohne auf Ambers Ausdruck zu achten. »Hoffentlich hast du gut geschlafen. Luke hat auf dem Rollbett in meinem Zimmer geschlafen, um dich nicht zu stören.« Sie war nie freundlicher gewesen und warf jetzt ihrem Neffen ein strahlendes Lächeln zu, wie eine Mutter, die ihr Kind Gästen vorführen will. »Nicht wahr, Luke?«

Luke grinste breit, wie er es getan hatte, als er ihr noch den Hof machte. Amber lag auf einen Ellbogen gestützt und sah ihn erbittert an. Sie war entschlossen, irgendwie zu ihrem Geld zu kommen, aber sein bloßer Anblick erregte sie derart, daß sie all ihre Pläne vergaß. Er ging, noch immer grinsend, auf sie zu, obgleich Amber ihn finster und mißtrauisch beobachtete.

»Was habe ich hier für dich?« Er hatte etwas vom Kamin genommen und hielt es hinter seinem Rücken.

»Das weiß ich nicht, und es ist mir auch völlig gleichgültig. Laß mich in Ruhe!« rief sie warnend, als er sich über sie beugte, um sie zu küssen, und zog die Decke über den Kopf.

Auf sein Gesicht trat ein häßlicher Zug, aber Sally mahnte ihn mit einem Wink. Er setzte sich auf das Bett und versuchte ihre Hand zu greifen. »Sieh her, Schwälbchen – schau nur, was ich dir für ein schönes Geschenk mitgebracht habe. Mein Himmel, Herzchen, du wirst doch dem armen Luke nicht länger böse sein, nicht wahr?«

Sie konnte hören, wie er ein Etui öffnete und mit etwas klirrte, was nach Schmuck klang, und schließlich sah sie aus Neugier unter den Dekken hervor. Verlockend hielt er ihr ein Armband mit mehreren Brillanten und ein oder zwei Rubinen hin. Seine Stimme schmeichelte weiter, obgleich Amber nicht ihn, sondern das Armband ansah.

»Glaub mir, Liebchen, mir tut leid, was ich gestern getan habe. Aber wahrhaftig, es scheint, daß ich manchmal nicht Herr meiner selbst bin. Mein armer alter Vater hatte solche Anfälle. Hier – erlaube, daß ich es dir anlege.«

Das Armband war schön, und endlich ließ Amber zu, daß er es ihr um das Gelenk legte. Sie wußte, daß sie ihn glauben machen mußte, er sei ihr erträglich, sonst würde sie nie zu ihrem Geld kommen. So ließ sie sich von ihm küssen und streicheln. Sie verachtete ihn derart, daß sie sich gern zu der Vorstellung verleiten ließ, sie könnte ihn übertölpeln. Schließlich stand sie auf, zog sich an, und sie tranken gemeinsam ihr Morgenbier und aßen Sardellen dazu. Luke schlug vor, mit Amber nach Pancras zum Mittagessen zu fahren, wo er ein reizendes kleines Wirtshaus kannte. Amber glaubte, daß er sein Benehmen ehrlich bedauere, und willigte ein. Sie legte den Mantel um – das Armband ließ sie auf seinen Rat zu Hause, denn es gab immer wieder Straßenräuber –, und dann fuhren sie.

Pancras, ein kleines Dorf im Nordwesten, war etwa zwei Meilen von ›Rose und Krone‹ entfernt, oder eine Dreiviertelstunde Wagenfahrt. Doch sie hatten kaum High Holborn erreicht, als es zu regnen begann, obgleich der Winter sonst trocken, warm und staubig gewesen war, und fünfzehn Minuten später waren die Straßen völlig verschlammt, und es roch stark nach vermodernden Abfällen. Zwei- oder dreimal blieben die Räder stecken, und Kutscher und Diener mußten den Wagen mit Hilfe einer Eisenstange wieder flottmachen, die alle Kutscher zu diesem Zweck bei sich führten.

Für Amber, die von dem ungefederten Wagen hin und her gerüttelt wurde, war die Fahrt endlos, und sie wünschte, sie wäre zu Hause geblieben. Aber Luke war heiter und gesprächig, wie er seit Wochen nicht mehr gewesen war, und sie versuchte so zu tun, als genieße sie die Fahrt ebenso wie seine Gesellschaft, während die Berührung seiner Hände sie mit tiefstem Ekel erfüllte.

Das Gasthaus war schmutzig und klein, und das Zimmer, in das der Wirt sie führte, kalt und ungelüftet. Er zündete ein Feuer an, und dann ging Luke mit ihm hinaus, um das Mittagessen zu besprechen, während Amber am Fenster stand, in den tropfenden Regen hinaussah und den nassen roten Hahn beobachtete, der majestätisch über den Hof stolzierte. Sie behielt ihren Mantel an, schauerte ein wenig vor Kälte, war unglücklich und teilnahmslos und fühlte, wie eine tiefe Niedergeschlagenheit sich ihrer bemächtigte.

Das Essen war schlecht, ein fasriges, kaum erwärmtes Stück Kochfleisch, gekochte Rüben und gekochter Schinken. Amber widerte es an, und sie konnte kaum einen Bissen hinunterzwingen. Aber Luke, der nie etwas davon verstanden hatte, aß mit großem Behagen, und der fette Saft rann ihm über das Kinn. Er schmatzte geräuschvoll, bohrte mit den Nägeln in den Zähnen, spuckte auf den Fußboden, bis Amber, von ihrer Schwangerschaft noch empfindlicher gemacht, glaubte, krank werden zu müssen.

Kaum waren sie mit dem Essen fertig, als an der Tür geklopft wurde und der Wirt seinen Namen rief. Ohne ein Wort zu sagen, stand er auf und ging hinaus.

Einige Sekunden lang war Amber überrascht und erleichtert. Dann aber brach sie in Tränen aus, Tränen der Einsamkeit, der Wut. Sie wartete lange. Endlich stand sie auf, wusch ihr Gesicht mit kaltem Wasser und kämmte sich. Sie wunderte sich wohl, daß er fortgegangen war und so lange wegblieb, aber es lag ihr weiter nichts daran. Wenn er zurückkam, wollte sie gleich nach Hause fahren und den Nachmittag mit Sally verbringen und L'Hombre spielen, obgleich sie wußte, daß sie verlieren würde, denn die beiden betrogen, ohne daß sie herausbringen konnte wie.

Endlich wurde ihr die Situation unbehaglich, und der Verdacht keimte in ihr auf, daß er den Wagen genommen haben möchte. Und wie sollte sie jetzt nach Hause kommen? Es würde ihm ähnlich sehen, sich auf solche Art dafür zu rächen, daß sie ihn geschlagen hatte. Und sie hatte keinen Penny bei sich. Sie griff nach Fächer, Muff und Maske, legte den schwarzen Samtmantel um und eilte aus dem Zimmer und die Treppe hinunter. Der Wirt lehnte am Schanktisch, sprach mit einem Fremden, und die beiden Männer rauchten und tranken Bier.

»Wo ist mein Mann?« fragte sie noch auf der Treppe.

Sie sahen auf. »Ihr Mann?« wiederholte der Wirt.

»Natürlich! Der Mann, mit dem ich gekommen bin«, rief sie ungeduldig und ging auf den Wirt zu. »Wo ist er?«

»Nun, er ist fort, Mem. Er sagte, Sie seien eine Dame, die sich von ihm entführen lassen wolle, und trug mir auf, ihn um halb zwei zu rufen. Kaum war er unten, fuhr er auch schon mit dem Wagen davon und sagte nur noch, Sie würden die Zeche bezahlen«, fügte er bedeutungsvoll hinzu.

Amber sah ihn verdutzt an, dann lief sie zur Tür. Ja, die Kutsche war fort. Sie drehte sich um. »Ich muß zurück nach London. Wie kann ich das machen? Gibt es eine Postkutsche, die hier hält?«

»Nein, Mem, hier hält selten eine. Das Essen kostet zehn Schilling, das Zimmer auch zehn Schilling, macht zusammen ein Pfund, Mem.« Er streckte seine Hand aus.

»Ein Pfund! Ich habe es nicht. Ich habe keinen Farthing bei mir. Oh, zur Hölle mit ihm!« Sie meinte, keiner habe noch so viel Pech gehabt, keiner solche Prüfungen ertragen müssen wie sie, seit sie in London war. »Wie soll ich nach Hause kommen?« fragte sie abermals, und jetzt schon ganz verzweifelt. Sie konnte doch nicht durch Regen und Schlamm zu Fuß gehen!

Einen Augenblick lang schwieg der Wirt und ließ sich dann durch ihre schönen Kleider bestimmen. »Na, Mem, Sie sehen aus wie eine ehrbare Dame. Ich habe ein Pferd, das können Sie nehmen, und mein Sohn wird Ihnen den Weg zeigen, wenn Sie ihm nachher die Rechnung bezahlen.«

Dazu erklärte Amber sich bereit, und sie und der vierzehnjährige Sohn des Wirts machten sich auf einem Paar kümmerlicher Gäule auf den Weg, die sich unter keinen Umständen aus ihrem Trott bringen ließen. Obgleich es erst halb drei war, dunkelte es bereits, der Regen fiel unablässig und durchnäßte sie, bevor sie noch eine Viertelmeile zurückgelegt hatten.

Sie ritten schweigend. Amber biß die Zähne zusammen; mit ihrem schweren Leib, den feuchten Kleidern und dem Haar, das ihr am Gesicht klebte, fühlte sie sich verzweifelt unbehaglich. Sie konnte an nichts anderes denken als an Luke Channell und daran, wie sie ihn verachtete. Und je weiter sie ritten, je mehr ihr Leib sie schmerzte, je mehr die Kälte sie durchdrang, desto wilder haßte sie ihn. Sie nahm sich vor, ihn für diese Tat zu ermorden, mochte sie auch lebendig verbrannt werden.

Als sie in die Stadt kamen, waren die Straßen beinahe verlassen. Der Junge half ihr beim Absitzen und folgte ihr; ihre Kleider klebten an den Beinen, ihr feuchtes Haar hing in langen Strähnen bis auf die Schultern. Sie lief durch die Wirtsstube, ohne jemanden anzusehen, obgleich jeder ihr verblüfft nachschaute, sprang die Treppe hinauf, dann den Korridor entlang und stürzte mit einem hysterischen Schrei in ihr Zimmer.

»Luke!«

Niemand antwortete. Denn das Zimmer war leer, ihr Bett noch offen und überall Zeichen bestürzter Abreise. Schubladen standen offen und leer, der Schrank, in dem ihre Kleider gehangen hatten, stand halb offen, war aber völlig ausgeräumt, auch ihr Toilettentisch war kahl. Die Spiegel, die sie gekauft hatte, waren von den Wänden verschwunden, ein Paar silberner Kerzenhalter stand nicht mehr auf dem Kaminsims. Der kleine Papagei in seinem hübschen vergoldeten Käfig blinzelte ihr zu, und die Ohrringe, die Bruce ihr auf dem Markt gekauft hatte, lagen, offenbar verächtlich weggeworfen, auf dem Boden.

Starr und hilflos stand sie da. Doch selbst in diesem Augenblick überkam es sie wie eine Erleichterung, und sie war froh, sie los zu sein, alle drei, Luke und Sally Goodman und die einfältige kleine Honour Mills. Langsam hob sie eine Hand und zog die Pfeile heraus, die ihr Haar festhielten – sie hatten Goldkugeln mit einer Verzierung von kleinen Perlen – und reichte sie dem Jungen.

»All mein Geld ist fort«, sagte sie müde. »Hier. Nimm das!«

Er sah Amber sekundenlang mißtrauisch an, aber endlich nahm er die Pfeile. Langsam schloß sie die Tür und lehnte sich dagegen. Sie hatte keinen andern Wunsch mehr, als sich in ihr Bett zu legen und zu vergessen – zu vergessen, daß sie noch lebte.

II. BUCH

Neuntes Kapitel

Der Boden des Raumes war mit Binsen bedeckt, die sauer und alt rochen, und Ratten wagten sich verwegen hervor, um sich mit glänzenden schwarzen Augen auf Speisereste zu stürzen. Die Steinmauern waren tropfnaß und grün von einem moorartigen Schlamm; in die Mauern eingelassen waren große Ringbolzen, von denen schwere Ketten herunterhingen. Rundherum standen Holzpritschen wie in Kasernen. Obgleich es Vormittag war, lag der Raum im Dunkel und wäre noch dunkler gewesen, wenn nicht ein Talglicht mit so trüber Flamme gebrannt hätte, als würde die stinkende Luft sie bedrücken. Es war jener Teil von Newgate, wo Gefangene leben mußten, bis sie den Preis für ein besseres Quartier bezahlt hatten.

Vier Frauen waren in dem Raum, alle saßen, alle klirrten mit schweren Ketten an Arm- und Beingelenken, alle waren vollkommen still.

Eine war ein junges Quäkermädchen in erstem, sauberem Schwarz, einen gestärkten weißen Kragen um den Hals; eine Leinenhaube bedeckte ihr Haar. Sie regte sich nicht. Ihr gegenüber saß eine Frau in mittleren Jahren, die irgendeiner beliebigen Hausfrau glich, wie man sie täglich, den Korb unter dem Arm, in den Straßen auf dem Weg zum Markt sieht. Nicht weit von ihr räkelte sich eine mürrische Dirne, die die andern stumpf anstarrte, den einen Mundwinkel zu einem dünnen, zynischen Lächeln verzogen. Sie hatte große, offene Wunden auf Gesicht und Brust, und hin und wieder hustete sie mit einem hohlen, rasselnden Geräusch, als müßte sie sich die Eingeweide aus dem Leib husten. Die vierte Frau war Amber. Und sie saß in ihren Mantel gewickelt, hielt mit der einen Hand den Vogelbauer fest, die andere steckte im Muff.

Sie wirkte in diesem verwitterten Schweinestall seltsam fehl am Ort, denn obgleich all ihre Kleider durch den Regen verdorben waren, der sie vor vierzehn Tagen völlig durchnäßt hatte, war das Material dennoch gut und der Schnitt letzte Mode. Das Kleid, ein Kunstwerk der Madame Darnier, war schwarzer Samt, im Rücken über einem gestärkten Unterrock aus dunklem, rotweiß gestreiftem Satin aufgenommen, gefältete Rüschen aus reinem, weißem Leinen säumten den tiefen Halsausschnitt und die Ellbogen der Puffärmel. Ihre Seidenstrümpfe waren scharlachfarben und ihre breiten Schuhe aus schwarzem Samt mit großen, glänzenden Schnallen. Sie trug ihren schwarzen Samtmantel und hatte auch ihren Muff aus Fuchspelz, Handschuhe, Fächer und Maske bei sich.

Sie war nun vielleicht eine Stunde da, obgleich es ihr viel länger vorkam, und bis jetzt hatte noch keine ein Wort gesprochen. Ihre Augen wanderten ruhelos suchend durch die Dunkelheit, und sie rückte nervös hin und her. Von allen Seiten, über ihren Köpfen, unter ihren Füßen, von rechts, von links drang das gedämpfte Geräusch von Schreien und Ächzen, von Kreischen und Fluchen und Lachen zu ihr.

Sie sah die Hausfrau an, dann die Quäkerin und schließlich das schmutzige Frauenzimmer ihr gegenüber, die Amber mit einer gewissen Schadenfreude beobachtete. »Ist das das Gefängnis?« fragte Amber sie endlich, weil keine der andern sich der Umgebung bewußt zu sein schien.

Eine Weile schielte die Dirne kurzsichtig zu Amber hinüber, dann lachte sie, und plötzlich begann sie zu husten. Die Hand auf der Brust, beugte sie sich vor und spuckte blutigen Schleim. »Ist das das Gefängnis?« äffte sie Amber nach. »Was, zur Hölle, soll es denn sonst sein? Whitehall ist's jedenfalls nicht, meine schöne Dame!« Ihre Stimme hatte das trockene Stöhnen jahrelanger Erschöpfung.

»Ich meine, ob dies das ganze Gefängnis ist.«

»Ach Jesus, nein.« Sie machte eine müde Geste. »Hören Sie das? Es ist über uns und unter uns und um uns herum. Weswegen sind Sie denn hier?« fragte sie plötzlich. Wir sind nicht daran gewöhnt, adlige Damen in unserer Gesellschaft zu haben.«

Es klang höhnisch, aber zu gefährlicher Bösartigkeit reichte ihre Kraft nicht mehr.

»Wegen Schulden«, sagte Amber.

Am Morgen, nachdem Luke und seine Tante und die Magd sie verlassen hatten, war Amber mit einer schlimmen Erkältung erwacht, und ihre Kehle war so wund, daß sie kaum sprechen konnte. Aber sie empfand ihre Krankheit halb als Erleichterung, denn so vermochte sie wenigstens nichts zu tun, bevor sie wieder aufstand, und sie konnte sich mit dem besten Willen nicht vorstellen, was sie dann tun sollte. Sie hatte keine Kleider außer jenen, die sie zuletzt getragen hatte, keinen baren Penny, und ihr einziger verkäuflicher Besitz war ihr Ehering, die Perlenschnur, ein Paar Perlenohrringe und die Ohrringe, die Bruce ihr auf dem Markt gekauft hatte. Luke hatte alles gestohlen, was irgendeinen Wert besaß, eingeschlossen das Versöhnungsarmband und die Zahnbürste mit silbernem Griff, gleichfalls ein Geschenk Bruces.

Als Amber hustend und verschnupft im Bett lag, war es ihr, als ob selbst die Knochen sie schmerzten und als ob der Kopf mit Baumwolle gefüllt wäre. Und dann begannen die Sorgen. Sie wußte, daß sie eine alberne Närrin gewesen war und daß man ihr einen Streich gespielt hatte, alt wie die Zeit und vom Gebrauch reichlich verschlissen. Mit ihrer bäurischen Leichtgläubigkeit war sie in die Falle geraten, naiv wie ein Gimpel. Und ihr einziger Trost war, daß sich die andern in ihr mindestens ebenso getäuscht hatten. Denn jetzt war sie überzeugt, daß Luke wirklich eine Erbin zu heiraten geglaubt hatte und daß sie sie nur verließen, als dieser Irrtum sich herausstellte.

Am dritten Tag wimmelte die Halle vor ihrem Zimmer von Gläubigern, die Zahlung verlangten. Und als Amber, in ein Leintuch gehüllt, an die Tür kam und ihnen sagte, ihr Mann sei durchgegangen und sie habe kein Geld, drohten sie mit dem Gericht. Schließlich weigerte sie sich zu antworten und schrie sie an, man möge weggehen und sie in Ruhe lassen. Dann aber war der Konstabler gekommen, hieß sie sich ankleiden und brachte sie nach Newgate. Ihr Fall würde erst bei der Vierteljahrssession verhandelt, und dann – wenn ihre Schulden als richtig befunden würden – müßte sie darauf gefaßt sein, daß man sie verurteilte, in Newgate zu bleiben, bis alles bezahlt wäre.

»Wegen Schulden«, wiederholte die Hausfrau. »Darum bin ich auch hier. Mein Mann ist gestorben und hat eine Schuld von einem Pfund sechs Schilling hinterlassen.«

»Ein Pfund sechs Schilling«, rief Amber. »Ich bin dreihundertsiebenundneunzig Pfund schuldig.« Sie triumphierte beinahe, weil sie wegen solch einer enormen Summe im Kerker saß, aber dieser Stolz wurde rasch gedämpft.

»Dann«, sagte die Dirne, »kommen Sie von hier erst weg, wenn man Sie in einer hölzernen Kiste hinausträgt.«

»Was meinen Sie denn? Ich hatte das Geld ja! Ich hatte mehr als das. Aber mein Mann ist damit durchgegangen! Wenn sie ihn erwischen, bekomme ich es wieder!« Sie versuchte, sich Selbstvertrauen einzureden, aber die Worte der Frau hatten ihr Angst eingejagt, denn es war nicht das erste Mal, daß sie davon hörte, wie die Justiz in London gehandhabt wurde.

Lachend erhob sich die andere von der Mauer und kam näher, und mit ihr ein Geruch, der Amber zurückschauern ließ. Sie blieb vor Amber stehen und sah sie mit einem Ausdruck an, der ebensosehr Eifersucht auf Ambers Jugend und Schönheit enthielt wie auch eine Art freundschaftlicher Verachtung für ihre Naivität und ihren vertrauensvollen Optimismus. Dann setzte sie sich neben sie.

»Ich bin Moll Turner. Wo kommen Sie denn her, Herzchen? Sie sind noch nicht lange in London, was?«

»Seit siebeneinhalb Monaten«, erwiderte Amber trotzig, denn es kränkte sie jedesmal, wenn man sie als Provinzlerin erkannte. »Ich bin von Essex gekommen«, fügte sie sanfter hinzu.

»Nun, nun, vor mir brauchen Sie keine Prinzessin zu spielen. Wenn man einmal in Ihrer Lage ist, kann man schon einen kleinen freundlichen Rat brauchen. Und Sie werden ihn nötig haben, bevor Sie hier älter geworden sind.«

»Ich bedaure, aber um Ihnen die Wahrheit zu sagen, Mrs. Turner, ich bin in solch einer Mausefalle, daß ich fast verrückt werde. Was kann ich anfangen? Ich muß von hier fort. Ich erwarte ein Kind!«

»Wirklich?« Das schien auf Moll Turner wenig Eindruck zu machen. »Na, es wird nicht das erste sein, das in Newgate auf die Welt kommt, das können Sie mir glauben. Wissen Sie, Herzchen, wahrscheinlich kommen Sie nie mehr von hier heraus. Hören Sie darum lieber zu, was ich Ihnen sage, und Sie werden sich viel Ärger ersparen.

»Nie!« schrie Amber entsetzt. »Aber ich muß doch! Ich will nicht hier bleiben – man kann mich nicht hierbehalten!«

Mrs. Turner war nicht sehr geduldig, nahm Ambers Proteste nicht zur

Kenntnis, sondern fuhr fort: »Sie müssen der Frau des Kerkermeisters ein Trinkgeld geben, ein Trinkgeld für leichtere Ketten, ein Trinkgeld für ein besseres Quartier. Und Sie können gleich damit anfangen, daß Sie mir diese Ohrringe geben.«

Amber fuhr zurück. »Das tue ich nicht! Sie gehören mir! Warum sollte ich sie Ihnen geben?«

»Weil die Frau des Kerkermeisters sie kriegt, Herzchen, wenn Sie sie mir geben. Oh, ich werde Sie anständig bedienen. Geben Sie mir die Ohrringe – sie sehen nicht aus, als ob sie mehr als ein Pfund wert wären«, fügte sie hinzu und besah sie näher, »und ich werde Sie lehren, wie man sich hier zu benehmen hat. Ich bin schon einmal hier gewesen, das schwöre ich Ihnen. Vorwärts jetzt, bevor man uns stört.«

Amber betrachtete sie ziemlich lange mit unverhohlenem Mißtrauen, aber schließlich kam sie zu dem Ergebnis, es könnte wohl die Ohrringe wert sein, eine Freundin zu haben, die sich in diesem seltsamen Hause zurechtzufinden wußte. Sie nahm die Perlen aus den Ohren und ließ sie in Mrs. Turners ausgestreckte Hand fallen. Molly versorgte sie in ihr Miederleibchen und begann:

»Nun, meine Liebe, wieviel Geld haben Sie?«

»Keinen Farthing.«

»Keinen Farthing? Mein Gott, wie wollen Sie da leben? Newgate ist keine Versorgungsanstalt, das können Sie mir glauben. Sie müssen alles bezahlen, was Sie hier bekommen, und Sie müssen teuer bezahlen.«

»Nun, das werde ich nicht. Ich habe eben kein Geld.«

Ambers einfache Feststellung verursachte neuerlich einen heftigen Hustenanfall Mollys, aber endlich richtete sie sich auf und fuhr mit dem Vorderarm über den feuchten Mund. »Sie sind anscheinend noch nicht alt genug, Herzchen, daß man Sie allein aus dem Haus läßt. Wo ist Ihre Familie? In Essex? Mein Rat ist, daß Sie sich an Ihre Familie wenden.«

Bei diesem Vorschlag senkte Amber ablehnend die schwarzen Wimpern. »Das kann ich nicht. Ich meine – das werde ich nicht. Sie wollten mich nicht heiraten lassen, und ich . . .«

»Macht nichts, meine Liebe. Ich glaube, daß ich Ihre Lage ganz gut kenne. Sie sind in Hoffnung gekommen und von zu Hause davongelaufen. Und jetzt hat ihr Verhältnis Sie im Stich gelassen. Na, hier in London ist uns das verdammt egal, wir haben alle Sorgen genug und kümmern uns nicht um die Sorgen der Nachbarn.«

»Aber ich bin wirklich verheiratet«, protestierte Amber, entschlossen, als ehrbare Frau zu gelten, da sie ja so viel erduldet hatte, um es zu werden. »Ich bin Mrs. Channell – Mrs. Luke Channell. Und hier ist mein Ehering zum Beweis!« Sie streifte den Handschuh von der linken Hand und hielt den Ring vor Molls Nase.

»Ja, ja, schon gut. Mir ist's gleich, ob Sie verheiratet sind oder es mit vierzig Männern halten. Das habe ich in meinen besseren Tagen getan. Jetzt bin ich so herunter, daß ein Mann mich nicht einmal in höchster Not anrühren würde.« Sie lächelte schwach und zuckte die Achseln;

dann starrte sie ins Leere und begann von den Enttäuschungen ihres eigenen Lebens zu sprechen. »So hat's bei mir angefangen. Er war Hauptmann in der Armee des Königs – ein mächtig strammer Kerl in seiner Uniform. Aber mein Vater wollte keinen namenlosen Balg in der Familie haben. So bin ich nach London gekommen. In London kann man alles verstecken. Mein Junge ist gestorben – ein wahres Glück – und meinen Hauptmann habe ich nie wiedergesehen. Aber dafür andere Männer in Menge, das schwöre ich Ihnen. Und eine Zeitlang hatte ich auch Geld. Einmal gab mir ein vornehmer Herr hundert Pfund für eine Nacht. Jetzt . . .« Sie wendete sich plötzlich zu Amber, die sie gebannt und voll Grauen angestarrt hatte. Dieses häßliche, verfallene, kranke Geschöpf sollte einmal jung gewesen sein, mit einem schönen Mann gelebt haben – ganz wie sie selbst? »Für wie alt halten Sie mich? Fünfzig? Nein, ich bin zweiunddreißig. Genau zweiunddreißig. Na ja, ich habe auch meine Zeit gehabt, das kann man nicht leugnen. Und ich möchte das wahrscheinlich um keinen Preis hergeben.«

Amber fühlte sich elend. Sie sah sich selbst in wenigen Jahren als Moll Turner. O Gott, o Gott! Es ist genau, wie Tante Sarah sagte. So weit kommt es mit schlechten Frauenzimmern!

Eine Frau von ungefähr fünfzig Jahren trat ein. Ihr Haar war fast weiß und stumpf wie Stroh. Sie trug eine schmutzige Bluse, einen dunkelblauen Wollrock mit langer, roter Schürze, und um ihre Hüften war ein Lederriemen geschlungen, an dem einige große Schlüssel, eine Schere, eine Börse und ein Ochsenziemer hingen. Sie hatte in der Hand eine Kerze, die in einer Flasche steckte, und stellte sie auf ein Brett, bevor sie sich umsah.

Eine große, graugestreifte Katze folgte ihr, rieb sich an ihren Beinen, machte einen Buckel und ließ ein zufriedenes Schnurren hören. Aber dann erblickte sie Ambers Papagei und schlich auf ihn zu. Aber Amber sprang mit einem leichten Schrei auf, hielt den Käfig mit dem erschrokken flatternden und kreischenden Vogel in die Höhe und versetzte der Katze einen Tritt.

»Guten Morgen, meine Damen«, sagte jetzt die Frau, und ihre bösen, mitleidlosen Augen blickten von einer zur andern und blieben am längsten an Amber haften. »Ich bin Mrs. Cleggat – mein Mann ist Kerkermeister. Ich nehme an, daß Sie alle verwöhnte Damen sind, die natürlich keinen Wert darauf legen, in einer Höhle für Diebe, Vatermörder und Totschläger zu wohnen. Ich freue mich, Ihnen mitteilen zu dürfen, daß Sie in ein Zimmer übersiedeln können, das jeder Privatwohnung gleichkommt und wo Sie die beste Gesellschaft finden werden – unter einer Bedingung.«

»Jetzt kommt's«, meinte Moll, die Arme gekreuzt, die Beine weit von sich gestreckt.

»Wieviel?« fragte Amber und behielt die Katze im Auge, die jetzt geduldig dasaß und mit der Schwanzspitze wippte. Wenn sie ihren Ehering verkaufte, würde sie Geld genug haben, um sich das beste Quartier zu bezahlen – und sie war immer noch überzeugt, daß man sie in ein oder zwei Tagen hinauslassen würde.

»Zwei Schilling sechs, um von hier hinauszukommen. Sechs Schilling für leichtere Ketten. Zwei Schilling sechs wöchentlich für ein Bett. Zwei Schilling wöchentlich für Bettwäsche. Sechs Schilling sechs für den Schließer. Zehn Schilling sechs für den Verwalter für Kohle und Kerzen. Das ist zunächst alles. Ich bekomme also ein Pfund zehn von jeder Dame.« Da die Frauen sie ansahen und keine sich regte oder ein Wort sprach, sagte sie rauh: »Vorwärts, vorwärts. Ich bin eine Geschäftsfrau. Es gibt hier noch andere, verstehen Sie?«

Moll hob jetzt ihren Rock und zog aus einer Tasche ihres Unterrocks die verlangte Summe hervor. »Verdammt, ich stehle wohl nur, um meinen Aufenthalt im Gefängnis bestreiten zu können.«

Amber sah sich um und wartete, was die andern sagen würden, aber sie blieben stumm, und so zog sie den Ehering vom Finger und reichte ihn Mrs. Cleggat. »Ich habe kein Geld. Was geben Sie mir dafür?«

Mrs. Cleggat nahm den Ring, hielt ihn an die Kerze und sagte: »Drei Pfund.«

»Drei Pfund? Ich habe doch zwölf dafür bezahlt!«

»Hier rechnet man anders.« Sie öffnete die Börse, zog mehrere Schilling heraus, reichte sie Amber und ließ den Ehering in die Tasche gleiten. »Ist das alles?«

»Ja«, sagte Amber. Sie hatte nicht die Absicht, sich von der Perlenschnur zu trennen, die Bruce ihr kurz vor seiner Abreise geschenkt hatte.

Mrs. Cleggat musterte sie scharf. »Sie täten besser, mir alles, was Sie haben, gleich jetzt zu geben. Wenn Sie es nicht tun, wird es Ihnen gestohlen werden, bevor Sie zwei Stunden älter sind, das verspreche ich Ihnen.«

Amber zauderte einen Augenblick, dann löste sie mit schwerem Seufzer die Schließe und reichte die Schnur Mrs. Cleggat, die ihr sechs Pfund dafür gab und nun ihre Aufmerksamkeit den andern Frauen zuwandte. Die Quäkerin erhob sich, sah ihr gerade ins Gesicht, aber ihre Stimme blieb sanft und mild.

»Ich habe kein Geld, Freundin. Tue mit mir, wie es dir gefällt.«

»Sie sollten doch um Geld schicken, Frau. Sonst kommen Sie in die allgemeine Abteilung, die – das muß selbst ich sagen – nicht für einen Pavian gut genug ist.«

»Das macht nichts. Ich kann mich daran gewöhnen.«

Mrs. Cleggat zuckte die Achseln, und in ihrer Stimme war verächtliche Gleichgültigkeit. »Ach, ihr Fanatiker!« Denn ein Fanatiker war, allgemeiner Auffasung nach, jeder, der weder der katholischen noch der anglikanischen Kirche angehörte. »Meinetwegen, Frau! Dann geben Sie mir Ihren Mantel und Ihre Schuhe für den Einlaß ins andere Zimmer und für leichtere Ketten.«

Draußen war es beinahe warm, denn der Winter war ungewöhnlich mild gewesen, aber hier drinnen war es kalt und feucht. Trotzdem zog das Mädchen ihren Mantel aus. Amber sah mit wachsender Entrüstung von ihr zu Mrs. Cleggat und faßte plötzlich einen Entschluß.

»Hier! Behalten Sie Ihren Mantel! Ich werde für Sie bezahlen. Sie werden ja sonst krank.«

Moll sah sie vorwurfsvoll an. »Seien Sie nicht so töricht! Sie haben ja selbst nicht viel!«

Doch die Quäkerin lächtelte ihr freundlich zu. »Ich danke dir, Freundin. Du bist sehr gütig, aber ich brauche nichts. Wenn ich krank werde, ist es Gottes Wille.«

Amber sah sie zweifelnd an, dann streckte sie Mrs. Cleggat das Geld hin. »Nehmen Sie es für sie!«

»Das Mädel wird eine verdammte Belästigung sein, wenn sie es sich einmal bequem gemacht hat. Behalten Sie das Geld für sich. Sie werden schnell genug damit fertig werden.« Sie wendete sich der Hausfrau zu, die gestand, daß sie keinen Farthing besaß. Amber sah zu Moll hinüber. Würde sie nicht anbieten, ihr zu helfen? Aber Moll ließ ihre Augen müßig durch den Raum wandern und pfiff.

»Schön, dann bezahle ich für Sie.«

Diesmal wurde das Angebot angenommen, und die Frau dankte überströmend und versprach, das Geld so bald wie möglich zurückzugeben – ein Versprechen, das sie kaum jemals halten konnte, wenn sie bis zur Abzahlung ihrer Schuld im Gefängnis bleiben mußte. Und dann kam ein Mann, um ihnen leichtere Ketten anzulegen. Sie bestanden aus Ringen, die locker um die Gelenke lagen, und langen Ketten. Wenn sie auch nicht angenehm waren und unbehaglich klirrten, störten sie doch nicht allzusehr.

»Bring diese Fanatikerin in die allgemeine Abteilung«, sagte Mrs. Cleggat zu dem Mann. Und dann: »Kommen Sie mit mir, meine Damen.« Sie gingen hinter ihr her, erst Moll, dann Amber, den Vogelkäfig auf der Schulter, und endlich die Hausfrau.

Über eine enge, dunkle Treppe erreichten sie einen großen Raum, dessen Tür offenstand; darüber waren ein Totenkopf und gekreuzte Knochen genagelt. Mrs. Cleggat trat mit ihrer Kerze als erste ein, und als sie ihr folgten, konnten sie zwei breite Betten sehen, bedeckt mit Wollmatratzen und grauem, benütztem Bettzeug, einen Tisch, wacklige Stühle und Schemel, einen leeren Kamin, neben dem schmutzige Pfannen und Kessel und ein paar Zinnteller hingen. Gewiß gab es in diesem kahlen, trostlosen Raum nichts, was an die luxuriöse Unterkunft erinnerte, die Mrs. Cleggat ihnen ausgemalt hatte.

»Das«, sagte sie, »ist der Schuldturm für Damen.«

Amber sah sie erstaunt und verärgert an, während Moll grinste. »Das!« rief sie, vergaß ihre Ketten und hob energisch den Arm. »Aber Sie haben uns doch gesagt . . .«

»Was ich Ihnen gesagt habe, ist egal! Wenn es Ihnen nicht paßt, kann ich Sie in die allgemeine Abteilung bringen lassen.«

Amber wandte sich angewidert ab, und Mrs. Cleggat schickte sich an, mit Moll wegzugehen, die das Frauengefängnis vorzog. Oh, dachte sie wütend, dieses greuliche Zimmer! Nicht einen Tag bleibe ich hier! Und sie drehte sich um.

»Ich möchte einen Brief hinausschicken.«

»Das kostet Sie drei Schilling.«

Amber zahlte. »Sind wir die einzigen Gefangenen?« Sie konnte noch immer die Stimmen hören, das unablässige Geräusch, das aus den Mauern selbst hervorzudringen schien, aber sie hatte sonst niemanden gesehen.

»Die andern sind zumeist unten in der Schenkstube. Es ist Weihnachtsabend.«

*

Der Brief, geschrieben von einem Amanuensis, war für Almsbury bestimmt, und sie vertraute fest darauf, daß er sie binnen vierundzwanzig Stunden hier herausholen würde. Als sie nicht gleich eine Antwort erhielt, sagte sie sich, daß Weihnachten sei und er wahrscheinlich nicht daheim gewesen war. Morgen würde er bestimmt kommen, tröstete sie sich. Aber er kam nicht, und die Tage vergingen, und endlich mußte sie begreifen, daß er entweder den Brief nicht erhalten oder kein Interesse mehr für sie hatte.

Der Schuldturm für Damen war die am wenigsten überfüllte Abteilung in Newgate, aber trotzdem mußte sie und die Hausfrau, Mrs. Buxted, diese kargen Annehmlichkeiten mit einem Dutzend anderer Frauen teilen. In vielen Abteilungen waren immerhin dreißig oder vierzig in den gleichen Raum gepfercht, und in dem Gebäude, das für etwa hundertfünfzig bestimmt war, lebten dreihundert Menschen. Sie konnten unmöglich alle zu gleicher Zeit auf den Betten liegen und mußten auch die Koch- und Eßgeräte abwechselnd gebrauchen. Zwischen den Mahlzeiten wurden die Geräte abgekratzt, denn Wasser kostete Geld und war immer schal und stinkig und voll von Unrat. Darum gaben sie auch ihr Geld lieber für Bier und Wein aus.

Das ganze Gefängnis lag in ewigem Halbdunkel, denn die engen, tiefliegenden Fenster gingen lediglich auf finstere Gänge, Fackeln und Talglichter wurden von den Gefangenen bezahlt und brannten den ganzen Tag. Große, häßliche Katzen und räudige Hunde streunten durch die Gänge und rauften sich mit den Ratten um jeden Abfall; Amber hatte ständig ein Auge auf ihren Papagei. Der Geruch war schwer und fast greifbar, ein Produkt angehäufter Fäulnis der Jahrhunderte, und manchmal mischte sich dazu ein anderer seltsamer, bedrückender Geruch, von dem sie erfuhr, daß er aus der Küche des Henkers stammte, der hier unter ihnen die Köpfe der Hingerichteten kochte.

Neuankömmlingen wurden automatisch die Pflichten des Zimmermädchens zugeteilt. Am ersten Morgen mußten Amber und Mrs. Buxted das besorgen, und Amber wurde fast krank vor Ekel. Von da an zahlte sie einer anderen Frau zwei Pence wöchentlich, um sich davon zu befreien.

Das Gefängnis wurde als Verwahrungsort, nicht aber als Besserungsanstalt angesehen, und von acht Uhr morgens bis neun Uhr abends waren alle Türen im Hause geöffnet, und jeder konnte frei seinen Neigungen nachgehen.

Wer seiner religiösen Überzeugungen wegen gefangensaß, durfte seinen Gottesdienst abhalten, durfte bekehren, soviel er nur konnte, durfte Empörung predigen. Wer Geld hatte, konnte in der Schenkstube trinken und spielen. Wohlhabende Insassen gaben manchmal richtige große Feste, denen Persönlichkeiten von höchstem Rang beiwohnten, denn manche der Verbrecher waren sehr populär. In der Halle waren auch Besucher zugelassen, und sie wimmelten dort zu Hunderten. Ein Mann konnte sich von seiner Frau und seinen Kindern Gesellschaft leisten lassen, konnte sie manchmal jahrelang bei sich behalten, oder – wenn er es vorzog und zu bezahlen vermochte – seine Wahl unter den Dirnen treffen, die das Gefängnis täglich besuchten.

Diebstahl war allgemein üblich, und es wurde ständig gerauft, denn die Gefangenen mußten selbst für Disziplin sorgen. Manche wurden verrückt und darum in schwere Ketten gelegt, doch für gewöhnlich nicht von den andern getrennt. Kinder wurden geboren, blieben aber nur selten lange am Leben, und die Sterblichkeit unter den Gefangenen war sehr hoch.

Amber hielt sich von den andern im Kerker so fern, wie sie nur konnte; gerade hier strebte sie nach keinerlei Popularität. Sie ging nicht in die Schenkstube und hatte natürlich keine Besucher, so daß sie das Zimmer nur sonntags verließ, wenn alle in die Kapelle geführt wurden.

Die meisten Frauen im Schuldturm der Damen waren die Opfer irgendeines Mißgeschicks, und alle hofften, bald befreit zu werden. Sie saßen zusammen und sprachen von dem Tag, da ihre Schuld bezahlt würde – von Vater oder Bruder oder einem Freund – und sie den Kerker verlassen könnten. Amber hörte ihnen wehmütig zu, denn sie hatte niemanden, der ihre Schulden bezahlen würde, und somit auch wenig Grund, auf ihre Befreiung zu hoffen, obgleich sie es dennoch hartnäckig tat.

Mit schmerzlichem Heimweh wanderten ihre Gedanken zurück zum Haus der Goodegroomes. Es machte ihr jetzt Freude, sich an Dinge zu erinnern, deren sie sich damals kaum bewußt gewesen war. Sie erinnerte sich, wie die Fenster ihres Schlafzimmers von Rosen umrankt gewesen waren und wie köstlich sie nach Sommer geduftet hatten. Sie erinnerte sich, wie sie morgens vom Zwitschern und Lärmen der Spatzen an den Dachrinnen erwacht war. Sie erinnerte sich an Sarahs ausgezeichnete Küche, an die sauber geschrubbten Fußböden und an die glänzenden Zinngefäße, die sich auf den Bordbrettern reihten. Leidenschaftlich sehnte sie sich nach einem Blick auf den Himmel, einem Atemzug frischer Luft, nach dem Duft von Blumen, nach dem Gesang der Vögel.

Die Feiertage waren so trostlos, wie sie sie noch nie gekannt hatte. Sie erinnerte sich, wie Weihnachten im vergangenen Jahr gefeiert worden war, als sie Sarah geholfen hatte, Suppe und Fleischpasteten zu kochen. Sie und alle ihre Cousins und Cousinen hatten sich zum Theaterspielen vermummt, und jeder auf dem Hof hatte, nach alter Sitte, den Obstbäumen mit Zider zugetrunken.

Am Neujahrstag gab sie einige Schilling von ihrem rasch schwindenden Kapital für Rheinwein aus, und die Frauen tranken auf das Neue Jahr. Gerade vor Mitternacht begannen die Glocken von jedem Turm in London zu läuten, und Amber weinte einsame, verängstigte Tränen, denn sie war überzeugt, daß sie das Geläute des kommenden Jahres nicht mehr erleben werde.

Eine Woche später herrschte große Erregung in Newgate: In der Stadt war ein Aufstand ausgebrochen, von einer Bande religiöser Eiferer angeführt, und drei Tage und Nächte wurde in den Straßen gekämpft. Ihr Feldgeschrei war »König Jesus«, und sie schossen jeden nieder, der sich ihnen entgegenstellte. Im Gefängnis hörte man unheilvoll warnend die Glocken dröhnen, hörte Schüsse, Geschrei und das Stampfen galoppierender Hufe. Die Gefangenen sammelten sich in ängstlichen Gruppen, erzählten von Gemetzel und Feuersbrünsten und besprachen die Möglichkeit der Flucht; die Frauen hatten hysterische Anfälle, schrien an den Gittern und bettelten, man möge sie doch freilassen.

Doch die Anhänger des fünften Reiches wurden gehetzt, erschlagen oder gefangen, und binnen weniger Tage wurden zwanzig von ihnen gehängt, ertränkt oder gevierteilt. Das Gefängnis fiel in seinen normalen Zustand von Saufen und Spielen, Streit, Unzucht und Diebstahl zurück.

Bei der nächsten Gerichtstagung wurde über Amber, Mrs. Buxted, Moll Turner und viele andere verhandelt, und sie wurden schuldig befunden. Sie wurden verurteilt, in Newgate zu bleiben, bis ihre Schulden bezahlt wären. Amber hatte so sehr auf Freispruch gehofft, daß das ein harter Schlag für sie war und sie tagelang in tiefe Hoffnungslosigkeit versank. Sie wäre am liebsten gestorben. Doch nach und nach suchte sie sich einzureden, daß ihre Lage nicht so völlig verzweifelt sei, wie es schien. Nun, eines Tages mochte Almsbury erscheinen und ihr helfen. Solche Dinge geschähen immer, wenn man sie am wenigsten erwartete. Und darum versuchte sie, nicht länger mit Almsbury zu rechnen.

Sie sprach häufig mit Moll Turner, die sie besuchte und ihr zuredete, auch mit den andern zusammenzukommen. »Mein Gott, Herzchen, was können Sie dabei verlieren? Wollen Sie hier drinnen vermodern?«

»Natürlich nicht«, sagte Amber eigensinnig. »Ich will aus diesem verdammten Haus hinaus.«

Moll lachte und zündete sich am Kaminfeuer eine Pfeife an. Viele Gefangene, Männer wie Frauen, rauchten unablässig, weil der Tabak als Schutz gegen Krankheiten galt. Qualmend setzte sie sich Amber gegenüber und trommelte ostentativ mit einer Hand auf die große Tischplatte.

»Sehen Sie das hier?« An ihrem Mittelfinger glänzte ein großer Brillant. »Von einer Dame, die vorgestern zu Besuch da war. Wir haben ihr einen Stoß versetzt, und als sie sich wieder erholte, da hatte ich die Ringe und eine andere die Uhr.« Moll erzählte das im Unterweltjargon, von dem Amber begonnen hatte, ein paar Worte aufzuschnappen. »Ach, ich sage Ihnen, die Halle ist ein mächtig nützlicher Ort. Auf diese Art kann ich mir in einem Monat den Weg hinaus erkaufen. – Na«, sie stand auf, »bleiben Sie denn hier, wenn es Ihnen besser paßt.«

Molls Geschichten von den günstigen Gelegenheiten zum Diebstahl überzeugten Amber halb und halb, und sie wagte sich ein- oder zweimal in die Halle, aber sie wurde immer so derb angegangen, daß sie ihre Röcke raffte und so rasch sie konnte in die vergleichsweise Zurückgezogenheit des Schuldturms der Damen flüchtete. Moll lachte darüber. Sie sei eine Närrin, wenn sie nicht nähme, was sich ihr bot.

»Einige der Herren sind schwerreich. Mit der Zeit könnten Sie sich Ihren Weg hinaus verdienen. Natürlich«, fügte sie mit ihrem verzerrten Lächeln hinzu, »vierhundert Pfund kommen nicht so rasch zusammen, und es gibt ein Dutzend Halbkronenhuren, die jeden Tag zu haben sind.«

Mehrmals brachte sie Amber Angebote von beträchtlichen Summen des einen oder des anderen Mannes, aber es war nie so viel, daß Amber das Wagnis unternommen hätte. Molls Aussehen war eine hinreichende Warnung. Trotzdem hätte sie alles getan, um aus Newgate hinauszukommen – jede noch so verwegene Möglichkeit ergriffen, nur damit ihr Kind nicht hier geboren würde.

Am Ende eines Monats war ihr Geld auf weniger als zwei Pfund geschmolzen, denn alles hatte seinen Preis, und er war immer hoch. Sie hatte dafür bezahlt, daß man ihr das Essen hinaufschickte – sonst hätte sie die Gefängniskost essen müssen, schimmeliges Brot und fauliges Wasser und einmal in der Woche aus Barmherzigkeit ein Stück Fleisch – und sie hatte auch Mrs. Buxteds Mahlzeiten bezahlt, sonst hätte die Frau nichts zu essen gehabt. Als eine Hebamme, die ihr Gefängnis teilte, ihr eines Tages sagte, sie sei zu mager für eine schwangere Frau und daß alles, was sie aß, dem Kind zugute käme, da beschloß sie, auch die goldenen Ohrringe zu verkaufen.

Mrs. Cleggat schenkte ihnen einen verächtlichen Blick. »Diese Dinger da? Kupfer und buntes Glas! Keine drei Farthing wert!«

Amber war gekränkt und antwortete nicht, aber sie hatte selbst schon bemerkt, daß die dünne Vergoldung schwand und darunter ein graues Metall zu sehen war. Sie war beinahe froh, daß die Ohrringe unverkäuflich waren.

Am Ende ihrer fünften Woche in Newgate saß Amber auf einer Bank in der Kapelle, starrte auf ihre schmutzigen Fingernägel und machte sich Sorgen, wovon sie in einem Monat leben sollte. Seit Tagen hatte sie versucht, den Mut zu finden, um Mrs. Buxted zu sagen, sie könne sie nicht länger mitfüttern. Doch dazu war sie nicht imstande gewesen, denn Tag für Tag kam Mrs. Buxteds Tochter und brachte ihr das jüngste Kind zum Nähren. Wie gewöhnlich hatte Amber nicht ein Wort von der Predigt gehört, obgleich sie lange genug dauerte.

Jetzt gab Moll Turner ihr einen Rippenstoß. »Dort ist Black Jack Mallard«, flüsterte sie. »Und er hat ein Auge auf Sie.«

Amber sah mißmutig hinüber und erblickte einen gigantischen, schwarzhaarigen Mann, der sie anstarrte und ihr jetzt zulächelte. Sie ärgerte sich, daß man sie bei ihren Gedanken gestört hatte, sah ihn finster an und wandte sich ab. Moll stieß sie noch mehrmals erbost in die Rippen, aber Amber wollte von nichts wissen.

»Oh, Sie mit Ihren Prinzessinnenmanieren«, brummte Moll, als sie die Kapelle verließen. »Wen haben Sie denn in Newgate zu finden erwartet? Etwa Seine Majestät?«

»Ich wüßte doch gern, was so Besonderes an ihm ist?« Sie fand ihn zu dunkel und häßlich.

»Na, meine Liebe, denken Sie, was Sie wollen, aber Black Jack Mallard ist schon jemand; das lassen Sie sich gesagt sein.«

»Ein Straßenräuber vielleicht?«

Sie hatte bereits entdeckt, daß Straßenräuber die Elite der Verbrecherwelt waren, obgleich dieser Mann der erste war, den sie sah. Immerhin erinnerte sie sich, daß einer dieser Bruderschaft als kahles Skelett auf dem Kreuzweg von Marygreen am Galgen gehangen hatte, zur Warnung für andere seines Berufs. Und im Winde hatten die Knochen und die Eisenketten leicht geklirrt, was die Dörfler veranlaßte, in der Dunkelheit lieber doch nicht daran vorbeizugehen.

»Ein Straßenräuber. Und einer von den allerbesten. Schon dreimal ist er von hier ausgebrochen.«

Amber riß plötzlich die Augen auf. »Von hier ausgebrochen? Wie?«

»Fragen Sie ihn selbst«, sagte Moll und verließ Amber an der Tür ihrer eigenen Abteilung.

Wie betäubt ging Amber in ihr Zimmer. Da war die Möglichkeit, auf die sie gewartet hatte. Wenn er schon ausgebrochen war, dann würde er wieder ausbrechen – vielleicht bald. Und wenn er es tat . . .! Plötzlich war sie ganz erregt und voller Optimismus. Doch gleich darauf sank ihre Hoffnung wieder.

Seht mich nur an! Ich bin fett wie eine Mastgans und stinke vor Schmutz. Der Teufel selbst würde mich nicht haben wollen.

Zweifellos hatte ihr Äußeres während der vergangenen fünf Wochen traurige Veränderungen erlitten. Jetzt, am Ende des siebenten Monats, konnte sie ihr Miederleibchen nicht mehr schließen, die sonst so schmucken Krausen waren schlaff und ihr Hemd schmutziggrau, ihr Kleid fleckig und ihr Rock vorne um einige Zoll zu kurz. Die seidenen Strümpfe hatte sie längst weggeworfen, weil sie zerfetzt waren, und auch ihre Schuhe waren zerrissen. Seit sie hier war, hatte sie sich in keinem Spiegel gesehen, die Kleider nicht abgelegt, und obgleich sie die Zähne mit ihrem Hemd rieb, fühlte sie einen dicken Belag darauf. Ihr Gesicht war schmutzig, und ihr Haar, das sie mit ihren langen Fingernägeln kämmte, wirr und fettig.

Verzweifelt ließ sie ihre Hände den Körper entlanggleiten. Doch sie war sich klar bewußt, daß dies ihre einzige Möglichkeit sein mochte, und das drängte sie zu einem Entschluß. Es ist dunkel hier, sagte sie sich – und vielleicht kann ich etwas tun, um ein wenig besser auszusehen. Sie beschloß, alles daranzusetzen, um ihr Äußeres zu verschönern, und dann in die Schenkstube hinunterzugehen, obgleich sie das anderthalb von ihren unersetzlichen Schillingen kosten würde. Aber vielleicht sah sie ihn dort.

Sie putzte ihre Zähne mit Salz und einem Fetzen ihres Hemdes, spülte den Mund mit Bier, als plötzlich ein Mann in der Türe auftauchte und ihr sagte, Black Jack wünsche sie in der Schenkstube zu sehen. Sie drehte sich schnell um.

»Mich?«

»Ja Sie.«

»O mein Gott! Und ich bin noch gar nicht fertig! Warten Sie einen Augenblick.«

Sie wußte nicht, was sie tun sollte, und begann, ihr Kleid zu glätten und ihr Gesicht mit den Händen zu reiben – vielleicht ging doch etwas von dem Schmutz ab.

»Ich bin bezahlt, um Ihnen hinunterzuleuchten, Frau, aber nicht, um hier zu warten. Kommen Sie.« Er winkte ihr und ging voraus.

Amber hatte gerade noch Zeit, das Hemd über dem Busen zu öffnen und Mrs. Buxted zuzuflüstern: »Geben Sie auf meinen Vogel acht!« Dann raffte sie ihre Röcke und eilte hinter ihm her. Ihr Herz schlug, als sollte sie bei Hof vorgestellt werden.

Zehntes Kapitel

Barbara Palmer war eine Frau, der es nicht an Zielsicherheit und klarem Ehrgeiz fehlte. Fast von ihrer Geburt an hatte sie gewußt, was sie wollte, und hatte es zumeist auch erreicht, was immer es auch sie oder andere kosten mochte. Sie hatte keine Moral, kannte keine Schwäche und ließ sich nicht von Gewissensbissen plagen. Ihr Charakter und ihre Persönlichkeit waren so schillernd, so elementar und so barbarisch wie ihre Schönheit. Und jetzt, mit einundzwanzig Jahren, hatte sie herausgefunden, was sie heißer wünschte als alles auf der Welt.

Sie wollte Karl Stuarts Frau, sie wollte Königin von England werden. Sie weigerte sich, zu glauben, daß solch ein Gedanke unsinnig wäre.

Barbara und Karl hatten sich einige Wochen vor der Restauration in Haag getroffen, als ihr Gatte mit einer Geldsumme zum König geschickt worden war. Karl, der von allen schönen Frauen angezogen wurde, verliebte sich Hals über Kopf in sie. Und Barbara, ebenso geschmeichelt, daß ein König sie begehrte, wie glücklich über eine Gelegenheit, an einem ungetreuen Liebhaber, dem Earl of Chesterfield, Rache zu nehmen, wurde rasch seine Mätresse. Jedermann mußte zugestehen, daß Karl diesmal verliebter war als in all den vergangenen Jahren, und Barbara wurde zu einer Frau von ansehnlicher Bedeutung.

Barbara und Roger Palmer, die seit weniger als drei Jahren verheiratet waren, wohnten in einem der großen Häuser der King Street, deren Gärten bis zur Themse hinunterreichten. Hier gab Barbara Gesellschaften, die der König und die heiteren jungen Leute und die reizenden Frauen vom Hof besuchten.

Eine Zeitlang benahm Roger sich als gefälliger Hausherr, doch schließlich wehrte er sich gegen die lächerliche Rolle, die er zu spielen hatte.

Eines Abends im Januar klopfte er, wie ihm befohlen war, an die Schlafzimmertür seiner Frau. Er war ein mittelgroßer Mann.

»Oh, guten Abend, Sir«, sagte Barbara über ihre Schulter. Sie saß vor einem Tisch, auf dem ein Spiegel stand, und eine Zofe bürstete ihr langes mahagonifarbenes Haar, während sie verschiedene Ohrringe probierte. Ihr kunstvoll gearbeitetes Kleid war aus steifem schwarzem Satin, so daß die Haut von Armen, Schultern und Busen im Kontrast kreideweiß schimmerte; an Hals und Gelenken trug sie Brillanten. Sie war im achten Monat ihrer ersten Schwangerschaft, schien sich aber ihres ungewöhnlichen Umfangs kaum bewußt.

Als er jetzt eintrat, knickste das Mädchen und fuhr mit seiner Arbeit fort, während Barbara den Kopf von einer Seite zur andern drehte und die diamantenen Ohrringe im Kerzenlicht tanzen und flimmern ließ. Sie schenkte ihrem Mann keine weitere Aufmerksamkeit, obgleich sie wußte, daß er sie sprechen wollte.

»Madame«, begann er endlich, »es wird mir unmöglich sein, mit Ihnen heute zu Abend zu speisen.«

»Lächerlich, Roger! Seine Majestät wird kommen. Der König erwartet, daß Sie hier sind.«

Sie hatte jetzt endlich die passenden Ohrringe gefunden und begann jetzt, mehrere kleine, schwarze Schönheitspflästerchen aufzulegen, Herzen, Carreaux, Halbmonde; eines neben ihr rechtes Auge, eines an die linke Seite ihres Mundes, ein drittes an ihre linke Schläfe. Nach dem ersten gleichgültigen Gruß hatte sie ihm keinen weiteren Blick geschenkt.

»Ich glaube, daß Seine Majestät sehr wohl verstehen wird, warum ich nicht anwesend bin.«

Barbara seufzte geduldig: »Müssen wir das abermals auffrischen?«

Er verbeugte sich. »Wir müssen nicht, Madame. Gute Nacht.«

Als er sich umwandte, trommelte Barbara mit den Nägeln auf die Tischkante, ihre Augen hatten einen gefährlichen Glanz angenommen, und dann schob sie plötzlich die Zofe beiseite, stand auf und steckte sich den letzten Pfeil selbst ins Haar.

»Roger, ich muß mit Ihnen sprechen.«

Die Hand am Türknauf, drehte er sich um und sah ihr ins Gesicht. »Madame?«

»Geh jetzt, Wharton!« Sie winkte dem Mädchen, wartete aber nicht, bis es gegangen war, sondern begann zu reden. »Du tätest besser, heute abend hier zu sein, Roger. Wenn du nicht da bist, wird Seine Majestät das verdammt sonderbar finden.«

»Ich bin nicht Ihrer Meinung, Madame. Ich glaube, daß Seine Majestät es viel sonderbarer finden muß, wenn ein Mann sich damit zufriedengibt, die Hurerei seiner Frau vor dem halben Hof zur Schau zu stellen.«

Barbara lachte bösartig. »Die Geliebte eines Königs ist keine Hure, Roger!« Ihre Augen verengten sich plötzlich und verhärteten sich, und ihre Stimme wurde lauter. »Wie oft muß ich dir das sagen?« Dann sprach sie wieder sanft und spöttisch weiter. »Oder sollten Sie noch nicht bemerkt haben, daß ich mit doppelt so viel Respekt behandelt werde, wie wenn ich bloß die Frau eines ehrenwerten Mannes wäre?« Der Ton der letzten Worte ließ merken, wie sie ihn verachtete und mit welcher Geringschätzung sie ihre Stellung als seine Frau ansah.

Er blickte sie kalt an. »Dafür gibt es aber ein besseres Wort als Respekt.«

»Und zwar . . .?«

»Egoismus.«

»Oh, die Pocken über dich und deine verfluchte Eifersucht. Ich habe dein Geschrei satt. Aber heute abend bist du da und benimmst dich als Hausherr, oder du sollst mir dafür braten!«

Mit einem Male war seine erheuchelte Gleichgültigkeit verschwunden. Seine Züge verzerrten sich, und er packte sie beim Arm. »Seien Sie still, Madame! Sie schimpfen wie ein Fischweib! Ich war ein Narr, daß ich Sie nicht gleich nach unserer Heirat aus der Stadt weggeführt habe – mein Vater sagte mir voraus, daß Sie Schande über uns alle bringen würden. Doch seither habe ich gelernt, und ich habe entdeckt, daß für manche Frauen Freiheit soviel bedeutet wie Zügellosigkeit. Und zu diesen Frauen scheinen Sie zu gehören.«

Ihre Augen waren ungefähr auf gleicher Höhe wie die seinen und blickten höhnisch. »Und wenn es so ist?« sagte sie langsam. »Was weiter?«

Jetzt hatte er seine Haltung wieder und sprach mit großer Entschiedenheit. »Morgen fahren wir nach Cornwall. Ich zweifle nicht, daß zwei oder drei Jahre Ruhe auf dem Lande viel dazu beitragen werden, Ihre Ansichten zu ändern.«

Heftig machte sie sich von ihm los. »Du verdammter Narr! Versuch nur, mich aufs Land zu schleppen, und wir werden sehen, wozu es gut ist, daß ich die Gunst des Königs genieße!« Sie standen einander schweigend gegenüber und hatten, schwer atmend, die Blicke aufeinander gerichtet, als es an der Tür klopfte und eine Stimme rief:

»Seine Majestät, König Karl der Zweite!«

Barbara sah sich um. »Da ist er!« Automatisch griff sie nach dem Kopf, um sich zu versichern, daß ihre Frisur in Ordnung war, und obgleich ihre Züge noch Spuren des Ärgers zeigten, hatten sie sich doch beträchtlich aufgeklärt. Sie nahm den Fächer auf und wandte sich noch einmal um. »Nun! Werden Sie heute abend Ihren Platz als Hausherr einnehmen oder nicht?«

»Nein.«

»Ach, du Narr!«

Sie hob die Hand, schlug ihm heftig ins Gesicht, dann raffte sie ihre Röcke und eilte durch das Zimmer. Vor der Tür hielt sie sekundenlang an, um sich zu sammeln, bevor sie öffnete. Dann ging sie durch den breiten Korridor, den zahlreiche Porträts schmückten, zum Treppenhaus.

Unten stand der König im Gespräch mit ihrem Cousin Buckingham, doch als sie erschien, verstummte die Unterhaltung, und die beiden Männer wandten ihre Aufmerksamkeit ihr zu. Sie ging langsam die Treppe hinunter, teils ihres Zustandes wegen, teils aber, um sich bewundern zu lassen. Als sie unten ankam, machte sie ihren Knicks, während beide Männer sich verbeugten und der König, der als einziger in seiner Gegenwart bedeckt bleiben durfte, den Hut schwenkte.

Barbara und Karl wechselten ein Lächeln und tief vertrauliche Blicke, beladen mit Erinnerungen und Hoffnungen. Und dann wandte sie sich dem Herzog zu, der die beiden zynisch amüsiert beobachtet hatte.

»Nun, George, ich habe Sie nicht so bald aus Frankreich zurück erwartet.«

»Ich habe auch nicht erwartet, daß ich so früh zurückkommen würde, aber . . .« Er zuckte die Achseln und blickte zum König hin.

Karl lachte. »Aber Philipp war wahnsinnig eifersüchtig. Er fürchtete wohl, Seine Herzoglichen Gnaden hätten vor, in die Fußstapfen seines Vaters zu treten.«

In beiden Königreichen war es eine allbekannte Geschichte, daß der erste Buckingham der Geliebte der schönen Anna von Österreich gewesen war, der jetzigen dicken, alten, übellaunigen Mutter Ludwigs XIV. Und Buckinghams Sohn hatte aus seiner heftigen Verehrung für Minette kein Hehl gemacht.

»Es wäre mir ein Vergnügen gewesen«, sagte Buckingham und machte dem König eine halb spöttische Verbeugung.

»Wollen wir in den Salon gehen?« fragte Barbara, und als sie zu Karl aufsah, hatte ihr Gesicht einen sanft bittenden, fast kindlichen Ausdruck. »Eure Majestät, ich bin in einer höchst peinlichen Lage. Es gibt heute abend keinen Hausherrn.«

»Keinen Hausherrn? Sie meinen, daß er nicht kommen will?«

Barbara nickte und senkte die dunklen Wimpern, als schämte sie sich der schlechten Manieren ihres Gatten. Aber Karl sah die Sache anders an.

»Nun, ich kann nicht sagen, daß ich ihn darum tadle. Armer Teufel!

Es scheint, daß man den Mann einer schönen Frau mehr bemitleiden als beneiden muß.«

»Wenn er in England lebt, gewiß«, sagte der Herzog.

Karl lachte wohlgelaunt. Man konnte ihn nicht kränken, wenn man auf seine Sitten anspielte, denn er versuchte durchaus nicht, sich selbst darüber zu täuschen.

»Ja, aber jede Gesellschaft braucht einen Hausherrn. Wenn Sie mir gestatten, Madame . . .«

Barbaras Augen leuchteten triumphierend. »Oh, Eure Majestät! Sie wollen . . .«

Als sie jetzt auf die Schwelle traten, wandten alle wie magnetisiert ihnen die Blicke zu. Jeder Mann schwenkte seinen Hut, und jede Dame machte ihren tiefen Hofknicks bis auf den Boden, wie voll erblühte Blumen, die zu schwer für ihre Stile sind. Barbara war bereits so erfolgreich und wichtig geworden, daß sie es nicht mehr für nötig hielt, jeden Gast bei seiner Ankunft zu begrüßen. Wer irgendeinen gesellschaftlichen oder politischen Ehrgeiz besaß, war entzückt, eine Einladung zu Mrs. Palmer zu erhalten, und hätte sich gewiß nicht über die Manieren beklagt. Denn viele waren überzeugt, daß sie eines Tages, vielleicht schon sehr bald, Königin von England sein würde.

Noch vor einem Jahr hätte Barbara es für unmöglich gehalten, daß sie jemals in ihrem Hause alle diese Herren und Frauen empfangen sollte, die sie jetzt so gleichgültig behandelte.

Da war Anthony Ashley Cooper, ein Verwandter der mächtigsten Familie der Nation, der sich noch zur rechten Zeit zu einem loyalen Anhänger der Restauration gewandelt hatte. Da war Coopers guter Freund, der Earl of Lauderdale, häßlich, grob und geräuschvoll, aber erstaunlich gebildet. Karl fand ihn unterhaltend, und der Earl hing sehr an seinem König. George Digby, Earl of Bristol, war ein gutaussehender Mann von beinahe fünfzig und hatte mit Cooper und Lauderdale einen wütenden Haß gegen den Kanzler Hyde gemeinsam. Barbaras Haus war ein geeigneter Sammelplatz für die Feinde des Kanzlers, denn der König war hier zugänglicher.

Viele andere Anwesende waren einfach heitere junge Menschen, denen nur Spiel und Liebe wichtig waren, die Wert darauf legten, den neuesten Tanz zu erlernen und mit der französischen Mode Schritt zu halten. Lord Buckhurst, dreiundzwanzig Jahre alt, lebte am Hof, war aber gar nicht darauf bedacht, zu irgendeiner Macht zu gelangen, Henry Jermyn, ein großköpfiger, spindeldürrer Geck, dessen Erfolg darauf beruhte, daß viele glaubten, er sei heimlich mit der verstorbenen Prinzessin Mary verheiratet gewesen. Unter den Damen war die üppige katzenhafte Gräfin Shrewsbury, dann Anne, Lady Carnegie, allzu stark geschminkt und derzeit berühmt, weil sie mit Barbara deren ersten Liebhaber geteilt hatte, Elizabeth Hamilton, eine schlanke, kühle, anmutige Frau, die bei Hofe neu war. Sie alle standen etwa in Barbaras Alter, waren zwanzig Jahre oder noch jünger, denn die Männer waren sich darin einig, daß eine Frau mit zweiundzwanzig Jahren nicht mehr in Betracht kam.

Der große Salon war schön eingerichtet, mit schweren goldgrünen Tapeten, erhellt von Dutzenden von Kerzen, die in Wandarmen und in kupfernen Lüstern brannten. Der Boden war unbedeckt, die hohen Absätze klapperten melodisch, und Lachen schien die Luft bis zum Plafond zu erfüllen. In einer Ecke spielte eine Musikkapelle, Silberplatten und Teller klirrten und klapperten.

Im Nebenraum stand ein Büfett nach französischem Stil, den Karl vorzog, und Lakaien schwärmten nach allen Seiten aus. Die gehäuften Schüsseln hätten dem Baumeister einer Kathedrale Ehre gemacht: pompöses Backwerk war mit kandierten Rosen und Veilchen verziert, kleine Puppen in voller Hoftracht drehten sich auf Kuchen, große Silberschüsseln enthielten dampfende Ragouts von Pilzen, Kalbsbries und Austern, Flaschen mit dem neuen Getränk, Champagner, belasteten den Tisch. Der Engländer begnügte sich nicht mehr mit gekochtem Hammel und Erbsen und Bier. Er hatte in Frankreich Besseres gelernt und sollte sich mit der gewohnten Kost nicht mehr versöhnen.

Die Rolle des Königs als Hausherr war eine Sensation, denn viele waren überzeugt, dies sei eine subtile Art, seine Absichten für die Zukunft bekanntzugeben. Auch Barbara war dessen sicher, und sie bewegte sich durch den Raum wie eine Flamme, bezaubernd, verwirrend schön, ganz im Vertrauen auf ihre Macht. Die Augen folgten ihr, und alles Flüstern galt nur ihr. Doch Barbara täuschte sich nicht, denn sie wußte gut genug, daß all diesen Herren und Damen, so kriecherisch sie sich heute zeigten, der leiseste Hinweis auf ein schwindendes Interesse des Königs genügen würde, und schon kämen die verborgenen Klauen zum Vorschein, jedes honigsüße Wort würde zu Essig, und sie würde sich einsamer sehen, als sie es vor den Tagen ihres gefährlichen Ruhmes gewesen war.

Dergleichen war bereits geschehen. Mir aber wird es nicht zustoßen, sagte sie zu sich. Allen andern vielleicht, aber mir nicht!

In einem dritten Zimmer wurden Spieltische aufgestellt, und dort sammelten sich jetzt alle. Karl setzte sich eine Weile zum Spiel, aber in weniger als einer halben Stunde hatte er einige hundert Pfund verloren. Er warf Lauderdale, der sich über seine Schulter beugte, einen Blick zu.

»Nimm meinen Platz, John. Ich verliere immer, und ich bin ein schlechter Verlierer. Und was schlimmer ist – ich kann's mir nicht leisten.«

Er ging in das andere Zimmer zurück, um der Musik zu lauschen. Barbara verließ sogleich ihren eigenen Tisch und erreichte den König, noch bevor er aus der Tür war. Sie hängte sich ein, und er beugte sich, um leicht ihre Schläfe zu küssen, während hinter ihnen bezeichnende Blicke gewechselt und einige Wetten gelegt wurden.

»Meiner Meinung nach ist Mrs. Palmer toll genug, zu glauben, sie könnte Königin werden«, sagte Dr. Fraser. Er war ein persönlicher Günstling des Königs, und seine Dienste wurden in Whitehall sehr geschätzt.

»Die Dame hat auch einen Gatten«, murmelte Elizabeth Hamilton, ohne den Blick von den Karten zu heben.

»Ein Gatte ist kein Hindernis, wo der König sein Herz verloren hat.«

»Er wird sie niemals heiraten«, erklärte Cooper bestimmt. »Seine Majestät ist nicht so verrückt.« Cooper galt für sehr scharfsinnig, denn er hatte lange vor allen andern geahnt, daß York mit Anne Hyde verheiratet war.

Barbaras alte Freundin Anne lächelte ihm boshaft zu. »Was meinen Sie damit, Sir? Sie glauben doch gewiß nicht, daß es eine unglückliche Wahl wäre?«

»Das tue ich nicht, Madame«, versicherte er kalt. »Aber ich glaube, daß der König nach den Erfordernissen der Politik heiraten wird, wie Könige es seit jeher getan haben.«

*

Als die Gäste fort waren, fühlte Barbara sich sehr erleichtert. Sie war müde. Ihre Beinmuskeln zitterten und schmerzten. Aber sie war glücklicher als je und vollkommen überzeugt, daß ihre Hoffnungen und Erwartungen – so ausschweifend sie scheinen mochten – sich bald erfüllen sollten.

Als sie und Karl das Schlafzimmer betraten, sprang Wharton, die auf einem Stuhl neben dem Feuer geschlafen hatte, auf und knickste. Mit Besorgnis und Angst sah sie ihre Herrin an. Aber Barbara lächelte und sprach freundlich zu ihr. »Du kannst gehen, Wharton. Ich werde dich heute nacht nicht brauchen.« Dann, als das Mädchen sich entfernte, rief sie ihr nach. »Wecke mich um halb neun. Es kommt eine Frau aus dem ›Change‹, die mir Spitzen zeigen will. Und wenn ich sie nicht kaufe, dann nimmt sie Lady Carnegie.« Barbara lächelte Karl zu wie ein unartiges kleines Mädchen. »Ist das nicht egoistisch von mir?«

Er erwiderte das Lächeln, aber nicht die Frage und nahm einen Stuhl. »Das war ein gutes Essen, Barbara. Hast du nicht einen neuen Küchenmeister?«

Sie war an den Toilettentisch getreten und hatte begonnen, ihr Haar zu lösen. »Ist es nicht wunderbar? Raten Sie, woher ich ihn habe! Ich habe ihn Mrs. Hyde weggeschnappt – sie hat ihn aus Frankreich mitgebracht. Wissen Sie, Karl, daß diese Frau mir nicht ein einziges Mal einen Besuch gemacht hat?« Sie schüttelte den Kopf, und die Haare fielen in langen Wellen wie dunkles Feuer über ihren Rücken. »Ich glaube nicht, daß der Kanzler mich sehr liebt – sonst hätte seine Frau mich schon längst besucht.«

»Nun«, sagte Karl leichthin, »nimm an, daß er dich nicht sehr liebt.«

»Ja aber, warum eigentlich nicht? Was habe ich ihm zu Leid getan?« Barbara fand, daß ihre neue Stellung ihr nicht bloß auf die Unterwürfigkeit, sondern auch die Liebe jedes Herrn und jeder Dame bei Hofe Anspruch gab, und sie wollte das auch erreichen – so oder so.

»Der Kanzler gehört zur alten Schule der Staatsmänner, mein Kind. Er will weder kuppeln noch bestechen, sondern hält es für möglich, in dieser Welt durch ehrenhafte, harte Arbeit seinen Weg zu machen. Ich fürchte, daß es jetzt eine neue Art von Politikern gibt, denen er nicht gewachsen ist.«

»Seine moralischen Grundsätze sind mir gleichgültig. Er war mit meinem Vater gut Freund, und ich halte es für verdammt schlechte Manieren, wenn seine Frau mir keinen Besuch macht. Ich habe sogar gehört, daß er Ihnen sagt, Sie sollten Ihre Zeit nicht mit einer Person vergeuden, wie ich es bin.«

Karl lächelte, einen Arm um die Lehne des Stuhls, die Beine gekreuzt und mit träger Bewunderung ihrer Nachttoilette folgend. »Der Kanzler hat mir seit so vielen Jahren gesagt, was ich tun und was ich nicht tun soll, daß er vielleicht meint, ich würde darauf hören. Aber er ist ein sehr braver alter Mann und sehr treu, und seine Absichten sind die besten, wenn er die Dinge auch manchmal nicht richtig versteht. Immerhin würde ich mir an deiner Stelle keine Sorgen darüber machen, ob seine Frau dich besucht oder nicht. Ich kann dir versichern, daß sie eine langweilige alte Dame ist und keine sehr amüsante Gesellschaft.«

»Es ist mir gleich, ob sie langweilig ist oder nicht. Verstehen Sie denn nicht? Aber es geht darum, daß sie mir einen Besuch machen müßte!«

Er lachte. »Ich verstehe. Reden wir nicht mehr davon!«

Er ging auf sie zu, und Barbara wendete sich um. Ihre Augen leuchteten in einer Leidenschaft, die durchaus echt war, und als seine Hände sich nach ihr ausstreckten, verschwanden alle andern Gedanken. Aber nicht für lange. –

Als sie im Bett lagen, ihr Kopf auf seiner Schulter, so daß sie unter ihrer Wange das Blut pulsieren fühlte, sagte Barbara leise: »Ich hörte heute ein sehr lächerliches Gerücht.«

Karl murmelte gleichgültig. »So?«

»Ja – jemand erzählte mir, du seist bereits mit einer Nichte des Prinzen von Ligne verheiratet und hättest zwei Söhne von ihr.«

»Soviel ich weiß, hat der Prinz nicht einmal eine Nichte. Jedenfalls keine, die ich geheiratet habe.« Seine Augen schlossen sich, er lag ganz flach auf dem Rücken, und um seinen Mund spielte ein leichtes Lächeln. Aber seine Gedanken waren nicht bei dem, wovon sie sprachen.

»Ein anderer erzählte mir, du hättest einen Ehekontrakt mit der Tochter des Herzogs von Parma unterzeichnet.«

Er antwortete nicht, und sie hob sich auf den Ellbogen und fragte ängstlich: »Es ist nicht wahr?«

»Was? Ach nein. Ich bin nicht verheiratet.«

»Aber man will dich verheiraten, nicht? Das Volk meine ich!«

»Ja wahrscheinlich. Irgendein scheeläugiges, strohhaariges Gegengift, ohne Zweifel«, sagte er träge. »Ich kann mir nicht vorstellen, wie ein häßliches Weib zu einem Kind von mir kommen sollte.«

»Warum mußt du denn eine häßliche Frau heiraten?« Sie zeichnete mit der Fingerspitze ein Muster in das mattschwarze Haar auf seiner Brust.

Er öffnete die Augen, sah zu ihr auf, dann lächelte er und streichelte ihren Kopf. »Prinzessinnen sind immer häßlich. Das ist ihre Tradition.«

Barbara fühlte, wie die Erregung in ihr wuchs, und ihr Herz pochte wild. Sie konnte ihm nicht ins Gesicht schauen und senkte die Augen, bevor sie sprach. »Aber – warum muß es denn eine Prinzessin sein, wenn keine da ist, die dir gefällt? Warum nicht ...« Sie holte tief Atem, ihre Kehle war trocken, und sie spürte einen scharfen Schmerz im Nacken. »Warum heiratest du nicht mich?« Dann hob sie schnell die Augen und sah ihn forschend an.

Im Nu verschwand Karls Lächeln, der Ausdruck in seinem Gesicht wurde listig und zeigte wieder den alten Zynismus. Sie konnte spüren, wie er sich ihr entzog, obgleich er sich nicht gerührt hatte. Barbara war entsetzt und sah ihn ungläubig an. Sie hatte sich so sicher gefühlt, war so tief überzeugt, daß er sie wahnsinnig liebe, heiß genug, um sie zu seiner Frau zu machen.

»Sire«, sagte sie sanft, »ist Ihnen das niemals in den Sinn gekommen?«

Er setzte sich, dann stand er auf und begann, sich anzuziehen. »Nun, Barbara, du weißt ebensogut wie ich, daß es unmöglich ist.«

»Warum?« rief sie in wachsender Verzweiflung. »Warum ist es unmöglich? Ich habe gehört, daß du es warst, der den Herzog dazu gebracht hat, Anne Hyde zu heiraten? Warum also kannst du mich nicht heiraten, wenn du es willst? Wenn du mich liebst.« Sie fühlte, wie ihr Temperament mit ihr durchging, und beherrschte sich krampfhaft, denn sie sagte sich, es sei eine viel zu wichtige Angelegenheit, als daß sie sie dadurch verderben durfte, daß sie ihre Zunge nicht im Zaum halten konnte. Immer noch meinte sie, er würde es sich doch abschmeicheln lassen.

Irgendwie muß ich ihn dazu kriegen, daß er mich heiratet. Ich weiß, daß ich es erreichen werde. Er muß! Er muß!

Er zog sich das dünne, weiße Leinenhemd über den Kopf und schloß die weiten Ärmel an den Gelenken. Jetzt eilte es ihm, von ihr fortzukommen, denn die Aussicht auf einen unnützen Zank war ihm lästig. Er war ihr ganz und gar hörig, das wußte er, aber wäre sie die Königin von Neapel gewesen – er hätte keinen Wert darauf gelegt, sie zu heiraten; dazu kannte er sie schon jetzt zu gut.

»Die beiden Fälle lassen sich nicht miteinander vergleichen, meine Liebe«, sagte er jetzt, und seine warme Stimme klang besänftigend, denn er hoffte, sie zu beruhigen und dann zu gehen. »Meine Kinder werden mir auf dem Thron folgen, James' Kinder wahrscheinlich nicht.«

Das schien sehr vernünftig, denn Karl hatte bereits mindestens fünf illegitime Kinder anerkannt, und Barbara selbst war übezeugt, daß das Kind, das sie trug, von Karl stammte und nicht von ihrem Gatten oder von Chesterfield.

»Und was soll aus mir werden, wenn du eine andere Frau heiratest? Was werde ich beginnen?« Sie war dem Weinen nahe.

»Ich glaube, daß du dich ganz gut damit abfinden wirst, Barbara. Ich sehe keinen Grund, warum du es nicht tun solltest. Du bist nicht gerade eine hilflose Person, nicht wahr?«

»Aber das meine ich nicht! Du siehst, wie sie mir alle jetzt nachlaufen – Buckingham und Cooper und die andern. Wenn du aber eine andere heiratest und mich stehenläßt – oh, ich würde sterben! Du kannst dir nicht vorstellen, wie sie mich behandeln würden. Und die Frauen wären noch schlimmer als die Männer. O Karl, du kannst nicht, du kannst mir das nicht antun!«

Er blieb stehen und sah sie scharf an; dann wurden seine Züge wieder weich, er setzte sich neben sie und nahm ihre Hände zwischen die seinen. Ihr Gesicht war naß von Tränen, die ihr aus den Augen quollen und in großen Tropfen über die Wangen auf die Satindecke rollten.

»Weine nicht, Liebling. Hältst du mich denn für ein Ungeheuer? Ich werde dich nicht verlassen, Barbara, dessen kannst du gewiß sein. Du hast mir sehr viel Glück gegeben, und ich bin dankbar. Ich kann dich nicht heiraten, aber ich werde zusehen, daß für dich gesorgt wird, sehr gut gesorgt wird.«

Sie schnupfte, und ihr Kinn zitterte, aber dann war sie wieder auf ihr Aussehen bedacht und bemühte sich, auf anmutige Art zu weinen. »Wie? Mit Geld? Geld hilft da nicht – nicht in meinem Fall.«

»Was würde sonst helfen?«

»Oh, Sire, ich weiß nicht! Ich sehe nicht, wie ich . . .«

Er unterbrach sie schnell, um einer neuen Tränenflut vorzubeugen. »Und wenn ich dich zur Ehrendame meiner Frau mache – würde das helfen?«

Er sprach zu ihr wie ein nachsichtiger Onkel, der einem kleinen Mädchen, das gefallen ist und sich das Knie aufgeschlagen hat, ein Stückchen Zuckerzeug hinhält.

»Das würde vermutlich helfen. Wenn du es wirklich tun willst. Du wirst deine Absicht nicht ändern und dann – dann oh . . .«

Von der Erkenntnis ihrer Niederlage überwältigt, brach sie neuerlich in Tränen aus und warf sich an seine Brust. Er hielt sie eine Weile fest, tätschelte ihre Schulter, während sie weinte, und dann machte er sich sehr sanft von ihr frei und stand auf.

Sie lag noch immer auf dem Bett und weinte; er schlüpfte rasch in sein Wams, band seine Krawatte, schnallte seinen Degen um, nahm seinen Hut und trat zu ihr. Karl, der nicht ohne Frauen, aber sehr wohl ohne Frau auskommen konnte, neigte oft zu dem Wunsch, keine mehr außerhalb des Bettes zu sehen.

»Barbara – ich schwöre dir, daß ich jetzt fort muß. Bitte, weine doch nicht mehr, Liebling. Glaub mir, ich werde mein Versprechen halten.«

Er beugte sich über sie und küßte ihren Scheitel, dann wandte er sich zur Tür. Noch einmal sah er zurück – zur rechten Zeit, um ihren Blick aus den verweinten Augen aufzufangen. Er winkte ihr flüchtig zu und ging.

Sie setzte sich langsam auf, eine Hand auf den schmerzenden Kopf gepreßt. Und dann öffnete sie plötzlich den Mund zu einem hohen, heftigen Geschrei, das die Adern an ihrem Hals wie violette Stricke vortreten ließ, packte eine Vase, die neben dem Bett stand und schleuderte sie mit aller Kraft quer durch den Raum in den Spiegel.

Elftes Kapitel

Um in die Schenkstube zu gelangen, die anderthalb Stockwerke unter dem Schuldturm der Damen lag, mußte Amber dem Kerzenträger über eine schwarze, enge Treppenflucht folgen. Doch als sie einen Teil des Weges hinter sich hatten, drehte er sich plötzlich um, und sie blieb drei Stufen höher stehen, erschrocken über den Ausdruck in seinem Gesicht, denn ihre fortgeschrittene Schwangerschaft gab ihr ein Gefühl hilfloser Schwerfälligkeit.

»Vorwärts!« rief sie, »warum bleiben Sie denn stehen?«

Er antwortete nicht, sondern ging auf sie los; eine Hand griff nach ihren Röcken und zog sie an sich. Mit einem Schrei schlug Amber ihm die Kerze aus der Hand. Plötzlich merkte sie, daß er den Weg freigegeben hatte, sie eilte die Treppe hinunter, und ihre Hände tasteten nach den Mauern, aber die kurzen Ketten an Hand- und Fußgelenken verfingen sich. Sie verlor das Gleichgewicht, fiel der Länge nach vornüber, suchte verzweifelt ihren Leib zu beschützen und schrie gellend auf. Doch bereits als sie strauchelte, war der Schwarze Jack Mallard hinzugesprungen und fing sie auf, bevor sie sich noch verletzt hatte. Sie konnte ihn nicht sehen, fühlte aber mit tiefer Erleichterung die mächtigen Hände und Arme eines Mannes, seinen großen, schützenden Körper, und sie hörte die heftig donnernde Wut seiner Stimme dem Kerzenmann Flüche zuschreien, dessen Schritte im zweiten Stockwerk vernehmbar waren.

»Was hat er dir getan? Bist du verwundet?« fragte er besorgt.

Ganz schwach vor Angst lehnte Amber sich gegen ihn. »Nein . . .« keuchte sie. »Ich glaube, ich . . .«

Von oben her schrie der Kerzenmann irgend etwas Unverständliches, und mit einem wütenden Gebrumm ließ Black Jack sie los und wollte ihm nachlaufen. »Du stinkender Hurensohn. Ich werde . . .«

Plötzlich war seine Wärme und sein Schutz verschwunden. Ambers Augen öffneten sich, und sie streckte die Arme ungestüm nach ihm aus. »Verlassen Sie mich nicht! Bitte, verlassen Sie mich nicht!« Sie fürchtete sich vor andern unsichtbaren Gefahren, die im Dunkeln lauerten.

Sogleich war er wieder bei ihr. »Ich bin ja da, Herzchen. Nur keine Angst! Ich schwöre, daß ich ihm das nächste Mal die Gurgel aufschlitze, diesem dreckigen Hund!«

Die Furcht hatte sie derart entkräftet, daß sie sich von ihm ein Stück halb tragen ließ, bis er sie sanft auf ihre Füße stellte. Die Schenkstube war nahe, und sie standen in einem dunstigen Zwielicht; sie konnte spüren, wie er sie beobachtete. Und plötzlich hatte sie das Gefühl, daß sie wieder reizvoll war; sie konnte beinahe ihr strähniges Haar und die Läuse auf ihrer Haut und den Schmutz unter ihren Fingernägeln vergessen. Ihre Mundwinkel hoben sich zu einem schwachen Lächeln, und ihre Augen sahen kokett zu ihm auf.

Black Jack Mallard war der größte Mann, den Amber je gesehen hatte. Er war mindestens sechs Fuß fünf Zoll hoch, seine Schultern waren massiv und seine Muskeln gewaltig. Sein starkes schwarzes Haar hing ihm, ölglänzend, bis auf die Schultern und war leicht gewellt. Sie konnte Gold aufblinken sehen, als ein Lichtschimmer die Ringe streifte, die er in den Ohren trug, eine sehr beliebte Mode bei allen Stutzern, doch bei diesem Riesen schien der Schmuck seine fast bedrohliche Männlichkeit noch zu betonen.

Seine Stirn war breit und niedrig, seine Nüstern waren ungewöhnlich weit, und während die Oberlippe schmal war, wölbte sich die Unterlippe wulstig vor.

Seine Kleider waren nach neuester Mode: ein blauer Samtanzug, bestehend aus einem kurzen Wams und weiten Kniehosen, ein weißes Hemd, eine Krawatte aus weißem Leinen und Spitzen. Granatfarbene Satinbänder hingen in Schleifen an Gürtel, Ärmel und Schultern, auf dem Kopf saß ein Hut mit Federn, und er trug hohe, kalbslederne Reitstiefel. Bis auf die Stiefel wäre er selbst für den Salon des Königs passend gekleidet gewesen.

Jetzt lachte er sie an, zeigte gleichmäßige weiße Zähne und verbeugte sich. Trotz seiner gewaltigen Masse hatte er seinen Körper völlig in der Gewalt und war geschmeidig wie eine Katze. »Ich bin Black Jack Mallard, Madame, vom ›Preßhof‹.« Der ›Preßhof‹ war das vornehme Viertel des Kerkers und lediglich den Reichen vorbehalten.

Sie knickste, entzückt, wieder einmal in der Gegenwart eines Mannes zu sein, der für ihre Reize nicht bloß empfänglich, sondern ihrer auch würdig war. »Und ich, Sir, bin Mrs. Channell vom Schuldturm der Damen.«

Sie lachten beide, und er beugte sich vor, um ihr einen leichten Kuß zu geben, den üblichen Gruß nach einer förmlichen Vorstellung. »Komm herein«, sagte er, »und wir wollen eins darauf trinken.« Er nahm ihren Arm, und sie bemerkte, daß er keine Ketten, dagegen an seiner Hüfte einen Degen trug.

Die Schenkstube war von einigen Kerzen kümmerlich erhellt, doch der Rauch hing so dick wie ein Morgennebel auf der Themse. An einem Ende war ein Schanktisch. Tische und Stühle standen so dicht gedrängt, daß zwischen ihnen nur wenig Raum blieb, und die Decke war so niedrig, daß Black Jack die Schultern beugen mußte, als er jetzt auf einen Tisch in einem entfernten Winkel zuging. Er wechselte Grüße, und Amber wurde gewahr, daß jedes Auge sich neugierig nach des Schwarzen Jacks frischem Schatz wendete, sie fing einige Pfiffe von den Männern und leise, gehässige Bemerkungen der Frauen auf.

Doch er genoß offenbar eine Stellung von großer Autorität, denn man rückte respektvoll zur Seite, um ihn vorüberzulassen, manche unter den Frauen lächelten ihm einladend zu, und der eine oder andere Mann beglückwünschte ihn zu seiner Wahl. Seine eigene Haltung den andern gegenüber war gutmütige Kameradschaftlichkeit – er klopfte den Männern auf den Rücken, streichelte einer Frau den Kopf, einer andern die Wange und schien sich so behaglich zu fühlen, als ob sie in der Schenkstube von ›Hund und Rebhuhn‹ säßen.

Amber setzte sich mit dem Rücken zur Mauer. Black Jack fragte sie nach ihren Wünschen und bestellte Rheinwein für sie und Brandy für sich. Die andern Gäste aber wendeten sich wieder ihren früheren Beschäftigungen zu. Flaschen wurden geleert, Karten gemischt, die Würfel rollten, Dirnen wanderten von Tisch zu Tisch. Der Raum schwoll von Sprechen, Lachen, Singen, Schreien, gelegentlich hörte man auch ein Kind weinen. Amber tauschte ein Lächeln mit Moll Turner, wandte dagegen die Augen schnell von einer fetten, schlampigen Frau ab, die mit Karten in der Hand an einem Tisch saß, ein schlafendes Kind an ihrer Brust.

O mein Gott, dachte sie entsetzt. Noch zwei Monate und ich – rasch blickte sie zum Schwarzen Jack hinüber, der ihr zulächelte.

»Du bist ein mächtig strammes Mädel«, sagte er. »Wie lange bist du schon da?«

»Fünf Wochen. Ich bin wegen Schulden hier – vierhundert Pfund.« Er war weniger beeindruckt als ihre Gefährtinnen im Schuldturm der Damen. »Vierhundert? Gottes Blut, das kann ich in einer leichten Nachtarbeit haben. Wie kam das?«

»Mein Mann hat mir jeden Penny gestohlen, den ich besaß, ist durchgebrannt und hat mich mit den Schulden sitzenlassen.«

»Und mit der Aussicht auf ein Wiegenlied dazu.« Er warf einen bezeichnenden Blick auf ihren Leib. »Nein!« Er schenkte ihr ein Glas Weißwein, sich ein kleineres Glas Brandy ein und warf dem Schankburschen eine Münze hin. »Möge er bald heimkommen und dich aus der Patsche holen.« Er trank das Glas auf einen Zug leer, wie ein feiner Mann es tun muß, schenkte sich ein nächstes Glas ein und sah sie verschmitzt an.

Amber trank auch ihr Glas leer, denn sie war durstig, aber ihre Brauen runzelten sich im Zorn. »Er wird nie wiederkommen. Und das hoffe ich auch – der undankbare Lump!«

Black Jack lachte und ließ ein Pfeifen hören. »Du sagst das mit solcher Inbrunst, daß ich glauben könnte, du seist wirklich verheiratet.«

Ihre Augen funkelten ihn an. »Nun? Und warum solltest du das nicht glauben? Warum, zum Teufel, meint jeder, daß ich ein Märchen erzähle?«

Er schenkte sich und ihr noch ein Glas ein. »Weil ein Mädel wie du, Herzchen, das behauptet, ihr Mann habe sie verlassen, wahrscheinlich niemals einen gehabt hat.«

Sie lächelte und schnurrte kokett. »So, wie ich jetzt aussehe, müßte ich einen besseren Mann als einen Gatten verscheuchen.«

»Meine Augen sind gut, Herzchen. Sie sehen durch sechs Lagen von Schmutz – und sie sehen auch, was wirkliche Schönheit ist.« Sekundenlang blickten sie einander an, und schließlich sagte er: »Ich habe ein Zimmer mit einem Fenster im dritten Stock. Willst du einmal frische Luft riechen und einen Blick auf den Himmel werfen?« Bei dieser Einladung lächelte er ein wenig, war aber schon aufgestanden und reichte ihr die Hand.

*

Die Zimmer waren möbliert wie in einem Wirtshaus niederen Ranges, aber ganz gewiß recht luxuriös im Vergleich mit den übrigen Kerkern. Die Wände waren bedeckt mit unanständigen Worten und Sätzen, rohen Zeichnungen, Namen und Daten. Black Jack erzählte ihr, daß dieses Quartier ihn dreihundert Pfund koste. Jeder, der sich das Amt des Kerkermeisters in Newgate kaufte, verließ es als reicher, wenn auch nicht beliebter Mann.

Black Jack war häufig fort, denn er empfing eine Menge Besucher und hatte auch gesellschaftliche Verpflichtungen, doch immer, wenn er zurückkam, lachten sie zusammen über die feine, natürlich maskierte Dame, die angedeutet hatte, daß sie zum mindesten eine Gräfin sei, und bereit gewesen war, ihn über seine einsamen Stunden hinwegzutrösten. Einmal stahl er einer Verehrerin ein goldenes Armband und schenkte es ihr. Die Straßenräuber waren die Aristokraten der Unterwelt, und sie genossen allgemeine Popularität. Ihre Namen waren wohlbekannt, ihre Streiche wurden in Gasthäusern und an Straßenecken besprochen, man besuchte sie, wenn sie im Kerker lagen, und bei ihrer letzten Fahrt auf dem Karren nach dem Tybornhügel sammelten sich große, teilnahmsvolle Menschenmengen.

Den größten Teil ihrer Zeit verbrachte Amber am Fenster, atmete die frische Luft ein, als könnte sie niemals genug davon bekommen, und sah über die Stadt. Sie konnte die bevorzugten Gefangenen unten im Hof sehen, die auf und ab gingen und in Gruppen herumstanden, manche spielten Handball oder Kopf oder Schrift, denn obgleich es Ende Januar war, blieb das Wetter mild, und die Straßen waren staubig.

Vier Tage nachdem Amber ihn kennengelernt hatte, unternahm Black Jack wieder einen seiner wunderbaren Ausflüge, und sie ging mit ihm. Jeder Riegel, jede Türe, jedes Tor war mit den Münzen des Königs reichlich geschmiert und öffnete sich weit. Auf der Straße wartete eine Mietskutsche, den Schlag halb offen, sie stiegen ein und rumpelten die

Old Bailey Street hinunter. Black Jack saß neben ihr, schlug sich an die Seiten und lachte laut.

Plötzlich erhob sich eine Frauenstimme, grob und mürrisch. »Zum Teufel, Jack! Da hast du dir ja was Feines mitgebracht!«

»Das ist Beß Columbine«, sagte Black Jack zu Amber, und dann stellte er vor: »Beß, das ist Mrs. Channell.«

Die beiden Frauen wechselten einen leisen, kühlen Gruß, und eine Weile schwiegen alle drei. Die Fahrt dauerte nur einige Minuten, und als sie ausstieg, sah Amber, daß sie am Ufer des Flusses waren. Sie stiegen schnell in die Barke, die sie hier erwartete, und der Bootsmann steuerte stromaufwärts. Es war völlig dunkel und mondlos, und obgleich keiner den andern sehen konnte, spürte Amber dennoch, daß Beß sie dauernd anstarrte, und sie konnte auch die eifersüchtige Feindseligkeit der andern fühlen.

Aber es lag ihr nicht viel daran. Sie hatte nicht die Absicht, lange bei Black Jack zu bleiben. Irgendwie, dessen war sie sicher, würde sie ihn dazu bringen, ihr vierhundert Pfund zu geben. Er schien so viel Geld und so wenig Verwendung dafür zu haben, daß ihr das in weniger als vierzehn Tagen gelingen sollte. Und dann würde sie ihn verlassen, obgleich sie noch keine Ahnung hatte, was sie nachher tun oder wohin sie sich wenden konnte. Sie hatte selbst die Namen der Frauen verloren, die Lord Carlton ihr für die Zeit ihres Wochenbettes empfohlen hatte.

Am Ende der Water Lane stiegen sie aus, und Beß eilte gleich über die steilen Steinstufen zur Straßenhöhe hinauf. Amber, die Röcke gerafft, den Vogelkäfig in der andern Hand, tastete sich vorsichtig über die Treppe, bis plötzlich Black Jack, der unterdessen den Bootsmann bezahlt hatte, hinter ihr kam, sie aufhob und so rasch die Stufen hinauftrug, als wäre es heller Tag. Sie gingen durch die Gärten, die einst dem alten Karmeliterkloster gehört hatten, das an dieser Stelle gestanden war, und kamen endlich in eine enge Straße.

Hier war es hell und geräuschvoll, und große Schilder zeigten an, daß fast jedes zweite Haus eine Schenke war. Durch die Scheiben sahen sie Männer Karten spielen, eine nackte Frau tanzen, zwei andere Frauen, bis zur Taille entblößt, miteinander ringen, während eine Zuschauermenge ihnen zujubelte und Münzen zuwarf. Der Ton der Geigen mischte sich mit Geschrei und Lachen und Kinderweinen. Sie waren in der Ram Alley, in Whitefriars, einem Teil des Distrikts, der das Vorrecht hatte, Verbrechern und Schuldnern eine Freistatt zu bieten. Jene, die hier lebten, pflegten es ironisch ›Alsatia‹ zu nennen.

Vor einem der Häuser blieben sie stehen. Beß öffnete die Tür mit einem Schlüssel, und Black Jack setzte Amber ab. Sie trat ein, und sogleich wandten die beiden Frauen sich einander zu.

Beß war nicht älter als Amber und ungefähr von ihrer Größe. Ihr üppiges Haar war dunkelbraun und lockig und fiel auf ihre Schultern; ihre Augen waren blau und ihr Gesicht schmal und pikant, mit ein wenig zu breiten Backenknochen und einer kecken Stupsnase. Ihre Gestalt war rundlich, fast plump und üppig. Amber fand, sie sehe gewöhnlich aus – eine ordinäre Dirne!

Aber ihr selbst war es unter den prüfenden Blicken des Mädchens unbehaglich. Denn wenn sie auch Black Jack Mallards Kamm benützt und ihr Gesicht abgerieben hatte, war sie noch immer sehr schmutzig, und gerade jetzt spürte sie einen Biß. Aber sie wäre lieber gestorben, als daß sie sich gekratzt hätte. Schließlich hob Beß die Brauen und lächelte leicht, um zu zeigen, daß sie in Amber keine sehr gefährliche Rivalin sah.

Die Pocken über sie, dachte Amber wütend. Warte nur, bis ich gebadet habe. Wir werden ja sehen, wem die Nase besser im Gesicht sitzt. Ihre Sprache nahm die Farbe ihrer Umgebung an, erst Lord Carltons und Almsburys, dann Luke Channells und seiner Tante, Moll Turners und Newgates und jetzt Black Jack Mallards und Alsatias.

Doch wenn Black Jack die Abneigung zwischen den beiden Frauen knistern fühlte, so ließ er sich das jedenfalls nicht anmerken. »Ich bin durstig«, sagte er. »Wo ist Pall?«

Beß schrie den Namen, und kurz darauf stieß ein Mädchen die Tür auf, die in einen andern Raum führte, und blieb schläfrig auf der Schwelle stehen. Sie war offenbar die Küchenmagd, ein barfüßiges, zerrauftes Mädchen, dem die Haare gelb und schmierig in Strähnen auf die Schultern hingen. Doch bei Black Jack Mallards Anblick errötete sie, lächelte selbstbewußt und machte ihm einen Knicks.

»Freut mich, Sie wiederzusehen, Sir.«

»Danke, Pall. Freut mich, wieder da zu sein. Können wir was zu trinken haben? Für mich einen Kirsch. Was willst du, Herzchen?« Er wandte sich an Amber.

Beß fluchte leise und ließ ihre schlechte Laune an Pall aus. »Was hast du die ganze Zeit getan, du lausige Schlampe? Warum sind diese Teller nicht sauber?« Sie zeigte auf den Tisch, der mit Tellern und Knochen und Nußschalen, Gläsern und Weinflaschen bedeckt war. »Du wirst mir andere Manieren kriegen, oder du erlebst etwas – hast du gehört?«

Pall ließ einen jammernden Laut hören, denn sie war auf manches gefaßt, aber Black Jack griff ein. »Laß das Mädel in Ruh, Beß. Vielleicht war sie in der Küche beschäftigt.«

»Mit Schlafen beschäftigt, das kannst du mir glauben.«

»Bring eine Flasche Rheinwein für Mrs. Channell, und Beß will . . .«

»Kirsch!« fuhr Beß dazwischen und warf Amber einen raschen, wütenden Blick zu.

Amber drehte ihr den Rücken zu und setzte sich. Sie war müde und abgestumpft und litt doch darunter, daß sie wußte, wie wenig anziehend sie gerade jetzt war. Ihr einziger Wunsch war, die andern alle los zu sein, sich irgendwo schlafen zu legen und dann am Morgen ein schönes warmes Bad mit recht viel Seife zu finden. Ach, nur einmal wieder wirklich sauber zu sein!

Black Jack und Beß begannen jetzt miteinander zu sprechen, aber sie unterhielten sich in der Sprache der Unterwelt, von der Amber nur wenige Worte erlernt hatte. Sie hörte ihre Stimmen, versuchte aber gar nicht, zu verstehen, was sie sagten. Statt dessen sah sie sich müßig im Raum um. Er war voll von Tischen, Stühlen und Schemeln. An den Wänden reihten sich ein halbes Dutzend Schränke, hingen zahllose Porträts in schweren goldenen Rahmen, und weitere Proträts waren neben dem Kamin aufgestapelt. Manche waren sichtlich kostbare Stücke, aber andere waren so alt und so verkratzt und zerrissen, daß sie kaum noch irgendeinen Wert besaßen.

Pall brachte Gläser und Flaschen, und sie tranken auf den Erfolg der Nacht. Dann sagte Amber zu Jack, sie sei sehr müde, und er hieß Pall, ihr die Treppe in ein Schlafzimmer hinaufzuleuchten, und küßte sie flüchtig, als sie ging. Selbst das ließ Beß wütend auffahren. Aber Amber gönnte dem Mädchen heute Nacht jeden Triumph und wollte nur Ruhe haben.

*

Amber saß in einem großen hölzernen Bottich voll warmen Wassers. Sie hatte ihr Haar gewaschen und ausgerungen. Auf einem mit Goldbrokat überzogenen Stuhl saß Black Jack und spielte mit seinem Messer.

»Warum habt ihr so viel von allem?« fragte Amber mit einer Geste.

Denn das Schlafzimmer war ebenso mit Möbeln überfüllt wie das Wohnzimmer, und es herrschte das gleiche Durcheinander. Das Bett hatte üppige violette Samtvorhänge, und die Decken waren aus gelbem Satin, einige der Stühle waren gleichfalls mit violettem Samt bezogen, andere mit rotem Samt und hatten goldene Quasten. An den Wänden hingen mindestens zwei Dutzend Porträts und eine Menge Spiegel, standen drei Kleiderschränke und zwei Wandschirme.

»Mutter Rotkäppchen ist eine Pfandleiherin. Das Haus ist mit dem eingerichtet, was man ihr verpfändet – das Bild des Großvaters scheint immer zuerst hierher zu finden.« Er grinste und warf einen Blick auf die zahlreichen alten Herren, die von den Wänden auf sie herabschauten.

Amber lachte. Ihr Lebensmut war wiedererwacht, und sie war von Energie und Optimismus und Selbstvertrauen erfüllt. Sie wußte wohl, daß sie nicht in heißem Wasser sitzen sollte, denn Sarah hatte immer gesagt, damit würde man eine Frühgeburt herbeiführen, aber sie genoß es so, daß sie noch immer mindestens eine halbe Stunde darin sitzen bleiben wollte.

»Wer wohnt hier? Noch jemand außer Mutter Rotkäppchen und Beß und Pall?« Der Gang, durch den Pall sie geführt hatte, war sehr lang gewesen, und das Haus schien recht geräumig zu sein.

»Mutter Rotkäppchen vermietet noch vier Schlafzimmer. Ein Mann, der falsches Geld macht, hat den dritten Stock, und im vierten ist eine Fechtschule.«

Es war nicht das erste Mal, daß Amber von Mutter Rotkäppchen hörte. Mutter Rotkäppchen hatte Geld geschickt, um den Kerkermeister zu bestechen, Mutter Rotkäppchen war eben zur Bürgermeisterin der Freistatt gewählt worden. Und Mutter Rotkäppchen wünschte sie zu sehen, sobald sie angekleidet war.

Schließlich stand Amber auf, trocknete sich ab und schlüpfte in einen von Black Jack Mallards ostindischen Schlafröcken; sie lachten beide, als sie sahen, wie er auf dem Boden nachschleifte und die Ärmel bis zu den Knien reichten. Dann winkte ihr Jack, ging zu einer Truhe und entnahm ihr eine große Schachtel, die er Amber gab. Sie sah ihn fragend an. Er stand da, die Hände in den Taschen, grinste breit, wiegte sich auf seinen Absätzen und wartete, bis sie die Schachtel öffnete.

Die Aussicht auf ein Geschenk erregte Amber, sie legte die Schachtel auf eine Truhe, löste die Schnüre und schob das knisternde Papier beiseite. Mit einem Schrei des Entzückens nahm sie ein grünes Taftkleid heraus. Darunter lag noch ein schwarzer Samtmantel, ein Hemd und zwei Unterröcke, grüne Seidenstrümpfe und grüne Schuhe.

«O Black Jack! Das ist ja wunderschön!« Sie stellte sich auf die Spitzen, um ihn zu küssen, und er beugte sich linkisch zu ihr wie ein schüchterner Knabe, denn er fürchtete immer, ihr weh zu tun. »Aber wie hast du das nur so schnell beschaffen können? Madame Darnier hatte nie weniger als eine Woche für ein Kleid gebraucht.«

»Ich bin heute früh aus gewesen. Es gibt einen Altkleiderhändler in Houndsditch, dem die vornehmen Damen ihre Sachen verkaufen.«

»O Black Jack – und gerade meine Lieblingsfarbe!« Sie schlüpfte aus dem Schlafrock und begann sich hastig, immer plaudernd, anzuziehen. »Es sieht aus wie die Blätter des Apfelbaumes, der vor meinem Schlafzimmerfenster wuchs. Woher hast du gewußt, daß Grün meine Lieblingsfarbe ist?«

Doch einen Augenblick später war ein enttäuschter Ausdruck in ihrem Gesicht. Das Kleid wollte sich über ihren Leib nicht schließen lassen, und als sie sich im Spiegel beschaute – was sie seit mehr als einem Monat nicht mehr getan hatte – da überkam sie die Lust zu weinen. Ihr war, als müßte sie für alle Zeiten in diesem Zustand bleiben.

»Oh!« schrie sie erbittert und stampfte mit dem Fuß auf. »Wie häßlich ich bin! Wie gräßlich, ein Kind zu bekommen!«

Aber Black erklärte ihr beruhigend, sie sei das reizendste Mädel, das er je gesehen habe, und sie gingen die Treppe hinunter zu Mutter Rotkäppchen. Sie trafen sie vor einem der Tische sitzend, eine Kerze neben sich. Sie kehrte ihnen den Rücken zu und schrieb in einem riesigen Geschäftsbuch, das offen vor ihr lag. Als Black Jack sie ansprach, wandte sie sich um, stand sogleich auf und ging ihnen entgegen. Sie küßte Amber freundlich auf die Wange und lächelte Black Jack anerkennend zu, der vor Stolz strahlte.

»Ein Prachtmädel ist das, Jack.« Ihr Gesicht glänzte. »Wie lange wird es noch dauern?«

»Etwa zwei Monate, glaube ich.«

Amber starrte sie mit weitaufgerissenen Augen an und war erstaunt, keine Ähnlichkeit mit der wüsten alten Hexe zu entdecken, auf die sie gefaßt gewesen war. Sie sah allerdings keineswegs lasterhafter aus als Tante Sarah. Mutter Rotkäppchen war fünfundfünfzig Jahre alt, aber ihre Haut war hell und glatt, und ihre Augen funkelten. Kleiner als Amber, war ihre Gestalt fest und wohlgeformt, und jede Bewegung verriet einen Schatz an Energie. Die Kleider, die sie trug, waren einfach und sauber, aus Baumwolle und Wolle, mit gestärkten Ärmelumschlägen, Kragen und Schürze, und es war keinerlei Schmuck zu sehen. Eine leuchtende rote Haube bedeckte ihr Haar vollständig, und Black Jack hatte Amber erzählt, daß er sie in fast zehn Jahren niemals ohne diese Haube gesehen habe.

»Ich werde rechtzeitig eine Hebamme für Sie besorgen!« sagte sie, »und dann wollen wir eine Frau finden, die das Kind zu sich nimmt.«

»Zu sich? Wohin?« rief Amber in plötzlicher Abwehr.

»Nur keine Aufregung, meine Liebe«, sagte Mutter Rotkäppchen begütigend, und der Akzent, mit dem sie sprach, erinnerte Amber an Lord Carlton und dessen Freunde. »Wer könnte wünschen, ein kleines Kind in den Friars aufzuziehen? Die meisten, die man hier behält, sterben, bevor ihr erstes Jahr um ist. Wir können uns eine zuverlässige Bäuerin verschaffen, die für das Kind sorgen wird, und Sie dürfen es sehen, wann Sie wollen. Das ist eine sehr vernünftige Lösung – viele Frauen machen es so«, versicherte sie, als Amber noch immer nicht überzeugt aussah. »Und jetzt«, sie wandte sich ab und ging zu ihrem Hauptbuch zurück, »sagen Sie mir Ihren vollen Namen«.

Black Jack mischte sich ein. »Mrs. Channell ist alles, was sie angeben will. Ich komme für alle Spesen auf.«

Amber hatte selbst Black Jack ihren wirklichen Namen nicht genannt, und es schien ihm auch nichts daran zu liegen, denn er sagte, sein eigener Name sei auch nur angenommen, und jeder vernünftige Mensch hielte seinen Namen in Alsatia geheim.

»Sehr schön; hier hat keiner Interesse daran, in der Vergangenheit zu schnüffeln. Black Jack sagt mir, daß Sie vierhundert Pfund Schulden haben und das Geld bezahlen möchten, um die Friars verlassen zu können. Ich mache Ihnen daraus keinen Vorwurf – ich glaube, daß Sie viel zu hübsch sind, um lange hier zu bleiben, und ich kann Ihnen versichern, daß ich Ihnen die Möglichkeit geben werde, dieses Geld zu verdienen, sobald sie wieder ausgehen können.« Amber wollte fragen wie, aber Mutter Rotkäppchen sprach unverdrossen weiter. »Inzwischen müssen wir etwas tun, damit Sie Ihren Akzent loswerden. Ein Mädchen vom Land wird in London im allgemeinen für dumm gehalten, und das kann die besten Pläne verderben. Michael Godfrey dürfte ein guter Lehrer für Sie sein, nicht, Black Jack? Und jetzt, meine Liebe, machen Sie es sich bei uns bequem und sagen Sie nur, was Sie brauchen. Ich verlasse Sie, denn es ist der Erste des Monats, und ich muß meine Mieter besuchen.«

Sie klappte das Hauptbuch zu, legte es in eine Tischlade, die sie mit einem Schlüssel verschloß. Dann nahm sie einen Mantel über den Arm, lächelte den beiden zu und ging zur Tür. Sie drehte sich noch einmal um, warf Amber einen Blick zu, schüttelte leicht den Kopf und bemerkte: »Schade, daß Sie schon so weit sind. Vor drei Monaten hätten Sie als Jungfrau hundert Pfund eingebracht!«

Sie verschwand, und als Black Jack in ein herzliches Gelächter ausbrach, sah ihn Amber verärgert an. »Was, zum Teufel, hat dieses alte Weib vor? Wenn sie glaubt, daß ich mir mein Geld dadurch verdienen will, daß ich . . .«

»Reg dich nicht auf. Das wird sie nicht; ich werde schon darauf sehen, aber einmal eine Kupplerin, immer eine Kupplerin. Und Mutter Rotkäppchen ist so tüchtig in ihrem Beruf, daß ich schwören möchte, sie hätte den Papst mit der Königin Elisabeth verheiratet.«

Niemals erfuhr Amber, wie Mutter Rotkäppchen wirklich hieß, aber Black Jack schätzte sie offenbar sehr und hatte großen Respekt vor ihrem Erfolg, ihrer unerschütterlichen Entschlußkraft, ihrer Fähigkeit, sich über Wasser zu halten und zu gedeihen, was auch immer den andern zustoßen mochte. Aber Amber konnte nicht begreifen, warum die Frau so bescheiden lebte, wenn sie es nicht nötig hatte. Darum empfand sie auch eine gewisse, unausgesprochene Verachtung für Mutter Rotkäppchen und meinte, sie könne schließlich doch nicht gar so klug sein.

Nichtsdestoweniger tat sie alles, um sich bei Mutter Rotkäppchen beliebt zu machen, und hatte den Eindruck, daß ihr das auch recht gut gelang. Denn Black Jack hatte, als sie das Thema zum ersten Mal zur Sprache brachte, rundweg abgeschlagen, ihr genug Geld zu geben, um ihre Schulden zu zahlen, und das hatte zu einem Zank zwischen ihnen geführt.

»Du willst, daß ich an diesem verdammten Ort bleibe, glaube ich.«

»Natürlich will ich das. Wozu hätte ich dich denn sonst aus dem Kerker geholt? Du bist eine undankbare, kleine Kröte!«

»Und wenn ich es bin! Wer will denn sein ganzes Leben in diesem schmutzigen Loch bleiben? Mir ist es verhaßt! Und ich will hinaus! Nur abwarten und zusehen! Wenn du es mir nicht gibst, dann werde ich Mutter Rotkäppchen um das Geld bitten. Sie braucht es nicht und wird mir gewiß vierhundert Pfund leihen. Das schwöre ich dir.«

Er war ein Riese, der ihre Knochen wie Zahnstocher zerbrechen konnte, aber er warf den Kopf zurück und lachte. »Geh nur und frag sie, wenn du Lust hast. Aber du kannst mir glauben, ebensoleicht wird sie dir vierhundert von ihren Zähnen leihen!«

Eines Nachmittags, als Black Jack fort war, suchte Amber die Mutter Rotkäppchen auf. Wenn sie daheim saß, was nicht allzuoft geschah, dann war sie fast stets mit ihrem Hauptbuch beschäftigt, trug lange Kolonnen ein, schrieb Rechnungen und Quittungen zu Dutzenden aus und ließ sich dabei nicht gern stören. Als jetzt Amber erschien, machte sie ihr ein Zeichen, sich still zu verhalten, und setzte ihre Arbeit fort, ließ ihre Feder einer Reihe sauber geschriebener Ziffern entlanglaufen, und ihre Lippen waren in ständiger Bewegung. Endlich hatte sie die Ziffern zusammengerechnet und wendete sich Amber zu.

»Was gibt's denn, mein Kind? Kann ich etwas für Sie tun?«

Amber hatte eine Ansprache einstudiert und wiederholt, aber jetzt rief sie impulsiv: »Ja. Leihen Sie mir vierhundert Pfund, damit ich von hier fort kann. Oh, bitte, Mutter Rotkäppchen, ich werde es zurückzahlen, ich verspreche es Ihnen!«

Mutter Rotkäppchen musterte sie kühl, dann lächelte sie. »Vierhundert Pfund, Mrs. Channell, ist ein großer Betrag. Was bieten Sie mir für Sicherheiten?«

»Nun, ich gebe Ihnen ein Zahlungsversprechen – schriftlich – alles, was Sie wollen. Und ich werde es mit Zinsen zurückzahlen«, fügte sie hinzu, denn sie hatte bereits erfaßt, daß Zinsen für Mutter Rotkäppchen Gott und Herrscher zugleich waren. »Ich will alles tun, aber ich muß das Geld haben.«

»Ich glaube nicht, daß Sie das Pfandleihgeschäft richtig verstehen. Ihnen mag es vorkommen, als ob vierhundert Pfund eine unbedeutende Summe wären. Aber es ist immerhin viel Geld, wenn man es auf keine bessere Sicherheit hin leihen soll als auf das Zahlungsversprechen eines jungen Mädchens. Ich zweifle nicht an ihren guten Absichten, aber ich glaube, Sie werden es viel schwieriger finden, zu vierhundert Pfund zu kommen, als Sie sich das jetzt vorstellen mögen.«

Überrascht und enttäuscht antwortete Amber: »Was? – Sie sagten doch selbst, Sie hätten für mich hundert Pfund haben können!«

»Und das hätte ich wahrscheinlich auch. Aber mehr als die Hälfte hätte mir für die Vermittlung gehört, und nicht Ihnen. Doch, um ganz offen zu sprechen, das wäre ein müßiger Einfall. Black Jack sagte mir klar heraus, er wolle Sie für sich selbst behalten, und ich glaube, meine Liebe, Sie sollten ihm gegenüber einige Dankbarkeit fühlen. Es hat ihn dreihundert Pfund gekostet, sie aus Newgate herauszubringen.«

»Dreihundert – Ja, davon hat er niemals etwas gesagt!«

»Und darum meine ich, solange Black Jack hier ist, könnten wir Sie nicht auf diese Art ausnützen.«

»Solange er hier ist? Geht er denn irgendwohin?«

»Hoffentlich noch nicht zu bald. Aber eines Tages wird er in einem Karren nach dem Tyburnhügel fahren – und er wird nicht mehr wiederkommen.«

Amber starrte sie entsetzt an. Sie wußte, daß er am linken Daumen bereits ein Brandmal trug, und das bedeutete, daß er bei der nächsten Gesetzesverletzung gehängt würde. Aber er war trotzdem immer wieder ausgebrochen, und er besaß eine so rücksichtslose Verwegenheit, daß sie den Eindruck hatte, ihm könne niemand etwas anhaben. Doch jetzt dachte sie nicht an ihn, sondern an sich selbst.

»Das wird uns allen geschehen! Ich weiß wohl, daß es so kommt. Wir alle werden gehängt werden.«

Mutter Rotkäppchen hob die Brauen. »Vermutlich. Aber es ist wahrscheinlicher, daß wir hier, in Alsatia, an Schwindsucht sterben.« Sie wandte sich ab und griff wieder nach ihrer Feder, und obgleich Amber noch zögerte, wußte sie doch, daß sie entlassen war, und stieg die Treppe in ihr Schlafzimmer hinauf.

Sie war entmutigt, aber nicht geschlagen. Noch immer hatte sie vor, irgendwie zu entweichen, und tröstete sich damit, daß ihr die viel schwierigere Flucht aus Newgate gelungen war.

Alsatia war gerade im Osten vom Templegarten und konnte von dort aus über eine enge Flucht verfallener Treppen erreicht werden. Da es tief und in der Nähe des Flusses lag, wurde es ständig von einem dicken, gelben Nebel beherrscht, der bis zum Boden herabhing, in die Knochen sickerte, in die Nase drang und das Atmen beschwerlich machte. Ram Alley, wo Mutter Rotkäppchens Haus lag, roch nach stinkenden Garküchen und der Seifenlauge der Wäscherinnen, die diese Straße zu ihrem Hauptquartier gemacht hatten.

Seine Höfe und Durchlässe waren überfüllt von Bettlern und Dieben, Mördern und Dirnen und säumigen Schuldnern, ein wildes, verzweifeltes Gesindel, das in stetem Vernichtungskrieg untereinander lebte, sich aber sogleich zusammenschloß, wenn es galt, sich gegen das Eindringen von Konstablern und Bütteln zu wehren. Überall wimmelten Kinder – fast ebenso zahlreich wie Hunde und Schweine –, abgezehrte Zwerge mit eingesunkenen Augen und hohen, heiseren Stimmen. Amber schauderte es, wenn sie sie sah, und sie wandte sich schnell ab, aus Furcht, ihr eigenes Kind könnte noch vor der Geburt ein Merkmal davontragen, weil sie die andern gesehen hatte. Sie fühlte, daß sie die Welt verlassen hatte, indem sie hier lebte, jene einzige Welt, auf die es ankam, die Welt, in der sie Lord Carlton wiedersehen konnte.

Michael Godfrey, den Mutter Rotkäppchen dazu angestellt hatte, sie so sprechen zu lehren, wie eine vornehme Londoner Dame sprach, war es, der ihr abermals einen Einblick in jenes Leben verschaffte, nach dem ihre Sehnsucht ging.

Er war Student im Middle Temple, wo Söhne vieler reicher Familien Englands angetroffen werden konnten, vermutlich, um sich dort Bildung anzueignen und zu lernen, wie sie später ihren Besitz verwalten sollten. Die meisten von ihnen verbrachten ihre Zeit allerdings mehr in Schenken als in den Unterrichtszimmern und gaben mehr Geld für Frauen als für Bücher aus. Wie viele andere hatte auch Michael sich hin und wieder in die Friars gewagt, von der Neugier getrieben, einmal selbst festzustellen, wie die Verbrecher lebten und aussahen. Und wenn sein Monatsgeld vor der Zeit aufgebraucht und er von Schulden bedrängt war, dann hatte er auch wie viele andere den Weg zu Mutter Rotkäppchen gefunden, der berühmten Hexe der Freistatt. Vierzehn Tage nach Ambers Ankunft war er als ihr Lehrer engagiert worden.

Er war gerade zwanzig Jahre alt, mittelgroß und hatte hellbraune, krause Haare und blaue Augen. Sein Vater war Ritter und hatte einen Besitz in Kent und Geld genug, um seinem Sohn alle üblichen Vorteile seiner Klasse zu gönnen: Michael war in die Westminsterschule gegangen, um Latein und Griechisch zu lernen, er war nach Oxford geschickt worden, um die griechische und römische Literatur, Geschichte, Philosophie und Mathematik zu lernen. Das alles sollte innerhalb dreier Jahre erledigt sein, denn allzuviel Bildung wurde nicht als passend für einen vornehmen Mann angesehen, und vor einem Jahr hatte er sich im Middle Temple eingeschrieben. Etwa zwei Jahre gedachte er hier zu bleiben, und dann wollte er seine Auslandsreise unternehmen.

Während unaufhörlich der Regen niederging – denn dem milden Winter waren feuchte Wochen gefolgt –, saß er mit Amber neben dem Kamin im Wohnzimmer, und sie tranken heißes, gewürztes Bier und unterhielten sich. Sie war eine eifrige, begeisterte Zuhörerin, wußte seine Scherze zu schätzen und ließ sich von den Dingen, die er tat und sah und hörte, bezaubern.

Sie lachte entzückt, wenn sie hörte, wie er und seine Freunde ›ein wenig angeheitert‹, wie die Lebemänner zu sagen pflegten, wenn sie betrunken waren, ein Wächterhäuschen umgeworfen hatten, wo der alte Mann schlief, vor einem Rendezvoushaus im Whetstone Park eine Katzenmusik aufführten und alle Fenster einschlugen und schließlich eine Frau, die sie auf dem Heimweg mit ihrem Mann trafen, splitternackt auszogen. Banden junger Adliger durchstreiften Nacht für Nacht lärmend und tobend die Stadt, ein Schrecken aller friedlichen Bürger, die vor Halsabschneidern und Dieben kaum größere Angst hatten. Aber Michael erzählte diese Streiche so frisch und unbefangen, daß sie wie die harmlosesten, unschuldigsten Kinderpossen wirkten.

Er erzählte ihr, daß seit drei oder vier Monaten auf den Londoner Bühnen Frauen erschienen seien und jetzt in jedem Stück mitspielten, geschminkte junge Weiber in gewagten Kleidern, und einige von ihnen seien bereits Mätressen von Aristokraten geworden. Und er erzählte ihr von den Plänen für die Krönung Seiner Majestät, die im April stattfinden und die großartigste der englischen Geschichte werden sollte. Er versprach ihr, jedes Kind, jeden Schmuck zu beschreiben, jedes Wort und jede Bewegung zu berichten.

Inzwischen verlor sie auch die letzten Reste ihres Provinzakzents. Ihr Ohr war aufnahmefähig, ihr Gedächtnis auch, Mimikry lag in ihrer Natur, und sie besaß einen leidenschaftlichen Lerneifer. Sie gewöhnte sich ihre üblichen Flüche ab und lernte die allerneuesten. Er brachte ihr bei, wie man auf korrekte Art vorstellte und sich vorstellen ließ, ferner ein paar französische Worte und Sätze. In Whitehall war Vulgarität höchste Mode, und kräftige einsilbige Worte spickten die Unterhaltung der meisten Lords und Ladies. All das schnappte Amber auf, und das Argot von Alsatia dazu.

Michael Godfrey, der schon fühlte, daß er sich in sie verliebt hatte, wollte ihren richtigen Namen wissen, wollte wissen, wer sie sei, woher sie komme. Sie weigerte sich, ihm die Wahrheit zu sagen, und er nahm sie für das, als was sie sich ausgab, eine Erbin vom Lande, die mit einem Mann von zu Hause durchgegangen war, den ihre Familie ablehnte und der sie nun verlassen hatte. Er empfand größtes Mitleid, war entrüstet, daß eine Frau adliger Herkunft in solcher Umgebung leben müsse, und erbot sich, die Verbindung mit ihrer Familie wiederherzustellen. Doch davor schrak Amber zurück und versicherte ihm, ihre Familie würde ihr nimmermehr an einem Ort wie Whitefriars zu Hilfe kommen.

»Dann kommen Sie mit mir«, sagte er. »Ich werde für Sie sorgen.«

»Danke, Michael. Ich wollte, ich könnte das. Aber ich kann nicht, jedenfalls nicht vor der Entbindung. Das wäre eine schöne Geschichte, wenn ich in Ihrem Zimmer ein Kind bekäme. Man würde Sie sofort aus dem Middle Temple ausschließen.«

Beide lachten. »Man hat mich schon ein dutzendmal damit bedroht. ›Bessern Sie sich, oder Sie fliegen hinaus.‹« Er runzelte die Brauen und brüllte dramatisch. Dann aber beugte er sich plötzlich vor und nahm ihre Hand. »Aber, bitte nachher, wollen Sie nachher mit mir gehen?«

»Ich würde nichts lieber tun. Aber wie steht es mit den Konstablern? Wenn sie mich fangen, muß ich nach Newgate zurück.« Michael lebte von einem Monatsgeld, das nicht einmal seine eigenen Ausgaben deckte; er würde ihre Schulden niemals zahlen können.

»Man wird Sie nicht erwischen. Darauf werde ich schon achten. Ich werde Sie beschützen.«

*

Am Morgen des 5. April erwachte Amber mit einem dumpfen, stechenden Schmerz im Rücken. Sie drehte sich um und wollte sich bequemer hinlegen, aber dann erfaßte sie plötzlich, was es war. Sie gab Black Jack einen Stoß.

»Black Jack! Wach auf! Sag der Mutter Rotkäppchen, daß es soweit ist. Schick um die Hebamme!«

»Was?«

Er grunzte schläfrig und wollte sich nicht stören lassen. Doch als sie ihn heftig schüttelte, denn sie hatte von Babys gehört, die auf die Welt gekommen waren, ohne daß die geringste Vorbereitung getroffen worden war, da erwachte er, starrte sie einen Augenblick lang an und fuhr rasch in seine Kleider.

Mutter Rotkäppchen kam zu ihr und ging wie üblich ihren Geschäften nach; das konnte noch etliche Stunden dauern. Dann kam die Hebamme mit ihren zwei Helferinnen, untersuchte Amber und setzte sich ruhig hin. Beß Columbine steckte einmal den Kopf ins Zimmer, wurde aber weggeschickt, denn es war ein zäher Aberglaube, daß die Gegenwart eines Menschen, den die Kreißende nicht mag, der Geburt unzuträglich sei. Doch Black Jack, der mindestens ebensoviel zu leiden schien wie Amber, blieb dauernd bei ihr und trank ein Glas Schnaps nach dem andern.

Endlich um vier Uhr erschien der Kopf des Kindes wie ein roter, runzliger Apfel, und einige Minuten später war ein Junge geboren. Amber lag völlig erschöpft auf dem Bett und fühlte nichts als Erleichterung.

Sie war sehr enttäuscht, denn das Kind war lang und mager und rot und sah nicht aus, als würde es je seinem schönem Vater gleichen, aber Mutter Rotkäppchen versicherte ihr, in einem oder zwei Monaten würde es schon sehr niedlich sein. Doch jetzt war sein kleines Gesicht vom ständigen Schreien verzogen, denn es war hungrig. Amber hatte angenommen, daß sie das Kind selbst nähren würde. Auf dem Lande erwarteten die Frauen, wenn sie einmal verheiratet waren, nicht mehr wie Mädchen auszusehen – aber bei diesem Gedanken war Mutter Rotkäppchen ganz entsetzt und sagte ihr, keine Modedame würde sich auf diese Art die Figur verderben wollen. Man müsse eine Amme suchen. Ambers Eitelkeit bedurfte dieses Stachels nicht, und sie stimmte bereitwillig zu, doch während man die Bewerberinnen begutachtete, mußte das Kind hungern.

Vier Tage vergingen, bevor man endlich eine Frau gefunden hatte, die Mutter Rotkäppchens Anforderungen entsprach, und dann wurde das Kind still und friedlich und schlummerte den größten Teil der Zeit in seiner Wiege neben Ambers Bett. Sie hatte nicht erwartet, daß sie es so zärtlich lieben würde. Aber gleichzeitig hoffte sie, es werde das letzte sein.

Sie erholte sich rasch, saß in ihrem Bett, als die Amme kam, und trug eines von Black Jack Mallards Hemden, denn man nahm an, daß auf diese Art die Milch in ihren Brüsten rascher zurückgehen würde. Michael Godfrey besuchte sie und brachte dem Baby ein prächtig gesticktes Kleid aus weißem Satin für seine Taufe, und sie empfing auch andere Geschenke. Sie zählte offenbar in den Friars mehr Freunde, als sie gewußt hatte.

Als das Kind zwei Wochen alt war, wurde es auf den Namen Bruce getauft. Es war üblich, einem unehelichen Kind den Namen seiner Mutter zu geben, aber den ihren konnte sie nicht verwenden und den Namen Luke Channells wollte sie nicht verwenden. Nachher gab es ein Tauffest, bei dem Mutter Rotkäppchen und Black Jack, Beß Columbine und Michael, ein italienischer Edelmann, der aus Gründen, die er nicht bekanntgab, sein Vaterland verlassen hatte, der Falschmünzer aus dem dritten Stock mit seiner Frau, zwei Spielgesellen Jacks – Jimmy und

Blueskin – anwesend waren und überdies eine gewählte Gesellschaft von Beutelschneidern, Betrügern und schlechten Zahlern.

Eine Woche später kam die Frau, die das Kind in Pflege nehmen sollte. Es war eine Mrs. Chiverton, die Frau eines Bauern aus Kingsland, einem kleinen Dorf etwa zweieinviertel Meilen von London, aber fast vier Meilen von Whitefriars entfernt. Amber gefiel sie sogleich, denn sie hatte viele Frauen dieser Art gekannt. Sie war damit einverstanden, der Frau zehn Pfund jährlich für Pflege und Ernährung des Kindes zu geben, und schenkte ihr weitere fünf Pfund, damit die Frau ihr das Kind brächte, wann immer sie es sehen wollte.

Sie hätte sich nicht von ihm getrennt, aber Mutter Rotkäppchen erklärte immer wieder nachdrücklich, an einem so ungesunden Ort würde es höchstwahrscheinlich bald sterben. Sie liebte das Kind, weil es ihr Eigentum war – aber vielleicht noch mehr, weil es Bruce Carltons Kind war. Bruce war nun seit fast acht Monaten fort, und trotz des starken Gefühls, das sie noch immer für ihn hegte, war er für sie stets unwirklicher geworden. Das Kind, ein beweglicher, atmender Beweis von Bruces Existenz, war alles, was sie davon überzeugte, daß sie ihn überhaupt je gekannt hatte. Er schien ein Traum zu sein, ein Wunsch, der beinahe, aber nicht ganz in Erfüllung gegangen war.

»Lassen Sie mich es gleich wissen, wenn es krank ist,« sagte sie ängstlich, als sie das Kind in Mrs. Chivertons Arme legte. »Wann werden sie es mir bringen?«

»Wann Sie wollen, Mem.«

»Nächsten Samstag. Paßt das?«

»Sehr gut, Mem.«

»Dann bringen Sie ihn bitte! Und Sie werden ihn gut warm halten und niemals hungern lassen, ja?«

»Ja Mem, gewiß.«

Black Jack begleitete die Frau mit dem Kind zu einer Mietskutsche, doch als er wiederkam, saß Amber allein am Tisch und sah verdrossen ins Leere. Er setzte sich neben sie, nahm ihre Hände und sagte freundlich und mitleidig: »Nun, Herzchen, was nützt aller Trübsinn und alles Seufzen? Das Kind ist in guten Händen, nicht wahr? Du hättest es doch nicht hierbehalten wollen?!«

Amber sah ihn an. »Nein, natürlich nicht. Nun?« Sie versuchte ein leises Lächeln.

»So, jetzt ist's besser. Und weißt du, was heute für ein Tag ist?«

»Nein.«

»Es ist der Tag vor der Krönung Seiner Majestät. Er reitet auf seinem Weg zum Tower durch die City. Würde es dir gefallen, ihn zu sehen?«

»O Black Jack!« Ihr Gesicht leuchtete auf, doch dann fiel sie plötzlich wieder in ihre trübe Stimmung zurück. »Aber wir können doch nicht . . .« Sie war noch gerade soweit gekommen, sich hier in Whitefriars ebenso als Gefangene zu fühlen wie in Newgate.

»Natürlich können wir. Ich gehe jeden Tag meines Lebens in die City.

Rasch, setz alle Segel, und wir wollen fort. Nimm deine Maske und zieh auch den Mantel an«, rief er ihr nach, als sie davonwirbelte.

Es war das erste Mal, daß Amber Alsatia verließ, seit sie vor zweieinhalb Monaten gekommen war, und sie war fast ebenso erregt wie damals, als sie London zum ersten Mal gesehen hatte. Nach wochenlangem Regen war der Himmel jetzt blau und die Luft frisch und sauber; es wehte ein frischer Wind, der den Duft der Felder in die Stadt brachte. Die Straßen, durch die der Zug des Königs kommen sollte, waren mit Kies bestreut und mit einem Geländer abgesperrt worden. Die Bürgerwehr bildete ein Spalier, um die drängende Menge zurückzuhalten. An den Ecken der vier Hauptstraßen waren prachtvolle Triumphbogen errichtet worden und – wie im Vorjahr – hingen Fahnen und Teppiche von jedem Haus, und Frauen warfen Blumen von Fenstern und Balkonen.

Black Jack lotste Amber durch das Gedränge, stieß den einen beiseite, schob den andern zurück, bis sie endlich in der ersten Reihe waren. Sie ließ ihre Maske fallen, die mit einem Knopf befestigt gewesen war, den sie zwischen den Zähnen hielt, und konnte nicht stehenbleiben, um sie aufzuheben. Black Jack bemerkte es nicht, und in ihrer Erregung vergaß sie auch bald, daß sie keine Maske trug.

Seine Majestät saß zu Pferd, nickte und lächelte, und die Hände streckten sich aus, um ihn oder wenigstens das Geschirr seines Pferdes zu berühren. Von Zeit zu Zeit wurde seine Aufmerksamkeit von einem hübschen Gesicht in der Menge gefesselt. Und so schaute er auch nach einem Mädchen, dessen braune Augen ihn ehrfurchtsvoll und bewundernd anstarrten; ihre Lippen öffneten sich zu einem raschen Atemzug, als ihre Augen den seinen begegneten. Und als er vorüberritt, lächelte er ihr zu, das langsame, träge Lächeln, das trotz all seinem Zynismus doch so seltsam zärtlich sein konnte. Sie drehte den Kopf, ihr Blick folgte ihm, aber er sah sich nicht um.

Oh, dachte Amber berauscht, er hat mich angesehen. Und er hat gelächelt! Der König hat mir zugelächelt! In ihrer Aufregung bemerkte sie nicht einmal das Kamel, das dahergestampft kam und brokatbehängte Körbe trug, aus denen ein kleiner ostindischer Junge Perlen und Gewürze in die Menge warf.

Das dunkle Gesicht des Königs und der Ausdruck seiner Augen blieben ihr noch stundenlang so deutlich im Gedächtnis, wie sie es gesehen hatte. Und nun war sie noch unzufriedener als vorher damit, daß sie in der Freistatt leben mußte. Die Welt, die sie halb und halb aus der Erinnerung verloren hatte, rief sie wieder wie eine alte, geliebte Melodie, der sie zu folgen begehrte – aber nicht wagte. Oh, könnte ich nur irgendwie, irgendwie von diesem schändlichen Ort weg!

Am Abend saßen sie zu viert am Tisch: Beß, mürrisch und verdrossen, weil sie nicht beim Fest gewesen war, Amber in stummen Sinnen, Black Jack lachend, als er jetzt der Mutter Rotkäppchen die vierUhren zeigte, die er gestohlen hatte. Amber achtete auf das Gespräch erst, als sie Beß' Stimme ärgerlich aufbegehren hörte.

»Und was ist mit mir? Was soll ich tun?«

»Du kannst heute hierbleiben«, sagte Mutter Rotkäppchen. »Dich wird man nicht brauchen.«

Beß schlug mit dem Messer auf den Tisch. »Früher hat man mich sehr gebraucht. Aber jetzt ist Mrs. Schwindelmaul da, und ich bin so unwillkommen wie ein Spiegel nach den Pocken.« Sie warf einen giftigen Blick nach Amber.

Mutter Rotkäppchen antwortete nicht, sondern wandte sich an Amber. »Erinnern Sie sich daran, was ich Ihnen gesagt habe – und vor allem, haben Sie keine Angst. Black Jack wird da sein, sobald Sie ihn brauchen. Nehmen Sie Ihren Verstand zusammen, dann kann es nicht schiefgehen.«

Ambers Hände waren kalt geworden, und ihr Herz pochte stark. Während sonst von den verschiedenen Unternehmungen gesprochen wurde, hatte sie das Gefühl, als spiele sie nur Theater, als würde sie selbst nie mit solchen Dingen zu tun haben. Und nun – als sie es gerade am wenigsten erwartet hatte – war das Theaterspielen vorüber. Mutter Rotkäppchen wollte, daß sie mitging. Amber konnte schon die Schlinge um den Hals spüren.

»Laßt doch Beß gehen, wenn es ihr Spaß macht«, rief sie. »Ich habe nicht viel Lust zum Geschäft. Ich habe letzte Nacht wieder von Newgate geträumt.«

Mutter Rotkäppchen lächelte. Sie kannte keine schlechte Laune, sie verlor nie ihren kühlen, vernünftigen Ton und ihre Manieren. »Sie wissen gewiß, meine Liebe, daß Träume das Gegenteil voraussagen. Ich hatte große Träume von Ihnen erwartet – nicht nur Ihrer Schönheit wegen, sondern auch wegen Ihrer Klugheit, die Sie bestimmt schadlos durch jedes Abenteuer hindurchführen wird.«

Amber stand auf. Ohne ein weiteres Wort verließ sie das Zimmer und ging hinauf, um Mantel und Maske zu holen, ihr Gesicht zu pudern und ein wenig Rot auf ihre Lippen aufzulegen. Einige Minuten später war sie wieder unten. Beß und Black Jack stritten miteinander. Beß schnatterte wütend auf ihn ein, während er in seinem Stuhl lehnte, die Weinflasche in der Hand, und sie kaum beachtete. Als er Amber sah, lächelte er und sprang auf. Beß stürzte auf sie zu.

»Du!« schrie sie, »du bist schuld an meinem Ärger, du verdammte Hure!« Und plötzlich griff sie nach einem Salzfaß auf dem Tisch und schmetterte es zu Boden. »Da! Und der Teufel soll mit euch gehen!« Sie stürzte schluchzend zur Tür.

»Oh!« rief Amber und sah ängstlich auf das verstreute Salz. »Jetzt sind wir verflucht! Wir können nicht gehen!«

Black Jack war Beß gefolgt und versetzte ihr mit seiner großen Hand einen Schlag, der sie fast umwarf. »Du verfluchtes Luder!« brüllte er sie an. »Wenn wir jetzt Pech haben sollten, dann schneide ich dir die Ohren ab.«

Aber Mutter Rotkäppchen lachte über Ambers abergläubische Angst und versicherte ihr, es sei kein böses Vorzeichen, weil das Salz absichtlich verschüttet worden sei. Sie gab ihnen einige letzte Mahnungen mit auf den Weg. Black Jack Mallard goß noch ein Glas Schnaps hinunter, und dann gingen sie, obgleich Amber noch immer widerstrebte und verstört war. Doch als sie die Stufen hinaufkletterten und in den Templegarten gelangten, stieg die Erregung in ihr auf, und sie war begierig, ein Abenteuer zu erleben, was es auch sein mochte. Beß und das verschüttete Salz waren bereits längst vergessen.

Dreizehntes Kapitel

In der City läuteten die Glocken, und die Freudenfeuer warfen einen glühenden Schein auf den Himmel. Jedes Haus war hell erleuchtet, und die fröhliche Menge drängte sich in den Straßen; Wagen rumpelten vorüber, und überall hörte man Lachen und Gesang und Musik. Die Schenken waren überfüllt, und die Herbergen wiesen Gäste ab. Es war eine Wiederholung des Jubels über die Restauration.

Das ›Huhn und Rebhuhn‹ war ein Gasthaus à la mode in der Fleet Street, zumeist besucht von Lebemännern und gutgekleideten, zu stark geschminkten Dirnen. An diesem Abend war kein Platz mehr frei. Jeder Tisch war von Männern besetzt – denn jene, die mit Damen kamen, pflegten sie in die Zimmer im Oberstock zu führen; Kellner drängten sich mit Flaschen und Gläsern und schäumenden Bierkrügen durch das Gewimmel der Gäste. An einem Tisch sangen junge Leute im Chor, in einer Ecke kratzten unbeachtet ein paar Geiger. Und gerade als Amber eintrat, wollten vier junge Leute betrunken und aufgeregt das Lokal verlassen, um irgendeiner geringfügigen Meinungsverschiedenheit halber ein Duell auszutragen. Sie stießen gegen sie, legten aber keinen Wert darauf, stehenzubleiben oder sich zu entschuldigen, obgleich sie ihrer Kleidung nach offenbar Edelleute waren.

Amber, maskiert und die Kapuze über dem Kopf, zog verächtlich den Mantel um sich und trat zur Seite. Als die Herren gegangen waren, blieb sie an der Schwelle stehen und sah sich suchend in dem verrauchten Raum um. Sogleich näherte sich ihr der Wirt.

»Madame?«

An seinem Benehmen erkannte sie, daß er sie für das hielt, wofür sie gelten wollte – eine Dame. Und sie fühlte sich als solche. Sie hatte viele Stunden am Fenster verbracht, sowohl im ›Sarazenen-König‹ wie auch in ›Rose und Krone‹, hatte die Damen beobachtet, wie sie aus ihren Kutschen stiegen, stehenblieben, um mit einem Verehrer zu sprechen, einem Bettler einen Schilling zuwarfen. Sie wußte, wie sie ihre Röcke rafften, wie sie die Handschuhe anzogen, zu einem Lakai redeten, ihren Fächer gebrauchten. Es waren gewandte, sorglose Damen, der Welt und ihrer Stellung in der Welt sicher und mit einer leichten Verachtung für jene, die außerhalb ihrer Welt lebten. Doch war es nicht bloß Mimikry, was Amber befähigte, sich für eine Dame auszugeben, es war eine Haltung dem Leben gegenüber, die ihr durchaus natürlich schien.

»Ich suche einen Herrn«, sagte sie leise. »Wir sollten uns hier treffen.« Sie schenkte dem Wirt kaum einen Blick, sondern sah sich noch immer in der Stube um.

»Vielleicht kann ich Ihnen behilflich sein, Madame. Wie ist er gekleidet? Wie sieht er aus?«

»Er ist sehr groß und hat schwarze Haare. Ich glaube, daß er einen schwarzen Anzug mit Goldverzierung trägt.«

Der Wirt wandte sich um und musterte die Gäste. »Kann es dort der Herr sein? Drüben am Tisch rechts?«

»Nein, nein. Der ist es nicht. Verdammt, der Lump hat sich verspätet.«

»Das tut mir leid, Madame. Aber vielleicht würden Sie vorziehen, an einem weniger lärmenden Ort zu warten?«

»Es wäre mir schon lieber, aber wenn ich das tue, dann verfehlt er mich. Ich kann mich nicht lange aufhalten, Sie verstehen.« Er sollte glauben, sie sei eine verheiratete Frau, die zum Rendezvous mit ihrem Liebhaber gekommen war und fürchtete, von ihrem Gatten oder einem Bekannten gesehen zu werden. »Setzen Sie mich in irgendeine diskrete Ecke; ich werde ein paar Minuten warten.«

Der Wirt führte sie, indem er ihr einen Weg durch die geräuschvolle Menge bahnte, und Amber gewahrte, wie einige unter den Lebemännern sie musterten, obgleich sie von Kopf bis Fuß verhüllt war. Ihr Parfüm war aufreizend, und ihr Mantel, den der Schwarze Jack einer Edelfrau gestohlen hatte, ließ Reichtum ahnen. Er setzte sie an einen Tisch in der fernsten Ecke, und wenn sie auch keinerlei Getränke bestellen wollte, drückte sie ihm doch eine Silbermünze in die Hand.

»Besten Dank, Sir.«

Amber ließ den Mantel gerade nur so weit herabgleiten, daß ein wenig von ihrem tiefen Halsausschnitt sichtbar wurde, fächelte sich, seufzte gelangweilt und warf einen raschen Blick in den Raum. Sie begegnete mehreren Augenpaaren, da und dort einem Lächeln, einmal einem breiten Grinsen und senkte sogleich die Wimpern. Man sollte sie nicht für eine Prostituierte halten.

Jetzt war sie froh, daß sie gekommen war; Erregung durchflutete ihre Adern, und sie hatte nur den einen Wunsch, daß es das wahre Leben sein sollte und nicht bloß eine Rolle, die sie spielte.

Nach einer Viertelstunde hatte sie die Herren klassifiziert und schließlich einen jungen Mann entdeckt, der anscheinend ein geeignetes Ziel ihres Vorhabens sein mochte. Er saß etwa sieben oder acht Fuß entfernt an einem Tisch und spielte mit vier Gefährten Karten, aber er drehte sich immer wieder um und seine Augen richteten sich auf sie. Wenn die meisten Frauen maskiert an öffentlichen Orten erschienen, mußte ein Mann die Schönheit an sehr geringen Einzelheiten erkennen lernen – an der Farbe und dem Glanz einer Locke, die sich unter der Kapuze hervorstahl, an dem Funkeln eines Augenpaares zwischen den engen Schlitzen, an der Schwingung eines hübschen Mundes.

Als sie fühlte, daß er sie jetzt wieder ansah, erwiderte sie den Blick und erlaubte einem Lächeln, ihre Lippen zu berühren, einem Lächeln, das kaum vorhanden war, und dann wandte sie sich schnell ab. Unverzüglich legte er die Karten nieder, schob seinen Stuhl zurück und ging mit nicht ganz sicheren Schritten auf sie zu.

»Madame!« Er machte eine höfliche Pause. »Madame, wollen Sie mir erlauben, ein Glas Wein mit Ihnen zu trinken?«

Amber, die in eine andere Richtung geblickt hatte, sah ihn jetzt scheinbar überrascht an. »Sir?«

Der junge Mensch geriet in Verwirrung. »Oh, ich bedaure, Mylady, ich wollte Sie nicht kränken, aber ich meinte, Sie könnten sich vielleicht einsam fühlen.«

»Ich warte auf jemanden, Sir. Ich fühle mich durchaus nicht einsam. Vielleicht haben Sie bei der Dame dort drüben mehr Glück!«

Mit dem zusammengeklappten Fächer wies sie auf eine unmaskierte Frau, die eben gekommen war und jetzt, den Mantel offen, um einen sehr tiefen Ausschnitt sehen zu lassen, die Gäste betrachtete. Als sie hinsah, bemerkte Amber, daß er vier Ringe an den Händen, goldene Knöpfe mit kleinen Diamanten am Rock hatte, daß sein Degenkorb aus Silber war und er einen großen Nerzmuff an einem breiten, gedrehten Satingürtel trug.

Er machte ihr eine sehr steife, sehr würdevolle Verbeugung. »Ich bitte Sie um Verzeihung. Aber damit wünsche ich nichts zu tun zu haben, das versichere ich Ihnen. Ihr ergebener Diener, Madame.« Er drehte sich um und wäre gegangen, aber sie hielt ihn zurück.

»Sir!« Er blieb stehen, und sie lächelte ihn an, und ihre braunen Augen glänzten. »Vergeben Sie mir meine Grobheit. Das Warten hat mich so ungeduldig gemacht. Ich nehme Ihr Angebot mit Dank an.«

Er lächelte, verzieh ihr im Nu, setzte sich und bestellte Champagner für die Dame und Branntwein für sich. Er erzählte ihr, daß er Tom Butterfield heiße und Student an Lincoln's Inn sei, doch als er herausbringen wollte, mit wem er es zu tun hatte, wurde sie kühl und distanziert und deutete an, sie sei viel zu gut bekannt, als daß sie wagen könnte, ihren Namen zu nennen. Und an der Art, wie er sie anstarrte, bemerkte sie, daß er versuchte, sie irgendwo einzuordnen, als Lady oder Gräfin, und stolz auf das großartige Abenteuer war.

Sie schlürften ihre Getränke, plauderten, bis Amber endlich begann, Ungeduld zu zeigen. »Was für aufreizende Geschöpfe die Männer doch sind!« rief sie endlich. »Wie, zum Teufel, kann er es wagen, mich derart aufsitzen zu lassen? Aber dafür soll er mir braten, das schwöre ich Ihnen.«

»Das muß ein rechter Schafskopf sein, der Mylady warten läßt«, fand auch Tom Butterfield, der schon ein wenig verschlafen aussah.

»Nun, er wird es nicht wieder tun, dessen können Sie gewiß sein!« Sie griff nach Muff, Fächer und Handschuhen. »Ich danke Ihnen für den Wein, Sir, ich muß jetzt gehen.«

Sie ließ einen Handschuh fallen und bückte sich danach. Er bückte sich zur gleichen Zeit und hatte Gelegenheit, tief in ihren Ausschnitt zu blicken.

»Erlauben Sie, daß ich Sie zu Ihrem Wagen führe, Madame.«

Sie traten aus der Tür, Tom Butterfield immer stolz hinter ihr her und ohne die heiteren Zurufe seiner Freunde zur Kenntnis zu nehmen. »Wo ist Ihr Wagen, Madame?«

»Ich bin doch in einer Mietskutsche gekommen, Sir«, antwortete sie, womit sie ihn verstehen lassen wollte, daß eine Dame, die zu einem Rendezvous ging, nicht so töricht wäre, ihren eigenen Wagen zu benützen, der gesehen und erkannt werden konnte. »Ich glaube, daß es dort drüben welche gibt. Wollen Sie mir einen rufen?«

»Ich protestiere, Madame. Eine so vornehme Dame wie Sie nachts in einem Mietskarren! Niemals! Hier um die Ecke habe ich meinen Wagen, erlauben Sie, daß ich Sie nach Hause bringe.« Er legte zwei Finger an den Mund und pfiff.

Sie kletterten in den Wagen und fuhren durch die Fleet Street nach dem Strand, und Tom Butterfield räkelte sich in einer Ecke. Amber, die fürchtete, er könnte einschlafen, sagte: »Sie erkennen mich noch immer nicht, Mr. Butterfield?«

»Nein, Madame. Kenne ich Sie denn überhaupt?«

»Nun, Sie haben mir oft genug im Theater zugelächelt und sich verbeugt.«

»Habe ich das? Wo sind Sie denn gesessen?«

»Wo? In einer Loge natürlich!«

Keine Dame von Stand saß anderswo, und darum war ihr Ton leicht gekränkt, wenn auch noch immer neckend.

»Wann waren Sie zum letzten Mal dort?«

»Oh, vielleicht gestern, vielleicht vorgestern. Erinnern Sie sich denn gar nicht an eine Dame, die Ihnen zugelächelt hat? Mein Gott, ich hätte nie gedacht, daß Sie mich so rasch vergessen würden!«

»Ich habe nichts vergessen. Meine Gedanken waren seither ständig bei Ihnen. Sie waren vor drei Tagen der königlichen Loge gegenüber, in einem reizenden dekolletierten Kleid mit einer hohen Frisur, und Ihre Augen warfen die verzehrendsten Blicke. Oh, bei Gott, Madame, ich habe es nicht vergessen, ich nicht. Ich bin ganz vernarrt in Sie, das schwöre ich, ich liebe Sie, Madame.«

Als seine Glut sich steigerte, wurde Amber stiller, rückte soweit sie nur konnte, von ihm fort und kicherte leise im Dunkel. Er griff nach ihr, und sie wehrte sich, als er sie an sich zu ziehen versuchte. Er keuchte erregt, sie spürte seinen übelriechenden Atem im Gesicht, und plötzlich gab sie ihm eine kräftige Ohrfeige.

»Was, zum Teufel, Sir! Ist das die Art, wie Sie eine Dame von Stand behandeln?«

Plötzlich ernüchtert, zog er sich zurück. »Verzeihen Sie, Madame. Meine Glut ist mit mir durchgegangen.«

»Allerdings! Aber ich bin an diese Art von Hofmachen nicht gewöhnt.«

»Ich bitte demütigst um Verzeihung, Madame. Aber ich habe Sie schon seit langem bewundert.«

»Woher wissen Sie das? Vielleicht bin ich gar nicht die Dame, an die Sie denken.«

»Sie müssen diese Dame sein.« Abermals griff er nach ihr, und der Kampf begann von neuem, als plötzlich der Wagen hielt. »Hölle und Teufel!« knurrte er, und sie stieß ihn weg.

»Kommen Sie zu sich, um Himmels willen, Sir!« Sie glättete ihre Kleider, strich sich über das Haar, und dann wurde der Schlag geöffnet, Tom Butterfield stolperte hinaus und half ihr beim Aussteigen.

Das Haus, vor dem sie hielten, war ein neues Haus in der Bow Street, einen Block vom Covent Garden Square entfernt. Bei der Türe hielt er sie fest, um sie zu küssen; sie zog den Schlüssel aus ihrem Muff und steckte ihn ins Schloß.

»Mein Mann ist heute nacht nicht zu Hause«, flüsterte sie. »Wollen Sie hereinkommen, Mr. Butterfield, und ein Glas Wein mit mir trinken?«

Sie stieß die Tür auf und trat ein. Er folgte ihr, doch als er sie im Gang umarmen wollte, machte sie sich frei, ging eine dunkle Stiege hinauf und öffnete eine zweite Tür. Sie trat als erste ein, wandte sich um und sah, wie er sie, die Augen voll Erwartung, anlächelte. Eine Kerze brannte und gab ein schwaches Licht. Und dann, als die Keule des Black Jack auf seinen Schädel niedersauste, gefror das Lächeln, die Augen wurden glasig, und er stürzte zu Boden. Amber schrie unwillkürlich leise auf und hob die eine Hand an den Mund, denn der anklagende Blick, den sie in seinen Augen gesehen hatte, weckte das Schuldbewußtsein in ihr.

Doch Black Jack hatte die Keule bereits wieder in seiner Tasche versorgt, kniete neben ihm und zerschnitt den Katzendarm, an dem die Knöpfe des Rocks befestigt waren. Während sie bloß dabeistand und hinstarrte, ging er mit geübten Händen ans Werk, zog die Ringe ab, rollte den Körper auf die andere Seite, um auch die Knöpfe vom Rücken abzuschneiden, nahm Degen und Muff und suchte in den Taschen. Und dann, als ein schmaler Blutstreifen aus seinem Haar über die Schläfe rann, stöhnte Amber laut.

»Oh, du hast ihn getötet!«

»Psst! Er ist nicht einmal verwundet.« Er sah auf und grinste breit. »Was, zur Hölle, Herzchen! Außer Fassung wegen dem bißchen Blut? Ein zerschlagener Kopf wird ihn lehren, das nächste Mal vernünftiger zu sein; wenn wir den jungen Gecken nicht verprügelt hätten, dann hätte es eben ein anderer getan. Sieh nur das hier an.« Er hielt eine goldene Uhr in die Höhe. »Fünfzehn Pfund unter Brüdern! Es braucht einen feinen Köder, um einen dicken Fisch zu fangen. Und jetzt komm, fort!« Er hatte dem jungen Mann Hände und Beine gefesselt, und sie gingen. Einmal noch wandte Amber sich um, aber Black Jack trieb sie zur Eile an. Sie liefen die Hintertreppe hinunter und stiegen in eine Kutsche, die sie erwartete.

*

Der leichte Erfolg dieser Nacht war beruhigend für Amber, denn jetzt glaubte sie, daß sie bald das Geld beisammen haben konnte, um die Friars zu verlassen. Und sie hatte auch ihren Spaß am Abenteuer gehabt – außer am Ende, denn wenn sie an Tom Butterfield dachte, hatte sie immer noch Gewissensbisse. Nachdem sie ihr Morgenbier getrunken hatte, das Pall ihr brachte, schlüpfte sie in ihren Schlafrock und ging hinunter. Mutter Rotkäppchen und Black Jack saßen im Wohnzimmer beieinander, schwatzten und waren sichtlich bei bester Laune.

Amber trat mit heiterem Gruß ein, voll von Selbstvertrauen und bereit, Glückwünsche entgegenzunehmen. Mutter Rotkäppchen schenkte ihr ein warmes Lächeln.

»Guten Morgen, meine Liebe! Black Jack hat mir erzählt, daß Sie die Sache gestern abend behandelt haben, als hätten Sie Gott weiß wie viele Erfahrungen. Er sagt, es sei ein Judenauge wert gewesen, zu sehen, wie sie den jungen Dummkopf in die Falle geführt haben. Und jetzt haben Sie selbst gemerkt, wie leicht es ist und wie gefahrlos, nicht wahr?«

Amber, die meinte, daß man sie jetzt nötig hätte, war geneigt, sich selbstständig zu machen. Sie zuckte die Achseln. »Vermutlich. Nun und . . .« Sie streckte die Hand aus. »Geben Sie mir meinen Anteil.«

»Ja nun, meine Liebe, diesmal gibt es nichts für Sie. Ich habe Ihren Anteil von Ihrer Rechnung abgezogen.«

»Von meiner Rechnung?«

»Natürlich. Oder hatten Sie geglaubt, es koste gar nichts, zu wohnen und zu essen und ein Kind zu kriegen?«

Sie öffnete die Lade, in der sie ihr Hauptbuch verschlossen hielt, zog ein sauber beschriebenes Blatt hervor und reichte es Amber, die eine Weile verdutzt darauf starrte. Sie wußte nicht, was es besagte, denn sie hatte niemals Lesen und Schreiben gelernt, aber sie war entsetzt bei dem Gedanken, daß von dem Geld, das sie zu stehlen geholfen hatte, nichts ihr gehören sollte. Denn sie hatte nie erwartet, daß sie die Auslagen, von denen Mutter Rotkäppchen sprach, auch wirklich ersetzen müßte. Sie fühlte sich betrogen, und das machte sie wütend. Dann sah sie auf und wollte sprechen. Mutter Rotkäppchen hatte eben ihren Mantel von dem Nagel neben der Tür genommen und ging.

»Hier!« Amber reichte Black Jack die Rechnung. »Lies mir das vor!«

Er nahm das Papier und las langsam. Bei jedem Posten steigerte sich ihr Ärger. Da saß sie in einer schönen Patsche! Statt weniger verschuldet zu sein war sie es mehr denn je. Eine heftige Verzweiflung erfüllte sie.

»Mein Gott!« schrie Amber wütend. »Ich bin nur erstaunt, daß sie sich nicht auch dem Gebrauch des Nachttopfs bezahlen läßt!«

Black Jack grinste. »Warte nur! Sie wird schon!«

Amber war ebenso wütend über Black Jack wie über Mutter Rotkäppchen. Denn er hätte ohne große Mühe die Rechnung zahlen können und ihre Schulden dazu. Sie nahm ihm seine Weigerung so übel, daß sie keinerlei Dankbarkeit für die Rettung aus Newgate mehr empfand. Sie hätte einiges von dem Schmuck versetzen wollen, den er ihr gegeben hatte, aber sie wußte, daß es nicht genügte, um die ganze Schuld zu zahlen, und wenn die Schmuckstücke verschwunden waren, dann würde er ihr keine mehr geben. Jetzt hatte sie den Eindruck, sie müsse ewig in Whitefriars bleiben.

Und als am nächsten Nachmittag Michael Godfrey erschien und sie abermals bat, mit ihm fortzugehen, war sie ohne Zögern dazu bereit.

»Warten Sie hier, ich komme gleich herunter. Ich will nur meinen Mantel holen, und ich habe ein neues Kleid.« Schon hatte sie das Zimmer verlassen.

Michael rief ihr nach: »Lassen Sie es doch. Ich kaufe Ihnen ein anderes!«

Doch sie tat, als habe sie ihn nicht gehört, und lief hinauf, denn es gab Verschiedenes, was sie mitnehmen wollte: einen Spitzenfächer, ein Paar seidene Strümpfe, die falschen goldenen Ohrringe und ihren Papagei. Sie huschte im Zimmer umher. Das Haus war leer, und sie wollte fort sein, bevor jemand kam; sie warf alles in ein Tuch und knüpfte es hastig. »Komm«, sagte sie zu dem Papagei. »Wir haben diese verfluchte Freistatt satt.« Und den Käfig in der einen, das Bündel in der anderen Hand, eilte sie hinaus und die Treppe hinunter. Auf halbem Weg blieb sie stehen und holte Atem, denn die Tür ging auf, und da stand Black Jack.

Sie stöhnte unglücklich: »Jack!«

Es war finster, und sie konnte seinen Gesichtsausdruck nicht erkennen, aber seine Stimme war tief und heiser. »Du hast also durchbrennen wollen!« Langsam stieg er die Treppe hinauf, und sie konnte nichts tun, wie hilflos stehenbleiben, ihn beobachten und warten. Doch plötzlich hatte sie Angst vor ihm; sie hatte gesehen, wie er Beß gegenüber in Wut geraten war, und sie wußte, daß er gewalttätig werden konnte. »Du undankbare kleine Hexe, dafür sollte ich dir den Hals umdrehen.«

Plötzlich hatte Amber ihren Mut wiedergefunden. »Geh mir aus dem Weg!« schrie sie. »Ich will fort von diesem schmutzigen Ort! Ich will nicht hierbleiben und mich mit euch hängen lassen!«

Jetzt war er schon in ihrer Nähe, und sie konnte sein Gesicht sehen, die Oberlippe an die Zähne gepreßt, die Augen dunkel und glitzernd. »Du bleibst hier, solange ich dich hierbehalten will. Geh jetzt hinauf! Vorwärts, sage ich!«

Eine ganze Weile starrten sie einander an. Dann plötzlich trat sie ihn ins Schienbein, warf sich gegen seinen Arm und versuchte durchzubrechen. »Michael!« schrie sie.

Da lachte Black Jack. Er hob sie mit einem Arm auf, warf sie über die Schulter und stieg die Treppe hinauf. »Michael!« wiederholte er verächtlich. »Was soll dieser Windhund dir helfen?« Er lachte abermals, ein donnerndes Lachen, das im engen Treppenhaus widerhallte, und schien kaum zu bemerken, daß Amber schrie und ihn mit ihren Fäusten bearbeitete.

Als er sie im Schlafzimmer auf ihre Füße stellte, geschah es so kräftig, daß sie es bis in den Kopf spürte. Aber sie erholte sich schnell.

»Gott verdamm dich, Black Jack Mallard!« schrie sie gellend. »Du willst mich umbringen! Das ist es, was du willst! Du willst mich hier behalten, bis wir alle geschnappt werden. Aber ich tue nicht mit, verstehst du? Ich will fort, und wenn ich . . .« Sie wollte wieder auf die Tür zu, in solcher Wut, daß sie aus Whitefriars hinaus und dem ersten Konstabler, der sie sah, in die Arme gelaufen wäre.

Er streckte die Hand aus und hielt sie fest, als sie gerade an ihm vorbei wollte, und zog sie mühelos an sich, als ob sie eine Puppe von der Bartholomäusmesse gewesen wäre. »Schluß, du kleine Närrin! Du plapperst wie eine Verrückte! Du gehst nicht aus den Friars, nicht, solange ich hier bin. Wenn ich fort bin, kannst du machen, was du willst. Aber ich habe keine dreihundert Pfund ausgegeben, um dich aus Newgate zu holen, damit ein anderer Mann dich benützen kann.«

Sie blieb den Rest des Tages in ihrem Zimmer, weigerte sich zu essen und schmollte auch noch am nächsten Morgen, als jemand an die Tür klopfte. Sie nahm an, daß es Black Jack sein würde, der ihr ein Versöhnungsgeschenk brächte, um den Zank beizulegen, und so rief sie »Herein!«.

Sie saß am Toilettentisch, putzte die Nägel und schaute sich erst um, als sie Beß' Gesicht im Spiegel auftauchen sah.

»Was machst du hier?«

Beß war unerwartet sanft und angenehm. »Ich wollte dir nur guten Morgen sagen.« Amber nahm an, daß Beß sich rühmen wollte, Black Jack habe die Nacht bei ihr verbracht, und wandte sich ab. Aber Beß beugte sich jetzt zu ihr.

»Ich habe dich und Black Jack gestern nachmittag gehört.«

»Wahrhaftig?«

»Wenn du die Friars wirklich verlassen willst, wenn du versprichst, wegzugehen und nie wiederzukommen, dann kann ich dir das Geld geben.«

Amber sprang auf und umklammerte Beß' Handgelenk. »Ob ich verspreche wegzugehen! Mein Gott! Ich will sofort gehen. Ich will. Wo ist es?«

»Es gehört mir. Ich habe es gespart für den Fall, daß Black Jack es brauchen könnte. Mutter Rotkäppchen hebt es mir auf, aber ich kann es morgen abend haben. Ich werde es in den Küchenschrank legen.«

Doch das Geld war nicht dort, und als Amber Beß wiedersah, hatte Beß eine violette Beule neben dem einen Auge, und eine Gesichtshälfte und die Oberlippe waren geschwollen. Offenbar hatte Jack das Komplott entdeckt. Von da an versuchte Beß nicht mehr, ihren Haß und ihre Eifersucht zu verheimlichen, und nur wenige Tage später fand Amber die Hauskatze mit türkisfarbenen Federn zwischen Zähnen und Klauen. Beß beharrte darauf, daß sie völlig unschuldig an dem Verbrechen sei, aber Amber hatte den Käfig immer vorsichtig außer Reichweite der Katze gehalten und wußte, daß der kleine Vogel unmöglich ohne fremde Hilfe gefangen werden konnte.

Vierzehntes Kapitel

Obwohl sie es zuerst beabsichtigt hatte, entdeckte Amber doch, daß sie unmöglich auf Dauer in schlechten Beziehungen zu Black Jack stehen konnte. Sie hing zu sehr von ihm ab. Und so schien vier oder fünf Tage nach dem Streit alles wieder zu sein wie vorher, und sie hielt ihren Groll gegen ihn verborgen.

Der Mutter Rotkäppchen und den andern hatte sie erklärt, sie würde ihr Leben nie wieder für einen so geringen Anteil aufs Spiel setzen – zwölf Pfund hatte man ihr gutgeschrieben –, aber sie tat es doch. Denn es war ihre einzige Chance, die Friars je verlassen zu können. Und trotz des Wagnisses hatte sie auch ihre Freude an diesen Ausflügen: die vornehme Dame zu spielen, sich in die City zu wagen und selbst an der Gefahr, die damit verbunden war.

Meist hatte sie ebensoviel Erfolg wie in der ersten Nacht. Es schien, als sei jeder junge Geck in London bereit, zu glauben, eine schöne Fremde habe sich im Theater oder im Hyde Park oder im Mulberrygarten in ihn verliebt und sei darauf versessen, einem törichten alten Gatten Hörner aufzusetzen. Black Jack und Mutter Rotkäppchen schrieben einen großen Teil der Erfolge Ambers Geschicklichkeit in der Darstellung von Modedamen zu. Beß habe, so sagten sie, den ganzen Plan allzu oft dadurch verdorben, daß man sie als verkleidete Dirne erkannte, und das machte die Herren vorsichtig, denn sie wußten, daß solche Damen sehr häufig mit Verbrechern im Bund standen.

Einer der erfolgreichsten Tricks war eine einfachere Form des Abenteuers der ersten Nacht. Amber ging maskiert in ein Gasthaus, fand dort ihr Opfer und lockte es an irgendeine dunkle Stelle hinaus. Wenn sie seine Taschen geleert hatte, wurde der Schwarze Jack durch ein Husten verständigt, schwankte scheinbar betrunken vorbei, stieß den Galan zu Boden und verzog sich mit ihrer Beute. In der Dunkelheit verschwand dann auch Amber, traf mit Black Jack zusammen, und sie kehrten nach Alsatia zurück. Manchmal ging sie einfacher gekleidet, eine leere Schachtel in der Hand, in irgendein großes Haus und stellte sich als Verkäuferin aus den ›Change‹ vor, die die bestellten Bänder für die Dame brachte. Während das Dienstmädchen nachsehen ging, ob ihre Herrin schon wach sei, schob sie rasch alles, was irgendeinen Wert hatte, in ihre Schachtel und verschwand.

Doch diese Art Sport liebte Amber weniger. Sie zog vor, die Dame von Stand zu spielen, und machte ihren Kumpanen klar, für das andere seien Beß' Talente geeigneter als die ihren.

Nur einmal kam sie in ernsthafte Bedrängnis, und das geschah, als sie eines Abends mit ihrem Opfer in eines der obersten Zimmer eines Gasthauses ging und entdeckte, daß Black Jack noch nicht gekommen war. Mehr als eine halbe Stunde lang spielte sie die launische Dame und hielt den jungen Herrn hin, aber schließlich wurde er ungeduldig und argwöhnisch, und als er ihr die Maske wegreißen wollte, griff sie nach einem kupfernen Kerzenhalter und schlug ihn damit über den Kopf. Dann, ohne sich um Degen und Uhr zu kümmern oder auch nur darum, daß er nicht tot sei, eilte sie aus dem Zimmer, den Gang entlang, die Treppen hinunter und war auf halbem Weg zur Schenkstube, als sie eine Stimme brüllen hörte: »Haltet die Frau! Sie ist eine Diebin!« Er war zu Bewußtsein gekommen und lief ihr jetzt nach.

Amber fühlte eine Angst, die Blut und Muskeln gefrieren ließ, aber irgendwie, halb unbewußt, rannte sie durch die volle Gaststube und zwischen den verblüfften Männern hindurch. Sie hatte gerade die Ausgangstür erreicht, als ein Mann von einem der Tische aufsprang und schrie, er würde sie schon einholen. Es war Black Jack. Sie kamen sicher in die Freistatt, wo er die Geschichte laut lachend den andern erzählte – doch länger als vierzehn Tage weigerte Amber sich, die Friars wieder zu verlassen. Zu nahe hatte sie diesmal die Galgenschlinge gespürt.

Doch trotz all dieser Mühe war sie nicht imstande, viel Geld beiseite zu legen. Sie mußte viele Kleider und Mäntel haben, damit sie nicht erkannt wurde, und obgleich sie sie beim Altkleiderhändler in Houndsditch oder in der Long Lane kaufte und oft auch wiederverkaufte, gab sie dafür doch ziemlich viel Geld aus. Dann waren noch die Auslagen für Kost und Wohnung und andere Dinge. Und jedesmal, wenn Mrs. Chiverton ihr das Kind brachte, hatte sie ein Dutzend Geschenke für den Kleinen. Sie fühlte mit der Zeit, daß rund um Alsatia eine Mauer lief, die man niemals übersteigen konnte. Die meisten, die hierherkamen, blieben auch.

Black Jack war selbst ein gutes Beispiel.

Wie auch sein richtiger Name sein mochte – er war der Sohn eines Landedelmannes und war vor elf Jahren nach London gekommen, um am Middle Temple zu studieren. Um diese Zeit war gerade der König geköpft worden, und die Puritaner verfolgten wütend das Laster und verherrlichten die Tugend. Die jungen Leute aber hatten vor, das gleiche sorglose Leben zu führen wie immer, wenn sie auch nach außen hin Bescheidenheit und Anspruchslosigkeit heuchelten. So kam er in Schulden, die viel zu groß waren, als daß sein Vater sie selbst bei gutem Willen hätte bezahlen können. Es war für unbegüterte Edelleute niemals sehr aussichtsreich, bei Verwandten und Freunden Geld zu borgen, und als seine Gläubiger allzu sehr drängten, übersiedelte er nach Whitefriars, um dem Gefängnis zu entgehen. Und dort hatte er wie so mancher bankrotte junge Mann aus guter Familie entdeckt, daß die Straßen des Königs einen leichten und unterhaltenden Verdienst gewährten.

»Wenn es so leicht ist, Geld zu stehlen«, sagte er, »dann ist ein Mann töricht, der arbeitet, um Geld zu haben!« Amber war halb und halb seiner Meinung, oder wäre es gewesen, wenn sie alles behalten hätte, was sie einnahmen, und nicht bloß einen Teil.

Anfang Juni ging Black Jack wieder auf die Straßen. Der Winter war die heitere Zeit der Gesellschaft in London, und jetzt kehrte ein großer Teil des Adels auf seine Landsitze zurück, um dort die Sommermonate zu verbringen. Das war die Saison der Straßenräuber, und viele Gastwirte standen in ihrem Sold; doch trotz der wohlbekannten Gefahren reisten die meisten Leute ohne hinreichenden Schutz.

Ambers Rolle war einfach und ungefährlich. Mit Beß, die als ihre Zofe gekleidet war, fuhr sie nach dem Gasthof, von dem Mutter Rotkäppchen ihre Informationen erhalten hatte, und dort machte sie die Bekanntschaft des Reisenden und seiner Familie. Sie gab vor, eine Dame von Stand zu sein, die gerade in die Stadt oder aus der Stadt reiste, und erzählte, ihr Wagen sei zu Schaden gekommen; und wenn man ihr anbot, sie mitzunehmen, dann konnte sie die Zeit der Abreise zum Vorteil des Black Jack einrichten. Denn wenn auch zahlreiche Wirte bereit waren, Informationen zu geben, wollten doch nur sehr wenige einen Überfall auf ihrem Grund und Boden erlauben – zu viele solcher Zwischenfälle hätten ihnen geschadet. Mit diesem Arrangement war Amber durchaus einverstanden, nicht aber Beß, denn sie war gewohnt gewesen, selbst die Rolle der Dame zu spielen, und nahm ihre Zurücksetzung sehr übel.

Es gab selten einen Kampf, wenn die Banditen auftauchten, denn selbst wenn alle Begleiter einer Reisegesellschaft bewaffnet waren, gaben sie doch lieber die Wertsachen ihrer Herren preis, als daß sie eine Wunde riskierten. Ein Mann sagte immerhin zu Black Jack, einzig der Überraschung sei es zu danken, daß man ihm das Geld abnehmen könne. Da bot Black Jack ihm an, sich mit ihm zu schießen. Sie gingen mit Pistolen auf das nahe Feld, zählten zehn Schritte ab und feuerten. Der Mann fiel tot zu Boden. Amber hatte angstvoll zugesehen und versuchte, sich vorzustellen, was sie anfangen sollte, wenn Black Jack getötet würde. Jetzt fühlte sie sich unendlich erleichtert; nachher aber fürchtete sie ihn noch mehr als vorher.

Doch er war ein gutmütiger Räuber und schenkte dem Kutscher jedesmal eine halbe Krone, um sie auf seine Gesundheit zu vertrinken. Einmal plünderte er einen alten Parlamentarier, der gerade mit seiner Mätresse von einer Landpartie heimkehrte, zog die beiden nackt aus und band sie, Rücken an Rücken, an einen Baum. Über ihre Köpfe schrieb er zur Warnung für die Vorübergehenden, die zwei seien Adamiten.

In den Sommerwochen begannen Ambers Ersparnisse zu wachsen; Mitte August besaß sie bereits zweihundertfünfzig Pfund. Sie hatten keinen Streit miteinander, und so begann Amber beinahe Freude an dem Leben zu finden, das sie führte. Noch immer verlangte es sie danach, Alsatia zu verlassen, noch immer hatte sie ein Gefühl, als ob sie irgend etwas von großer Wichtigkeit versäumte, das draußen in der Welt vorging, doch die Tage verschwammen ineinander, und sie war fast zufrieden.

Dann aber, eines Tages, erlitt sie einen heftigen, schweren Schock.

Als sie in das Wohnzimmer trat, sah sie Black Jack zwischen Blueskin und Jimmy stehen, seine mächtigen Arme um ihre Schultern gelegt, und auf etwas blicken, das vor ihnen auf dem Tische lag. Sie drehten ihr den Rücken zu, und so konnte sie nicht sehen, was es war, aber sie sprachen leise miteinander und lachten von Zeit zu Zeit laut auf.

Amber kam näher und sah, daß es ein großes Stück Papier mit dem Wappen Seiner Majestät und zwei langen gedruckten Zeilen war. Argwöhnisch hob sie die Brauen.

»Was ist das?«

Sie sahen sich überrascht um.

»Black Jack ist ein berühmter Mann«, sagte Blueskin. »Er ist als erster von zwanzig Straßenräubern in dieser Proklamation genannt.« Black Jack grinste geschmeichelt.

Aber Amber stand entsetzt mit offenem Mund vor ihnen. Sie begehrte zu leben, und wenn sie wie jetzt erkannte, wie nahe der Tod neben ihnen lauerte, dann wurde sie ganz toll vor Furcht.

»Was ist denn los?« fragte Black Jack, und seine Stimme wurde scharf.

»Du weißt, was los ist. Sie suchen dich, und sie werden dich erwischen. Sie werden uns alle erwischen und hängen. Oh, ich wollte, ich wäre niemals an diesen verfluchten Ort gekommen! Ich wollte, ich wäre noch in Newgate! Dort war ich wenigstens in Sicherheit.«

»Ich wollte auch, du wärest noch in Newgate! Von allen Jammerlappen, die ich je gekannt habe . . . Was, zur Hölle, hast du denn erwartet, als ich dich hierherbrachte? Du solltest dir gesagt sein lassen, daß sich die Welt nicht zu deinen Gunsten dreht! Aber um deinen Hals brauchst du nicht bange zu sein. Eine Frau hat immer eine Ausrede – du bist eben in andern Umständen. Ich kannte einmal eine Frau«, fuhr er fort, und nun wurde seine Stimme spöttisch und seine Augen musterten sie amüsiert, »die hat den Henker zehn Jahre lang hingehalten. Kaum hatte sie den einen Balg geboren, war auch schon der nächste da.«

Amber ließ einen Laut des Widerwillens hören. »Das ist ganz schön, aber nicht für mich.« Sie beugte sich vor und schrie, daß sich die Adern an ihrem Hals strafften: »Ich habe anderes mit meinem Leben vor. Ich will euch sagen . . .«

In diesem Augenblick kam Beß und sah, daß es Zank zwischen den beiden gab. Boßhaft grinste sie: »Warum streitet ihr euch denn? Du hast dich doch nicht mit unserer schönen Mrs. Schwindelmaul überworfen?«

Amber wandte sich um, ihre Nüstern bebten vor Wut, und sie warf Beß einen verächtlichen Blick zu. »Himmelkreuz, Beß Columbine, aber du bist eifersüchtig wie ein Weib im Wochenbett.«

»Eifersüchtig? Ich eifersüchtig auf dich?« schrie Beß. »Ich will verflucht sein, wenn ich das bin, du gemeines Luder!«

Plötzlich packte Amber sie bei den Haaren und riß sie heftig. Mit einem Wutschrei ergriff Beß eine Handvoll von Ambers Locken, und die beiden Frauen wären in ein furchtbares Handgemenge geraten, wenn nicht unerwartet Mutter Rotkäppchen erschienen wäre. Die Männer standen nur dabei und sahen lachend zu, sie aber fuhr dazwischen, faßte sie bei den Schultern und schüttelte sie heftig.

»Halt!« rief sie. »Ich erlaube keine Rauferei unter meinem Dach. Noch ein einziges Mal, Beß Columbine, und du mußt fort!«

»Ich muß fort?« protestierte Beß, während Amber mit überlegenem Lächeln die schweren, langen Locken aufsteckte, die sich gelöst hatten. »Und was ist mit ihr? Was ist mit dieser . . .«

»Beß!«

Eine ganze Weile standen Beß und Mutter Rotkäppchen einander mit blitzenden Augen gegenüber, aber endlich mußte Beß nachgeben und verschwand.

Einige Tage lang tat Black Jack, als ob Amber überhaupt nicht auf der Welt wäre, und Beß triumphierte. Doch so wenig Amber an Black Jack und seiner Gesellschaft gelegen sein mochte, war sie doch nicht gesonnen, Beß den Vorzug zu lassen. Sie begann neuerlich mit ihm zu flirten, womit sie auch Erfolg hatte, und von da an wurde Beß' Haß so heftig, daß Amber immer gewärtig war, ein Messer zwischen die Rippen zu bekommen. Sie glaubte – und mit gutem Grund –, daß es nur Beß' Furcht vor Black Jack sei, was ihre Sicherheit verbürge.

*

Anfang September war Beß überzeugt, schwanger zu sein, sprach zu Black Jack davon und verlangte geradewegs von ihm, er solle sie heiraten. Er schnautze sie an.

»Dich heiraten? Wofür hältst du mich? Du glaubst vermutlich, ich wüßte nicht, daß jeder Mann, der hier ins Haus kommt, etwas mit dir gehabt hat?«

Er drehte ihr halb den Rücken zu, einige Sekunden starrte sie ihn an, ihre Augen waren wie Glas, ihr ganzer Körper begann vor Wut zu zittern. Und dann warf sie sich mit einem tierischen Schrei auf ihn und ergriff ein Messer vom Tisch. Mit einem raschen erstaunten Blick sah er die Klinge niederblitzen, sein Arm hob sich, schlug zu und traf Beß so heftig, daß sie zu Boden fiel.

Die kauerte auf der Erde und blickte wild zu ihm auf, als Mutter Rotkäppchen aus ihrem Zimmer herbeigestürzt kam. »Was ist geschehen?«

fragte sie. »Oh!« Sie stützte die Hände in die Hüften. »Nun, ich habe dich gewarnt, Beß, und jetzt gehst du. Nimm deine Sachen und verlaß das Haus!«

Beß sah sie trotzig an, aber dann stand sie langsam auf. Längere Zeit blieb sie reglos stehen.

»Geh!« wiederholte Mutter Rotkäppchen. »Hinaus mit dir!«

Beß wollte protestieren, aber dann schrie sie plötzlich wütend: »Sagen Sie's nicht nochmal! Ich gehe schon. Ich gehe weg von hier, und ich werde nie wiederkommen. Ich würde nicht wiederkommen, und wenn Sie mich auf den Knien darum betteln würden. Ich hasse Sie! Ich hasse euch alle! Und hoffentlich . . .« Im Nu wirbelte sie aus dem Zimmer, und sie konnten sie die Treppe hinauflaufen hören.

Black Jack pfiff leise und warf einen Blick auf das Messer, das auf dem Boden lag. »Hu! Diese schlaue kleine Zigeunerin! Sie hätte mir die Kehle durchgeschnitten, glaube ich.« Er zuckte die Achseln und wandte sich wieder den Trauben zu.

Mutter Rotkäppchen ging an den Tisch, holte ihr Hauptbuch hervor und setzte sich hin, um Beß' Konto abzuschließen. »Ich werde froh sein, wenn ich sie los bin. Sehr nützlich ist sie nie gewesen, und seit Mrs. Channell hier ist, war sie eine richtige Pest. Na, man kann eben aus einem Schweineschwanz keine Pfeife machen.«

Black Jack ging in die Küche, um Pall zu necken, die ihn anbetete und sich nervös kratzte, wenn er erschien. Das Haus war eine Zeitlang still, dann trat Amber durch die Eingangstür. Sie trug ein dünnes, blaßgrünes Seidenkleid, und ihr Haar fiel ihr auf die Schultern.

»Bei Gott, das ist der heißeste Tag seit Menschengedenken!« Sie fiel in einen Stuhl und fächelte sich mit ihrem spitzenbesetzten Taschentuch, und Mutter Rotkäppchen arbeitete weiter. Dann stand Amber auf und wandte sich zur Tür, die in die Halle führte, von wo es in die oberen Zimmer ging.

»Sie sollten lieber nicht dorthin gehen«, sagte Mutter Rotkäppchen und tauchte ihre Feder in ein Tintenfaß aus Zinn, ohne sich umzudrehen. »Ich habe gerade Beß hinausgworfen, und sie ist in einer entsetzlichen Wut«.

Amber sah sich lächelnd um. »Beß geht?« Sie zuckte die Achseln. »Was mir schon daran liegt, ob sie wütend ist oder nicht. Sie soll mir nur ein Wort sagen, und ich . . .«

»Trotzdem, meine Liebe. Ich möchte nicht noch eine Rauferei in meinem Hause. Gehen Sie in die Küche zum Schwarzen Jack und Pall, bis sie fort ist.«

Amber zögerte, aber endlich gehorchte sie. Wenige Minuten später hörten sie Beß' hohe Absätze über die Stufen klappern, Mutter Rotkäppchens Stimme zu ihr sprechen, obgleich Beß nicht antwortete, und dann schlug die Tür hinter ihr zu. Black Jack schlug vor, ein Glas auf das friedliche Leben zu trinken; und dann wanderte er mit Amber in das Wohnzimmer zurück, und sie setzten sich zu einer Partie Karten.

Sie hatten endlose Stunden bei Karten und Würfeln verbracht, denn sie arbeiteten nie mehr als ein- oder zweimal wöchentlich – manchmal auch weniger –, und die langen Tage und Nächte mußten doch irgendwie totgeschlagen werden. Black Jack hatte sie jeden Trick aus dem Repertoire des Spielers gelehrt, und nach sieben Monaten hatte sie es zu einer sehr bemerkenswerten Fertigkeit gebracht.

Nach einer Weile kam noch Blueskin dazu, und sie spielten das Puttspiel, ein beliebtes Wirtshausspiel, das wahrscheinlich zahlreiche Söhne von Landadligen ins Unglück gebracht hatte. Erst nach drei oder vier Stunden gingen sie hinauf, und dort entdeckten sie den letzten Streich, den Beß der verhaßten Rivalin gespielt hatte. Ihre Hemden und Kleider und Unterröcke lagen in Fetzen zerrissen im Zimmer herum. Da gab es zerschlagene Fächer, zerschnittene Handschuhe und Mäntel, und schließlich hatte sie auch noch einen Topf über Ambers schönstes Kleid geleert.

*

Black Jack hatte versprochen, Beß zu suchen und ihr die verdienten Prügel zu verabreichen, aber sie war aus der Freistatt verschwunden und hatte keine Spur hinterlassen, und sie wußten, daß es niemals möglich sein würde, sie in dem Gewimmel der Halbmillionenstadt zu entdecken. Sie konnte sich in dem Labyrinth von Clarkenwell oder St. Pancras verlieren, oder in den überfüllten Matrosenquartieren von Wapping oder in den Durchlässen und Höfen von Southwark jenseits des Flusses.

Es war ein harter Schlag für Amber; sie kam zu der Überzeugung, ihr Leben sei verflucht, und sie würde Whitefriars nie mehr verlassen. Sie wurde mutlos und mürrisch, strich teilnahmslos im Haus herum und ließ alle ihre üble Laune spüren. Sie haßte Beß und Black Jack und Mutter Rotkäppchen, Pall und Blueskin, die Hauskatze und sogar sich selbst.

Was ich auch tun mag, dachte sie, wie hart ich auch arbeite und wieviel ich erspare, immer geschieht irgend etwas. Ich komme nie mehr hinaus! Ich werde in diesem stinkenden Loch sterben!

Drei Tage nachdem Beß verschwunden war, kam Mutter Rotkäppchen ins Schlafzimmer und fand Amber auf dem Rücken liegend, die Hände unter dem Kopf verschränkt. Sie war seit mindestens zwei Stunden wach, brütete über ihr Los, und je länger sie brütete, desto unentrinnbarer schien es ihr. Sie warf Mutter Rotkäppchen einen verdrossenen Blick zu, aber sie sagte kein Wort.

»Nun, meine Liebe«, sagte Mutter Rotkäppchen so heiter, als hätte Amber sie auf die freundlichste Art begrüßt. »Heute ist kein gewöhnlicher Tag für uns.«

Jeden Morgen stand sie pünktlich um fünf Uhr auf wie ein Lehrling, zog ihr einfaches, sauberes Kleid an und ging ihren vielfältigen Beschäftigungen nach. Von dem Augenblick an, da sie erwachte, war sie frisch und lebhaft und ganz der Tagesarbeit zugewandt. Der Anblick so entschlossenen Tätigkeitsdranges reizte Amber.

»Für mich ist es ein gewöhnlicher Tag«, sagte sie unfreundlich.

»Wie denn? Sie haben doch gewiß nicht vergessen, daß es der Tag ist, an dem sie nach Knightsbridge gehen!«

»Es ist nicht der Tag, an dem ich nach Knightsbridge gehe!«

»Aber mein liebes Kind, das ist äußerst wichtig. Es steht eine große Summe Geldes auf dem Spiel.«

»Es ist nicht das erste Mal, daß eine große Summe Geldes auf dem Spiel steht, aber ich habe nie viel davon zu sehen bekommen.« Dieses Thema wurde immer wieder zwischen ihnen diskutiert, und zwar mit ziemlicher Erbitterung, denn Amber behauptete, daß man sie beschwindle, während Mutter Rotkäppchen darauf beharrte, daß sie genau das erhalte, was ihr zukäme, und Black Jack der gleichen Ansicht war. »Und es würde Beß Columbine ähnlich sehen, daß die Konstabler uns auflauern. Sie kennt alle unsere Pläne.«

»Unsinn, meine Liebe! Ich glaube, daß ich Beß genauer kenne als Sie, und ich versichere Ihnen, daß sie nicht soweit gehen würde. Sie haßt den bloßen Anblick der Konstabler mehr als die Fischhändler den Frost. Und was das Geld angeht – ich bin gekommen, um Ihnen zu sagen, daß ich Ihren Anteil diesmal verdopple, um Sie für den Verlust Ihrer Kleider zu entschädigen.« Sie hielt die Angelegenheit für erledigt und ging auf die Tür zu. »Black Jack ist mit Jimmy und Blueskin unten. In einer Stunde wollen sie aufbrechen.«

Doch Amber fluchte und rief ihr nach. »Ich gehe nicht!«

Mutter Rotkäppchen antwortete nicht, aber ein paar Minuten später erschien Black Jack, und nach einer halben Stunde Streitens und Schmeichelns stand sie auf und begann sich anzuziehen. Black Jack versicherte ihr, alle Pläne seien geändert worden, so daß Beß sie keinesfalls erwischen könnte. Trotzdem wollte sie nicht fort, ohne vorher einen Astrologen befragt zu haben, der im Mitre Court wohnte. Auf seine Erklärung, daß der Tag günstig sei, borgte sie sich einen Mantel von Mutter Rotkäppchen aus und verließ, immer noch brummend, mit Pall und den drei Männern die Freistatt.

Knigthsbridge war ein kleines stilles Dorf am Bavine, zweieinhalb Meilen von der City entfernt, und sie erreichten es, indem sie in einer Barke stromaufwärts bis Tuthill Fields fuhren und dann bis zum Dorf einen Wagen mieteten. Seiner vorteilhaften Lage wegen war Knightsbridge ein häufiges Ziel der Straßenräuber zum Angriff auf Reisende, die aus der Stadt kamen oder in die Stadt fuhren. Mutter Rotkäppchen hatte eine Botschaft von dem Gastwirt erhalten, der in ihren Diensten stand, daß ein alter Edelmann, Theophilus Bidulph, der zweimal jährlich nach London kam, am 8. September erwartet werde.

Manchmal mußten sie zwei oder drei Tage warten, bis das Opfer erschien, aber diesmal hoffte Amber dringend, daß das nicht nötig sein werde. Sie gingen in das Zimmer hinauf, das man ihnen angewiesen hatte. Da Amber nichts anderes zu tun hatte, frisierte sie sich nochmals, eine Arbeit, die bequem eine halbe Stunde dauern konnte, und als das geschehen war, peinigte sie Pall so lange, bis das armselige Geschöpf endlich gestand, sie sei von Black Jack Mallard in der Hoffnung.

Als es dämmerte, wußte sie nichts mehr mit sich anzufangen, ging behaglich im Zimmer auf und ab, beugte sich aus dem Fenster, klopfte auf das Fensterbrett und wünschte, sie wäre irgendwer anderes, nur nicht sie selbst, und irgendwo andernorts, nur nicht hier.

Doch schließlich hörte sie das Klappern von Pferdehufen, das Knarren und Poltern eines Wagens, Hunde bellten, und der Wirt eilte in den Hof, um den neuen Gast zu begrüßen. Kurz darauf wurde hastig an ihrer Türe geklopft; der Wirt teilte ihr mit, daß Theophilus Bidulph angekommen sei und sich sein Abendessen in der Schenkstube bestellt habe. Amber ließ noch eine Viertelstunde verstreichen, und dann ging sie auch hinunter.

Mr. Bidulph stand neben dem Kamin, trank ein Glas Bier, unterhielt sich mit dem Wirt und merkte nichts, bevor sie seinen Namen nannte. Dann drehte er sich einigermaßen erstaunt um. Er war ein kleiner, alter Herr mit fröhlichem Gesicht, buschigen Brauen und dem Aussehen eines gutmütigen Kobolds.

»Hallo, Mr. Bidulph!« rief sie, lächelte strahlend und hielt ihm die Hand entgegen.

Er nahm die Hand und machte eine Verbeugung. »Ihr Diener, Madame.« Trotz aller Höflichkeit war er verdutzt, wenn er sie auch interessiert anblickte.

»Ich glaube wirklich, daß Sie mich ganz vergessen haben, Sir.«

»Bei Gott, Madame, das fürchte ich selbst.«

»Ich bin Balthazar St. Michels älteste Tochter Ann. Als wir uns das letzte Mal sahen, war ich nur so groß.« Sie bückte sich und zeigte mit der Hand, wie klein sie gewesen war. »Jetzt erinnern Sie sich bestimmt. Wie oft haben Sie mich auf Ihrem Knie geschaukelt.« Das strahlende Lächeln wirkte weiter.

»Ja – hm – natürlich, Madame – mein liebes Kind, meine ich. Und wie geht es denn Ihrem Vater? Es sind viele Jahre vergangen, seit . . .«

Ihr Gesicht verschattete sich ein wenig. »Oh, Mr. Bidulph, er ist gar nicht gesund. Wieder die alte Gicht. Manchmal muß er tagelang zu Bett bleiben.« Sie lächelte wieder. »Aber er spricht so oft von Ihnen – er wird sich freuen, daß ich Ihnen begegnet bin.«

Mr. Bidulph trank sein Glas aus. »Sie müssen ihm meine Grüße bringen, Kind. Aber was tun Sie denn ganz allein hier draußen?«

»Oh, ich bin nicht allein, Sir. Ich reise mit meinem Mädchen. Ich fahre in die Stadt, Tante Sarah besuchen, aber eines unserer Pferde hat ein Eisen verloren, und wir wollen hier übernachten. Man sagt, die Straßen wimmelten jetzt von Räubern.«

»Es ist schon wahr, daß die Lumpen überall sind, viel schlimmer als zu meiner Zeit, das kann ich Ihnen sagen. Aber schließlich ist natürlich nichts, wie es war. Und wollen Sie nicht morgen früh mit mir fahren? Ich werde Sie heil und sicher in die Stadt bringen.«

»Oh, vielen Dank, Sir! Wie gütig Sie sind! Um ganz offen zu sprechen, mit diesen Halsabschneidern auf allen Straßen ist es mir gar nicht behaglich zumute.«

Während sie sich unterhielten, sah Amber einige seiner Bedienten Koffer und Schachteln durch die Stube tragen, denn der alte Herr hatte offenbar nicht die Absicht, sein Gepäck der Obhut der Stallburschen zu überlassen. Doch gerade das würde es Black Jack ermöglichen, zu nehmen, was er wollte, während sie Mr. Bidulphs Aufmerksamkeit ablenkte. Und lange vor dem Morgen würden sie alle fünf in Whitefriars zurück sein. Amber war es eilig, das Abenteuer hinter sich zu haben und wieder in Sicherheit zu sein, denn Beß' Eifersucht hing wie eine unheilvolle Drohung über ihr. Sie hielt das Mädchen für toll genug, sich auf jede mögliche Art rächen zu wollen.

Auf Mr. Bidulphs Einladung aß Amber mit ihm zu Abend. Sie blieben auch nachher noch beisammen, und er erzählte ihr Geschichten aus dem Bürgerkrieg. Sie mußte zahlreiche Beispiele seines Heldentums anhören, von des toten Königs Ritterlichkeit und jähem Ende, von der großartigen Feldherrngabe des Prinzen Rupert. Nichts, das versicherte er ihr immer wieder, konnte ruhmvoller sein, als die Art, wie die Royalisten den Krieg verloren hatten.

Amber blickte dauernd auf die Uhr.

Um zehn wurde sie nervös und mußte sich viel Zwang antun, um stillzusitzen, zu lächeln und Fragen zu stellen. Sie saßen nun schon mehr als drei Stunden bei Tisch, und Black Jack hätte jetzt bestimmt mit seiner Arbeit fertig sein und ihr Zeichen geben sollen. Es kam wie eine Panik über sie. Wo ist er, dachte sie wild. Warum kommt er nicht? Was kann geschehen sein?

Dann aber hörte sie plötzlich Lärm. Die Hunde bellten wieder, Hufe dröhnten, Stimmen wurden laut – Männer brüllten, Frauen schrien. Pall öffnete die Tür oben am Treppenabsatz und winkte ihr wie besessen. Und Amber meinte in plötzlichem Entsetzen, Beß sei mit den Konstablern gekommen. Sie sprang auf.

»Großer Gott, Madame! Was gibt's denn?«

»Räuber«, schrie sie heftig. »Schnell! Die Lichter aus!«

Sie eilte durch die Stube und blies die Lichter in den Wandleuchtern aus, und Pall, die zitternd vor Angst heruntergestürzt war, half ihr dabei. »Schweig!« schrie Amber sie an. Und in diesem Augenblick hörte sie unverkennbar den Klang von Beß Columbines Stimme und das wütende Geschrei des Black Jack.

Die Stimmen waren jetzt näher, und Amber, die an nichts zu denken vermochte als an ihr eigenes Heil, lief zum Eingang. Sie hörte Pall ihren Namen rufen, und Mr. Bidulph, von der Anregung angesteckt, stolperte durch die Dunkelheit und rief: »Mrs. Ann! Mrs. Ann! Wo sind Sie?« Irrtümlich erwischte er Pall, die entsetzt aufschrie.

Amber eilte weiter, und als sie draußen war, hörte sie Schritte und sah Fackeln aufleuchten. Beß' Stimme schrie: »Sie ist dort drinnen. Laßt ihn laufen! Er ist nicht der Rechte! Die Frau ist drinnen!«

Amber lief zurück, um zur Küche zu gelangen. Mr. Bidulph tastete noch immer herum und rief ihren Namen, während Pall kreischte und sich zu nichts entschließen konnte. Als Amber vorbeilief, streckte er die Hand aus und packte sie beim Rock. Sie machte sich frei, lief weiter und erreichte den kleinen Gang unterhalb der Treppe, als eben eine Fackel die Stube erleuchtete.

Pall schrie gellend auf, als man sie packte, und Mr. Bidulph fragte entrüstet, was denn eigentlich los sei.

Amber stürzte in die Küche, konnte kaum mehr atmen und fuhr ängstlich zusammen, als sie jetzt eine Stimme hörte.

»Mrs. Channell? Ich bin's, der Wirt.«

Sie blieb stehen. »O mein Gott! Wohin kann ich gehen? Wo kann ich mich verstecken? Gleich werden sie da sein.« Ihre Zähne klapperten, und ihr war, als ob ihre Knochen aneinanderschlügen.

»Rasch! Hier in diese Truhe! Geben Sie mir die Hand!«

Amber streckte tastend die Hand aus, die er ergriff. Er half ihr auf eine mächtige Eichentruhe, in die sie hineinkletterte. Der Deckel war kaum zu, als Beß und die Konstabler durch den Gang kamen. Der Wirt lief hinaus und schlug die Tür hinter sich zu.

»Dorthin ist sie gelaufen!« gellte Beß. Und durch die Luftlöcher der Truhe sah Amber einen Lichtschimmer, hörte das Stampfen der Füße und Beß' Fluchen, die sich an einem Stuhl gestoßen hatte.

Amber wartete, bis der letzte vorüber war, dann schlug sie den Deckel auf, kletterte hinaus, raffte ihre Röcke und lief hinter ihnen her. Immer noch hinter dem Wirt herjagend, waren die Konstabler um die Ecke in den Hof gelaufen, und da die Küche einen besondern Flügel des Hauses bildete, war es jetzt draußen dunkel. Die Verwirrung war größer als je, und sie wußte, daß die drei Männer erwischt worden waren, denn sie hörte Beß schreien: »Laßt ihn laufen, ihr verdammten Narren. Er ist der Wirt. Fangt das Frauenzimmer!«

Amber ließ sich keine Sekunde Zeit, sondern lief in die entgegengesetzte Richtung auf den Fluß zu, denn sie hoffte, irgendwohin zu gelangen, wo es so dunkel war, daß man sie nicht sehen konnte. Sie lief das Ufer entlang. Zu sehen vermochte sie nicht, denn der Mond war verschwunden und der Himmel schwarz von Gewitterwolken, aber sie lief blindlings weiter wie in einem Traum. Die Stimmen wurden schwächer, aber sie wagte nicht, stehenzubleiben oder rückwärts zu blicken.

Ihre Schuhe waren im Nu durchnäßt, und die Steine verletzten ihre Sohlen. Die nassen Röcke schlugen um ihre Beine, Dornen kratzten ihr Gesicht und ihre bloßen Arme und verfingen sich in ihrem Haar. Ein heftiger Schmerz brannte in ihrer linken Seite, ihre Beine schienen von Holz zu sein, und ihre Lungen begannen zu stechen. Aber sie lief immer weiter, immer weiter.

Hier unten war es still, und nach einigen Minuten hörte sie nichts mehr als den Plumps, wenn ein Frosch ins Wasser sprang, und das erschrokkene Auffahren eines Tieres. Endlich konnte sie nicht weiter und blieb stöhnend, keuchend an einen Baum gelehnt, stehen.

Aber sobald sie zu Atem kam, begann sie sich zu besinnen. Wie sollte sie zurückfinden? Wenn sie dem Bourne folgte, das wußte sie, würde sie die Themse erreichen, aber sehr weit von den Whitefriars entfernt. Sie mußte auf die Straße zurück und, wenn sie keine Mietskutsche fand, zu Fuß gehen; das waren nur etwa zweieinviertel Meilen. Sie kletterte vom Ufer aufwärts und wanderte querfeldein, kehrte aber nicht gleich auf die Straße zurück, aus Angst, daß man sie dort suchen würde. Sie ging und lief abwechselnd und sah sich immer wieder um. Wenn ein Wagen oder ein Reiter sich näherte, warf sie sich flach auf den Boden und wartete, doch meist war die Nacht still, und sie begegnete keinem Menschen mehr.

In wenigen Minuten hatte sie St. James' Park erreicht. Sie hielt sich am Rand, und da sie im Schatten blieb und sehr vorsichtig ging, wurde sie nicht belästigt, obgleich manche Nachzügler vorüberkamen. Als sie am Strand war, lief sie weiter, die Röcke gehoben, damit sie nicht, schwer und vollgesogen von Schmutz und Unrat, nachschleiften. Sie fürchtete sich allein in der City, denn sie kannte diese Bedrohung und wünschte inbrünstig, eine Mietskutsche würde doch vorüberkommen. Und dann hörte sie plötzlich das Rumpeln und Knarren eines Wagens, der schwerfällig auf sie zurasselte, als wäre es ihm sehr eilig, sie zu überfahren.

Sie erkannte, daß es eine Mietskutsche war, und schrie laut. Der Kutscher zog die Zügel, hielt einige Meter weiter und drehte sich auf seinem Bock um. »Mietwagen gefällig?«

Amber war schon an der Tür und öffnete sie. »Temple Bar«, rief sie. »Und geschwind!« Sie sprang hinein, schlug die Tür zu und war so glücklich, daß sie gar nicht merkte, wie es im Innern roch.

Er fuhr so schnell und rücksichtslos, daß sie sich nur mühsam auf dem Sitz halten konnte. Die hölzerne Bank, auf der sie saß, war mit einem dünnen, harten Kissen bedeckt, so daß Amber jeden Stoß des ungefederten Wagens im ganzen Körper spürte. Bei Temple Bar hielt er an. Kaum hatten die Räder aufgehört, sich zu drehen, war sie auch schon draußen und rannte auf den Temple zu, denn sie hatte keinen Farthing bei sich.

»He!« brüllte er wütend. »Komm sofort zurück, du Gaunerin!«

Sie lief weiter und verschwand im Dunkeln, während der Kutscher hinunterkletterte und ihr nachlief. Doch als er eine Gesellschaft lustiger, betrunkener Studenten erblickte, fand er offenbar, es lohne nicht die Gefahr, einer Einschillingfahrt wegen Pferd und Wagen zu verlieren. Er stieg auf seinen Bock zurück und fuhr weiter.

Amber lief die Middle Temple Lane hinunter und kam auf den Pump Court. Es brannten noch viele Lichter, Musik, Gesang und Lachen waren laut, und überall kamen und gingen Leute. Sie hatte den Kopf sinken lassen, weil sie schon zu müde war, und lief geradewegs in eine Gruppe von einem halben Dutzend Studenten hinein. Einer faßte sie beim Arm.

»Hallo, Herzchen!« schrie er fröhlich. »Wohin so eilig?«

Amber antwortete nicht, wehrte sich aber heftig, schlug mit den Fäusten um sich und weinte vor Erschöpfung und Angst. Doch je mehr sie sich wehrte, desto fester hielt er sie. Und die andern umringten die beiden und lachten und scherzten und meinten, sie hätten wahrscheinlich eine Dirne erwischt, denn eine ehrbare Frau würde um elf Uhr abends nicht in einem dünnen Seidenkleid, und auch dieses zerfetzt und durchnäßt, auf den Straßen herumlaufen.

Er beugte sich über sie, um sie zu küssen, und Amber fühlte, wie die andern immer näher und näher rückten, bis ein solches Entsetzen sie überkam, daß sie einer Ohnmacht nahe war. Jeder sah aus wie ein Konstabler, doch in diesem Augenblick hörte sie eine vertraute Stimme.

»He! Was ist hier los? Ich kenne diese Dame, laßt sie in Ruhe, ihr Lumpen!« Es war Michael Godfrey, den Amber seit mehr als vier Monaten nicht gesehen hatte.

Widerstrebend gab der junge Mann sie frei. Amber sah mit ihrem verkratzten, schmutzigen Gesicht weinend zu Michael auf, aber sie sagte kein Wort. Mit einem raschen Ruck machte sie sich los und ging, doch er folgte ihr. Als er sie erreichte, waren sie bei einer dunklen Ecke, fern von dem Licht der Fackeln.

»Mrs. Channell! Um Gottes willen! Was ist geschehen? Was gibt es? Ich bin es, Michael, erinnern Sie sich nicht mehr an mich?«

Er griff nach ihrem Arm und hielt sie fest, aber sie versuchte, sich zu befreien, und schluchzte. »Lassen Sie mich doch gehen! Lassen Sie mich gehen, sonst werde ich erwischt.«

»Von wem erwischt? Was ist denn? Erzählen Sie doch!« Er schüttelte sie ein wenig, denn sie sah ihn gar nicht an und versuchte wild und verzweifelt, sich seinem Griff zu entreißen. »Die Konstabler, Sie Narr! Lassen Sie mich doch los!«

Er machte plötzlich eine Wendung, zog Amber mit sich und trat durch eine Tür, die er hinter sich schloß. Amber taumelte gegen die Mauer.

»Wo ist Black Jack?«

»Sie haben ihn erwischt. Wir waren in Knightsbridge, und die Konstabler kamen. Ich bin davongelaufen, aber sie waren hinter mir her.« Sie richtete sich plötzlich auf. »Lassen Sie mich fort! Ich muß zurück!«

Er faßte sie bei den Schultern, preßte sie gegen die Mauer, und sie fühlte, wie seine Arme sie umschlangen. »Sie können nicht dorthin zurück. Mutter Rotkäppchen wird sie wieder ausschicken, und eines Tages wird man Sie bestimmt erwischen. Kommen Sie mit mir.« Sein Mund suchte den ihren, seine Arme hielten sie fest, und Amber empfand dankbar eine Entspannung und war so müde, daß sie sich nicht länger wehrte. Er hob sie auf und ging mit ihr durch den dunklen Gang auf die Stiege zu.

Die drei Männer, Black Jack, Jimmy und Blueskin, wurden, zehn Tage nachdem man sie gefangen hatte, am gleichen Arm des dreieckigen Galgens gehängt. Wenn die Justiz überhaupt tätig war, dann war sie es mit verheerender Raschheit; man ließ Black Jack keine Zeit, sich freizukaufen. Beß wurde nach Bridewell geschickt, in die Besserungsanstalt für Frauen. Pall, die ihre Schwangerschaft geltend machte, kam nach Newgate, um dort die Geburt ihres Kindes abzuwarten und nachher wahrscheinlich nach Virginia deportiert zu werden.

Zur Zeit der Hinrichtung war Amber allein in Michaels Wohnung am Vine Court. Michael hatte sich die Hinrichtung angesehen, und als er zurückkam, erzählte er, die drei Männer seien abgeschnitten und in einer Schenke ausgestellt worden, wo Leidtragende oder Neugierige sie besichtigen konnten. Alle Leichen waren mit Respekt behandelt und nicht, wie das häufig geschah, bis zur Unkenntlichkeit durch die Straßen geschleift worden. Black Jack, berichtete er, sei bis ans Ende von überlegener Gleichgültigkeit gewesen, und die letzten Worte seiner Abschiedsrede hätten gelautet: »Meine Herren, es geht nichts über ein lustiges Leben – und über ein kurzes dazu.«

Doch selbst jetzt vermochte sie es nicht zu glauben.

Wie konnte Black Jack Mallard tot sein, dessen sie sich so gut erinnerte, von dem sie alles wußte, was er in diesen gemeinsamen Monaten gesagt und getan hatte? Wie konnte er tot sein, wo er doch so groß, so stark, so unverwüstlich gewesen war? Sie erinnerte sich an sein donnerndes Lachen; seine ungeheure Aufnahmefähigkeit für Wein – er hatte erzählt, sein Spitzname rühre daher, daß er eines Nachts eine Wette gewonnen hatte, indem er einen ganzen Blackjack Burgunder, einen mächtigen Krug, austrank, ohne ihn auch nur ein einziges Mal abzusetzen. An tausend solche Dinge erinnerte sie sich.

Und nun war er tot.

Sie erinnerte sich, wie manche Männer in der Kapelle am Tag ihrer Hinrichtung geweint hatten. Und wenn sie auch geglaubt hatte, das alles wäre vergessen, so vermochte sie sich jetzt ihres Gesichtsausdrucks nur allzugut zu entsinnen. Wie mochte Black Jack ausgesehen haben, wenn sie neben ihm gesessen wäre? Bei diesem Gedanken litt sie Qualen. Was sie auch tun mochte – sich über das Essen freuen, ihr Haar bürsten, am Fensterbrett lehnen und über die Possen der jungen Burschen lachen –, der Gedanke kam so plötzlich wie ein physischer Schlag: Beinahe wäre ich nicht mehr hier! Beinahe wäre ich tot!

Nachts erwachte sie, schrie erschrocken auf und klammerte sich an Michael. Sie hatte zwei ihrer Vetter sterben sehen, jetzt aber war die Erkenntnis des Todes zum erstenmal über sie gekommen. Sie wurde sehr fromm und wiederholte dutzendmal am Tag alle Gebete, die sie kannte.

Ohne die Gnade Gottes wäre ich jetzt nicht hier, sondern in der Hölle, dachte sie, denn sie wußte, daß sie nicht gut genug für den Himmel war.

Selbst bevor sie Marygreen verlassen hatte, war es Onkel Matts Ansicht gewesen, daß der Himmel ihr kaum bestimmt sei. Mit abergläubischer Sicherheit war sie von dem Vorhandensein dieser beiden Orte überzeugt, so, wie sie daran glaubte, eine Häsin sei eine verkappte Hexe, aber die Aussicht auf ewige Verdammnis konnte sie dennoch von nichts ablenken, was sie wirklich begehrte.

*

Beinahe einen ganzen Monat hatte sie Michael Godfreys Zweizimmerwohnung nicht verlassen. Er kaufte aus zweiter Hand einen Knabenanzug für sie, und sie stolzierte darin im Zimmer auf und ab wie die jungen Gecken, die sie auf den Straßen gesehen hatte, während er sich vor Lachen schüttelte und erklärte, sie sei ein so guter Schauspieler wie Edward Kynaston selbst. Sie galt für Tom, seinen Neffen vom Lande, aber keiner der Freunde, die zu Besuch kamen, ließ sich foppen, obgleich es für alle ein großer Spaß war und sie Amber gefällig Tom riefen.

Immerhin verschwieg er ihr nicht, daß ihre Anwesenheit kaum lange Zeit verborgen bleiben konnte und daß man sie dann hinauswerfen würde. Doch diese Drohung störte ihn nicht sehr, denn er studierte ohnehin selten und hatte an der Rechtskunde nicht mehr Interesse als die meisten andern jungen Leute, deren Väter sie hierher geschickt hatten. Mehr als je war das Leben für einen jungen Menschen viel zu lustig, als daß er seine Zeit Büchern und Vorlesungen widmen sollte.

Sie sagte ihm ihren Namen und erzählte ihm die Geschichte ihres Unglücks, obgleich sie Lord Carltons Rolle völlig verschwieg und vorgab, das Baby habe sie von ihrem Gatten. Seit sie Luke Channells Namen in Whitefriars verwendet hatte, war er wertlos geworden, und sie ließ sich von Michael versprechen, daß er die Tatsache ihrer Heirat geheimhalten werde; sie betrachtete diesen Fehler als erledigt und vorbei und weigerte sich unbedingt, an Luke als an ihren Gatten zu denken.

Etwa vierzehn Tage nach Black Jacks Tod ging Michael in die Ram Alley zu Mutter Rotkäppchen, um sie davon zu überzeugen, daß Mrs. Channell London verlassen habe und nie wiederkehren werde. Er ging teils aus Neugier, um zu sehen, wie die alte Frau sich zu den jüngsten Ereignissen stellte, teils auch, weil Amber ihn gebeten hatte, ihr die falschen Ohrringe zu bringen. Es sei ein Abschiedsgeschenk ihrer Tante. Er brachte die Ohrringe mit und ein paar Nachrichten dazu.

»Ihr ist es recht, daß du fort bist. Ich sagte ihr, ich hätte einen Brief von dir, du seist bei deiner Familie und würdest nie wieder an London denken.«

Amber biß in einen großen roten Apfel und lachte: »Hat sie dir geglaubt?«

»Es schien so. Sie sagte, du hättest nie herkommen sollen und London sei kein Ort für Mädchen wie dich.«

»Dabei ist sie gewiß sehr unglücklich darüber, daß sie mich verloren hat. Ich habe ihr mächtig viel eingebracht, das kann ich dir sagen.«

»Herzchen, Mutter Rotkäppchen wäre nicht einmal unglücklich, wenn sie ihren Kopf verlieren würde. Sie hat ein anderes Mädchen, das sie zu deiner Nachfolgerin erzieht – eine hübsche Kleine, unverheiratet und in andern Umständen und voller Dankbarkeit für die gute, alte Dame, die ihr aus allen Schwierigkeiten helfen will.«

Amber ließ einen Laut des Widerwillens hören und warf das Kerngehäuse des Apfels quer durch das Zimmer in den Kamin. »Diese alte Fleischverkäuferin würde den Teufel selbst verkuppeln, wenn sich damit ein Farthing verdienen ließe!«

Wenn sie allein war, verbrachte sie ihre Zeit zumeist damit, Lesen und Schreiben zu lernen, und das tat sie mit der gleichen Begeisterung, mit der sie Tanzen und Singen und Gitarrespielen gelernt hatte. Hundertmal hintereinander schrieb sie ihren und Bruces Namen und zeichnete rundherum große Herzen, aber sie verbrannte das Papier immer, bevor Michael es sehen konnte, teils, weil sie es nicht taktvoll fand, den Mann, der sie aushielt, wissen zu lassen, daß sie in einen anderen verliebt sei, teils auch, weil sie den Gedanken nicht ertragen konnte, mit irgend jemandem über Bruce zu sprechen. Ihre eigene Unterschrift war ein langes Gekritzel, von dem nur die Anfangsbuchstaben klar und deutlich waren, und als sie Michael Muster ihrer Schrift zeigte, da lachte er und meinte, sie schreibe so unleserlich wie eine Gräfin.

An einem feuchten Oktobernachmittag lag sie im Bett und studierte in einer englischen Ausgabe die Sonette von Aretino. Sie hörte, wie der Schlüssel sich im Schloß drehte und die Tür im Nebenzimmer sich öffnete, und rief über ihre Schulter: »Michael? Komm her! Ich kann das nicht ver . . .«

Seine Stimme antwortete ihr sehr feierlich: »Komm her, Neffe!«

Sie hielt das für einen Scherz, sprang aus dem Bett und rannte zur Tür, aber auf der Schwelle blieb sie überrascht und entsetzt stehen. Denn neben ihm stand ein alter Mann, ein grämlicher, gezierter alter Herr mit strengen Augen, der aussah, als hätte man ihn in Essig aufbewahrt. Amber trat bestürzt einen Schritt zurück, und ihre Hand hob sich an die Brust des weitgeöffneten, weißen Hemdes, doch es war zu spät. Man konnte sie unmöglich für einen Knaben halten.

»Sie sagten, daß Sie einen Neffen bei sich hätten, junger Herr«, begann der alte Herr scharf, zog die buschigen Brauen herunter und wandte sich zu Michael. »Wo ist dieser Neffe?«

»Das ist er, Mr. Gripenstraw«, sagte Michael respektvoll, aber trotzdem mit einer gewissen heiteren Gleichgültigkeit.

Mr. Gripenstraw betrachtete Amber über seine viereckig geschnittenen, grünen Brillengläser und verzog den Mund. Amber ließ die Hand sinken und sagte zu Michael: »Es tut mir leid, Michael. Ich dachte, du seist allein.«

Er machte ihr ein Zeichen, und sie ging ins Schlafzimmer zurück, schloß die Tür, blieb aber stehen, so daß sie hören konnte, was gesprochen wurde. O Gott im Himmel, dachte sie verzweifelt und rieb die Hände gegeneinander. Was wird jetzt mit mir geschehen? Und wenn er herausfindet, wer ich bin. Dann hörte sie abermals die Stimme Mr. Gripenstraws.

»Nun, Mr. Godfrey, was haben Sie jetzt für eine Ausrede?«

»Keine, Sir.«

»Wie lange wohnt dieses Frauenzimmer schon bei Ihnen?«

»Einen Monat, Sir.«

»Einen Monat! Großer Gott! Haben Sie denn gar keinen Respekt vor der alten, ehrwürdigen Einrichtung des englischen Gesetzes? Aus Achtung für Ihren Vater habe ich viele Ihrer bisherigen Streiche übersehen, aber dies ist zu viel! Wenn es nicht darum wäre, daß ich Sir Michael schätze und ehre, würde ich Sie zur Flotte schicken, damit sie lernen, wie ein junger Mann sich benehmen soll. Wie die Dinge nun stehen, sind Sie ausgeschlossen. Daß ich ihr Gesicht nie wiedersehe! Und dieses Geschöpf hat binnen einer Stunde die Wohnung zu verlassen!«

»Ja, Sir, danke Sir.«

Die Tür öffnete sich. »Und lassen Sie sich noch das eine sagen, junger Herr: das einzige, was ein junger Mensch sich auf diese Art so zuziehen kann, sind Duelle, Krankheiten und Bastarde. Guten Tag.« Die Tür wurde geräuschvoll geschlossen.

Amber wartete einen Augenblick, dann riß sie ihre Tür auf. »O Michael, du bist ausgeschlossen! Und es ist meine Schuld!«

Sie begann zu weinen, aber er schloß sie rasch in die Arme. »Nun, mein Herzchen! Zum Teufel, wir sind dieses elende Loch los. Komm, nimm deinen Hut, und wir werden eine Wohnung suchen, wo ein Mensch leben kann, wie er will.«

*

Er mietete zwei Zimmer in einem Gasthaus, genannt ›Faß und Traube‹, das in der St. Clement's Lane lag, die zur Fleet Street führte. Es war außerhalb der Tore der City, in dem neueren und vornehmeren Westviertel der Stadt. Drury Lane war ganz nahe und Covent Garden, und man hatte nur fünf Minuten bis zu Gibbon's Tennis Court in der Vere Street zu gehen, der jetzt das Königliche Theater geworden war.

Er kaufte ihr einige Kleider, zunächst aus zweiter Hand, weil sie sie dringend brauchte, später wurden auch Kleider für sie nach Maß angefertigt, und sie fand sich mitten in einem Wirbel von Heiterkeit und Vergnügen. Vielen ihrer Freunde war sie schon begegnet, als sie noch im Temple wohnten, aber jetzt traf sie noch andere. Es waren junge Leute aus guten Häusern, künftige Barone und Lords, Offiziere bei der Garde des Königs oder des Herzogs, Schauspieler von einem der öffentlichen Theater. Und sie lernte auch die Frauen kennen, mit denen sie lebten, hübsche Mädchen, die Bänder oder Handschuhe im Royal Exchange verkauften, berufsmäßige Dirnen, Schauspielerinnen, alle klug und lustig und nicht älter als Amber, Blumen, die seit der Restauration aufgeblüht waren.

Sie gingen in die Theater und saßen im Parterre, wo die Frauen ihre Masken trugen und chinesische Orange saugten und mit jedem in Hörweite scherzten. Sie gingen in die Spielhäuser in Haymarket, und einmal geriet Amber in schreckliche Aufregung, denn ein Gerücht meldete, der König sei gekommen. Doch er kam nicht, und sie war bitter enttäuscht, denn sie konnte nie vergessen, wie er ihr einmal zugelächelt hatte. Sie gingen zum Essen in alle populären Gasthäuser, zu Locket bei Charing Cross, das immer voll von jungen Offizieren in ihren schönen Uniformen war, in die berühmte Daggerschenke in High Holborn, verrufen wegen der ewigen Zänkereien, aber berühmt wegen ihrer hervorragenden Kuchen. Sie gingen in das Puppentheater in Covent Garden, derzeit Treffpunkt der ganzen vornehmen Welt. Nachts fuhren sie in einer Mietskutsche herum, warfen Kupfermünzen durch die Fenster und wetteten, wer am meisten Scheiben zerschlagen konnte.

Und wenn sie daheim blieben, dann waren ihre Zimmer voll von jungen Menschen, die zu jeder Stunde des Tages oder der Nacht kamen, sich Essen und Trinken heraufschicken ließen, Karten spielten, sich betranken. Keiner von ihnen hatte anderes zu tun, als seinen Gläubigern auszuweichen. Ihr Credo war das Vergnügen. Die alten Ansichten von Moral waren ebenso unmodern wie hohe Hüte und wurden wie diese verschmäht und lächerlich gemacht. Gleichgültigkeit, Zynismus, Selbstsucht und Opportunismus waren Zeichen edler Herkunft. Gute Manieren, Redlichkeit, Treue wurden verachtet.

Die Herren der alten Schule vom prunkvollen Hof Karls I. warfen dem jetzigen König Sitten und Benehmen der neuen Generation vor. Und mochte es auch wahr sein, daß Karl weder wünschte noch versuchte, strenge Maßstäbe aufzustellen, so hatten die gleichen Lebensbedingungen doch schon während der letzten Jahre des Protektorates existiert, obgleich mehr unter einem Mantel der Heuchelei verborgen. Der Bürgerkrieg – nicht Seine Majestät – hatte den Samen gesät, der seit seiner Rückkehr voll aufgegangen war.

Doch Amber ahnte auch nicht von weitem die Kraft von Richtungen und Strömungen. Sie liebte einfach dieses Leben. Sie liebte Lärm und Wirrwarr, Getümmel und Unordnung, rücksichtslose, unbekümmerte Fröhlichkeit. Sie wußte, daß es ganz anders war als das Landleben, und sie freute sich darüber, denn hier konnte sie tun, was sie wollte, und niemand war entrüstet oder ermahnte sie. Es kam ihr nicht einmal in den Sinn, daß dies vielleicht doch nicht das übliche Leben aller besseren Leute zu allen Zeiten war.

Keiner der jungen Menschen hatte ein Interesse an der Ehe, die so in Verruf geriet, daß sie nur noch als letzte Zuflucht eines Mannes galt, der so verschuldet war, daß er keinen andern Ausweg sah. Die guten Manieren verboten Mann und Frau, einander zu lieben, selbst eine kleine Zuneigung wurde kaum gestattet, und eine glückliche Ehe wurde verachtet, nicht beneidet. Das war auch Ambers Ansicht, denn Luke Channell hatte sie davon überzeugt, daß die Ehe der kläglichste Zustand sei, den eine Frau erdulden könnte, und sie sprach ebenso beredt wie irgendeiner dieser Gecken über den Unsinn der Heirat. Im tiefsten Herzen machte sie wohl einen kleinen Vorbehalt für Bruce Carlton – aber beinahe war sie schon bereit zu glauben, daß sie ihn nie mehr wiedersehen werde.

Anfangs schwebte Amber immer in größter Angst, wenn sie das Haus verließ, obgleich sie gewöhnlich mit Kapuze und Maske ausging, ein Konstabler könnte sie anhalten. Die Erinnerung an Newgate bedrückte sie wie ein Alptraum. Doch noch schlimmer war das Bewußtsein, daß sie, sobald man sie festnahm, höchstwahrscheinlich entweder gehängt oder deportiert würde, und sie war schon so sehr Londonerin, daß ihr die eine Strafe ebenso hart erschien wie die andere.

Und dann fand sie eines Tages etwas heraus, was ihr ebensowohl eine Lösung wie auch ein erregendes neues Abenteuer zu versprechen schien. Sie war überrascht gewesen, wie elegant all diese Schauspieler sich auf der Bühne kleideten, und eines Abends sprach sie zu Michael darüber.

»Weiß Gott, sie sehen alle aus wie Lords. Wieviel verdienen sie denn?«

»Fünfzig oder sechzig Pfund im Jahr.«

»Ach – und Charles Hart hatte heute einen Degen, der ihn allein soviel kosten muß!«

»Wahrscheinlich. Sie sind alle bis über die Ohren verschuldet.«

»Dann beneide ich sie nicht«, sagte Amber und klirrte mit dem Armband. »Arme Teufel! In Newgate werden sie nicht so schmuck aussehen.«

Michael öffnete ihr gerade das Mieder. »Die kommen nicht nach Newgate. Ein Schauspieler kann nur auf besonderen Befehl des Königs verhaftet werden.«

Sie drehte sich um. Ihr Interesse war wach geworden. »Man kann sie nicht verhaften? Warum?«

»Nun, weil sie Seiner Majestät Diener sind und den Schutz der Krone genießen.«

Das war etwas, worüber man nachdenken mußte.

Nicht zum ersten Mal warf sie begierig ihre Blicke nach der Bühne. Wenn sie mit Michael im Parterre saß, hatte sie gesehen, wie die Lebemänner die Schauspielerinnen anstarrten und sich nach der Vorstellung in der Garderobe sammelten, sie tätschelten und zum Essen ausführten. Sie wußte, daß sie von einigen der vornehmsten Herren am Hofe ausgehalten wurden, sich prächtig kleideten, schöne Wohnungen und häufig ihren eigenen Wagen besaßen. Trotz einer gewissen lässigen Verachtung, mit der sie von den gleichen Männern behandelt wurden, die ihnen den Hof machten, schienen sie doch die glücklichsten Geschöpfe auf Erden zu sein. Amber wurde neidisch, wenn sie sah, wie alle Aufmerksamkeit, aller Applaus den andern galt, da sie doch fühlte, daß sie ihn mindestens ebensosehr verdienen würde.

Sie hatte sie in der Nähe gesehen und war überzeugt, daß sie besser aussah als irgendeine von ihnen. Ihre Stimme war gut, sie hatte ihre Provinzaussprache verloren, und ihre Gestalt war ausgezeichnet. Darüber waren sich alle einig. Welche Fähigkeiten brauchte eine Schauspielerin noch? Wenige unter ihnen hatten so viel mitzubringen wie sie.

Kurz darauf ergab sich eine Gelegenheit.

Mit Michael und vier andern Paaren saß sie eines Abends in einem Privatzimmer der ›Folly‹, eines Unterhaltungslokals. Sie saßen bei Käskuchen und Wein, öffneten Austern und sahen einer Nacktänzerin zu.

Amber saß auf Michaels Schoß; er hatte seinen Arm um ihre Schulter, aber seine Aufmerksamkeit gehörte der Tänzerin, und Amber stand gekränkt auf und setzte sich neben den einzigen Mann, der seinen Rücken gedreht hatte, weil er noch mit dem Abendessen beschäftigt war. Das war Edward Kynaston, der berühmt schöne, junge Schauspieler vom King's Theater, der die Frauenrollen gespielt hatte, bevor man damit begonnen hatte, Schauspielerinnen auftreten zu lassen.

Er war sehr jung, nicht älter als neunzehn, mit mädchenhafter Haut, gewelltem blondem Haar und blauen Augen und einem schlanken, wohlgebauten Körper. Nichts störte die Vollkommenheit bis auf die Stimme, der von der langen Übung in Frauenrollen eine Art unangenehmen Knautschens geblieben war. Er lächelte ihr zu, als sie sich jetzt neben ihn setzte.

»Edward, wie sind Sie zum Theater gekommen?«

»Warum? Haben Sie vielleicht vor, Schauspielerin zu werden?«

»Glauben Sie denn nicht, daß ich es könnte? Hoffentlich bin ich hübsch genug dazu?« Sie lächelte und ließ ihre Augen spielen.

Er sah sie nachdenklich an. »Das sind Sie gewiß. Sie sind hübscher als irgendeine, die wir haben oder die Davenant hat.« Davenant leitete das Theater des Herzogs von York, denn es gab nur zwei privilegierte Truppen, obgleich auch andere spielten, und die Rivalität zwischen den Schauspielern Seiner Majestät und jenen Seiner Hoheit war scharf. »Sie möchten sich vermutlich auf der Bühne zeigen und auf diese Art irgendeinen großen Mann als Freund gewinnen.«

»Vielleicht«, gab sie zu. »Es soll sehr nutzbringend sein, wenn man diesen Weg einschlägt.«

»Das mag sein, Madame. Wollen Sie, daß ich Sie Tom Killigrew vorstelle?« Tom Killigrew war bei Hof sehr beliebt und Leiter des Königlichen Theaters.

»Würden Sie das? Wann?« Sie war erregt und ein wenig verängstigt.

»Morgen um elf Uhr wird die Probe zu Ende sein. Kommen Sie dann, wenn Sie Lust haben.«

Für diese Gelegenheit zog Amber sich mit größter Sorgfalt an, und obgleich es ein kalter Novembermorgen war und kein Sonnenstrahl Rauch und Nebel durchdrang, wählte sie ihr schönstes Kleid und ihren besten Mantel. Den ganzen Morgen hatte sie der Magen gedrückt, und ihre Handflächen waren feucht. Sie war schrecklich nervös, und im letzten Augenblick wuchs die Panik derart in ihr, daß sie sich überwinden mußte, um endlich ihr Zimmer zu verlassen.

Als sie im Theater anlangte und die Maske abnahm, ließ der Türhüter ein leises Pfeifen hören; sie lachte und zog, plötzlich erleichtert, ein unverschämtes Gesicht.

»Ich komme zu Edward Kynaston. Er erwartet mich. Darf ich hineingehen?«

»Sie verschwenden Ihre Zeit, Herzchen«, sagte er. »Kynaston macht sich aus der schönsten Frau der Welt nicht das geringste. Aber gehen Sie, wenn Sie wollen.«

Die Bühne wurde gerade frei gemacht, und Killigrew war im Parterre und sprach mit Kynaston und Charles Hart und einer Schauspielerin, die auf der Bühne stand. Es war dunkel, denn nur die Kerzen in dem Lüster, der über der Bühne hing, waren angezündet. Orangenschalen lagen in den Gängen zwischen den Sitzen, und die mit grünem Stoff bezogenen Bänke trugen die Fußspuren der Leute, die darauf gestanden waren. Jetzt, da Publikum und Lärm fehlten, war etwas seltsam Armseliges, Schäbiges, beinahe Trauriges in der Atmosphäre des Raumes. Aber Amber bemerkte das nicht.

Einen Augenblick lang zauderte sie, dann ging sie entschlossen durch den Gang auf sie zu. Auf das Geräusch ihrer Schritte hin drehten sie sich um, und Kynaston winkte ihr. Sie sahen, wie Amber auf sie zukam, Kynaston, Charles Hart, Killigrew und die Frau auf der Bühne, Beck Marshall. Amber hatte Charles Hart bereits kennengelernt, einen schönen Mann, der schon seit Jahren beim Theater war und in der harten Zeit der Republik oft genug das Gefängnis riskiert hatte. Und einmal war sie auch gelegentlich Beck Marshall vorgestellt worden, die jetzt, die Hände in die Hüften gestützt, dastand und sie musterte und sich keine Einzelheit von Ambers Toilette oder Frisur oder Gesicht entgehen ließ. Dann wendete sie sich mit fliegenden Röcken um und ging. Die drei Männer blieben.

Kynaston stellte sie Killigrew vor, einem aristokratisch aussehenden Mann in mittleren Jahren mit leuchtenden blauen Augen und weißen Haaren und einem altmodischen Spitzbart. Er sah nicht aus, als wäre er der Vater des berüchtigten Harry Killigrew, dessen Streiche sogar bei Hof einiges Aufsehen erregten. Amber hatte Harry einmal gesehen, wie er die Frauen in St. James' Park belästigte, aber sie war maskiert und gut eingehüllt gewesen, und er hatte sie nicht bemerkt.

Sie machte Killigrew einen Knicks. »Kynaston hat mir gesagt, daß Sie zur Bühne gehen möchten«, sagte er.

Amber warf ihm ihr lockendstes Lächeln zu; sie hatte es noch rasch einige Male vor dem Spiegel probiert, bevor sie gegangen war, aber jetzt zitterten ihre Mundwinkel, und sie fühlte einen Druck in der Brust. »Ja«, sagte sie leise. »Das möchte ich. Würden Sie mir eine Rolle geben?«

Killigrew lachte. »Legen Sie einmal Ihren Mantel ab, und gehen Sie auf die Bühne hinauf, damit ich Sie ansehen kann.«

Amber löste das Band, das den Mantel hielt, und Charles Hart reichte ihr die Hand, um ihr auf die Bühne zu helfen. Sie hielt sich so, daß Busen und Taille zur rechten Geltung kamen, ging die Bühne entlang, drehte sich um, hob die Röcke über die Knie, um ihre Beine sehen zu lassen. Hart und Killigrew wechselten bezeichnende Blicke.

Schließlich, nachdem er sie etwa so begutachtet hatte wie ein Pferdehändler einen Gaul, den er kaufen will, fragte Killigrew: »Was können Sie sonst noch, Mrs. St. Clare, außer schön aussehen?«

Charles Hart stopfte seine Pfeife und knurrte zynisch: »Was soll sie sonst noch können? Was kann denn irgendeine von ihnen sonst?«

»Zum Teufel, Hart! Wollen Sie ihr vielleicht einreden, daß sie nicht einmal versuchen muß, spielen zu lernen? Nun, mein Kind, was können Sie sonst noch?«

»Ich kann singen, und ich kann tanzen.«

»Schön! Das ist schon die Hälfte des Berufs einer Schauspielerin.«

»Weiß Gott!« brummte Charles Hart. Er selbst konnte spielen und fand, daß das Theater heutzutage, da man nichts sehen wollte als weibliche Beine und Brüste, geradezu Amok lief. »Ich zweifle nicht, daß wir eines Tages ›Hamlet‹ mit einem Tanz der Totengräber inszeniert sehen werden.«

Killigrew gab ihr ein Zeichen, und Amber begann zu tanzen. Es war eine spanische Sarabande, die sie vor mehr als einem Jahr gelernt und seither häufig getanzt hatte, in Whitefriars für Black Jack und seine Freunde und neuerdings für Michael und dessen Kreis. Sie drehte sich, sie wendete sich, sie verneigte sich, sie wirbelte über die Bühne, und all ihr Selbstbewußtsein ging in der leidenschaftlichen Entschlossenheit auf, zu gefallen. Nachher sang sie einen unanständigen Gassenhauer, der aus der alten griechischen Geschichte von Theseus und Ariadne eine Burleske machte. Ihre Stimme hatte einen frechen, lüsternen Klang, der auch einem unschuldigeren Lied etwas sinnlich Erregendes gegeben hätte. Als sie schließlich einen tiefen Knicks machte und dann den Kopf hob, um ihn sehnsüchtig fragend anzulächeln, da schlug Killigrew die Hände zusammen.

»Sie sind so sensationell wie ein Feuerwerk auf der Themse. Können Sie auch eine Rolle lesen?«

»Ja«, sagte Amber, obgleich sie es nie versucht hatte.

»Schön, das ist jetzt nicht weiter wichtig. Nächsten Mittwoch spielen wir ›Tragödie eines Mädchens‹. Kommen Sie morgen um sieben Uhr zur Probe, und ich werde Ihnen eine Rolle geben.«

Halb toll vor Freude lief Amber nach Hause und berichtete Michael die große Neuigkeit. Doch wenn sie auch nicht erwartet hatte, die Heldin zu spielen, war sie trotzdem ernsthaft enttäucht, als sie am nächsten Morgen erfuhr, daß sie lediglich eine in einer Schar von Hofdamen war und kein einziges Wort zu sprechen hatte. Auch die Gage enttäuschte sie, die nur fünfundvierzig Pfund im Jahr betrug. Jetzt begriff sie, daß die fünfhundert Pfund, die Bruce Carlton ihr gegeben hatte, ein sehr ansehnlicher Betrag gewesen waren, wenn sie nur den Verstand gehabt hätte, richtig damit umzugehen.

Doch sowohl Kynaston wie Charles Hart ermutigten sie. Wenn sie die Aufmerksamkeit des Publikums erregte – und dessen waren sie sicher –, dann würde sie bald in größeren Rollen beschäftigt werden. Eine Schauspielerin brauche keine so lange Lehrzeit wie ein Schauspieler. Hübsche junge Frauen seien auf dem Theater stets sehr gefragt, und wenn sie den Männern im Publikum gefielen, dann könnten sie sprechen wie kreischende Eulen und brauchten nicht besser zu spielen als Puppen.

Rasch hatte sich eine heiter freundschaftliche Beziehung zu den Schauspielern ergeben, und sie war bereit, sich auf die gleiche Art mit den Frauen zu stellen, aber die Frauen wollten nichts von ihr wissen. Obgleich die Frauen erst seit kaum einem Jahr zur Bühne zugelassen waren, hatten sie bereits eine Clique gebildet und waren eifersüchtig und argwöhnisch, wenn eine Außenseiterin in ihre eng geschlossenen Reihen einzubrechen versuchte. Sie ignorierten sie, wenn sie zu ihnen sprach, flüsterten und kicherten hinter ihrem Rücken und versteckten ihr das Kostüm am Tag der Kostümprobe, alles offenbar in der Hoffnung, ihr das Theater gründlich zu verleiden. Aber Amber war nie der Ansicht gewesen, daß andere Frauen für ihren Erfolg und für ihr Glück wichtig seien, und sie hatte nicht vor, sich von ihnen stören zu lassen.

Die Bühne bezauberte sie. Sie liebte alles, was mit dem Theater zusammenhing: die Probenzeit, wenn sie eifrig lauschte und beobachtete und die Hälfte der andern Rollen behielt; den aufregenden Tag, da sie in der Kanzlei des Lord Kämmerers als Seiner Majestät Dienerin vereidigt wurde; die Mysterien des Schminkens, in die sie jetzt eingeweiht wurde – sich schwarz und weiß und rot zu malen, falsche Nasen, falsche Bärte, falsche Haare anzukleben; die wunderbare Maschinerie, die es ermöglichte, den Mond aufgehen, die Sonne durch den Nebel brechen zu lassen, den Vogelsang und das Prasseln des Hagels nachzuahmen; die Kostüme, von denen einige besonders prunkvolle von Adligen geschenkt wurden, während andere nur Imitationen aus billigen Stoffen waren. Das alles schloß sie in ihr Herz, machte es zu einem Teil ihres Wesens, wie sie es mit London gehalten hatte.

Endlich kam der große Tag heran, und nach einer schlaflosen Nacht voll Zweifel und Angst stand sie auf, zog sich an und ging sehr früh ins Theater. Unterwegs sah sie einen der Theaterzettel an einen Pfosten genagelt und blieb stehen, um zu lesen: Im Königlichen Theater wird am heutigen Mittwoch, dem neunten Tag des Dezember, ein Schauspiel aufgeführt, das den Titel trägt *Tragödie eines Mädchens*. Beginn präzis um drei Uhr. Die Diener Seiner Majestät. Vivat Rex!‹ Und als sie das Theater erreichte, wehte bereits eine Fahne vom Dach, um anzuzeigen, daß an diesem Tag eine Vorstellung stattfand.

O mein Gott, dachte sie. Wie bin ich nur darauf gekommen, daß ich zum Theater gehen könnte?

Es war noch so früh, daß sie das ganze Theater leer fand bis auf ein paar Kulissenschieber und die Garderobiere, Mrs. Scroggs, eine schmutzige, ewig betrunkene alte Hexe, deren Tochter Killigrew für zwanzig Schilling wöchentlich zum Gebrauch für seine Schauspieler engagiert hatte. Mit Ambers Umgänglichkeit und häufigen Trinkgeldern war es ihr gelungen, schließlich die Freundschaft der Alten zu gewinnen, und Mrs. Scroggs war ebenso leidenschaftlich ihre Parteigängerin, wie die andern Frauen gegen sie gesonnen waren. Als die andern Schauspielerinnen ankamen, war sie bereits geschminkt und kostümiert und beobachtete zwischen den Vorhängen das Publikum.

Das Parterre war schon voll; Lebemänner, Dirnen und Orangenverkäuferinnen, alle lärmend und lachend und geräuschvoll ihre Bekannten begrüßend. Auf den Galerien drängten sich Männer und Frauen, und die Lehrlinge probierten noch rasch ihre Katzenmusik. Endlich füllten sich auch die Logen mit prächtig gekleideten und juwelengeschmückten Damen, schmachtende, verträumte Geschöpfe, die das Stück bereits langweilte, bevor es noch begonnen hatte. Selbst der Raum schien völlig verändert zu sein, verzaubert durch den Glanz und die Üppigkeit des Publikums.

Amber sah hinüber, die Kehle trocken, das Herz heftig klopfend vor Erwartung, als plötzlich Charles Hart hinter ihr auftauchte, einen Arm um ihre Taille legte und ihre Wange küßte. Sie fuhr erschreckt auf.

»Oh!« Sie lachte nervös und schluckte.

»Nun, Herzchen – bereit, die ganze Stadt bei den Ohren zu nehmen?«

Sie warf ihm einen flehenden Blick zu. »Ach, ich weiß nicht! Michael ist mit einem Haufen Freunden im Parterre, aber ich habe trotzdem Angst.«

»Unsinn! Wovor fürchten Sie sich? Vor diesen hochgeborenen Gekken dort draußen? Lassen Sie sich von denen keine Angst einjagen . . .« er brach ab, als plötzlich die Geiger im Orchester oberhalb der Bühne die ersten Takte einer heiteren Melodie anstimmten. »Hören Sie! Seine Majestät kommt!« Und er zog die Vorhänge so weit zurück, daß er und Amber hinaussehen konnten.

Es gab ein Bänkerücken und ein leises Murmeln, als alle aufsprangen und sich der Loge des Königs zuwendeten, die in der Mitte des Balkons lag, vergoldet, mit scharlachrotem Samt drapiert und mit dem Wappen der Stuarts geschmückt. Als der König erschien, schwoll die Musik an, und die Männer schwenkten ihre Hüte. Karl, hochgewachsen und dunkel, lächelte freundlich und hob eine Hand zum Gruß; er beherrschte die Gruppe von Männern und Frauen, die ihn umgab, doch keiner konnte Barbara Palmer übersehen, die juwelenglitzernd, hochmütig und schön und ein wenig mißgestimmt neben ihm stand. Sie sahen sehr großartig und ehrfurchteinflößend aus, und Amber, die hinter den Vorhängen hervorspähte, wurde plötzlich von einem schmerzlichen Gefühl ihrer eigenen Unbedeutendheit erfaßt.

»Oh«, hauchte sie unglücklich. »Sie sehen aus wie Götter!«

»Auch Götter, mein Kind, benützen einen Nachttopf«, sagte Charles Hart, und dann ging er in die Garderobe zurück, um sich seinen Mantel zu holen, denn er sprach den Prolog. Amber sah ihm nach und lachte, ein wenig erleichtert.

Doch ihre Blicke wandten sich sogleich wieder Mrs. Palmer zu, die sich in ihrem Stuhl zurücklehnte und mit einem Herrn hinter ihr lachte und sprach. Ambers Gesicht verhärtete sich im Haß. Ihre Finger mit den langen Nägeln krümmten sich, und ihre Phantasie schenkte ihr das höchst befriedigende Bild, wie sie dieser Frau Schönheit und das selbstbewußte Lächeln aus dem Gesicht kratzte. Die Eifersucht, die sie empfand, war so heftig und schmerzhaft wie an jenem fernen Abend, als sie auf die Straße hinuntergeschaut und Bruce Carltons Kopf sich bücken sah, um eine rothaarige Frau zu küssen, die sich aus ihrem Wagen lehnte und lachte.

Bald war sie von den andern Schauspielerinnen umringt, die sich hinter ihr scharten, sie wegschoben, bis sie einer von ihnen einen heftigen Rippenstoß versetzte, und den Vorhang hoben, um ihren Verehrern im Parterre zuzuwinken. Sie schienen alle so glücklich unbefangen, als ginge es um nichts als um eine Probe mehr. Amber aber wünschte verzweifelt, sie könnte aus dem Theater davonlaufen, zurück zu der Ruhe und Sicherheit ihrer Zimmer und sich dort verstecken. Sie war überzeugt, daß sie sich nie so weit überwinden könnte, diese Bühne zu betreten und sich diesem harten, eleganten, kritischen Publikum zu stellen, dessen Augen und Zungen wie Harken über sie hinwegfahren würden.

Der Prolog war zu Ende, die Vorhänge teilten sich, Charles Hart und Michael Mohun sprachen ihre ersten Worte. Das Publikum beruhigte sich so weit wie immer, obgleich das Summen und Schwatzen nicht abriß und da und dort gelegentlich ein Lachen oder eine laute Bemerkung zu hören war. Amber, die den größten Teil des Dialogs auswendig wußte, entdeckte jetzt, daß sie kaum mehr fähig war zu folgen, und die Hofdamen waren bereits auf der Szene, als Kynaston ihr einen kleinen Schubs gab.

»Vorwärts!« Einen Augenblick lang vermochte sie nicht, sich zu rühren, dann aber hob sie den Kopf, obgleich ihr Herz zum Zerspringen pochte, und betrat die Szene. Bei den Proben hatten die andern Frauen es fertiggebracht, sie in den Hintergrund zu drängen, wenn Killigrew auch gesagt hatte, er wolle sie dem Publikum zeigen, jetzt aber, durch ihren verspäteten Auftritt, stand sie näher zum Publikum als irgendeine andere.

Sie hörte eine männliche Stimme im Parterre. »Wer ist dieses prachtvolle Frauenzimmer, Orange Moll?«

Eine andere Stimme sagte: »Das muß die Neue sein; bei Gott, sie ist schön!«

Und von der Galerie ließen die Lehrlinge ein zustimmendes Summen hören.

Amber spürte, wie ihre Wangen zu brennen begannen, doch endlich zwang sie sich, einen Seitenblick zu wagen. Sie sah verschiedene Gesichter, die sich grinsend zu ihr hoben, und mit einem Male erfaßte sie, daß es einfach Männer waren wie andere Männer auch. Bevor die Hofdamen abgingen, warf sie dem Publikum noch ein bezauberndes Lächeln zu und hörte abermals, wie ein Summen der Zustimmung sich erhob. Und dann blieb sie in den Kulissen stehen und ärgerte sich, denn damit war ihre Rolle beendet. Und als der Vorhang sich schloß, war sie dem Theater unrettbar verfallen.

Auf dem Weg zur Garderobe sprach Beck Marshall sie an. »Hören Sie, Mrs. Dingsda«, sagte sie und tat, als hätte sie Ambers Namen vergessen. »Sie brauchen sich nicht zu spreizen wie eine Krähe in der Furche. Diese Herren recken immer den Hals nach etwas Neuem.«

Amber lächelte überlegen und sehr selbstzufrieden. »Machen Sie sich um mich keine Sorgen, Madame. Ich werde meine Interessen schon selbst zu wahren wissen, dafür bürge ich Ihnen.«

Doch sie war nicht wenig enttäuscht, als Michael und drei seiner Freunde auftauchten, sie umringten und für alle andern unerreichbar machten, denn mehrere junge Leute musterten sie und erkundigten sich neugierig und bewundernd nach ihr.

Schön, schön, dachte sie. Michael wird mich nicht ewig stören.

Sechzehntes Kapitel

Am nächsten Tag erhielt Amber die Rolle der ersten Hofdame und hatte vier kurze Zeilen zu sprechen. Nicht viel später übernahm sie bereits wichtige Rollen, sang Lieder und tanzte in engen Hosen und dünner, weißer Bluse den Tanz am Ende der Vorstellung. Ihre Hauptbefähigung als Schauspielerin war es, daß sie mühelos jede Frau, ob große Dame oder Magd, treffend und nur pikant übertrieben nachahmen konnte, und mehr wurde kaum erwartet, denn für die Feinheiten einer Charakterentwicklung hatte das Publikum keinen Sinn. Der Geschmack war auf rohe, erregende Effekte gerichtet, mochte es nun um Stücke, Frauen oder Ausstattung gehen.

Man liebte die blutigen, lärmenden, schreckenvollen Dramen von Beaumont und Fletcher, hielt Ben Jonson für den größten Theaterdichter aller Zeiten und fand Shakespeare zu realistisch und vermißte bei ihm die poetische Gerechtigkeit. Er bedurfte wesentlicher Änderungen, um bühnenreif zu sein. Was man liebte und was man erhielt, war eine Menge Tanz und Gesang, häufiger Wechsel von Schauplatz und Kostüm,

Schlachten und Tote und Geister, Gemeinheiten und Zoten und halbnackte Weiber. Bei jedem Mord und Selbstmord spritzte Schafsblut aus verborgenen Blasen und besudelte die Schauspieler, Geister stiegen aus Versenkungen auf und verschwanden auf die gleiche Art, Marterszenen mit Streckfolter, Rad und Feuer erfüllten das Theater mit Angstgeschrei. Doch neben all dem flutete ein Strom von Scherzen zwischen Lebemännern im Parterre und den Schauspielerinnen, Dirnen und Orangenmädchen, und die Damen in den Logen schwenkten ihre Fächer und lächelten lässig ihren Verehrern zu.

Ambers Popularität war beträchtlich; weil sie neu war, sagten die Damen. Täglich nach der Vorstellung war sie von einer Schar von Hofmachern umgeben, die sie küßten, ihr das Strumpfband knüpften, ihr bei der Toilette zusahen und sie einluden, die Nacht mit einem von ihnen oder auch mit allen zu verbringen. Sie lauschte und lachte, flirtete mit jedem, ging aber mit Michael Godfrey heim.

Sie hatte Angst, seine Eifersucht zu wecken, denn er kannte alle ihre Geheimnisse und konnte sie zugrunde richten, wann er wollte. Doch wäre sie selbst frei gewesen, so hatte sie noch kein Angebot gehört, das sie verlockt hätte. Sie sah nach einem Mann von Bedeutung und Reichtum aus, der sie ihren Wünschen entsprechend aushalten müßte, mit Kleidern und Schmuck und einem Wagen, einer großzügigen Jahresrente, einer schön eingerichteten Wohnung mit Zofe und Lakai. Der Mann, der all das beschaffen konnte, war nicht alle Tage zu finden, selbst unter den Lebemännern der Theatergarderobe nicht, und wenn man ihn fand, war es nicht wahrscheinlich, daß er sich einfangen ließ. Amber war ungeduldig, wollte ihre Lebensbedingungen verbessern, war aber auch entschlossen, sich auf keinen raschen Wechsel einzulassen, der sie auf die steile Straße hinunterstürzen konnte, die zur gewöhnlichen Prostitution führte.

So ging ein Monat vorbei, und noch immer stand Amber mit den andern Schauspielerinnen nicht besser als anfangs. Sie versäumten keine Gelegenheit, ihr Unannehmlichkeiten zu bereiten, weder auf der Szene noch in der Garderobe, brachten Gerüchte in Umlauf, sie habe die französische Krankheit und lebe in Blutschande mit ihrem Bruder Michael, und kränkten sich mehr als je, wenn Amber sie alle mit kühler, überlegener Verachtung behandelte. Doch nichts, was sie aufbringen konnten, schien die Männer zu entmutigen, die darin bloßen eifersüchtigen Kulissenklatsch sahen.

»Nun«, sagte Beck Marshall eines Tages zu ihr, »die Männer mögen in der Garderobe auf Sie Jagd machen, aber ich habe noch keinen bemerkt, der Ihnen mehr als eine halbe Krone angeboten hätte.«

Amber saß mit gekreuzten Beinen auf einem der Tische, besah sich in einem Handspiegel und verlängerte sorgfältig mit einem schwarzen Strich ihre Augenbrauen. »Und wie steht es denn mit Ihnen, Madame? Wer ist denn Ihr Hengst? Der Herzog von York etwa?«

Beck lächelte eitel und selbstgefällig. »Vielleicht nicht Seine Hoheit.

Wohl aber Hauptmann Morgan, ein Mann von nicht geringerer Bedeutung.«

»Und wer, zum Teufel, ist Hauptmann Morgan? Der aufgeblasene Kerl, mit dem ich Sie unlängst im Chatelin gesehen habe?« Sie stand auf, drehte ihr den Rücken zu und winkte Mrs. Scroggs, die ihr ins Kleid helfen mußte.

»Hauptmann Morgan ist Offizier bei der berittenen Garde Seiner Majestät und ein sehr schöner Mann dazu. Und er ist so toll in mich verschossen, daß er mich von der Bühne wegnehmen und versorgen will. Ich zweifle nicht, daß er mich auch gleich heiraten würde, wenn ich mich zur Ehe entschließen könnte«, fügte sie hinzu.

Amber trat in ihr Kleid und beugte sich vor, um es hinaufzuziehen. »Sie sollten sich recht schnell dazu entschließen«, sagte sie, »sonst werden Sie noch Affen in der Hölle herumführen müssen.« Affen in der Hölle herumführen zu müssen galt für das Geschick alter Jungfern, und Amber neckte Beck gern damit, daß Beck zwei oder drei Jahre älter war. »Aber wo bewahren Sie denn dieses Wundertier auf? Hinter Schloß und Riegel?«

»In den letzten zwei Monaten war er nicht in der Stadt, seine Familie hat eine große Besitzung in Wales, und sein Vater ist gerade gestorben. Aber er schrieb mir, daß er schon nächste Woche wieder hier sein wird und dann ...«

»Oh, ich werde ganz bestimmt gelb vor Eifersucht, wenn ich ihn nur sehe.«

In diesem Augenblick steckte ein Bursche den Kopf in die Tür und rief: »Drittes Musikstück, meine Damen, drittes Musikstück!« Und alle strömten auf die Bühne, denn ›drittes Musikstück‹ bedeutete, daß es Zeit war, den Vorhang zu öffnen. Amber dachte nicht mehr an Becks Hauptmann Morgan, und so vergingen mehrere Tage. Doch eines Nachmittags, als sie sich, umgeben von ihrem Kreis unverschämter Hofmacher, nach der Vorstellung umzog, erschien ein Mann auf der Schwelle, der sogleich ihre Aufmerksamkeit auf sich lenkte.

Er war weit über sechs Fuß groß mit breiten Schultern, schmalen Hüften und prachtvollen Beinen. In seiner rotblauen Uniform sah er kräftig und männlich aus und bildete einen erregenden Gegensatz zu den blassen, verweichlichten, jungen Gecken, die ständig von ihren Krankheiten redeten und, wohin sie auch gingen, eine Schachtel Terpentinpillen bei sich trugen. Sein Gesicht war von rauher Schönheit mit gutgeschnittenen Zügen; er hatte welliges braunes Haar und war sonnverbrannt. Amber starrte ihn erstaunt und bewundernd an und fragte sich, wer das wohl sein mochte, und dann, als er langsam zu lächeln begann, hoben sich ihre Lider, und sie schenkte ihm ein leises Lächeln zur Antwort.

Da hörte sie Beck rufen: »Rex!«

Und sie warf sich ihm in die Arme, nahm seine Hand und führte ihn in den fernsten Winkel des Raumes. Sie zog sich hastig an und ging mit ihm fort, aber ehe er ging, warf er Amber noch einen Blick zu.

»Nun?« sagte Beck am nächsten Morgen, als sie im Parterre saßen und der Probe folgten. »Wie gefällt er Ihnen?« Aber ihre Augen hatten sich verengt, und sie wirkte mehr herausfordernd als triumphierend.

Amber lächelte unschuldig und zuckte die Achseln. »Gewiß, er ist ein schöner Mann. Kein Wunder, daß Sie ihn so rasch weggeschleppt haben, als müßten Sie zu einer Hebamme.« Ihre Augen funkelten boshaft. »Es wäre nicht ratsam, so ein Mannsbild die Bekanntschaft anderer Damen machen zu lassen, nicht wahr?«

Beck flammte auf. »Ich wittere, was Sie vorhaben, Madame! Aber lassen Sie sich das eine gesagt sein, wenn ich entdecke, daß Sie Ihre Netze nach ihm auslegen, dann sollen Sie es mir büßen. Ich mache Hackfleisch aus Ihnen, das schwöre ich.«

»Puh!« sagte Amber und stand auf. »Ihr Knurren schreckt mich nicht!«

Doch mehrere Tage lang erschien Hauptmann Morgan nicht hinter der Szene, und als Amber sie höhnte, daß sie ihren Schatz nicht zu zeigen wage, da wurde nicht bloß Beck, sondern auch ihre ältere Schwester Anne wütend und bedrohte sie mit dem Zorn Gottes wie mit ihrem eigenen. »Trauen Sie sich nur, etwas mit Hauptmann Morgan anzufangen!« tobte Anne dramatisch, denn sie war die Tragödin des Ensembles. »Das würden Sie schwer bereuen!«

Amber aber ließ sich von ihren Drohungen so wenig beeindrucken, daß sie jedesmal, wenn sie ihn im Parterre sah, und das geschah häufig, ganz offen mit ihm flirtete. Es hätte ihr sehr wohl gefallen, Beck Marshall einen Anbeter auszuspannen, auch wenn er weniger anziehend gewesen wäre.

Eines Nachmittags kam sie früh ins Theater, als ein zerlumpter, kleiner Knirps heranhinkte, sich hastig umsah und ihr dann ein gesiegeltes Papier in die Hand drückte. Neugierig riß sie es auf. ›Für Madame St. Clare‹, las sie – Madame war die Anrede für alle Schauspielerinnen. ›Ich muß gestehen, daß ich hoffnungslos in Sie verliebt bin, denn eine uns beiden bekannte Dame hat mich wissen lassen, daß man Ihnen nicht vertrauen darf und daß Sie bereits einem Mann gehören. Dennoch war ich so kühn, einen Tisch im ›Fuchs unter dem Berg‹ bei der Ivy Bridge reservieren zu lassen. Dort hoffe ich Sie morgen um sieben Uhr abend zu sehen. Ich verbleibe, Madame, Ihr sehr ergebener Diener Hauptmann Rex Morgan.‹ Und in einer Nachschrift fügte er schnell noch hinzu: ›Darf ich Sie bitten, Madame, diese Botschaft gütigst geheimhalten zu wollen?‹

Amber lächelte leicht vor sich hin, und nach einer Weile zerriß sie das Papier in kleine Stückchen und war sie in die Höhe. Dann ging sie ins Theater. Sie hatte durchaus nicht vor, Beck etwas von dem Brief zu erzählen. Zum mindesten nicht, bevor sie den Hauptmann mit Sicherheit eingefangen hatte. Doch sie konnte sich nicht enthalten, ihr ein verächtliches Lächeln zu zeigen, das Beck ärgern mußte, auch wenn es ihr nichts sagte.

Am nächsten Nachmittag hatte sie keine Vorstellung; sie verbrachte den Tag damit, ihr Haar zu waschen, obgleich der Kalender besagte, die Zeit sei astrologisch ungünstig, und zu überlegen, welches Kleid sie anziehen und welche Ausrede sie Michael gegenüber gebrauchen sollte. Noch war sie zu keinem Entschluß gelangt, als sie einen Mietswagen nahm und nach dem Royal Exchange fuhr, um Handschuhe, einige Bänder und eine Flasche Parfum zu kaufen. Als sie, die Arme mit Päckchen beladen, Mantel und Kapuze regennaß, heimkam, fand sie Michael im Gespräch mit einem andern Mann.

Er war viel älter als Michael, und als er sich jetzt umwandte, um sie anzusehen, war sein Gesicht finster und streng. Sie wußte im Nu, wer es war: Michaels Vater. Denn vor einiger Zeit hatte Michael Briefe von seinem Vater erhalten, in denen gefragt wurde, warum der junge Mensch aus dem Temple ausgeschlossen worden sei. Auch verlangte sein Vater, er solle sogleich nach Hause zurückkehren. Michael hatte ihr einen der Briefe vorgelesen und lachend erklärt, sein Vater sei ein pedantischer, alter Narr. Und dann hatte er die Briefe unbeantwortet ins Feuer geworfen. Jetzt allerdings sah er aus wie ein verprügelter Hund.

»Amber«, sagte er schließlich, »das ist mein Vater. Sir, darf ich Ihnen Mrs. St. Clare vorstellen?«

Sir Michael Godfrey musterte sie nur, ohne ein Wort zu sagen, und nach einer Weile ging sie durch das Zimmer, legte ihre Päckchen nieder und breitete den Mantel vor dem Kamin aus. Nachdem sie das getan hatte, wandte sie sich um. Die beiden Männer beobachteten sie noch immer, und Sir Michaels feindseliger Blick brachte ihr zum Bewußtsein, daß ihr Kleid sehr tief ausgeschnitten und ihr Gesicht geschminkt war. Jetzt sprach er zu seinem Sohn.

»Ist das die Frau, die du im Temple bei dir gehabt hast?« Als er das sagte, hatte Amber ein unbehagliches Gefühl, als sei sie eine gewöhnliche Dirne.

»Ja, Sir.«

Michael war seinem Vater gegenüber weniger keck als mit Mr. Gripenstraw. Der wilde, lustige Junge, der sich damit unterhalten hatte, Abend für Abend betrunken zu sein und schlafenden Bürgern die Fenster einzuwerfen, war verschwunden, und es blieb nur der verlegene, bekümmerte, respektvolle Sohn.

Sir Michael Godfrey wandte sich an Amber. »Madame, ich fürchte, daß Sie sich nach einem andern jungen Narren umsehen müssen. Mein Sohn kehrt mit mir aufs Land zurück, und Sie haben keinen Farthing mehr von seiner verfehlten Freigebigkeit zu erwarten.«

Amber sah ihn nur kühl an und unterdrückte ihren ersten Impuls, ihm grob zu antworten, denn sie erinnerte sich an alles, was Michael für sie getan hatte, und an alles, was er noch tun konnte, wenn er die Absicht haben sollte, sie zu schädigen. Mit einer Geste wies Sir Michael ihn aus dem Zimmer. Und obgleich er sekundenlang zögerte, ging er doch. Noch einmal drehte er sich mit einem wehmütig flehenden Abschiedsblick um, aber Sir Michael schob ihn kurzerhand hinaus und schlug die Tür zu. Amber tat es um Michael leid; sein Leben würde offenbar eine traurige Veränderung erfahren, doch ihr Mitleid wich bald der Erleichterung – und dann der freudigen Erwartung des Abends.

Meine Sterne stehen günstig, dachte sie überschwenglich. Gerade, als ich keinen Bedarf mehr für ihn hatte, ist er gegangen.

*

Amber kam nur wenig zu spät; als sie aber die Treppe zu dem Privatzimmer hinaufeilte, riß Hauptmann Morgan die Türe auf und begrüßte sie glücklich und begeistert. »Endlich sind Sie da! Wie gütig, daß Sie gekommen sind!« Seine Augen leuchteten vor Freude, er nahm ihr Muff und Mantel ab. »Sie sehen wunderbar aus. Bei Gott, Sie sind das prächtigste Geschöpf, das ich jemals gesehen habe!«

»Nun, nun, Hauptmann Morgan!« lachte Amber. »Beck Marshall erzählte mir, daß Sie ihr noch weit schönere Dinge sagen.«

Aber sie erblühte in seiner Bewunderung, und ihr ganzer Körper erschauerte, als sie den Ausdruck seines Gesichtes sah. Seit langem war sie in keinen Mann mehr so verliebt gewesen – seit Marygreen nicht mehr. Und sie freute sich, daß er auch ein schönes Kleid zu schätzen wußte, denn sie trug ihr neuestes und bestes; allzu viele von den jungen Gecken waren so mit ihrem eigenen Äußeren beschäftigt, daß sie kaum merkten, was eine Frau anhatte. Das Kleid war aus leuchtend grünem Samt, vorn geschlitzt und über einem Unterrock aus schwarzem Satin mit Goldflitter gerafft, und an jeder Schläfe trug sie eine zierliche Schleife aus schwarzem Satin.

»Zum Teufel mit Beck Marshall! Sie bedeutet mir gar nichts, das versichere ich Ihnen.«

»Das sagt jeder Mann von seiner alten Geliebten, sobald er eine neue im Kopf hat.«

Rex Morgan lachte. »Ich sehe, daß Sie ebensoviel Witz wie Schönheit besitzen. Das vollendet Ihren Reiz!«

In diesem Augenblick wurde an die Tür geklopft. Morgan rief ›Herein!‹ Es erschien der Wirt mit drei Kellnern, und sie luden bedeckte Zinnschüsseln ab, Messer und Löffel, Servietten, Gläser, Salzfässer und zwei Flaschen Wein. Sie stellten die Schüsseln hin, hoben gravitätisch die Deckel, damit Hauptmann Morgan den Inhalt betrachten könne, und dann verschwanden sie wieder. Amber und Rex setzten sich zu Tisch.

Das gab es: eine mächtige, dampfende Schüssel Krebssuppe, eine wohlgewürzte Hammelkeule, gespickt mit Austern und gehackten Zwiebeln, ein Huhn in goldfarbener Blätterteigkruste und einen Pudding aus dicker, reiner Sahne mit geriebenen Kastanien. Sie saßen Seite an Seite dem Kamin gegenüber, wo die Steinkohle in hellem Feuer brannte, und während sie aßen, unterhielten sie sich gemütlich, genossen das gute Mahl und bewunderten einander.

Er sagte ihr, sie habe die bezauberndsten Augen der Welt, das lieblichste Haar, das er je gesehen, den schönsten Busen und die reizendsten Beine. Seine Stimme klang vollkommen aufrichtig, und er betrachtete sie mit unverhohlenem Verlangen. Ach, er ist in mich verliebt, dachte Amber entzückt, und sah sich bereits morgen in der Garderobe, wo sie ihn vorführen würde wie einen Affen an einer Kette.

»Ist es wahr?« fragte er sie, als sie beim Pudding angelangt waren, »daß Sie die Geliebte eines Mannes aus dem Middle Temple sind?«

»Allmächtiger Gott! Wer hat Ihnen das erzählt?«

»Jeder, den ich nach Ihnen gefragt habe. Ist es wahr?«

»Bestimmt nicht! Eine Frau kann hier in London entführt werden, ohne ihre Unschuld zu verlieren! Ich will zugeben, daß ich eine Zeitlang mit einem Herrn die Wohnung geteilt habe, aber er war mein Cousin und ist jetzt nach Yorkshire heimgekehrt. Himmel, ich kann mir gar nicht vorstellen, was mein Vater sagen würde, wenn er all den Klatsch hörte – und völlig grundlos dazu!« Sie sah ihn entrüstet an.

»Ein Glück für ihn, daß er bloß ihr Cousin ist. Sonst hätte ich ihm eine Herausforderung senden müssen, um ihn aus dem Weg zu schaffen. Aber ich bin froh, daß er fort ist. Sagen Sie mir doch, wer Sie sind, woher Sie kommen! Jeder hat mir etwas anderes erzählt.«

»Ich bin Mrs. St. Clare, und ich bin aus Essex gekommen. Was wollen Sie sonst noch wissen?«

»Was machen Sie beim Theater? Sie sehen nicht aus, als ob Sie dazu gehörten.«

»Wirklich nicht? Man hat mir auch das Gegenteil gesagt!«

»So meine ich es nicht. Sie sehen aus wie eine Dame von Stand.«

»Ja nun –« Sie warf ihm einen Seitenblick zu, während er den Champagner einschenkte. »Die Wahrheit zu gestehen – ich bin es auch.«

Sie nahm das Glas, das er ihr reichte, lehnte sich zurück und begann, ihm die Geschichte zu erzählen, die sie fast seit dem ersten Tag ihrer Ankunft in London ausgeschmückt hatte und immer wieder mit neuen Einzelheiten verzierte, wenn ihr etwas Brauchbares einfiel. »Meine Familie ist alt und ehrenwert, und sie besaß ein Gut in Essex, aber sie verkaufte alles, um Seiner Majestät im Krieg zu helfen. Als ein alter, häßlicher Earl mich heiraten wollte, drängte mich mein Vater dazu, um diese Verluste wieder hereinzubringen. Ich wollte von dem alten, stinkenden Bock nichts wissen, aber mein Vater bestand auf dieser Ehe und sperrte mich im Haus ein. Ich brach aus und kam nach London – natürlich habe ich meinen Namen geändert, ich bin nicht wirklich Mrs. St. Clare.« Sie lächelte ihm über das Glas zu und freute sich darüber, daß er ihr anscheinend Glauben schenkte.

Dann stand er auf, hob die Stühle näher an das verlöschende Feuer heran, und sie setzten sich nebeneinander. Amber hob die Beine, schlug sie übereinander, so daß die Röcke sich hinaufschoben, und zeigte ihre schwarzen Seidenstrümpfe. Er nahm ihre Hand, und so saßen sie eine Weile schweigend, aber die Fäden zwischen ihnen spannen sich immer dichter.

Was soll ich tun? dachte sie. Wenn ich anfange, dann wird er mich für eine Dirne halten, und wenn nicht, dann kommt er vielleicht niemals wieder.

Schließlich wandte sie ihm ihr Gesicht zu und sah, wie er sie ernst und eindringlich und glühend vor Begierde anblickte. Er streckte einen Arm aus, nahm sie um die Taille, zog sie langsam näher, und sie glitt auf seinen Schoß. Noch zögerte sie, aber dann neigte sie ihr Gesicht über das seine und spürte den Druck seines Mundes, der warm und gierig war. Ihr Blut begann rascher zu kreisen, erfüllte sie mit Hitze und Leidenschaft, sie fühlte, wie jeder Widerstand schwand, und hatte keinerlei Neigung innezuhalten.

Doch als er vor ihr niederknien wollte, sprang sie plötzlich auf, ging durch das Zimmer und blieb, das Gesicht in den Händen, vor dem dunklen Fenster stehen. Sogleich war er hinter ihr, seine Finger ergriffen ihre Schultern, und er zog sie an sich. Seine Stimme flüsterte bittend.

»Liebling – sei nicht böse! Ich liebe dich, ich schwöre es dir. Ich begehre dich, ich muß dich besitzen!« Seine Finger gruben sich in ihre Schulter, und seine Stimme neben ihrem Ohr klang heiser. »Bitte, Amber, bitte! Ich möchte dich nicht kränken – komm!« Er drehte sich um und sah ihr in die Augen.

Amber machte sich frei; ihre Augen waren verstört, und sie war sehr rot. »Sie haben eine falsche Meinung von mir, Hauptmann Morgan! Ich mag beim Theater sein, aber ich bin keine Dirne. Mein armer Vater müßte vor Scham sterben, wenn seine Tochter ein sündiges Leben beginnen würde. Lassen Sie mich jetzt fort.« Sie ging an ihm vorbei, um ihren Mantel zu nehmen, und als er sich rasch umwandte, sie beim Arm packte, die Lippen fest aufeinander gepreßt, rief sie warnend: »Geben Sie acht, Sir! Ich bin keines Ihrer gefügigen Spielzeuge!«

Sie schlug den Mantel um sich, nahm den Muff und ging zur Tür. »Gute Nacht, Hauptmann Morgan! Wenn Sie mir gesagt hätten, warum Sie mich eingeladen haben, dann hätte ich Ihnen die Kosten eines Abendessens erspart.« Sie sah ihn hochmütig an, aber der kalte, zornige Ausdruck seines Gesichtes beunruhigte sie.

Jetzt, dachte sie, wenn er mich nicht wirklich liebt, dann habe ich alles verdorben.

Er hob eine Braue, und sein Mund verzog sich leicht. Doch als sie den Türknauf ergriff, trat er zu ihr und hielt sie zurück. »Gehen Sie nicht so fort, Mrs. St. Clare. Es tut mir leid, wenn ich Sie gekränkt habe. Ich hatte gehört – nun, das ist gleichgültig. Aber Sie sind eine verdammt begehrenswerte Frau. Ein Mann müßte kein Mann sein, wenn er Sie nicht begehren würde – und offen gestanden, ich bin einer.« Er lachte. »Erlauben Sie, daß ich Sie begleite.«

Von da an sah sie ihn häufig, aber nicht im Theater, denn sie war seiner noch nicht sicher und sie wollte nicht Beck die Möglichkeit geben, sie zu verhöhnen. Inzwischen fuhr Beck fort, sich mit seinen Aufmerksamkeiten zu brüsten, zeigte Amber seine Geschenke und erzählte ihr jede Einzelheit seiner Besuche. Auch Amber erhielt Geschenke: ein Paar erlesene französische Strümpfe aus schwarzen Spitzen, Strumpfbänder mit kleinen Brillantenschnallen, einen Muff aus breiten Goldbrokatbändern und an beiden Seiten mit schwarzem Fuchspelz garniert – aber wenn man sie nach dem Spender fragte, tat sie sehr mysteriös.

Sie benützte jeden Trick, den sie kannte, und mit der Zeit kannte sie viele, um sein Verlangen anzufachen. Doch jedesmal wenn er sich am Ziel glaubte, wies sie ihn zurück und erklärte nachdrücklich, sie sei eine tugendhafte Frau. Zu ihrem Glück kam er nicht auf den Gedanken, daß solch ein Benehmen das gerade Gegenteil von Tugend war. Manchmal brüllte er, sie sei ein kokettes Weibsbild und er wolle sie nie wiedersehen, und stürmte davon. Hin und wieder blieb er und flehte mit echter Verzweiflung und mußte am Ende doch geschlagen abziehen. Und danach kam er immer wieder.

Und dann fiel er eines Abends mit verstörtem Gesicht und schiefsitzender Krawatte in einen Stuhl und fragte: »Was, zum Teufel, verlangen Sie denn eigentlich? Ich halte es nicht länger so aus, ich verzehre mich nach Ihnen.«

Sie hatte ein Gefühl plötzlicher Erleichterung. Endlich! Und obgleich sie kurz vorher müde und entmutigt und allzusehr geneigt gewesen war, ihre Tugend nicht länger zu verteidigen, lachte sie jetzt, stand auf und trat vor den Spiegel, um sich das Haar zu richten.

»Beck weiß es anders. Noch heute hat sie mir erzählt, mit welch glühender Leidenschaft Sie gestern abend zu ihr kamen.«

Er schmollte wie ein verlegener Knabe. »Beck schwatzt zu viel. Antworten Sie mir! Warum halten Sie mich hin? Was wollen Sie? Die Heirat?«

Sie wußte, daß er Furcht hatte, diese Frage zu stellen, daß es ihm nicht dringlicher war zu heiraten als irgendeinem andern unter den jungen Leuten, und selbst wenn er ihre Geschichte von der aristokratischen Herkunft glaubte oder zu glauben vorgab, würde er keine Schauspielerin heiraten.

»Heirat!« wiederholte sie erstaunt und spöttisch und sah ihn im Spiegel an. »Davon kann einem ja übel werden! Welche vollsinnige Frau wünscht, geheiratet zu werden?«

»Anscheinend jede Frau.«

»Nun, sie würden es nicht wünschen, wenn sie je verheiratet gewesen wären.« Sie drehte sich zu ihm um und stützte die Hände leicht in die Hüften.

»Sind Sie vielleicht verheiratet?«

»Nein, natürlich nicht. Aber ich bin nicht blind. Ich habe so manches mitangesehen. Was ist denn eine Ehefrau? Die Männer behandeln sie schlechter als einen Hund. Sie sind nur dazu gut, ihre Brut aufzuziehen und einer Geliebten als Folie zu dienen. Die Ehefrau muß jedes Jahr ein Kind kriegen, aber der Geliebten gehört alles Geld und alle Aufmerksamkeit. Eine Ehefrau sein? Puh! Ich nicht! Nicht für tausend Pfund!«

»Nun!« sagte er, offenbar sehr erleichtert, »Sie sprechen wie eine verständige Frau. Aber es scheint Ihnen auch nicht sehr eilig zu sein, eine Geliebte zu werden. Und Sie wollen doch gewiß nicht Ihr ganzes Leben lang etwas so Wertloses wie eine Jungfrau bleiben? Eine Frau wie Sie doch nicht!«

»Habe ich das gesagt? Wenn ein Mann, den ich gern habe, mir ein anständiges Angebot machte, dann würde ich es mir gewiß überlegen.«

Er lächelte. »Endlich kommen wir weiter. Und was stellen Sie sich unter einem anständigen Angebot vor?«

Sie stützte den Ellenbogen auf den Kaminsims, und ein bloßes Knie wurde zwischen den Falten des Schlafrocks sichtbar; und dann zählte sie an den Fingern auf: »Ich brauchte eine Rente von zweihundert Pfund im Jahr. Ich brauchte eine Wohnung nach meiner eigenen Wahl und eine Zofe und einen netten kleinen Wagen, natürlich mit Kutscher und Lakai, und die Erlaubnis, beim Theater zu bleiben.« Sie hatte durchaus nicht die Absicht, das Theater zu verlassen, denn dort hatte sie ihn kennengelernt, und sie hoffte eines Tages, noch einen andern und noch bedeutenderen Mann kennenzulernen. Als sie sah, welche Möglichkeiten sich einer jungen, schönen, liebenswürdigen Frau boten, nahm ihr Ehrgeiz einen hohen Flug.

»Sie verlangen einen verdammt hohen Preis für sich.«

»Wirklich?« sie lächelte leicht und zuckte die Achseln. »Nun – ein hoher Preis, das wissen Sie wohl, hält schlechte Gesellschaft fern.«

»Wenn ich Sie beim Wort nehme, dann wird er hoffentlich überhaupt jede Gesellschaft fernhalten.» –

Amber brauchte mehrere Tage, um die Wohnung zu finden, die ihr paßte, und in jeder freien Stunde rollte sie in einer Mietskutsche durch die Stadt. Und endlich fand sie eine Drei-Zimmer-Wohnung im dritten Stock des ›Blue Balcony‹, auf dem eleganten Strand, am Ende der Drury Lane. Die Miete war hoch, aber Hauptmann Morgan bezahlte im voraus.

Hier war alles nach letzter Mode und spiegelte den heiteren, farbenfreudigen Geschmack der neuen Zeit wider. Der Salon war mit smaragdgrünem Damast tapeziert. Es gab französische Tische und Stühle in Nußholz, manche vergoldet und alle sehr verschieden von den schweren, alteichenen Möbeln, an die sie aus den Gasthöfen gewöhnt war. Ein langer Diwan aus Nußholz trug dicke, grüne Kissen mit Goldfransen, und an den Wänden hingen mehrere Spiegel in grüngoldener Fassung. Unverzüglich beschloß sie, daß sie auch ein Bild von sich haben müsse, das oberhalb des Kamins in die Wand eingelassen werden sollte, wie sie das in der Wohnung einer anderen Schauspielerin gesehen hatte, deren Freund ein Lord war.

Die Wände des Eßzimmers waren mit handgemalten chinesischem

Papier bedeckt, prunkende Pfingstrosen und Chrysanthemen, umschwärmt von Vögeln und Schmetterlingen in leuchtenden Farben. Auch im Schlafzimmer war eine Damasttapete mit grüngoldenem Muster; dort gab es auch einen fünfteiligen Wandschirm, zwei Teile rot und drei Teile grün, und auf den Stühlen grünrot gestreifte Kissen.

»Oh«, rief Amber, als Hauptmann Morgan die Wohnung mit ihr besichtigte und damit einverstanden war, »ich danke Ihnen, Rex! Ich kann es gar nicht erwarten einzuziehen.«

»Ich auch nicht«, sagte er. Aber sie verzog schmollend die Lippen, bevor sie ihm wieder zulächelte.

»Rex, denken Sie daran, was Sie mir gesagt haben! Sie haben versprochen, daß Sie warten werden.«

»Das werde ich auch. Aber um Gottes willen, nicht viel länger.«

Sie bestand darauf, ihre ganze Jahresrente im voraus zu erhalten, trug sie zu Shadrac Newbold, an dessen Namen sie sich noch von Bruce Carltons Zeit erinnerte, und legte sie bei ihm zu sechs Prozent an. In der Cow Lane fanden sie einen Wagen aus zweiter Hand, der zwar klein, aber frisch gestrichen und in gutem Zustand war. Er war leuchtend schwarz mit roten Rädern und mit rotem Geschirr, und Rex kaufte auch vier schöne, schwarzweiße Pferde. Kutscher und Lakai wurden Tempest und Jeremiah genannt, und Amber bestellte für die beiden eine rote Livree mit silbernen Tressen.

Die Zofe engagierte sie durch eine alte Frau, die Mrs. Scroggs ihr empfohlen hatte, mit der Zusicherung, das Mädchen sei ehrbar und aus gutem Hause, es könne gut kochen, nähen und putzen, sei eine Frühaufsteherin, klatschte nicht mit den Nachbarn und gehe niemals nachlässig gekleidet herum. Es war ein häßliches Mädchen, dessen Zähne weit voneinander standen und dessen Gesicht von kleinen Sommersprossen bedeckt war. Sie hieß Prudence, was Amber nicht gefiel, denn es erinnerte sie an die simple, harmlose Honour Mills, die sich mit einem Diebespaar verbündet hatte, um sie zu plündern. Doch das Mädchen bemühte sich so sehr, ihr zu gefallen, und machte bei der Aussicht, nicht engagiert zu werden, ein so klägliches Gesicht, daß Amber sie nahm.

Am ersten Abend in ihrer neuen Wohnung aßen sie und Rex ein sorgfältig zusammengestelltes Mahl, das aus dem nahen Gasthaus geschickt wurde, öffneten eine Flasche Champagner, tranken aber kaum ein Glas, denn er hob sie sogleich stürmisch auf und trug sie in das Schlafzimmer. Und trotz all seiner leidenschaftlichen Glut war er zartfühlend und rücksichtsvoll, und Amber fand, daß diese Nacht weit mehr einer Hochzeitsnacht glich als jenes unglückselige Erlebnis mit Luke Channell.

*

Am nächsten Nachmittag erschien Amber die Damengarderobe wie ein Schwarm wütender Hornissen. Beck Marshall war der Mittelpunkt von

Gesumm und Entrüstung. Sogleich erkannte sie, daß man etwas über sie und Rex erfahren hatte. Und obgleich alle ihr im Nu eisige Blicke zuwandten, trippelte sie in den Raum und zog mit größter Gleichgültigkeit die Handschuhe aus. Mrs. Scroggs watschelte unverzüglich zu ihr, ein zufriedenes Grinsen auf dem häßlichen Gesicht.

»Verdammt, Mrs. St. Clare«, sagte sie jetzt, und ihre tiefe, heisere Stimme übertönte den ganzen Lärm des Zimmers. »Das hat mir eine Mordsfreude gemacht, als ich von Ihrem großen Glück gehört habe.« Sie kam ganz nahe, roch nach Schnaps und Fisch und gab Amber einen Rippenstoß. »Wie Sie mich neulich nach einer Zofe fragten, da sagte ich zu mir selbst: ›Aha, Mrs. St. Clare hat einen Freund gefunden, das ist einmal sicher.‹ Aber ich schwöre, ich hätte nie geahnt, daß es Hauptmann Morgan ist.« Sie blinzelte ihr zu und wies mit dem Daumen nach der finster blickenden Gruppe der Kolleginnen.

Mrs. Scroggs hatte Amber Mantel, Fächer und Muff abgenommen und half ihr aus dem Kleid. »Auch andere nicht«, flüsterte Amber und warf den Damen mit anzüglichem Heben der Brauen einen Blick zu. Dann beugte sie sich vor, um aus ihrem Unterrock herauszutreten.

»Puh«, machte Mrs. Scroggs, »Sie hätten das Gesicht von Mrs. Rotznäschen sehen sollen, als sie die Neuigkeit erfuhr.« Sie lachte laut und zeigte die Löcher in ihrem Mund, wo einst Zähne gewesen waren. Dann schlug sie sich auf die breiten Schenkel. »Ich dachte, sie würde zerspringen!«

Amber lächelte, zog die Kämme aus den Seitenlocken und schüttelte ihr Haar. Und als sie sich dann umwandte, drehte auch Beck den Kopf, und ihre Augen begegneten einander. Sekundenlang starrten sie einander an, Amber strahlend und höhnisch, Beck schäumend vor Wut. Dann wandte Beck sich ab. Amber lachte laut und griff nach der schwarzen Perücke, die sie als Kleopatra in Shakespeares Tragödie trug, und zog sie über ihr eigenes, helles, seidiges Haar.

Sie wußte sehr wohl, daß sie nicht geeignet war, die Königin von Ägypten zu spielen – die Rolle wäre mit Anne Marshall weit richtiger besetzt gewesen –, aber es war eine Idee Tom Killigrews, und mit ihrer schwarzen Perücke, die Augen mit schwarzem Stift verlängert, in einem ärmellosen, glitzernden Gewand, das kaum den Busen bedeckte, und einem dünnen, scharlachfarbenen Rock, der bis zu den Knien geschlitzt war, hatte sie anderthalb Wochen ein überfülltes Haus angelockt. Die meisten Vorstellungen konnten nur drei- oder viermal gegeben werden, so klein war jener Teil der Londoner Bevölkerung, der ins Theater ging, aber um diese Kleopatra zu sehen, waren einige der jungen Leute vier- oder fünfmal gegangen. Immer wenn sie die Bühne betrat, gab es Pfeifen und Summen und die schamlosesten Bemerkungen, aber die Logen blieben erstaunlich leer, und angeblich hatten die Damen erklärt, sie könnten eine so aufdringliche und unzüchtige Zurschaustellung nicht dulden.

Amber war halb und halb auf Störungen gefaßt, doch obgleich die Atmosphäre gespannt war, verlief alles wie gewöhnlich bis zur letzten

Szene des letzten Aktes. Dann, als sie an der Seite der Bühne auf das Stichwort für ihren Auftritt wartete, standen Beck und Anne Marshall neben ihr, Beck an ihrer rechten Seite, Anne ein wenig weiter hinten. Amber warf Beck einen gleichgültigen Blick zu und sah dann auf die Szene, wo die Männer – mit dem großen gefiederten Kopfschmuck, der dem Publikum anzeigte, daß ein Drama gespielt wurde – über Kleopatras Schicksal entschieden.

»Nun, Madame«, sagte Beck, »gestatten Sie, daß ich Ihnen meine Glückwünsche darbringe. Wie man mir sagt, haben Sie große Fortschritte gemacht, Sie lassen sich nur noch von einem einzigen Mann aushalten.«

Amber sah sie scharf an und erwiderte mit tiefster Gleichgültigkeit: »Mein Gott, Madame, Sie sollten doch Ihren Apotheker aufsuchen. Sie sind ja ganz grün geworden!«

In diesem Augenblick stach sie eine Nadel von hinten, und sie fuhr ärgerlich auf, doch bevor sie Zeit hatte, etwas zu sagen, kam Mohun und schickte sie brummend auf die Bühne. Mit Beck auf der einen und Mary Knepp auf der andern Seite trat Amber auf und erklärte mit lauter, klarer Stimme:

»Schon gibt Verzweiflung mir ein bess'res Leben;
Armselig ist es, Cäsar sein ...«

Doch für die Spannung des Publikums zog sich die Szene zu langsam hin, Spannung brachte erst Kleopatras Dialog mit Octavius, ihr Entschluß, sich zu töten, der Selbstmord der Iras und dann Kleopatras Griff nach der Schlange aus Papiermaché, zu der sie die dramatischen Töne sprach:

»Dein scharfer Zahn löse mit eins des Lebens
Verwirrten Knoten; armer, gift'ger Narr ...«

Während Beck als treue Dienerin, die den Tod ihrer Herrin nicht ertragen kann, verzweifelt auf der Bühne herumlief, legte Amber die Schlange unter ihr Gewand und hörte einen jungen Mann unten bemerken: »Ich habe das jetzt sechsmal gesehen. Die Schlange sollte endlich entwöhnt werden.«

Sie biß die Zähne zusammen und schloß die Augen in einem plötzlichen Krampf. Doch sie nahm ihre tragischen Rollen nicht sehr ernst und hatte Mühe, ihre Lachlust zu unterdrücken.

Lange stand sie reglos, dann aber begann sie sich im Todeskampf zu winden. Doch kaum hatte sie dem Publikum halb den Rücken gekehrt, da hörte sie mit einemmal ein lautes Lachen in nächster Nähe. Und dann wurde das Lachen von hundert Kehlen aufgenommen. Es pflanzte sich nach den Logen und bis zu den Galerien unter dem Dach fort, wurde immer lauter und lärmender, bis es das Theater zu füllen, von allen Seiten gleichzeitig zu kommen schien und mit fast physischer Kraft auf sie einhämmerte.

Instinktiv wurde Amber sich bewußt, daß das Lachen ihr galt, drehte sich rasch um und griff nach ihrem Rock. Sie hatte erwartet, ihn hinten zerrissen zu finden, aber statt dessen fühlte sie ein Stück Pappe, riß es ab und warf es wütend über die Bühne. Vor sich, hinter sich, über sich sah sie eine Fülle von Gesichtern, eine unendliche Schau offener Münder, und im gleichen Augenblick begannen die Lehrlinge mit ihren Stöcken zu klopfen, mit den Füßen zu stampfen, und gröhlten:

»Ich bin nicht ohne,
Ihr lieben Knaben,
Für eine halbe Krone
Kann jeder mich haben!«

Halbkronenstücke begannen von allen Seiten auf die Bühne zu regnen, und Amber spürte, wie sie sie trafen. Die Männer kletterten auf die Bänke, brüllten aus vollen Lungen, die Damen hatten die Masken angelegt, schüttelten sich aber vor Lachen, das ganze Theater war von oben bis unten ein Tollhaus von Lärm und Durcheinander, obgleich seit Ambers unglückseliger Wendung nicht mehr als vierzig Sekunden verstrichen waren.

Mit hysterischem Kichern rannte Beck von der Szene, und als sich der Vorhang schloß, lief Amber so rasch sie nur konnte hinter ihr her und schrie gellend: »Komm nur her, du feiges Luder!«

Anne wartete zwischen den Kulissen und stellte Amber ein Bein, aber Amber sprang darüber hinweg, versetzte Anne einen Stoß, der sie taumeln ließ, und lief weiter. Auf ihrer Flucht durch den engen, dunklen Korridor wandte Beck sich um, als sie gerade die Garderobe erreichte, schrie auf, da sie sah, wie nah die Verfolgerin war, stürzte in das Zimmer und schlug die Türe zu. Doch bevor sie den Riegel vorschieben konnte, hatte Amber sich gegen die Türe geworfen, sie geöffnet, und war nun mit einem Ruck im Zimmer. Im nächsten Augenblick hatte sie selbst den Riegel vorgeschoben und stürzte sich auf Beck.

Kratzend und beißend, kreischend und stoßend, mit Fäusten aufeinander losschlagend, schwankten und taumelten sie von einem Ende des Zimmers zum andern. Ihre dünnen Kostüme hingen bald in Fetzen, die Perücken rutschten herunter, die schwarze Farbe der Brauen verschmierte ihre Gesichter, blutige Kratzwunden erschienen auf Wangen und Armen und Brüsten. Doch derzeit steigerte sich ihre Wut noch immer, sie fühlten nichts, sie hörten nichts, sie sahen nichts.

Draußen hatten sich die Leute gesammelt, pochten an die Tür, verlangten Einlaß. Mrs. Scroggs humpelte hinter den beiden her, blieb aber außer Reichweite um sich schlagender Arme und Beine und befeuerte Mrs. St. Clare durch Zurufe. Einmal, als sie zu nahe kam, versetzte Beck ihr einen bösen Stoß in den Bauch, der sie als atemlos zitternden, jammernden Haufen zusammensinken ließ.

Endlich stieß Amber von hinten ihr Bein in Becks Knie, und sie fielen miteinander zu Boden, eng umschlungen wie Liebende, rollten hin und her, und bald war die eine, bald die andere oben. Aus Ambers Nase strömte das Blut, aber schließlich kam sie doch rittlings auf Beck zu sitzen und bearbeitete ihr Gesicht mit den Fäusten, während Beck sich mit Nägeln und Zähnen wehrte. So weit waren sie, als Mrs. Scroggs die Türe öffnete und ein halbes Dutzend Männer hereinstürzte, um sie voneinander zu trennen. Man zerrte Amber fort und stieß Beck in einen andern Winkel des Zimmers. Beide Frauen brachen jetzt in nervöser Erschöpfung zusammen und protestierten nicht gegen das Eingreifen. Beck begann hysterisch zu weinen, und es entlud sich in ihr ein unzusammenhängender Strom von Anklagen und Flüchen.

Amber lag flach auf dem Diwan ausgestreckt, Harts Mantel über sich, und jetzt, da Mrs. Scroggs das Blut zu stillen suchte und Glückwünsche murmelte, fing sie an, das Brennen und Stechen ihrer Wunden zu spüren. Ihre Nase war unempfindlich geworden und schien mächtig angeschwollen zu sein, und ein Auge schloß sich.

Wie von weitem hörte sie Killigrews laute, zornige Stimme: »Ich kann nicht riskieren, das Stück noch einmal anzusetzen. Ihr seid beide für zwei Wochen suspendiert – nein, für drei Wochen. Bei Gott, ich werde in euch, ihr unverschämten Komödianten, Disziplin hineinkriegen! Und ihr werdet auch die Kostüme ersetzen . . .«

Die Stimme redete weiter, aber Ambers Augen waren zu, und sie weigerte sich, hinzuhören. Die einzige Erleichterung war, daß Rex, der Offizier bei Seiner Majestät berittenem Garderegiment war, heute abend Dienst im Palast hatte.

Doch als sie am Ende ihres gezwungenen Urlaubs wiederkam, entdeckte sie, daß die andern Frauen sie wahrscheinlich nicht weniger haßten und beneideten, daß sie sie aber jetzt als eine der ihren hinnahmen. Als Amber und Beck sich zum ersten Mal in der Garderobe begegneten, gab es eine heitere Spannung, aber sie sahen einander nur eine Sekunde lang an, dann nickten sie und wechselten einen kühlen Gruß.

Einige Tage später brachte Mrs. Scroggs Amber eine neue blausamtene Haube mit Pelzbesatz, die irgendeine Gräfin der Theatergarderobe gestiftet hatte. Blau war nicht Ambers Farbe, und sie wußte das. »Tausend Dank, Scroggs«, sagte sie, »aber ich glaube, Beck sollte sie bekommen. Sie paßt zu ihrem Kleid.«

Beck, die in der Nähe saß und einen Strumpf anzog, hörte sie. Sie sah sich überrascht um. »Warum sollte ich sie bekommen? Meine Rolle ist doch ganz klein.« Killigrew blieb hartnäckig, und keine von beiden hatte eine der Rollen wiedererhalten, die sie gespielt hatten.

»Sie ist so groß wie meine Rolle«, meinte Amber. »Und überdies habe ich einen neuen Unterrock bekommen.«

Noch immer skeptisch, nahm Beck die Haube und dankte ihr.

In dem Lustspiel, das an diesem Nachmittag gegeben wurde, spielten sie zwei leichtfertige Mädchen, gute Freundinnen, und schon während des ersten Aktes entdeckten sie plötzlich eine Sympathie füreinander, die rasch zu einer Neigung wuchs. Am Ende des Aktes sah man sie erstaunt Arm in Arm und heiter lachend von der Szene kommen. Von da an waren sie ganz befreundet, und Beck flirtete sogar mit Hauptmann Morgan, wenn er in die Garderobe kam, obgleich sie ebensogut wie Amber wußte, daß sie keine Aussicht hatte. Es war lediglich guter Wille.

Siebzehntes Kapitel

Zwei Jahre nach der Restauration wurde Karl II. mit der Infantin Katharina von Portugal vermählt.

Sie war von Karl und dem Kanzler Hyde – jetzt Earl of Clarendon – sehr bald nach der Rückkehr des Königs erwählt worden; der Aufschub der Hochzeit hatte politische Gründe und war bestimmt, von dem verzweifelten, kleinen Portugal, das wohl seit kurzem frei, aber immer noch von Spanien bedroht war, eine größere Mitgift zu erzwingen. Endlich zahlten die Portugiesen einen sehr hohen Preis für die Ehe mit der englischen Seemacht: sie bewilligten 300 000 Pfund und das Recht, mit allen portugiesischen Kolonien Handel zu treiben.

Der Earl of Sandwich war mit einer Flotte nach Portugal gesandt worden, um die Prinzessin nach England zu geleiten. Karl aber konnte London erst verlassen, nachdem er das Parlament vertagt hatte, und das geschah mehrere Tage nach ihrer Ankunft in Portsmouth. Doch als das erledigt war, machte er sich unverzüglich auf den Weg und ritt die ganze Nacht hindurch. Früh am nächsten Nachmittag kam er an und ging zuerst in seine eigenen Gemächer, um die Kleider zu wechseln.

Er setzte sich hin, sein Barbier seifte ihn ein und begann dann, mit dem scharfgeschliffenen Messer über das Gesicht des Königs zu fahren. Unter dessen Augen lagen schwarze Ringe, aber er sah glücklich und munter aus und auch irgendwie erheitert, denn der Raum war voll von Höflingen, und er wußte, daß in jedem Kopf der gleiche Gedanke wohnte.

Sie fragten sich, wie er sich als Ehemann benehmen werde, inwiefern diese Heirat die Stellung jedes einzelnen unter ihnen beeinflussen konnte und ob der König, wie er behauptete, nach der Heirat keine Geliebten mehr halten werde. Er war ganz froh, von London und der schwermütigen Barbara entfernt zu sein, die wochenlang geschmollt, getrotzt und geweint hatte, obgleich sie ihren Bekannten gegenüber damit prahlte, daß ihr zweites Kind in Hampton Court auf die Welt kommen werde, während der König dort seine Flitterwochen verbrächte.

Jetzt blickte Karl zu Buckingham auf, der neben ihm stand und den Kopf eines kleinen Spaniels streichelte. Buckingham war seit einigen Tagen da und hatte die Infantin bereits gesehen.

»Nun?«

»Nun«, sagte der Herzog.

Karl lachte. »Ich glaube, daß Sie eifersüchtig sind, Mylord.« Buckinghams Gattin war eine plumpe, häßliche, kleine Frau, die schielte und eine breite Stupsnase hatte. Als der Barbier jetzt fertig war, stand der König auf und ließ sich ankleiden. »Nun, zur Ehre der Nation hoffe ich nur, daß ich die Ehe nicht schon heute konsumieren muß. In den letzten vierunddreißig Stunden hatte ich keine zwei Stunden Ruhe.«

Dann setzte er den Hut auf und verließ das Zimmer, ein Rudel Spaniels an seinen Fersen und ein Rudel Höflinge hinter ihnen her. Die Infantin war, wie man ihm gemeldet hatte, erkältet und lag zu Bett; und dort fand er sie denn, an weißseidene Kissen mit dem Wappen der Stuarts gelehnt, in einem blaßrosa Schlafrock mit glockenförmigen, langen Ärmeln. Er blieb an der Schwelle stehen, verbeugte sich und sah, wie ihre Augen ihn weitaufgerissen und erschrocken anstarrten und ihre Finger sich nervös an die Bettdecke klammerten.

Sie war von ihrem Gefolge umgeben, das in zwei oder drei Reihen wie zum Schutz rund um das Bett stand. Da gab es ein halbes Dutzend langröckige Priester, deren Tonsuren blinkten und deren Augen skeptisch dreinschauten. Da gab es die Gräfinnen von Penalva und Ponteval, die Anstandsdamen Ihrer Majestät, zwei abscheuliche, steife, alte Frauen mit schlechtem Teint. Und dann die sechs Ehrenjungfrauen, die wohl jung, aber für ein englisches Auge dunkel, fahl und häßlich waren. Statt der anmutig tiefausgeschnittenen Schleppkleider, die damals höchste Mode waren, trugen sie ausnahmslos steife, altmodische Reifröcke, wie man sie in England vor dreißig Jahren getragen hatte. Wenn sie einen Busen besaßen, so war er derart eingepreßt, daß sie ganz flach aussahen, und ihre Röcke bauschten sich von der Taille aus nach beiden Seiten und schwankten schwerfällig bei jeder Bewegung.

Als der König an der Schwelle erschien, scharten sich seine Herren hinter ihm und spähten über seine Schultern; die Frauen blieben reglos wartend stehen, Angst in den Augen. Die portugiesische Etikette war so steif wie die Kleider, die sie trugen, und die Mädchen, die nur selten Männer zu sehen bekamen, die nicht zur Familie gehörten, betrachteten das ganze Geschlecht mit Mißtrauen und Argwohn. Sie hatten bereits reichliche Mühe dadurch verursacht, daß sie sich weigerten, in einem Bett zu schlafen, in dem vorher jemals ein Mann geschlafen hatte, und wenn eines dieser Geschöpfe sich ihnen näherte, hatten sie ihre Gesichter bedeckt und waren schnatternd und gackernd davongelaufen. Jetzt konnten sie nicht weglaufen, sondern mußten stehenbleiben, waren nervös, unglücklich und fühlten sich unbehaglich. Das alles hätte sich noch verstärkt, wenn sie geahnt hätten, was die Männer von ihnen dachten.

Karls Gesicht blieb unverändert, er ging sogleich auf die Prinzessin zu und küßte ihre Hand. »Ich bitte um Entschuldigung, Madame«, sagte er in weichem Spanisch, denn sie konnte nicht englisch. »Geschäfte haben mich gestern abend spät aufgehalten. Hoffentlich haben Sie alles nach Ihrem Wunsch gefunden.« Er richtete sich auf und betrachtete sie.

Katharina war in einem Kloster erzogen worden, stickend, betend, hymnensingend und darauf wartend, daß ihre Mutter ihr einen Gatten fände. Als das geschah, war Katharina bereits über das Alter hinaus, in dem die meisten Prinzessinnen heiraten, und noch immer wußte sie so wenig von den Männern, als ob sie einer andern Spezies angehörten. Sie war darauf gefaßt, ihren Gatten lieben zu lernen, weil das die Pflicht der Frau war; als sie jetzt aber zu Karl aufsah, erkannte sie, daß sie sich schon in ihn verliebt hatte. Alles an ihm war so wunderbar: sein dunkles, wohlgeformtes Gesicht, die kräftige Anmut seiner Gestalt, die freundliche, tiefe Stimme, die sie wie eine warme Flut umspülte, manche Angst besänftigte und in ihrem Herzen widerhallte.

Am nächsten Morgen wurden sie getraut, zuerst in geheimer katholischer Zeremonie in ihrem Schlafzimmer, dann nachmittags gemäß den Riten der Englischen Kirche. Wenige Tage später fuhren sie nach Hampton Court. Und obgleich viel darüber geklatscht wurde, daß Karl von seiner Heirat enttäuscht und sehr bereit sei, zu Barbara Palmer zurückzukehren, sobald sie sich von ihrem Wochenbett erholt hätte, schienen beide Majestäten völlig glücklich und zufrieden zu sein und so verliebt, als hätte man sie nicht aus Gründen der politischen Zweckmäßigkeit verheiratet.

Doch wenn Katharina zufrieden war, so waren andere in ihrem Gefolge es nicht. Die Penalva, eine kränkliche, kurzsichtige, alte Jungfer, haßte England von dem Augenblick an, da sie den Fuß auf seinen Boden gesetzt hatte. Es war zu verschieden von Portugal, um gut zu sein. Die Frauen waren, wie sie unverzüglich feststellte, leichtfertig und dreist, die Männer gewissenlos und unanständig; und sie unternahm es, die naive kleine Königin über diese Tatsachen aufzuklären.

»Der englische Hof«, sagte sie streng, »muß in sehr weitem Ausmaß geändert werden, bevor er für Ihre Majestät passend ist.«

Katharina, die noch in Bewunderung ihrer herrlichen, rotsilbern tapezierten Gemächer versunken war, und jetzt die massivgoldenen Gegenstände auf ihrem Toilettentisch musterte, sah überrascht, aber mit einem leichten, glücklichen Lächeln auf.

»Ja, vielleicht. Ich weiß nicht, in welchem Zustand er ist, aber Seine Majestät wird zweifellos jede Reparatur vornehmen lassen, um die ich ihn bitte – er ist so gütig zu mir.« Ihre dunklen Augen blickten aus den Fenstern über die grünen Rasenflächen, die blühenden Blumenbeete, und in ihrem Ausdruck war etwas Verträumtes, Nachdenkliches, das die Gräfin offenbar ärgerte.

»Sie mißverstehen mich, Majestät! Ich habe nicht von der Einrichtung des Palastes gesprochen. Er wird wahrscheinlich ebenso barbarisch eingerichtet sein wie dies hier.« Sie wies auf die Möbel, denn auch der englische Geschmack war nicht nach ihrem Sinn. »Ich sprach von den Manieren und der Moral der Herren und Damen vom Hofe.«

»So?« sagte Katharina, »was ist denn an ihnen nicht in Ordnung?«

»Sollte Ihre Majestät noch nicht bemerkt haben, wie diese Frauen sich kleiden? Von morgens bis abends gehen sie allesamt halbnackt herum.«

»Nun«, gab sie mit einigem Widerstreben zu, denn sie wollte gegen ihr neues Land und gegen ihren neuen Gatten loyal bleiben. »Sie sind anders, als wir es zu Hause gewöhnt waren.«

»Anders! Mein liebes Kind, sie sind unanständig. Keine Frau mit unschuldigen Absichten würde sich vor einem Mann so zur Schau stellen, wie diese Kreaturen es tun. Majestät, Sie haben die Gelegenheit, den Dank ganz Englands zu erwerben, wenn Sie den Hof reformieren.«

»Ich wüßte nicht, wie ich das anfangen sollte. Es wäre ihnen vielleicht nicht lieb, wenn eine Fremde –«

»Unsinn, Majestät! Was liegt daran, ob es ihnen lieb wäre oder nicht. Eure Majestät ist nicht die Untertanin dieser Menschen, sondern sie sind die Untertanen Eurer Majestät, und das muß man ihnen unverzüglich zu verstehen geben, sonst werden Sie selbst nichts als ein bloßes Anhängsel an Ihrem eigenen Hofe sein.«

Katharina lächelte sanft und meinte, die arme, alte Dame sei so sehr um ihr Glück besorgt, daß sie eine ganze Menge Böses sehe, das es gar nicht gab. »Ich glaube, daß Sie sie falsch beurteilen, Gräfin. Sie sehen alle so gut aus, sie müssen bestimmt auch gut sein.«

»Leider, Majestät, ist das nicht der Lauf der Welt. Die Guten sind niemals auffällig, diese Geschöpfe hier sind es. Nein, Majestät. Sie müssen auf den Rat einer alten Frau horchen, die lange gelebt und viel gesehen hat. Seien Sie die Herrin an Ihrem eigenen Hof! Seien Sie die Führerin und nicht die Geführte, sonst wird man Sie um jeder beliebigen willen verlassen, die die Führung übernimmt. Und – das weiß der Himmel – an diesem gottverlassenen Ort wäre es gewiß nie ein anständiger Mensch. Beginnen Sie damit, Majestät, daß Sie diese unsinnigen englischen Kleider ablegen, die Seine Majestät Ihnen gegeben hat. Kehren Sie zu den Gewändern Ihrer Heimat zurück, und die anderen werden gezwungen sein, Ihnen zu folgen.«

Katharina sah etwas verstört an ihrem blaurosa Taftkleid hinunter, mit dem üppigen Rock, den schwellenden Ärmeln, dem Ausschnitt, der wohl diskreter war als bei den meisten andern Damen, aber immer noch recht gewagt. Sie fühlte, daß sie in alldem reizvoller aussah als je vorher in ihrem Leben.

»Mir gefällt es aber«, protestierte sie schwach.

»Es kleidet Sie nicht, mein liebes Kind, wie Ihre heimatlichen Kostüme Sie kleiden. Kehren Sie zu Ihren Reifröcken zurück, sonst werden diese Engländer glauben, Sie hätten sich schon zu ihrer Art bekehren lassen. Sie sind ein anmaßendes Volk und werden vor jemandem, der sich so leicht zähmen läßt, wenig Respekt haben. Und noch eines, Eure Majestät, lernen Sie nur ja nicht die Sprache dieser Leute. Man soll zu Ihnen in Ihrer Sprache sprechen.«

Katharina hatte ihr ganzes Leben auf die Gräfin Penalva gehört, und sie wußte, daß die alte Dame nur Liebe und Zärtlichkeit für sie empfand. Sie beugte sich vor der Weisheit des Alters, und an jenem Abend erschien sie bei einem Bankett in ihrem auf- und abschwankenden, schwarzseidenen Reifrock. Sie warf Karl einen raschen, ängstlichen Blick zu, um zu sehen, ob er diese Veränderung billige, aber sein Gesicht blieb unergründlich. Er lächelte, verbeugte sich und reichte ihr den Arm.

Die Flitterwochen wurden mit endlosen Festen und Unterhaltungen gefeiert. Es gab Bankette und Bälle und Hahnenkämpfe, Picknicks, Fahrten in den luxuriösen königlichen Barken auf dem Kanal, Theateraufführungen der Truppe, die aus London kam. Täglich waren die Treppenhäuser, die Flucht der Säle und Galerien von einer Menge glänzend gekleideter Herren und Damen gefüllt. Und der Klang ihrer Stimmen errreichte in ewigem Lachen, Plappern, Rufen auch Katharina, ob sie nun mit ihnen beisammen war oder – häufiger – in ihren Gemächern betete und sich mit ihren Damen und den Priestern unterhielt. Sie hörte sie gern, denn wenn sie sich auch unter ihnen scheu und einsam fühlte, so hatte sie aus der Entfernung doch den Eindruck, auch sie gehöre zu ihrer heitern, gutmütigen, unbekümmerten Welt.

Sie ahnte nicht, was man von ihr sagte.

»Sie ist häßlich wie eine Fledermaus«, hieß es nach der ersten Begegnung, und man bauschte ihre Mängel übermäßg auf, weil sie nicht aussah wie eine Engländerin.

Sie beklatschten sie, die Frauen hinter ihren Fächern flüsternd und kichernd, selbst wenn sie im Zimmer war, denn sie wußten ja, daß die Königin nicht verstehen konnte, was sie sagten.

»Sehen Sie nur, wie sie den König anhimmelt! Es macht mich ganz krank, wenn ich eine Frau sehe, die so in ihren Mann vernarrt ist und noch dazu am hellichten Tag!«

»Es ist ein Zeichen der Gutmütigkeit Seiner Majestät, daß er so tun kann, als ob er sie erträglich fände.«

»Nun, ich wette, daß er nicht sehr viel länger so tun wird. Die Castlemaine ist vorige Woche niedergekommen. In vierzehn Tagen wird sie wieder hier erscheinen, und dann wollen wir einmal sehen.« Barbara Palmer war sechs Monate vorher zur Gräfin Castlemaine erhoben worden.

»Angeblich hat der König ihr schon vor langer Zeit versprochen, sie zur Hofdame zu machen, wenn er heiratet.« So wenig sie Barbara ihrer Unverschämtheit und ihres Hochmuts wegen leiden konnten, war sie doch eine von ihnen, und sie fühlten sich eins mit ihr gegen diese Fremde, die sie mit ihrer Bescheidenheit und Schweigsamkeit, ihrem hartnäckigen Festhalten an den Sitten ihres Landes, mit ihrer zähen Anhänglichkeit an ihre Kirche reizte. Doch es waren nicht bloß die Leichtfertigen und Zynischen, die Katharina beleidigt hatte. Indem sie von Anfang an dem Kanzler Clarendon geneigt zu sein schien, hatte sie unwissentlich auch die Feindschaft der ehrgeizigsten, fähigsten und einflußreichsten Männer bei Hof auch auf sich gezogen.

Doch von alldem konnte Katharina nichts wissen. Und trotz der wiederholten Warnungen der Gräfin Penalva sah sie in ihren neuen Untertanen nur Frauen mit schönen Kleidern, mit glänzendem goldenem

Haar und geschmeidiger Unterwürfigkeit – Frauen, die sie beneidete, obgleich sie wußte, daß das eine Sünde sei – und Männer mit glatten, angenehmen Manieren, die sich über ihre Hand beugten, den Hut lüfteten, wenn sie erschien, und deren verschlossene Gesichter ihr doch nichts verrieten. Sie hatte immer noch ein wenig Angst vor England, war aber so sehr in ihren Gatten verliebt und so begierig, ihm zu gefallen, daß sie Angst und Unsicherheit zu verbergen suchte und der Meinung war, das sei ihr gelungen.

Und dann reichte eines Abends, als sie zu Bett gebracht wurde, Lady Suffolk, die Tante der Lady Castlemaine und die einzige bis jetzt zur Hofdame ernannte Engländerin, der Königin ein Blatt, das eine Liste von Namen enthielt. »Dies sind die Damen, die zum Dienst bei Eurer Majestät vorgesehen sind«, sagte sie. »Will Eure Majestät so gütig sein, zu unterzeichnen?«

Katharina, in ihrem flatternden Nachtgewand aus weißer Seide, nahm das Blatt und ging an ihren kleinen Schreibtisch. Sie griff nach einer Feder und bückte sich, um zu unterschreiben, als plötzlich die Hakennase der Penalva über ihrer Schulter auftauchte.

»Unterschreiben Sie nicht, ohne es vorher gelesen zu haben, Majestät«, flüsterte sie.

Katharina blickte erstaunt zu ihr auf, denn sie hatte vorausgesetzt, daß die Damen, die der König zu ihrem Dienst bestimmte, annehmbar sein müßten, doch schon las ihre alte Gardedame die Namen.

». . . Mrs. Price. Mrs. Wells. Bridge Saunderson. Hofdamen: Lady Castlemaine . . .« Bei diesem letzten Namen wurde ihre Stimme plötzlich laut, scharf und entrüstet, und sie wandte sich zu Katharina um.

Es war der einzige Name, der ihr irgend etwas sagte. Denn vor ihrer Abfahrt hatte ihre Mutter, die ihr so wenig zu raten wußte, wie sie als Frau oder Königin glücklich werden könnte, sie gewarnt und ihr aufgetragen, Lady Castlemaine niemals in ihre Nähe zu lassen. Sie sei, wie die alte Königin erklärte, ein schamloses Weib, für das der König während seiner Junggesellenzeit eine beklagenswerte Schwäche gezeigt habe.

»Ach!« fuhr Katharina entsetzt auf. Dann sah sie die kühlen Augen Lady Suffolks auf sich gerichtet und wandte sich ab. »Was soll ich tun?« flüsterte sie und bückte sich, als würde sie die Liste studieren.

»Den Namen dieser Kreatur ausstreichen, natürlich!« Mit rascher Bewegung hatte die Penalva die Feder ergriffen, die Katharina entfallen war, tauchte sie in das Tintenfaß und reichte sie ihr. »Streichen Sie sie aus, Majestät!«

Noch einen Augenblick zauderte Katharina, verstört und verletzt, und dann fuhr sie entschlossen mit mehreren dunklen, breiten Strichen über den Namen, bis er völlig unleserlich war. Nun wandte sie sich um und sagte zu ihrer Dolmetscherein: »Sagen Sie Lady Suffolk, daß ich ihr die Liste morgen früh wiedergeben werde.«

Eine halbe Stunde später kam Karl und fand sie allein und wie gewöhnlich vor dem kleinen Altar, der neben dem großen scharlachsamtenen Staatsbett stand. Er wartete ruhig, hatte aber bereits das Papier auf dem Schreibtisch erblickt und den schwarzen Strich über dem Namen der Lady Castlemaine. Er sagte nichts, und als sie sich umwandte und ihm zulächelte, trat er näher, um ihr beim Aufstehen zu helfen; doch als er sich bückte, um sie zu küssen, konnte er spüren, wie ihr schmaler Körper sich in der Abwehr steifte.

Eine Weile unterhielten sie sich, redeten von dem Theaterstück, das sie abends gesehen hatten – einer Aufführung der »Bartholomäusmesse« –, doch die ganze Zeit fragte sich Katharina, wie sie das Thema zur Sprache bringen sollte, und hoffte, er würde als erster damit beginnen. Endlich, gerade als er in sein Ankleidezimmer gehen wollte, sagte sie rasch und verzweifelt: »Oh – und, Sire –, bevor ich vergesse. Lady Suffolk gab mir heute abend die Liste, sie ist dort drüben«, sie schluckte und holte tief Atem. »Ich habe einen Namen gestrichen. Sie wissen bestimmt, welchen«, fügte sie hastig hinzu, und in ihrer Stimme war ein gewisser Trotz, denn die Penalva hatte ihr geraten, ihn ein für allemal merken zu lassen, daß sie nicht wieder so behandelt zu werden wünschte.

Karl blieb stehen, sah nachlässig über seine Schulter, denn er war gerade vor dem Schreibtisch. Dann wendete er sich langsam der Königin zu. »Haben Sie irgendeine Einwendung gegen eine Dame, die Sie nie gesehen haben?«

»Ich habe von ihr gehört.«

Karl zuckte die Achseln und strich mit einem Finger über seinen Schnurrbart, aber er lächelte. »Geschwätz«, sagte er, »wie eben die Leute gern schwätzen!«

»Geschwätz!« rief sie entrüstet, als sie sah, wie gleichgültig es ihm war, daß sie ihn bei diesem kecken Versuch ertappt hatte. »Es kann nicht bloß Geschwätz sein! Meine Mutter sagte mir . . .«

»Ich bedaure, meine Liebe, daß meine persönlichen Angelegenheiten so allgemein bekannt sind. Und da Sie über mein Privatleben so gut unterrichtet zu sein scheinen, werden Sie mir hoffentlich glauben, wenn ich Ihnen sage, daß diese Episode vorüber ist. Ich habe die Dame, seitdem wir verheiratet sind, nicht mehr gesehen und beabsichtige auch nicht, in Zukunft mit ihr zu tun zu haben. Ich bitte Sie nur, sie anzunehmen, damit sie nicht unter der unwürdigen Behandlung zu leiden hat, die ihr andernfalls Damen und Herren zuteil werden ließen, die noch vor kurzem ihre Freunde waren.«

»Ich verstehe Sie nicht, Sire. Was verdient eine Frau dieser Art denn anderes? Sie war ja nichts als Ihre – Ihre Konkubine.«

»Ich war immer der Ansicht, Madame, daß die Geliebten der Könige ebenso ehrenwert seien als die Frauen anderer Männer. Ich verlange ja nicht, daß Sie sie zu Ihrer Freundin machen, Katharina, oder sie auch nur um sich dulden, sondern lediglich, daß man ihr den Titel bewilligt. Ihr würde es das Leben sehr erleichtern, und Sie kann es doch kaum kränken, meine Liebe.« Er lächelte und versuchte, sie zu überzeugen, war aber nichtsdestoweniger erstaunt über ihre Hartnäckigkeit; niemals hätte er vermutet, daß diese stille, verliebte, kleine Frau so viel Mut besäße.

»Es tut mir leid, Majestät, aber ich muß das zurückweisen. Ich wäre glücklich, alles zu tun, was Sie von mir verlangen mögen, aber das vermag ich nicht. Sire – versuchen Sie doch zu verstehen, was es auch für mich bedeuten würde.«

*

Eine Woche später schützte Karl eine Jagd vor, um Barbara auf dem nahen Gute ihres Onkels zu besuchen. Sie war eben angekommen und hatte ihm einen verzweifelten, demütigen, flehenden Brief geschickt, der ihn allerdings weniger berührte als der Duft, der dem Brief anhaftete – dieser schwere, aufreizende Moschusduft, mit dem sie sich stets umgab.

Atemlos kam sie ihm entgegengeeilt, als er gerade in die große Halle trat, wo Hirschgeweihe die Wände schmückten und in jedem Winkel Rüstungen und Feuerwaffen lehnten. Er sah sie an und erblickte eine Frau, die schöner war als in seiner Erinnerung – denn seine Erinnerung für solche Dinge war ziemlich kurz – mit leuchtenden violetten Augen, das Haar in üppigen Locken um das Gesicht, und in einem kleidsamen Gewand aus tiefroter Seide.

»Eure Majestät!«

Sie machte ihm einen Knicks und senkte anmutig den Kopf. Ihre Augen schlossen sich, und sie seufzte ein wenig, als er sich bückte und sie leicht auf die Wange küßte. Dann nahm sie seinen Arm, und sie gingen ins Haus und die Treppe hinauf, die zu den Haupträumen führte.

»Sie sehen sehr gut aus«, sagte er und nahm ihre Versuche, ihn zu bezaubern, entschlossen nicht zur Kenntnis. »Ihre Entbindung ist hoffentlich nicht zu schwer gewesen.«

Sie lachte lustig, preßte seinen Arm und war so charmant und so fröhlich, wie sie es in den ersten Wochen ihrer Bekanntschaft vor der Restauration gewesen war. »Schwer? Mein Himmel, Majestät – Sie wissen, wie es mit mir ist! Mir ist eine Geburt lieber als ein Viertagsfieber! Aber warten Sie, bis Sie das Kind gesehen haben. Er ist so schön – und jeder sagt, daß er völlig Ihr Ebenbild ist.« Das hatte man von ihrem ersten Kind nicht behauptet.

In der Kapelle wartete der Bischof mit Lord Oxford und Lady Suffolk und dem Baby. Als die Taufe vorüber war, konnte Karl seinen Sohn bewundern und nahm ihn in die Arme. Doch das Kind begann zu weinen und wurde weggetragen. Die andern gingen in ein kleines Zimmer, wo Wein und Kuchen serviert wurde, und hier gelang es Barbara, den König von der Gesellschaft unter dem Vorwand zu trennen, daß sie ihm einen Teil des Gartens zeigen wolle. Doch bald wandte sie sich von den Rosen und den blühenden Linden ab.

»Und jetzt sind Sie verheiratet«, hauchte sie und sah, Trauer und Zärtlichkeit in den Augen, zu ihm auf. »Und wie ich gehört habe, sind Sie sehr verliebt.«

Er blieb stehen und sah sie verdrossen an, seine Blicke flackerten über ihr Gesicht, ihre Haare, ihre Gestalt. Er fing den schwachen, aufstachelnden Duft ihres Parfüms auf, und seine Augen verdunkelten sich. Er hatte bereits begonnen, sich wieder nach einer Frau zu sehnen, deren Sinne er reizte und die seine Sinne reizte. Katharina liebte ihn, aber er fand ihre Unschuld und instinktive Zurückhaltung langweilig.

Er zog die Luft rasch zwischen den Zähnen ein. »Ich bin sehr glücklich, danke.«

Ein leises, spöttisches Lächeln glitt über ihr Gesicht. »Um Ihretwillen, Sire, freut mich das.« Dann seufzte sie und sah wehmütig zum Fenster hinaus. »Oh, Sie können sich nicht vorstellen, welch unglückliche Zeit ich in London durchlebt habe, nachdem Sie fort waren. Selbst die Träger und Lehrlinge auf den Straßen beleidigten mich. Wenn Sie mir nicht versprochen hätten, mich zur Hofdame zu machen, wüßte ich nicht, wie ich das überstehen sollte.«

Seine Züge verdunkelten sich, denn das war es, was er erwartet und gefürchtet hatte. Ihre Tante hatte ihr natürlich schon die ganze Geschichte erzählt. »Sie übertreiben bestimmt, Barbara. Ich glaube, daß Sie sich trotz allem recht gut zurechtfinden werden.«

Sie wendete rasch den Kopf, und die Pupillen erweiterten sich. »Was meinen Sie damit – trotz allem?«

»Nun – es ist ein Pech, aber meine Frau hat Ihren Namen gestrichen. Sie sagt, daß sie Sie nicht in ihrem Dienst haben möchte.«

»Mich nicht in ihrem Dienst haben möchte? Nun, das ist doch lächerlich. Warum will sie mich nicht in ihrem Dienst haben? Meine Familie ist doch hoffentlich gut genug. Und was kann ich ihr jetzt für ein Leid antun?«

»Keines«, sagte er sehr bestimmt. »Aber trotzdem – sie will nicht. Sie versteht unsere englischen Lebensformen nicht. Ich sagte ihr, sie müsse Sie nicht wirklich in Dienst nehmen.«

Barbara sah ihn entgeistert an. »Sie sagten ihr, daß sie mich nicht in Dienst nehmen müsse«, wiederholte sie leise und entsetzt. »Wie konnten Sie das tun!« Ihre Augen schwammen in Tränen, und ihre Stimme hob sich, trotz Lady Suffolks dringenden Warnungen. »Wie konnten Sie das einer Frau antun, die Ihnen ihren Ruf geopfert, die von ihrem Mann verlassen wurde und sich der Verachtung aller Welt preisgegeben hat – nur um Ihnen glückliche Stunden zu bereiten. Oh!« Sie wandte sich ab, lehnte die Stirne an das Fenster und preßte eine Faust an den Mund. Dann seufzte sie tief auf. »Oh, ich wünschte, ich wäre gestorben, als das Kind zur Welt kam! Ich hätte niemals erleben wollen, daß Sie mir das angetan haben!«

Karl sah mehr verärgert als mitleidig oder von Gewissensbissen geplagt drein. Alles, was er wünschte, war, die Angelegenheit so oder so erledigt zu wissen – und ob Barbara siegte oder Katharina, machte ihm nur wenig aus. Die Sache ließe sich von beiden Seiten betrachten, dachte er, aber eine Frau vermochte immer nur eine Seite zu sehen.

»Schön«, sagte er. »ich werde noch einmal mit ihr reden.«

Doch statt dessen übergab er dem Kanzler dieses heikle Geschäft, obgleich der alte Mann sich heftig wehrte, denn Hyde war der Ansicht, der Castlemaine wäre am besten damit gedient, wenn man sie übers Meer in die Verbannung schicken würde. Er kam nach der Unterredung kopfschüttelnd und schweißbedeckt zurück und zog den gichtischen rechten Fuß nach. Karl erwartete ihn in seinem Laboratorium.

»Nun«, sagte der König, der eben einen Brief an Minette schrieb – sie war jetzt Madame, Herzogin von Orleans und die dritte Dame am Hof von Frankreich.

»Sie weigert sich, Majestät.« Er setzte sich, ohne Rücksicht auf das Zeremoniell, denn er war müde und entmutigt, und sein Fuß schmerzte. »Für eine kleine Frau, die sanft und freundlich aussieht.« Er trocknete sein feuchtes Gesicht.

»Was haben Sie ihr gesagt? Haben Sie ihr gesagt, daß . . .«

»Ich habe ihr alles gesagt. Ich habe ihr gesagt, daß Eure Majestät keinen Umgang mit der Dame mehr hat noch auch in Zukunft zu haben beabsichtigt. Ich sagte ihr, daß Eure Majestät mit großer Liebe an ihr hinge und ein ausgezeichneter Gatte sein würde, wenn sie nur in diesem einen Punkt nachgeben wollte. Oh, ich flehe Eure Majestät an – senden Sie mich nicht noch einmal zu ihr! Ich bin für dieses Geschäft ungeeignet; Sie kennen ja meine Meinung.«

»Ihre Meinung ist mir gleichgültig«, sagte Karl scharf, obgleich er sonst mit trägem, geduldigem Lächeln auf die Kritik seines Kanzlers hörte. »Wie war ihre Haltung, als Sie sie verließen?«

»Sie war so in Tränen aufgelöst, daß sie sich jetzt vielleicht erweichen ließe.«

Karl ging an diesem Abend trotzig und entschlossen in das Zimmer seiner Frau. Er hatte eine herrschsüchtige Mutter gehabt, er hatte ahnungslos eine herrschsüchtige Mätresse genommen, aber er hatte nicht vor, in seinem Hause als Pantoffelheld dazustehen. Das Schicksal Barbara Palmers war ihm jetzt weniger wichtig als die Notwendigkeit, seine Frau davon zu überzeugen, daß er, und nicht sie Entschlüsse zu fassen hatte. Katharina empfing ihn mit dem gleichen Trotz – obwohl sie einander kaum vor einer Stunde höflich zugelächelt und zusammen einem Chor italienischer Eunuchen gelauscht hatten.

Er verbeugte sich vor ihr. »Madame, Sie sind hoffentlich bereit, vernünftig zu sein.«

»Ich bin es, Sire, wenn Sie es sind.«

»Ich erbitte diese eine Gunst von Ihnen, Katharina. Wenn Sie sie gewähren, dann soll es das letzte schwere Opfer sein, das ich von Ihnen verlange; das verspreche ich Ihnen.«

»Aber das eine, das Sie verlangen, ist das schwerste Opfer, das ein

Mann überhaupt von seiner Frau verlangen kann! Ich kann es nicht tun! Ich werde es nicht tun!« Plötzlich stampfte sie mit ihrem kleinen Fuß auf und rief mit einem Zorn, dessen Leidenschaft ihn überraschte: »Und wenn Sie wieder davon sprechen, dann werde ich nach Portugal zurückkehren!« Sie blitzte ihn einen Augenblick lang an, brach dann in Tränen aus und bedeckte ihr Gesicht mit den Händen.

Längere Zeit schwiegen beide. Katharina versuchte, ihren Tränenstrom zu hemmen. Warum nahm er sie jetzt nicht in die Arme und sagte ihr, er sehe ein, wie unmöglich es für sie sei, dieses verworfene Geschöpf in ihren Dienst zu nehmen? Er hatte doch so gütig, freundlich und zärtlich gewirkt, sie vermochte gar nicht zu begreifen, was ihn derart verändert haben konnte. Wenn ihm so daran gelegen war, diesem Weib eine solche Stellung zu verschaffen, dann mußte er sie gewiß noch lieben!

Karl aber, dessen Eigensinn jetzt geweckt wurde, sah sein künftiges Leben vor sich – er, der wachsweiche, gefügige Gatte einer tyrannischen, kleinen Despotin! Sie konnte gar nicht früh genug lernen, daß er der Herr in seinem Hause sein wollte.

»Sehr gut, Madame«, sagte er endlich. »Aber bevor Sie abreisen, würde es klug sein, in Erfahrung zu bringen, ob Ihre Mutter Sie wiederhaben will, und zu diesem Zweck werde ich zunächst Ihr Gefolge vorausschicken.«

Katharina drehte sich rasch um und sah ihn mit ungläubigem Erstaunen an. Diese Männer und Frauen aus ihrer Heimat waren alles, woran sie sich in diesem fremden, schrecklichen Land klammern konnte. Jetzt, da auch er gegen sie war, brauchte sie sie mehr als je.

»Oh, bitte, Sire!« Ihre Hände streckten sich flehend aus.

Er verbeugte sich. »Gute Nacht, Madame.«

Erheitert und erleichtert sah der Hof Katharinas Gefolge schon nach wenigen Tagen abreisen, denn Karl gestattete nur der Gräfin Penalva, den Priestern und einigen Leuten vom Küchenpersonal zu bleiben. Er bemühte sich nicht, ihnen einen erklärenden Brief mitzugeben, aber er hoffte, die alte Königin werde begreifen, daß er unwillig sei, weil sie den größten Teil der Mitgift im letzten Augenblick in Zucker und Gewürzen gezahlt hatte, statt in Gold.

Tagelang dauerte der Zwist zwischen ihnen.

Katharina blieb zumeist in ihren Gemächern, und wenn sie erschien, sprachen sie kaum miteinander. Von den Höflingen wünschten die jungen und fröhlichen, Barbara Palmer triumphieren zu sehen, denn sie verkörperte ihre eigenen Lebensformen, die älteren und überlegeneren sympathisierten wohl mit der Königin, wünschten aber, sie würde mehr Verständnis für Männer haben und hätte gelernt, daß man oft mit Takt erreichen könne, was Drohen und Stürmen nicht zuwege brachte. Wie gewöhnlich hörte Karl die Ratschäge von beiden Lagern an, ließ sich aber nicht mehr beeinflussen als sonst. In allen Dingen, die ihm für seine Bequemlichkeit wichtig waren, traf er seine eigenen Entscheidungen – und das tat er auch jetzt.

Königin Henriette Maria sollte ihren Sohn wieder einmal besuchen, und Karl wollte nicht, daß sie seine Frau schmollend und sein Haus in Unordnung anträfe. Entschlossen, die Sache ein für allemal zu erledigen, ließ er Barbara nach Hampton Court kommen.

An einem warmen Nachmittag im späten Juni war Katharinas Salon überfüllt, und viele, die keinen Platz fanden, blieben im Vorzimmer stehen. Es war eine gespannte Atmosphäre, die sie wohl empfand, aber nicht verstand. Rührte es daher, daß Karl noch nicht erschienen war? Wider Willen spähte sie angstvoll über die Köpfe der andern nach ihm aus.

Oh, dachte sie verzweifelt, wie wünschte ich, ich wäre nie nach England gekommen! Ich wünschte, ich wäre nicht verheiratet, ich wäre daheim! Damals war ich glücklich.

Und dann plötzlich sah sie ihn, richtete sich auf, eine kalte Welle überströmte sie, und aller Kummer, alles träumerische Schmachten war vorüber. Sie freute sich, ihn zu sehen, obgleich sie wußte, daß er sie nicht beachten würde, und ein leises Lächeln umspielte ihren Mund. Wie groß er ist, dachte sie, und wie schön! Oh, ich liebe ihn! Sie hatte kaum bemerkt, daß eine Frau in weißem Spitzenkleid mit Silberflitter neben ihm ging.

Als sie näher kamen, fiel der ganze Raum in ein abwartendes Schweigen, jedes Auge beobachtete, jedes Ohr lauschte gespannt. Erst als Karl mit leiser, aber vollkommen verständlicher Stimme den Namen der Dame nannte, wendete Katharina sich zu ihr und streckte die Hand zum Kuß aus, während die Frau niederkniete.

Im gleichen Augenblick fühlte sie sich an der Schulter berührt und hörte, wie die Gräfin Penalva ihr ins Ohr zischte: »Es ist die Castlemaine!«

Katharinas Hand zuckte unwillkürlich, und ihre Augen schauten erstaunt, ungläubig fragend auf Karl. Er aber sah sie hart und forschend an, sein ganze Wesen kühle Herausforderung – würde sie ihm auch jetzt noch zu trotzen wagen? Dann schaute sie auf Lady Castlemaine, die aufgestanden war, sah in einem raschen, unvergeßlichen Bild ein schönes Gesicht, die Lippen leicht gekräuselt, die Augen leuchtend vor Triumph und Hohn.

Ihr schwindelte plötzlich. Die Welt begann zu schwanken und zu verschwimmen, ein Klingen in ihren Ohren verschlang jedes andere Geräusch, und das Zimmer wurde vor ihren Augen schwarz. Sie sank in ihrem Stuhl vornüber, wurde aber von den raschen Hände zweier Pagen und der Gräfin Penalva aufgefangen, die Karl mit kaltem, unverhohlenem Haß ansah. Sein Gesicht verzog sich wie in plötzlichem Schrecken, und er streckte unwillkürlich die Hand aus. Aber er faßte sich schnell, trat zurück und blieb schweigend stehen, während die Königin hinausgebracht wurde.

Achtzehntes Kapitel

Dank Rex Morgans Stellung bei Hof durfte Amber den Einzug des Königs und der Königin vom Dach eines der Palastgebäude an der Themse mitansehen.

So weit man schauen konnte, waren die Ufer in beiden Richtungen überfüllt; die Barken lagen so dichtgedrängt auf dem Fluß, daß man zu Fuß von Westminster Hall nach Charing Cross Stairs hätte gehen können. Fahnen flatterten im frischen Wind, Blumengirlanden zogen sich durch das Wasser, von Ufer zu Ufer widerhallte das Geschrei, und jede Glocke der Stadt begann dröhnend zu schwingen.

Amber stand fast am Rand und versuchte, alles zu sehen. Neben ihr standen drei junge Leute, die eben von Hampton Court kamen und ihr erzählten, daß die Königin ohnmächtig geworden sei, als man ihr die Castlemaine vorstellte, und der König glaube, sie habe es absichtlich getan, um ihn in Verlegenheit zu bringen.

»Und von da an«, berichtete einer von ihnen, »ist die Lady wieder zu allen Bällen und Festen gekommen, und man sagt, daß der König auch wieder mit ihr schläft.«

»Kann man ihn deswegen tadeln?« fragte ein anderer, »sie ist ein prachtvolles Geschöpf – und diese olivenhäutige . . .«

»Gott verdamm mich«, unterbrach der dritte, »wenn das nicht der Earl selber ist!«

Man stieß sich an und flüsterte, als jetzt Roger Palmer auftauchte, dann wendeten alle Blicke sich dem Schauspiel zu, denn gerade jetzt fuhren die großen Cityschiffe vorüber. Wenige Minuten später kam Barbara selbst die Treppe herauf. Ihr folgte ihre schöne Kammerfrau, Mrs. Wilson, und ein Kindermädchen, das den kleinen Sohn trug. Sie machte einen beiläufigen Knicks vor ihrem Mann, der sich kühl verbeugte, und war sogleich von den drei jungen Höflingen umringt, die Amber ohne ein Wort der Entschuldigung verlassen hatten.

Wütend und rachsüchtig bei dem bloßen Anblick dieser Frau, die sie haßte, wandte Amber sich ab. Ich werde sie wenigstens nicht anstarren wie ein Bauerntölpel ein Wursteltheater, dachte sie zornig. Doch solche Hemmungen schien sonst kein Mensch zu haben.

Nicht viel später wurde sie durch den Klang einer seltsam vertrauten Stimme und durch die Berührung einer Hand überrascht, die sich auf ihre Schulter legte. Rasch drehte sie sich um und sah den Earl of Almsbury, der sie angrinste. »Na, ich will verdammt sein«, sagte er, »wenn das nicht Mrs. St. Clare ist!« Er bückte sich und küßte sie, und die Wärme seines Lächelns, die Bewunderung in seinen Augen bezauberten sie derart, daß sie ihm im Nu vergaß, wie er sie in Newgate im Stich gelassen hatte.

»Ach Almsbury!« Und gleich stiegen ihr die Fragen auf die Lippen: Wo ist Bruce? Haben Sie ihn gesehen? Ist er hier? Doch ihr Stolz ließ diese Fragen unausgesprochen.

Er trat zurück und musterte sie von Kopf bis Fuß. »Sie sehen aber üppig aus, Herzchen! Es scheint Ihnen ja gutzugehen.«

Amber vergaß Luke Channell und Newgate und Whitefriars. Sie lächelte ihm zu und antwortete leichthin: »Ach, gut genug, ich bin jetzt Schauspielerin – am Königlichen Theater.«

»Nein! Ich hörte schon, daß sie jetzt auch Weibsbilder auf der Bühne haben, aber Sie sind die erste, die ich sehe. Ich bin seit zwei Jahren auf dem Lande.«

»Oh! Dann haben Sie wohl meinen Brief nie erhalten?«

»Nein, haben Sie mir geschrieben?«

Sie machte eine kleine, erledigende Geste. »Ach, das ist schon lange her. Im Dezember anderthalb Jahre.«

»Damals habe ich die Stadt verlassen, Ende August 60. Ich versuchte, Sie zu finden, aber der Wirt im ›Sarazenenkönig‹ sagte, Sie seien fortgezogen, er wisse nicht, wohin, und am nächsten Tag bin ich selbst nach Herefordshire gereist. Seine Majestät hat mir meine Güter wiedergegeben.«

In diesem Augenblick schwoll der Lärm betäubend an, denn die königliche Barke hatte die Landungsstelle erreicht, und König und Königin stiegen aus, während die Königin-Mutter ihnen entgegenging.

»Großer Gott!« rief Amber. »Was, zum Teufel, trägt denn Ihre Majestät?« Aus der Entfernung sah die Königin in ihren ausgestopften Röcken fast ebenso breit wie hoch aus.

»Das ist ein Reifrock«, knurrte Almsbury. »In Portugal trägt man so etwas.«

Als die Menge sich schließlich verlief, nahm Almsbury ihren Arm und fragte, ob er sie nach Hause führen dürfe. Barbara stand jetzt nur wenige Schritte von ihnen entfernt, winkte und lächelte Almsbury zu, während ihre Augen mit unverkennbarer Feindseligkeit über Amber glitten. Amber hob das Kinn, senkte die Wimpern und segelte ohne einen Blick vorüber.

Ihr Wagen wartete mit vielen andern in der King Street, gerade vor dem Tor des Palastes, und als er ihn sah, ließ Almsbury ein leises Pfeifen hören. »Nun, ich wußte gar nicht, daß Theaterspielen so ein gutbezahltes Handwerk ist.«

Amber nahm den Mantel, den Jeremiah ihr reichte, und zog ihn über die Schultern, denn es war Abend und ziemlich kühl geworden. Sie raffte die Röcke und warf Almsbury über ihre Schulter ein Lächeln zu.

»Theaterspielen vielleicht nicht. Aber es gibt noch ein anderes.« Sie kletterte in den Wagen und lachte, als er schwer neben ihr in die Kissen fiel.

»So hat unsere unschuldige Dorfschöne doch auf die Eingebungen des Teufels gehört!«

»Was hätte ich anderes tun sollen, nachdem . . .« sie hielt errötend inne, dann fügte sie hastig hinzu: »Für eine Frau gibt es einen Weg, um in der Welt vorwärtszukommen. Und ich habe ihn gefunden.«

»Und wer ist der Freund?«

»Hauptmann Morgan von Seiner Majestät berittener Garde. Kennen Sie ihn?«

»Nein, ich weiß weder, welche Freunde noch welche Kleider man trägt. Nichts bringt einen Mann so rasch aus der Mode wie eine Frau und ein Heim auf dem Lande.«

»Ach, Sie sind jetzt verheiratet?« Sie zwinkerte Almsbury schelmisch zu.

»Ja, ich bin jetzt verheiratet. Am Fünften des nächsten Monates sind es zwei Jahre. Und ich habe auch zwei Jungen, einen über ein Jahr alt und einen andern von genau zwei Monaten. Und waren Sie nicht . . .« seine Augen sahen fragend an ihr hinunter, aber er zauderte.

»Ich habe auch einen Jungen!« rief Amber plötzlich, denn sie konnte sich nicht länger beherrschen. »Oh, Almsbury, Sie müßten ihn sehen; ganz das Ebenbild von Bruce! Sagen Sie mir, Almsbury: wo ist er? Ist er nach London zurückgekommen? Haben Sie ihn gesehen?«

Es war ihr nicht mehr wichtig, unabhängig und leichtlebig zu wirken. Sie war mit Rex glücklich und hatte beinahe gemeint, sie sei nicht mehr in Bruce Carlton verliebt, doch der bloße Anblick Almsburys hatte alles wieder aufgerührt.

»Soviel ich gehört habe, ist er in Jamaica und kapert von dort aus spanische Schiffe. Guter Gott, Herzchen, sagen Sie mir nicht, daß Sie noch immer . . .«

»Und wenn ich es bin?« rief Amber, Tränen in der Stimme, und sah rasch zum Fenster hinaus.

Almsbury wollte sie beruhigen. Er rückte näher und legte den Arm um sie. »Nun, nun, Liebling! Guter Gott, es tut mir leid.«

Sie ließ den Kopf auf seine Schulter sinken. »Wann, glauben Sie, kommt er wieder? Er ist seit zwei Jahren fort.«

»Ich weiß es nicht. Aber vermutlich wird er gerade dann, wenn man ihn am wenigsten erwartet, in den Hafen einfahren.«

»Und er wird hierbleiben? Er wird doch nicht wieder fortgehen, nicht wahr?«

»Das fürchte ich doch, Herzchen. Ich kenne Carlton seit zwanzig Jahren, und zumeist ist er gerade heimgekommen oder gerade fortgegangen. Er bleibt nicht lange am selben Ort. Es muß wohl sein schottisches Blut sein, das ihn dauernd nach Abenteuern treibt.«

»Aber es wird anders sein – jetzt, da der König zurück ist. Wenn er Geld hat, kann er am Hof leben und muß darum nicht kriechen, denn das mag er nicht.«

»Es war mehr als das. Er mag den Hof nicht.«

»Mag den Hof nicht? Das ist ja lächerlich. Dort möchte doch jeder leben – wenn er nur könnte!«

Almsbury zuckte die Achseln. »Trotzdem mag er ihn nicht. Keiner mag den Hof. Aber wenige haben Verstand genug, ihn zu verlassen.«

»Das klingt verdammt unsinnig«, murrte sie.

Ihre Zofe Gatty war nicht zu Hause, denn Amber hatte ihr erlaubt, sich den Festzug anzusehen und nachher ihren Vater zu besuchen. Prudence hatte sie schon längst entlassen, als sie einmal unerwartet heimgekommen war und das Mädchen in ihrem besten und neuesten Kleide herumstolzieren gesehen hatte. Amber schickte Jeremiah aus dem ›Bären‹ Essen holen. Inzwischen zeigte sie Almsbury mit viel Stolz ihre Zimmer. Rex war großzügig und gab ihr ungefähr alles, was sie verlangte; unter ihren letzten Erwerbungen war eine Kommode mit Schubladen aus Holland, braunes, brasilianisches Holz mit schwarzer Maserung und reich mit holländischen Schnitzereien geschmückt. Es gab einen schwarzlackierten, chinesischen Schrein, und in einer Ecke stand eine Etagere mit kleinen Gegenständen beladen: ein Baum aus Korallen, ein Hirsch aus geblasenem Glas, ein alter chinesischer Schleifstein in Silberfiligran gefaßt. Und über dem Kamin hing ein Porträt von Amber.

»Wie finden Sie mich?« fragte sie, warf Muff und Fächer beiseite und wies auf das Bild.

Almsbury steckte die Hände in die Taschen und musterte es. »Nun, Herzchen, ich bin froh, daß ich Sie zuerst in Fleisch und Blut gesehen habe, sonst hätte es mir Sorgen gemacht, daß Sie so dick sind. Und wer ist für den Mund gesessen?«

Sie lachte und winkte ihn ins Schlafzimmer, wo sie begann, ihr Haar zu lösen. »Der Aufenthalt auf dem Lande hat Sie nicht sehr verändert, Almsbury. Aber Sie sollten die Miniatur sehen, die Samuel Cooper von mir gemacht hat. Dort bin ich die Aphro . . ., ich weiß nicht mehr, wie er es genannt hat, so was wie die Venus, die aus dem Meer aufsteigt. So mußte ich mich halten«, sie nahm eine anmutige Pose an, »und ich hatte nicht einmal ein Hemd an.«

Almsbury saß rittlings auf einem niedrigen Stuhl und ließ einen Laut des Wohlgefallens hören. »Klingt sehr verlockend. Wo ist es denn?«

»Oh, Rex hat es. Ich habe es ihm zu seinem Geburtstag geschenkt, und seither trägt er es ständig bei sich, über dem Herzen«. Sie lächte mutwillig und begann, die Schleifen an ihrem Kleid aufzubinden. »Er ist ganz toll verliebt in mich. Er will sogar, daß ich ihn heirate.«

»Und wollen Sie es auch?«

»Nein.« Sie schüttelte entschieden Kopf. »Ich will überhaupt nicht heiraten.«

Sie nahm ihren Schlafrock und verschwand hinter dem Wandschirm. Nur Kopf und Schultern blieben sichtbar, und während sie ihre Kleidungsstücke ablegte, schwatzte sie lustig mit dem Earl.

Schließlich kam der Kellner, und sie gingen in das Eßzimmer. Rex hatte sagen lassen, er habe bis spät abend Dienst im Palast, sonst hätte sie nie gewagt, sich bloß mit einem Schlafrock bekleidet zum Abendessen mit einem Herrn hinzusetzen; denn sie hatte schon seit langem entdeckt, daß Rex nicht spaßte, als er erklärte, ihre Person und ihre Zeit gehöre einzig und allein ihm, wenn er sie nun einmal aushielt.

Während des Essens schwatzten Amber und der Earl lebhaft wie alte

Freunde, die sich seit langem nicht mehr gesehen und einander viel zu erzählen haben. Sie berichtete ihm von ihren Triumphen, nicht aber von ihren Niederlagen. Er erfuhr nichts von Luke Channell, nichts von Newgate, nichts von Mutter Rotkäppchen, nichts von Whitefriars. Sie behauptete, sie habe noch ziemlich lange von den fünfhundert Pfund Lord Carltons gelebt, die bei ihrem Goldschmied hinterlegt worden waren, und er gab zu, sie sei weit klüger gewesen als die meisten Mädchen vom Lande, die in London sich selbst überlassen waren.

Zwei Stunden später war es – sie saßen noch immer auf dem Diwan mit den grünen Samtkissen, leere Weingläser in den Händen, und starrten in die letzte Glut des Kohlenfeuers – als Almsbury sie in die Arme zog und küßte. Einen Augenblick zauderte sie, dachte an Rex, der wütend sein würde, wenn er das erführe, und dann, weil sie Almsbury gut leiden konnte und weil er für sie Bruce Carlton bedeutete – gab sie nach und protestierte erst, als er sie in das Schlafzimmer führen wollte.

Dann schüttelte sie plötzlich ihr Haar zurück und zog ihren Schlafrock zusammen. »O Gott, Almsbury, ich kann nicht! Ich hätte Sie nie glauben lassen dürfen, daß es möglich wäre!« Sie stand auf, ein wenig benommen vom Wein, und lehnte den Kopf an den Kamin.

»Du lieber Gott, Amber! Ich dachte, Sie wären jetzt endlich erwachsen.« Das klang ein wenig verärgert.

»Oh, das ist es nicht, Almsbury. Es ist nicht, weil ich noch . . .« sie war nahe daran zu sagen: ›Auf Bruce warte‹, hielt aber inne. »Es ist Rex. Sie kennen ihn nicht. Er ist eifersüchtig wie ein italienischer Onkel. Er würde Sie im Handumdrehen umbringen und mich hinauswerfen.«

»Das würde er nicht, wenn er nichts davon wüßte.« Sie lächelte skeptisch und sah ihn von der Seite an. »Hat es je einen Mann gegeben, der etwas mit einer Frau gehabt hat und es nicht noch in derselben Stunde allen seinen Freunden erzählt? Die Lebemänner behaupten, das halbe Vergnügen sei, nachher darüber zu sprechen.«

»Nun, ich bin kein Lebemann, und das weißt du verdammt gut. Ich bin einfach ein Mann, der in dich verliebt ist. Vielleicht sollte ich das nicht sagen. Ich weiß nicht einmal, ob ich in dich verliebt bin oder nicht. Aber seit dem ersten Tag, da ich dich kennenlernte, habe ich dich begehrt. Jetzt weißt du, daß das, was ich dir damals sagte, wahr ist, halte mich also nicht länger hin. Wieviel verlangst du? Ich gebe dir zweihundert Pfund – leg sie bei deinem Goldschmied an bis zu dem Tag, wo du sie brauchen wirst.«

Das Geld war ein überzeugendes Argument, doch der Gedanke, daß Bruce Carlton eines Tages davon hören und gekränkt sein könnte, wog es beinahe auf.

*

Was Amber Almsbury erzählt hatte, war richtig; Rex Morgan wollte sie heiraten. Während der vergangenen sieben Monate waren sie glücklich und zufrieden und hatten ein fröhliches, häusliches Leben geführt. Sie stritten nur selten, und nur, wenn – zu Recht oder zu Unrecht – Rex Morgans Eifersucht geweckt wurde. Einmal in der Woche fuhr sie nach Kingsland, ihr Kind besuchen. Lange Zeit war es ihr gelungen, diese Besuche vor ihm geheimzuhalten, aber eines Tages beschuldigte er sie zu ihrer großen Überraschung, bereits mit einem andern Mann gelebt zu haben. Während des heftigen Zanks, der darauf folgte, sagte sie ihm, wo sie gewesen sei, und berichtete ihm auch ihre Heirat.

Zwei oder drei Tage war er wütend, doch trotz all ihren Lügen schien er sie nicht weniger zu lieben, und selbst nach diesem Auftritt fragte er sie, ob sie ihn heiraten wolle. Vorher hatte sie sich geweigert und getan, als halte sie seine Frage für einen Scherz, jetzt aber wandte sie ein, daß es unmöglich sei. Bigamie war ein todeswürdiges Verbrechen.

»Er wird nie wiederkommen«, sagte Rex. »Aber wenn er kommt, kannst du mir das überlassen. Ich werde das Nötige tun, damit du Witwe bist und dich keiner Bigamie schuldig machst.«

Doch Amber konnte sich nicht entschließen. Noch immer hatte sie ein dauerndes Grauen vor der Ehe, denn ihr erschien sie wie eine Falle, in der eine Frau, einmal gefangen, sich hilflos und hoffnungslos wand. Sie gab dem Mann jedes Recht über ihren Körper, Geist und ihr Vermögen, denn kein Gericht des Landes würde sich für ihr Unglück interessieren. Doch weder dieses Grauen noch das größere vor einem Bigamieprozeß waren die wahren Gründe für ihre Weigerung. Sie zauderte, weil ihr Herz noch immer eine Spur von Ehrgeiz hegte und ihr keine Ruhe ließ.

Wenn ich Rex heirate, dachte sie, was wird dann mein Leben sein? Ich muß von der Bühne abgehen und Kinder gebären. Rex grollte dem Kind, dessen Vater, wie er glaubte, ihr erster Gatte war, und hegte eine sentimentale Sehnsucht nach einem Sohn, den sie ihm schenken würde. Und dann würde er höchstwahrscheinlich noch eifersüchtiger werden als je, und käme ich einmal eine halbe Stunde zu spät aus dem ›Change‹ oder würde ich auf der Mall einem Herrn zulächeln, dann würde er in die Luft gehen.

Auch würde er wohl kaum so großzügig sein wie jetzt, und wenn ich dreißig Pfund für ein neues Kleid zahlen würde, gäbe es eine Szene, und er würde finden, der Mantel vom vorigen Jahr genüge noch. Ich würde dick und unförmig werden – und vor meinem zwanzigsten Jahr wäre mein Leben vorüber. Nein, mir ist es lieber, wie es jetzt ist. Ich habe alle Vorteile der Ehefrau, denn er liebt mich und würde mich nicht beiseite schieben, und keinen ihrer Nachteile, denn ich bin frei und meine eigene Herrin und kann ihn jederzeit verlassen, wenn es mir beliebt.

Sie hatte gehört, daß König Karl mehr als einmal bemerkt habe, sie sei die schönste Frau auf der Bühne, und im besonderen nach ihrem letzten Auftreten in Hampton Court habe er zu jemandem gesagt, er beneide den Mann, der ihr Freund sei.

Etwa vierzehn Tage nach Almsburys Rückkehr in die Stadt nahm Amber ein neues Mädchen auf. Sie entließ Gatty eines Tages, als das Mädchen sie dabei überraschte, wie sie ein Bad nahm und währenddessen mit Almsbury plauderte. Amber warnte sie; der Earl sei ein einflußreicher Mann, und wenn sie zu wem immer ein Wort spräche, würde man ihr die Zunge abschneiden lassen. Rex erzählte sie, das Mädchen sei in andern Umständen gewesen, und dann schickte sie Jeremiah mit einer Nachfrage nach einem Dienstmädchen in die St.-Pauls-Kathedrale, wo ein großer Teil dieser Vermittlungen sich abwickelte.

Doch als sie an dem gleichen Morgen vom New Exchange zur Probe fuhr, mußte ihr Wagen bei dem goldgekränzten Maienbaum anhalten, und während Tempest den Kutscher und die Fahrgäste des Wagens beschimpfte, der den Weg versperrte, flog plötzlich der Schlag auf, und ein Mädchen stürzte herein. Ihr Haar hing offen, und ihre Augen blickten wild.

»Bitte, Mam«, schrie sie, »sagen Sie ihm, daß ich Ihr Mädchen bin!« Ihr hübsches Gesicht flehte, ihre Stimme klang verzweifelt. »O Jesus! Da kommt er! Bitte, Mam!« Sie warf Amber einen letzten bittenden Blick zu, zog sich dann in eine Ecke zurück und stülpte die Kapuze ihres Mantels über die rotblonden Locken.

Amber sah sie verdutzt an, und dann, bevor sie noch ein Wort sprechen konnte, wurde die Türe abermals aufgerissen, und ein Konstabler in blauem Rock, den Amtsstab in Händen, steckte den Kopf herein. Amber fuhr unwillkürlich zurück. Doch dann besann sie sich, daß ein Konstabler heute keine Schrecken für sie hatte und faßte sich schnell.

Er grüßte, denn er hielt sie offenbar für eine Dame von Stand. »Bedaure, Sie stören zu müssen, Mam, aber dieses Frauenzimmer hat eben einen Laib Brot gestohlen. Ich verhafte Sie«, brüllte er, »in des Königs Namen!« Und er langte nach dem Mädchen, das sich in seine Ecke kauerte. Amber konnte spüren, wie sie zitterte.

Plötzlich stiegen alle Erinnerungen an Newgate wie eine Flut in Amber auf, sie wurde wütend und schlug mit dem zusammengeklappten Fächer über das Gelenk des Konstablers. »Was fällt Ihnen ein, Sir? Das ist mein Dienstmädchen! Rühren Sie sie nicht an!«

Erstaunt sah er auf. »Ja nun, Mam – ich möchte gewiß nicht gern eine Dame eine Lügnerin heißen, aber sie hat eben jetzt einen Laib Brot gestohlen; ich habe es mit eigenen Augen gesehen.«

Er packte das Mädchen beim Knöchel und wollte sie aus dem Wagen ziehen. Eine neugierige Menge begann sich draußen zu sammeln, und als Amber ihm jetzt einen kräftigen Fußtritt in die Brust versetzte, der ihn zurücktaumeln ließ, erhob sich lautes Gelächter. Er wankte zurück; sie beugte sich vor und schlug die Wagentür zu.

»Vorwärts, Tempest!« rief sie, und der Wagen rollte davon und überließ es der Obrigkeit, sich aus dem Rinnstein zu erheben.

Einen Augenblick schwiegen die beiden Frauen, und das Mädchen sah Amber dankbar an. Amber atmete schwer, und die Nervosität, die der Anblick eines Konstablers in ihr erweckt hatte, war noch nicht vergangen.

»O Mam!« rief das Mädchen schließlich. »Wie kann ich Ihnen das je vergelten? Ohne Sie hätte er mich nach Newgate geschleppt. Mein Gott – ich hatte ihn erst gesehen, als er den Arm schon nach mir ausstreckte, und dann bin ich gelaufen – gelaufen, wie ich nur konnte, aber der fette, alte Hund war mir auf den Fersen! Oh, ich danke Ihnen, Mam, millionenmal danke ich Ihnen! Es war mächtig fein von so einer großen Dame, sich darum zu kümmern, was so einer wie mir geschieht.«

Sie plapperte mit rascher, melodischer Stimme weiter, der Ausdruck auf ihrem hübschen Gesicht wechselte rasch. Sie konnte kaum älter sein als siebzehn, war frisch und zierlich, mit klaren blauen Augen, hellen Wimpern und Brauen und Sommersprossen auf der kleinen Stupsnase. Amber lächelte ihr zu und gewann sie sogleich lieb.

»Diese verfluchten, unverschämten Konstabler! Für sie ist der Tag verloren, wenn sie nicht ein halbes Dutzend anständige Bürger in den Kerker gebracht haben.«

Das Mädchen senkte schuldbewußt die Wimpern. »Ja – um es Ihnen aufrichtig zu sagen, Mam, ich habe das Brot wirklich gestohlen. Ich habe es hier.« Sie klopfte auf den Mantel, unter dem sie es versteckt hatte. »Aber ich konnte mir nicht helfen, ich schwöre Ihnen, ich konnte mir nicht helfen. Ich war so hungrig.«

»Vorwärts denn! Iß nur!«

Ohne Zögern holte sie das knusprige Brot hervor, brach ein Stück ab, stopfte es in den Mund und kaute gierig. Amber sah ihr erstaunt zu.

»Seit wann hast du nichts mehr gegessen?«

Das Mädchen schluckte, nahm ein zweites Stück und antwortete mit vollem Mund: »Seit zwei Tagen, Mam.«

»Guter Gott! Da, nimm das und kauf dir ein Mittagessen!«

Aus einem kleinen, samtenen Beutel in ihrem Muff holte sie einige Münzen hervor und warf sie dem Mädchen in den Schoß. Unterdessen waren sie beim Theater angelangt, und der Lakai öffnete den Schlag. Amber raffte ihre Röcke, um auszusteigen, und das Mädchen beugte sich vor und starrte mit großem Interesse durch das Fenster.

»Gehen Sie ins Theater, Mam?«

»Ich bin Schauspielerin.«

»Sie sind . . .« Sie schien gleichzeitig entzückt und entrüstet darüber zu sein, daß ihre Wohltäterin einen so aufregenden und mißachteten Beruf ausübte. Doch sogleich sprang sie auf ihrer Seite hinaus, lief um den Wagen herum und machte Amber einen Knicks. »Vielen Dank, Mam. Sie sind mächtig nett zu mir gewesen, und wenn ich je etwas für Sie tun könnte, dann wäre ich glücklich, wenn Sie mich rufen würden. Ich werde das nie vergessen, das können Sie mir glauben. Nan Britton heiße ich, Dienstmädchen, jetzt allerdings ohne Stelle.«

Amber blieb stehen und sah sie interessiert an. »Du bist Dienstmädchen? Warum hast du deine letzte Stelle verlassen?«

Das Mädchen senkte die Augen. »Ich bin weggeschickt worden, Mam.« Ihre Stimme sank fast zu einem Flüstern, und sie fügte hinzu: »Die Dame sagte, ich hätte ihre Söhne verführt.« Dann sah sie auf und erklärte sehr ernst: »Aber das habe ich nicht, Mam! Das schwöre ich Ihnen! Es war gerade umgekehrt!«

Amber lachte. »Nun, mein Sohn ist noch nicht im Alter, um verführt zu werden. Ich suche selber ein Dienstmädchen, und wenn du nach dem Essen in meinem Wagen warten willst, dann können wir später darüber sprechen.«

Sie engagierte Nan Britton für vier Pfund im Jahr, dazu Wohnung, Kost und Kleidung. Nach drei oder vier Tagen waren sie Freundinnen.

Amber fühlte, daß Nan die erste Freundin war, die sie je besessen hatte. Und Nan tat ihre Arbeit schnell und sorgsam, fand ebensoviel Vergnügen daran, Zinnkrüge zu putzen oder Ambers Haare zu frisieren, wie an ihren Besuchen im ›Change‹ und an einem Besuch im ›Spring Garden‹, wohin sie Amber und Rex begleiten durfte.

Sie war energisch, lebhaft und heiter, und diese Eigenschaften blieben ihr auch treu, als sie sich an ihre neue Stelle gewöhnt hatte. Und wenn Nan ungefähr alles erfuhr, was ihre Herrin betraf, bis auf die Aufenthalte in Newgate und Whitefriars – so hörte auch Amber die Erzählung von Nans Abenteuern als Dienstmädchen in einem Haus, wo es vier hübsche junge Burschen gab. Sie war entlassen worden, als einer der Söhne sich in sie verliebt und den entsetzten Eltern erklärt hatte, er wolle sie heiraten.

Wenn Rex nicht zu Hause war, teilte sie Ambers Bett, sonst schlief sie in dem Rollbett. Wie es Brauch war, hatte sie Rex ebenso zu bedienen wie Amber, half ihm aus den Kleidern und in die Kleider, war gar nicht verlegen, sondern stellte bald fest, Hauptmann Morgan sei der schönste Herr, den sie je gesehen habe. Sie stand auch ganz auf seiner Seite und drängte Amber immer wieder, ihn zu heiraten.

»Wie der Hauptmann Sie liebt, Mam!« sagte sie morgens beim Frisieren. »Und wie schön er ist! Und wie freundlich! Weiß Gott, er wäre für jede Dame ein mächtig feiner Gatte!«

Aber Amber, die zuerst nur lachte und Nan neckte, sie sei in Rex verliebt, hatte immer weniger Interesse an diesem Rat. »Bestimmt ist Hauptmann Morgan das alles«, sagte sie schließlich, aber trotzdem ist er ja nur Offizier bei der Königlichen Garde.«

»Nur!» schrie Nan, gekränkt durch Ambers Haltung. »Und wen wollen Sie denn noch? Den König vielleicht?«

Über diesen Spott lächelte Amber und hob überlegen die Brauen. Sie zog gerade die Handschuhe an, um ins Theater zu gehen. »Möglich wäre es schon«, sagte sie gedehnt, und als Nan den Mund aufsperrte, wiederholte sie: »Ja, möglich wäre es schon.« Sie ging zur Tür, blieb aber, den Knauf in der Hand, noch einmal stehen und sagte zu Nan, die ihr mit runden Augen nachgestarrt hatte: »Aber kein Wort davon zu Hauptmann Morgan, verstehst du?«

Schließlich mochte es ja auch ein bloßer Klatsch sein, daß König Karl zu Buckingham gesagt hatte, der es Berkeley gesagt hatte, der es Kynaston gesagt hatte, der es Amber gesagt hatte, daß der König gern mit ihr schlafen wolle.

Neunzehntes Kapitel

Amber schloß die Türe auf und sprang, immer zwei Stufen mit einem Satz, die Treppe hinauf. Sie konnte es nicht erwarten, sich im Spiegel zu sehen, denn sie war überzeugt, daß sie sehr verändert sein müsse. Sie hatte fast den Treppenabsatz erreicht, als die Tür zu ihrem Zimmer aufging und Rex vor ihr stand. Er hatte das Licht im Rücken, so daß sie sein Gesicht nicht sehen konnte, aber seiner Stimme hörte sie an, daß er zornig war.

»Wo, zur Hölle, bist du gewesen?« fragte er. »Es ist halbzwei vorüber.«

Amber blieb sekundenlang überrascht stehen und starrte ihn an, als wäre er ein fremder Eindringling. Dann hob sie hochmütig das Kinn, kam auf ihn zu und wollte wortlos an ihm vorübergehen, aber er griff nach ihren Gelenken und riß sie an sich. Seine Augen hatten jenes gefährliche Glitzern, das sie schon früher an ihm bemerkt hatte, wenn seine stets bereite Eifersucht erwachte.

»Antworte mir, du kokettes kleines Luder! Das Theater in Whitehall ist um elf Uhr zu Ende. Wo bist du nachher gewesen?«

Lange blickten sie einander an, dann klagte Amber schmollend: »Du tust mir weh, Rex!«

Sein Gesicht entspannte sich, und obgleich er eine Weile zauderte, ließ er sie doch los. Aber als sie weiterging, fiel ein schwerer Beutel aus ihrem Muff klirrend zu Boden; nach dem Klang konnte er nur Geld enthalten. Sie sahen beide hinunter, und als Amber dann die Augen wieder hob, merkte sie, daß die seinen sich verengt hatten und vor Wut funkelten und daß die Adern an seinem Hals vortraten.

»Du gottverdammte kleine Hure«, sagte er leise.

Und dann packte er sie plötzlich bei den Schultern und begann sie zu schütteln, immer stärker und stärker, bis ihr Kopf so schnell hin und her schwankte, daß es nicht schlimmer werden konnte.

»Wer war es?« schrie er. »Mit wem warst du? Sag es mir, oder, bei Gott, ich breche dir das Genick!«

»Rex!« rief sie flehend. Doch im nächsten Augenblick, als er sie losgelassen hatte und sie wieder zur Besinnung kam, stieg die Wut in ihr mit hemmungsloser Heftigkeit auf. »Ich war beim König«, schrie sie ihm ins Gesicht. »Dort war ich!«

Sie begann, sich den Hals zu massieren, und murrte schließlich. »Was hast du jetzt zu sagen?«

Eine ganze Weile starrte er sie an, erst ungläubig, dann aber sah sie, wie seine Hoffnungen und sein Vertrauen nach und nach zerbröckelten. »Dort warst du nicht«, sagte er endlich. »Ich glaube dir nicht.«

Ihre Hände hoben sich, um das Haar zu richten, das in Unordnung geraten war, und sie warf ihm ein grausam überlegenes Lächeln zu. »Wirklich nicht?«

Doch er glaubte ihr, und sie wußte es.

Dann wendete er sich um, ohne ein weiteres Wort, nahm Mantel, Degen und Hut von dem Stuhl, wohin er sie gelegt hatte, und ging durch das Zimmer. Er blickte sie noch einmal mit Verachtung und Ekel an, bevor er das Zimmer verließ, aber sie begegnete seinem Blick lediglich mit einem kühlen Heben der Brauen. Und als die Tür hinter ihm zuschlug, knipste sie mit den Fingern und lief ins Schlafzimmer, um sich in einem Spiegel zu betrachten.

Denn eine Frau, die von einem König umarmt worden war, konnte doch bestimmt nicht irgendeiner beliebigen Sterblichen gleichen. Fast erwartete sie einen Glanz, einen lichten Schimmer auf ihrer Haut, auf ihrem Haar zu sehen, und sie war enttäuscht, als sie feststellen mußte, daß sie aussah wie immer, nur daß die Haare sich gelöst hatten und daß müde Schatten unter ihren Augen lagerten.

Aber ich bin nicht dieselbe! versicherte sie sich selbst triumphierend. Ich bin jetzt jemand! Ich war beim König!

Als Nan am nächsten Morgen versuchte, sie zu wecken, jagte sie sie fort, drehte sich um und erklärte, sie würde schlafen, solange es ihr passe, und man müßte sich bei der Probe eben ohne sie behelfen. Und als sie endlich erwachte, war es beinahe Mittag und die Probe längst vorüber. Sie dehnte und streckte sich, schlug die schweren Vorhänge zurück, langte dann plötzlich unter die Matratze, holte das Säckchen mit dem Geld hervor und schüttete die Münzen auf das Kissen, um sie nochmals nachzuzählen.

Es waren fünfzig Pfund. Welch ein Gedanke – fünfzig Pfund als Gegengabe für die größte Ehre, die einer Frau widerfahren konnte.

Bevor sie ins Theater ging, trug sie das Geld zu Shadrac Newbold, und als sie endlich in der Garderobe ankam, war es zwei Uhr vorbei. Ihr Erscheinen erregte, wie sie das erwartet hatte, beträchtliches Aufsehen. Alle Frauen plapperten und schrien gleichzeitig. Beck lief auf sie zu und umarmte sie.

»Amber! Wir dachten schon, du würdest überhaupt nicht kommen! Schnell! Erzähl uns, wir sterben vor Neugier. Wie war es?«

»Wieviel Geld hat er dir gegeben?«

»Was hat er gesagt?«

»Wie lange warst du bei ihm?«

»War es anders als mit andern Männern?«

Es war das erste Mal, daß der König um eine Schauspielerin geschickt hatte, und ihre Gefühle schwankten zwischen persönlicher Eifersucht und beruflichem Stolz. Aber die Neugier war stärker als beides.

Amber war nicht diskret; sie beantwortete alle Fragen. Sie beschrieb die Zimmer Edward Progers, wo sie zuerst empfangen worden war, das Erscheinen des Königs in seinem brokatnen Schlafrock, den Wurf junger Hunde, die auf einem Samtkissen neben dem Kamin bei ihrer Mutter schliefen. Er sei gütig und umgänglich gewesen und so höflich, als ob sie eine Dame von höchstem Rang sei. Sie verschwieg aber, daß sie selbst fast vor Furcht ohnmächtig geworden war, dagegen deutete sie an, daß er ihr mindestens tausend Pfund gegeben habe.

»Wann gehst du wieder?« fragte Beck schließlich, als Mrs. Scroggs Amber aus ihren Kleidern half.

»Oh«, sagte sie leichtin, »vermutlich bald. Vielleicht nächste Woche.«

Sie war sehr selbstbewußt, denn obgleich sie nicht mehr als eine Stunde mit ihm verbracht hatte, war sie doch mit der Überzeugung fortgegangen, daß sie ihm von allen Frauen seiner Bekanntschaft am besten gefallen habe. Es kam ihr nicht zu Bewußtsein, daß die andern vielleicht das gleiche gemeint hatten.

»Nun, Madame!« Es war Tom Killigrews Stimme, die kalt und sarkastisch klang, als er sich jetzt durch die überfüllte Garderobe einen Weg bahnte. »Sind Sie endlich gekommen?«

Amber sah überrascht auf und lächelte ihm freundlich zu. Trotz aller Veränderung wollte sie nicht anders sein als sonst – zumindest bis sie ihrer neuen Stellung sicherer war. »Ich bin ein wenig zu spät gekommen«, räumte sie ein und bückte sich, um in das Kleid zu schlüpfen, das Mrs. Scroggs bereithielt.

»Sie waren heute morgen nicht bei der Probe, glaube ich.«

»Nein.« Sie streckte die Arme in die Ärmel, und als Mrs. Scroggs das Kleid hinunterzog, kam ihr Kopf wieder zum Vorschein. »Aber das macht nichts. Ich habe die Rolle ein dutzendmal gespielt – ich kann sie auch ohne Probe gut genug.« Sie griff nach einem Spiegel, und, das Gesicht halb dem Licht zugewandt, prüfte sie die Schminke und wischte ein wenig Rot weg, das sich von ihren Lippen auf dem Kinn verschmiert hatte, als sie das Kleid überzog.

»Wenn Sie gestatten, Mrs. St. Clare, werde ich bestimmen, wer zu probieren hat und wer nicht. Ich habe Ihre Rolle Beck Marshall gegeben – ich zweifle nicht, daß Sie die Rolle der Dirne auch ohne Probe spielen können.«

Daraufhin gab es ein allgemeines Kichern. Amber schoß einen raschen Blick auf Beck und fing ein schadenfrohes Lächeln auf. Schon war sie nahe daran, herauszuplatzen und zu erklären, sie wolle ihre eigene Rolle spielen oder gar keine, als die Vorsicht sie warnte. »Aber ich kenne doch meinen Text! Ich kenne jedes Wort auch ohne Probe. Und die andere Rolle ist so klein!«

»Das ist sie vielleicht, Madame, aber wer anderwärts zu viel beschäftigt ist, muß eben lernen, mit kleinen Rollen zufrieden zu sein oder auch mit gar keiner.« Er sah die lächelnden, leuchtenden Gesichter rundum, auf denen eine boshafte Freude kaum verborgen war. »Und ich rate Ihnen allen, sich das gesagt sein zu lassen, wenn etwa noch ein anderer sich den Kopf von der Aufmerksamkeit hochgestellter Persönlichkeiten verdrehen lassen sollte. Guten Tag.« Er wandte sich um und verließ das Zimmer.

Amber war wütend darüber, daß er gewagt hatte, sie so zu behandeln, und tröstete sich nur mit dem Gedanken, daß sie sich eines Tages rächen würde. Ich werde sein Patent kriegen und ihn aus dem Theater jagen, das werde ich tun. Doch sie zuckte nur die Achseln und sagte schmollend:

»Puh! Was mir schon daran liegt! Wer hat es denn nötig, Schauspielerin zu sein?«

Aber die Tage vergingen, und ihre Ungnade wurde durch keine neuerliche Einladung zum König behoben. Sie spielte weiterhin kleine Rollen – und wartete. Die andern Frauen und auch einige unter den Schauspielern und den Lebemännern, die in die Garderobe kamen, sie alle wußten davon und stichelten leise. Sie schienen jetzt unverschämter geworden zu sein denn je. Und obgleich Amber versuchte, allen Spott mit einem Lachen abzutun oder gleichfalls mit Unverschämtheit zu vergelten, war sie in ihrem Herzen enttäuscht und tiefunglücklich. Bei all ihrer Großsprecherei fühlte sie, daß sie vor Scham sterben würde, wenn er sie nicht mehr kommen lassen sollte.

Und wenn sie auch in ihrer ersten hochfliegenden Anmaßung gemeint hatte, es werde ihr nicht viel daran gelegen sein, ob sie Rex wiedersah oder nicht, fehlte er ihr bald. Kaum eine Woche nach ihrem Streit erzählte ihr Beck, er habe Mrs. Norris vom Konkurrenztheater einen Brillantring geschenkt und sie behaupte, er habe ihr angeboten, ihr Freund zu werden.

»Nun, was geht das mich an? Es bedeutet mir gar nichts, auch wenn er jeder beliebigen kleinen Straßenhure Brillantringe schenkt.«

Doch das war alles nur Prahlerei.

Sie erkannte, daß Rex Morgan für ihr Glück wichtiger war, als sie geahnt hatte. Obgleich es ihr vorher nicht bewußt gewesen war, merkte sie jetzt, daß er sie vor vielem Unangenehmen beschützt hatte. Die Gecken in der Garderobe zum Beispiel, hätten nie gewagt, sie von oben herab zu behandeln, wie sie das jetzt taten. Ohne ihn war sie plötzlich in eine harte, freudlose Welt versunken, die gegen sie nur Haß empfand und ihr nur Schlechtes gönnte. In ihnen allen gab es weder Güte noch Mitleid – sie freuten sich über die Niederlage, weideten sich an ihrer Demütigung, amüsierten sich über ihren schlechtverhohlenen Ärger.

Abermals wünschte sie, sie hätte Lord Carlton niemals gesehen, wäre niemals nach London gekommen.

Nan dagegen blieb optimistisch, selbst als zehn Tage vergangen waren. Sie erfand mehr Gründe, weshalb der König zu viel zu tun gehabt haben mochte, um sie kommen zu lassen, als er selbst erfinden konnte. »Seien Sie nicht niedergeschlagen, Mam«, sagte sie. »Mein Gott, es nimmt einem eben viel Zeit weg, König zu sein!«

Aber Amber wollte sich nicht trösten lassen. In einem Stuhl vor dem Kamin zusammengekauert, murrte sie verdrießlich: »Unsinn, Nan! Du weißt so gut wie ich, daß er längst um mich geschickt hätte, wenn ich ihm gefallen würde.«

Nan saß neben ihr und arbeitete an einer Stickerei, die auf blaßgrünen Satin einen ganzen englischen Garten voll Blumen zeigte und als Unterrock für Amber bestimmt war. Jetzt seufzte sie leise und antwortete nicht, denn am Ende begann auch sie, den Mut zu verlieren. Doch als nur wenige Minuten später an die Tür geklopft wurde, sprang sie auf und eilte durch das Zimmer.

»Da!« rief sief sie triumphierend. »Das muß er sein!«

Amber sah bloß über die Stuhllehne nach der Tür; es mochte einer der Hofmacher sein oder vielleicht Hart oder Kynaston, die sie besuchen kamen. Doch als Nan die Türe öffnete, sah sie einen jungen Burschen in einer unbekannten Livree und hörte ihn fragen:

»Madame St. Clare?«

»Ich bin Madame St. Clare!« Sie sprang auf und lief durch das Zimmer. »Was gibt es?«

»Ich komme von Mr. Progers, Madame. Mein Herr entbietet Ihnen seine Grüße und fragt, ob Sie heute abend um halb zwölf in seiner Wohnung auf ihn warten wollen.«

Das war die Aufforderung des Königs!

»Ja«, rief Amber. »Ja, natürlich will ich!«

Sie nahme eine Münze vom Tisch und gab sie ihm, und als er fort war, umarmte sie Nan. »O Nan! Ich habe ihm gefallen! Er hat sich an mich erinnert! Wenn ich nur daran denke! Und heute gehe ich in den Palast!«

Plötzlich hielt sie inne, machte eine steife, kleine Verbeugung und sagte: »Madame St. Clare? Mein Herr entbietet Ihnen seine Grüße und fragt, ob Sie heute abend um halb zwölf in seiner Wohnung auf ihn warten wollen.« Und dann wirbelte sie durch das Zimmer, tanzte und lachte. Doch mitten in der Fröhlichkeit blieb sie stehen und legte sich ernsthaft die Frage vor: »Was soll ich anziehen?« Und erregt schwatzend liefen die beiden Frauen ins Schlafzimmer. Die Uhr auf dem Kamin schlug neun.

Diesmal war sie sicherer denn je, daß sie ihm gefiel.

Ein wenig von ihrer früheren Ehrfurcht war vergangen, und sie lachten und plauderten wie alte Freunde; sie fand, er sei der bezauberndste Mann, dem sie seit Lord Carlton begegnet war. Als sie ihn verließ, sagte er wie beim ersten Mal: »Gute Nacht, meine Liebe, und Gott segne dich«, gab ihr einen vertraulichen Klaps und abermals einen Beutel mit Geld.

Tempest und Jeremiah erwarten sie am Holbeintor, und sie fuhren rasselnd und rumpelnd durch die Nacht.

Doch kaum war die Kutsche in den Strand eingebogen, als eine Schar von Reitern sich aus dem Schatten auf sie zustürzte. Bevor Amber wußte, was geschah, war Tempest schon von seinem Bock gerissen und

Jeremiah niedergeboxt worden. Die Pferde begannen aufgeregt zu wiehern und zu steigen. Amber sah sich um. Was sollte sie beginnen? Doch da öffnete sich der Schlag, ein maskierter Mann beugte sich in den Wagen, packte sie an den Gelenken und zog sie zu sich. Amber schrie auf und wehrte sich, obgleich sie wußte, daß ihr das wenig nützen konnte.

Er schüttelte sie rauh. »Still! Ich will Ihnen nichts tun. Geben Sie mir nur den Beutel, den Sie von Seiner Majestät erhalten haben. Schnell!«

Amber stieß nach ihm und versuchte, sich loszumachen. Doch als sie ihn jetzt in die Hand beißen wollte, gab er ihr einen so heftigen Stoß, daß sie in die Kutsche und halb auf den Boden stürzte, und im Mondlicht konnte sie seine gehobene Pistole sehen. »Geben Sie mir diesen Beutel, Madame, oder ich erschieße Sie. Ich habe keine Zeit für Theatertricks.«

Amber zauderte noch immer, hoffte, irgendwie befreit zu werden, doch als sie den Hahn der Pistole knacken hörte, nahm sie den Beutel aus dem Muff und warf ihn dem Mann hin. Er fing ihn auf, verbeugte sich und trat zurück. Doch bevor noch die Tür geschlossen wurde, hörte sie ein triumphierendes Frauenlachen, und eine Stimme rief: »Vielen Dank, Madame! Mylady weiß Ihre Mildtätigkeit sehr zu schätzen. Ich verspreche Ihnen, daß das Geld einem guten Zweck zugewendet wird!« Jetzt schlug die Tür zu, und sie hörte den Lärm der Pferdehufe, als die Reiter aufsaßen und die King Street hinunter zum Palast hin losgaloppierten.

Einen Augenblick lag Amber wie betäubt und reglos. Diese Stimme, dachte sie. Ich habe sie schon vorher irgendwo gehört. Und dann erinnerte sie sich plötzlich: es war dasselbe Lachen, dieselbe hohe Frauenstimme, die sie damals abends vor dem ›Sarazenenkönig‹ gehört hatte – es war Barbara Palmer!

*

Das war Ambers letzter Besuch in Whitehall.

Der König wünschte – das war allgemein bekannt – in Ruhe und Frieden zu leben, und die scharfe giftige Zunge eines eifersüchtigen Weibes konnte ihm das unmöglich machen. Zu ihrem Glück wurde das Gerücht verbreitet, Karl habe gesagt, Madame St. Clare gefalle ihm sehr gut, aber doch nicht so sehr, daß er ihr seine Bequemlichkeit opfern würde. Und das allein rettete sie. So wurde sie mehrere Tage lang geneckt und gehänselt, aber schließlich hatte man es satt und fand ein anderes Opfer.

Darüber vergingen vierzehn Tage, und ihr Leben nahm wieder seinen normalen Gang; außer Amber selbst hatte jedermann vergessen, daß der König überhaupt jemals um sie geschickt hatte.

Sie aber vergaß nicht und wollte auch nicht vergessen. Sie nährte ihren neuen Groll gegen Barbara Palmer so sorgfältig wie den alten. Eines Tages sollte sie noch bedauern, daß sie geboren worden sei, schwur Amber. Ich werde einen Weg finden, um mich an ihr zu rächen, und wenn es das letzte sein sollte, was ich noch auf Erden tue. Sie verbrachte viel Zeit damit und hatte viel Freude daran, ihre Rache auszudenken, doch diese Phantasien glitten, wie alles, was sie weder sehen noch berühren konnte, nach und nach in einen dunklen Raum ihres Denkens, um dort aufgespart und, wenn sie ihrer bedurfte, wieder hervorgeholt zu werden.

Eines Abends hatte sie ein Dutzend junge Männer und junge Frauen zum Abendessen geladen, und sie waren eben fortgegangen. Noch standen die Schüsseln auf den Tischen, der Boden war mit Obstschalen und zerrissenen Karten bedeckt und die Luft dicht vom Tabaksdunst.

Während Nan aufräumte, stand Amber mit dem Rücken zum Kamin und hob die Röcke, um sich zu wärmen. Es war Mitte Dezember, die Erde war mit Schnee bedeckt, dem ersten nach drei Jahren, und sogar die Themse war zugefroren. Sie unterhielten sich eine Weile müßig darüber, was wer gesagt hatte; ob eine gewisse Dame jetzt etwas mit einem gewissen Herrn habe oder mit einem andern oder mit beiden. Auch über die Länge der Kleider, über Gesichter und Frisuren der Damen sprachen sie, und zwar nicht gerade nur Gutes.

Amber hatte jetzt ihr Kleid ausgezogen und stand gähnend in ihrem puffärmeligen Hemd und den rüschenbesetzten Unterröcken, als ein leises Pochen an der Tür hörbar wurde. Amber wartete gespannt, während Nan durch das Zimmer ging und den Riegel zurückzog. Konnte es sein, konnte es . . .

Es war Hauptmann Morgan, der dort stand, den langen Reitermantel über die Schulter geworfen, den Hut tief in der Stirn. Seine Augen blickten bittend, sein Ausdruck war der eines kleinen Jungen, der davongelaufen ist und jetzt nach Hause zurückkehrt. Sogleich vergaß sie, daß sie gehofft hatte, es könnte der Bote des Königs sein, und lief mit ausgestreckten Armen auf ihn zu.

»Rex!«

»Amber!« Er hob sie auf, küßte sie wieder und wieder und ließ endlich ein schluchzendes Lachen hören. »O mein Gott, bin ich froh, dich wiederzusehen!« Er stellte sie auf die Füße, hielt sie aber in seinen Armen und streichelte sie. »Jesus, Liebling, ich habe es nicht länger ausgehalten. Ich liebe dich – o Gott, wie ich dich liebe!«

In seinen Augen standen Tränen, und aus dem Hintergrund kam noch Nans Schneuzen, die ihnen zusah und gleichzeitig lachte und weinte. Die beiden drehten sich nach ihr um, und dann begannen alle drei plötzlich zu lachen.

»Komm herein, Rex, Liebling! Schließ die Tür! Oh, wie süß von dir, daß du zurückgekommen bist! Hast du draußen gewartet, bis die andern fort waren?«

Er lächelte und nickte.

»Aber du hast sie alle gekannt! Warum bist du nicht hereingekommen? Mein Gott, draußen ist es doch so bitter kalt!«

Er zauderte. »Nun – ich war nicht ganz sicher, daß du mich hereinlassen würdest.«

»O Rex!«

Plötzlich und mit tiefer Beschämung wurde Amber sich zum ersten Mal völlig bewußt, wie gütig, freigebig und gut er zu ihr gewesen war, und große Tränen rollten ihr über die Wangen.

»Nun, Liebling! Warum weinst du denn, kleines Mädchen? Das ist eine Nacht, die gefeiert werden muß! Sieh her!« Er griff in die Tasche, zog ein Etui heraus und reichte es ihr.

Amber öffnete es, und Nan drängte sich dazu, um auch etwas zu sehen. Als sie den Deckel hob, stießen beide Frauen einen Schrei entzückten Staunens aus: das war ein großer Topas in einem goldenen Herzen, das an einer schweren goldenen Kette hing. Sie sah ungläubig zu ihm auf, denn der Schmuck mußte sehr teuer gewesen sein. »O Rex«, sagte sie leise. »Es ist wunderschön, aber ...«

Mit einer Geste erledigte er ihre Einwände. »Ich hatte vor kurzem Glück beim Würfeln. Und hier, Mrs. Nan, ist auch etwas für dich.«

Nan öffnete das Etui, das er ihr reichte, und fand darin ein Paar goldene Ohrringe mit kleinen Perlen. Sie schrie vor Vergnügen auf und sprang in die Höhe, um ihm einen Kuß zu geben, denn er war mindestens einen Fuß größer als sie, und dann besann sie sich schnell, knickste und lief verwirrt in das Schlafzimmer.

»Hallo«, rief Rex. »Nur einen kurzen Augenblick, Mrs. Nan, deine Herrin und ich haben eine Vorliebe für dieses Zimmer.« Er hob Amber auf. »Du wirst heute hier draußen schlafen, Herzchen.«

Die Monate gingen schnell vorüber, denn sie war glücklich und populär und hielt sich für sehr berühmt. Der Winter war ungewöhnlich kalt und hatte viel Schnee und Eis, doch endlich brach sich der Frost, und statt dessen gab es Schlamm und Schmutz und die frischen, grünen Frühlingsknospen. Killigrew gab ihr wieder Hauptrollen, und sie hatte auch sonst viel mit ihren Gesangs-, Tanz- und Gitarrestunden zu tun.

Wenn sie bei Hof spielten oder wenn der König ins Theater kam, sah ihn Amber, aber obgleich er ihr manchmal zulächelte, hatte es doch dabei sein Bewenden. Sie hörte das Gerücht, daß er derzeit weniger Interesse an der Castlemaine habe als früher, dagegen in die liebliche Frances Stewart verschossen sei, aber er habe ihre Skrupel noch nicht zu überwinden vermocht. Manche fanden, Mrs. Stewart sei eine Närrin, andere wiederum, sie sei sehr klug, aber ohne Zweifel hatte sie das unbeständige Herz des Königs gewonnen, und das war schon an sich etwas Besonderes. Amber war es gleichgültig, in wen er verliebt war, wenn nur Barbara Palmer dabei verlor.

Mitte Februar war Amber wiederum in andern Umständen. Diesmal konnte sie sich dessen nur schwer entledigen und mußte fast eine Woche im Bett bleiben. Rex war sehr zornig, als er erfuhr, was sie getan hatte, und flehte sie an, ihn sogleich zu heiraten.

»Warum willst du nicht, Amber? Du sagst doch, daß du mich liebst!«

»Ich liebe dich, Rex, aber ...«

»Aber was?«

»Nun, wenn Luke . . .«

»Er kommt nie wieder, und du weißt das so gut wie ich. Und wenn er wiederkäme, wäre das auch nicht wichtig. Ich könnte ihn entweder töten oder durch jemanden bei Hof eine Nichtigkeitserklärung der Ehe erreichen. Wie ist es, Amber? Manchmal glaube ich, daß du mich hinhältst, weil du wieder einen Ruf des Königs erwartest! Ist es das?«

Blaß, krank und entmutigt setzte sie sich im Bett auf und starrte ins Leere. »Nein, Rex, das ist es nicht. Das weißt du.«

Sie log, denn sie hoffte tatsächlich noch immer, war aber nichtsdestoweniger überzeugt, daß sie es in Zukunft bedauern würde, wenn sie Rex Morgan jetzt nicht heiratete. Was bedeutete es ihr, von der Bühne abzugehen? Sie hatte jetzt anderthalb Jahre gespielt und sah nicht, daß sie dadurch irgend etwas erreicht hätte. Ihren neunzehnten Geburtstag hatte sie vor weniger als einem Monat gefeiert, und sie fühlte, wie schnell die Zeit verging. Und wenn sie ihn auch wirklich liebte, so konnte sie doch niemals die Erinnerung an Lord Carlton aus ihrem Herzen wischen noch ihr Verlangen nach einem ruhmvolleren und aufregenderen Leben.

»Ich will darüber nachdenken, Rex – gib mir nur noch ein wenig Zeit.«

Ihr Sohn wurde am fünften April zwei Jahre alt, und da Amber wußte, daß sie an diesem Tage nicht frei war, hatte sie vor, am ersten hinauszufahren und ihm seine Geschenke zu bringen. Rex ging um sieben Uhr fort, als es draußen noch dunkel war und die Dachtraufen vom nächtlichen Regen tropften.

Er küßte sie zärtlich. »Zwölf Stunden, bevor ich dich wiedersehe. Gute Fahrt, Liebling, und gib dem kleinen Kerl einen Kuß von mir.«

»Ich danke dir, Rex!« Ambers Augen funkelten vor Freude, denn gewöhnlich wollte Rex nichts von ihren Ausflügen wissen, so, wie er auch die Tatsache, daß sie ein Kind hatte, nicht zur Kenntnis nehmen wollte; doch seit sie sich beinahe bereit erklärt hatte, ihn zu heiraten, war er offenbar zum Entschluß gelangt, daß er sich auch mit seinem Stiefsohn aussöhnen müsse. »Ich werde dir auch einen von ihm zurückbringen!«

Er küßte sie wieder, winkte Nan zu und war fort. Amber schloß die Tür leise, blieb sekundenlang stehen und lächelte. »Ich werde ihn wohl doch heiraten, Nan«, sagte sie endlich.

»Mein Gott, Mam, das sollten Sie auch! Einen schöneren, gütigeren Herrn hat es niemals gegeben – mir tut es im Herzen weh, zu sehen, wie er Sie liebt. Sie würden glücklich sein, Mam. Das weiß ich bestimmt.«

»Ja«, gab sie zu. »Ich würde wahrscheinlich glücklich sein. Aber . . .«

»Aber was?«

»Aber das ist auch alles, was ich sein würde.«

Nan sah sie entrüstet und verständnislos an. »Guter Gott! Was wollen Sie eigentlich sonst noch?«

Kurz darauf kam der Gesangslehrer, und nach ihm kam der Tanzmeister, um mit ihr die Schritte des Menuetts zu üben, eines neuen französischen Tanzes, den jetzt jedermann lernte. Unterdessen schleppte Jeremiah Eimer voll heißen Wassers, die er in die hölzerne Badewanne in ihrem Schlafzimmer schüttete.

Nan wusch ihr das Haar, trocknete es, steckte es auf und befestigte es mit einem halben Dutzend Haarpfeilen. Es war jetzt fast zehn Uhr, die Sonne war schließlich zum Vorschein gekommen, zum ersten Mal seit vielen Tagen – so daß die warmen Strahlen ihr auf die bloßen Schultern fielen, als sie in der Wanne saß. Wie gewöhnlich fühlte sie, daß es wunderbar war zu leben, und mußte sich zwingen, das wohlig warme Bad zu verlassen, als an der Tür geklopft wurde.

»Ich bin nicht zu Hause«, rief Amber Nan nach. Sie wollte sich ihre Pläne für den heutigen Tag von niemandem stören lassen.

Nan kam sogleich wieder. »Es ist Mylord Almsbury, Mam.«

»Ach, laß ihn herein.« Almsbury hatte sich im letzten Herbst nicht lange in der Stadt aufgehalten, war aber zur Frühjahrssession des Parlaments wiedergekommen und besuchte sie häufig – wenn er ihr auch kein Geld mehr gab. Aber das war Amber gleichgültig, weil sie ihn sehr gern hatte. »Ist er allein?«

»Nein, es ist noch ein Herr mit ihm gekommen.« Nan rollte die Augen, aber sie war allerdings leicht zu begeistern.

»Sie sollen im Salon warten – ich komme gleich.«

Sie stieg aus dem Bad und begann sich abzutrocknen. Aus dem Nebenzimmer hörte sie leise Männerstimmen; von Zeit zu Zeit kicherte Nan und brach in ein entzücktes Gelächter aus. Amber schlüpfte in einen Schlafrock aus grünem Satin, nahm die Pfeile aus dem immer noch feuchten Haar und kämmte es, steckte die Füße in ein Paar goldene Pantoffeln und ging. Aber sie wandte sich noch einmal um. Schließlich konnte es sich auch um einen Herrn von hohem Rang handeln.

Sie legte ein wenig Puder auf, parfümierte sich leicht und öffnete die Tür.

Almsbury stand vor dem Kamin, und an den Kaminsims lehnte, Nan zulächelnd, Bruce Carlton.

Zwanzigstes Kapitel

Als sie eintrat, hob er rasch den Kopf, und ihre Augen begegneten einander. Amber stand vollkommen still, den einen Arm am Türpfosten, und sah ihn an. Sie fühlte, wie ihr Kopf schwindelte und ihr Herz pochte, und sie war mit einem Mal gelähmt und unfähig, sich zu regen oder zu sprechen. Dann verbeugte er sich, aber Amber stand noch immer völlig hilflos und zitterte und schalt sich eine Närrin.

Almsbury kam ihr zu Hilfe. Er ging durch das Zimmer, küßte sie leicht und legte einen Arm um ihre Taille. »Was sagst du dazu, Herzchen, der Lump ist gestern in die Stadt gekommen.«

»Ja?« sagte Amber schwach.

Bruce lächelte, und seine Augen glitten rasch an ihr hinunter. »Der Seemann kommt heim von der See.«

»Um zu bleiben?«

»Nein – wenigstens nicht lang. Amber, kann ich heute mit dir gehen?«

Sie warf Almsbury einen überraschten Blick zu, denn sie hatte vergessen, daß sie ihm von dem Geburtstag des Kindes erzählt hatte. »Ja, natürlich. Willst du warten, bis ich angezogen bin?«

Sie ging mit Nan ins Schlafzimmer zurück, und dort mußte sie sich an die Tür anlehnen, die Augen geschlossen und so erschöpft, als hätte sie eben eine anstrengende, körperliche Arbeit vollbracht. Nan sah sie beunruhigt an.

»Mein Gott, Mam! Was ist denn? Sie sehen gar nicht gut aus. Ist er vielleicht ihr Gatte?«

»Mein ...« Sie schüttelte den Kopf und ging an den Toilettentisch, aber sie hatte den Eindruck, als ob jeder Knochen und jeder Muskel sich auflöste. »Gib mir das neue Kleid, das Madame Drelincourt geschickt hat!«

»Aber es regnet ja draußen, Mam. Sie werden es verderben.«

»Macht nichts!« fuhr Amber sie an. »Tu, was ich dir gesagt habe!» Aber dann entschuldigte sie sich gleich. O Nan, es tut mir leid. Ich weiß gar nicht, was mit mir ist.«

»Ich auch nicht, Mam. Vermutlich soll ich Sie heute nicht begleiten, nicht wahr?«

Doch als sie sich schminkte und Nan sie frisierte, wurde sie kühler, das Blut schien wieder durch ihre Adern zu strömen, und ein leidenschaftliches Glücksgefühl trat an die Stelle der ersten Betäubung. Er sah in ihren Augen schöner aus als je, und sein Anblick hatte sie mit der gleichen, völlig unvernünftigen Erregung erfüllt, wie damals, da sie ihn zum ersten Male sah. Diese zweieinhalb Jahre waren vergangen und verschwunden. Alles andere in ihrem Leben schien ihr plötzlich unwichtig und stumpf.

Ihr neues Kleid war aus chartreusefarbenem Samt, und Schuhe und Strümpfe paßten genau dazu. Ihr Kapuzenmantel war topasfarbener Samt, fast im gleichen Honigton wie Augen und Haar, und um den Hals trug sie das Topasherz, das Rex Morgan ihr geschenkt hatte. Dann griff sie nach ihrem großen Nerzmuff und ging zur Tür, aber Nan hielt sie zurück. »Wann werden Sie zu Hause sein, Mam?«

Amber versuchte, über die Schulter hinüber in leichtem Ton zu antworten. »Ach, ich weiß nicht. Vielleicht ein wenig später.«

Sie sah die Mißbilligung in Nans Augen; sie wußte, daß Nan Hauptmann Morgans wegen unzufrieden war und fand, ihre Herrin dürfe nicht mit einem andern Mann ausgehen, besonders mit einem Mann, der so große Wirkung auf sie ausübte wie dieser hier.

»Und was ist mit Hauptmann Morgan?«

»Zum Teufel mit Hauptmann Morgan!« murmelte Amber und ging ins Nebenzimmer zu Almsbury und Bruce.

Als sie alle im Wagen saßen, etliche Pakete in lustiger Verpackung neben Amber, da knipste Almsbury plötzlich mit den Fingern. »Richtig, ich habe eine Tennispartie mit Sedley verabredet. Verdammt gut, daß ich mich rechtzeitig daran erinnere!« Er kletterte wieder hinaus und grinste. Bruce lachte und klopfte ihm auf die Schulter, Amber warf ihm eine Kußhand zu, und der Wagen setzte sich in Bewegung.

Amber wandte sich zu Lord Carlton. »Bruce! Bist du es wirklich und wahrhaftig? Es ist so lange her – o Liebling, es sind zweieinhalb Jahre vergangen!«

Sie saß eng neben ihm, als sie zu ihm aufsah, ihre Augen schienen in einem strahlenden Licht zu schwimmen, und sein Arm legte sich um sie. Er beugte den Kopf, und sein Mund preßte sich fest auf den ihren. Amber erwiderte den Kuß mit wilder Hingabe, vergaß, wo sie waren, und drängte sich an ihn, als wollte sie zermalmt werden. Sie hatte ein Gefühl plötzlicher Enttäuschung, als er sie jetzt losließ. Ihr war, als sei sie mitten aus einem Traum herausgerissen worden, aber er lächelte, und seine Finger strichen liebkosend über ihr Gesicht.

»Was für ein reizendes kleines Geschöpf du bist«, sagte er leise.

»O Bruce, wirklich? Meinst du das? Hast du jemals an mich gedacht, während du fort warst?« Sie war jetzt sehr ernst geworden.

»Ich habe sehr viel an dich gedacht, weit mehr, als ich erwartet hätte. Und ich habe mir auch Sorgen um dich gemacht. Ich hatte Angst, du könntest irgendwie dieses Geld verlieren.«

»O nein«, protestierte Amber sogleich. Sie wäre lieber gestorben, als daß sie ihm erzählt hätte, was ihr geschehen war. »Sehe ich nicht gut aus?« Eine Geste ihrer Hand sollte ihn auf die kostbaren Kleider, den Wagen, in dem sie saßen, ihren Triumph über die große Welt aufmerksam machen. »Ich kann schon sehr gut für mich selbst sorgen, das schwöre ich dir!«

Er lachte, und wenn er ihren Bluff auch durchschauen mochte, so verriet er sich auf keine Art. »Es scheint so. Aber das hätte ich wissen können. Du hast die gangbarste Ware der Welt – und genug für zehn Frauen.«

»Was ist das?« fragte sie ihn und machte ein unschuldiges Gesicht.

»Das weißt du verdammt gut, und ich werde dir nicht noch mehr schmeicheln. Sag mir, Amber: Wie sieht er aus? Wie groß ist er?«

»Wer?« Sie sah ihn erstaunt an, denn sie meinte, er spreche von Morgan, dann aber brachen sie beide in lautes Gelächter aus. »Ach, das Baby! O Bruce, warte, bis du ihn siehst. Er ist so groß, daß ich ihn kaum mehr heben kann. Und er ist so schön! Er sieht genau aus wie du, seine Augen haben dieselbe Farbe, und sein Haar wird immer dunkler. Du wirst ihn anbeten müssen! Aber du hättest ihn anfangs sehen sollen. Es war ein Jammer. Ich war beinahe froh, daß du nicht da warst.«

Ihre Gesichter verschatteten sich. »Es tut mir leid, Liebling. Es tut mir leid, daß du allein geblieben bist. Du mußt mich ja gehaßt haben, als ich dich verließ.«

Sie legte ihre Hand auf die seine, und ihre Stimme war sanft und zärtlich. »Ich habe dich nicht gehaßt, Bruce. Ich liebe dich und werde dich immer lieben. Und ich war froh, daß ich ihn hatte, er war ein Teil von dir, den du mir gelassen hattest, und während ich ihn trug, war ich nicht so einsam, wie ich es sonst gewesen wäre. Aber ich will keine Kinder mehr haben – es dauert zu lang. Vielleicht eines Tages, wenn ich alt bin und mir nichts mehr daran liegt, wie ich aussehe.«

Er lächelte. »Und wann wird das sein?«

»Oh, wenn ich dreißig bin.« Sie sagte das, als ob sie niemals dreißig sein würde. »Aber erzähl mir, was du getan hast. Wie ist es in Amerika? Wo hast du gelebt? Ich möchte alles wissen.«

»Ich habe in Jamaika gelebt. Das ist eine Insel, aber ich bin auch nach dem Festland gefahren. Es ist ein wunderbares Land, Amber – wild und leer und unberührt, so wie England vor tausend Jahren gewesen ist. Und es wartet auf jeden, der kommen und es nehmen will.« Er starrte vor sich hin, sprach leise und fast so, als spräche er zu sich selbst. »Es ist größer, als irgend jemand weiß. In Virginia ziehen sich die Pflanzungen Hunderte und Tausende von Morgen von der Küste weg, und es ist immer noch mehr Boden da. Es gibt wilde Pferde und Herden von wilden Büffeln, und sie gehören jedem, der sie fangen kann. Die Wälder sind voll von Wild, und alljährlich kommen die wilden Tauben in Wolken gezogen, die den Himmel verdecken. In Virginia allein gibt es Nahrung genug, um jeden in England zu ernähren, und besser, als er je ernährt worden ist. Der Boden ist so reich, daß alles, was man pflanzt, aufschießt wie Unkraut. Es ist etwas, was die Phantasie fesselt – etwas, was man sich niemals hat träumen lassen.« Er sah sie plötzlich an, und seine Augen glitzerten vor Begeisterung.

»Aber es ist nicht England!«

Er lachte, die Spannung war vorüber. »Nein«, gab er zu. »Es ist nicht England.«

Und damit war die Sache, soweit es Amber betraf, erledigt, und sie begannen jetzt, von seinen Abenteuern auf dem Meer zu sprechen. Er erzählte ihr, das Leben sei unangenehm, und nichts würde einen Mann häßlicher machen, als wochenlang mit andern Männern auf einem Schiff zu leben, aber es sei nicht sehr gefährlich und der sicherste Weg zum Reichtum. Darum zögen auch so viele Seeleute vor, mit Kaperschiffen zu segeln statt zur Britischen Marine oder auf einen Kauffahrer zu gehen. Derzeit sei die Themse mit Prisenladungen überhäuft, die gerade eingebracht worden waren, und täglich kämen neue hinzu.

»Du bist also jetzt vermutlich ein mächtig reicher Mann!«

»Meine Verhältnisse haben sich beträchtlich gebessert«, gab er zu.

Die Fahrt nach Kingsland dauerte anderthalb Stunden, denn die Straße war zumeist ungepflastert, und die jüngsten schweren Regenfälle hatten sie in einen Sumpf verwandelt. Tempest und Jeremiah mußten die Räder ein dutzendmal aus dem Schlamm heben.

Doch endlich waren sie da und traten durch die Küchentür in Mrs. Chivertons reizendes, strohgedecktes Häuschen. Amber hatte ihr häufig und reichlich Geld geschenkt, denn sie wollte, ihr Kind solle in einem behaglichen Heim aufwachsen, und das Häuschen machte jetzt den Eindruck von angenehmer Wärme und Freundlichkeit, den es früher vermissen ließ.

Das Kind lag in der Wiege, die es jetzt beinahe ausgewachsen hatte, flach auf dem Rücken und schlief. Amber legte den Finger an den Mund, als sie jetzt leise durch das Zimmer gingen und sich über es beugten. Seine Backen waren gerötet, auf seinen Augenlidern schimmerte es feucht, der Atem ging ruhig und regelmäßig. Lange Zeit blickten Bruce und Amber auf den Knaben hinunter, dann sahen sie einander stolz und bewundernd an. Lord Carltons schlanke, feste, aristokratische Hände nahmen jetzt das Kind und hoben es auf.

Er erwachte, sah einigermaßen erstaunt den Mann an, der ihn hielt, dann sah er seine Mutter, lachte plötzlich und streckte die Arme nach ihr aus.

»Mutter!«

Nachdem sie eine Schale warmer Suppe gegessen hatten, die Mrs. Chiverton ihnen auftischte, begannen sie, die Geschenke des Kindes auszupacken. Da gab es zahlreiches Spielzeug, darunter Trommeln und Soldaten und ein Stehaufmännchen – einen puritanischen Priester, der aus einer Schachtel sprang und komisch hin und her schwankte. Und da gab es eine Puppe mit richtigem blondem Haar und prächtigen Kleidern, ein Geschenk Ambers für die vierjährige Tochter Mrs. Chivertons. Sie blieben den halben Nachmittag, aber als sie endlich aufbrachen, schrie das Kind und wollte mitgehen. Während Amber es beruhigte, gab Bruce Mrs. Chiverton fünfzig Pfund und sagte, wie dankbar er für die gute Pflege sei, die sie seinem Sohn zuteil werden ließ.

Als sie wegfuhren, regnete es wieder; Amber plauderte mit größter Begeisterung und ganz erregt über das Kind. Denn es hatte sie gefreut und auch ein wenig überrascht, zu merken, daß Bruce, bei dem sie eher eine gewisse Gleichgültigkeit erwartet hätte, das Kind ebensosehr zu lieben schien wie sie selbst. Doch während sie sprach, war sie sich bewußt, wie in ihnen beiden die Leidenschaft wieder aufflammte, die sie zeitweilig, während sie im Häuschen Mrs. Chivertons waren, zurückgedrängt hatten. Jetzt aber war die Glut wild und heftig und verlangte danach, zweieinhalb Jahre in den kurzen Minuten hemmungsloser Vereinigung hinwegzuschwemmen.

Bruce sah aus dem Fenster. »Wir kommen jetzt nach Hoxton«, sagte er schnell zu Amber. »Ich kenne hier ein gutes Gasthaus. Hallo!« Er hob die Stimme zu einem Ruf: »Haltet hier beim ›Stern und Hosenband‹!«

*

Als Amber an diesem Abend nach neun Uhr heimkam, saß Nan neben dem Kamin und stopfte eins von Rex' Hemden, während er mürrisch, die Hände in den Taschen, neben ihr stand. Amber sah ihn verwundert an, denn er schien ihr jetzt beinahe unwirklich zu sein – und dann war er schon bei ihr und griff nach ihrer Hand.

»Mein Gott, Liebling! Was ist denn geschehen? Ich wollte dich gerade suchen gehen.«

Sie zwang sich zu einem Lächeln. »Nichts ist geschehen, Rex. Das Baby wollte mich nicht fortlassen, und ich mußte länger bei ihm bleiben, und dann ist der Wagen steckengeblieben, und einmal ist er beinahe umgekippt.« Sie hob die Hand, um seine Wange zu streicheln, ein wenig bekümmert darüber, daß sie ihn betrogen hatte, denn er sah sie so verehrungsvoll an und ohne den leisesten Hauch von Zweifel oder Argwohn. »Du mußt dir nicht immer Sorgen um mich machen, Rex.«

»Ich kann nicht anders, Amber. Ich liebe dich doch.»

Amber wandte sich ab, um dem Ausdruck seiner Augen zu entgehen, aber sie begegnete Nans mißbilligendem und vorwurfsvollem Blick.

Am nächsten Morgen, sehr früh, als sie allein waren, fragte Amber sie, ob sie Rex etwas von dem Besuch Almsburys und Lord Carltons erzählt habe. Nan glättete gerade die Bettdecke und antwortete, ohne Amber anzusehen.

»Nein, Mam, das habe ich nicht«, sagte sie kurz. »Mein Gott, wie kommen Sie darauf, daß ich mich in Ihre Angelegenheit mischen wollte? Und nicht für tausend Pfund würde ich Hauptmann Morgan erzählen, daß sie ein falsches Spiel mit ihm treiben. Das würde ihm das Herz brechen!« Sie wendete sich um, und die beiden Frauen sahen einander an. In Nans Augen glänzte es feucht.

»Du warst nicht gar so zartfühlend, als es der König war, mit dem ich ihn betrogen habe.«

»Das ist auch ein Unterschied, Mam. Das bedeutete, der Krone dienen. Aber dies hier – das ist schlecht. Hauptmann Morgan liebt Sie mehr als sein Leben. Es ist – es ist nicht anständig.«

Amber seufzte. »Nein, Nan, es ist nicht anständig. Aber ich kann mir nicht helfen. Ich liebe Lord Carlton, ich liebe ihn wahnsinnig, Nan. Er ist Bruces Vater! Nicht mein Mann – ich hatte Luke geheiratet, nachdem Lord Carlton weggefahren war. Oh, du müßtest mir helfen, Nan! Hilf mir, damit Rex es nicht merkt. Solange er hier ist, muß ich mit ihm zusammen sein, und ich will es auch. Aber er fährt bald wieder fort, in einem oder zwei Monaten. Und wenn er fort ist, wird Rex nichts erfahren haben. Dann werde ich ihn heiraten – um es wiedergutzumachen. Willst du mir helfen, Nan? Versprichst du mir's?«

Während Amber sprach, wechselte Nans Ausdruck, und schließlich umarmte sie Amber. »Oh, das tut mir leid, Mam. Ich wußte ja nicht – ich konnte doch nicht ahnen – ich glaubte, es wäre gerade nur ein Kavalier, in den Sie sich verliebt hätten.« Plötzlich lachte sie breit und hielt Amber an den Armen fest. »Und so ist er der Vater des kleinen Bruce! Ja natürlich! Sie sehen einander auch ähnlich!« Sie holte tief Atem und legte die Hand an den Mund. »Es ist aber kein kleines Glück, daß der Hauptmann niemals mit Ihnen hinausgefahren ist, um das Kind anzusehen. Wenn er jetzt Seiner Lordschaft begegnete ...«

Carlton wohnte in Almsburys Haus, und zwei Tage später schickte Amber eine Botschaft. Sie lud ihn mit Almsbury und dessen Frau ins Theater ein – sie hatte Killigrew vier Sitze in der vordersten Reihe der Königsloge abgeschmeichelt – und bat sie, nachher zum Abendessen in ihre Wohnung zu kommen. Lord und Lady Almsbury sollten die Sache harmlos erscheinen lassen, für den Fall, daß Morgan unerwartet nach Hause kam.

Sie nahmen an, und in den nächsten achtundvierzig Stunden war Amber mitten in einem Wirbel von Vorbereitungen. Nan mußte eine Aushilfe nehmen, die ihr beim Putzen helfen sollte, damit jeder Staub von den Vorhängen verschwand, und die Nußmöbel wurden geölt und gerieben, bis sie glänzten. Sie ging selbst ins New Exchange, um einen großen Vorrat künstlicher Seidenblumen zu kaufen, da es noch keine frischen gab, und drängte Madame Drelincourt, ihr das neue Kleid einige Tage früher zu liefern, als sie es zugesagt hatte. Sie beriet sich mit dem Küchenmeister im Chatelin wegen des Essens und des Weins, versuchte sich an alles zu erinnern, was Bruce am liebsten aß, und kurz bevor sie ins Theater ging, wiederholte sie Nan die mannigfaltigsten Weisungen zum zehnten Mal bis in die kleinsten Einzelheiten.

Halbwegs auf der Treppe besann sie sich und lief nochmals zurück. »Vergiß auch nicht, den Wasserkrug auf das Tablett mit dem Branntwein zu stellen, Nan. Lord Carlton will es so haben.«

Sie kam sehr früh ins Theater, kleidete sich um, schminkte sich und ging dann ins Parterre hinunter zu den jungen Leuten. Sie ließ alle ihre Künste spielen, denn sie hoffte, Lord Carlton werde sie sehen und beeindruckt sein und vielleicht auch ein wenig eifersüchtig werden, wenn er merkte, wie beliebt sie unter all den Gecken war. Aber es war bereits halb vier, und sie war wieder hinter den Vorhängen, als sie ihn eintreten sah.

Voran gingen Lord und Lady Almsbury und nahmen die Sitze ein, die ein paar Burschen, auf Ambers Befehl, für sie gehalten hatten. Doch als eine Dame sich zurücklehnte und nach Bruces Hand griff, blieb er stehen, lächelte und verbeugte sich. Amber beobachtete angstvoll, wie sie zu ihm aufschmachtete, sah den vertraulichen Griff, mit dem sie seine Hand festhielt, als seien sie seit langem und sehr gut miteinander bekannt.

»Hallo!« Sie hörte plötzlich Becks Stimme neben sich. »Wer ist denn der hübsche Kerl, der eben Lady Southesk ein Rendezvous gibt?«

»Das ist Lord Carlton, und er gibt ihr kein Rendezvous!«

Beck sah sie leicht überrascht an; dann lächelte sie. »Ja – nun«, sie dehnte die Worte. »Und ob er es tut oder nicht – was kann dich das angehen?«

In Amber stieg der Ärger über ihre Torheit auf, denn sie wußte sehr wohl, daß Beck trotz ihrer scheinbaren Freundschaft nichts mehr Vergnügen machen würde, als Zwist zwischen Amber und Rex Morgan anzustiften. »Es geht mich gar nichts an! Aber ich weiß zufällig, daß seine Neigung einer ganz anderen gehört.«

»So! Und wer ist das?« Becks Stimme war ein musikalisches Schnurren, und ihre Augen glänzten boshaft.

»Lady Castlemaine!« fuhr Amber sie an, obgleich der Name ihr die Zunge verbrannte, und dann rauschte sie davon.

Sie wünschte, sie hätte Bruce nicht aufgefordert, nach der Vorstellung in die Garderobe zu kommen, denn sie wußte, Becks scharfe Augen würden sie bespitzeln, und so sandte sie ihm vor dem letzten Akt eine Botschaft, er möge nicht kommen, sondern sie statt dessen bei Almsburys Wagen erwarten. Am Schluß der Vorstellung hatte sie nichts auf der Szene zu tun, sie zog sich daher schnell um, denn sie wollte fort sein, bevor die Menge aus dem Theater strömte.

Sie verließ die Garderobe, ehe noch jemand da war, und ging zu Almsburys Wagen, wo Bruce wartend neben der offenen Türe stand. »Bruce! Ich freue mich so, Sie zu sehen!« Sie senkte die Stimme und blickte rasch um sich, denn sie wollte von keinem gesehen oder gehört werden, der Rex kannte. »Ich habe dir diese Botschaft geschickt, weil ich glaubte ...«

Er lächelte. »Tut nichts, Amber, Entschuldigungen sind überflüssig. Ich weiß wahrscheinlich, was du glaubtest. Darf ich dich Lady Almsbury vorstellen?«

Sie warf ihm einen raschen, entrüsteten Blick zu, denn sie wünschte, er würde ihre Gründe nicht gar so schnell verstehen oder würde, wenn er sie schon verstand, doch ein wenig gekränkt sein. Aber er schien ihren Blick nicht zu bemerken, nahm ihren Arm und stellte sie vor.

Amber sah sogleich, daß Emily, Lady Almsbury, keineswegs eine Schönheit war. Ihr Haar, ihre Augen, sogar die Toilette, die sie trug, schienen keine ausgesprochene Farbe zu haben. Ihre Züge waren durchaus nicht häßlich und die Zähne weiß und gleichmäßig. Ein wenig Schminke und falsche Locken, ein paar Schönheitspflästerchen und ein tiefausgeschnittenes Kleid ebenso wie ein wenig natürliche Keckheit hätten eine ganz andere Frau aus ihr gemacht. Und überdies war sie sichtlich wieder in andern Umständen.

Mein Gott! dachte Amber. Wie unvorteilhaft es doch ist, eines Mannes Gattin zu sein!

Bruce und Amber fuhren in ihrem Wagen und mit ihnen ein kleiner Negerjunge, kaum älter als fünf oder sechs Jahre, der vollauf damit beschäftigt war, seines Herrn Mantel nicht im Schlamm schleifen zu lassen. Er war vollkommen schwarz, so daß das Weiße in seinem Gesicht scharf abstach, und als Amber ihm zulächelte, grinste er ein breites, dankbares Grinsen.

»Das ist Tansy«, erklärte Bruce. »Ich habe ihn vor einem Jahr in Jamaika bekommen.«

»Was macht er? Wozu ist er da?«

»Oh, er ist sehr nützlich. Er spielt eine Art Gitarre, wie die Neger sie haben, und kocht Kaffee. Und natürlich singt und tanzt er. Ich dachte, daß du ihn vielleicht gern behalten würdest.«

»Ach, Bruce, er ist für mich? Du hast ihn für mich über den Ozean gebracht? Oh, ich danke dir! Tansy – wie würde es dir gefallen, hier bei mir in London zu bleiben?«

Er sah von Amber zu Bruce und schüttelte dann den Kopf. »Nein, Sir, Mam. Ich gehe lieber heim zu Miß Leah.«

Amber blickte Bruce fragend an und sah, wie ein rasches Lächeln über seine Züge glitt. »Wer ist Miß Leah?«

»Meine Haushälterin.«

Sogleich tauchte ein Verdacht in ihren Augen auf. »Ist sie auch eine Negerin?«

»Sie ist eine Quarteronin.«

»Was, zum Teufel, ist das?«

»Eine, die ein Viertel Negerblut hat und sonst weißes.«

Amber schüttelte sich. »Das muß ein greuliches Pack sein.«

»Durchaus nicht. Manche von ihnen sind sehr schön.«

Sie warf ihm einen mißtrauischen Blick zu und wollte ihn geradeheraus fragen, ob diese Negerin seine Geliebte sei, aber sie war noch ein wenig schüchtern, und so wagte sie es nicht. Ich will Tansy fragen, beschloß sie. Von ihm werde ich es schon herauskriegen.

In diesem Augenblick hielten sie vor ihrem Hause. Bruce half ihr aus dem Wagen, und was sie ihm etwa sagen wollte, blieb ungesagt, denn Almsburys Wagen hielt gerade hinter dem ihren. Sie und die Gräfin gingen zusammen hinauf, plauderten über das Wetter und das Schaupsiel und das Publikum, und Amber gewann sie rasch lieb, denn sie schien gütig und großherzig zu sein und hatte sichtlich nichts von dem Neid und der Bosheit, die Amber im allgemeinen bei Frauen erwartete.

Die Mahlzeit verlief ganz nach Ambers Wünschen.

Es gab eine dicke, duftende Erbsensuppe mit Lauch, gehacktem Speck und kleinen, knusprigen Fleischkugeln, die obenauf schwammen. Es gab gebratene Ente, gefüllt mit Austern, Zwiebeln und Walnüssen, gebackene Pilze, süße Biskuits, und einen Orangenpudding, umgeben von luftigem Blätterteig und verziert mit kandierten Orangenblüten. Und sie hatte auch eine Kanne schwarzen Kaffee bestellt, weil sie wußte, daß Bruce gern Kaffee trank; es war Mode geworden, Kaffee zu trinken, obgleich er noch sehr teuer war. Die Männer waren begeistert, und Amber war so entzückt, als hätte sie all das selbst gekocht.

Nach dem Essen gingen sie in den Salon. Amber und Lady Almsbury saßen auf dem Diwan vor dem Feuer, während die Männer Stühle heranzogen. Einige Minuten lang sprachen Amber und die Lady über die neue Mode – es wurden jetzt Kleider mit dreifußlangen Schleppen getragen –, und Bruce und der Earl sprachen vom holländischen Krieg, der nach beider Ansicht nahe bevorstand. Doch dessen wurde Amber bald müde. Sie hatte Bruce nicht eingeladen, damit er sich mit Almsbury unterhielt.

»Sie sagen, daß Sie nicht hierbleiben wollen, Mylord«, sagte sie jetzt zu ihm gewandt. »Was haben Sie denn vor?«

Bruce warf Almsbury einen Blick zu, bevor er antwortete.

»Ich fahre nach Jamaika zurück.«

»Um Himmels willen, warum gerade dorthin? Es soll eine schreckliche Gegend sein.«

»Schrecklich oder nicht, für meine Zwecke ist es ausgezeichnet.«

»Und was sind denn Ihre Zwecke?« Sie dachte an Miß Leah.

»Noch mehr Geld zu machen.«

»Noch mehr. Sind Sie nicht schon jetzt reich genug?«

»Ist jemand jemals reich genug?« wollte Almsbury wissen.

Amber überhörte das. » Nun, Sie denken doch bestimmt nicht daran, den Rest ihres Lebens Pirat bleiben zu wollen!« Sie kannte den Unterschied zwischen einem Piraten und einem Kaperkapitän gut genug, aber es lag ihr daran, seinen Beruf so verächtlich zu machen, wie sie nur konnte.

Bruce lächelte. »Nein. Vielleicht noch ein oder zwei Jahre, je nach Glück, und dann habe ich es satt.«

Ihr Gesicht erhellte sich. »Und dann wollen Sie heimkommen, um hier zu bleiben?«

Er holte tief Atem, leerte sein Glas und stand auf. »Dann werde ich wohl nach Amerika gehen und Tabak pflanzen.«

Amber sah ihn verblüfft an. »Nach Amerika gehen!» rief sie und fügte dann hinzu: »Um Tabak zu pflanzen! Sie müssen ja von Sinnen sein!« Sie sprang auf und lief hinter ihm her, denn er war gerade zum Tisch gegangen, um sich ein frisches Glas Branntwein einzuschenken. »Bruce! Sie sprechen nicht im Ernst!«

Er sah zu ihr hinunter. »Warum nicht? Ich habe nicht vor, hier zu bleiben und die nächsten dreißig Jahre mit den Politikern bei Hof Kopf oder Schrift zu spielen.«

»Aber warum Amerika? Es ist so weit weg! Warum wollen Sie Ihren Tabak nicht hier in England pflanzen?«

»Erstens einmal gibt es ein Gesetz dagegen. Und auch ohne Gesetz wäre es unmöglich. Der Boden ist nicht geeignet, und der Tabak braucht große Flächen – er erschöpft das Land schnell.«

»Aber was wollen Sie damit erreichen? Sie brauchen ja drüben kein Geld – Geld hat keinen Zweck, wenn man nicht dort ist, wo man es ausgeben kann.«

Er antwortete ihr nicht, denn eben öffnete sich die Tür, Rex Morgan trat ein und blieb überrascht stehen; noch nie hatte er gesehen, daß Amber einen Mann so intensiv anblickte wie diesen. Amber war ein wenig aus der Fassung gebracht, aber sie eilte sogleich auf ihn zu, nahm seine Hand und begrüßte ihn heiter.

»Komm herein, Liebling! Ich habe dich nicht erwartet, und bis auf die Nußschalen haben wir schon alles aufgegessen. Hier, ich möchte dich mit meinen Gästen bekanntmachen.«

Rex war Almsbury schon begegnet, aber weder der Gräfin noch Bruce, und Amber schlug schnell vor, Karten zu spielen, denn sie legte keinen Wert darauf, daß die Männer eine Unterhaltung begannen. Sie setzten sich zum Spiel, und während Almsbury mischte, sah Amber, wie Rex und Lord Carlton über den Tisch hinüber Blicke wechselten, bei denen es ihr kalt den Rücken hinunterrieselte.

O Gott, dachte sie. Wenn er ahnt!

Sie spielte schlecht, denn sie war nicht fähig, ihre Gedanken auf die Karten zu konzentrieren, und das Zimmer schien ihr heiß und stickig. Doch Bruce schenkte ihr keine besondere Beachtung und war in seinem Benehmen so unbefangen, als wäre er lediglich ein Freund, der mitgekommen war, weil er zufällig bei Almsbury wohnte. Und ihrerseits versuchte Amber verzweifelt, Rex davon zu überzeugen, daß ihr ganzes Interesse nur ihm gehöre. Sie flirtete so auffällig mit ihm, als hätten sie einander eben erst kennengelernt, fragte ihn hin und wieder nach seiner Meinung über ganz unwichtige Dinge, ließ ihm von Nan das Weinglas füllen, sobald es leer war, und schenkte Bruce kaum einen Blick. Denn Bruce hatte ihr noch keinen Anlaß gegeben, zu glauben, sie würde in Zukunft Rex Morgan entbehren können.

Aber sie fühlte sich unbehaglich nervös, und die Muskeln im Nacken begannen bereits zu schmerzen, als Almsbury die Schwangerschaft seiner Frau vorschützte und erklärte, es sei Zeit, nach Hause zu gehen. Sie warf ihm einen Blick dankbarer Erleichterung zu.

Nan brachte Mäntel und Federhüte der Männer, und Amber ging mit Lady Almsbury ins Schlafzimmer. Sie half ihr in den Mantel und nahm den Fächer der Lady, während Emily ihre Kapuze richtete; dann gab sie ihr aber ihren eigenen Fächer. Emily bemerkte die Verwechslung nicht, und sie gingen zurück in den Salon. Die drei Männer waren bei einem letzten Glas und schienen die besten Freunde zu sein; als sie Abschied nahmen, lud Rex sie ein, bald wiederzukommen.

Nan ging mit einer Kerze die Treppe hinunter, und Amber wartete eine oder zwei Minuten. »Oh«, rief sie dann, »ich habe Myladys Fächer vertauscht!« Und bevor Rex, der ins Eßzimmer gegangen war, um noch ein kaltes Biskuit zu essen, ihr anbieten konnte, den Fächer hinunterzubringen, war sie bereits davongeeilt. Sie erreichte sie am Fuß der Treppe, denn Emily mußte, ihres Zustandes wegen, vorsichtig gehen, und alle lachten höflich, als sie die Fächer jetzt austauschte.

Aber als sie sich wieder umwandte, flüsterte sie Bruce zu: »Ich komme morgen früh um acht zu Almsbury.« Und bevor er noch antworten konnte, hatte sie ihre Röcke gerafft und eilte die Treppe wieder hinauf.

*

Bruce hatte meist viel zu tun.

Die Tage verbrachte er auf den Werften, um Reinigung, Reparatur und Ausrüstung seiner Schiffe zu überwachen, neue Leute zu heuern und mit den Kaufleuten zu verhandeln, bei denen er den Proviant bestellte; denn viele unter ihnen waren finanziell an seinen Schiffen beteiligt. Kaperfahrten waren das größte Spekulationsgeschäft der Nation, und nicht bloß der König und die Höflinge, sondern auch die meisten großen Kaufleute und viele der weniger großen beteiligten sich daran – vor allem, indem sie Geld in solche Abenteuer wie dieses steckten. Abends ging er nach Whitehall, sah dort den Spielen zu, spielte selber in der Groom Porter's Lodge und wohnte auch der endlosen Folge von Bällen und Soupers bei.

Infolgedessen sah Amber ihn auch nur morgens eine oder zwei Stunden, wenn sie ihn bei Almsbury besuchte, und auch das konnte sie nicht jeden Tag tun, denn wenn Rex Zeit hatte, wartete er, bis sie fertig war und ins Theater fuhr, bevor er selbst wegging. Doch zunächst hegte er – soweit es ihr bekannt war – nicht den leisesten Verdacht, daß sie Lord Carlton vor oder nach diesem Abend jemals begegnet sei. Und sie wollte es auch so einrichten, daß kein Mißtrauen bei ihm aufkommen konnte.

Doch mit ihrem Entschluß, vorsichtig und klug zu sein, um sich Rex Morgans Liebe und Vertrauen zu bewahren, stand ihre heftige Verliebtheit im Widerstreit, die ihr, gegen ihren Willen, alle Besonnenheit raubte. Abermals hatte sie Bruce angefleht, sie mitzunehmen, und abermals hatte er sich geweigert, und keine Tränen, kein Bitten vermochten seinen Entschluß zu ändern. Sie war an Rex gewöhnt, der sich zumeist doch erweichen ließ, und Bruces hartnäckige Weigerung erfüllte sie mit ohnmächtiger Wut.

»Dann werde ich mich auf deinem Schiff verstecken«, sagte sie eines Tages halb im Scherz, meinte aber doch, er wäre machtlos, wenn sie es wirklich täte. Sie wäre dann eben da, und er könnte sie ja nicht über Bord werfen.

»Und ich werde dich zurückschicken, wie weit wir auch sein mögen.« Seine Augen glitzerten warnend. »Kaperfahrten sind kein Versteckspiel.«

Amber war bekümmert, weil sie wußte, er werde bald wieder fort sein, und sie würde ihn dann nicht sehen – vielleicht jahrelang –, fast noch mehr aber kränkte es sie, daß die Tage vergingen und sie kaum hin und wieder eine oder zwei Stunden stehlen konnten, um beisammen zu sein. Sie sehnte sich danach, ungestört Tage und Nächte bei ihm zu sein, und endlich fand sie die Lösung – einen Plan, so simpel und einleuchtend, daß es ihr fast unglaublich schien, daß sie nicht schon längst darauf gekommen war. Sie würden miteinander aufs Land fahren.

»Wie steht es mit Hauptmann Morgan?« wollte Bruce wissen. »Wird er auch aufs Land fahren?«

Amber lachte. »Natürlich nicht. Darum mach dir keine Sorgen! Um Rex werde ich mich schon kümmern, das schwöre ich dir. Ich weiß schon, was ich ihm sagen werde – und er wird niemals das geringste ahnen. Oh, bitte, Bruce! Du kommst mit mir, nicht wahr?«

»Mein liebes Kind – ich möchte natürlich auch. Aber ich fürchte, daß du zu viel aufs Spiel setzest. Nimm an, daß er . . .«

Doch sie unterbrach ihn schnell. »O Bruce, er wird nicht! Ich kenne Rex besser als du – er glaubt alles, was ich ihm erzähle.«

Bruce lächelte leise. »Liebling, die Männer sind nicht immer so leichtgläubig, wie die Frauen glauben.«

Schließlich willigte er ein, vier oder fünf Tage mit ihr aufs Land zu fahren, sobald seine Geschäfte erledigt wären. Eine spanische Handelsflotte war, mit Gold und Silber schwer beladen, auf der Heimfahrt von Peru, und er hoffte, sie etwa Ende Mai abzufangen, und das bedeutete, daß er London um die Mitte des Monats verlassen mußte.

Und wie damals, als er sie nach London gebracht hatte, glaubte Amber, sie habe ihn überredet. Sie erkannte noch immer nicht, daß Selbstzucht und Zynismus ihn gegen alles gleichgültig machten, was ihr widerfahren konnte. Er hatte sie gewarnt, war aber nicht der Ansicht, daß er sie vor den Gefahren des Lebens und ihres eigenen ungestümen Temperaments schützen könnte oder müßte.

Sie nahmen die Hauptstraße durch Surrey nach der Küste. Da es in London regnete und schon seit fast anderthalb Monaten täglich geregnet hatte, reisten sie langsam und mußten häufig anhalten, um den Wagen aus dem Schlamm zu ziehen. Doch die Landschaft war schön. Hier war der fruchtbarste Boden Englands, und blühende Höfe breiteten sich über die sanften Hügel. Bauernhäuser und Landsitze waren aus kirschfarbenen Backsteinen und Eichengebälk, und in den üppigen Gärten wuchsen Veilchen, Tulpen und Kletterrosen.

Amber und Bruce saßen Hand in Hand, sahen zu den Fenstern hinaus und sprachen leise. Wie immer gab seine Anwesenheit ihr ein Gefühl der Endgültigkeit, eine Sicherheit, daß dies alles sei, was sie vom Leben verlangte und daß es, so wie es war, ewig dauern würde.

»Es erinnert mich an die Heimat«, sagte sie und wies auf das Dorf, durch das sie fuhren. »Marygreen, meine ich.«

»Heimat? Bedeutet das, daß du gern nach Hause zurück möchtest?«

»Zurück – nach Marygreen? Ich glaube nicht. Mir wird schlecht, wenn ich nur daran denke.«

Die erste Nacht verbrachten sie in einem kleinen Gasthaus, und da der Regen andauerte, beschlossen sie hierzubleiben. Es war warm und gemütlich und das Essen gut. Der Wirt war ein Veteran aus den Bürgerkriegen, ein gutmütiger, alter Mann, der Bruce jedesmal festhielt, wenn er ihn sah, und des langen und breiten seine Erinnerungen auffrischte. Sie waren die einzigen Gäste.

Doch die Woche, die so langsam verstreichen sollte, schien sich während ihres Ablaufs zu beschleunigen, die kostbaren Minuten und Stunden hasteten vorüber, entglitten den Händen, die sie festhalten wollten. So bald sollte es vorbei sein – und dann war er fort.

»Oh, warum vergeht die Zeit gerade dann so schnell, wenn sie langsam vergehen sollte!« klagte sie. »Manchmal hoffe ich, daß die Uhr stillstehen und sich nie wieder bewegen wird.«

»Hast du noch immer nicht gelernt, vorsichtig in deinen Wünschen zu sein?«

Sie verbrachten die Tage müßig, blieben morgens lang im Bett und legte sich abends zeitig nieder. Während draußen der Regen fiel, saßen sie vor dem Feuer und spielten Karten. Er gewann ständig, und obgleich sie glaubte, sie sei sehr gewitzigt, schien er immer zu wissen, wann sie mogelte. An den zwei oder drei schönen Abenden spielten sie auf dem Rasen neben dem Gasthaus.

Sie hatte das Baby mitgenommen – auch Nan und Tansy waren da –, und Bruce erzählte ihr, er habe mit Almsbury vereinbart, daß das Kind nicht länger bei Mrs. Chiverton bleiben, sondern mit den beiden Söhnen des Earl zusammen aufgezogen werden solle. Amber sah entzückt, wie lieb er das Kind gewonnen hatte. Es ermutigte sie in der Vorstellung, daß er früher oder später sein unstetes Leben aufgeben und sie heiraten oder nach Amerika mitnehmen werde.

Bis zum letzten Tag hielt sie an ihrem Entschluß fest, nicht mit ihm zu streiten, dann aber konnte sie der Lockung nicht widerstehen, einen letzten Bekehrungsversuch zu machen. »Ich verstehe nicht, warum du in Amerika leben willst, Bruce«, sagte sie. »Was kann dich an dieses Land fesseln, wo man nichts als Indianer und Neger sieht? Du hast doch selbst gesagt, daß es dort keine Stadt von der Größe Londons gibt. Mein Gott, was kannst du dort anfangen? Warum kommst du nicht nach England zurück, wenn du dieses Leben auf Kaperschiffen einmal aufgegeben hast?«

Der Regen hatte aufgehört, und die Sonne schien warm. Sie hatten neben einer Birke ein Tuch ausgebreitet, und Amber saß mit gekreuzten Beinen, während Bruce auf dem Bauch lag. Indem sie sprachen, hatte sie immer ein Auge auf das Kind, das sich ein paar Meter weiter herumtrieb, um eine Ente zu beobachten, die mit ihren Jungen auf dem kleinen Teich schwamm; von seiner Hand hing unbeachtet eine hölzerne Puppe an einer Schnur auf den Boden.

Bruce, einen Grashalm zwischen den Zähnen, sah zu ihr auf und lachte.

»Weil es das Leben, das ich für mich und meine Kinder wünsche, in England nicht mehr gibt.«

»Deine Kinder? Wie viele Bastarde hast du denn schon? Oder bist du verheiratet?« fragte sie schnell.

»Nein, natürlich nicht.« Er machte eine rasche abwehrende Bewegung, als sie wieder anfangen wollte, und bat sie: »Sprechen wir nicht mehr davon!«

«Oh, das wollte ich auch gar nicht. Du hast ja eine so verdammt hohe Meinung von dir selbst! Ich brauche nicht erst darum zu betteln, daß man mich heiratet, das laß dir gesagt sein!«

»Gewiß nicht«, räumte er ein. »Ich bin nur erstaunt, daß du nicht schon verheiratet bist.«

»Wenn ich nicht verheiratet bin, so liegt es daran, daß ich eine alberne Närrin war und glaubte, du ... Nein, das werde ich jetzt nicht sagen. Aber warum magst du England nicht? Mein Gott, du könntest am Hof leben und eine so schöne Stellung haben wir nur irgendein Mann in Europa.«

»Vielleicht! Doch der Preis ist zu hoch für meine Börse.«

»Aber du wirst doch reich sein.«

»Ich denke nicht an Geld. Du weißt nichts vom Hof, Amber. Du hast ihn nur von außen gesehen. Du hast die schönen Kleider und den Schmuck und die vornehmen Manieren gesehen. Das ist aber nicht Whitehall. Whitehall ist wie ein faules Ei. Es sieht ganz schön aus, bis du es aufbrichst – und dann stinkt es zum Himmel.«

Sie glaubte ihm das nicht und wollte weiterreden, als sie plötzlich ein lautes Aufklatschen hörten und dann ein Geschrei des Kindes, das in den Tümpel gefallen war. Bruce war sogleich aufgesprungen und zog seinen Sohn aus dem Wasser. Und als der kleine Junge heil und unversehrt in den Armen seines Vaters war, lachten sie alle drei. Bruce hob ihn auf seine Schulter, und sie gingen in das Gasthaus zurück, um dem Kind trockene Kleider anzuziehen.

Am nächsten Abend war es sehr spät, als sie Bruce vor Almsburys Haus verließ. Ein Kindermädchen, das er aufgenommen hatte, brachte den Knaben ins Haus. Doch Bruce blieb noch eine Weile neben dem offenen Wagenschlag stehen, während Amber mit den Tränen kämpfte. Diesmal sollte er mit einer freundlichen Erinnerung an sie fortgehen, dazu war sie entschlossen, aber ihre Kehle zog sich schmerzhaft zusammen und sie meinte, sie würde die Trennung niemals ertragen. Stundenlang hatte sie sich gezwungen, von anderem zu sprechen, an anderes zu denken, aber jetzt konnte sie nicht länger. Das war der Abschied.

»Ich werde dich sehen, wenn du wiederkommst, Bruce«, flüsterte sie, denn sie war ihrer Stimme nicht sicher.

Er sah sie an, antwortete aber nicht gleich. Dann sagte er: »Ich habe tausend Pfund bei Shadrac Newbold für dich hinterlegt – du kannst das Geld mit zwanzigtätiger Kündigung abheben. Wenn du dieser Geschichte wegen irgendwelche Schwierigkeiten mit Morgan hast, wird dir das helfen.« Er beugte sich zu ihr, küßte sie schnell und ging. Sie sah ihm nach, bis er in der feuchten Dunkelheit verschwand, und dann konnte sie sich nicht mehr beherrschen und begann zu weinen.

Sie weinte auch noch, als sie ihr Haus erreichte. Sie hatte ein Gefühl, als wäre sie sehr lange fort gewesen. Langsam stieg sie die Treppe hinauf. Die Türe war bereits offen, und sie trat ein. Rex war da.

Seine Augen waren blutunterlaufen, und er sah aus, als hätte er seit einigen Tagen nicht geschlafen, sich nicht rasiert, denn sein Gesicht war eingefallen und seine Kleider zerdrückt. In ihrer Überraschung, ihn hier und in diesem Zustand anzutreffen, blieb sie stehen, schnupfte unwillkürlich, obgleich die Tränen bei seinem Anblick versiegt waren, und hob eine Hand, um über ihr verweintes Gesicht zu streichen.

»Nun«, sagte er schließlich ruhig. »So ist deine Tante Sarah gestorben! Einen andern Grund, so auszusehen, kann es ja wohl nicht geben.«

Amber war auf der Hut, denn sie konnte nicht wissen, ob in seiner Stimme nicht ein höhnischer Ton mitklang. Doch sie glaubte nicht, daß er wußte, wo sie gewesen war, sonst hätte er wohl nicht so ruhig bleiben können. »Ja«, sagte sie, »arme Tante Sarah! Es war ein schwerer Schlag für mich, sie war die einzige Mutter, die ich je . . .«

»Gib dir keine Mühe, mich anzulügen, ich weiß, wo du gewesen bist und auch mit wem.« Er stieß die Worte zwischen den Zähnen hervor, und obgleich seine Stimme sich nicht hob, merkte Amber doch plötzlich, daß er in einer entsetzlichen Wut war. Sie öffnete den Mund, um zu leugnen, aber er fuhr sie an. »Für was für einen Narren hältst du mich denn? Glaubst du wirklich, daß ich mich nicht manchmal gefragt habe, warum dein Balg denselben Vornamen hat wie er? Aber du hast mir so viel vorgeschwatzt – o nein, du würdest dem Mann, der dich liebt, nie untreu werden. Und ich war entschlossen, dir zu glauben, dir zu vertrauen, was immer auch geschehen mochte. Und dann habt ihr beide gleichzeitig die Stadt verlassen – du undankbare, kokette kleine Hure! Vier Tage und Nächte bin ich hier gewesen und habe auf dich gewartet. Hast du eine Ahnung, was ich durchgemacht habe? Natürlich nicht! Du hast niemals in deinem ganzen Leben an einen andern Menschen gedacht als an dich – du hast dich niemals darum gekümmert, wen du kränkst, solange du nur bekommen hast, was du wolltest – du selbstsüchtige feile Dirne, ich sollte dich umbringen – ich möchte dich umbringen – ich möchte den letzten Atemzug aus dir herauspressen.« Er sprach mit einer leisen, eintönigen Stimme, die nicht seine Stimme zu sein schien, und sein Gesicht war so verzerrt von Wut und Eifersucht, daß sie es kaum erkannte. Das war ein Mensch, dessen Existenz sie niemals hinter dem ruhigen, sanften Rex Morgan vermutet hätte; das war irgendein bösartiger, wilder Fremder.

Amber sah ihn entsetzt an. Sie trat ein oder zwei Schritte zurück und wollte fortlaufen, wenn er sich nur rührte. Langsam ging er auf sie zu. Wie ein aufgescheuchtes Tier drehte sie sich um, aber er war schneller; bevor sie wußte, was geschah, hatte er ihren Arm gepackt und sie zurückgerissen. Sie schrie auf, aber er hielt ihr mit einer Hand den Mund zu und schüttelte sie heftig.

»Schweig, du feiges Luder! Ich werde dir nichts tun!« Er spannte jeden Nerv und jeden Muskel an, um seine Wut zu beherrschen. Ambers Augen hoben sich aufgerissen und furchtsam zu ihm, doch er hielt sie so fest, daß sie sich nicht rühren konnte. »Ich will, daß du lebst – ich will, daß du lange genug lebst, um zu wissen, wie mir zumute war – ich will, daß du lebst und wünschen sollst, du wärest tot, weil er . . .« Plötzlich ließ er sie los.

Amber hatte kaum erfaßt, was er sagte, aber jetzt, als er sich zur Tür wandte, sah sie auf. »Wohin gehst du?« Und mit einem Male verstand sie, was er meinte. »Rex! Du wirst dich doch nicht mit ihm schlagen!«

»Ich werde mich mit ihm schlagen und ihn töten.«

In der Gewißheit, daß ihr eigenes Leben nicht länger gefährdet war, rief Amber ihm verächtlich zu: »Du bist verrückt, Rex Morgan, wenn du das tust. Er ist ein besserer Fechter als du.«

Er drückte sich den Hut ins Gesicht, nahm den Mantel und ging schnell. An der Tür stieß er mit Nan, Tansy und Jeremiah zusammen, die mit Schachteln und Koffern beladen waren, aber er eilte an ihnen vorüber.

Nan fand ihr Gleichgewicht rasch wieder, und ihre blauen Augen weiteten sich, als sie ihn jetzt die Treppe hinunterstürmen sah. »Wohin geht er denn so wütend, Mam?« Ängstlich schaute sie Amber an. »Er will sich doch nicht mit Lord Carlton schlagen?!«

»Er ist ein Narr, wenn er das tut«, murrte Amber und wandte sich ab.

Doch schon sprang Nan hinter ihm her die Treppe hinunter und schrie: »Hauptmann Morgan! Hauptmann Morgan! Kommen Sie zurück!«

Einundzwanzigstes Kapitel

Eine Stunde später erschien Bruce bei ihr.

Er trat schnell ein, als Nan ihm die Tür öffnete, und sein finsteres Gesicht hellte sich auch nicht auf, als Amber jetzt aus dem Schlafzimmer kam. Ihr erwartungsvolles Lächeln verschwand, als sie seine Züge sah.

»Nun Bruce! Was gibt es? Was ist geschehen?«

Er reichte ihr ein gefaltetes Blatt, dessen Siegel erbrochen war. »Sieh dir das an! Es wurde mir eben zu Almsbury gebracht.«

Sie nahm es und begann zu lesen:

»Sir, Sie haben mir eine Beleidigung angetan, die kein Ehrenmann von einem andern hinnehmen kann. Ich werde Sie morgen früh um fünf Uhr in Marrowbone Fields erwarten, dort wo der Tyburnbach die Straße erreicht. Bringen Sie Ihren Degen mit. Sonst stehe ich Ihnen auch zu jeder früheren Stunde, die Sie angeben wollen, zur Verfügung.

Ihr ergebener Diener, Sir, Hauptmann Rex Morgan.«

Der Brief war gekritzelt, die Feder war mehrmals ausgerutscht und hatte die ganze Seite mit Tinte bekleckst.

In seiner Wut hatte sich Rex über die Formen einer Duellforderung mehr oder minder hinweggesetzt, denn es war üblich, dem Geforderten die Wahl von Zeit und Ort und Waffe zu überlassen, noch schrieb er ein Wort von Sekundanten, von denen jeder Gegner einen oder zwei wählte – eine französische Sitte, die nach England importiert worden war und schon manchen überflüssigen Todesfall verursacht hatte.

Amber gab ihm das Papier zurück und sah zu ihm auf: »Nun?«

»Nun! Ist das alles, was du zu sagen hast? Um Gottes willen, Amber, was ist mit dir? Du weißt, daß er seinen Rang verliert und ins Exil muß – es kann sein, daß er nie wiederkommt! Wenn mir schon nichts daran liegt, was ihm geschieht, so solltest du doch wenigstens so viel Verstand haben, um an deine eigene Zukunft zu denken! Sieh zu, daß du ihn noch heute nacht erreichst, und sag ihm, daß es keinen Grund für diesen lächerlichen Zweikampf gibt.«

Amber war erstaunt und dann gekränkt, denn er sah sie offenbar nicht als hinreichenden Grund für ein Duell an. Da ihr Stolz verletzt war, wollte sie auch ihn verletzen; ein spöttisches Lächeln kräuselte ihre Mundwinkel.

»Sie überraschen mich, Lord Carlton«, sagte sie.

Bruce sah sie an, und seine Augen verengten sich. »Was meinst du damit?«

Sie zuckte die Achseln. »Ich hätte nicht erwartet, daß Sie sich eines Zweikampfs wegen solche Sorgen machen. Man sollte meinen, ein Freibeuter könne sich ebensogut verteidigen wie irgendein anderer Mann.«

Nan tat einen tiefen Atemzug und hob die Hand an den Mund, als könnte sie die Worte zurückhalten, die ihre Herrin eben gesprochen hatte. Aber Bruces Gesicht zeigte zornige Verachtung.

»Ich habe keine Angst vor ihm, und das weißt du verdammt gut! Aber ich mag mich nicht mit einem Mann schlagen, wenn es nicht aus einem besseren Grund geschieht.«

»Wenn Sie mich meinen, Lord Carlton, so glaubt Rex, ich sei Grund genug!«

»Sag ihm, daß du schon einen Sohn von mir hast, und warte ab, was er dann sagt!«

»Er weiß es – und er will sich doch mit Ihnen schlagen! Auch habe ich keine Ahnung, wohin er gegangen ist. Wenn Sie sich nicht mit ihm schlagen wollen, müssen Sie sich selber bei ihm entschuldigen.«

Sie wandte sich ab, doch sie fing noch einen Blick auf, den er ihr zuwarf – einen Blick, der fast erschreckend war. Ohne ein weiteres Wort drehte er sich um und verließ, den langen Reitermantel um die Schultern, das Zimmer.

O Mam!» schrie Nan verzweifelt. »Was haben Sie jetzt getan!«

»Das ist mir gleich! Er braucht nicht von mir zu erwarten, daß ich für ihn Abbitte leiste!«

»Aber es war doch nicht darum, weil er Angst hat, Mam! Das wissen Sie doch!«

Gereizt gab Amber einem niedrigen Schemel einen Fußtritt, ging in ihr Schlafzimmer zurück und schlug die Tür zu, um ihren Gefühlen Erleichterung zu verschaffen. Minutenlang ging sie auf und ab, war wütend über Bruce und Rex, über sich selbst und über die ganze Welt. Die Pokken über die Männer, fluchte sie zornig, warf ihren Schlafrock ab und stieg in ihr Bett, obgleich sie wußte, daß an Schlaf nicht zu denken war.

Als Nan eine Stunde später ins Schlafzimmer kam, war Amber noch wach und wälzte sich ruhelos hin und her, doch der Zorn begann zu verschwinden, und an seine Stelle trat die Sorge. Die Aussicht auf das Duell störte sie nicht, denn wenn Zweikämpfe auch durch das Gesetz verboten waren, fanden doch täglich welche statt, und heißköpfige junge Herren schlugen sich unter dem dürftigsten Vorwand: ein rasches, gedankenloses Wort, Pech am Spieltisch, Wahl der Straßenseite, Meinungsverschiedenheiten über Religion oder Wein oder eine Frau. Jeder vornehme Mann hatte fast zur gleichen Zeit, da er gehen lernte, auch den Degen zu handhaben gelernt, und er wußte, daß die Kunst erworben worden war, um angewendet zu werden.

Sie hatte keine Angst davor, daß die beiden sich schlugen. Sie war tatsächlich geschmeichelt, und es hätte ihr sogar Freude gemacht, wenn Bruce nicht so offen beleidigend gesprochen hätte, denn ein Duell ging nur selten schlecht aus, sondern wurde gewöhnlich beim ersten Blutstropfen abgebrochen. Jetzt hatte sie aber Angst vor dem, was mit ihr geschehen sollte, wenn dieser Zweikampf vorüber war.

Und wenn Rex ihr diesmal nicht vergab? Und wenn er das Land verlassen mußte und niemals wiederkehrte? Was sollte dann aus ihr werden? Über die Stellung einer Frau zur Zeit der Restauration in London machte sie sich keine Illusionen – sie wußte, daß sie Glück gehabt hatte, als sie einen Mann wie Rex Morgan fand, der sie liebte. Denn Liebe war durchaus nicht mehr modern, und ohne Liebe hatte ein Mann keine Verpflichtungen und eine Frau keine Rechte. Sie erkannte mit einem Male, wie töricht sie gewesen war, als sie sich dem aussetzte – er hatte es natürlich erfahren müssen! Ihre lahme Ausrede von Tante Sarahs Krankheit! Aber was hätte sie andes tun sollen? Sie mußte sich jetzt eingestehen, daß es nur einen Weg gegeben hätte, um diese Geschichte zu vermeiden – sie hätte niemals London mit Bruce verlassen dürfen. Sie hatte zu viel verlangt, sie war zu gierig gewesen – und das war jetzt ihr Lohn.

Was war nur mit ihr vorgegangen? fragte sie sich wütend. Ich hatte Rex – und ich hatte auch Bruce! Und was habe ich jetzt? Aber rasch wandte ihr ganzer Zorn sich gegen Bruce. Zur Hölle mit ihm! Er hat mir immer nur Kummer bereitet!

Als sie Nan auf den Fußspitzen durch das Dunkel tappen hörte, sagte sie: »Zünd eine Kerze an, wenn du willst, Nan. Ich kann nicht schlafen.« Nan ging in den Salon, kehrte mit einer Wachskerze zurück und zündete noch drei oder vier andere an, während Amber aufsaß, einen Arm um ihre Knie geschlungen, die andere Hand im Haar.

»Mein Gott, Nan! Was soll ich tun?«

Nan, die sich auszuziehen begann, seufzte schwer. »Die Wahrheit zu sagen, Mam, ich weiß es nicht. Es ist eine teuflische Patsche, in die wir geraten sind.«

Beide sahen besorgt und unglücklich drein. Endlich löschte Nan die Kerzen aus und ging zu Bett; so lagen sie nebeneinander und sprachen, und keine von beiden vermochte einzuschlafen. Endlich schlief Nan ein, aber Amber blieb wach, drehte sich von einer Seite auf die andere und hörte den Nachtwächter vorüberstapfen und jede Stunde rufen, die verging: eins, zwei, drei.

Ich kann doch nicht einfach hier liegen bleiben, dachte sie, und mein Leben zugrunde richten lassen. Und als sie hörte: »Gott gebe euch einen guten Morgen, ihr Leute! Drei Uhr ist vorbei, und der Morgen ist schön!« da warf sie die Decken zurück, sprang aus dem Bett und schüttelte Nan.

»Nan! Wach auf! Ich muß nach Marrowbone Fields!«

»Großer Gott, Mam! Ich dachte, es sei Feuer ausgebrochen!«

Amber kleidete sich rasch, aber sorgfältig an, als wäre ihr bewußt, daß dies ein dramatischer Augenblick ihres Lebens sein werde, und als wollte sie darauf auch würdig vorbereitet sein. Sie schminkte sich, legte ein paar Schönheitspflästerchen auf, kämmte ihr Haar und ließ es in lokkeren Wellen über die Schultern fallen. Sie trug ein scharlachfarbenes Samtkleid, dessen Mantel völlig wie ein Männermantel geschnitten war. Sie hatte es von einem Schneider machen lassen und wollte damit eine neue Mode kreieren, aber sie hatte es noch nie getragen.

Während Jeremiah vier Reitpferde mieten ging, trank Amber ein wenig heißen Kaffee, den Tansy gekocht hatte. Es war vier Uhr vorüber, als Jeremiah zurückkam und sie sich auf den Weg nach Marrowbone machten. Es wurde gerade hell, aber ein schwerer Nebel hatte sich herabgesenkt, der Häuser und Bäume verwischte und es unmöglich machte, weiter als einige Fuß zu sehen; das ärgerte Amber, denn die Feuchtigkeit würde wahrscheinlich ihr Kleid verderben.

Doch bald vergaß sie diese Sorge, denn je näher sie kamen, desto stärker stieg die Angst in ihr auf.

Sie brauchten nicht mehr als zwanzig Minuten, um die Stelle der Straße zu erreichen, wo der Tyburnbach unter einer kleinen Steinbrücke vorüberfloß – und gegen Osten konnte sie jetzt verschwommen eine Gruppe von Männern und einige Pferde sehen, die zwischen den Pappeln standen. Rasch wendete Amber ihr Pferd und sprengte auf sie zu. Jetzt konnte sie bereits Bruce und Rex, Almsbury und Oberst Dillon erkennen, den sie flüchtig kannte, ferner noch zwei Männer – offenbar Ärzte. Doch nur Bruce und Rext hatten die Röcke abgelegt, um zu zeigen, daß sie keinen Panzer trugen.

Als sie das Geräusch der galoppierenden Hufe hörten, drehten alle sich um; es war nicht ungewöhnlich, daß man versuchte, solche Zweikämpfe zu verhindern. Aber als Amber hielt und sie sahen, daß sie es war, schaute Bruce rasch fort – doch nicht, bevor sie erkannt hatte, wie Ärger und Zorn in ihm aufstiegen. Rex dagegen hatte seine Augen auf sie geheftet.

O Rex, Liebling!« rief sie, nur wenige Meter vom Kampfplatz entfernt, und streckte die Hand aus. »Gott sei Dank, daß ich noch zur rechten Zeit gekommen bin! Du darfst dich nicht schlagen – du darfst nicht! Bitte, Liebling, um meinetwillen!« Ihr Blick fiel rasch auf Bruce, der sie jetzt ansah; sein Ausdruck war finster, und ein zynisches Lächeln verzerrte seinen Mundwinkel. Außer sich vor Wut wollte sie ihn kränken, wie sie nur konnte. »Du hast keinen Grund, dich zu schlagen, Rex! Ach, mir liegt an ihm nicht mehr als an dem Mann im Mond!« So, dachte sie und warf Bruce einen rachsüchtigen Blick zu, den er mit kalter Verachtung und unbewegt wie ein Stein hinnahm.

Doch als sie sich wieder Rex zuwandte, hatte dessen Gesichtsausdruck sich verändert. Die wilde, verzweifelte Wut war verschwunden. Jetzt war er ruhig, selbstbeherrscht und schien ganz kühl zu sein. Mit ihren eigenen Sorgen beschäftigt, erkannte Amber nicht, daß diese scheinbare Ruhe tödliche Entschlossenheit war und daß seine innere Spannung zitterte wie die dünne Klinge in seiner Hand. Und so vermeinte sie, daß sie ihn noch überreden könnte, zu tun, was sie wollte.

»Du hättest nicht kommen sollen, Amber«, sagte er. »Ein Kampfplatz ist kein Ort für Frauen. Geh wieder nach Hause.« Er wandte sich ab und trat zu den andern.

»Rex!« schrie sie, tief beunruhigt, und nachdem Jeremiah ihr beim Absteigen geholfen hatte, ging sie ihm schnell nach und faßte ihn beim Arm. »Rex! Ich will nicht, daß du dich schlägst! Ich will nicht, hörst du mich?«

Er sah sie nicht an und antwortete auch nicht, sondern schüttelte ihren Arm ab und ging weiter. Amber hätte nicht abgelassen, aber jetzt hielt Almsbury sie fest. »Hierher! Dort werden Sie im Weg sein!«

»Aber ich kann Sie doch nicht sich schlagen lassen! Ich will nicht . . .«

»Amber, bleiben Sie jetzt hier! Rühren Sie sich nicht!«

Hilflos blieb sie stehen, wo er sie hingestellt hatte. Bruce und Rex entblößten jetzt ihre Degen und sprachen leise mit Almsbury und dem Offizier. Schließlich zuckte Almsbury die Achseln und trat zurück: Dillon zog ein weißes Taschentuch heraus und wies jedem Kämpfer seinen Platz zu. Der Earl sah Amber finster an.

»Was gibt es?« fragte sie ihn angstvoll. »Was bedeutet das?«

»Carlton will die Sache als erledigt ansehen, wenn Blut geflossen ist, aber Ihr edler Ritter gibt sich nur zufrieden, wenn einer von beiden tot auf dem Boden liegt.«

»Tot? Ach, er ist ja von Sinnen! Das darf er nicht! Ich erlaube das nicht.«

Sie machte sich los und wollte auf die Duellanten zueilen. »Rex!«

Almsbury hatte sie wieder beim Arm gepackt, bevor sie noch drei Schritte machen konnte. »Halt, du Närrin! Ein Duell ist kein Kinderspiel. Schweig oder geh nach Hause! Du vor allem hast hier gar nichts zu suchen!«

Jetzt gehorchte sie und rührte sich nicht. Die beiden Männer standen einander gegenüber, in Fechterstellung, die Degenspitzen berührten sich. Oberst Dillon hielt das Taschentuch über seinem Kopf.

»Alles bereit!« riefen Bruce und Rex gleichzeitig.

»Alles bereit!» Dillon senkte das Taschentuch.

Beide waren rasch, leidenschaftlich und elegante, erfahrene Fechter.

Doch der englische Fechtstil war – zum Unterschied vom französischen – mehr auf Abwehr als auf Angriff bedacht, und da die beiden ungefähr gleich groß waren, hatte in dieser Beziehung keiner einen Vorteil. Immerhin focht Rex weniger, als er mit rücksichtsloser Wut kämpfte, ganz offenbar gewillt, zu töten oder getötet zu werden, während Bruce sich in der Defensive hielt, sich deckte, aber keine Anstrengung machte, seinen Gegner zu verwunden.

Amber beobachtete sie, ihre Blicke wanderten von einem zum andern; ihre Kehle war trocken, und ihre Finger klammerten sich an ihren Rock. Doch ihre Angst galt einzig Bruce – sie wußte kaum mehr, gegen wen er kämpfte. Und als Rex' Degen ihn jetzt in den rechten Oberarm knapp unter der Schulter traf und ein Blutstrahl aus der Wunde spritzte, schrie sie auf und wollte vorwärtsstürzen. Doch Almsbury legte einen Arm um sie und zog sie zurück.

Bruce hatte den Degen gesenkt, und Rex, der es verschmähte, sich einen ungerechten Vorteil zunutze zu machen, senkte auch den seinen. Aus der kleinen Wunde rann das Blut über Bruces rechten Arm, befleckte das Hemd und zog in roten Bächlein über die entblößte braune Haut. Der Anblick erfüllte Amber mit Schrecken und Gewissensbissen.

»O Bruce!« jammerte sie, »du bist verwundet!«

Rex biß die Zähne aufeinander, aber Bruce schien sie nicht zu beachten.

»Nun«, sagte er, »das sollte Ihnen doch genügen!«

Ambers impulsiver Schrei hatte Rex nur noch mehr in Wut gebracht, und er antwortete mit zusammengebissenen Zähnen: »Nichts kann mir genügen, als wenn ich Sie tot sehe.«

Amber schrie in ihrem Entsetzen so laut auf, daß alle Blicke sich auf sie richteten, aber Almsbury legte ihr die Hand vor den Mund und schüttelte sie rauh.

»Wenn Sie nicht schweigen, lenken Sie ihn ab, und er wird bestimmt getötet!«

Schon klirrten die Degen von neuem, und diesmal konnte kein Zweifel darüber bleiben, daß Bruce sich nicht mehr auf die Verteidigung beschränkte, sondern sehr ernsthaft focht. Minutenlang gab es ein ständiges Hin und Her, Hiebe und Stiche wechselten, ohne daß einer imstande gewesen wäre, den andern zu berühren.

Und dann schienen die Klingen plötzlich aneinander zu haften, sich zu verschlingen. Einen Augenblick lang mühten beide Kämpfer sich, schweißtriefend, mit verzerrten Zügen, ihre Klinge von der des andern zu lösen, und dann, so schnell, daß man unmöglich erkennen konnte, wie es geschehen war, hatte Bruce seinen Degen frei gemacht und stieß ihn Rex in die Brust, daß die Spitze den Rücken des Hemdes durchbohrte. Dann zog er ihn, rot von Blut, zurück.

Sekundenlang stand Rex wie betäubt, bevor er langsam zusammenbrach. Die Ärzte eilten hinzu, und Amber stürzte vorwärts und fiel neben ihm in die Knie. Ihre Halsmuskeln waren so steif vor Grauen, daß sie zunächst nicht einmal seinen Namen herausbrachte, aber sie nahm seinen Kopf in ihre Arme, bettete ihn an ihre Brust, ein entsetztes Schluchzen entrang sich ihr, und ihre Tränen benäßten sein Gesicht.

»O Rex, Rex!« jammerte sie. »Sprich zu mir, Liebling! Sprich doch zu mir – bitte!« Ihr Mund berührte seine Stirne, seine Schläfen, seine Lider mit leidenschaftlichen Küssen.

Hinter ihr nahm Bruce Almsburys Taschentuch, reinigte seinen Degen vom Blut, stieß ihn in die Scheide zurück und schnallte ihn wieder um. Nach dem Herkommen war der Degen des Unterlegenen verwirkt, aber Bruce machte keine Anstalten, Rex' Degen zu nehmen, um dessen Griff sich noch die Finger des Sterbenden klammerten. Bruces Arzt hatte sein Hemd aufgerissen und verband die Wunde mit einem Streifen weißen Leinen, während Bruce, die Hände in den Hüften, die Beine gespreizt, auf Rex hinunterschaute. Sein Gesicht war finster und grimmig, zeigte aber keinen Triumph.

Rex bewegte sich unruhig, als wollte er einem Schmerz entfliehen, und aus seiner Wunde in der Brust kam nur sehr wenig Blut, obgleich er hustete und Blut spuckte. Amber schluchzte hysterisch, bedeckte sein Gesicht mit Küssen und streichelte seinen Kopf.

»Rex, Liebling! Sieh mich an! Sprich zu mir!«

Er öffnete endlich die Augen, sehr langsam, und als er sie sah, versuchte er zu lächeln. »Ich schäme mich, Amber«, sagte er leise, »daß du mich unterliegen gesehen hast.«

»O Rex! Das ist mir unwichtig! Du weißt es. Alles, worauf es mir ankommt, bist du – hast du Schmerzen? Tut es dir weh?«

Ein rascher Krampf verzog sein Gesicht, und der Schweiß brach plötzlich aus, dann aber entspannten sich seine Züge wieder, als er zu ihr aufsah. »Nein – Amber. Es tut nicht weh. Ich werde . . .« Doch in diesem Augenblick hustete er wieder und wendete den Kopf, um einen großen Klumpen geronnenen Bluts auszuspucken. Seine Augen schlossen sich, und er preßte eine Hand fest gegen seine Brust, um den gurgelnden Husten zurückzuhalten.

Bruce fuhr mit den Armen in das Wams, das Almsbury ihm hielt, warf Rex einen letzten Blick zu, nahm seinen Mantel und ging mit dem Earl und seinem Arzt zu der Stelle, wo ein junger Page ihre Pferde hielt.

Amber drehte sich plötzlich um und sah ihn fortgehen. Rasch blickte sie auf Rex hinunter. Er lag jetzt ganz ruhig mit geschlossenen Augen; sie zauderte nur sekundenlang, dann legte sie seinen Kopf sanft auf das Gras. Hastig stand sie auf, lief hinter Bruce her und rief seinen Namen so leise, daß Rex es nicht hören konnte.

»Bruce!«

Er wandte sich um und sah sie an, auf seinem Gesicht war ein Ausdruck von Überraschung und heftigem Zorn. Als er jetzt zu ihr sprach, hatte er die Zähne aufeinandergebissen, und ein Mundwinkel zuckte in nervöser Wut. »Dort drüben stirbt ein Mann – geh zu ihm zurück!«

Amber starrte ihn einen Augenblick verwirrt und hilflos an, konnte den Ausdruck von Verachtung und Widerwillen in seinem Gesicht nicht fassen. Wie von weitem hörte sie Rex' Stimme, die ihren Namen rief. Eine blinde Wut stieg in ihr auf, und bevor sie noch wußte, was sie tat, hatte sie die Hand gehoben und schlug Bruce mit aller Kraft ihres Körpers auf den Mund. Sie sah, wie seine Augen glitzerten, als der Schlag ihn traf, aber schon hatte sie sich abgewendet, ihre Röcke gerafft, war zurückgelaufen und kniete neben Rex. Jetzt waren seine Augen offen, doch als sie sich über ihn beugte, sah sie, daß sie blicklos waren wie auch sein Gesicht ohne Ausdruck – er war tot. Und als ob er versucht hätte, sie noch einmal anzusehen, umspannte seine Hand die Miniatur, die Amber ihm vor einem Jahr geschenkt hatte.

III. BUCH

Zweiundzwanzigstes Kapitel

Groping Lane war ein enges, schmutziges, verrufenes Gäßchen am Tower Hill. Die Häuser waren alt, und die oberen Stockwerke hingen so weit auf die Straße über, daß sich die Dächer fast berührten und Licht und Luft von den modernden Haufen Unrat abschlossen, die an jeder Mauer lehnten. Die große, vergoldete Kutsche versuchte in die Gasse einzubiegen, konnte aber nicht und mußte am Eingang stehenbleiben. Eine Frau, völlig unkenntlich durch einen schwarzen Mantel mit Kapuze und eine Maske, stieg aus, eilte, zu beiden Seiten von zwei Lakaien begleitet, in die Gasse hinein und verschwand nach wenigen Metern in einem der Häuser. Die Lakaien warteten draußen.

Sie hastete zwei Treppen hoch und klopfte an die Tür unter dem Dach. Zunächst kam keine Antwort, und sie klopfte wieder, hämmerte ungeduldig und sah sich um, als fürchtete sie, von ungesehenen Augen hier oben auf der dunklen Treppe beobachtet zu werden. Noch immer wurde die Tür nicht geöffnet, doch die Stimme eines Mannes fragte drinnen:

»Wer ist da?«

»Lassen Sie mich ein! Ich bin Lady Castlemaine, Sie Dickkopf!«

Als hätte sie eine Zauberformel gebraucht, öffnete die Tür sich weit, der Mann verbeugte sich und hieß Barbara mit weitausladend gastfreundlicher Bewegung eintreten.

Das Zimmer war klein, kahl und dunkel, nur mit ein paar abgenützten Rohrstühlen und einem großen Tisch möbliert, der mit Papieren und Büchern hoch beladen war; weitere Bücher und ein Globus hatten ihren Platz daneben auf dem Boden. Draußen war die Nacht frostig, und das spärliche Kohlenfeuer im Kamin wärmte nur einen kleinen Teil des Zimmers. Ein häßlicher rasseloser Hund beschnüffelte Barbaras samtbeschuhte Füße und kehrte dann zu einem Knochen zurück.

Der Mann, der sie eingelassen hatte, sah immerhin ein wenig besser aus als sein Hund. Er war so mager, daß seine ledernen Reithosen und sein schmutziges Hemd an ihm hingen wie an einem Gestell. Aber seine blaßblauen Augen waren flink und verschlagen, und in seinem Gesicht waren Klugheit und Begeisterung, verbunden mit einer gewissen Schlauheit, die sich in dem beweglichen Blick und dem öligen Lächeln offenbarten.

Das war Dr. Heydon – den Titel hatte er sich selbst verliehen –, Astrologe und Quacksalber, und Barbara war bereits einmal bei ihm gewesen, um sich voraussagen zu lassen, wen der König heiraten werde.

»Ich bitte um Entschuldigung, Mylady«, sagte Heydon jetzt, »daß ich nicht sofort geöffnet habe. Aber, um ganz aufrichtig zu sein, ich werde derart von meinen Gläubigern verfolgt, daß ich keinem zu öffnen wage, bevor ich nicht weiß, wer es ist. Die Wahrheit ist, Mylady«, seufzte er und hob die Arme mit verzweifelter Geste, »daß ich mich in diesen Tagen kaum aus dem Hause traue, aus Angst, der Büttel könnte mich erwischen und nach Newgate schleppen – was Gott verhüten möge!«

Doch wenn er hoffte, Barbaras Anteil an seinen Problemen zu erwekken, so irrte er sich sehr. Zunächst wußte sie sehr wohl, daß es keinen Bandverkäufer, Parfumeur oder Schneider gab, der Geschäfte mit dem Hof machte und nicht hoffte, sich auf Kosten des Adels zu bereichern. Und dann war sie mit ihren eigenen Sorgen hergekommen, nicht aber, um die seinen anzuhören.

»Sie müssen mir helfen, Dr. Heydon. Es gibt etwas, das ich wissen muß. Es bedeutet für mich alles.«

Heydon rieb sich die trockenen Hände und nahm eine dicke Brille, die er auf die Mitte des Nasenrückens setzte. »Natürlich, Mylady. Bitte, nehmen Sie Platz!« Er rückte ihr einen Stuhl zurecht, setzte sich ihr gegenüber an den Tisch, griff nach einer langen Gänsefeder und kitzelte sein Kinn damit. »Nun, Madame, was haben Sie für Schmerzen?« Sein Ton war voller Mitgefühl, vertrauenheischend und verriet Bereitschaft und Fähigkeit, jedes Problem zu lösen.

Barbara hatte die Maske gelüftet, schob jetzt die Kapuze zurück und ließ den Mantel von den Schultern sinken. Die Brillanten an ihrem Hals und in Ohren und Haar fingen das Licht auf und funkelten; Dr. Heydons Augen weiteten sich und begannen zu glühen.

Doch das merkte Barbara nicht. Sie streifte die Handschuhe ab, und eine ganze Weile blieb sie schweigend und nachdenklich sitzen. Wenn es doch nur einen Weg gäbe, seinen Rat einzuholen, ohne ihm etwas erzählen zu müssen! Sie fühlte sich wie eine junge Braut, die einen Arzt aufsucht, nur daß ihre Bedenken nichts mit Schüchternheit zu tun hatten, sondern in ihrem wütenden, erniedrigten Stolz lagen.

Wie kann ich ihm sagen, daß der König mich satt hat, dachte sie. Überdies ist es nicht wahr! Ich weiß, daß es nicht wahr ist! Was auch die andern sagen mögen! Es ist gerade nur die Freude, einmal auch ein legitimes Kind zu bekommen. Ich weiß, daß er mich noch liebt. Er muß! Er ist zu Frances Stewart ebenso kühl wie zu mir! Nein, diese verdammte Frau ist an allem schuld, diese verfluchte Portugiesin!

Sie hob die Augen und sah ihn an. »Sie haben vielleicht gehört«, sagte sie, »daß Ihre Majestät endlich in andern Umständen ist?« Sie betonte das Wort ›endlich‹ auf eine Art, die andeuten sollte, daß der Grund der Verzögerung lediglich bei Katharina zu suchen sei.

»Ah, Madame! Natürlich! Haben wir nicht alle die glückliche Nachricht vernommen? Und es war hohe Zeit – aber besser spät als nie, pflegt man zu sagen. Nicht wahr, Mylady?« Doch ein rascher mißbilligender Blick Barbaras veranlaßte ihn, seine Begeisterung einzudämmen, sich zu räuspern und über seine Papiere zu beugen. »Was hatten Mylady gesagt?«

»Daß Ihre Majestät in andern Umständen ist!« sagte Barbara scharf. »Und seit man weiß, daß Ihre Majestät schwanger ist, scheint Seine

Majestät, der König, sie zu lieben. Das muß der Grund sein, denn kein Mensch hat feststellen können, daß er ihr vorher besondere Aufmerksamkeit geschenkt hätte. Er vernachlässigt darüber alte Freundschaften. Und nun möchte ich von Ihnen erfahren« – sie beugte sich plötzlich vorwärts und blickte ihn eindringlich an –, »was geschehen wird, wenn das Kind einmal geboren ist. Wird er dann zu seinen früheren Gewohnheiten zurückkehren? Oder was sonst?«

Heydon nickte und ging ans Werk. Eine Zeitlang schwieg er und studierte in einer äußerst komplizierten Himmelskarte, die ausgebreitet vor ihm lag, schob die Lippen vor und runzelte die Stirn. Von Zeit zu Zeit zog er durch eine Zahnlücke die Luft ein und trommelte mit den Fingern auf den Tisch. Barbara beobachtete ihn, Erregung und Hoffnung stiegen in ihr hoch, denn sie konnte einfach nicht glauben, daß er ihr etwas wirklich Unangenehmes voraussagen werde. Irgendwie würde auch dies zu ihrer Befriedigung ausgehen – wie es bisher mit allem geschehen war.

»Wahrhaftig, Madame«, sagte er endlich, »Sie stellen mir da eine sehr schwierige Frage.«

»Warum? Können Sie denn nicht in die Zukunft schauen? Ich dachte, das sei Ihr Beruf!« Sie sprach zu ihm, als wäre er ein Handschuhmacher, der eben erklärt hatte, er könne das gewünschte Leder nicht beschaffen.

»Ich habe nicht umsonst meine Jahre mit Studien verbracht, Madame, das kann ich Ihnen versichern. Aber solch eine Frage, Sie verstehen . . .« Er zuckte die Achseln, hob die gespreizten Finger und machte dann eine Geste, als ob ein Messer ihm am Hals säße. »Wenn es bekannt werden sollte, daß ich in einer so wichtigen Angelegenheit eine Prognose gestellt habe . . .« Er sah wieder auf seine Karte hinunter, runzelte zweifelnd die Stirne, und dann murmelte er wie im Selbstgespräch: »Es ist unglaublich! Ich kann es mir nicht vorstellen.«

In plötzlicher Aufregung rückte Barbara bis an die Kante ihres Stuhls, und ihre Augen funkelten wild. »Was ist unglaublich? Was gibt es? Sie müssen es mir sagen!«

Er lehnte sich zurück, legte die Fingerspitzen aneinander und betrachtete seine knochigen Gelenke. »Ah, Madame – das ist eine Information von allzu großer Bedeutung, als daß ich so leichthin davon sprechen könnte. Geben Sie mir, bitte, ein paar Tage Zeit, um den Fall zu überdenken.«

»Nein! Ich kann nicht warten! Ich muß es jetzt wissen! Ich werde verrückt, wenn ich es nicht erfahre. Was verlangen Sie? Ich gebe Ihnen, was Sie wollen! Hundert Pfund!«

»Haben Sie hundert Pfund bei sich?«

»Nicht bei mir. Aber ich schicke sie Ihnen morgen.«

Er schüttelte den Kopf. »Es tut mir leid, Madame, aber ich kann nicht mehr auf Kredit arbeiten. Das war es, was mich in den elenden Zustand versetzt hat, in dem Sie mich heute sehen. Vielleicht wäre es das beste, wenn Sie morgen wieder kämen.«

»Nein! Nicht morgen! Heute muß ich es wissen! Hier – nehmen Sie diese Ohrringe und dieses Halsband und diesen Ring – sie sind alle Tage weit mehr als hundert Pfund wert!« Sie nahm die Juwelen rasch ab und warf sie auf den Tisch, als wären es Glaskugeln, die sie von einem Straßenhändler gekauft hatte. »Und jetzt – sprechen Sie schnell!«

Er griff nach den Schmuckstücken und steckte sie in die Tasche. »In den Sternen steht, Madame, daß das Kind der Köngin tot auf die Welt kommen wird.«

Barbara stockte der Atem. Eine Hand hob sie vor den Mund, dann sank sie in ihren Stuhl zurück und sah ihn ungläubig an. Aber gleich darauf erschien in ihren Augen ein Ausdruck boshafter Genugtuung.

»Totgeboren!« flüsterte sie endlich. »Sind Sie dessen sicher?«

»Wenn die Sterne sicher sind, Madame, dann bin auch ich sicher.«

»Natürlich sind die Sterne sicher!« Sie stand schnell auf. »Dann wird er zu mir zurückkehren, nicht wahr?« In ihrer plötzlichen Freude sprach sie völlig rückhaltlos.

»Das ist wahrscheinlich, nicht wahr? Unter diesen Umständen!« Seine Stimme schnurrte, und sein Gesicht lächelte verständnisvoll.

»Natürlich wird er! Gute Nacht, Dr. Heydon!« Sie zog die Kapuze über den Kopf, als sie zur Tür ging. Er folgte ihr und verbeugte sich tief. Auch der Hund wollte die Besucherin fortgehen sehen. Sie raffte ihre Röcke, um in der Dunkelheit nicht zu stolpern; auf der ersten Stufe blieb sie noch einmal stehen und schenkte dem Doktor ein bezauberndes Lächeln. »Hoffentlich retten die Brillanten Sie vor Newgate, Doktor. Diese Nachricht war für mich mehr als tausend Pfund wert!«

»Towser«, sagte er zu seinem Hund. »Jetzt haben wir wenigstens für eine Zeitlang zu essen.« –

Barbara glaubte unbedingt an die Voraussage des Doktors, und von nun an war die Gesundheit der Königin ihre größte Sorge. Sie ging jeden Morgen zum Lever, lud sie zum Abendessen zu sich ein, bestach einige Pagen, um sogleich zu erfahren, wenn die Königin krank werden sollte, kurz, sie überwachte insgeheim, aber sehr genau, was die Königin tat. Doch Katharina schien aufzublühen. Sie sah gesünder und glücklicher aus als jemals.

»Fühlt Eure Majestät sich nicht ganz wohl?« fragte Barbara sie zuletzt verzweifelt. »Sie sehen so blaß und müde aus.«

Aber Katharina lachte und antwortete in ihrem schwerfälligen Englisch: »Aber natürlich fühle ich mich ganz wohl, Mylady. Es ist mir niemals besser gegangen!«

Barbara war entmutigt und dachte schon daran, ihren Schmuck von Dr. Heydon zurückzuverlangen. Und dann, Mitte Oktober, etwa im fünften Monat von Katharinas Schwangerschaft, lief die Nachricht durch die Gänge des Schlosses: Ihre Majestät sei erkrankt und habe eine Fehlgeburt erlitten.

*

Katharina lag flach auf dem Rücken, umgeben von ihren Wärterinnen und ihren Damen. Die Augen hielt sie fest geschlossen, um die Tränen zurückzuhalten, denn sie fühlte sich verzweifelt elend. Doch als sie hörte, wie die Penalva sich zu einer der Frauen wandte und ihr zuflüsterte, man möge den König verständigen, sah sie rasch auf.

»Nein!« rief sie. »Tun Sie das nicht. Verständigen Sie ihn nicht! Es ist nichts! Es geht mir jetzt besser! Warten Sie, bis Mrs. Tanner kommt.«

Mrs. Tanner war die Hebamme, die Ihre Majestät gepflegt hatte, und als Katharina sich krank und schwach fühlte, hatte man sie holen lassen. Sie kam nach wenigen Minuten, und als sie auf das Bett zuging, brachte ihr heiteres, gewöhnliches Gesicht es fertig, gleichzeitig beunruhigt und optimistisch auszusehen. Mrs. Tanner glich einer Fischverkäuferin, die sich als große Dame vermummt. Ihr Haar zeigte das modernste Silberblond, ihre Backen waren so rot gefärbt wie Herbstäpfel, und Finger und Gelenke strotzten von teurem Schmuck – Zeichen der Wertschätzung ihrer Patientinnen und eine passende Form der Reklame.

Katharina öffnete die Augen, als die Frau sich über sie beugte. »Fühlt Ihre Majestät sich nicht wohl?«

»Ich hatte Schmerzen – hier, und ich habe das Gefühl, als ob ich, als ob ich bluten würde.« Sie sah mit den großen, bekümmerten Augen eines kleinen Hundes auf, der um eine Gunst bettelt.

Mrs. Tanner verbarg rasch das Entsetzen, das sich auf ihr Gesicht drängte, und nahm sogleich Ringe und Armbänder ab. »Wollen Eure Majestät mir eine Untersuchung gestatten?«

Katharina nickte, und Mrs. Tanner ließ die Vorhänge um das Bett zusammenziehen. Dann schmierte sie ihre Hände mit Butter ein und verschwand mit einer Helferin hinter den Vorhängen. Einmal wurde ein gequälter, leiser Schrei hörbar und ein langgezogenes Stöhnen. Die Gesichter der Frauen im Zimmer verzogen sich mitleidig. Endlich teilte Mrs. Tanner die Vorhänge, tauchte ihre rechte Hand in ein Becken mit Wasser und flüsterte einer anderen Frau zu. »Es ist eine Fehlgeburt! Verständigen Sie den König!« Eine Welle erregten Murmelns und bedeutungsvoller Blicke flutete rund um das Zimmer.

Wenige Minuten später trat Karl ein und ging unverzüglich auf Mrs. Tanner zu. Man hatte ihn vom Tennisplatz geholt, und er trug bloß sein am Hals geöffnetes Hemd und seine Reithosen: sein braunes, verschwitztes Gesicht war vor Angst verzerrt.

»Was ist geschehen? Man sagt mir, daß die Königin krank sei.«

Mrs. Tanner konnte seinem Blick nicht begegnen. »Ihre Majestät hat eine Fehlgeburt erlitten.«

Er sah sie entsetzt an. Rasch teilte er die Vorhänge und kniete, den neugierig beobachtenden Blicken entzogen, neben dem Bett. »Katharina! Katharina, Liebling!« Seine Stimme drängte, aber er sprach leise, denn sie lag mit geschlossenen Augen und schien bewußtlos zu sein.

Doch zuletzt hoben sich ihre Lider, und sie erblickte ihn. Zunächst erkannte sie ihn kaum, dann aber stiegen in ihr Tränen auf.

»O Katharina, es tut mir ja so leid – es tut mir ja so leid! Hat man dir irgend etwas gegeben, um deine Schmerzen zu erleichtern?« Er sah so müde und verstört aus wie sie, denn vor allen Dingen auf Erden wünschte er sich einen legitimen Sohn; doch sein Mitleid war so stark, daß er sie gegen alles schützen wollte.

»Es sind nicht die Schmerzen. Das wäre mir gleich. Die Schmerzen sind belanglos – aber ich hatte mit doch so gewünscht, dir einen Sohn zu schenken!«

»Das wirst du, Liebling – das wirst du eines Tages! Aber daran darfst du heute nicht denken. Denk nur daran, gesund zu werden.«

»Ach, ich will nicht mehr gesund werden. Wozu bin ich auf Erden nütz, wenn ich das einzige nicht tun kann, was meine Pflicht ist? O mein Geliebter . . .« Ihre Stimme wurde jetzt so leise, daß er sich über sie beugen mußte, um zu verstehen, und sie sah ihn, von Gewissensbissen bedrückt, an.

»Wenn es aber wahr sein sollte, was man sagt – daß ich unfruchtbar bin.«

Karl war empört. Er hatte nicht gewußt, daß das Geschwätz auch bis zu ihr gedrungen war, obgleich es bei Hof und sogar in der Stadt vom ersten Monat ihrer Ehe und vielleicht noch vorher die Runde gemacht hatte.

»O Katharina, mein Liebling!« Seine langen Finger streiften ihr Haar, und ihre blassen, feuchten Wangen. »Es ist nicht wahr; natürlich ist es nicht wahr. Die Leute klatschen, solange sie Zungen im Kopf haben. Solche Zwischenfälle ereignen sich häufig, aber sie haben nichts zu bedeuten. Du mußt jetzt ruhen und gesund und stark werden – um meinetwillen.« Er lächelte und küßte sie.

»Um deinetwillen?« Sie sah vertrauensvoll zu ihm auf und lächelte dankbar. »Du bist so gütig. Du bist so gut zu mir gewesen. Und ich verspreche dir, daß es das nächste Mal nicht wieder geschehen wird.«

»Natürlich nicht. Und jetzt schlaf, mein Liebling, und ruhe dich gut aus, dann wirst du bald wieder gesund sein.«

Er kniete neben ihr, bis ihr Atem tief und regelmäßig geworden und die kleine, schmerzliche Falte auf ihrer Stirn verschwunden war, dann stand er auf, ging ohne ein Wort durch das Zimmer in seine eigenen Gemächer, wo er sich einschloß.

Am nächsten Tag ging es Katharina nicht besser, sondern ihr Zustand verschlechterte sich ständig. Man tat alles, um ihr zu helfen: man ließ sie zur Ader, bis sie so weiß war wie die Leintücher, auf denen sie lag. Man schnitt lebende Tauben entzwei und band sie ihr an die nackten Sohlen, um das Gift aus ihr herauszuziehen. Man gab ihr Abführmittel und Nießpulver, Perlen- und Goldchlorid. Ständig waren die Priester um sie, klagten, jammerten, beteten, und zu jeder Zeit war ihr Zimmer voll von Menschen. Könige konnten weder in Ruhe und Abgeschlossenheit geboren werden noch sterben.

Stunde um Stunde saß Karl neben ihr und bewachte angstvoll jede Bewegung. Sein Kummer und seine Zärtlichkeit setzten alle in Erstaunen; von dem Zwischenfall mit der Castlemaine abgesehen, war er wohl ein gütiger, doch keineswegs überschwenglicher Gatte gewesen. Alle waren überzeugt, daß sie sterben würde, die meisten hofften es, und man sprach nicht so viel von der sterbenden Königin als von der kommenden. Wen würde er jetzt heiraten? Denn natürlich mußte und würde er sich nach einer entsprechenden Trauerzeit wiederverheiraten.

Frances Stewart war die Braut, die man erwählt hatte. In ihren Adern floß ein wenig königliches Blut – genügend, um die Ehe zu ermöglichen, sie war schön, und sie war noch Jungfrau. Das, zum mindestens, war die Ansicht der Bestinformierten, obgleich Seine Majestät ihr seit Monaten nachstellte – bereits seit jener Zeit, da sie aus Frankreich gekommen war, um ihren Platz unter Königin Katharinas Damen einzunehmen.

Sie war noch nicht einmal siebzehn, aber ziemlich hochgewachsen und schlank wie eine Kerzenflamme. Ihre ruhige Haltung konnte plötzlich durch ein fröhliches Gelächter durchbrochen werden, das wie aus einer glücklichen Quelle von Jugend und Selbstvertrauen aufstieg. Ihre Schönheit war rein und vollendet, makellos wie eine geschnittene Gemme, entzückend wie der Anblick einer Pappel, die in der Sonne glitzert.

Zunächst fühlte sich Karl durch den unwiderstehlichen Reiz ihrer Schönheit angezogen, und dann, als er in ihr eine bescheidene Zurückhaltung entdeckte, die so ursprünglich wie für ihn unglaubhaft war, begann er mit einem systematischen Verführungsprogramm. Bisher war es allerdings erfolglos geblieben.

Während der vergangenen vier Monate, seit Beginn der Schwangerschaft Ihrer Majestät, schien Karl alles Interesse an Frances verloren zu haben; er war so kühl und höflich, als hätte er sie nie begehrt – oder als hätte er sie schon besessen. Doch jetzt schien er in seiner Verzweiflung abermals bei Frances Trost zu suchen. Man war so fest überzeugt davon, sie sei die erwählte Nachfolgerin der Königin, daß man nicht einmal Wetten legte. Und Frances selbst glaubte es auch.

Doch bestimmt war nicht einmal der König aufrichtiger besorgt als jene, von der man es am wenigsten erwartet hätte – Lady Castlemaine. Ein ständiger Kurierdienst von Pagen war zwischen den Gemächern der Königin und ihren eigenen zu jeder Tag- und Nachtstunde eingerichtet, sie selbst besuchte die Königin häufig, und aus zuverlässiger Quelle wurde berichtet, daß sie fünf- oder sechsmal am Tag für die Genesung Ihrer Majestät betete. Barbara war aufs äußerste beunruhigt.

Als Heydon seine erstaunliche Prognose stellte, war es ihr nie in den Sinn gekommen, daß die Königin so schwer erkranken könnte. Und ganz gewiß nicht, daß sie sterben würde, und zuallerletzt hatte sie mit der Möglichkeit gerechnet, daß an Stelle der Königin eine Frau wie Frances Stewart treten könnte. Diese Heirat würde für Barbara nichts anderes bedeuten als das Scheitern aller ihrer Aussichten und, mehr als wahrscheinlich, die Verbannung nach Frankreich. Sie und Frances waren seit einiger Zeit in wenig freundlichen Beziehungen zueinander gestanden, zumal als Barbara zur Überzeugung gelangte, daß der König sehr ernsthaft in das Mädchen verliebt war. Sie hatte stets alle Frauen – außer sich selbst – unterschätzt, und es mußte einige Zeit vergehen, bevor sie entdeckte, daß Frances tatsächlich eine gefährliche Rivalin war. Und nun hatte sie die größte Angst, die Königin könnte sterben.

Die Zusammenkünfte in Barbaras Räumen verliefen jetzt nüchtern, denn obgleich der König fast allabendlich, zur Zeit des Abendessens, kam, war seine Laune doch so bedrückt, daß die andern ihre Gleichgültigkeit verhehlen mußten.

Am zehnten Abend nach Katharinas Erkrankung stand er in Barbaras Salon am Kamin, ließ den roten Wein nachdenklich in seinem Glas kreisen und sprach so leise, daß auch die aufmerksamsten Ohren nichts hören konnten, zu Frances Stewart. Denn obgleich ihre eigenen Hoffnungen vom Tode der Königin abhingen, empfand Frances doch aufrichtiges Mitleid mit der unglücklichen, stillen, kleinen Frau, die ihr so freundlich gesinnt war.

»Wie ist es ihr ergangen, als Sie sie verließen, Sire?«

Karls Züge waren düster, und er starrte in das Glas. »Ich glaube nicht, daß sie mich überhaupt erkannt hat.«

»Ist sie noch im Delirium?«

»Sie hat seit mehr als zwei Stunden nicht gesprochen.« Er schüttelte schnell den Kopf, als wollte er das schmerzliche Bild verscheuchen, das seine Erinnerung belastete. »Heute morgen redete sie zu mir. Sie fragte mich nach den Kindern. Es täte ihr leid, sagte sie, daß der Junge nicht hübsch sei. Ich sagte ihr, er sei sehr schön, und das schien sie zu freuen und sie sagte, wenn ich nur zufrieden wäre, so wäre sie glücklich.«

Frances schluchzte plötzlich auf und preßte die geballte Hand gegen den Mund; Karl sah sie überrascht an, als hätte er ihre Anwesenheit völlig vergessen. Doch in diesem Augenblick stürzte ein Page ins Zimmer und eilte auf den König zu.

Karl drehte sich schnell um. »Was gibt es?«

»Die Königin, Sire, liegt im Sterben . . .«

Karl wartete das Ende des Satzes nicht ab, warf sein Glas in den Kamin und eilte aus dem Zimmer. Das Schlafzimmer der Königin war in demselben erbärmlichen Zustand wie schon seit Tagen: alle Fenster waren geschlossen, und zwar seit dem ersten Tag ihrer Krankheit, so daß die Luft schwer, heiß und übelriechend war; bis auf einige schwachbrennende Kerzen beim Bett war es völlig dunkel, und die Priester beugten sich über sie wie unheilverkündende Raben.

Katharina lag ganz flach auf dem Rücken. Ihre Augen waren geschlossen und tief in die dunklen Höhlen eingesunken, ihre Haut war gelb wie Wachs, und sie atmete so schwach, daß er zunächst glaubte, sie sei schon tot. Doch bevor er noch sprechen konnte, war sie sich seiner Gegenwart bewußt, schlug langsam die Augen auf und sah ihn an. Sie versuchte zu lächeln, und dann begann sie mühsam zu reden.

»Karl – ich bin froh, daß du gekommen bist. Ich wollte dich noch einmal sehen. Ich sterbe, man hat es mir gesagt, und ich weiß, daß es wahr ist. O ja, es ist wahr.« Sie lächelte sanft, als er widersprechen wollte. »Aber das tut nichts. Für dich wird es besser sein, wenn ich tot bin. Dann kannst du eine Frau heiraten, die dir Söhne schenken wird – versprich mir bitte, daß du nicht warten wirst. Heirate bald – dort, wo ich sein werde, wird es mich nicht schmerzen.«

Während sie sprach, sah er sie entsetzt und fast krank vor Scham an. Er hatte bis jetzt nicht erkannt, daß sie nur starb, weil sie nicht leben wollte. Er hatte niemals zu verstehen versucht, was dieses vergangene Jahr für sie bedeutet hatte. Die Ungeheuerlichkeit seiner gedankenlosen Selbstsucht, die Erkenntnis, daß er in seinem tiefsten Herzen ihren Tod erhofft hatte, traf ihn jetzt wie der Schlag einer mächtigen Faust. Er fühlte ein leidenschaftliches Bedauern, tat fromme Gelübde für eine bessere Zukunft.

Plötzlich sprang er auf, wandte sich zu dem Priester, der neben ihm stand, und unterbrach den alten Mann mitten in seinem düsteren Klagegebet.

»Hinaus mit euch!« Seine Stimme war leise, aber wutgeladen. »Hinaus mit euch, sage ich! Mit euch allen!«

Priester und Ärzte starrten ihn verdutzt an, machten aber keine Miene, zu gehen.

»Aber, Eure Majestät!« protestierte einer. »Wir müssen doch hier sein, wenn Ihre Majestät stirbt.«

»Sie wird nicht sterben! Obgleich Gott weiß, daß das, was Ihr der Königin antut, eine stärkere Frau umbringen würde! Und jetzt, fort, oder, bei Jesus, ich werfe euch selbst hinaus!« Seine Stimme hob sich zu zornigem Schreien, und der Arm wies heftig nach der Tür. Sein Gesicht war dunkel, und seine Augen glitzerten wild; er haßte sie ebenso seiner eigenen Verfehlungen wegen wie der ihren.

Sie drängten sich hinaus und blickten immer wieder bestürzt zurück, aber er schenkte ihnen keine Aufmerksamkeit mehr, sondern sank abermals neben ihrem Bett auf die Knie. Eine endlose Minute blieben ihre Augen geschlossen, und er beobachtete sie mit angehaltenem Atem; endlich sah sie wieder zu ihm auf.

»Oh«, seufzte sie, »es ist jetzt so still hier – so friedlich. Eben noch glaubte ich, ich müßte . . .«

»Sag das nicht, Katharina! Du wirst nicht sterben! Du wirst leben – für dich und für deinen Sohn!«

Doch sie schüttelte kaum merklich den Kopf. »Ich habe keinen Sohn, Karl. Ich weiß, daß ich keinen habe. Und ich hatte so sehr gewünscht, dir einen zu schenken – ich wollte ein Teil deines Lebens werden. Aber jetzt werde ich bald nicht mehr da sein – und wenn du wieder heiratest, wirst du Söhne haben – du wirst glücklicher sein, und darum bin ich froh, daß ich gehe.«

Karl schluchzte plötzlich auf. Die Tränen entströmten seinen Augen, und seine beiden Hände umklammerten eine von Katharinas mageren Händen. »Katharina! Katharina! Sprich nicht so! Sag solche Dinge nicht! Du mußt leben wollen! Und wenn du es willst, dann kannst du auch – und du mußt es – für mich.«

Sie sah ihn an, und in ihren Augen war ein neuer Blick. »Für dich, Karl? Du willst, daß ich lebe?« flüsterte sie.

»Ja, das will ich! Natürlich will ich das! Mein Gott, wie konntest du nur so denken, daß ich – o Katharina, Liebling, es tut mir leid – es tut mir leid! Aber du mußt leben – für mich –, sag mir, daß du es versuchen wirst, daß du es willst.«

»Ach, Karl – ich wußte ja nicht, daß du – o mein Liebling, wenn du es willst – ich kann leben – natürlich kann ich.«

Dreiundzwanzigstes Kapitel

Erst nach seinem Tode erfaßte Amber, wieviel Rex Morgan für sie bedeutet hatte. Ihr fehlte das Geräusch seines Schlüssels im Schloß und das Gefühl von Wärme und Glück, das er immer mit sich gebracht hatte, als ob in einem kalten, dunklen Zimmer ein Feuer angezündet würde. Wenn sie früh aufwachte, fehlte es ihr, daß sie ihn nicht mehr sah, wie er halbangezogen vor dem Spiegel stand und sich rasierte. Ihr fehlten die Abende, da sie allein gewesen waren und Cribbage gespielt hatten oder er ihr zugehört hatte, wie sie ihre Gitarre stimmte und die bekannten Gassenhauer sang. Ihr fehlte sein Lächeln und der Klang seiner Stimme und die herzstärkende Anbetung in seinen blauen Augen. Er fehlte ihr auf tausend Arten.

Doch am meisten fehlte ihr – obgleich ihr das kaum bewußt war – das beruhigende Sicherheitsgefühl, mit dem er sie umgeben hatte.

Denn jetzt sah sie sich plötzlich verloren, den Wellen preisgegeben und erfüllt von kalter Angst vor der Zukunft. Sie hatte wohl siebzehnhundert Pfund bei Shadrac Newbold; in dieser Hinsicht gab es also keinen unmittelbaren Grund zur Sorge, und sie konnte auch nicht wegen Schulden festgenommen werden. Aber siebzehnhundert Pfund, das wußte sie, konnten nicht lange reichen, wenn sie ihre jetzige Art zu leben beibehielt, und wenn das Geld aufgebracht war, dann wäre sie den Lebemännern aus der Garderobe auf Gnade und Ungnade ausgeliefert.

Der Gedanke war nicht erfreulich – denn nach anderthalb Jahren des Umgangs mit ihnen sah sie sie nackt und ohne den Firnis der Illusionen eines naiven jungen Mädchens. Für sie waren es nicht länger galante, heitere, mutige, vornehme Herren, weil sie feine Kleider trugen und ihren Stammbaum bis auf Wilhelm den Eroberer zurückführen konnten, sondern lediglich eine besondere Gattung hohler, boshafter, törichter französisierter Engländer. Sie besaßen den ganzen Aufwand von Zynismus, schlechtem Benehmen und leichtfertiger Grausamkeit, der damals als Zeichen von Rang und Stand galt. Und ein zweiter Rex Morgan war unter ihnen nicht zu finden.

»Ach, wenn ich nur gewußt hätte, daß es dazu kommen würde«, sagte sie immer und immer wieder zu sich selbst. »Niemals wäre ich weggefahren. Und selbst zum König wäre ich diesmal nicht gegangen. O Rex, wenn ich es gewußt hätte, wäre ich freundlicher zu dir gewesen – ich hätte dich jede Minute glücklich gemacht.«

Der erste Besucher, den sie nach Rex' Begräbnis vorließ – obgleich sich zahlreiche gemeldet hatten – war Almsbury. Er war bereits vorher dagewesen, aber sie war nicht imstande, jemanden zu empfangen, und so hatte Nan ihn wieder gehen lassen. Doch eines Nachmittags, zehn Tage nach dem Duell, kam er wieder, und diesmal wollte sie ihn sehen.

Sie saß auf einem Diwan vor dem Feuer, denn das Wetter war kalt und feucht, und sie hatte den Kopf auf ihren Arm gelegt. Sie schaute nicht einmal auf, bevor er sich neben sie setzte und einen Arm um sie legte, und dann sah sie ihn mit roten, verschwollenen Augen an. Sie war ganz in Schwarz, trug weder Bänder noch Schmuck, ihr Haar war gelöst und nur nachlässig gekämmt, und ihr Gesicht glänzte von Tränen; ihr Kopf schmerzte, und sie sah magerer aus als früher.

»Ich beklage das sehr, Amber«, sagte er sanft, und in seinen Augen und in dem Klang seiner Stimme war ehrliches Mitgefühl. »Ich weiß wohl, wie wenig das bedeutet, wenn man jemanden verloren hat – aber ich meine es von ganzem Herzen, und glauben Sie mir bitte, wenn ich sage, daß Bruce . . .«

Sie warf ihm einen giftigen Blick zu. »Wagen Sie es nicht, von ihm zu sprechen! Was es schon bedeutet, daß er traurig darüber sein mag! Wenn es nicht seinetwegen gewesen wäre, würde Rex jetzt noch am Leben sein!«

Almsbury sah sie überrascht und ein wenig ungeduldig an, aber sie hatte ihr Gesicht mit den Händen bedeckt und weinte wieder.

»Das ist nicht gerecht, Amber, und Sie wissen es. Er hat Sie ersucht, das Duell zu verhindern. Er hat sich sogar von Hauptmann Morgan in den Arm stechen lassen, weil er hoffte, das würde ihm genügen. Das einzige, was er noch hätte tun können, war, sich von Hauptmann Morgan töten zu lassen – und das konnten sogar Sie nicht erwarten.«

»Ach, mir ist es gleich, was er getan hat! Er hat Rex getötet! Er hat ihn ermordet, und ich liebte ihn! Ich wollte ihn heiraten.«

»In diesem Fall«, sagte der Earl mit unmißverständlichem Spott, »wäre es vernünftiger gewesen, keine Hochzeitsreise mit einem andern Mann zu machen – auch wenn er ein alter Freund war.«

»Kümmern Sie sich um Ihre eigenen Angelegenheiten«, murrte sie, und Almsbury zauderte noch einen Augenblick, dann aber verbeugte er sich höflich und verließ das Zimmer. Amber sagte kein Wort und versuchte nicht, ihn zurückzuhalten.

*

Sie fühlte sich nicht imstande, sogleich zum Theater zurückzukehren, und dann, kurz nach dem 1. Juni, wurde es für zwei Monate geschlossen. Doch sobald sie wieder Besucher empfing, waren ihre Zimmer fast ebenso voll wie die Garderobe. Zu ihrer Überraschung entdeckte sie, daß das Duell sie ebenso in Mode gebracht hatte wie Schuhe mit roten Absätzen oder das Restaurant Chatelin. Lord Carlton war ein schöner Mann, seine Familie eine der ältesten und angesehensten, seine erfolgreichen Kaperfahrten machten ihn zu einer der populärsten Erscheinungen, und zwar nicht bloß bei Hof, sondern auch in der ganzen Stadt.

Amber wußte, wie wenig solche Popularität bedeutete, aber sie entschloß sich, jeden möglichen Vorteil daraus zu ziehen. Irgendwo mußte sich doch unter diesen bebänderten Gecken, diesen Nachäffern ein Mann finden, ein Mann, der sich so in sie verliebte, wie es Rex getan hatte; und wenn sie ihn erkennen könnte, dann würde sie wissen, was sie zu tun hatte. Eine Heirat erwartete sie nicht, denn die gesellschaftliche Stellung einer Schauspielerin war um nichts besser als die der maskierten Dirnen im Parterre, und nach Rex' Tod war sie zu ihrer früheren Ansicht von der Ehe zurückgekehrt. Dagegen erschien ihr das glänzende, üppige, aufregende Leben der ausgehaltenen Kurtisane in den lockendsten Farben.

Sie sah sich ein prächtiges Haus in St. James' Field oder Pall Mall bewohnen, in einer vergoldeten, sechsspännigen Kutsche herumfahren, fabelhafte Feste geben, Moden kreieren, denen selbst Whitehall sich beugte. Sie sah sich berühmt, bewundert, begehrt und – vor allem – beneidet.

Das war es, was sie seit langem gewünscht hatte; und jetzt, als sie sich mit der Tatsache von Rex Morgans Tod einigermaßen aussöhnte, kam dieser Wunsch mit einem Mal zu rascher, voller Blüte. In ihrem Optimismus stellte sie fest, daß nur er sie daran gehindert hatte, alle diese Dinge zu besitzen.

Doch obgleich sie alle ermutigte, mit ihnen flirtete und über ihre Späße lachte, nahm sie keines ihrer Anerbieten an. Sie wußte, daß diese Herren für die Treue nur Verachtung übrig hatten, daß sie aber eine Frau höher einschätzten, wenn sie auf ihre Tugend bedacht war – so, wie sie lieber einem Mann Geld abgewannen, der ungern verlor. Und bisher hatte ihr auch noch keiner angeboten, was sie verlangte.

»Verdammt, Mrs. St. Clare«, sagte einer von ihnen. »Eine tugendhafte Frau ist ein Verbrechen gegen die Natur!«

»Nun«, entgegnete Amber, »dann gibt es heute nicht viele Verbrecherinnen.«

Nichtsdestoweniger fühlte sie sich immer mehr entmutigt und unbehaglich und, obgleich sie nachdrücklich erklärte, daß sie nicht vorhatte, abermals vom rechten Weg abzuweichen, hänselten die anderen Schauspielerinnen sie, weil sie noch keinen Freund gefunden hatte.

»Wie ich höre, haben die jungen Herren heutzutage eine mächtige Angst davor, eine Freundin auszuhalten«, bemerkte Mrs. Knepp, als sie eines Nachmittags mit Beck Marshall zu Amber gekommen war. Über ihrem Glas Clary – einem kräftigen Getränk, gemischt aus Branntwein mit Salbeiblüten, gewürzt mit Zucker, Zimt und Ambra – zwinkerte sie Beck zu. »Man sagt, länger als drei Monate wolle keiner eine Frau aushalten, aus Angst, seinen Ruf als geistreicher Mann zu verlieren.«

»Ja, und ein Mann, der sich eine beständige Geliebte hält, wird ebenso verhöhnt wie einer, der heiratet«, sagte Beck. »Noch mehr, denn eine Frau bringt wenigstens eine Mitgift mit, um seine Schulden zu zahlen, während eine Freundin ihm nur einen Bastard und noch mehr Schulden verschaffen kann.«

»Besonders«, sagte Amber, »wenn sie von drei oder vier gleichzeitig ausgehalten wird.«

Beck sah sie scharf an. »Was meinen Sie damit, Madame?«

»Mein Himmel, Beck.« Amber öffnete die Augen in unschuldigem Erstaunen. »Es ist doch gewiß nicht mein Fehler, wenn dein Gewissen dich drückt.«

»Mein Gewissen drückt mich ganz und gar nicht! Meinst du nicht, daß es besser ist, von drei Männern gleichzeitig ausgehalten zu werden als von gar keinem?« Sie warf Amber ein boshaftes Lächeln zu und trank dann ihr Glas auf einen Zug leer.

»Nun, ich bin froh, daß ich diesmal meine Lektion gelernt habe. Ich werde mich nie wieder aushalten lassen«, sagte Amber.

»Ha!« Die Knepp lachte kurz, und dann nahmen die beiden Damen Abschied.

Als Amber die Türe schloß, hörte sie die Knepp sagen: »Sie wird sich nie wieder aushalten lassen – bis sie einen Mann findet, der ihr hoch genug bezahlt, was er von ihr verlangt.« Und dann verschwanden die beiden Frauen kichernd im Treppenhaus.

Amber wandte sich zu Nan, die den Kopf schüttelte.

»Oh, Nan, vielleicht haben sie recht. Fast glaube ich, daß man schwerer einen Mann findet, der uns aushält, als einen, der uns heiratet.«

»Nun, einen Mann . . .«

»Jetzt sag mir nicht wieder, ich hätte Hauptmann Morgan heiraten sollen!« rief sie warnend. »Ich kann das nicht mehr hören!«

»Mein Gott, Mam, das wollte ich gar nicht sagen. Aber ich habe mir etwas anderes ausgedacht, was Sie probieren sollten.«

»Was?«

»Wenn Sie das Theater verlassen und eine Wohnung in der City nehmen und auf einen reichen Witwer ausgehen würden! Ich verbürge mich dafür, daß Sie nach einem Monat einen Gatten mit viel Geld gefunden haben.«

»Ach Gott, Nan! Kannst du dir das vorstellen, daß ich mich mit irgendeinem grausigen, alten Ratsherrn verheirate, seine Brut aufziehe, seine Tanten und Schwestern und Cousinen besuche und zur Abwechslung sonntags zweimal in die Kirche gehe? Nein, danke! So sehr habe ich den Mut doch nicht verloren – noch nicht!«

Drei Monate lang hatte es geregnet, aber am letzten Tag des Juni kam die Sonne leuchtend heraus, und im St. James Park ergingen sich abermals die Herren und Damen vom Hofe. Seit der Restauration war St. James Park dem Publikum geöffnet, und zwar nicht bloß dem Adel, sondern auch andere Spaziergänger schlenderten durch seine breiten Alleen und durften dem König beim Pall-Mall-Spiel zusehen, das er mit der gleichen Begeisterung und Geschicklichkeit spielte wie jeden anderen Sport.

Amber war an jenem freundlichen, sonnigen Nachmittag mit drei jungen Leuten hingegangen – Jack Convay, Tom Trivet und Sir Humphrey Perepound –, die sie zum Abendessen eingeladen hatten. Es war kaum vier Uhr, als sie die Wohnung verließen, und so gab es ziemlich viel Zeit totzuschlagen. Beim Parkeingang stiegen sie aus ihrem Mietswagen und gingen durch die Vogelkäfigpromenade, so genannt, weil die Bäume voll mit Käfigen waren, in denen Vögel aus Peru, Ostindien und China sangen.

Die drei jungen Gecken waren durchweg jüngere Söhne, die weit über ihre Mittel lebten und tief verschuldet waren. Aber Amber war gerade allein gewesen, als sie zu ihr kamen, und sie ließ sich doch lieber mit ihnen sehen als mit niemandem, denn eine Frau, die sich in ihrer Wohnung abschloß, konnte niemals die Aufmerksamkeit eines großen Mannes auf sich lenken.

Sie plauderten ohne Unterlaß, machten ihre Bemerkungen über das Publikum und verbeugten sich ehrfürchtig vor den Herren und Damen, die höher gestellt waren als sie, um sie nachher zu beklatschen. Amber hörte kaum auf sie, aber ihre Augen erschauten jede Einzelheit der Damentoiletten und Frisuren. Den Männern, die sie kannte, lächelte sie zu und amüsierte sich darüber, daß das die Damen ärgerte.

Jetzt aber hatte sie für die Fragen ihrer Herren nur ein geistesabwesendes ›Hm‹, denn inmitten der zu beiden Seiten ausweichenden Menge, die sich vor ihm verneigte, wurde die prächtige Erscheinung Seiner Gnaden, des Herzogs von Buckingham, sichtbar, dem etliche Pagen folgten. Jeder wandte sich um und sah ihn an, hinter den gehobenen Fächern der eleganten Damen, der ehrgeizigen Mütter, der neugierigen jungen Mädchen wurde geflüstert – alle erhofften, einen Augenblick die Aufmerksamkeit des großen Herzogs zu erregen.

Oh, verdammt! dachte Amber. Warum habe ich nicht mein neues, schwarzgoldenes Kleid angezogen? In diesem hier wird er mich niemals sehen!

Der Herzog kam näher. Die großen Federn an seinem Hut schwankten bei jedem Nicken seines Kopfes, die Sonne glitzerte auf den Diamantknöpfen seines Anzuges, sein schönes, hochmütiges Gesicht und die prächtige Gestalt ließen jeden andern Mann unansehnlich erscheinen. Amber hatte Buckingham im Parterre und in der Garderobe gesehen, sie war ihm einmal gelegentlich vorgestellt worden, und sie hatte über seine Erfolge in Liebe und Politik endlose Klatschereien gehört, aber er hatte ihr niemals besondere Aufmerksamkeit geschenkt. Jetzt, als er näher kam, sah sie, wie seine Augen sie rasch musterten, und dann setzte ihr Herz fast aus, als sie wieder auf sie fielen und diesmal verweilten. Er war keine vier Meter mehr von ihr entfernt.

»Madame St. Clare?«

Der Herzog war stehengeblieben und machte ihr eine schöne Verbeugung, während Amber sich rasch besann und ihre Röcke in tiefem Knicks ausbreitete. Sie war sich bewußt, daß andere Männer und Frauen sie beobachteten, die Köpfe drehten und daß ihre drei Galane törichtes Zeug stammelten und verzweifelte Anstrengungen machten, um möglichst unbefangen zu wirken. Der Mund des Herzogs lächelte unter dem blonden Schnurrbart, und seine Blicke glitten an Ambers Gestalt auf und nieder.

»Ihr Diener, Madame.«

»Ihre Dienerin, Sir«, murmelte Amber, die vor Aufregung fast erstickte. Sie suchte verzweifelt nach irgend etwas, das sie sagen könnte, um seine Aufmerksamkeit zu fesseln – nach etwas Witzigem, Amüsantem, etwas, das anders war, als andere Frauen es sagen würden, aber sie fand nichts.

Seine Gnaden dagegen war durchaus nicht verlegen. »Wenn ich mich nicht irre, sind Sie die Dame, deretwegen sich Lord Carlton etwa vor einem Monat mit irgendeinem Offizier geschlagen hat?«

»Ja, Euer Gnaden, das bin ich.«

»Ich habe Lord Carltons Geschmack immer bewundert, Madame, und ich muß gestehen, daß Ihre Schönheit mir keinen Grund gibt, von seinem Urteil abzuweichen.«

»Vielen Dank, Euer Gnaden.«

»Ach Gott, Euer Gnaden«, unterbrach Sir Humphrey, plötzlich kühn gemacht, »jeder Mann in der Stadt stirbt vor Verlangen, der Dame zu dienen. Ich könnte schwören, daß ebensooft auf ihre Gesundheit getrunken wird wie auf die des Königs.«

Buckingham warf ihm einen kurzen Blick zu, als hätte er ihn eben erst bemerkt, und Sir Humphrey war erledigt. Von den beiden andern wagte keiner den Mund zu öffnen.

»Mein Wagen steht am Nordtor, Madame. Ich wollte vor dem Abendessen noch ein wenig im Park spazierengehen. Es wäre mir eine große Freude, wenn Sie mein Gast sein wollten.«

»Oh, auch mich würde es sehr freuen, Euer Gnaden. Aber ich . . .« sie hielt inne, und ihr Blick ließ ihn merken, daß sie sich an die drei jungen Gecken gebunden fühlte, die bereits von der Aussicht geblendet waren, der Herzog von Buckingham könnte sie zum Abendessen einladen.

Der Herzog verbeugte sich vor ihnen – eine Verbeugung, die zu gleicher Zeit höflich und herablassend war. »Nun, meine Herren – Sie haben die Gesellschaft der Dame den ganzen Nachmittag genossen. Ich weiß, daß Sie alle vielzusehr Männer von Geist und Verständnis sind, um andere dieses Vorzugs berauben zu wollen. Mit Ihrer Erlaubnis, meine Herren . . .«

Er reichte Amber seinen Arm, die ihr Entzücken und ihren Stolz nicht verhehlen konnte; mit einem raschen Knicks vor den drei Herren rauschte sie davon. Sie war niemals so sehr angestarrt worden und hatte sich niemals so wichtig gefühlt wie jetzt, denn überall, wo der Herzog erschien, zog er ebensoviel Aufmerksamkeit auf sich wie der König und diesmal mehr denn je. Auf dem Weg zum Nordtor kamen sie an der Mall vorüber, wo Karl vor einer dichtbesetzten Galerie von Damen und gedrängten Reihen von Hofleuten, Händlern und Bettlern spielte. Eben hatte der König den kleinen Holzball durch einen Ring getrieben, der an einem Pfahl hing, als er die beiden vorübergehen sah und ihnen zuwinkte. Buckingham verbeugte sich.

»Wenn der König ebensoviel Zeit im Beratungssaal verbrächte wie auf dem Tennisplatz und beim Pall-Mall«, meinte der Herzog, »dann wäre das Land in einem besseren Zustand, als es jetzt ist.«

»Als es jetzt ist? Warum? Was ist denn mit dem Land? Mir gefällt es, wie es ist, recht wohl.«

»Frauen, meine Liebe, verstehen solche Dinge niemals und sollen nicht – aber, Sie mögen mir glauben, daß sich England in einem recht elenden Zustand befindet. Die Stuarts sind nie gute Regenten gewesen. – Hier ist mein Wagen.«

Sie fuhren um den Park herum und hielten vor Longs', einem eleganten Gasthaus in Haymarket, das eine schmale, von Hecken gesäumte Straße mitten in grünen Feldern war. Der Wirt führte sie in ein Privatzimmer hinauf, und das Essen wurde sogleich serviert, während im Hof die Spielleute des Herzogs fiedelten und die Menschen aus den benachbarten Häuschen sich sammelten, um zu den Klängen zu singen und zu tanzen. Von Zeit zu Zeit wurden Hochrufe auf den Herzog ausgerufen, der bei den Londonern sehr populär war, weil man ihn als heftigen Katholikenfeind kannte.

Das Essen war ausgezeichnet, gut zubereitet und wohl gewürzt, und wurde von zwei diskreten Kellnern heiß serviert. Doch Amber konnte keine rechte Freude daran finden. Sie war zu sehr mit dem Gedanken beschäftigt, was der Herzog von ihr denken mochte, was er nach dem Essen tun würde und wie sie sich benehmen sollte. Er war ein großer und so reicher Mann – wenn er Gefallen an ihr fand, konnte das ihr Glück bedeuten.

Doch es schien gar nicht leicht, dem Herzog zu gefallen.

Er war sechsunddreißig Jahre alt und hatte sich weder Glauben noch Illusionen zu bewahren gewußt. Amber hatte viel von ihm gehört, und so fühlte sie sich unbehaglich. Wie sollte sie diesen blasierten, übersättigten Lebemann zu fesseln vermögen?

Als der Tisch abgeräumt war und sie allein blieben, zog der Herzog ein Kartenspiel aus der Tasche und begann lässig zu mischen. Die Karten glitten ihm mit einer Sicherheit und Geschwindigkeit durch die Finger, die den erfahrenen Spieler verriet.

»Sie scheinen sich nicht behaglich zu fühlen, Madame. Beruhigen Sie sich doch, bitte. Ich kann es nicht leiden, wenn eine Frau so erwartungsvoll gespannt wirkt – ich habe dann immer das Gefühl, daß sie vergewaltigt zu werden wünscht, und, offen gestanden, für einen so anstrengenden Sport bin ich heute abend nicht gelaunt.«

»Nun, ich kann mir nicht denken, daß irgendeine lebende Frau sich nicht auch mit einfacheren Mittel von Euer Gnaden gewinnen ließe.« Trotz aller Ehrfurcht konnte Amber sich nicht enthalten, ihrer Stimme einen gewissen beißenden Ton zu geben. Irgend etwas an der Persönlichkeit des Herzogs reizte sie.

Doch wenn er den Spott bemerkt hatte, so nahm er ihn nicht zur Kenntnis, er teilte die Karten, prüfte sie befriedigt und mischte wieder.

»Frauen neigen durchweg dazu, zwei Fehler in der Liebe zu machen«, sagte er. »Zunächst ergeben sie sich zu leicht, und dann kann man sie niemals davon überzeugen, daß ein Mann, der sagt, er sei mit ihnen fertig, es auch wirklich so meint.« Er mischte, während er sprach. »Die Wahrheit, Madame, bleibt, daß Liebe nur ein schönes Wort ist – wie Ehre –, das die Leute verwenden, um zu verbergen, was sie wirklich meinen. Aber die Welt ist nachgerade zu alt und zu klug für solche kindischen Spielereien geworden – wir haben es, Gott sei Dank, nicht nötig, uns selbst zu belügen.«

Er sah sie jetzt an und schob die Karten beiseite. »Ich nehme an, daß Sie Ihren Marktpreis haben. Wieviel verlangen Sie?«

Amber erwiderte seinen Blick. Seine Reden sollten offenbar nur ihn selbst amüsieren, denn es war ganz klar, daß er es für überflüssig hielt, sie von irgend etwas zu überzeugen. Das machte sie wütend. Sie hatte solche Worte anderthalb Jahre lang von den Lebemännern in der Garderobe angehört, aber der Herzog war der erste Mann, der wirklich glaubte, was er sagte. Am liebsten wäre sie aufgestanden, hätte ihn ins Gesicht geschlagen und wäre gegangen – aber er war George Villiers, Herzog von Buckingham, und der reichste Mann Englands. Und ihre Moral wurde mehr von den Erfordernissen des Augenblicks diktiert als von irgendwelchen abstrakten Formeln der Ehre.

»Wieviel bieten Sie?«

»Fünfzig Pfund.«

Amber lachte kurz und unfreundlich. »Ich dachte, Sie seien nicht zu Vergewaltigungen aufgelegt! Zweihundertfünfzig!«

Eine ganze Weile lang saß er da und starrte sie an, dann stand er auf und ging zur Tür. Amber beobachtete ihn besorgt, aber er sprach nur ein paar Worte zu einem Lakai, der draußen wartete und jetzt die Treppe hinuntersprang. »Sie sollen Ihre zweihundertfünfzig haben, Madame«, sagte er. »Bilden Sie sich aber nicht ein, daß ich glaube, Sie seien soviel wert. Ich kann Ihnen diese Summe geben, weil sie für mich nicht mehr bedeutet als für Sie ein Schilling, den Sie einem Bettler geben.« –

Doch das Abenteuer mit dem Herzog hinterließ bei Amber nur Ekel und Widerwillen. Tagelang dachte sie an nichts anderes, als wie sie ihm heimzahlen könnte. Aber schließlich blieb ihr nichts übrig, als ihn auf die

Liste ihrer Feinde zu setzen, mit denen sie in fernerer Zukunft abrechnen wollte – wenn sie mächtig genug wäre, sie zugrunde zu richten.

*

Spät im Juli wurde das Theater wieder eröffnet, und Amber entdeckte, daß sie jetzt zu ihren Verehrern die vornehmsten Herren der Stadt zählte. So viel hatte Buckingham immerhin für sie getan.

Da war Lord Buckhurst und sein schwerfälliger, schwarzäugiger Freund, Sir Charles Sedley. Der große, schöne Dick Talbot, der unbeständige Harry Killigrew, Henry Sidney, den viele für den bestaussehenden Mann von England hielten, und Oberst James Hamilton, der allgemein als der bestangezogene Mann von Whitehall galt. Alle waren jung: von Sidney, der zweiundzwanzig, bis zu Talbot, der dreiundreißig Jahre alt war; alle waren aus vornehmen Familien und durch ihr Blut oder durch Heirat mit den herrschenden Häusern des Landes verwandt, alle verkehrten im engsten Hofkreise, standen mit dem König selbst auf vertrautem Fuß und hätten dem Staat nützlich sein können, wenn sie sich die Zeit dazu von ihren Vergnügen abgespart hätten.

Jeden Abend speiste Amber mit einem oder mehreren von ihnen, manchmal mit einer ganzen Gesellschaft von jungen Männern und Frauen – Schauspielerinnen, Orangenverkäuferinnen und berufsmäßigen Dirnen –, oft auch in engerem Kreis von nur zwei oder drei Herren. Sie ging zur Bärenhatz und zu Hahnenkämpfen und verbrachte drei oder vier Tage mit Buckhurst und Sedley in Banstead Downs bei den Pferderennen – denn die alte englische Sportbegeisterung war seit der Restauration verdreifacht wiedergekehrt.

Nach dem Theater fuhr sie häufig mit vier oder fünf jungen Leuten in den Hyde Park, und manchmal sah sie an einer Dame vom Hof eine Kopie ihres letzten Kleides. Sie schlief nur wenige Stunden, vernachlässigte den Tanz-, Gesang- und Gitarreunterricht und zeigte so wenig Interesse für das Theater, daß Killigrew ihr mit der Entlassung drohte und auch, ohne die Intervention von Buckhurst, Sedley und seinem eigenen Sohn, Ernst gemacht hätte. Wenn er sie bestrafte, weil sie eine Probe versäumte oder eine Rolle vergessen oder auch nicht einmal gelernt hatte, lachte sie und zuckte die Achseln oder wurde wütend und ging nach Hause. Die Lebemänner drohten, das Theater zu boykottieren, wenn Mme St. Clare nicht mehr spielte, und so schickte man ihr Hart, Lacy und Kynaston nach, die sie versöhnen mußten. Ihre Popularität hatte sie frech und anmaßend gemacht.

Zuerst hatte sie beabsichtigt, ebenso unabhängig und unzugänglich zu bleiben, wie sie es zu Beginn ihrer Beziehung mit Rex Morgan gewesen war. Doch die Herren waren nicht feinfühlig. Sie sagten ihr ganz offen, daß sie niemals so viel Zeit an eine Schauspielerin vergeuden würden wie an eine Ehrenjungfrau. Und Amber, vor der Alternative, entweder auf ihren Entschluß oder auf ihre Popularität zu verzichten, zauderte nicht lange. Wenn Sedley und Buckhurst ihr hundert Pfund für eine Woche in Epsom Wells anboten, dann ging sie mit ihnen. Doch ein so hoher Betrag wurde ihr nie wieder angeboten.

Jedem ihrer Liebhaber schenkte sie ein Armband, das aus ihrem üppigen Haar gemacht wurde, und mancher, der keines bekam, ließ sich eine Imitation machen und schwur, es sei ihr eigenes. Buckhurst schenkte ihr einen gemalten Fächer, die eine Seite zeigte eine träumerische Waldszene, die andere Jupiters Liebesgeschichten. Der Gott wurde als Schwan, als Stier, als Widder, als Adler in Gesellschaft verschiedener Frauen dargestellt – und alle glichen Amber. Eine Woche später versteckte sich bereits im Salon der Königin manches Lächeln und manches Erröten hinter einer Kopie dieses Fächers.

Anfang Januar verbrachte sie zwei Abende hintereinander daheim, ohne Besuch und ohne Einladung, und dann wußte sie plötzlich, daß sie aus der Mode kam. Und nur wenige Tage später bestätigte ihr Mrs. Fagg, daß sie wieder in andern Umständen war. Sie fühlte sich elend, entmutigt und erschöpft. Sie konnte kaum aus dem Bett aufstehen, und der geringste Anlaß hatte eine leidenschaftliche Tränenflut oder einen hysterischen Anfall zur Folge.

»Ich wollte, ich wäre tot«, sagte sie zu Nan. Denn ihre Zukunft war nur allzu klar.

Nan schlug vor, London für einige Wochen zu verlassen, und als Mrs. Fagg eine Wagenfahrt als Ergänzung ihrer besonderen Medizin anriet, stimmte sie zu. »Wenn ich mein ganzes Leben lang kein Schauspiel und keinen von den Gecken mehr sehe, werde ich glücklich sein«, rief sie heftig. Sie haßte London und das Theater, alle Menschen und sogar sich selbst.

Vierundzwanzigstes Kapitel

Amber beschloß, nach Tunbridge Wells zu fahren, denn sie hoffte, das Wasser würde ihr guttun. Am frühen Morgen brach sie mit Nan und Tansy, Tempest und Jeremiah auf. Da es regnete, konnten sie fast nur im Schritt fahren, und trotzdem war der Wagen häufig in Gefahr umzukippen.

Amber verharrte in mürrischem Schweigen, die Augen geschlossen, die Zähne zusammengebissen, und hörte nicht zu, was Nan und Tansy schwätzten. Sie wünschte, die Erde würde sich auftun und alles verschlingen, ein Blitz vom Himmel möge sie treffen, oder ganz einfach zu sterben und von all ihrem Elend erlöst zu sein. Wenn irgendein Mann es wagen sollte, ihr einen unziemlichen Antrag zu machen, dann würde sie ihm einen Tritt versetzen wie einem gewöhnlichen Lakai, und böte er auch tausend Pfund in Gold.

Nachmittags machten sie bei einem Gasthaus halt und fuhren erst am nächsten Morgen weiter. Die Medizin hatte ihre Wirkung getan, aber sie fühlte sich noch schlechter als tags zuvor, und bei jeder Räderdrehung hatte sie Lust, den Mund aufzureißen und zu schreien, so laut sie nur konnte. Sie bemerkte kaum, als der Wagen hielt und Nan mit dem Ärmel die angelaufene Fensterscheibe putzte, um hinauszusehen.

»Mein Gott, Mam! Hoffentlich sind es keine Straßenräuber!« Diese Angst hatte sie fast jedesmal, wenn Tempest und Jeremiah stehenblieben, um die Räder aus dem Schlamm zu ziehen.

Amber öffnete die Augen nicht und schalt. »Zum Teufel, Nan! Du siehst auch hinter jedem Baum einen Straßenräuber. Ich sage dir, daß sie bei solchem Wetter nicht ausgehen.«

Da öffnete Jeremiah den Schlag. »Es ist ein Herr, Mam, dem Straßenräuber die Pferde weggenommen haben.«

Nan schrie leicht auf und warf Amber anklagende Blicke zu. Amber verzog das Gesicht. »Schön, frag ihn, ob er mit uns fahren will. Aber sag ihm gleich, daß wir bis Wells fahren.«

Der Mann, der jetzt neben Jeremiah auftauchte, war etwa sechzig Jahre alt, aber seine Haut war hell und glatt, und sein Gesicht hatte frische Farben. Sein Haar war weiß und viel kürzer geschnitten als das der Adligen, und er trug es auch nicht gekräuselt, sondern in natürlichen Wellen. Er war ein schöner Mann, etwa sechs Fuß groß, straff und breitschultrig. Seine Kleider waren wohl altmodisch, aber gutgeschnitten und aus feinem Stoff, in nüchternem Schwarz ohne Bänder und Goldverzierungen.

Er verbeugte sich höflich, doch nichts in seinem Benehmen erinnerte an die französischen Sitten der Hofherren. Das war ein richtiger Mann aus der City, sehr wahrscheinlich ein Parlamentarier, der von Karl Stuart und seiner bebänderten, fluchenden, hurenden, duellierenden Bande nur das Schlimmste dachte – ein angesehener Kaufmann vielleicht oder ein Juwelier oder ein Goldschmied.

»Guten Abend, Madame. Es ist sehr gütig von Ihnen, mich in Ihren Wagen einzuladen. Sind Sie aber auch ganz sicher, daß ich Ihre Bequemlichkeit nicht stören werde?«

»Durchaus nicht, Sir. Ich freue mich, Ihnen gefällig sein zu können. Bitte, steigen Sie ein, bevor der Regen Sie völlig durchnäßt.«

Er stieg ein, Nan und Tansy rückten zusammen, um ihm Platz zu machen, und der Wagen rollte weiter. »Ich heiße Samuel Dangerfield, Madame.«

»Und ich bin Mrs. St. Clare.«

Mrs. St. Clare sagte ihm offenbar nichts, und auf einmal hieß sie die Anonymität willkommen. »Hat mein Kutscher Ihnen gesagt, daß ich nur bis Tunbridge fahre? Dort werden Sie aber zweifellos Pferde und Wagen mieten können.«

»Vielen Dank für Ihren Rat, Madame. Aber zufällig fahre ich auch nach Tunbridge.«

Sie sprachen nur noch wenige Worte, und Nan erklärte das Schweigen ihrer Herrin damit, daß sie so heftig am Viertagsfieber zu leiden habe. Mr. Dangerfield bedauerte das lebhaft, sagte, er habe auch daran gelitten, und empfahl Aderlaß als beste Heilmethode. Drei Stunden später kamen sie im Dorf an.

Tunbridge Wells war ein eleganter Badeort, und im vergangenen Sommer hatte Ihre Majestät mit dem ganzen Hof dort geweilt; jetzt aber, Mitte Januar, war es ein trostloses, verlassenes kleines Dorf. Kein Mensch war zu sehen, die Ulmen, die die einzige Hauptstraße säumten, waren nackt und bloß, und nur der Rauch, der aus mehreren Schornsteinen aufstieg, war ein Lebenszeichen.

Amber und Samuel Dangerfield trennten sich beim Gasthof, wo er abstieg, und sie vergaß ihn rasch. Sie mietete ein nettes, kleines Dreizimmerhäuschen, das mit alten polierten Eichenmöbeln, Leinenvorhängen und einer Reihe kupfernem Geschirr eingerichtet war. Vier Tage verließ sie das Bett nicht, schlief und ruhte sich aus, aber nach diesen vier Tagen begann ihre Lebenskraft sich wieder einzustellen. Und sie machte sich neuerlich Sorgen, was aus ihr werden sollte.

»Nun, nach London kann ich nicht zurück; das ist so sicher wie die Pocken«, sagte sie zu Nan, als sie übellaunig in ihrem Bett aufsaß und sich mit einer versilberten kleinen Zange die Brauen auszupfte.

»Ich weiß wahrhaftig nicht, warum nicht, Mam.«

»Weißt nicht, warum? Glaubst du, daß ich jemals in dieses schmutzige Theater zurückgehen werde, wo jeder Geck sich über mich ins Fäustchen lachen wird? Nein, ich will nicht.«

»Nun, Mam, Sie können ja schließlich nach London zurück, ohne zum Theater zu gehen, nicht? Das wäre eine traurige Maus, die nur ein einziges Loch hätte!« Nan liebte recht abgedroschene Lebensweisheiten.

»Ich wüßte nicht, wohin ich gehen sollte«, murrte Amber.

Nan holte tief Atem, bevor sie zu sprechen anfing. »Ich meine noch immer, Mam, Sie sollten eine Wohnung in der City nehmen und sich als reiche Witwe ausgeben. Da würden Sie nicht lange auf einen Gatten warten müssen. Sie wollen vielleicht keinen – aber Bettler haben nicht lange zu wählen.«

Amber sah sie scharf an. Dann warf sie plötzlich die Zange auf den Boden, schob den Spiegel weg und sank in die Kissen zurück. Eine ganze Weile lang schwiegen die beiden Frauen, und Nan wagte nicht einmal, ihre schlechtgelaunte Herrin anzusehen. Doch endlich glättete sich Ambers Gesicht, und sie seufzte.

»Ich frage mich«, sagte sie, »ob dieser Herr Dingsda, dem man die Pferde gestohlen hat, reich genug ist, daß es lohnt, sich mit ihm zu beschäftigen.« Mr. Dangerfield hatte zwei Tage vorher anfragen lassen, ob Madames Zustand sich gebessert habe; sie hatte ihm eine gleichgültige, ungnädige Antwort gegeben und seither nichts mehr von ihm gehört.

»Es könnte wohl sein, Madame. Er hat einen bildhübschen, jungen Lakai, mit dem ich mich einmal unterhalten konnte.«

Einige Stunden später kam Nan wieder, rot und erregt – wie Amber argwöhnte nicht bloß der Nachrichten wegen, die sie brachte. »Nun«, fragte Amber, die, mit den Armen unter dem Kopf, auf dem Bett lag. Sie hatte die ganze Zeit damit verbracht, über ihre vergangenen Irrungen zu grübeln und die Männer zu hassen, die sie dafür verantwortlich machte. »Was hast du herausgebracht?«

»Alles«, erklärte Nan triumphierend, löste die Bänder ihrer Kapuze und warf sie auf einen Stuhl. Noch im Mantel lief sie ans Bett und setzte sich neben Amber, die sich hartnäckig weigerte, Nans Begeisterung zu teilen. »Ich habe herausgebracht, daß Mr. Samuel Dangerfield einer der reichsten Männer von England ist.«

»Einer der reichsten Männer von England!« wiederholte Amber langsam und ungläubig.

»Ja! Er hat ein richtiges Vermögen! Ich kann mich nicht genau erinnern. Zweihunderttausend Pfund oder dergleichen! John sagt, daß jedermann weiß, wie reich er ist. Er ist Kaufmann und er . . .«

»Zweihunderttau . . ., ist er verheiratet?« fragte Amber plötzlich, und ihre Lebensgeister erwachten.

»Nein, das ist er nicht. Er war es wohl, aber seine Frau ist gestorben – vor sechs Jahren, glaube ich, hat John gesagt. Doch er hat vierzehn Kinder; einige sind tot – wie viele habe ich vergessen. Er kommt jedes Jahr her – des Wassers wegen. Er hatte einmal einen Schlaganfall. Jetzt geht er gerade wieder zur Quelle hinunter – John geht mit ihm.«

Rasch schlug Amber die Decken zurück und stand auf. »Ich werde wohl ein Glas trinken gehen. Gib mir mein grünes Samtkleid mit den goldenen Borten und den grünen Mantel.«

Nan lief hin und her, suchte aus unvertrauten Laden Hemden und Unterröcke, wühlte im halbausgepackten Koffer nach Strumpfbändern und Schleifen und schwatzte unablässig. »Wenn man nur daran denkt, Mam! Was wir für ein Glück haben! Sie müssen ein Glückskind sein!« Beide Frauen waren heiterer und lebenslustiger, als sie es seit Wochen gewesen waren.

Tags vorher hatte es aufgehört zu regnen, und die Nacht war kalt gewesen, so daß sich eine Kruste auf dem Schlamm gebildet hatte. Durch den graublauen Himmel sickerte eine fahle Sonne, und die Wolken waren zu weiß und zu dünn, um mit Regen zu drohen. Bauernmädchen in Strohhüten und kurzen Röcken, Körbe am Arm, erschienen auf der Straße und riefen Geflügel, frische Butter, Milch und Gemüse aus. Und als Amber mit Nan und Tansy zur Quelle ging, verbeugten sich zwei junge Leute in bebänderten Kleidern und Federn an den Hüten zeremoniell und baten, sich vorstellen zu dürfen. An solch vielbesuchten Orten war es Brauch, daß ein Mann sich auch selbst vorstellen konnte.

Sie hießen Frank Kifflin und Will Wigglesworth und kamen aus London. Amber hatte keinen von beiden je im Theater gesehen und gelangte zur Ansicht, daß die beiden wahrscheinlich ein Paar Betrüger seien, die sich als Herren von Stand ausgaben, oder vielleicht jüngere

Söhne, die vornehm auftreten wollten, ohne die nötigen Mittel zu besitzen. Da Tunbridge in dieser Jahreszeit kein sehr ergiebiges Feld für Betrüger sein konnte, hatten sie wahrscheinlich London oder irgendeine andere Stadt verlassen müssen, um sich zeitweilig hier zu verbergen.

Zu Ambers Mißbehagen horchten sie auf, als sie ihren Namen hörten. »Mrs. St. Clare?« wiederholte Will Wigglesworth, ein häßlicher, pokkennarbiger junger Mensch. »Der Name ist mir vertraut, Madame, das schwöre ich. Und dir, Frank? Haben wir Mrs. St. Clare nicht schon irgendwo getroffen?«

»Aber gewiß! Bestimmt! Waren Sie nicht voriges Jahr in Banstead Downs?«

Oh, verflucht, dachte Amber. Wenn diese Dummköpfe herauskriegen, wer ich bin, und Mr. Dangerfield hört davon, dann habe ich bei ihm keine größeren Aussichten als beim Mann im Mond!

Aber sie lächelte ihnen süß zu. »Nun, meine Herren, Sie verwechseln mich bestimmt mit einer andern Dame. Ich kenne Sie nicht, und ich weiß, daß ich noch nie ein bekanntes Gesicht vergessen habe.«

Das nahmen die beiden für ein Kompliment, grinsten und verbeugten sich. Aber mangels eines andern Themas wollten sie den Gegenstand noch immer nicht fallenlassen. Amber sann auf Mittel, sie loszuwerden, als Mr. Dangerfiel erschien und sie ansprach.

»Sie sehen sehr gut aus, Madame. Ihr Zustand hat sich hoffentlich gebessert!«

Sie knickste und lächelte ihm zu und wünschte, sie könnte die beiden andern fortblasen wie zwei Rauchwolken. Das gleiche wünschten die beiden, als sie den verliebten Greis sahen. Aber als Amber sie ihm vorstellte, war es sehr amüsant zu sehen, wie ihr Benehmen wechselte.

»Samuel Dangerfield, Sir?« wiederholte Will Wigglesworth. »Ich kenne einen Bob Dangerfield. Das heißt, wir sind ihm einmal bei einem gemeinsamen Freund begegnet. Er gehört zu der großen Kaufmannsfamilie. Sollten Sie zufällig mit ihm verwandt sein, Sir?«

»Ich bin Bobs Vater.«

»Nein, so etwas! Denk bloß, Frank! Das ist Bobs Vater!«

»Ja, wahrhaftig! Wollen Sie Bob bitte von uns grüßen, wenn Sie nach London zurückkehren.«

»Vielen Dank, meine Herren, das will ich.«

Amber war nervös, denn sie wünschte nicht, daß sich eine Konversation entspann und vor Mr. Dangerfield darüber gesprochen würde, wer sie eigentlich sei. »Wenn Sie mich entschuldigen wollen, meine Herren – ich muß jetzt heimgehen. Ich empfehle mich Ihnen, Sir.« Sie knickste wieder vor Mr. Dangerfield, doch als sie gehen wollte, ersuchten die beiden jungen Leute dringend, sie nach Hause begleiten zu dürfen.

»So etwas, Will!« sagte Frank Kifflin, als sie außer Hörweite Mr. Dangerfields waren. »So ein Zufall, daß wir Bobs Vater hier treffen! Er ist wohl ein alter Bekannter von Ihnen, Mrs. St. Clare?«

»O nein, ich bin ihm zufällig begegnet, als man ihm gerade Pferd und

Wagen gestohlen hatte, und so habe ich ihn den Rest des Weges in meinem Wagen mitgenommen.«

Will war entrüstet. »Diese Frechheit der Straßenräuber heutzutage! Das ist ja wahrhaftig barbarisch! Und diese Halunken wagen es, einen Mann von Mr. Dangerfields Bedeutung anzugreifen!«

»Barbarisch!« meinte auch Frank.

Als Amber in der Tür stand und Abschied nahm, rief Wigglesworth plötzlich: »Jetzt weiß ich, wer Sie sind, Mrs. St. Clare! Sie sind die Schauspielerin von Seiner Majestät Theater!«

»Ja natürlich! Sie ist es, Will! Ich wußte immer, daß wir sie schon gesehen haben. Aber warum so bescheiden? Die meisten Schauspielerinnen. . .«

»Eine Schauspielerin!« protestierte Amber. »Mein Gott, wie sind Sie nur auf so etwas gekommen! Mag sein, daß ich einem dieser unglücklichen Geschöpfe ähnlich sehe, aber, wie man mir sagt, legen sie alle es darauf an, auszusehen wie Damen von Stand. Nein, meine Herren, Sie irren sich. Ich versichere Ihnen, daß ich der Bühne niemals näher war als die Mittelloge. Und jetzt, guten Abend.«

Doch sie erkannte an den Blicken, die die beiden wechselten, und an ihrem Lächeln, daß sie nicht überzeugt waren. Und als sie abends wiederkamen und Amber einluden, mit ihnen in das Spielhaus zu gehen, war ihr erster Impuls, abzulehnen. Aber dann kam sie auf den Gedanken, daß sie die beiden vielleicht bei irgend etwas erwischen und aus Tunbridge vertreiben könnte, und so willigte sie ein. Unterwegs schlug Frank Kifflin vor, auch Mr. Dangerfield mitzunehmen.

»Der arme alte Herr ist höchstwahrscheinlich allein, und wenn ich auch, weiß Gott, nicht gern mit einem alten Mann spiele, so kann ich doch den Gedanken nicht ertragen, daß Bobs alter Vater allein bleiben sollte.«

Aber Amber hatte kein Interesse daran, Mr. Dangerfield wissen zu lassen, daß sie Schauspielerin war. »Mr. Dangerfield spielt niemals Karten, meine Herren. Er haßt ihren bloßen Anblick mehr als ein Quäker einen Papagei. Sie kennen ja diese alten Puritaner.«

Ja, ja, allerdings, meinten die Männer enttäuscht.

Es waren nur wenige Gäste an den Tischen des Spielhauses versammelt, und darunter auch sichtlich Ortsansässige, die nur um ein paar Pence oder Schilling spielten. Amber und die beiden Männer sahen eine Weile zu, und dann schlug Frank Kifflin vor, ihr Glück beim ›Raffle‹ zu versuchen, einem Würfelspiel, das seiner Behauptung nach das harmloseste der Welt war und bei dem es lediglich auf die richtige Bewegung des Gelenks ankam. »Ach, mein Himmel«, sagte Amber mit gut erheuchelter Unschuld. »Ich kann nicht spielen. Ich bin nur als Zuschauerin gekommen und um Ihnen Gesellschaft zu leisten. Wenn ich auf Reisen bin, habe ich niemals Geld bei mir.«

Das schien Mr. Kifflin zu gefallen. »Sehr klug, Mrs. St. Clare. Auf Reisen ist man heutzutage so vielen Zufälligkeiten ausgesetzt. Aber gestatten Sie mir doch, daß ich Ihnen zehn oder zwanzig Pfund leihe – es ist ja langweilig, wenn man nur den andern zusieht.«

Amber tat, als ob sie zauderte. »Nun – ich weiß nicht, ob ich soll oder nicht.«

»Aber natürlich, Madame! Und kein Wort von Zinsen! Nur ein Lump würde von einer Dame, wie Sie es sind, Zinsen annehmen.«

»Wie höflich Sie sind, Mr. Kifflin!« sagte Amber. Wenn die beiden keine Zinsen wollten, dann mußten sie wohl etwas anderes im Schilde führen.

Mr. Kifflin und Mr. Wigglesworth zogen aus ihren Taschen eine ganze Menge blinkender Schillinge und legten sie vor Amber auf den Tisch. Es war weder eine Guinee noch ein Penny oder irgendeine andere Münze darunter. Und darum war es nicht schwer zu erraten, daß sie Gehilfen eines Falschmünzers waren, beauftragt, falsches Geld in Umlauf zu setzen und echtes dafür heimzubringen. Amber verlor ein paar Pfund. Sie wolle sogleich an ihren Goldschmied schreiben, sagte sie, damit die Herren das Geld in London einkassieren könnten.

»Aber denken Sie daran, Mrs. St. Clare«, sagte Wigglesworth beim Abschied. »Wir nehmen keine Zinsen an. Keinen Penny!«

Amber prüfte die Münzen und war überzeugt, daß es versilberte Kupferstücke waren. Nach Aussehen und Klang glichen sie vollkommen jenen, die der Falschmünzer im dritten Stock bei Mutter Rotkäppchen geprägt hatte. Sie lachte und winkte Nan.

»Für diese beiden jungen Laffen wird gesorgt werden, dafür verbürge ich mich. Schick gleich morgen früh Jeremiah zu Mr. Dangerfield. Ich würde mich freuen, wenn er mit mir zu Mittag speisen wollte. Was soll ich dazu anziehen? Ich denke, das Schwarzsamtene mit dem weißen Spitzenkragen und den Rüschen – es macht mich so mädchenhaft, nicht?«

Als Samuel Dangerfield kam, empfing Amber ihn bei der Tür. Ihr Kleid war hochgeschlossen, aber das Leibchen schmiegte sich eng an ihre Gestalt. Sie hatte das Haar gescheitelt und an jeder Schläfe mit einer schwarzen Masche befestigt, und ihr Gesicht war so diskret geschminkt, daß nicht einmal eine Frau es gemerkt hätte.

»Es war sehr freundlich, mich zum Mittagessen einzuladen, Mrs. St. Clare.«

»Ich weiß, daß es sich eigentlich nicht schickt«, sagte sie bescheiden, »aber ich habe Ihnen unlängst eine so unhöfliche Antwort geben lassen – verzeihen Sie das, bitte; die Krankheit hatte mich nervös gemacht.«

Sie unterhielten sich noch eine Weile über ihre Krankheit, und dann setzten sie sich an den Tisch, den Nan im Salon vor dem Kamin gedeckt hatte. Der Diener hatte Nan wissen lassen, daß sein Herr ein starker Esser sei – obgleich sein Arzt ihm verordnet hatte, sich zurückzuhalten –, und die Mahlzeit, die Amber aus dem Gasthaus bezogen hatte, war sehr reichlich. Sie meinte, es sei weit mehr in ihrem Interesse, eher Mr. Dangerfield zu gefallen als einem Arzt.

Ohne große Schwierigkeit brachte Amber das Gespräch auf Mr. Kifflin und Mr. Wigglesworth. Die beiden seien gestern abend zu ihr gekommen, um sich von ihr Geld wechseln zu lassen. Sie habe nur fünfzehn oder zwanzig Guinees nach Tunbridge mitgebracht, aber sie habe sie ihnen gegeben, und nun frage sie sich, wie sie jemals diesen Haufen Schillinge in ihrem Koffer unterbringen könnte.

Wie sie erwartet hatte, zeigte Mr. Dangerfield sich sehr beunruhigt über diese Geschichte. »Sie sind mit den Herren gut bekannt?«

»Keineswegs! Ich habe sie gestern früh bei der Quelle getroffen. Sie haben sich selbst vorgestellt. Sie wissen, wie wenig zeremoniell man an solchen Orten ist.«

»Sie sind sehr jung, Mrs. St. Clare, und kennen die Welt nicht so genau wie ein alter Mann. Wenn ich mir einen Rat erlauben darf – seien Sie sehr vorsichtig mit neuen Bekanntschaften, zumal wenn man ihnen in Badeorten begegnet.«

Während er sprach, hob Amber die Hand zu einer ihrer Haarschleifen – das verabredete Zeichen für Nan, die draußen stand und durch das Fenster spähte. »Mein Gott, Mam«, rief sie aufgeregt, »der Wirt will das Geld nicht annehmen. Er sagt, es sei falsch!«

»Eine falsche Münze? Nun, das war eine von denen, die Mr. Kifflin mir gestern abend gegeben hat.«

Samuel Dangerfield nahm das Geldstück, ließ es auf den Tisch fallen, betrachtete den Rand. »Es ist falsch«, sagte er ernst. »Die jungen Herren sind also Falschmünzer. Das ist ein trauriges Geschäft, und auch ein gefährliches.«

»Nun«, sagte Amber entrüstet, »ich denke, man sollte den Konstabler rufen, damit sie dorthin kommen, wohin sie gehören.«

Mr. Dangerfield war weniger rachsüchtig. »Die Gesetze sind zu hart. Man hängt sie, ertränkt sie, vierteilt sie.« Das hätte Amber weiter nicht gestört, aber sie fand es doch richtiger, nichts davon zu sagen. »Ich glaube, daß wir es auch auf andere Art erledigen können. Lassen wir sie doch unter irgendeinem Vorwand hierherkommen!«

»Das ist leicht zu machen – sie hatten mich ersucht, mit ihnen zur Quelle zu gehen.«

Als die beiden Herren nicht viel später erschienen, öffnete Nan ihnen die Tür. Beim Anblick Mr. Dangerfields rissen sie den Mund zu einem breiten Grinsen auf – und dann schlossen sie ihn plötzlich, als er begann: »Mrs. St. Clare und ich haben eben darüber gesprochen, daß es Falschmünzer in Tunbridge zu geben scheint.«

Kifflin hob die Brauen. »Falschmünzer? Mein Gott, das ist doch undenkbar! Die Lumpen werden wirklich alle Tage frecher!«

Wigglesworth dagegen – als wollte er seinen Ohren nicht trauen – wiederholte: »Falschmünzer in Tunbridge!«

»Ja«, sagte Amber. »Ich habe da einen Schilling, der eben im Gasthaus zurückgewiesen wurde, und Mr. Dangerfield bestätigt, daß es eine Fälschung ist. Vielleicht wollen die Herren selbst sehen.«

Dangerfield reichte ihn Wigglesworth, die beiden jungen Männer prüften ihn eingehend, und Kifflin räusperte sich. Der Schweiß trat ihnen auf die Stirn.

»Er sieht doch recht gut aus«, meinte Kifflin endlich. »Aber ich bin so einfältig, daß man mich immer drankriegen kann.«

Wigglesworth lachte ohne rechte Begeisterung. »Das ist ganz mein Fall!« Er gab den Schilling zurück.

»Der Konstabler«, sagte Mr. Dangerfield ernst, »wird sogleich da sein und diese Münze prüfen. Wenn er sie als falsch erkennt, dann wird er wohl bei allen Leuten im Dorf eine Untersuchung vornehmen.«

In diesem Augenblick ging ein Bauernmädchen vorbei, einen Korb am Arm, und rief: »Frische Eier! Wer kauft frische Eier!«

Kifflin drehte sich rasch um. »Das ist sie, Will. Sie entschuldigen uns doch, Mrs. St. Clare, aber wir wollten nur fragen, ob wir sie später besuchen dürfen. Wir haben uns verschlafen und gingen nur aus, um uns ein paar Eier zum Mittagessen zu kaufen. Guten Tag, Madame, guten Tag, Sir!«

Er und Wigglesworth grüßten, machten eine Wendung und verzogen sich hastig. Sie gingen immer schneller, überholten das Bauernmädchen, ohne ihr auch nur einen Blick zu gönnen; nach etwa zweihundert Metern begannen sie zu laufen, bogen von der Hauptstraße ab und verschwanden. Amber und Mr. Dangerfield, die ihnen vom Fenster nachgesehen hatten, schauten einander jetzt an und lachten laut.

»Wie sie laufen!« rief Amber. »Die holen erst wieder Atem, wenn sie in Paris sind!« Dann schloß sie die Tür und seufzte leicht. »Nun, ich hoffe, daß ich etwas daraus gelernt habe. Ich will nie wieder einem Fremden trauen!«

Er lächelte. »Eine junge Dame, die so reizend ist wie Sie, sollte immer mißtraurisch gegen Fremde sein.« Er sagte das wie ein Mann, der galant sein möchte, aber wenig Übung besitzt. Und als sie ihm mit einem raschen Blick dankte, räusperte er sich. »Hm – würden Sie einem andern Fremden genug Vertrauen schenken, um mit ihm zur Quelle zu gehen?«

Ambers Selbstvertrauen wuchs. »Natürlich, Sir. Ich denke, daß ich doch einen redlichen Mann zu erkennen weiß, wenn ich ihn sehe – wenn ich auch nicht immer sagen kann, wer kein redlicher Mann ist.«

*

Amber hatte in zahlreichen Stücken gespielt, die das steife, strenge, verheuchelte Leben der Cityfamilien schilderten, und obgleich die Stücke durchweg satirisch waren und maßlos übertrieben, hatte sie sie für buchstäbliche Wahrheit genommen. Infolgedessen glaubte sie, genau zu wissen, was Samuel Dangerfield an einer Frau bewundern würde; aber bald entdeckte sie, daß ihr eigener Instinkt ein besserer Führer war.

Denn im Laufe ihres Verkehrs mit ihm begann sie zu erkennen, daß er wohl ein Citykaufmann und ein Presbyterianer, aber immerhin doch ein Mann war. Und zu ihrer Überraschung stellte sie fest, daß er keineswegs den frömmelnden, harten alten Gaunern glich, über die man sich in Seiner Majestät Theater so lustig gemacht hatte.

Wenn er auch nicht leichtfertig war, so war er doch auch nicht übertrieben streng; er war von heiterer Natur und lachte gern. Er hatte sein Leben lang hart gearbeitet, denn den größten Teil seines Vermögens hatte er selbst erworben, doch desto empfänglicher war er jetzt für die Fröhlichkeit einer jungen Frau. Er hatte sehr zurückgezogen gelebt, und so war vielleicht in ihm das Gefühl wach geworden, als entginge ihm etwas, und damit wurde auch seine Neugier geweckt. Amber trat in sein Leben wie ein Frühlingstraum, frisch, kräftigend, ein Weckruf für alles, was in ihm an Abenteuerlust geschlummert haben mochte. Sie war all das, was er nie an seiner Frau gekannt, und vieles, was er kaum geahnt hatte.

Nach kurzer Zeit verbrachten sie täglich viele Stunden miteinander, und wenn Samuel meinte, sie müsse sich doch in der Gesellschaft eines alten Mannes langweilen, und sie drängte, die Bekanntschaft der wenigen jungen Leute zu machen, die da waren, erklärte sie nachdrücklich, sie könne die jungen Leute nicht leiden, die immer so töricht und albern seien und nichts im Kopf hätten als Tanzen und Spielen und Theaterbesuch. Sie blieb meist zu Hause und ging nur aus, wenn sie es nicht vermeiden konnte, denn sie fürchtete, irgendwer könnte sie am Ende doch erkennen.

Und was er von einer Schauspielerin denken würde, das konnte sie sehr wohl dem entnehmen, was er von dem Hof im allgemeinen dachte. Denn eines Tages, als von König Karl die Rede war, sagte er: »Seine Majestät könnte der größte Herrscher sein, den unsere Nation jemals hatte, aber zum Unglück für ihn und für uns alle haben die Jahre des Exils ihn zugrunde gerichtet. Er hat in dieser Zeit Gewohnheiten angenommen und eine Lebensweise geführt, von denen er sich nicht mehr loszumachen vermag – zum Teil leider wohl auch, weil er es gar nicht will.«

Amber, die bei einer aus Nans Arbeitskorb entlehnten Stickerei saß, bemerkte streng, sie habe gehört, Whitehall sei ein höchst lasterhafter Ort geworden.

»Ja, es ist lasterhaft. Lasterhaft und korrupt. Die Ehre ist Schwindel, die Tugend ein Hohn, die Ehe das Ziel gemeiner Späße. Wohl gibt es noch vollauf redliche und anständige Männer in Whitehall, wie überall in England, aber Schelme und Tore verdrängen sie.«

Sonst war ihre Unterhaltung zumeist weniger ernst, und es lag ihm nur selten daran, ethische oder auch politische Fragen mit ihr zu diskutieren. Frauen hatten an solchen Dingen kein Interesse, und hübsche Frauen zuletzt. Und überdies war sie es ja, zu der er sich von all dem flüchtete.

Doch häufig holte Amber seinen Rat in finanziellen Angelegenheiten ein und hörte mit aufgerissenen Augen zu, wenn er von Zinsen, Hypotheken, Besitzurkunden und Renten sprach. Sie nannte den Namen Shadrac Newbolds und freute sich, zu sehen, daß ihm das einen guten Eindruck machte. Sie sagte, wie verantwortlich es für sie sei, das Vermögen ihres Gatten zu verwalten – sie hatte sich als reiche junge Witwe ausgegeben –, und wie sie sich davor fürchte, von jemandem betrogen zu werden. Das sei ein Grund mehr, sagte sie, weshalb sie immer argwöhnisch gegen junge Leute sei, die ihre Bekanntschaft zu machen wünschten. Auch von ihrer Familie sprach sie häufig, und wie schreckliche Dinge ihre Verwandten in den Kriegen erlebt hätten, und sie erzählte, reichlich ausgeschmückt, die Geschichten wieder, die sie von Almsbury und Lord Carlton gehört hatte. Auf diese Art hoffte sie, von Anfang an vermeiden zu können, daß er sie für eine Abenteurerin hielt.

Sie spielten allerlei Spiele miteinander, und sie ließ ihn immer gewinnen. Auch brachte sie ihn damit zum Lachen, daß sie dicke Damen mittleren Alters und gichtische Greise imitierte, die sie an der Quelle gesehen hatten. Sie spielte Gitarre für ihn und sang ihm Lieder vor – natürlich nicht ihre unpassenden Gassenhauer, sondern heitere Melodien vom Land und die alten englischen Volkslieder. Sie schmeichelte ihm, sie neckte ihn, sie verwöhnte ihn, sie behandelte ihn stets, als ob er viel jünger wäre, als er war, zeigte sich aber auf seine Bequemlichkeit bedacht, als ob er viel älter wäre. Eines Tages meinte sie, er sei ungefähr fünfundvierzig Jahre alt, und als er ihr sagte, so alt sei bereits sein Sohn, wollte sie das unter keiner Bedingung glauben. Sie spielte täuschend die verliebte Frau.

Doch am Ende von drei Wochen hatte er noch immer nicht versucht, sie zu verführen, und sie wurde besorgt.

Eines Abends stand sie, nachdem er gegangen war, am Fenster und zeichnete müßig mit ihrem Fingernagel Muster an die angelaufene Scheibe. Ihre Unterlippe hing herab, und ihre Stirn war finster.

»Klappt etwas nicht?« fragte Nan.

Amber wandte sich um. »Ja, Nan! Oh, ich habe Pech. Drei Wochen jage ich jetzt hinter diesem Hasen her und habe ihn noch immer nicht erwischt.«

Nan, die mit einer Zange glühendes Holz aus dem Kamin genommen und in eine Wärmpfanne getan hatte, ging auf das Schlafzimmer zu. »Aber jetzt ist er so weit, Mam. Das weiß ich.«

Amber folgte ihr ins Schlafzimmer und begann sich auszuziehen, doch ihre schlechte Laune wollte nicht weichen, und sie seufzte ungeduldig. Ihr war es, als hätte sie ihr ganzes Leben nichts anderes unternommen, als Samuel Dangerfield zu umstricken! Nan half ihr beim Ausziehen und stand jetzt hinter ihr.

»Mein Gott, Mam«, protestierte sie. »Sie haben gar keine Ursache, schlecht gelaunt zu sein. Ich kenne diese förmlichen alten Puritaner, ich habe in ihren Häusern gearbeitet. Sich mit Frauen abzugeben halten sie für eine ernste Sache, das kann ich Ihnen sagen! Ich verwette meine Unschuld, daß er in diesen letzten zwanzig Jahren nur bei seiner eigenen Frau geschlafen hat. Und vergessen Sie nicht, daß Sie sich die größte Mühe gegeben haben, ihm einzureden, Sie seien eine tugendhafte Frau. Aber ich habe ihn beobachtet, und ich weiß, daß er schon mächtig zappelt. Geben Sie ihm nur eine rechte Gelegenheit, und Sie haben ihn – wie einen Gimpel in der Schlinge.«

Als Amber im Bett lag, überdachte sie das Problem. Das war ihre letzte Chance, die Welt bei den Ohren zu packen und sich auf die Höhe zu schwingen. Wenn es jetzt fehlschlug – aber es konnte nicht fehlschlagen. Es durfte nicht. Zu oft hatte sie mitangesehen, was mit Frauen geschah, die sich mit ihrer Schlauheit und ihren Reizen ernährt hatten, aber die Jahre vorübergehen und die Gelegenheit verstreichen ließen, ohne sich irgendwie zu sichern.

Irgendwie, irgendwie, dachte sie verzweifelt. Ich muß es erreichen; ich muß erreichen, daß er mich heiratet!

Und da fiel ihr plötzlich ein, daß es vielleicht falsch gewesen sei, ihn dahin bringen zu wollen, daß er sie aus Gewissensbissen und Schuldbewußtsein heiratete. Nein, das würde niemals in seinen Kopf gehen, sagte sie sich. Er wird mich natürlich nicht verführen! Er hält mich für unschuldig und tugendhaft und achtet mich. Jedenfalls wird er mich nur aus freiem Willen heiraten. Und dazu muß ich ihn bringen! Ich muß ihn dazu bringen, daß er mir einen völlig ehrbaren Antrag macht. Warum habe ich nicht längst daran gedacht? Aber wie kann ich das erreichen? Wie kann ich das erreichen?

Amber und Nan steckten die Köpfe zusammen, und endlich hatten sie einen Plan ausgeheckt.

Etwa eine Woche später begaben Amber und Samuel Dangerfield sich auf die Rückreise nach London. Einige Tage vorher hatte er ihr bereits gesagt, daß er zurück müsse, und sie hatte erwidert, sie würde gern mit ihm reisen, da sie ja ohnehin fahren müßte; und sie würde sich in seiner Gesellschaft weit sicherer fühlen. Ihr eigener Wagen, mit Nan und Tansy, folgte ihnen. Sie hatten in Ambers Wohnung ein reichliches Frühstück eingenommen, um sich auf die Reise vorzubereiten, und obgleich Amber bei Tisch heiter und mutwillig gewesen war, so versank sie jetzt in nachdenkliches und wehmütiges Schweigen. Nur von Zeit zu Zeit ließ sie einen Seufzer hören.

Der Tag war grau und dunkel, und der Regen rieselte dauernd zwischen den blattlosen Zweigen des Waldes. Die Luft war feucht und durchdringend kalt, doch dagegen hatten sie sich durch pelzbesetzte Mäntel geschützt. Unter den Füßen hatte jeder einen kleinen Ofen, gefüllt mit brennenden Kohlen, wie ihn die Leute auch in die Kirche mitnehmen. So war es im Innern der großen, schwankenden, schaukelnden Kutsche warm und feucht, und diese Wärme bewirkte, gemeinsam mit dem Dampf der Fenster, eine seltsame Vertraulichkeit, man war wie auf einer kleinen Insel von der Welt abgeschnitten.

Vielleicht war es diese Einsamkeit und Abgeschlossenheit, was ihn kühn genug machte, um nach ihrer Hand zu greifen und zu sagen: »Einen Penny für Ihre Gedanken, Mrs. St. Clare?«

Eine Weile sagte Amber gar nichts, und dann sah sie ihn mit ihrem zärtlichsten, lockendsten Lächeln an und zuckte leicht die Achseln. »Oh«, sagte sie, »ich dachte gerade daran, wie sehr ich unsere Spielpartien, unsere Abendessen und den gemeinsamen Weg zur Quelle vermissen werde.« Sie seufzte abermals. »Jetzt, da ich an Gesellschaft gewöhnt war, wird es mir sehr einsam vorkommen.« Sie hatte ihm erzählt, wie zurückgezogen sie in London lebe, wo sie keine Verwandten, sondern nur wenige Freunde habe und sich vor neuen Bekanntschaften hüte.

»Ja, aber, Mrs. St. Clare, Sie werden doch hoffentlich nicht glauben, daß es jetzt mit unserer Freundschaft aus ist. Ich – nun, um aufrichtig zu sein, ich hoffte, daß wir uns auch in London manchmal sehen könnten.«

»Das ist sehr gütig von Ihnen«, sagte Amber traurig. »Aber ich weiß, wieviel Sie zu tun haben – und dann haben Sie ja Ihre ganze Familie um sich.« Sie wußte, daß die meisten Kinder, ob erwachsen oder noch jugendlich, in dem großen Familienhaus in Blackfriars wohnten.

»Das wird mich nicht stören. Mein Arzt verlangt, daß ich weniger arbeite, und ich glaube sogar, daß ich Geschmack am Müßiggang finde, wenn er mit angenehmer Gesellschaft verbunden ist.« Sie lächelte und senkte bei diesem Kompliment den Blick. »Und ich möchte auch, daß Sie meine Familie kennenlernen. Wir leben alle sehr glücklich zusammen, und ich glaube, daß meine Familie Ihnen gefallen wird, so, wie ich weiß, daß Sie meiner Familie gefallen werden.«

»Sie sind so freundlich, Mr. Dangerfield, wenn Sie sich darum – oh, ist Ihnen nicht wohl?« rief sie, als ein plötzlicher Krampf sein Gesicht verzerrte.

Sekundenlang schwieg er, denn es war ihm offenbar peinlich, in einem so reizvoll romantischen Augenblick von einem Unbehagen befallen zu sein. Schließlich schüttelte er den Kopf. »Nein», sagte er. »Nein, es war nichts.«

Doch die Krämpfe kehrten wieder, und sein Gesicht wurde dunkelrot. Amber griff in größter Unruhe nach seinem Arm.

»Mr. Dangerfield, bitte! Sie müssen es mir sagen! Was ist denn?« Er sah jetzt recht elend aus und mußte endlich zugeben, daß ihm irgend etwas – er konnte sich nicht vorstellen was – heftige Unterleibsbeschwerden verursache. »Aber machen Sie sich darum keine Sorgen, Mrs. St. Clare«, bat er, »es wird gleich vorübergehen – es ist nur – oh!« Ein plötzlicher Laut des Schmerzes entfuhr ihm wider Willen.

Auf Ambers Gesicht malte sich tiefstes Mitleid mit seinen Schmerzen. Aber sie beherrschte die Situation sogleich. »Nicht weit von hier gibt es ein Gasthaus an der Straße – ich erinnere mich, daß wir auf dem Hinweg daran vorübergefahren sind. Da wollen wir haltmachen. Sie müssen sofort ins Bett, und ich habe ganz bestimmt etwas – nein, nein, widersprechen Sie mir nicht, Sir!« sagte sie, als er protestieren wollte, und obgleich sie keinen Einwand erlaubte, sprach sie doch so zärtlich wie eine Mutter zu einem kranken Kind. »Ich weiß, was das Beste für Sie ist. Hier in diesem Beutelchen habe ich ein wenig Habichtskraut und Kamillen. Warten Sie, bis ich diese Wasserflasche geöffnet habe, dann können Sie es herunterspülen.«

Bald darauf erreichten sie das Gasthaus, und Mr. Dangerfields baumlanger Diener, John Waterman, half seinem Herrn ins Haus. John wollte ihn tragen und hätte es zweifellos auch ohne Mühe fertiggebracht, aber Mr. Dangerfield lehnte entschieden ab. Amber war besorgt wie eine Henne um ihre Kücken. Sie eilte voran und bat die Wirtin, ein Zimmer vorzubereiten, ließ Tempest und Jeremiah Koffer abladen und lief ein halbes dutzendmal hin und her, um sich davon zu überzeugen, daß alles Nötige geschah. Endlich hatten sie ihn ins obere Stockwerk gebracht, und gegen seinen Willen wurde er auf das große Himmelbett gelegt.

»Jetzt«, sagte Amber zur Wirtin, »müssen Sie ein rechtes Feuer anzünden und mir einen Kessel bringen, damit ich Wasser kochen kann. Dann bringen sie mir alle Wärmflaschen, die Sie haben, und noch einige Tücher. Nan, mach diesen Koffer auf, und gib mir die Schachtel mit den Kräutern, Jeremiah, such meinen Kalender, er ist auf dem Grund des grünen Lederkoffers, glaube ich. Und jetzt hinaus mit euch allen, damit Mr. Dangerfield seine Ruhe hat.«

Amber lockerte ihm die Kleider, nahm ihm Mantel und Hut, Wams und Krawatte ab, türmte Wärmflaschen rund um ihn und deckte ihn mit Tüchern zu. Er bat sie, sich keine weitere Mühe zu machen, sondern nach London weiterzufahren und ihm einen Doktor zu schicken. Und sichtlich besorgt, es könnte ein zweiter, vielleicht endgültiger Schlaganfall sein, bat er sie auch, seine Familie zu verständigen. Amber weigerte sich entschieden.

»Es ist nichts Ernsthaftes, Mr. Dangerfield«, erklärte sie. »In wenigen Tagen werden Sie so munter sein wie vorher, das weiß ich gewiß. Es wäre nicht recht, sie zu beunruhigen – zumal, da Lettice vor der Entbindung steht.« Lettice war seine älteste Tochter.

»Nein«, räumte er gehorsam ein. »Das wäre es wirklich nicht.«

Und trotz seiner Schmerzen wurde es bald klar, daß er ein gewisses Vergnügen an seiner Krankheit und vor allem an den Aufmerksamkeiten empfand, die sie ihm verschaffte. Vorher hatte er sich zweifellos immer verpflichtet gefühlt, sich zu beherrschen; jetzt aber, fern von seinem Hause und von jenen, die ihn kannten, vermochte er die Sorgfalt und Pflege einer schönen, jungen Frau zu genießen, die an nichts anderes zu denken schien als an seine Behaglichkeit. Sie weigerte sich sogar, ihn nachts allein zu lassen, aus Angst, der Anfall könnte sich wiederholen, und schlief auf einem Rollbett, nur wenige Fuß von ihm entfernt.

Das leiseste Geräusch, und schon war sie aus dem Bett und neben ihm, und ihr reiches, schweres Haar fiel über ihr Gesicht, wenn sie sich zu ihm beugte, das schwache Licht der Kerze warf Schatten über ihre Arme und ihren Busen. Ihre leise Stimme war wie eine Liebkosung; wenn sie ihn zufällig berührte, schien ihr Körper Wärme auszustrahlen, die Hitze des

Zimmers steigerte den berauschenden Duft ihres Parfüms von Jasminblüten und Ambra. Niemals hatte er eine Krankheit so genossen. Und teils, weil sie ihm erklärte, er sei blaß und noch nicht reisefähig, blieb er noch mehrere Tage im Bett, obgleich der Schmerz längst verschwunden war.

»Ach Gott!« sagte Amber eines Tages zu Nan, als sie sich im Nebenzimmer ankleidete, »wenn ich diesen alten Mann heirate, werde ich mehr eine Pflegerin als eine Frau sein.«

»Mein Himmel, Mam. Sie selbst haben ja darauf bestanden, daß er nicht aufstehen soll. Und Ihre Idee war es doch vor allem, ihm diese giftigen Schwämme . . .«

»Pst!« unterbrach sie Amber. » Solche Dinge hast du zu vergessen!« Sie stand auf, warf einen letzten Blick in den Spiegel und ging auf die Tür zu, die in Mr. Dangerfields Zimmer führte; ein Ausdruck sanfter Zärtlichkeit breitete sich über ihr Gesicht, bevor sie die Tür öffnete.

Fünfundzwanzigstes Kapitel

Barbaras Kopf lag auf James Hamiltons Schulter.

Und beide lagen regungslos, zwischen Schlaf und Wachen, mit geschlossenen Augen, die Züge entspannt und friedlich. Doch langsam begann Barbara unruhig zu werden. Ihre Nase rümpfte sich ein wenig, und dann schnupperte sie. Was, zum Teufel, war dieser Geruch, dachte sie gereizt. Und plötzlich begriff sie es.

Rauch!

Das Zimmer stand in Flammen!

Sie setzte sich rasch auf und sah, daß ein Samtvorhang brannte, weil offenbar eine Kerzenflamme ihn in der Zugluft erfaßt hatte. Sie hob die Fäuste zum Mund und schrie.

»James! Das Zimmer brennt!«

Der schöne Oberst fuhr auf und betrachtete mißbilligend den brennenden Vorhang. »Großer Gott!«

Aber Barbara stieß ihn aus dem Bett, fuhr schnell in ihre Pantoffeln und griff nach ihrem Schlafrock. Und jetzt, völlig wach, eilte Hamilton durch das Zimmer, riß den Vorhang herunter und versuchte, die Flammen auszutreten. Doch schon hatten sie auf einen Stuhl übergegriffen, und nun fing auch ein türkischer Teppich Feuer.

Barbara lief, seine Kleider über dem Arm, zu ihm. »Hier«, sie warf sie ihm zu: »Zieh dich rasch an! Und schnell ins Treppenhaus, bevor jemand kommt! Hilfe! Hilfe!« rief sie. »Feuer! Hilfe!«

Kaum war James aus dem Zimmer, als Barbara durch eine andere Tür ein halbes Dutzend Dienstleute hereinließ. Jetzt leckten die Flammen an den Wänden hoch, auch der andere Vorhang brannte, und das Zimmer füllte sich derart mit Rauch, daß sie husten mußten.

»So tut doch etwas!« rief Barbara wütend, doch obgleich das Zimmer sich mit Leuten füllte – Lakaien, Pagen, Negern, Zofen, Höflingen, die gerade vorbeikamen –, hatte noch keiner eine Hand angerührt, um das Feuer zu löschen. Sie standen alle bestürzt da, und jeder wartete, daß endlich einer befahl, was zu geschehen habe.

Und dann kamen einige Dienstleute mit Eimern voll Wasser und erzwangen sich den Zugang; in mächtigem Schwung gossen sie das Wasser über einen brennenden Stuhl und einen Teppich. Es gab ein Zischen, der Rauch wälzte sich durch das Zimmer, und jedermann zog sich augenreibend und hustend zurück. Manche liefen jetzt auch Wasser holen.

Hunde bellten. Ein Affe sprang ängstlich kreischend von einer Schulter zur andern und biß in seiner Furcht eine Frau, die ihn vertreiben wollte. Männer kamen und gingen mit Eimern, die Frauen liefen zumeist entsetzt hin und her und taten gar nichts. Barbara versuchte, Befehle zu erteilen, aber keiner achtete auf sie. Und jetzt hielt sie einen Pagen an, der in jeder Hand einen mächtigen Eimer mit Wasser trug.

»Junge! Warte einen Augenblick! Ich muß dir etwas sagen!« Der junge Mensch blieb stehen und sah sie an. Seine Augen waren blutunterlaufen, sein Gesicht verschwitzt und mit Ruß beschmiert. Sie senkte ihre Stimme. »Dort ist ein Kästchen – in der Ecke drüben –, eine Gitarre liegt darauf. Bring es mir, und ich gebe dir zwanzig Pfund.«

Seine Augen flackerten erstaunt. Zwanzig Pfund, wenn sein Jahreslohn drei Pfund betrug! Sie mußte es dringend brauchen. »Die ganze Seite brennt, Mylady!«

»Vierzig Pfund also! Aber bring es mir!« Sie rüttelte ihn.

Zwei oder drei Minuten später war er zurück. Eine Seite war bereits angesengt, und als er es hinsetzte, fiel das Brett herunter, und einige zusammengefaltete Briefe flatterten auf den Boden. Er bückte sich, um sie aufzuheben, aber Barbara rief: »Laß das! Ich hebe sie schon selbst auf. Geh an deine Arbeit zurück!«

Sie kniete nieder und nahm rasch die Briefe auf, als plötzlich eine Hand sich ausstreckte und ihr einen Brief aus den Fingern riß. Als sie aufschaute, sah sie den Herzog von Buckingham, der lächelnd vor ihr stand. Ihre Augen verengten sich, und sie biß die Zähne aufeinander.

»Gib mir das!«

Buckingham hörte nicht auf zu lächeln: »Gewiß, meine Liebe, sobald ich einen Blick hineingetan habe. Wenn es für dich so wichtig ist, dann ist es vielleicht auch wichtig für mich.«

Sekundenlang sahen sie einander an, Barbara noch immer kniend, ihr hochgewachsener Cousin vor ihr stehend, beide gleichgültig gegen Unruhe und Lärm, die sie umgaben. Dann sprang sie plötzlich auf ihn zu, aber er trat zur Seite, wehrte sie mit einem Arm ab und steckte den Brief in eine Innentasche seines Wamses.

»Nicht so hastig, Barbara. Ich gebe ihn dir rechtzeitig wieder.«

Sie sah ihn wütend an und murmelte einige mäßig höfliche Worte; da sie aber erkannte, daß sie warten mußte, bis er ihr den Brief wiedergab, blieb ihr nichts übrig, als sich den Löscharbeiten zuzuwenden. Das Feuer war jetzt fast völlig bewältigt, und die unbeschädigten Möbel wurden aus dem Schlafzimmer hinausgetragen. Doch die ganze Wohnung war schwarz von Rauch, und das Schlafzimmer sah wüst aus. Die Fenster wurden aufgerissen, um die Zimmer zu lüften, obgleich es eine stürmische Regennacht war, und Mrs. Wilson brachte Barbara einen pelzbesetzten Mantel, den sie über ihren Schlafrock anzog.

Nachdem die Dienstleute gegangen waren, wandte sie sich Buckingham zu, der an einer Gitarre zupfte. »Jetzt, George Villiers, gib mir diesen Brief!«

Der Herzog machte eine affektierte Geste. »Nur Ruhe, Barbara, du bist immer so ungestüm! Hör doch lieber diese Melodie, die ich unlängst gefunden habe. Hübsch, nicht?« Er lächelte ihr zu und nickte im Takt zu der fröhlichen, kleinen Melodie.

»Die Pocken über dich und deine verdammten Melodien! Gib mir den Brief!«

Buckingham seufzte, legte die Gitarre auf einen Stuhl und nahm den Brief aus der Tasche; als er ihn entfaltete, wollte sie sich auf den Herzog stürzen, aber er hob warnend die Hand. »Bleib, wo du bist, sonst lese ich ihn anderswo.«

Barbara gehorchte, blieb mit gekreuzten Armen stehen und klopfte ungeduldig mit der Fußspitze auf den Boden. Das steife Pergament raschelte in dem stillen Raum, und als er den Inhalt überflog, lächelte er amüsiert und verächtlich.

»Bei Gott«, sagte er leichthin. »Old Rowley schreibt so schlüpfrige Liebesbriefe wie Aretino selbst.« Old Rowley war der Spitzname Seiner Majestät und stammte von seiner Lieblingsziege, die in den privaten Gärten weidete.

»Wirst du mir jetzt den Brief geben?«

Buckingham ließ ihn wieder in die Tasche gleiten. »Wir wollen einmal ein paar Worte miteinander reden. Ich hörte, daß Seine Majestät dir einige Briefe geschrieben hat, nachdem ihr euch zum erstenmal begegnet seid. Was gedenkst du mit diesen Briefen zu tun?«

»Was geht das dich an?«

Der Herzog zuckte die Achseln und ging auf die Tür zu. »Genau genommen, vermutlich gar nichts. Nun – eine schöne Dame hat mir ein Rendezvous gegeben, und ich möchte sie nicht gern enttäuschen. Gute Nacht, Madame!«

»Buckingham! Warte eine Minute! Du weißt so gut wie ich, was ich damit zu tun gedenke.«

»Sie vielleicht eines Tages zu veröffentlichen?«

»Vielleicht.«

»Ich habe gehört, daß du ihm schon ein- oder zweimal damit gedroht hast.«

»Nun? Und wenn ich das getan habe? Er weiß, wie blamiert er ist, wenn die Leute die Briefe je zu lesen bekommen. Wenn ich sie bloß erwähne, kann ich ihn durch den Reifen springen lassen wie einen zahmen Affen.« Sie lachte, und in ihren Augen funkelte berechnende Grausamkeit.

»Einmal oder zweimal vielleicht, aber nicht für lange. Nicht wenn er sich ernstlich entschließt, dich beiseite zu schieben.«

»Was meinst du damit? Das Alter kann ihnen nichts anhaben. Zehn Jahre geben ihnen nur noch größeren Reiz.«

»Barbara, mein Kind, für eine Intrigantin bist du manchmal ungewöhnlich einfältig. Ist dir nie in den Sinn gekommen, daß du die Briefe, wenn du sie wirklich veröffentlichen wolltest, gar nicht finden würdest?«

Barbara stockte der Atem. Das war ihr nie eingefallen, obgleich sie die Briefe unter Schloß und Riegel bewahrte und bis zu dieser Nacht kein Mensch gewußt hatte, wo sie waren. »Das würde er nicht tun. Er würde sie nicht stehlen. Und immerhin, ich habe sie gut verborgen!«

Buckingham lachte. »Wirklich? Ich fürchte, daß du Old Rowley für einen größeren Narren hältst, als er ist. Im Palast wimmelt es von Männern – und auch von Frauen – die sich ein Geschäft daraus machen, alles zu finden, was ihnen einen guten Lohn einträgt. Wenn er ernstlich davon überzeugt ist, daß er die Briefe haben muß, dann verschwinden sie vor deiner Nase, während du sie gerade liest.«

Barbara war plötzlich unsicher. »Das würde er doch nicht tun! Solch einen schmutzigen Streich würde er mir nicht spielen! Glaubst du wirklich, daß er dazu imstande wäre, George?«

Ihre Unruhe amüsierte ihn lebhaft. »Ich weiß, daß er es täte. Und warum auch nicht? Die Briefe zu veröffentlichen wäre ja auch deinerseits keine übertrieben loyale Handlung, nicht?«

»Zum Teufel mit der Loyalität! Diese Briefe sind wichtig für mich! Wenn er mich je satt hat, dann habe ich nur diese Briefe, um mich zu schützen, mich – und meine Kinder. Du mußt mir helfen, George! Du bist in diesen Dingen erfahren. Sag mir, was ich damit tun soll!«

»Da gibt es nur eines.« Doch als sie eifrig auf ihn zuging, machte er eine abwehrende Geste und schüttelte den Kopf. »O nein, meine Liebe. Damit mußt du allein fertig werden. Schließlich haben Sie sich in der letzten Zeit mir gegenüber nicht gerade sehr freundschaftlich benommen, Madame – wenn ich recht unterrichtet bin.«

»Ich hätte mich nicht sehr freundschaftlich benommen? Ha! Und was hast du mir Gutes erwiesen? Glaub nicht, ich wüßte nicht, was du und deine Clique tatet, um dem König Frances Stewart zu verschaffen?«

Er zuckte die Achseln. »Nun – ein Mann muß seinem König dienen, und Kuppeln ist häufig der beste Weg zu Macht und Reichtum. Übrigens hat es zu nichts geführt. Sie ist ein raffiniertes Luder, wie ich selten eines gesehen habe.«

»Wenn es aber zu etwas geführt hätte«, sagte Barbara schmollend, »dann wäre es mit mir aus gewesen. Ich dachte, wir zwei sollten miteinander im Bund stehen, Buckingham.« Das bezog sich auf ihren gemeinsamen Haß gegen den Kanzler Clarendon.

»Das tun wir, meine Liebe, das tun wir. Es ist mein innigster Wunsch, den alten Mann in Ungnade fallen zu sehen – oder noch lieber seinen Kopf auf einem Pfahl an der London Bridge. Es ist Zeit, daß endlich einmal die jungen Leute an die Regierung kommen.« Er lächelte ein freundliches, einschmeichelndes Lächeln, und alle Bosheit war verschwunden. »Ich weiß nicht, warum wir uns so oft streiten, Barbara. Vielleicht, weil wir beide Villierblut in unsern Adern haben. Aber – wollen wir nicht Freunde sein? Und wenn du das deine tun wirst, dann will ich sehen, ob ich dich nicht wieder bei Seiner Majestät in Gunst bringen kann.«

»O Buckingham, wenn du das könntest! Seit der Genesung Ihrer Majestät ist der König nur hinter dieser gezierten Zuckerpuppe Frances Stewart her. Ich bin halb verrückt vor Kummer.«

»Ist es so schlimm? Ich dachte, es gebe verschiedene Herren, die es auf sich genommen haben, dich zu trösten – Oberst Hamilton und Berkeley und Henry Jermyn und . . .«

»Ich dachte, daß wir wieder Freunde sein wollen; aber das gibt dir noch kein Recht, mir solche Beleidigungen ins Gesicht zu sagen.«

Er verbeugte sich. »Ich bitte demütig um Verzeihung, Madame. Seien Sie versichert, daß es nur ein Scherz war.«

So hatten sie sich schon ein dutzendmal zerstritten und versöhnt, aber beide waren allzu wankelmütig, allzu selbstsüchtig, um gute Gefährten zu bleiben. Jetzt allerdings, da sie seine Hilfe brauchte, lächelte sie verheißungsvoll und vergab ihm sofort.

»Hier in Whitehall wird geklatscht, und wenn eine Frau auch noch so unschuldig ist!« erklärte sie.

»Und das trifft bestimmt auf dich zu!«

»Buckingham – wie ist es mit den Briefen? Du weißt, daß ich ja nur eine einfältige Frau bin, und du bist so klug. Sag mir, was ich tun soll.«

»Nun, wenn du höflich fragst, dann will ich es dir sagen. Und dabei ist es so einfach, daß ich mich geradezu schäme: verbrenne doch diese Briefe!«

»Verbrennen! Hältst du mich für verrückt?«

»Durchaus nicht! Was könnte logischer sein? Solange sie vorhanden sind, kann er sie dir stehlen. Aber einmal verbrannt, kann er den Palast auf den Kopf stellen und findet sie doch nicht – und du kannst dir ins Fäustchen lachen.«

Einen Augenblick lang sah sie ihn skeptisch an, aber zuletzt lächelte sie. »Was für ein pfiffiger Schelm du bist, George Villiers.« Sie nahm die Kerze vom Tisch, ging zum kalten Kamin und warf die Briefe hinein, die sie in der Hand hatte. Dann drehte sie sich zu ihm um. »Gib mir auch den letzten!«

Er reichte ihn ihr, und sie warf ihn auf den Haufen. Die Kerzenflamme leckte an einer Ecke, und in der nächsten Sekunde kroch das Feuer langsam an dem Papier hinauf, das sich einrollte und schwärzte. Und dann flackerte es hell auf, das Siegellack knackte und zischte. Barbara sah sich nach Buckingham um, der in die sterbende Flamme starrte, ein nachdenkliches, rätselhaftes Lächeln auf dem schönen Gesicht. Ein rasches Mißtrauen stieg in ihr auf. Was mochte er jetzt denken? Aber das war bald vorüber, sie stand auf und fühlte sich erleichtert, weil sie die beunruhigenden Briefe endlich in Sicherheit wußte.

*

Etwa eine Woche später ging der Hof zu der Eröffnungsvorstellung des Theaters. Man spielte John Drydens neues Stück ›Die jungfräuliche Königin‹.

Als der Hof erschien, war das Haus bereits voll. Es gab ein großes Scharren und Stampfen, als die Lebemänner im Parterre auf die Bänke kletterten, um besser zu sehen, während die Frauen sich über die Galerien beugten. Eine ließ, unverschämt genug, ihren Fächer fallen, der auf dem Kopf des eben vorübergehenden Königs landete. Er fing ihn auf und reichte ihn lächelnd dem kichernden Mädchen, während im ganzen Haus laut geklatscht wurde.

Der König, York und der junge Herzog von Monmouth waren im königlichen Trauergewand – langen roten Mänteln – wegen der Herzogin von Savoyen.

Monmouth, der vierzehnjährige Bastard des Königs aus einer Liebesgeschichte früheren Datums, war vor anderthalb Jahren im Gefolge der Königin Henriette Maria nach England gekommen. Manche sagten, er sei nicht des Königs Sohn, aber er sah schließlich wie ein Stuart aus, und Karl hielt ihn auch zweifellos dafür. Vom Tag der Ankunft des Knaben an hatte er ihm die größte Zuneigung bewiesen, und infolge des Titels, den er ihm verlieh, gebührte dem jungen Herzog der Vortritt vor allen bis auf York und den Prinzen Rupert. Im Vorjahr hatte Seine Majestät ihn mit Anne Scott verheiratet, die elf Jahre alt und eine der reichsten Erbinnen von England war. Jetzt erschien der Knabe öffentlich im königlichen Trauergewand – sehr zum Ärgernis jener, die noch die alten Sitten achteten oder meinten, sein Blut sei nicht königlich, wenn es nicht auch legitim sei.

Ein Stutzer im Parterre bemerkte: »Bei Gott, der König liebt den Jungen, als wäre er wirklich sein Sohn.«

»Man sagt, daß er ihn legitimieren und zu seinem Erben erklären will, da die Unfruchtbarkeit der Königin jetzt bewiesen ist.«

»Wer hat sie bewiesen?«

»Mein Gott, Tom, wo lebst du denn? Lord Bristol hat einige Priester nach Lissabon geschickt, um zu beweisen, daß Clarendon ihr knapp vor ihrer Abreise etwas eingegeben hat, um sie unfruchtbar zu machen.«

»Die Pocken über Clarendons verschimmeltes Maul! Und sieh nur mal seine verheuchelte Tochter dort oben – so steif und förmlich, als wäre sie bereits Königin Anne!«

»Und das kann sie auch eines Tages sein – wenn es wahr ist, was man von Ihrer Majestät erzählt.«

Das Flüstern ging durch den ganzen Raum, man tuschelte und klatschte, während die königliche Familie ihre Sitze einnahm. Karl saß in der Mitte, Katharina zu seiner Rechten und York zu seiner Linken. Anne Hyde saß neben ihrem Gatten, und die Castlemaine am andern Ende der Reihe, neben der Königin. Rund herum saßen die Ehrenjungfrauen der Königin und der Herzogin. Das war eine Gruppe reizender, lebhafter, lachender Mädchen, mit weißer Haut, blauen Augen, schimmernden goldenen Locken, ihre Röcke aus Taft und Satin raschelten, die Fächer klapperten, und sie wisperten und kicherten über die Herren unten im Parterre. Sie waren im Lauf des letzten Jahres an den Hof gekommen, die meisten von ihnen waren sehr hübsch, als hätte die Natur selbst dem König zu gefallen gewünscht, indem sie eine Generation schöner Frauen schuf.

An Barbaras rechter Seite saß eine der Damen der Königin, Mrs. Boynton. Zu ihr sagte Barbara leise, aber doch laut genug, damit es Frances Stewart, die hinter ihr saß, nicht überhören konnte.

»Mrs. Stewart sieht heute miserabel aus. Ihre Haut ist ja ganz grün.«

Es war allgemein bekannt, daß Frances sehr eifersüchtig war, weil die jüngst bei Hof angekommene Mrs. Jennings, eine fünfzehnjährige Blondine, einen so sensationellen Erfolg hatte. Barbara war entzückt, daß jemand das Interesse von Frances Stewart ablenkte, weil ihr selbst das gleiche widerfahren war, als ein Jahr vorher Frances erschien.

Mrs. Boynton fächelte sich lässig. »Ich finde nicht, daß sie grünlich aussieht. Vielleicht liegt das an Myladys Augen.«

Barbara warf ihr einen Blick zu, der dem jungen Mädchen früher wohl unangenehm gewesen wäre, und wendete sich zu Monmouth, der sich eifrig verbeugte, sichtlich tief beeindruckt von seines Vaters temperamentvollen Geliebten. Er war schlank und für sein Alter gut entwickelt, ebenso frühreif, wie der König gewesen war, und so schön, daß auch die viel älteren Damen sich in ihn verliebten. Er hatte nicht bloß die Schönheit der Stuarts, sondern auch ihren Charme, und seine Persönlichkeit war so bezaubernd, daß sich die Aufmerksamkeit auf ihn richtete, wo er auch erschien.

Mrs. Boynton tauschte ein Lächeln mit Frances, die sich zu ihr lehnte und hinter dem Fächer flüsterte: »Ich habe gerade gesehen, wie Seine Hoheit abermals Mrs. Jennings einen Zettel in die Hand gedrückt hat. Gleich wird sie ihn zerreißen.«

Einige Wochen lang hatte der Hof sich darüber amüsiert, daß Mrs. Jennings sich weigerte, die Geliebte Yorks zu werden, ein Amt, das im allgemeinen zu der Stellung der Hofdame bei seiner Frau gehörte. Sie machte seine Briefe in aller Öffentlichkeit auf, zerriß sie und ließ die Fetzen auf den Boden des Salons Ihrer Hoheit fallen. Und auch jetzt zerriß sie die Botschaft, warf die Fetzen in die Luft, so daß sie auf Kopf und Schultern des Herzogs fielen.

Mrs. Boynton und Mrs. Stewart lachten laut auf, und York, der sich umsah, bemerkte die Fetzen auf seiner Schulter. Mißgestimmt klopfte er sie ab, während Mrs. Jennings sehr aufrecht, unnahbar hinter ihm saß und über seinen Kopf hinüber auf die Bühne blickte, wo jetzt das Schauspiel begann.

»Was?« sagte Karl, warf seinem Bruder einen Blick zu und lachte herzlich. »Wieder ein Korb, James? Zum Teufel, du solltest diese Andeutung endlich verstehen.«

»Eure Majestät versteht auch nicht immer Andeutungen, wenn ich mir das Wort erlauben darf«, murrte der Herzog, aber Karl lachte gutmütig.

»Wir Stuarts sind eine zähe Rasse, meine ich.« Und dann lehnte er sich zu James und flüsterte: »Ich wette mein neues türkisches Pony gegen deine Berberstute, daß ich dieses scheue Füllen früher zähme als du.«

York hob skeptisch die Brauen. »Es gilt, Sire.« Die beiden Brüder tauschten einen Handschlag, und dann wandte Karl sich dem Theaterstück zu.

Zwei Akte lang lieb Barbara sitzen. Sie lächelte Buckingham und den andern Herren im Parterre zu. Sie drehte an ihren Perlen, klappte ihren Fächer auf und zu, hob die Hände an ihr Haar. Sie zog einen Spiegel hervor und besah sich darin, legte noch ein Pflästerchen auf und reichte dann Mrs. Wilson den Spiegel. Sie trug ihre Langeweile offen zur Schau. Und trotzdem schien Karl überhaupt nicht zu bemerken, daß sie da war. Er hatte keinen einzigen Blick für sie. Endlich konnte sie es nicht länger ertragen, zwang ihre Züge zu einem entschlossenen Lächeln, beugte sich über Katharina und berührte seinen Arm. »Eine miserable Vorstellung; finden Sie nicht, Sire?«

Er sah sie kalt an. »Nein, das finde ich nicht; ich unterhalte mich sehr gut.«

Barbaras Augen glitzerten, und das Blut schoß ihr ins Gesicht, aber sie hatte sich sofort gefaßt. Sie stand auf, lächelte süß, ging hinter der Königin vorbei und erzwang sich einen Platz zwischen Karl und dem Herzog von York. Die beiden Männer sahen sich überrascht und verärgert an und wandten sich von ihr ab, während Barbara reglos und mit undurchdringlichem Gesicht sitzen blieb, obgleich Erniedrigung und Wut sie schwitzen machte. Sekundenlang meinte sie, ihr Herz müßte zerspringen, so sehr schien das Blut sich darin zu drängen.

Dann sah sie Karl von der Seite an und merkte, wie seine Kiefer unheilverkündend zuckten. Sie starrte ihn an und empfand das heftige Bedürfnis, ihm ihre Nägel in die dunklen, glattrasierten Wangen zu schlagen, bis das Blut käme – doch schließlich wandte sie sich ab und zwang sich, auf die Bühne hinunterzusehen. Aber alles, was sie sehen konnte, war ein Nebel, der hin und her wogte. Da gab es Gesichter, Gesichter, die sie anstarrten und grinsten, höhnten, feixten – ein ganzes Meer feindseliger Gesichter. Sie fühlte, wie sie jedes dieser Gesichter haßte, mit einem wilden, mörderischen Haß, der sie ganz krank und elend machte.

Sie hatte den Eindruck, als dauerte die Aufführung endlose Stunden und als wäre sie nicht imstande, auch nur eine Minute länger ruhig sitzen zu bleiben – aber schließlich ging es doch vorüber. Sie wartete einen Augenblick, zog sich langsam die Handschuhe an und hoffte immer noch, Karl würde sie auffordern, in seinem Wagen Platz zu nehmen. Doch statt dessen fuhr er mit Harry Bennet fort, um den Kanzler zu besuchen, der wieder einmal, eines Gichtanfalls wegen, zu Bett lag.

Barbara zog die Kapuze über den Kopf, nahm die Maske, winkte Mrs. Wilson ungeduldig und ging so rasch sie konnte – die Menge trat zurück, um ihr Platz zu machen, denn ihr Name besaß noch immer den Zauber, die Wogen zu teilen. Draußen bestieg sie den Wagen, und obgleich er den Verkehr sperrte, ließ sie ihn warten, und ihr Kutscher brüllte und fluchte, wenn jemand sich zu beschweren wagte. Man hatte still zu sein – Mylady würde fahren, wann es ihr paßte. Es dauerte noch einige Minuten, bevor Buckingham erschien.

Doch endlich schlenderte er mit Sedley und Buckhurst aus dem Theater, und sie machte dem Lakai ein Zeichen, den Schlag zu öffnen. Lebhaft winkte sie dem Herzog, der aber mit einem Orangenmädchen scherzte, einem lustigen jungen Ding, das mit den drei großen Männern nicht ehrerbietiger schwätzte, als wären sie Türsteher oder Kutscher gewesen. Schließlich schrie Barbara erbittert:

»Buckingham!«

Er blickte gleichgültig zu ihr hinüber, winkte und setzte dann seine Unterhaltung fort. Barbara zerriß ihren Fächer. »Daß der Blitz ihn treffe! Ich könnte ihm die Ohren dafür abschneiden!« Aber endlich nahm er dem Mädchen eine Orange ab, küßte sie und warf ihr eine Münze in den Ausschnitt ihres Kleides. Dann schenkte er die Orange einem zerlumpten Gassenjungen, der ihn darum anbettelte, und kam auf den Wagen zu.

»Steig aus und nimm eine Mietskutsche!« flüsterte Barbara Mrs. Wilson hastig zu, und während Seine Gnaden auf der Seite einstieg, stieg die Kammerfrau auf der andern Seite aus.

»Diese kleine Dirne hat das flinkste Maul von ganz London«, sagte er, als er sich neben sie setzte und dem Mädchen aus dem Fenster zuwinkte. Barbara sah ihn so wütend an, daß er unter ihrem Blick hätte schmelzen müssen. »Mit sechs Jahren verkaufte sie auf der Straße Heringe, mit zwölf war sie Magd in Mutters Roß' Bordell. Jetzt läßt sie sich von Hart aushalten, aber ich meine, sie gehörte auf die Bühne. Nell Gwynne heißt sie, und ich möchte wetten, daß . . .«

Barbara hatte ihm nicht zugehört, sondern dem Kutscher befohlen zu fahren, obgleich der Verkehr jetzt derart dicht war, daß kein Wagen vom Fleck kam.

»Die Pocken über dich und deine verdammten Orangenmädchen!« schrie sie wütend ihren Cousin an. »Einen schönen Dienst hast du mir geleistet. Ich bin noch nie so gedemütigt worden – und noch dazu vor aller Welt! Was hast du denn die letzte Woche getan?«

Buckingham reckte sich, sein ganzer natürlicher Stolz und all sein Hochmut erwachte bei diesem anmaßenden Ton und diesen Manieren. »Erwartest du denn Wunder? Wollen Sie sich bitte daran erinnern, Madame, daß es Sie einige Zeit gekostet hat, Seiner Majestät Gunst so völlig zu verscherzen. Auch ich kann Ihnen nicht von heute auf morgen helfen. Sie hätten auf Ihrem Platz sitzen bleiben sollen, dann wären Sie nicht gedemütigt worden. Und von jetzt an, Madame, muß ich Sie bitten, mich nicht mehr auf den Straßen anzubrüllen, als wäre ich Ihr Stallknecht.«

»Was, du unverschämter Hund! Ich werde dich ...«

»Was werden Sie, Madame?«

»Ich werde dich das bedauern lassen!«

»Ich bitte um Verzeihung, Madame – aber Sie werden mich niemals mehr irgend etwas bedauern lassen. Oder haben Sie schon vergessen, daß ich Sie unmöglich machen kann, sobald es mir die Mühe lohnt? Denken Sie daran, Madame, daß nur Sie und ich wissen, daß Sie die Briefe Seiner Majestät verbrannt haben.«

Barbaras Mund blieb sekundenlang offen, sie starrte ihn mit einem Entsetzen an, das langsam zu ohnmächtiger Wut wurde. Sie wollte noch etwas sagen, aber da öffnete er den Schlag, winkte ihr lässig zu und stieg in den nächsten Wagen. Er war voll von jungen Frauen, die in einem wogenden Meer von Seide und Satinröcken saßen, ihn mit entzückendem Geschrei und Küssen willkommen hießen und ihm Platz machten. Während Barbaras Augen in dem weißen Gesicht dunkel brannten, setzte sich der andere Wagen langsam in Bewegung, aber der Herzog blickte sich nicht mehr um.

Sechsundzwanzigstes Kapitel

Das Haus Dangerfield lag in dem alten, aristokratischen Teil von Blackfriars und war zwanzig Jahr vorher an der Stelle eines großen Herrenhauses aus dem vierzehnten Jahrhundert erbaut worden. Es bildete ein breites H mit Vorder- und Hinterhof und war vier Stock hoch mit einem fünften Halbstock; das Erdgeschoß und die Keller dienten als Büroräume und Lager. Es war ganz aus roten Backsteinen, vollkommen symmetrisch gebaut, hatte zahllose Glasfenster, viele Giebel teilten die Dachlinie, und darüber erhob sich ein Wald von Schornsteinen. Es stand an der Ecke der Shoemaker Row, gegenüber Greed Lane und war rundherum von einem hohen spitzen Eisenzaun umgeben, dessen massive Tore bei Tag und Nacht von Dienern bewacht wurden.

Als Amber vor der Doppeltreppe, die zum Haupteingang im zweiten Stockwerk führte, aus dem Wagen stieg, sah sie mit weitaufgerissenen Augen hinauf.

Dieses Haus war mächtiger, eindrucksvoller, umfangreicher, als sie erwartet hatte. Zweihunderttausend Pfund waren doch anscheinend ungeahnt viel Geld. Bis jetzt hatte sie Samuel Dangerfield lediglich als gutmütigen, einfachen alten Herrn angesehen, den einzufangen ihr gelungen war, doch nun übertrug sich auf ihn etwas von dem ehrfurchteinflößenden Äußeren des Hauses, und sie fühlte sich ein wenig nervös, wenn sie daran dachte, daß sie seiner Familie gegenübertreten sollte. Sie wäre gern ebenso davon überzeugt gewesen wie er, daß man sie mit offenen Armen begrüßen – sie beim ersten Anblick lieben werde.

Und als sie jetzt im Sprühregen des Februars stand, während er den Dienstleuten Befehle erteilte, öffnete sich ein Fenster im dritten Stock, und eine Frau wurde sichtbar.

»Dad! Endlich sind Sie wieder da! Wir haben uns schon solche Sorgen gemacht. Sie sind so lange fortgeblieben! Hat es Ihnen gut getan? Fühlen Sie sich jetzt wohler?« Sie merkte nicht oder wollte nicht merken, daß ihr Vater in Gesellschaft einer Dame war.

Aber Amber sah neugierig hinauf. Das mußte wohl Lettice sein.

Sie hatte viel von Lettice gehört – so, wie sie von allen seinen Kindern viel gehört hatte – vielleicht aber mehr von Lettice als von den andern. Lettice war zweiunddreißig Jahre alt, vor mehreren Jahren verheiratet worden, doch nach dem Tode ihrer Mutter war sie mit Mann und Kindern ins Vaterhaus zurückgekehrt, um den Haushalt zu führen. Absichtslos hatte Samuel sie als energische, herrschsüchtige Frau geschildert, für die Amber schon von weitem wenig Sympathie empfand. Und jetzt nahm Lettice sie nicht zur Kenntnis, als ob sie ein leichtfertiges Frauenzimmer wäre, das man übersehen dürfe.

»Ich fühle mich sehr wohl«, sagte Samuel, den die schlechten Manieren seiner Tochter offenbar ärgerten. »Und wie geht es meinem neuen Enkel?«

»Gestern zwei Wochen alt und entwickelt sich prächtig. Ganz Johns Ebenbild!«

»Komm in den vorderen Salon hinunter, Lettice«, sagte Samuel kurz. »Ich möchte dich sprechen – sofort.«

Nach einem verstohlenen Blick auf Amber schloß Lettice das Fenster und verschwand, und Amber und Samuel stiegen, gefolgt von Nan und Tansy, die Treppe hinauf. Ein riesiger Neger in schöner, blauer Livree öffnete ihnen die Türe, und sie betraten eine große Halle, von der Türen in andere Zimmer führten, und auf jeder Seite stieg eine breite geschnitzte Treppe zu einem Gang mit einem Geländer hinauf.

Überall waren Zeichen von Komfort und Reichtum: die schönen Fußböden, die geschnitzten Eichenmöbel und die stoffbespannten Wände. Und dabei vermittelte das Ganze den Eindruck von Nüchternheit, nicht aber von Verschwendung. Eine konservative Gediegenheit kennzeichnete jeden Samtschemel und jedes geschnitzte Gesims. Man konnte auf den ersten Blick feststellen, daß ruhige, wohlerzogene, gesetzte Menschen dieses Haus bewohnten.

Sie betraten einen Salon, der mehr als fünfzig Fuß lang war, und Samuel erkannte sogleich, daß er einen Fehler gemacht hatte. Denn hier hing über dem Kamin ein Bild von ihm und seiner ersten Frau, vor etwa zwanzig Jahren gemalt. Es hing hier seit so langer Zeit, daß er es ganz vergessen hatte. Doch Amber, die das herrische, steife, unliebenswürdige Gesicht der ersten Mrs. Dangerfield sah, verstand im Nu, warum es möglich gewesen war, Samuel zur Heirat zu bewegen – obgleich sie bezweifelte, daß seine Familie es ebensogut verstehen würde.

In diesem Augenblick hörte sie Schritte hinter sich; sie drehte sich um und sah das Ebenbild der Frau an der Wand vor sich stehen. Eine Sekunde lang begegnete sie Lettices Augen, die in einem raschen, strengen Frauenblick alles sahen und alles verurteilten. Dann wendete Lettice sich zu ihrem Vater. Amber bemerkte ihrerseits auf diesen ersten Blick, daß Lettice nichts von Kleidern verstand, zu groß war und älter aussah als zweiunddreißig Jahre. Das Kleid, das Lettice trug, glich jenen, die Killigrew seine Schauspielerinnen anziehen ließ, wenn sie verheuchelte Puritanerinnen darstellten. Sie hatten immer dagegen protestiert. Es war völlig schwarz, war weder anliegend noch lose, hatte einen weißleinenen Kragen, der bis zum Halsansatz reichte, und breite Leinenmanschetten. Ihr lichtbraunes Haar wurde von einer gestärkten Haube fast ganz verdeckt, deren Bänder auf die Schultern fielen, und sie trug keinen Schmuck. Vor solcher Einfachheit kam Amber, die gemeint hatte, sehr dezent auszusehen, sich plötzlich leichtfertig und ungewöhnlich auffallend vor.

»Meine Liebe«, sagte Samuel zu Amber und nahm ihren Arm. »Darf ich dir meine älteste Tochter Lettice vorstellen? Lettice, dies ist meine Frau.«

Lettice wurde kreideweiß. Amber hatte nach der Trauung Samuel vorgeschlagen, die Familie zu benachrichtigen. Er aber bestand darauf, den Seinen die – wie er meinte – glückliche Überraschung bereiten zu wollen.

Nun stand Lettice da, starrte ihren Vater an, und als sie sich Amber zuwandte, war in ihrem Gesicht ein Ausdruck offenen Entsetzens. Sie schien dessen bewußt zu sein, konnte sich aber nicht beherrschen, und diese unerwartete Wirkung erzürnte Samuel. Amber, die darauf vorbereitet gewesen war, lächelte leicht und nickte.

Endlich vermochte Lettice zu sprechen. »Ihre – Frau? Aber, Dad –«, sie hob eine Hand an den Kopf. »Sie haben geheiratet? Davon haben Sie ja in Ihren Briefen nichts erwähnt – wir konnten nicht – oh – es – es tut mir leid – ich . . .«

Sie war so ehrlich und so schmerzlich betroffen, daß Samuels Strenge wich. Er legte den Arm um sie. »Nun, mein Kind, ich weiß, daß es eine Überraschung für euch ist. Aber ich rechne auf dich, Lettice, daß du mir bei den andern helfen wirst. Sieh mich an – und lächle jetzt. Ich bin glücklich, und ich möchte, daß meine Familie mit mir glücklich sein soll.«

Eine Minute lang verbarg Lettice den Kopf an ihres Vaters Brust, und Amber hatte ein peinliches Vorgefühl und erwartete einen hysterischen Ausbruch. Aber am Ende richtete sie sich auf, küßte Samuels Wange und lächelte. »Ich freue mich, daß Sie glücklich sind, Dad.« Dann drehte sie sich rasch um. »Ich muß mich um das Essen kümmern.« Und damit lief sie aus dem Zimmer.

Amber sah Samuel an und merkte den seltsam nachdenklichen Blick, mit dem er Lettice folgte. Sie legte ihre Hand in die seine. »O Samuel, sie mag mich nicht. Es ist ihr nicht recht, daß du geheiratet hast.«

Er wandte sich zu ihr um. »Nun, vielleicht ist es so«, gab er zu, obgleich er vorher eine solche Möglichkeit niemals eingeräumt hatte. »Aber Lettice ist immer gegen alles Neue – was es auch sein mag. Warte nur, bis sie dich näher kennt. Dann wird sie dich lieben. Man kann ja nicht anders.«

»O Samuel, ich hoffe es! Ich hoffe, daß sie alle mich lieben werden. Ich will alles dazu tun«.

Sie gingen in seine Zimmer hinauf, die im Südwestflügel des Gebäudes lagen und über den Hinterhof und den Garten blickten. Es waren mehrere miteinander verbundene Räume, ungefähr in dem gleichen Stil eingerichtet wie die andern. Da waren überall Erinnerungen an seine erste Frau: noch ein Bild von ihr über dem Kamin, ein Wandschrank, der ihre Kleider enthalten haben mochte und vielleicht noch immer enthielt, jeder Teppich, jedes Möbelstück trug die Marke ihrer Persönlichkeit. Amber hatte das Gefühl, als betrete sie ein Zimmer, das noch immer der toten Frau gehörte, und beschloß sogleich, hier manches zu ändern.

Pünktlich um ein Uhr betraten Samuel und Amber das Eßzimmer. Sie trafen hier sämtliche Mitglieder der Familie, die daheim waren und schon gehen konnten, versammelt. Ungefähr dreißig Personen umstanden den großen Tisch, darunter einige Kinder, die sonst im Kinderzimmer aßen. Bei dem wohlhabenden Mittelstand waren so große Familien üblich, denn diese Kinder starben nicht so leicht wie die Kinder der Armen, und ihre Frauen bemühten sich nicht, das Kinderkriegen zu verhindern, wie die vornehmen Damen von Whitehall und Covent Garden.

Als jetzt Amber und Samuel auf die Schwelle traten, fragte ein kleines Mädchen laut: »Mutter, ist das die Frau?« Ihre Mutter verabreichte ihr hastig einen Klaps und schüttelte das Kind, damit es nicht weinte.

Samuel übersah den Zwischenfall und begann mit den Vorstellungen. Jedes Familienmitglied, das er vorstellte, trat hinzu, verbeugte sich, wenn es ein Mann war, und knickste und küßte Ambers Wange, wenn es eine Frau war. Auch die Kinder machten ihre ungeschickten Verbeugungen und Knickse und hatten dabei die Augen weit aufgerissen. Ihrem Interesse ließ sich anmerken, daß unter den Erwachsenen bereits ziemlich viel von der neuen Mrs. Dangerfield gesprochen worden war.

Im ganzen waren es gutaussehende Menschen. Lettices häßliches Gesicht war fast eine Ausnahme. Da war der älteste Sohn Samuel mit seiner Frau und sechs Kindern, Robert, der nächste Sohn, dessen Frau gestorben war, mit zwei Kindern, Lettices Gatte John Beckford und ihre acht Kinder. Der dritte Sohn John, der auch mit seiner Frau und fünf Kindern im Hause wohnte, arbeitete wie die älteren Söhne im Geschäft seines Vaters. Eine Tochter, die von ihrem nahegelegenen Hause zu diesem Anlaß mit ihren Kindern gekommen war. James mit seiner Frau und zwei Kindern. Und drei jüngere Kinder, Mädchen von fünfzehn und dreizehn, und ein Knabe von zwölf Jahren. Dann gab es noch andere – einer auf Reisen, einer in Greys Inn und einer in Oxford, eine Tochter, die auf dem Lande lebte, und eine andere, deren erste Schwangerschaft sie daran hinderte, dem großen Ereignis beizuwohnen.

Mein Gott, dachte Amber. So viele Leute, die ein Vermögen unter sich teilen werden! Nun, jetzt gibt es eben noch einen mehr.

Sie waren angewiesen worden, zu ihr »Madame« zu sagen – Samuel brachte es nicht über sich, ihnen ihren Vornamen mitzuteilen; jetzt strömte eine Schar von Dienern herein, brachte große Silberplatten, Suppenschüsseln und Deckelkrüge, alles dampfend von dem köstlichen Essen und randvoll mit gutem, goldenem Bier. Das Eßzimmer war ebenso feierlich und eindrucksvoll wie das übrige Haus. Man saß auf bestickten Polsterstühlen, ein großes Büfett war beladen mit Silbergerät, das Ambers Augen blendete, man trank aus zerbrechlichen Kristallgläsern und aß von Silbertellern. Und doch trugen alle, mitten in diesem Glanz, einfache Kleider aus schwarzem, grauem oder dunkelgrünem Stoff mit weißen Kragen und Ärmelumschlägen. Bänder und Spitzen, falsche Locken und Puder und Schönheitspflästerchen sah man nirgends, und Amber in ihrem schwarzen Samtkleid mit dem weißen Spitzenkragen hatte das Gefühl, fremdartig abzustechen, und das tat sie auch.

Sie hatte erwartet, daß man ihr feindselig gesinnt sein werde, und das war man auch, denn nach dem Gesetz der Stadt London fiel ein Drittel des Vermögens an die Witwe, und wenn sie ihrem Mann ein Kind geboren hatte konnte ihr Erbteil sich noch vergrößern.

Doch das war nicht der einzige Grund, weshalb man sie nicht liebte. Man war zunächst gegen sie gestimmt, weil der Vater sie geheiratet hatte, und alle Mißstimmung rührte daher, obgleich sie unter andern Umständen auch keine besonders gute Meinung von ihr gehabt hätten. Sie war – wenn sie auch versuchte, es nicht merken zu lassen – eine Fremde und in jeder Beziehung anders geartet als die andern.

Ihre Schönheit war, selbst ohne erkennbare Schminke, zu auffallend, um in ihren Augen ehrbar zu sein. Die Frauen waren davon überzeugt, daß sie weder so sanft noch so unschuldig war, wie sie sich gab, wenn man auch nicht von der sinnlich bestrickenden Art ihrer Reize sprach. Die Augen einer Frau dürfen nicht so verrucht kokettieren, noch darf ihr Körper, selbst in Kleidern, unbekleidet wirken. Sie erfuhren, wie sie mit dem Vornamen hieß, und waren entrüstet; denn ihre eigenen Vornamen waren altmodisch und vertrauenerweckend: Katherine, Lettice, Philadelphia, Susan.

Und obgleich Amber Samuel gegenüber betonte, sie begehre nichts auf Erden als die Liebe seiner Familie, tat sie doch von Anfang an eine Menge Dinge, die die andern nur übelnehmen und verurteilen konnten.

Sie hatte bereits eine reichliche Garderobe besessen, bestellte und kaufte aber trotzdem neue Sachen – raffinierte Kleider, pelzbesetzte Mäntel, Seidenstrümpfe zu Dutzenden, Fächer, Schuhe, Muffs und Handschuhe. Wochenlang zeigte sie sich nie zweimal in demselben Kostüm. Und sie trug ihre Juwelen, Smaragde, Brillanten, Topase so sorglos, als wären es Glaskugeln. Ihr lächelndes Porträt in einem Goldspitzenkleid hing an der Stelle des Porträts von Samuel und der ersten Mrs. Dangerfield im Salon. Das Schlafzimmer, in dem viele Dangerfields geboren worden waren, bekam neue Möbel und rote Damastvorhänge mit goldenen Blumen an die Fenster und um das Bett; der alte Kamin wurde abgerissen und durch einen schwarzen Marmorkamin ersetzt, venezianische Spiegel und ostindische Lackschränkchen und Wandschirme spreizten sich, wo vorher die soliden Stücke aus englischer Eiche ihren Platz gehabt hatten.

Doch auch das hätte man ihr vergeben, wenn ihr Vater nicht so ohne Hemmung und ohne Sorgen in sie verliebt gewesen wäre. Denn einmal verheiratet, war Amber imstande, Mittel zu benützen, um seine Leidenschaft zu steigern, deren sie sich in der Zeit seiner Werbung nicht bedient hatte. Sie wußte, daß ihre Macht über ihn vor allem darauf beruhte, daß sie jung und schön und begehrenswert war – Eigenschaften, die seiner ersten Frau völlig gefehlt hatten und die in den Augen der andern eher der Mätresse eines Mannes entsprochen hätten als seinem gesetzlichen Weib. Er vernachlässigte seine Arbeit, um bei ihr zu sein, und obgleich er, in Anwesenheit seiner Familie, versuchte, den Schein zu wahren, verrieten ihn doch seine Augen, sobald sein Blick auf Amber fiel. Das alles nahmen die andern wahr, sie nahmen weit mehr wahr, als einer von ihnen auszusprechen wagte, und ihr Haß steigerte sich von Tag zu Tag.

In seinem Alter schien es ihnen nicht bloß widerwärtig, sondern treulos, eine Entheiligung des Andenkens ihrer eigenen Mutter. Und es war den Männern ebenso unverständlich wie den Frauen, denn Samuel hatte bis dahin so enthaltsam gelebt, so schwer gearbeitet und so wenig Interesse an schönen Frauen oder anderen Ablenkungen gezeigt, daß sie nicht begreifen konnten, wie er jetzt alle Gewohnheiten eines ganzen Lebens über Bord zu werfen vermochte.

Doch Lettice war es vor allem, die ihr grollte. Sie empfand Ambers Anwesenheit im Hause als schamlos, denn sie konnte eine Frau von kaum zwanzig Jahren doch nur als die Mätresse ihres sechzigjährigen Vaters ansehen, die er offenbar in sittlichem Niedergang zu sich genommen hatte.

»Dieses Frauenzimmer!« flüsterte sie Bob und dem jüngeren Sam zu, als sie einmal zu dritt am Fuß der Treppe standen und sahen, wie Amber fröhlich die Stufen hinaufeilte, die Locken schüttelnd und die Röcke so hoch gehoben, daß die goldene Stickerei an ihren Strümpfen sichtbar wurde. »Sie ist bestimmt nicht gut! Ich bin überzeugt, daß sie sich schminkt!« Sie kritisierten immer nur jene Dinge, die sie laut auszusprechen wagten, obgleich sie sich auch über die andern stillschweigend einig waren.

Der zwanzigjährige Henry, der Student in Greys Inn war, ging eben vorüber und sah ihr auch nach. Er war um so viel jünger als die andern, daß sein Anteil am Vermögen nicht sehr groß sein würde, und darum hatte er in dieser Beziehung auch kein Vorurteil gegen sie. Er hatte eine heimliche Verehrung für seine Stiefmutter, die häufig in seinen phantasievollen Tagträumen die Hauptrolle spielte.

»Es wäre nicht so schlimm, wenn sie nicht überdies so außerordentlich schön wäre, was, Lettice?« sagte er jetzt.

Lettice warf ihrem Bruder einen verächtlichen Blick zu. »Außerordentlich schön! Wer wäre nicht außerordentlich schön mit Schminke und Locken und Pflästerchen und Bändern und allem übrigen?«

Henry zuckte die Achseln, und da Amber jetzt auf dem obern Gang verschwunden war, sah er seine Schwester an. »Schade, daß nicht mehr Frauen es sind, wenn es doch so leicht ist.«

»Wahrhaftig, Henry, du beziehst deine Ideen nur noch aus dem Theater!«

Henry errötete. »Das tu ich nicht, Lettice! Ich war niemals in einem Theater, und du weißt das.«

Lettice sah skeptisch drein, und die beiden andern Brüder lachten. Henry errötete immer mehr, wandte sich ab und verschwand. Und Lettice ging seufzend in die Küche an ihre Arbeit. Denn Amber hatte keinen Versuch gemacht, die Führung des Haushalts auf sich zu nehmen, und wenn Lettice sie gern dazu gezwungen hätte, so hatte Samuel doch seine Tochter gebeten, auch fernerhin für den Haushalt zu sorgen, und sie hatte es ihm nicht abschlagen können. Aber es war nicht leicht, einen Haushalt zu organisieren und zu leiten, der aus fünfunddreißig Kindern und Erwachsenen und fast hundertfünfzig Dienstboten bestand.

Oben nahm Amber ihren Mantel um, zog die Kapuze über das Haar, steckte eine schwarzsamtene Maske in den Muff. Ihre Bewegungen waren schnell, und ihre Augen funkelten erregt.

»Ich sage Ihnen, Mam«, meinte Nan, die ihr half, aber die rotblonden Locken schüttelte, »was Sie tun, ist ganz verrückt!«

»Unsinn, Nan!« Sie zog ein Paar gestrickte Handschuhe an, die bis zum Ellbogen reichten. »Kein Mensch kann mich in diesem Aufzug erkennen.«

»Aber wenn doch jemand Sie erkennt, Mam! Sie wären erledigt – und wozu?«

Amber rümpfte die Nase und gab Nan einen leichten Klaps. »Wenn jemand nach mir fragt, so bin ich ins ›Change‹ gegangen. Und um drei Uhr bin ich wieder hier.«

Sie eilte über eine schmale Wendeltreppe in den Hinterhof, wo einer von den großen Wagen sie erwartete. Sie stieg rasch ein, und das schwere Vehikel rollte aus dem Hof und bog in die Carter Lane ein; sie hatte Tempest und Jeremiah mitgenommen, die sie überall hinführten.

Endlich hielten sie. Sie nahm die Maske hervor, stieg aus, überquerte die Straße und bog in einen Weg ein, der über einen menschenwimmelnden, geräuschvollen Hof führte und dann zum Hintereingang des Königlichen Theaters. Sie sah sich um, verschwand schnell im Haus und erschien an der Tür der Garderobe, die wie immer voll von halbnackten Schauspielerinnen und bebänderten Galans war, von denen die meisten Perücken nach der allerneuesten Mode trugen.

Sekundenlang stand sie unbemerkt auf der Schwelle, und denn redete Beck Marshall sie an. »Was wünschen Sie, Madame?«

Mit einem triumphierenden Lachen nahm Amber die Maske ab und schlug die Kapuze zurück. Die Frauen kreischten vor Überraschung, und Mrs. Scroggs watschelte auf sie zu, um sie zu begrüßen, und Amber legte den Arm um die Schulter der häßlichen, freudig grinsenden Frau.

»Bei Jesus, Mrs. St. Clare! Wo sind Sie gewesen?« krähte sie. »Ich habe euch doch gesagt, daß sie zurückkommen wird!«

»Und da bin ich auch. Hier eine Guinee zum Vertrinken, Scroggs.«

Sie trat ein und wurde sogleich von den Frauen umringt, die sie küßten und mit Fragen bestürmten, während die Lebemänner sich an sie herandrängten und beteuerten, wie sie sich nach ihr gesehnt hätten. Man hatte berichtet, sie sei aufs Land gegangen, um ein Kind zu kriegen, sei am Fieber gestorben, sei nach Amerika gefahren, aber als sie erzählte, sie habe einen reichen, alten Kaufmann geheiratet – dessen Namen sie nicht preisgab –, machte das großen Eindruck. Die Schauspieler hörten, daß sie hier sei, kamen auch in die Garderobe, jeder wollte seinen Kuß haben, sie musterten ihre Kleider und ihren Schmuck, fragten sie, wieviel Geld sie erben werde und ob sie schon in Hoffnung sei.

Zum erstenmal seit vier Monaten fühlte Amber sich wirklich behaglich. Im Hause Dangerfield war sie ständig durch das Gefühl behindert, sie könnte zufällig etwas sagen oder tun, was sich nicht schickte. Und noch unbehaglicher fühlte sie sich, weil sie dauernd von dem heillosen Wunsch geplagt wurde, einmal diese sanfte Unschuldsmiene abzuwerfen, eine recht ordinäre Bemerkung zu machen, einem Lakaien zuzuwinken und sie alle in tiefste Entrüstung zu versetzen.

Dann aber sah sie plötzlich ein Gesicht, das sie nicht sogleich erkannte, weil sie es in dieser ungewohnten Umgebung erblickte. Und im Nu legte sie die Maske vor, zog die Kapuze über und nahm Abschied. Denn am andern Ende des Raumes hatte sie Henry Dangerfield gesehen, der mit einer der neuen Schauspielerinnen sprach. In weniger als einer Minute war sie in dem schwacherhellten Gang, doch schon hörte sie Schritte hinter sich.

»Ich bitte um Verzeihung, Madame.«

Ambers Herz schlug heftig, und sie blieb stehen; aber nur einen Augenblick, dann ging sie schnell weiter.

»Ich kenne Sie nicht, Sir«, fuhr sie ihn mit verstellter Stimme an.

»Aber ich bin doch Henry Dangerfield, und Sie sind ...«

»Mrs. Ann St. Michel, Sir, und fremd in London.«

»Ich bitte um Vergebung, Madame.«

Erleichtert merkte Amber, daß er stehenblieb, und als sie draußen war und sich umsah, war er verschwunden. Trotzdem stieg sie nicht in den Wagen, sondern sagte im Vorübergehen leise zu Tempest: »Erwarte mich an der Maypoleecke!«

Den Rest des Nachmittags verbrachte Amber nervös und unruhig in ihrem Zimmer. Sie ging auf und ab, sah ein dutzendmal zum Fenster hinaus, rang die Hände und fragte Nan immer wieder, warum Samuel heute so spät heimkäme. Nan sagte wohl nicht, daß sie es vorausgesehen hatte, aber ihre Blicke waren unzweideutig.

Doch als er endlich kam, begrüßte er sie wie immer mit einem Lächeln und einem Kuß, und Amber, die nichts als einen Schlafrock anhatte, legte den Kopf an seine Brust.

»O Samuel, wo bist du gewesen! Es ist so spät – ich hatte mir schon solche Sorgen gemacht!«

Er lächelte und preßte sie fest an sich. »Es tut mir leid, Herzchen, aber ein Herr von auswärts kam in Geschäften zu mir, und wir sprachen länger miteinander, als ich erwartet hatte.« Er küßte sie abermals, und hinter seinem Rücken machte Amber Nan ein Zeichen, zu verschwinden. –

Zuerst hatte sie überlegt, ob sie abends nicht in ihrem Zimmer bleiben sollte, aber schließlich kam sie zu der Einsicht, daß das nichts ändern könnte. Hatte Henry sie erkannt, dann konnte er es morgen ebensogut sagen wie heute, und sie durfte sich ja nicht ewig in ihrem Zimmer verbergen.

Doch das Abendessen verging genauso wie immer, und nachher verbrachte man, wie es der Brauch war, eine oder zwei Stunden in einem der kleinen Salons, bevor man sich zurückzog. Abermals dachte Amber daran, Kopfschmerzen vorzuschützen und mit Samuel hinaufzugehen, aber wieder verwarf sie diesen Gedanken. Wenn Henry einen Argwohn gefaßt hatte und sie blieb – dann würde er vielleicht glauben, er habe sich geirrt.

Lettice saß mit Susan, Philadelphia und Katherine vor dem Kamin, sie unterhielten sich friedlich und strickten dazu. Die jüngeren Kinder spielten, Samuel setzte sich mit dem zwölfjährigen Michael zum Schach, und Henry zog einen Stuhl näher, um zuzusehen. Die älteren Brüder rauchten ihre Pfeifen und sprachen über die Geschäfte und über die Holländer und schimpften auf die Regierung. Amber begann sich wieder behaglich zu fühlen und unterhielt sich mit Jemima, der hübschesten von allen Dangerfieldtöchtern.

Die fünfzehnjährige Jemima war die einzige Freundin, die Amber sich in ihrem neuen Heim gemacht hatte; und Jemima bewunderte sie von ganzem Herzen. Sie war zu unverdorben, um von der zweiten Heirat ihres Vaters mehr zu verstehen, als daß er eben eine neue Frau ins Haus gebracht hatte. Und diese Frau sah so aus und zog sich so an und benahm sich so, wie sie selbst es gern getan hätte. Sie konnte den Widerstand nicht verstehen, der sich bei ihren älteren Brüdern und Schwestern gegen Madame geltend machte, und hatte Amber gegenüber oft die Dinge wiederholt, die sie von den andern gehört hatte. Einmal erzählte sie ihr, daß Lettice, als davon die Rede war, wie hingebunsvoll Madame Samuel während seiner Krankheit gepflegt hatte, der Ansicht gewesen sei, Amber hätte ihn wohl auch zuerst krank machen können, um die Gelegenheit zu haben, ihn wieder gesund zu pflegen. Amber hörte das mit einigem Unbehagen und war sehr erleichtert, als Jemima berichtete, der älteste Bruder habe Lettice gewarnt, sich von ihrer Eifersucht allzuweit verführen zu lassen. Schließlich, meinte er, möge man den Charakter dieser Frau fragwürdig finden – aber so schlecht könnte sie doch nicht sein.

Amber, die sich gewöhnlich gut mit Mädchen vertrug, die zu jung oder zu reizlos waren, um mit ihr zu wetteifern, ermutigte Jemimas Gefühle. Sie fand in Jemimas naiver Bewunderung und Schwatzhaftigkeit ein geeignetes Mittel, um sich über die andern unterrichten zu lassen – aber auch eine Unterhaltung, die ihr über die langen, öden Tage hinweghalf. Überdies hatte sie eine boshafte Freude daran, Lettice zu ärgern, denn Lettice hatte Jemima vor dieser Freundschaft gewarnt, aber Lettice war nicht länger die Dame des Hauses, und Jemima war mutig genug, ihr nicht zu gehorchen.

Sie war ungefähr ebenso groß wie Amber, aber ihre Gestalt war schlank und weniger entwickelt. Ihre Haarfarbe war ein reiches, dunkles Braun mit kupfernen Lichtern, ihre Haut war fein und weiß, ihre Augen blau mit dunklen Wimpern. Sie war lebhaft, ungestüm, unabhängig, eigensinnig und liebenswürdig und wurde von ihrem Vater und ihren älteren Brüdern verzogen. Jetzt saß sie in einem Stuhl neben Amber, die Finger über den Knien verschränkt, mit leuchtenden Augen und hörte Amber zu, die erzählte, der König habe auf den Knien Lady Castlemaines Verzeihung erbeten.

Am andern Ende des Zimmers hob Susan anzüglich die Brauen. »Wie Jemima an Madame hängt! Sie sind ganz unzertrennlich. Du solltest vorsichtiger sein, Lettice. Jemima könnte lernen, sich zu schminken.«

Lettice warf ihr einen scharfen Blick zu und beugte sich wieder über ihre Stickerei. Denn seit Jahren – schon seit Lettice ins Vaterhaus zurückgekehrt war und den Haushalt übernommen hatte – bestand ein unterirdischer Zwist zwischen ihr und der Frau ihres ältesten Bruders. Die beiden andern Frauen lächelten leicht, denn insgeheim freuten sie sich alle, daß Lettice endlich jemanden gefunden hatte, der sich nicht von ihr beherrschen ließ. Aber diese Freude ging nicht so weit, daß sie den bitteren Trank der finanziellen Einbuße versüßt hätte: immer noch war die neue Frau der gemeinsame Feind aller, und ihre kleinen persönlichen Sticheleien hatten daneben nur geringere Bedeutung.

Lettice antwortete ihr ruhig: »Ich werde in Zukunft mehr achtgeben – denn es ist nicht das allein, was das Kind von ihr lernen könnte.«

»Tiefausgeschnittene Kleider ohne Umhängetuch vielleicht auch«, sagte Susan.

»Leider auch noch Schlimmeres.«

»Was kann es noch Schlimmeres geben?« spottete Susan.

Aber Katherine spürte, daß Lettice irgend etwas wußte, was sie ihnen nicht gesagt hatte, und ihre Augen funkelten in der Vorfreude auf einen Skandal. »Was hast du gehört, Lettice? Was hat sie angestellt?« Katherines Fragen bewirkten, daß auch die beiden andern sich neugierig vorbeugten.

»Was weißt du, Lettice?«

»Hat sie etwas Schlimmeres getan?« Sie konnten sich nicht vorstellen, was schlimm genug gewesen wäre.

Lettice zog den Faden durch die Nadel. »Wir können nicht darüber sprechen, solange die Kinder im Zimmer sind.«

Sogleich stand Philadelphia auf. »Dann werde ich sie ins Bett schikken.«

»Philadelphia!« sagte Lettice scharf. »Das ist meine Angelegenheit! Warte, bis sie zu singen anfängt!«

Denn jeden Abend, nachdem die Kinder zu Bett waren und bevor auch die andern sich zurückzogen, sang Amber ihnen etwas vor. Samuel hatte das eingeführt, und es gehörte jetzt schon zu den festeingewurzelten Sitten des Hauses.

Eine ganze Stunde mußten die Frauen aushalten, obgleich sie Lettice unablässig im Flüsterton baten, die Kinder zu Bett zu schicken, aber sie wollte nicht von dem täglichen Stundenplan abgehen. Als sie endlich die Kinder zu Bett gebracht hatte und wieder im Salon erschien, stimmte Amber gerade ihre Gitarre und sang ein trauriges kleines Lied:

»Und wenn ein Tag, ein Monat, ein Jahr
Deine Wünsche krönt
Mit tausend Freuden –
Einer Stunde Unglück, eine einzige Nacht
Deine Wünsche durchkreuzt
Mit tausend Leiden!«

Die Zuhörer applaudierten höflich, Jemima und Samuel begeistert. »Wenn ich nur so singen könnte!« rief Jemima.

Und Samuel nahm Ambers Hand. »Meine Liebe, ich glaube, daß du die schönste Stimme hast, die ich je gehört habe.«

Amber küßte Jemima auf die Wange und ließ ihren Arm unter Samuels Arm gleiten, während sie lächelnd zu ihm aufsah. Sie hielt noch immer die Gitarre, ein Geschenk Rex Morgans und mit einer Flut vielfarbiger Bänder verziert, die er ihr eines Tages im Royal Exchange gekauft hatte. Sie fühlte sich erleichtert, weil der Abend vorübergegangen war, und brannte darauf, wieder in ihrem Zimmer zu sein, wo sie sich in Sicherheit wußte. Nie wieder, das hatte sie sich ein dutzendmal geschworen, würde sie eine solche Torheit begehen.

Lettice saß vorgebeugt in ihrem Stuhl, die Hände fest ineinandergelegt, und nun gab Katherine ihr einen ungeduldigen Stoß. Plötzlich erhob sich Lettices Stimme unnatürlich klar und scharf. »Es ist nicht weiter erstaunlich, daß Madames Stimme so schön ist.«

Henry, der am andern Ende des Zimmers stand, zuckte zusammen, und sein Jungengesicht wurde rot. Ambers Herz und Blutstrom schienen stillzustehen. Aber Samuel hatte nichts gehört, und obgleich sie ihm noch immer zulächelte, wünschte sie verzweifelt, sie könnte ihm die Ohren zuhalten, ihn aus dem Zimmer ziehen, irgendwie davon abhalten, jemals noch ein Wort zu hören.

»Was meinst du damit, Lettice?« Das war Susan.

»Ich meine, daß jede Frau eine schöne Stimme haben muß, die damit ihren Lebensunterhalt verdient hat.«

»Was sagst du da, Lettice?« fragte Jemima. »Madame hat niemals ihren Lebensunterhalt verdienen müssen, und du weißt es.«

Lettice stand auf, ihre Wangen waren gerötet, die Fäuste stemmte sie nervös in die Seiten, und die Bänder ihrer Haube zitterten. »Ich glaube, daß du lieber in dein Zimmer gehen solltest, Jemima.«

Jemima blickte, Unterstützung suchend, auf Amber. »In mein Zimmer gehen? Warum sollte ich das? Was habe ich getan?«

»Du hast nichts getan, meine Liebe«, sagte Lettice geduldig und entschlossen, es zu keinem Zank innerhalb der Familie selbst kommen zu lassen. »Aber was ich zu sagen habe, paßt nicht durchweg für deine Ohren.«

Jemima schnitt eine Grimasse. »Mein Himmel, Lettice! Für wie alt hältst du mich denn? Wenn ich alt genug bin, um mit diesem Joseph Cuttle verheiratet zu werden, dann bin ich auch alt genug, um hier zu bleiben und alles zu hören, was du zu sagen hast.«

Unterdessen war Samuel sich bewußt geworden, daß ein Streit zwischen seinen Töchtern im Gange war. »Was gibt es denn, Lettice? Jemima ist erwachsen, meine ich, wenn du etwas zu sagen hast, so sag es.«

»Sehr schön.« Sie holte tief Atem. »Henry hat Madame heute nachmittag im Theater gesehen.«

Samuels Ausdruck änderte sich nicht, und die drei Frauen am Kamin sahen ernsthaft enttäuscht aus, beinahe, als hätte man sie um etwas betrogen. »Nun?« sagte er. »Und wenn es so ist? Soviel ich weiß, wird das Theater heutzutage von Damen bester Gesellschaft bevorzugt.«

»Sie verstehen mich nicht, Vater. Er hat sie in der Garderobe gesehen.« Sie hielt inne und beobachtete den Wechsel im Gesichtsausdruck ihres Vaters. Fast wünschte sie schon, ihr Haß und ihre Eifersucht hätten sie nicht dazu verleitet, diese jämmerliche Anklage zu erheben. Es begann ihr das Verständnis dafür aufzugehen, daß es ihn nur kränken und sonst keinerlei gute Wirkung haben würde. Auch Henry stand da, als wünschte er, auf der Stelle vom Teufel geholt zu werden und in einer Rauchwolke zu verschwinden. Ihre Stimme senkte sich, aber sie beendete dennoch, was sie begonnen hatte. »Sie war in der Garderobe, weil sie selbst einmal Schauspielerin gewesen ist.«

Es war, als ob alle schwer aufatmeten, nur Amber stand ganz still und sah Lettice gerade in die Augen. Sekundenlang war ihr Gesicht nackt, daß keiner mit Sicherheit zu sagen vermochte, er habe diesen Ausdruck wirklich bemerkt. Ihre Wimpern senkten sich, und sie sah nicht gefährlicher aus als ein reuiges Kind, das mit Konfitüre an den Händen erwischt wird.

Susan stach sich in die Finger, Katherine ließ ihre Näharbeit sinken, Jemima sprang unwillkürlich auf. Und die Brüder waren aus ihrer trägen Gleichgültigkeit gegenüber einem Streit aufgeschreckt, den sie bisher für einen bloßen Weiberzank gehalten hatten. Samuel, der in diesen vergangenen Wochen jünger und glücklicher ausgesehen hatte als seit Jahren, war plötzlich wieder ein alter Mann. Und Lettice wünschte, sie wäre nie so töricht gewesen, ihm irgend etwas zu sagen.

Er blickte vor sich hin, dann auf Amber, die ihre Augen gehoben hatte und seinem Blick begegnete. »Es ist nicht wahr?!«

Sie antwortete ihm so leise, daß die andern, so sehr sie sich mühten, kein Wort verstehen konnten. »Ja, Samuel, es ist wahr. Aber wenn du mir erlauben willst, mit dir zu reden, dann werde ich dir sagen, warum ich es tun mußte. Bitte, Samuel!«

Eine lange Minute sahen sie sich an. Ambers Gesicht flehte. Samuel forschte nach etwas, das er vorher niemals zu finden versucht hatte. Dann hob er stolz den Kopf und ging Arm in Arm mit ihr aus dem Zimmer. Ein tiefes Schweigen folgte ihnen, bis Lettice zu ihrem Gatten eilte und in ein jammervolles Schluchzen ausbrach.

Siebenundzwanzigstes Kapitel

In Samuel Dangerfields Anwesenheit wurde nie mehr erwähnt, daß seine Frau Schauspielerin gewesen war.

Am Morgen, nachdem Lettice ihre sensationelle Enthüllung zum besten gegeben hatte, rief er sie in sein Zimmer und teilte ihr mit, die Sache sei zu seiner vollen Befriedigung aufgeklärt worden, seiner Familie sei er keine weitere Rechenschaft darüber schuldig und er wünsche nicht, daß innerhalb der Familie oder zu Fremden noch darüber gesprochen werde. Henry wurde vor die Wahl gestellt, den Theaterbesuch aufzugeben oder das Haus zu verlassen. Und so blieb nach außen hin alles, wie es vorher gewesen war.

Als Amber nach diesem Zwischenfall zum erstenmal wieder beim Mittagessen erschien, war sie so gesammelt und natürlich, als wüßte keiner, was sie in Wirklichkeit gewesen war; ihre kühle Ruhe bei diesem Anlaß wurde als der Gipfel aller Keckheit angesehen. Man konnte ihr nicht vergeben, daß sie nicht wie ehrliche Menschen errötete und den Kopf hängen ließ.

Doch obgleich Amber wußte, was sie von ihr dachten, tat sie nicht dergleichen. Samuel wenigstens war überzeugt, daß sie völlig unschuldig sei, ein Opfer des Unglücks, das sie in die unpassende Umgebung des Theaters gezwungen habe. Doch die Monate, die sie auf der Bühne verbracht hatte, seien ohne irgendwelche physische oder moralische Schädigung vorübergegangen. Seine Verliebtheit war so groß, sein Glaube an sie so unerschütterlich, daß keiner wagte, sie vor ihm zu tadeln, sei es auch nur durch eine Anspielung. Und aus Familienstolz und Liebe zu ihrem Vater waren sie alle gezwungen, sie auch gegen Außenstehende zu verteidigen. Denn wenn sich auch unvermeidlich unter ihren zahllosen Verwandten und Freunden das Gerede verbreitet hatte, der alte Samuel Dangerfield habe eine Schauspielerin geheiratet – und keine von besonders gutem Ruf dazu –, traten sie so überzeugend für sie ein, daß Amber auch für die sittengestrengsten und steifsten alten Damen von London akzeptabel wurde.

War aber die ganze Familie empört und beschämt, unter ihre Verwandten – wenn auch nur angeheiratet – eine Schauspielerin zählen zu müssen, so gab es doch einen Menschen, der das Ganze für die aufregendste Geschichte der Welt hielt. Das war Jemima. Von dieser Stunde an drängte sie Amber, ihr doch alles vom Theater zu erzählen, was die vornehmen Herren sagten, wie Lady Castlemaine aussah, wenn sie in der Königsloge saß, was für ein Gefühl es sei, auf der Szene zu stehen und die Blicke von tausend Menschen auf sich zu spüren. Und sie wollte auch wissen, ob es wahr sei – wie Lettice sagte – daß Schauspielerinnen lasterhafte Weiber seien. Jemima wußte nicht ganz genau, was ein lasterhaftes Weib eigentlich war, aber es klang ungemein verlockend.

Amber beantwortete ihre Fragen, doch immer nur teilweise. Sie erzählte ihrer Stieftochter von allem, was am Theater und am Hof heiter und farbig und amüsant war, verschwieg aber jene andern Seiten, die sie nur allzugut kannte. Für Jemima waren vornehme Herren und Damen vornehm, weil sie prächtige Kleider trugen, eine sorgfältig ausgearbeitete Skala von Manieren hatten und mit Titeln angesprochen wurden. Sie hätte sich nicht gern aus dieser Illusion reißen lassen.

Und trotz allem, was Lettice sagen oder tun konnte, begann sie, ihre Stiefmutter nachzuahmen.

Ihr Ausschnitt wurde tiefer, ihre Lippen röter, sie fing an, nach Orangenblütenwasser zu duften, ihr Haar an den Seiten in dicken, schimmernden Locken zu tragen, hinten aber hoch aufgesteckt und mit Bändern umwunden. Aus reiner Schadenfreude ermutigte Amber sie. Sie schenkte ihr eine Phiole mit ihrem eigenen Parfum, einen Tiegel mit Lippenpaste, eine Schachtel duftenden Puder, Kämme, durch die die Locken besser abstanden und stärker wirkten. Endlich legte Jemima sogar zwei oder drei kleine, schwarze Schönheitspflästerchen aus Taft auf.

»Wahrhaftig, Jemima«, sagte Lettice eines Tages zu ihrer Schwester, die in einem Satinkleid mit Puffärmeln, das ihre Schultern und viel zu viel von ihrem Busen sehen ließ, beim Mittagessen erschien, »du fängst an auszusehen wie ein liederliches Mädchen!«

»Unsinn, Lettice«, erwiderte Jemima überlegen. »Ich fange an auszusehen wie eine Dame.«

»Ich hätte nie gedacht, daß ich meine eigene Schwester geschminkt sehen würde.«

Aber Sam legte seinen Arm um Jemimas geschnürte Taille. »Laß das Kind nur, Lettice. Was liegt daran, wenn sie ein oder zwei Schönheitspflästerchen trägt? Sie ist doch bildhübsch.«

Lettice warf ihm einen verächtlichen Blick zu. »Du weißt, wo sie all das lernt, nicht wahr?!«

Jemima sprang hitzig auf, um ihre Stiefmutter zu verteidigen. »Wenn du meinst, daß ich es bei Madame gelernt habe, so ist das richtig. Und du solltest Vater nie hören lassen, in welchem Ton du von ihr sprichst.«

Lettice seufzte und schüttelte den Kopf. »Was ist aus uns Dangerfields geworden – wenn die Gefühle einer gewöhnlichen Komödiantin . . .«

»Was meinst du mit gewöhnlicher ›Komödiantin‹, Lettice?« rief Jemima. »Sie ist durchaus nicht gewöhnlich. Sie ist eine Dame von Stand. Von besserem Stand als die Dangerfields, das laß dir gesagt sein. Aber ihr Vater – der ein Ritter war, damit ihr's nur wißt – hat sie aus dem Haus gejagt, als sie gegen seinen Willen heiratete. Und als ihr Mann starb, war sie ohne einen Schilling zurückgeblieben. Tom Killigrew sah sie eines Tages auf der Straße und forderte sie auf, zur Bühne zu gehen, und das hat sie getan, um nicht zu verhungern. Doch sobald der Vater ihres Gatten starb und ihr etwas Geld hinterließ, blieb sie nicht länger beim Theater, sondern fuhr nach Tunbridge Wells, wo sie in Ruhe und Zurückgezogenheit leben wollte. – So – und was habt ihr beide darüber zu grinsen?« Sam wurde im Nu ernst, denn seiner Ansicht nach wurde Jemima weniger geschädigt, wenn ihr unbekannt blieb, was jene Frau wirklich war. »Ist das die Geschichte, die sie Vater erzählt hat?«

»Ja, das ist sie! Du glaubst sie doch, Sam? O Lettice, ihr macht mich ganz krank.«

Plötzlich kehrte sie sich um, hob die Röcke und eilte die Treppe hinauf, und Lettice konnte feststellen, daß sie auch schon grüne Seidenstrümpfe trug. Sam und Lettice sahen einander an.

»Meinst du, daß er diese wilde Geschichte wirklich glaubt?« fragte er schließlich.

Lettice seufzte. »Ich weiß es. Und wenn er annehmen würde, daß wir sie nicht glauben – nun, daran darf er überhaupt nicht denken. Ich weiß nicht, was ihn so verändert hat, aber irgend etwas ist geschehen, und um seinetwillen müssen wir unsere Gefühle und Gedanken verbergen. Wir lieben ihn ja, auch wenn – auch wenn . . .« Sie wandte sich rasch ab und ging. Und im gleichen Augenblick betraten Samuel und Amber das Zimmer, und Jemima hing triumphierend am Arm ihrer Stiefmutter.

*

Im Juni begann Amber, die noch nicht in Hoffnung war, unruhig zu werden. Denn Samuel – das wußte sie – wünschte sich dringend ein Kind, vor allem wahrscheinlich, um seine Heirat in seinen eigenen und in den Augen der Familie zu rechtfertigen. Und sie selbst wünschte es auch. Er hatte sein Testament bereits abgeändert, um ihr das gesetzliche Drittel zukommen zu lassen, aber ein Kind würde ihn dazu bringen, diesen Anteil noch zu erhöhen. Und angesichts der Feindseligkeit der andern, glaubte sie, daß nichts sie so gut beschützen würde wie ein Kind.

In einen Mantel gehüllt, das Gesicht unter der Maske versteckt, ging sie zu sämtlichen Hebammen, Quacksalbern und Ärzten von London und fragte sie um Rat. Endlich ging sie auch zu einem Astrologen und war sehr ermutigt, als er in den Sternen las, daß sie bald in Hoffnung kommen werde.

An einem sehr heißen Junitag kehrte Amber mit Jemima aus dem Royal Exchange heim und ging in ihr Zimmer, um einen eisgekühlten ›Sillibub‹ zu trinken – ein Gemisch von Zider mit gezuckerter Milch. Die Straßen waren staubig und die Menschen schlecht gelaunt gewesen. Es gab so viele Fliegen im Hause, daß sie überall summten und schwirrten, obgleich Tansy mit einer Klappe auf sie Jagd machte. Amber warf Fächer und Handschuhe beiseite und die Kapuze, die sie getragen hatte, legte sie auf einen Diwan und öffnete sogleich ihr Schnürleibchen.

Jemima dachte weniger an die Hitze als an das aufregende Abenteuer, das sie eben erlebt hatten. Zwei sehr vornehme und gut aussehende Herren hatten ihre Stiefmutter im ›Change‹ aufgehalten, und einer hatte mit bezaubernder Unverschämtheit gebeten, ›dieser reizenden, blauäugigen Kleinen‹ vorgestellt zu werden – und damit war sie, Jemima, gemeint! Und dann hatte er sie auf die Wange geküßt, hatte sich sehr anmutig verbeugt und sie eingeladen, mit ihm in den Hyde Park zu fahren.

»Stell dir das bloß vor!« rief sie entzückt. »Mr. Sidney sagte, seit er mich gesehen habe, scheine der Tag ihm noch heißer als vorher!« Sie kicherte und schlürfte das Eisgetränk. »So schöne Männer habe ich noch nie gesehen – zumindest schon seit sehr langer Zeit nicht mehr. Und der andere, Oberst Hamilton, ist der Liebhaber Lady Castlemaines.« Sie fühlte sich sehr geschmeichelt, daß ein Herr sie bewundernd angeblickt hatte, den die Lady liebte. Barbaras Ruf war jetzt so allgemein verbreitet, daß sie gewissermaßen zu einer mythischen Figur geworden war, die selbst die unschuldigen, wohlbehüteten Mädchen wie Jemima kannten.

»Man sagt es«, meinte Amber träge.

»Du hattest natürlich ganz recht, abzulehnen – aber sie haben doch so fein, freundlich und wohlerzogen ausgesehen! Wir hätten uns sicher ganz ausgezeichnet unterhalten.«

Amber wechselte einen Blick mit Nan, die hinter Jemima stand. »Zweifellos«, gab sie zu und stand auf, um sich auszuziehen. Die Dangerfields führten ein offenes Haus und jetzt mehr als je, weil Samuel die Gäste mit solchem Stolz seine reizende Frau sehen lassen wollte. So war ihre Hauptbeschäftigung, ein schönes Kleid anzuziehen.

»Weißt du«, sagte Jemima jetzt und sah ihre Stiefmutter nicht an, sondern starrte nachdenklich in das Glas. »Es muß doch sehr fein sein, einen Geliebten zu haben – wenn er ein vornehmer Mann wäre. Ich meine, daß ich gewöhnliche Leute nicht leiden kann. Alle die Damen bei Hof haben doch Geliebte, nicht wahr?«

»Oh, manche gewiß. Aber, aufrichtig gesprochen, Jemima, ich glaube nicht, daß Lettice solche Dinge aus deinem Mund gern hören würde.«

»Was liegt mir daran, ob Lettice es gern hört oder nicht! Was versteht sie denn von solchen Dingen. Der einzige Mann, den sie je gekannt hat, war John Beckford, und sie hat ihn geheiratet. Aber du bist anders. Du weißt alles – und zu dir kann ich sprechen, weil ich weiß, daß du mich nicht gleich für leichtfertig halten wirst. Ehemänner sind so langweilige Menschen – die vornehmen Herren scheinen niemals zu heiraten, nicht wahr?«

»Nicht, wenn sie es auf andere – nicht, wenn sie nicht müssen,« verbesserte Amber.

»Warum nicht?«

»Ach«, sie nahm einen Schlafrock um, »sie glauben, sie würden ihren Ruf als geistreiche Männer verlieren. Aber Jemima, du meinst ja nicht ernstlich, was du sagst. Ich dachte, daß du Joseph Cuttle heiraten willst.«

Jemima verzog wütend das Gesicht. »Joseph Cuttle! Du solltest ihn sehen! Erinnerst du dich nicht? Letzten Mittwoch war er hier. Er hat vorstehende Zähne und magere Beine und Pusteln über das ganze Gesicht. Ich hasse ihn! Ich werde ihn nicht heiraten. Mir ist es gleich, was sie sagen! Ich will nicht!«

»Nun«, sagte Amber besänftigend, »ich glaube nicht, daß dein Vater dich zwingt, einen Mann zu heiraten, den du nicht magst.«

»Er sagt, daß ich ihn heiraten muß. Das haben sie schon seit Jahren miteinander abgekartet. Aber ich will nicht, Amber!« schrie sie plötzlich und kniete vor Amber nieder, die eine große schnurrende Katze streichelte. »Vater tut alles, was du verlangst. Laß dir von ihm versprechen, daß ich Joseph Cuttle nicht heiraten muß, willst du? Bitte, Amber!«

»O Jemima«, protestierte Amber, »solche Sachen darfst du nicht sagen. Dein Vater tut durchaus nicht, was ich ihm sage.« Sie wußte, daß Samuel vor seiner Familie nicht als Pantoffelheld gelten wollte. »Aber ich werde mit ihm darüber sprechen.«

»Ach, wenn du das wolltest! Denn ich will ihn nicht heiraten. Ich kann nicht! Ich bin – darf ich dir etwas anvertrauen, Amber? – Ich bin verliebt!«

Amber schien entsprechend tief beeindruckt zu sein, und sie stellte die erwartete Frage. »Nein, so etwas! Und ist er schön?«

»Oh!« hauchte Jemima begeistert, »der schönste Mann, den ich je gesehen habe. Er ist groß, hat schwarze Haare, und seine Augen – ich habe die Farbe vergessen, aber wenn er mich ansieht, habe ich so ein Gefühl. – O Amber, er ist wunderbar! Ich vergöttere ihn wie nichts sonst auf der Welt!«

»Oho!« sagte Amber. »Und wo ist dieses Wunder zu besichtigen?«

Jemimas Antlitz spiegelte tiefen Kummer. »Nicht hier – nicht in London. Wenigstens nicht jetzt – aber hoffentlich wird er eines Tages wieder da sein. Seit dreizehn Monaten und einer Woche warte ich auf ihn – und ich werde inzwischen keinen andern Mann lieben!«

Amber amüsierte sich über Jemimas Begeisterung, die ganz kindlich wirkte, denn über unschuldige Küsse und ein seltsames Gefühl waren ja die Liebeserfahrungen des Mädchens noch nicht hinausgelangt. »Nun, Jemima, hoffentlich kehrt er bald zu dir zurück. Weiß er, daß du ihn erwartest?«

»O nein! Er weiß vermutlich kaum, daß ich lebe. Ich habe ihn nur zweimal gesehen. Einmal war er zum Abendessen bei uns, und ein andermal bin ich mit Sam und Bob seine Schiffe besichtigen gegangen. Das war kurz bevor er nach Amerika segelte.«

»Nach Amerika segelte? Wer ist dieser Mann? Wie heißt er?«

Jemima sah erstaunt auf. »Wenn ich es dir sage, versprichst du mir, daß du es keiner Seele verrätst? Sie würden mich alle nur auslachen. Er ist ein Edelmann – Lord Carlton. – Oh, was ist denn? Kennst du ihn?«

Es war wie ein heftiger Schlag ins Gesicht, und sie ärgerte sich darüber, daß es so wirkte. Warum denn, fragte sie sich und war sich dieses unbehaglichen Mangels an Selbstvertrauen schmerzlich bewußt. Dieses Mädchen kann ihm nichts bedeuten. Sie ist ein Kind. Überdies nicht halb so reizend wie ich – oder doch? Ambers Augen musterten rasch das Gesicht ihrer Stieftochter und erblickten darin eine Bedrohung ihres eigenen Glücks. Sei doch nicht so töricht, sagte sie zornig zu sich selbst. Willst du sie es merken lassen? Schon nach wenigen Sekunden brachte sie es fertig, mit angenommener Gleichgültigkeit zu antworten.

»Ach, ich glaube, daß ich ihm einmal im Theater begegnet bin. Aber wie kommt ihr dazu, einen Lord einzuladen und seine Schiffe zu besichtigen?«

»Er macht Geschäfte mit Vater – ich weiß nicht, was für Geschäfte.«

Amber hob die Brauen. »Vater macht Geschäfte mit einem Piraten?«

»Aber er ist doch kein Pirat! Er ist Freibeuter – und da ist eine ganze Welt dazwischen. Den Freibeutern haben wir es zu danken, daß England sich auf den Meeren behauptet – Seiner Majestät Flotte tut nichts dazu.«

»Du sprichst schon selbst wie ein Kaufmann, Jemima«, sagte Amber scharf, aber dann nahm sie sich rasch zusammen. »Nun«, sie zwang sich ein Lächeln ab, »du bist also in einen Adligen verliebt. Dann hoffe ich um deinetwillen, daß er bald nach England zurückkommt.«

»Ja, das hoffe ich auch! Ich würde alles darum geben, ihn wiederzusehen! Weißt du«, sagte sie plötzlich zutraulich, »am letzten Allerheiligentag haben Anne und Jane und ich einen Kuchen gebacken. Anne hat damals von William Twopenny geträumt – und jetzt ist sie mit ihm verheiratet. Und ich habe von Lord Carlton geträumt! O Amber, glaubst du, daß er mich je lieben könnte? Glaubst du, er würde mich heiraten?«

»Warum nicht?« fuhr Amber sie an. »Deine Mitgift dürfte ja groß genug sein!« Aber als sie ihre eigenen Worte hörte, war sie wütend über sich selbst und fügte hinzu: »Daran denken die Männer nämlich immer, weißt du?«

Noch keine Stunde war vergangen, als sie ihr Versprechen bereits gebrochen hatte, denn Samuel trat ein, und sie konnte der Versuchung nicht widerstehen, zu ihm von Bruce zu sprechen. Sie begann ganz unschuldig: »Heute hörte ich im ›Change‹, die Holländer hätten dem König gesagt, ihre Flotte sei nur dazu da, um ihren Fischhandel zu schützen, und er sei verärgert, weil sie meinen, er sei dumm genug, das zu glauben.«

Samuel, der sein Oberkleid ablegte, lachte: »Was für eine lächerliche Lüge! Die holländische Flotte ist nur zu einem Zweck da – England von den Meeren zu vertreiben. Sie haben unsere Schiffe gekapert, haben unsere Leute in Ostindien besiegt, den St. Georg unter ihre eigene Flagge gehängt, Kaperbriefe gegen uns ausgefertigt und alles getan – nur sich uns nicht zum Kampf gestellt.«

»Aber wir haben doch auch schon seit der Rückkehr des Königs Kaperbriefe gegen sie ausgefertigt, nicht?«

»Wenn wir es getan haben, dann soll es nicht bekannt werden – die Kaperbriefe waren zumeist gegen die Spanier ausgefertigt, obgleich zweifellos auch holländische Schiffe aufgebracht wurden. Und sie verdienen auch nichts Besseres. Aber wie kommt's, daß du so viel von unserer Politik weißt, meine Liebe?« Es schien ihn zu amüsieren, daß er seine Frau von ernsten Dingen sprechen hörte.

»Ich habe mit Jemima gesprochen.«

»Mit Jemima? Nun, sie hat vermutlich die letzten Nachrichten in ihren Fingerspitzen.«

»Wenn es sich um Freibeuter handelt, gewiß. Sie sagt, daß du mit ihnen Geschäfte machst.«

»Ja, mit drei oder vier von ihnen. Aber ich wußte gar nicht, daß Jemima sich so für meine Geschäfte interessiert.« Er lächelte, als er jetzt vor ihr stand und seine Augen sie bewundernd musterten.

»Es sind nicht so sehr deine Geschäfte, für die sie sich interessiert, als die Freibeuter.«

»Ach, das ist es also! Die kleine Kröte! Sie glaubt vermutlich, daß sie in Lord Carlton verliebt ist.«

»Wie kommst du darauf?«

»Das war nicht sehr schwer. Er war einmal, etwa vor einem Jahr, zum Abendessen bei uns. Sie konnte kaum einen Bissen essen und hat nachher tagelang von nichts anderem gesprochen. Nun, sie sollte sich ihn lieber aus dem Kopf schlagen.«

»Sie sagt, daß sie auf ihn wartet.«

»Unsinn! Er weiß nicht, daß sie überhaupt lebt. Seine Familie ist eine der ältesten in England, und er ist mit seinen Kapernfahrten ungeheuer reich geworden. Er hat gar kein Interesse daran, die Tochter eines emporgekommenen Kaufmanns zu heiraten.«

Samuel machte sich über seine gesellschaftlichen Beziehungen zu der Aristokratie keine Illusionen. Seine Familie war neu, war erst in den letzten zwei Generationen zu Macht und Reichtum gelangt, und er hatte keinerlei versnobten Ehrgeiz, sich – wie viele unter seinen Bekannten es taten – den Adel um den Preis seiner Selbstachtung zu erkaufen.

»Auch wenn er wollte, möchte ich nicht, daß sie Lord Carlton heiratet. Als Mann schätze und bewundere ich ihn, aber als Gatten für meine Tochter – nein, Jemima soll Joseph Cuttle heiraten und soll sich nicht an solch lächerliche Vorstellungen klammern. Die Cuttles und ich sind seit Jahren Geschäftsfreunde, und es ist in jeder Beziehung eine passende Heirat für sie. Ich werde selbst mit ihr darüber sprechen.«

»Oh, bitte, Samuel, tu das nicht. Ich habe ihr versprochen, dir nichts davon zu sagen. Aber das mußte ich natürlich doch tun. Laß lieber mich mit ihr sprechen!«

»Das wäre mir sehr erwünscht, meine Liebe. Deine Meinung gilt ihr mehr als die Meinung aller andern.« Er lächelte und reichte ihr den Arm. »Ich möchte sie nicht zwingen, aber ich weiß, daß es das beste für sie und uns alle ist. Cuttle ist noch jung, aber er liebt sie sehr und ist ein arbeitsamer Bursche; genau die Art Mann, die sie heiraten soll.«

»Natürlich soll sie! Aber junge Mädchen haben so törichte Ideen von den Männern.« Sie waren an der Tür, als Amber leichthin fragte: »Kommt Lord Carlton also bald nach London zurück?«

»Ich weiß es nicht. Warum?«

»Nun, ich meinte nur, der Ehekontrakt sollte unterzeichnet werden, bevor sie ihn wiedersieht – weiß der Himmel, was sie sonst für eine Torheit begehen könnte.«

»Das ist ein sehr guter Vorschlag, meine Liebe. Ich werde morgen mit dem Anwalt sprechen. Es ist sehr lieb von dir, daß du so großen Anteil an meiner Familie nimmst.«

Amber lächelte bescheiden.

Unter den Gästen des Abends war auch Joseph Cuttle, und obgleich Amber ihn bereits gesehen hatte, konnte sie sich nicht an ihn erinnern. Er war ein hochaufgeschossener, linkischer Junge von achtzehn Jahren, mit einem Gesicht, das unausgereift aussah. Seine Manieren waren plump und verlegen, als wünschte er nur, davonzulaufen und sich irgendwo zu verstecken. Es war fast lächerlich, zu denken, daß die reizende, lebensgierige Jemima diesen ungeschickten Knaben heiraten sollte.

Doch Amber nahm sich ihn vor, und obgleich er sich anfangs verzweifelt unbehaglich fühlte, gelang es ihr doch, ihn dahin zu bringen, daß er ihr seinen Kummer anvertraute und sie bat, ihm behilflich zu sein. Sie versprach es und deutete an, daß Jemima ihm weit mehr geneigt sei, als es den Anschein hatte, daß aber ihre Schüchternheit sie davon abhalte, ihre Gefühle zu verraten. Einmal fing sie einen überraschten, gekränkten, anklagenden Blick Jemimas auf. Kurz darauf schützte das Mädchen Kopfschmerzen vor und zog sich zurück.

Am nächsten Morgen stürzte sie in Ambers Zimmer, während Amber noch verschlafen unter ihren Federbetten lag. Wie gewöhnlich war sie, halb in Erinnerung, halb in Wunschträumen mit ihren Gedanken bei Bruce Carlton. Sie hatte ihm Hauptmann Morgans Tod längst verziehen und zweifelte nicht daran, daß auch er ihr verziehen hatte. Und seit Jemima von ihm gesprochen hatte, stieg in ihr eine Ahnung auf, als sei er ihr jetzt viel näher und als würde sie ihn vielleicht schon binnen kurzem wiedersehen. Jetzt riß Jemimas Erscheinen sie aus ihrer Träumerei.

»Himmel, Jemima, was ist geschehen?« Sie setzte sich auf.

»Amber! Wie konntest du zu diesem gräßlichen Joseph Cuttle gestern abend so höflich sein?«

»Ich finde ihn gar nicht so gräßlich, Jemima. Er ist ein netter, gutherziger junger Mensch, und er betet dich an.«

»Das ist mir gleich! Er ist häßlich, und er ist ein Narr. Und ich hasse ihn! Und du hast mir doch versprochen, daß du mir helfen wirst!« Sie begann plötzlich zu weinen.

»Weine nicht, Jemima«, sagte Amber ziemlich rauh. »Ich werde dir helfen, wenn ich kann. Aber dein Vater wollte, daß ich mit ihm reden sollte, und das konnte ich ihm nicht abschlagen.«

»Du konntest, wenn du gewollt hättest!« erklärte Jemima hartnäckig und wischte sich die Tränen vom Gesicht. »Lettice sagt, daß du mit ihm machen kannst, was du willst. Wie mit einem zahmen Affen.«

Amber unterdrückte einen Heiterkeitsausbruch und sagte streng: »Nun, da irrt sich Lettice. Und du solltest solche Dinge gar nicht sagen, Jemima. Aber tröste dich – ich werde dir helfen, so gut ich kann.«

Jemima lächelte jetzt, denn die Tränen saßen ihr locker und hinterließen keine Spuren. »Oh, ich danke dir! Und wenn Lord Carlton kommt – wirst du mir dann auch helfen, ja?«

»Ja, Jemima, natürlich. So gut ich kann!«

*

Amber überquerte den vordern Hof, um in ihren Wagen einzusteigen; da hielt sie plötzlich inne, denn ihr Blick fiel auf einen andern Wagen, der dort stand. Es war Almsburys Wagen. Und da es nicht wahrscheinlich war, daß der Earl Geschäfte mit Samuel hatte, so mußte das bedeuten, daß Bruce zurück war. Er war hier, in diesem Augenblick, dort im Zimmer bei Samuel!

Einen Augenblick lang blieb sie wie betäubt stehen, dann aber drehte sie sich um und lief über den Hof zurück. Sie war kaum mehr als drei- oder viermal in Samuels Kontor gewesen, und die Männer, die dort arbeiteten, sahen neugierig und überrascht auf, als sie jetzt durch die Zimmer auf sein Privatkontor zueilte. Ohne sich auch nur eine Sekunde aufzuhalten, um zu überlegen, was sie eigentlich sagen oder tun sollte, oder um sich zu sammeln, öffnete sie die Tür.

Das Zimmer war groß und schön eingerichtet mit geschnitzten Eichentischen, Stühlen und Schemeln, die Wände mit reichem, dunklem Samt bespannt, und in Kupferleuchtern brannten zahlreiche Kerzen. Samuel und Lord Carlton standen vor einer großen gerahmten Weltkarte, und während Samuel Amber gegenüberstand, drehte Bruce ihr den Rücken. Er trug einen jener neumodischen enganliegenden Röcke aus dunkelgrünem und goldenem Brokat, die bis zu den Knien reichten, einen breiten, gewundenen Satingürtel und über die Schulter das Degengehänge. Ein breitkrempiger Hut saß auf einer Perücke, die kaum anders wirkte als sein eigenes Haar. Nur die Gecken trugen lange Perücken mit recht auffallenden Locken.

Selbst von hinten sah er anders aus als irgendein anderer Mann, und ihr Herz schlug so heftig, daß sie zu ersticken glaubte. Ich werde ohnmächtig werden, dachte sie verzweifelt. Ich werde irgend etwas Schreckliches tun, etwas völlig Wahnsinniges.

»Oh, es tut mir leid, Samuel«, sagte sie und blieb in der offenen Tür stehen, den Knauf in der Hand, »ich dachte, du wärest allein.«

»Komm nur herein, mein liebes Kind. Dies ist Lord Carlton, von dem du mich schon sprechen gehört hast. Mylord, darf ich Sie meiner Frau vorstellen?«

Bruce wandte sich um, und seine Augen verrieten erst Überraschung und dann Heiterkeit. Du – schien er zu sagen –, von allen Menschen gerade du! Du bist mit einem ehrbaren, reichen alten Kaufmann verheiratet!

Auch sie sah, daß er ihre letzte Trennung in Zorn und Trauer noch nicht vergessen hatte.

Aber er nahm nur seinen Hut ab und verbeugte sich ernst. »Ihr Diener, Madame!«

»Lord Carlton ist eben von Amerika zurückgekehrt – mit seinen Schiffen und mehreren andern dazu«, fügte Samuel lächelnd hinzu, denn die Kaufleute waren stolz auf die Freibeuter und waren ihnen auch dankbar.

»Wie schön«, sagte Amber nervös und hatte ein peinliches Gefühl, als würde sie in lauter kleine Stücke zerfallen. »Ich wollte dir nur sagen, Samuel«, fuhr sie schnell fort, »daß ich zum Mittagessen nicht zu Hause sein werde. Ich muß einen Besuch machen.« Sie warf Carlton einen raschen, unsicheren Blick zu. »Wollen Sie nicht heute abend zum Essen kommen, Lord Carlton? Sie haben gewiß viel von Ihren Abenteuern auf dem Meer zu erzählen.«

Er verbeugte sich lächelnd. »Ich glaube nicht, daß Seegeschichten viel Interesse bei Damen finden, aber ich komme mit größtem Vergnügen, Mrs. Dangerfield. Vielen Dank!«

Amber lächelte beiden Herren zu, knickste und rauschte hinaus; geräuschvoll schlug die Tür hinter ihr zu. Sie lief wieder über den Hof, als fürchtete sie, ihre Beine würden sie nicht bis zum Wagen tragen. Sie stieg ein, fiel auf den Sitz und schloß die Augen.

Erregt ergriff Nan ihre Hand. »Ist er hier, Mam?«
»Ja«, flüsterte sie schwach, »er ist hier.«
Eine Stunde später war sie bei Almsbury, von Emily mit Entzücken aufgenommen. Sie gingen zusammen ins Kinderzimmer hinauf.
»Wie lieb von Ihnen, uns zu besuchen! Wir sind noch keine vierzehn Tage hier und haben alles getan, um Sie zu finden, aber im Theater konnte man uns nur sagen, Sie seien verheiratet, doch nicht, wo Sie wohnen. Lord Carlton ist hier bei uns . . .«
»Ja, ich weiß. Ich bin ihm eben im Büro meines Mannes begegnet. Glauben Sie, daß er zum Mittagessen nach Hause kommt?«
»Ich weiß es nicht. Ich glaube, daß er und John sich um ein Uhr irgendwo treffen wollten.«
Sie traten ins Kinderzimmer und fanden die Kinder bei ihrem Haferbrei. Ambers Enttäuschung darüber, daß sie vielleicht Bruce versäumen würde, war teilweise durch die Freude ausgeglichen, ihren Sohn wiederzusehen, den sie seit dem letzten September nicht mehr gesehen hatte. Er war ein ungewöhnlich schönes Kind, gesund, fröhlich und freundlich, mit gewelltem dunklem Haar und grünen Augen. Sie nahm ihn in die Arme und lachte lustig, als er sie küßte und ihr Sahne auf Wangen und Mund schmierte und den Löffel in ihre Locken steckte.
»Daddy ist hier, Mutter«, verkündete er laut. »Tante Emily hat mich nach London gebracht, damit ich ihn sehen kann.«
»Oh«, sagte Amber und empfand einen leichten eifersüchtigen Stich, »Sie wußten, daß er kommen würde?«
»Er hat an John geschrieben«, erklärte Emily. »Er wollte das Kind sehen.«
»Er ist nicht verheiratet, nicht wahr?«
Das war die Frage, vor der sie sich jedesmal, wenn er heimkam, fürchtete, obwohl sie sich kaum vorstellen konnte, wen ein Mann in jenem barbarischen Land jenseits des Ozeans heiraten sollte.
»Nein», sagte Emily.
Amber saß mit dem kleinen Bruce und einem fetten, bellenden kleinen Hund, der dem Kind gehörte, auf dem Boden, und Emilys zwei Söhne gesellten sich zu ihnen. Während des Spielens und Lachens gelang es ihr, an Emily einige Fragen zu richten.
»Wie lange wird er diesmal bleiben?«
»Etwa einen Monat, glaube ich. Er stellt seine Schiffe für den Krieg zur Verfügung.«
»Der Krieg? Er hat doch noch nicht begonnen!«
»Nein, aber bald. Wenigstens sagt man es bei Hof.«
»Aber wozu tut er das? Er kann sie doch dabei verlieren!«
Emily sah ein wenig erstaunt aus. »Nun, das muß er doch. England braucht jedes Schiff und jeden erfahrenen Seemann, alles, was es kriegen kann. Viele Freibeuter tun das.«
Gerade in diesem Augenblick trat Bruce durch die offene Tür und kam auf sie zu. Während Amber hilflos und sprachlos sitzen blieb, lief

der kleine Junge auf seinen Vater zu, der ihn auf die Schulter hob. Jetzt stand er neben ihr, sah hinunter und lächelte.

»Ich dachte mir's, daß ich dich hier finden würde.«

Achtundzwanzigstes Kapitel

Am gleichen Abend, als Amber sich ankleidete, kam Jemima in ihr Schlafzimmer gelaufen. »Amber!« rief sie fröhlich. »O Amber, ich danke dir!«

Amber wandte sich um und erkannte mit Mißbehagen, daß Jemima in einem Kleid von kornblumenblauem Satin, den Rock mit künstlichen Rosen gerafft und echte Rosen in den schimmernden Locken, viel reizender aussah, als sie selbst je ausgesehen hatte.

»Wofür dankst du mir?«

»Daß du Lord Carlton zum Abendessen eingeladen hast, natürlich! Vater hat mir erzählt, daß er kommt und daß du es bist, die ihn eingeladen hat.«

»Joseph Cuttle kommt auch; denke daran!« sagte Amber unwirsch. »Und wenn du nicht nett zu ihm bist, wird dein Vater sehr unzufrieden sein.«

»Ach, Joseph Cuttle! Wer fragt nach Joseph Cuttle? O Amber, ich bin so aufgeregt! Was soll ich tun? Was soll ich sagen? Oh, ich möchte doch einen tiefen Eindruck auf ihn machen! Sag mir, was ich tun soll, Amber, bitte – du kennst dich doch in diesen Dingen aus!«

»Vor allem still und bescheiden sein«, riet Amber kühl. »Erinnere dich, daß die Männer kecke Frauen nicht leiden können.«

Jemima unterwarf sich sogleich und versuchte, ihren Zügen einen gelassenen Ausdruck zu geben. »Ich weiß! Ich muß sehr förmlich und geziert sein. Aber ich glaube, daß ich ohnmächtig werde, wenn ich ihn nur sehe! Sag mir – wie sehe ich aus?«

»Oh, sehr hübsch«, versicherte ihr Amber. Sie stand auf und zog ihr Kleid an.

Sie war unruhig und unglücklich und vor allem krankhaft eifersüchtig auf ihre Stieftochter, vor der sie eine verzweifelte Angst hatte. Sie und Bruce waren den ganzen Nachmittag beisammen gewesen, und noch zitterte der Nachglanz dieser Stunden durch alle Saiten ihres Wesens. Doch nun war Jemima da, jugendfrisch, lieblich, keck, und mit einem Mal sah sie in ihr eine gefährliche Rivalin. Denn durch ihre Heirat mit einem reichen alten Kaufmann hatte Amber eine Art falscher Ehrbarkeit erlangt, die sie weniger verführerisch machte. Sie war verheiratet, aber Jemima war es nicht; und so sicher Samuel auch sein mochte, daß Lord Carlton keinen Wert darauf legen würde, in die Familie Dangerfield einzuheiraten, hatte Amber dennoch Angst.

Sei nicht töricht, hatte sie sich hundertmal gesagt. Nicht um alles Gold von England würde er ein Gänschen wie Jemima heiraten. Zudem ist er heute selbst reich genug. Ach, warum sieht Jemima nicht aus wie Lettice?

Als sie jetzt in ihr Kleid schlüpfte, sah sie Jemima nicht an, konnte aber fühlen, wie das Mädchen sie ängstlich beobachtete, und ihr eigenes Selbstvertrauen kehrte wieder. Das Kleid war aus champagnerfarbenen Spitzen über champagnerfarbenem Satin und flimmerte von Tausenden goldener Sterne. Noch immer vermied sie Jemimas Blick, als sie sich jetzt zu ihrem Toilettentisch wandte, um ihre Smaragde anzulegen.

»O!« rief Jemima endlich, »wie schön du bist!« Ihre Augen suchten niedergeschlagen das eigene Bild im Spiegel. »Er wird mich gar nicht anschauen!«

»Natürlich wird er das, Herzchen«, sagte Amber in besserer Stimmung. »Du hast noch niemals so reizend ausgesehen.«

In diesem Augenblick steckte Jemimas Zofe, Mrs. Carter, den Kopf zur Tür herein. »Mrs. Jemima«, flüsterte sie. »Seine Lordschaft ist da! Er ist eben ins Haus getreten.«

Ambers Herz setzte aus, aber sie rührte sich nicht. Jemima dagegen sah so unglücklich drein, als würde sie zu ihrer Hinrichtung geführt. »Er ist da«, hauchte sie, »o mein Gott!« Und dann raffte sie ihre Röcke und war verschwunden.

Fünf Minuten später war Amber bereit hinunterzugehen. Sie war neugierig darauf, wie er Jemima ansehen, was er von ihr denken würde – aber vor allem sehnte sie sich danach, ihn wiederzusehen, seine Stimme zu hören, sein Gesicht zu beobachten, mit ihm im gleichen Raum zu sein.

»Geben Sie acht, Mam«, warnte Nan leise, als sie ihr den Fächer reichte.

Amber erblickte ihn sogleich bei ihrem Eintritt in den Salon. Er stand im Gespräch mit Samuel und zwei andern Männern, und neben ihm stand Jemima und sah zu ihm auf, wie eine Blume, die sich der Sonne zuwendet. Sie ging auf ihn zu, mußte aber auf dem Weg mehrmals stehenbleiben, um ihre andern Gäste zu begrüßen, von denen die meisten ihr bekannt waren.

Es waren Kaufleute, Anwälte und Goldschmiede, Angehörige jenes soliden, wohlhabenden höheren Mittelstandes, der rasch zur größten Kraft in England geworden war. Mehr und mehr waren sie befähigt, die Regierungspolitik im Land und jenseits des Meeres zu beeinflussen, weil der größte Teil des nationalen Vermögens von ihnen beherrscht wurde. Fast ausnahmslos waren sie in den Bürgerkriegen auf der Siegerseite gewesen, und während der Jahre, da die geschlagenen Royalisten daheim Kerker und würgende Steuern erdulden mußten oder in verzweifeltem Elend im Ausland lebten, waren ihre Vermögen angewachsen. Selbst die Restauration hatte die früheren Lebensbedingungen nicht wiederherstellen können – dies waren jetzt die reichen, starken Männer Englands.

Die Kaufleute waren es, die jetzt am lautesten und nachdrücklichsten den Krieg gegen die Holländer forderten, der nötig war, um Englands Handel gegen den bedrohlichen Nebenbuhler zu schützen, den es in diesen Sphären hatte. Und Lord Carlton, ein Freibeuter, der holländische Schiffe versenkt und holländische Waren gekapert hatte, wurde von ihnen hoch geachtet und bewundert, wenn er auch ein Aristokrat war.

Endlich erreichte Amber die kleine Gruppe, die von den neuen, goldgestickten Samtvorhängen eingerahmt war. Sie machte einen tiefen Knicks, und Bruce verbeugte sich vor ihr. Jemima beobachtete die beiden.

»Ich freue mich, daß Sie kommen konnten, Lord Carlton.« Sie vermochte ihm jetzt ruhiger in die Augen zu schauen, obgleich ihre innere Spannung noch immer stark war.

»Für mich ist es eine besondere Freude, hier zu sein, Mrs. Dangerfield.«

Keiner hätte ahnen können, daß die beiden drei Stunden vorher miteinander im Bett gelegen hatten. Jetzt waren sie kühle, höfliche Fremde.

Das Essen war bereit, und die Gäste begannen in das Speisezimmer zu strömen, wo ein Büfett in französischem Stil sie erwartete. Es gab so viel zu essen, daß es auch für dreihundert Personen gereicht hätte und nicht bloß für die hundert Anwesenden; dazu Gallonen von weißem und rotem Wein. Wachskerzen warfen ein mildes, helles Licht auf Schultern und Haare der Frauen, in den Nebenzimmern erklang Musik. Einige der Frauen waren mit ebensoviel Prunk angezogen wie Hofdamen, die Männer trugen zumeist ernste schwarze Gewänder aus Samt oder Wolle.

Amber und Bruce wurden sogleich voneinander getrennt, denn sie hatte Pflichten als Hausfrau, und er wurde von einem Kreis von Kaufleuten mit Beschlag belegt, die wissen wollten, wann es zum Krieg kommen werde, wie viele Schiffe er gekapert habe und ob es wahr sei, daß in Holland eine Seuche herrsche, die das Land zu einem ungefährlichen Gegner mache. Sie fragten ihn, warum der König keinen sittlicheren Lebenswandel führen wolle, wie lange das Nichtstun und die Korruption bei Hofe noch dauern würden, und – ganz vertraulich – ob es eine sichere Anlage sei, Seiner Majestät größere Summen vorzustrecken. »Unsere Schiffe«, »unser Handel«, »unsere Meere« waren die Worte, die immer wieder aufklangen. Die Frauen standen beisammen und sprachen von ihren Kindern, ihren Schwangerschaften, ihren Dienstboten. Im Laufe des Abends stellte jeder mindestens einmal fest, um wieviel glücklicher England doch unter dem alten Oliver gewesen sei; sie vergaßen, wie sie unter eben diesem alten Oliver gemurrt hatten.

Man verzog sich aus dem Speisezimmer wieder in den Salon und setzte sich um runde Tischchen oder auf Stühle und Bänke. Und Amber, deren Augen Bruce überallhin folgten, auch wenn sie noch so sehr mit anderem beschäftigt zu sein schien, war wütend, als es Jemima endlich gelang, ihn den Kaufleuten zu entziehen und allein in eine Ecke zu manövrieren. Dort setzten sie sich nieder, Teller auf den Knien, und begannen sich zu unterhalten.

Jemima schwatzte und lachte, und ihre Augen schimmerten von Glück und leidenschaftlicher Anbetung, als sie jetzt alle die reizenden Künste natürlicher Koketterie vor ihm entfaltete. Bruce sah sie an und sagte hin und wieder ein Wort, doch obgleich er sich nur mäßig zu unterhalten schien, war Amber in einem Zustand angstvoller Eifersucht.

Mehrmals versuchte sie, zu den beiden zu gelangen, aber immer wurde sie von irgend jemand aufgehalten. Schließlich sagte eine alte Dame mit einem Busen wie ein Felsvorsprung und den Augen eines lebhaften Spaniels zu ihr: »Jemima scheint ja mächtig in Seine Lordschaft verschossen zu sein. Sie hat ihn den ganzen Abend lang angeschmachtet. Erlauben Sie mir, Ihnen zu sagen, Mrs. Dangerfield – wenn Jemima meine Tochter wäre, dann würde ich einen Weg finden, sie seiner Gesellschaft zu entziehen. Ich bewundere die Heldentaten Seiner Lordschaft zur See wie wir alle, aber sein Ruf im Verkehr mit Frauen ist nicht der beste, das können Sie mir aufs Wort glauben.«

Amber war entsetzt. »O Himmel! Ich danke Ihnen, Mrs. Humpage, daß Sie mich darauf aufmerksam machen. Ich werde das Nötige tun.«

Und im Nu war sie bei Joseph Cuttle, der in einer Ecke mit Henry sprach und so tat, als sähe er nicht, daß Jemima mit einem Mann beisammen saß, der nicht bloß schön und von Adel, sondern überdies noch ein Held war.

»Ach Joseph!« rief sie. »Wo stecken Sie denn den ganzen Abend? Was treiben Sie hier? Ich möchte wetten, daß Sie noch kein Wort mit Jemima gesprochen haben!«

Joseph wurde rot und scharrte linkisch mit dem Fuß, während Henry seiner Stiefmutter in den Ausschnitt lugte. »Ich unterhalte mich ausgezeichnet, Mrs. Dangerfield. Jemima ist ja beschäftigt.«

»Unsinn, Joseph! Sie wird Ihnen niemals vergeben, wenn Sie sich so wenig um sie kümmern!« Sie nahm ihn bei der Hand, ihre Augen leuchteten vor Güte und Ermutigung. »Kommen Sie, Joseph – Sie können Ihrer Sache gewiß nichts nützen, wenn Sie hier stehenbleiben.«

Sie durchquerten das Zimmer, und Amber hielt Josephs Hand in festem Griff, als hätte sie Angst, er könnte ihr entwischen. Sie schleppte ihn bis zu Bruce und Jemima, nahm den vorwurfsvoll anklagenden Blick des Mädchens nicht zur Kenntnis und stellte ihn Lord Carlton vor.

»Du kannst jetzt mit Joseph den Tanz eröffnen, Jemima«, sagte sie süß. »Beginnt mit einem Coranto!«

Widerstrebend stand Jemima auf, aber ihr Gesicht leuchtete, als sie sich abermals Bruce zuwandte. »Entschuldigen Sie mich, Euer Lordschaft?«

Bruce verbeugte sich. »Aber gewiß, Madame. Und ich danke Ihnen, daß Sie mir beim Souper Gesellschaft geleistet haben.«

Jemima schenkte ihm noch ein langes Lächeln, eines, das er nicht vergessen sollte, machte dann vor Amber einen kurzen Knicks und ging in den Ballsaal, nahm aber Josephs Arm nicht und schien überhaupt den unglückseligen Jungen an ihrer Seite völlig zu übersehen.

Amber wartete, bis sie außer Hörweite waren, dann sah sie Bruce an, der ihr zulächelte. Er schien genau zu wissen, was sie dachte. »Nun«, sagte sie, »haben Sie sich gut unterhalten?«

»Sehr gut. Vielen Dank für die Einladung. Und jetzt . . .« Er sah auf eine Uhr. »Jetzt muß ich gehen.«

»Oh, Sie müssen gehen!« wiederholte sie spöttisch. »Sobald ich komme, müssen Sie gehen!«

»Ich habe in Whitehall zu tun.«

»Ich kann mir vorstellen, was Sie dort zu tun haben!«

»Lächle ein wenig, Amber«, sagte er leise. »Einige deiner Gäste wundern sich bereits darüber, wie vertraulich du mit mir sprichst. Eine Frau streitet niemals mit einem Mann, den sie nicht näher kennt. Hast du das etwa vergessen?«

Sein spöttischer Ton brachte sie in Wut, aber was er sagte, ängstigte sie doch. Sie zwang ihrem Mund, wenn schon nicht ihren Augen, ein Lächeln ab und spähte umher, ob man sie auch beobachtete. Ich muß vorsichtig sein, warnte sie sich selbst. Wenn jemand ahnte – o Gott, wenn jemand ahnte . . .

Sie hob die Stimme ein wenig und lächelte. »Es hat mich sehr gefreut, daß Sie heute abend gekommen sind, Lord Carlton. Wir haben nicht häufig Gelegenheit, einen Mann bei uns zu sehen, der so viel für England getan hat.«

Bruce verbeugte sich mit seiner tierhaften Anmut. »Vielen Dank, Madame. Gute Nacht!«

Er schritt durch das Zimmer, um sich von Samuel zu verabschieden. Amber, die unterdessen mit einem weißhaarigen Herrn sprach, entschuldigte sich plötzlich mit Hausfrauenpflichten. Im Gang raffte sie die Röcke und eilte, so schnell sie konnte, in den Vorderhof, wo sie Bruce eben in einen Wagen einsteigen sah.

»Lord Carlton!« rief sie atemlos, und ihre hohen Absätze klapperten auf dem Backsteinpflaster.

Er blieb stehen und wandte sich nach ihr um. »Haben Sie mich gerufen, Mrs. Dangerfield?«

»Ich habe Ihnen noch eine Botschaft meines Mannes zuzustellen, Euer Lordschaft.« Damit kletterte sie in den Wagen, winkte ihm, ihr zu folgen, und dem Lakaien, die Tür zu schließen. »Bruce – wann kann ich dich wiedersehen?«

»Amber, du kleine Närrin! Was stellst du dir denn vor?« Seine Stimme war ungeduldig, und in seinen Augen war ein zorniger Blick. »Du solltest diesmal doch klüger sein!«

Sie runzelte die Stirn, als sie aus dem Fenster sah. Wenn dieser verwünschte Lakai mit seiner Fackel doch fortgehen wollte, deren Schein gerade auf sie fiel. »Ich werde vorsichtig sein. Aber ich muß dich sehen, Bruce. Wann? Ich kann jederzeit kommen.«

»Komm also morgen zu den Schiffen. Wir löschen unsere Ladung, und man wird nicht weiter überrascht sein, wenn du dort bist.«

»Ich komme morgen früh.«

Sie lehnte sich an ihn. Noch einen Kuß!

»Amber!«

Widerstrebend stieg sie aus dem Wagen und lief ins Haus zurück. Zu ihrem größten Schrecken fand sie den Salon in hellster Aufregung und Verwirrung, den sie eben erst voll von plaudernden, lachenden Gästen verlassen hatte.

»Was ist denn? Was ist geschehen?« fragte sie den ersten, auf den sie stieß.

»Ihr Gatte, Mrs. Dangerfield. Er ist ohnmächtig geworden.«

»Ohnmächtig?«

Der furchtbare Gedanke durchzuckte sie, Samuel könnte sie und Bruce beobachtet haben und von irgend jemandem etwas gehört haben, und das hätte einen Schlaganfall zur Folge gehabt. Sie war mehr ihretwegen beunruhigt als Samuels wegen, als sie jetzt die Stiege hinaufeilte.

Die Zimmer waren voll von Menschen – Dienstleuten und Mitgliedern der Familie – aber ohne ein Wort mit ihnen zu wechseln, ging sie sofort in das Schlafzimmer. Samuel lag auf dem Bett, und Lettice kniete neben ihm, während die vier ältesten Brüder angstvoll danebenstanden. Keiner von ihnen sah sie an. Dr. de Forest, der sein Arzt war und sich auch unter den Gästen befunden hatte, hielt seine Hand und zählte die Pulsschläge.

Instinktiv senkte Amber ihre Stimme. »Was ist geschehen? Ich war hinausgegangen, um nach dem Wein zu sehen, und als ich zurückkam, hieß es, er sei ohnmächtig geworden.«

»Das ist er auch«, sagte Sam kurz.

Amber trat Lettice gegenüber ans Bett. Sie wagte weder Lettice noch die andern anzublicken, aber sie spürte, daß keiner sie beachtete; alles Interesse galt dem Vater. Sie meinte, endlose Stunden zu warten, aber es waren nur Minuten. Als er jetzt die Lider hob, sah er Lettice. Seine Augen suchten Amber, und als er sie gefunden hatte, lächelte er. Sie beobachtete ihn, atemlos vor Furcht, er könnte jetzt etwas sagen, woran sie erkennen müßte, daß er sie durchschaut hatte.

Sie beugte sich über ihn und küßte ihn sanft. »Du bist hier, Samuel, bei uns. Es ist kein Grund zur Besorgnis.«

»Ich erinnere mich nicht, was geschehen ist – ich dachte, wir wären . . .«

»Sie sind ohnmächtig geworden, Sir«, sagte Dr. de Forest.

Lettice weinte ganz leise, um niemanden zu stören, und ihr ältester Bruder nahm sie bei den Schultern und half ihr aufzustehen. Auf das Verlangen des Arztes verließen alle bis auf Amber den Raum. Er sprach jetzt sehr ernstlich zu den beiden davon, wie notwendig es für Samuel wäre, sich in den nächsten Tagen völlig ruhig zu verhalten, Aufregung jeder Art zu vermeiden – und damit wandte er sich besonders an Amber, die ihn ernst ansah und nickte.

»Sie müssen Ihrem Gatten helfen, Mrs. Dangerfield«, sagte er dann noch zu Amber unter vier Augen, als sie ihn hinausbegleitete. »Sein Leben ist in Gefahr, wenn Sie es nicht tun. Sie verstehen mich doch?«

»Ja, Dr. de Forest, das werde ich.«

Als sie wieder ins Schlafzimmer kam, nahm Samuel ihre Hand und lächelte. »Dr. de Forest hat ganz lächerliche Vorstellungen. Wir werden uns nicht viel um ihn kümmern, nicht wahr?«

Aber Amber antwortete fest: »Doch, Samuel. Er sagt, es sei für dich unerläßlich nötig, und so werden wir ihm gehorchen. Wir müssen. Versprich mir, Samuel – versprich mir, daß du dem Doktor folgen wirst!«

Er war sichtlich verlegen, aber Amber gab nicht nach. Er dürfe nichts tun, was seiner Gesundheit schaden könnte. Und darum würden sie doch ebenso glücklich sein wie vorher. Ihr käme es auf nichts anderes an als auf sein Wohlbefinden. Samuel war tief gerührt und konnte etliche Tränen nicht zurückhalten. Aber während sie an seiner Seite saß und sprach und seinen Kopf streichelte, waren ihre Gedanken sehr rege. Wenn sie jetzt in Hoffnung kam, war es ein Kind Lord Carltons – und wenn das bald geschah, dann würde Samuel es für sein eigenes halten.

Am nächsten Morgen fühlte er sich bereits ein wenig besser, aber Amber bestand darauf, daß er im Bett bleiben mußte, wie der Doktor es verordnet hatte, und sehr gegen ihren Willen blieb sie bei ihm. Gegen ein Uhr kam Jemima mit ihren beiden ältesten Brüdern, um zu sagen, daß sie Lord Carltons Schiffe besichtigen gingen.

»Warum gehst du nicht mit ihnen, meine Liebe?« fragte Samuel Amber. »Du bist den ganzen Tag hier eingesperrt gewesen.«

Jemima sah angstvoll zu ihr hinüber und hoffte offenbar, sie würde nicht mitkommen, aber obgleich sie erst eine Weile darauf beharrte, sie könne ihn nicht allein lassen, ließ sie sich schließlich überreden. Doch dieser Besuch war eine Enttäuschung. Sie konnten kein Wort miteinander sprechen, und Bruce hatte so viel zu tun, daß er ihre Anwesenheit scheinbar kaum bemerkte. Ihr einziger Trost war, daß Jemima ebenso enttäuscht war wie sie selbst und es nicht gut zu verhehlen wußte.

Immerhin machte er jeder von ihnen ein schönes Geschenk. Jemima gab er einen prachtvollen Stoff, der aussah, als hätte man geschmolzenes Gold über Seide gegossen, und das Muster schien von einer Künstlerfeder gezeichnet zu sein. Amber erhielt ein kunstvolles Halsband aus Topas und Gold. Beide Geschenke stammten von gekaperten holländischen Schiffen, die von Ostindien heimgekehrt waren.

Doch früh am nächsten Morgen schlüpfte sie in schwarzem Mantel, eine Maske vor dem Gesicht, aus dem Haus und nahm einen Mietwagen zu Almsbury. Sie verbrachten eine halbe Stunde im Kinderzimmer mit ihrem Sohn und Almsbury, und dann gingen sie in sein Zimmer.

»Wenn jemand das entdeckt«, sagte er.

Amber war sehr sicher. »Ausgeschlossen. Samuel schlief, und Nan hat den Auftrag, zu sagen, daß ich ein Kleid anprobieren gegangen bin, damit er nicht gestört werde.« Sie sah lächelnd zu ihm auf. »Ach, ich bin eine hingebungsvolle Gattin, das kann ich dir versichern.«

»Du bist eine hartherzige kleine Dirne«, sagte er. »Die Männer, die dich lieben, tun mir leid.«

Doch sie war zu glücklich, um über irgend etwas böse zu werden, und wenn er sie anschaute, dann glimmte in seinen grünen Augen ein Licht, um dessentwillen sie ihm alles verziehen hätte. Sie setzte sich auf seinen Schoß, legte die Arme um seinen Hals und preßte die Lippen gegen seine glattrasierte Wange.

»Aber du liebst mich doch, Bruce – und dir habe ich nie weh getan. Ich könnte es nicht einmal, wenn ich wollte«, fügte sie hinzu.

Er hob seine Braue und lächelte. Er hatte sich niemals in ausschweifenden Komplimenten ergangen, wie es unter den Galans Mode war, und manchmal fragte sie sich eifersüchtig, ob er andern Frauen gegenüber – Jemima zum Beispiel – ebenso war.

»Was denkst du von Jemima?« fragte sie ihn jetzt.

»Nun, sie ist äußerst reizend – und naiv wie eine Ehrenjungfrau in ihren ersten Wochen bei Hof.«

»Sie ist ganz vernarrt in dich.«

»Ich habe entdeckt, daß hunderttausend Pfund einen Mann weit anziehender machen, als er je geahnt hätte.«

»Hunderttausend Pfund! Mein Gott, Bruce! Was für eine Menge Geld! Wenn Samuel stirbt, werde ich sechsundsechzigtausend haben. Denk einmal, was das für ein Vermögen wäre, wenn wir es zusammenlegen würden! Wir wären die reichsten Leute in England.«

»Du vergißt, mein Liebling, daß ich nicht in England sein werde.«

»O, aber du . . .«

Plötzlich stand er auf und nahm sie in die Arme, seinen Mund auf ihrem Mund. Amber fühlte sich vergehen, ihre Argumente verstummten. Aber das letzte hatte er gar nicht gehört. Denn jetzt war ihr gelungen, etwas zu erreichen, was auch er zu schätzen wußte – Geld; und damit hoffte sie, ihn zu erkaufen. Wenn er sie nur heiraten wollte – wenn sie ihn nur für immer haben könnte! In Wirklichkeit war dies das einzige, was sie begehrte. All ihr anderer ausschweifender Ehrgeiz würde dann zergehen wie ein Stück Eis auf einem rotglühenden Ofen.

*

An den nächsten zwei Tagen ging sie morgens nicht zu Almsburys, denn Bruce hatte sie gewarnt. Wenn sie noch so vorsichtig war, würde man sie erwischen. »Wenn du über diesen Ozean unter falscher Flagge segelst«, sagte er, »und das mußt du wohl, dann denk daran, daß es nicht sehr viel braucht, um sie mißtrauisch zu machen. Und wenn sie dich je erwischen sollten, dann würden deine sechsundsechzigtausend sich erheblich verringern.« Sie wußte, daß das richtig war und beschloß achtzugeben.

Doch als Jemima sie fragte, was sie von Lord Carlton dächte, schoß ihr das Blut ins Gesicht, und sie mußte sich bücken, um ihr Strumpfband fester anzuziehen. »Nun, er ist natürlich ein schöner Mann.«

»Ich glaube, daß er mich gern hat – nicht?«

»Wie kommst du darauf?« Ihre Stimme war gegen ihren Willen scharf, aber sie änderte hastig den Ton. »Du darfst nicht so keck sein, Jemima. Jetzt glaubt gewiß schon jedermann, daß du mit ihm flirtest – und diese Hofherren sind alle gleich.«

»Alle gleich? In welcher Beziehung?«

Verärgert über Jemimas scheinbare Torheit, fuhr sie sie an: »Denk daran – und gib wohl acht, daß er dir nichts Böses tut!«

»Böses?« sagte Jemima verächtlich. »Was könnte er mir Böses tun, wenn ich ihn liebe?«

Amber hatte Lust, ihr nachzulaufen, sie bei den Schultern zu packen und ins Gesicht zu schlagen, aber sie bezwang sich. Es würde gewiß nicht zu der Rolle passen, die sie sich mit allzu viel Mühe zusammengezimmert hatte, um sie jetzt wegen eines albernen Mädchens leichtfertig fallenzulassen, das ihm nicht das geringste bedeutete. Nichtsdestoweniger waren ihre Beziehungen von nun an einigermaßen abgekühlt, und Jemima, die auch jetzt noch nicht ahnte, was diesen Wechsel bewirkt hatte, begann sie wieder ›Madame‹ zu nennen.

Am nächsten Nachmittag kehrte Amber von einem Besuch bei einer von Samuels zahllosen Verwandten zurück und fand Jemima mit Mrs. Carter in der Halle stehen, beide zum Ausgehen gekleidet. Jemima war geschminkt und parfümiert, trug Schönheitspflästerchen und das Haar in Locken, und ihr butterblumengelbes Satinkleid war so tief ausgeschnitten, daß es schien, als ob ihre kleinen Brüste jeden Augenblick auftauchen wollten. Im Haar hatte sie gelbe Rosen, und ihren gelbgesäumten schwarzen Samtmantel trug sie lose um die Schultern, um so wenig zu verdecken wie nur möglich. Jeder mußte sie für eine Schönheit vom Hof oder aber für eine der ganz großen Koketten dieser Stadt halten.

»Mein Gott, Jemima«, sagte Amber und sah ihre Stieftochter verblüfft an. »Wo gehst du denn in diesem Aufzug hin?«

Jemimas Augen funkelten, und in ihrer Stimme war ein Triumph, ja, fast eine Herausforderung. »Lord Carlton holt mich zu einer Fahrt in den Hyde Park ab.«

»Du hast ihn vermutlich darum gebeten?«

»Vielleicht habe ich das getan! Man kriegt nicht, was man haben will, wenn man sitzen bleibt und darauf wartet.«

Amber mochte Jemima einmal etwas Derartiges gesagt haben, aber jetzt wiederholte es Jemima, ohne sich der Quelle zu entsinnen. Sie hielt es für ihre eigene Weisheit. Und Amber, die aus Bosheit Jemimas Revolte gegen die Familientraditionen ermutigt hatte, sah jetzt, daß ihr eigener Rat sich gegen sie wendete. Vor drei Monaten hätte Jemima niemals gewagt, einen Mann zu bitten, er möge mit ihr ausfahren. Amber dachte nicht an die ausgleichende Gerechtigkeit, als sie jetzt Jemima, offenen Haß in den Augen, anstarrte. Oh, wenn ich nur nicht mit ihrem Vater verheiratet wäre! dachte sie in ohnmächtiger Wut.

»Jemima, du machst dich lächerlich. Du weißt nicht, was für ein Mann Lord Carlton ist!«

Jemima hob das Kinn. »Verzeihung, Madame, aber das weiß ich ganz genau. Er ist schön und bezaubernd, und er ist ein Edelmann – und ich liebe ihn.«

Ambers Lippen kräuselten sich, und sie wiederholte die Worte, deren Ton sie grausam genau nachahmte. »Er ist schön und bezaubernd, und er ist ein Edelmann – und du liebst ihn! Und was noch alles! Und wenn du nicht sehr aufpaßt, da ist es um deine Unschuld geschehen!«

»Ich glaube Ihnen nicht! Lord Carlton ist nicht so! Übrigens geht Carter mit.«

»Das ist auch besser. Und sieh zu, daß sie bei dir bleibt!«

Sie war jetzt so wütend, daß sie trotz Nans eifriger Zeichen und Grimassen noch mehr gesagt hätte, aber da tönte der Türklopfer, und der Lakai ließ Bruce eintreten. Er schwenkte den Hut vor den beiden Damen, und seine Augen glitzerten belustigt, als er Amber offenbar im Zank mit ihrer Stieftochter fand.

Zur Hölle mit ihm, dachte Amber. Die Männer halten sich immer für Gott weiß wie überlegen.

»Das ist eine angenehme Überraschung, Mrs. Dangerfield«, sagte er jetzt, »ich hatte nicht erwartet, daß Sie mitfahren würden.«

»Oh, Madame fährt nicht mit«, sagte Jemima hastig, »sie ist eben erst nach Hause gekommen.«

»Ach«, sagte Bruce glatt. »Das tut mir aber leid, Mrs. Dangerfield, ich hätte mich so gefreut, wenn Sie uns Ihre Gesellschaft geschenkt hätten.«

Ambers Augen starrten ihn hart, funkelnd und scharf an wie Katzenaugen. »Wirklich, Lord Carlton?«

Und sie drehte sich um und lief die Treppe hinauf, doch als sie eine Tür zuschlagen hörte, blieb sie auf dem Absatz stehen und sah hinunter. Sie waren fort. Plötzlich hob sie den Arm und warf ihren Fächer mit aller Kraft auf den Boden. Sie hatte nicht gemerkt, daß jemand in der Nähe war, aber im Nu erschien ein Lakai und sah sie erstaunt an; ihre Augen begegneten sich eine Sekunde lang, und dann eilte sie weiter.

Sie war noch ziemlich erregt, als Samuel aus seinem Kontor kam, wo er eine oder zwei Stunden verbracht hatte. Aber sie küßte ihn zärtlich, lud ihn zum Sitzen ein, setzte sich neben ihn und legte ihre Hand in die seine. Eine Weile plauderten sie von verschiedenen unwichtigen Dingen, dann aber machte sie ein besorgtes Gesicht und sah nachdenklich vor sich hin.

Er streichelte ihren Scheitel, wo das Haar in bräunlichen, satingleichen Wellen lag. »Was ist denn, mein Liebling? Ist etwas nicht in Ordnung?«

»Doch, Samuel, alles. – O Samuel – ich muß es dir sagen. Es geht um Jemima! Ich mache mir Sorgen um sie.«

»Wegen Lord Carlton meinst du?«

»Ja. Vor kaum einer Stunde fand ich sie in der Halle, und sie hatte ihn ersucht, mit ihr in den Hyde Park zu fahren.«

Er seufzte müde. »Ich kann es nicht verstehen. Sie ist so sorgsam erzogen worden wie nur möglich. Manchmal meine ich, daß es heutzutage wie eine Seuche in der Luft liegt. Die jungen Leute erkranken daran. Nicht alle, natürlich«, fügte er mit einem zärtlichen Lächeln hinzu. »Ich glaube nicht, daß er sich ernstlich für sie interessiert – Jemima ist nicht die Frau, mit der er sich verbinden würde – und wenn sie ihn in Ruhe gelassen hätte, dann, meine ich, hätte er ihr keinen zweiten gewidmet.«

»Natürlich nicht«, sagte auch Amber sehr bestimmt.

»Ich weiß nicht, was man machen soll.«

»Aber ich weiß es, Samuel! Du mußt sie sogleich mit Joseph Cuttle verheiraten. Bevor etwas Schlimmeres geschieht!«

Neunundzwanzigstes Kapitel

Das war das Ende der Freundschaft zwischen Jemima und ihrer Stiefmutter. Denn aus einem unbeirrbaren weiblichen Instinkt heraus wußte das Mädchen sogleich, wer für den plötzlichen Entschluß ihres Vaters verantwortlich war, sie ohne weiteren Aufschub mit Joseph Cuttle zu verheiraten. Und das war die einzige Angelegenheit, in der die Familie Ambers Vorgehen billigte, denn man war allgemein besorgt über Jemimas Liebe zu einem Adligen – obgleich man fand, daß es Madames Schuld sei, daß Jemima sich überhaupt in ihn verlieben konnte. Sie glaubten nicht, daß Jemima jemals dazu gelangt wäre, einen solchen Mann anzubeten, wenn Amber nicht das schlechte Beispiel falscher Lebensauffassung gegeben hätte. Bruce aber schien ein wenig betroffen zu sein, als Amber ihm mitteilte, der Heiratskontrakt sei bereits unterzeichnet und die Trauung für den 30. August angesetzt, vierzig Tage nach der Verlobung.

»Großer Gott!« sagte er. »Dieser linkische, spindeldürre Junge! Warum muß ein reizendes, kleines Ding wie Jemima ihn heiraten?«

»Was geht es dich an, wen sie heiratet?«

»Gar nichts. Aber findest du nicht, daß du dich recht schamlos in die Familienangelegenheiten der Dangerfields einmischst?«

»Das tue ich nicht. Samuel wollte sie ohnehin mit ihm verheiraten.«

»Nun, wenn du glaubst, daß ich sie verführen will, dann irrst du dich. Ich bin mit ihr ausgefahren, weil sie mich darum bat und weil es eine Kränkung für ihren Vater gewesen wäre, wenn ich abgelehnt hätte.« Er sah sie lange an. »Ich frage mich, ob du eine Vorstellung davon hast, was für ein prächtiger alter Mann dieser Samuel Dangerfield ist. Sag mir doch – wie, zum Teufel, hast du es fertiggebracht, ihn zu heiraten? Die Dangerfields sind keine Leute, die eine Schauspielerin mit Begeisterung willkommen heißen.«

Sie lachte. »Das möchtest du gern wissen!« Aber sie erzählte es ihm nie.

Amber weigerte sich, Bruces Warnungen zur Kenntnis zu nehmen – sie fuhr jede Woche an drei oder vier Vormittagen zu Almsburys. Samuel ging gegen sieben Uhr in sein Kontor und verließ es zwischen elf und zwölf Uhr; sie war da, wenn er ging und wenn er kam. Aber auch, wenn sie nicht da gewesen wäre, hätte er keine Bemerkung gemacht. Er vertraute ihr vollkommen, und wenn er sie fragte, wo sie gewesen sei, war niemals eine Spur von Argwohn in dieser Frage, sondern nur ein ehrliches Interesse an jeder Kleinigkeit, die sie betraf. Er glaubte, was sie ihm auch erzählen mochte.

Und Jemima wurde unterdessen immer mürrischer und übellauniger und wollte nichts von den ausgedehnten Vorbereitungen wissen, die für ihre Hochzeit gemacht wurden. Schneider und Seidenhändler füllten das Haus zu jeder Stunde; das Hochzeitskleid sollte aus Goldstoff sein, der Ehering war mit dreißig Brillanten besetzt. Der große Ballsaal im Südflügel des Hauses, wo die Feierlichkeit stattfinden sollte, würde in einen blumigen, grünen Wald verwandelt werden, mit richtigem Gras auf dem Fußboden. Bei der Zeremonie sollten fünfhundert Gäste anwesend sein, bei den folgenden Festlichkeiten beinahe tausend. Fünfzig der besten Musiker von London würden zum Tanz aufspielen, und ein bekannter französischer Küchenchef kam eigens aus Paris, um das Hochzeitsmahl zu bereiten. Samuel war sehr darauf bedacht, seiner Tochter eine Freude zu machen, und ihre hartnäckige schlechte Laune bedrückte ihn.

Amber nahm großzügig Jemimas Partei. »Da ist kein besonderer Grund zur Sorge, Samuel, sondern es steht mit ihr eben wie mit allen heiratsfähigen Mädchen, die noch nicht verheiratet sind. Warte bis nach der Hochzeit, und sie wird wieder werden, wie sie immer war, dafür verbürge ich mich.«

Samuel schüttelte den Kopf. »Ich hoffe es! Ich kann sie nicht so unglücklich sehen. Manchmal frage ich mich, ob wir nicht einen Fehler begehen, wenn wir sie zu der Heirat mit Joseph drängen. Schließlich gibt es genug passende Partien für sie in London, wenn sie . . .«

»Unsinn, Samuel! Wer hat jemals gehört, daß ein Mädchen sich den Gatten selbst wählt. Sie ist zu jung, um zu wissen, was sie will. Und Joseph ist ein prächtiger junger Mensch, er wird sie sehr glücklich machen.« Damit war die Sache erledigt. Und Amber meinte, sie hätte alles sehr klug zuwegegebracht – Jemima war von nun an für sie kein Grund zur Sorge mehr. Dummes Mädchen, dachte sie verächtlich. Sie hätte sich eben nicht in einen Kampf mit ihr einlassen sollen!

Kaum sechs Wochen waren seit Carltons Ankunft in London vergangen, als sie ihm mitteilte, sie sei in Hoffnung, und ihm auch erklärte, warum sie der Meinung sei, daß es ein Kind von ihm sein müsse. »Hoffentlich wird es ein Mädchen«, sagte sie. »Bruce ist so schön – ich weiß, daß sie auch eine Schönheit sein wird. Wie sollen wir sie denn nennen?«

»Ich meine, daß das Samuels Sache ist, nicht?«

»Ach – warum denn? Er wird mich ja jedenfalls fragen. Sag mir doch, welcher Name dir gefallen würde – bitte, Bruce, ich möchte es gern wissen.«

Er schien eine Weile ernsthaft zu überlegen – doch das Lächeln, das um seine Lippen spielte, bewies, woran er dachte. »Susanna ist ein hübscher Name«, sagte er endlich.

»Kennst du keine, die Susanna heißt?«

»Nein. Du hast mich nach einem Namen gefragt, der mir gefallen würde, und ich habe dir einen Namen genannt. Andere Gründe habe ich nicht.«

»Aber du hast doch schon einer Menge von deinen Bastarden Namen gegeben, nicht wahr?« sagte sie. »Was ist denn mit dieser Leah oder wie sie heißen mag? Almsbury sagt, daß du zwei Bälger von ihr hast.«

Bruce war jetzt bereits lange genug in London, und sie hatte ihn so oft gesehen, daß die Eifersucht, die sie empfand, wenn er fort war, auch jetzt wieder die Freude, mit ihm beisammen zu sein, verdüsterte. Sie begann, mehr Bitterkeit über das zu fühlen, was sie vermißte, als Dankbarkeit für das, was sie besaß.

Er antwortete ihr ruhig. »Leah ist vor einem Jahr im Kindbett gestorben.«

Sie sah rasch zu ihm auf und bemerkte, daß er ernst und ein wenig verstimmt war. »Oh, das tut mir leid«, log sie. Aber dann ging sie auf ein anderes Thema über. »Wo wirst du wohl sein, wenn Susanna auf die Welt kommt?«

»Hoffentlich irgendwo, wo ich den Holländern tüchtig einheize. Sobald das Parlament das Geld bewilligt, erklären wir den Krieg. Unterdessen werde ich versuchen, den Frieden zu bewahren, wie Seine Majestät ihn gewahrt zu wissen wünscht.« England und Holland waren seit einem Jahr bereits überall im Krieg, außer in den Gewässern der Heimat, und in den letzten zwei Monaten waren die Feindseligkeiten ganz offen zum Ausbruch gekommen; der Krieg mußte nur erklärt werden, aber Karl hatte noch weitere Vorbereitungen und die Unterstützung des Parlaments abzuwarten.

Sie lagen halbbekleidet auf dem Bett. Bruce hatte die Perücke abgelegt; sein eigenes Haar war auf zwei oder drei Zoll geschnitten und von der Stirn in einer Welle zurückgekämmt. Amber drehte sich um und langte nach einer violetten Lissaboner Weintraube, die in einer Schüssel auf dem Tisch lag.

»Du glaubst vermutlich, daß du deinen Tag verloren hast, wenn es keine Stadt zu brandschatzen und kein Dutzend Holländer umzubringen gibt!«

Er lachte und nahm auch eine Traube. »Du stellst mich ein wenig gar zu blutdürstig dar!«

Sie seufzte. »Ach, Bruce, wenn du nur auf mich hören wolltest!« Und dann richtete er sich plötzlich auf und kniete auf dem Bett, entschlossen, daß er sie nun doch anhören sollte. Irgendwie war es ihm immer gelungen, sie zum Schweigen zu bringen – diesmal aber nicht. Diesmal sollte er sie bis zu Ende anhören. »Geh in den Krieg, wenn du mußt, Bruce! Aber wenn er vorüber ist, verkauf dein Schiff und laß dich in London nieder. Mit deinen Hunderttausend und meinen Sechsundsechzigtausend sind wir so reich, daß wir das Royal Exchange als Sommerwohnung kaufen könnten. Wir könnten das größte, schönste Haus in London haben, und jeder, der überhaupt zählt, würde zu unseren Bällen und Soupers kommen. Wir könnten ein Dutzend Wagen und tausend Dienstleute haben und eine Yacht, wenn wir gerade Lust hätten, nach Frankreich zu fahren. Wir würden zu Hof gehen, und du wärest ein großer Mann – Kanzler, oder was du sonst sein wolltest, und ich wäre Hofdame. Niemand in England wäre vornehmer als wir! O Bruce, Liebling – siehst du das nicht ein? Wir wären die glücklichsten Menschen auf der Welt!«

Sie war selbst so leidenschaftlich davon überzeugt, daß sie nicht daran zweifelte, sie könnte auch ihn überzeugen; und so war seine Antwort eine schmerzliche Enttäuschung.

»Das wäre sehr schön«, sagte er, »für eine Frau!«

»O«, schrie sie wütend. »Ihr Männer! Was verlangt ihr denn sonst noch?«

»Das will ich dir sagen, Amber.« Er setzte sich auf und sah sie an. »Ich verlange mehr, als die nächsten fünfundzwanzig Jahre damit zu verbringen, auf einer Leiter zu stehen, die Absätze eines Mannes auf meinen Fingern und meine Absätze auf den Fingern des Mannes unter mir. Ich verlange nach anderem als nach Komplotten und Verschwörungen und Intrigen mit Schelmen und Narren, um bei Leuten, die ich verachte, zu Ansehen zu kommen. Ich verlange mehr, als vom Theater zum Hahnenkampf, vom Hyde Park zum Pall Mall zu gehen und am nächsten Tag dasselbe in umgekehrter Reihenfolge. Karten zu spielen und hinter allem herzujagen, was in Unterrock und Maske herumgeht, um dem König als Kuppler zu dienen . . .« er machte eine Geste des Ekels. »Und endlich an Frauen und Trinken zu sterben.«

»Du meinst vermutlich, daß du in Amerika nicht an Frauen und Trinken sterben wirst!«

»Vielleicht! Aber eines weiß ich – wenn ich dort sterbe, dann werde ich nicht an Langeweile sterben.«

»O, allerdings nicht! Es muß bestimmt mächtig aufregend drüben sein mit Negern und Piraten und Zuchthausvögeln und jeder andern Art von Lumpen!«

»Es ist zivilisierter, als du glaubst – es gibt bereits sehr viele Leute aus guten Familien, die England während der Republik verlassen haben. Und die es auch jetzt verlassen – aus demselben Grund wie ich. Ich gehe ja nicht hin, weil ich glaube, daß die Männer und Frauen in Amerika besser oder anders wären als hier in England; es sind genau dieselben. Ich gehe deshalb hin, weil Amerika ein Land voll Jugend und Versprechen ist, wie England es vor tausend Jahren war. Es ist ein Land, das darauf wartet, von Menschen gestaltet zu werden, die das Wagnis auf sich nehmen, es zu gestalten – und ich will hingehen, solange ich auf meine Art daran mithelfen kann. In den Bürgerkriegen hat mein Vater alles verloren, was unserer Familie seit sieben Jahrhunderten gehörte. Ich will, daß meine Kinder etwas haben sollen, was sie niemals verlieren können.«

»Warum willst du dann für England kämpfen, wenn dir so wenig an England liegt?«

»Amber, Amber«, sagte er sanft. »Mein liebes Kind, eines Tages wirst du hoffentlich eine Menge Dinge wissen, die du heute noch nicht weißt.«

»Und du wirst hoffentlich eines Tages in deinem verdammten Ozean untergehen.«

»Ich bin zweifellos ein viel zu großer Lump, um zu ertrinken.«

Sie sprang wütend aus dem Bett, aber plötzlich hielt sie inne, wandte sich um und sah ihn an. Er lag auf den Ellbogen gestützt und beobachtete sie. Und dann setzte sie sich wieder zu ihm und bedeckte seine Hand mit ihren Händen.

»O Bruce, du weißt, daß ich es nicht so meine! Aber ich liebe dich so sehr – ich könnte für dich sterben –, und ich bin für dich nicht, was du für mich bist. Ich bin nichts als deine Hure – und ich möchte deine Frau sein, deine richtige Frau. Ich möchte hingehen, wo du hingehst, und deine Sorgen teilen und mit dir Pläne für die Zukunft machen und deine Kinder tragen – ich möchte ein Teil von dir sein. O, bitte, Liebling! Nimm mich mit nach Amerika. Mir ist es gleich, wie es dort aussieht, das schwöre ich dir. Ich würde in einer Hütte leben, ich würde alles tun. Ich würde dir helfen, Bäume zu fällen und Tabak zu pflanzen, und dein Essen kochen. O Bruce! Ich will alles tun, wenn du mich nur mitnimmst!«

Sekundenlang sah er sie an, seine Augen glitzerten, doch gerade als sie geglaubt hatte, ihn überzeugt zu haben, schüttelte er den Kopf und stand auf. »Es würde niemals auf diese Art gehen, Amber. Es ist nicht deine Lebensform, und nach ein paar Wochen oder Monaten hättest du es satt und würdest mich hassen, weil ich dich hingebracht habe.«

Sie lief ihm nach, warf sich ihm in den Weg, klammerte sich inbrünstig an das Glück, das ihren Fingern zu entgleiten schien, und das sie doch mit solcher Sicherheit festhalten zu können glaubte. »Nein, das würde ich nicht, Bruce! Das schwöre ich dir! Das verspreche ich dir! Alles wäre mir recht, wenn nur du dabei bist!«

»Ich kann es nicht tun, Amber. Wir wollen nicht mehr davon sprechen.«

»Dann hast du einen andern Grund! Nicht wahr? Sag mir die Wahrheit!«

Er wurde mit einemmal ungeduldig und verärgert. »Um Gottes willen, Amber, laß die Sache! Ich kann es nicht tun; das ist alles.«

Eine Minute lang sah sie ihn mit verengten Augen an. »Ich weiß, warum«, sagte sie endlich langsam. »Ich weiß, warum du mich nicht mitnehmen und warum du mich nicht heiraten willst. Weil ich die Nichte eines Bauern bin und du ein Edelmann. Mein Vater war nur ein Freisasse, aber deine Familie ist im Oberhaus gesessen, bevor es das überhaupt gegeben hat. Meine Mutter war nur eine einfache Frau, aber deine Mutter war eine Bruce und stammte von keinem geringeren als dem heiligen Moses selber ab. Meine Verwandten sind Bauern – aber du hast sicher ein paar Tropfen Stuartblut in den Adern, wenn du lange suchst.« Ihre Stimme war höhnisch und bitter, ihr Mund verzog sich, und ihr Gesicht wurde häßlich.

Sie wandte sich wütend ab und zog sich an, während er ihr zusah. In seinem Gesicht war jetzt ein zärtlicher Ausdruck, und er schien zu überlegen, was er ihr sagen könnte, um ihr über dieses peinliche Gefühl der Erniedrigung hinwegzuhelfen. Aber sie gab ihm keine Gelegenheit mehr dazu. In zwei oder drei Minuten war sie bereit, und als sie den Mantel aufnahm, schrie sie: »Das ist der Grund, nicht wahr?«

Er stand ihr gegenüber. »Ach, Amber, warum mußt du dir die Dinge immer so schwer machen? Du weißt so gut wie ich, daß ich dich nicht heiraten könnte, auch wenn ich wollte. Ich kann nicht nur für mich heiraten. Ich bin nicht allein in der Welt, ein wenig Staub, der im Raum schwebt. Ich habe eine Menge Verwandte – und ich habe eine Verantwortung gegenüber meinen Eltern, die tot sind, und auch gegenüber den Eltern meiner Eltern. Die Bruces und Carltons bedeuten dir nichts – und es ist auch gar kein Grund vorhanden, warum es anders sein sollte – aber den Bruces und Carltons bedeuten sie sehr viel.«

»Dieses Märchen verfängt bei mir nicht. Du würdest mich auch nicht heiraten, wenn du könntest! Oder würdest du es tun?«

Sie starrten einander an; und dann platzte seine Antwort scharf heraus wie ein Pistolenschuß.

»Nein!«

Noch einige Sekunden starrte Amber ihn an, aber ihr Gesicht war dunkelrot geworden, und die Adern an Hals und Stirn schwollen. »Oh!« schrie sie in Schmerz und Wut, »ich hasse dich, Bruce Carlton! Ich hasse dich – ich . . .« Sie lief aus dem Zimmer und schlug die Tür zu. »Hoffentlich muß ich dich niemals wiedersehen«, schluchzte sie vor sich hin, während sie die Treppe hinuntereilte. Und sie sagte sich, daß dies das Ende sei, die letzte Beleidigung, die sie von ihm erduldet hätte – das letzte Mal, daß er je . . .

*

Amber stürzte aus dem Haus und auf den Wagen zu. Sie sprang hinein. »Vorwärts!« schrie sie Tempest zu. »Nach Hause!« Sie warf sich zurück und weinte unglücklich, obgleich fast tränenlos, und ihre Zähne bissen in die Spitzen ihrer behandschuhten Finger.

Sie war so erregt, daß sie den andern Wagen nicht beachtete, der außerhalb des Gitters stand, die hölzernen Läden geschlossen, und der jetzt hinter ihrem eigenen Wagen daherrumpelte. Und er hielt sich genau hinter ihrem Wagen, folgte ihm um jede Ecke, blieb stehen, wo ihr Wagen stehenblieb, fuhr mit der gleichen Geschwindigkeit wie ihr Wagen und ließ niemals zu, daß sich ein anderer Wagen dazwischenschob. Sie waren fast schon vor dem Haus, als Amber bemerkte, daß zwei ihrer Lakaien, die auf dem Trittbrett standen, sich dauernd umsahen, gestikulierten und lachten. Sie sah durch das Fenster in der Rückwand, erblickte die Mietskutsche, fand aber nichts daran bemerkenswert.

Dann aber, als sie durch das große Südtor des Hauses Dangerfield einfuhren, fuhr die unverschämte Mietskutsche noch immer hinter ihnen her. Amber stieg aus und sah sich Jemima gegenüber, die eben aus dem Mietwagen stieg, während Mrs. Carter den Kutscher bezahlte.

»Guten Morgen, Madame«, sagte Jemima.

Amber wollte weitereilen und warf ihr ein erkünstelt gleichgültiges »Guten Morgen, Jemima« zu. Aber ihr Herz klopfte heftig, und sie war der Verzweiflung nahe. So hatte das verdammte Mädchen ihr nachspioniert. Und was schlimmer war – hatte sie erwischt!

»Nur einen Augenblick, Madame. Haben Sie nicht die Zeit für ein Wort mit mir? Sie waren einmal recht froh, meine Freundin zu sein – bevor Lord Carlton kam.«

Amber blieb stehen und drehte sich zu ihrer Stieftochter um. Da blieb nichts übrig, als zu versuchen, die Sache mit eherner Stirn auszukämpfen. »Was hat Lord Carlton damit zu tun?«

»Lord Carlton wohnt im Hause des Earl of Almsbury. Darum waren Sie gerade jetzt dort – und vorgestern auch und zwanzigmal in diesem Monat, soviel ich weiß.«

»Kümmere dich um deine eigenen Angelegenheiten, Jemima! Ich bin keine Gefangene hier. Ich kann kommen und gehen, wie ich will. Und da Lady Almsbury zufällig eine sehr liebe Freundin von mir ist, habe ich sie eben besucht.«

»Sie haben sie niemals besucht, bevor Lord Carlton gekommen ist.«

»Sie war nicht da. Sie lebt auf dem Lande. Und nun hör auf mich, Jemima, ich weiß sehr genau, warum du mir gefolgt bist, und ich habe im Sinne, es deinem Vater zu erzählen. Er wird dir schon seine Meinung sagen, das verspreche ich dir.«

»Sie wollen Vater etwas erzählen? Sie? Und wenn ich ihm einiges erzählen wollte – über Sie und Lord Carlton?«

»Du weißt nicht das geringste. Und wenn du nicht so eifersüchtig wärest wie eine unfruchtbare Frau, dann würde dir so ein Verdacht überhaupt nicht kommen.« Mit einem gewaltigen Aufwand an gekränkter Tugend warnte Amber sie ein letztes Mal: »Laß mich kein freches Wort mehr hören, Jemima, oder wir wollen einmal sehen, wem von uns beiden dein Vater Glauben schenkt.«

Auf diese Kraftprobe wollte Jemima es offenbar nicht ankommen lassen, und Haus Dangerfield blieb ruhig. Amber schützte ein Fieber vor, so daß ihre Stieftochter sie nicht fragen konnte, warum sie eigentlich ihre Besuche bei Lady Almsbury eingestellt habe. Der Zeitpunkt von Jemimas Heirat rückte immer näher, obgleich er auf Jemimas inständige, fast hysterische Bitte noch um ein paar Tage verschoben worden war, und Amber lag viel daran, das Mädchen aus ihrem Weg zu räumen.

Eine Woche nach ihrem Streit mit Bruce erzählte ihr Samuel, Lord Carlton sei in seinem Kontor gewesen. »Er segelt morgen«, sagte er, »wenn der Wind günstig ist. Und wenn er einmal fort ist, dann wird Jemima hoffentlich . . .«

Doch das hörte Amber nicht mehr. Morgen, dachte sie. Mein Gott, er segelt morgen! Oh, ich muß ihn sehen – ich muß ihn noch einmal sehen!

Seine Schiffe lagen an der Botolph-Werft, und Amber wartete im Wagen, während Jeremiah ihn suchen ging. Sie war ängstlich und erregt und fürchtete, er könnte noch böse sein, aber als er jetzt kam und sah, wer ihn erwartete, lächelte er. Der Nachmittag war heiß, und er trug keine Perücke, sondern nur seine Hosen und das weiße, weitärmlige Hemd, und sein gebräuntes Gesicht schwitzte.

Sie beugte sich vor und legte ihre Hand auf die seine, als er jetzt vor ihr am Schlag stand, und sie sagte schnell und leise: »Ich mußte dich doch noch einmal sehen, bevor du wegfährst, Bruce.«

»Wir haben sehr viel zu tun, Amber, ich kann mich nicht aufhalten.«

»Können wir nicht an Bord gehen? Nur für eine Minute!«

Alles um sie herum war in voller Tätigkeit. Hochmastige Schiffe, kunstvoll geschnitzt und vergoldet, glitten langsam über das Wasser. Da gab es Seeleute, die so viele Jahre die Meere befahren hatten, daß aus ihrem Gang ein Rollen geworden war, das sie überall kenntlich machte. Breitschultrige Träger wälzten Tonnen oder schleppten große hölzerne Kisten oder eisenbereifte Ballen. Wohlgekleidete Kaufleute schritten auf und ab, belästigt von den Bettlern – ausgemusterten alten Seeleuten, die einen Arm oder ein Bein oder ein Auge für England verloren hatten. Da gab es fröhliche Kinder, müßige alte Männer und auffallend geschminkte Dirnen – es war ein geräuschvolles, buntes Gewimmel.

Als sie die Werft entlang gingen, sah jedermann ihnen nach. Denn ihre Kleider, ihr Haar und ihr Schmuck glitzerten im Sonnenlicht; sie war schön und sah nach einer in diesen Vierteln ungewöhnlich vornehmen Herkunft aus. Die Dirnen wiederum betrachteten Bruce mit einem mehr als beruflichen Interesse.

»Warum bist du nicht zu mir gekommen?« fragte sie ihn, und dann schritten sie über die Planke, die zu einem seiner Schiffe führte.

Er ging hinter ihr her und murmelte: »Ich meinte, daß meine Gesellschaft dir nicht sehr willkommen wäre.« Dann führte er sie über das Verdeck eine Treppe hinunter zu einer kleinen Kabine. Sie sah bequem, wenn auch nicht luxuriös aus und war mit einem breiten Bett, einem Schreibtisch und drei Stühlen möbliert. An die dunklen, eichengetäfelten Wände waren Landkarten genagelt, und auf dem Fußboden lagen Stöße von Büchern in Ledereinbänden.

Sie wandte sich rasch um und sah ihn an. »Ich will nicht mit dir streiten, Bruce. Ich will nicht einmal sprechen – küß mich nur noch.«

Kaum hatten seine Arme sich um sie gelegt, als scharf an der Tür geklopft wurde. »Lord Carlton! Eine Dame wünscht Sie sofort zu sprechen, Sir!«

Amber sah anklagend zu ihm auf, und als er sie freiließ, brummte er einen Fluch. Doch bevor er zur Tür ging, machte er ihr ein Zeichen, sie nahm Mantel und Muff auf, die sie fallen gelassen hatte, und eilte in die Nebenkabine. Und dann, als Bruce die andere Tür öffnete, hörte sie ein paar hohe Absätze über die Treppe klappern und Jemima Dangerfields junge, fröhliche Stimme.

»Lord Carlton! Gott sei Dank, daß ich Sie angetroffen habe. Ich soll Ihnen eine Botschaft von meinem Vater bestellen.«

Amber hörte, wie Jemima die Kabine betrat und die Tür sich hinter ihr schloß. Sie stand hinter ihrer eigenen Kabinentür, das Ohr an das Holz gepreßt, und ihr Herz pochte heftig, während sie zuhörte. Ihre Aufregung war ebensosehr durch die Eifersucht verursacht wie durch die Angst, erwischt zu werden.

»O Bruce! Ich habe entdeckt, daß Sie morgen fahren! Ich mußte kommen!«

»Sie hätten nicht kommen sollen, Jemima. Es könnte Sie jemand sehen. Und ich habe so viel zu tun, ich habe keinen Augenblick frei. Ich bin nur in die Kajüte gegangen, einige Papiere zu holen – hier sind sie. Kommen Sie jetzt, ich begleite Sie zu Ihrem Wagen.«

»Aber Bruce! Sie fahren doch morgen fort! Ich mußte Sie doch vorher noch einmal sehen. Ich kann Sie treffen, wo Sie wollen – ich werde heute abend um acht Uhr in der ›Krone‹ sein. Wieder in unserem Zimmer.«

»Verzeihen Sie mir, Jemima. Aber ich kann nicht kommen. Ich schwöre Ihnen, daß ich zu viel zu tun habe. Ich muß noch nach Whitehall gehen, und morgen bei Sonnenaufgang segeln wir.«

»Dann jetzt! O, Bruce, bitte! Nur dieses eine Mal.«

»Still, Jemima! Sam und Robert werden sofort hier sein. Sie wollen doch nicht, daß man Sie mit mir allein findet.« Dann gab es eine Pause, Amber hörte ihn gehen und die Tür öffnen, und dann sagte er: »O, es tut mir leid. Ich habe nicht gesehen, daß Sie Ihren Handschuh fallen gelassen haben.« Jemima antwortete nicht, und sie gingen hinaus.

Amber wartete, bis sie sicher war, daß die beiden fort waren, und dann ging sie wieder in seine Kabine zurück.

Die Angst um ihre eigene Sicherheit verwandelte sich jetzt, da die Gefahr vorüber war, in eifersüchtige Wut gegen beide, Jemima und Bruce. So war es also doch dazu gekommen! Ach, der Schuft! Und diese jämmerliche Milchsuppe von Jemima! Dafür soll sie mir schmoren!

Bruce kehrte zurück und fand sie am Schreibtisch sitzend, die Fäuste in die Hüften gestemmt. Sie sah ihn an, als erwartete sie, er werde den Kopf hängen lassen und erröten.

»Nun!« sagte sie.

Er zuckte die Achseln und schloß die Tür.

»Damit hast du also die letzte Woche verbracht!« Sie stand brüsk auf und ging hin und her. »Du hattest also nicht die Absicht, sie zu verführen!«

»Nein, ich hatte wirklich nicht die Absicht.«

Sie blieb vor ihm stehen. »Nein? Sie sagte doch eben ...«

»Ich wollte nicht. Hör doch, Amber, ich habe jetzt keine Zeit, mich mit dir zu streiten. Vor etwa vierzehn Tagen kam Jemima eines Morgens zu Almsbury und ließ sich unter deinem Namen melden. Du magst finden, ich hätte sie entrüstet aus meinem Schlafzimmer weisen sollen, aber das habe ich nicht getan. Das arme Kind war unglücklich, weil sie Joseph Cuttle heiraten sollte, und sie glaubt, daß sie in mich verliebt ist. Das ist die ganze Geschichte.«

»Und wie ist es mit der ›Krone‹? Und ›wieder in unserem Zimmer‹?« Diese letzten Worte sprach sie ganz mit Jemimas Stimme.

»Wir haben uns nachher drei- oder viermal getroffen. Wenn du noch mehr darüber wissen willst, dann frag Jemima. Ich habe keine Zeit. Komm jetzt, ich muß hinauf.«

Als er sich abwandte, lief sie ihm nach und klammerte sich an seine Arme. »Bruce! Bitte, Liebling! Geh nicht, bevor wir Abschied genommen haben.«

Eine halbe Stunde später brachte er sie zu ihrem Wagen. »Wann bist du wieder in London?« fragte sie.

»Ich weiß es nicht. Es wird wohl einige Monate dauern. Wenn ich komme, werde ich dich aufsuchen.«

»Ich werde auf dich warten, Bruce. Und, Liebling, sei vorsichtig! Laß dich nicht verwunden! Und denk manchmal an mich.«

»Bestimmt!«

Er trat zurück, schlug die Tür zu und gab dem Kutscher ein Zeichen. Der Wagen setzte sich in Bewegung, und Bruce lächelte ihr zu, als sie sich aus dem offenen Fenster beugte.

»Versenk tausend Holländer!« rief sie.

Er lachte. »Ich will's versuchen!« Er winkte noch einmal, dann ging er zum Schiff zurück. Der Wagen fuhr weiter und verschwand im Gewimmel.

Amber ging in ihr Zimmer hinauf, viel zu sehr von diesem Abschied erfüllt, um an Jemima zu denken. Es war eine unliebsame Überraschung, als sie das Mädchen vorfand, das sie erwartete.

Jemima war in erregter Spannung. »Kann ich Sie allein sprechen, Madame?«

Amber fühlte sich sehr überlegen und als Siegerin. »Aber natürlich, Jemima.«

Nan trieb die andern Dienstleute aus dem Zimmer, alle bis auf Tansy, der ruhig blieb, wo er war, mit gekreuzten Beinen auf dem Boden saß und mit einem chinesischen Zusammensetzspiel spielte, das Samuel ihm vor einer Woche geschenkt hatte. Ein Mädchen nahm Ambers Muff und Fächer und Handschuhe, von denen Amber einen allerdings verloren hatte. Sie ging sehr sorglos mit ihren Sachen um, man konnte alles ja so leicht ersetzen, und wenn sie etwas verlor, war das eine willkommene Ausrede, um etwas anderes zu kaufen.

Amber wandte sich zu ihrer Stieftochter. »Nun«, sagte sie leichthin und hob die Hände ans Haar. »Was wünschest du?«

Die zwei Frauen, beide schön und beide kostbar gekleidet, stellten einen seltsamen Kontrast dar. Die eine war offenbar unverdorben und im Wesen unschuldig, während die andere ebenso offenbar das Gegenteil war. Doch so sah sie nicht aus, und auch an ihrem Benehmen war es nicht zu merken. Es war eher eine gewisse unbestimmbare Aera, die sie umschwebte wie ein verführerischer Duft voll Leidenschaft und rücksichtsloser Lebensgier.

Jemima war zu überreizt, zu enttäuscht und unglücklich und zornig, um diplomatisch zu sein. »Wo sind Sie gewesen?« Das war keine Frage, sondern eine Anklage.

Amber hob die Brauen und bückte sich, um die Falten ihrer Strümpfe straff zu ziehen. »Das geht dich nichts an.«

»Nun, ob es mich angeht oder nicht – ich weiß es. Sehen Sie dies hier an – es gehört doch Ihnen, nicht?« Sie hielt einen Handschuh in die Höhe.

Amber warf einen Blick darauf, und ihre Augen verengten sich. Sie riß ihn ihr weg. »Wo hast du ihn her?«

»Sie wissen, wo ich ihn her habe! Er lag auf dem Fußboden in der Kapitänskabine des ›Drachen‹!«

»Nun, und was weiter? Ich darf doch hoffentlich einen Mann besuchen, der in See sticht, um gegen die Holländer zu kämpfen!«

»Ihn besuchen! Geben Sie sich keine Mühe! Ich weiß, was für Besuche das sind, die Sie machen. Ich weiß, was du bist. Du bist eine Hure! Du hast meinen Vater betrogen!«

Amber sah Jemima an, und es juckte sie von Haß und Widerwillen. »Du jämmerliche kleine Dirne!« sagte sie langsam. »Du bist eifersüchtig, was? Du bist eifersüchtig, weil ich gekriegt habe, was du wolltest.« Und nun begann sie, sie nachzuahmen, wiederholte genau die Worte, die Jemima gebraucht, den Tonfall, in dem sie gesprochen hatte, aber alles mit einer Übertreibung, die voll von grausamem Hohn war. »Dann jetzt! O, Bruce, bitte! Nur dieses eine Mal.« Sie lachte und genoß das Grauen und die Erniedrigung, die sich auf Jemimas Gesicht malten.

»O«, sagte Jemima leise, »ich wußte nicht, was du bist, bevor ...«

»Nun, jetzt weißt du es, aber es nützt dir trotzdem nichts.« Amber sprach zuversichtlich und scharf, um diese Angelegenheit ein für allemal zu erledigen. »Denn wenn du deinem Vater erzählen wolltest, was du von mir weißt, dann warte wenigstens so lange, bis du bedacht hast, was er sagen würde, wenn er wüßte, daß seine Tochter sich aus dem Haus geschlichen hat, um in einem Gastzimmer mit einem Mann zusammenzutreffen. Er würde wahnsinnig werden.«

»Woher weißt du das?«

»Lord Carlton hat es mir erzählt.«

»Du kannst es nicht beweisen.«

»Ich kann es nicht beweisen? Ich brauche nur eine Hebamme zu rufen, die dich untersucht, nicht?«

Amber wollte Jemima eben triumphierend aus dem Zimmer weisen, da trafen sie die nächsten Worte unerwartet wie ein Sommergewitter. »Ruf, wen du willst! Mir ist es gleich, was du tust. Aber eines kann ich dir sagen – entweder du bringst meinen Vater dazu, daß er darauf verzichtet, mich mit Joseph Cuttle zu verheiraten, oder ich erzähle ihm alles von dir und Lord Carlton.«

»Das wirst du nicht wagen! Das – würde ihn töten!«

»Das würde ihn töten! Was dir schon daran gelegen ist! Das ist es ja, was du willst, und du weißt es. Oh, die andern hatten ganz recht! Wie töricht war ich, daß ich es nicht gesehen hatte! Aber jetzt weiß ich, was du bist – du bist nichts als eine Hure!«

»Und du auch! Der einzige Unterschied zwischen uns ist, daß ich mein Ziel erreicht habe – und du nicht!«

Jemima keuchte, und im nächsten Augenblick hatte sie die Hand erhoben und Amber auf die Wange geschlagen. So schnell, als wäre es noch die gleiche Bewegung, schlug Amber zurück, und mit der andern Hand packte sie eine Faustvoll Haare und zog sie so heftig, daß Jemimas Kopf zurückfiel wie der Kopf eines Huhns. Jemima kreischte in plötzlicher Furcht, und Amber schlug nochmals zu. Ihre Selbstbeherrschung war fort, und sie war sich dessen, was sie tat, nicht voll bewußt. Jemima kämpfte, um sich zu befreien, und schrie entsetzt um Hilfe. Ihre angsterfüllten Augen und ihr Geschrei erbitterten Amber nur noch mehr; sie war plötzlich entschlossen, das Mädchen umzubringen. Es war Nan, die in das Zimmer kam, sich zwischen die beiden Frauen warf und Jemima vor ernsten Folgen rettete.

»Mam!« schrie Nan. »Mam! Um Gottes willen! Sind Sie wahnsinnig?«

Amber ließ die Hände sinken und schüttelte sich die Haare aus dem Gesicht. »Hinaus!« rief sie. »Hinaus, und laß dich hier nicht wieder sehen, verstehst du?« Die letzten Worte waren ein hysterischer Schrei, aber Jemima war bereits laut schluchzend geflüchtet.

*

Es war nicht leicht, Samuel davon zu überzeugen, daß Jemimas Hochzeit verschoben werden müsse. Doch schließlich gelang es ihr, seine Zustimmung zu diesem Aufschub zu erreichen, damit das arme Kind sich von ihrem Gram über Lord Carltons Abreise erholen könne. Amber, schon Bruces wegen nervös und besorgt, wurde durch ihre Schwangerschaft noch mißgestimmter und reizbarer. Doch sie mußte ihre Laune vor jedermann, von Nan abgesehen, verbergen, die geduldig und mitleidig das beständige Seufzen und Klagen ihrer Herrin anhörte.

»Ich habe es verdammt satt, tugendhaft zu sein«, sagte sie eines Tages müde, als sie von den verschiedenen Nachmittagsbesuchen zurückkehrte.

Sie verbrachte einen großen Teil ihrer Zeit mit Besuchen bei Frauen und Töchtern von Samuels Freunden; es wurde von Kindern und Dienstboten und Krankheiten gesprochen, bis sie Lust hatte, laut aufzuschreien. Es war eine harte Arbeit, eine ehrbare Frau zu sein. Eben jetzt spitzte sie den Mund zu einem süßen Lächeln und begann jene ältliche Tante nachzuahmen, bei der sie nachmittags gewesen war. Keiner – nicht einmal die nächste Familie – wußte, daß sie schwanger war, obgleich Samuel es wußte und ganz außer sich vor Entzücken war.

»Mein liebes Kind, hoffentlich wirst du bald in Hoffnung sein! Glaube mir, keine Frau kann wissen, was es heißt, wirklich glücklich zu sein, bevor sie ihr erstes Kind in den Armen hält und sein Mündchen an ihrer Brust spürt.« Amber verzog das Gesicht. »Ich will verdammt sein, wenn ich weiß, wo das Vergnügen ist, jeden Morgen zu kotzen und auszuschauen wie ein gemästetes Schwein und zu keuchen und zu schnauben wie eine alte Schindmähre, die einen Berg hinauftrottet!« Sie warf ihren Fächer auf den Boden. »Crimini! Ich habe das Zeug satt!«

Um die Dinge noch zu verschlimmern, erklärte Samuel, vier Wochen nach Bruces Abreise, die Hochzeit werde unbedingt am 15. Oktober stattfinden. Nichts könne ihn bestimmen, sagte er, dieses Datum nochmals abzuändern. Die Cuttles würden ungeduldig, die Leute begännen sich über den Aufschub zu wundern, und es sei dringend nötig, daß Jemima mit ihrer Torheit Schluß mache und sich benehme wie eine erwachsene Frau. Amber war fast krank vor Sorge, und obgleich sie den größten Teil des Tages und die halbe Nacht über die Frage grübelte, konnte sie doch keine Lösung entdecken. Abermals warnte Jemima sie; wenn Amber nichts täte, um die Hochzeit zu verhindern, dann würde sie, Jemima, ihrem Vater alles erzählen, auch wenn er sie beide auf die Straße jagen sollte.

»O Gott, Nan! Nach allem, was ich getan habe, um zu diesem Geld zu kommen, soll ich es jetzt verlieren? Ich werde nie auch nur einen Schilling kriegen! Oh, ich wußte immer, daß etwas geschehen würde! Ich wußte immer, ich würde niemals wirklich so reich werden!«

»Irgend etwas wird Sie schon retten, Mam«, tröstete Nan heiser. »Ich weiß es. Sie sind unter guten Sternen geboren!«

»Irgend etwas?« fragte Amber, und ihre Stimme sprang um eine Oktav höher. »Aber was? Und wann?«

Um den zehnten war Amber halb toll vor Sorgen und Selbstvorwürfen. Sie wünschte, sie hätte Bruce Carlton niemals gesehen. Sie wünschte, sie wäre daheim in Marygreen und mit Jack Clarke oder Bob Starling verheiratet. Sie ging auf und ab, schlug die Hände gegeneinander und biß sich die Lippen wund. »O mein Gott, mein Gott, mein Gott, was soll ich tun?«

So ging sie eines Morgens noch im Schlafrock in ihrem Zimmer unglücklich auf und ab, als Nan hereinstürzte. Ihre Wangen waren gerötet, und ihre Augen funkelten triumphierend. »Mam! Was meinen Sie? Ich habe gerade mit einem von Mrs. Jemimas Mädchen gesprochen, und sie sagte mir, Mrs. Jemima sei seit vierzehn Tagen gar nicht wohl – aber niemand dürfe etwas davon wissen.«

Amber starrte sie an. »Ach, Nan!« sagte sie halblaut.

Und dann lief sie aus dem Schlafzimmer, den langen Gang hinunter bis zum andern Flügel des Hauses und in Jemimas Zimmer. Sie fand es überfüllt von Schneiderinnen, Dienstmädchen, Seidenhändlern und andern Kaufleuten. Amber hatte ihr gesagt, sie möge nur weiterhin so tun, als ob sie heiraten würde, und es würde sich schon im nächsten Augenblick eine neue Ausflucht finden – und wenn sie, Amber, zum Fenster hinausspringen müßte. Und Jemima hatte ihr gehorcht – nicht, weil sie ihrer Stiefmutter behilflich sein wollte, sondern weil sie tatsächlich hilflos und verwirrt war.

Da lagen auf jedem Stuhl, auf jedem Schemel Kleider aufgestapelt, endlose Meter von Brokat und Satin und reinem Tiffany strömten über den Fußboden, Pelzwerk häufte sich sanft schimmernd. Jemima stand in der Mitte des lärmenden, wimmelnden Raumes mit dem Rücken zur Tür und probierte ihr Hochzeitskleid; es war aus dem Goldstoff gemacht, den Lord Carlton ihr geschenkt hatte.

Amber stürmte herein. »O Jemima!« rief sie. »Was für ein herrliches Kleid! Wie ich dich beneide – daß du darin heiraten kannst!«

Jemima warf ihr über die Schultern einen wilden, warnenden Blick zu. Doch Amber sah zu ihrer Genugtuung, daß das Mädchen blaß war und erschöpft aussah.

»Seid ihr endlich fertig?«

Jemima sprach in müdem Ton zu zwei Schneiderinnen, die auf dem Boden knieten, Nadeln im Mund, und mit peinlichster Genauigkeit jede geringste Falte zurechtlegten.

»Nur eine Minute, Madame. Können Sie sich noch ein wenig gedulden?«

Jemima seufzte. »Schön. Aber beeilt euch!«

Amber stand vor Jemima, den Kopf zur Seite gelegt, als musterte sie das Kleid, aber ihre Augen hafteten höhnisch an dem Gesicht des Mädchens. Sie sah, daß Jemima nervös wurde und ihr Schweiß auf die Stirne trat; und dann fielen die Arme des Mädchens herab, und sie brach zusammen. Die Schneiderinnen und die Dienstmädchen kreischten aufgeregt, und die Männer traten besorgt zur Seite.

Amber beherrschte die Situation. »Hebt sie auf und legt sie auf das Bett. Carter, bringen Sie kaltes Wasser. Und ihr – holt rasch ein wenig Branntwein!«

Mit der Hilfe von zwei Mädchen schälte sie Jemima aus dem Kleid, zog das Kissen unter dem Kopf fort und begann das Mieder zu öffnen. Als Mrs. Carter das kalte Wasser gebracht hatte, mußten alle das Zimmer verlassen – obgleich Mrs. Carter Jemima nur widerstrebend der

Pflege ihrer Stiefmutter anvertraute – und Amber legte dem Mädchen ein feuchtes Tuch auf die Stirn.

Schon nach einer Minute hatte Jemima ihr Bewußtsein wiedererlangt und sah zu Amber auf, die sich über sie beugte. »Was ist geschehen?« fragte sie schwach, und ihre Augen glitten fragend durch das Zimmer.

»Du bist ohnmächtig geworden. Nimm einen Schluck Branntwein, und du wirst dich besser fühlen.« Amber stützte Jemimas Kopf. Sie schwiegen beide, und Jemima verzog das Gesicht, als sie den Branntwein spürte.

»Das Schwindelgefühl ist vorüber«, sagte sie endlich. »Sie können die andern wieder hereinrufen.« Sie setzte sich auf.

»O nein, Jemima. Noch nicht. Ich muß vorher mit dir sprechen.«

Jemima warf ihr einen raschen, mißtrauischen Blick zu. »Worüber?«

»Du weißt, worüber. Es hat keinen Sinn, Komödie zu spielen. Du bist in Hoffnung – nicht wahr?«

»Nein! Unsinn! Das kann nicht sein! Es ist nur – nun, ich hatte Vapeurs, das ist alles.«

»Wenn du geglaubt hast, daß es nur Vapeurs sind, warum hast du niemandem etwas davon gesagt? Versuch nicht, mich zu täuschen, Jemima. Sag mir die Wahrheit, und vielleicht kann ich dir helfen.«

»Mir helfen? Wie könnten gerade Sie mir helfen?«

»Wann warst du zum letzten Mal unwohl?«

»Oh, vor zwei Monaten – aber das hat nichts zu bedeuten. Nein, ich weiß, daß ich nicht in Hoffnung bin. Es kann nicht sein! Ich würde sterben, wenn es so wäre!«

»Sei nicht töricht, Jemima! Was, zum Teufel, hast du dir denn gedacht, als du dich mit ihm eingelassen hast? Daß du ein besonderes Zaubermittel besitzt? Daß dir nichts zustoßen könnte? Nun, jetzt ist es soweit, und je früher du es zugibst, desto besser für dich!«

Plötzlich begann Jemima zu weinen, denn jetzt mußte sie sich endlich die Wahrheit eingestehen, der sie seit Wochen zu entfliehen versucht hatte. »Ich glaube dir nicht! In ein paar Tagen werde ich wieder gesund sein. Ich weiß es. Du willst mich nur kränken, das ist alles! O, geh doch fort und laß mich in Ruhe!«

Amber schüttelte sie ärgerlich. »Jemima, hör jetzt damit auf! Höchst wahrscheinlich horchen die Dienstmädchen an der Tür. Willst du, daß jeder erfährt, was geschehen ist? Wenn du den Mund hältst und vernünftig bist, dann kannst du dich und deine Familie retten. Vergiß nicht, was es für alle bedeuten würde, wenn man jemals entdeckt . . .«

»Ach, das ist es ja, was ich fürchte. Sie werden mich hassen! Sie werden . . . O, ich wollte, ich wäre tot!«

»Sprich nicht so dummes Zeug! Wenn du am Fünfzehnten Joseph Cuttle heiratest . . .«

Jemima schnappte, als hätte man sie mit kaltem Wasser begossen. »Joseph Cuttle heiraten! Ich will Joseph Cuttle nicht heiraten, und du weißt es! Ich würde ihn nicht für . . .«

»Du mußt ihn heiraten! Jetzt ist nichts anderes mehr zu machen! Es ist der einzige Weg, die Dangerfields vor der drohenden Schande zu bewahren.«

»Was liegt mir daran? Mir liegt nichts an ihnen. Ich werde ihn nicht heiraten! Ich werde von zu Hause fortlaufen und mich irgendwo einmieten und warten, bis Lord Carlton heimkommt. Wenn er weiß, was geschehen ist, wird er mich heiraten.«

Amber lachte kurz und brutal. »O Jemima, du törichtes, grünes Ding! Lord Carlton dich heiraten? Bist du übergeschnappt? Er würde dich nicht heiraten, und wenn du Drillinge hättest. Wenn er jede Frau heiraten sollte, mit der er geschlafen hat, dann hätte er so viele Weiber wie König Salomon. Und wenn du davonläufst, hast du ja nicht einmal eine Mitgift mehr anzubieten! Heirate Joseph Cuttle, solange es noch Zeit ist – das ist das einzige, was du jetzt tun kannst.«

Lange lag Jemima völlig reglos und sah sie starr an.

»So hast du endlich erreicht, was du wolltest«, sagte sie leise. Ihre Augen glitzerten, aber die nächsten Worte hauchte sie nur noch:

»O, wie ich dich hasse!«

Dreißigstes Kapitel

Jemimas Hochzeit war ein gesellschaftliches Ereignis von großer Bedeutung.

Fast mit allen wichtigen Familien der City waren die Dangerfields und die Cuttles verwandt oder befreundet. Seit Wochen strömten bereits die Geschenke für Braut und Bräutigam und füllten beinahe das große Zimmer, das sie aufzunehmen bestimmt war. Die Braut schritt über einen goldenen Teppich zu dem improvisierten Altar, der im südlichen Salon errichtet worden war, während Tanten und Kusinen sich gerührt schneuzten und drei Orgeln die Wände erzittern ließen. Sie trug ihr dunkles, kupferschimmerndes Haar frei über die Schultern – ein Symbol der Jungfräulichkeit – und darüber einen Kranz von Myrthen, Oliven und Rosmarin; sie sah ernst aus, und ihre Augen blieben trocken, was mit Unbehagen vermerkt wurde, denn es galt als übles Vorzeichen, wenn die Braut nicht weinte. Aber sie schien sich kaum dessen bewußt zu sein, was sie tat oder sagte, und als die Zeremonie vorüber war, erduldete sie die Küsse ihres glücklichen Gatten und die ihrer Freundinnen und Verwandten geistesabwesend und gleichgültig.

Das junge Paar eröffnete den Ball, und nach dem ersten Tanz zog es sich, wie es der Brauch wollte, in das geschmückte Brautgemach im oberen Stockwerk zurück. Als die Frauen sie entkleideten, begann sie zu weinen, und das sah jedermann als gutes Omen an. Als die beiden jungen Leute nebeneinander in dem großen Bett saßen, waren Jemimas Augen weitaufgerissen und verstört wie die eines Tieres, das sich in der

Falle gefangen hat. Der Abendtrunk wurde feierlich von einem zum andern gereicht.

Es gab kein unziemliches Gelächter, keine lockeren Scherze, keinen lärmenden Gesang, wie das bei vielen Hochzeiten üblich war, sondern eine Atmosphäre von ruhigem, wohlwollendem, aber ernstem Verantwortungsgefühl. Dann leerte sich das Zimmer, Jemima und ihr Gatte blieben allein – und Amber seufzte dankbar und erleichtert auf. So, dachte sie, endlich ist es soweit. Und ich bin gerettet!

Doch kaum fühlte sie sich in Sicherheit, begann die Langeweile auf ihr zu lasten wie die Nebel, die über dem Fluß hingen. Sie hatte zu viele Kleider, zu viel Schmuck gekauft, um noch Freude daran zu finden, zumal sie die Meinung jener, die sie sahen, verachtete. Derzeit grämte sie sich über ihre Schwangerschaft, war um ihre Hautfarbe besorgt, um die Schatten unter ihren Augen, weinte, als ihr Körper schwoll, und war überzeugt, sie sei häßlich und würde es immer bleiben. Zum Zeitvertreib wünschte sie sich dauernd Speisen, die nicht der Jahreszeit entsprachen – es war Winter –, und da jedermann wußte, die Wünsche einer Schwangeren müßten befriedigt werden, sonst könnte das Kind Schaden nehmen, war das ganze Haus und vor allem Samuel in ständiger Aufregung, um alles zu beschaffen, wonach sie verlangte. Wenn man dann mühsam gefunden hatte, was sie sich wünschte, war der Wunsch zumeist schon vergangen und machte einem andern Platz.

Sie schlief jede Nacht zehn oder elf Stunden, stand nicht mehr mit Samuel um sechs Uhr auf, sondern döste noch bis zehn Uhr; und dann blieb sie eine halbe Stunde wach im Bett und dachte mit Mißvergnügen an den Tag, der vor ihr lag. Es wurde meist Mittag und Essenszeit, bevor sie angezogen war. Wenn Samuel nach Tisch zu Hause blieb, blieb sie bei ihm; andernfalls machte sie Besuche bei einigen aus den Dutzenden von Verwandten der Dangerfields oder den Hunderten von Freunden des Hauses und saß und schwatzte, schwatzte, schwatzte von Kindern und Dienstmädchen, von Dienstmädchen und Kindern.

»Wann ist es soweit, Mrs. Dangerfield?« fragte man sie, wohin sie auch kam. Und dann folgte die Geschichte von Cousine Janet und der schweren Geburt, die sie durchgemacht hatte – vierundfünfzig Stunden! – oder von Tante Ruth, die zweimal hintereinander Drillinge gehabt hatte. Und die ganze Zeit über knabberten sie an üppigen Kuchen, kunstvollem Zuckerwerk und löffelten Cremes, plumpe, gutmütige, glückliche, zufriedene Frauen, die Amber für die albernsten Geschöpfe der Welt hielt.

Auf diese Art gingen die Wochen schnell vorbei.

Ach Gott, dachte Amber unglücklich. Im März werde ich einundzwanzig! Wann ich endlich das verdammte Geld kriege, werde ich wahrscheinlich zu alt sein, um noch etwas davon zu haben!

Weihnachten war eine willkommene Ablenkung. Das Haus wimmelte von Kindern, es gab ihrer mehr als je; Deborah, die auf dem Lande lebte, war zu den Feiertagen gekommen und brachte ihren Mann und sechs Kinder mit. Alice und Anne wohnten zwar in London, folgten aber der Familientradition und verbrachten das Fest mit ihren Familien im Vaterhaus. William kam aus dem Ausland und George von Oxford. Nur Jemima zog es vor, im Hause ihres Gatten zu bleiben, aber auch sie kam fast täglich zu Besuch, Joseph immer an ihrer Seite, stolz auf seine reizende Frau und so glücklich über die Aussicht auf den Zuwachs, daß er jedem, dem er begegnete, die große Neuigkeit mitteilen mußte. Und Jemima schien schließlich, wenn auch nicht gerade verliebt in Joseph zu sein, seine Anbetung doch geduldig hinzunehmen, was sie früher auch nicht getan hatte; die Schwangerschaft hatte ihr eine Art Abgeklärtheit verliehen. Ihre Widersetzlichkeit gegen Moral und Manieren ihrer Klasse war vorüber, und sie begann sich auf ihrem Platz im Leben zurechtzufinden.

Lorbeer, Zypresse und Steineiche mit roten Beeren schmückten jedes Zimmer und erfüllten es mit einem würzigen Winterduft. Ein mächtiger silberner Humpen voll Glühwein, bekränzt mit Efeu und Bändern und gebratenen Äpfeln, stand in der Halle immer bereit. Und dann gab es Speisen gemäß der prächtigen alten Tradition: Haferbrei mit Pflaumen und Fleischpasteten, gebratene Spanferkel, einen Eberkopf mit vergoldeten Hauern, fette Gänse und Kapaune und Fasanen zu knusprigem Goldbraun gebraten. Jede Mahlzeit war ein Fest, und was übrig blieb, wurde unter den Armen verteilt, die sich, mit Körben am Arm, an den Hintertüren drängten, denn die Freigiebigkeit der Dangerfields war altbekannt.

Sogar in den strengsten Häusern war es zu Weihnachten erlaubt, um Geld zu spielen, und vom frühen Morgen bis spät in die Nacht wurden Karten gemischt, rollten Würfel und klirrten Silbermünzen fröhlich auf dem Tisch, die Kinder spielten ›Blinde Kuh‹ und ›Versteckenв, schrien und lachten und jagten einander von einem Zimmer ins andere, vom Dach bis in den Keller. Und länger als zwei Wochen dauerte der Strom der Gäste an.

Amber schenkte Samuel eine herzförmige Miniatur von sich – diesmal völlig bekleidet – in einem Rahmen, der mit Perlen und Rubinen und Diamanten besetzt war. Sie machte allen andern Familienangehörigen ungefähr ebenso kostspielige Geschenke, und ihre Großzügigkeit den Dienstleuten gegenüber verschafften ihr den Ruf der gutmütigsten Frau der Welt. Sie empfing ebensoviel, wie sie gab, nicht etwa, weil die Familie sie jetzt mehr liebte als vorher, sondern um vor dem Vater und den Außenstehenden den Anschein zu wahren. Amber wußte das, aber sie kümmerte sich nicht darum, denn nichts hätte sie jetzt mehr um seine Gunst bringen können, da er glaubte, daß sie sein Kind trug. Er schenkte ihr einen schönen, kleinen vergoldeten Wagen, gepolstert mit scharlachrotem Samt, von dem goldene Quasten herabhingen, und dazu sechs prächtige Rappen. Doch sie durfte den Wagen derzeit nicht benützen, sondern mußte sich in einer Sänfte tragen lassen – Samuel wollte weder ihr noch des Kindes Wohl aufs Spiel setzen.

Der Dreikönigsabend beendigte die Festlichkeiten. Spät abends erlitt Samuel neuerlich einen schweren Schlaganfall.

Dr. de Forest, nach dem unverzüglich gesandt wurde, fragte Amber unter vier Augen, ob Samuel seinen früheren Anweisungen gehorcht habe, und Amber gab widerstrebend zu, daß er seit einiger Zeit ungehorsam gewesen sei. Sie hätte ihn abzuhalten versucht, aber er habe erklärt, es sei lächerlich, einen Mann von einundsechzig Jahren als Greis zu behandeln, und er fühle sich kräftiger als seit Jahren.

»Dann, Madame«, sagte der Arzt ernst, »zweifle ich, daß Ihr Mann das Ende dieses Jahres erleben wird.«

Amber wandte sich bedrückt ab und verließ das Zimmer. Wenn sie je reich werden sollte, mußte Samuel sterben, und dennoch schrak sie davor zurück, seine Mörderin zu sein – selbst mittelbar. Am Ende hatte sich in ihr eine echte, wenn auch oberflächliche Neigung zu dem schönen, gütigen, großherzigen alten Mann entwickelt, den sie zur Heirat verlockt hatte.

Im Vorraum des Schlafzimmers fand sie Lettice, die in den Armen ihres Bruders Sam weinte. »O Sam, wenn es in irgendeiner Nacht geschehen wäre! Aber der Dreikönigsabend bedeutet, daß er sterben muß, bevor das Jahr um ist, das weiß ich.« Sam streichelte ihr die Schultern und sagte beruhigend: »Das mußt du nicht glauben, Lettice. Das ist ein törichter Aberglaube. Erinnerst du dich nicht daran, daß voriges Jahr Tante Ellen am Dreikönigsabend krank wurde? Und sie ist das ganze Jahr munter wie eine Grille gewesen.« Er sah Amber, die auf der Schwelle stand, doch Lettice sah sie nicht.

»Ja, aber mit Dad ist es anders! Es ist diese schreckliche Frau! Sie bringt ihn um!«

Sam versuchte, sie zum Schweigen zu bringen, während Amber näher trat. Lettice wandte sich um, starrte sie an, als wüßte sie nicht recht, ob sie sich entschuldigen oder ihre Meinung offen sagen sollte. Und dann schrie sie plötzlich:

»Ja, Sie sind es, die ich meine! Alles ist Ihre Schuld! Seit Sie da sind, geht es ihm schlechter!«

»Schweig doch, Lettice«, flüsterte Sam.

»Nein, ich will nicht schweigen! Er ist mein Vater, und ich liebe ihn, und wir müssen ihn vor der Zeit sterben sehen, weil diese unverschämte Kreatur ihn glauben lassen will, daß er wieder fünfundzwanzig ist!« Ihre Augen musterten Amber mit Verachtung und Ekel; Samuels Mitteilung, daß seine Frau in Hoffnung sei, war ein schwerer Schlag für sie gewesen, gewissermaßen ein letzter Beweis dafür, daß ihr Vater ihrer toten Mutter untreu war. »Was sind Sie denn für eine Frau? Haben Sie kein Herz im Leib? Einen alten Mann ins Grab zu hetzen, damit Sie sein Geld erben können!«

Ambers Schuldbewußtsein hemmte ihre Zunge. Sie war nicht imstande, mit Samuels Tochter zu streiten, während er, vielleicht sterbend, im Nebenzimmer lag. Sie antwortete ungewöhnlich sanft.

»Das ist nicht wahr, Lettice. Der Altersunterschied mag sehr groß sein, ich weiß. Aber ich habe versucht, ihn glücklich zu machen, und ich glaube, daß es mir gelungen ist. Er war bereits krank, bevor ich kam, das wissen Sie.«

Lettice vermied ihren Blick und machte nur eine Geste. Nichts konnte sie je dazu bringen, ein freundliches Gefühl für diese Frau zu empfinden, aber sie vermochte ihr doch um Vaters willen eine gewisse Achtung zu erweisen.

»Es tut mir leid. Ich habe zuviel gesagt. Aber ich bin ganz wahnsinnig vor Sorge.«

Amber ging auf das Schlafzimmer zu, und als sie an Lettice vorbeikam, drückte sie ihr rasch die Hand. »Ich auch, Lettice.« Lettice sah auf, ein fragender, verwirrter Blick, aber sie konnte nicht anders – auch die leiseste Regung dieser Frau schien ihr immer unecht.

Samuel weigerte sich, in diesem Januar seine alljährliche Reise nach Tunbridge Wells zu unternehmen, denn die fortgeschrittene Schwangerschaft seiner Frau würde ihr nicht gestatten, ihn zu begleiten. Aber er mußte sich sehr ruhig verhalten. Mehr und mehr blieb er mit ihr in seinen Zimmern, während die ältesten Söhne die Leitung des Geschäftes übernahmen. Sie las ihm vor, sang und spielte Gitarre und versuchte, mit Fröhlichkeit und Zärtlichkeit ihr eigenes Gewissen zu besänftigen.

Bei Männern von Reichtum und Verantwortungsbewußtsein war es üblich, am Ende des Jahres die Rechnungen abzuschließen, aber Samuel verschob das des Schlaganfalls wegen auf den Februar. Und dann arbeitete er einige Tage daran. Er hatte sein Vermögen in Beteiligungen an der Ostindischen Kompanie – in deren Leitung er saß – in Renten, Pfandverschreibungen, Beteiligungen an Freibeuterflotten, Warenlagern in Cadiz und Lissabon und Venedig, ferner in Juwelen, in Goldbarren und barem Geld angelegt.

»Warum läßt du das nicht von Sam und Bob besorgen?« fragte ihn Amber eines Tages, als sie auf dem Boden saß und mit Tansy spielte.

Samuel saß an seinem Schreibtisch, in einem ostindischen Schlafrock, den Bruce ihm geschenkt hatte, über seinem Kopf brannte ein mehrarmiger Kerzenleuchter, denn selbst um Mittag war es ziemlich dunkel. »Ich möchte ganz sicher sein, daß meine Sachen in Ordnung sind – wenn mir irgend etwas zustoßen sollte.«

»So darfst du nicht sprechen, Samuel.« Amber stand auf und trat zu ihm. »Du bist ja ein Bild der Gesundheit.« Sie küßte ihn leicht und beugte sich, einen Arm um seine Schulter gelegt, über ihn. »Mein Himmel! Was ist das alles? Ich könnte das nicht enträtseln, und wenn's um meine Seele ginge. Wenn ich bloß eine Zahl sehe, geht mein Verstand schon durch.«

»Ich erledige alles so, daß du dir nachher keine Sorgen zu machen brauchst. Wenn es ein Junge ist, hinterlasse ich ihm zehntausend Pfund, um ein eigenes Geschäft zu beginnen – das dürfte besser für ihn sein, als mit seinen Halbbrüdern zusammenzuarbeiten –, und wenn es ein Mädchen ist, dann hinterlasse ich ihr fünftausend Pfund als Mitgift. Wie willst du deinen Anteil haben? In Geld oder Anlagen?«

»O Samuel! Ich weiß nicht. Wir wollen nicht einmal daran denken!«

Er lächelte nachsichtig. »Unsinn, mein Kind. Natürlich wollen wir daran denken. Ein Mann, der irgend etwas besitzt, muß ein Testament machen – ganz unabhängig von seinem Alter. Sag mir – was wäre dir lieber?«

»Nun – dann wäre es vermutlich das beste für mich, wenn ich es in Gold hätte. Dann könnte ich nicht von irgendeinem Lumpen betrogen werden.«

»Ich habe nicht soviel in bar, aber in einigen Wochen läßt sich das schon einrichten. Ich werde das Geld bei Shadrac Newbold hinterlegen.«

*

Er starb sehr ruhig eines Abends im April, als er eben in sein Zimmer hinaufgegangen war, um sich nach einem anstrengenden Tag auszuruhen.

Auf einem großen, schwarzen Trauerbett lag Samuel Dangerfields Leiche daheim aufgebahrt. Unter die Armen wurden zweitausend Spenden von je drei Farthings verteilt, ferner Kuchen und Bier. Seine junge Witwe – allgemein sehr bedauert, weil sie so nahe vor der Entbindung stand – empfing die Besucher in ihrem eigenen Zimmer; sie war blaß und trug ein schwarzes Kleid mit einem schweren Schleier, der fast auf dem Boden nachschleifte. Jeder Stuhl, jeder Tisch, jeder Spiegel, jedes Bild in der ganzen Wohnung war mit schwarzem Krepp verkleidet, jedes Fenster war geschlossen, und nur wenige Kerzen brannten – der Tod war im Hause.

Den Gästen wurden kaltes Fleisch und Biskuit und Wein serviert, und endlich setzte sich der Leichenzug in Bewegung. Der Abend war dunkel, kalt und windig, und die Fackeln wehten wie Fahnen. Ein Mann mit einer Glocke führte den Zug durch die Straßen, ihm folgte der Leichenwagen, gezogen von sechs Rappen mit schwarzen Federn an den Köpfen. Männer in Schwarz ritten auf schwarzen Pferden zu beiden Seiten, und dann folgten etwa dreißig geschlossene schwarze Wagen mit allen Mitgliedern der engsten Familie. Dahinter kamen zu Fuß und in ihren Kostümen die Mitglieder der Zünfte, denen er angehört hatte, und andere Trauergäste in lockeren Reihen. Der Zug war fast zwei Meilen lang.

Amber konnte in jener Nacht nicht allein in ihrem schwarzen Zimmer schlafen, sondern bestand darauf, daß Nan bei ihr schlafen müsse und daß eine Leuchtpfanne neben ihrem Bett brannte. Sie war nicht so froh darüber, daß sie eine reiche Frau war, wie sie erwartet hatte, noch war sie über Samuels Tod so betrübt, wie sie es ihrer Ansicht nach hätte sein sollen. Sie war einfach apathisch. Ihr einziger Wunsch war, die Wehen möchten sogleich beginnen, damit sie das Kind gebären könnte und von der Bürde befreit wäre, die mit jeder Stunde unerträglicher anwuchs.

Einunddreißigstes Kapitel

Das Vorgemach war überfüllt. Junge Leute standen in Gruppen von zwei, drei oder vier, lehnten an den Fensterbrüstungen und sahen in den Hof hinunter, wo ein heftiger Märzwind die Bäume bog. Sie trugen wallende Federn an den Hüten, Röcke bis zu den Schenkeln, Degen, die im Winkel rückwärts abstanden; Spitzen rieselten über ihre Finger und über die Knie, ganze Haufen von Bandschleifen hingen an den Schultern, Ellbogen und Hüften. Viele hatten verschlafene Augen und gähnten.

»O mein Gott», murrte der eine mit müdem Seufzer. »Um drei Uhr zu Bett und um sechs Uhr auf. Wenn Old Rowley nur ein Weib fände, die ihn morgens im Bett behält . . .«

»Tut nichts. Wenn wir erst zur See sind, dann können wir schlafen, solange wir wollen. Haben Sie Ihr Offizierspatent? Mir hat man eine Kapitänsstelle versprochen.«

Der andere lachte. »Wenn Sie Kapitän sind, dann müßte ich Konteradmiral werden. Ich kenne doch wenigstens den Unterschied zwischen Backbord und Steuerbord.«

»Wahrhaftig? Was ist das eine, und was ist das andere?«

»Backbord ist rechts, und Steuerbord ist links«

»Falsch! Gerade umgekehrt!«

»Nun, das macht schließlich nicht viel aus. Es hat noch nie einen Menschen gegeben, der derart von der Seekrankheit geplagt wird wie ich. Wenn ich von Charing Cross zu der Privatstiege rudern muß, dann wird mir unterwegs zweimal übel.«

»Ich bin wenigstens ein Süßwassersegler. Aber immerhin bin ich mächtig froh, daß der Krieg anfängt. Ein Mann hält es lange mit Schauspielerinnen und Orangenmädchen aus, aber eines Tages kriegt er es satt. Verdammt, ich bin mit der Abwechslung zufrieden – Salzluft und Wellen und Kanonenfeuer. Bei Gott, das ist ein Leben für einen Mann. Überdies beginnt mein letztes Verhältnis mir lästig zu werden.«

In diesem Augenblick entstand eine Unruhe im Saal. Die Tür wurde geöffnet, und der Kanzler Clarendon trat ein. Mürrisch und sorgenvoll wie immer, den rechten Fuß, seiner Gicht wegen, in einem dicken Verband, ging er geradeaus durch das Zimmer, ohne mit jemandem ein Wort zu sprechen, auf die andere Tür zu, die in das Schlafzimmer Seiner Majestät führte.

Brauen hoben sich, Münder verzogen sich, und man lächelte einander verstohlen zu, als der alte Mann vorüberging.

Clarendon war rasch zum bestgehaßten Mann in England geworden, und zwar nicht nur am Hof, sondern überall. Er war zu lange an der Macht gewesen, und alles, was fehlschlug, mochte er auch noch so wenig damit zu tun gehabt haben, wurde ihm vom Volke zur Last gelegt. Er wollte keinen Rat annehmen, keine Opposition dulden; was er tat, war richtig. Doch selbst diese Fehler hätte man übersehen, aber er besaß andere, die unverzeihlich waren. Er war unbeugsam ehrenhaft, ließ sich weder bestechen noch bestach er andere, und nicht einmal seine Freunde konnten sich seine Gunst zunutze machen. Obgleich er den größten Teil seines Lebens an Höfen verbracht hatte, verachtete er die Höflinge und hatte verschmäht, selbst einer zu werden.

Und so wartete man und sah zu. Wenn die Stütze, die er am Parlament hatte, einmal versagen sollte, dann würden sie ihn an der Gurgel packen wie ein Rudel hungriger Schakale.

»Sind Sie in Picadilly gewesen, um sich das neue Haus des Kanzlers anzusehen?« fragte einer, nachdem der Kanzler verschwunden war.

»Nach den Fundamenten zu schließen, muß er ganz England verkaufen, wenn er den Bau beenden will. Was er an Dünkirchen verdient hat, reicht nicht für die Stallungen.«

Die Tür zu den Privatgemächern des Königs wurde abermals geöffnet, und Buckhurst erschien mit einem andern jungen Mann. Zwei oder drei Wartende traten auf sie zu.

»Was ist denn geschehen? Ich warte jetzt schon eine halbe Stunde. Nur die Hoffnung, mit Seiner Majestät wegen einer Stelle für meinen Cousin zu sprechen, konnte mich dazu bringen, an so einem Morgen überhaupt aufzustehen. Jetzt ist er vermutlich über die Privatstiege fortgegangen, und wir sollen zusehen, wie wir fertig werden.«

»Er wird gleich da sein. Er schachert noch mit einem Jesuitenpater über den Preis eines Rezeptes aus menschlichen Schädelknochen. Hast du eine Schneiderrechnung bei dir, Tom? Wenn sie unleserlich genug ist, dann verkauf sie Old Rowley als Universalheilmittel, und dein Glück ist gemacht. Er gibt diesem räudigen alten Jesuiten fünftausend Pfund für einen Fetzen Papier.«

»Fünftausend! Großer Gott! Was kann daran fünftausend Pfund wert sein?«

Die Stimmen verstummten, als jetzt der König erschien, hinter ihm Hunde und Höflinge. Er war frisch rasiert, und seine glatte, braune Haut glänzte vor Gesundheit. Er lächelte, nickte den Herren zu und ging durch den Saal. Und sogleich begann das Gedränge um einen Platz in seiner nächsten Nähe. Doch schon hatte Buckingham die eine und Lauderdale die andere Seite des Königs erobert.

»Morgen wird vermutlich die ganze Stadt erzählen«, sagte Karl zum Herzog, »ich sei überzeugter Katholik.«

»Ich habe schon davon gehört, Sire.«

»Nun«, Karl zuckte die Achseln, »wenn man mir nichts Schlimmeres nachzusagen weiß, dann brauche ich mir wohl keine großen Sorgen zu machen.« Karl war dem Klatsch gegenüber ziemlich gleichgültig, der über ihn verbreitet wurde, und er kannte sein Volk gut genug, um zu wissen, daß Murren ein Nationalsport war und ebensowenig umstürzlerisch wie Fußball oder Ringen. Er war jetzt seit fast fünf Jahren wieder daheim, und die Flitterwochen mit seinen Untertanen waren vorüber.

Aus seinen Privatgemächern ging er durch die Stone Gallery und ein Gewirr schmaler Gänge, die längs des Privatgartens durch das Holbeintor in den St. James Park führten. Er ging so rasch, daß die weniger hochgewachsenen Männer laufen mußten oder zurückblieben, und das wollten sie gern vermeiden, denn die meisten unter ihnen hatten eine Gunst zu erbitten.

»Wir haben wohl noch Zeit für einen Spaziergang durch den Park«, sagte Karl, »bevor wir in die Kapelle gehen. Die Luft ist hoffentlich kalt genug, um mich schläfrig zu machen.«

Sie hatten die alte Treppe erreicht, die in den Park führte, als plötzlich eine Türe aufsprang und Monmouth herausstürzte. Die Männer blieben stehen, und der Herzog lief auf sie zu, während sein Vater herzlich lachte. Atemlos schwenkte er den Hut und machte eine tiefe Verbeugung. Karl legte den Arm um die Schultern des Knaben und gab ihm einen zärtlichen Klaps.

»Ich habe verschlafen, Sire, ich wollte mit Ihnen in die Kapelle gehen.«

»Komm nur, James. Ich muß mit dir sprechen.«

James, der jetzt zwischen dem König und Lauderdale ging, warf seinem Vater einen besorgten Blick zu. »Worüber, Sire?«

»Das mußt du selbst wissen, sonst würdest du nicht so schuldbewußt aussehen. Jeder erzählt mir von dir. Dein Benehmen ist das Lieblingsthema aller Gespräche.« James ließ den Kopf hängen, und Karl, der ein Lächeln nicht völlig verbergen konnte, fuhr fort. »Man sagt, daß du – mit fünfzehn Jahren! – ein Mädchen aushältst, daß du tief in Schulden steckst, daß du nachts durch die Straßen läufst, friedliche Bürger störst und ihnen die Fenster einschlägst. Mit einem Wort, mein Sohn, daß du ein sehr lustiges Leben führst.«

Monmouth sah rasch zu seinem Vater auf, und auf seinem schönen Gesicht erschien ein gewinnendes Lächeln. »Wenn ich lustig bin, so bin ich es nur, um meine Sorgen zu vergessen.«

Einige der Herren brachen in ein Gelächter aus, aber Karl sah den Knaben ernst an, und seine schwarzen Augen glänzten. »Du mußt ja sehr viele Sorgen haben, James. Nun – erzähl mir einmal von deinen Sorgen!«

Der Morgen war kalt, und der Wind spielte mit den Perücken wie mit den Ohren der Spaniels. Karl drückte den Hut tiefer in die Stirn, aber die andern mußten ihre Perücken festhalten, denn sie trugen die Hüte unter dem Arm. Das Gras war fast hart und schlüpfrig, und auf dem Kanal lag eine dünne Eisschicht; es war ein ungewöhnlich kalter, trockener Winter gewesen, und seit Weihnachten hatte es nicht mehr getaut. Die andern sahen einander mißvergnügt an, denn es war ärgerlich, bei solch einem

Wetter spazierengehen zu müssen, aber der König ging gleichgültig weiter, als wäre es der schönste Sommertag.

Karl ging in den Park, weil er die frische Luft und die Leibesübung liebte. Es freute ihn, den Kanal entlangzugehen und zu sehen, wie seine Vögel, deren Käfige zu beiden Seiten an den Bäumen hingen, das kalte Wasser vertrugen. Einige der kleineren hatte er in das Innere des Palastes genommen. Er wollte auch wissen, ob der Frost den jungen Ulmen schadete, die er im Vorjahr gepflanzt, und ob sein Lieblingskranich gelernt hatte, mit dem hölzernen Bein zu gehen, das für ihn angefertigt worden war, nachdem er eines der beiden eigenen bei einem Unfall verloren hatte.

Aber dieser Spaziergang galt nicht bloß dem Vergnügen und der Übung; er gehörte auch zur Morgenarbeit. Karl hatte immer darauf gehalten, daß seine unangenehmen Aufgaben wenigstens unter angenehmen Bedingungen erledigt würden – und wenige Pflichten waren ihm so lästig, wie Bittschriften entgegennehmen und Forderungen anhören zu müssen. Wenn es möglich gewesen wäre, hätte er gern jede Bitte bewilligt, und zwar nicht so sehr aus grenzenloser Großmut, als um sich vor klagenden Stimmen und flehenden Augen zu schützen.

Die einen verlangten eine Stelle bei Hof für einen Freund oder Verwandten, und für jede vakante Stelle gab es stets hundert Bewerber. Wie immer er seine Wahl traf, blieb eine Menge Mißvergnügter und Eifersüchtiger, und der eine, der die Stelle erhielt, war selten so dankbar, wie man erwartet hätte. Andere kamen, um ein Landgut zu erbitten; es war üblich, die Kosten von Beschlagnahme und Verfolgung auf sich zu nehmen, in der Hoffnung, daß man nachher einen konfiszierten Besitz vom König erbitten konnte. Ein anderer wollte zur See gehen, um gegen die Holländer zu kämpfen, und verlangte eine Stelle als Kapitän, obgleich seine Erfahrung sich auf eine Überfahrt auf einem Postschiff von Frankreich nach England beschränkte.

Karl hörte sie geduldig an, versuchte, wenn irgend möglich, den Bittsteller an jemand anders zu weisen, und wenn er das nicht konnte, dann gewährte er im allgemeinen die Bitte, obgleich er sehr wohl wußte, daß es unmöglich war. Und während er die Bitten seiner Höflinge anhörte, näherte sich ihm häufig ein kranker alter Mann, manchmal auch eine junge Mutter mit ihrem Kind, die von ihm berührt werden wollten. Die Höflinge waren sehr ungnädig über diese Störungen, Karl aber nicht.

Er liebte sein Volk, und obgleich er lange fern von der Heimat gelebt hatte, verstand er es auch. Sie murrten über seine Mätressen und über die Ausschweifungen des Hofes, aber wenn er lächelte und stehenblieb, um mit ihnen zu reden und in seiner tiefen, vollen Stimme mit ihnen lachte, dann liebten sie ihn trotzdem. Sein Charme und seine Umgänglichkeit waren mächtige politische Waffen, und er wußte das.

Sie gingen den Kanal entlang, der den Park von einem Ende zum andern durchquerte, kehrten längs Pall Mall zurück und wendeten sich über die King Street zum Palast. Die Glocken der Kapelle begannen zu läuten, und Karl beschleunigte seine raschen Schritte. Wenn er einmal in der Kapelle war, konnten sie ihn nicht länger bedrängen. Monmouth war den andern weit voraus. Er war die ganze Zeit gelaufen und gesprungen, die Spaniels jagten hinter ihm her, bis ihre langen Ohren naß waren und ihre Pfoten vom Schlamm verklebt.

Ah, dachte Karl und holte tief Atem, als sie jetzt den Hof erreichten, der in die Kapelle führte. Noch hundert Meter, und ich bin gerettet!

In diesem Augenblick trat Buckingham, der seinen Platz andern geräumt hatte, wieder an ihn heran. »Sire«, begann er, »darf ich Ihnen einen Freund vorstellen . . .«

Karl warf Lauderdale einen lustigen Blick zu. »Wie kommt es«, murmelte er, »daß jeder meiner Freunde sich einen Lumpen aushält?«

Aber er drehte sich mit einem Lächeln um und hörte den Mann an. Sie waren jetzt an der Tür der Kapelle angelangt, und die Höflinge scharten sich um ihn. Aber die Damen traten ein, und seine Augen wanderten. Frances Stewart ging mit einer ihrer Zofen vorbei und winkte ihm zu. Karl grinste breit und wollte ihr rasch folgen, erinnerte sich aber, daß er einen Bittsteller anhörte, und bezwang sich.

»Ja«, unterbrach er. »Ich verstehe Ihre Lage, Sire. Sie können mir glauben, daß ich mir die Sache ernstlich durch den Kopf gehen lassen werde.«

»Aber, Sire«, der Mann hob beschwörend die Hände. »Wie ich Ihnen sagte, es ist sehr dringend. Ich muß bald wissen . . .«

»Ja, ja«, sagte Karl, der kein Wort gehört hatte. »So ist es. Schön. Ich denke, daß Sie darauf rechnen können.«

Dankbar wollte der Mann niederknien, aber der König winkte ungeduldig ab, denn er wollte in die Kapelle gehen. Und dann, als er eben durch das große, geschnitzte Eichentor eintrat, sagte er über seine Schulter: »Soweit es mich angeht, kann Ihr Wunsch erfüllt werden. Aber Sie müssen sich noch versichern, ob der Kanzler in dieser Angelegenheit nicht andere Pläne hat.«

Der Mann öffnete nochmals den Mund, an Stelle des Lächelns trat plötzlich ein unglücklicher Ausdruck, aber es war zu spät. Der König war bereits fort. »Trachten Sie, ihn zu erwischen, wenn er wieder herauskommt«, flüsterte Buckingham und war ebenfalls verschwunden.

Die Kapelle war voll, und die Klänge der großen Orgel brachen sich an den Wänden. Karl ging nicht gern in die Kirche, und Predigten langweilten ihn. Aber er ertrug es, weil hier die schönste Musik zu hören war. Und sehr zur Entrüstung der Konservativen hatte er auch Geigen eingeführt, die er mehr liebte als irgendein anderes Instrument.

Er saß allein im königlichen Kirchenstuhl auf der Galerie, denn Katharina ging zu ihrer eigenen katholischen Messe, und sah hinunter. Zu beiden Seiten schlossen Vorhänge jenen Teil der Galerie ab, wo die Damen saßen, aber er wußte, daß Frances gerade neben ihm saß – so nahe, daß er mit ihr flüstern konnte. Der junge Geistliche, der heute predigen sollte, hatte seinen Platz eingenommen und trocknete seine schwitzenden Wangen und seine Stirn mit den schwarz behandschuhten Händen, bis die Farbe abging und er mehr einem Kaminfeger als einem Priester glich. Da und dort wurde ein Kichern laut, und dem jungen Mann wurde es unbehaglicher denn je, und er fragte sich, warum man eigentlich lachte, bevor er auch nur ein Wort gesprochen hatte.

Es war fast ebenso schwer, dem Hof zu predigen wie auf ihn einzuwirken. Der König schlief unweigerlich ein, sobald das Thema der Predigt genannt wurde, obgleich er sich aufrechtzuhalten wußte. Die Hofdamen flüsterten miteinander, winkten mit ihren Fächern den Herren unten zu, kicherten und verglichen ihren Schmuck und ihre Bänder. Die Herren wiederum legten die Köpfe zurück und spähten zu den Damen auf der Galerie, sprachen von den Erfolgen der vergangenen Nacht und zeigten einander die hübschen Frauen. Die Politiker steckten die Köpfe zusammen und sprachen halblaut, blickten aber geradeaus vor sich hin, damit keiner ahnte, was sie taten. Die meisten älteren Damen und Herren, Überbleibsel von des ersten Karls Hof, saßen ernsthaft in ihren Kirchenstühlen und lauschten mit Genugtuung auf die wiederholten Warnungen, die von der Kanzel einem leichtfertigen Geschlecht erteilt wurden; aber ihre besten Absichten endeten häufig in einem geräuschvollen Schnarchen.

Endlich begann der junge Kaplan, dem jüngst ein einflußreicher Verwandter die Stelle verschafft hatte, seine erste Predigt vor König und Hof. »Seht her!« sagte er und fuhr sich nochmals mit dem schwarzen Handschuh über die Wange. »Furchtbar und prächtig bin ich geschaffen.«

Sogleich verbreitete sich ein Gelächter über die ganze Kapelle, und während der bestürzte junge Mensch mit Tränen in den Augen seine Gemeinde anstarrte, mußte sogar der König sich räuspern und seine Schuhbänder fester binden, um ein Lächeln zu verbergen. Ein Finger berührte ihn lustig durch den Vorhang hindurch, und Karl wußte, daß es Frances war, die er lachen hören konnte. Aber endlich war die Ruhe wiederhergestellt, der verängstigte Geistliche zwang sich weiterzusprechen, und Karl konnte sich zum Schlaf zurechtsetzen.

*

Frances Stewart hatte Barbara Palmer in der Stellung der beliebtesten und erfolgreichsten Gastgeberin von Whitehall abgelöst. Zu den Soupers, die sie in ihren Räumen mit der Aussicht auf den Fluß gab, drängten sich die mächtigen und klügsten Männer und die reizendsten Frauen des Hofes. Sowohl Buckingham wie Arlington versuchten dort Unterstützung für ihre Pläne zu finden, denn sie waren beide ebenso davon überzeugt wie alle andern, daß sich der König durch eine Frau leichter lenken ließ.

Buckingham stimmte ihr die Gitarre und sang die neuesten Lieder, ahmte Clarendon und Arlington nach, spielte ihr Lieblingsspiel mit ihr – Kartenhäuser bauen – und bildete sich ein, sie sei in ihn verliebt. Und als Ludwig XIV. seinen neuen Minister Courtin schickte, der Karl überreden sollte, den holländischen Krieg abzubrechen, wandte der heitere kleine Franzose sich unverzüglich an Mrs. Stewart.

»Ach, Himmel!« sagte sie eines Abends zu Karl, nachdem er sie endlich von den andern getrennt hatte, »mein Kopf schwirrt von all dem politischen Gerede! Der eine erzählt mir das, der andere jenes, und der dritte wieder etwas anderes –« Sie hielt inne, sah zu ihm auf, und sie lachten beide. »Und ich erinnerte mich an gar nichts! Wenn sie nur ahnten, wie wenig ich auf ihr Geschwätz höre! Sie wären alle mächtig böse mit mir!«

Karl beobachtete sie, seine Augen glühten vor Leidenschaft, denn noch immer sah er in ihr die vollendetste Lieblichkeit, die er je erblickt hatte. »Gott sei Dank, daß Sie nicht zuhören«, sagte er, »eine Frau soll sich nicht in Politik mischen. Das ist vielleicht einer der Gründe, weshalb ich Sie liebe, Frances. Sie sind mir nie mit Bitten gekommen – weder mit eigenen noch mit fremden. Überall, wohin ich schaue, kann ich nur fordernde Gesichter sehen – und ich bin froh, daß Sie nichts fordern.« Er senkte die Stimme. »Aber Ihnen würde ich alles geben, was Sie verlangen, Frances. Sie wissen das, nicht wahr?«

Am andern Ende des Saales, sagte ein junger Mann, der die beiden beobachtete, zu einem andern: »Seine Majestät ist jetzt seit zwei Jahren in sie verliebt, und sie ist noch immer Jungfrau. Das übersteigt jede Vorstellung.«

Frances lächelte, ein sanftes, wehmütiges Lächeln, so jugendlich und kunstlos, daß es ihm ans Herz griff. »Ich weiß, daß Sie sehr freigebig sind, Sire. Aber, ganz aufrichtig, ich verlange nichts, als ein ehrenhaftes Leben zu führen.«

Seine Brauen hoben sich verärgert, und auf seinem Gesicht war ein Ausdruck von Ungeduld. Aber dann lächelte er wieder. »Frances, meine Liebe, ein ehrenhaftes Leben ist genau das, was der, der es lebt, dafür hält. Schließlich ist Ehre doch nur ein Wort.«

»Ich weiß nicht, was Sie meinen, Sire. Für mich, das versichere ich Ihnen, ist Ehre weit mehr als ein Wort.«

»Aber nichtsdestoweniger muß es doch einen oder mehrere Begriffe geben, die Sie mit einem bestimmten Wort verbinden. Seine Gnaden von Buckingham, zum Beispiel, dort drüben an seinem Kartentisch hat eine ganz andere Definition von Ehre als Sie.«

Frances lachte und war erleichtert, weil sie lachen konnte, denn sie liebte ernsthafte Gespräche nicht, und gar Abstraktionen gegenüber fühlte sie sich sehr unbehaglich. »Daran zweifle ich nicht, Eure Majestät. Das dürfte ein Thema sein, über das Seine Gnaden und ich ebensowenig das gleiche denken wie Sie und ich.«

»Oh?« machte der König amüsiert. »Und hat Buckingham schon versucht, Sie zu seiner Auslegung zu bekehren?«

Frances errötete und klopfte mit dem Fächer auf ihr Knie. »Das hatte ich nicht gemeint.«

»Nicht? Ich dachte doch. Aber machen Sie sich darüber keine Sorgen. Es ist eine alte Gewohnheit des Herzogs, sich parallel mit mir zu verlieben.«

Frances sah gekränkt aus. »Sich parallel mit Ihnen zu verlieben! Mein Himmel, Sire! Das klingt, als ob Sie schon sehr oft verliebt gewesen wären.«

»Wenn ich behaupten wollte, daß ich noch nie eine Frau bemerkt hätte, bevor Sie kamen – nun, Frances, schließlich . . .«

»Trotzdem sollten Sie nicht so sprechen, als wäre es eine alltägliche Sache!« Sie hob das Kinn und wies ihm zur besseren Erklärung ihr hochmütiges Profil.

Karl lachte. »Fast glaube ich, daß Sie am reizendsten sind, wenn Sie – nun, wenn Sie ein wenig mit mir schmollen. Sie haben die entzückendste Nase der Welt.«

»Wirklich, Sire?« Sie wandte sich ihm wieder zu und lächelte.

Doch plötzlich blickte der König in den Saal und brummte mißmutig. »Mein Gott, da kommt schon wieder Courtin, um mich über den Krieg zu belehren. Rasch! Gehen wir dort hinein!«

Er nahm ihren Arm, und wenn sie sich auch wehren wollte, führte er sie in ein Nebenzimmer, das nur von dem Widerschein des Mondes auf dem Wasser erhellt war. Aber er blieb nicht stehen, sondern ging mit ihr in das nächste Zimmer.

»So!« sagte er und schloß die Tür. »Hierher wird er uns nicht zu folgen wagen.«

»Aber er ist doch so ein netter kleiner Mann! Warum wollen Sie nicht mit ihm sprechen?«

»Wozu? Ich habe es ihm tausendmal gesagt. England und Holland sind im Krieg, und daran ist nichts zu ändern. Ich kann die Flotten nicht zurückrufen – nicht um alle netten kleinen Männer von Frankreich. Kommen Sie!«

Frances sah ihn zweifelnd an, denn immer, wenn sie allein waren, geschah dasselbe. Doch nach kurzem Zögern ging sie ans Fenster und stand neben ihm. Weiße Schwäne schwammen nahe dem Ufer in der Dämmerung des ersten Frühlings, und das Schilf wuchs so hoch, daß seine Spitzen die Scheiben berührten. Das Wasser sah dunkel und kalt aus, und ein frischer Wind kräuselte es. Karl legte einen Arm um sie, und so blieben die beiden minutenlang schweigend stehen und sahen hinaus. Dann drehte er sich zu ihr, zog sie an sich und küßte ihren Mund. Frances unterwarf sich, blieb aber kühl. Ihre Hände lagen leicht auf seinen Schultern, ihr Körper straffte sich, und ihre Lippen antworteten nicht. Seine Arme umspannten sie immer fester, sein Mund suchte ihre Lippen zu öffnen, das Blut schien heftig wie seine Leidenschaft in seinen Adern zu zittern.

Er war überzeugt, daß er sie diesmal zum Leben erwecken, daß er sie dazu bringen könnte, ihn ebenso glühend zu begehren, wie er sie begehrte.

»Frances, Frances«, flüsterte er, eine Art wütenden Flehens in der Stimme. »Küß mich! Denke nicht länger – hör auf, dir zu sagen, es sei schlecht. Vergiß dich – vergiß alles und laß mich dich lehren, was Seligkeit sein kann.«

»Sire!«

Sie versuchte, ihn wegzuschieben, beugte sich ängstlich zurück, aber sein Körper beugte sich über den ihren, sein Mund und seine Hände suchten. »O Frances, du kannst mich nicht länger hinziehen – ich habe zwei Jahre gewartet – ich kann nicht ewig warten – ich liebe dich, Frances, ich schwöre es dir! Ich will dich nicht kränken, Liebling – bitte – bitte.«

Er liebte sie wirklich. Er liebte ihre Schönheit und ihre Fraulichkeit, das Versprechen letzter Erfüllung, das sie zu bieten schien. Aber er liebte sie in Wahrheit nicht mehr, als er andere Frauen geliebt hatte; und er glaubte, ihre zur Schau getragene Tugend sei ein zäher Vorwand, um irgend etwas zu erreichen. In seinen Beziehungen zu Frauen wie in seinem ganzen Leben nahm seine Selbstsucht Zuflucht zum Zynismus.

»Sire!« rief sie, ernstlich beunruhigt, denn sie hatte bisher niemals bemerkt, wie stark er war, wie leicht es ihm fallen könnte, ihr Gewalt anzutun.

Aber er hörte nicht. Seine Hände schoben das tiefausgeschnittene Kleid von ihren Schultern, und er drückte sie fest an sich, als wäre er entschlossen, ihren Körper in seinen Körper einzusaugen. Sie hatte ihn niemals so erregt gesehen, und es erschreckte sie, denn ihre Gefühle antworteten den seinen nicht, sondern flüchteten in das andere Extrem – sie war verletzt und angewidert. Und mit einemmal haßte sie ihn.

Jetzt preßte sie ihre gekreuzten Arme gegen seine Schultern, und zu gleicher Zeit entfuhr ihr ein verzweifelter, schluchzender Schrei. »Lassen Sie mich los, Sire!« Sie brach in Tränen aus.

Im Nu hielt er ein, und dann ließ er sie so plötzlich los, daß sie fast ihr Gleichgewicht verlor. Als er jetzt im Dunkeln neben ihr stand, verrieten ihr nur seine Atemzüge, daß sie nicht allein war; sie wandte sich ab und schluchzte weiter – nicht leise, sondern so, daß er sie hören und bereuen sollte, was er getan hatte. Und er sollte auch merken, daß sie gekränkter war, als er es sein konnte. Denn jetzt hatte sie Angst, er könnte wütend sein.

Das schien sehr lange zu dauern; endlich sagte er: »Es tut mir leid, Frances. Ich wußte nicht, daß ich Ihnen so widerwärtig bin.«

Frances wandte sich rasch um. »Oh, Sire! Glauben Sie doch das nicht! Davon ist keine Rede! Aber wenn ich mich Ihnen einmal ergeben habe, dann habe ich das einzige verloren, was irgendeinen Wert für mich hat. Wenn sich eine Frau einem König hingibt, ist es ebenso unverzeihlich, wie wenn sie sich einem andern Mann hingibt. Sie wissen, daß Ihre eigene Mutter das sagt.«

»Meine Mutter und ich haben nicht in allem die gleichen Ansichten – und ganz gewiß nicht in diesem Punkt. Antworten Sie mir aufrichtig, Frances. Was verlangen Sie? Ich habe es Ihnen vorher gesagt, und ich wiederhole es jetzt – ich will Ihnen alles geben, was ich besitze. Ich will Ihnen alles geben bis auf die Ehe – und auch das täte ich, wenn ich könnte.«

Frances antwortete ihm scharf: »Dann, Sire, werden Sie mich niemals besitzen. Denn ich werde keinem Mann angehören, der mich nicht heiratet.«

Er stand mit dem Rücken gegen das Fenster, und sein Gesicht war im Dunkel. Darum konnte sie den Ausdruck wilden Zorns in seinen Zügen nicht sehen. »Eines Tages«, sagte er leise, »werden Sie hoffentlich häßlich und weniger stolz sein.«

Er ging schnell an ihr vorbei und, ohne sie noch einmal anzusehen, zur Tür hinaus.

Zweiunddreißigstes Kapitel

Amber lebte nicht gern abgeschlossen in einem schwarzen Zimmer; es machte sie melancholisch. Doch daß sie in Trauer war, schützte sie wenigstens vor einer unerträglichen Zahl von Besuchen. Ihr Kind, ein Mädchen, war wenige Tage nach Samuels Tod zur Welt gekommen. Und man hätte andernfalls Festlichkeiten und einen großen Empfang anläßlich der Taufe erwartet.

So dagegen empfing sie nur die Besuche der nächsten Verwandten und Freunde der Familie, wenn auch viele andere Gaben sandten. Sie setzte sich im Bett auf und sah gegen all das düstere Schwarz recht blaß und zerbrechlich aus. Sie lächelte wehmütig, wenn Besucher da waren, manchmal gelang ihr auch eine Träne oder wenigstens ein langer Seufzer; und sie lächelte erfreut, wenn jemand erklärte, das Kind sei völlig Samuels Ebenbild. Sie war höflich und geduldig und benahm sich höchst würdig wie immer, denn sie fühlte, daß sie Samuel das wenigstens als Gegengabe für das große Vermögen schuldete, das er ihr hinterlassen hatte.

Die engste Familie sah sie kaum. Jeder kam einmal in ihr Zimmer, aber Amber wußte, daß es nur aus Pflichtgefühl gegenüber dem Vater geschah. Man erwartete und wünschte offenbar, daß sie das Haus verließ, sobald sie aufstehen konnte. Und sie hatte auch durchaus nicht die Absicht, länger als unbedingt nötig zu bleiben.

Doch nur Jemima sprach aus, was die andern dachten. »Nun – jetzt, da Sie Vaters Geld haben, werden Sie sich vermutlich einen Titel damit kaufen und sich als Dame von Stand ausgeben.«

Amber lachte höhnisch und schamlos. »Vielleicht«, räumte sie ein.

»Sie mögen sich einen Titel kaufen«, sagte Jemima, »aber Sie können sich niemals die Haltung kaufen, die dazu nötig ist.« Das klang so, als hätte sie es von den andern gehört, aber die folgenden Worte stammten von Jemima selbst: »Und dann gibt es etwas, das Sie nicht kaufen können, und wenn Sie alles Geld der Welt besäßen. Sie können sich niemals Lord Carlton kaufen.«

Ambers Eifersucht auf Jemima war zu lässiger Verachtung verblichen, seit sie die andere im ehelichen Gefängnis wußte. Jetzt hatte sie nichts mehr von ihr zu fürchten. Und so schenkte sie ihr nur einen langsamen unverschämten Blick. »Ich bin dir für deine Sorge um mich sehr dankbar, Jemima, aber ich kann sehr wohl allein mit meinen Sachen fertig werden, das schwöre ich dir. Und wenn du nur darum gekommen bist, so magst du auch gehen.«

Jemima antwortete ihr mit verhaltener Wut, denn Ambers Gleichgültigkeit brachte sie zum Rasen. »Ich gehe – und ich hoffe, dich in meinem ganzen Leben niemals wiederzusehen. Aber laß mich dir noch das eine sagen – eines Tages wird dich das Schicksal erreichen, das du verdienst. Gott wird deine Schlechtigkeit nicht in alle Ewigkeit gedeihen lassen.«

Ambers Überlegenheit löste sich in ein zynisches Gelächter. »Du bist wahrhaftig eine Fanatikerin geworden wie die andern. Wenn du mehr Verstand hättest, dann hättest du jetzt gelernt, daß nichts so gut gedeiht wie Schlechtigkeit. Und jetzt hinaus mit dir, du vorlautes kleines Luder, und daß du mich von nun an in Ruhe läßt!«

Jemima ließ sie von nun an in Ruhe, und dasselbe taten auch die andern Mitglieder der Familie. Man ließ sie so vollständig in Ruhe, als ob sie überhaupt nicht im Hause wohnen würde.

Nan mußte auf die Wohnungssuche gehen – nicht in der City, sondern draußen in den eleganten westlichen Vororten, die zwischen Temple Bar und Charing Cross lagen. Und etwa drei Wochen nach der Geburt des Kindes besichtigte sie selbst eine der Wohnungen, die Nan gefunden hatte.

Es war ein schönes neues Haus in der St. Martin's Lane, zwischen Holborn, Drury Lane und Lincoln's Inn Fields, wo sie nur Personen der vornehmsten Stände zu Nachbarn hatte. Das Haus war vier Stockwerke hoch und hatte in jedem nur eine Wohnung. Unter dem Dach gab es noch einen Halbstock für die Dienstleute. Ambers Wohnung war im zweiten Stock; über ihr wohnte ein hübsches junges Mädchen, das gerade mit seiner Tante vom Land gekommen war, um einen Gatten zu finden, und im vierten Stock wohnte eine reiche Witwe in mittleren Jahren, die Hausbesitzerin, die häufig seufzte und über ihre ›Vapeurs‹ klagte und von nichts anderem sprach als von ihrem früheren Reichtum und ihrer einstigen Stellung, die sie während der Kriege gleichzeitig mit einem Gatten verloren hatte, den zu ersetzen sie nie imstande gewesen war.

Das Haus hieß ›Blaue Feder‹, und gerade unter Ambers Salonfenster schwang ein breites, hölzernes Schild, das eine große blaue Feder auf goldenem Hintergrund darstellte und von einem reichverzierten schmiedeeisernen Träger gehalten wurde, der gleichfalls vergoldet war.

Kutscherwohnungen und Ställe waren ganz in der Nähe. Und die enge Straße war ausschließlich von vornehmen Herren und Damen mit Titeln bewohnt, die in Whitehall ein- und ausgingen. Rote Absätze und silberne Degen, Satinkleider und Halbmasken, Perücken und Federhüte, bemalte Wagen und Rassepferde waren das Bild, das sich ständig vor ihrem Fenster bot.

Die Wohnungen waren so schön, wie sie es noch nie gesehen hatte. Da gab es einen Vorraum, mit purpur- und goldgestreiftem Satin bespannt, mit zwei oder drei vergoldeten Stühlen und einem venezianischen Spiegel möbliert. Eine Tür öffnete sich in einen langen Salon, dessen zahlreiche Fenster mit den bleigefaßten Scheiben einerseits auf die Straße, andererseits auf den Hof blickten. Der Marmorkamin hatte einen Stuckaufsatz, der bis zum Plafond reichte und üppig mit Blumen, Tieren, geometrischen Figuren und nackten Frauen geschmückt war. Auf dem Kaminsims standen chinesische und persische Vasen, dann gab es einen silbernen Kerzenhalter, und die Möbel waren teils vergoldet, teils mit Elfenbein und Perlmutter eingelegt. Nichts, erklärte Mrs. de Lacy stolz, sei in England angefertigt worden. Die smaragdgrünen und gelben Satinvorhänge stammten aus Frankreich, die Spiegel aus Florenz, der Marmor des Kamins aus Genua, die Schränkchen aus Neapel, das Veilchenholz für die beiden Tische aus Neuguinea.

Das Schlafzimmer war noch üppiger. Das Bett war mit Silberstoff bedeckt, die Wände mit grünem Taft bespannt, sogar die Stühle waren mit Silberstoff bezogen. Einige Kleiderschränke waren in die Wände eingebaut, und dann gab es noch ein zweites kleines Bett mit einem Baldachin und einer Polsterrolle, das eleganteste kleine Möbelstück, das Amber jemals erblickt hatte. Und dann hatte sie noch drei weitere Räume, Kinderzimmer, Eßzimmer und eine Küche, die sie nicht zu benützen gedachte.

Die Miete war außerordentlich hoch – hundertfünfundzwanzig Pfund im Jahr – aber für so kleine Beträge empfand Amber nur Geringschätzung, und sie zahlte ohne Einwand, obgleich sie hoffte, daß sie nicht einmal die Hälfte der Zeit dort wohnen werde. Denn Bruce mußte bald zurück sein; er war nun seit mehr als acht Monaten fort, und der Hafen füllte sich wieder mit gekaperten Handelsschiffen.

Sie übersiedelte ihre Sachen aus dem Haus Dangerfield, bevor sie selbst umzog, und obgleich diese Übersiedlung drei oder vier Tage dauerte, näherte sich ihr kein Mensch, und es wurde auch keineswegs eine Bemerkung darüber gemacht, daß nicht alles, was sie mitnahm, ihr gehörte. Sie hatte eine Amme und ein Kindermädchen für die Kleine aufgenommen, und jetzt engagierte sie noch drei Dienstmädchen, womit sie die für eine Dame von Stand, die allein lebte, notwendige Dienerschaft beisammenhatte. An dem Tag, da sie auszog, war das große Haus ganz still, sie sah kaum einen Dienstboten, und nicht einmal eines der Kinder ließ sich blicken. Nichts vermochte ihr deutlicher zu zeigen, wie man sie haßte, als diese schweigende Verachtung.

Doch das war Amber gleichgültig. Sie bedeuteten ihr jetzt nichts mehr – diese steifen, förmlichen, pedantischen Menschen, die in einer Welt lebten, für die sie nur Haß empfand. Sie sank mit einem Seufzer der Erleichterung in die Kissen ihres Wagens zurück.

»Fahr zu! Nun«, sie wandte sich zu Nan, »das wäre überstanden! Gott sei Dank!«

»Ja, wahrhaftig«, sagte Nan leise, aber tiefempfunden. »Gott sei Dank!«

Sie blickten aus den Fenstern und freuten sich an allem, was sie unterwegs sahen. Es war ein düsterer nebliger Tag, und die Feuchtigkeit in der Luft bewirkte, daß die verschiedenartigen üblen Gerüche Londons noch stärker spürbar waren. Dort schlenderte ein junger Beau, den Arm in der Schlinge – wahrscheinlich vom letzten Duell. Drüben waren zwei Männer, offenbar Franzosen, unter einen Haufen von Straßenjungen geraten, die Schimpfworte brüllten und Unrat aus den Kanälen nach ihnen warfen. Die Engländer haßten sämtliche Fremden, vor allem aber die Franzosen. Ein zerlumptes, einäugiges Fischweib schleppte sich betrunken daher, eine verfaulte Makrele am Schwanz haltend, und gröhlte unverständliche Worte eines Liedes.

Plötzlich atmete Nan tief auf, hob die eine Hand an den Mund und wies mit der andern hinaus: »Sehen Sie nur! Dort ist wieder eines!«

»Was?«

»Wieder ein Kreuz.«

Amber beugte sich vor und sah ein großes rotes Kreuz auf der Tür eines Hauses, an dem sie gerade vorüberfuhren. Darunter stand in großen Buchstaben: Herr, hab Erbarmen mit uns! Am Hause lungerte eine Wache, die Hellebarde hatte er neben sich in den Boden gesteckt.

Amber lehnte sich zurück und winkte gleichgültig mit der Hand. »Ach was! Die Pest ist die Krankheit der armen Leute. Hast du das nie gehört?« Hinter ihren sechsundsechzigtausend Pfund fühlte sie sich gegen alles gesichert.

*

In den nächsten Wochen lebte Amber ruhig in ihrer Wohnung. Ihre Ankunft hatte in der Nachbarschaft beträchtliches Aufsehen erweckt, und sie bemerkte, daß sie zwischen sorgfältig geschlossenen Vorhängen beobachtet wurde, sobald sie den Fuß aus dem Haus setzte. Eine Witwe, die so reich war wie sie, hätte auch Interesse erregt, wenn sie weniger jung und hübsch gewesen wäre. Doch jetzt war es ihr nicht so eilig, Freunde zu finden, wie bei ihrer Ankunft in London, und ihr Vermögen machte sie mißtrauisch, wenn ein junger Mann auch nur zur Seite trat, um sie auf der Straße vorüberzulassen.

Die Höflinge waren sämtlich mit der Flotte ausgefahren, und so gern sie vor ihnen mit ihrem Triumph geprunkt hätte, vor ihnen, denen sie einst auf Gnade und Ungnade ausgeliefert gewesen war, hatte sie doch an keinem von ihnen ein Interesse, sondern an Bruce. Sie gab sich damit zufrieden, auf seine Rückkehr zu warten.

Zumeist blieb sie zu Hause, völlig von ihrer Mutterschaft in Anspruch genommen. Ihren Sohn hatte sie so früh hergeben müssen, und sie hatte ihn seither so selten gesehen, daß dieses kleine Mädchen für sie etwas so Neues war, als wäre es ihr erstes Kind. Sie half dem Kindermädchen die Kleine baden, saß bei ihr, wenn sie aß und schlief, wiegte sie, sang ihr Lieder vor und staunte über die kleinste Änderung in Gewicht, Größe und Aussehen. Sie war glücklich darüber, daß sie dieses Kind besaß, auch wenn ihre Taille vorübergehend um einige Zoll in die Breite gegangen war, denn es war ein Stück von Bruce, das sie nie wieder verlieren konnte. Dieses Kind hatte einen Namen, eine gesicherte Mitgift, einen beneidenswerten Platz im Leben.

Nan war fast ebenso stolz wie ihre Herrin. »Ich schwöre, daß es das schönste Baby in London ist.«

Amber war gekränkt. »In London? Was glaubst du? Es ist das schönste Baby in England!«

Eines Tages, als sie ins New Exchange ging, um verschiedene überflüssige Dinge zu kaufen, sah sie zufällig Barbara Palmer. Sie wollte gerade gehen, da fuhr eine große, vergoldete Kutsche vor, der Lady Castlemaine entstieg. Barbaras Blick fiel interessiert auf Ambers Toilette, denn Amber war zwar noch in Trauer, aber ihr Mantel war mit Leopardenfell besetzt, das Samuel von einem afrikanischen Sklavenhändler für sie gekauft hatte, und sie trug auch einen Muff aus Leopardenfell. Doch als Barbara ihre Augen zu Ambers Gesicht hob und erkannte, wer das Leopardenfell trug, sah sie rasch und hochmütig weg.

Amber lachte. Sie erinnerte sich also an mich, dachte sie. Schön, Madame, wir werden zweifellos eines Tages näher miteinander bekannt werden.

Die Tage vergingen, und an den Türen erschienen die roten Kreuze in immer größerer Zahl. Es gab alljährlich Pest in London, und als im Januar und Februar einige Fälle gemeldet wurden, war niemand beunruhigt. Doch jetzt, mit Eintritt wärmeren Wetters, schien die Pest Raum zu gewinnen, und langsam verbreitete sich der Schrecken in der Stadt; sie ging von Nachbar zu Nachbar, vom Lehrling zum Kunden, vom Verkäufer zur Hausfrau.

Lange Leichenzüge wanden sich durch die Straßen, und schon sah man Männer und Frauen in Trauer. Man erinnerte sich an die bösen Vorzeichen, die nur wenige Monate vorher sichtbar geworden waren. Im Dezember war ein Komet aufgetaucht und Nacht für Nacht seinen Unheil verheißenden Weg über den Himmel gezogen. Andere hatten Flammenschwerter über der City oder Särge und Haufen von Leichen in den Wolken erblickt. Menschenmassen sammelten sich an den Stufen von St. Paul, um dem halbnackten alten Mann zuzuhören, der eine brennende Fackel in der Hand hielt und das Volk mahnte, seine Sünden zu bereuen. Der Klang der Totenglocke bekam eine andere Bedeutung für das Volk.

Schon morgen läutet sie vielleicht für mich oder für jemanden, den ich liebe.

Tagtäglich kam Nan mit einem anderen vorbeugenden Mittel heim. Sie brachte sogenannte ›Pomanderkugeln‹, eine Mischung aus verschiedenen duftenden Substanzen, deren Geruch man auf der Straße einatmen sollte, Amulette, aus Kröten gemacht, das Horn eines Einhorns, kleine Säckchen mit Arsenik und Quecksilber, Goldmünzen aus der Zeit der Königin Elisabeth. Sobald man ihr von einem neuen Mittel erzählte, kaufte sie es, und zwar für jedes Haushaltsmitglied eins, und bestand darauf, daß sie auch getragen wurden. Sie hängte sogar Quecksilbersäckchen um den Hals der Pferde.

Doch sie gab sich nicht mit Vorbeugungsmitteln zufrieden. Denn sie erkannte ganz vernünftig, daß hin und wieder trotz all dieser Mittel jemand erkrankte. Darum füllte sie die Schränke mit Medikamenten gegen die Krankheit. Sie kaufte James Angiers berühmtes Räucherwerk aus Schwefel und Salpeter, ferner Schießpulver, Salpetergeist, Teer und Harz, um die Luft zu desinfizieren. Sie kaufte alle Kräuter, die man ihr empfahl: Waldwurz, Raute, Bibernell, Enzian, Wacholderbeeren und Dutzende andere. Sie hatte einen ganzen Kasten mit Heilkräutern, venezianischem Theriak, Drachenwasser und einer Flasche Kuhmist gemischt mit Essig.

Amber fand all diese fanatischen Vorbereitungen eher amüsant. Ein Astrologe hatte ihr vorausgesagt, das Jahr 1665 werde für sie glücklich sein, und ihr Kalender warnte sie weder vor der Pest noch vor anderen Krankheiten. Und immerhin starben zumeist nur die Armen in den überfüllten schmutzigen Vierteln.

»Mrs. de Lacy verläßt morgen die Stadt«, sagte Nan eines Morgens, während sie Ambers Haar kämmte.

»Nun? Und wenn? Mrs. de Lacy ist ein hühnerherziges altes Frauenzimmer, das außer sich gerät, wenn es eine Maus sieht.«

»Sie ist nicht die einzige, Mam, das wissen Sie. Viele andere reisen auch.«

»Der König bleibt, nicht wahr?« Diesen Streit hatten sie nun seit zwei Wochen Tag für Tag, und Amber wurde dessen müde.

»Ja, aber er ist der König und könnte nicht krank werden, auch wenn er wollte. Ich sage Ihnen, Mam, es ist mächtig gefährlich, zu bleiben. Keine fünf Minuten von hier, gerade am Ende der Drury Lane, ist ein Haus geschlossen worden. Ich habe Angst, Mam! Mein Gott, ich möchte nicht sterben – und Sie doch schließlich auch nicht!«

Amber lachte. »Schön, Nan, wenn es schlimmer wird, dann fahren wir auch. Aber wir wollen uns nicht den Kopf verdrehen lassen.« Sie hatte durchaus nicht die Absicht, vor Bruces Rückkehr die Stadt zu verlassen.

Am dritten Juni kam es bei Lowestoft zum Gefecht zwischen der englischen und der holländischen Flotte, und der Donner der Kanonen drang bis nach London. Man konnte ihn ganz schwach hören, etwa wie Schwalben, die in einem Schornstein flattern.

Doch am achten Juni wurde bekannt, daß die Engländer Sieger geblieben waren – vierundzwanzig holländische Schiffe waren versenkt oder gekapert worden und fast zehntausend Holländer getötet und gefangen, während die englischen Verluste sich auf siebenhundert Seeleute beschränkten. Die Freude war überschwenglich. Alle Straßen waren illuminiert, und der Pöbel schlug dem französischen Botschafter die Fenster ein, weil sein Haus nicht erhellt war. König Karl war der größte Herrscher, der Herzog von York der größte Admiral – England kannte keine größeren –, und man brannte darauf, den Kampf fortzusetzen, die Holländer zu vernichten und alle Meere der Erde zu beherrschen.

Die roten Kreuze hatten nun auch Eingang durch die Tore der City gefunden.

Wenige Tage später kam Nan, eine Liste der Todesfälle in der Hand. »Mam«, rief sie. »Mam! Hundertzwölf in einer Woche an der Pest gestorben!«

Amber hatte gerade Lord Buckhurst und Sir Charles Sedley bei sich zu Gast, die mit andern Adligen als sonnenverbrannte Helden heimgekehrt waren. Nan blieb überrascht auf der Schwelle stehen.

»O, Verzeihung, meine Herren«, sagte sie und machte einen Knicks.

»Tut nichts, Mrs. Nan. Verdammt, Sedley, ist sie nicht noch genauso hübsch, wie sie immer war? Aber was ist denn los? Sie haben doch nicht am Ende Angst vor der Pest?«

»Doch, Sir, gewiß. Ich bin mit meinem Witz zu Ende. Und die andern Todesfälle! Bestimmt sind auch davon die Hälfte an der Pest gestorben!« Sie begann die Liste zu lesen, die frisch aus der Presse kam. »An der Gicht – fünf! An Würmern – drei! Schlaganfall – zwei! Woher wissen wir, daß die nicht auch an der Pest gestorben sind? Man hat den Beamten geschmiert, und er hat eben eine andere Todesursache eingetragen.«

Amber und die beiden Herren lachten, aber Nan war so erregt, daß sie fast an der Goldmünze erstickte, die sie im Mund hatte, und davonlief. Immerhin übersiedelte bloß neun Tage später die Königin mit ihren Damen nach Hampton Court, und die Herren vom Hof beabsichtigten, ihr bald zu folgen. Buckhurst und einige andere, die von Ambers Erbschaft gehört hatten, versuchten, auch sie zur Abreise zu bewegen, aber sie weigerte sich.

Endlich, zu Nans großer Erleichterung, traf sie Reisevorbereitungen. Die Mädchen begannen die Kleider einzupacken, und die meisten Schmuckgegenstände brachte sie zu Shadrac Newbold, denn sie wollte sie nicht aufs Land mitnehmen. Vor seinem Hause fand sie ein Durcheinander von Karren und Wagen.

»Ein Glück, daß Sie heute gekommen sind, Mrs. Dangerfield«, sagte er ihr. »Morgen verlasse ich die Stadt. Aber ich hatte angenommen, Sie wären auch bereits mit Ihrer Familie auf dem Lande. Die andern sind schon seit mindestens vierzehn Tagen fort.« Die Dangerfields besaßen einen Landsitz in Dorsetshire.

»Ich wohne nicht mehr bei Dangerfields. Ich werde etwa hundert Pfund mitnehmen. Das sollte doch wohl genügen, nicht?«

»Ich denke schon. Die Straßen werden mehr denn je von Räubern wimmeln. Und die Pest muß jetzt bald erlöschen. Entschuldigen Sie mich einen Augenblick, Madame.«

Während er fort war, fächelte sich Amber. Der Tag war heiß, und sie konnte fühlen, wie ihr das hochgeschlossene schwarze Satinkleid an der Haut klebte. Jetzt kam er wieder und zählte ihr das Geld in Gold- und Silbermünzen auf den Tisch.

»Das Kind von Mrs. Jemima ist ein schöner Junge, nicht wahr?« meinte er leichthin.

Amber hatte nicht gewußt, daß Jemimas Kind bereits geboren war, aber jetzt sagte sie spöttisch: »So bald? Sie hat doch erst im Oktober geheiratet.«

Er sah sie erstaunt an, dann lächelte er und zuckte die Achseln. »Nun, vielleicht ist es ein wenig früh gekommen. Aber Sie wissen ja, wie die jungen Leute sind – und ein Kontrakt ist ebenso bindend wie die Zeremonie selbst, sagt man.«

Er tat das Geld in einen Beutel und reichte ihn ihr. An der Tür wandte sie sich um. »Irgendwelche Nachrichten von Lord Carlton?«

»Ja, ja. Vor etwa zehn Tagen ist eines seiner Schiffe eingelaufen, und ein Mann brachte mir die Nachricht, daß Seine Lordschaft selbst bald heimkehren werde. Ich habe länger auf ihn gewartet, als ich wollte, aber jetzt muß ich fort. Vielleicht hat er von der Seuche gehört und beschlossen, nicht zu kommen. Nun, auf Wiedersehen, Madame, und meine besten Wünsche!«

»Vielen Dank, Sir, und gleichfalls meine besten Wünsche!«

In diesen Tagen wünschte jeder dem andern das Beste.

Sie fuhr unverzüglich zu den Werften und schickte Jeremiah, Erkundigungen nach Lord Carlton einzuholen. Nach einer halben Stunde kam er zurück; er hatte einen Mann entdeckt, der mit Lord Carltons Schiff gekommen war. Man erwarte ihn jeden Tag. Die Besatzung des Schiffs war schon ungeduldig, denn sie wollten ihren Anteil an der Beute.

Vor ihrem Hause sah sie verschiedene Karren, die mit ihren eigenen Lederkoffern und Kisten beladen waren, und Nan stürzte ihr auf der Treppe entgegen. »Heute morgen ist ein Mann vier Häuser von uns entfernt gestorben«, rief sie. »Ich habe alles vorbereitet. Wir können sofort fahren, Mam! Sind Sie einverstanden?«

Amber war verärgert. »Nein, wir können nicht! Ich habe eben gehört, daß Lord Carlton jeden Tag erwartet wird, und ich fahre nicht, bevor ich ihn gesehen habe. Dann fahren wir alle miteinander.«

Plötzlich begann Nan zu weinen. »Ach, wir werden es alle kriegen und sterben! Ich weiß es bestimmt. Das ist einer Familie in Little Clement's Lane geschehen; alle miteinander sind gestorben. Warum können Sie seine Lordschaft nicht auf dem Land draußen treffen? Hinterlassen Sie ihm doch eine Botschaft!«

»Nein. Dann kommt er am Ende gar nicht. O Nan, um Himmels willen! Hör doch auf zu schwatzen! Du kannst morgen fahren.«

Früh am nächsten Morgen fuhr Nan mit dem Baby, der Amme, dem Kindermädchen, Tansy, zwei von den Dienstmädchen und John Waterman, der vom Haus Dangerfield mitgekommen war, weil er Nan liebte. Sie sollte nach Dunstable fahren und dort warten, oder wenn die Seuche auch dorthin kam, weiterreisen, bis sie einen sichern Ort fand, und dann Amber eine Botschaft schicken. Amber gab ihnen viele Ratschläge und Mahnungen mit, und dann rumpelten die Wagen davon. Sie schickte Jeremiah nochmals zu den Werften – Bruce aber war noch nicht gekommen.

London leerte sich jetzt schnell.

Jeden Morgen fuhren lange Reihen von Wagen und Karren aus der Stadt: in der vergangenen Woche hatte es fünfundzwanzighundert Todesfälle gegeben. Die traurigen Gesichter jener, die der Pest wegen mit dem Kranken in ihren Häusern gefangen saßen, erschienen an vielen Fenstern, und fast von jeder Kirche Londons läutete die Totenglocke. Die Menschen hielten sich die Nase zu, wenn sie an einem gekennzeichneten Haus vorübergingen. Manche Familien füllten ihre Keller mit Lebensmitteln, versiegelten dann das Haus, verstopften jede Ritze und jedes Schlüsselloch, verbarrikadierten jedes Fenster und jede Tür, um die Seuche fernzuhalten.

Das Wetter blieb heiß, und es gab keinen Nebel; es hatte seit fast einem Monat nicht mehr geregnet. Die Blumen im Hof welkten, und die Wiesen rund um die Stadt wurden trocken und braun. Die Straßenverkäufer boten Kirschen und Äpfel und Frühbirnen feil, denn Orangen waren seit Kriegsbeginn rar geworden, und wer es erschwingen konnte, kaufte Eis, das im Winter aus Seen und Flüssen geholt und unter der Erde in Stroh aufbewahrt worden war, um seinen Wein und sein Bier kühl zu halten. Man sprach fast ebensoviel von der Hitze wie vom Krieg und von der Pest.

Amber wurde schließlich doch nervös. Die langen Trauerzüge, die roten Kreuze, wohin man nur sah, die Glocken, die Vorübergehenden mit den Riechflaschen in der Hand, das alles war recht unbehaglich. Sie wollte fort, aber sie war überzeugt, Bruce würde am Tag ihrer Abreise ankommen. Und darum wartete sie.

Tempest und Jeremiah beklagten sich, daß sie so lange in der Stadt bleiben mußten, und ließen sich nicht gern nach den Docks schicken. Jane, das Dienstmädchen, das bei Amber geblieben war, jammerte und wollte heim zu ihren Eltern nach Kent, und so ließ Amber sie gehen. Als Nan vier Tage fort war, bat sie Tempest und Jeremiah, noch einmal nachzusehen, ob Lord Carlton gekommen sei. Wenn sie ihn fänden, wollte sie jedem eine Guinee geben. Wenn sie ihnen kein Geld versprach, würden sie einfach von einer Schenke zur andern gehen und dann heimkommen. Um Mittag waren sie zurück. Lord Carlton sei in der vergangenen Nacht angekommen, und sie hätten ihn selbst unten in den Docks gesehen, wo seine Schiffe ausgeladen wurden.

IV. BUCH

Dreiunddreißigstes Kapitel

Auf den Docks ging es zu wie in einem Ameisenhügel. Schiffe mit vergoldeten Rümpfen und hohen kahlen Masten lagen schimmernd und in großer Zahl auf dem stillen Wasser.

Viele von ihnen waren aus dem Kampf gegen die Holländer heimgekehrt und wurden jetzt überholt und gereinigt. Überall waren Matrosen und Träger, die die geraubten Schätze ausluden, die kürzlich erbeutet worden waren. Doch es gab auch eine Menge verkrüppelter, verwundeter Männer, die herumhinkten, -saßen und -lagen, die Hände bettelnd ausgestreckt. Zumeist sah man an ihnen vorbei. Die Flotte hatte ihren Sold nicht erhalten, und schon litten manche der Seeleute Hunger.

Amber stieg aus dem Wagen und ging zwischen Tempest und Jeremiah das Ufer entlang, die Augen mit einer Hand gegen die Sonne beschattet. Die Bettler versuchten, sie zu berühren, und einige der Seeleute pfiffen oder machten laute Bemerkungen, aber sie hörte und sah nichts, sondern hatte nur Gedanken für Bruce.

»Dort ist er!« Sie lief, und auf das Klappern ihrer Absätze hin wandte er sich um. »Bruce!«

Sie war jetzt bei ihm, lächelte ihm zu und wartete auf seinen Willkommensgruß. Doch statt dessen sah er sie finster an, und sie bemerkte, daß sein Gesicht müde und verschwitzt war.

»Was, zum Teufel, tust du hier?«

Während er sprach, warf er den Seeleuten einen wilden Blick zu, die Amber anstarrten, denn ihr Mantel hatte sich über dem schwarzen Satinkleid geöffnet und Smaragde schimmerten in ihren Ohren und an ihren Fingern.

Enttäuscht, verletzt durch seinen grämlichen Ton, hatte sie Mitleid mit sich selbst. Doch er sah tatsächlich erschöpft aus, und ihre Blicke musterten ihn jetzt angstvoll, mit mütterlicher Zärtlichkeit. Sie hatte ihn selten müde gesehen, und jetzt wünschte sie sich nur, ihn in ihre Arme zu schließen und die schlechte Laune und die Müdigkeit fortzuküssen – ihre Liebe zu ihm wuchs in ihr wie ein schmerzliches Pochen.

»Ich wollte dich sehen, Liebling«, antwortete sie sanft. »Freust du dich denn nicht?«

Er lächelte schwach, als schämte er sich seiner schlechten Laune, und strich sich mit dem Handrücken über die feuchte Stirn. »Natürlich freue ich mich.« Seine Augen streiften ihre Gestalt. »Ist das Kind auf die Welt gekommen?«

»Ja – ein kleines Mädchen, ich habe es Susanna genannt – oh!« Mit plötzlichem Schuldbewußtsein erinnerte sie sich. »Samuel ist tot.«

»Ich weiß. Ich hörte heute morgen davon. Warum hast du die Stadt nicht verlassen?«

»Ich habe auf dich gewartet.«

»Das hättest du nicht tun sollen. Man ist in London nicht mehr sicher. Wo ist das Kind?«

»Ich habe es mit Nan und Tansy aufs Land geschickt. Wir können ihnen hinterherfahren.« Sie schaute fragend zu ihm auf; sie fürchtete, er könnte bereits andere Pläne haben.

Bruce nahm ihren Arm und führte sie zum Wagen. Und während sie gingen, sagte er zu ihr: »Du mußt von hier fort, Amber. Du hättest nicht herkommen sollen. Schiffe bringen Krankheiten mit sich, verstehst du?«

»Ach, darum mache ich mir keine Sorgen. Ich habe das Horn eines Einhorns bei mir.«

Er lachte ohne rechte Fröhlichkeit. »Das Horn eines Einhorns! – Mein Gott! Das Horn eines betrogenen Ehemanns würde den gleichen Dienst tun.«

Sie erreichten den Wagen, und er half ihr einsteigen. Dann beugte er sich hinein und sagte ganz leise: »Du mußt von hier fort, so schnell du kannst. Einige von meinen Leuten sind auch krank.«

Amber stockte der Atem, aber er schüttelte schnell den Kopf. »Bruce!« flüsterte sie. »Dann kannst du ja auch . . .«

»Es sind nur drei Fälle. Auf einem der holländischen Schiffe, die wir kaperten, war die Pest, und als wir sie entdeckten, haben wir das Schiff mit der ganzen Bemannung versenkt – aber seither sind drei meiner Matrosen davon befallen worden. Sie wurden gestern abend fortgeschafft, und heute gab es noch keinen neuen Fall.«

»O Bruce! Du darfst nicht hierbleiben! Du mußt fort – o Liebling, ich habe solche Angst! Hast du ein Amulett oder sonst irgend etwas, das dich schützen kann?«

Er überhörte ungeduldig ihre letzte Frage. »Ich kann jetzt nicht fort – ich kann nicht fort, bevor die Ladung gelöscht ist. Aber du mußt fort. Bitte, Amber, hör auf mich! Man sagt, daß die Tore geschlossen werden sollen und man niemanden mehr aus der Stadt lassen wird. Geh fort, solange noch Zeit ist.«

Sie sah ihn entschlossen an. »Ich gehe nicht ohne dich.«

»Amber, sei doch nicht wahnsinnig! Ich kann dich später irgendwo treffen.«

»Ich habe keine Angst vor der Pest. Ich werde niemals krank. Wann bist du mit dem Ausladen fertig?«

»Nicht vor Abend.«

»Dann komme ich dich bei Sonnenuntergang holen. Nan und das Kind sind in Dunstable, und dort können wir sie treffen. Ich wohne nicht mehr bei Dangerfields, ich wohne in der St. Martin's Lane.«

»Dann bleib dort. Geh nicht auf die Straße, und sprich mit niemandem.«

Er wandte sich ab und, als sie ihm ängstlich nachsah, drehte er sich noch einmal um und winkte ihr müde zu. Dann war er rasch im Gedränge verschwunden.

Doch sie blieb nicht in der Wohnung, wie er ihr geraten hatte.

Sie wußte, daß er vielen Dingen gegenüber skeptisch war, an die sie glaubte, und das Horn eines Einhorns gehörte auch dazu. Sie trug es unter dem Hemd und fühlte sich damit vollkommen gesichert, als sie jetzt ausging, denn sie meinte, morgen früh sei immer noch Zeit wegzufahren. Sie bestellte das Abendessen in der »Blauen Glocke«, einem sehr vornehmen französischen Gasthaus in Lincoln's Inn Fields, und dann ging sie heim, um den Tisch zu decken. All ihr Silber hatte sie zu Shadrac Newbold gebracht, aber in der Küche gab es noch genug Zinngerät, und sie amüsierte sich fast eine Stunde lang damit, die Servietten so zu falten, daß sie Vögeln glichen. Im Hof pflückte sie einen Armvoll gelbe Rosen, die sich an den Mauern und Balkonen hinaufrankten, und arrangierte sie in einer großen Zinnschale, die sie auf den Eßtisch stellte.

Sie hatte an jeder Einzelheit, an jeder kleinsten Kleinigkeit ihre Freude, denn sie hoffte, er würde sich behaglich fühlen und ihr zulächeln. Die Pest erschien ihr beinahe wie ein Segen, denn das bedeutete, daß sie mehrere Wochen, vielleicht Monate – ja vielleicht für immer beisammenblieben. Sie meinte, sie sei nie so glücklich gewesen oder habe nie so viel Grund gehabt, glücklich zu sein.

Die letzte Stunde, bevor sie ihn holen fuhr, verbrachte sie damit, ihr Haar zu kämmen und zu frisieren, ihre Nägel zu polieren, ihr Gesicht zu schminken – sehr leicht zu schminken, denn sie wollte nicht, daß er sie mit jenem Lächeln anschauen sollte, bei dem sie immer fühlte, daß sie etwas töricht gemacht hatte. Sie stand gerade am Fenster und legte ein Armband um, als sie einen Trauerzug um die Ecke biegen sah. Fahnen wehten, Pferde und Menschen gingen feierlich einher, und obgleich es noch hell war, brannten einige Fackeln. Rasch wandte sie sich ab – wie konnte der Tod sich in ihr Glück eindrängen? – nahm den Mantel um und ging die Treppe hinunter.

Die Werft lag jetzt ziemlich verlassen, und die Räder ihres Wagens knarrten geräuschvoll. Er sprach mit zwei andern Männern, und wenn er ihr auch zunickte, so lächelte er doch nicht und sah noch müder aus als vorher. Wenige Minuten später kehrten alle drei zu einem der Schiffe zurück und verschwanden.

Nach einer Viertelstunde begann sie ungeduldig zu werden. Was konnte ihn denn jetzt noch zurückhalten? Seit zehn Monaten hat er mich nicht mehr gesehen, und was tut er? Geht auf dieses verdammte Schiff zurück und trinkt vermutlich noch ein Glas. Sie begann mit dem Fuß zu stampfen und sich zu fächeln. Von Zeit zu Zeit seufzte sie, und ihre Stirn verzog sich, aber dann beruhigte sie sich wieder und versuchte, Haltung zu bewahren. Die Sonne ging dunkelrot über dem Wasser unter, und jetzt erwachte eine leichte Brise, die nach dem heißen Tag erfrischend wirkte.

Eine weitere halbe Stunde verging, bevor er zurückkam, und ihre Vorfreude hatte sich in Ärger und Kränkung verwandelt. Er stieg ein und fiel schwer in den Sitz. Sie gab ihm einen Seitenblick und sagte unfreundlich:

»Nun, Lord Carlton! Sind Sie endlich gekommen? Bitte, lassen Sie sich durch mich von nichts Wichtigerem abhalten!«

Der Wagen setzte sich in Bewegung. »Es tut mir leid, Amber – ich hatte so verdammt viel zu tun.«

Sie bereute sogleich, was sie gesagt hatte, und schämte sich, denn sie konnte erkennen, daß seine Augen blutunterlaufen waren und daß selbst jetzt, in der Abendkühle, Schweißtropfen auf seiner Stirn standen. Sie hatte ihn nie so müde gesehen. »Mir tut es leid, Liebling«, sagte sie und streckte ihm die Hand hin, »ich weiß, daß du mich nicht absichtlich warten lassen hast. Aber warum hast du so lange und so schwer zu arbeiten? Deine Leute sind doch nicht so dumm, daß sie ein Schiff nicht auch allein ausladen könnten.«

Er lächelte und streichelte ihre Finger. »Sie hätten gewiß allein ausladen können und hätten es nur zu gern getan. Aber diese Prisen gehören dem König, und Gott weiß, daß er sie braucht. Die Seeleute sind nicht bezahlt worden und wollen nicht arbeiten, wenn sie Scheine dafür kriegen, die man nicht einlöst. Die Lieferanten wollen nichts liefern, denn sie wissen, daß man sie nicht bezahlt. Du mußt nicht drei Stunden lang Geschichten anhören, die einen Advokaten zum Weinen bringen würden. Und ich muß es dir wohl auch sagen – die drei Leute, die gestern erkrankt waren, sind gestorben, und heute sind vier neue Fälle.«

Sie starrte ihn an. »Was hast du mit ihnen gemacht?«

»Ich habe sie in ein Pesthaus geschickt. Jemand hat mir gesagt, die Tore seien bewacht und niemand dürfe ohne Gesundheitszertifikat hinaus. Ist das wahr?«

»Ja, aber mach dir darum keine Sorgen. Ich habe auch für dich ein Zertifikat geholt, als ich eines für mich und Nan und die andern besorgte. Auch Susanna mußte eines haben. Und was das für eine Plage war. Die Straßen um das Haus des Bürgermeisters sind auf eine halbe Meile in der Runde überfüllt. Jeder will fort.«

»Wenn man Leuten, die man nicht gesehen hat, Zertifikate ausstellt, dann können diese Zertifikate nicht viel wert sein.«

Amber streckte die Hand aus und rieb den Daumen beziehungsvoll gegen Zeige- und Mittelfinger. »Wenn man richtig bezahlt, kriegt man ein Gesundheitszertifikat für einen toten Mann. Ich habe ihnen für das Ganze fünfzig Pfund geboten, und sie haben keine weitere Frage gestellt.« Sie machte eine Pause. »Ich bin jetzt mächtig reich, mußt du wissen.«

Er saß zusammengesunken, als ob jeder einzelne Muskel erschöpft wäre, aber er lächelte schwach. »Bist du so reich? Und ist es so angenehm, wie du erwartet hast?«

»Ach, viel angenehmer! Mein Gott, jeder möchte mich jetzt heiraten. Buckhurst und Talbot, und ich kann gar nicht daran denken, wie viele andere noch. Was für ein Vergnügen ist es, ihnen ins Gesicht zu lachen!« Sie lachte in der Erinnerung, und ihre Augen funkelten. O ja, es ist sehr schön, reich zu sein.«

»Ja«, gab er zu. »Vermutlich.«

Beide schwiegen einige Minuten, und dann fragte er: »Wie lange diese Pest wohl dauern wird?«

»Warum?«

»Nun, ich wollte in einem Monat wieder ausfahren, aber die Leute werden nicht wollen. Und es wäre auch töricht – wir haben holländische Schiffe aufgebracht, wo alles an Bord tot war.«

Amber antwortete nicht, aber sie meinte, wenn es schon eine Seuche geben müsse, dann hätte es für sie nicht günstiger ausfallen können.

Jetzt waren sie vor ihrem Haus, und sie lief zitternd vor Erregung die Treppe hinauf. Manchmal empfand sie, solche Augenblicke wären Lohns genug für die langen Zeiten, da sie ihn überhaupt nicht sah. Solch wildes Glück, solche Ekstasen, die fast eine Qual waren, Freuden, die marterten und erschöpften, das durfte nichts Alltägliches sein, wie rückhaltlos man auch lieben mochte. Sie nährten sich von Einsamkeit und Sehnsucht und erblühten nur nach langen Monaten der Trennung.

Sie schloß die Tür auf und öffnete sie weit, dann wandte sie sich rasch nach ihm um.

Aber er war erst auf halbem Weg, stieg mit langsamen, schweren Schritten hinauf, die so seltsam und fast erschreckend im Gegensatz zu seinem Wesen standen. Als er endlich oben war, blieb er stehen und hob die Hand, als wollte er sie berühren, aber dann tat er es doch nicht, sondern ging an ihr vorüber in den Salon. Einen Augenblick lang wehte es Amber kühl an, und ihre Augen hafteten in tiefer Enttäuschung an der Wand. Dann drehte sie sich langsam um und sah, wie er sich in einen Stuhl fallen ließ, und in dieser Sekunde wandelte ihre selbstsüchtige Erwartung sich in plötzliches Entsetzen.

Er ist krank!

Doch sogleich schob sie den Gedanken in abergläubischem Zorn von sich. Wie hatte sie ihn nur denken können? Nein, sagte sie sich wild. Er ist nicht krank! Er ist einfach müde und hungrig. Wenn er sich eine Weile ausgeruht und wenn er gegessen haben wird, dann wird er wieder stark und gesund sein.

Er durfte nicht ahnen, welche Angst in ihr aufgekommen war! Sie ging mit heiterem Lächeln auf ihn zu, nahm den Mantel ab. Er sah mit dem Versuch eines Lächelns zu ihr auf, seufzte aber wider Willen.

»Nun«, sagte sie, »willst du nicht einmal sagen, daß dir meine Wohnung gefällt? Alles ist nach der letzten Mode – und nichts ist englisch.« Sie verzog heiter das Gesicht und wies mit der Hand um sich; während er das Zimmer ansah, beobachtete sie ihn angstvoll.

»Es ist reizend, Amber. Verzeih mir mein schlechtes Benehmen. Offen gestanden, ich bin müde – ich bin die ganze Nacht wach gewesen.«

Diese Nachricht ermutigte sie wieder. Die ganze Nacht wach gewesen! Wer wäre da nicht müde? Dann war er nicht krank. O, Gott sei Dank – Gott sei Dank!

»Dafür habe ich gerade das Richtige. Komm, Liebling, laß mich dir den Mantel abnehmen und den Hut – und den Degen, dann wirst du dich gleich gemütlicher fühlen.«

Sie wollte sich über ihn bücken, um ihm den Degen abzuschnallen, aber er hatte es bereits getan und reichte ihn ihr. Sie legte alles auf einen nahen Stuhl und brachte ihm ein Tablett mit zwei Kannen, die eine mit Wasser, die andere mit Branntwein. Er lächelte ihr dankbar zu und nahm die Kanne, während sie ihre Sachen ins Schlafzimmer trug.

»Ich bin gleich zurück, und dann können wir essen. Es ist alles bereit.«

Sie lief in das Schlafzimmer, zog das Kleid aus, löste ihr Haar und sprach von der Schwelle aus zu ihm. Sie hoffte immer noch, er würde nicht so erschöpft sein, wie es den Anschein hatte, er würde aufstehen und zu ihr kommen. Aber er blieb sitzen, sah zu ihr hinüber, trank den Branntwein und antwortete kaum. Sie trat aus ihrem Kleid, öffnete die Schnallen ihrer Schuhe, streifte die Strümpfe ab, ließ die Unterröcke auf den Boden sinken und bückte sich, um ihre Sachen aufzuheben.

»Ich habe zum Abendessen alles, was du gern hast: westfälischen Schinken und gebratene Ente und einen Mandelpudding und Champagner. Seit dem Krieg ist es gar nicht leicht, französische Weine zu bekommen. Mein Gott, ich weiß nicht, wie wir zu neuen Moden kommen sollten, wenn wir mit Frankreich im Krieg wären. Glaubst du auch, daß es dazu kommt? Buckhurst und Sedley und einige von den andern sind überzeugt davon.« Sie sprach schnell, vielleicht hinderte das sie beide, nachzudenken. Er schluckte den Rest des Branntweins hinunter und stand auf, und obgleich sie einander sekundenlang ansahen, hob er doch nicht die Hand, um sie zu berühren. Amber wartete und konnte vor Angst kaum atmen; doch als er sich umwandte und wieder zur Branntweinflasche griff, sagte sie leise: »Ich werde das Essen bringen.«

Sie ging durch das Zimmer und in die Küche, wo der Kellner die heiße Suppe in den Kamin gestellt hatte. Nachdem sie die Suppe aufgetragen hatte, setzten sie sich nieder, aber die Konversation, die sie beide aufrechtzuerhalten versuchten, lahmte und schleppte sich mühsam hin.

Er erzählte ihr, daß er fünf holländische Kauffahrer gekapert habe, lauter gute Prisen. Auch er war der Ansicht, daß es zum Krieg mit Frankreich kommen werde, denn Frankreich wollte England keinen entscheidenden Sieg erringen lassen und mußte Holland beschützen, um es von einem Bündnis mit Spanien abzuhalten. Amber wiederum erzählte ihm einiges von dem Klatsch, den sie von Buckhurst und Sedley gehört hatte: daß der Sieg bei Lowestoft weit größer gewesen wäre, dann aber Henry Brouncker im Namen des Herzogs von York ein falsches Manöver kommandiert habe, so daß die geschlagene holländische Flotte entkommen konnte. Und – ihrer Ansicht nach noch aufregender – daß der Earl of Rochester die reiche Erbin, Mrs. Mallet, geraubt habe und für diese schamlose Tat vom König in den Tower gesetzt worden sei.

Er fand das Essen köstlich, aß aber langsam und sichtlich ohne Appetit. Zuletzt legte er die Gabel hin. »Es tut mir leid, Amber, aber ich kann nichts mehr essen; ich bin nicht hungrig.«

Sie stand auf und ging um den Tisch herum zu ihm, denn ihre Angst war stetig gewachsen. Er sah nicht müde, er sah krank aus. »Vielleicht möchtest du schlafen, Liebling. Wenn du die ganze Nacht auf warst, mußt du doch ...«

»Ach, Amber, es hat keinen Zweck, sich etwas vorzumachen. Ich habe die Pest. Zuerst dachte ich, es wäre bloß der Mangel an Schlaf. Aber ich habe zu viele von den Symptomen, die auch die andern Männer hatten – Appetitlosigkeit, Kopfschmerzen, Schwindel, Schwitzen, und jetzt ist mir übel.« Er warf die Serviette fort, schob den Stuhl zurück und hob sich langsam auf die Füße. »Du wirst leider allein reisen müssen, Amber.«

Sie sah ihn aufmerksam an. »Ich gehe nicht ohne dich, Bruce, und du weißt es. Aber ich bin überzeugt, daß es nicht die Pest ist. Es kann nicht sein. Du bist gesund und kräftig. Wenn du dich eine Nacht lang ausschlafen kannst, wirst du dich bestimmt besser fühlen.«

Er lächelte schwach, schüttelte aber den Kopf. »Nein, ich fürchte, daß du unrecht hast. Aber ich hoffe nur zu Gott, daß ich dich nicht angesteckt habe. Darum habe ich dich auch nicht geküßt. Ich fürchtete ...« Er sah sich um. »Wo sind mein Hut und Mantel?«

»Du gehst jetzt nirgends hin! Du bleibst hier bei mir! Mein Gott, ich habe mich hundertmal so elend gefühlt wie du, und am nächsten Tag war ich frisch und munter. Nicht jeder, der Kopfschmerzen hat, muß auch gleich die Pest haben. Wenn du nicht krank bist, dann fahren wir morgen früh. Und wenn du krank bist – dann werde ich dich eben pflegen.«

»O Amber, mein liebes Kind – du glaubst doch nicht, daß ich dir das erlauben würde. Ich könnte daran sterben und ...«

»Bruce, sag das nicht! Wenn es die Pest ist, dann werde ich dich pflegen und wieder gesund machen. Ich habe bei meiner Tante gelernt, wie man Kranke pflegt.«

»Aber es ist ansteckend. Du kannst es auch bekommen. Und es ist ungeheuer gefährlich. Nein, Liebling, ich gehe lieber. Gib mir meinen Hut und meinen Mantel.«

Er wandte sich ihr zu. Die Besorgnis, die er ihr vorher verbergen wollte, war jetzt deutlich zu bemerken. Sein Gesicht war feucht von Schweiß, die Tropfen rollten langsam an den Wangen herunter, und seine Bewegungen waren die eines Halbtrunkenen. Seine Muskeln schienen fast unbrauchbar zu sein. Über den Augen lasteten die Kopfschmerzen, und eine dumpfe Qual zog sich von seinem Rücken die Seiten hinunter bis in die Beine. Ein plötzlicher Schüttelfrost hatte ihn erfaßt, und die Übelkeit wurde immer stärker.

Amber ergriff seinen Arm, entschlossen, ihn irgendwie festzuhalten, und wenn sie ihn bewußtlos machen müßte. Denn wenn er jetzt aus dem Hause trat, würde er entweder von einem Konstabler wegen Trunkenheit verhaftet – ein Irrtum, der sich häufig ereignete – oder in ein Pesthaus geschickt werden. Wenn er krank war – und sie war nun selbst davon überzeugt –, dann wollte sie es sein, die ihn pflegte.

»Leg dich eine Weile hier beim Kamin nieder und ruh dich aus, während ich dir einen Tee koche. In diesem Zustand kannst du keinen Schritt machen. Nachher wirst du dich besser fühlen, das schwöre ich dir, und ich bin im Nu damit fertig.«

Sie hielt seinen Arm fest, und er ging mit ihr durch das Zimmer bis an den Kamin. Es widerstrebte ihm offenbar zu bleiben, aber er verlor rasch die Fähigkeit, überhaupt noch einen Entschluß zu fassen; von Minute zu Minute wurde er schwächer und benommener. Jetzt fiel er mit einem schweren Seufzer in die Kissen des Diwans, die Augen waren bereits geschlossen. Er fröstelte immer wieder, als litte er unter Kälte, aber gleichzeitig hatte er den Rücken seines Rocks durchgeschwitzt – Amer ließ ihn allein, lief rasch in das Schlafzimmer und kam mit einer Satindecke zurück, die sie über ihn breitete.

Nun würde er gewiß nicht mehr aufstehen können und wahrscheinlich einschlafen, meinte sie, lief in die Küche und suchte in dem Schränkchen nach den Heilpflanzen, die Nan dort aufgespeichert hatte. Nachdem sie sie gefunden hatte, nahm sie von allem, was sie für nötig hielt, ein wenig und warf es in einen Kessel: Gurkenkraut und Sauerampfer gegen die Übelkeit, Ringelblume und Portulak gegen das Fieber, Nieswurz, Baldrian und Nachtschatten gegen Kopfschmerzen. Jedes einzelne war genau nach astrologischen Tabellen, unter dem wohlberechneten Einfluß der Planeten gepflückt, und sie hatte großes Zutrauen zur Wirksamkeit ihrer Kräuter.

Sie goß warmes Wasser in den Kessel, hängte ihn an den Haken, aber das Feuer war fast ausgegangen, und sie nahm Kohlen und ein paar Stücke Holz aus einem Korb, kniete nieder und fachte es mit dem Blasbalg an. Endlich sprang eine helle Flamme auf, und sie konnte in den Salon zurücklaufen, um sicher zu sein, daß er ruhig war. Sie hatte keinen Laut gehört. Er lag flach auf dem Rücken, aber die Decke war heruntergefallen, denn er bewegte sich ununterbrochen hin und her; die Augen waren geschlossen, das Gesicht verzerrt. Als sie sich über ihn beugte und die Decke zurechtlegte, sah er zu ihr auf; und dann packte er ihr Handgelenk und schüttelte es wild.

»Was tust du?« Seine Stimme war schwer und heiser, und die Worte gingen ineinander über. Die grüngraue Iris seiner Augen glitzerte, aber die Augäpfel waren gerötet. »Hinaus mit dir, habe ich dir gesagt. Hinaus!« Er schrie beinahe und stieß ihren Arm wütend von sich.

Amber war verängstigt, denn sie meinte, er verliere den Verstand, aber sie zwang sich, mit ruhiger, gelassener Stimme zu antworten. »Ich koche dir einen Tee, Bruce, er wird gleich fertig sein. Dann kannst du fortgehen. Aber bis dahin bleib ruhig liegen und ruh dich aus.«

Plötzlich schien er wieder zur Besinnung zu kommen. »Amber – bitte! Geh und laß mich allein. Ich werde wahrscheinlich morgen tot sein, und wenn du bleibst, wirst du dich anstecken.« Er wollte sich aufsetzen, aber sie hinderte ihn daran, und er fiel mit einemmal in die Kissen zurück. Jetzt bin ich wenigstens stärker als er; er kann nicht fort.

Sie wartete sekundenlang, angstvoll über ihn gebeugt, aber er lag vollkommen ruhig, und so eilte sie auf den Fußspitzen aus dem Zimmer. Sie war so nervös, daß ihre Hände und sogar ihre Knie zitterten. Sie griff nach einem Zinnkrug und ließ ihn mit so lautem Lärm fallen, daß es ihrem Herzen einen schmerzhaften Ruck gab. Doch als sie sich bückte, hörte sie aus dem Nebenzimmer ein Geräusch.

Sie raffte ihre Röcke, lief in den Salon zurück und sah ihn mitten im Zimmer aufrecht stehen und mit wirren Blicken um sich sehen. Sie war mit einem Schrei bei ihm.

»Bruce, was tust du?«

Er wandte sich um, sah sie trotzig an, hob einen Arm, um sie von sich abzuhalten, und knurrte einen Fluch. Sie griff nach ihm, aber er versetzte ihr einen Stoß, der sie beinahe umwarf, doch als sie rückwärts taumelte, hatte sie sich so fest an ihn geklammert, daß sie ihn mitzog. Er stolperte, versuchte, sich aufzurichten, aber da waren sie beide bereits zu Boden gestürzt, Amber halb unter ihm. Er lag regungslos, Augen und Mund geöffnet, und hatte die Besinnung verloren.

Einen Augenblick blieb Amber liegen, aber dann kroch sie unter ihm weg und stand auf. Sie legte ihm die Hände unter die Arme und versuchte, ihn ins Schlafzimmer zu ziehen, aber er war einen Fuß größer und achtzig Pfund schwerer als sie, und sie konnte ihn kaum schleppen. Sie zog und riß aus Leibeskräften und weinte schon vor Verzweiflung und Entsetzen, als sie sich daran erinnerte, daß Tempest und Jeremiah wahrscheinlich oben in der Dachkammer waren.

Sie rannte aus der Küche, die Hintertreppe hinauf und stürzte, ohne zu klopfen, in das Zimmer. Sie lagen im Fenster, schauten hinaus, rauchten. Verdutzt drehten sie sich nach ihr um.

»Tempest! Jeremiah! Kommt mit mir!» schrie sie.

Sie wandte sich um, eilte aus der Kammer und so schnell die Treppe hinunter, daß sie zu gleiten schien. Die beiden Männer klopften ihre Pfeifen aus, folgten ihr durch die Küche und das Eßzimmer in den Salon, wo Bruce wieder aufrechtstand, die Beine gespreizt, um nicht zu fallen, und seine Schultern schwankten langsam von einer Seite zur andern. Amber stellte sich vor ihn hin, während die beiden Männer in ängstlicher Entfernung stehenblieben und ihn mit ungewissen Blicken betrachteten. Er machte einen Schritt vorwärts und sah drohend von einem zum andern, als wollte er sich einen Weg bahnen. Er glich einem Mann, der so betrunken war, daß er jede Sekunde vornüber fallen konnte.

Amber betrachtete ihn wie einen Hypnotisierten, und als er auf sie zuging, wich sie zur Seite, um ihn vorbeizulassen. Ihre Hände streckten sich unwillkürlich zur Abwehr aus, denn sie hatte den Eindruck, als würde er im nächsten Augenblick der Länge nach hinstürzen, aber sie berührte ihn nicht. Er ging über die Schwelle in das Vorzimmer, dann hinaus auf den Treppenabsatz und blieb dort wie ein Koloß stehen und blickte hinunter. Er nahm eine Stufe und dann noch eine, aber plötzlich stöhnte er und taumelte und klammerte sich ans Geländer. Amber schrie laut, und die beiden Männer kamen noch zurecht, um ihn aufzufangen. Er ließ sich von den beiden in die Wohnung zurückschleppen; sein Kopf war auf die Brust gefallen, und er war wieder fast völlig bewußtlos.

Sie ging ins Schlafzimmer voraus, schlug Decken und Federbetten zurück und bedeutete ihnen, daß sie ihn auf die seidenen weißen Bettücher legen sollten. Dann zog sie ihm sogleich Schuhe und Strümpfe aus. Sie löste die Schärpe um seine Hüften und hatte eben begonnen, ihm den Rock abzunehmen, als sie sich plötzlich an Tempest und Jeremiah erinnerte. Sie hob rasch den Kopf und sah, wie die beiden in bleichem Schrecken auf ihn starrten. Sie hatten eben erst erfaßt, daß sie einem Mann geholfen hatten, der nicht betrunken war, sondern die Pest hatte.

»Hinaus mit euch!« zischte sie wütend, und mit offenem Mund verzogen sie sich schleunigst und schlugen die Tür krachend hinter sich zu.

Sein Hemd war so naß, daß es an seiner Haut klebte, und sie nahm ihr eigenes Hemd, das auf dem Boden liegengeblieben war, um ihn zu trocknen. Nachdem sie ihn völlig entkleidet hatte, deckte sie ihn wieder zu, nahm auch das Kissen unter seinem Kopf weg, denn sie wußte, daß er niemals ein Kissen benützte. Er lag jetzt ganz still auf dem Rücken, murmelte nur von Zeit zu Zeit unverständliche Laute.

Sie lief wieder in die Küche. Das Wasser auf den Pfannen hatte gekocht, aber noch nicht lange genug, und während sie wartete, sah sie in den Schränken nach, was es noch an Vorrat im Hause gab. Doch da sie alle Mahlzeiten aus dem Gasthaus kommen ließ, fand sie nur ein paar Orangekuchen, eine Schale Kirschen, ein paar Flaschen Wein und eine Flasche Branntwein. Sie überlegte rasch, was sie brauchen würde, horchte aber gleichzeitig auf jedes Geräusch im Schlafzimmer. Dann füllte sie ein Gefäß mit dem Sud aus den Heilkräutern. Der Geruch war abscheulich, aber sie umwickelte den Henkel mit einem Tuch und ging ins Schlafzimmer.

Bruce lag auf einen Ellbogen gestützt und sah zu ihr auf. Er hatte eben brechen müssen, und sein Gesichtsausdruck war demütig und gewissermaßen schuldbewußt, als hätte er etwas Schlimmes angestellt, denn er fühlte sich durch die Krankheit erniedrigt. Er schien sprechen zu wollen, sank aber erschöpft auf das Bett zurück. Amber hatte von Männern gehört, die sich morgens wohlgefühlt hatten und abends an der Pest gestorben waren – doch bis jetzt hatte sie noch nicht zu fassen vermocht, daß eine Krankheit so grausam rasche Fortschritte machen konnte.

Das Gefühl ihrer eigenen Unzulänglichkeit schien sie plötzlich zu überwältigen.

Sarah hatte sie gelehrt, Menschen zu pflegen, die an dem Viertagsfieber oder an den Pocken erkrankt waren, sie wußte, was gegen Brandwunden oder Kopfschmerzen zu tun war, aber die Pest war ein geheimnisvolles, fremdartiges, böses Ding. Manche glaubten, sie steige aus dem Boden auf wie eine giftige Ausdünstung, dringe durch die Poren der

Haut und verbreite sich dann von Mensch zu Mensch. Doch keiner wußte oder gab vor, zu wissen, wie sie wirklich entstand, warum sie manchmal als Seuche auftrat und wie sie zu heilen sei. Und doch fühlte sie, daß sie Hilfe irgendwelcher Art, Rat von jemandem haben müsse.

Sie kniete nieder und reinigte den Boden mit seinem Hemd. Ich werde Jeremiah um einen Arzt schicken, dachte sie. Der wird immerhin mehr wissen als ich.

Als sie versuchte, Bruce etwas von dem Tee einzuflößen, stieß er sie weg und murrte schwerfällig: »Wasser! Durstig! Durstig wie die Hölle!« Er schob die Zunge zwischen die Lippen, als wollte er sie befeuchten, und sie sah, daß die Zunge geschwollen und ihre Spitze hellrot war.

Sie brachte aus der Küche einen Zinnkrug mit kaltem Wasser, und er trank drei Glas, schluckte gierig, als könnte er gar nicht genug bekommen; und dann sank er mit einem tiefen Seufzer auf das Bett zurück. Da er jetzt ruhig lag, eilte Amber nochmals auf den Dachboden und klopfte an die Kammertür. Sie wartete ungeduldig einige Sekunden und, als sie keine Antwort erhielt, stieß sie die Tür auf.

Niemand war da. Ein paar schmutzige Kleidungsstücke lagen auf dem Boden verstreut, aber eine alte Holztruhe stand vollkommen leer, ebenso eine Kommode, deren Laden herausgezogen waren. Sie hatten ihre Sachen gepackt und waren fort.

»Durchgebrannt!« flüsterte sie. »Verdammte, undankbare Lumpen!« Doch im gleichen Augenblick wandte sie sich um und lief die Treppe hinunter, denn sie hatte Angst, ihn auch nur eine Minute allein zu lassen.

Er lag so, wie sie ihn verlassen hatte, wälzte sich unablässig hin und her und brummte vor sich hin, aber es war völlig unmöglich, ihn zu verstehen, und er schien in tiefes Fieberdelirium versunken zu sein. Sie tauchte ein Tuch in kaltes Wasser, wrang es aus und legte es ihm über die Stirn, glättete die Bettücher, die bereits in Unordnung waren, wischte ihm den Schweiß ab, der dauernd aus allen Poren drang. Dann begann sie, das Zimmer aufzuräumen. Sie klaubte ihre Kleider zusammen und legte sie beiseite, breitete die seinen zum Trocknen über einige Stühle, brachte ein Becken für den Fall, daß er wieder erbrechen müßte, und einen silbernen Urinkolben. Sie arbeitete ohne Unterbrechung, nur um nicht denken zu müssen.

Es war jetzt fast zehn Uhr abends, und die Straßen waren still geworden, nur hin und wieder rumpelte ein Wagen vorüber, oder ein Fackelträger sang seinen Gassenhauer. Und nach einer Weile hörte sie den Nachtwächter, der seine Glocke läutete und rief: »Zehn Uhr vorüber und eine schöne Sommernacht – und alles ist in Ordnung!«

Ein- oder zweimal begann Bruce zu würgen, und jedesmal lief sie mit dem Becken hin, half ihm, sich aufzurichten, und bedeckte seine Brust mit einem reinen, weißen Leinentuch, und schließlich erbrach er. Als er aber die Decken zurückschlug und aufzustehen versuchte, zwang sie ihn, sich wieder hinzulegen. Und da sah sie in seiner rechten Leiste eine hellrote Schwellung – den Beginn einer Pestbeule. Ihre letzte Hoffnung war erloschen.

Vierunddreißigstes Kapitel

Die Nacht kroch mit unvorstellbarer Langsamkeit dahin.

Nachdem sie das Zimmer gereinigt und frisches Wasser aus dem großen Eimer geholt hatte, der in der Küche stand, wusch sie sich das Gesicht, putzte die Zähne, bürstete ihr Haar und holte schließlich das Rollbett unter dem Bett hervor. Aber als sie sich niederlegte, überkam sie eine Art Schuldbewußtsein, und immer wenn sie in den Schlummer abglitt, wachte sie mit einem Ruck wieder auf. Es war das furchtbare Gefühl, Bruce könnte unterdessen etwas zugestoßen sein.

Doch wenn sie aufstand und ihn bei Kerzenlicht ansah, lag er noch immer wie früher, wälzte sich unruhig hin und her, brummte von Zeit zu Zeit etwas vor sich hin, und sein Gesicht war verzerrt. Sie vermochte nicht zu sagen, ob er bei Besinnung war oder nicht, denn wenn auch seine Augen halb offen waren, so schien er sie doch nicht zu hören, wenn sie zu ihm sprach, noch sich ihrer Anwesenheit überhaupt bewußt zu sein. Manchmal, mitten in der Nacht, hörte das Schwitzen auf, seine Haut wurde heiß und trocken, und Gesicht und Hals liefen dunkelrot an. Sein Puls schlug schnell, und sein Atem ging in raschem Keuchen; hin und wieder hustete er auch leicht.

Gegen vier Uhr begann es hell zu werden, und Amber beschloß, wach zu bleiben, obgleich ihre Augen schmerzten und ihr vor Müdigkeit schwindelte. Sie zog Hemd und Unterrock an, fuhr mit den bloßen Füßen in ein Paar hochhackiger Schuhe und nahm das Kleid, das sie gestern getragen hatte und das sie ohne Mieder nicht vollständig schließen konnte. Hastig fuhr sie sich mit einem Kamm durch das Haar, benetzte ihr Gesicht, gebrauchte aber weder Puder noch Schminke noch Schönheitspflästerchen. Dieses eine Mal war es ihr gleichgültig, wie sie aussah.

Die Luft im Zimmer war schlecht, denn alle Fenster waren geschlossen. Sie selbst fürchtete sich nicht vor der kalten Nachtluft, aber sie teilte den allgemeinen Glauben, daß die frische Luft für einen Kranken verhängnisvoll sei. Und sie hielt auch abergläubisch an dem fest, was man auf dem Lande sagte – daß nämlich bei ernsten Krankheitsfällen der Tod nicht ins Haus konnte, wenn alle Türen und Fenster fest verschlossen und verriegelt waren. Der Geruch war dick und schwer. Sie war sich dessen nicht bewußt geworden, bevor sie die Tür zum Salon öffnete und reine Luft atmete. Dann zündete sie das Feuer im Schlafzimmer an und warf eine Handvoll trockener Kräuter hinein.

Sie brachte das Rollbett in Ordnung und schob es wieder unter das große Bett, und dann, da er sich beruhigt zu haben schien, trug sie die Unrateimer in den Hof, leerte sie und spülte sie aus. Noch zweimal ging sie hinunter, um Eimer mit frischem Wasser zu holen. Sie hatte seit langem vergessen, wie mühsam und peinlich die einfachsten Arbeiten des Haushalts waren.

Sein heftiger Durst hielt an, doch obgleich sie ihm einen Becher Wasser nach dem andern reichte, ließ sich dieser Durst nicht stillen. Immer wieder mußte er erbrechen, und sein Würgen war so stark, als ob es ihm die Eingeweide aus dem Leib reißen wollte. Nachher war er jedesmal in Schweiß gebadet, erschöpft und besinnungslos. Amber, die ihm den Eimer hielt und ihn stützte, sah ihm mit Grauen und Mitleid zu.

Er wird sterben, dachte sie. Er wird sterben. Ich weiß, daß er sterben wird. Ach, diese greuliche verruchte Pest! Warum mußte sie ausbrechen! Warum mußte sie gerade ihn erwischen?

Abermals fiel er flach auf den Rücken, und plötzlich warf sie sich auf ihn, grub ihre Finger in seine Arme – die Muskeln, so nutzlos sie auch jetzt zu sein schienen, waren doch unter der braunen Haut noch immer hart und kräftig. Sie begann zu weinen und umklammerte ihn trotzig und mit all ihrer Kraft, als wäre sie entschlossen, ihn dem Tod nicht zu überlassen. Sie flüsterte seinen Namen unter Fluch- und Koseworten, und ihr Schluchzen wurde immer wilder und frenetischer.

Aus diesem Ausbruch von Mitleid mit sich selbst wurde sie jetzt durch Bruce aufgerüttelt, dessen Finger in ihre Haare griffen und ihren Kopf sachte aufrichteten. Sie sah ihn an, das Gesicht von Tränen überströmt und die Augen seltsam dadurch verzogen, daß er sie an den Haaren hielt. Elend vor Scham und Gewissensbissen, sah sie ihn an. Was mochte sie nur gesagt haben? Und hatte er sie gehört?

»Amber. . .«

Seine Zunge war jetzt derart angeschwollen, daß sie beinahe seinen Mund füllte, und mit einem dicken weißen Filz bedeckt, obgleich die Ränder rot glänzten. Seine Augen waren stumpf, aber seit vielen Stunden schien er sie zum erstenmal zu erkennen, und er quälte sich damit, seine Gedanken festzuhalten und auszudrücken.

»Amber – warum – warum – bist du – nicht fort?«

Sie sah ihn an wie ein Tier in der Falle. »Ich gehe ja, Bruce. Ich gehe. Gerade jetzt wollte ich gehen.« Ihre Finger spreizten sich auf dem Federbett, zogen sich ein wenig zurück, aber sie konnte sich nicht rühren.

Er ließ ihr Haar los, seufzte abermals, und sein Kopf rollte seitwärts. »Gott mit dir! Geh nur, solange . . .« Die Worte verwischten sich, und er wurde wieder still, murmelte nur dann und wann leise vor sich hin.

Langsam und vorsichtig rückte sie von ihm weg; sie hatte Angst, denn man hatte häufig schreckliche Geschichten von Pestkranken erzählt, die wahnsinnig geworden waren. Sie fühlte sich erleichtert, als sie endlich wieder aufstehen konnte und außerhalb seiner Reichweite war. Aber sie weinte nicht mehr und erkannte, daß sie ihre Selbstbeherrschung bewahren mußte, wenn sie nützlich sein wollte, daß sie alles tun konnte, um ihm Erleichterung zu verschaffen. Und zu Gott betete sie, er möge Bruce doch nicht sterben lassen.

Mit raschem Entschluß ging sie wieder an die Arbeit.

Sie wusch sein Gesicht und seine Arme und kämmte sein Haar – er hatte keine Perücke getragen, als sie ihn auf der Werft getroffen hatte –, glättete das Bett und legte einen neuen kalten Umschlag auf seine Stirn. Seine Lippen waren ausgetrocknet und begannen vom Fieber aufzuspringen; sie salbte sie mit Pomade. Sie brachte frische Tücher aus dem Kinderzimmer und sammelte alles, was schmutzig war, in einem großen Sack, obgleich natürlich keine Wäscherei etwas annahm, wenn bekannt wurde, daß in einem Hause die Pest war. Und während der ganzen Zeit blickte sie immer wieder zu ihm hinüber, versuchte ihn zu verstehen, wenn er etwas murmelte, und zu ahnen, was er brauchte, um ihm jede Anstrengung zu ersparen.

Etwa um sechs Uhr begannen sich die Straßen zu beleben. Gegenüber öffnete ein Lehrling die Läden eines Schnittwarengeschäfts, ein Wagen rollte vorüber, und sie hörte den vertrauten Ruf: »Das Milchmädchen ist unten!«

Amber öffnete das Fenster. »Warte! Ich brauche Milch!« Noch einen Blick auf Bruce, dann nahm sie rasch ein paar Münzen von ihrem Toilettentisch, holte in der Küche einen Eimer und lief die Treppe hinunter. »Bitte, eine Gallone!«

Das Mädchen, rotbackig und gesund, war eine von jenen, die täglich von Finsbury oder Clerkenwell in die Stadt kamen. Sie lachte Amber an, nahm das Joch von den Schultern und goß frische Milch in den Eimer. »Wird wieder ein heißer Tag heute«, sagte sie.

Amber horchte, ob kein Laut aus Bruces Zimmer drang – sie hatte das Fenster spaltbreit offen gelassen –, und antwortete mit abwesendem Nicken. In diesem Augenblick erfüllte ein tiefes Dröhnen die Luft. Es war die Totenglocke, und sie läutete dreimal – irgendwo im Kirchspiel lag ein Mensch im Sterben, und wer die Glocke hörte, mußte für sein Heil beten. Amber und das Milchmädchen wechselten rasche, verständnisvolle Blicke, dann schlossen beide die Augen und murmelten ein Gebet.

»Drei Pence, Mam«, sagte das Mädchen, und Amber sah, wie sie ihr schwarzes Kleid mißtrauisch musterte.

Sie gab ihr die drei Pence, nahm den schweren Eimer auf und wollte wieder ins Haus zurück. An der Schwelle drehte sie sich noch einmal um. »Kommst du morgen vorbei?«

Das Mädchen hatte das Joch wieder über die Schultern geschwungen und war bereits einige Meter weit. »Morgen nicht, Mam. Ich werde jetzt eine ganze Weile lang nicht mehr in die Stadt kommen. Die Leute sagen einem heutzutage nicht, wer krank ist und wer nicht.« Abermals musterte sie Ambers Kleid.

Amber wandte sich ab und ging ins Haus. Bruce lag in derselben Stellung wie zuvor, aber als sie auf der Schwelle war, würgte er plötzlich und versuchte sich aufzusetzen. Sie stellte den Eimer ab und lief zu ihm. Seine Augen waren jetzt nicht mehr blutunterlaufen, sondern gelb und lagen tief in den Höhlen. Er hatte sichtlich jede Beziehung zur Umwelt verloren und schien sich nur instinktiv zu bewegen.

Später ging sie aus, um einige Besorgungen zu machen. Sie kaufte Käse, Butter, Eier, Kohl, Zwiebeln, Rüben und Lattich, einen Zuckerhut, ein Pfund Speck und Obst.

Sie trank ein wenig Milch und aß ein Stückchen kalte Ente vom Vortag, aber als sie Bruce zu essen geben wollte, antwortete er nicht, und als sie ihm einen Becher Milch an die Lippen hielt, schob er ihn weg. Sie wußte nicht, ob sie ihn zum Essen zwingen sollte oder nicht, und kam zum Entschluß, daß es das Beste sei, auf einen Arzt zu warten – sie hoffte, einen am Haus vorübergehen zu sehen, denn die Ärzte trugen Rohrstöcke mit goldenen Knäufen, an denen man sie erkannte. Da jetzt so viele Leute zu jeder Stunde bei Tag und bei Nacht um den Arzt schickten, würde sie bestimmt bald einen sehen. Denn sie wollte nicht ausgehen, weil sie Bruce nicht so lange allein lassen konnte.

Doch sie entdeckte, daß er auch Blut erbrach. Das erschreckte sie heftig, und sie beschloß, nicht länger zu warten.

Sie nahm ihre Schlüssel, verließ das Haus und lief die Straße entlang durch das Gedränge von Verkäufern und Trägern und Hausfrauen. Sie entsann sich, wo sie das Schild eines Arztes gesehen hatte. Ein vorüberfahrender Wagen wirbelte eine solche Staubwolke auf, daß sie es im Munde spürte, ein Lehrling rief ihr ein unverschämtes Kompliment zu, das sie daran erinnerte, daß ihr Kleid nicht völlig geschlossen war, und ein schmutziger alter Bettler, bedeckt mit offenen Wunden, streckte die Hand aus, um ihre Röcke zu berühren. An drei Häusern kam sie vorbei, die mit dem roten Kreuz gekennzeichnet waren, und vor denen jedesmal eine Wache stand.

Endlich kam sie atemlos und mit schmerzender Brust vor dem Haus des Arztes an, schlug ungeduldig mit dem Klopfer auf die Tür, und als keine Antwort kam, hämmerte sie wütend. Mindestens eine Minute wartete sie und wollte eben ihre Röcke aufnehmen, um weiterzugehen, als eine Frau antwortete, die eine Pomanderkugel an die Nase hielt und Amber argwöhnisch anstarrte.

»Wo ist der Doktor? Ich muß ihn augenblicklich sehen.«

Die Frau antwortete ihr kühl und beinahe vorwurfsvoll: »Doktor Barton macht Besuche.«

»Wenn er heimkommt, schicken Sie ihn sofort zu uns. ›Blaue Feder‹ in der St. Martin's Lane, die Straße hinauf und um die Ecke.«

Sie zeigte die Richtung, dann wandte sie sich um und lief zurück; die Hand preßte sie an die schmerzende linke Seite. Doch zu ihrer größten Erleichterung fand sie Bruce ungefähr ebenso, wie sie ihn verlassen hatte.

Nervös wartete sie auf den Arzt. Hundertmal sah sie aus dem Fenster, verwünschte seine Langsamkeit. Doch ein Teil des Nachmittags war bereits vergangen, als er kam, und sie eilte die Stufen hinunter, um ihn einzulassen.

»Gott sei Dank, daß Sie da sind! Nur eilig!« Schon war sie wieder oben.

Er war ein müder, alter Mann, der eine Pfeife rauchte und mühsam hinter ihr her kam. »Eile tut niemals gut, Madame.«

Sie sah sich um und warf ihm einen scharfen Blick zu, denn er schien offenbar die ungewöhnliche Bedeutung dieses Patienten nicht zu erkennen. Trotzdem war sie froh, daß er da war. Er konnte ihr doch sagen, wie es mit Bruce stand und was sie für ihn tun sollte. Im allgemeinen teilte sie das volkstümliche Mißtrauen gegen Ärzte, jetzt aber hätte sie die sinnlosesten Worte jedes beliebigen Quacksalbers oder Scharlatans geglaubt.

Sie war vor ihm am Bett und sah ihm mit großen, besorgten Augen entgegen, als er jetzt langsam das Zimmer betrat. Bruce lag in völliger Bewußtlosigkeit, obwohl er immer noch vor sich hin murmelte und sich rastlos hin und her wälzte. Dr. Barton blieb einige Meter vom Bett entfernt stehen und hielt ein Taschentuch an die Nase. Einen Augenblick sah er ihn wortlos an.

»Nun?« fragte Amber. »Wie geht es ihm?«

Der Doktor zuckte leicht die Achseln. »Madame, Sie verlangen, daß ich Ihnen etwas Unmögliches antworte. Ich weiß es nicht. Ist eine Beule vorhanden?«

»Ja. Sie hat sich letzte Nacht gebildet.«

Sie schlug die Decke so weit zurück, daß er die Beule sehen konnte, die sich seither vergrößert hatte; die Haut darüber war gespannt und rot und glänzte.

»Scheint sie ihm große Schmerzen zu bereiten?«

»Ich habe sie einmal zufällig berührt, und er hat furchtbar aufgeschrien.«

»Die Bildung der Pestbeule ist das schmerzhafteste Stadium der Krankheit. Aber wenn sich keine bildet, dann überleben die Kranken selten.«

»Er wird also am Leben bleiben, Doktor? Er wird gesund?« Ihre Augen leuchteten voll Eifer.

»Madame, ich kann Ihnen nichts versprechen. Ich weiß es nicht. Niemand weiß es. Wir können nur zugeben, daß wir nichts davon verstehen – wir sind hilflos. Manchmal sterben sie in einer Stunde, manchmal dauert es Tage. Manchmal ist es leicht, ohne Krämpfe, manchmal leiden sie entsetzlich. Die Starken und Gesunden sind ebenso anfällig wie die Schwachen und Gebrechlichen. Was haben Sie ihm zu essen gegeben?«

»Nichts. Er weist alles zurück, was ich ihm geben wollte. Und er erbricht so oft, daß es ohnehin keinen Zweck hat.«

»Er muß trotzdem essen. Zwingen Sie ihn irgendwie dazu, und geben Sie ihm häufig etwas – alle drei oder vier Stunden. Geben Sie ihm Eier und Fleischbrühe und Warmbier. Und Sie müssen ihn so warm halten wie nur möglich. Wickeln Sie ihn in alle Decken, die Sie haben, und geben Sie acht, daß er sie nicht abstreift. Wärmen Sie Ziegel, und legen Sie sie zu seinen Füßen. Wenn Sie Wasserflaschen aus Steingut haben, dann benützen Sie sie. Heizen Sie tüchtig ein, und lassen Sie das Feuer nicht ausgehen. Er muß schwitzen, soviel er nur kann. Legen Sie einen Breiumschlag auf die Beule – Sie können Essig, Honig und Feigen verwenden, wenn Sie das haben, und dazu Brotkrumen und viel Senf. Wenn er es wegschieben will, so binden Sie es irgendwie fest, damit es hält. Wenn die Beule aufbricht und sich leert, hat er eine geringe Aussicht auf Heilung. Geben Sie ihm ein starkes Brechmittel – Antimon in Weißwein dürfte das richtige sein, oder was sie sonst bei der Hand haben, und ein Klistier. Das ist alles, was ich sagen kann. Und Sie, Madame, wie fühlen Sie sich?«

»Ganz wohl; ich bin nur müde, weil ich den größten Teil der Nacht aufbleiben mußte.«

»Ich werde den Fall beim Amt melden, und man wird Ihnen eine Pflegerin schicken. Zu Ihrem eigenen Schutz empfehle ich Ihnen Lorbeerblätter oder Wacholder in Essig tauchen und mehrmals am Tag den Dunst einzuatmen.« Er wandte sich zum Gehen, und Amber begleitete ihn, wobei sie ständig den Blick auf Bruce gerichtet hielt. »Und übrigens täten Sie gut, alles, was Sie an Wertsachen im Hause haben, zu verstekken, Madame, bevor die Pflegerin kommt.«

»Großer Gott! Was für eine Pflegerin schickt man mir denn?«

»Das Kirchspiel muß jede nehmen, die sich freiwillig meldet – wir haben derzeit viel zu wenig –, und wenn auch einige unter ihnen ehrlich sind, so ist es doch die Mehrzahl nicht.« Er war jetzt im Vorzimmer, und gerade als er auf die Treppe hinaustrat, sagte er noch: »Wenn Pestflekken erscheinen, dann können Sie ebensogut zum Küster schicken, damit er die Sterbeglocke läutet. Dann kann kein Mensch ihm mehr helfen. Morgen werde ich wieder nachschauen.« Während er sprach, hörte sie eine ferne Glocke läuten; zwei hohe Töne – das galt einer Frau. »Es ist Gottes Strafe für unsere Sünden. Nun – auf Wiedersehen, Madame.«

Amber ging sogleich an ihre neuen Aufgaben, denn so müde sie war, freute sie sich doch, daß sie Arbeit hatte. Es half, sie vom Denken abzuhalten, und alles, was sie für ihn tat, gab ihr ein Gefühl der Genugtuung.

Sie goß das Wasser, das sie in der Küche heiß gehalten hatte, in mehrere Steinflaschen, wickelte sie in Tücher und legte sie um ihn herum; dann brachte sie aus dem Kinderzimmer noch ein halbes Dutzend Dekken. Er wehrte sich, schob sie immer wieder von sich, aber jedesmal deckte sie ihn geduldig wieder zu und fuhr in ihrer Arbeit fort. Der Schweiß begann in Bächen über sein Gesicht zu rinnen, und die Tücher unter ihm wurden naß und gelb. Das Feuer prasselte, und sie legte Kohlen nach und heizte das Zimmer so, daß die Kleider an ihr klebten, obgleich sie die Unterröcke ausgezogen, die Ärmel hochgeschlagen und das Kleid geöffnet hatte. Sie steckte die schweren Haarflechten auf und wischte sich Gesicht und Brust mit dem Taschentuch.

Sie stopfte ihm das Brechmittel in den Mund und gab ihm, ohne auf die Wirkung zu warten, das Klistier; ohne Ekelgefühl tat sie das Nötige, so gut sie konnte, und dachte nicht darüber nach. Dann reinigte sie das

Zimmer wieder, wusch sich die Hände, ging in die Küche, um das Senfpflaster vorzubereiten, und mischte ein Getränk aus heißer Milch, Zukker, Gewürz und Weißwein.

Er wehrte sich nicht, als sie den Umschlag auf die Beule legte, und schien ihn gar nicht zu merken. Erleichtert ging sie wieder in die Küche, denn sie hatte gefürchtet, es würde ihm große Schmerzen bereiten.

Sie kostete das Getränk, das sie bereitet hatte, fügte noch ein wenig Zimt dazu und kostete es wieder. Es war gut. Sie goß es in den Topf und wollte es in das Schlafzimmer bringen. In diesem Augenblick hörte sie einen seltsamen, furchtbaren Schrei, der sie erschaudern ließ. Dann gab es einen dumpfen Fall und einen lauten Krach.

Sie stellte das Gefäß rasch ab und lief ins Schlafzimmer. Er kauerte auf dem Boden und wollte gerade wieder aufstehen – offenbar war er gefallen, als er aus dem Bett stieg, und hatte den Tisch mitgerissen. »Bruce!« schrie sie, aber er war ohne Besinnung und wußte nicht, was er tat. Langsam stand er auf und wollte das Fenster aufstoßen, das sie nicht fest geschlossen hatte. Sie stürzte sich auf ihn, einen Kerzenhalter in der Hand, den sie von einer Kommode gerissen hatte, und gerade als er einen Fuß auf das Fenstersims setzen wollte, schwang sie das schwere Stück und traf ihn mit aller Kraft an der Schädelbasis. Undeutlich nahm sie wahr, daß Leute auf der Straße waren und heraufschauten, und sie hörte auch eine Frau schreien.

Er sackte langsam zusammen, aber sie schlang die Arme um ihn und versuchte verzweifelt, ihn zum Bett zu schleppen. Doch er war zu schwer, und trotz aller Anstrengungen glitt er immer tiefer. Sie wußte, daß sie ihn niemals mehr vom Boden auf die hohe Bettstelle heben konnte, und so versetzte sie ihm einen plötzlichen heftigen Stoß, so daß er seitlich quer über das Bett fiel; sie stolperte und fiel über ihn, aber sie war rasch wieder auf den Beinen und riß eine Decke vom Bett, die sie über ihn breitete, denn er war nackt und troff von Schweiß. Stoßend und ziehend, fluchend vor Angst und Wut, hatte sie ihn endlich wieder im Bett. Dann aber brach sie in einem Stuhl neben dem Bett zusammen, völlig erschöpft und mit zitternden Muskeln.

Die Pocken über diese Pflegerin, dachte sie wütend. Warum ist sie nicht schon hier? Sie ersetzte das Senfpflaster und füllte die Flaschen, die sich bereits abgekühlt hatten, mit heißem Wasser.

Auf dem Weg nach der Küche nahm sie einen langen Zug aus dem Milchtopf. Das Getränk galt als hervorragendes Kräftigungsmittel, und tatsächlich fühlte sie sich wenigstens im Augenblick wohler. Sie setzte den Topf ab und wischte sich den Mund mit dem Handrücken ab. Wenn nur das verdammte Frauenzimmer endlich kommen wollte! Vielleicht könnte ich dann schlafen. Ich sterbe, wenn ich nicht ein wenig schlafen kann. Die Erschöpfung kam wie in Wellen über sie und minutenlang glaubte sie, keine Bewegung, keinen Schritt mehr machen zu können. Und dann ging das vorüber, sie war zwar nicht weniger müde, konnte aber dennoch tun, was zu tun war.

Nach einer Weile kam Bruce wieder zum Bewußtsein, aber dann war er noch unruhiger als zuvor. Er warf sich hin und her, schüttelte die Dekken ab, seine Stimme war laut und wütend, und wenn sie auch nicht viel von dem verstehen konnte, was er sagte, merkte sie doch, daß er unablässig fluchte. Sie hatte ihm nur wenige Tropfen aus dem Milchtopf einzuflößen vermocht, als er eine heftige Bewegung mit seinem Arm machte und der Topf klirrend auf dem Boden zersplitterte.

Als er endlich ruhiger wurde, nahm sie Feder und Papier und setzte sich an den Tisch neben dem Bett, um einen Brief an Nan zu schreiben. Es war schwierig, denn sie wollte dem Mädchen die Wahrheit sagen, ohne es allzusehr zu ängstigen, sie arbeitete länger als eine halbe Stunde daran, kritzelte die Worte mühsam und machte mehrere Entwürfe, bis sie das Richtige gefunden hatte. Sie blies das Papier trocken und versiegelte es mit einem großen Klumpen goldfarbenen Siegellacks. Dann nahm sie einen Schilling vom Tisch, ging ans Fenster und öffnete es. Vielleicht kam irgendein junger Bursche vorüber, dem sie das Geld geben könnte und der den Brief für sie zum Postamt tragen würde. Das Porto wurde vom Empfänger gezahlt.

Der Himmel war jetzt blaßblau, und ein oder zwei Sterne waren sichtbar geworden. Es waren wenig Menschen auf der Straße, aber als Amber sich hinauslehnte, sah sie einen Jungen in der Mitte der Straße, der sich die Nase zuhielt, als er an dem Haus vorüberging.

Sie schaute hinunter und erblickte den Wächter, der – die Hellebarde über der Schulter – an der Mauer lungerte. Das bedeutete, daß auch ihre Tür ein rotes Kreuz kennzeichnete und daß sie jetzt für vierzig Tage und vierzig Nächte miteinander eingesperrt waren, wenn sie nicht beide vorher starben. Wenige Tage vorher wäre sie entsetzt gewesen, jetzt nahm sie es beinahe gleichgültig hin.

»Wächter!« Sie rief leise, und er machte einen Schritt von der Mauer weg und sah zu ihr hinauf. »Wollen Sie diesen Brief jemanden mitgeben? Sie bekommen einen Schilling dafür.« Er nickte, und sie warf Brief und Münze hinunter und schloß das Fenster wieder. Doch sekundenlang blieb sie noch stehen und sah wie ein Gefangener auf den Himmel und die Bäume hinaus. Dann wandte sie sich ab und breitete abermals die Decken über Bruce.

Es war fast neun Uhr, als die Pflegerin ankam. Amber hörte, wie jemand unten mit dem Wächter sprach, und dann ein Klopfen an der Tür. Sie nahm eine Kerze und eilte hinunter. »Warum kommen Sie so spät?« fragte sie. »Der Doktor sagte mir, er werde Sie früh am Nachmittag herschicken.«

»Ich komme von meinem letzten Patienten, Mam, und er wollte nicht so rasch sterben.«

Amber stieg rasch die Stiege hinauf und hielt die Kerze hoch, um das Treppenhaus zu erhellen, aber die alte Frau kam nur langsam nach, keuchte schwer und rieb sich nach jedem Schritt die Hände an den Knien, um sich zu stärken. Auf dem oberen Treppenabsatz wandte Amber sich um und betrachtete sie genauer. Was sie sah, war nicht beruhigend.

Die Frau war etwa sechzig Jahre alt und sehr dick. Ihr Gesicht war rund und schlaff, aber die Nase war spitz und die Lippen schmal. Sie trug eine zerraufte, gelbe Perücke schief auf dem Kopf und ein dunkelrotes, schmutziges, verschlissenes Samtkleid, das ihre fallenden Schultern frei ließ und über den mächtigen Brüsten spannte. Sie verbreitete einen ranzigen, schalen Geruch.

»Wie heißen Sie?« fragte Amber, als sie schnaufend oben anlangte.

»Spong, Mam. Mrs. Spong.«

»Ich bin Mrs. Dangerfield. Der Patient ist dort im Zimmer.« Sie ging voran, und Mrs. Spong watschelte hinter ihr her; ihre Augen betrachteten mit blödem Ausdruck die prächtige Einrichtung. Sie hatte überhaupt keinen Blick für Bruce, bis Amber endlich erbittert sagte: »Nun?«

Mrs. Spong hob den Kopf, und ein Grinsen ließ ein paar schwarze Zahnstummel sehen. »Ach, das ist der Patient!« Sie beobachtete ihn sekundenlang. »Er sieht nicht besonders gut aus, was?«

»Nein, wahrhaftig nicht.« Amber war enttäuscht und wütend, weil man ihr diese alberne alte Frau geschickt hatte. »Sie sind Pflegerin, nicht wahr? Sagen Sie mir, was ich tun soll. Wie kann ich ihm helfen? Ich habe alles getan, was der Doktor mir gesagt hat.«

»Na, Mam, wenn Sie alles getan haben, was der Doktor gesagt hat, dann kann ich Ihnen auch nichts anderes sagen.«

»Aber wie sieht er aus? Sie haben doch auch andere Kranke gesehen – wie wirkt er im Vergleich mit den andern?«

Mrs. Spong warf ihm noch einen Blick zu und saugte an ihren Zahnstummeln. »Ja, nun, Mam«, sagte sie endlich, »manche sehen schlechter aus. Und manche sehen auch besser aus. Aber – die Wahrheit zu sagen – er sieht nicht gut aus. Und jetzt, Mam, haben Sie etwas zu essen für eine arme, darbende, alte Frau? Auf dem letzten Platz hatten sie nichts mehr. Ich schwöre Ihnen ...«

Amber sah sie angewidert an, aber als Bruce wieder zu würgen begann, hielt sie ihm rasch den Eimer. Mit der andern Hand wies sie nach der Küche. »Dort draußen!«

Sie war erschöpfter als je und völlig entmutigt. Dieses greuliche Weib würde völlig nutzlos sein. Amber würde ihr nicht gestatten, Bruce auch nur zu berühren, und es sah auch nicht aus, als ob die Pflegerin großen Wert darauf legte. Das Äußerste, was Amber erhoffen konnte, war, sie dahin zu bringen, nachts ein paar Stunden zu wachen, damit sie selbst schlafen konnte, und morgen früh Mrs. Spong wegzuschicken und eine andere kommen zu lassen.

Eine halbe Stunde ging vorüber, ohne daß Mrs. Spong etwas von sich hören ließ. Endlich eilte Amber hinaus und fand ihre schöne Küche voll Schmutz und Unordnung. Der Speiseschrank stand offen, auf dem Boden lag ein zerbrochenes Ei, vom Schinken und vom Käse waren große Stücke abgeschnitten worden. Mrs. Spong sah sie erstaunt an. Sie hatte ein Brot mit Schinken in der einen Hand und die Flasche Champagner, die Amber gestern abend geöffnet hatte, in der andern.

»Nun«, sagte Amber spöttisch. »Hier werden Sie hoffentlich wenigstens nicht Hungers sterben.«

»Nein, Mam«, räumte Mrs. Spong ein. »Mir ist immer lieber, wenn ich Standespersonen pflegen kann, das muß ich Ihnen doch sagen, da gibt's mehr zu essen.«

»Gehen Sie jetzt hinein, und wachen Sie bei Seiner Lordschaft. Ich will ihm etwas zu essen vorbereiten. Rufen Sie mich, wenn er die Decken fortschiebt und erbrechen muß – aber machen Sie gar nichts allein!«

»Er ist ein Lord? Dann sind Sie wohl eine Lady, nicht wahr?«

»Kümmern Sie sich um Ihre Sachen und gehen Sie! Vorwärts!«

Mrs. Spong zuckte die Achseln und ging; Amber biß die Zähne zusammen und begann unverzüglich, eine Mahlzeit für ihn zu bereiten. Wenige Stunden vorher hatte sie ihm eine Schale Suppe von ihrem letzten Abendessen gegeben. Er war wütend über die Störung gewesen, hatte geflucht und den Löffel wegzuschieben versucht, aber sie hatte nicht nachgegeben, bis sie ihm die Suppe eingeflößt hatte. Eine Viertelstunde später hatte er sie wieder erbrechen müssen.

Als sie ihm jetzt die Schale unter das Kinn hielt und er die Suppe schlürfte, war sie so von Verzweiflung und Jammer erfüllt, daß sie leise weinte. Mrs. Spong blieb ganz ungerührt. Sie hatte sich fünf oder sechs Fuß vom Bett entfernt auf einem Stuhl niedergelassen, trank ihren Wein und nagte an dem letzten Knochen der kalten Ente. Die Knochen warf sie zum Fenster hinaus und tauschte gemeine Scherze mit dem Wächter, bis Amber sie wütend anfuhr.

»Wagen Sie nicht noch einmal, das Fenster zu öffnen!« schrie sie und schlug es zu. Mrs. Spong sprang auf.

»Mein Gott, Mam, ich habe dem Herrn nichts Böses getan.«

»Machen Sie, was ich Ihnen sage, und lassen Sie das Fenster zu, oder Sie werden es bereuen! Schmutziges altes Frauenzimmer!« brummte sie leise und ging in die Küche zurück, um die Schüsseln zu waschen und Ordnung zu machen. Sarah Goodegroome war eine gute Hausfrau gewesen, und jetzt, da Amber die Arbeit wieder selber machen mußte, wollte sie ihre Zimmer in tadellosem Zustand haben, und wenn das achtzehn Stunden Arbeit im Tag bedeuten sollte – denn so viel bedeutete es wahrscheinlich.

Ihn leiden zu sehen, ohne seine Qualen erleichtern zu können, war eine Marter. Ständig beugte sie sich über ihn und versuchte, jeden seiner Wünsche zu ahnen. Immer wenn er die Decken wegschob, legte sie sie wieder zurecht, erneuerte auch immer wieder das Senfpflaster – einmal, als sie sich über ihn beugte, schlug er heftig mit der geballten Faust nach ihr, und wäre sie nicht rasch ausgewichen, hätte der Schlag sie zu Boden geschmettert. Die Pestbeule in seiner Leiste war ständig gewachsen, bis sie jetzt die Größe eines Tennisballs erreichte, und die gespannte Haut über der Beule war dicker und dunkler geworden.

Mrs. Spong summte vor sich hin und klopfte sich mit einer leeren Weinflasche selig auf die Schenkel. Zumeist hatte Amber so viel zu tun, war so erfüllt von ihrer Sorge um Bruce, daß sie die Pflegerin vergaß, sonst aber übersah sie sie.

Doch gegen elf Uhr, nachdem sie alles für die Nacht gerichtet und sich ausgezogen und gewaschen hatte, wandte sie sich zu der alten Frau: »Ich habe letzte Nacht kaum drei Stunden geschlafen, Mrs. Spong, und ich bin müde wie ein Hund. Wachen Sie jetzt drei oder vier Stunden bei Seiner Lordschaft, dann können Sie mich wecken, und ich werde Sie ablösen. Wir müssen immer abwechselnd wachen, denn es muß ständig jemand bei ihm sein. Wenn er die Decken hinunterwirft, dann heben Sie sie auf und decken Sie ihn wieder zu.«

»Ja, ja, Mam«, sagte Mrs. Spong, und als sie nickte, verschob sich ihre Perücke und ließ ihr eigenes schmutziggraues Haar sehen. »Sie können auf mich zählen, Mam, dafür bürge ich Ihnen.«

Amber zog das Rollbett an das andere Ende des Zimmers und legte sich, nur mit dem Schlafrock bedeckt hin, denn das Zimmer war heiß und stickig. Sie wollte nicht schlafen – sie hatte Angst, ihn allein zu lassen –, aber sie wußte, daß sie schlafen mußte, und sie konnte sich auch nicht dagegen wehren. Schon nach wenigen Sekunden hatte sie das Bewußtsein verloren.

Sie erwachte durch einen heftigen Schlag ins Gesicht, und ein schwerer Körper stürzte auf sie. Unwillkürlich schrie sie auf, einen wilden, furchtbaren Schrei, der das Dunkel füllte. Und dann erkannte sie, was geschehen war, und begann sich mit allen Kräften zu befreien. Bruce war im Fieberwahn aufgestanden und über sie gestürzt; jetzt lag er da – eine schwere, reglose Masse.

Sie rief Mrs. Spong, erhielt aber keine Antwort. Und als sie sich endlich befreit hatte und die alte Frau sah, die gerade den Kopf hob und ein Auge öffnete, da schien etwas in ihr zu schwellen und zu zerspringen. Sie lief um das Bett herum, schlug sie wütend ins Gesicht und packte einen ihrer schlaffen Arme.

»Aufstehen!» schrie sie. »Aufstehen, du elende alte Vettel, und hilf mir!«

Mrs. Spong erhob sich schneller als gewöhnlich aus ihrem Stuhl. Es dauerte immerhin einige Minuten, bis sie ihn wieder im Bett hatten, und dann lag er vollkommen ruhig und erschöpft. Amber beugte sich ängstlich über ihn, legte die Hand auf sein Herz, preßte ihre Finger an sein Handgelenk – der Puls schlug schwach.

Und dann hörte sie Mrs. Spong jammern. O mein Gott! Was habe ich bloß getan! Ich habe ihn berührt, und jetzt werde ich auch . . .«

Amber wandte sich wütend um. »Was du getan hast?« schrie sie. »Du fette alte Schlampe! Du bist eingeschlafen und hast ihn aufstehen lassen. Du kannst ihn umgebracht haben. Aber wenn er stirbt, dann wirst du noch froh sein, wenn du die Pest hast. Ich erdroßle dich, Gott helfe mir, mit meinen zwei Händen!«

Mrs. Spong fuhr zitternd zurück. »O mein Gott, Mam, ich war gerade nur eine Minute eingeschlummert. Das schwöre ich! Um Himmels willen, Mam, rühren Sie mich nicht an!«

Ambers geballte Fäuste sanken herunter, und sie wendete sich angewidert ab. »Sie taugen zu gar nichts. Morgen werde ich eine andere Pflegerin verlangen.«

»Das können Sie nicht, Mam. Sie können eine Pflegerin nicht fortschicken. Der Beamte hat mich hergeschickt und hat gesagt, ich müsse bleiben, bis Sie alle tot wären.«

Amber blies in tiefster Erschöpfung die Luft aus und strich sich das Haar aus dem Gesicht. »Schön. Gehen Sie jetzt schlafen. Ich werde wachen. Dort ist ein Bett.« Sie wies nach dem Kinderzimmer.

Die übrigen Stunden dieser langen Nacht blieb sie bei ihm. Er war jetzt ruhiger als vorher, und sie wollte ihn nicht stören, indem sie ihm Essen brachte, aber sie kochte sich selbst schwarzen Kaffee, um sich wach zu halten, und hin und wieder nahm sie auch einen Schluck Kirschbranntwein, aber sie war so müde, daß ihr davon schwindlig wurde, und sie wagte nicht, viel davon zu trinken. Im Nebenzimmer lag Mrs. Spong, räusperte sich und spuckte, hin und wieder ratterte ein später Wagen vorüber, die Pferdehufe klapperten rhythmisch auf dem Pflaster. Der Wächter stapfte müde auf und ab. Irgendwo schrie eine Katze in nächtlichem Liebesrausch, die Sterbeglocke tönte dreimal, und der Nachtwächter ging vorüber und sang:

»Hört ihr Leut' und laßt euch sagen, die Glock' hat eins geschlagen.
Bewahrt das Feuer und das Licht, damit kein Unglück nicht geschieht!«

Fünfunddreißigstes Kapitel

Endlich kam der Morgen, und die Sonne stieg heiß und hell am wolkenlosen Himmel auf. Amber sah hinaus und sehnte sich verzweifelt nach Nebel. Der fröhliche, leuchtende Sonnenschein schien all die Kranken und Sterbenden grausam zu verhöhnen, die in Tausenden von Zimmern in der ganzen Stadt lagen.

Das verärgerte, verhärmte Aussehen, das sie auf Bruces Gesicht seit dem ersten Morgen auf der Werft bemerkt hatte, war jetzt gleichgültiger Apathie gewichen. Es schien ihm nichts von dem bewußt zu sein, was ihn umgab oder was er tat. Wenn sie ein Glas Wasser an seinen Mund hielt, schluckte er wider Willen, aber seine Augen starrten stumpf und blicklos. Seine Ruhe ermutigte sie, und sie war gern bereit zu glauben, daß es ihm besser gehe.

Sie zog dasselbe Kleid an, das sie gestern getragen hatte, und begann, den angehäuften Schmutz der Nacht wegzuräumen. Ihre Bewegungen waren langsam, denn ihre Muskeln schmerzten und waren schwer, und die Ränder ihrer Augen brannten. Um sechs Uhr rüttelte sie Mrs. Spong rauh an der Schulter, um sie zu wecken. Die alte Frau schmatzte laut und sah mit einem Auge zu Amber auf. »Was jetzt, Mam? Was ist geschehen?«

»Aufstehen! Es ist Morgen. Entweder Sie helfen mir, oder ich sperre das Essen in den Schrank, und Sie können hungern.«

Mrs. Spong sah sie mit verletzten Gefühlen an. »Mein Gott, Mam, woher hätte ich wissen sollen, daß schon Morgen ist?«

Als sie jetzt aus dem Schlafzimmer in die Küche gehen wollte, hielt Amber sie auf. »Kommen Sie her! Was meinen Sie? Er ist jetzt ruhiger – sieht er besser aus?«

Mrs. Spong trat näher, aber sie schüttelte den Kopf. »Er sieht schlecht aus, Mam. So wie ihn habe ich welche gesehen, die waren eine halbe Stunde später schon tot.«

»Oh, verdammt! Sie glauben, daß jeder sterben muß. Aber er nicht, hören Sie? Hinaus! Gehen Sie!«

Mrs. Spong gehorchte. »Mein Gott, Mam – Sie haben mich eben gefragt, und ich habe geantwortet.«

Eine Stunde nachdem sie das Schlafzimmer aufgeräumt und ihm den Rest der Suppe gegeben hatte, sagte Amber zu Mrs. Spong, sie wolle jetzt in die Metzgerei gehen, ein Stück Rindfleisch holen, und würde vielleicht zwanzig Minuten fortbleiben. Keine Viertelstunde weit in der Nähe von Lincoln's Inn Fields, gab es eine. Sie schloß ihr Kleid, so hoch es ging, und legte einen Schal um den Ausschnitt. Es war zu heiß, um einen Mantel zu tragen, aber sie nahm eine schwarzseidene Kapuze und band sie um das Kinn.

»Der Wächter wird Sie nicht hinauslassen, Mam«, prophezeite Mrs. Spong.

»Ich denke doch. Das können Sie mir überlassen. Und hören Sie jetzt, was ich Ihnen sage: Wachen Sie über seine Lordschaft, und wachen Sie gut, denn wenn ich zurückkomme und finde, daß er irgendwie durch Ihre Schuld Schaden genommen oder auch nur die Decken weggeschoben hat – glauben Sie mir, ich schlitze Ihnen dann die Nase auf!« Ihre braunen Augen glänzten, und die Lippen preßten sich an die Zähne. Mrs. Spong ächzte vor Furcht.

»Mein Gott, Mam, Sie können sich auf mich verlassen! Ich will aufpassen wie eine Hexe.«

Amber ging durch die Küche über die Hinterstiege hinaus und in den engen Durchlaß hinter dem Haus. Sie war noch keine zwanzig Meter weit, als sie hinter sich schreien hörte und als sie sich umwandte, sah sie, wie der Wächter auf sie zulief.

»Entwischen? He?« Das schien ihm Spaß zu machen. »Oder Sie haben vielleicht nicht gewußt, daß das Haus gesperrt ist.«

»Ich weiß, daß es gesperrt ist, und ich will nicht entwischen. Ich muß etwas zum Essen kaufen. Lassen Sie mich hinaus, wenn ich Ihnen einen Schilling gebe?«

»Einen Schilling? Glauben Sie, daß ich mich bestechen lasse?« Er senkte die Stimme. »Für drei Schilling soll's hingehen.«

Amber nahm die Münzen aus ihrem Muff und warf sie ihm zu – er wagte sich keinen Schritt näher und behielt die Pfeife im Mund, denn das galt als ein Abwehrmittel gegen die Pest. Rasch ging sie die Gasse hinunter und bog in die Hauptstraße ein. Heute schienen noch weniger Leute auf der Straße zu sein als gestern, und wer da war, trödelte nicht lange und blieb nicht mit Bekannten stehen, um zu schwatzen, sondern hastete weiter, Pomanderkugeln vor der Nase. Eine Kutsche, gefolgt von einem ganzen Zug hochbeladener Wagen, rollte vorüber, und zahlreiche Köpfe wandten sich wehmütig um, denn nur die Reichen konnten es sich leisten wegzufahren, die andern mußten bleiben, ihr Glück versuchen und ihre Hoffnung auf Amulette und Heilpflanzen setzen. Und viele Häuser, an denen sie vorbeikamen, waren gesperrt.

Im Metzgerladen kaufte sie ein schönes Stück Rindfleisch, nahm das Fleisch von dem Haken, mit dem er es ihr reichte, und warf das Geld in ein Gefäß mit Essig. Das Fleisch tat sie in ein Tuch gewickelt in ihren Einkaufskorb, und unterwegs kaufte sie noch einige Pfund Kerzen, drei Flaschen Branntwein und ein wenig Kaffee. Kaffee war so teuer, daß er nicht auf der Straße angeboten wurde, und da Amber ihn nicht häufig trank, hoffte sie, daß er ihr helfen würde, den Tag durchzuhalten.

Bruce war unverändert, und obgleich Mrs. Spong beteuerte, sie habe ihn nicht aus den Augen gelassen, hatte Amber doch den starken Verdacht, daß sie, zumindest im Schlafzimmer, nach Geld oder Schmuck herumgeschnüffelt hatte. Doch alles war hinter einer Tapete so gut versteckt, daß weder Mrs. Spong noch sonst wer ohne langes Suchen etwas finden konnte.

Mrs. Spong wollte ihr in die Küche folgen, um zu sehen, was Amber eingekauft hatte, aber sie mußte bei Bruce bleiben. Amber sperrte den Branntwein in den Schrank, doch erst nachdem sie einen guten Schluck genommen hatte. Dann band sie ihr Haar hoch, schlug die Ärmel zurück und ging an die Arbeit. In einen großen, geschwärzten Kessel mit heißem Wasser kam das Fleisch, in Würfel geschnitten, dazu ein wenig von dem Speck, den sie tags zuvor gekauft hatte. Mit einem schweren Hackmesser zerschlug sie die Knochen und tat sie samt dem Mark hinein, ferner auch die Gemüse – einen Kohl, in vier Teile geschnitten, Lauch, Karotten, Erbsen und eine Handvoll Kräuter, dazu Steinsalz und Pfefferkörner.

Die Suppe mußte mehrere Stunden sieden, bis sie eingekocht und dicklich war, und unterdessen bereitete sie einen Trank aus Wein, Gewürzen, Zucker und Eiern für ihn. Sie zermahlte jede Eierschale, denn ein alter Bauernaberglaube wollte wissen, daß sonst eine Hexe den Namen der Köchin daraufschrieb. Sie hatte schon ohnehin Sorgen genug und brauchte keine neuen herbeizurufen.

Als sie ihm die Suppe eingab, stellte sie fest, daß der Belag auf seiner Zunge sich zu schälen begann, rote Flecken hinterließ und daß seine

Zähne sich tief in den Belag eingedrückt hatten. Sein Puls war beschleunigt, der Atem ging schneller, und manchmal hustete er leicht. Er lag in tiefer Betäubung, schlief nicht, sondern war völlig bewußtlos, und sie konnte ihn überhaupt nicht mehr wachrütteln. Selbst wenn sie die Beule berührte, die jetzt eine weiche, teigige Masse war, zeigte er keine Reaktion. Sie hatte sogar den Eindruck, daß ein Mensch, der so schwer krank war, nicht lange zu leben hatte.

Aber daran zu denken weigerte sie sich. Sie war tatsächlich so müde, daß es ihr fast unmöglich war, überhaupt einen Gedanken zu fassen.

Sie kehrte in die Küche zurück und arbeitete weiter. Dann fegte sie die andern Zimmer, staubte die Möbel ab, weichte die Tücher in heißem Seifenwasser mit Essig ein, holte frisches Wasser herauf und sank endlich, als sie fühlte, daß sie sich nicht mehr regen konnte, auf das Rollbett. Ihre Lider waren rauh und schienen die Augäpfel zu kratzen, und um ihre Augen hatten sich trübe Ringe gebildet.

Sie hatte sich ungefähr um Mittag niedergelegt, und obgleich die Vorhänge zugezogen waren, brannte die Sonne heiß ins Zimmer. Mehrere Stunden später erwachte sie, durchnäßt, mit schweren Kopfschmerzen und dem Gefühl, als sei das ganze Haus ins Schwanken geraten. Es war Mrs. Spong, die sie bei der Schulter rüttelte.

»Stehen Sie auf, Mam! Der Doktor klopft an der Haustür!«

»Um Himmels willen«, brummte Amber, »können Sie denn gar nichts tun, ohne daß man es Ihnen sagt? Lassen Sie ihn herein!«

Mrs. Spong war gekränkt. »Sie haben mir doch befohlen, Seine Lordschaft nicht zu verlassen -- was immer auch geschehen würde.«

Amber stand müde auf. Es war ihr zumute, als hätte man sie vergiftet, sie hatte einen schlechten Geschmack im Mund, und Tage schienen vergangen zu sein, seit sie sich niedergelegt hatte. Aber es war erst fünf Uhr, und wenn das Zimmer auch dunkler war, so hielt das Feuer es ebenso heiß wie vorher. Sie zog die Vorhänge zurück und beugte sich über Bruce, aber er sah unverändert aus – weder besser noch schlechter.

Dr. Barton trat ein, er schien selbst müde und krank zu sein, und abermals betrachtete er Bruce nur aus einiger Entfernung. Amber war es verzweifelt bewußt, daß er so viele kranke und sterbende Menschen gesehen hatte, daß er einen vom andern kaum noch zu unterscheiden vermochte.

»Was meinen Sie?« fragte sie ihn. »Wird er es überleben?« Aber in ihren eigenen Zügen war weder Hoffnung noch Erwartung.

»Vielleicht; aber, offen gestanden, ich bezweifle es. Ist die Beule geplatzt?«

»Nein. Sie ist jetzt weich, aber im Innern fühlt sie sich hart an. Er merkt nicht einmal, wenn ich sie berühre. Können wir denn gar nichts tun? Es muß doch irgendein Mittel geben, um ihn zu retten.«

»In Gott vertrauen, Madame. Mehr können wir nicht tun. Wenn die Beule aufbricht, dann reinigen Sie sie, aber achten Sie darauf, daß Sie sich nicht mit Blut oder Eiter beschmutzen. Ich komme morgen wieder, und wenn die Beule noch nicht aufgebrochen ist, dann muß ich sie aufschneiden. Das ist alles, was ich Ihnen sagen kann. Guten Tag, Madame.«

Er verbeugte sich leicht und wandte sich zum Gehen, aber Amber ließ ihn nicht locker. »Könnte ich nicht auf irgendeine Art eine andere Pflegerin bekommen?« fragte sie drängend. »Dieses alte Weib ist völlig unbrauchbar. Sie tut nichts, als von meinen Vorräten essen und trinken. Ich könnte mir ebensogut allein helfen.«

»Es tut mir leid, Madame, aber der Beamte im Kirchspiel hat viel zu viel zu tun, um sich mit jedem einzelnen Fall zu beschäftigen. Die Pflegerinnen taugen alle nichts, und die meisten sind alt – wenn sie irgendeine andere Arbeit finden könnten, würden sie ja keine Pestkranken pflegen. Das Kirchspiel schickt sie als Pflegerinnen aus, damit sie nicht der Fürsorge zur Last fallen. Und schließlich, Madame, Sie müssen wissen, daß Sie auch selbst krank werden können, und dann ist es besser, nicht ganz allein zu sein.«

Er ging, und Amber zuckte die Achseln. Da sie Mrs. Spong nicht loswerden konnte, beschloß sie, sie irgendwie zu beschäftigen. Die Suppe war jetzt fertig, eine üppige, schwere Suppe, auf der das Fett in heißen öligen Kreisen schwamm. Sie nahm eine Schale und fühlte sich nachher besser. Ihre Kopfschmerzen verschwanden, und sie sah die Lage fast wieder optimistisch. Abermals hatte sie die Überzeugung, daß sie ihn durch ihre Willenskraft allein am Leben erhalten könne.

Ich liebe ihn so sehr, dachte sie, er kann nicht sterben. Gott wird ihn nicht sterben lassen.

Als sie zu Bett gehen wollte, versuchte sie, Mrs. Spong zu bestechen. »Wenn Sie bis drei Uhr wachen und mich dann rufen, gebe ich Ihnen eine Flasche Branntwein.« Mochte die alte Frau einen ganzen Tag lang betrunken sein, wenn sie nur wachte und Amber einen Teil der Nacht schlafen ließ.

Dieser Vorschlag befriedigte Mrs. Spong, die schwur, sie würde kein Auge schließen. Einmal erwachte Amber mit einem Ruck, setzte sich auf und starrte Mrs. Spong anklagend an – es war hell im Zimmer, denn das Feuer mußte die ganze Nacht brennen. Aber die Pflegerin saß, die Arme über dem Bauch gefaltet, neben ihm und grinste Amber an.

»Hab' ich Sie gefoppt, Mam?«

Amber fiel zurück und war im Nu wieder eingeschlafen. Sie wurde durch einen gurgelnden Schrei geweckt, sprang auf, und ihr Herz pochte heftig. Bruce kniete am Bettrand, hatte Mrs. Spong beim Hals gepackt, und sie wand sich hin und her, hilflos wie eine Flunder. Mit verzerrtem Gesicht, wild gebleckten Zähnen, drängte er die ganze Kraft der Arme in seine Finger, und sie preßten das Leben aus der alten Frau.

Rasch warf Amber sich hinter ihn auf das Bett, griff nach seinen Armen und versuchte, ihn zurückzuziehen. Fluchend ließ er die Pflegerin los und wandte sich zu Amber. Seine Finger umschlossen ihren Hals, das Blut strömte in Gesicht und Schläfen, bis ihr Kopf zerspringen wollte.

Ihre Ohren dröhnten, und sie sah nichts mehr. Verzweifelt hob sie die Hände und preßte die Daumen in seine Augen. Sein Griff ließ langsam nach, und dann brach er plötzlich auf dem Bett zusammen.

Amber sank auf den Boden, hilflos und betäubt. Sekunden vergingen, bevor sie begriff, was Mrs. Spong ihr beizubringen versuchte.

»Es ist aufgebrochen, Mam, es ist aufgebrochen – das hat ihn so toll gemacht.«

Sie richtete sich mühsam auf und sah, daß die große, geschwollene Masse der Beule aufgebrochen war, als wäre die Decke von einem Krater gerissen worden. Das Loch war tief und breit genug, um einen Finger hineinzustecken, und das Blut strömte dunkelrot heraus, bildete eine Lache auf dem Fußboden und gerann. Ein gelblicher Eiter begann aus der Wunde auszufließen.

Amber schickte Mrs. Spong in die Küche, warmes Wasser holen, und begann sogleich das Blut aufzuwaschen und es wegzuwischen, sobald es austrat. Die blutigen Fetzen häuften sich, und die Pflegerin mußte dauernd saubere Leintücher zu Verbandzeug zerreißen. Aber es wäre unnütz gewesen, die Wunde zu verbinden, die Tücher wären in weniger als einer Minute wieder durchblutet gewesen. Amber hatte niemals einen Menschen so viel Blut verlieren sehen, und es machte ihr Angst.

»Er wird verbluten«, sagte sie verzweifelt und warf abermals einen durchnäßten Lappen auf den Haufen neben sich. Sein Gesicht war jetzt nicht mehr rot, sondern war unter den kurzen schwarzen Stoppeln ganz weiß geworden und fühlte sich kalt und feucht an.

»Er ist ein kräftiger Mann, Mam – er verträgt schon einen tüchtigen Blutverlust. Aber Sie können Gott danken, daß es aufgebrochen ist. Jetzt haben Sie eine Hoffnung, daß er am Leben bleibt.«

Endlich sickerte das Blut nur noch, sie verband die Wunde und wusch ihre Hände in sauberem, warmem Wasser. Mrs. Spong näherte sich ihr schmeichelnd.

»Es ist jetzt halb vier, Mam. Kann ich schlafen gehen?«

»Ja, gehen Sie nur. Und vielen Dank!«

»Es ist beinahe Morgen, Mam. Könnte ich den Branntwein schon jetzt bekommen?«

Amber ging in die Küche und gab ihr die Flasche; sie hörte die Pflegerin durch die geschlossene Türe vor sich hin summen, aber schließlich wurde es ruhig, und dann gab es ein dröhnendes Schnarchen, das Stunde um Stunde andauerte. Amber war unablässig damit beschäftigt, den Verband zu wechseln und die Flaschen immer wieder mit heißem Wasser zu füllen. Gegen Morgen begann zu ihrer größten Erleichterung die Farbe wiederzukehren, sein Atem wurde regelmäßig, und seine Haut war wieder trocken.

*

Am achten Tag war sie überzeugt, daß er davonkommen werde, und Mrs. Spong vertrat dieselbe Ansicht, obgleich sie offen zugab, daß sie es nicht erwartet habe. Doch – wenn überhaupt – raffte die Pest die Menschen schnell fort. Wer bis zum dritten Tag am Leben war, durfte hoffen, und wer eine Woche überlebte, konnte der Heilung gewiß sein. Aber die Zeit der Genesung war lang und mühsam und durch eine tiefe physische und geistige Ermattung gekennzeichnet, eine fast völlige Abgeschlagenheit, bei der jede plötzliche, ungewohnte Anstrengung rasch verhängnisvoll werden konnte.

Seit jener Nacht, da die Beule aufgebrochen war, lag Bruce wie tot da und machte keine freiwillige Bewegung. Die Ruhelosigkeit, das Delirium, die Anfälle waren vorüber, und seine Kraft hatte sich dermaßen verschwendet, daß er sich jetzt nicht mehr rühren konnte. Er schluckte gehorsam, was sie ihm zu essen und zu trinken brachte, aber die Anstrengung schien ihn zu erschöpfen. Er schlief sehr viel, das wußte sie, obgleich seine Augen jederzeit geschlossen blieben, und sie konnte niemals mit Gewißheit sagen, ob er wach war und das Bewußtsein hatte, wach zu sein.

Amber arbeitete andauernd, obgleich sie nach dem Aufbrechen der Beule auch reichlich Zeit zum Schlafen fand, und sie erledigte ihre Arbeit mit Begeisterung, vielleicht sogar mit Freude und ganz gewiß mit tiefer Befriedigung. Alles, was Sarah sie je an Hausarbeiten, Kochen und Pflegen gelehrt hatte, kam ihr wieder zum Bewußtsein, und sie war stolz darauf, daß sie das alles besser verstand, als ihre Dienstmädchen es je verstanden hatten.

Sie wagte nicht, Bruce zu baden, aber sie hielt ihn so rein wie nur möglich, und mit Mrs. Spongs Hilfe wechselte sie auch seine Bettwäsche. Im übrigen wurde die Wohnung so tadellos und sauber gehalten, als wäre der Besuch einer alten Tante zu erwarten. Sie fegte den Küchenboden, wusch Handtücher und Tischtücher und Servietten und ihre eigene Wäsche und bügelte alles. Täglich reinigte sie das Zinngeschirr mit Kleie und Seife und ließ es vor einem heißen Feuer trocknen, denn Sarah hatte sie gelehrt, daß es auf diese Art fleckenlos und schimmernd blieb. Ihre Hände wurden rauh und hatten Blasen, aber das bekümmerte sie ebensowenig wie der Umstand, daß ihr Haar ölig war und daß sie seit anderthalb Wochen keinen Puder mehr benützt hatte. Wenn er wieder anfängt mich zu sehen, sagte sie zu sich, dann werde ich Zeit für diese Dinge finden. Unterdessen war ihr einziges Publikum Mrs. Spong und die Kaufleute, bei denen sie einkaufte, und auf sie kam es ihr nicht an.

Von Nan hörte sie gar nichts, und obgleich sie sich Sorgen um das Kind machte, versuchte sie doch, sich selbst einzureden, das Kind und Nan seien bestimmt gesund. Soviel sie wußte, war die Pest nicht auf das Land hinausgedrungen. Und es war sehr wahrscheinlich, daß der Brief sie nie erreicht hatte. Sie kannte Nan gut genug, um zu wissen, daß sie ihrer Treue und Findigkeit trauen durfte, und heute blieb ihr ohnehin nichts anderes übrig.

Ihre eigene Gesundheit war so gut wie immer; sie schrieb das dem Horn des Einhorns zu, der Goldmünze aus der Zeit der Königin Elisabeth und der Gewohnheit, täglich ein wenig von ihrem eigenen Haar zu nehmen, es ganz klein zu schneiden und in einem Glas Wasser zu trinken. Dieses Mittel stammte von Mrs. Spong, und beide Frauen hielten unerschütterlich daran fest, denn es hatte Mrs. Spong in acht Pesthäusern vor der Seuche bewahrt. Gelegentlich sprach sie für alle Fälle auch ein Gebet.

Dr. Barton war seit seinem zweiten Besuch nicht wiedergekommen, und Amber wie auch Mrs. Spong waren der Ansicht, er sei entweder gestorben oder geflohen, denn seit die Pest bösartiger wurde, flohen die Ärzte in immer steigender Zahl. Doch da Bruces Besserung anhielt, suchte sie keinen andern Arzt mehr.

Jeden Morgen, wenn sie Bruce sein Frühstück gereicht hatte – gewöhnlich eine Schale Warmbier –, wechselte sie den Umschlag der großen Wunde, wusch ihm Gesicht und Hände, putzte seine Zähne, so gut es ging, und dann setzte sie sich neben ihn und kämmte sein Haar. Das war die schönste Stunde des Tages, denn sonst hatte sie so viel zu tun, daß ihr nicht viel Zeit für ihn übrig blieb. Manchmal blickte er zu ihr auf, aber seine Augen waren stumpf und ausdruckslos; sie hätte nicht einmal sagen können, ob er auch nur wußte, wer sich über ihn beugte. Doch jedesmal wenn er zu ihr aufsah, lächelte sie und hoffte darauf, daß sein Lächeln ihr antworten werde.

Und schließlich kam auch dieses antwortende Lächeln.

Es war der zehnte Tag seiner Krankheit, sie saß auf seinem Bett und kämmte sein Haar, das so dicht und gesund war wie immer. Sie legte die Hand sanft in eine der Wellen seines Haares und lächelte tief beglückt. Und da bemerkte sie, daß er sie anschaute, daß er sie sah, daß er wußte, wer sie war und was sie tat. Ein Schauer überlief sie, und als sein Mund jetzt ein Lächeln versuchte, streichelte sie seine Wange mit ihren Finger.

»Gott segne dich, Liebling«, seine Stimme war leise und heiser, kaum mehr als ein Flüstern, und er wandte den Kopf, um ihre Finger zu küssen.

»Oh Bruce . . .«

Sie konnte eben nur seinen Namen stammeln, denn ihre Kehle war schmerzhaft angeschwollen, und eine Träne rollte ihm über die Wange. Die nächste wischte sie ab, bevor sie fallen konnte, und dann hatte er die Augen wieder geschlossen, sein Kopf wandte sich müde ab, und er seufzte.

Doch von nun an wußte sie immer, wenn er bei Besinnung war, und nach und nach fing er an, zu ihr zu sprechen, obgleich viele Tage vergingen, bevor er mehr als einige Worte hervorbringen konnte. Und sie drängte ihn auch nicht zu sprechen, denn sie merkte, wie groß die Anstrengung war und wie sehr es ihn erschöpfte. Seine Augen folgten ihr oft, wenn sie im Zimmer war, und sie sah darin einen dankbaren Blick, der ihr das Herz zerriß. Sie wollte ihm sagen, daß sie gar nichts Besonderes getan habe und daß sie niemals glücklicher gewesen sei als in diesen letzten Tagen, da sie ihre ganze Energie, all ihre Kraft, jeden Gedanken, jede wache Minute an ihn gewendet hatte. Was auch in der Vergangenheit zwischen ihnen gewesen sein mochte, was auch in Zukunft kommen sollte – sie hatte diese wenigen Wochen gehabt, da er ihr ganz gehört hatte.

*

London veränderte sich von Tag zu Tag.

Nach und nach verschwanden die Straßenhändler und mit ihnen die alten Rufe, die seit Jahrhunderten in den Straßen erschollen waren. Viele Läden hatten geschlossen, und die Lehrlinge lungerten nicht länger vor ihren Ständen, um den Vorübergehenden ihre Waren anzupreisen – die Kaufleute hatten Angst vor den Kunden, und die Kunden hatten Angst vor den Kaufleuten. Freunde blickten zur Seite, wenn sie aneinander vorbeigingen, oder überquerten die Straße, um nicht sprechen zu müssen. Manche fürchteten sich, Essen zu kaufen, aus Angst, sie könnten sich anstecken, und starben vor Entbehrung.

Die Theater hatten im Mai geschlossen, und jetzt schlossen auch zahlreiche Gasthäuser und Herbergen und Garküchen. Jene, die geöffnet blieben, hatten Befehl, um neun Uhr zu schließen und alle Gäste hinauszusetzen. Es gab keine Bärenhatzen mehr, keine Hahnenkämpfe, keine Gauklervorstellungen oder Hanswursttheater; selbst Hinrichtungen wurden nicht veranstaltet, denn sie lockten unweigerlich große Volksmengen an. Begräbnisse waren verboten, aber man sah trotzdem lange Trauerzüge, die sich fast zu jeder Stunde bei Tag und bei Nacht durch die Straßen wanden.

Und trotz der großen Angst vor der Seuche waren die Kirchen überfüllt. Viele der orthodoxen Priester waren geflohen, aber die Nonkonformisten blieben und hielten der verwirrten, unglücklichen Menge ihre Sünden vor. Niemals hatten die Prostituierten bessere Geschäfte gemacht, denn es ging das Gerücht, eine venerische Krankheit sei das sicherste Schutzmittel gegen die Pest, und die Freudenhäuser in Vinegar Yard, Saffron Hill und Nightingale Lane waren Tag und Nacht geöffnet. Dirnen und ihre Kunden starben oft miteinander, und ihre Leichen wurden durch eine Hintertür fortgeschafft, um den Wartenden im Empfangszimmer die Laune nicht zu verderben. Der Fatalismus wuchs, und viele meinten, sie wollten eben noch genießen, was ihnen vom Leben blieb, und sterben, wenn die Reihe an sie kam. Andere drängten sich zu Astrologen und Wahrsagern, und jeder konnte sich mit den besten Erfolgsaussichten als Zukunftsdeuter etablieren.

Totenbeschauer gingen durch alle Straßen. Ihre Pflicht war es, die Toten zu untersuchen und dem Kirchspielbeamten die Todesursache zu melden. Das waren alte Weiber, ebenso unwissend und unanständig wie die Pflegerinnen; sie mußten in Seuchenzeiten von den andern Menschen abgesondert leben und, wo sie auch erschienen, einen weißen Stock tragen, damit man sie erkennen und sich den Mund zuhalten konnte, wenn sie vorübergingen.

Die Stadt wurde stiller. Das geschäftige Treiben auf der Themse hatte aufgehört – kein Schiff durfte auf dem Fluß einfahren oder die Stadt verlassen –, und die lärmenden,fluchenden, unverschämten Matrosen waren sämtlich verschwunden. Vierzigtausend Hunde und zweihunderttausend Katzen wurden geschlachtet, denn man hielt sie für Seuchenträger. Weit im Innern der Stadt konnte man das Wasser an den Wellenbrechern der London Bridge rauschen hören, was sonst im Lärm der Stadt unbemerkt blieb. Nur die Glocken schlugen weiter – schlugen, schlugen, schlugen für die Toten.

Bald wurde es unmöglich, die Toten in getrennten Gräbern zu begraben, und am Stadtrand wurden mächtige Gruben – vierzig Fuß lang und zwanzig Fuß tief – ausgehoben. Nacht für Nacht wurden die Leichen dorthin gebracht, die einen in Särgen, aber immer häufiger nur in ein Laken gehüllt oder nackt, wie sie gestorben waren. Im Grab fanden sie eine gemeinsame Namenlosigkeit. Tagsüber lauerten hier Krähen und Raben, doch wenn ein Mensch sich näherte, flogen sie hoch auf und kreisten und schwärmten, bis er fort war, und dann ließen sie sich wieder auf die Erde nieder. Wenn die Leichen zu verwesen begannen, kroch ein Fäulnisgeruch in die Stadt, den keine frische Brise verjagte.

Niemals hatte es einen heißeren Sommer gegeben. Der Himmel schimmerte wie Kupfer, war blau und wolkenlos; man erinnerte sich an den kühlen, sänftigenden Nebel wie an einen Segen. Große Vögel flogen schwer und langsam über die Stadt. Die Wetterfahnen auf den Kirchtürmen rührten sich kaum. Auf den Wiesen rund um London lag das Gras verbrannt, die Erde war hart wie Ziegelstein, die Blumen welkten und starben. Amber verpflanzte einige Blumen, weiße und rote und solche, die einen würzigen Duft verbreiteten, in Töpfe und hielt sie auf dem Balkon im Schatten, aber sie wollten nicht gedeihen.

Sie schützte sich gegen die Pest, indem sie sich weigerte, daran zu denken. Das war alles, was die Menschen tun konnten, die in der Stadt bleiben mußten.

Oft, wenn sie Besorgungen machte – sie mußte jetzt fast alles in den Läden kaufen, da die Straßenhändler verschwunden waren –, hörte sie aus den geschlossenen Häusern Schreie und schreckliches Stöhnen. Jammervolle Gesichter erschienen an den Fenstern, und Hände streckten sich flehend aus: »Bittet für uns!«

Immer häufiger sah man Tote und Sterbende auf der Straße, denn die Seuche traf plötzlich. Einmal sah sie einen Mann, der seinen blutigen Kopf gegen eine Mauer schlug und im Delirium aufheulte. Entsetzt weiteten sich ihre Augen, und dann hastete sie vorwärts, hielt die Nase zu und machte einen großen Bogen um ihn. Ein andermal sah sie eine tote Frau auf einer Schwelle, das noch lebende Kind an der Brust, und auf dem weißen Fleisch waren die kleinen blauen Pestflecken deutlich sichtbar. Sie sah eine andere Frau, einen kleinen Sarg auf den Armen, sich jammernd durch die Straße schleppen.

Einmal, als sie im Schlafzimmer zu tun hatte, hörte sie von draußen eine Männerstimme, die etwas Unverständliches schrie. Doch der Mann kam offenbar über die St. Martin's Lane näher, und seine Worte wurden deutlicher. »Auf!« gröhlte er. »Erwacht, ihr Sünder! Die Pest ist vor euren Türen. Das Grab gähnt euch entgegen. Erwacht und bereut!« Sie zog die Vorhänge zurück und sah hinaus. Er ging schnell unter ihrem Fenster vorüber, ein halbnackter Mann mit wirrem Haar und langem, dunklem Bart, und schwang die geballten Fäuste gegen die stillen Häuser.

Amber sah ihm angewidert nach. »Der Teufel soll ihn holen!« murrte sie. »Der verfluchte alte Narr! Haben wir nicht schon ohne dieses Katzengeschrei Sorgen genug?«

Und dann hörte sie ein andermal, Ende Juli, einen andern weit schrecklicheren Schrei. Karrenräder rasselten über das Pflaster, eine Handglocke läutete, und eine tiefe Männerstimme rief: »Bringt eure Toten heraus!«

Sie sah zu Mrs. Spong hinüber, denn Bruce schlief, und dann eilte sie ans Fenster. Mrs. Spong watschelte hinter ihr her. Unten erblickten sie einen Karren, der langsam vorüberfuhr, ein Mann saß auf dem Bock, ein anderer ging mit seiner Handglocke daneben her. Beim Licht der Fakkel, die ein dritter trug, konnten sie sehen, daß der Karren halbvoll mit Leibern war, die achtlos übereinander geworfen waren. Arme und Beine standen unheimlich ab, eine Leiche hing aus dem Wagen heraus, und ihr langes Haar schleifte fast am Boden.

»Heilige Jungfrau Maria!« keuchte Amber, und dann wandte sie sich schaudernd ab.

Mrs. Spongs Zähne klapperten. »So übereinandergeworfen zu werden mit jedem beliebigen Jack Noakes und Tom Styles! O Gott! Das ist mehr, als ein Menschenkind aushalten kann.«

»Schwatzen Sie nicht!« brummte Amber ungeduldig. »Sie geht es ja nichts an!«

»Ja, ja, Mam«, räumte Mrs. Spong düster ein. »Heute geht es uns beide nichts an. Aber wer weiß? Morgen können Sie und ich schon . . .«

»Halten Sie den Mund, ja!« schrie Amber plötzlich, aber als sie sah, wie die alte Frau erschrocken auffuhr, schämte sie sich einigermaßen ihrer Nervosität und fügte hinzu: »Sie sind schwermütig wie eine Kupplerin in Bridewell. Warum gehen Sie nicht lieber in die Küche und nehmen eine Flasche Branntwein?«

Mrs. Spong verschwand dankbar, aber Amber konnte das Bild des Leichenkarrens nicht aus ihren Gedanken verdrängen. Die kranken Männer und Frauen, die sie gesehen hatte, die toten Leiber auf der Straße, das ständige Geläute der Glocken, der Geruch von den Gräbern her, die unnatürliche Stille in der Stadt, die zweitausend Todesfälle der letzten Woche, von denen der Wächter ihr berichtet hatte – das alles wirkte zusammen und begann sie zu überwältigen. Als es Bruce am schlechtesten ging, hatte sie sich vor Furcht und Verzweiflung verschließen können, weil sie gar keine Zeit zum Nachdenken hatte. Aber jetzt fing eine Art abergläubischer Angst in ihrer Seele zu nagen an.

Warum soll gerade ich gesund sein und überleben, wenn alle andern sterben? Was habe ich denn getan, daß ich verdienen sollte zu leben, wenn die andern sterben müssen? Und sie wußte, daß sie um nichts mehr zu leben verdiente als irgendein anderer.

Die Furcht war ebenso ansteckend wie die Pest, und sie verbreitete sich auch wie die Pest. Der Gesunde erwartete, krank zu werden: die Hoffnung zu entrinnen war gering. Überall war jetzt der Tod. Mit deinem Atem konntest du ihn einziehen, mit dem Essen konntest du ihn kaufen, du konntest auf der Straße gehen, und er ging neben dir in dein Haus. Der Tod war demokratisch. Er kannte keinen Unterschied zwischen dem Reichen und dem Armen, dem Schönen und dem Häßlichen, dem Jungen und dem Alten.

*

Eines Morgens, Mitte August, sagte Bruce, er meine, daß sie in vierzehn Tagen London verlassen könnten. Sie aß auf seinem Bett; diese Frage machte ihr schon seit einiger Zeit Sorge, aber sie antwortete ihm doch so unbefangen, wie sie nur konnte.

»Niemand darf derzeit die Stadt verlassen, ob er ein Gesundheitszertifikat hat oder nicht.«

»Wir gehen trotzdem. Ich habe darüber nachgedacht, und ich glaube, daß ich einen Weg weiß.«

»Nichts wäre mir lieber. Diese Stadt – Gott, sie ist ein Alptraum!« Sie ging rasch auf ein anderes Thema über und lächelte: »Hättest du Lust, dich rasieren zu lassen? Ich bin ein großartiger Barbier.«

Bruce fuhr mit der Hand über den Fünfwochenbart an seinem Kinn. »Das wäre mir recht. Ich fühle mich wie ein Fischhändler.«

Sie ging in die Küche, um warmes Wasser zu holen, und sah Mrs. Spong verdrossen dasitzen, eine halbleere Schale mit Suppe auf dem Schoß. »Nun«, sagte Amber lustig, »sagen Sie mir nicht, daß Sie endlich doch genug zu essen bekommen haben!« Sie goß heißes Wasser in die Zinnschale und probierte es mit dem Finger.

Mrs. Spong seufzte schwer und mutlos. »Mein Gott, Mam. Scheint fast, daß ich heute nicht ganz auf dem Damm bin. Ich fühle mich nicht besonders.«

Amber fuhr auf und sah sie scharf an. Wenn diese Alte jetzt krank wird, dann schmeiß ich sie sofort hinaus, und den Beamten vom Kirchspiel soll der Teufel holen!

Aber sie wollte rasch wieder bei Bruce sein. Sie legte alle Geräte auf einen Tisch, band ihm ein großes weißes Leinentuch um die Brust und setzte sich neben ihn. Beide amüsierten sich großartig über die Operation. Amber fühlte, wie ein Strom von Glück in ihr aufstieg, und einmal, als sie sich über ihn lehnte, sah sie, wie sein Blick an ihrem Ausschnitt haftete.

»Du mußt dich schon viel besser fühlen«, sagte sie leise.

»Gut genug«, gab er zu, »um zu wünschen, daß ich mich noch viel besser fühlen möchte.«

Als sein Gesicht endlich wieder frisch rasiert und nur der Schnurrbart stehen geblieben war, den er immer getragen hatte, konnte man sehen, wie krank er gewesen und wie krank er auch jetzt noch war. Das glatte Braun seiner Haut war einer fahlen Blässe gewichen, seine Wangen waren mager, und neue Furchen zogen sich um Augen und Mund; sein ganzer Körper war viel magerer als früher. Aber für Amber war Bruce so schön wie immer.

Sie räumte die Rasiergeräte fort, und er schlief sogleich ein, denn er war noch so schwach, daß selbst diese geringe Anstrengung ihn erschöpft hatte. Amber nahm ihre Kapuze, sperrte das Schlafzimmer ab, damit Mrs. Spong nicht hinein konnte, und ging durch die Küche. Die alte Frau wanderte ziellos auf und ab, einen blöde starrenden Blick in den Augen. Sie erinnerte Amber an die langschnauzigen Ratten, die manchmal aus ihren Löchern hervorkamen, verwirrt stehenblieben oder jämmerlich quiekten, wenn sie mit dem Besen hinter ihnen herjagte, kranke Tiere, deren schwarzblaue Pelzröcke kahle Stellen zeigten.

»Fühlen Sie sich schlechter?« Amber band sich die Kapuze um und beobachtete die Pflegerin im Spiegel.

Mrs. Spong antwortete kläglich. »Nicht viel, Mam. Aber finden Sie nicht auch, daß es hier so kalt ist?«

»Nein. Es ist heiß. Aber setzen Sie sich doch ans Feuer!«

Amber war verärgert; wenn Mrs. Spong krank war, dann mußten alle Eßvorräte, die im Hause waren, weggeworfen und die Zimmer ausgeräuchert werden. Und nun fühlte sie auch, was sie bei Bruce nie gefühlt hatte – daß sie selbst gefährdet sein konnte. Wenn ich nach Hause komme und es geht ihr schlechter, dachte sie, dann schicke ich sie fort.

Als sie heimkam, stand Mrs. Spong an der Tür. Sie wischte sich die Hände an ihrem Rock ab, und ihr Ausdruck war verstört und niedergeschlagen. »Ach!« jammerte sie, »mir ist aber miserabel.«

Amber sah sie mit verengten Augen an. Mrs. Spongs Gesicht war rot, ihre Augen blutunterlaufen, und als sie sprach, sah man einen weißen Belag auf der Zunge, deren Ränder und Spitze hellrot waren. Das ist die Pest, dachte Amber, gar kein Zweifel; und sie wandte sich ab aus Furcht, sich durch den Atem der Frau anzustecken. Sie stellte den Korb auf den Tisch, packte die Eßwaren aus, die sie gekauft hatte, und versorgte sie sogleich im Schrank, damit Mrs. Spong sie nicht berühren könnte.

»Wenn Sie fort wollen«, sagte Amber so unbefangen, wie sie nur konnte, »dann gebe ich Ihnen fünf Pfund.«

»Fort, Mam? Wo soll ich hingehen? Ich habe ja keine Bleibe auf der Welt, Mam. Und wie soll ich fort? Ich bin doch die Pflegerin.« Sie lehnte schwer an der Wand. »O mein Gott! So elend habe ich mich noch nie gefühlt!«

Amber drehte sich um. »Natürlich nicht! Und Sie wissen auch, warum – Sie haben die Pest. Es hat gar keinen Sinn, es abzuleugnen. Das macht Sie nicht wieder gesund. Hören Sie, Mrs. Spong, wenn Sie jetzt in ein Pesthaus gehen, dann gebe ich Ihnen zehn Pfund. Dort wird man Sie pflegen. Aber das sage ich Ihnen – wenn Sie hier bleiben, rühre ich keinen Finger, um Ihnen zu helfen. Ich hole das Geld – warten Sie!«

Sie wollte gehen, aber Mrs. Spong hielt sie auf.

»Es hat keinen Zweck, Mam. Ich gehe nicht in ein Pesthaus. Ich habe gar keine Lust zu sterben, wenn ich nicht unbedingt muß. Man kann ebensogut gleich ins Grab gehen wie in ein Pesthaus. Sie sind eine hartherzige Frau, daß Sie eine arme alte Frau hinauswerfen wollen, die Ihnen geholfen hat, Seine Lordschaft gesundzupflegen. Sie sind keine Christin, Mam.« Sie schüttelte müde den Kopf.

Amber sah sie mit einem Blick an, in dem nur Ekel und Haß war. Aber sie hatte schon beschlossen, die alte Frau abends aus dem Haus zu jagen, und wenn es mit dem Messer in der Hand geschehen müßte. Jetzt war es erst zwei Uhr, und sie mußte ein leichtes Essen für Bruce zurechtmachen. Mrs. Spong ging in den Salon zurück, ausnahmsweise hatte sie gar keinen Appetit, und Amber bereitete ein Tablett für Bruce vor.

Als sie es ins Schlafzimmer brachte, kam sie an Mrs. Spong vorbei, die auf einem Diwan vor den Fenstern lag, vor sich hinmurmelte und krampfhaft zitterte. Sie streckte die Hand nach Amber aus. »Mam – ich bin krank – bitte, Mam . . .«

Amber gönnte ihr keinen Blick, preßte die Lippen zusammen, nahm den Schlüssel aus ihrer Schürze und sperrte die Schlafzimmertür auf. Die alte Frau wollte aufstehen; in panischer Furcht riß Amber die Tür auf, stürzte ins Zimmer, schlug die Tür hinter sich zu und versperrte sie schnell. Sie hörte, wie Mrs. Spong auf den Diwan zurückfiel und unverständliche Worte murmelte.

Amber atmete erleichtert auf, war aber immer noch tief verängstigt, denn sie hatte Geschichten von Pestkranken gehört, die durch die Straßen zogen, andere festhielten und küßten. Sie sah Bruce, der sich auf den Ellbogen stützte und sie mit einem seltsamen Ausdruck von Bestürzung und Argwohn beobachtete.

»Was ist denn geschehen?«

»Ach nichts.« Sie lächelte ihm zu und brachte das Tablett ans Bett. Sie wollte ihn nicht wissen lassen, daß Mrs. Spong krank war, denn sie fürchtete, es würde ihn aufregen, und er war noch nicht kräftig genug, um neue Aufregungen zu ertragen. »Die Spong ist wieder einmal betrunken, und ich habe geglaubt, daß sie hier hereinkommen wollte.« Sie stellte die Schüssel ab und lachte nervös. »Hör nur! Sie ist betrunken wie Davids Sau!«

Er sagte wohl nichts, aber er schien doch zu ahnen, daß die alte Frau nicht betrunken war, sondern die Pest hatte. Sie aß mit ihm, doch es wurde nicht viel gesprochen, und die Stimmung war auch nicht sehr heiter. Amber war erleichtert, als er nachher wieder einschlief. Aber sie wagte nicht, das Zimmer zu verlassen, beschäftigte sich mit seinem Verband, räumte auf und horchte ständig nach Geräuschen im Salon. Immer wieder schlich sie an die Tür, um zu lauschen.

Sie konnte hören, wie die alte Frau sich unablässig hin und her wälzte, stöhnte, nach ihr rief, und endlich, spät nachmittags, hörte sie einen dumpfen Fall und wußte, daß sie jetzt zusammengebrochen war. Sie schien wieder aufstehen zu wollen, brachte es aber offenbar nicht fertig. Amber war entmutigt, hatte Angst und sah dauernd zu Bruce hinüber, aber er lag in tiefem Schlaf.

Was kann ich tun? Wie kann ich sie hinausbekommen? dachte sie.

Sie sah in den leuchtenden Sonnenuntergang hinaus, der die Bäume mit roten und orangefarbenen Flecken sprenkelte und drüben auf der Straße eine Scheibe traf, die das Licht blendend widerspiegelte. Dann wurde sie sich eines seltsamen, neuen Geräusches bewußt, horchte neugierig und fragte sich, was das sein und woher es kommen könnte. Endlich erkannte sie, daß es aus dem Nebenzimmer kam. Es war eine Art gurgelndes Röcheln. Es setzte aus, aber als Amber gerade meinte, ihre Einbildungskraft habe ihr einen Streich gespielt, begann es von neuem. Es erfüllte sie mit tiefem Entsetzen, denn es war ein befremdendes, bösartiges Geräusch, und doch fühlte sie sich fast gegen ihren Willen gezwungen, das Zimmer zu durchqueren, ganz sachte den Schlüssel umzudrehen und die Türe spaltbreit zu öffnen.

Mrs. Spong lag auf dem Rücken, Arme und Beine weit von sich gestreckt. Ihr Mund stand offen, und ein dicker, blutiger Schleim entquoll ihm, rieselte aus ihrer Nase, wenn sie atmete, brach bei jedem krampfhaften Röcheln in einem Schwall aus ihrer Kehle. Amber war ganz steif und reglos vor Grauen. Dann schloß sie die Tür wieder – lauter, als sie beabsichtigt hatte, und lehnte sich an die Wand. Das Geräusch hatte offenbar Mrs. Spongs Aufmerksamkeit geweckt, denn Amber hörte einen gurgelnden, würgenden Laut, als ob die alte Frau versuchen würde, sie zu rufen – und mit einem Wimmern der Angst stürzte Amber ins Kinderzimmer, die Hände an den Ohren, und schlug die Türe hinter sich zu.

Minuten vergingen, bevor sie es über sich brachte, wieder ins Schlafzimmer zu gehen. Bruce war erwacht. »Wo warst du denn? Wo ist die Spong? Geht es ihr schlechter?«

Das Zimmer war jetzt dunkel, und da sie noch keine Kerzen angezündet hatte, konnte er ihr Gesicht nicht sehen. Sie wartete einen Augenblick und horchte, aber da sie kein Geräusch mehr vernahm, mußte die Pflegerin wohl tot sein. »Die Spong ist fort«, sagte sie möglichst gleichgültig. »Ich habe sie weggeschickt – sie ist in ein Pesthaus gegangen.« Sie nahm eine Kerze. »Ich will sie am Küchenfenster anzünden.«

Im Halbdunkel des Salons konnte sie Mrs. Spongs Körper liegen sehen, aber sie hielt sich nicht auf, sondern ging in die Küche, zündete die Kerze an und kam dann in den Salon zurück. Mrs. Spong war tot.

In instinktivem Ekel raffte Amber ihre Röcke und ging ins Schlafzimmer, wo sie die Kerzen anzündete. Ihr Gesicht war weiß, und sie spürte einen heftigen Brechreiz, ging aber trotzdem ihren Arbeiten nach, um Bruce nur ja nichts ahnen zu lassen. Und doch konnte sie spüren, daß er sie beobachtete, und wagte nicht, ihn anzusehen, denn wenn er sprach, würde sie sich kaum beherrschen können. Sie fühlte sich wie am Rande eines hysterischen Anfalls, aber sie wußte, daß sie sich zusammennehmen mußte, denn wenn der Leichenkarren vorüberkam, blieb ihr nichts übrig, als die Frau die Treppe hinunter- und hinauszuschleifen.

Noch säumte ein fahles, samtenes Blau streifig den Himmel, als sie von weither den ersten Ruf hörte: »Bringt eure Toten heraus!«

Amber horchte wie ein Tier, und dann griff sie nach einem kupfernen Kerzenhalter. »Ich will mich um das Abendessen kümmern«, sagte sie, und bevor er etwas erwidern konnte, hatte sie schon das Zimmer verlassen.

Ohne Mrs. Spong anzusehen, stellte sie den Leuchter auf einen Tisch und öffnete die Türen, die durch das Vorzimmer führten. Wieder hörte sie den Ruf, diesmal näher. Einen Augenblick hielt sie inne, dann ging sie mit plötzlichem Entschluß in den Salon zurück, raffte ihren Rock, löste den Unterrock, ließ ihn fallen und trat hinaus. Sie wickelte ihn um ihre Hände, bückte sich, packte die Leiche an den dickgeschwollenen Knöcheln und begann sie langsam zur Tür zu schleifen. Die Perücke fiel der alten Frau vom Kopf, und der Körper glitt quietschend über den bloßen Fußboden.

Als Amber am Treppenhaus angelangt war, fühlte sie sich schon elend, sie war schweißnaß, und ihre Ohren dröhnten. Sie tastete mit dem Fuß nach der ersten Stufe, fand sie und tastete nach der nächsten; im Treppenhaus war es völlig dunkel, aber sie hörte, wie der Schädel der Pflegerin auf die teppichüberzogenen Stufen aufschlug. Endlich war sie unten und klopfte an die Tür. Der Wächter öffnete.

»Die Pflegerin ist tot«, sagte sie kaum hörbar. Mit kreideweißem Gesicht sah sie im Zwielicht zu ihm auf, und der leinene Unterrock schleifte am Boden.

Der Totenkarren rasselte näher, die Pferdehufe klapperten auf dem Pflaster, und dann hörte man unerwartet den Schrei: »Reisigbündel! Reisigbündel für sechs Pence!«

Es klang ihr seltsam, daß jemand bei diesem Wetter und zu dieser Stunde Reisigbündel verkaufen wollte. Doch im gleichen Augenblick kam der Leichenkarren vor das Haus gefahren. Voran ging der Fackelträger mit seiner qualmenden Fackel, ihm folgte der Karren, neben dem ein Mann ging, der eine Glocke läutete und gröhlte: »Bringt eure Toten heraus!« Auf dem Kutschbock saß ein anderer Mann, und jetzt sah Amber, daß er die nackte Leiche eines kaum dreijährigen Knaben bei den Beinen hielt.

Er war es, der schrie: »Reisigbündel für sechs Pence!«

Während Amber ihn in ungläubigem Grauen anstarrte, drehte er sich um, warf die Leiche in den Karren und kletterte hinunter. Er und der Mann mit der Glocke kamen auf die Leiche der Pflegerin zu.

»Na«, sagte er und grinste Amber an, »was haben wir denn da?«

Die beiden Männer bückten sich und hoben den Körper auf. Der Kutscher zerriß das Miederleibchen, und der dicke schlaffe Körper wurde sichtbar. Vom Hals bis zu den Schenkeln war er mit kleinen blaugeränderten Flecken bedeckt – dem Merkmal der Pest. Der Kutscher ließ einen Laut des Ekels hören, räusperte sich und spuckte auf die Leiche.

»Eh!« brummte er. »Was das für ein Misthaufen ist!«

Die andern Männer waren nicht weiter erstaunt über sein Benehmen, sie waren daran wohl gewöhnt. Jetzt packten sie die Leiche, schwangen sie und warfen sie in den Karren. Der Fackelträger schickte sich an weiterzugehen, der Mann mit der Glocke trat wieder neben den Wagen, und der Kutscher kletterte auf seinen Sitz. Dann drehte er sich um und musterte Amber.

»Morgen abend kommen wir wieder und holen Sie. Und Sie werden bestimmt eine schönere Leiche abgeben als diese stinkende, alte Vettel da.«

Amber schlug die Tür zu und stieg langsam die Treppe hinauf. Sie war so müde und elend, daß sie sich am Geländer halten mußte.

Sie trat in die Küche und begann Bruces Abendessen zu kochen. Sobald das getan war, müßte sie Wasser wärmen, dachte sie, und den Fußboden im Salon waschen. Zum erstenmal spürte sie ärgerlich, daß es so viel zu tun gab, daß solch eine endlose Reihe von Arbeiten vor ihr lag. Sie hatte nur einen einzigen Wunsch – sich niederzulegen und zu schlafen und irgendwo weit, weit in der Ferne zu erwachen. Mit einem Mal erschien ihre Verantwortung ihr als unerträgliche Bürde.

Und noch immer dachte sie an den Kutscher des Leichenkarrens. Sie konnte ihn nicht loswerden, so sehr sie sich mühte, an anderes zu denken. Ihr war, als stünde sie nicht in der Küche, sondern noch immer unten vor der Haustür und sähe ihm zu – aber es war nicht das Kleid der Pflegerin, das er aufriß, und es war nicht die Pflegerin, die er in den Leichenkarren warf. Sie selbst war es.

Heiliger Jesus, dachte sie wild. Ich glaube, daß ich vollkommen verrückt bin. Noch ein Tag, und ich bin reif für Bedlam!

Sie ging an ihre Arbeit, mischte den ›Sillibub‹, stellte alles auf das Tablett, aber ihre Bewegungen waren langsam und schwerfällig, und schließlich ließ sie ein Ei auf den Boden fallen. Sie fluchte müde, nahm einen Fetzen und bückte sich, um den Boden aufzuwischen, doch als sie sich bückte, spürte sie plötzlich einen heftigen Schmerz im Kopf, und ein Schwindel ergriff sie. Sie richtete sich langsam wieder auf, aber zu ihrer Bestürzung schwankte sie und wäre gefallen, wenn sie sich nicht an den Tisch geklammert hätte.

Einen Augenblick stand sie da und starrte auf den Boden. Dann wandte sie sich ab und ging in den Salon. Nein, dachte sie und verdrängte den Gedanken, der in ihr plötzlich aufgestiegen war. Es kann nicht sein. Natürlich kann es nicht . . .«

Sie nahm den Leuchter, trug ihn zu dem kleinen Schreibtisch und stellte ihn hin, dann stützte sie sich mit den Handflächen auf die Tischplatte und beugte sich vor, um sich in dem kleinen, runden, vergoldeten Spiegel zu betrachten, der an der Wand hing. Die Kerzenflamme warf starke Schatten auf ihr Gesicht. Sie zeigte ihr tiefe Ringe unter den Augen, spiegelte spitze Reflexe ihrer Wimpern auf den Lidern wieder, verstärkte das Grauen in ihrem Blick. Schließlich streckte sie die Zunge aus. Sie war mit gelblichem Filz bedeckt, aber Spitze und Ränder waren von unnatürlich glänzendem Rosa. Ihre Augen schlossen sich, und der Raum schien zu schwanken.

Heilige Mutter Gottes! Morgen abend werde ich es sein!

Sechsunddreißigstes Kapitel

Gottes furchtbare Stimme war in der Stadt.

Doch zwanzig Meilen entfernt in Hampton Court, konnte sie kaum vernommen werden; zu viele ablenkende Geräusche gab es da. Das Rascheln der Karten und das Rasseln der Würfel. Das Kratzen der Federn, die Briefe schrieben, in denen von Liebe, von Diplomatie und von Intrigen geredet wurde. Das Klirren der Degen bei einem verbotenen Zweikampf, das Schwatzen und Lachen und das zischende Wispern des Klatsches. Gitarren und Geigen, klingende Gläser, die sich zum Toast hoben, das Rauschen von Taftunterröcken und das Klappern hoher Stökkel. Nichts war verändert.

Gelegentlich, wenn man sich abends im Salon Ihrer Majestät versammelte, sprach man von der Pest, wie man über das Wetter sprach, und aus dem gleichen Grund – es war etwas Ungewöhnliches.

»Haben Sie die Listen dieser Woche gelesen?« fragte etwa Winifred Wells, wenn sie mit Mrs. Stewart und Sir Charles Sedley sprach.

»Es geht mir zu sehr an die Nerven. Arme Geschöpfe. Sterben wie die Fliegen.«

Sedley, ein dunkler, kurzbeiniger, plumper junger Mensch mit harten schwarzen Augen und einer besonderen Vorliebe für schöne Spitzenkrawatten, fand ihr Mitleid reichlich übertrieben. »Ach, Unsinn, Frances! Was liegt daran, ob sie jetzt sterben oder später? Die Stadt war ohnehin überfüllt.«

»Sie würden schon finden, daß etwas daran liegt, Mylord, wenn Sie selber die Pest hätten.«

Sedley lachte. »Dann allerdings. Aber Sie werden wohl zugestehen, daß zwischen einem Mann von Rang und Geist und einem armen, schwachsinnigen Bäcker oder Schneider ein Unterschied besteht.«

In diesem Augenblick näherte sich ein anderer Herr, und Sedley sprang auf, um ihn zu begrüßen, und legte ihm den Arm um die Schultern. »Ah, da ist Wilmot! Wir haben uns hier verdammt gelangweilt und von nichts geredet als von dieser Pest. Jetzt, da Sie gekommen sind, können wir wieder lachen. Was haben Sie denn da? Ein neues Pamphlet, um jemandem den Ruf zu verderben?«

John Wilmot, Earl of Rochester, war ein hochgewachsener, schlanker junger Mann von achtzehn Jahren, mit heller Haut und einem zarten Teint, den sein schönes Gesicht ein wenig verweiblichte. Erst vor wenigen Monaten war er von seinen Auslandsreisen an den Hof gekommen, war frühreif und zynisch, aber trotzdem ein stiller, bescheidener Junge, der eher schüchtern wirkte. Er hatte sich so rasch an Whitehall angepaßt, daß er erst kürzlich aus dem Tower entlassen worden war, denn er hatte die reiche Mrs. Mallet entführt, in der Absicht, ihr Vermögen zu heiraten.

Schreiben war die höchste Mode. Alle Höflinge schrieben irgend etwas, Theaterstücke, Satiren, Schmähschriften auf ihre Freunde und Bekannten, und der Earl hatte bereits bewiesen, daß er nicht bloß eine flinke Begabung, sondern auch den Spürsinn für die Bosheit besaß. Jetzt trug er eine Papierrolle unter dem Arm, und die drei andern sahen ihn erwartungsvoll an.

»Ich protestiere, Sedley.« Rochesters Lächeln und Manieren waren enttäuschend sanft, und er verbeugte sich vor den Damen Stewart und Wells so höflich, daß man unmöglich glauben konnte, er habe nicht die allerbeste Meinung von den Frauen im allgemeinen. »Sie wollen die Damen glauben machen, ich sei ein bösartiger Narr. Nein, es ist keine Schmähschrift, was ich hier habe. Nur eine törichte Kleinigkeit, die ich hingekritzelt habe, während meine Perücke frisch gelockt wurde.«

»Lesen Sie es uns vor!« riefen die beiden Damen gleichzeitig.

»Ja, um Himmels willen, Wilmot, lassen Sie hören! Die törichten Kleinigkeiten, die Sie kritzeln, während Sie auf dem Nachtstuhl sitzen, sind immer noch besser als alles, was Dryden fertigbringt.«

»Vielen Dank, Sedley, für das Kompliment. Und wenn Sie Ihr Theaterstück jemals beenden, dann werde ich in der ersten Reihe sitzen und applaudieren. Nun, wenn Sie zuhören wollen . . .«

Rochester begann sein Gedicht vorzulesen, eine lange, halbidyllische, pseudo-ernsthafte, weitschweifige Geschichte von einem Schäfer und seiner Geliebten. Die Jungfrau zauderte, der Bursche glühte, doch als er sie schließlich so weit gebracht hatte, einzuwilligen, war er außerstande, seine und ihre Glut zu stillen – und so mündete es in einer Moral für junge Mädchen, die allzu lange zaudern, wie etwa Frances. Winifred Wells und Sedley unterhielten sich köstlich, doch Frances konnte wohl dem Gang der Handlung folgen, die Feinheiten aber entgingen ihr. Als er endlich fertig war, zerknitterte er das Papier und warf es in den Kamin. Keiner der vornehmen Herren wollte den Glauben aufkommen lassen, es läge ihm auch nur das geringste an seinem Geschreibsel.

»Sie schreiben so gut über dieses Thema, Mylord«, sagte Sedley, »daß man glauben könnte, ein ähnliches Mißgeschick sei Ihnen selbst widerfahren.«

Rochester war nicht weiter gekränkt. »Sie scheinen meine Geheimnisse immer so genau zu kennen, Sedley, daß man glauben könnte, Sie seien der Geliebte meines Verhältnisses.«

»Und würden Sie es mir übelnehmen?«

»Keineswegs. Ein Mann, der sein Verhältnis nicht mit seinen Freunden teilt, ist ein verdammter Griesgram und verdient mit Recht die Pocken.«

»Nun«, meinte Sedley, »ich wünschte, Sie würden Ihre Dame freundlicher behandeln. Sie beklagt sich ständig bei mir, Sie seien untreu und mißbrauchten sie schändlich. Sie schwört, daß sie Sie haßt und nie mehr sehen will.«

Rochester lachte. »Mein Gott, Sedley! Wo halten Sie denn? Das ist ja meine vorletzte!«

In diesem Augenblick veränderten sich Rochesters Züge rasch, seine blauen Augen wurden dunkel, und ein seltsames Lächeln umspielte seinen Mund. Die andern drehten sich neugierig um und sahen Barbara Palmer, die eben auf der Schwelle erschienen war. Sie blieb sekundenlang stehen, und dann rauschte sie an ihnen vorbei, majestätisch, glühend, mächtig wie ein tropischer Sturm. Sie trug ein grünes Satinkleid, und aus ihren Juwelen blitzten überall die Lichtpfeile.

»Bei Gott!« sagte Rochester leise, »sie ist die schönste Frau der Welt!«

Frances verzog das Gesicht und kehrte ihm den Rücken zu. Die Aufmerksamkeit des Königs hatte sie zu der schmeichelhaften Vorstellung gebracht, sie selbst sei die schönste lebende Frau, und sie liebte es nicht sehr, wenn man andere pries. Und Winifred und Lady Castlemaine, Nebenbuhlerinnen bei demselben Mann, waren nie mehr als oberflächlich höflich zueinander gewesen. Barbara durchquerte das Zimmer und setzte sich an einen der Kartentische.

»Sollten Sie ernste Absichten haben«, sagte Sedley zum Earl, »dann müssen Sie Ihre Nervosität kurieren. Mit einem Mann, der sich in so peinlicher Lage befindet, würde sie keine Geduld haben. Auch glaube ich nicht, daß Eure Lordschaft der Typus sind, den sie bewundert.«

Es gab ein herzliches Gelächter, denn alle Welt wußte, daß Rochester einmal versucht hatte, Barbara zu küssen, und von ihr so geohrfeigt worden war, daß er sich kaum auf den Beinen gehalten hatte.

Der Earl schloß sich dem Gelächter an, aber seine Augen funkelten boshaft. »Tut nichts«, sagte er achselzuckend, »nur fünf Jahre, und sie wird mir gern eine runde Summe bezahlen, dafür bürge ich Ihnen.«

Die beiden Frauen sahen erfreut, wenn auch einigermaßen überrascht drein. Sollte Barbara neuerdings ihre Liebhaber bezahlen? Sedley verbarg seinen Zweifel durchaus nicht.

»Nun, John, Sie wissen verdammt gut, daß die Lady, wenn sie nur die

Braue hebt, jeden Mann haben kann, den sie sich wünscht. Sie ist immer noch die schönste Frau von Whitehall – oder in ganz London, denn was das anbelangt . . .«

Frances war jetzt ernstlich verletzt und winkte jemandem am andern Ende des Zimmers. »Madame – meine Herren – ich muß ein Wort mit Lady Southesk sprechen.«

Rochester, Sedley und Winifred tauschten ein Lächeln. »Ich hoffe immer noch«, sagte der Earl, »daß diese kleine Milchsuppe Stewart eines Tages mit der Castlemaine handgemein wird. Herrgott, darüber könnte ich ein Epos schreiben.«

*

Einige Stunden später standen Frances und Karl an einem offenen Fenster oberhalb des Gartens, und der sanfte Nachtwind wehte ihnen den schwachen Duft der Rosen und den süßen Geruch der Orangenbäume zu. Es war fast Mitternacht, und viele der Damen und Herren waren bereits gegangen. Andere rechneten ihre Verluste zusammen, nahmen Anleihen auf, murrten über ihr Pech oder rühmten ihr Glück.

Königin Katharina unterhielt sich mit der Herzogin von Buckingham und tat, als bemerkte sie nicht, wie verliebt ihr Gatte in Mrs. Stewart war. Sie hatte vor drei Jahren ihre Lehrzeit durchgemacht, und wenn sie Karl auch aufrichtig und hoffnungslos liebte, so hatte sie niemals wieder einen Einwand erhoben, wenn er Interesse für eine andere Frau zeigte. Jetzt spielte sie Karten und tanzte, trug englische Kleider und frisierte ihr Haar nach der letzten französischen Mode; sie war insoweit eine Engländerin, als ihre Erziehung das eben zuließ. Karl erwies ihr jederzeit die vollendetste Höflichkeit und achtete darauf, daß die Mitglieder seines Hofstaats das gleiche taten. Sie war nicht glücklich, versuchte aber so zu wirken.

Frances sagte: »Was für eine wunderschöne Nacht! Man möchte es nicht für möglich halten, daß nur zwanzig Meilen von hier Tausende von Männern und Frauen leiden und sterben.«

Karl schwieg einen Augenblick, dann sprach er sehr leise. »Mein armes Volk! Warum mußte ihm das geschehen? Sie können es nicht verdient haben – ich kann mich nicht dazu zwingen, an einen übelwollenden Gott zu glauben, der ein Volk für die Fehler seiner Herrscher strafen will.«

»Oh, Sire«, protestierte Frances, »wie können Sie so sprechen! Das Volk wird nicht für Ihre Sünden bestraft. Wenn es bestraft wird, dann bestimmt für seine eigenen.«

Karl lächelte. »Sie sind sehr loyal, Frances. Ich glaube, daß Sie mir eine loyale Untertanin sein müssen – aber natürlich sind Sie mir überhaupt nicht untertan, sondern ich Ihnen.«

In diesem Augenblick unterbrach sie die laute, anmaßende Stimme der Lady Castlemaine. »Mein Gott, was habe ich heute für schlechte Karten gekriegt. Ich habe sechstausend Pfund verloren! Eure Majestät, ich stecke wieder einmal tief in Schulden.«

Sie lachte gurgelnd und sah ihn mit ihren großen Veilchenaugen an. Barbara war nicht so fügsam wie die Königin. Karl besuchte sie immer noch, sie trug derzeit sein viertes Kind und wollte sich nicht in aller Öffentlichkeit von ihm mit Geringschätzung behandeln lassen. Doch er nahm ihr diese Unterbrechung übel und sah sie mit jenem ablehnenden Hochmut an, dessen er sich, bei Bedarf, so gut zu bedienen wußte.

»Wirklich, Madame?«

Frances raffte ihre Röcke mit einer Bewegung, die auf zarte Art ihren Widerstand andeuten sollte. »Entschuldigen Sie mich, Sire! Ihre Dienerin, Madame.« Sie sah Barbara kaum an und wendete sich zum Gehen.

Rasch berührte Karl ihren Arm. »Halt, Frances – ich gehe mit Ihnen, wenn Sie gestatten. Sie haben eine Begleitung, Madame?« Diese Frage, an Barbara gerichtet, verlangte keine Antwort.

»Nein, ich habe niemanden. Alle sind fort.« Ihre Lippen schoben sich schmollend vor, und sie sah so gekränkt aus, daß es wahrscheinlich das Vorspiel zu einer Krise war. »Und ich sehe nicht ein, warum ich allein gehen sollte, während Sie . . .«

Karl unterbrach. »Mit Ihrer Erlaubnis, Madame, werde ich Mrs. Stewart zu ihrem Zimmer bringen. Gute Nacht.« Er verbeugte sich sehr höflich, bot Frances den Arm, und sie gingen. Doch nach wenigen Schritten wandte Frances den Kopf, sah zu ihm auf und kicherte plötzlich.

Sie gingen bis zu ihren Gemächern, an der Tür küßte er sie und fragte, ob er noch hineinkommen dürfe, während sie ihre Nachttoilette machte – wie er das sehr häufig tat und manchmal sogar mit einer Schar von Höflingen. Aber jetzt lächelte sie schwach und sah ihn bittend an.

»Ich bin müde. Und mein Kopf schmerzt so sehr.«

Er war sogleich in großer Unruhe, denn hatte es auch am Hof noch keinen Pestfall gegeben, so genügte doch das kleinste Zeichen eines Unwohlseins, um sehr peinliche Besorgnisse zu wecken. »Ihr Kopf schmerzt? Fühlen Sie sich sonst wohl? Haben Sie keinerlei Übelkeiten?«

»Nein, Eure Majestät, gerade nur Kopfschmerzen. Meine gewöhnlichen Kopfschmerzen.«

»Sie haben sie häufig, Frances?«

»Mein ganzes Leben lang. Seit ich mich erinnern kann.«

»Sind diese Kopfschmerzen bestimmt nicht nur eine Bequemlichkeit, um unwillkommene Besucher fernzuhalten?«

»Nein, Sire. Ich habe sie wirklich. Bitte – darf ich jetzt gehen?«

Er küßte rasch ihre Hand. »Gewiß, meine Liebe. Vergeben Sie meine Gedankenlosigkeit. Aber versprechen Sie mir, daß Sie sofort um Dr. Fraser schicken, wenn es schlimmer wird oder andere Symptome sich zeigen – und lassen Sie es mich wissen.«

»Das verspreche ich, Sire. Gute Nacht.«

Sie zog sich in ihre Zimmer zurück und schloß leise die Tür. Sie hatte wirklich seit jeher an heftigen Kopfschmerzen gelitten. Ihre Fröhlichkeit und Laune waren zum Teil Nervosität, denn sie besaß nichts von der robusten Kraft Lady Castlemaines.

Der langgeschwänzte grüne Papagei in ihrem Schlafzimmer, den sie aus Frankreich mitgebracht hatte, schlief bereits, den Kopf unter den Flügeln, doch bei ihrem Eintritt erwachte er sofort, tanzte auf seinem Ast auf und ab und kreischte entzückt. Mrs. Barry, die Frau in mittleren Jahren, die seit Frances Kinderzeit bei ihr gewesen war, döste auf ihrem Stuhl; jetzt erwachte auch sie und eilte herbei, um ihrer Herrin beim Ausziehen zu helfen.

Allein und unbeobachtet, frei von der Notwendigkeit, auf irgend jemanden Eindruck machen zu müssen, sah Frances tatsächlich müde aus. Langsam ließ sie ihr Kleid fallen, löste die Bänder ihres Mieders und setzte sich mit einem Seufzer der Erleichterung nieder, während Mrs. Barry Schmuck und Schleifen aus dem Haar nahm.

»Kopfschmerzen, mein Herzchen?« Mrs. Barrys Stimme klang besorgt, warm und mütterlich, und ihre Finger waren mit liebevoller Behutsamkeit tätig.

»Schrecklich.« Frances war den Tränen nahe.

Mrs. Barry tauchte ein Tuch in eine Schale mit Essig, die zu häufigem Gebrauch in nächster Reichweite stand, und rang es aus. Sie legte es über Frances' Stirn und hielt es mit den Fingern an beiden Schläfen fest, während Frances die Augen schloß und ihren Kopf dankbar an Mrs. Barrys Brust legte. So verblieben die beiden eine Weile schweigend.

Plötzlich wurde draußen ein Geräusch hörbar. Ein kleiner Papagei sprach in ruhigem Ton, und eine ärgerliche Frauenstimme antwortete; die Tür des Schlafzimmers wurde aufgestoßen, und auf der Schwelle erschien Barbara Palmer. Einen Augenblick lang sah sie Frances an, dann schlug sie die Tür mit solcher Heftigkeit zu, daß der Lärm in Frances' Gehirn widerzuhallen schien und sie aufstöhnen ließ.

»Ich habe ein Hühnchen mit Ihnen zu rupfen, Madame Stewart«, erklärte die Gräfin.

Frances' Stolz erwachte, kampfbereit streifte sie alle Müdigkeit ab, stand auf und hob das Kinn. »Ihre Dienerin, Madame. Und was kann ich für Sie tun, wenn ich bitten darf?«

»Ich werde Ihnen sagen, was Sie für mich tun können«, erwiderte Barbara, durchmaß rasch das Zimmer, bis sie drei oder vier Fuß vor ihr stehenblieb. Mrs. Barry blickte kriegslustig über Frances' Schulter, und der Papagei hatte begonnen, seinem Groll in lautem Kreischen Ausdruck zu geben, aber Barbara nahm die beiden nicht zur Kenntnis. »Sie können mit Ihren Versuchen aufhören, mich in der Öffentlichkeit lächerlich zu machen, Madame. Das ist es, was Sie tun können.«

Frances sah sie mit offenem Widerwillen an. Wie hatte sie nur jemals so töricht sein können, diese wilde, unbeherrschte Harpye für ihre beste

Freundin zu halten! Und dann setzte sie sich wieder hin, und Mrs. Barry fuhr auf einen Wink fort, ihr das Haar zu lösen.

»Ich weiß ganz gewiß nicht, Madame, wie ich Sie lächerlich machen könnte – weder in der Öffentlichkeit noch anderswo. Wenn Sie sich lächerlich machen, dann haben Sie es einzig und allein sich selbst zu danken.«

Barbara hatte die Hände in die Hüften gestemmt, und ihre Augen wurden schmäler. »Sie sind eine gerissene Hexe, Mrs. Stewart, aber lassen Sie sich das eine sagen: ich kann eine sehr gefährliche Feindin werden. Sie mögen der Ansicht sein, daß Sie den Bären an der Nase führen, aber wenn ich es mir angelegen sein lasse, dann kann ich Sie mir nichts, dir nichts aus Whitehall hinauskriegen.« Sie knipste scharf mit den Fingern.

Frances lächelte kühl. »Können Sie das, Madame? Nun, Sie mögen es immerhin versuchen. Aber ich glaube, daß Seine Majestät an mir ebensoviel Gefallen findet wie an Ihnen, wenn auch meine Methoden nicht die gleichen sein düften.«

Barbara ließ einen Laut des Ekels hören. »Pah! Ihr zimperlichen Jungfrauen könnt einen krank machen. Wenn ein Mann euch einmal gehabt hat, seid ihr zu nichts mehr zu gebrauchen. Ich wette mein rechtes Auge, daß Seine Majestät, wenn er einmal mit Ihnen geschlafen hat . . .«

Frances warf ihr einen gelangweilten Blick zu, und während Barbara weiterredete, öffnete sich leise die Tür hinter ihr. Seine Majestät stand auf der Schwelle. Er machte Frances ein Zeichen, sich ruhig zu verhalten, blieb an die Tür gelehnt stehen und beobachtete Barbara finster und mißgelaunt.

Barbara begann jetzt zu schreien. »Einen Ort gibt es, Madame Stewart, wo Sie mich niemals ausstechen können. Was sonst auch meine Fehler sein mögen – niemals ist ein Mann aus meinem Bett gestiegen ohne . . .«

»Madame!«

Die Stimme des Königs ertönte scharf von der Schwelle her, und Barbara drehte sich erschocken um. Die beiden Frauen sahen ihn an, während er jetzt ins Zimmer trat.

»Sire!« Barbara machte einen tiefen Knicks.

»Schluß mit Ihrem lästerlichen Geschwätz!«

»Wie lange sind Sie schon hier gewesen?«

»Lange genug, um sehr viel Unerfreuliches zu hören. Ganz offen gesagt, Madame, von Zeit zu Zeit lassen Sie einen Geschmack merken, wie man sich ihn schlechter nicht vorstellen kann.«

»Aber ich wußte ja nicht, daß Sie da waren«, protestierte sie. Und dann verengten ihre Augen sich plötzlich wieder, und sie sah von Karl zu Frances und von Frances zu Karl. »Ach so«, sagte sie langsam, »jetzt verstehe ich. Wie klug ihr beide uns alle getäuscht habt.«

»Da irren Sie sich leider. Als Sie zufällig in der Halle an mir vorbeigingen, ohne mich zu sehen, und als ich sah, wohin Sie sich wandten, da bin ich Ihnen gefolgt. Sie sahen ganz so aus, als wollten Sie irgend etwas anstellen.« Er lächelte leicht, sichtlich über ihre Niederlage erfreut, doch dann wurde sein Gesicht sogleich wieder ernst. »Ich dachte, wir wären übereingekommen, daß Ihr Benehmen Mrs. Stewart gegenüber höflich und freundlich sein sollte. Was ich eben hörte, klang allerdings weder nach dem einen noch nach dem andern.«

»Wie können Sie erwarten, daß ich zu einer Frau höflich sein soll, die mich lächerlich macht?« fragte Barbara, bereit, sich zu verteidigen.

Karl lachte kurz auf. »Sie lächerlich machen! Dummes Zeug, Barbara, Sie meinen doch nicht, daß das noch möglich wäre? Jetzt ist Mrs. Stewart müde, glaube ich, und möchte sich ausruhen. Wenn Sie sich bei ihr entschuldigen wollen, dann werden wir beide gehen und sie allein lassen.«

»Mich entschuldigen?« Barbara starrte ihn tief entrüstet an und musterte dann Frances verächtlich von Kopf zu Fuß. »Ich will verdammt sein, wenn ich das tue.«

Jetzt war alle gute Laune aus seinen Zügen gewichen, und statt dessen erschien jener finstere Ausdruck, der immer dahinter lauerte. »Sie weigern sich, Madame?«

»Ja, das tue ich!« Trotzig sah sie ihn an, und beide hatten Frances vergessen, die müde und nervös dabei stand und nur wünschte, sie würden ihren Zank anderswo fortsetzen. »Nichts unter Gottes Himmel kann mich veranlassen, mich bei dieser jämmerlichen, einfältigen Milchsuppe zu entschuldigen.«

»Sie haben die Wahl. Aber ich darf wohl vorschlagen, daß Sie sich von Hampton Court zurückziehen, während Sie die Angelegenheit überlegen? Einige Wochen ruhiger Bedenkzeit mögen Ihnen vielleicht eine andere Auffassung von guten Manieren beibringen.«

»Sie schicken mich vom Hof fort?«

»Legen Sie es so aus, wenn Sie wollen.«

Ohne einen Augenblick zu zögern, brach Barbara in Tränen aus. »Dazu ist es also gekommen! Nach all den Jahren, die ich Ihnen geschenkt habe! Es ist eine Schmach vor aller Welt, daß ein König die Mutter seiner Kinder fortjagt!«

Er hob skeptisch eine Braue. »Meine Kinder?« wiederholte er langsam. »Nun, einige vielleicht. Aber die Sache ist erledigt. Entweder Sie entschuldigen sich bei Mrs. Stewart, oder Sie verlassen den Hof.«

»Aber wo soll ich hingehen? Überall ist die Pest.«

»Was das anlangt – die Pest ist auch hier.«

Sogar Frances fuhr aus ihrer müden Gleichgültigkeit auf, und beide Frauen wiederholten: »Hier?«

»Die Frau eines Dieners ist heute daran gestorben. Wir übersiedeln morgen nach Silsbury.«

»O mein Gott«, jammerte Barbara. »Jetzt werden wir sie alle bekommen. Wir werden alle sterben.«

»Das glaube ich nicht. Die Frau ist begraben und jeder, der mit ihr zu tun hatte, abgesondert worden. Bis jetzt sind keine neuen Fälle vorgekommen. Und nun, Madame, treffen Sie Ihre Wahl. Wollen Sie morgen mit uns gehen?«

Barbara sah Frances an, die sich unter diesem Blick straffte, das Gesicht hob und Barbaras Augen mit kalter Feindseligkeit begegnete. Plötzlich warf Barbara ihren Fächer zu Boden.

»Nein, ich will nicht. Ich gehe nach Richmond, und der Teufel soll euch holen!«

Siebenunddreißigstes Kapitel

Amber ging in die Küche zurück und bereitete das Essen für Bruce. Sie wollte für ihn so viel tun, wie sie nur konnte, solange sie noch imstande war, überhaupt etwas zu tun. Denn von morgen an würde sie hilflos sein, eine neue Pflegerin würde kommen – eine, die vielleicht noch schlimmer wäre, als die Spong gewesen war. Sie machte sich mehr Sorgen um ihn als um sich. Er war noch schwach und brauchte sachkundige Pflege, und der Gedanke, daß ein fremder Mensch kommen würde, der ihn nicht kannte, dem es gleichgültig wäre, was mit ihm geschah, erfüllte sie mit Verzweiflung. Wenn sie nur rechtzeitig käme, dachte sie, dann könnte ich sie vielleicht bestechen.

Nachdem einmal der erste Schrecken der Entdeckung vorüber war, nahm sie gelassen und fast apathisch die Tatsache hin, daß sie jetzt selbst krank war. Sie glaubte nicht, daß sie sterben würde. Wenn in einem Hause ein Bewohner an der Pest erkankte und gesund wurde, so galt das für die andern Bewohner des Hauses als gutes Zeichen. Mrs. Spongs Tod übersah sie, hatte sie fast vergessen; das schien sich in ferner Vergangenheit und ohne jede Beziehung zu Bruce abgespielt zu haben. Doch jenseits von Aberglauben hatte sie die feste Überzeugung ihrer eigenen zeitweiligen Unsterblichkeit. Sie wünschte so sehr weiterzuleben, es war ihr unmöglich, zu glauben, daß sie jetzt sterben könnte, da sie noch so jung war und so viele Hoffnungen sich noch nicht verwirklicht hatten.

Sie hatte dieselben Symptome wie Bruce, aber sie erschienen in rascherer Reihenfolge.

Als sie jetzt mit dem Tablett auf das Schlafzimmer zuging, schmerzte ihr Kopf heftig, als ob ein Stahlband um ihre Schläfen gewunden wäre und sich immer enger und enger spannte. Sie schwitzte, und im Magen und längs der Arme und Beine spürte sie stechende Schmerzen. Ihre Kehle war trocken, als hätte sie Staub geschluckt, aber obgleich sie einige Becher Wasser trank, wurde es nicht besser. Der Durst wuchs nur.

Bruce war wach, saß, wie er es jetzt bereits häufig tun konnte, und wenn er auch ein Buch in der Hand hielt, blickte er doch ängstlich nach der Tür. »Du bist so lange weggeblieben, Amber. Ist etwas nicht in Ordnung?«

Sie sah ihn nicht an, sondern hielt ihre Augen auf das Tablett gesenkt. Ein Schwindelgefühl überkam sie in Wellen, und wenn es kam, hatte sie das seltsame Empfinden, als sei sie inmitten einer wirbelnden Kugel; sie hätte nicht sagen können, wo der Fußboden und wo die Wände waren. Jetzt blieb sie sekundenlang stehen und versuchte, sich zurechtzufinden, dann biß sie die Zähne zusammen und ging entschlossen weiter.

»Alles ist in Ordnung«, sagte sie, aber ihre Stimme klang ihr selbst fremd. Sie hoffte, er würde nichts merken.

Langsam, denn sie war sehr müde und ihre Muskeln schienen aus Blei zu sein, setzte sie das Tablett auf den Tisch neben dem Bett und griff nach der Schale mit dem ›Sillibub‹. Sie sah, wie seine Hand sich ausstreckte und sich über ihrem Gelenk schloß, und als sie sich endlich zwang, ihre Augen zu heben und ihn anzusehen, da entdeckte sie in seinem Gesicht den Ausdruck des Grauens und der Selbstanklage, den sie gefürchtet hatte.

»Amber?« Er sah sie forschend an. »Du bist doch nicht krank?« Die Worte kamen langsam, widerstrebend aus seinem Mund.

Sie seufzte leicht. »Ja, Bruce. Ich bin krank – ich glaube, daß ich krank bin. Aber du mußt nicht . . .«

»Mußt nicht – was?«

Sie versuchte sich zu entsinnen, was sie sagen wollte. »Mußt nicht besorgt sein.«

»Nicht besorgt sein! Großer Gott! O Amber! Amber! Du bist krank, und ich bin schuld daran. Weil du hiergeblieben bist und mich gepflegt hast! O mein Liebling – wenn du doch nur fortgegangen wärest! Wenn du doch nur – o Jesus!« Er ließ ihre Hand los und fuhr sich unglücklich durch die Haare.

Sie berührte seine Stirn. »Quäl dich nicht, Bruce. Es ist nicht deine Schuld. Ich bin geblieben, weil ich es wollte. Ich wußte, daß es kommen konnte – aber ich mochte doch nicht fort. Und ich bin nicht traurig – ich werde nicht sterben. Bruce.«

Er sah sie an, und in seinen Augen war eine Bewunderung, die sie noch nie darin erblickt hatte. Doch in diesem Moment spürte sie, wie die Übelkeit in ihr wuchs, unwiderstehlich aufstieg. und noch bevor sie das Becken erreichen konnte, mußte sie erbrechen.

Jedesmal erschöpften sie diese Anfälle mehr und mehr; jetzt blieb sie, auf die Hände gestützt, über dem Becken gebeugt stehen, und ihr Haar fiel ihr über das Gesicht. Plötzlich erfaßte sie ein Schüttelfrost; das Zimmer schien ihr kalt, obgleich das Feuer brannte, alle Fenster geschlossen waren und der Tag ungewöhnlich heiß gewesen war. Da hörte sie ein Geräusch hinter sich. Sie drehte sich um und sah, wie Bruce aus dem Bett steigen wollte. Mit einem letzten verzweifelten Kraftaufwand lief sie auf ihn zu.

»Bruce! Was tust du? Bleib liegen!» Sie zog ihn heftig, aber ihre Muskeln schienen völlig nutzlos zu sein. Niemals hatte sie sich so schwach, so hilflos gefühlt, nicht einmal nach der Geburt ihrer Kinder.

»Ich muß aufstehen, Amber! Ich muß dir helfen!«

Er war seit seiner Krankheit erst ein- oder zweimal aus dem Bett gewesen und sein Körper war jetzt mit Schweiß bedeckt, seine Züge waren verzerrt. Amber hatte fast einen Weinkrampf.

»Nicht, Bruce! Um Gottes willen, nicht! Du tötest dich! Du kannst nicht aufstehen. Oh, nach allem, was ich getan habe, wirst du dich jetzt selbst töten!«

Plötzlich sank sie auf die Knie, barg den Kopf in den Armen und weinte. Er fiel in die Kissen zurück, wischte sich mit der Hand über die Stirn und war selbst überrascht, daß es ihm schwindelte und seine Ohren dröhnten, denn er hatte geglaubt, seine Genesung sei schon viel weiter fortgeschritten. Er streichelte Ambers Kopf.

»Liebling – ich werde nicht aufstehen. Weine nicht! Du wirst all deine Kraft brauchen. Leg dich nieder und bleib ganz ruhig. Die Pflegerin wird bald da sein.«

Endlich, trotz eines Gefühls unendlicher Müdigkeit, zwang sie sich aufzustehen und sah sich im Zimmer um, als wollte sie sich an etwas erinnern. »Was hatte ich nur wollen«, murmelte sie schließlich. »Irgend etwas – was war es nur?«

»Kannst du mir sagen, wo das Geld ist, Amber? Ich werde es brauchen, um Lebensmittel holen zu lassen. Ich hatte keines bei mir.«

»Ja, ja, das ist es – das Geld.« Die Worte verwischten sich, als hätte sie zu viel Kirschbranntwein getrunken. »Dort drin ist es – ich hole es – hinter der Tapete.«

Der Salon schien sehr, sehr weit weg zu sein, viel weiter, als sie zu gehen vermochte. Aber schließlich brachte sie es dennoch fertig, fand mit einiger Mühe das Versteck, holte die Lederbörse hervor und auch einen kleinen Beutel mit Schmuck, der dort lag. Sie brachte beides in ihrer Schürze und ließ es neben Bruce auf das Bett fallen. Ihm war es unterdessen gelungen, sich vorzubeugen und das Rollbett hervorzuziehen, und nun sank sie halb besinnungslos darauf nieder.

Bruce lag die ganze Nacht wach und verwünschte seine eigene Hilflosigkeit. Aber er wußte, daß jede heftige Anstrengung seinen Zustand nur verschlechtern, ja ihn töten konnte. Er vermochte ihr am besten dadurch zu helfen, daß er seine Kraft sparte, bis er so weit hergestellt war, daß er sie pflegen konnte. Er lag auf seinem Bett und hörte, wie sie immer wieder erbrechen mußte und jedesmal schwer aufseufzte, aber sonst war sie ruhig. So ruhig, daß er manchmal mit wachsendem Grauen ihre Atemzüge belauschte. Und dann begann das Würgen von neuem. Aber die Pflegerin kam nicht.

Morgens lag sie ganz flach auf dem Rücken, die Augen starr und weit geöffnet, aber völlig blicklos. Ihre Muskeln waren entspannt, aber sie wußte nichts von ihm und ihrer Umgebung, und wenn er zu ihr sprach, hörte sie nichts. Die Krankheit hatte viel schnellere Fortschritte gemacht als bei ihm, doch es war kennzeichnend für die Pest, daß die Erscheinungen bei jedem Kranken wechselten.

Wenn die Pflegerin nicht bald kam, wollte er aufstehen und mit dem Wächter sprechen, aber gegen halb acht hörte er, wie die Tür sich öffnete, und eine laute Frauenstimme rief: »Die Pestpflegerin ist da, wo steckt ihr?«

»Kommen Sie herauf!«

Wenige Minuten später erschien eine Frau auf der Schwelle. Sie war groß, starkknochig und etwa fünfunddreißig Jahre alt; Bruce bemerkte erleichtert, daß sie kräftig und leidlich intelligent aussah. »Kommen Sie herein«, sagte er, und sie trat näher, die Augen bereits auf Amber geheftet. »Ich bin Lord Carlton; meine Frau ist verzweifelt krank, wie Sie sehen, und bedarf der besten Pflege. Ich würde sie selbst pflegen, aber ich bin noch in der Genesung und kann nicht aufstehen. Wenn Sie sie gut pflegen und wenn sie am Leben bleibt, werde ich Ihnen hundert Pfund geben.« Daß Amber seine Frau war, hatte er erfunden, weil die Wahrheit schließlich niemanden anging, und er versprach der Pflegerin hundert Pfund, denn das mochte ihr mehr Eindruck machen als eine größere Summe, die ihr unglaubhaft erschienen wäre.

Sie schaute ihn überrascht an. »Hundert Pfund, Sir!«

Sie näherte sich dem Rollbett und beobachtete Amber, deren Finger ruhelos an der Decke zupften, die Bruce über sie gezogen hatte. Bis auf diese eine Bewegung schien sie völlig leblos zu sein. Unter ihren Augen waren schmutziggrüne Ringe, und auf dem unteren Teil ihres Gesichts war gelber Speichel eingetrocknet.

Die Frau schüttelte den Kopf. »Sie ist sehr krank, Euer Lordschaft, ich weiß nicht . . .«

»Natürlich wissen Sie nicht!« fuhr Bruce sie ärgerlich und ungeduldig an. »Aber Sie können es versuchen! Sie ist angezogen. Nehmen Sie ihr die Kleider ab, waschen Sie ihr Gesicht und Hände, und legen Sie sie zwischen Decken, das wird wenigstens bequemer für sie sein. Sie hat für mich gekocht, Suppe und was Sie sonst brauchen, werden Sie in der Küche finden. Dort drüben sind saubere Handtücher und Bettücher. Der Boden muß gefegt und der Salon aufgeräumt werden. Gestern ist hier eine Frau gestorben. Und jetzt gehen Sie an die Arbeit! Wie heißen Sie?« fügte er hinzu.

»Mrs. Sykes, Sir. Ja, Sir.«

Mrs. Sykes, die Bruce erzählte, sie sei Amme gewesen, habe aber ihre Stelle verloren, weil ihr Mann an der Pest gestorben sei, arbeitete den ganzen Tag sehr hart. Bruce ließ ihr keine Möglichkeit, zu faulenzen oder sich auch nur auszuruhen, und obwohl sie wußte, daß er hilflos war und nicht aufstehen konnte, gehorchte sie demütig, sei es aus Respekt vor seinem Titel oder vor den hundert Pfund – das wußte er nicht, und es war ihm auch gleichgültig.

Doch abends schien es Amber, wenn das überhaupt möglich war, noch schlechterzugehen. Eine Beule war in ihrer rechten Leiste angeschwollen, und obgleich die Beule immer größer wurde, blieb sie doch hart und wollte nicht aufbrechen. Mrs. Sykes war sehr besorgt, denn das war ein sehr schlechtes Zeichen, und selbst die Senfpflaster, die sie auflegte und die die Haut reizten, blieben wirkungslos.

»Was können wir tun?« fragte Bruce. »Wir müssen doch irgend etwas tun! Was haben Sie mit Ihrem Patienten getan, wenn die Beule nicht aufbrechen wollte?« Mrs. Sykes sah auf Amber hinunter. »Nichts, Sir«, sagte sie langsam. »Gewöhnlich sind sie gestorben.«

»Sie wird nicht sterben«, schrie er. »Wir werden etwas tun. Wir müssen etwas tun – sie kann nicht sterben!« Er sah weniger wohl aus als am Vortag, aber er zwang sich, wach zu bleiben, als könnte er sie am Leben erhalten, wenn er bei ihr wachte.

»Wir könnten es mit einem Einschnitt versuchen«, sagte sie, »wenn es morgen noch nicht anders ist. Das tun die Doktoren. Aber der Schmerz macht sie machmal toll.«

»Schweigen Sie! Das will ich nicht hören. Gehen Sie hinaus, und bringen Sie ihr irgend etwas zu essen!«

Er war fast erschöpft und konnte seinen Mißmut nicht beherrschen, denn er litt furchtbar unter seiner eigenen Ohnmacht. Immer wieder ging es ihm durch den Kopf: sie ist durch meine Schuld krank, und jetzt, da sie mich braucht, liege ich hier wie ein Tropf und kann nichts für sie tun!

Er war beinahe erstaunt darüber, daß Amber die Nacht überlebte. Am Morgen aber nahm ihre Haut eine bräunliche Färbung an, ihr Atem ging flach, und der Herzschlag wurde schwächer. Mrs. Sykes verhehlte ihm nicht, daß all das Anzeichen des nahen Endes seien.

»Dann werden wir die Beule aufschneiden!«

»Aber es kann sie töten!«

Mrs. Sykes hatte Angst, irgend etwas zu tun, denn, was immer sie tat, die Kranke würde sterben und sie selbst das größte Vermögen verlieren, das sie je erträumt hatte.

Er schrie fast: »Tun Sie, was ich Ihnen gesagt habe!« Dann ließ er die Stimme sinken und sprach ganz ruhig, aber dennoch drängend und gebieterisch: »Oben in der Lade dieses Tisches liegt ein Rasiermesser – holen Sie es. Nehmen Sie die Schnüre von den Vorhängen, und binden Sie ihr Knie und Knöchel. Schlingen Sie die Schnur um das Bett, so daß sie sich nicht rühren kann, und binden Sie ihr die Hände an die Pfosten. Holen Sie Handtücher und ein Becken. Schnell!«

Mrs. Sykes lief nervös durch das Zimmer, aber ein paar Minuten später war sie seinen Weisungen gefolgt. Amber lag fest gebunden auf dem Rollbett und war noch immer völlig besinnungslos.

Bruce rückte an den Rand seines Bettes. »Gott gebe, daß sie es nicht merkt«, murmelte er und dann: »Jetzt! Nehmen Sie das Messer und schneiden Sie – rasch und tief. Dann wird es weniger schmerzen. Rasch!« Seine rechte Hand war geballt, und ihre Adern schwollen.

Mrs. Sykes sah entsetzt zu ihm auf, das Rasiermesser fest in der Hand. »Ich kann nicht, Euer Lordschaft, ich kann nicht.« Ihre Zähne begannen zu klappern. »Ich habe Angst! Und wenn sie daran stirbt!«

Bruce schwitzte. Er benetzte seine trockenen Lippen mit der Zunge und schluckte krampfhaft. »Sie können, Sie Närrin! Sie müssen es tun! Jetzt! Jetzt!«

Mrs. Sykes starrte ihn einen Augenblick an und dann beugte sie sich wie unter der Hypnose seines Willens und setzte die Schneide des Rasiermessers an den hochaufgeschwollenen, harten roten Knollen in Ambers Leiste. In diesem Moment rührte sich Amber und wandte den Kopf zu Bruce. Mrs. Sykes fuhr zusammen.

»Schneiden Sie«, sagte Bruce heiser, seine Fäuste trommelten in hilfloser Wut, sein Gesicht war von dem Blutandrang dunkel geworden und die Adern an Hals und Schläfen waren dick wie Stränge und zitterten.

Mit plötzlichem Entschluß drückte Mrs. Sykes die Klinge in die Beule, doch da begann Amber zu stöhnen, und ihr Stöhnen ging in ein immer lauteres Schreien über. Mrs. Sykes ließ das Messer fallen, wich zurück und sah Amber an, die sich befreien wollte, die sich in furchtbarer Anstrengung wand, um der Qual zu entfliehen, und aufschrie.

Bruce erhob sich aus dem Bett. »Helfen Sie mir!«

Mrs. Sykes trat rasch hinzu, legte einen Arm um seinen Rücken, den andern unter seinen Ellbogen, und im Nu kniete er neben dem Rollbett und ergriff das Messer.

»Halten Sie hier! Hier! Bei den Knien!«

Abermals gehorchte Mrs. Sykes, obgleich Amber nicht aufhörte, an den Fesseln zu zerren, zu schreien und die Augen zu rollen, wie ein angsttolles Tier. Mit aller Kraft, die ihm noch geblieben war, drückte Bruce das Messer in die harte Masse und drehte es darin um. Als er es herauszog, begann das Blut zu fließen, spritzte auf ihn, und Amber sank bewußtlos zurück. Auch sein Kopf fiel hilflos auf seine Faust herab, seine eigene Wunde hatte sich geöffnet, und der Verband färbte sich mit frischem Blut.

Mrs. Sykes versuchte ihm zu helfen. »Euer Lordschaft! Sie müssen wieder ins Bett! Euer Lordschaft – bitte!«

Sie entrang ihm das Rasiermesser, und mit ihrer Hilfe kroch er wieder ins Bett. Sie deckte ihn zu und wandte sich unverzüglich wieder zu Amber, deren Haut jetzt weiß und wächsern war. Ihr Herz schlug sehr schwach. Das Blut floß reichlich aus der Öffnung, aber es war kein Eiter darin, und das Gift entwich nicht.

Mrs. Sykes arbeitete eifrig, und jetzt aus eigener Initiative, denn Bruce war völlig erledigt. Sie wischte das Blut weg, sie erwärmte Ziegelsteine, füllte jede Wärmflasche des Hauses und legte sie um Amber; sie preßte ihr warme Tücher über die Stirn. Wenn sie irgendwie zu retten war, dann wollte Mrs. Sykes es tun, um ihre hundert Pfund zu kriegen.

Fast eine Stunde dauerte es, bis Bruce wieder zur Besinnung kam, und dann versuchte er sich sogleich aufzusetzen. »Wo ist sie? Sie haben nicht erlaubt, daß man sie wegschafft!«

»Pst, Sir! Ich glaube, daß sie schläft. Sie lebt noch, Sir, und es geht ihr vielleicht besser.«

Er beugte sich vor, um nach Amber zu sehen. »Oh, Gott sei Dank, Gott sei Dank! Ich schwöre Ihnen, Mrs. Sykes, daß Sie Ihre hundert Pfund kriegen, wenn sie am Leben bleibt. Ich will sogar zweihundert daraus machen.«

»Oh, vielen Dank, Sir! Aber jetzt sollten Sie sich lieber hinlegen und ruhig liegenbleiben – sonst würde es Ihnen selbst schlecht bekommen.«

»Ja, ja, schon gut. Wecken Sie mich, wenn sie . . .« Die Worte verschwammen.

Am Ende begann auch der Eiter zu rinnen, und die Wunde schied das Gift aus. Amber lag völlig ruhig wie in tiefster Erschöpfung, aber ihre Haut war nicht mehr dunkel, und obgleich ihre Wangen auf die Knochen herabgesunken waren und um ihre Augen schwarze Ringe lagen, schlug ihr Puls doch stärker, sicherer. Der Klang der Glocken schien plötzlich den Raum zu füllen. Mrs. Sykes schrak auf, aber dann entspannte sie sich wieder; für ihre Patienten würden sie heute nacht nicht läuten.

*

»Ich habe hart für mein Geld gearbeitet, Sir«, sagte Mrs. Sykes am Morgen des vierten Tages zu ihm. »Und ich bin jetzt überzeugt, daß sie am Leben bleiben wird. Kann ich mein Geld haben?«

Bruce lächelte. »Sie haben hart gearbeitet, Mrs. Sykes. Und ich bin Ihnen dankbarer, als ich sagen kann. Aber Sie werden doch noch eine Weile warten müssen.« Er wollte ihr nichts von dem Schmuck geben, teils weil es Ambers persönlicher Besitz war, teils auch weil es die Pflegerin zum Diebstahl oder zu sonst einem Verbrechen ermutigt hätte. Mrs. Sykes hatte ihre Pflicht getan, aber er wußte, daß es töricht wäre, ihr zu trauen. »Ich habe nur ein paar Schilling im Haus – und die brauchen wir für Lebensmittel. Sobald ich ausgehen kann, hole ich Ihnen das Geld.«

Er vermochte jetzt bereits den größeren Teil des Tages im Bett zu sitzen, und wenn es nötig war, stand er auch auf, aber länger als einige Minuten konnte er sich noch nicht aufrechthalten. Seine ständige Schwäche schien ihn ebenso zu amüsieren wie in Wut zu bringen. »Man hat mir in den Magen geschossen und durch die Schulter gestochen«, sagte er einmal zu Mrs. Sykes. »Ich bin von einer giftigen Schlange gebissen worden und hatte Tropenfieber – aber ich will verflucht sein, wenn ich mich jemals so elend gefühlt habe.«

Viele Stunden verbrachte er mit Lesen, obgleich es nur sehr wenige Bücher in der Wohnung gab und er die meisten schon gelesen hatte. Einige von ihnen hatten zur Wohnungseinrichtung gehört, und es waren höchst achtbare Werke darunter wie die Bibel, Hobbes ›Leviathan‹, Bacons ›Novum Organum‹, mehrere Theaterstücke von Beaumont und Fletcher, Brownes ›Religio Medici‹.

Ambers Bücher waren zwar gering an der Zahl, aber dafür unterhaltsamer. Da gab es einen Kalender, der recht abgegriffen und verkritzelt war und in dem die günstigen und ungünstigen Tage angemerkt waren, ebenso die Tage für Purgieren und Aderlaß – obgleich beides, soviel er wußte, bei ihr keine Rolle spielte. Ihr vertrautes Gekritzel war auch auf dem Vorsatzblatt von einem halben Dutzend anderer Bücher zu erkennen: ›L'ecole des Filles‹, ›Die listige Dirne‹, ›Die wandernde Hure‹, ›Notizen zu den Stellungen des Aretino‹, ›Ars Amatoria‹ und – offenbar, weil es das Buch des Tages war, Butlers ›Hudibras‹. Bis auf dieses letzte sahen die Bücher vielgelesen aus. Er lächelte, denn wenn dieselben Bücher wohl auch im Boudoir fast jeder Hofdame zu finden sein mochten, waren sie nichtsdestoweniger recht typisch für Amber.

Er saß immer am Rande seines Bettes, von wo aus er sie beobachten konnte, und keine Bewegung, kein Geräusch entging ihm. Sehr langsam schien sie sich besser zu fühlen, wenn auch der Zustand der Wunde ihn beunruhigte, denn sie öffnete sich immer weiter und tiefer, bis sie eine Fläche von zwei Zoll Durchmesser bedeckte. Doch er wie Mrs. Sykes waren überzeugt, daß Amber gestorben wäre, wenn man die Beule nicht geöffnet hätte.

Manchmal hob sie zu seinem tiefsten Entsetzen die Hände, wie um einen Schlag abzuwehren, und schrie jämmerlich: »Nicht, bitte nicht! Schneidet nicht!« Und dann wurde aus einem Schrei ein herzzerreißendes Stöhnen, das ihm kalten Schweiß auf die Stirne trieb. Dann aber fiel sie wieder in ihre Besinnungslosigkeit zurück.

Erst am siebenten Tag sah und erkannte sie ihn. Er war aus dem Salon gekommen, und sie saß auf Mrs. Sykes' Arm gestützt und schlürfte gleichgültig und leidend ein wenig Fleischbrühe. Er hatte eine Decke um die Schultern und kniete jetzt neben dem Rollbett nieder.

Sie schien seine Gegenwart zu fühlen, und ihr Kopf wandte sich langsam zu ihm. Eine ganze Weile sah sie ihn an, und dann flüsterte sie leise: »Bruce!«

Er nahm eine ihrer Hände in die seinen. »Ja, Liebling, ich bin hier.«

Sie erzwang ein Lächeln und wollte sprechen, aber die Worte kamen nicht, und er entfernte sich, um ihr die Anstrengung zu ersparen. Doch am nächsten Morgen, zeitig früh, als Mrs. Sykes ihr das Haar kämmte, sprach sie wieder zu ihm, wenn ihre Stimme auch so schwach und dünn war, daß er sich über sie beugen mußte, um sie zu verstehen.

»Wie lange bin ich hier gewesen?«

»Heute ist der achte Tag, Amber.«

»Bist du noch nicht gesund?«

»Beinahe. In ein paar Tagen werde ich dich schon pflegen können.«

Sie schloß die Augen und ließ einen langen, müden Seufzer hören. Ihr Kopf fiel seitwärts auf das Kissen, ihr Haar lag schlaff und fettig in dikken Strähnen um ihren Kopf, und die Locken waren zumeist verschwunden. Die Knochen standen unter der Haut hervor, und man konnte die Rippen zählen.

An diesem gleichen Tag wurde Mrs. Sykes krank, und obgleich sie ei nige Stunden lang protestierte und behauptete, es sei nichts als eine leichte Magenverstimmung, wußte Bruce es doch besser. Er wollte nicht, daß sie Amber länger pflegte, und schlug ihr vor, sich im Kinderzimmer hinzulegen und auszuruhen, was sie dann auch gleich tat. Dann ging er, in eine Decke gehüllt, in die Küche.

Mrs. Sykes hatte weder Neigung noch Zeit, wahrscheinlich nicht einmal genügend Kenntnisse, um einen Haushalt gut zu führen, und so waren sämtliche Zimmer in Unordnung, Staubwolken hoben sich vom Boden, die Möbel waren schmutzbedeckt, abgebrannte Kerzenstummel lagen herum, wo sie sie gerade hingeworfen hatte. In der Küche häuften sich schmutzige Kasserollen und Teller, große Mengen blutgetränkter Fetzen oder Tücher, und die Lebensmittel waren noch nicht weggeräumt worden, sondern lagen auf dem Tisch oder gar auf dem Boden. In der Hitze verdarb alles sehr schnell; die Butter war ranzig geworden, die Milch wurde sauer, und einige der Eier stanken, als er sie öffnete. Er löffelte eine Schale Suppe – Mrs. Sykes' Erzeugnis und bei weitem nicht so schmackhaft wie Ambers Suppe gewesen war –, und dann nahm er das Beste, was er nur finden konnte, und brachte es Amber.

Während er sie langsam, Löffel nach Löffel, fütterte, begann Mrs. Sykes plötzlich zu delirieren. Amber umklammerte sein Handgelenk, die Augen schreckerfüllt.

»Was ist das?«

»Das ist nichts, Liebling. Irgend jemand auf der Straße. Hier – jetzt ist es genug. Du mußt dich wieder hinlegen.«

Sie gehorchte, aber ihre Augen beobachteten ihn, als er zur Tür des Kinderzimmers ging, den Schlüssel im Schloß umdrehte, herauszog und auf den Tisch warf.

»Dort drin ist jemand«, sagte sie leise, »jemand, der krank ist.«

Er kam zurück und setzte sich neben sie. »Es ist die Pflegerin. Aber sie kann nicht heraus. Du bist hier vollkommen in Sicherheit, Liebling, und jetzt muß du wieder schlafen.«

»Aber was, wenn sie stirbt, Bruce – wie willst du sie aus dem Haus kriegen?« Der Ausdruck ihrer Augen zeigte, woran sie dachte; an die Spong, wie sie sie die Treppe hinuntergeschleift hatte, und an den Leichenkarren.

»Darum mach dir keine Sorgen. Denk nicht einmal daran. Irgendwie werde ich es schon machen. Aber jetzt mußt du schlafen, Liebling, schlaf und werde gesund!«

Zwei oder drei Stunden tobte die Pflegerin in ihren Delirien, schlug an die Tür, schrie, man solle sie hinauslassen, verlangte das Geld, das man ihr versprochen hatte, aber er antwortete nicht. Die Fenster des Kinderzimmers sahen nach dem Hof, und einmal nachts hörte er, wie Mrs. Sykes die Scheiben einschlug und wild hinausschrie. Und dann hörte er ein lautes Geheul, als sie hinauskletterte und zwei Stockwerke tiefer auf dem Boden aufschlug. Als der Leichenkarren vorbeikam, öffnete er das Fenster, um dem Wächter zu sagen, wo man sie suchen solle.

Es war gegen Mittag des nächsten Tages, als eine andere Pflegerin erschien.

Er lag flach auf dem Rücken und döste vor sich hin, denn er hatte aufstehen müssen, um Amber etwas zu essen zu bringen, ihren Verband zu wechseln und ihre Hände zu waschen, und war jetzt ganz erschöpft. Und dann öffnete er langsam die Augen und sah eine alte Frau neben sich stehen, die ihn mit einem merkwürdig forschenden Blick anschaute. Warum war sie so in aller Stille gekommen, fragte er sich, und ihr Aussehen und ihre Manieren machten ihn sogleich mißtrauisch.

Sie war alt, ihre Kleider schmutzig, ihr Gesicht tief durchfurcht, und ihr Atem hatte einen üblen Geruch. Doch er bemerkte, daß sie Brillantohrringe trug, die echt zu sein schienen, und an den Fingern einige Ringe, offenbar von hohem Wert. Sie war entweder eine Diebin oder eine Leichenräuberin oder beides.

»Guten Tag, Sir, der Beamte hat mich hergeschickt. Ich bin Mrs. Maggot.«

»Ich bin beinahe geheilt«, sagte Bruce und sah sie fest an, es lag ihm daran, sie glauben zu machen, daß er kräftiger sei, als er wirklich war. »Aber meine Frau braucht noch ziemlich viel Pflege. Heute früh habe ich ihr eine Mahlzeit gegeben, und jetzt sollte sie wieder eine bekommen. Die letzte Pflegerin hat die Küche in größter Unordnung gelassen; es ist nichts mehr zu essen im Haus, aber Sie können den Wächter schikken.«

Während er sprach, musterten ihre Blicke die Einrichtung des Zimmers, den Silberstoff, der das Bett und die Stühle bedeckte, die Tische mit den Marmorplatten, die prächtigen Vasen auf dem breiten Kaminsims.

»Wo ist Geld?« fragte sie, ohne ihn anzusehen.

»Dort auf dem Tisch sind vier Schilling. Damit kann man alles kaufen, was wir brauchen – der Wächter nimmt sich immer etwas davon für seine Mühe.«

Sie griff nach dem Geldstück, warf es zum Fenster hinaus und trug dem Wächter auf, eine fertige Mahlzeit aus einer Garküche zu holen. Offenbar hatte sie nicht die Absicht, selbst etwas zu kochen. Und als er sie später ersuchte, den Verband zu wechseln, weigerte sie sich; jede Pflegerin, die das getan hatte, sei daran gestorben, aber sie wünsche, auf andere Art zu sterben.

Bruce war wütend, aber er antwortete ruhig: »Wenn Sie nicht helfen wollen, können Sie ebensogut gehen.«

Sie grinste ihn unverschämt an, und er fürchtete, daß sie bereits ahnte, es sei mit seiner Kraft nicht so weit her, wie er tat. »Nein, Mylord. Ich bin vom Kirchspiel hergeschickt worden. Wenn ich nicht bleibe, bekomme ich mein Geld nicht.«

Einen Augenblick maßen sie einander, dann schlug er eine Decke um sich und stand auf. Sie beobachtete ihn scharf, als er neben Amber kniete, bis er sich endlich erbittert umwandte.

»Gehen Sie! Ins andere Zimmer!«

Sie grinste wieder, ging aber und schloß die Tür. Er befahl ihr, die Türe offen zu lassen, aber das nahm sie nicht zur Kenntnis. Leise fluchend legte er Amber den neuen Verband an und fiel dann wieder ins Bett. Im Salon blieb alles ruhig. Eine halbe Stunde verging, bevor er wieder aufstehen konnte; dann schleppte er sich durch das Zimmer, öffnete leise die Tür und sah, wie die Pflegerin eine Tischlade durchstöberte. Überall lagen alle möglichen Dinge herum, und man konnte leicht erkennen, daß sie jedes Möbelstück methodisch nach geheimen Laden und Verstecken durchsucht hatte, wie es sie fast in jedem Schrank gab.

»Mrs. Maggot!«

Sie sah auf und erwiderte seinen Blick ganz kühl. »Sir?«

»Sie werden nichts von Wert versteckt finden. Alles, was Sie stehlen können, ist auf den ersten Blick zu sehen. Wir haben, bis auf ein paar Münzen für den Haushalt, kein Geld in der Wohnung.«

Sie antwortete nicht, wandte sich aber ab und ging ins Eßzimmer. Bruce schwitzte vor Wut und Nervosität, denn er zweifelte keinen Augenblick, daß das alte Weib sie beide, ohne eine Sekunde zu zögern, ermorden würde, wenn sie wüßte, daß fast vierzig Pfund im Haus versteckt waren. Er wußte, daß Pflegerinnen den tiefsten Schichten entstammten: Verbrecherinnen, die man bisher nicht erwischt hatte oder aber – in Seuchenzeiten – Frauen wie Mrs. Sykes, die durch Mißgeschick dazu gezwungen waren.

In dieser Nacht konnte er nicht gut schlafen, weil er sie im Salon wußte. Als sie festgestellt hatte, daß Mrs. Sykes krank gewesen war, weigerte sie sich, ins Krankenzimmer zu gehen. Und als er sie zwei- oder dreimal aufstehen hörte, lag er in größter Angst und Spannung. Wenn sie uns töten will, dachte er, dann werde ich versuchen, sie zu erdrosseln. Aber er schloß und öffnete verzweifelt die Faust, denn seine Finger hatten nur wenig von ihrer alten Kraft wiedererlangt.

Am nächsten Morgen, kurz vor Tagesanbruch, schlief er fest ein, und als er erwachte, stand sie gerade über ihn gebeugt, und ihre Hand suchte unter der Matratze, auf der er lag. Daß er die Augen öffnete, störte sie nur wenig, sie richtete sich langsam und keineswegs verlegen auf. Ihrem Ausdruck konnte er nicht entnehmen, ob sie den Beutel mit Geldstükken und Schmuck entdeckt hatte.

»Ich habe gerade ihr Bettuch glattgezogen.«

»Das werde ich schon selbst besorgen.«

»Sie haben gestern gesagt, Sir, ich könnte gehen. Wenn Sie mir fünfzig Pfund geben, dann bin ich dazu bereit.«

Er sah sie scharf an und merkte, daß sie ihr Angebot nur darum gemacht hatte, um herauszukriegen, ob er zugeben würde, daß sie so viel Geld im Hause hatten, oder nicht. »Ich habe Ihnen ja gesagt, Mrs. Maggot – ich habe nur ein paar Schilling hier.«

»Wie kommt das, Sir? Nur ein paar Schilling – ein Lord, der in so einer Wohnung wohnt!«

»Wir lassen unser Geld bei einem Goldschmied. Ist noch etwas Essen von gestern da?«

»Nein, Sir. Der Wächter hat das meiste gestohlen. Wir müssen ihn heute wieder einkaufen schicken.«

Den ganzen Tag konnte er, wann immer er aufstand, fühlen, wie sie ihn beobachtete, obgleich sie den größten Teil der Zeit nicht im Zimmer war. Sie weiß, daß Geld da ist, dachte er, und heute nacht wird sie versuchen, es zu finden. Aber wenn auch kein Farthing in barem Geld da wäre, so gab es doch die Möbel, die für sie ein Vermögen darstellten, obgleich sie sie nur einem Hehler verkaufen konnte.

Den ganzen Tag verbrachte er damit, nachzudenken und Pläne zu schmieden, denn wenn er ihrer beider Leben retten wollte, dann mußte er vorbereitet sein, was immer sie auch unternehmen mochte. Und während dieser Zeit fuhren die Leichenkarren dreimal vorüber, denn es gab jetzt zu viele Tote, als daß man sie nur bei Nacht hätte begraben können.

Er erwog jede Möglichkeit.

Wenn er den Wächter um Hilfe bat, würde sie es belauschen, und er hatte keinen Grund, dem Wächter mehr zu trauen. Da gab es keine Wahl; er mußte allein mit der Sache fertig werden. Es war unwahrscheinlich, daß sie ein Messer gebrauchen würde, denn das gäbe verräterische Wunden. Sie beide mit einer Schnur zu erdrosseln wäre leicht, denn sie waren noch sehr schwach. Sie würde zuerst ihn zu töten versuchen, denn Amber könnte kaum mehr Widerstand leisten als eine kleine Katze. Doch als er mit seinen Gedanken soweit gelangt war, fand er sich vor Problemen, die in seinem jetzigen Schwächezustand unlösbar waren. Wenn er die Tür schlösse und dahinter wartete, würde sie merken, daß er da war, und er würde das lange Warten nicht aushalten. Wenn er die Tür versperrte, würde sie sich den Eintritt doch erzwingen, und im offenen Kampf war er ihr nicht gewachsen, denn mochte er auch kräftiger sein, so konnte er sich doch nicht rasch bewegen und wäre bald erschöpft.

Endlich beschloß er, ein Bündel aus Decken zu machen, ins Bett zu legen und in nächster Nähe hinter dem Vorhang versteckt zu warten. Aber der Plan wurde dadurch vereitelt, daß sie sich weigerte, die Tür zu schließen. Als er sie bei Einbruch der Dunkelheit darum ersuchte, gehorchte sie wohl, aber wenige Minuten später hörte er, wie die Tür sich ganz langsam wieder öffnete. Eine Stunde lang blieb sie spaltbreit offen, dann rief er abermals.

»Mrs. Maggot! Schließen Sie die Tür!«

Sie antwortete nicht, schloß aber die Tür. Das Zimmer wurde dunkler, als das Zwielicht in Nacht überging. Eine halbe Stunde lang wartete er, dann stand er leise, vorsichtig auf, hielt ständig den Blick auf die Tür gerichtet und machte ein Bündel aus den Decken. Er war beinahe fertig, als er ein Knarren hörte – und sah, wie die Tür sich wieder öffnete.

Erbittert und in äußerster Besorgnis rief er ihren Namen: »Mrs. Maggot!« Sie antwortete nicht, aber er konnte ihre Anwesenheit fühlen, ihren spähenden Blick, denn wenn auch keine Kerzen brannten, so schien doch hinter ihm der Mond. Bruce konnte sie nicht sehen, aber sie konnte ihn sehen. Er legte sich wieder ins Bett und schwitzte vor Wut bei dem Gedanken, daß sie beide die Pest überlebt haben sollten, um jetzt von den Händen eines schmutzigen, habgierigen Weibes zu sterben.

Doch nein, das durfte nicht geschehen! Ich werde nicht zulassen, daß sie uns umbringt! Er fühlte die Verantwortung für Ambers Leben noch heftiger und entschiedener als für sein eigenes.

Die Stunden gingen vorüber.

Mehrmals hörte er den Leichenkarren, und die Sterbeglocke läutete mindestens zwanzigmal. Wider Willen lauschte er auf den Klang und zählte, wie oft sie schlug – zwölf Frauen, acht Männer waren heute nacht im Kirchspiel gestorben. Ihm graute davor, daß er einschlafen könnte – denn die Müdigkeit überflutete ihn in Wellen –, und er zwang sich, jedes Gedicht, das er kannte, jedes Lied, das er je gesungen hatte, aufzusagen. Er machte sich im Geist eine Liste der Bücher, die er gelesen, der Frauen, die er geliebt, der Städte, die er besucht hatte. Das hielt ihn wach.

Dann endlich kam sie.

Er sah, wie die Tür sich langsam öffnete, und gleich darauf hörte er den Fußboden knarren. Der Mond war untergegangen, und es herrschte jetzt tiefstes Dunkel. Sein Herz begann schwer zu schlagen, und sein ganzes Wesen war unnatürlich wach, seine Augen spähten angestrengt in die Nacht, die ihn umgab, seine Ohren horchten, bis er glaubte, sein eigenes Blut kreisen zu hören.

Sachte kam sie näher. Jedesmal, wenn er das Holz des Fußbodens knarren gehört hatte, folgte eine Stille, die ihm unendlich schien, und schließlich konnte er nicht mehr sagen, woher das Geräusch kam. Diese Stille war eine qualvolle Marter, aber er zwang sich, reglos liegenzubleiben und tief und natürlich zu atmen. Seine Nerven zitterten, und es drängte ihn heftig, aufzuspringen und zu versuchen, sie zu fassen. Trotzdem wagte er es nicht, denn sie konnte sich ihm entziehen, und dann waren sie beide hilflos. Er hatte eine verzweifelte Angst, seine Kräfte würden diese Spannung nicht ertragen. Schon jetzt schienen sie zu schwinden, und die Muskeln in Beinen und Armen schmerzten.

Und dann, fast unerwartet, spürte er den Geruch ihres Atems und wußte, daß sie da war, just neben ihm. Seine Augen waren weit geöffnet, aber er vermochte nichts zu sehen. Einen Augenblick lang zauderte er. Dann, mit einer Geschwindigkeit und Kraft, die ihn überrumpelte, warf sie ihm eine Schlinge über den Kopf und zog zu. Sein Arm fuhr in die Höhe, packte sie, riß sie über sich auf das Bett, hatte im Nu die Finger durch die Schlinge gestoßen, hatte sie abgestreift und über den Kopf der Frau geworfen. Mit beiden Händen und mit aller Kraft, die er besaß, zog er zu. Sie wehrte sich, kämpfte wütend, röchelte, während er die Schnur immer fester zuzog, und als er nach einigen Minuten erkannte, daß sie tot war, ließ er sie auf den Boden gleiten und fiel fast besinnungslos auf das Bett zurück. Amber schlief ganz ruhig.

Als er den Körper die Treppe hinuntergeschleift hatte, um ihn vom Leichenkarren wegschaffen zu lassen, gab er dem Wächter fünf Guineen und nahm ihm dafür das Versprechen ab, keine Meldung beim Kirchspiel zu erstatten; er wollte keine Pflegerin mehr im Hause. Jetzt war er gesund genug, um Amber selbst zu pflegen, wenn es auch in den nächsten Tagen schwierig werden mochte.

Am nächsten Morgen entdeckte er, daß Mrs. Maggot die Küche womöglich in noch schlimmerem Zustand hinterlassen hatte als Mrs. Sykes. Es stank nach verfaultem Obst und Gemüse, das Fleisch war nur ein Gewimmel von Würmern und das Brot mit grünem Schimmel bedeckt. Nichts Eßbares war vorhanden, und da er noch nicht imstande war, aufzuräumen oder selbst etwas zu kochen, sandte er den Wächter in ein Gasthaus, ein fertiges Essen zu holen.

Doch er wurde von Tag zu Tag kräftiger, und wenn er sich anfangs nach der kleinsten Anstrengung ausruhen mußte, so konnte er jetzt schon alle Zimmer säubern. Und eines Tages, als Amber schlief, trug er sie in das frischgemachte Bett, und von nun an schlief er selbst auf dem Rollbett. Sie scherzten miteinander über seine Künste in Haushalt und Küche – denn sobald er sich wohl genug fühlte, kochte er selbst – und zum ersten Male lachte sie wieder, als sie eines Morgens erwachte und ihn, nur mit einem Handtuch um die Hüfte bekleidet, den Boden fegen sah.

Bald konnte er auch selbst die Eßwaren einkaufen gehen – die Wache war als überflüssig zurückgezogen worden – aber er fand die Straßen fast völlig leer.

Zehntausend Menschen wurden jede Woche dahingerafft, und es war eine erscheckende, unheimliche Tatsache, daß viele Tote niemals angemeldet oder auch nur gezählt wurden. Leichenkarren fuhren Stunde für Stunde vorbei, und dennoch lagen Hunderte toter Leiber auf den Straßen oder häuften sich auf den Plätzen – manchmal tagelang – und die Ratten schwärmten aus ihren Löchern. Manche Leichen waren halbzernagt, als sie endlich begraben wurden. An den Türen sah man keine roten Kreuze mehr, sondern es wurden statt dessen große bedruckte Zettel angenagelt. Zwischen den Pflastersteinen wuchs Gras; Tausende von Häusern lagen verlassen, und ganze Straßen wurden mit Barrikaden abgesperrt, weil alle ihre Bewohner tot oder geflüchtet waren. Selbst die Sterbeglocken tönten nicht mehr. Die Stadt lag still, heiß und stinkend da.

Bruce sprach mit den Ladenbesitzern, von denen viele den ersten Schrecken überwunden hatten, ebenso wie andere Städter, die geblieben waren. Der Tod war etwas so Gewöhnliches geworden, daß eine Art Verachtung an Stelle der Furcht getreten war. Die Ängstlichen schlossen sich in ihren Häusern ein und wagten sich nicht auf die Straße. Andere, die ihren täglichen Geschäften nachgingen, bewiesen einen manchmal durch Vorsicht gemilderten Fatalismus, manchmal aber auch eine ganz bewußte Gleichgültigkeit. Trauerkleider sah man kaum noch, obgleich am Ende der ersten Septemberwoche täglich zweitausend Menschen starben und fast jede Familie jemanden verloren hatte.

Unzählige groteske und gräßliche Geschichten gingen von Mund zu Mund, doch keine war gräßlicher als das, was wirklich geschah. Beispiele lebend Begrabener waren allgemein bekannt – teils weil der todesähnliche Erschöpfungsschlaf den Irrtum möglich machte, teils auch weil die Pflegerinnen ihn dazu benützten, den Kranken wegzuschaffen, um das Haus ungestört zu plündern. Da gab es die Geschichte von dem Metzger, den man in seinem Leichentuch hinausgelegt und den der Leichenkutscher übersehen hatte. Am nächsten Morgen kam der Mann wieder zum Bewußtsein und war jetzt, wie man erzählte, auf dem Weg der Genesung. Ein Mann floh im Delirium aus dem Haus, stürzte sich in die Themse, schwamm ans andere Ufer und wurde wieder gesund. Ein anderer, der ohne Pflege war, warf eine Kerze um und verbrannte in seinem Bett. Eine junge Frau entdeckte an ihrem kleinen Kind einen Pestfleck, zerschmetterte ihm den Schädel an einer Hausmauer und lief mit gellendem Geschrei durch die Straßen.

Am ersten Tag, da Bruce wieder imstande war, sich auf den Beinen zu halten, ging er die halbe Meile bis zum Hause Almsburys, sperrte die Tür mit dem Schlüssel auf, den er hatte, und holte sich einen anderen Anzug. Den Anzug, den er trug, zog er aus und verbrannte ihn. Einige von den Dienstleuten waren zurückgeblieben, um das Haus zu hüten, denn viele der großen, leeren Häuser waren jetzt von Bettlern und Dieben ausgeraubt worden, und sie hatten sich nun mehr als zwei Monate dort eingeschlossen. Sie wollten nicht in seine Nähe kommen, riefen ihm von weitem Fragen zu und waren froh, als er wieder ging.

Ende der zweiten Septemberwoche war Amber imstande, sich anzuziehen und jeden Tag einige Minuten lang auf dem Hof zu sitzen. Zum ersten Male trug Bruce sie hinunter und wieder hinauf, doch sie bat ihn, sie allein gehen zu lassen, denn sie wollte sich so weit kräftigen, daß sie mit Bruce die Stadt verlassen konnte. Sie glaubte, daß London von Gott verflucht sei, und wenn sie die Stadt nicht verließen, müßten sie mit den andern sterben. Denn obgleich es ihr viel besser ging, war ihre Stimmung düster und schwermütig und völlig ihrer gewohnten Art entgegengesetzt. Bruce fühlte sich so gesund, daß auch sein Vertrauen und sein Optimismus wiedergekehrt waren, und er bemühte sich, sie zu erheitern, aber das war nicht leicht.

»Heute habe ich eine merkwürdige Geschichte gehört«, sagte er eines Morgens, als sie im Hof saßen.

Er hatte ihr einen Stuhl hinuntergebracht, und sie ließ sich hineinsinken. Die Kleider, die sie getragen hatte, während sie ihn pflegte, hatte er verbrannt, und das einzige Kleid, das noch übrig blieb, war hochgeschlossen und aus schwarzer Seide, und ihr Teint wirkte dadurch fahl und blutleer. Unter den Augen waren dunkle Schatten, und das Haar hing in gelblichen, öligen Strähnen auf die Schultern, doch oberhalb der einen Schläfe hatte sie eine rote Rose angesteckt, die er morgens beim Einkaufen gefunden hatte. Blumen waren fast völlig aus der Stadt verschwunden.

»Was?« fragte sie gleichgültig.

»Nun, es klingt unglaublich, aber man schwört, daß es wahr sei. Unlängst ist ein betrunkener Pfeifer aus einem Wirtshaus gekommen und hat sich auf eine Türschwelle gelegt, um zu schlafen. Der Leichenkarren fuhr vorüber, man warf ihn auf den Haufen und fuhr weiter. Doch auf halbem Weg zum Friedhof erwachte der Pfeifer, zog, völlig unbekümmert um die Gesellschaft, in der er sich befand, seine Pfeife hervor und begann zu blasen. Der Kutscher und der Fackelträger liefen Hals über Kopf davon und schrien, der Wagen sei verhext.«

Amber brachte kein Lachen, nicht einmal ein Lächeln auf; sie sah ihn mit ungläubigem Entsetzen an. »Oh – oh, wie gräßlich! Ein lebendiger Mensch auf diesem Karren – das kann doch nicht wahr sein.«

Er bereute, daß er ihr die Geschichte erzählt hatte, und ging rasch zu einem andern Thema über. »Weißt du, ich glaube, daß ich einen Weg gefunden habe, um aus der Stadt zu gelangen.« Er saß auf den Steinen vor ihr in Hosen und kurzärmeligem Hemd, eine Locke seines starken dunklen Haares fiel ihm über die Stirn, und er sah jetzt lächelnd zu ihr auf und zwinkerte in der Sonne.

»Wie?«

»Almsburys Yacht ist noch hier. Sie ist an der Wassertreppe festgemacht und wäre groß genug, daß wir Lebensmittel für mehrere Wochen mitnehmen könnten.«

»Aber wohin könnten wir fahren? Du kannst doch mit dieser Yacht nicht aufs Meer hinaus, oder doch?«

»Das würde ich gar nicht versuchen. Wir würden die Themse aufwärts segeln, gegen Hampton Court, dann an Windsor und Maidenhead vorüber. Wenn wir erst so weit sind, daß wir niemanden mehr anstecken können, dann fahren wir auf Almsburys Landsitz in Herefordshire.«

»Aber du hast doch gesagt, daß man kein Schiff aus dem Hafen läßt.« Selbst einfache Pläne schienen ihr jetzt schwieriger als einst, da sie gesund gewesen war, die kühnsten.

»Nein. Aber wir müssen vorsichtig sein. Wir fahren bei Nacht – darum mach dir keine Sorgen. Ich werde schon einen Plan finden. Ich habe bereits angefangen . . .«

Er hielt inne, denn Amber starrte ihn an, ihr Gesicht war fast grün, und ihr ganzer Körper schien zu lauschen. Und dann hörte auch er es – das Rasseln der Räder über die Steine und aus der Ferne die Stimme eines Mannes.

»Bringt eure Toten heraus!«

Amber schwankte vorwärts, aber rasch war er aufgesprungen und fing sie in seinen Armen auf. Er trug sie die Treppe hinauf, durch den Salon in das Schlafzimmer und legte sie sehr sanft auf das Bett. Nur für einen Augenblick hatte sie das Bewußtsein verloren, und jetzt sah sie wieder zu ihm auf. Die Krankheit hatte sie völlig abhängig von ihm gemacht; alle Kraft und alles Vertrauen erwartete sie von ihm, zu ihm sah sie auf, wenn es galt, für jede Frage, jede Sorge eine Antwort, eine Lösung zu finden. Er war Geliebter, Gott und nächster Verwandter.

»Nie werde ich diesen Klang vergessen«, flüsterte sie jetzt. »In jeder Nacht meines Lebens werde ich ihn hören. Jedesmal wenn ich die Augen schließe, werde ich diese Karren sehen.« Ihre Augen begannen zu glitzern, ihr Atem ging schneller. »Ich werde niemals imstande sein, an etwas anderes zu denken.«

Bruce beugte sich über sie und preßte den Mund auf ihre Wange. »Nicht, Amber! Denk nicht daran! Du mußt dir verbieten, daran zu denken. Du kannst es vergessen. Du kannst, und du mußt.«

*

Wenige Tage später verließen Amber und Bruce London in Almsburys Yacht. Das Land war schön, die Wiesen waren voll von Ringelblumen, und längs der Ufer wuchsen Lilien und grünes Schilf. Wirre Mengen von Wassergras fluteten wie grünes Haar in der raschen Strömung, und am späten Nachmittag stand ruhig und nachdenklich das Vieh am Rande des Wassers.

Sie kamen an vielen anderen Booten vorbei, die meisten kleine flache Boote oder Barken, überfüllt mit ganzen Familien, die kein Heim auf dem Lande hatten und auf diese Art der Pest entfliehen wollten. Doch obgleich man Grüße und Neuigkeiten austauschte, mißtrauten die Menschen einander noch immer. Wen die Krankheit bisher verschont hatte, der wollte sich nicht jetzt anstecken lassen.

Sie kamen langsam weiter, fuhren an Hampton, Staines, Windsor und Maidenhead vorüber, machten halt, wo sie einen Ort fanden, der ihnen gefiel, blieben, solange sie Lust hatten, und fuhren dann weiter. Unterdessen waren eine Nacht und ein Tag verstrichen, London mit seinen Tausenden von Sterbenden schien einer andern Welt, einer andern Zeit anzugehören. Ambers Gesundheit begann sich rasch zu bessern, und sie war ebenso entschlossen wie Bruce, diese Erinnerungen aus ihren Gedanken auszuschließen. Wenn sie sich dennoch einschlichen, dann schob sie sie beiseite und weigerte sich, ihnen ins Gesicht zu schauen.

Ich will vergessen, daß es jemals eine Pest gegeben hat, sagte sie sich entschlossen.

Und nach und nach hatte es wirklich den Anschein, als gehörten Bruces und ihre eigene Krankheit und alle Ereignisse der letzten drei Monate nicht dieser jüngsten Zeit an, sondern hätten sich vor vielen Jahren, in einem andern Leben, abgespielt. Als sei es andern Menschen geschehen, und nicht ihnen. Sie fragte sich, ob er es auf die gleiche Art empfand, aber sie sprach nicht davon, denn es war ein Thema, über das sie nicht reden wollten.

Eine Zeitlang war Amber verzweifelt über ihre äußere Erscheinung. Sie fürchtete, ihre Schönheit sei für immer dahin, und sie würde für den Rest ihres Lebens häßlich bleiben. Trotz allem, was Bruce ihr sagte, um sie zu ermutigen, weinte sie vor verzweifeltem Zorn, wenn sie in den Spiegel blickte.

»O mein Gott«, jammerte sie unglücklich, »ich möchte lieber tot sein als so auszusehen. O Bruce – ich werde nie wieder so aussehen wie früher, ich weiß es bestimmt. Oh, ich hasse mich selbst!«

Dann legte er die Arme um sie, lächelte, als wäre sie ein unartiges Kind, und versuchte, ihre Angst wegzuschmeicheln. »Natürlich wirst du genauso aussehen, Liebling. Aber, mein Gott, du warst eben sehr krank, weißt du, und da kannst du nicht erwarten, daß du schon nach wenigen Tagen wieder ganz wohl bist.« Und sie waren noch nicht lange auf der Yacht, als ihr Gesundheitszustand sich so entschieden besserte, daß sie ihr früheres Aussehen schon fast wiedererlangt hatte.

Beiden wurde es – wie niemals zuvor – bewußt, wie schön es war, einfach am Leben zu sein. Sie lagen stundenlang auf Kissen auf dem Deck, saugten das heiße Sonnenlicht ein, das sie bis zu den Knochen zu durchdringen schien, und Bruce ließ seinen Körper wieder zu dem früheren, tiefen, vollen Braun färben. Amber dagegen bedeckte sich sorgsam, aus Furcht, ihre eigene cremefarbene Haut könnte abbrennen. Sie teilten alles, um es desto inniger zu genießen: den Spätsommerhimmel, der klar und blau und nur da und dort von dünnen Wolken gesprenkelt war. Den Laut der Wiesenknarre am taufrischen Morgen. Den guten Duft der Erde und des warmen Sommerregens. Die silbergrünen Blätter einer Pappel, die neben einem seichten Bach wuchs. Ein kleines Mädchen, das zwischen Wiesenblumen stand, umgeben von ihrer Gänseherde.

Später gingen sie auch in die Dörfer, um Lebensmittel zu kaufen oder in einem Wirtshaus ihr Mahl einzunehmen, was jetzt eine wahre Schwelgerei und fast ein Abenteuer war. Amber machte sich große Sorgen um Nan und die kleine Susanna, zumal als sie entdeckte, daß die Pest sich auf dem Land verbreitet hatte, aber Bruce verlangte nachdrücklich, sie müsse sich zu dem Glauben zwingen, daß sie alle gesund und wohl seien.

»Nan ist ein verständiges Frauenzimmer, und ein treueres Wesen gibt es überhaupt nicht. Wenn es irgendwo, wo sie gerade sind, gefährlich werden sollte, dann würde sie eben übersiedeln. Du kannst ihr vertrauen, Amber, und brauchst dir keine Sorgen zu machen.«

»O ja, ich vertraue ihr«, sagte sie, »aber ich kann mir nicht helfen, ich mache mir Sorgen. Ich wäre froh, wenn ich wüßte, daß sie gesund und wohl sind.«

Alles, was Amber jetzt sah, erinnerte sie an Marygreen und ihr Leben bei Tante Sarah und Onkel Matt. Es war ein reiches Ackerbaugebiet, genau wie Essex, mit blühenden Höfen, zahlreichen Obstgärten, stillen, reizenden Dörfchen, meist nur zwei oder drei Meilen voneinander entfernt – aber sie wußte, daß die Bewohner oft so wenig miteinander zu tun hatten, als lebten sie zwei- oder dreihundert Meilen voneinander. Da gab es Häuschen aus kirschroten Ziegeln mit Eichengebälk und Strohdächern, die wie dicke Decken über ihnen lagen. Winden und Rosen kletterten die Wände hinauf und ballten sich rings um die Dachfenster. Perlgraue Tauben saßen gurrend auf dem First der steilen Dächer, und Spatzen zankten sich auf der staubigen Dorfstraße. Das alles schien ihr heute Frieden und Ruhe und eine Art Zufriedenheit zu bedeuten, die es sonst nirgends auf Erden gab.

Sie versuchte, ihm ein wenig begreiflich zu machen, wie sie es empfand, und fügte hinzu: »Solange ich auf diese Art lebte, habe ich es niemals so empfunden – und Gott weiß, daß ich auch heute nicht zurück möchte.«

Er lächelte ihr zärtlich zu. »Du wirst älter, Liebling.«

Amber sah ihn erstaunt und verstimmt an. »Alt? Himmelkreuz! Ich bin noch gar nicht so alt. Noch nicht einmal zweiundzwanzig!« Sobald die Frauen über zwanzig waren, wurden sie sich ihres Alters bewußt.

Er lachte. »Ich wollte nicht sagen, daß du alt wirst. Nur daß du alt genug bist, um nach und nach Erinnerungen zu besitzen – und Erinnerungen sind immer ein wenig traurig.«

Das schluckte sie nachdenklich und seufzend. Es dämmerte, und sie gingen durch die saftige Uferwiese zum Schiff zurück. Ganz nahe konnten sie die Kastagnettenstimme eines Frosches hören, und die Hirschkäfer summten.

»Es wird schon so sein«, gab sie zu. Plötzlich sah sie zu ihm auf. »Bruce – erinnerst du dich an den Tag, als wir uns trafen? Ich kann meine Augen schließen und dich ganz klar sehen – die Art, wie du zu Pferd gesessen bist, und der Blick, mit dem du mich angeschaut hast. Es machte mich innerlich zittern – ich war bis dahin noch niemals so angeschaut worden. Ich erinnere mich auch an das Gewand, das du getragen hast – es war aus schwarzem Samt mit Goldstickerei – oh, was für ein herrliches Gewand das war! Und wie schön du ausgesehen hast! Aber du hast mich auch ein wenig erschreckt. Du tust es noch immer, glaube ich – warum eigentlich?«

»Das kann ich mir wahrhaftig nicht vorstellen.« Ihr Gespräch schien ihn zu erheitern, denn sie kam häufig mit solchen Erinnerungen aus der Vergangenheit und vergaß niemals die kleinste Einzelheit.

»Und denk nur!« Sie überschritten eine wacklige kleine Brücke; Amber ging voran, und nun wandte sie sich plötzlich um. »Wenn Tante Sarah mich damals nicht mit dem Ingwerbrot zu der Frau des Hufschmieds geschickt hätte! Wir hätten einander nie kennengelernt. Ich wäre noch heute in Marygreen.«

»Das glaube ich kaum. Es wären andere Ritter vorübergekommen, und du hättest Marygreen verlassen, ob du mich je gesehen hättest oder nicht.«

»Nein, Bruce Carlton! Das hätte ich nicht. Ich bin mit dir gegangen, weil es so bestimmt war – es stand in den Sternen geschrieben. Unsere Leben sind im Himmel beschlossen, und du weißt es.«

»Nein, das weiß ich nicht, und du auch nicht. Du magst es denken, aber du fühlst es nicht.«

»Ich weiß nicht, wovon du sprichst.« Sie waren jetzt jenseits der Brücke und schlenderten nebeneinander her, und Amber schlug mutwillig mit einem kleinen Ast über das Gras, den sie aufgehoben hatte. Plötzlich warf sie ihn weg, sah Bruce in die Augen, und ihre Hände griffen nach seinen Armen. »Glaubst du nicht, daß wir füreinander bestimmt sind, Bruce? Jetzt mußt du es doch glauben!«

»Was meinst du mit ›jetzt‹?«

»Nun – nach allem, was wir miteinander erlebt haben. Warum wärest du sonst geblieben und hättest mich gepflegt? Du hättest ja auch fortgehen können, als du gesund warst, und mich allein lassen können – wenn du mich nicht geliebt hättest.«

»Mein Gott, Amber, du hältst mich für einen größeren Lumpen, als ich bin. Aber natürlich liebe ich dich. Und in gewissem Sinn bin ich auch deiner Ansicht, daß wir füreinander bestimmt sind.«

»In gewissem Sinn? Was meinst du damit?«

Seine Arme umschlossen sie, die Finger einer Hand glitten durch die lange, glänzende Haarfülle, und sein Mund näherte sich dem ihren. »Das ist es, was ich meine«, sagte er leise. »Du bist eine schöne Frau – und ich bin ein Mann. Natürlich sind wir füreinander bestimmt.«

Aber obgleich sie jetzt nichts weiter darüber sagte, war es doch nicht das, was sie zu hören gewünscht hatte. Als sie ihr Leben wagte und bei ihm in London geblieben war, hatte sie weder Dank noch Lohn erwartet oder auch nur daran gedacht. Doch als er bei ihr geblieben war, sie so zärtlich und hingebungsvoll gepflegt hatte wie sie ihn – da hatte sie geglaubt, er habe seinen Sinn geändert und werde sie jetzt heiraten. Sie hatte mit wachsender Besorgnis und Furcht gewartet, daß er davon sprechen würde – aber er hatte nichts gesagt!

Oh, das ist doch nicht möglich, dachte sie immer wieder. Wenn er mich genug liebte, um all das zu tun, dann liebte er mich auch genug, um mich zu heiraten. Seiner Meinung nach muß ich wissen, daß er es tun wird, sobald wir irgendwo sind, wo es möglich ist.

Doch all diese vermeintliche Gewißheit vermochte die Zweifel und Qualen nicht zu stillen, die sie mit jedem Tag stärker bedrängten. Sie begann zu erkennen, daß sich schließlich nichts geändert hatte – er wollte sein Leben fortsetzen, wie er es geplant hatte, als ob es niemals eine Pest gegeben hätte.

Verzweifelt sehnte sie sich, mit ihm darüber zu sprechen, aber sie fürchtete, die Harmonie zu zerstören, die jetzt zwischen ihnen herrschte – zum erstenmal, seit sie einander kannten, eine vollendete Harmonie –, und so zwang sie sich, es aufzuschieben und auf eine günstige Gelegenheit zu warten.

Unterdessen vergingen die Tage rasch. Die Beeren der Steineichen wurden scharlachfarben, in den Obstgärten standen beladene Wagen, und die Luft war von frischem Herbstgeruch reifer roter Äpfel durchduftet. Ein- oder zweimal regnete es.

In Abingdon verließen sie das Boot und übernachteten in einem stillen, alten Gasthaus. Wirt und Wirtin ließen sich ihre Gesundheitszertifikate zögernd gefallen, aber mit offener Besorgnis und nur weil Bruce ihnen fünf Guineen über den Preis gab – obgleich ihr Geld nun fast ganz verbraucht war. Doch am nächsten Morgen mieteten sie Pferde und einen Führer und brachen nach Almsburys Landsitz auf, der etwa sechzig Meilen entfernt lag. Sie folgten der Hauptstraße bis Gloucester, verbrachten dort die Nacht und ritten am nächsten Tag weiter. Als sie in der Mitte des Vormittags Barberry Hill erreichten, war Amber völlig erschöpft.

Almsbury kam mit einem Freudenschrei aus dem Haus. Er hob sie aus dem Sattel, küßte sie, klopfte Bruce auf den Rücken, erzählte ihnen, wie er versucht hatte, sie zu finden – denn er hatte nie geahnt, daß sie beisammen seien –, wie er in Angst um sie gewesen und wie froh er jetzt sei, sie gesund und wohl bei sich zu haben. Auch Emily schien sehr erfreut zu sein, obgleich weniger überschwenglich, und sie traten miteinander ins Haus.

Barberry Hill war nicht der bedeutendste Landsitz der Earls of Almsbury gewesen, aber er war der einzige, den die Familie zurückerhalten hatte. Weniger eindrucksvoll als das Stadthaus, besaß es doch weit mehr Charme. Es war in der Form eines L aus roten Ziegeln gebaut und lag nahe dem Fuß eines Hügels. Ein Teil war vier Stock hoch, ein Teil nur drei. Es hatte ein steiles Schieferdach mit zahlreichen Giebeln und Dachfenstern und mehreren gewundenen Schornsteinen. Alle Zimmer waren mit kunstvollen Schnitzereien und Ornamenten überladen, die Plafonds hatten reiche Stuckverzierungen und waren so üppig geschmückt, wie die Zuckerglasur eines Kuchens zum Dreikönigstag, das große Treppenhaus prunkte von Schnitzwerk aus der spätelisabethanischen Zeit, und überall gab es heitere, prächtige Farben.

Sogleich sandte Almsbury Leute aus, um Nan Britton zu finden und herzubringen. Und nachdem Amber sich ausgeruht und eines von Lady Almsburys Kleidern angezogen hatte, das ihrer Ansicht nach keinen Stil besaß und das sie sich an den Seiten enger stecken mußte, ging sie mit Bruce ins Kinderzimmer. Sie hatten ihren Sohn seit länger als einem Jahr nicht mehr gesehen, und er war gewachsen und hatte sich beträchtlich verändert.

Er war jetzt viereinhalb Jahre alt, groß für sein Alter, gesund und kräftig. Seine Augen hatten das gleiche samtene Graugrün wie bei Bruce, und sein dunkelbraunes Haar hing ihm in losen Wellen auf die Schultern. Man hatte ihn gekleidet wie einen Erwachsenen – diese Veränderung wurde mit dem vierten Lebensjahr vollzogen – und sein Anzug glich in jeder Einzelheit dem Anzug Lord Carltons; selbst Miniaturdegen und den federngeschmückten Hut trug er bereits.

Diese Erwachsenenkleider bei Kindern waren symbolisch für das Treibhausklima, in das man ihr Leben zwang. Denn er lernte bereits Schreiben und Lesen und die einfachen Rechnungsarten; mit Reitstunden war begonnen worden, ebenso wie mit dem Unterricht im Tanzen und Benehmen. Bald würden noch weitere Unterrichtsstunden dazukommen: Französisch, Latein, Griechisch und Hebräisch, Fechten, Musik und Singen. Die Kinderzeit war kurz, man war bald ein Mann, denn das Leben war bestenfalls ein ungewisses Wagnis. Es galt, keine Zeit zu verlieren.

Als sie das Kinderzimmer betraten, saß der kleine Bruce mit Almsburys ältestem Sohn an einem Tischchen und studierte seine Fibel. Doch er wußte offenbar, daß seine Eltern kamen, denn gerade als sie die Tür öffneten, hatte er sich mit einem erwartungsvollen Blick umgedreht, der viele gierige Blicke nach der Tür erraten ließ. Die Fibel flog auf den Boden, er sprang auf und lief ihnen fröhlich entgegen. Doch sogleich hielt er auf eine scharfe Mahnung seiner Kinderfrau hin inne, schwenkte seinen Hut und verbeugte sich höchst zeremoniell, zuerst vor Bruce, dann vor Amber.

»Ich freue mich, Sie zu sehen, Sir. Und Madame ebenfalls!«

Aber Amber hatte keine Angst vor der Kinderfrau. Sie stürzte auf ihn zu, kniete vor ihm hin, nahm ihn in die Arme und bedeckte seine rosigen Backen mit leidenschaftlichen Küssen. Tränen glitzerten in ihren Augen und rollten herab, aber sie lachte vor Glück. »O mein Liebling, mein Liebling! Ich dachte schon, ich würde dich nie wiedersehen.«

Seine Arme schlangen sich um ihren Hals. »Warum denn, Madame? Ich war überzeugt, daß ich Sie beide eines Tages wiedersehen würde.«

Amber lachte und fluchte leise. »Verdammte Kinderfrau! Nenn mich nicht ›Madame‹! Ich bin deine Mutter, und so will ich auch genannt werden!« Darüber lachten sie beide, er flüsterte: »Mutter«, und warf dann einen halb ängstlichen, halb herausfordernden Blick über die Schulter nach der Kinderfrau, die ihn beobachtete.

Mit Bruce verhielt er sich zurückhaltender, denn er spürte offenbar, daß sie beide Edelleute waren, von denen derartige Gefühlsergüsse nicht erwartet wurden. Immerhin war es klar zu merken, daß er seinen Vater anbetete. Amber konnte sich der Eifersucht nicht ganz erwehren, als sie die beiden sah, aber sie schalt sich selbst kleinlich und schämte sich sogar ein wenig. Etwa nach einer Stunde verließen sie das Kinderzimmer und gingen durch die lange Galerie in ihre Zimmer, die am andern Ende des Hauses nebeneinander lagen.

Ganz plötzlich sagte Amber: »Es ist nicht recht, Bruce, daß er auf diese Art aufwachsen muß. Er ist ein Bastard. Was nützt es, daß er lernt, sich wie ein Lord zu benehmen, wenn er sich einmal als Erwachsener, Gott weiß wie, durchschlagen muß!«

Sie sah von der Seite zu ihm auf, aber sein Ausdruck blieb unverändert, und als sie jetzt bei ihren Zimmern anlangten, öffnete er die Tür, und sie traten ein. Sie wandte sich rasch um, denn sie wollte ihm in die

Augen schauen und wußte doch, daß er jetzt etwas sagen würde, was sie kränken mußte.

»Ich wollte mit dir darüber sprechen, Amber – ich möchte aus ihm meinen Erben machen«, und dann, als ein Blitz von Hoffnung ihr Gesicht erhellte, setzte er hastig hinzu: »In Amerika wird kein Mensch wissen, ob er legitim ist oder nicht – die Leute werden ihn für ein Kind aus einer früheren Ehe halten.«

Sie starrte ihn ungläubig an, und ihr Gesicht wich zurück, wie unter einem plötzlichen grausamen Schlag. »Eine frühere Ehe?« wiederholte sie leise. »So bist du jetzt verheiratet?«

»Nein, ich bin nicht verheiratet. Aber ich werde eines Tages heiraten.«

Sonst war Barberry Hill zu dieser Jahreszeit von Gästen überfüllt, denn der Earl und seine Frau hatten viele Verwandte, aber die Pest hielt jeden an sein Haus gefesselt, und nur gelegentlich erschien ein Nachbar zu Besuch. Immerhin begannen die Nachrichten aus London ermutigender zu lauten. Die Zahl der Sterbefälle sank, wenn es auch immer noch tausend in der Woche waren. Viele, die die Stadt verlassen hatten, da es weniger als hundert Tote in der Woche gab, kehrten jetzt zurück. Die Straßen füllten sich wieder mit Bettlern, die mit Pestnarben bedeckt waren, aber man sah keine Leichen mehr herumliegen, und die Leichenkarren fuhren nur noch bei Nacht. Es herrschte hoffnungsvolle Stimmung, denn man meinte, das Schlimmste sei nun überstanden.

Bruce wurde unruhig. Er machte sich Sorgen um seine Schiffe und um die Prisen, die er aufgebracht hatte; er wollte nach London zurück und, sobald wie nur möglich, nach Amerika segeln. Amber fragte ihn, wann er zu reisen gedenke.

»Sobald ich kann. Wenn es wahrscheinlich ist, daß die Seeleute wieder ausfahren wollen.«

»Ich möchte mit dir zurück.«

»Das solltest du lieber nicht tun, Amber. Ich muß zuerst nach Oxford, der Hof ist jetzt dort, und ich möchte mit dem König über eine Landzuteilung sprechen. Das Wetter ist schrecklich, ich habe keine Zeit, mit dem Wagen zu reisen, und bin ich einmal in London, dann habe ich so viel zu tun, daß ich dich doch nicht sehen könnte. Bleib einen oder zwei Monate hier bei Almsbury – die Stadt ist noch nicht sicher.«

»Mir ist es gleich«, erklärte sie hartnäckig, »ob die Stadt sicher ist oder nicht. Wenn ich dich nur überhaupt sehen kann, will ich reisen. Und es macht mir nichts aus, den ganzen Weg zu reiten, das schwöre ich dir.«

Doch als sie eines Mittags an ihrem Fenster stand und über die gewellten Hügel unter dem grauen Himmel blickte, die sich nach Süden hinzogen, und sah, wie sich eine Reiterschar dem Hause näherte, da bemächtigte sich ihrer ein seltsames Gefühl von Angst und Argwohn. Bevor sie noch die einzelnen Pferde oder ihre Reiter unterscheiden konnte, war sie bereits sicher, daß Bruce nicht unter ihnen war. Sie raffte schnell ihr Kleid und eilte aus dem Zimmer, den Gang entlang und das große Treppenhaus hinunter. Als sie unten ankam, stand sie Almsbury gegenüber, der gerade in die Halle getreten war. »Wo ist Bruce?«

Almsbury, in langem Reitrock und hohen Lederstiefeln, das braune Haar naß und die Federn an seinem Hut tropfend, sah sie unbehaglich an. »Er ist fort, Amber. Zurück nach London.« Er nahm seinen Hut ab und klopfte ihn gegen sein Knie.

»Fort? Ohne mich!« Sie starrte ihn erst überrascht, dann in wachsendem Zorn an. »Aber ich wollte doch mitgehen! Ich sagte ihm ja, daß ich mitgehen wolle!«

»Er hat Ihnen doch gesagt, er wolle allein gehen.«

»Zum Teufel mit ihm!« zischte sie, dann aber wandte sie sich rasch um. »Nein, das wird er nicht; ich gehe auch!«

Almsbury rief ihr nach, aber sie achtete nicht auf ihn und lief bereits die Stiege hinauf. Auf halbem Weg kam sie an jemandem vorbei, den sie noch nie gesehen hatte, einem gutgekleideten älteren Herrn, aber obgleich er sich umdrehte und ihr nachsah, kümmerte sie sich nicht um ihn, sondern lief weiter. »Nan!» schrie sie heftig, als sie in ihr Zimmer stürzte. »Pack ein paar Kleider, ich reise nach London.«

Nan sah sie verblüfft an und blickte dann durch das Fenster; der Regen prasselte wütend, und die obersten Zweige einer Ulme beugten und wanden sich im Sturm. »Nach London, Mam? Bei diesem Wetter?«

»Zum Teufel mit dem Wetter! Pack meine Kleider, sage ich dir! Irgend etwas! Ganz gleich was!«

Sie riß die Bänder auf, die ihre Miederleibchen festhielten, streifte das Kleid ab, trat heraus, schleuderte es mit einem Fußtritt zur Seite, eilte an den Toilettentisch und warf ihre Armbänder auf die polierte Holzplatte. Ihr Gesicht war verzerrt, und ihre Zähne bissen wütend aufeinander.

Zur Hölle mit ihm, dachte sie. Das hätte er mir wenigstens gönnen können! Aber ich werde ihm's zeigen! Ich werde ihm's zeigen!

Nan fegte hin und her, zog Kleider und Hemden und Schuhe aus Truhen und Laden. Beide Frauen waren so beschäftigt, daß sie nicht merkten, wie Almsbury die Türe öffnete und eintrat.

»Amber! Was zum Teufel, haben Sie vor?«

»Ich gehe nach London! Was haben Sie sonst gemeint?«

Sie sah ihn nicht einmal an, sondern zog die Pfeile aus ihrem Haar, das ihr auf den Rücken fiel. Er ging rasch durch das Zimmer, und sein Gesicht erschien hinter ihr im Spiegel. Sie warf ihm einen wilden Blick zu; er sollte nur wagen, sie zurückzuhalten!

»Verlassen Sie das Zimmer, Britton! Tun Sie, was ich Ihnen sage«, fügte er hinzu, als sie zauderte und Amber anblickte. »Und jetzt hören Sie auf mich. Wollen Sie sich lächerlich machen? Er will Sie nicht in London haben. Er meint, daß es noch nicht sicher genug sei, und er will auch nicht gestört sein – er hat sehr viel zu tun.«

»Mir ist es gleich, was er will oder nicht. Ich gehe trotzdem. Nan!« Sie wandte sich um und rief nach dem Mädchen, aber Almsbury packte sie beim Handgelenk und hielt sie fest.

»Sie gehen nicht – und wenn ich Sie an einen Bettpfosten binden müßte! Man kann die Pest auch zweimal kriegen, verstehen Sie? Wenn Sie nur eine Spur Vernunft besäßen, würden Sie gar nicht zurück wollen – um keinen Preis. Bruce ist fort, weil er mußte. Seine Schiffe können zerstört oder gar geplündert sein, und wenn sie es noch nicht sind, dann werden sie es, sobald die Stadt sich wieder füllt. Nun, Liebling, um Himmels willen, seien Sie vernünftig! Eines Tages kommt er zurück. Er hat es selbst gesagt.«

Amber sah zu ihm auf, ihre Unterlippe schob sich noch immer eigensinnig vor, aber in ihren Augen waren Tränen, und sie begannen schon die Wangen hinunterzurollen. Sie schnupfte, wehrte sich aber nicht, als er jetzt die Arme um sie legte. »Aber warum«, fragte sie schließlich in einem Schluchzen, »warum hat er mir nicht einmal ›Lebewohl‹ gesagt? Heute nacht – nun, heute nacht war er genau wie immer.«

»Das heißt, daß du noch immer nicht die Absicht hast, mich zu heiraten?«

Er schwieg und sah sie lange an; eine Hand hob sie wie zu einer instinktiven Geste, fiel aber gleich wieder nieder. »Nein, Amber«, sagte er endlich. »Du weißt es. Wir haben über all das ja schon gesprochen.«

»Aber heute ist es doch anders! Du liebst mich – du hast es mir selbst gesagt! Und ich weiß, daß du mich liebst! Du mußt! O Bruce, du hast mir das doch nicht nur gesagt, um . . .«

»Nein, Amber. Ich habe es auch so gemeint. Ich liebe dich, aber . . .«

»Warum willst du mich dann nicht heiraten – wenn du mich liebst?«

»Weil die Liebe damit nichts zu tun hat, mein Kind.«

»Nichts damit zu tun! Sie hat alles damit zu tun! Wir sind keine Kinder, denen ihre Eltern befehlen, wen sie heiraten sollen. Wir sind erwachsene Menschen und können tun, was wir wollen.«

»Das ist auch meine Absicht.«

Sekundenlang schaute sie ihn an, und in ihr keimte und wuchs das Verlangen, die Hand zu heben und ihn ins Gesicht zu schlagen. Aber irgend etwas, dessen sie sich erinnerte – ein hartes Glitzern seiner Augen –, ließ sie regungslos stehenbleiben. Er beobachtete sie, fast als erwartete er eine Reaktion, und dann drehte er sich schließlich um und verließ das Zimmer.

*

Vierzehn Tage später kam Nan mit Susanna, der Amme, Tansy und John Waterman. Sie hatten die vier Monate damit verbracht, von Dorf zu Dorf zu ziehen, um der Pest auszuweichen. Trotzdem war nur eine Karrenladung gestohlen worden; Amber fand fast alle ihre Kleider und was sie sonst besaß wieder. Sie war so dankbar, daß sie Nan und John je hundert Pfund versprach, wenn sie wieder in London zurück sein würden.

Bruce war entzückt von seiner sieben Monate alten Tochter. Susannas Augen waren nicht mehr blau, sondern hellgrün, und ihr Haar nicht braun wie das ihrer Mutter, sondern leuchtend goldblond. Sie sah weder Bruce noch Amber auffallend ähnlich, versprach aber eine Schönheit zu werden und schien sich ihrer Zukunft schon bewußt zu sein, denn wenn sich ein Mann nur zeigte, kokettierte sie zwischen den Fingern mit ihm und kicherte entzückt. Almsbury sagte neckend zu Amber, die Identität der Mutter sei jedenfalls nicht zu bezweifeln.

Noch am Tage von Nans Ankunft legte Amber Emilys unkleidsames Gewand ab und wählte, nach sorgfältiger Überlegung, eines unter den ihren: ein tiefausgeschnittenes, zeremonielles Kleid mit steifem Miederleibchen und Schleppe. Sie schminkte ihr Gesicht, legte drei Schönheitspflästerchen auf, und zum erstenmal nach vielen Monaten frisierte Nan ihr Haar wieder zu langen Ringellocken an den Seiten und einem hochgesteckten Knoten. Unter ihrem Schmuck fand sie ein paar Smaragdohrringe und ein Smaragdarmband.

»Mein Gott«, sagte sie, als sie sich zufrieden und entzückt im Spiegel betrachtete, »ich hatte beinahe vergessen, wie ich aussehe!«

Sie erwartete Bruce bald zurück – er war mit Almsbury jagen gegangen –, und obgleich sie darauf brannte, sich ihm von ihrer besten Seite zu zeigen, war sie doch auch wieder ein wenig besorgt. Was würde er dazu sagen, daß sie die Trauer so bald abgelegt hatte? Von einer Witwe erwartete man, daß sie für den Rest ihres Lebens einfaches Schwarz ohne jede Verzierung, aber mit einem langen Schleier trug – es sei denn, daß sie wieder heiratete.

Endlich hörte sie die Tür im Nebenzimmer zuschlagen und seine Stiefel über den Fußboden schreiten. Er rief ihren Namen und erschien fast im gleichen Augenblick auf der Schwelle. Sie beobachtete ihn mit großen, fragenden Augen und lächelte entzückt, als er stehenblieb und ein langes, leises Pfeifen hören ließ. Sie öffnete den Fächer und drehte sich langsam um Bruce.

»Wie sehe ich aus?«

»Wie du aussiehst? Ach, du eitles, kleines Mädchen, du siehst aus wie ein Engel – und du weißt es ganz gut.«

Lachend lief sie auf ihn zu. »Wirklich, Bruce?« Aber mit einemmal wurde ihr Gesicht wieder ernst, und sie sah auf ihren Fächer hinunter. »Bin ich schlecht, weil ich die Trauer so bald abgelegt habe? Natürlich«, fügte sie hastig hinzu und sah rasch zu ihm auf, »wenn wir wieder in der Stadt sind, werde ich Trauer tragen. Aber hier draußen auf dem Lande, wo niemand mich sieht oder weiß, daß ich Witwe bin, macht es wohl nichts aus, nicht wahr?«

Er beugte sich zu ihr und küßte sie lachend, aber, obgleich sie sein Gesicht suchte, konnte sie doch nicht merken, was er wirklich dachte. »Natürlich ist es nicht schlecht von dir. Man trauert ja mit dem Herzen!« Und er berührte leicht ihre linke Brust.

Nach einem ungewöhnlich heißen, trockenen Sommer wechselte gegen Ende Oktober das Wetter sehr schnell. Heftige Regenstürme folgten einander, und um Mitte des Monats gab es strenge Fröste. Trotzdem ritten die beiden Männer auf die Jagd, aber das Pulver wurde gewöhnlich naß, und sie schossen selten etwas. Amber verbrachte den Morgen meist im Kinderzimmer. Manchmal spielten Bruce und Almsbury miteinander Billard, und sie sah ihnen zu, oder sie spielten zu dritt Karten oder unterhielten sich damit, Anagramme aus ihren oder anderer Leute Namen zu machen – denn zumeist fielen sie nicht allzu schmeichelhaft aus. Emily schloß sich ihnen selten an; sie war eine Hausfrau von altem Schlag, die lieber die kleinste Einzelheit in Küche und Haushalt selber überwachte, als alles einem Verwalter anzuvertrauen, wie viele große Damen es jetzt bereits taten. Amber konnte nicht begreifen, wie sie es aushielt, ihre ganze Zeit in Kinderzimmer, Vorratskammer und Küche zuzubringen, aber zu dritt waren sie zweifellos lustiger, als wenn Emily dabei war.

Er preßte ihren Kopf an seine Brust und streichelte ihr Haar. »Vielleicht, Herzchen, weil er keinen Streit haben wollte.«

Amber ließ einen leisen Klagelaut hören und brach dann in Tränen aus. Ihre Arme schlangen sich, Trost suchend, um seinen Hals. »Ich – ich hätte nicht mit ihm gestritten! O Almsbury! Ich liebe ihn doch so sehr!«

Er ließ sie weinen, hielt sie fest, bis sie sich endlich wieder beruhigte. Dann zog er ein Taschentuch heraus und gab es ihr. »Haben Sie den Herrn bemerkt, der die Treppe herunterkam, als Sie hinaufliefen?«

Sie schneuzte sich, wischte die roten Augen und das tränennasse Gesicht. »Nein. Warum?«

»Er hat mich gefragt, wer Sie seien. Er meinte, Sie seien die schönste Frau, die er je gesehen habe.«

Die Eitelkeit brach durch den Kummer. »Wirklich?« Sie schnupfte mehrmals, sah auf das Taschentuch hinunter, das sie in ihren Händen drehte, und dann schneuzte sie sich. »Wer ist es?«

»Es ist Edmund Mortimer, Earl of Radclyffe – eine der ältesten und geachtetsten Familien von England. Nun, nun, Liebling, es ist Essenszeit. Wir wollen hinuntergehen. Er möchte Ihnen vorgestellt werden.«

Amber seufzte und wandte sich ab. »Ach, das ist mir gleichgültig. Ich möchte keinen Menschen kennenlernen.«

Almsbury lächelte schmeichelnd. »Sie möchten lieber in Ihrem Zimmer bleiben und schmollen, nicht wahr? Nun, tun Sie, wie es Ihnen beliebt, aber er wird sehr enttäuscht sein. Offen gestanden, glaube ich, daß er Ihnen einen Heiratsantrag machen will.«

»Einen Heiratsantrag? Was, zum Teufel, soll ich mit einem neuen Gatten anfangen? Ich werde mich nie wieder verheiraten.«

»Nicht einmal mit einem Earl?« sagte Seine Lordschaft nachdenklich. »Nun, mein Kind, ganz wie Sie wollen. Aber ich hörte Sie gestern abend zu Bruce sagen: ›Wart nur, bis ich die Gräfin von Pudelschwanz bin!‹ Nun, hier bietet sich Ihnen die große Chance – werden Sie sie von sich stoßen?«

»Sie haben dem alten Gecken vermutlich erzählt, wie reich ich bin.«
»Nun – vielleicht – ich kann mich nicht entsinnen.«
»Schön, ich komme hinunter. Aber ich werde ihn nicht heiraten. Mir ist es gleich, ob ich jemals Gräfin werde oder nicht.«
Doch schon überlegte sie: Wenn Bruce mich das nächste Mal sieht und ich bin Gräfin von Radclyffe, dann wird er es merken, das verspreche ich ihm.
Er ist ja bloß ein Baron!

Neununddreißigstes Kapitel

Das Essen wurde um eine halbe Stunde verschoben, während Amber sich wieder anzog und die Tränenspuren von ihrem Gesicht wischte; dann warf sie einen pelzgesäumten Mantel um die Schultern und ging in den Speisesaal. Es war immer nötig, einen Mantel zu tragen, wenn man im Winter von einem Raum in den andern ging, aber in diesem Jahr war es so kalt, daß man den Mantel ständig anbehalten mußte.

Almsbury und sein Gast standen vor dem Kamin. Lady Almsbury saß mit einer Stickerei daneben. Die beiden Männer wandten sich um, Almsbury stellte vor. Amber knickste, und ihre Augen musterten den Earl of Radclyffe kritisch. Ihre erste Reaktion war rasch: wie häßlich er ist! Sie beschloß unverzüglich, ihn nicht zu heiraten, und dann setzte man sich zu Tisch.

Edmund Mortimer war siebenundfünfzig Jahre alt und sah mindestens fünf Jahre älter aus. Er mochte etwa drei Zoll größer sein als Amber, doch da sie Schuhe mit hohen Absätzen trug, wirkten sie gleich groß. Er war schmächtig und zart, mit schmalen Schultern und dünnen Beinen, und sein Kopf schien zu groß für den gebrechlichen Körper zu sein; die üppige Perücke erhöhte dieses Mißverhältnis nur noch mehr. Der Ausdruck seines Gesichtes war streng und asketisch, und wenn er sprach, zeigten sich schlechte, gelbe Zähne zwischen den schmalen Lippen. Nur sein Anzug fand ihre Billigung, denn er war raffinierter, in jeder Einzelheit vollendeter, als sie das je gesehen hatte. Und auch seine Manieren waren wohl kalt und nicht gerade gewinnend, aber untadelig.

»Seine Lordschaft«, sagte Almsbury, als man bei Tisch saß, »ist in den vergangenen drei Jahren viel auf dem Kontinent gereist.«

»Oh?« sagte Amber höflich. Sie war nicht hungrig und wünschte, sie wäre in ihrem Zimmer geblieben. Sie mußte das Essen schlucken, um den schmerzenden Klumpen zurückzustoßen, der ihr in der Kehle aufstieg. »Aber warum sind Sie gerade jetzt zurückgekommen, da wir die Pest im Lande haben?«

Als er antwortete, war seine Stimme scharf und präzis, als würde der Mann, der sprach, keinerlei Nachlässigkeit dulden. »Ich bin nicht mehr jung, Madame. Krankheit und Tod schrecken mich nicht mehr. Und mein Sohn soll in vierzehn Tagen heiraten – zu dieser Zeremonie bin ich heimgekehrt.«

»Oh.« Das war alles, was sie sagen konnte.

Sie hatte durchaus nicht den Eindruck, daß er großes Interesse für sie zeigen würde, wie Almsbury sagte, und da sie halb und halb darum heruntergekommen war, weil es ihr schmeichelte, sich von einem Mann anglotzen zu lassen, war sie jetzt enttäuscht und verärgert. Sie achtete nur wenig auf das Gespräch, und gleich nach dem Essen zog sie sich wieder in ihr Zimmer zurück.

Die Räume, die sie mehr als einen Monat mit Bruce geteilt hatte, waren jetzt öde und verlassen, und daß er noch vor kurzem in diesen Zimmern gewesen war, machte sie nur noch trostloser. Sie ging verloren von einem Zimmer ins andere, und wohin sie auch schaute, fand sie irgend etwas, das sie an ihn erinnerte. Dort war das Buch, das er zuletzt gelesen hatte; es lag offen auf einem großen Stuhl. Sie nahm es auf und sah hinein: Francis Bacons ›Geschichte Heinrichs des Siebenten‹. Dort stand ein Paar kotbedeckte Stiefel, zwei oder drei schmutzige, weiße Leinenhemden lagen herum, deren starken Männergeruch sie spürte, dort war der Hut, den er zur Jagd getragen hatte.

Plötzlich sank Amber in die Knie, den Hut in der Hand, und brach in Tränen aus. Niemals hatte sie sich einsamer, hoffnungsloser, verzweifelter gefühlt.

Als zwei oder drei Stunden später Almsbury an der Tür klopfte und eintrat, lag sie auf dem Bett, den Kopf in den Armen und weinte nicht mehr, sondern war völlig teilnahmslos.

»Amber!« Er rief leise ihren Namen, denn wenn sie schlief, wollte er sie nicht wecken.

Sie wendete den Kopf. »Ach, kommen Sie nur, Almsbury!«

Er setzte sich neben sie; sie drehte sich auf den Rücken und sah zu ihm auf. Ihr Haar war zerrauft, ihre Augen rot und verschwollen, ihr Kopf schmerzte, nicht heftig, aber ständig, und ihr Ausdruck war stumpf und apathisch. Almsburys rötliches Gesicht war jetzt ernsthaft und gütig, und er beugte sich über sie und küßte ihre Stirn.

»Armes kleines Herzchen!«

Beim Klang seiner Stimme stiegen unwiderstehlich die Tränen von neuem auf, rollten aus den Augenwinkeln und zogen Streifen über die Schläfen. Sie biß sich auf die Oberlippe, entschlossen, nicht mehr zu weinen; aber eine Weile blieben beide stumm, und eine von Almsburys kräftigen Händen streichelte ihren Kopf.

»Almsbury«, sagte sie schließlich, »ist Bruce deshalb fort, weil er heiraten will?«

»Heiraten? Guter Gott, nicht daß ich wüßte! Nein, ich schwöre, daß er nichts dergleichen vorhat.«

Sie seufzte und sah von ihm fort zum Fenster hinaus. »Doch eines Tages wird er heiraten – und wenn er es tut, dann will er Bruce zu seinem Erben machen. Das hat er gesagt.« Ihr Blick wandte sich ihm wieder zu, aber diesmal waren die Augen zusammengezogen und von Groll erfüllt. »Mich will er nicht heiraten, aber meinen Sohn will er zu seinem Erben machen. Ein feiner Streich!« Ihr Mund verzog sich bitter.

»Das werden Sie doch zulassen, nicht? Schließlich wäre es für den Jungen das Beste.«

»Nein, das werde ich nicht zulassen. Warum sollte ich? Wenn er Bruce haben will, dann kann er mich ja heiraten.«

Almsbury beobachtete sie einige Sekunden, und dann wechselte er das Thema. »Sagen Sie einmal – was halten Sie von Radclyffe?«

Sie zog ein Gesicht. »Ein gräßliches altes Scheusal. Ich hasse ihn. Übrigens schien er nicht gar so vernarrt in mich zu sein. Nachdem er mich mit einer Verbeugung beehrt hatte, schenkte er mir kaum noch einen Blick.«

Er lächelte. »Sie vergessen, mein Kind. Er gehörte einer andern Zeit an als wir. Der Hof Karls des Ersten war äußerst förmlich und zurückhaltend – liebäugeln war damals nicht Mode, wie sehr ein Herr eine Dame auch anbeten mochte.«

»Ist er reich?«

»Er ist sehr arm. Der Krieg hatte seine Familie ruiniert.«

»Darum also findet er mich gar so schön!«

»Durchaus nicht! Er sagt, Sie seien die schönste Frau, die er in den letzten zwanzig Jahren gesehen habe – Sie erinnerten ihn, sagt er, an eine Dame, die er einmal gekannt hatte.«

»Und wer soll das gewesen sein?«

Almsbury zuckte die Achseln. »Das hat er nicht gesagt. Wahrscheinlich eine seiner Mätressen. An ihre Frauen erinnern sich die Männer niemals gern.«

Am nächsten Tag beim Mittagessen sah sie den Earl of Radclyffe wieder, aber es waren außer ihm noch zwei andere Gäste da, eine Cousine Emilys, Lady Rawstone, und ihr Mann. Lord Rawstone war ein großer Mann – ungefähr so groß wie Almsbury, aber viel breiter, mit einem geräuschvollen Lachen, einem roten Gesicht und von Stallgeruch umdunstet. Er schien sehr entzückt zu sein, als er Amber sah, und blickte während des Essens dauernd zu ihr hinüber.

Seine Frau schaute sauer und mißvergnügt drein, sie hatte dieses Benehmen nun seit sehr vielen Jahren mitansehen müssen und konnte sich nicht damit abfinden. Und der Earl of Radclyffe übersah wohl geflissentlich Rawstone und dessen beharrliche Blicke, aber er war ganz offenbar verärgert. Zumeist hatte er die Augen auf seinen Teller geheftet und betrachtete das Essen mit dem Ausdruck eines Menschen, für den es nur künftiges Unheil bedeuten konnte. Amber amüsierte sich über beide und fand ein boshaftes Vergnügen daran, mit Lord Rawstone zu flirten. Sie schob die Unterlippe vor, warf ihm seitliche Blicke zu und bewegte ihren Körper aufreizend hin und her. Doch das alles war nicht sehr unterhaltsam. Einsamkeit und Langeweile ließen sie nicht locker.

Als sie aufstand, sah sie, wie Rawstone sich um den Tisch herumschob und, den finstern Blicken seiner Frau ausweichend, auf sie zusteuerte, doch bevor ihm das gelungen war, stand bereits Radclyffe neben ihr. Er verbeugte sich steif wie eine Marionette, deren Gelenke seit Jahren nicht mehr geölt worden waren.

»Ihr Diener, Madame.«

»Ihre Dienerin, Sir.«

»Sie erinnern sich vielleicht daran, Madame, daß Lord Almsbury gestern erwähnte, ich hätte von meinen Auslandsreisen verschiedene Gegenstände von Wert und Interesse mitgebracht. Einige davon waren in meinem Wagen, und in der Hoffnung, daß Sie mir die Ehre erweisen werden, sie zu besichtigen, habe ich gestern abend eine Truhe auspacken lassen. Wollen Sie so gütig sein, Madame?«

Amber war nahe daran, abzulehnen, fand aber, daß sie ebensogut dies tun konnte wie hinaufzugehen, allein in ihrem Zimmer zu sitzen und wahrscheinlich zu weinen. »Vielen Dank, Sir. Ich möchte die Dinge sehr gern ansehen.«

»Sie sind in der Bibliothek, Madame.«

Der Raum war mit dunkler Eiche getäfelt und nur spärlich erhellt. Vor dem Kamin stand ein großer Tisch, auf dem verschiedene Gegenstände ausgebreitet lagen, und daneben hing ein Fackelhalter; die Regale standen in einiger Entfernung im Dunkel. Almsbury war kein begeisterter Bücherfreund, und der Ort roch ungelüftet und muffig.

Amber trat ohne wesentliches Interesse an den Tisch, doch alsbald verwandelte ihre Gleichgültigkeit sich in Entzücken, denn er war mit einer großen Zahl seltener, köstlicher und wertvoller Dinge bedeckt. Da stand eine kleine weiße Marmorstatue, eine Venus, der der Kopf abgebrochen war; ein Neger, aus Ebenholz geschnitzt, mit einem emaillierten Rock aus Straußenfedern und echten Steinen im Turban und rund um die dicken, muskulösen Arme; ein schwerer, wunderbar gearbeiteter Goldrahmen, Schmuckschalen und Schildpatt, Diamantknöpfe und zierliche Parfumfläschchen aus geblasenem Glas. Alles war in seiner Art vollendet und von einem Mann ausgewählt, dessen Geschmack niemals irrte.

»O, wie schön! O! Sehen Sie nur das hier!« Sie wendete sich eifrig mit funkelnden Augen zu ihm. »Darf ich das in die Hand nehmen, wenn ich achtgebe?«

Er lächelte und verbeugte sich wieder. »Aber gewiß, Madame, ich bitte darum.«

Sie vergaß, daß sie ihn nicht leiden konnte, und begann, Fragen zu stellen. Er erzählte, wo er jedes einzelne Stück gefunden hatte und durch wessen Hände es gegangen war, bevor er es erworben hatte. Am besten gefiel ihr die Geschichte des Mohren.

»Vor zweihundert Jahren lebte eine venezianische Dame – wunderschön wie alle Damen in Geschichten –, und sie besaß einen riesigen Negersklaven, den ihr Mann für einen Eunuchen hielt. Doch er war es nicht, und als die Dame ein schwarzes Kind gebar, ließ sie es töten und durch ein weißes ersetzen. Aus Eifersucht oder Rache erzählte die Hebamme dem Mann die Geschichte von der Untreue seiner Gattin, und er tötete den Sklaven vor ihren Augen. Da ließ sie, insgeheim natürlich, diese Ebenholzstatue zum Andenken an ihren Geliebten schnitzen.«

Als es endlich nichts mehr zu zeigen gab, dankte sie ihm und wandte sich mit einem Seufzer ab. »Die Sachen sind alle wunderschön. Ich beneide Sie, Mylord.« Sie konnte niemals schöne Dinge sehen, ohne daß das Begehren nach ihrem Besitz in ihr erwachte.

»Würden Sie mir erlauben, Madame, Ihnen ein Geschenk zu machen?«

Rasch drehte sie sich um. »Aber, Euer Lordschaft! Diese Sachen müssen Ihnen doch sehr viel bedeuten!«

»Gewiß, Madame, das gebe ich zu. Aber Ihr eigenes Urteil ist so scharf, daß, was Sie wählen mögen, bei Ihnen ebensoviel Liebe finden wird, wie ich ihm zuwenden könnte.«

Minutenlang musterte sie alles kritisch, denn sie war entschlossen, so zu wählen, daß sie es nicht bedauern würde. Sie beugte sich vor, klopfte mit dem Fächer an ihr Kinn und war völlig benommen. Langsam wurde ihr bewußt, daß er sie beobachtete, und sie warf ihm einen raschen Seitenblick zu, denn sie wollte seinen Ausdruck erhaschen, bevor er ihn wechseln konnte. Wie sie erwartet hatte, sah er hastig fort, denn er wollte ihren Augen nicht begegnen. Trotzdem aber ließ der Ausdruck, den sie auf seinem Gesicht wahrgenommen hatte, die offene, gutmütige Begierde Lord Rawstones als naiv und ungekünstelt erscheinen. Der Ekel, den sie vom ersten Augenblick an gespürt hatte, war jetzt wieder stärker als je. Was ist eigentlich an diesem alten Mann, dachte sie. Er ist seltsam – er ist seltsam und widerlich.

Sie griff nach dem Mohren, der sehr schwer und etwa zwei Fuß hoch war, und wandte sich zu dem Earl. Sein Gesicht war nun wieder kühl und höflich. »Das würde ich mir aussuchen«, sagte sie.

»Gewiß, Madame.« Sie hatte den Eindruck, als lauerte irgendwo um diese dünnen Lippen eine Spur eines Lächelns, aber sie war sich dessen nicht sicher. Hatte ihre Wahl ihn amüsiert, oder war es nur eine Einbildung oder ein Spiel des Lichts? »Sind Sie aber ängstlicher Natur, Madame, dann würde vielleicht eine andere Wahl Ihnen mehr entsprechen. Ein alter Aberglaube behauptet, die Statue sei verflucht und bringe dem Besitzer nur Unglück.«

Sie sah ihn scharf an und war plötzlich beunruhigt, denn sie war sehr abergläubisch und wußte es auch. Doch sogleich kam sie zu dem Ergebnis, daß er sich von dem Mohren nicht trennen und sie auf diese Art dazu bringen wollte, einen andern Gegenstand zu wählen. Jetzt aber hielt sie daran fest, unbekümmert um den Fluch. Und ihre Augen glitzerten herausfordernd.

»Pah, Mylord! Das sind Geschichten, um Kindern und alten Weibern Furcht einzujagen. Mich schreckt das nicht. Wenn Sie nichts dagegen einzuwenden haben, würde ich dieses Stück wählen.«

Er verbeugte sich abermals, und diesmal bemerkte sie, daß er ganz leise lächelte. »Ich protestiere, Madame. Ich habe nicht das geringste einzuwenden – und ich wußte, daß Sie eine viel zu geistvolle Frau sind, um sich von solchen Torheiten einschüchtern zu lassen.«

Am nächsten Tag war Radclyffe fort. Drei Tage später kam ein Brief für Amber. Sie zeigte ihn Almsbury noch am selben Morgen, als er in ihr Zimmer kam, während Nan ihr Haar bürstete. Der Mohr aus Ebenholz stand neben dem Toilettentisch.

Almsbury grinste. »Der alte Bock stellt also fest, daß seine Gedanken zu Ihnen zurückkehren wie zu jeder Schöpfung vollendeter Schönheit.«

Amber legte ein Pflästerchen links von ihrem Mund auf. »Seit ich eine reiche Witwe bin, haben meine Reize sich offenbar verhundertfacht.«

»Nur in bezug auf Heirat, Herzchen. Sie hatten jederzeit hinreichend Reize für ein Dutzend Frauen – aber, wie es nun einmal der Lauf der Welt ist, muß ein hübsches Gesicht ohne Geld um ernste Bewerber betteln gehen. Jetzt, da Sie reich sind, brauchen Sie nur zu wählen.« Er stand auf und beugte sich so nahe zu ihr, daß seine Worte von dem Dienstmädchen nicht belauscht werden konnten. »Wenn ich nicht verheiratet wäre, würde ich Ihnen selber einen Antrag machen.« Amber lachte lustig, denn sie nahm an, er scherze nur.

Er küßte jetzt ihre Wange und flüsterte ihr etwas ins Ohr. Sie murmelte eine Antwort, ein Wink im Spiegel wurde ausgetauscht und dann verließ er das Zimmer. Lord Carlton war der Angelpunkt ihrer Neigung füreinander: Amber hatte Almsbury gern, weil er Bruces Freund war, er hatte sie gern, weil sie die Geliebte Seiner Lordschaft und die Mutter von dessen Kindern war. Aber keiner der drei fand etwas dabei, daß der Earl in Carltons Abwesenheit manchmal mit ihr schlief.

Nur wenige Tage später hörte sie abermals von Radclyffe. Er sandte ihr einen vergoldeten Florentiner Spiegel in einem großen, reichgeschnitzten Rahmen. Im Begleitbrief hieß es, daß dieser Spiegel einst das Bild der bezauberndsten Frau von Italien wiedergegeben habe, und nun möge er das schönste Gesicht Europas wiedergeben. Kaum eine Woche später kam ein Korb Orangen – während des Krieges und bei der scharfen Kälte eine große Seltenheit – und unter den Früchten verborgen lag ein Topashalsband.

»Er muß ernste Absichten haben«, sagte Amber zu dem Earl. »So wertvolle Geschenke macht kein Mann, wenn er nicht hofft, sie zurückzubekommen.«

Almsbury lachte. »Sie dürften recht haben. Und wenn er Ihnen einen Antrag macht – was dann? Werden Sie ›ja‹ sagen?«

Amber seufzte und zuckte die Achseln: »Ich weiß nicht, es hat keinen Zweck, reich zu sein, wenn man nicht auch einen Titel hat.« Sie verzog das Gesicht, »Aber ich kann diesen stinkenden alten Bock nicht ausstehen.«

»Dann heiraten Sie doch einen jungen Mann!«

Sie warf ihm einen entrüsteten Blick zu. »Lieber möchte ich lebendig begraben sein, als einen von euren großsprecherischen, französelnden Gecken von Covent Garden zu heiraten. Ich weiß nur zu gut, was das bedeutet. Sie machen einem Kinder und schicken einen aufs Land, während sie selbst in London bleiben, um den Stadtbullen zu spielen und die Mitgift mit Schauspielerinnen und Mädchen aus dem ›Change‹ durchzubringen. Nein, danke; das ist nichts für mich. Davon habe ich genug gesehen, um gewarnt zu sein. Wenn ich schon heirate, um einen Titel zu haben, dann heirate ich lieber einen alten Mann, den ich nicht leiden kann, als einen jungen Mann, den ich nicht leiden kann. Auf diese Art hat man doch mehr Aussicht, wieder frei zu werden.«

Der Earl brach in ein herzliches Gelächter aus. Amber sah ihn erstaunt und verärgert an. »Nun – Mylord? Was finden Sie daran so lächerlich?«

»Sie selbst, Herzchen! Weiß Gott, kein Mensch, der Sie so reden hört, würde ahnen, daß Sie vor sechs Jahren noch ein simples Landmädchen waren und so unschuldig dazu, daß Sie mir eine Ohrfeige gegeben haben, als ich Sie ganz ehrlich wissen ließ, was ich von Ihnen wollte. Was ist nur aus ihm geworden – diesem unschuldigen, hübschen Mädchen, das ich auf der Gemeindewiese von Marygreen gesehen habe?« Seine Stimme und seine Augen waren am Ende ein wenig wehmütig.

Amber war in bester Stimmung; warum sollte er mit ihrer Entwicklung nicht zufrieden sein? Almsbury war ihr sympathisch als der Mann, der sie genauso hinnahm, wie sie war, sie gern hatte und alles billigte, was sie sagte und tat. »Ich weiß nicht«, sagte sie. »Sie ist fort – wenn es sie je gegeben hat. In London konnte sie sich nicht lange halten.«

Er drückte ihr freundschaftlich die Hände. »Nein, Liebling, wahrscheinlich nicht. Aber – im Ernst – ich glaube, es wäre ein Fehler, Radclyffe zu heiraten.«

»Warum? Anfangs haben Sie es doch selbst vorgeschlagen.«

»Ich weiß. Ich wollte Ihre Gedanken nur von Bruces Abreise ablenken. Zunächst steckt er einmal tief in Schulden. Es kann die Hälfte Ihrer Erbschaft kosten, wenn Sie ihn heiraten.«

»O, daran habe ich schon gedacht. Ich werde einen Kontrakt machen, der mir die Verwaltung meines Vermögens sichert.«

Almsbury schüttelte den Kopf. »Das wird nicht gehen. Mit solchen Vorbehalten würde er Sie nie heiraten – ebensowenig wie Sie ihn heiraten würden, wenn er sich den Gebrauch des Titels vorbehalten würde. Nein, wenn Sie Radclyffe heiraten, müssen Sie ihm Ihr Geld ausliefern. Glauben Sie aber, daß Sie es aushalten können, mit ihm im selben Haus zu wohnen – geschweige denn im selben Bett zu schlafen?«

»Ach, was das angeht! In London würde ich ihn kaum merken. Ich würde alle Tage am Hof verbringen – und vielleicht auch manche Nächte.« Einer ihrer Mundwinkel hob sich vieldeutig. Sie hatte niemals ihren früheren Ehrgeiz aufgegeben, Seiner Majestät Geliebte zu werden – und immer wenn Bruce Carlton fort war, kehrte diese Lockung wieder. Die Geliebte des Königs zu sein, eine große Dame, gefürchtet, beneidet und angebetet. Man würde sie auf der Straße anstarren, sie einander zeigen, man würde sich in den Galerien des Palastes vor ihr neigen, in den Salons vor ihr buckeln und kriechen. Man würde ihre Protektion erbetteln, ihr ein Lächeln abschmeicheln – sie hätte die Macht über Glück oder Unglück von Dutzenden, ja von Hunderten von Frauen und Männern. Das war der Gipfel ihres Ehrgeizes – höher zu stehen als die Königin, mächtiger zu sein als der Kanzler, größer als irgendeine adlig geborene Dame im Land. Und war sie einmal in Whitehall vorgestellt, hatte sie das Recht und Vorrecht, in den königlichen Gemächern ein- und auszugehen, ihn Tag für Tag zu sehen, dann zweifelte Amber nicht daran, daß sie die Stelle einnehmen konnte, die Lady Castlemaine, wie man sagte, rasch verlor.

All das spukte in ihrem Kopf, als sie, nur wenige Tage nach Weihnachten, den Heiratsantrag des Earl of Radclyffe annahm.

Eine Woche lang mußte sie ungeduldig darauf warten. Mochte sie den Earl anfangs widerwärtig gefunden haben – eine Ansicht, die sich durchaus nicht geändert hatte –, so lockte sie es doch, je mehr sie daran dachte, desto mehr, Gräfin zu werden. Und ihn heiraten zu müssen erschien ihr jetzt als ein geringer Preis für diese Ehre. Er war nach Barberry Hill zurückgekommen zu dem eingestandenen Zweck, »Mrs. Dangerfield seine Aufwartung zu machen«, aber er tat wenig dergleichen, und Amber hatte auch nicht den Eindruck, als bemühte er sich um sie. Sie konnte ihn kein einziges Mal dabei erwischen, daß er sie so ansah wie damals in der Bibliothek.

Einen Tag bevor er nach seinem eigenen Landsitz, etwa dreißig Meilen nördlich, zurückkehren sollte, saßen sie allein in der Galerie und spielten Trick-track. Die Galerie im zweiten Stockwerk war ein riesiger Raum, der zwei Seiten des Hofes entlanglief. Sie hatte tiefeingeschnittene Fenster mit bleigefaßten Scheiben, an den getäfelten Wänden hingen Dutzende von Porträts, und die hellblau gemalten Plafonds zierten große Kränze vergoldeter Rosen. Radclyffe hatte seinen Hut auf, und beide trugen lange, pelzbesetzte Mäntel. Neben jedem stand eine Pfanne mit glühenden Kohlen, und im Kamin loderte ein mächtiges Scheit Holz. Doch trotz alldem froren sie empfindlich.

Amber machte einen Zug. Dann blieb sie geistesabwesend sitzen und wartete auf seinen Zug. Nach einer Weile sah sie auf. »Sie sind am Zug, Mylord.« Er hatte sie angesehen wie ein Mann, der ein Bild ansieht, nicht aber eine lebendige Frau.

»Ja«, sagte er, ohne den Blick von ihr zu wenden. »Ich weiß.« Amber erwiderte seinen Blick. »Madame – ich bin mir bewußt, daß es die Schicklichkeit verletzt, wenn man um die Hand einer Dame bittet, die erst seit neun Monaten Witwe ist. Und dennoch hat meine Neigung für Sie jenen Gipfel erreicht, wo ich bereit bin, die Gesetze des Anstandes zu brechen. Madame, ich frage Sie feierlich – wollen Sie mir die Ehre erweisen, meine Gattin zu werden?«

Amber antwortete ohne Zaudern. »Von ganzem Herzen, Sir.« Da jeder wußte, was der andere wollte, hätte sie es unsinnig gefunden, sich zu spreizen und zu zieren wie ein paar Tanzmäuse auf der Bartholomäusmesse.

Abermals glaubte sie, den Schatten eines Lächelns um seinen Mund erwischt zu haben, doch abermals war sie sich nicht sicher. »Ich danke Ihnen, Madame. Ihre Güte übersteigt bei weitem, was ich verdiene. Ich muß bald nach Anfang des Jahres nach London zurückkehren, und wenn Sie mich begleiten wollen, könnten wir dann heiraten. Soviel ich weiß, ist die Seuche jetzt im wesentlichen erloschen, und die Stadt füllt sich bereits wieder.«

Er wollte natürlich, bevor er sie heiratete, feststellen, ob ihr Vermögen die Pest überstanden hatte – aber Amber war selbst des Landlebens müde und brannte darauf zurückzukehren.

Am zweiten Januar traten sie, in Pelze gehüllt und mit Pelzmänteln zugedeckt, die Reise in seinem Wagen an; es war so kalt, daß sie ihren Atem sehen konnten. Die Straßen waren so hart gefroren, daß man viel schneller reisen konnte, als wenn es geregnet hätte, aber nachmittags mußten sie doch einen Halt machen, denn Seine Lordschaft vertrug das Schütteln und Stoßen nicht.

Der Ehekontrakt war bereits in Barberry Hill unterzeichnet worden, und Amber nahm an, er werde – wie das üblich war – schon jetzt von seinen Rechten Gebrauch machen. Doch um acht Uhr verbeugte er sich, wünschte ihr eine gute Nacht und zog sich in sein eigenes Zimmer zurück. Amber und Nan starrten ihm verblüfft nach. Dann, als die Tür sich hinter ihm geschlossen hatte, sahen sie einander an und konnten ihr Lachen nicht beherrschen.

»Er muß impotent sein«, flüsterte Nan.

»Das hoffe ich!«

Am fünften Tag, bei Anbruch der Nacht, erreichten sie London. Als sie sich der Stadt näherten, hatte Amber ein Gefühl der Furcht, doch als sie durch die dunkeln, stillen Straßen rollten, verschwand es wieder. Es gab keine Leichenkarren, keine Kadaver und nur selten rote Kreuze. Schon hatten die Hügel auf den Friedhöfen sich mit Grün bedeckt – die Hunderttausende von Toten waren vergessen. Gasthäuser waren hell erleuchtet und überfüllt, Wagen rollten vorbei, dicht besetzt mit fröhlichen jungen Männern und Frauen, aus vielen Häusern tönte Musik.

Es ist niemals wirklich gewesen, dachte sie. Es ist überhaupt niemals wirklich geschehen. Sie hatte das seltsame Gefühl, als sei sie aus einem furchtbaren Alptraum erwacht.

Das Haus Radclyffes stand in der Aldersgate Street, oberhalb der St. Anne's Lane und gerade vor den Toren der City. Die Straße war breit, und nur auf einer Seite lagen in weitem Abstand voneinander die Häuser. Radclyffe erzählte ihr, die Straße gleiche mehr als irgendeine andere Straße in London einer italienischen Allee. Es war der einzige Ort in der nächsten Nähe der Mauern, wo noch einige der großen, alten Familien lebten.

Das Haus war eigentlich seit fast fünfundzwanzig Jahren unbewohnt, bis auf einige Dienstleute, die es in Ordnung zu halten hatten, und die meisten Fenster waren zugemauert. Im Innern war es dunkel und staubig, die Möbel trugen schmutzigweiße Überzüge, und seit es vor fünfundachtzig Jahren gebaut worden war, hatte man nichts daran verändert. Die Zimmer gingen ineinander wie in einem Irrgarten, und mit Ausnahme des großen Treppenhauses waren alle Gänge und Stiegen eng und düster. Amber stellte erleichtert fest, daß wenigstens die Zimmer, in die man sie führte, gelüftet und geputzt worden waren, wenn sie sich auch sonst in ebenso schlechtem Zustand befanden wie das übrige Haus.

Früh am nächsten Morgen ging sie zu Shadrac Newbold und konnte feststellen, daß er ihr Vermögen unangetastet bewahrt hatte. Von ihm erfuhr sie auch, daß Lord Carlton vor zwei Wochen nach Amerika gesegelt sei. Als sie Radclyffe berichtete, daß ihre Erbschaft unversehrt war, schlug er vor zu heiraten, sobald die nötigen Vorbereitungen getroffen seien. Wie sie wußte, war er Katholik, es waren darum zwei Trauungszeremonien erforderlich, denn die katholische Trauung konnte als null und nichtig erklärt werden.

»Ich hatte die Absicht«, sagte Amber, »bei meiner Schneiderin ein Hochzeitskleid zu bestellen, denn ich habe kein neues Kleid mehr – ich denke, daß es in etwa zehn Tagen fertig sein könnte.«

»Ich glaube nicht, daß das gut wäre, Madame – es gibt noch immer zu viele Krankheitsfälle. Aber wenn Sie mir einen großen Gefallen erweisen wollten – ich habe ein Kleid aufbewahrt und wäre sehr glücklich, wenn Sie es tragen würden.«

Einigermaßen verdutzt fragte sich Amber, ob er wohl ein Hochzeitskleid für eine überraschende Heirat beiseite gelegt habe, aber sie willigte ein. Schließlich war das eine recht harmlose Bitte.

Im Laufe des Tages kam er in ihr Zimmer, auf den Armen ein steifes, weißes Satinkleid, über und über mit kleinen Perlen bestickt, und als er es schüttelte, sah sie, daß es vom langen Liegen tiefe, scharfe Falten hatte. Sie erkannte sogleich, daß es ein altes Kleid war; das Weiß war cremig geworden, und Schnitt und Stil waren seit vielen Jahren aus der Mode, die Taille war hoch, und der Rock, an vier Stellen geschlitzt, ließ ein silbern leuchtendes Unterkleid sehen. Den tiefen Halsausschnitt säumte ein Spitzenkragen, und die langen weiten Ärmel waren an den Gelenken gleichfalls von Spitzen umschlossen.

Radclyffe lächelte über ihr verblüfftes Gesicht. »Wie Sie sehen können, ist es nicht gerade ein Kleid neuester Mode. Aber es ist noch immer schön, und ich wäre Ihnen sehr dankbar, wenn Sie es tragen wollten.«

Sie nahm ihm das Kleid ab. »Auch ich werde darin sehr glücklich sein.«

Später musterten sie und Nan es sorgfältig. »Es dürfte etwa zwanzig Jahre alt sein oder noch mehr«, sagte Nan. »Wer mag es zuletzt getragen haben?«

Amber zuckte die Achseln. »Seine erste Frau vielleicht. Oder irgendeine alte Liebe. Eines Tages werde ich ihn fragen.«

Als sie das Kleid anzog, stellte sie zu ihrer Überraschung fest, daß es ihr sehr gut paßte – beinahe, als wäre es für sie gemacht worden.

Vierzigstes Kapitel

»Amber, Gräfin Radclyffe«, sagte sie langsam und betrachtete sich im Spiegel, dann rümpfte sie die Nase, knipste mit den Fingern und wandte sich ab. »Was ich schon davon habe!«

Sie waren nun eine Woche verheiratet, doch bisher war ihr Leben keineswegs erregender als zur Zeit, da sie eine einfache Mrs. Dangerfield gewesen war – ganz zu schweigen von den vergangenen Tagen der Mrs. St. Clare von Seiner Majestät Theater. Draußen war es so kalt, daß es kein Vergnügen war auszugehen. In der vergangenen Woche waren immerhin noch fast hundert Menschen an der Pest gestorben, und weder König noch Hof waren nach Whitehall zurückgekehrt. Sie blieb zu Hause, verließ kaum ihre Zimmer – denn im übrigen war das Haus schmutzig und düster geblieben – und verbrachte ihre Zeit damit, zu schmollen und sich zu langweilen. War es das, was sie sich für ihre sechsundsechzigtausend Pfund eingehandelt hatte? Das schien ihr doch ein schlechtes Geschäft zu sein – Langeweile und einen Mann, den sie verabscheute.

Jetzt, da sie mit ihm verheiratet war, blieb Radclyffe ihr rätselhafter denn je.

Sie sah ihn nur wenig, denn er hatte viele Interessen, die weder er mit ihr noch sie mit ihm zu teilen wünschte. Beinahe täglich verbrachte er mehrere Stunden im Laboratorium, das neben ihrem Schlafzimmer lag und für das dauernd neue Instrumente und neues Material ankamen. Und war er nicht dort, dann war er in der Bibliothek oder in den Arbeitszimmern im untern Stockwerk, las, schrieb, prüfte Rechnungen und machte Pläne für Umbau und Einrichtung des Hauses. Obgleich dies offenbar auf Ambers Kosten geschehen sollte, fragte er sie niemals nach ihren Wünschen oder erzählte ihr auch nur, was er vorhatte.

Gewöhnlich kamen sie nur zweimal am Tag zusammen, bei Tisch und im Bett. Die Unterhaltung bei Tisch war höflich und trocken und wurde hauptsächlich der Dienstleute wegen geführt, aber im Bett sprachen sie überhaupt nicht. Der Earl war nicht imstande, eheliche Rechte auszuüben – und das zweifellos schon seit langem. Und überdies zeigte er ihr ganz offen nichts als Haß und Verachtung – obgleich sie in ihm widerspruchsvolle Gefühle weckte, eine heftige Begierde und eine unerklärliche, seltsam wilde Sehnsucht nach der Vergangenheit. Es verlangte ihn nach völligem physischen Besitz, und Nacht für Nacht suchte er vergebens, dieses Verlangen zu befriedigen.

Vom ersten Morgen an waren sie Feinde, doch es vergingen noch mehrere Tage, bevor die Antipathie zu offenem Konflikt führte.

Er legte ihr einen sauber geschriebenen Brief an Shadrac Newbold vor: Es wird gebeten, Edward Mortimer, Earl of Radclyffe, oder Überbringer dieses Schreibens die Summe von achtzehntausend Pfund auszuzahlen. Dann ersuchte er sie, zu unterfertigen, denn das Geld lag immer noch unter ihrem Namen bei Newbold, obgleich er durch den Heiratskontrakt ermächtigt war, über ihr ganzes Vermögen mit Ausnahme von zehntausend Pfund zu verfügen.

Sie standen nebeneinander an dem kleinen Schreibtisch. Er legte ihr das Papier vor, nahm eine Feder, tauchte sie in die Tinte und reichte sie ihr. Sie warf erst nur einen Blick auf die Schrift, dann aber sah sie verblüfft zu ihm auf.

»Achtzehntausend Pfund!« rief sie ärgerlich. »Auf diese Art wird mein Vermögen nicht lange halten.«

»Ich bitte um Verzeihung, Madame, aber ich glaube, daß ich mir ebensogut bewußt bin wie Sie, daß das Geld die Eigenschaft hat, zu schwinden. Doch ich wünsche ebensowenig, Ihre Erbschaft zu vergeuden, wie Sie wünschen, daß ich es tue. Diese achtzehntausend Pfund sollen dazu dienen, die Schulden zu zahlen, die sich im Lauf von fünfundzwanzig Jahren aufgehäuft haben.«

Er sprach wie jemand, der einem nicht sehr aufgeweckten Kind eine schwierige Aufgabe vernünftig erklären will, und Amber blitzte ihn wütend an. Noch einen Augenblick zauderte sie und suchte einen Ausweg. Doch schließlich griff sie nach der Feder, tauchte sie in die Tinte und kritzelte rasch ihren Namen. Die Tinte spritzte über das Blatt. Dann warf sie die Feder hin, ging ans Fenster und schaute auf die Straße hinunter, hatte aber kaum einen Blick für die beiden Fischverkäuferinnen, die unten miteinander stritten und mit großen Flundern aufeinander losschlugen.

Gleich darauf hörte sie, wie die Tür sich hinter ihr schloß. Sie drehte sich um, packte eine kleine chinesische Vase und warf sie heftig auf den Boden. »Daß der Blitz ihn treffe!« schrie sie. »Stinkender alter Teufel!«

Nan stürzte hinzu, als wollte sie die Splitter aufheben. »O Gott, Mam! Mylady«, verbesserte sie sich. »Er wird toll werden, wenn er sieht, was Sie getan haben. Er hat diese Vase ganz besonders gern.«

»Nun » ich hatte meine achtzehntausend Pfund auch ganz besonders gern! Dieser Lump! Ich wollte, es wäre sein Kopf gewesen! Mein Gott! Was ist doch ein Ehemann für ein erbärmlicher Schuft!« Ungeduldig sah sie sich nach einer Ablenkung um. »Wo ist Tansy?«

»Seine Lordschaft hat mir verboten, ihn ins Zimmer zu lassen, wenn Sie noch nicht angezogen sind.«

»Hat er das verboten? Das wollen wir einmal sehen!« Sie lief durch das Zimmer, riß die Tür auf und schrie: »Tansy! Tansy, wo bist du?«

Zunächst erhielt sie keine Antwort. Dann aber erschien hinter einem massiven geschnitzten Schrank das schwarze, glänzende Gesicht des Knaben. Er blinzelte schläfrig, und als er den Mund zu einem Gähnen aufriß, schien das halbe Gesicht zu verschwinden. »Ja, Mam«, knurrte er.

»Was, zum Teufel, machst du denn dort hinten?«

»Schlafen, Mam.«

»Warum hast du denn nicht mehr dein Kissen hier?«

»Ich darf ja nicht mehr im Zimmer sein, Mrs. Amber.«

»Wer sagt das?«

»Seine Lordschaft hat das gesagt, Mam.«

»Nun, Seine Lordschaft weiß nicht, wovon er spricht. Du kommst hier herein, und von nun an tust du, was ich dir sage, nicht was er dir sagt. Hörst du?«

»Ja, Mam.«

Um Mittag kehrte Radclyffe zurück, betrat das Zimmer mit seiner gewohnten Ruhe und sah Amber mit gekreuzten Beinen auf dem Fußboden sitzen und mit Tansy und Nan spielen. Vor jedem lag ein Haufen Geldstücke, und die beiden Frauen amüsierten sich köstlich über die drolligen Fratzen Tansys. Amber sah den Earl kommen, kümmerte sich aber nicht um ihn, bis er unmittelbar neben ihr stand. Dann sah sich Tansy langsam um, und seine schwarzen Augen rollten; Nan aber wurde ganz still. Amber warf dem Earl einen gleichgültigen Blick zu und schüttelte die Würfel in ihrer Hand. Sie ärgerte sich, weil ihr Herz ein wenig heftiger schlug, aber sie hatte Nan gesagt, er solle gleich merken, daß sie sich nicht tyrannisieren lassen wolle.

»Nun, Mylord? Ihre Gläubiger sind jetzt hoffentlich glücklich?«

»Wahrhaftig, Madame«, sagte Radclyffe langsam, »Sie setzen mich in Erstaunen.«

»Wirklich?« Sie ließ die Würfel über den Boden rollen.

»Sind Sie naiv – oder sind Sie leichtfertig?«

Amber sah ihn rasch an, ließ einen ärgerlichen Seufzer hören, schob die Würfel beiseite und sprang auf. Dabei griff sie nach Tansys Hand und riß ihn in die Höhe. Plötzlich spürte sie einen heftigen Schlag auf ihrer Hand. Tansy schrie erschrocken auf und klammerte sich schluchzend an ihre Röcke.

»Lassen Sie diese Kreatur los, Madame!« Radclyffes Stimme war gleichmütig und kalt, aber seine Augen glitzerten wild. »Hinaus!« sagte er zu Tansy, der sich das nicht zweimal sagen ließ und verschwand.

Radclyffe sah Nan an, die neben Amber stand. »Ich habe Ihnen gesagt, Britton, daß diese kleine Bestie das Zimmer nicht betreten darf, solange Mylady nicht Toilette gemacht hat. Was haben Sie . . .«

»Es ist nicht ihre Schuld«, fuhr Amber dazwischen. »Sie hat es mir gesagt. Ich habe ihn selbst hereingerufen.«

»Warum?«

»Warum nicht? Er ist seit zweieinhalb Jahren bei mir – er kann kommen und gehen, wie er will.«

»Das durfte er vielleicht. Aber von jetzt an nicht mehr. Sie sind jetzt meine Frau, Madame, und wenn Sie selbst keinen Sinn für Schicklichkeit besitzen, so werde ich es auf mich nehmen, Sie nach meinen Grundsätzen zu leiten.«

Wütend, entschlossen, ihn mit jeder Waffe zu treffen, auf die sie sich verlassen konnte, sagte sie jetzt halblaut, aber mit unverkennbarem Hohn: »Sie fürchten doch wohl nicht, Mylord, daß ein bloßes Kind Ihnen Hörner aufsetzt?«

Das Weiße in Radclyffes Augen rötete sich, und die violetten Adern an seiner Stirne begannen zu pochen. Einen Augenblick lang war Amber wirklich erschrocken, denn in seinem Gesicht war eine mörderische Wut – aber zu ihrer Erleichterung gewann er seine Selbstbeherrschung schnell wieder. Er putzte nicht vorhandenen Staub von seiner fleckenlosen Spitzenkrawatte.

»Madame, ich kann mir nicht vorstellen, was für eine Art von Mann Ihr erster Gatte gewesen sein mag. Aber ich versichere Ihnen, daß jede italienische Ehefrau, die so zu ihrem Gatten spräche, wie Sie es eben getan haben, alle Ursache hätte, ihre Unverschämtheit zu bereuen.«

»Nun, ich bin keine italienische Frau, und wir sind nicht in Italien – wir sind in England.«

»Wo die Gatten Ihrer Ansicht nach keine Rechte haben.« Er wandte sich ab. »Morgen ist der schwarze Affe fort.«

Im Nu bedauerte Amber ihre Keckheit und ihre Großsprecherei. Denn sie erkannte, daß man ihn weder einschüchtern konnte wie Black Mallard oder Luke Chanell noch einwickeln wie Rex Morgan oder Samuel Dangerfield. Er liebte sie nicht und hatte auch keinen Respekt vor ihr. Und mochte es auch modern sein, die Ehemänner geringzuschätzen, so war sie sich doch wohl bewußt, daß die Frau nach dem Gesetz Eigentum des Gatten war. Er konnte mit ihr nach Gutdünken verfahren und sie auch umbringen – besonders wenn er reich und adlig war.

Sie änderte ihren Ton. »Sie werden ihm doch nichts tun?«

»Ich werde mich seiner entledigen, Madame. Ich weigere mich, ihn noch länger hier in meinem Hause zu dulden.«

»Aber Sie werden ihm nichts antun, nicht wahr? Er ist doch großartig und hilflos wie ein kleiner Hund. Seine Schuld war es nicht, daß er hier im Zimmer war. Bitte, erlauben Sie, daß ich ihn zu Almsbury schicke. Er wird für ihn sorgen. Bitte, Euer Lordschaft!« Es war ihr verhaßt, daß sie ihn bitten mußte, und sie haßte ihn um so mehr, weil er sie dazu zwang, aber sie hing an Tansy und wollte nicht, daß ihm etwas zustieß.

In seinem Gesicht zuckte es, als ob er sich heimlich amüsieren würde, und seine nächsten Worte sollten die Antwort auf ihren Angriff sein. »Es ist kaum denkbar«, sagte er langsam, »daß eine Frau so sehr an einem kleinen, schwarzen Affen hängt, wenn sie nicht irgendeine Verwendung für ihn hat.«

Amber biß die Zähne zusammen, wollte sich aber nicht reizen lassen. Lange sahen sie einander an. Endlich wiederholte sie: »Bitte, senden Sie ihn zu Almsbury!«

Er lächelte leise und genoß ihre Demütigung. »Schön, ich werde ihn morgen hinschicken.« Die Gunst, die er ihr gewährte, war wie eine Ohrfeige.

Amber senkte die Augen.

»Vielen Dank, Sir.«

Eines Tages, dachte sie, werde ich dir die Kehle aufschlitzen, du verdammter, alter Kannibale!

*

Am 1. Februar kehrte Karl nach Whitehall zurück. Der Schnee lag hoch, die Kirchenglocken läuteten fröhlich, und nachts erhellten Freudenfeuer den schwarzen Winterhimmel, um den König zu begrüßen. Ihre Majestät, die Königin, und alle Hofdamen waren allerdings noch in Hampton Court geblieben. Die Castlemaine hatte abermals einen Sohn geboren; die Königin hatte abermals eine Fehlgeburt erlitten. Und York sprach nicht mit der Herzogin, denn er glaubte – oder tat, als glaubte er –, daß sie sich mit dem schönen Henry Sidney eingelassen hatte.

Radclyffe machte dem König seine Aufwartung, aber Amber durfte nicht zu Hof gehen, bevor die Damen zurückgekehrt waren und sie bei einem Ball oder einer andern Gelegenheit vorgestellt werden konnte. Nach diesem ersten Besuch bei Hof ging Radclyffe nicht mehr häufig nach Whitehall. Er war nicht der Mann, den König Karl zum Vertrauten gewählt hätte, und seine Religion schloß ihn von allen Hofämtern aus. Überdies war er dem Hof zu lange ferngeblieben. Eine neue Generation gab jetzt den Takt an, und es war nicht der Takt, nach dem seine eigene Generation gelebt hatte. Es war eine neue Lebensform, die er für eitel, frivol maß- und zwecklos hielt. Die meisten Männer waren für ihn Schelme oder Dummköpfe oder beides, und die Frauen eine Bande hohlköpfiger Dirnen. In diese Kategorie schloß er auch seine eigene Frau ein.

Amber hatte den Eindruck, als ob die Zeit langsamer verginge denn je. Sie verbrachte viele Stunden mit Susanna, lehrte sie gehen, baute ihr Spielzeugschlösser, sang Dutzende von Kinderliedchen mit ihr, deren sie sich aus ihrer eigenen Kinderzeit erinnerte. Sie vergötterte sie – aber sie konnte nicht ihr eigenes Leben auf dem Kind aufbauen. Sie sehnte sich nach jener großen, erregenden Welt, zu der sie sich den Einlaß teuer erkauft hatte und in die sie jetzt stolz durch den Haupteingang eintreten konnte und sich nicht wie eine Diebin durch eine Hintertür einschleichen mußte. Sie war froh, daß Radclyffe wenig Interesse an dem heitern Leben des Palastes hatte, denn das würde ihr selbst größere Freiheit gestatten.

Nichts wünschte sie so sehnlich, wie ihn loszuwerden. Es war ihr, als hätte er sie verhext, denn wenn sie ihn auch nicht häufig sah, so schien er doch immer über ihre Schulter zu schauen, in ihrer Seele zu lauern – finster und unheimlich. In der Einsamkeit des Hauses und ohne Ablenkung hatte sie das Gefühl, als ob alles, was sie sagten oder taten, übertriebene Wichtigkeit annehmen würde. Sie grübelte über jedes Wort, das gesprochen, jeden Blick, der gewechselt wurde, wie ein Hund an einem Knochen nagt.

Einmal, aus Langeweile, ging sie in sein Laboratorium.

Sie fand die Türe offen und schlich leise hinein, um ihn nicht zu stören. Große Stöße von Büchern und Manuskripten, die erst vor kurzem von seinem Landsitz Lime Park gesandt worden waren, lagen auf dem Boden aufgestapelt. Da gab es mehrere Schädel, Hunderte von Schalen und Flaschen, Öllampen, Gefäße in jeder Größe und Form – das ganze Rüstzeug der Alchemie. Er arbeitete – das wußte sie – an dem ›Großen Werk‹, einem langwierigen, schwierigen Prozeß, dessen Ziel die Entdekkung des Steins der Weisen war, ein Studium, das einige der besten Köpfe des Zeitalters beschäftigte.

Als sie eintrat, stand er, den Rücken zur Türe, an einem Tisch und maß sorgfältig ein gelbes Pulver. Sie sagte nichts, sondern näherte sich leise, und ihre Augen streiften neugierig die überladenen Regale und Tische. Plötzlich fuhr er auf, und die Flasche fiel ihm aus der Hand.

Amber sprang zurück, um ihr Kleid nicht zu beschmutzen. »O, das tut mir leid!«

»Was machen Sie hier?«

Rasch flackerte ihr Groll wieder auf. »Ich bin eben hereingekommen. Da ist doch nichts Böses dabei?«

Seine Züge glätteten sich wieder. »Madame, es gibt verschiedene Orte, wo Frauen nicht hingehören – und zwar unter keinen Umständen. Dazu zählt auch ein Laboratorium. Wollen Sie mich nicht wieder unterbrechen, bitte. Ich habe zu viele Jahre und zu viel Geld an dieses Projekt gesetzt, um es jetzt durch die Unbesonnenheit einer Frau zu zerstören.«

Nächst der Alchemie galt sein größtes Interesse seiner Bibliothek, wo er sich viele Stunden des Tages aufhielt. Den größten Teil seines Lebens hatte er damit zugebracht, kostbare Bücher und Manuskripte zu sammeln, die er sämtlich in strenger Ordnung hielt, jedes einzelne sorgsam aufzeichnete und auch genau alles notierte, was darauf Bezug hatte. Doch sein Interesse an Büchern war mehr als das bloße Vergnügen an ihrem Besitz, an dem schönen Ledereinband und an dem alten Papier. Er las sie auch. Da gab es griechische Tragödien, Ciceros Briefe und die Selbstbetrachtungen des Marc Aurel; Plutarch und Dante, spanische Theaterstücke, französische Philosophen und Wissenschaftler – alle in ihren Sprachen.

Er hatte Amber den Zutritt zur Bibliothek wohl nicht verboten, aber erst nachdem sie bereits mehrere Wochen verheiratet waren, betrat sie sie. Sie lechzte jetzt so sehr nach irgendeiner Unterhaltung, daß sie schließlich sogar bereit war, ein Buch zu lesen. Doch sie hatte nicht gemerkt, daß er da war, und als sie ihn neben dem Kamin sitzen sah, die Feder in der Hand und einen großen Band aufgeschlagen auf dem Schreibtisch, da zauderte sie einen Augenblick und wollte wieder gehen. Er schaute auf, sah sie und erhob sich, zu ihrer größten Überraschung höflich lächelnd.

»Kommen Sie doch bitte herein, Madame. Ich sehe keine Ursache, warum eine Frau eine Bibliothek nicht betreten sollte – auch wenn sie wahrscheinlich nicht viel finden wird, was ihrem Geschmack entspricht. Oder sind Sie etwa auch jene Grille von Menschheit und Natur – ein gelehrtes Weibchen?«

»Ich dachte, daß ich etwas finden könnte, um mir die Zeit zu vertreiben. Haben Sie englische Theaterstücke?«

»Verschiedene. Was ziehen Sie vor – Ben Jonson, Marlowe, Beaumont und Fletcher, Shakespeare?«

»Das ist mir gleich. Ich habe sie alle gespielt.« Sie wußte, daß er Hinweise auf ihre Theaterzeit nicht liebte, und erwähnte sie gerade darum häufig, um ihn zu ärgern. Bisher hatte er die Herausforderung nicht aufgenommen.

Jetzt aber sah er sie mit unverhohlenem Mißbehagen an. »Madame, ich hatte gehofft, daß Ihr eigenes Schamgefühl Sie davon abhalten würde, von dieser unglückseligen Episode in Ihrem Leben zu sprechen. Wollen Sie mich bitte nichts mehr davon hören lassen!«

»Warum? Ich schäme mich dessen nicht.«

»Aber ich.«

»Es hat Sie nicht gehindert, mich zu heiraten.«

Sie standen etwa zwölf Fuß voneinander entfernt, und ihre Blicke trafen sich. Amber hatte seit langem das sichere Gefühl, sie müsse nur einmal seine kühle Haltung durchbrechen, und dann wäre er ihr auf Gnade und Ungnade ausgeliefert. Wenn ich ihn jemals treffen kann, hatte sie oft und oft zu sich gesagt, dann müßte ich ihn nie mehr fürchten. Doch sie konnte sich niemals so weit überwinden. Sie wußte gut genug, daß er einen starken Hang zur Grausamkeit besaß – und dabei ebenso verfeinert wie alle seine Laster. Aber sie hatte noch keine Hemmung von Gewissen und Mitleid an ihm entdeckt. Darum zögerte sie aus Furcht und haßte sich selbst ihrer Feigheit wegen.

»Nein«, gab er zu, »es hat mich nicht davon abgehalten, Sie zu heiraten, denn Sie besaßen andere Reize, denen ich unmöglich widerstehen konnte.«

»Ja«, fuhr ihn Amber an, »sechsundsechzigtausend solcher Reize.«

Radclyffe lächelte. »Welch ein Auffassungsvermögen!« sagte er.

Sekundenlang sah sie ihn an, und ihr höchster Wunsch war, ihn mit der Faust ins Gesicht zu schlagen. Es würde unter einem harten, plötzlichen Schlag auseinanderbröckeln wie das Gesicht einer Mumie, und sie malte sich den Ausdruck des Entsetzens auf den zerfallenden Zügen aus. Plötzlich wandte sie sich zu den Regalen.

»Nun, wo sind sie denn, die Theaterstücke?«

»Auf diesem Fach, Madame. Nehmen Sie, was Sie nur wünschen.«

Sie nahm drei oder vier aufs Geratewohl und hastig, denn es war ihr eilig, seiner Nähe zu entfliehen. »Vielen Dank, Sir«, sagte sie, ohne ihn anzusehen, und wollte gehen. Gerade als sie die Tür erreicht hatte, hörte sie abermals seine Stimme.

»Ich habe da einige sehr seltene italienische Bücher, an denen Sie vielleicht Interesse haben könnten.«

»Ich lese nicht italienisch.« Sie wandte sich nicht um.

»Diese Bücher kann man auch ohne Kenntnis der Sprache zu schätzen wissen. Sie verwenden die allgemein bekannte Sprache der Bilder.«

Sie verstand im Nu, was er meinte, und blieb stehen. Alles, was Sensation versprach, lockte sie. Mit einem Lächeln, das sehr deutlich sein zynisches Vergnügen an ihrer Neugier verriet, drehte er sich um und nahm ein ledergebundenes Buch von einem Regal, legte es auf den Tisch und wartete. Sie wandte sich um, zauderte noch einen Augenblick, beobachtete ihn argwöhnisch, als fürchte sie eine Falle. Dann hob sie trotzig das Kinn, trat an den Tisch, öffnete das Buch, schlug ein halbes Dutzend Seiten um, die mit unverständlichen Worten bedruckt waren, und hielt mit einem Laut der Überraschung vor der ersten Illustration inne. Es war eine schöne Handzeichnung und stellte einen jungen Mann und eine junge Frau in ekstatischer Umarmung dar.

Sekundenlang betrachtete es Amber ganz bezaubert. Plötzlich sah sie auf und merkte, daß er sie intensiv und mit dem gleichen Ausdruck wie damals in Almsburys Bibliothek anstarrte. Auch diesmal verschwand der Ausdruck sehr schnell; und sie nahm das Buch und ging durch das Zimmer.

»Ich dachte mir, daß es Sie interessieren würde«, hörte sie ihn sagen, »aber behandeln Sie es bitte sorgsam. Es ist sehr alt und sehr selten – in seiner Art eine Kostbarkeit.«

Sie antwortete nicht, drehte sich auch nicht um, sondern verließ den Raum. Sie war betroffen und ärgerlich, zu gleicher Zeit angenehm erregt und angewidert. Irgendwie hatte sie den Eindruck, daß er sie überrumpelt hatte.

Einundvierzigstes Kapitel

Im Empfangssaal der Königin drängte sich die Hofgesellschaft. Die Damen waren in vollem Glanz ihrer Spitzen, ihrer leuchtenden Satin- und Samtkleider erschienen – granatfarben, karminrot, primelgelb, dunkelviolett, orangefarben – und Schultern, Busen und Unterarme glitzerten von Edelsteinen. Hunderte von Kerzen brannten in Kandelabern und Lüstern, und junge Leute von der Garde hielten rauchende Fackeln. Ihre Majestäten saßen unter einem Baldachin auf einem samtbespannten Thron mit Gold- und Silberfransen und reichten ihre Hände zum Kuß. An einem Ende des Saales warteten die Musikanten in verschiedenfarbigen Taftgewändern, Kränze um den Kopf geschlungen, und stimmten ihre Instrumente. Es gab keine Zuschauer auf der Galerie, denn noch dauerte die Pest, und die Zahl der Toten schwankte von Woche zu Woche. Die Frauen waren erst kürzlich aus Hampton Court gekommen.

»Die Gräfin Castlemaine!« rief der Türsteher.

»Baron Arlington! Lady Arlington!«

»Lord Denham! Lady Denham!«

»Der Earl of Shrewsbury! Die Gräfin Shrewsbury!«

Sobald ein Name genannt wurde, wendeten die Blicke sich zur Tür, ein Flüstern lief hinter gehobenen Fächern durch den Saal, Blicke wurden gewechselt; dort gab es ein weibliches Kichern und da manchmal auch ein leises Lachen eines Mannes.

»Verdammt«, bemerkte ein junger Beau zum andern, »ich wundere mich wirklich, wie Lord Shrewsbury es wagt, sein Gesicht öffentlich zu zeigen. Mylady hat mit dem halben Hof geschlafen, und kein einziges Mal hat er daran gedacht, seine Ehre zu verteidigen.«

»Und warum sollte er auch?« entgegnete der andere. »Jeder Mann, der da meint, seine Ehre hänge von der seiner Frau ab, ist ein Narr.«

»Sehen Sie nur!« flüsterte ein zwanzigjähriger Geck und strich sich über seine kunstvoll gelockte Perücke, »York kokettiert wieder mit Lady Denham. Ich wette hundert Pfund. daß er noch vor dem St. Georgstag mit ihr schlafen wird.«

»Ich wette dagegen. Mylady ist eine ehrbare Frau.«

»Ehrbar? Puh, Jack. Es gibt auf der Welt keine Frau, die zu jeder Zeit und bei jeder Gelegenheit ehrbar wäre.«

»Sie ist vielleicht nicht ehrbar«, sagte eine Hofdame, »aber sie wird sehr streng bewacht.«

»Keine Frau wird so streng bewacht, daß sie ihrem Mann nicht Hörner aufsetzen kann, wenn sie es einmal darauf angelegt hat.«

»Wo mag Lady Arlington dieses schreckliche Kleid nur herhaben? Die ist immer so weit hinter der Mode her wie die Frau eines Gutsbesitzers aus Lancashire.«

»Sie ist eine Holländerin, mein Liebling. Woher sollte sie wissen, wie man sich anzieht?«

Ganz plötzlich begab sich etwas Unerwartetes – der Türsteher meldete zwei unvertraute Namen: ein neues Element drängte sich in diesen geschlossenen Klüngel. »Der Earl of Radclyffe! Die Gräfin Radclyffe!«

Der Earl of Radclyffe! Wer, zum Teufel, war das? Irgendein bemooster alter Zittergreis, der aus der vergangenen Generation übriggeblieben war. Und seine Gräfin – eine alte Schindmähre von mindestens fünfundvierzig, der die neuen Sitten zweifellos ebenso ein Greuel sind wie der Frau irgendeines puritanischen Ratsherrn. Mehr gelangweilt als neugierig blickte man nach der Tür. Dann aber, als Lord und Lady Radclyffe erschienen, flutete eine Welle von Überraschung durch den Saal und scheuchte alle aus ihrer trägen Gleichgültigkeit. Was war das? Eine Schauspielerin wurde bei Hof vorgestellt!

»Jesus Christus«, sagte ein Herr zum andern. »Ist das nicht Amber St. Clare?«

»Was?« zischte eine entrüstete Dame, »ist das diese Komödiantin, Madame Dingsda, die vor ein paar Jahren am Königlichen Theater war?«

»Unerträglich!«

Amber trug den Kopf hoch und sah weder nach rechts noch nach links, sondern geradeaus auf die Königin. Sie hatte niemals eine ähnliche Erregung, eine solche Spannung und eine solche Furcht gekannt. Ich bin wirklich eine Gräfin, hatte sie sich den ganzen Tag lang gesagt. Ich bin hier in Whitehall ebenso an meinem Platz wie irgendeine andere. Ich will mich nicht einschüchtern lassen, ich will nicht! Sie sind am Ende alle nur Männer und Frauen – sie sind nichts anderes als ich oder ein anderer. Aber in Wahrheit glaubte sie doch, daß sie anders waren – zum mindesten hier in Whitehall.

Ihr Herz pochte so heftig, daß sie außer Atem kam, ihre Knie zitterten, und ihre Ohren dröhnten. Ihr Nacken schmerzte. Sie zwang sich, geradeaus nach dem Thron zu blicken, aber alles, was sie sehen konnte, war so verschwommen, als ob sie die Augen unter Wasser offen halten würde. Langsam ging sie weiter, die zitternden Finger auf Radclyffes Arm – durch den langen Gang zwischen den spähenden Gesichtern – auf den Thron zu. Sie spürte das Wispern, das Lächeln, das Schmunzeln, die Entrüstung, doch derzeit sah und hörte sie nichts.

Radclyffe war großartig gekleidet. Seine Perücke war weiß, sein Rock in Gold- und Purpurbrokat und seine Hosen in blaßgrünem Satin, an seinem Degengriff glitzerten kostbare Steine. Sein scharfes, strenges Gesicht gestattete keine Kritik an seiner Frau, erlaubte keine Erinnerung daran, daß sie Schauspielerin gewesen war, gebot, daß man sie bewunderte und anerkannte. Und Ambers Kleid stand an Pracht keinem Kleid im Saale nach. Es war aus Goldstoff mit Spitzen bedeckt, hatte eine lange Schleppe, ein Schleier senkte sich von ihrem Kopf, und sie trug ihre höchst eindrucksvolle Sammlung von Smaragden.

Nun hatten sie den Thron erreicht. Sie knickste tief, er beugte das Knie. Nachdem Ambers Lippen die Hand der Königin berührt hatten, hob sie die Augen und sah Katharina lächeln, ein freundliches, wehmütiges Lächeln, das Amber ans Herz griff. Sie ist gut, dachte Amber, sie ist unglücklich, die Arme. Aber sie ist harmlos. Ich habe sie gern, stellte sie fest.

Doch sie wagte nicht, zu Karl aufzusehen. Denn hier in seinem Palast, umgeben von all dem Prunk seiner königlichen Höhe, war er nicht derselbe Mann, den sie vor drei Jahren insgeheim nachts besucht hatte. Er war Karl der Zweite, von Gottes Gnaden König von Großbritannien, Frankreich und Irland. Er war die ganze Macht und Herrlichkeit Englands – und sie kniete ehrerbietig vor ihm nieder.

Langsam erhob sie sich, trat zurück und stand mitten in der Schar, die an dem Weg zum Thron Spalier bildete. Sekundenlang war sie noch in halber Betäubung, doch nach und nach umfing die Welt sie und ihre Gefühle wieder. Sie sah zur Rechten und erkannte Buckhurst, der ihr zugrinste. Über seine Schulter winkte ihr Sedley. Ihr gegenüber war Buckingham in all seinem Glanz, und obgleich sie ihn seit jener Nacht in Haymarket nicht mehr gesehen hatte, lächelte er ihr jetzt zu, und sie war ihm dankbar. Da waren auch noch andere Bekannte: die beiden Killigrew, Vater und Sohn. Dick Talbot und James Hamilton und verschiedene andere junge Leute, die in der Garderobe verkehrt hatten. Und nun blieb ihr Blick plötzlich haften; sie sah Barbara Palmer. Die Lady Castlemaine beobachtete sie mit gierigen Augen. So schauten die beiden sekundenlang, und Amber war es, die zuerst mit überlegener Gleichgültigkeit wegsah. Sie erfaßte bereits, daß diese Menschen schließlich doch nicht nur Götter und Göttinnen waren – selbst hier auf dem Olymp nicht.

Die Vorstellungen waren nun vorüber, der König gab ein Zeichen, und im Nu erfüllte Musik den Saal. Der Ball begann mit einem Coranto, den Karl und Katharina, der Herzog und die Herzogin von York und der Herzog und die Herzogin von Monmouth tanzten. Es tanzte immer nur ein Paar, und der Tanz war ein feierliches Schauspiel voll verschiedener Touren, das einen hohen Grad von Geschicklichkeit und Anmut verlangte.

Mit entzückten Augen sah Amber dem König zu.

Wie schön er ist, dachte sie, und wie er geht und steht! Ob ich es wohl wagen darf, ihn zum Tanz aufzufordern? Sie wußte, daß die Hofetikette den Damen vorschrieb, Seine Majestät um einen Tanz zu bitten. Ob er sich meiner noch entsinnt – nein, natürlich nicht. Wie sollte er auch? Es ist jetzt dreieinhalb Jahre her – Gott weiß, wie viele Frauen seither hier gewesen sein mögen. Aber ich möchte doch so gern tanzen – ich will nicht den ganzen Abend hier allein bleiben.

In ihrer Erregung hatte sie Radclyffe bereits vergessen, der schweigend und reglos neben ihr stand.

Als der Coranto zu Ende war, befahl Karl eine Allemande, an der mehrere Paare teilnehmen durften, und als der Saal sich mit tanzenden Paaren füllte, wartete Amber atemlos. Würde man sie auch auffordern? Sie fühlte sich wie ein kleines Mädchen bei seiner ersten Gesellschaft, ganz vereinsamt und verloren, und wäre am liebsten wieder wohlbehalten zu Hause gewesen, als zu ihrer großen Freude und Erleichterung Lord Buckhurst sich vor ihr verbeugte.

»D-d-darf ich das Vergnügen haben, Mylady zu d-d-diesem Tanz aufzufordern, Mylord?« Wenn Buckhurst nüchtern war, hatte er eine leichte Neigung zu stottern, die ihn sehr störte.

Plötzlich erinnerte Amber sich an ihren Mann und sah ihn ängstlich an. Und wenn er »nein« sagte? Doch er verbeugte sich so gnädig, wie sie es nur wünschen konnte.

»Aber gewiß, Mylord.«

Amber schenkte Buckhurst ein berauschend glückliches Lächeln und legte ihre Hand auf seinen Arm. Sie schlossen sich den andern Tänzern an, die in doppelter Reihe bis zur Hälfte des Saales standen. Karl und

Lady Castlemaine waren das erste Paar, und die andern folgten ihrer Führung – einige Schritte vorwärts, einige Schritte rückwärts, dann eine Pause. Diese Figur gab allen Gelegenheit, zu plaudern und zu flirten.

Buckhurst lächelte Amber zu. »W-wie, zum Teufel, sind Sie hergekommen?«

»Nun, was meinen Sie, Sir? Ich bin Gräfin.«

»Sie sagten mir doch, M-madame, daß Sie nie w-wieder heiraten wollten.«

Sie warf ihm einen boshaften Blick zu. »Ich habe meine Meinung eben geändert. Hoffentlich sind Euer Lordschaft mir darum nicht böse.«

»Ach Gott, nein. S-sie können sich gar nicht vorstellen, w-was es für ein Vergnügen ist, einmal ein neues G-gesicht bei Hof zu sehen. Wir öden einander so unsäglich an.«

»Anöden!« rief Amber entrüstet. »Wie kann man einander anöden?«

Doch darauf konnte er keine Antwort mehr geben, denn sie hatten das Ende des Saales erreicht, und dort trennten sich die Herren von den Damen, dann trafen die Paare wieder zusammen, führten einige Schritte aus, formten ein Carré, und damit war der Tanz zu Ende. Buckhurst geleitete sie zu Radclyffe zurück, dankte dem Earl und ging. Im gleichen Augenblick wußte Amber, daß Radclyffe mißgelaunt war, daß er nicht gern mitansah, wie sie sich unterhielt, Aufmerksamkeit erregte und ihn völlig vergaß.

»Sie amüsieren sich gut, Madame?« fragte er sie kühl.

»O ja, Euer Lordschaft.« Sie zauderte einen Augenblick und setzte dann fragend hinzu: »Und Sie?«

Aber er antwortete nicht, denn mit einem Mal stand der König lächelnd neben ihnen. »Es war höchst rücksichtsvoll von Ihnen, Mylord«, sagte er, »eine schöne Frau zu heiraten. Es gibt heute abend keinen Mann in diesem Saal, der Ihnen nicht dankbar wäre.« Radclyffe verbeugte sich. »Wir alle sind müde, immer nur die gleichen Gesichter zu sehen und über die gleichen Leute zu klatschen.«

Karl lächelte, und Amber sah bezaubert zu ihm auf, ganz benommen von seinem Charme, der fast eine physische Kraft zu sein schien. Als seine dunklen Augen den ihren begegnete, schwindelte ihr. Doch noch stärker kam ihr zum Bewußtsein, daß hier vor ihr, beobachtet von aller Welt, der Herrscher von Großbritannien stand, lächelte und ihr Komplimente machte.

»Sie sind sehr gütig, Sire«, sagte Radclyffe.

Amber machte einen Knicks, aber ihre Zunge war wie gefesselt. Dagegen waren ihre Augen fast allzu beredt, und Karls Gesicht verriet ihn immer in Gegenwart einer schönen Frau. Radclyffe beobachtete die beiden, doch sein Gesicht blieb ausdruckslos wie das einer Mumie.

Aber das dauerte nur sekundenlang, und dann wandte Karl sich wieder zu Radclyffe. »Soviel ich hörte, Mylord, haben Sie vor kurzem einen sehr kostbaren Correggio gekauft.«

Radclyffes kalte blaue Augen blitzten auf, wie immer, wenn von seinen Bildern die Rede war. »Jawohl, Eure Majestät, aber er ist noch nicht angekommen. Ich erwarte ihn sehr bald, und wenn er kommt und Sie Interesse dafür haben, dann wäre ich überglücklich, wenn ich ihn Ihnen zeigen dürfte.«

»Vielen Dank, Sir; ich würde ihn sehr gern sehen. Und jetzt, wenn Sie gestatten, Mylord.« Schon hatte er Amber seinen Arm gereicht, und als Radclyffe eine zustimmende Verbeugung machte, führte er sie zum Tanz.

Ambers ganzes Sein war von wildem, überströmendem Stolz erfüllt. Es war, als stände sie in blendendem Licht, und die ganze übrige Welt hätte aus tiefem Dunkel die Augen auf sie geheftet. Der König hatte sie erwählt, hatte alles Herkommen mißachtet, hatte sie zum Tanz aufgefordert! Und vor all diesen Menschen und hier, an seinem eigenen Hof! Die trostlosen Wochen, die sie allein mit Radclyffe verbracht hatte, seine selbstsüchtige, brutale, zwecklose Gier, seine unverhohlene Abneigung und Verachtung – alles verschwand mit einem Male in diesem heftigen Glück. Der Preis war gezahlt worden, und er war nicht zu hoch.

Der König hatte sie zu dem altherkömmlichen fröhlichen Tanz aufgefordert: »Dem Hahnrei geht's schief!« und jetzt, da sie als erstes Paar einer langen Reihe einander gegenüberstanden und warteten, daß die Musik anfing, sagte er anzüglich: »Ihr Gatte wird hoffentlich an der Wahl des Tanzes nichts auszusetzen haben. Er sieht nicht aus, als ob er Hörner mit Anstand tragen würde.«

»Ich weiß nicht, Sire«, murmelte sie, »ob er sie mit Anstand tragen würde oder nicht.«

»Was?« fragte Karl mit gespieltem Erstaunen. »Zwei Monate verheiratet und noch immer eine treue Gattin?«

Doch dann begann die Musik, und der Tanz war zu lebhaft, als daß man dabei sprechen konnte. Er sagte kein Wort mehr, und als es vorüber war, führte er sie zu Radclyffe zurück, dankte beiden, verbeugte sich und ging. Amber hatte vor Aufregung und im Rausch des Tanzes den Atem verloren und konnte kein Wort sagen. Gerade als sie mit ihrem Knicks fertig war, näherte sich ihnen der Herzog von Buckingham.

Weiß Gott, dachte sie in fast hysterischem Entzücken, es ist wahr, die Männer sind müde, stets die gleichen Gesichter zu sehen.

Hastig sah sie sich im Saal um, Dutzende von Augenpaaren waren auf sie gerichtet – bewundernde Augen, amüsierte Augen, feindselige Augen. Doch was lag daran, warum sie schauten und wie sie schauten – wenn sie nur überhaupt schauten! Heute bin ich das ›weiße Lamm‹, dachte sie, ein alter Ausdruck aus ›Alsatia‹, dessen sie sich jetzt erinnerte.

Jeder wollte mit ihr tanzen. York, Rochester, der allbekannte träge junge Geck und Stückeschreiber Etherege, der Earl of Arran, der Earl of Ossory, Sedley und Talbot und Henry Jermyn. All die jungen, fröhlichen, hübschen Herren des Hofes flirteten mit ihr, machten ihr verwegene Komplimente und baten sie um ein Rendezvous. Die Frauen bemühten sich, Mängel an ihrer Toilette, an ihrer Frisur, an ihrem Benehmen zu finden – und gelangten zu dem bequemen Schluß, daß sie schließlich neu und reich war, und überdies war ihr Ruf aus ihrer Theaterzeit so anrüchig, daß er sämtliche Männchen innerhalb der Grenzen angezogen hätte. Es war für Amber ein Abend höchsten Triumphs.

Plötzlich fiel mitten in diese vollkommene Welt ein Meteor und zerschmetterte alles. Als sie in einer kurzen Pause zwischen zwei Tänzen zu Radclyffe zurückkehrte, sagte er ganz ruhig: »Wir gehen jetzt nach Hause, Madame.«

Amber warf ihm einen Blick voll Überraschung und Kränkung zu, denn schon standen der Herzog von Monmouth und James Hamilton neben ihr. »Nach Hause, Mylord?« fragte sie ungläubig.

Monmouth nahm sogleich für sie Partei. »Sie denken doch nicht daran, nach Hause zu gehen, Sir? Es ist ja noch viel zu früh und Mylady ist die Sonne des Festes.«

Radclyffe verbeugte sich, und seine dünnen Lippen verzogen sich zu einem ablehnenden Lächeln. »Mit Ihrer Erlaubnis, Euer Gnaden. Ich bin kein junger Mann, und für mich ist es bereits spät.«

Monmouth lachte, ein glückliches, unbefangenes Lachen, das niemanden verletzen konnte. »Nun, Sir, warum lassen Sie Mylady nicht hier bei uns? Ich werde sie selber heimgeleiten – mit einer Bande von Spielleuten und einer Schar Fackelträger, um uns zu leuchten.«

»O ja«, rief Amber eifrig. »Lassen Sie mich hier!«

Radclyffe überhörte ihre Worte. »Sie scherzen, Euer Gnaden«, sagte er steif, verbeugte sich und wandte sich dann zu Amber: »Kommen Sie, Madame.«

Ambers goldene Augen flammten in Aufruhr, und einen Moment lang wollte sie sich weigern, aber dann wagte sie es doch nicht. Sie knickste vor Monmouth und Hamilton, hielt aber die Augen gesenkt. Als sie stehenblieben, um sich von Seiner Majestät zu verabschieden, hatten Scham und Enttäuschung ihr Gesicht gerötet, und Tränen brannten ihr in den Augen. Sie konnte ihn nicht ansehen, obgleich sie die lässige Heiterkeit in seiner Stimme spürte, als er fragte, warum sie so früh fortgingen. Lächeln und Flüstern folgten ihnen zur Tür, denn der Eindruck, den sie hinterließ, war der eines kleinen Mädchens, das sich bei ihrer ersten Gesellschaft schlecht benommen hatte und von einem unzufriedenen Verwandten nach Hause geführt wird.

Sie sprach erst wieder, als sie im Wagen saßen und durch die King Street rollten. Dann aber konnte sie sich nicht länger beherrschen. »Warum mußten wir schon so bald fort?« fragte sie, und ihre Stimme brach sich vor Ärger und Enttäuschung.

»Ich bin zu alt, Madame, um längere Zeit an solchem Lärm und solchem Durcheinander ein Vergnügen zu finden.«

»Das war nicht der Grund«, rief sie anklagend. »Und Sie wissen es.«

Sie starrte ihn an, obgleich sein Gesicht im Schatten war, denn die Straßen waren dunkel, und der Mond warf nur ein fahles Licht wie eine

Kerze, die man durch eine schmutzige Scheibe hindurch sieht. »Ich habe kein Interesse daran, die Sache zu diskutieren«, erwiderte er kalt.

»Aber ich! Sie haben mich weggeführt, weil ich mich gut unterhalten habe. Sie ertragen es nicht, jemanden glücklich zu sehen.«

»Im Gegenteil, Madame. Ich habe gar keinen Einwand dagegen, daß man glücklich ist. Aber ich wünsche nicht, mitanzusehen, wie meine Frau sich auf die lächerlichste Art zur Schau stellt.«

»Lächerlich? Was war daran lächerlich? Ich habe nichts getan als getanzt und gelacht – ist das so lächerlich? Vielleicht haben auch Sie einmal getanzt und gelacht – wenn Sie jemals jung waren!« Sie warf ihm einen Blick wütenden Abscheus zu, wandte sich ab und murmelte: »Woran ich zweifle.«

»Sie sind nicht so naiv, Madame, wie Sie tun. Sie wissen ebensogut wie ich, woran diese Männer heute abend gedacht haben.«

»Nun?« rief sie und ballte die Fäuste, »und was ist dabei? Denken nicht alle Männer dasselbe? Denken nicht auch Sie daran, auch wenn Sie . . .« Aber da schwieg sie plötzlich, denn er sah sie so giftig, so drohend an, daß die Worte ihr in der Kehle steckenblieben und sie kein Wort mehr sagte.

*

Am nächsten Morgen, sehr frühzeitig, kamen Amber und Nan in Mantel und Kapuze mit Muff die Treppe hinunter. Sie sagte zu dem Türsteher: »Lassen Sie bitte den großen Wagen Seiner Lordschaft anspannen. Ich fahre aus.«

»Der Wagen wird repariert, Madame.«

»Dann fahre ich mit meinem Wagen.«

»Es tut mir leid, Mylady, aber er ist auch beim Stellmacher.«

Amber seufzte ungeduldig. »Schön, dann werde ich eine Mietskutsche rufen. Öffnen Sie das Tor, bitte.«

»Es tut mir leid, Mylady. Das Tor ist versperrt, und ich habe keinen Schlüssel.«

Sie sah ihn mit plötzlich aufsteigendem Argwohn an. »Wer hat den Schlüssel?«

»Vermutlich Seine Lordschaft, Madame.«

Ohne ein weiteres Wort wandte Amber sich ab, eilte aus der Halle in die Bibliothek, riß die Tür auf, ohne zu klopfen, und brach wie ein Windstoß in den Raum. Der Earl saß schreibend an einem Tisch, neben sich einen großen Stoß von Papieren.

»Wollen Sie mir sagen, warum ich gefangengehalten werde?« rief sie.

Er sah auf, als wäre sie tatsächlich mehr eine zerstörende physische Kraft als ein menschliches Wesen. Dann musterte er sie langsam und lächelte leicht wie ein geduldiger Mann, der immer dasselbe sagen muß.

»Wohin wünschen Sie denn zu fahren?«

Sie war nahe daran, ihm zu sagen, daß ihn das nichts angehe, hielt es aber doch für besser, ruhig zu antworten: »Ins New Exchange. Ich habe einige Besorgungen.«

»Ich kann mir nicht vorstellen, was Sie zu besorgen hätten. Doch was immer eine Frau haben mag, sie braucht anscheinend ewig mehr. Nun, wenn Sie glauben, daß Sie es ohne ein neues Paar Handschuhe oder eine Flasche Parfum nicht aushalten – senden Sie Britton.«

Amber stampfte mit dem Fuß auf. »Ich will Britton nicht schicken, ich will selber hinfahren. Zum Teufel, Sir, gibt es irgendeinen Grund, warum ich das Haus nicht verlassen dürfte? Was habe ich denn getan, um so behandelt zu werden?«

Radclyffe machte eine kleine Pause und besah nachdenklich die Feder, die er zwischen seinen Fingern drehte, bevor er antwortete: »Das ist ein seltsames Zeitalter. Ein Mann wird für einen Narren gehalten, wenn er sich von seiner Frau Hörner aufsetzen läßt – und für einen noch größeren Narren, wenn er Maßnahmen trifft, um dem vorzubeugen.«

Ambers Mund verzog sich zu triumphierendem Hohn. »Da wären wir endlich soweit! Sie haben Angst, ein anderer Mann könnte Ihre Kinder in die Welt setzen? Das wäre allerdings seltsam!«

»Sie können gehen, Madame!« Und da sie den Blick nicht von ihm wandte, wiederholte er jetzt mit erstaunlicher Schärfe: »Gehen Sie! Gehen Sie in Ihre Zimmer!«

Ambers Augen sprühten, als könnte sie ihn durch die bloße Kraft ihres Hasses vernichten. Dann stieß sie einen Fluch aus, warf ihren Fächer auf den Boden, riß die Tür weit auf und schlug sie mit aller Kraft hinter sich zu.

Doch bald entdeckte sie, daß Heftigkeit und Geschrei ihr keinen Nutzen brachten. Er hatte das gesetzliche Recht, sie einzusperren und sie sogar zu schlagen, wenn er der Ansicht war, daß sie es verdiente. Sie hatte kaum Angst davor, daß der schmächtige, schwache Earl je versuchen könnte, sie zu schlagen, denn sie war ihm zweifellos gewachsen, manchmal aber stieg in ihr die Furcht vor Gift oder einem plötzlichen Dolchstoß auf. Er wird es nicht wagen, sagte sie sich dann. Aber sie war dessen nie ganz sicher, und die Furcht machte sie vorsichtig.

Mehrere Tage lang schmollte sie. Sie dachte schon daran, zu fasten, um ihn auf diese Art mürbe zu machen, doch nach zwei versäumten Mahlzeiten erkannte sie, daß dieses Vorgehen mehr Unbequemlichkeiten für sie als für ihn mit sich brachte. Dann übersah sie ihn vollständig. Wenn er im Zimmer war, drehte sie ihm den Rücken, sang unanständige Lieder oder schwatzte mit Nan. Sie verließ ihre Zimmer nie, sondern ging den ganzen Tag im Schlafrock herum, ohne Schminke und das Haar unfrisiert. Er schien das alles kaum zu bemerken, und es war ihm bestimmt gleichgültig.

Sie erwog jede mögliche Lösung, mußte aber eine nach der andern verwerfen. Wenn sie ihn verließ, dann blieb ihm ihr ganzes Geld, und sie behielt nicht einmal den Titel. Eine Scheidung zu erlangen war fast unmöglich und hätte eine Parlamentsakte erfordert; nicht einmal Lady Castlemaine hatte eine Scheidung durchgesetzt. Die Annullierung war fast ebenso schwierig, denn die einzigen anerkannten Gründe waren Unfähigkeit des Mannes oder Unfruchtbarkeit der Frau, und wie sollte sie das beweisen? Und die Gerichtshöfe waren, wie sie wußte, nicht geneigt, sich auf die Seite der Frau zu stellen. So blieb ihr nur ein Weg offen: wenn sie ihn vor der Heirat ertragen hatte, dann mußte sie ihn eben auch jetzt ertragen können. Sie begann, wieder höflich zu ihm zu sprechen, bei den Mahlzeiten zu erscheinen, in die Bibliothek zu gehen, wenn er dort war, und in den Büchern zu stöbern. Sie legte den größten Wert auf ihr Äußeres, denn indem sie seinen Begierden schmeichelte, hoffte sie sich zu erkaufen, was sie wollte.

Als eines Nachmittags der kostbare Correggio ankam, ging sie hinunter, um beim Auspacken dabei zu sein. Und als das Bild endlich hing und die Arbeiter fort waren, blieb sie mit ihm vor dem Kamin stehen und bewunderte das Bild. Wie immer, wenn es ihm gelungen war, einen wertvollen heißbegehrten Gegenstand in seinen Besitz zu bringen, war er in besserer, umgänglicherer Stimmung.

»Wie wäre es, Euer Lordschaft«, begann sie, und ihre Augen wanderten zwischen ihm und dem Bild hin und her, »wie wäre es, wenn ich ein wenig aus dem Haus könnte – gerade nur zu einer kleinen Ausfahrt. Ich bin seit drei Wochen nicht mehr vor der Tür gewesen, und das macht mich ganz blaß und elend. Finden Sie nicht auch?« Sie blickte ängstlich zu ihm hinüber.

Er wandte sich zu ihr und sah sie an, während ein Lächeln um seinen Mund spielte. »Ich hatte schon erwartet, daß Ihre bessere Laune der letzten Tage dergleichen zu bedeuten haben werde. Nun, Sie können ausfahren.«

«Oh, vielen Dank, Sir! Darf ich jetzt gleich ausfahren?«

»Wann immer Sie Lust haben. Mein Kutscher wird Sie fahren. Er ist seit dreißig Jahren in meinem Dienst und läßt sich nicht bestechen.«

Ihr Lächeln war im Nu erfroren, doch sie verbarg rasch ihren Ärger, aus Angst, er könnte seine Erlaubnis widerrufen. Dann raffte sie ihre Röcke, eilte aus dem Zimmer in die Halle und die Treppe hinauf, immer zwei Stufen auf einmal. Sie stürzte mit einem Triumphschrei in ihr Zimmer, der Nan erschreckte.

»Nan! Nimm deinen Mantel! Wir fahren aus!«

»Ausfahren? Mein Gott, wirklich? Wohin?« Nan hatte die Gefangenschaft ihrer Herrin geteilt – bis auf kurze Wege, wenn sie Handschuhe oder Bänder oder einen Fächer kaufen ging – und war dessen ebenso müde wie Amber.

»Ich weiß nicht – irgendwohin – ganz gleich – beeile dich nur!«

Die beiden Frauen verließen das Haus in einem Strudel von Samtkleidern, Mänteln, Pelzmuffs und stiegen mit so viel Gelächter und Aufregung in den Wagen, als wären sie eben von Yorkshire in London angekommen. Die Luft war so scharf und frisch, daß sie in die Nüstern stach.

Der Tag war grau und windig, und Blütenblätter der Pfirsichbäume flatterten durch die Luft und fielen wie Schneeflocken auf Hausdächer und in den Schlamm.

Noch immer gab es Pestfälle in der Stadt, obgleich kaum mehr als ein halbes Dutzend Menschen in der Woche starben, und die Seuche hatte sich wieder einmal in die überfüllten Armenviertel verzogen. Die Straßen wimmelten wie immer, Verkäufer und Lehrlinge lärmten wie immer. Ein Fünftel der Stadtbevölkerung war gestorben, aber nichts schien sich verändert zu haben – es war dieselbe lustige, ausgelassene, stinkende, großartige, schmutzige City in London.

In ihrem Entzücken, wieder einmal draußen zu sein, betrachtete Amber alles und hatte zu allem ein fröhliches Wort: Die kleinen Jungen, die den nichtsahnend schlendernden Herren Silberknöpfe vom Rücken ihrer Röcke schnitten, der Zank zwischen Trägern und Lehrlingen, die mit ihrem herkömmlichen Ruf ›Lehrlinge, Lehrlinge‹ ihre Freunde herbeiriefen, die ihnen mit Stöcken und Knütteln zu Hilfe eilten. Ein Mann, der sich am Eingang zur Popinjay Alley vor einer sich stauenden Menge auf dem gespannten Seil produzierte. Die Straßenhändlerinnen, die an den Ecken saßen, inmitten ihrer großen Körbe, gefüllt mit Bataten, Schwämmen, Orangen, Zwiebeln, Erbsen und Löwenzahn.

Sie hatte dem Kutscher aufgetragen, über die Fleet Street und den Strand nach Charing Cross zu fahren, denn in dieser Gegend gab es zahlreiche elegante Gasthäuser. Und wenn sie zufällig einen Bekannten sah und halten ließ, um nur aus Höflichkeit – ein Wort mit ihm zu sprechen – das war doch so unschuldig, daß kein vernünftiger Mensch etwas dagegen einwenden konnte. Amber hielt die Augen offen und hieß Nan, das gleiche zu tun, und gerade als sie sich Temple Bar näherten, erschienen drei vertraute Gestalten an der Schwelle der Teufelstaverne. Es waren Buckhurst, Sedley und Rochester, alle drei offenbar schon leicht angetrunken, denn sie redeten laut und gestikulierten und zogen die Aufmerksamkeit auf sich.

Sogleich ließ Amber den Kutscher halten, öffnete das Fenster und beugte sich hinaus. »Meine Herren«, rief sie, »hören Sie mit Ihrem Lärm auf, sonst werde ich einen Konstabler rufen und Sie alle einsperren lassen.« Und dann lachte sie laut auf.

Die drei starrten sie einen Moment verdutzt an und waren so überrascht, daß sie tatsächlich schwiegen, dann aber drängten sie sich an den Wagen. »Mylady, bei Gott!« »Wo sind Sie denn diese drei Wochen gewesen?« – »Warum hat man Sie nicht bei Hof gesehen?« Sie stützten sich auf das Wagenfenster und rochen nach Brandy und Orangenblütenwasser.

»Nun, um Ihnen die Wahrheit zu gestehen, meine Herren«, sagte Amber mit einem Lächeln und einem Wink, »ich hatte einen schrecklichen Anfall von ›Vapeurs‹.«

Sie brüllten vor Lachen. »So hat dieser steife, alte Narr Sie eingesperrt?«

»Ein alter Mann darf keine junge Frau heiraten, wenn er ihr nicht die Unterhaltung verschaffen kann, an die sie gewöhnt ist. Kann er das, Madame?« fragte Rochester.

Amber wechselte rasch das Thema, aus Angst, einer der Lakaien oder der alte Kutscher könnten angewiesen sein, zuzuhören, was sie sagte, und es zu Hause berichten. »Worüber haben Sie gestritten? Als ich dazukam, sah es aus wie eine wichtige Beratung.«

»Wir haben diskutiert, ob wir so lange im Wirtshaus bleiben sollten, bis wir betrunken wären, und dann in ein Freudenhaus gehen, oder erst in ein Freudenhaus gehen und uns hinterher betrinken«, berichtete Sedley. »Und was ist Ihre Meinung darüber, Madame?«

»Zum Teufel«, ermahnte ihn Buckhurst, der jetzt betrunken genug war, um nicht mehr zu stottern. »Wo ist deine gute Erziehung. Weißt du nicht, daß eine Frau nichts so sehr haßt, wie von andern Frauen sprechen zu hören?«

Rochester zuckte die Achseln. »Eine Hure ist keine Frau. Sie ist eine Institution.«

»Kommen Sie und trinken Sie ein Glas mit uns», sagte Sedley. »Wir haben eine Bande Spielleute dort drin, und wir können zu Lady Bennet um ein paar Mädchen schicken.«

Amber zauderte. Sie hatte große Lust und fragte sich, ob sie den Kutscher nicht doch bestechen könnte. Aber Nan stieß sie mit dem Ellbogen an und machte ihr Zeichen; und sie kam selbst zu der Ansicht, daß es nicht lohnte, deswegen abermals drei Wochen oder noch länger eingesperrt zu sein. Und sie wußte, daß Radclyffe sehr wohl imstande wäre, sie – die schlimmste Drohung – aufs Land zu schicken, denn das war die beliebteste Strafe für Frauen, die auf Abwege gerieten, und auch die gefürchtetste. Unterdessen hatte ihr Wagen bereits eine Stockung des Verkehrs verursacht. Andere Wagen mußten hinter ihr warten, und Karrenführer, Verkäufer, Bettler, Lehrlinge und Sänftenträger sammelten sich und schimpften mit dem Kutscher.

»Hier gibt's Leute, die was zu tun haben«, schrie ein Sänfteträger, »auch wenn ihr feinen Leute nichts zu tun habt.«

»Ich kann nicht hineingehen«, sagte Amber. »Ich versprach Seiner Lordschaft, daß ich nicht aussteigen werde.«

»Macht doch endlich Platz!« brüllte ein anderer Mann, der einen beladenen Handwagen vor sich herrollte.

»Macht Platz!« schrie ein Verkäufer.

Rochester ließ sich durchaus nicht stören; er wandte sich kühl um und machte ihnen ein verächtliches Zeichen mit der Hand. Es gab ein mürrisches Gebrumm, und mehrere Flüche wurden laut. Buckhurst riß die Tür auf.

»Gut! Sie können nicht heraus, aber was hindert uns, zu Ihnen hineinzukommen?«

Gefolgt von Rochester und Sedley kletterte er in den Wagen, setzte sich zwischen die beiden Frauen und legte einen Arm um jede. Sedley steckte den Kopf zum Fenster hinaus. »Vorwärts! St. James Park!« Und als der Wagen davonrollte, winkte Rochester der gestauten Menge noch einmal unverschämt zu. Unterdessen war es windig geworden, und jetzt begann es plötzlich und sehr stark zu regnen.

*

In bester Stimmung kam Amber heim. Sie warf den nassen Mantel und Muff in der Halle ab und lief in die Bibliothek; und obgleich sie fast vier Stunden fortgewesen war, fand sie Radclyffe noch immer so, wie sie ihn verlassen hatte – noch immer saß er da und schrieb. Er sah auf.

»Nun, Madame, war die Ausfahrt schön?«

»O, wunderbar, Euer Lordschaft! Es ist ein herrlicher Tag draußen.« Sie ging auf ihn zu und streifte die Handschuhe ab. »Wir sind durch St. James Park gefahren – und raten Sie, wen ich gesehen habe!«

»Das weiß ich wahrhaftig nicht.«

»Seine Majestät. Er ging mit seinen Herren im Regen spazieren, und sie haben mit ihren triefenden Perücken ausgesehen wie nasse Spaniels.« Sie lachte fröhlich. »Aber er natürlich nicht. Er hatte den Hut auf und sah tadellos aus wie immer. Er ließ den Wagen halten und – was meinen Sie, was er zu mir sagte?«

Radclyffe lächelte leicht, als ob ein naives Kind irgendein albernes, kleines Abenteuer erzählen würde, dem es übermäßige Wichtigkeit beilegte. »Ich habe keine Ahnung.«

»Er fragte nach Ihnen und wollte wissen, warum er Sie nicht bei Hof sehe. Er kommt bald zu Ihnen, um Ihre Bilder zu besichtigen, aber das wird Henry Bennet arrangieren. Und . . .« sie machte eine Pause, um ihren nächsten Worten das genügende Gewicht zu verleihen, »er lädt uns für heute abend zu einem kleinen Ball in den Gemächern Ihrer Majestät.«

Sie sah ihn an, während sie sprach, aber ganz offenbar dachte sie gar nicht an ihn, sie nahm ihn kaum wahr. Wichtigere Dinge beschäftigten ihre Gedanken: welches Kleid sie tragen sollte. Eine Einladung des Königs konnte er schließlich doch nicht ablehnen – und wenn ihre Pläne gelangen, dann würde sie ihn bald ganz loswerden können, ihn nach Lime Park zurückschicken, zu seinen Büchern und Statuen und Bildern.

Zweiundvierzigstes Kapitel

Die beiden Frauen – die eine mit kastanienfarbenen Haaren und Veilchenaugen, die andere hellbraun wie ein Leopard, und beide ganz in Schwarz – musterten einander über den Kartentisch.

Der Hof trug Trauer um eine Frau, die keiner von ihnen je gesehen hatte – um die Königin von Portugal. Doch trotz des Todes ihrer Mutter waren Katharinas Salons überfüllt von Herren und Damen, auf den Spieltischen häufte sich das Gold, und ein junger Franzose wanderte von einer Gruppe zur andern, zupfte seine Gitarre und sang Liebeslieder aus seiner normannischen Heimat. Eine müßige, vergnügungslustige Menge hatte sich um den Tisch gesammelt, an dem die Gräfin Castlemaine und die Gräfin Radclyffe saßen und einander anstarrten wie zwei feindliche Katzen.

Der König war gerade hinter Amber getreten; den Stuhl, den Buckingham ihm neben ihr anbot, wies er zurück, und an ihrer andern Seite saß Sir Charles Sedley. Barbara war von ihren Anhängern umgeben, Henry Jermyn, Bab May und Henry Brouncker, die ihr treu blieben, auch wenn ihr Stern zu sinken schien, weil sie von ihr abhingen. Am andern Ende des Saales unterhielt Earl of Radclyffe sich mit einem andern älteren Herrn über Gartenbau. Alle, seine Frau mitinbegriffen, schienen vergessen zu haben, daß er überhaupt da war.

Amber allerdings wußte sehr wohl, daß er seit zwei Stunden versuchte, ihre Aufmerksamkeit auf sich zu lenken, um sie nach Hause zu bringen, und sie war ihm mit größter Mühe ausgewichen. Eine Woche war vergangen, seit der König sie wieder an den Hof geladen hatte, und während dieser Zeit war Ambers Glaube an ihre Zukunft ebenso beständig gewachsen wie ihre Verachtung für den Earl. Karls offene Bewunderung, Barbaras Eifersucht und die Unterwürfigkeit der Höflingen, die ebenso prophetisch war wie eine Wetterfahne, hatten sie bezaubert.

»Sie haben heute abend Glück, Madame«, sagte Barbara scharf und schob einen Haufen Guineen über den Tisch. »Fast zu viel Glück!«

Amber lächelte ihr überlegen zu, ihre Lippen kräuselten sich, und ihre Augen blickten aus den Winkeln heraus. Sie wußte, daß Karl auf sie hinuntersah, daß fast jeder am Tisch sie beobachtete. All diese Aufmerksamkeit war wie berauschender Wein; sie fühlte sich ungemein wichtig und jeder Gegnerin gewachsen.

»Was meinen Sie damit, Madame?«

»Sie wissen verdammt gut, was ich meine«, entgegnete Barbara halblaut.

Sie war erhitzt und erregt und versuchte verzweifelt, ihr Temperament zu zügeln, aus Furcht, sich lächerlich zu machen. Es war schlimm genug, daß Karl in seiner offenen, unbefangenen Art jeden wissen ließ, daß er beabsichtigte, mit dieser emporgekommenen Theaterdirne zu schlafen. Aber um die Sache noch schlimmer zu machen, hatte dieser Schurke von Buckingham es in seiner unberechenbaren Launenhaftigkeit unternommen, sich für sie einzusetzen, und wenn Barbara auch nur den leisesten Protest wagte, meinte er, sie verdanke überhaupt nur seiner Gutmütigkeit, daß sie in England bleiben dürfe.

Ach, diese verdammten Briefe! Dieser verdammte Buckingham! Alles war verflucht! Ich möchte dieser Hure das Haar von ihrem Skalp herunterreißen! Ich werde sie lehren, ob sie mich auf diese Art behandeln darf!

»Hier!« rief sie. »Würfeln wir um das Ganze!«

Amber zog die Brauen hoch. Je wütender Barbara wurde, desto kühler schien sie selbst zu sein. Jetzt sah sie auf und wechselte ein Lächeln mit Karl, ein Lächeln, das ihn in ihr Lager zog – und er war ein williger Gefangener.

Sie zuckte gleichgültig die Achseln. »Warum nicht? Sie werfen zuerst, Madame?«

Barbara biß die Zähne zusammen und sah Karl mit einem Blick an, der ihn früher einmal zur Vorsicht gemahnt hätte. Jetzt war er ganz offen erheitert. Sie nahm drei Würfel vom Tisch und warf sie in einen Becher. Rundum schwieg das Gespräch, und Herren und Damen beugten sich vor, um zuzusehen. Barbara schüttelte den Becher trotzig und ließ mit großem Schwung die drei Würfel über den Tisch rollen. Zweimal sechs und einmal vier!

Irgend jemand pfiff leise, und die Umstehenden flüsterten miteinander, als jetzt Barbara mit triumphierendem Lachen und glitzernden Augen rief: »Nun, Madame! Versuchen Sie, ob Sie es besser können!«

Und obwohl der beste Wurf drei gleiche Punktzahlen waren – sonst gewann das höchste Paar – mußte auch Amber zugeben, daß ihre Aussichten nicht sehr gut standen.

Und dann fühlte sie den Druck von Buckinghams Knie, und etwas fiel ihr in den Schoß. Plötzlich war sie wieder ganz kühl und klar und ihrer Sache sicher. Mit einer raschen Bewegung nahm sie den Becher in die eine und die Würfel in die andere Hand. So geschwind, daß es unmöglich zu merken war, ließ sie den Becher in den Schoß fallen und tauschte ihn gegen einen andern, den Buckingham ihr hingelegt hatte. Ohne hinzusehen, wußte sie, was es war: ein falscher Becher, der innen so gestrichen war, daß er wie ein echter aussah – und sie warf die Würfel hinein. Die Lehre, die sie in Whitefriars und später durchgemacht hatte, war ihr hier von großem Nutzen, denn die Würfel rollten hinaus wie brave Soldaten: eine Fünf, eine Fünf und noch eine Fünf. Im ganzen Saal gab es ein Raunen, während Amber ganz erstaunt tat. Henry Brouncker beugte sein rotes Gesicht zu Barbara hinunter und flüsterte ihr etwas zu.

Und plötzlich sprang sie auf. »Sehr klug, Madame!« rief sie. »Aber mich kann man nicht so leicht fangen. Da ist irgendein schmutziger Trick dabei – darauf kann ich schwören!« fügte sie hinzu und wandte sich an die ganze Gesellschaft und im besonderen an Seine Majestät.

Amber wurde ein wenig nervös, obgleich der Herzog seinen Becher bereits an sich genommen hatte, und jener, den sie in der Hand hielt, derselbe war, den Barbara benützt hatte. Aber sie war bereit, einen Bluff zu versuchen.

»Kann man Mylady nur durch einen Trick besiegen?« Das hatte allgemeines Gelächter zur Folge, und Amber fühlte sich wieder sicherer; sie warf den Becher unbefangen auf den Tisch.

Es war immerhin ein recht ernstes Beginnen, jemanden des Mogelns zu beschuldigen, obgleich sie alle es taten – denn so wie einige der Damen gern beteuerten, sie seien tugendhaft oder nicht geschminkt, so behaupteten sie auch, ehrlich zu spielen. Aber erwischt und vor dem ganzen Hof als Schwindlerin entlarvt zu werden erschien Amber plötzlich als ein so furchtbares Los, daß sie lieber gleich gestorben wäre. Es wäre völlig unerträglich, daß jedermann mitansehen sollte, wie sie Barbara Palmer unterlag.

Barbara aber, überzeugt, daß das Wild in die Enge getrieben war, verfolgte rücksichtslos die Spur. »Nur mit einem falschen Becher konnten die Würfel so rollen. Es ist nicht eine Chance auf tausend, daß es mit rechten Dingen zugehen konnte.«

Amber fühlte sich jetzt ziemlich elend und zitterte innerlich, und es dauerte einige Sekunden, bevor sie eine Antwort fand. Doch als sie endlich antwortete, versuchte sie, so sicher, so von oben herab zu sprechen, daß an ihrer Ehrlichkeit kein Zweifel sein konnte. »Wenn man sich's überlegt, war Myladys Wurf fast zu gut, um ehrlich gewesen zu sein.«

»Nehmen Sie zur Kenntnis, Madame, daß ich keine Schwindlerin bin«, schrie Barbara, die häufig so große Summen verlor, daß sie allem Anschein nach entweder ehrlich oder ungeschickt spielte. »Hier ist der Becher, den ich verwendet habe. Es möge ihn jemand untersuchen.« Sie beugte sich plötzlich über den Tisch und hielt ihn dem König hin. »Nun, Eure Majestät, sie haben alles mitangesehen, was geschehen ist. Was haben Sie für einen Eindruck? Sie werden uns sagen, wer bei diesem Spiel gemogelt hat.«

Karl nahm den Becher und betrachtete ihn sorgfältig innen und außen mit ernstem, nachdenklichem Gesicht. »Soweit ich beurteilen kann«, sagte er endlich, »ist an diesem Becher nichts Unrechtes.«

Amber saß reglos und steif, ihr Herz hämmerte so heftig, daß sie glaubte, ohnmächtig zu werden. Das war das Ende – das Ende von allem – es würde sinnlos sein, jetzt noch weiterleben zu wollen.

»Aha!« rief Barbaras Stimme mit schallendem, triumphierendem Ton, den Amber rücksichtslos an ihren Nerven reißen spürte. »Genau wie ich es mir dachte! Ich wußte . . .«

»Aber«, unterbrach Karl und dehnte die Worte lässig, »da beide Damen denselben Becher verwendet haben, sehe ich keinen Grund für diese ganze Aufregung.«

Ambers Erleichterung war so groß, daß sie sich gerade nur soweit beherrschen konnte, nicht vornüber über die Tischplatte zu fallen. Doch die Castlemaine ließ einen Schrei der Entrüstung hören.

»Was? Aber das haben wir nicht getan. Sie hat ihn ausgetauscht! Sie . . .«

»Ich bitte um Verzeihung, Madame, aber ich habe – wie Sie selbst sagen – alles gesehen, was vorgegangen ist, und es ist meine Überzeugung, daß Mylady nicht anders gespielt hat als Sie.«

»Aber . . .«

»Es wird spät«, fuhr Karl unerschütterlich fort, und seine schwarzen Augen blickten sich am Tisch um. »Sind Sie nicht alle mit mir einig, daß wir besser täten, zu Bett zu gehen?«

Daraufhin gab es ein allgemeines Gelächter, und die Gesellschaft, die überzeugt war, daß das Schauspiel sein Ende gefunden hatte, begann aufzubrechen. »Ein merkwürdiges Pech!« murrte die Castlemaine säuerlich. Und dann beugte sie sich vor und sagte scharf zu Amber: »Mit Ihnen möchte ich nicht einmal mehr um krumme Nadeln spielen!« Damit wandte sie sich zum Gehen und zog Brouncker, Bab May und den kleinen Jermyn hinter sich her.

Amber war noch schwach und hilflos, aber es gelang ihr doch, mit dankbarem Lächeln zum König aufzublicken.

»Ich danke Ihnen, Sire«, sagte sie leise, denn er wußte natürlich, daß sie geschwindelt hatte. »Ich wäre für immer entehrt gewesen.«

Karl lachte. »Entehrt – hier in Whitehall? Unmöglich, meine Liebe. Haben Sie jemals von jemandem gehört, der in der Hölle entehrt gewesen wäre?«

Ihr Selbstvertrauen kehrte zurück. Sie grinste Buckingham, der noch immer neben ihr stand, unverschämt zu. »Vielen Dank, Euer Gnaden«, sagte sie, obgleich sie wußte, daß er ihr den falschen Becher nicht gegeben hatte, um ihr zu helfen, sondern um seine Cousine zu demütigen.

Buckingham machte ein komisches Gesicht. »Ich protestiere, Madame, ich versichere Ihnen, daß ich mit Ihrem Glück im Spiel nicht das geringste zu tun hatte – ich nicht! Alle Welt weiß, daß ich ein Ehrenmann bin.«

Als jetzt alle drei lachten, wurde Amber sich bewußt, daß die Herren und Damen rund um sie herum sie anschauten – und sie wußte auch, was sie dachten. Der König hatte heute abend ihre Partei ergriffen, hatte der Castlemaine getrotzt und sie in Verlegenheit gebracht: das konnte nur einen einzigen Sinn haben. Bald sollte die Gräfin Radclyffe die Favoritin an diesem Hof sein. Und Amber dachte dasselbe.

Als sie einander ansahen, verschwand das Lächeln langsam aus ihren Zügen. Buckingham sagte gute Nacht und ging; sie bemerkten es nicht, Amber wußte, daß sie in Karl verliebt war, so sehr, wie sie nur in einen Mann – von Bruce abgesehen – verliebt sein konnte. Seine dunklen, lässigen Augen stachelten Wünsche auf, und mit allen Sinnen begehrte sie, wieder in seinen Armen zu liegen. Sie hatte ganz vergessen, daß Radclyffe in der Nähe sein mußte, sie beobachtete, und ihre Rücksichtslosigkeit war jetzt so groß, daß ihr das auch gleichgültig gewesen wäre.

»Wann können Sie Ihrer Duenna entfliehen?« murmelte Karl.

»Jederzeit. Wann Sie wünschen.«

»Morgen früh um zehn?«

»Ja.«

»Ich werde eine Wache schicken, die Sie beim Holbein Gate einlassen soll.« Er sah auf, schaute über ihren Kopf hinüber und lächelte leise. »Hier kommt Ihr Gatte – und er sieht schon gehörnt aus.«

Amber empfand plötzlich einen peinlichen Schock.

Ihr Gatte!

Sie grollte ihm, weil er die Keckheit besaß, noch am Leben zu sein, wo er doch für sie bereits überflüssig war und sie sich halb und halb vorgestellt hatte, er würde irgendwie wie ein exorzisierter böser Geist aus ihrem Leben verschwinden. Und nun war er da – stand neben ihr, und Karl begrüßte ihn mit einem heiteren Lächeln. Dann ging der König, und Radclyffe reichte ihr den Arm. Nur einen Augenblick lang zögerte sie, bevor sie ihre Finger auf seinen Arm legte und an seiner Seite den Saal verließ.

*

Lange Zeit kämpfte Amber, um ihr Bewußtsein wiederzugewinnen. Ihr war, als laste ein schweres Gewicht auf ihrem Kopf, und ihre Augäpfel pochten. Von einem Krampf in ihrem Hals verliefen Schmerzen längs den Schultern und den Rücken hinunter, als sie sich jetzt bewegte. Sie stöhnte leise. Scheinbar wurde ihr bewußt, daß sie seit unendlichen Zeiten von einer rollenden, rüttelnden Bewegung hin und her geworfen wurde, bis sich ihr der Magen umdrehte. Mit großer Anstrengung zwang sie sich, die Lider zu heben. Sie wollte wissen, was mit ihr geschehen war und wo sie sich befand.

Zuletzt sah sie eine schmale, geäderte Männerhand, die einen Spazierstock zwischen den Beinen hielt, und dann, als sie die Augen hob, blickte sie in Radclyffes unerschütterliches, ausdrucksloses Gesicht. Jetzt erkannte sie, daß ihr unbehagliches Gefühl zum Teil davon herrührte, daß ihre Beine an den Schenkeln und unterhalb der Knie zusammengebunden und ihre Arme an den Körper gefesselt waren. Sie saßen in seinem Wagen, und durch die Fenster sah man nur einen grauen Himmel und grüne Wiesen mit vereinzelten kahlen Bäumen. Sie wollte sprechen, wollte ihn fragen, wo sie eigentlich seien – doch ein unerträgliches Gewicht auf ihrem Kopf drückte ihn immer schwerer und schwerer, bis sie endlich abermals in Bewußtlosigkeit abglitt.

Als sie wieder zur Besinnung kam, hielt der Wagen, und jemand hob sie auf. Sie fühlte die kühle, frische Abendluft in ihrem Gesicht und atmete tief.

»Wecken Sie sie nicht«, hörte sie Radclyffe sagen. »Wenn sie in diesem Zustand ist, darf sie nicht gestört werden, sonst kann ein neuer Anfall eintreten.« Sie war wütend, daß er es wagen konnte, solch kränkende Lügen über sie zu verbreiten, aber sie besaß nicht die Energie, um zu protestieren.

Der Diener trug sie, mit Mantel und langem, pelzbesetztem Kleid zugedeckt, zu dem Gasthof, und irgendwer stieß die Türe auf. Der Raum war warm und vom würzigen Geruch frischgebackenen Brots und eines Bratens erfüllt, der sich über dem Feuer drehte. Hunde strichen mit wedelnden Schwänzen schnuppernd umher, Kinder tauchten auf, Stallknechte liefen hinaus, um die Pferde anzuspannen, und eine freundliche Wirtin kam sie begrüßen. Als sie Amber, mit geschlossenen Augen den Kopf an die Brust des Dieners gelehnt, sah, ließ sie einen kleinen Schrei des Mitleids hören und eilte auf sie zu.

»Oh! Ist die Dame krank?«

Radclyffe schob sie beiseite. »Meine Frau ist nicht ganz wohl«, sagte er kalt. »Aber es ist nichts Ernsthaftes. Ich werde sie selbst pflegen. Führen Sie uns in ein Zimmer und schicken Sie das Abendessen.«

Verdutzt stieg die Wirtin die Treppe hinauf und sperrte ein sauberes, lavendelduftendes Zimmer auf, doch immer wenn sie sich vom Earl unbeobachtet glaubte, warf sie verstohlen einen Blick nach Amber. Sie zündete die Kerzen an, und bald brannte auch ein lustiges Feuer im Kamin. Und dann, bevor sie ging, zauderte sie noch und sah tiefbekümmert Amber an, die auf dem Bett lag, wie der Diener sie hingelegt hatte.

»Meine Frau bedarf Ihres Mitleids nicht«, fuhr Radclyffe sie so scharf an, daß die Frau ganz verlegen aus dem Zimmer lief. Er ging zu der geschlossenen Tür, horchte sekundenlang, und trat dann, offensichtlich befriedigt, ans Bett.

Obgleich Amber jetzt bei vollem Bewußtsein war, fühlte sie sich noch dumpf und schwer reizbar, ihr Kopf schmerzte, und ihre Muskeln waren steif und wund. Sie seufzte tief. Eine Weile schwiegen beide und warteten, doch schließlich sagte sie: »Nun, warum binden Sie mich nicht los? Jetzt kann ich Ihnen ja nicht entfliehen.« Sie sah ihn finster an. »Sie müssen sich für verdammt schlau halten!« Es war ihr bereits aufgegangen, daß er sie gebunden hatte, um eine seiner brutalen Launen zu befriedigen, denn bei ihrer tiefen Bewußtlosigkeit wäre das ganz überflüssig gewesen.

Er zuckte die Achseln, lächelte und war sichtlich sehr zufrieden mit sich. »Ich habe doch nicht umsonst Chemie studiert. Es war natürlich im Wein. Sie konnten es weder riechen noch schmecken, nicht wahr?«

»Hätte ich es sonst getrunken? Aber um Himmels willen, lösen Sie doch diese Stricke – meine Beine und Arme sind schon ganz abgestorben.« Sie wälzte sich hin und her, um eine bequemere Lage zu finden und ihr Blut wieder zum Kreisen zu bringen.

Er überhörte ihre Bitte und zog einen Stuhl an das Bett, wie jemand, der einen Kranken trösten will, mit dessen Zustand er nicht viel Mitleid hat. »Wie schade, daß Sie ihn nicht treffen konnten! Hoffentlich hat er nicht allzu lange gewartet!«

Amber sah ihn rasch an, und dann lächelte sie – ein boshaftes, grausames Lächeln. »Dann wird es eben ein anderer Tag sein. Sie können mich ja nicht ewig in Fesseln halten.«

»Ich habe auch gar nicht die Absicht. Sie können nach London und Whitehall zurück und dort die Hure spielen, wann es Ihnen paßt, doch, wenn Sie es tun, dann strenge ich einen Prozeß an und bemächtige mich Ihres ganzen Vermögens. Ich glaube, daß ich diesen Prozeß ohne große

Schwierigkeit gewinnen würde. Der König mag bereit sein, mit Ihnen zu schlafen, aber Sie können lange warten, bevor er sich Ihretwegen Unannehmlichkeiten aussetzt. Eine Hure und eine Mätresse sind nicht dasselbe, wenn Sie auch unfähig sein mögen, den Unterschied zu erkennen.«

»Ich erkenne ihn gut genug. Nicht alle Frauen sind so töricht, wie Sie zu denken belieben. Ich erkenne einiges mehr, als Sie mir zutrauen.«

»Wirklich?« In seinem Ton war jene überlegene Verachtung, mit der er seit dem Hochzeitstag zu ihr gesprochen hatte.

»Sie mögen behaupten, es sei nur mein Geld, was Sie haben wollen, aber ich weiß es besser. Sie werden toll bei dem Gedanken, daß ein anderer Mann tun könnte, wozu Sie nicht imstande sind. Darum allein haben Sie mich fortgeschleppt. Und darum erzählen Sie mir, daß ich mein Geld verlieren würde, wenn ich zurückginge. Sie täppischer, alter Zittergreis – Sie sind . . .«

»Madame!«

»Ich habe keine Angst vor Ihnen. Sie sind auf jeden Mann eifersüchtig, der ein Mann ist, und Sie hassen mich, weil Sie nicht . . .«

Seine rechte Hand hob sich plötzlich und schlug sie so fest, daß ihr Kopf zur Seite fiel und das Blut ihr ins Gesicht strömte. Seine Augen waren kalt.

»Als Gentleman mißbillige ich es, daß man eine Dame schlägt. Ich habe es auch in meinem ganzen Leben nicht getan. Aber ich bin Ihr Gatte, Madame, und ich verlange, daß Sie in Achtung mit mir sprechen.«

Wie eine wütende Katze fuhr Amber zurück. Ihr Atem hatte beinahe gestockt, und ihre goldgefleckten Augen funkelten. Als sie jetzt sprach, schoben ihre Lippen sich von den Zähnen zurück, wie bei einem gereizten Tier. »Oh, wie ich Sie hasse«, sagte sie leise. »Eines Tages werden Sie mir alles bezahlen, was Sie mir angetan haben – eines Tages werde ich Sie töten, das schwöre ich Ihnen.«

Er sah sie verächtlich und angewidert an. »Eine Frau, die droht, ist wie ein bellender Hund – ich habe für beide ungefähr den gleichen Respekt.« Es wurde an die Tür geklopft, und nach kurzem Zaudern wandte er den Kopf:

»Herein!«

Es war die Wirtin, freundlich, rotbackig und lächelnd, und sie brachte Tischtuch, Servietten und Eßgeschirr. Hinter ihr kam ein dreizehnjähriges Mädchen mit einem Tablett, das mit den appetitlichsten Speisen beladen war; ihr folgte ihr kleiner Bruder mit zwei staubigen, grünen Flaschen und blinkenden Gläsern. Die Wirtin sah Amber an, die mit dem Kleid bedeckt, auf den Ellbogen gestützt dalag.

»Nun«, sagte sie liebenswürdig, »geht es der Madame jetzt besser? Das freut mich. Es ist ein gutes Essen, wenn ich das sagen darf, und es wird Ihnen hoffentlich schmecken.« Sie war ihr ein freundlich-vertrauliches Frauenlächeln zu. Offenbar wollte sie Amber zu verstehen geben, daß sie wisse, was eine junge Frau bei der ersten Schwangerschaft zu erdulden habe. Amber, deren Gesicht noch von dem Schlag brannte, zwang sich, das Lächeln zu erwidern.

Dreiundvierzigstes Kapitel

Lime Park war mehr als hundert Jahre alt – er war vor dem Bruch mit der katholischen Kirche gebaut worden, als die stolzen Mortimers auf der Höhe ihrer Macht standen, und seine strenge, elegante Schönheit war ein Ausdruck dieser Macht und dieses Stolzes. Fahlgraue Steine und kirschrote Ziegel verbanden sich mit einer Menge Fenster zu einer Einheit von vollendeter Symmetrie. Es war vier Stock hoch, und aus dem rötlichen Dach ragten die Schornsteine in gleichmäßigen Abständen aufwärts. Eine mit Backsteinen gepflasterte Terrasse von mehr als zweihundert Fuß Länge blickte über die gradlinigen italienischen Gärten, die sich stufenförmig abwärts senkten. In betontem Gegensatz zu dem Stadthaus war Lime Park sorgfältig gehalten.

Die Wagen umkreisten das Haus in einer Entfernung von mehreren hundert Metern und fuhren zu dem Hinterhof, wo ein Springbrunnen in vielen Strahlen glitzerndes Wasser aufsteigen ließ. Westlich vom Schloß war ein großes, rundes Taubenhaus aus Ziegeln und ein kleiner Weiher zu sehen, nördlich lagen Ställe und Wagenschuppen, durchweg schöne Gebäude aus kirschroten Backsteinen und silbergrauem Eichenholz. Eine Doppeltreppe führte zum Eingang im zweiten Stock hinauf, und am Fuß dieser Treppe hielt der erste Wagen.

Seine Lordschaft stieg aus und streckte seiner Frau galant den Arm entgegen. Amber, von den Fesseln befreit und von den Wirkungen des Betäubungsmittels völlig erholt, stieg aus. Sie sah finster drein und schien Radclyffe überhaupt nicht zu bemerken, dagegen richteten ihre Blicke sich mit Bewunderung und Interesse auf das Haus. Gerade in diesem Augenblick kam eine junge Frau aus der Türe und eilte über die Treppe auf sie zu. Sie sah Amber rasch und schüchtern an und machte dann einen tiefen Knicks vor Radclyffe.

»O, Euer Lordschaft«, rief sie, »wir hatten Sie nicht erwartet, und Philipp ist mit Sir Robert auf die Jagd geritten. Ich weiß nicht, wann er heimkommt.«

Amber wußte, daß dies Jennifer sein mußte, Seiner Lordschaft sechzehnjährige Schwiegertochter, obgleich Radclyffe vor ihr gerade nur den Namen genannt hatte. Sie war schlank und wenig auffallend mit fahlblondem Haar, das da und dort dunklere Strähnen aufwies; und die beiden Gäste aus der großen Welt imponierten ihr offenbar sehr.

Ach Gott, dachte Amber ungeduldig. Das also macht das Leben auf dem Lande aus einem! Sie war sich kaum mehr bewußt, daß auch sie den größten Teil ihres Lebens auf dem Lande verbracht hatte.

Radclyffe war ungemein höflich und gnädig. »Mach dir darum keine Sorgen, mein liebes Kind. Wir sind unerwartet gekommen, und es war keine Zeit mehr, eine Botschaft zu senden. »Madame«, er wandte sich zu Amber, »dies ist Jennifer, die Frau meines Sohnes, von der ich Ihnen erzählt habe. Jennifer, darf ich Sie Mylady vorstellen?« Jenny warf Amber noch einen raschen Blick zu und knickste tief; die beiden Frauen umarmten einander förmlich, und Amber konnte fühlen, daß die Hände der jüngeren kalt waren und daß sie zitterte. »Mylady hat sich während der Reise nicht sehr wohl gefühlt«, sagte Radclyffe jetzt, was Amber ihm mit einem entrüsteten Blick vergalt. »Sie wird wünschen, sich ein wenig auszuruhen. Sind meine Zimmer bereit?«

»O ja, Euer Lordschaft. Sie sind immer bereit.«

Amber war nicht müde und hatte gar kein Bedürfnis, sich auszuruhen. Sie wollte durch das Haus gehen, die Gärten und die Ställe besichtigen, das Sommerhaus und die Orangerie ansehen, aber dennoch folgte sie dem Earl die Treppen hinauf in die Zimmerflucht, die sich am nordwestlichen Ende der Galerie öffnete.

»Ich bin nicht müde«, schrie sie dann trotzig. »Wie lange werde ich hier oben eingesperrt sein?«

»Nur bis Sie bereit sind, mit Ihrem Schmollen aufzuhören, Madame. Ihre Ansicht über mich interessiert mich nicht im geringsten, aber ich will nicht, daß meine Frau sich vor meinem Sohn oder vor den Dienstleuten wie eine schlechtgelaunte Schlumpe benimmt. Sie haben die Wahl.«

Amber seufzte. »Schön – ich werde wohl keinen Menschen davon überzeugen können, daß ich Sie glühend liebe –, aber ich werde nach besten Kräften so tun, als ob ich Sie ertragen könnte.«

Zum Abendessen war Philipp zurück, und Amber lernte auch ihn kennen. Er war ein durchschnittlicher junger Mensch von vierundzwanzig Jahren, gesund und glücklich und unkompliziert. Seiner Kleidung fehlte es an jeder Sorgfalt, seinen Manieren auch, und man hatte den Eindruck, daß Pferdezucht und Hahnenkampf seine höchsten geistigen Interessen waren. Gott sei Dank, dachte Amber, als sie ihn sah, er gleicht seinem Vater gar nicht. Doch sie merkte überrascht, daß Radclyffe, trotz der großen Verschiedenheit der Charaktere, sehr an seinem Sohn zu hängen schien. Das war ein Zug, den sie bei dem kalten, stolzen, einsamen Mann nicht zu finden erwartet hatte.

*

Mehrere Tage verbrachte Amber damit, Lime Park zu erforschen.

Da gab es Dutzende von Zimmern, alle mit Möbeln und Bildern und Gegenständen angefüllt, die aus allen Teilen der Welt zusammengebracht worden waren, sich aber dank dem erlesenen Geschmack Seiner

Lordschaft zu einer vollendeten Einheit schlossen. Die italienischen Gärten waren außerordentlich groß und streckten sich über breite Terrassen im Süden und Osten des Hauses, miteinander durch Marmortreppen und breite Kieswege verbunden. Es gab lange, schattige Alleen von Buchs und Zypressen und von hellgrünen, beschnittenen Linden; es gab Blumen in Steinvasen, die sich längs der Treppen oder Wege oder Balustraden reihten. Es gab keine wildwachsende Hecke noch irgendein Unkraut. Selbst die Ställe waren fleckenlos, mit holländischen Kacheln ausgelegt und stets frischgewaschen, und dann gab es eine Orangerie, Treibhäuser und ein reizendes, kleines Sommerhaus.

Es ist kein Wunder, dachte sie, daß er verschuldet war. Doch jetzt, als sie sah, für welchen Zweck ihr Geld ausgegeben worden war, fühlte sie weniger Groll, denn sie betrachtete alles und jedes mit dem Auge des Besitzers. Sie ging an nichts vorüber, ohne sich schon schlüssig zu werden, ob sie es behalten oder verkaufen würde, wenn einmal die Zeit kam. Denn natürlich sollte nichts hier draußen auf dem Lande verborgen bleiben, wo kein Mensch von Rang und Ansehen es betrachten und bewundern konnte. Diese schönen Dinge waren für London bestimmt, vielleicht für ihre Zimmer in Whitehall oder für ein großes, neues Haus auf dem St. James' Square oder in Piccadilly.

Anfangs war Jennifer schüchtern, aber Amber bemühte sich, freundlich zu ihr zu sein – teils weil sie nichts anderes zu tun hatte, teils auch weil die junge Frau ihr ein wenig leid tat. Und Jennifer vergalt es ihr mit warmer Dankbarkeit, denn sie war in einer kinderreichen Familie aufgewachsen und fühlte sich einsam in diesem großen Hause, das trotz der mehr als zweihundert Dienstleute leer und langweilig war.

Es war jetzt Ende April, und die Tage waren oft warm und freundlich. Die Nachtigallen schlugen, Kirsch- und Pflaumenbäume standen in voller Blüte, und die Gärten füllte der süße Duft des Flieders. Jennifer und Amber schlenderten Arm in Arm, lachend und schwatzend, über den grünen Rasen, ihre seidenen Kleider blähten sich anmutig, und sie bewunderten die krächzenden Pfauen. In kürzester Zeit schienen sie eng befreundet zu sein.

Wie eine verliebte Frau sprach Amber von London, wo Jennifer nie gewesen war. Sie erzählte ihr von den Theatern und den Gasthäusern, von Hyde Park und Pall Mall und Whitehall, vom Spiel und den Salons der Königin, den Bällen und den Falkenjagden. Für sie war London der Mittelpunkt des Weltalls, und wer fern von London leben mußte, konnte ebensogut auf einem andern Stern leben.

»Ach, es gibt nichts Schöneres«, rief sie begeistert, »als den ganzen Hof im Kreis fahren zu sehen. Jeder verbeugt sich und lächelt dem andern zu, wenn man aneinander vorbeikommt, und Seine Majestät lüftet vor den Damen den Hut, und manchmal ruft er ihnen auch einen Gruß zu. O Jenny, du mußt eines Tages nach London kommen!« Und sie redete weiter, als ob sie selbst noch in London wäre.

Jenny hatte stets mit großem Interesse zugehört und zahllose Fragen gestellt, jetzt schien ihr leises Lächeln um Entschuldigung zu bitten. »Es klingt alles sehr schön – aber ich glaube, daß ich lieber davon höre, als daß ich es selber sehen möchte.«

»Was?« rief Amber ganz entrüstet über eine solche Lästerung. »Aber London ist doch der einzige Ort auf der Welt, wo man leben kann. Warum willst du nicht hingehen?«

Jenny hatte nur eine beiläufige Geste. Sie war sich stets der größeren Kraft von Ambers Persönlichkeit bewußt, und darum fühlte sie sich verlegen, wenn sie eine eigene Meinung aussprechen sollte. »Ich weiß nicht. Ich würde mich dort wahrscheinlich fremd fühlen. Es ist so groß, und es gibt so viele Menschen, und all die Damen sind so schön und tragen so feine Kleider – ich würde nicht hinpassen. Ich wäre ganz verloren.« Ihre Stimme hatte einen schüchternen, fast verzweifelten Klang, als wäre sie bereits wirklich in der großen, schrecklichen Stadt verloren.

Amber lachte und legte den Arm um die Taille ihrer Schwiegertochter. »Ach, Jenny, mit ein wenig Schminke und Pflästerchen und einem tiefausgeschnittenen Kleid wärest du genauso hübsch wie die andern. Ich bürge dir dafür, daß die Kurmacher dich nicht in Ruhe lassen würden – bei Tag und bei Nacht wären sie hinter dir her.«

Jenny kicherte, und ihr Gesicht färbte sich rosig. »O, Mylady, Sie wissen es wohl, daß es nicht so wäre. Mein Himmel, ich wüßte gar nicht, was ich so einem Herrn sagen sollte.«

»Aber gewiß wüßtest du das, Jenny. Du weißt ja, wie du mit Philipp reden mußt, und alle Männer sind einander gleich. Es gibt im Grunde nur ein einziges Thema, das sie interessiert, wenn sie zu einer Frau sprechen.«

Jenny wurde rot. »Oh, mit Philipp bin ich aber verheiratet, und er – nun . . .« Sie wechselte hastig den Gegenstand des Gesprächs. »Ist es auch wirklich wahr, was man vom Hof erzählt?«

»Was meinst du?«

»Ach, Sie wissen schon. Man erzählt so schreckliche Dinge. Man sagt, daß sie alle trinken und fluchen, und daß sogar Seine Majestät am Sonntag Karten spielt. Man sagt, daß seine Majestät manchmal monatelang die Königin kaum sieht, weil er so viel mit andern – hm – Damen beschäftigt ist.«

»Unsinn! Er sieht sie jeden Tag, und er ist so gütig und freundlich, wie man nur sein kann – er sagt, sie sei die beste Frau der Welt.«

Jenny war erleichtert. »Dann ist es nicht wahr, daß er ihr untreu ist?«

»O doch, das ist er schon. Alle Männer sind ihren Frauen untreu, wenn sie eine Gelegenheit dazu haben, nicht?« Da sah Jenny so betroffen drein, daß Amber ihr die Hand streichelte und rasch hinzufügte: »Bis auf jene, die auf dem Lande leben – die sind anders.«

Und zuerst hatte sie auch gemeint, daß Philipp anders sei. Als er ihr vorgestellt wurde, hatten seine Augen erstaunt und entzückt aufgeleuchtet, doch sein Vater war zugegen, und der Blick verblaßte rasch. Von da an war sie ihm nur selten begegnet, gewöhnlich bei den Mahlzeiten, und dann behandelte er sie mit der gleichen respektvollen Haltung, die sie in zwanzig Jahren erwarten konnte. Aus Höflichkeit tat er, als stände sie jetzt dem Alter nach seinem Vater näher als ihm selbst. Und am Ende kam Amber zu dem richtigen Schluß, daß er Angst vor ihr hatte.

Aus Langeweile und Bosheit und dem Wunsch, sich an Radclyffe zu rächen, legte sie es darauf an, daß Philipp sich in sie verliebte. Doch sie kannte den Earl gut genug, um zu begreifen, daß sie vorsichtig sein und jene Befriedigung, die sie darin fand, ihn mit seinem Sohne zu betrügen, streng geheimhalten müßte. Sollte er jemals glauben oder ahnen – aber daran zu denken, weigerte sie sich, denn es gab keine Grausamkeit, die sie ihm nicht zutraute. Doch Philipp war das einzige junge, in Betracht kommende männliche Wesen in Lime Park, und sie brauchte ebensosehr Sensationen wie männliche Bewunderung.

An einem regnerischen Morgen traf sie ihn in der Galerie, wo sie ein paar Minuten verweilten und vom Wetter sprachen. Er wollte gleich weitergehen, aber sie schlug eine Partie ›Shovel-board‹ vor, und während er Ausreden suchte, führte sie ihn bereits zu dem Platz, wo die Tafel lag. Ein andermal spielten sie gelegentlich Ball oder Karten miteinander, und hin und wieder trafen sie sich auch, scheinbar zufällig, im Stall und ritten zusammen aus. Jenny war schwanger und durfte nicht reiten.

Doch Philipp behandelte Amber nach wie vor wie eine Stiefmutter und schien gewissermaßen Ehrfurcht vor ihr zu fühlen, eine Empfindung, die sie bisher weder bei jungen noch bei alten Männern erregt hatte. Sie kam zu dem Schluß, daß er alles vergessen haben mußte, was er auf der üblichen Auslandsreise gelernt hatte.

Radclyffe sah sie nicht häufiger als in der Stadt. Er überwachte jede Einzelheit, die das Haus betraf, sofern es nicht in den Pflichtenkreis des Haushofmeisters fiel – denn er erlaubte nicht, daß eine Frau den Haushalt führte. Er plante Veränderungen in den Gärten, dirigierte die Arbeiter und verbrachte viele Stunden im Laboratorium oder in der Bibliothek. Er ritt niemals aus oder verlor seine Zeit mit Musik und Spiel, und wenn er manchmal ausging, so geschah es nur eines bestimmten Zwecks wegen, und wenn dieser Zweck erfüllt war, dann kehrte er ins Haus zurück. Er schrieb ohne Unterlaß. Als Amber ihn fragte, was er schreibe, erzählte er es ihr. Er schrieb die ganze Geschichte jedes wertvollen Gegenstandes, den er erworben hatte, so daß die Familie jederzeit feststellen konnte, was sie besaß. Er schrieb auch Verse, bot ihr aber nie an, etwas davon vorzulesen, und sie verlangte auch gar nicht danach. Sie hielt das für eine sehr törichte Beschäftigung und konnte nicht begreifen, daß ein Mensch seine Zeit damit vergeudete, sich in dunkle, verschlossene Räume einzusperren, wenn draußen die Veilchen dufteten, die Bäume voll Blüten hingen und reine, kühle Regenluft die Hügel umspülte.

Wenn sie versuchte, wegen der Rückkehr nach London mit ihm Streit anzufangen, sagte er ihr rund heraus, sie habe sich dort höchst albern benommen und sei nicht imstande, irgendwo zu leben, wo sie der Versuchung ausgesetzt wäre. Er wiederholte, daß sie allein zurückkehren könne, wenn sie es wünsche, erinnerte sie aber daran, daß sie in diesem Fall ihr ganzes Vermögen bis auf zehntausend Pfund einbüßen würde. Wütend schrie sie ihn an, sie würde ihm ihr Vermögen niemals preisgeben, nicht, wenn sie den Rest ihres Lebens auf dem Lande verbringen müßte.

In der Überzeugung, daß ihr Aufenthalt sich noch lange hinziehen mochte, ließ sie Nan und Susanna und John Waterman nachkommen. Nan, die bereits eine Fehlgeburt hinter sich hatte, war neuerdings in Hoffnung, diesmal von John, und obgleich sie bereits im fünften Monat war und Amber ihr riet, nicht zu kommen, wenn sie sich vor der Reise fürchte, war sie doch vierzehn Tage später da.

Wie immer hatten sie einander eine Menge zu erzählen, denn die beiden Frauen hatten die gleichen Interessen, und sie schwatzten und klatschten und tauschten die intimsten persönlichen Einzelheiten ohne Zaudern und ohne Rückhalt aus. Jennys Unschuld und Unerfahrenheit hatten Amber zu langweilen begonnen, und sie war erleichtert, als sie jemanden bei sich hatte, mit dem sie offen sprechen konnte, jemanden, der sie kannte, wie sie wirklich war, und dem das nichts ausmachte. Als sie Nan erzählte, daß sie den Sohn ihres Gatten verführen wolle, lachte Nan und meinte, wenn eine Frau einmal aufs Land geschleppt werde, dann kenne sie in ihrer Verzweiflung keine Grenzen mehr. Denn Philipp konnte allerdings nicht mit Karl II. oder Lord Carlton verglichen werden.

Doch erst Mitte Mai fing er an, sich ihr vorsätzlich zu nähern.

Eines Morgens wartete sie, daß ihre kleine, goldbraune Stute gesattelt wurde, als sie hinter sich eine Stimme hörte: »Guten Morgen, Madame! Reiten Sie schon so früh aus?« Das sollte erstaunt klingen, aber sie brauchte ihn nur anzusehen, um zu wissen, daß er es darauf angelegt hatte, mit ihr zusammenzutreffen.

»Guten Morgen, Philipp! Ja, ich will ein wenig Maitau sammeln. Das soll das beste Mittel für den Teint einer Frau sein.«

Philipp errötete, lachte und schlug mit seinem Hut nervös an die Knie. »Mylady haben dergleichen nicht nötig.«

»Was Sie für ein galanter Herr sind, Philipp!«

Unter dem Schatten ihrer breiten Hutkrempe lächelte sie ihm zu. Er will nicht, dachte sie, aber er hat sich trotzdem in mich verliebt.

Das Pferd wurde jetzt mit einem schönen grünsamtenen Sattel gesattelt, unter die großen Pfefferbäume mit den überhängenden Ästen geführt, wo die beiden standen. Amber sprach zu dem Tier, klopfte ihm den Hals und gab ihm ein Stück Zucker. Philipp trat hinzu, um ihr beim Aufsteigen zu helfen. Sie saß leicht und anmutig auf.

»Wir könnten doch zusammen ausreiten«, schlug sie vor. »Wenn Sie nichts anderes zu tun haben.«

Er tat sehr überrascht. »O nein, ich habe nichts anderes vor, ich wollte selbst ausreiten. Aber ich danke Ihnen, Mylady. Sie sind sehr gütig. Ich danke Ihnen sehr.«

Sie ritten über das gewellte, kleebewachsene Wiesenland und waren bald außer Sichtweite des Hauses. Das Gras war sehr feucht, und in der Ferne weidete eine Herde. Längere Zeit wußte keiner von beiden ein Wort zu sagen, doch endlich rief Philipp glücklich: »Was für ein herrlicher Morgen! Warum leben die Menschen nur in den Städten, wenn es doch das Land gibt?«

»Warum leben Sie auf dem Lande, wenn es doch Städte gibt?«

Er machte ein erstauntes Gesicht und zeigte lachend seine ebenmäßigen, weißen Zähne. »Das ist wohl nicht Ihr Ernst, Mylady – sonst würden Sie ja nicht im Lime Park leben.«

»Nach Lime Park zu kommen war nicht mein Wunsch. Es war der Wunsch Seiner Lordschaft.«

Sie sprach ganz unbefangen, und dennoch mußte etwas von dem Haß und der Verachtung, die sie für Radclyffe fühlte, in ihrem Ton oder in ihrem Gesichtsausdruck merkbar gewesen sein, denn Philipp antwortete rasch – wie auf eine Herausforderung: »Mein Vater liebt Lime Park – er hat es immer geliebt. Wir haben nie in London gelebt. Seine Majestät, König Karl I., war einmal hier zu Besuch und meinte, es gebe in ganz England keinen schöneren Landsitz.«

»Ja, ja, es ist ohne Zweifel ein prächtiges Haus«, gab Amber zu, denn sie hatte bemerkt, daß sie sein Familiengefühl verletzt hatte – obschon ihr das ziemlich gleichgültig war. So ritten sie eine Weile weiter, ohne zu sprechen. Dann sagte sie: »Wir wollen hier ein wenig rasten!« Und ohne seine Antwort abzuwarten, hielt sie ihr Pferd an. Er aber ritt noch ein Stückchen weiter, wendete dann und kehrte um.

»Das sollten wir lieber nicht tun. Wir sind hier ganz allein.«

»Und was tut das?« fragte Amber ein wenig ungeduldig, aber gleichzeitig amüsiert.

»Nun – wissen Sie, Madame – Seine Lordschaft meint, es wäre besser, nicht abzusitzen, wenn wir ausreiten. Wenn uns jemand sieht, könnte das zu Mißverständnissen führen. Die Leute auf dem Land klatschen gern.«

»Überall klatschen die Leute gern. Nun, tun Sie, wie es Ihnen beliebt. Ich werde hier rasten.«

Und sie sprang vom Pferd, nahm den Hut ab, an den sie zwei oder drei frische Rosen angesteckt hatte, und schüttelte ihr Haar. Er beobachtete sie, dann biß er die Zähne zusammen und saß auch ab. Auf seinen Vorschlag gingen sie zu einem nahen Bach. Das Wasser rauschte zwischen dunkelgrünen Binsen, und die Weiden tauchten ihre Zweige in die Strömung. Durch die Bäume tropften die Sonnenstrahlen auf Ambers Kopf wie das Licht in einer Kathedrale. Sie konnte spüren, wie Philipp sie heimlich von der Seite her beobachtete. Plötzlich wandte sie sich um und erwischte ihn dabei.

Sie lächelte langsam, und ihre Augen schauten ihn herausfordernd an.

»Wie hat die letzte Frau Ihres Vaters ausgesehen?« fragte sie schließlich. Sie wußte, daß seine eigene Mutter, die erste Gräfin Radclyffe, bei seiner Geburt gestorben war. »Ist sie schön gewesen?«

»Ja, ich glaube wohl. Ihr Bild zumindest ist schön, aber sie starb, als ich erst neun Jahre alt war – ich erinnere mich nicht sehr genau an sie.« Man merkte, daß das Alleinsein mit ihr ihm unbehaglich war; sein Gesicht war ernst geworden, und seine Augen konnten nicht länger verhehlen, was er wirklich fühlte.

»Hatte sie Kinder?«

»Zwei. Sie starben sehr jung an den Pocken. Ich hatte die Pocken auch.« Er schluckte und holte tief Atem. »Aber ich blieb am Leben.«

»Und ich bin froh darüber, Philipp«, sagte sie sehr leise. Sie lächelte ihm immer noch zu – halb scherzend, aber ihre Augen waren randvoll mit dem Willen zur Verführung geladen. Seit mehr als vier Wochen hatte nichts mehr sie so sehr gereizt.

Philipp dagegen fühlte sich offenbar sehr unglücklich. Seine Gefühle waren zwiespältig – Begehren einerseits und Loyalität dem Vater gegenüber anderseits. Er fing jetzt wieder an zu sprechen. Aber er sprach schnell und trachtete, bei weniger persönlichen Themen zu bleiben. »Wie ist es jetzt bei Hof? Es soll ungemein prunkvoll zugehen, und man sagt, daß selbst Fremde über die Lebenshaltung Seiner Majestät staunen.«

»Ja, so ist es auch. Nirgends auf Erden kann es stattlichere Männer und schönere Frauen geben. Wann waren Sie zum letztenmal dort?«

»Vor zwei Jahren. Als ich von meinen Reisen zurückkehrte, verbrachte ich einige Wochen in London. Damals wurden viele der früheren Wandbekleidungen und Bilder wieder in den Palast gebracht, aber heute scheint es noch weit prächtiger zu sein. Der König hat großes Interesse an schönen Dingen.« Seine Zunge sprach, aber seine Gedanken hielten nicht Schritt, seine Augen glühten, und als er jetzt schluckte, sah sie, wie der Adamsapfel sich an seinem kräftigen Hals hin und her bewegte. »Wir sollten jetzt lieber aufbrechen«, sagte er plötzlich. »Es – es wird spät.«

Amber zuckte die Achseln, raffte die Röcke und ging durch das hohe Gras zurück. Den ganzen nächsten Tag sah man ihn nicht, denn um ihn zu reizen, schützte sie ihre ›vapeurs‹ vor und ließ sich Mittag- und Abendessen in ihr Zimmer bringen. Er schickte ihr einen Strauß roter Rosen und wünschte ihr in einem sehr förmlichen, kurzen Brief gute Besserung.

Als sie am folgenden Morgen zu den Ställen ging, erwartete sie, ihn dort zu finden. Er würde gewiß wie ein Schuljunge an der Ecke lauern, bis die Geliebte erschien. Doch er war nirgends zu sehen, und sie empfand das als Kränkung, denn sie hatte geglaubt, er sei bereits völlig in ihrer Macht. Und sie hatte sich schon selbst auf die nächste Begegnung gefreut. Nichtsdestoweniger ritt sie in dieselbe Richtung, die sie vor zwei Tagen eingeschlagen hatten. Nach kurzen Minuten hatte sie Philipp

Mortimer und sogar seinen Vater vergessen, der sich erheblich schwerer aus ihren Gedanken verdrängen ließ, und gehörte ganz der Erinnerung an Bruce Carlton.

Vor fast sechs Monaten war er abgereist, und abermals hatte sie jede Macht über ihn verloren. Es war wie ein schöner Traum, dessen man sich am Morgen lebendig entsinnt, und der um Mittag verblaßt ist. An viele Dinge konnte sie sich erinnern: an die seltsame graugrüne Farbe seiner Augen, an die Art, wie er den Mund verzog, und die ihr stets deutlicher als Worte sagte, wie er von dem, was sie tat, dachte, seine Ruhe, hinter der ständig Versprechen und Drohung eines verhaltenen Temperamentsausbruchs verborgen war. Sie konnte sich an seine letzte Umarmung erinnern, und wenn sie daran dachte, war sie wie benommen. Sie empfand eine schmerzende Sehnsucht nach seinen Küssen, nach seinen Liebkosungen – und doch war er für sie halb wie eine Traumgestalt, und ihre Erinnerungen waren nur ein schwacher Trost für die Gegenwart. Selbst Susanna konnte Bruce nicht, wie Amber es erwartet und erhofft hatte, näherbringen noch wirklicher machen.

Amber war so sehr in ihre Gedanken versunken, daß sie jetzt, als das Pferd plötzlich scheute, rasch nach den Zügeln griff und fast über den Kopf des Tieres gefallen wäre. Als sie sich wieder gesammelt hatte und nach dem Grund der Nervosität des Pferdes aussah, erblickte sie Philipp, mit gerötetem Gesicht und schuldbewußten Augen, der sein Pferd neben den drei Pappeln hielt, die allein inmitten der Wiese standen. Sogleich bat er um Entschuldigung.

»Oh, Mylady, verzeihen Sie mir – ich wollte Sie nicht erschrecken. Ich habe nur einen Augenblick hier rasten wollen, um den schönen Morgen zu genießen, und als ich Sie kommen sah, habe ich gewartet.« Die Erklärung wurde in so ernstem Ton abgegeben, daß Amber sie rasch durchschaute. Er log; er hatte nicht gewollt, daß sein Vater ihn mit ihr fortreiten sehen sollte.

Amber hatte ihr Gleichgewicht wiedergefunden und lachte gutmütig. »Ach, Philipp! Sie sind es? Ich hatte gerade an Sie gedacht.« Seine Augen glänzten, aber sie verhinderte jede törichte Bemerkung, die er dazu machen konnte. »Kommen Sie – ein Wettrennen zum Bach!«

Er kam knapp vor ihr an. Als sie vom Pferd sprang, folgte er ihr sogleich, ohne diesmal einen Einwand zu erheben. »Wie schön ist der Mai in England!« rief sie. »Können Sie sich vorstellen, daß jemand Lust hat, nach Amerika zu fahren?«

»Nein«, meinte er verdutzt. »Wahrhaftig nicht.«

»Ich möchte mich setzen. Wollen Sie Ihren Mantel auf das Gras legen, damit ich mir nicht das Kleid verderbe?« Sie sah sich um. »Dort unten ist ein Baum!«

Galant nahm er seinen langen Reitermantel ab und breitete ihn auf das feuchte Gras. Sie ließ sich anmutig nieder, lehnte sich gegen die schlanke Birke, streckte die Beine aus und kreuzte sie. Ihren Hut warf sie auf den Boden.

»Nun, Philipp? Wie lange werden Sie noch stehen bleiben? Setzen Sie sich doch.« Sie wies auf den Platz neben sich.

Er zauderte. »Ja – nun . . .« Dann aber setzte er sich mit plötzlichem Entschluß nieder. »Vielen Dank, Mylady.« Er hatte die Arme um die Knie geschlungen.

Doch statt sie anzusehen, heftete er seine Augen auf eine Biene, die von Blume zu Blume schwirrte, jede liebkoste und bei jeder verweilte, um ihr den letzten Honig zu entsaugen. Amber pflückte müßig die kleinen weißen Gänseblümchen, mit denen das Gras dicht gesprenkelt war, warf sie eines nach dem andern in ihren Schoß, bis sie einen ganzen Haufen hatte.

»Wissen Sie«, sagte Philipp endlich, und jetzt hatte er seinen Blick auf sie gerichtet, »es ist mir gar nicht so, als ob Sie meine Stiefmutter wären. Ich kann es nicht recht glauben – so sehr ich mich auch bemühe. Warum mag das wohl sein?« Er sah ehrlich bestürzt und betrübt aus – Amber fand ihn beinahe komisch.

»Vielleicht«, meinte sie lässig, »wollen Sie es wirklich nicht.«

Sie hatte begonnen, die Blumen zu einem Kranz zu winden, durchbohrte die Stengel mit einem spitzen Fingernagel und fügte sie geschickt aneinander.

Er dachte schweigend über ihre Worte nach. »Wie sind Sie dazu gekommen, meinen Vater zu heiraten?« platzte er plötzlich heraus.

Amber hatte die Augen gesenkt, sichtlich mit ihrem Kranz beschäftigt. Sie zuckte leicht die Achseln. »Ihm war um mein Geld zu tun. Ich wollte seinen Titel haben.« Als sie aufsah, bemerkte sie, daß sein Gesicht verstört war. »Was ist denn, Philipp? Sind nicht alle Ehen ein Handel? Ich habe dies, du hast das, nun, so heiraten wir! Darum haben Sie ja auch Jenny geheiratet; nicht?«

»Ja, natürlich. Aber Vater ist ein sehr vornehmer Mann – das wissen Sie doch!« Er wollte mehr sich selbst als sie überzeugen.

»Oh, sehr vornehm«, räumte Amber spöttisch ein.

»Und er liebt Sie sehr.«

Daraufhin brach sie in ein unhöfliches Gelächter aus. »Wie, zum Teufel, kommen Sie auf diesen Gedanken?«

»Er hat es mir selber gesagt.«

»Hat er Ihnen auch gesagt, daß Sie sich von mir fernhalten sollen?«

»Nein. Aber ich sollte es. Ich weiß, daß ich es sollte. Ich hätte heute nicht kommen dürfen.« Diese letzten Worte kamen schnell heraus, und er wandte den Kopf ab. Plötzlich sprang er auf. Amber streckte die Hand aus, ergriff ihn beim Handgelenk und zog ihn sanft zu sich.

»Warum sollten Sie sich von mir fernhalten, Philipp?« flüsterte sie.

Er blickte – halb kniend – auf sie hinunter, und sein Atem ging schwer. »Weil ich – weil ich sollte! Ich möchte jetzt lieber zurückreiten, bevor ich . . .«

»Bevor Sie was?« Die Sonne schien durch die Blätter und ließ Licht und Schatten auf Ambers Gesicht und Hals spielen. Ihre Lippen waren feucht und öffneten sich, ihr Zähne schimmerten weiß, ihre bernsteingefleckten Augen hielten die seinen fest. »Philipp, warum fürchtest du dich? Du willst mich küssen – warum tust du es nicht?«

Vierundvierzigstes Kapitel

Philipp Mortimer wurde von seinem Gewissen geplagt. Zuerst versuchte er, seiner Stiefmutter aus dem Weg zu gehen. Am Tage, nachdem sie ihn verführt hatte, ritt er zu einem Nachbarn zu Besuch und blieb fast eine Woche fort. Als er zurückkehrte, hatte er so viel mit den Pächtern zu tun, daß er selbst zu den Mahlzeiten nur selten erschien, und bei jenen Anlässen, wo es unmöglich war, eine Begegnung zu vermeiden, war sein Benehmen übertrieben förmlich und steif. Amber ärgerte sich darüber, denn sie fürchtete, sein lächerliches Verhalten könnte sie beide verraten. Überdies war seine Gesellschaft die einzige Zerstreuung, die sie auf dem Lande hatte, und sie wollte sich nicht darum bringen lassen.

Eines Tages sah sie ihn vom Fenster ihres Schlafzimmers allein im Garten unterhalb der Terrasse. Radclyffe hatte sich in seinem Laboratorium eingeschlossen und war somit noch für längere Zeit nicht im Wege; so raffte Amber denn ihre Röcke, lief aus dem Zimmer, die Treppe hinunter und auf die Terrasse. Dort unten stand er. Doch als sie ihm nacheilen wollte, sah er sich hastig um und verschwand dann in einem Gewirr beschnittener Hecken – es war vor etwa siebzig Jahren angelegt worden, als solche Labyrinthe Mode waren, und nun waren die Büsche so hoch gewachsen, daß man sich fast darin verlieren konnte. Sie ging hin, konnte ihn aber nicht erblicken und lief nun in den Irrgarten hinein, über einen Pfad nach dem andern, kam schließlich an eine Mauer, wandte sich um und ging auf ihren eigenen Spuren zurück.

»Philipp!« rief sie ärgerlich. »Philipp, wo sind Sie?«

Aber er antwortete nicht. Und endlich, als sie in einen andern Pfad einbog, fand sie ihn; er konnte nicht ausweichen, denn dieser Weg war eine Sackgasse. Er sah sich unbehaglich um, erkannte, daß er keinen Ausweg hatte, und blickte ihr mit nervösem Schuldbewußtsein entgegen. Amber lachte laut und zog ihren schwarzen Spitzenschal über den Kopf.

»O Philipp, du dummer Junge! Warum läufst du denn so vor mir davon? Mein Gott, bin ich denn ein Ungeheuer?«

»Ich bin nicht davongelaufen«, protestierte er, »ich wußte nicht, daß Sie da waren.«

Sie schnitt eine Grimasse. »Dieser Schwindel verfängt bei mir nicht. Du bist jetzt seit zwei Wochen vor mir davongelaufen. Seit . . .«, aber er blickte sie so entsetzt an, daß sie innehielt, die Augen weit öffnete und die Brauen hochzog. »Nun –«, flüsterte sie dann. »Was ist denn? War es gar so unangenehm? Damals schien es nicht so.«

Philipp litt sichtlich. »Oh, bitte, Mylady! Nicht – ich kann es nicht aushalten! Ich werde verrückt. Wenn Sie auf diese Art sprechen, dann weiß ich nicht, was ich tun werde.«

Amber stützte die Hände in die Hüften und klopfte ungeduldig mit dem Fuß auf den Boden. »Guter Gott, Philipp! Was ist nur mit dir geschehen? Du tust, als ob du ein Verbrechen begangen hättest!«

Er hob die Augen. »Das habe ich auch.«

»Was für ein Verbrechen, um Himmels willen?«

»Das wissen Sie sehr wohl.«

»Ich protestiere – ich weiß es nicht. Ehebruch ist kein Verbrechen, das ist eine Unterhaltung.« Ihrer Ansicht nach war er ein Beispiel dafür, wie töricht es war, einen jungen Mann so lange auf dem Lande von jeder modernen Lebensform abgeschlossen zu halten.

»Ehebruch ist ein Verbrechen. Es ist ein Verbrechen gegen zwei unschuldige Menschen – Ihren Gatten und meine Frau. Aber ich habe ein noch schlimmeres begangen. Ich habe das Weib meines Vaters umarmt – was ich begangen habe, ist Blutschande.« Dieses letzte Wort war nur noch ein Flüstern, und seine Augen sahen sie von Selbstanklagen erfüllt an.

»Unsinn, Philipp! Wir sind nicht verwandt! Das ist ein Gesetz, das alte Männer zum Schutz von andern alten Männern erlassen haben, die dumm genug waren, junge Frauen zu heiraten. Du quälst dich einer Nichtigkeit wegen.«

»O nein! Ich habe schon andere Frauen geliebt, viele andere Frauen. Aber so etwas habe ich noch nie getan. Es ist schlecht, es ist eine Missetat. Sie verstehen das nicht. Ich liebe meinen Vater sehr – er ist ein sehr vornehmer Mann – ich bewundere ihn. Und was ich jetzt getan habe . . .«

Er sah so jämmerlich drein, daß Amber Mitleid mit ihm fühlte, doch als sie nach seiner Hand greifen wollte, trat er zurück, als wäre Amber ein giftiges Tier. Sie zuckte die Achseln. »Nun, Philipp, es wird eben nicht wieder geschehen. Vergiß es – vergiß, daß es überhaupt jemals geschehen ist.«

»Das will ich. Das muß ich!«

Doch sie wußte, daß er nicht vergaß, und er fand es von Tag zu Tag unmöglicher zu vergessen. Sie tat nichts, um ihm zu helfen. Wann sie einander auch begegneten, sah sie ihn lockend an, und sie flirtete gewissermaßen auf eine negative Art mit ihm, die ebenso wirkungsvoll zu sein schien, wie irgendeine handfestere gewesen wäre. Nach vierzehn Tagen erwartete er sie wieder, als sie ausritt, und von da an war er vollkommen verloren. Sein Schuldbewußtsein, seine Selbstanklagen dauerten wohl an, doch sein Verlangen war noch stärker.

Sie entdeckten zahlreiche Plätze, wo sie sich treffen konnten.

Wie alle großen katholischen Landsitze war auch Lime Park voll von Verstecken, die einst dazu gedient hatten, die Priester zu verbergen. Da gab es Fensterbänke, die sich aufheben ließen und einen kleinen Raum unterhalb des Fußbodens öffneten. Da gab es Täfelungen, die zur Seite glitten und eine Wendeltreppe sehen ließen, die in ein kleines Zimmer führte. Philipp kannte sie alle. Und die Gefahr, die mit jedem Rendevous verknüpft war, gewährte Amber mehr Sensation und mehr Genuß als die ungeschickten Umarmungen Philipps.

Doch all das fand sie nicht so amüsant, daß sie nicht am liebsten nach London zurückgekehrt wäre. Immer wieder fragte sie Radclyffe, wann sie denn abreisen würden, aber unweigerlich antwortete er ihr, daß er überhaupt nicht die Absicht habe abzureisen. Er würde bis zu seinem Tode auf dem Lande wohnen bleiben.

»Aber ich langweile mich hier draußen, sage ich Ihnen«, schrie sie ihn eines Tages an.

»Daran zweifle ich nicht, Madame«, sagte er. »Es war mir immer ein Rätsel, wie die Frauen sich der Langeweile entziehen – wo immer sie auch sein mögen. Sie haben so wenige Hilfsmittel.«

»Wir haben Hilfsmittel genug«, erwiderte Amber und warf ihm einen Blick voll giftigen Abscheus zu. Sie hatte das Gespräch mit leidlich gutem Willen begonnen, vermochte aber unter seinem kalten, anmaßenden Blick ihren Hohn nicht lange zu unterdrücken. »Es ist so langweilig hier. Ich könnte dem Teufel selbst kein schlimmeres Los wünschen, als auf dem Land eingesperrt zu sein.«

»Das hätten Sie sich überlegen sollen, als Sie versuchten, sich für Seine Majestät zu prostituieren.«

Da lachte sie hart und rachsüchtig. »Versuchen, mich zu prostituieren! Mein Gott, sind Sie aber komisch. Ich habe mit dem König schon vor langer Zeit geschlafen – als ich noch beim Theater war! Nun, was sagen Sie jetzt?«

Radclyffe lächelte zynisch. Er stand neben einem der großen Fenster, von denen man die Terrasse überschaute, lehnte sich an den goldgestickten Vorhang, und seine ganze dekadente Gestalt wirkte wie aus zartem Porzellan. Es verlangte sie danach, mit ihrer Faust nach den zerbrechlichen Knochen dieser Wange, dieser Nase und dieses Schädels zu schlagen und sie unter ihrem Schlag zerbröckeln zu spüren.

»Ihr eigener Mangel an Feingefühl, Madame«, sagte er ruhig, »läßt Sie auch bei andern diesen Mangel voraussetzen.«

»So wußten Sie es also bereits?«

»Ihr Ruf ist nicht fleckenlos. Er war im Gegenteil sehr schmutzig.«

»Und vermutlich meinen Sie, daß er jetzt besser sei?«

»Zum mindesten wird er nicht schlechter sein. Ich habe nicht das geringste Interesse an Ihnen oder Ihrem Ruf, Madame. Aber ich habe sehr viel Interesse an dem Ruf meiner Frau. Ich kann die Fehltritte, die Sie vor unserer Heirat begangen haben, nicht ungeschehen machen, aber ich kann Sie wenigstens daran hindern, neue zu begehen.«

Einen Augenblick lang war sie in ihrer Wut nahe daran, einen verhängnisvollen Fehler zu machen. Sie hatte es schon auf der Zunge, ihm von ihrer Beziehung zu Philipp zu sprechen, um ihm zu beweisen, daß er ihr Leben nicht in seiner Gewalt hatte, so sehr er sich auch mühen mochte. Doch zur rechten Zeit beherrschte sie sich und sagte statt dessen in höhnischem Ton: »Können Sie das?«

Radclyffes Augen verengten sich, und als er jetzt sprach, wog er jedes Wort wie ein kostbares Gift. »Eines Tages, Madame, werden Sie es zu weit treiben. Meine Geduld ist lang, aber nicht endlos.«

»Und dann, Mylord, was werden Sie dann tun?«

»Gehen Sie in Ihr Zimmer«, sagte er plötzlich. »Gehen Sie in Ihr Zimmer, Madame, oder ich lasse Sie mit Gewalt hinbringen!«

Amber fühlte, daß sie sich nicht länger beherrschen konnte, und hob die geballte Faust, um ihn zu schlagen. Aber er stand so unerschütterlich und sah sie so kalt an, daß sie nach sekundenlangem Zögern endlich einen Fluch murmelte und aus der Bibliothek lief.

Ihr Haß gegen Radclyffe war so groß, daß er sich in ihr Denken einfraß. Tag und Nacht war sie davon besessen, bis es eine unerträgliche Marter war – und sie begann, Pläne zu schmieden, wie sie ihn loswerden könnte. Er mußte sterben!

*

Bei einer Gelegenheit und ganz zufällig machte Amber beinahe eine bedeutsame Entdeckung, die den Mann anging, den sie geheiratet hatte. Sie hatte niemals versucht, ihn zu verstehen oder zu erfahren, auf welche Art er zu dem geworden war, was er jetzt war, denn sie haßten einander nicht bloß, sondern hatten auch keinerlei Interesse füreinander.

Eines Abens im August überlegte Amber, welches Kleid sie am nächsten Tag anziehen sollte, denn es wurden zahlreiche Gäste erwartet, zumeist Verwandte Jennys, die der neuen Gräfin vorgestellt werden sollten und einige Tage blieben. Amber war entzückt davon, daß sich ihr eine Gelegenheit bot, sich in vollem Glanz zu zeigen, und zweifelte nicht, daß sie großen Eindruck machen würde, denn es waren alles Leute, die auf dem Lande lebten, und die meisten von den Frauen waren seit der Restauration nicht mehr in London gewesen. Die ehrbarsten unter den alten Familien wollten mit dem neuen Hof nicht das geringste zu tun haben.

Sie und Nan gingen durch die hohen Garderoberäume, wo Ambers Kleider aufbewahrt wurden, und erinnerten sich bei jedem Kleid daran, zu welchem Anlaß sie es getragen hatte.

»Ach, dies hier trug ich, als Lord Carlton zum erstenmal in das Haus Dangerfield kam!« Sie nahm das champagnerfarbene, mit Gold bestickte Kleid aus dem mächtigen Schrank, hielt es gegen sich und glättete in wehmütigen Gedanken die Falten. Doch dann hängte sie es in plötzlichem Entschluß wieder zurück. »Und dies hier, Nan! Darin wurde ich bei Hof vorgestellt.«

Endlich nahmen sie das weiße Satinkleid mit Perlen heraus, das sie bei der Hochzeit mit Radclyffe getragen hatte. Sie musterten es kritisch, betasteten den Stoff, den Schnitt und sprachen davon, wie seltsam es sei, daß es ihr so gut gepaßt hatte – vielleicht ein wenig zu breit an der Taille und zu eng um die Brust.

»Wem mag es gehört haben?« fragte Amber, obgleich sie es in den acht Monaten seit ihrer Hochzeit völlig vergessen hatte.

»Vielleicht der ersten Frau Seiner Lordschaft. Warum fragen Sie ihn nicht einmal? Ich bin ganz neugierig.«

»Ja, ich werde ihn fragen.«

Um zehn Uhr kam Radclyffe aus der Bibliothek die Treppe herauf. Das war die Stunde, da sie gewöhnlich zu Bett gingen, und er war in seinen Gewohnheiten sehr streng, auch in den allerkleinsten – eine Eigenschaft, die sie und Philipp sich häufig genug zunutze gemacht hatten. Amber saß auf einem Stuhl und las Drydens neuestes Stück, ›Geheime Liebe‹, und als er durch das Schlafzimmer in sein Ankleidezimmer ging, sagte keiner von beiden ein Wort oder schien den andern auch nur zu bemerken. Er hätte ihr nie erlaubt, ihn ohne Kleider zu sehen – es war ihr auch weiter kein Bedürfnis –, und als er wiederkam, trug er einen schönen Schlafrock aus feiner ostindischer Seide, in vielen gedämpften Farben gemustert. Als er durch das Zimmer ging, um die Kerzen auszulöschen, stand Amber auf, legte ihr Buch weg, streckte die Arme über ihren Kopf und gähnte.

»Dieses alte weiße Satinkleid«, sagte sie gleichgültig. »Jenes, das ich bei unserer Hochzeit getragen habe – woher haben Sie es eigentlich? Wer hat es vor mir getragen?«

Er blieb stehen, sah sie an und lächelte nachdenklich. »Es ist seltsam, daß Sie mich das nicht schon früher gefragt haben. Es bestehen allerdings zwischen uns nur wenig Berührungspunkte – das muß ich Ihnen schon sagen. Nun, das Kleid sollte das Hochzeitskleid eines jungen Mädchens sein, das ich heiraten wollte – aber nicht heiratete.«

Amber hob, unverkennbar erheitert, die Brauen. »Oh? Man hat Sie also sitzenlassen?«

»Nein, man hat mich nicht sitzenlassen. Sie verschwand eines Nachts während der Belagerung des Schlosses ihrer Eltern im Jahre 1643. Ihre Eltern hörten nie wieder von ihr, und wir mußten annehmen, daß sie von den Parlamentariern gefangengenommen und getötet worden war.« Amber sah in seinen Augen einen Ausdruck, der ihr neu war. Es war eine tiefe Traurigkeit, und dennoch schien er eine gewisse Dankbarkeit, fast eine Art Glück zu empfinden, als er jetzt an die Vergangenheit erinnert wurde. Eine seltsam neue, sanfte Schwermut umschwebte ihn – eine Eigenschaft, die sie niemals bei ihm vermutet hätte. »Sie war eine sehr schöne, gütige und großherzige Frau – eine Dame. Heute scheint es mir unglaublich – und doch, als ich Sie zum erstenmal sah, da erinnerten Sie mich stark an sie. Ich kann mir nicht recht vorstellen, warum. Sie sehen ihr nicht ähnlich – oder doch nicht sehr –, und ganz gewiß besitzen Sie keine der Eigenschaften, die ich an ihr bewundert habe.« Er zuckte leicht die Achseln, und seine Blicke galten nicht Amber, sondern einer Vergangenheit, in der er sein Herz gelassen hatte. Dann aber wandte er sich wieder ihr zu, die Maske glitt vor sein Gesicht, und die Vergangenheit verschwand hinter der Gegenwart. Er ging von einer Kerze zur andern, die letzte erlosch von selbst, und das Zimmer lag plötzlich im Dunkel.

»Vielleicht war es in Wirklichkeit nicht gar so seltsam, daß Sie mich an jene Frau erinnert haben«, fuhr er fort, und da seine Stimme völlig unverändert klang, wußte sie, daß er nur wenige Schritte von ihr entfernt neben dem Kandelaber stand. »Seit dreiundzwanzig Jahren habe ich nach ihr ausgeschaut – im Gesicht jeder Frau, der ich begegnete, überall, wohin ich kam. Ich hoffte immer noch, daß sie vielleicht nicht tot sei, daß ich sie irgendeinmal irgendwo finden würde.« Eine lange Pause folgte. Amber war ein wenig erstaunt über das, was er gesagt hatte, und dann hörte sie, wie seine Stimme sich näherte und wie seine Hausschuhe näher kamen. »Aber jetzt habe ich aufgehört zu suchen – ich weiß, daß sie tot ist.«

Amber warf ihren Schlafrock ab und schlüpfte schnell ins Bett; abermals bemächtigte sich ihrer die Furcht, die jetzt jede Nacht nach ihr griff. »So haben Sie einmal geliebt«, sagte sie und war wütend bei dem Gedanken, daß er, der sie verabscheute, einmal imstande gewesen war, eine andere Frau zärtlich und großherzig zu lieben.

Sie spürte, wie die Matratze nachgab, als er sich jetzt auf das Bett setzte. »Ja, ich habe einmal geliebt. Aber nur ein einziges Mal. Ich erinnere mich an sie mit dem ganzen Idealismus eines jungen Mannes – und so liebe ich sie noch heute. Aber jetzt bin ich alt und weiß zu viel von den Frauen, um etwas anderes für sie zu empfinden als Verachtung.« Er faltete seinen Schlafrock über dem Fußende des Bettes und legte sich neben sie.

Minutenlang wartete Amber furchtsam, ihre Muskeln versteiften sich, und ihre Zähne hatte sie fest aufeinandergebissen. Sie konnte die Augen nicht schließen. Nacht für Nacht wurde sie von dieser Qual des Wartens gemartert – ohne zu wissen, worauf. Doch er streckte sich auf den Rükken, blieb auf einer Seite des Bettes und berührte sie nicht; schließlich hörte sie, wie sein Atem ruhig und regelmäßig ging. Das brachte ihr eine Entspannung, und die Müdigkeit übermannte sie. Doch die leiseste Regung scheuchte sie wieder auf, und sie war abermals völlig wach. Selbst wenn er sie in Ruhe ließ, konnte sie nicht schlafen.

*

Jennys Verwandte kamen, und einige Tage lang waren sie höchst interessierte Beobachter von Ambers Kleidern und Schmuck und Manieren. Keiner von ihnen billigte sie, aber alle fanden sie ungewöhnlich, und während die Frauen mit hochgezogenen Brauen und gespitzten Lippen von ihr sprachen, stießen die Männer sich mit den Ellbogen an und winkten einander zu wie Verschwörer. Amber wußte, was sie alle miteinander dachten, aber es war ihr gleichgültig; wenn die andern sie unfein fanden, so fand sie ihrerseits die andern fad und altmodisch. Doch als sie fort waren, und Langeweile und Stille sich wieder über das Haus senkten, war sie ungeduldiger als je.

Sie hatte Philipp in einen derartigen Zustand verliebter Hörigkeit gebracht, daß es ihm immer schwerer wurde, sich zu beherrschen. »Was sollen wir tun?« fragte er ständig. »Ich kann das nicht aushalten. Manchmal glaube ich, daß ich den Verstand verliere.«

Amber war dann sanft und vernünftig und strich ihm das lichtbraune Haar aus der Stirn – denn er trug nie eine Perücke. »Wir können gar nichts tun, Philipp. Er ist dein Vater.«

»Was liegt mir daran, daß er mein Vater ist? Ich hasse ihn jetzt. Gestern abend traf ich ihn in der Galerie, als er zu ihnen ging. – Mein Gott, eine Minute lang hatte ich Lust, ihn bei der Kehle zu packen und – oh, was sage ich da!« Er seufzte schwer, und sein Knabengesicht war verstört und jammervoll. Er verdankte Amber wohl manche Freuden, aber auch sein großes Unglück, und seit sie nach Lime Park gekommen war, hatte er keinen wirklichen Frieden mehr gekannt.

»Du darfst nicht so sprechen, Philipp«, sagte sie ruhig. »Du darfst nicht einmal an solche Dinge denken, sonst könnte es eines Tages geschehen. Er hat ein gesetzliches Recht, mit mir zu tun, was er will.«

»O Gott! Niemals hätte ich geglaubt, daß solch ein Elend über mich kommen könnte. Ich weiß gar nicht, wie es geschehen ist.«

Nur wenige Tage später kam Amber allein von ihrem Morgenritt nach Hause – Philipp war einen andern Weg geritten, damit man sie nicht zusammen sah – und fand Radclyffe in ihrem Schlafzimmer am Schreibtisch sitzend. »Madame«, sagte er über seine Schulter zu ihr, »ich muß für kurze Zeit nach London. Ich fahre heute nachmittag gleich nach dem Essen.«

Rasch erhellte ein Lächeln Ambers Gesicht, und obzwar sie nicht ernstlich glaubte, daß er sie mitnehmen wollte, versuchte sie doch einen Bluff. »Wunderbar! Nan soll gleich meine Sachen packen.«

Sie wollte das Zimmer verlassen, aber seine nächsten Worte hielten sie auf. »Bemühen Sie sich nicht, ich fahre allein.«

»Allein? Aber warum? Wenn Sie fahren, kann ich doch auch fahren!«

»Ich fahre nur für wenige Tage. Es ist eine Sache von höchster Wichtigkeit, und ich lege keinen Wert darauf, durch Ihre Gesellschaft gestört zu werden.«

Sie war tief entrüstet und stürzte an den Tisch. »Sie sind der unvernünftigste Mensch auf Erden! Ich mag nicht allein hierbleiben, hören Sie! Ich mag nicht!« Sie schlug mit dem Griff der Reitpeitsche auf die Tischplatte.

Er stand langsam auf, verbeugte sich vor ihr – sie sah, wie die Muskeln um seinen Mund sich verzogen und welche Mühe er hatte, sich zu beherrschen – und ging aus dem Zimmer. Amber schlug noch immer mit dem Griff auf den Tisch und schrie ihm nach: »Ich will nicht bleiben! Ich will nicht, ich will nicht, ich will nicht!« Als die Tür sich hinter ihm geschlossen hatte, warf sie die Reitpeitsche durch das Fenster und lief in das Nebenzimmer, wo Nan mit Susannas Kindermädchen schwatzte. »Nan! Pack meine Sachen! Ich fahre nach London. Dieser Bastard!«

Susanna eilte zu ihrer Mutter, stampfte mit dem Fuß auf und wiederholte, die Locken schüttelnd: »Dieser Bastard!«

Als zum Mittagessen gerufen wurde, ging Amber nicht hinunter. Sie war mit den Vorbereitungen zur Reise beschäftigt und überdies so aufgeregt und wütend, daß sie keinen Hunger hatte. Und als Radclyffe noch einmal hinaufschickte und ihr gebot, zum Essen zu kommen, weigerte sie sich, sperrte die Tür zu ihren Zimmern ab und warf den Schlüssel beiseite.

»Er hat mir schon zu oft gesagt, was ich tun kann und was ich nicht tun kann», tobte sie, »ich will verdammt sein, wenn ich mich von diesem stinkenden alten Lumpen an der Nase führen lasse wie ein Bär.«

Doch als sie sich umgezogen hatte und reisefertig war, entdeckte sie, daß die Türen, die zur Galerie führten, von außen versperrt waren und ihr eigener Schlüssel nicht zu finden war. Einen andern Ausgang gab es nicht, denn die Zimmer gingen ineinander, und so sehr sie auch hämmerte und pochte, sie erhielt keine Antwort. Endlich eilte sie in einem Wutanfall in ihr Schlafzimmer zurück und zerbrach und zerriß alles, was ihr in die Finger kam. Nan lief, die Hände über dem Kopf zusammengeschlagen, davon, und als Amber nach einiger Zeit erschöpft innehielt, war das Zimmer ein Trümmerhaufen.

Nach einer Weile öffnete jemand die Tür zur Vorhalle, schob ein Tablett mit dem Essen herein, klopfte, um Ambers Aufmerksamkeit zu erwecken, und lief dann wieder davon. Der Earl hatte seinen Dienstleuten offenbar gesagt, seine Frau habe wieder einen Anfall. Eines der Mädchen brachte das Tablett und stellte es neben das Bett, auf dem Amber lag. Amber packte das kalte Huhn und warf es ans andere Ende des Zimmers, dann schob sie Tablett und Schüsseln so heftig von sich, daß sie auf den Boden fielen.

Drei Stunden später wagte Nan sich wieder in das Zimmer. Amber setzte sich mit gekreuzten Beinen auf dem Bett auf, um mit ihr zu reden. Sie war entschlossen, dennoch nach London zu fahren, und wenn sie aus dem Fenster klettern müßte, aber Nan versuchte, sie davon zu überzeugen, daß Seine Lordschaft, auf so offenbaren Ungehorsam hin, eine Klage einbringen, die Trennung erreichen und sich in den Besitz ihres Vermögens setzen könnte.

»Denken Sie daran«, warnte Nan, »Seine Majestät mag Sie wohl gern haben, aber Seine Majestät hat alle hübschen Damen gern. Und Sie kennen seine Art – er mischt sich nicht ein, wenn er dadurch Unannehmlichkeiten haben könnte. Sie täten besser hierzubleiben, Mam.«

Amber hatte die Schuhe ausgezogen, ihr Haar gelöst und saß jetzt, die

Ellbogen auf die Knie gestützt, finster da. Sie war unterdessen hungrig geworden, denn sie hatte seit sieben Uhr früh nichts als ein Glas Fruchtsaft zu sich genommen, und es war jetzt halb fünf. Ihr Blick fiel auf das gebratene Huhn, das jemand aufgehoben, abgewischt und wieder auf das Tablett gelegt hatte.

»Aber was soll ich tun? Den Rest meines Lebens hier draußen auf dem Lande versauern? Das tue ich nicht, sage ich dir!«

Plötzlich hörten sie ein gedämpftes Pochen und durchdringende Schreie einer Frauenstimme. Sie sahen einander an und horchten. Es war Jenny, die an der Außentür hämmerte – und mit einem Satz war Amber aus dem Bett und lief durch die Zimmer zur Tür.

»Mylady!« schrie Jenny, und in ihrer Stimme war ein Schluchzen, »Mylady! Mylady!«

»Ich bin hier, Jenny, was ist denn geschehen?«

»Philipp ist krank. Es geht ihm sehr schlecht! Ich fürchte, daß er stirbt. Oh, Mylady, Sie müssen kommen!«

Ein kalter Schauer überlief Amber, Philipp krank – sterbend? Noch heute morgen vor dem Ritt waren sie miteinander im Sommerhaus gewesen, und er hatte sich ganz gesund gefühlt.

»Was ist mit ihm? Ich kann nicht hinaus, Jenny. Ich bin hier eingesperrt. Wo ist der Earl?«

»Er ist fort! Vor drei Stunden ist er weggefahren. Oh, Amber, Sie müssen herauskommen! Er ruft nach Ihnen!« Jenny schluchzte laut.

Amber sah sich hilflos um. »Ich kann nicht hinaus! Ach, verdammt! Rufen Sie einen Diener! Er muß die Tür aufbrechen!«

Nan war jetzt neben ihr, und als sie Jenny den Gang hinunterlaufen hörten, griffen die beiden Frauen nach dem Feuerhaken und begannen, auf das Schloß einzuhämmern. Nach ein oder zwei Minuten war Jenny zurück.

»Sie sagen, Seine Lordschaft habe den Befehl gegeben, Sie nicht herauszulassen, was auch geschehen möge.«

»Wo ist der Diener?«

»Er ist da – aber er sagt, er wage nicht, die Tür zu öffnen.«

»Mach die Tür auf, du Lump!« schrie Amber. »Mach sie auf, oder ich zünde das Haus an!« Wütend schlug sie mit der Feuerzange auf die Tür ein.

Es gab ein längeres Zögern, dann aber begann der Mann von außen her auf die Tür einzuhämmern, während Amber schweißnaß wartete. Nan brachte ihr ihre Schuhe. Endlich gab das Schloß nach, Amber stürzte hinaus, schlang ihren Arm um Jenny und eilte mit ihr nach dem entgegengesetzten Ende der Galerie, wo Philipps Zimmer waren.

Philipp lag angekleidet auf dem Bett, eine weiße Decke über sich; sein Kopf preßte sich in die Kissen, und sein Gesicht war fast bis zur Unkenntlichkeit verzerrt. Er wand und wälzte sich hin und her, die Hände auf dem Magen und die Zähne so fest zusammengebissen, daß die Adern an seinem Hals zu platzen drohten.

Amber zauderte nur einen Augenblick an der Schwelle, dann lief sie ans Bett. »Philipp. Philipp! Was ist mit Ihnen? Was ist geschehen?«

Er sah sie eine Sekunde lang an, ohne sie zu erkennen. Dann griff er nach ihrer Hand und zog sie näher zu sich. »Ich bin vergiftet worden.« Seine Stimme war nur ein rauhes Flüstern. Amber keuchte vor Entsetzen, wollte zurückweichen, aber er hielt ihr Gelenk so fest, daß sie meinte, es müßte unter seinem Griff zerbrechen. »Haben Sie heute irgend etwas gegessen?«

Mit einemmal erfaßte sie, was geschehen war. Der Earl wußte alles und hatte versucht, sie beide zu vergiften. Das Essen, daß man ihr hinaufgebracht hatte, war vergiftet gewesen. Sie fühlte sich ganz elend, und es schwindelte ihr vor Angst um sich selbst.

Vielleicht schon im Fruchtsaft – vielleicht bin ich auch vergiftet!

»Heute morgen habe ich ein wenig Fruchtsaft getrunken«, sagte sie leise, und ihre Augen waren ganz gläsern.

Philipps Körper bäumte sich in Krämpfen; er warf sich heftig von einer Seite auf die andere, wie um den Qualen zu entgehen. Wütende Schmerzen verzerrten sein Gesicht, und es dauerte eine Weile, bevor er wieder sprechen konnte. Und dann kam jedes Wort mühsam und wie ein Stöhnen aus seinem Mund.

»Nein, ich habe es wohl beim Mittagessen bekommen – die Schmerzen haben vor einer halben Stunde begonnen. Das Sommerhaus – die Steinmaske an der Wand – ein Auge ist hohl – man kann durchsehen.«

Mehr konnte er nicht sagen, denn Jenny war jetzt dazugetreten, doch Amber verstand, was er meinte. Radclyffe konnte heute früh dort gewesen sein – konnte sie beobachtet haben. Widerwillen und ohnmächtige Wut stiegen in ihr auf. Doch auch eine Erleichterung – denn sie war nicht vergiftet, sie würde nicht sterben.

Jenny half Philipp jetzt aufsitzen und hielt ihm eine Schale mit warmer Milch an den Mund. Nachdem er ein paar Schluck getrunken hatte, sank er stöhnend wieder zurück. Amber wandte sich ab und bedeckte ihr Gesicht mit den Händen.

Plötzlich raffte sie ihre Röcke und lief so schnell sie nur konnte aus dem Zimmer hinaus, die Galerie entlang, die Treppe hinunter und auf die Terrasse. Sie floh über die Stufen in den Garten und hielt erst ein, als ein stechender Schmerz in der Seite und ihre ausgetrocknete Kehle sie dazu zwangen. Dann blieb sie stehen, eine Hand an der Brust, die andere an die Seite gepreßt, und rang um Atem. Doch nach und nach fühlte sie sich erleichtert, und endlich wandte sie sich um und sah nach dem Schlafzimmer zurück. Und dann warf sie sich mit einem tierischen Wimmern auf den Boden, vergrub ihr Gesicht im Gras, schloß die Augen und preßte die Hände an ihre Ohren. Aber trotzdem konnte sie Philipps Gesicht in seiner Todesqual sehen, konnte den verzweifelten, rauhen Ton seiner Stimme hören.

Noch am selben Abend, als die Dämmerung nach einem leuchtenden Sonnenuntergang hereinbrach, wurde Philipp begraben. Der Kaplan der Familie, der ihn getauft hatte, reichte ihm auch die Sterbesakramente und las die Messe in der kleinen katholischen Kapelle, wo Jenny und Amber und die zahlreichen Dienstleute Radclyffes schweigend knieten. Fast bei jedem plötzlichen Tod wurde Gift vermutet, und da man allgemein glaubte, daß Gift den Körper sehr rasch zersetze, wagte man nicht, auf irgendwelche Formalitäten zu warten. Philipp hatte andauernd gebeten, niemanden wissen zu lassen, was die Ursache seines Todes sei. Seinem Willen entsprechend wurde erzählt, er habe sich beim Reinigen eines Gewehres angeschossen.

Amber war so hungrig, daß ihr der Magen schmerzte, aber sie weigerte sich, irgend etwas zu essen oder zu trinken. Sie hatte Angst, Radclyffe könnte einen seiner Diener beauftragt haben, sie zu töten, wenn sein Vorhaben gescheitert sein sollte. Denn daran konnte kein Zweifel sein – er hatte beabsichtigt, sei beide zu töten. Sie gab einem Hund ein Stückchen von dem Brathuhn, und er verendete rasch und unter furchtbaren Schmerzen.

Weder Amber noch Jenny wollten in dieser Nacht allein bleiben, und Jenny hatte Krämpfe, die sie für die Wehen einer vorzeitigen Geburt hielt. Sie verbrachten die Nacht zusammen in einem selten benützten Gastzimmer des Nordostflügels, von dem man über den Hof sah, denn es widerstrebte ihnen beiden, in ihre eigenen Schlafzimmer zurückzukehren. Amber war entschlossen, ihr Schlafzimmer, solange sie lebte, nicht mehr zu betreten. Gegen zehn Uhr hatten Jennys Schmerzen sich beruhigt, und sie ging zu Bett. Amber dagegen blieb auf, nervös und unruhig, fürchtete sich vor jedem Schatten, schrak bei jedem unerwarteten Geräusch zusammen. Sie hatte das Gefühl, als ob scheußliche, unsichtbare Dinge sie von allen Seiten umgäben, immer enger umschlössen, bis sie kaum mehr atmen konnte, und einmal schrie sie laut vor Entsetzen. Sie zündete alle Kerzen an, die sie nur finden konnte, und weigerte sich, ihre Kleider abzulegen.

Endlich stand Jenny auf und legte die Arme um sie. »Amber, liebste, Sie müssen versuchen zu schlafen.«

Amber schüttelte sie ab. »Ich kann nicht, ich kann nicht.« Sie fuhr sich mit den Fingern durch das Haar. »Und wenn er wiederkäme! Er wollte mich töten. Wenn er mich noch am Leben findet – oh, was ist das?«

»Nichts, nur ein Tier draußen. Er kommt nicht wieder. Er wird es nicht wagen. Er wird nie wiederkommen. Sie sind hier sicher.«

»Ich bleibe nicht. Morgen früh reise ich. Sobald es Tag wird.«

»Wohin? Wohin wollen Sie reisen? Oh, bitte, Amber, gehen Sie nicht fort! Lassen Sie mich nicht allein!«

»Deine Mutter wird kommen. Ich kann nicht hierbleiben, Jenny. Ich werde wahnsinnig. Ich muß fort – versuch nicht, mich zurückzuhalten!«

Sie konnte und wollte Jenny nicht sagen, wohin sie ging, aber sie wußte es sehr wohl. Denn nun bot sich die Gelegenheit, und all die Pläne, über denen sie in den letzten Wochen gebrütet hatte, formten sich zu einem Entschluß. Sie hatte geplant, Philipp zu benützen, aber nun war er tot, und sie erkannte, daß sie es besser ohne ihn zu tun vermochte. Es schien so einfach zu sein, daß sie sich fragte, warum sie eigentlich all diese Monate von Haß und Erniedrigung ertragen hatte – ohne zu erkennen, daß es der Zeit und der Umstände bedurfte, um sie bis zu diesem Grad der Verzweiflung zu bringen.

Mit John Waterman und zwei oder drei andern Dienern wollte sie nach London. Vielleicht konnten sie ihm unterwegs auflauern, wenn aber nicht, dann mußte es ihr gelingen, ihm einmal in London in einer dunklen Nacht zu begegnen. Es war nichts Unmögliches, das wußte sie, einen Edelmann übel zugerichtet oder sogar tot aufzufinden, denn jedermann hatte seine Feinde, und die Rache war grausam und entschlossen. Eine aufgeschlitzte Nase, ein kräftiger Schlag, einen Degen durch den Leib waren durchweg beliebte Mittel, um sich für eine wirkliche oder auch nur eingebildete Kränkung zu rächen. Sie hatte vor, Radclyffe an seinen Wunden sterben zu lassen, denn jetzt ging es um sein Leben oder ihres.

Da es leichter und sicherer war, in Männerkleidung zu reisen, beabsichtigte sie, am nächsten Morgen einen von des Earls Anzügen zu nehmen, die ihr nicht viel zu groß waren, dazu seinen Hut und Reitermantel. John und vier kräftige Diener sollten sie begleiten, doch nur John wußte, was sie vorhatte. Jenny weinte und flehte sie immer wieder an, ihren Sinn zu ändern, aber als Amber nichts davon hören wollte, half sie ihr noch und riet ihr dringend, nur ja recht vorsichtig zu sein.

»Eines kann ich nicht verstehen«, sagte Jenny, während sie Amber zusah, die ein Paar von den Reitstiefeln seiner Lordschaft anzog, »ich weiß nicht, warum er mich geschont hat – wenn er Sie und Philipp töten wollte, warum hat er mich am Leben gelassen?«

Amber warf ihr einen raschen Blick zu, dann aber schoß ihr das Blut in die Wangen, und sie senkte den Kopf. Arme, unschuldige kleine Jenny! Sie wußte noch immer nichts; und es konnte ihr gewiß auch nicht guttun, jetzt etwas zu erfahren. Zum ersten Mal, seit sie ihre Beziehung zu Philipp angeknüpft hatte, empfand sie eine Art Scham. Doch das dauerte nicht lange. Bald saß sie zu Pferd, winkte Nan zu und versprach Jenny, vorsichtig zu sein.

Der Sommer war noch heißer gewesen als der letzte; wochenlang hatte es nicht geregnet, und die Straßen waren hart. Da Amber in den letzten viereinhalb Monaten fast täglich geritten war, kamen sie rasch vorwärts. Beim ersten Dorf machten sie halt, weil sie völlig ausgehungert war, dann aber ritten sie sogleich weiter. Gegen fünf Uhr abends hatten sie fünfundvierzig Meilen zurückgelegt.

Müde und staubig und schweißtriefend langten sie bei einem gutgehaltenen kleinen Gasthof an. Amber trat breitbeinig mit den andern

Männern ein. Sie genoß dieses Abenteuer um so mehr, als sie sich bewußt war, daß sie nur durch einen glücklichen Zufall nicht tot im Lime Park lag, sondern hier die Beine ans Feuer strecken konnte, einen alten Hund streichelte und behaglich den würzigen Duft des Bratens einziehen konnte, der sich über dem Feuer drehte. Sie fühlte eine angenehme Müdigkeit, und ihre Muskeln schmerzten von der ungewohnten Anstrengung, im Männersitz zu reiten. Nichts hatte ihr je so gut geschmeckt wie das goldene Bier, das sie aus einem Zinnkrug schlürfte.

In dieser Nacht schlief sie tief und länger, als sie beabsichtigt hatte, aber um sechs Uhr waren sie wieder auf. Um zwölf Uhr erreichten sie Oxford, wo sie zu Mittag aßen. Die Wirtin setzte zwei riesige Humpen auf den Tisch, und während sie tranken, brachte sie Zinnteller, Messer und Löffel. Als der Braten fertig war, schnitt sie ihn vor, und nach altem Brauch luden die Männer sie ein, mit ihnen zu essen.

»Die Herren gehen vermutlich nach London, um den Brand zu sehen?« fragte sie höflich im Gespräch.

Die Köpfe wandten sich ihr zu, die Hände blieben auf halbem Weg zum Mund stehen. »Den Brand?«

»Sie haben noch nicht davon gehört? Oh, es soll ein sehr großer Brand in London wüten, sagt man.« Sie fühlte sich ungemein wichtig, weil sie solche Neuigkeiten zu berichten hatte. In der letzten Zeit waren Stoppelbrände und die Hitze die einzigen Gesprächsthemen gewesen. »Noch kaum vor einer Stunde war ein Herr hier, der von London kam. Er sagt, es werde von Stunde zu Stunde schlimmer. Sieht aus, als ob die ganze Stadt ergriffen werden könnte«, fügte sie hinzu.

»Sie meinen, daß es in London einen großen Brand gibt?« wiederholte Amber ungläubig, »nicht bloß ein paar Häuser?«

»O mein Gott, nein! Ganz bestimmt ein sehr großes Feuer. Er sagt, es habe schon den ganzen Fluß entlang gebrannt, als er London verließ. Und das war gestern nachmittag.«

»Großer Gott!« flüsterte Amber. Sie sah in einer Vision, wie ihr ganzes Geld verbrannte, ihre Kleider und alles, was ihr gehörte. London in Flammen! »Wann hat es begonnen? Und wie?«

»Sonntag morgens, sehr früh«, sagte sie. »Lange vor Sonnenaufgang. Man meint, es sei ein papistisches Komplott.«

»Und jetzt ist Montag mittag! Es brennt fast zwei Tage!« Sie wandte sich zu John Waterman. »Wie weit ist es noch? Wir müssen fort!«

»Es sind siebzig Meilen oder mehr. Wir können es nicht schaffen, und wenn wir die ganze Nacht reiten. Besser bis zum Abend reiten, und dann morgen früh weiter.«

Wenige Minuten später hatten sie ihr Mahl beendet und saßen auf. Die Wirtin folgte ihnen und wies nach dem Himmel. »Sehen Sie nur die Sonne! Wie rot sie ist!« Sie beschatteten die Augen mit der Hand und blickten aufwärts, und die andern Menschen auf der Straße taten dasselbe. Die Sonne hatte einen düstern Glanz, und ihre Färbung war dunkelrot und unheilverkündend.

»Vorwärts!« rief Amber, und sie galoppierten die Straße hinunter.

Amber hätte am liebsten abends keinen Halt mehr gemacht, denn sie fürchtete nicht nur um ihr Geld, sondern auch, daß der Earl in der Verwirrung verschwunden sein könnte. Aber es wäre unmöglich gewesen, die Stadt noch zu erreichen, denn das Reisen bei Nacht war viel langsamer und gefährlicher als bei Tag. Nach dem Abendessen ging sie sogleich in ihr Zimmer, und ohne mehr als Stiefel, Hut und Wams abzulegen, warf sie sich auf das Bett und schlief fest. Vor Morgengrauen klopfte die Wirtin an die Tür, und um fünf Uhr waren sie wieder auf der Straße.

Bei jedem Dorf erkundigten sie sich nach dem Stand des Feuers und erhielten überall die gleichen Auskünfte: das Feuer habe die ganze Stadt erfaßt, die Brücke brenne, Häuser, Kirchen, nichts bleibe verschont. Und je näher sie der Stadt kamen, desto mehr Menschen sahen sie auf den Straßen, und alles strömte in dieselbe Richtung. Bauern und Arbeiter legten ihre Geräte nieder und verließen die Felder, um mit Karren aller Art nach der Stadt zu fahren; jedes Gefährt wurde zu hohem Preis vermietet, und Wagen und Pferd wurden für eine Fahrt von wenigen Stunden mit vierzig oder fünfzig Pfund bezahlt – so viel, wie ein Bauer im ganzen Jahr verdienen konnte.

Als sie fünfzehn Meilen zurückgelegt hatten, konnten sie bereits den Rauch sehen, eine riesige, bewegliche Decke, die in der Ferne hing, und bald trieben ihnen verkohlte Reste von Papier und Stoff und Mörtel entgegen. Sie galoppierten immer weiter und machten nicht einmal mehr eine Rast, um zu essen. Der Tag war windig, und je mehr sie sich London näherten, desto stärker blies es und peitschte ihre Mäntel. Amber verlor ihren Hut. Als der Nachmittag zur Neige ging, wurden die Flammen deutlicher sichtbar, stiegen in breiten Streifen auf, warfen einen drohenden, roten Schein über das ganze Land.

Es war beinahe Nacht, als sie die Stadt erreichten, denn die letzten zehn Meilen mußten sie über eine Straße reiten, die derart verstopft war, daß sie kaum im Schritt vorwärtskamen. Von weitem konnten sie das Feuer prasseln hören, wie tausend eiserne Wagenräder, die über Katzenköpfe rumpeln. Widerhallend rollte der Donner, wenn Gebäude zusammenbrachen. Von den Kirchen, die noch in der Stadt und außerhalb der Stadt standen, dröhnten drängend die Glocken – riefen ihren wilden Hilfeschrei, der noch nicht verstummt war, seit man zweieinhalb Tage vorher das Feuer entdeckt hatte. Als es dunkelte, erglühte der Himmel rot wie die Platte eines brennenden Ofens.

Gerade außerhalb der Mauern, auf dem offenen Gelände von Moor Fields drängten sich Männer, Frauen und Kinder, und es strömten immer neue Menschenmengen dazu, von denen die Erstangekommenen in der Mitte der Felder zusammengepreßt wurden. Manche hatten bereits mit Hilfe von Bettüchern und Tischtüchern Zelte aufgerichtet. Frauen nährten ihre Kinder, andere versuchten mit dem, was sie im letzten schrecklichen Augenblick vor den Flammen gerettet hatten, ein Mahl zu bereiten. Wieder andere saßen nur da und starrten und konnten es nicht fassen. Manche standen mit blöde aufgerissenen Augen, die Hitze sengte ihr Gesicht, aber im blendenden Schein des Feuers war es unmöglich, mehr zu erkennen als die schwarzen Umrisse der brennenden Häuser.

Zunächst hatte keiner geglaubt, daß der Brand weiter um sich greifen würde als die Dutzende von Bränden, die Jahr für Jahr in London ausbrachen. Er hatte Sonntag morgens in der Pudding Lane begonnen, einer engen Gasse nahe dem Themseufer, und nährte sich stundenlang von den Vorräten an Hanf und Teer und Kohle, die am Fluß aufgestapelt lagen. Als der Lord Mayor in den Morgenstunden zur Brandstätte kam, sagte er verächtlich, das könne ja eine Frau auspissen; aus Angst, sich unbeliebt zu machen, weigerte er sich, Häuser abreißen zu lassen. Doch das Feuer fraß weiter, furchtbar und rücksichtslos, und zerstörte, was auf seinem Weg lag. Als die London-Bridge ergriffen wurde, bedeutete das, daß die City verloren war, denn die zusammenbrechenden Häuser versperrten diesen Ausweg. Brennende Balken, die ins Wasser fielen, zerstörten die Wasserhebemaschinen, und damit war das einzige wirksame Mittel zur Bekämpfung eines großen Brandes vernichtet. Von da an mußte man mit Eimern arbeiten, die von Hand zu Hand gingen, mit Pumpen, mit eisernen Haken, um die brennenden Mauern niederzureißen, und mit kleinen Handspritzen.

Trotzdem ging das Volk am Sonntag ruhig zur Kirche wie gewöhnlich, obgleich manche Leute auf die Straßen hinausliefen, weil ein Mann durch die Stadt galoppierte und schrie: »Zu den Waffen! Zu den Waffen! Die Franzosen sind gelandet!«

Doch diese Ruhe verschwand, als das Feuer auf die City übergriff, ständig weiterkroch, manchmal mit einem Satz Raum gewann, gejagt und genährt von dem heftigen Ostwind. Mit seinem Vordringen trieb es die Menschen vor sich her. Manche weigerten sich, irgendwelche Vorbereitungen zum Verlassen der Häuser zu treffen, bis die Flammen an den Mauern züngelten, dann aber packten sie, was ihnen gerade in die Hände kam, und liefen – oft waren es wertlose Dinge, die sie mit sich nahmen, während sie die wichtigsten liegen ließen. Hilflos, verstört irrten sie durch die engen Gäßchen. Zuerst machten sie bei der Cannon Street halt, die auf dem Hügel oberhalb der Themse entlanglief, doch das Feuer folgte ihnen, und nachmittags mußten sie weiter ziehen.

Den König benachrichtigte man nicht vor elf Uhr. Er und York kamen sofort, und auf seinen Befehl begannen die Männer, Häuser einzureißen. Es war wohl zu spät, um auf diese Art die City zu retten, aber es war alles, was man tun konnte. Beide Brüder arbeiteten hart und gönnten sich keine Zeit zum Ausruhen oder zum Essen. Sie halfen an den Pumpen, sie reichten die Eimer weiter, sie gingen von Ort zu Ort und taten alles, was Ermutigung und Mitleid tun konnten. Mehr als irgend etwas anderes war es ihr eigener Mut, ihre Energie und der unermüdliche Eifer, wodurch allzu große Paniken und Aufstände vermieden wurden.

Nichtsdestoweniger wurden die Straßen für Fremde unsicher, die man offenbar für Holländer oder Franzosen hielt. In der Fenchurch Street schlug ein Hufschmied einen Franzosen mit einer schweren Eisenstange nieder und zerschmetterte ihm Nase und Backenknochen. Eine Frau, von der man glaubte, sie trage Brandkugeln in ihrer Schürze, wurde angefallen und übel zugerichtet, bevor man entdeckte, daß die Brandkugeln harmlose Hühner waren. Ein anderer Franzose, der Tennisbälle trug, wurde gepackt und geschlagen, bis er bewußtlos zusammenbrach. Man scherte sich wenig darum, ob sie schuldig waren, die wachsende Erregung verlangte nach einem Grund für dieses furchtbare Unglück, und man fand ihn bei drei Dingen, die der Engländer am meisten fürchtet und haßt: den Franzosen, den Holländern und den Katholiken. Die einen oder alle drei mußten verantwortlich sein – und man war entschlossen, den Schuldigen nicht mit dem Unschuldigen entkommen zu lassen. König Karl ließ viele Fremde zu ihrer eigenen Sicherheit in Haft setzen, und andern öffnete der spanische Botschafter sein Haus.

Die Themse wimmelte von Barken und Booten aller Art, die hin und her fuhren und Menschen und ihre Güter nach Southwark in Sicherheit brachten. Funken oder brennendes Holz fiel zischend ins Wasser oder entzündete Kleider und Tücher. Manchmal kenterte ein Boot, und eine ganze Familie wurde ins Wasser geschleudert – der Fluß war so überfüllt, daß es nicht anders war, als käme man unter Eis und versuchte, eine Öffnung zu finden.

*

Endlich mußten Amber und die fünf Männer ihre Pferde im Stich lassen und ihren Weg zu Fuß fortsetzen.

Sie waren beinahe dreizehn Stunden geritten, und Amber fühlte sich wund und steif; es war ihr, als könnte sie ihre Knie nie wieder zusammenbringen. Ihr Kopf schwindelte vor Müdigkeit. Sie hatte nur einen Wunsch – sich niederzulegen, wo sie gerade war, und liegenzubleiben, aber sie zwang sich, weiterzugehen. Vorwärts, vorwärts, gebot sie sich selbst immer wieder. Noch einen Schritt! Weiter! Du mußt hinkommen! Sie fürchtete, daß sie ihn verfehlt haben könnte – daß er fort war oder das Haus brannte, und trotz der peinigenden Müdigkeit strebte sie vorwärts.

Sie schrie im Vorübergehen Leute an, um zu erfahren, ob Cheapside schon vom Feuer erfaßt sei. Die meisten drängten weiter, kümmerten sich nicht um sie oder hörten sie nicht einmal, aber endlich bekam sie doch eine Antwort.

»Seit heute morgen.«

»Ganz Cheapside?« Er war schon weitergegangen, und sie hielt andere bei den Ärmeln fest. »Brennt ganz Cheapside?«

»Ja, Bursche! Bis auf den Grund niedergebrannt.«

Die Antwort brachte sie fast zur Verzweiflung, aber es war doch nicht so schlimm, wie es unter andern Umständen gewesen wäre; denn die hysterische Energie, die in der drängenden Menge zu spüren war, hatte sich auch ihr mitgeteilt. Der Brand war so gigantisch, die Zerstörung so allgemein und furchtbar, daß die Lage seltsam unwirklich zu sein schien. Shadrac Newbolds Haus war ausgebrannt, aber sie konnte im Augenblick nicht voll erfassen, was das bedeutete und vor allem für sie bedeutete. Dafür war später Zeit.

Nur eines war wichtig – Radclyffe zu finden!

Außerhalb der Tore, in der Chiswell Street und der Barbican und Long Lane standen die Menschen noch in Erwartung und Ungewißheit. Sie hofften ebenso wie jene, die in der Watling Street, in Corn Hill und Cheapside gehofft hatten, daß das Feuer gerade vor ihnen haltmachen würde. Doch die Flammen hatten die Mauern fast schon durchbrochen, und der Wind war zu solcher Wucht angewachsen, daß kaum irgend etwas verschont bleiben konnte. Manche liefen unglücklich in ihre Häuser und wieder aus den Häusern, unfähig, irgendeinen Entschluß zu fassen. Andere aber räumten fort, was sie konnten, warfen Möbel und Bettzeug aus den Fenstern der obern Stockwerke hinunter und beluden Karren.

Amber hielt sich an John Waterman, als sie sich jetzt ihren Weg durch die Goswell Street bahnten, denn sie mußten gegen den Strom der Menge aufkommen, und der Druck war manchmal so unwiderstehlich, daß er sie allen Anstrengungen zum Trotz rückwärts zwang.

Da gab es Mütter, die, schwere Lasten auf dem Kopf, ein Kind an der Brust trugen und müde versuchten, die andern Kinder davor zu bewahren, daß sie verlorengingen oder im Gedränge zertreten wurden. Stämmige Träger schrien und fluchten roh und frech und machten sich rücksichtslos mit ihren Ellbogen Raum – denn einmal waren sie es, die befehlen konnten. Überall waren verängstigte Tiere. Eine furchtsam mekkernde Ziege suchte sich mit den Hörnern durchzukämpfen, Kühe wurden, mit Kindern auf dem Rücken, vorwärtsgetrieben. Da gab es zahllose Hunde und Katzen, Schweine mit einer Glocke um den Hals, kreischende Papageien in ihren Käfigen, Affen auf den Schultern ihres Herrn oder ihrer Herrin, ärgerlich schnatternd und da und dort nach der Perücke eines Mannes oder dem Halsband einer Frau langend. Männer trugen auf den Köpfen ein Federbett, auf dem eine Truhe gefährlich hin und her schwankte, die auch manchmal krachend zu Boden fiel. Andere hatten, was sie nur zusammenraffen konnten, in ein Tuch gebunden und über den Rücken geschlungen. Viele schwangere Frauen suchten verzweifelt ihre vorgewölbten Bäuche zu schützen, und manche von den jüngeren kreischten halbtoll vor Angst. Die Kranken wurden auf den Rücken von Söhnen, Gatten, Dienstboten getragen. Ein Karren, auf dem eine Frau lag, rollte vorüber, sie jammerte, und ihr Gesicht war von den Schmerzen der Wehen verzerrt; neben ihr kniete eine Hebamme und verrichtete ihre Arbeit unter den Decken, die die Frau in ihren Qualen wegzuschieben versuchte.

Die Gesichter waren bestürzt, teilnahmslos, verzweifelt. Von den Kindern lachten manche und spielten zwischen den Beinen der Großen. Viele von den alten Leuten waren völlig gleichgültig geworden. Aber alle hatten irgend etwas verloren – die Ersparnisse eines ganzen Lebens, die Arbeit von Generationen. Was das Feuer nahm, war für immer dahin.

Von John Watermans Arm beschützt, erfocht Amber sich ihren Weg. Sie war zu klein, um über die Köpfe hinüberzusehen, und sie fragte ihn immer wieder, ob die Aldersgate Street brenne; und er antwortete ihr immer wieder, es habe den Anschein, als hätten die Flammen sie noch nicht erreicht, seien aber schon sehr nahe.

Wenn ich nur bis dorthin gelange! Wenn ich nur bis dorthin gelange und ihn finde!

Kohlensplitter flogen ihr entgegen, und wenn sie sich die Augen rieb, entzündeten sie sich. Sie erstickte fast und hustete im Rauch, und die heiße Luft, die der Wind ihr in die Nüstern blies, machte jeden Atemzug schmerzhaft. Nur mit unsäglicher Anstrengung konnte sie sich beherrschen, um nicht vor unterdrückter Wut und Müdigkeit in Tränen auszubrechen. Sie wäre gefallen, hätte John sie nicht gehalten. Irgendwo verloren sie die übrigen Diener, die sich vielleicht zu den Dieben und Plünderern gesellt hatten, die in die Häuser eindrangen, bevor der Herr es noch verlassen hatte.

Endlich waren sie bei Radclyffes Haus.

Die Flammen waren schon in St. Martin le Grand und hatten fast die Bull und Mouth Street erreicht. Beladene Karren standen davor, und Diener – vielleicht auch Diebe – trugen Vasen und Bilder und Statuen und Möbel heraus. Sie drängte sich durch. Niemand versuchte, sie anzuhalten, oder schien zu wissen, daß sie es war. Bestimmt konnten sie sie mit ihrem verrußten Gesicht, das Haar in langen schmutzigen Locken, im zerrissenen, geschwärtzen Anzug nicht erkennen.

Das Treppenhaus war in größter Unordnung. Die breite Haupttreppe war voll von Menschen und Möbeln – einer trug einen kleinen italienischen Diwan, ein anderer machte ein Bündel aus goldgestickten Vorhängen, dieser hatte ein Gemälde von Botticelli auf dem Kopf, jener balancierte auf jeder Schulter einen samtbespannten spanischen Stuhl. Amber trat an den livrierten Diener heran, der einen riesigen geschnitzten Schrank tragen half.

»Wo ist dein Herr?« Er beachtete sie nicht und wäre ohne Antwort weitergegangen, aber sie packte ihn rauh beim Arm und war so wütend, daß sie ihn auch geohrfeigt hätte. »Antworte mir, du Lump! Wo ist dein Herr?«

Er sah sie erstaunt an, als würde er sie nicht erkennen und hörte sie zum ersten Mal. Radclyffe hatte die Dienstleute offenbar stundenlang arbeiten lassen. Er wies mit dem Kopf die Treppe hinauf. »Oben, denke ich. In seinem Zimmer.«

Amber eilte zwischen Dienern und Möbeln die Stufen hinauf. John

Waterman hart an ihren Fersen. Doch jetzt wurden ihre Beine schwach und zitterten. Ihr Herz begann zu pochen. Sie schluckte, aber ihre Kehle war trocken. Und trotzdem war ihre Erschöpfung plötzlich und wie durch ein Wunder verschwunden.

Sie eilten über die Galerie zu den Gemächern Seiner Lordschaft. Eben kamen zwei Männer heraus, die mächtige Stöße Bücher trugen, und als sie fort waren, befahl sie John, die Tür zuzusperren. »Komm nicht hinein, bevor ich rufe«, sagte sie leise, und dann ging sie schnell durch den Salon in das Schlafzimmer.

Es war fast leer – nur das Bett stand da, zu groß und zu sperrig, um hinausgetragen zu werden – und sie ging weiter auf das Laboratorium zu. Ihr Herz schien jetzt ihre ganze Brust zu erfüllen, und es hämmerte so, daß sie meinte, es müsse zerspringen. Dort stand er, stöberte hastig in den Laden eines Tisches, stopfte Papiere in seine Taschen. Zum ersten Mal waren seine Kleider in Unordnung – er mußte den ganzen Tag geritten sein, sonst wäre er nicht schon da gewesen –, doch selbst jetzt wirkte er seltsam elegant. Er hatte ihr den Rücken gedreht.

»Mylord!« Ambers Stimme klang wie das Dröhnen einer Glocke.

Er fuhr auf, drehte sich um, erkannte sie aber nicht und wandte sich wieder zu seiner Arbeit. »Was willst du? Mach, daß du weiterkommst, Bursche, ich habe zu tun. Trag irgendein Möbelstück zu den Karren!«

»Mylord«, wiederholte sie. »Sehen Sie noch einmal her. Sie werden erkennen, daß ich kein Bursche bin.«

Einen Augenblick lang blieb er reglos stehen, dann drehte er sich langsam und vorsichtig um. Es brannte nur eine einzige Kerze auf dem Tisch neben ihm, aber der Widerschein der Flamme erhellte das Zimmer. Draußen tobte das Feuer mit unablässigem Donnern; die beständigen Explosionen ließen die Fenster erzittern, und brennende Häuser stürzten zusammen.

»Sie sind es?« fragte er endlich sehr leise.

»Ja, ich bin es. Und lebendig – kein Gespenst, Mylord. Philipp ist tot, aber ich nicht.«

Das Erstaunen auf seinen Zügen wich schließlich einem unverkennbaren Entsetzen, und plötzlich war Amber von jeder Angst befreit. Sie fühlte sich stark und mächtig und von einem Ekel erfüllt, der alles auslöste, was in ihr an Wildheit und Grausamkeit schlummern mochte.

Mit keck gehobenem Kinn ging sie auf ihn zu, ganz langsam, und die Reitpeitsche klopfte nervös an ihr Bein. Er sah sie an, seine Augen waren starr, aber die Muskeln um seinen Mund zuckten leicht. »Mein Sohn ist tot«, wiederholte er leise, als würde er zum ersten Mal erfassen, was er getan hatte. »Er ist tot – und du lebst!« Er sah krank und zerschlagen und älter aus, als er war. Der Mord an seinem Sohn hatte den Zusammenbruch seines Lebens bewirkt.

»So hattest du uns am Ende doch entdeckt«, höhnte Amber, als sie jetzt vor ihm stand, eine Hand in die Hüfte gestützt, die Reitpeitsche in der andern.

Er lächelte, ein schwaches, rückschauendes Lächeln, kalt, verächtlich und seltsam sinnlich. Und langsam antwortete er. »Ja. Vor vielen Wochen schon. Ich habe euch beisammen gesehen – dort in dem Sommerhaus –, dreizehnmal im ganzen. Ich sah, was ihr tatet, und ich hörte, was ihr sagtet, und es war ein großer Genuß für mich, daran zu denken, wie ihr sterben solltet – eines Tages, wenn ihr es am wenigsten erwarten konntet.«

»Wirklich?« sagte Amber; ihre Stimme war hart und fest, und die Peitsche zuckte hin und her, schnell wie eine Schlange. »Aber ich bin nicht gestorben – und ich werde auch nicht sterben.«

Ihre Augen glänzten wild. Plötzlich hob sie die Peitsche und schlug ihn mit ihrer ganzen Kraft ins Gesicht. Er sprang rückwärts, eine Hand hob sich unwillkürlich, aber der erste Hieb hatte eine dünne Spur von der Schläfe bis zum Nasenrücken hinterlassen. Ihre Zähne waren fest zusammengebissen, und ihr Gesicht verzerrte sich in mörderischer Wut; immer wieder hieb sie auf ihn ein, in so blindem Zorn, daß sie ihn kaum noch sah. Da packte er den Kerzenhalter und warf ihn mit aller Wucht nach Amber. Sie sprang zur Seite und schrie laut auf.

Der Kerzenhalter traf ihre Schulter. Sie sah Radclyffes Gesicht ganz nahe, und seine Hand griff nach der Peitsche. Sie fingen an zu ringen, und gerade als Amber das Knie hob, um ihn in die Weiche zu treten, sauste John Watermans Knüttel auf seinen Schädel herab. Radclyffe begann zu taumeln. Amber entriß ihm die Peitsche wieder und schlug ihn ins Gesicht, ein übers andere Mal. Sie wußte kaum mehr deutlich, was sie tat.

»Töte ihn!« schrie sie. »Töte ihn!« Sie schrie es immer wieder. »Töte ihn! Töte ihn!«

Mit einer Hand riß John dem Earl die Perücke weg, und die andere schwang den Knüttel, der krachend auf den Kopf des Earl niederfiel. Radclyffe lag grotesk auf dem Boden gespreizt, der bloße Schädel blutüberströmt. Amber fühlte weder Mitleid noch Bedauern, sondern nichts als eine mächtige Aufwallung von befriedigtem Haß und gestillter Wut.

Mit einemmal gewahrte sie, daß die Vorhänge brannten, und einen furchtbaren Augenblick lang glaubte sie, das Haus stehe in Flammen und sie seien abgeschnitten. Dann sah sie aber, daß die Kerze, die er nach ihr geworfen hatte, neben das Fenster gefallen war; die Vorhänge hatten Feuer gefangen, und die Flammen leckten an der hölzernen Täfelung zur Decke hinauf.

»John!«

Er wandte sich um, sah die Flammen, und sie eilten aus dem Zimmer. An der Schwelle sahen sie sich noch einmal um, bevor John die Tür schloß und absperrte. Das letzte, was sie von Radclyffe sahen, war ein blutiger, alter Mann, der tot auf dem Boden lag, während die Flammen sich ihm schon näherten. John steckte den Schlüssel in die Tasche, und dann liefen sie durch die Galerie zur Hinterfront des Hauses. Doch Amber war noch keine zehn Schritte gelaufen, als sie plötzlich bewußtlos vornüber fiel. John nahm sie in seine Arme und lief weiter. Er hastete keuchend die schmale Hinterstiege hinunter, Amber kraftlos in seinen Armen, und halbwegs traf er zwei Männer, die an ihm vorüber wollten. Sie trugen keine Livree und mochten Diebe gewesen sein.

»Feuer!« schrie er ihnen zu. »Das Haus brennt!«

Sogleich wandten sie sich und eilten hinunter, und in dem engen, hallenden Treppenhaus dröhnten ihre Schritte laut. Einer stolperte und fiel beinahe, raffte sich aber wieder auf und lief in den Hof. John Waterman war knapp hinter ihnen, aber sie waren bereits verschwunden. Er blickte sich noch einmal um und sah, daß die Flammen aus dem Treppenfenster bereits einen Widerschein in den kleinen Teich im Hof warfen.

V. BUCH

Sechsundvierzigstes Kapitel

Als Amber Mitte Dezember, dreieinhalb Monate nach dem Brand, nach London zurückkehrte, fand sie fast die ganze ummauerte Innenstadt zerstört. Es war nichts als ein Haufen von Schutt, verbogenem Eisen, Ziegeln, Trümmern, geschmolzenem und nun erkaltetem Blei, und in vielen Kellern schwelte noch immer das Feuer. Nicht einmal die Regengüsse des Oktobers hatten es völlig zu löschen vermocht. Die meisten Straßen waren durch zusammengebrochene Häuser unwegbar gemacht, und andere mußten gesperrt werden, weil Schornsteine und Mauern einzustürzen drohten. London wirkte tot und vernichtet.

Jetzt, da das grausam prächtige Schauspiel des Brandes vorüber war, sah London unendlich trauriger und kläglicher aus. Düstere Prophezeiungen wollten wissen, daß es sich nie wieder erheben werde, und an jenem grauen, regnerischen Dezembertag schien das die einzige, unabwendbare Wahrheit zu sein. Von Pest und Krieg und Feuer heimgesucht, der Handel darniederliegend, mit der größten öffentlichen Schuld seiner Geschichte belastet, voll Unruhe und Elend – ja, die Tage von Englands Herrlichkeit seien vorüber, sagten die Leute allenthalben; seine alte Kraft war verbraucht, es war eine Nation, dazu verdammt, von der Erde zu verschwinden. Niemals war die Zukunft hoffnungsloser erschienen; niemals waren die Menschen pessimistischer und vergrämter gewesen.

Und doch, trotz allem, hatten der unbezähmbare Wille und die Hoffnung der Menschen bereits begonnen zu siegen. Eine ganze Pilzstadt von häßlichen kleinen Hütten und Baracken war aus dem Boden geschossen, und ganze Familien fanden darin, neben ihren alten Heimen, Unterkunft. Läden öffneten wieder ihre Türen, und auch einige neue Häuser wurden gebaut.

Und nicht die ganze Stadt war niedergebrannt.

Denn außerhalb der Mauern stand noch ein Stadtteil östlich vom Tower und nördlich von Moor Fields; im Westen war die alte Rechtsschule von Lincoln's Inn stehen geblieben, und weiter westlich Drury Lane und Covent Garden und St. James, wohin der Adel in immer wachsender Zahl übersiedelte. An der Biegung des Flusses war nichts vernichtet worden. Noch waren der Strand da und die großen alten Häuser mit den Gärten, die sich bis an die Themse erstreckten. Der elegante Teil von London war vom Feuer nicht berührt worden.

*

Amber und John hatten die Stadt unverzüglich verlassen, mieteten Pferde, da sie die ihren nicht mehr fanden, und ritten geradewegs nach Lime Park zurück. Als sie ankam, erzählte sie Jenny, das Haus sei abgebrannt und sie habe seine Lordschaft nirgends finden können – doch um den Schein zu wahren, sandte sie einige Diener nach London, die ihn suchen sollten. Einige Tage später kehrten sie zurück und meldeten, man habe Radclyffe nicht gefunden, aber er sei offenbar im Hause abgeschnitten gewesen und verbrannt. Es war eine unermeßliche Erleichterung für Amber, daß man sie nicht beschuldigen konnte, und sie legte Trauer an, ohne jedoch die betrübte Witwe zu spielen, denn sie hatte nicht den Eindruck, daß diese Rolle für ihre Sicherheit unerläßlich war.

Doch die beste Nachricht, die sie erhielt, kam von Shadrac Newbold – zwei Tage nach ihrer Rückkehr war ein Bote eingetroffen, der ihr meldete, daß keiner von Newbolds Kunden auch nur einen Schilling verloren habe. Später zeigte es sich, daß – obgleich große Werte vernichtet worden waren – fast keiner der Goldschmiede etwas von dem eingebüßt hatte, was ihm anvertraut worden war. Und wenn auch nur weniger als die Hälfte übrig war – etwa achtundzwanzigtausend Pfund –, genügte auch das noch, um sie zu einer der reichsten Frauen von England zu machen. Überdies erhöhte sich die Summe noch durch Zinsen und Eingänge aus verschiedenen Anlagen, und ferner konnte sie ihre Einkünfte durch Vermietung von Lime Park vergrößern und auch einen großen Teil der Einrichtung verkaufen.

Das waren bestimmt glänzende Aussichten für die Zukunft. Doch die Gegenwart blieb eine Quelle von Furcht und Sorge; denn war Radclyffe auch tot, so vermochte sie ihn doch nicht loszuwerden. Er war in sein Haus zurückgekehrt und verfolgte sie. Unerwartet stieß sie auf ihn, wenn sie um die Ecke eines Ganges bog, er stand hinter ihr, wenn sie aß, er suchte sie bei Nacht heim, und sie lag in Angstschweiß, sprang bei jedem eingebildeten Geräusch auf oder erwachte mit einem hysterischen Schrei. Sie wollte fort, doch Nans Kind war am Tag vor ihrer Rückkehr geboren worden, und sie mußte warten, bis Nan reisefähig war. Sie blieb vor allem aus Liebe und Dankbarkeit für Nan, deren Treue während der Pest sie soviel zu verdanken hatte, aber auch, weil sie nur zu Almsburys fahren konnte und dessen Verdacht nicht dadurch erwecken wollte, daß sie gleich nach dem Tod ihres Gatten Hals über Kopf davonfuhr. Sie war nicht gewillt, ihr unheilvolles Geheimnis – von Nan und John abgesehen – irgendeinem Menschen anzuvertrauen.

Jennys Mutter kam, und sobald das Kind geboren war und Jenny sich erholt hatte, sollte sie wieder zu ihrer eigenen Familie übersiedeln. Amber fühlte sich ein wenig schuldbewußt, als sie selbst am 1. Oktober nach Barberry Hill fuhr, aber sie sagte sich, daß Jenny schließlich ruhig im Hause bleiben konnte; sie war niemals mit Seiner Lordschaft verfeindet gewesen, sie hatte mit Philipps Tod nichts zu schaffen – die Mauern, die Decken, die Bäume hatten ihr nichts zu enthüllen. Doch Amber selbst vermochte es nicht länger auszuhalten. Und so fuhr sie.

In Barberry Hill fühlte sie sich viel wohler, und es dauerte nicht einmal so lange, wie sie gefürchtet hatte, bis Radclyffe, Philipp und alle Geschehnisse des vergangenen Jahres vergessen waren. Sie verdrängte sie entschlossen aus ihrem Denken. Sie hatte die unbehagliche Empfindung, als ahnte Almsbury, daß sie mehr vom Tode ihres Gatten wisse, als sie erzählt hatte – vielleicht meinte er, sie habe eine Bande gedungen, um ihn zu ermorden –, aber er versuchte niemals, ihr Geständnisse zu entlocken, und der Name Seiner Lordschaft wurde überhaupt nur sehr selten erwähnt.

Einmal sagte er scherzend: »Nun, Herzchen – wen wollen Sie jetzt heiraten? Buckhurst soll sich angeblich zur Ehe entschlossen haben.«

Sie warf ihm einen entrüsteten Blick zu. »Himmelkreuz, Almsbury. Sie müssen mich für verrückt halten. Ich bin reich, und ich habe jetzt einen Titel – warum, zum Teufel, sollte ich mich noch einmal ins Unglück stürzen? Es gibt keinen jämmerlicheren Zustand als die Ehe. Ich habe es dreimal versucht und . . .«

»Dreimal?« fragte er, und seine Stimme klang amüsiert.

Amber wurde rot, denn Luke Channell war ein Geheimnis, das sie nur Nan anvertraut hatte. Es war eines der wenigen Dinge, deren sie sich wirklich schämte. »Zweimal, meine ich. Nun – und was haben Sie zu grinsen? Meinetwegen lachen Sie nur, aber ich werde mich niemals wieder verheiraten – ich habe Besseres vor, dafür bürge ich Ihnen.« Sie wandte sich um, ihre schwarzseidenen Röcke rauschten, und sie wollte das Zimmer verlassen.

Almsbury lehnte am Kamin und füllte seine Pfeife. Er sah ihr nach, lachte und zuckte die Achseln.

»Gott weiß, Herzchen, wie gleichgültig es mir ist, ob Sie nun drei Ehemänner gehabt haben oder dreizehn. Und es geht mich auch nichts an, ob Sie sich wieder verheiraten wollen oder nicht. Ich hatte mir nur die Frage vorgelegt, wie Sie in Trauer aussehen werden, wenn Sie fünfunddreißig Jahre alt sind.«

Amber blieb stehen und sah ihn über die Schulter an; ihr Gesicht war mit einem Mal weiß und entsetzt. Fünfunddreißig! Mein Gott – ich werde niemals fünfunddreißig Jahre alt sein. Sie sah an sich hinunter – an ihrem strengen, schwarzen Trauerkleid –, die Farbe, die sie tragen mußte, bis sie starb; wenn sie sich nicht wieder verheiratete.

»Zum Teufel mit Ihnen, Almsbury!« murrte sie und verschwand.

Bald darauf begann Amber ungeduldig zu werden. Was nützten Geld und ein Titel, Schönheit und Jugend, wenn man sich lebendig auf dem Lande vergrub? Es waren seither einige Monate vergangen, und was sich auch immer für Klatsch an Seiner Lordschaft plötzlichen Tod geknüpft haben mochte – jetzt wäre alles verstummt, denn Skandale waren bei Hof womöglich noch kurzlebiger als Liebesgeschichten. Und sie brannte darauf zurückzukehren. Sie schmeichelte und bohrte, und schließlich gelang es ihr, Lord und Lady Almsbury zu überreden, daß sie die Wintersaison mit ihr in London verbrachten. Es würde ihr ein Heim und das

Ansehen der Familie von John und Emily verschaffen. Und es mochte sein, daß sie all dessen noch eine Zeitlang bedurfte.

*

Ihr Erscheinen in Whitehall erregte noch mehr Sensation, als sie gehofft hatte. Zu ihrer Überraschung hörte sie, daß Gerüchte über ihren Tod im Umlauf waren – ihr Mann habe sie aus Eifersucht vergiftet –, aber sie tat, als lachte sie nur über solchen Klatsch. »Was für ein Unsinn!« rief sie. »Wenn heute einer stirbt, der mehr ist als Schornsteinfeger, glaubt man schon, er müsse vergiftet worden sein!«

In dem, was sie sagte, war ein Körnchen Wahrheit, denn das Vergiften war unter der Aristokratie so sehr die übliche Rache, daß die Angst davor ziemlich allgemein war. Ehebrecherinnen, die erkrankten, galten unabweislich für vergiftet, Lady Chesterfield war im Vorjahr gestorben, nachdem sie durch eine Liebesgeschichte mit York das Mißfallen ihres Gatten erregt hatte, und jedermann war überzeugt, daß sie vergiftet worden war. Jetzt war eine andere von Yorks Geliebten, Lady Denham, erkrankt und sagte ihren Freunden, Seine Lordschaft habe sie vergiftet – obgleich manche meinten, der Herzog selbst habe es getan, weil ihm ihre ständigen Forderungen nach Ehrenstellen aller Art lästig geworden waren.

Die Männer bereiteten Amber einen enthusiastischen Empfang.

Das Leben am Hof war so eng umgrenzt, so monoton, so weltabgeschlossen, daß jede auch nur einigermaßen interessante Erscheinung der lebhaftesten Aufmerksamkeit der Herren und kalter Nichtachtung der Damen sicher sein konnte. War einmal der Reiz der Neuheit verblaßt, dann mußte die Neuangekommene sich eben in der Stellung zurechtfinden, die sie sich schaffen konnte, und sie gegen das nächste frische, junge Gesicht verteidigen. Dann waren die Männer ihrer müde, und die Frauen nahmen sie endlich in ihren Kreis auf. Der Hof litt an nichts so sehr wie an seiner eigenen Trägheit; denn die meisten hatten nichts zu tun, und es bedurfte der lebendigsten Einfallsgabe, um dieses ständige Spiel von Amüsement und Erregung aufrechtzuerhalten.

Ein rascher Blick genügte Amber, um zu sehen, wie ihre eigene Stellung sich gestaltete.

Durch ihren Titel hatte sie Zugang zum Hof, hatte Zutritt in die Salons Ihrer Majestät, durfte die königliche Gesellschaft ins Theater begleiten, allen Bällen, Festen und Banketten beiwohnen, für die eine allgemeine Einladung erlassen wurde – doch wenn sie sich keine Freundin unter den Damen sichern konnte, waren ihr private Soupers und Gesellschaften versperrt. Und so vermochte man sie zu zwingen, tatsächlich eine Außenseiterin zu bleiben, und von dem intimen Leben des Hofes war sie ausgeschlossen. Aber Amber war nicht gesonnen, es dabei bewenden zu lassen.

So machte sie sich denn an Frances Stewart heran, tat so begeistert und so entzückt, daß Frances, nach vier Jahren in Whitehall noch immer naiv und vertrauensvoll, sie zu einem kleinen Souper lud, das sie an diesem Abend gab. Der König war anwesend, ferner alle die Männer und Frauen, die durch seine Gunst jene Clique bildeten, die das elegante London beherrschte. Buckingham gab eine seiner witzigen, grotesken und grausamen Imitationen des Kanzlers Clarendon zum besten. Karl erzählte abermals die unglaubliche und immer noch aufregende Geschichte seiner Flucht und seines Entkommens nach Frankreich nach der Schlacht von Worcester – obgleich die meisten sie schon auswendig kannten. Essen und Wein waren gut, die Musik angenehm, die Damen reizend. Und Amber sah in ihrem schwarzsamtenen Kleid so gut aus, daß die Gräfin Southesk nicht umhin konnte zu sagen:

»Mein Gott, Madame, was für ein schönes Kleid Sie da anhaben! Wissen Sie – ich glaube fast, daß ich schon einmal ein ähnliches irgendwo gesehen habe.« Sie klopfte nachdenklich mit einem scharfen, rosigen Fingernagel an ihre Zähne, und ihre Augen musterten langsam das Kleid, ohne dessen Inhalt sehen zu wollen. »Richtig! Jetzt erinnere ich mich! Ich hatte genau das gleiche nach dem Tod eines Cousins meines Mannes – was ist nur daraus geworden? Ja, ja, natürlich! Ich habe es für die Garderobe von Seiner Majestät Theater geschenkt. Warten Sie einmal – das dürfte jetzt drei Jahre her sein. Sie waren doch damals bei der Bühne, nicht, Madame?« Ihre blauen Augen funkelten boshaft und erheitert, als sie Amber mit gehobenen Brauen ansah, und dann wandte sie sich den andern zu und schrie leicht auf. »Mein Gott, das ist doch Winifred Wells! Und die Gräfin Castlemaine erzählte mir, sie sei einer Abtreibung wegen aufs Land gegangen! Nein, wie schlecht die Welt ist! Verzeihung, Madame, aber ich muß ein Wort mit dem armen Mädchen sprechen.« Und mit einem angedeuteten Knicks rauschte sie davon, ohne auch nur einen Blick auf Amber zu werfen.

Amber war erbost, doch als sie aufschaute und sah, daß Karl neben ihr stand, lächelte sie und zuckte die Achseln. »Wenn nur die Frauen lernen wollten, sich miteinander zu vertragen«, sagte er leise, »dann hätten sie einen Vorsprung vor uns, den wir nie wieder einholen könnten.«

»Und halten Sie für wahrscheinlich, daß sie es tun?«

»Nicht sehr. Aber lassen Sie sich von ihnen nicht einschüchtern. Sie werden schon Ihren Weg machen, dafür verbürge ich mich.«

Amber lächelte ihm zu; sein Mund formte, fast ohne sich zu verziehen, eine Frage. Sie antwortete mit einem leichten Nicken. Sie hätte mit ihrer Rückkehr nach Whitehall gar nicht zufriedener sein können.

Doch sie war nicht sicher, daß sie sich ohne Frances Stewart bereits halten könnte, und darum tat sie alles, um mit Frances in unzertrennlicher Freundschaft zu leben. Sie besuchte Frances in deren Zimmern, ging mir ihr durch die Galerien, denn das Wetter war oft zu kalt, als daß man das Haus verlassen konnte, und manchmal blieb sie auch nachts bei ihr, wenn die Straßen schlecht waren oder es zu spät wurde. Amber sprach bei diesen Gelegenheiten nie von sich selbst, zeigte sich aber ungemein interessiert an allem, was Frances sagte oder dachte oder tat, und Frances wiederum, die so viel Schmeichelei nicht widerstehen konnte, schenkte ihr das größte Vertrauen.

Der Herzog von Richmond hatte ihr kürzlich einen Heiratsantrag gemacht, den ersten, den sie je empfangen hatte; bei Hof war das eine große Sensation gewesen, denn man sah Frances sozusagen als Krongut an. Er war ein junger Mann von nicht unüblem Äußern, siebenundzwanzig Jahre alt und ein entfernter Verwandter des Königs, doch er war dumm, ständig betrunken und stark verschuldet. Karl hatte die Nachricht mit seiner gewohnten Haltung aufgenommen und dem Herzog befohlen, seine finanziellen Angelegenheiten dem Kanzler Clarendon zur Prüfung vorzulegen.

Eines Abends, als Frances und Amber behaglich im Bett lagen, eine große Federmatratze unter sich, eine zweite über sich, fragte Amber unbefangen, ob Frances daran denke, Seine Gnaden zu heiraten. Die Antwort verblüffte sie. »Wenn der Herzog nicht so gütig gewesen wäre, um mich anzuhalten, wüßte ich nicht, was aus mir werden sollte.«

»Was aus Ihnen werden sollte! Aber, Frances, was für ein Unsinn! Jedermann bei Hof ist in Sie verliebt, und das wissen Sie auch.«

»Vielleicht«, gab Frances zu, »aber keiner hat mir bisher einen ehrbaren Antrag gemacht. Die Wahrheit ist, daß ich meinen guten Namen dadurch zugrunde gerichtet habe, daß ich dem König zu viele Freiheiten erlaubte, ohne ihm doch jene einzige zu gestatten, die mir vielleicht genützt hätte.«

»Nun», meinte Amber leichthin, obgleich das Thema sie ganz außerordentlich interessierte. »Warum tun Sie's dann nicht? Sie könnten zweifellos auf diese Art Herzogin sein, ohne heiraten zu müssen – und eine mächtig reiche Frau dazu.«

»Was?« rief Frances, »des Königs Hure werden? O nein, ich nicht! Das überlasse ich andern Damen. Es ist schon schlimm genug, daß eine Frau mit ihrem Gatten schlafen muß – aber ich würde lieber sterben, als mit einem andern zu schlafen. Mein Gott, ich habe ›Vapeurs‹, wenn ich nur daran denke!«

Amber lächelte im Dunkel, sehr erheitert und nicht wenig erstaunt. Das also war Frances' vielgerühmte Tugend – keine Moral, sondern Ekel. Sie war nicht keusch, sie hatte nur einen Widerwillen dagegen.

»Haben Sie denn den König nicht gern? Es gibt doch keinen schönern Mann am Hof – die Damen verlieben sich nicht nur deshalb alle in ihn, weil er der König ist.«

»O ja, gewiß, ich habe ihn gern. Aber ich kann eben nicht – ich wäre dazu nicht imstande – ach, ich weiß nicht! Warum denken die Männer immer nur an diese Dinge! Ich weiß, daß ich eines Tages heiraten muß – ich bin jetzt neunzehn, und meine Mutter findet, ich sei eine Schande für die Familie. Oh, ich weiß, ich würde sterben! Ich wäre niemals fähig, es zu ertragen.«

Ach Gott, dachte Amber verdutzt. Sie muß verrückt sein. Doch andererseits tat Frances ihr auch leid – es war ein Gemisch von Mitgefühl und Verachtung. Was hatte das arme Geschöpf für Vorstellungen vom Leben?

Mit ihrer Freundschaft war es bald vorbei. Denn Frances war als Frau eifersüchtig auf die Liebesaffären des Königs, und Barbara hatte sie nicht lange in Unkenntnis darüber gelassen, daß Gerüchte von heimlichen Besuchen des Königs bei Lady Radclyffe im Hause Almsburys umgingen. Doch Amber hielt ihre Stellung für gesichert und war ganz zufrieden, sich Frances' entledigen zu können, die sie stets für dumm und langweilig gehalten hatte. Sie hatte es nachgerade satt, ihr Komplimente zu machen und Anteil an allem zu heucheln, was Frances geschah. Und Karl, der zu Beginn jedes neuen Abenteuers ein glühender Liebhaber war, ließ nicht zu, daß man sie vernachlässigte. Auf sein Betreiben wurde sie überall eingeladen und mit dem gleichen oberflächlichen Respekt behandelt, dessen sich auch die Castlemaine einst erfreut hatte und den Frances Stewart noch jetzt genoß. Selbst die Damen mußten ihr schmeicheln, und bald glaubte Amber, daß nichts ihr unerreichbar sei.

Eines Morgens ging sie allein durch die Stone Gallery, als sie den Kanzler Clarendon kommen sah. Es war kalt und feucht, und all die vielen Damen und Herren, die vorübergingen, waren in schwere wollene und samtene Mäntel gehüllt und hatten die Arme in großen Pelzmuffs verborgen. Von einem Ende bis zum andern wimmelte die Gallery von schwarzen Gestalten, denn der Hof trug immer noch Trauer um die Königinmutter von Portugal. – Amber war froh, daß die andern Damen nicht in hellen Kleidern und mit Schmuck glänzen konnten, während sie selbst in Schwarz gehen mußte.

Clarendon kam ihr entgegen, den Kopf gesenkt, von seiner Gicht ebenso geplagt wie von den zahllosen Problemen, deren Lösung ein zugrunde gerichtetes England von ihm erwartete. Er sah Amber ebensowenig wie irgendeinen andern und wäre vorübergegangen, wenn sie sich ihm nicht in den Weg gestellt hätte.

»Guten Morgen, Kanzler!«

Er sah auf, nickte brüsk, und dann, als sie ihm einen tiefen Knicks machte, war er gezwungen, stehenzubleiben und sich zu verbeugen. »Ihr Diener, Madame.«

»Was für ein glücklicher Zufall das ist! Noch keine zehn Minuten ist es her, da hörte ich etwas von größter Wichtigkeit, etwas, das Sie unbedingt wissen sollten, Kanzler.«

Er runzelte die Stirne, denn es gab viele Dinge, die ihm Sorge machten, und nicht zuletzt seine eigene heikle Stellung. »Ich freue mich über jede Information, Madame, die es mir ermöglicht, dem König, meinem Herrn, besser zu dienen.« Doch seine Augen musterten sie mißbilligend, und es eilte ihm sichtlich, an ihr vorüberzukommen.

Doch Amber, der ihr rascher und leichter Triumph am Hof zu Kopf gestiegen war, hatte beschlossen, auch bei ihm zu siegen, was noch jeder

Geliebten des Königs mißlungen war. Sie wollte ihn gewissermaßen als Trophäe vorführen, sich mit ihm wie mit einem Schmuckstück zeigen, das keine zu kaufen reich genug gewesen war – obgleich sie mit allen andern darin übereinstimmte, daß seine politischen Tage gezählt waren.

»Zufällig gebe ich Freitag abend im Hause Almsbury ein Souper. Seine Majestät wird natürlich dabei sein und all die andern auch – wenn Sie und Mylady Wert darauf legen würden zu kommen.«

Er verbeugte sich steif und war verärgert, weil er so viel kostbare Zeit vergeudet hatte. Die Gicht plagte ihn grimmig. »Es tut mir leid, Madame, aber ich habe in diesen Tagen nicht die Muße für leichtfertige Vergnügungen. Das Land braucht ein paar Männer mit ernsten Lebensanschauungen. Vielen Dank und guten Tag!« Er ging weiter, gefolgt von seinen zwei Sekretären, beide mit Akten beladen, und ließ Amber mit offenem Mund stehen.

Und dann hörte sie ein herzliches Frauenlachen hinter sich. Sie wandte sich um und stand Lady Castlemaine gegenüber. »Bei Gottes Augäpfeln«, rief Barbara noch immer lachend. »Das war einmal ein Schauspiel! Was wollten Sie von ihm haben? Ein Rendezvous vielleicht?«

Amber war wütend darüber, daß gerade Barbara Palmer ihre Demütigung mitangesehen hatte, obgleich auch sonst genug Zuschauer anwesend gewesen waren, die dafür sorgen konnten, daß die Neuigkeit noch vor Abend im ganzen Schloß verbreitet werde. »Dieser zeremonielle alte Narr!« schimpfte sie. »Er kann froh sein, wenn er sich noch dieses Jahr bei Hof hält.«

»Ja», meinte Barbara. »Und Sie auch. Ich habe in diesen sieben Jahren Frauen wie Sie kommen und gehen sehen – doch ich bin noch immer da.«

Amber sah sie unverschämt an. »Noch immer da – aber, wie man sagt, sehr außer Gebrauch!«

Barbara hob die Brauen. »Sehr außer Gebrauch? Ja, nun – ich weiß nicht, was Sie ›außer Gebrauch‹ nennen. Schließlich liegt ihm immer noch so viel an mir, daß er erst kürzlich meine Schulden bezahlt hat, die sich auf dreißigtausend Pfund beliefen.«

»Sie meinen, daß er Sie bestochen hat, nicht? Um den Balg loszuwerden, den Sie kriegen sollten.«

Barbara lächelte. »Nun? Sie werden einräumen, daß es kein schlechter Preis für eine Abtreibung ist.«

In diesem Augenblick ging Frances Stewart vorüber, in flatterndem blauseidenem Kleid mit schwarzsamtenem Mantel über den Schultern, die Füße in goldenen Sandalen und ihr leuchtendes braunes Haar in einem Goldnetz. Sie war dem Maler Rotier gesessen – ein Bild, das der König bestellt hatte und als ›Britannia‹ auf den neuen Münzen verwenden wollte. Frances blieb nicht stehen, sondern nickte Amber kühl zu und warf nur einen Blick auf die Castlemaine. Sie setzte voraus, daß über sie gesprochen wurde.

»Da«, sagte Barbara, als Frances, von drei Begleiterinnen und einem kleinen Neger gefolgt, vorüberging, »da geht die Dirne, die uns alle ausstechen kann. Ein Herzogtum für eine Jungfrauschaft! Das ist kein schlechtes Geschäft, meine ich. Weiß Gott, so hoch hatte ich mich nicht verstiegen.«

»Ich auch nicht«, sagte Amber und sah Frances nach, die weiterging und jedes Auge auf sich zog. »Obgleich ich daran zweifle, daß er es so hoch einschätzen wird, wenn er es einmal hat.«

»Vielleicht doch – schon der Seltenheit wegen.«

»Warum ist sie eigentlich so verstockt?« fragte Amber, neugierig auf Barbaras Ansicht.

»Sie wissen das nicht?« Barbaras Augen glitzerten heiter und boshaft. »Nun – mir ist etwas eingefallen . . .«

Doch gerade kam der König mit seinen Höflingen und Hunden um die Ecke und ging auf die Damen zu; er lachte laut.

»Verdammt! Was ist das? Meine beiden schönsten Gräfinnen im Gespräch miteinander? Wessen Ruf verderben die Damen?«

Die kurze Gemeinschaft war vorüber; die zwei Frauen waren abermals erbitterte Rivalinnen, jede leidenschaftlich entschlossen, die andere auszustechen. »Wir wünschen, Euer Majestät«, sagte Amber, »daß der Krieg ein Ende nehmen möge, damit wir wieder unsere Moden aus Paris bekommen.«

Karl lachte, legte jeder der beiden einen Arm um die Taille, und sie gingen langsam die Galerie hinunter. »Wenn dieser Krieg die Damen stören sollte, dann werde ich sogleich Friedensverhandlungen aufnehmen.«

Als sie zu den Gemächern Ihrer Majestät kamen, warf Karl Buckingham einen Blick zu, der Herzog trat vor, reichte Barbara seinen Arm – und Amber trat mit dem König ein. Beiden Damen erschien das ein größerer Triumph, als es in Wirklichkeit war. Immerhin hatte Barbara bald ihre Rache, als Frances Stewart erschien – schön wie immer, trotz des Trauerkleides, das sie inzwischen angelegt hatte – und vom König unverzüglich in eine Ecke gezogen wurde.

*

Einige Zeit darauf war Amber schwanger.

Sie begeisterte sich nicht für die Idee, ihre Gestalt – wenn auch nur zeitweilig – verdorben zu sehen, aber sie begriff, daß sie ihm ein Kind schenken mußte, sonst hätte sie, war einmal der Reiz der Neuheit von ihrem Bett gewichen, nichts mehr, womit sie ihn halten konnte. Denn mochte Karl auch das Interesse an den Müttern verlieren, so war er doch niemals gleichgültig den Kindern gegenüber, die er für die seinen hielt. Als sie es ihm Ende Februar erzählte, war er zärtlich und gefühlvoll und sichtlich erfreut – als hörte er eine glückliche Botschaft dieser Art zum ersten Mal. Und Amber meinte, daß ihre Stellung am Hof jetzt fest stehe wie die Sterne.

Aus ihrer behaglichen Ruhe scheuchte er sie zwei Tage später auf, als er ihr einen jungen Mann zeigte, der am andern Ende des Salons stand. Ob das wohl ein passender Gatte wäre, fragte er.

»Ein Gatte? Für wen?« fragte Amber.

»Nun, für Sie natürlich.«

»Aber ich will doch nicht wieder heiraten.«

»Ich kann nicht behaupten, daß ich Sie deshalb tadle – und doch ist der Mangel eines Zunamens für ein Kind peinlich, nicht?« Er war sehr heiter, und sein Mund unter dem schmalen, schwarzen Schnurrbart lächelte verschmitzt.

Amber wurde bleich. »Dann glauben Sie etwa nicht, daß es Ihr Kind ist?«

»Doch, meine Liebe. Das glaube ich wohl. Es ist höchstwahrscheinlich, ich habe anscheinend ein ungewöhnliches Talent, Kinder zu kriegen – überall, außer dort, wo ich es am nötigsten bräuchte. Doch das Kind könnte unmöglich von Ihrem letzten Gatten sein, und wenn Sie nicht bald wieder heiraten, dann wird es einen dunklen Balken in seinem Wappen haben. Das ist für jeden jungen Menschen hart, wer auch seine Familie sein mag. Und um ganz aufrichtig zu sein – wenn Sie heiraten, hätte der Klatsch keine weitere Nahrung – zum mindesten außerhalb Whitehalls. Das Jahr wird ohnehin schwierig genug sein, denn ich sehe noch nicht, wie wir die Flotte ausschicken sollen – und das Volk wird mehr als je über unsere kleinen Vergnügungen murren. Verstehen Sie, meine Liebe? Es würde mich außerordentlich verbinden . . .«

Amber war bereit, alles zu verstehen. Sie war der Ansicht, daß Barbaras ständig schlechte Laune und ihre Art, einen gutmütigen Menschen zu quälen, ihr Unglück gewesen sei, und sie, Amber, hatte nicht vor, dem schlechten Beispiel der Lady zu folgen. Immerhin vermutete sie noch einen andern Beweggrund, den der König nicht genannt hatte: Frances Stewart. Denn immer wenn er eine neue Geliebte nahm, war Frances verdrießlich und griesgrämig und erklärte, sie sei schon bereit gewesen, ihn zu erhören, und da habe er ihr Vertrauen zerstört.

»Nun«, sagte Amber, »mein einziger Ehrgeiz ist, Eurer Majestät zu dienen. Ich werde wieder heiraten, wenn Sie es so wollen – aber, um Himmels willen, geben Sie mir einen Gatten, den ich übersehen kann.« Karl lachte. »Es sollte nicht schwer sein, ihn zu übersehen, meine ich.«

Der junge Mann am andern Ende des Raumes sah um keinen Tag älter aus als sie selbst, und sein jugendliches Ausehen wurde noch durch die blasse Farbe und die zarten Züge erhöht. Er war etwa fünf Fuß sieben oder acht hoch, und seine schlanke Gestalt trug ein billiges und wenig vornehmes Gewand. Zweifellos fühlte er sich unbehaglich, obgleich er sich bemühte, heiter zu wirken; er lachte übertrieben laut, während seine Augen ängstlich umherblickten. Amber hätte ihn überhaupt nicht bemerkt, und wenn er den ganzen Abend dagewesen wäre.

»Mein Gott, er sieht aus wie ein alberner Affe.«

»Aber er ist fügsam«, meinte Karl und lächelte ihr wohlgelaunt zu.

»Was ist sein Rang?«

»Baron.«

»Baron?« rief Amber entsetzt. »Aber ich bin doch Gräfin!« Sie hätte nicht empörter sein können, wenn Karl ihr einen Träger oder Straßenhändler als Gatten vorgeschlagen hätte.

Karl zuckte die Achseln. »Nun, und wenn ich einen Earl aus ihm machen würde? Seine Familie verdient es. Es hätte schon längst geschehen sollen, aber irgendwie ist es mir immer wieder entfallen.«

»Das würde vermutlich genügen«, sagte Amber zweifelnd, und ihre Blicke musterten den jungen Mann noch immer abschätzend; ihm war es jetzt zum Bewußtsein gekommen, daß sie ihn beobachtete, und er war unruhig geworden. »Haben Sie schon mit ihm gesprochen?«

»Nein, aber ich werde, und es läßt sich recht bequem einrichten. Seine Familie hat in den Kriegen große Verluste erlitten.«

»Ach, mein Gott«, stöhnte Amber. »Wieder einer, der mein Geld ausgeben soll! Nun, diesmal wird die Sache anders aussehen. Diesmal werde ich die Hosen anhaben.«

Siebenundvierzigstes Kapitel

»Fühlen Sie sich zu Richmond hingezogen?«

Diese Frage haftete in Karls Denken, seit der Herzog seinen Heiratsantrag gemacht hatte. Er fand den jungen Menschen stumpf und albern, allzu sehr dem Trunk ergeben, und seine Geldgeschichten standen so schlecht, daß er kaum für ein Dienstmädchen eine passende Partie gewesen wäre, geschweige denn für ein Mädchen wie Frances, die seit frühester Jugend an Luxus gewöhnt war.

Sie sah in ein wenig erstaunt an. »Zu ihm hingezogen? Warum fragen Sie mich das?«

Karl hob die Schultern. »Ich hätte es für möglich gehalten. Zweifellos ist er in Sie verliebt.«

Frances spielte sogleich wieder die Kokette, schloß und öffnete ihren Fächer. »Nun«, sagte sie und sah nicht ihn, sondern den Fächer an, »und wenn ich es auch wäre?«

Das Gesicht des Königs verhärtete sich im Nu. Seine schwarzen Augen forschten angstvoll in ihren Zügen, und die beiden Furchen neben seinem Mund vertieften sich. »Sind Sie es?«

Frances sah noch immer geziert lächelnd zu ihm auf, doch ihr Ausdruck veränderte sich rasch, als sie seinem Blick begegnete. »Ach, Majestät, wie grimmig Sie dreinschauen! Hat etwas Sie gekränkt?«

»Antworten Sie mir, Frances! Ich bin nicht in der Laune zu scherzen. Und antworten Sie mir aufrichtig!«

Frances seufzte leicht. »Nein, Eure Majestät, ich bin es nicht. Wird es dadurch ehrenvoller, wenn ich ihn heirate?« Manchmal setzte sie ihn in Erstaunen, denn man konnte unmöglich wissen, ob sie etwas aus Naivität sagte oder aus einer Verschlagenheit, die man ihr im allgemeinen nicht zutraute.

Karl lächelte ihr langsam, traurig zu. »Nein, Frances, nicht ehrenvoller – aber offen gestanden, ich bin froh, es zu hören. Ich neige nicht sehr zur Eifersucht – doch diesmal . . .« Er zuckte die Achseln, und seine Blicke weilten nachdenklich auf ihr. »Ich habe seine Finanzlage geprüft – sie ist in schlechtmöglichstem Zustand. Ohne seinen Titel wäre er längst eingesperrt worden. Aufrichtig, Frances, ich glaube nicht, daß er eine passende Partie für Sie ist.«

»Kennen Sie eine bessere, Sire?« fragte sie geradeheraus.

»Jetzt wohl nicht – aber ein wenig später vielleicht.«

Frances unterbrach ihn. »Ein wenig später vielleicht! Sire, Sie wissen nicht, was Sie sagen! Ist Ihnen bewußt, daß ich neunzehn Jahre alt bin und daß mein Ruf durch meine eigene Torheit zugrunde gerichtet ist? Dies ist der erste ehrbare Antrag, den ich je empfing – und es dürfte wahrscheinlich der letzte sein. Ich habe nur einen Wunsch im Leben – eine achtungswerte Frau zu sein. Ich will nicht, daß meine Familie sich meiner schämen muß.«

Sie waren in dem Vorraum Ihrer Majestät und warteten, während die Königin sich ankleidete, und als jetzt Catherine Boynton vorüberging und hörte, wie Frances' Stimme lauter wurde, warf sie ihr einen Blick zu. Was mochte zwischen den beiden vorgehen? Karl bemerkte Mrs. Boyntons Blick.

»Kommen Sie mit mir dort hinüber, Frances«, sagte er. Sie gingen langsam an das andere Ende des Vorsaales. »Ich will Ihnen etwas sagen«, flüsterte er rasch. »Versprechen Sie mir, es geheimzuhalten? Es nicht einmal Ihrer Mutter zu erzählen?«

»Natürlich, Eure Majestät.«

Tatsächlich wußte Frances ihre Zunge besser zu hüten als die meisten andern Damen, die in den Salons und Schlafzimmern von Whitehall und Covent Garden schwatzten.

Er holte tief Atem. »Ich habe den Erzbischof von Canterbury wegen einer Scheidung befragt.«

»Eine Scheidung!« Sie wisperte das Wort, und in ihrem Gesicht malte sich Überraschung, ja fast Entsetzen.

Karl sah sich rasch um; sie waren allein im Saal. Er begann zu sprechen. »Es ist nicht das erste Mal, daß ich daran gedacht habe. Die Ärzte erklären mir, die Königin könne niemals ein Kind austragen. York ist derzeit nicht populär – und er wird es noch weniger sein, wenn das Volk seine religiösen Anschauungen entdeckt. Wenn ich mich wieder verheirate und einen männlichen Erben habe, könnte das die ganze Zukunft meiner Familie ändern. Canterbury meint, es ließe sich machen.«

Frances' Gedanken und Gefühle waren ihrem Gesicht abzulesen.

Staunen machte einem Ausdruck von geschmeicheltem Stolz Platz, als sie erwog, was das für sie bedeuten konnte. Frances Stewart, Königin von England! Auf ihre entfernte Verwandtschaft mit der königlichen Familie war sie immer stolz gewesen, fast noch stolzer als auf ihre Schönheit. Doch dann, als sie an die Königin dachte, traten Zweifel und Hoffnungslosigkeit in ihre Züge.

»Es würde ihr das Herz brechen! Sie liebt Sie so sehr!«

Karl, der ihr Gesicht beobachtet hatte, während das seine eine Art düsteren Verlangens zeigte, ließ jetzt einen Seufzer hören, und seine Augen wandten sich von ihr ab und sahen durch das Fenster auf die kahle Eiche, die im Garten der Königin wuchs. »Ich habe Angst, sie noch mehr zu kränken – sie ist schon so oft gekränkt worden.« Seine Stirne umzog sich, und er biß die Zähne aufeinander. »Ich weiß nicht, was ich tun soll«, sagte er mit einer ungeduldigen Bewegung.

Schweigend blieben sie stehen, ohne einander anzuschauen. Und dann erschien Katharina auf der Schwelle, begleitet von Mrs. Boynton und Winifred Wells. Ihr Kopf war leicht zur Seite geneigt, auf ihrem Gesicht war ein eifriges Lächeln, und als sie jetzt Karl ansah, verklärten sich ihre Züge. Sie zauderte kurz und ging dann auf ihn zu.

»Es tut mir leid, Sire, daß ich so lange zu meiner Toilette gebraucht habe.«

Als sie eingetreten war, hatte er sich umgewandt und rasch seine Haltung wiedergewonnen. Jetzt lächelte auch er und ging ihr entgegen. »Meine Liebe, und wenn Sie den ganzen Morgen zu Ihrer Toilette verwendeten, würde es mich nicht stören, sobald Sie nachher auch nur halb so reizend aussehen würden wie jetzt.«

Katharina errötete. Ihr blasses Gesicht gewann dadurch; ihre Wimpern bewegten sich wie lässige, dunkle Schmetterlinge, und dann sah sie ihm voll in die Augen. Trotz ihrer steifen, wohlbehüteten Erziehung lernte sie schon manche Künste der Koketterie, die ihren Reiz erhöhten.

»Es ist sehr gütig von Ihnen, mir zu schmeicheln«, sagte sie leise, »wo ich doch zu diesem unkleidsamen Schwarz verurteilt bin.«

Die Damen hatten sich nun auch im Saal eingefunden, die meisten plauderten ganz unbekümmert, aber die eine oder die andere verfehlte nicht, den wehmütigen Ausdruck von Frances' Gesicht zu bemerken, als sie das Königspaar jetzt beisammen sah. Dann ging Frances auf die Königin zu und berührte impulsiv ihre Hand.

»Es ist keine Schmeichelei, Madame. Sie haben wirklich in Ihrem Leben noch nie reizvoller ausgesehen.«

Ihre Stimme und ihr Blick waren fast leidenschaftlich aufrichtig. Hinter ihnen flüsterte Mrs. Boynton Winifred Wells zu, es müsse sich zwischen der Stewart und dem König irgend etwas angebahnt haben, sonst wären sie nicht beide so ungewöhnlich liebenswürdig gegen die Königin. Winifred antwortete, sie sei eine böse Zunge, und Seine Majestät sei stets gütig zu seiner Frau.

Das Wetter war kalt, und die Straßen fast noch schlechter als gewöhnlich, doch der Hof ging ins Theater. Karl bot Katharina seinen Arm, und sie nahm ihn mit scheuem Lächeln und dankbar für seine Aufmerksamkeit. Sie ging zur Tür, und eine rasche Sekunde begegnete Frances' Blick dem Blick des Königs. Und sie wußte mit völliger Bestimmtheit, daß sie, Frances Stewart, solange Katharina lebte, niemals Königin von England sein würde.

*

Es war spät am Tag, fast sechs Uhr, und der bedeckte Himmel hatte es nötig gemacht, die Kerzen anzuzünden. Karl saß in seinem Arbeitszimmer, dem einzigen Raum, in dem er sich vor seinem Gefolge abschließen konnte, am Schreibtisch und kritzelte einen raschen Brief an Minette. Ihr Brief lag offen vor ihm, und von Zeit zu Zeit warf er einen Blick darauf. Neben ihm hockten zwei kleine, langohrige Spaniels auf dem Boden und suchten einander die Flöhe, während andere durch das Zimmer tobten und sich balgten.

Aus dem Nebenzimmer tönten leise Stimmen – Buckhurst und Sedley, James Hamilton und ein halbes Dutzend andere, die warteten, bis er herauskam, um sich zum Abendessen umzukleiden. Sie sprachen über die Vorstellung des Nachmittags – fanden an dem Witz des Autors, an der Ausstattung, an den Kostümen, an den Schauspielern allerlei auszusetzen und verglichen die Prostituierten im Parterre miteinander. Hin und wieder lachte einer laut auf, und dann wurden sie wieder stiller. Aber Karl war ganz in seinen Brief vertieft und hörte sie kaum.

Plötzlich entstand draußen eine Bewegung, und er hörte eine vertraute Frauenstimme atemlos schreien. »Wo ist Seine Majestät? Ich habe wichtige Neuigkeiten für ihn!« Es war Barbara.

Karls Gesicht verfinsterte sich, und er warf die Feder weg. Dann stand er auf. Verdammt! Kannte die Unverschämtheit dieser Frau gar keine Grenzen mehr? Zu dieser Stunde in sein Zimmer zu kommen, da sie wußte, daß seine Höflinge auf ihn warteten?

Er hörte Buckhurst antworten. »Seine Majestät ist in seinem Arbeitszimmer, Madame, und schreibt einen Brief.«

»Nun«, sagte Barbara rauh, »der Brief kann warten. Was ich ihm zu berichten habe, kann nicht warten.« Und sogleich klopfte sie an die Tür.

Karl öffnete und blieb, an den Türrahmen gelehnt, stehen. In seinem Gesicht war unverhohlenes Mißbehagen. »Nun, Madame?«

»Eure Majestät! Ich muß Sie allein sprechen!« Ihre Augen blickten beziehungsvoll in das Zimmer hinter ihm. »Es ist eine Sache von höchster Wichtigkeit.«

Karl zuckte leicht die Achseln, trat zurück und ließ sie eintreten, während die Herren erheiterte Blicke wechselten. Und was würde sie jetzt erfinden? Selbst in der Zeit ihrer höchsten Gunst hatte sie nicht gewagt, so keck zu sein. Die Tür schloß sich.

»Nun – was ist denn diese große Neuigkeit, die nicht warten kann?« Seine Stimme klang skeptisch und ungeduldig – denn er nahm an, sie plane nur, den Eindruck zu erwecken, als sei sie wieder in Gnaden aufgenommen.

»Soviel ich weiß, hat Eure Majestät soeben Frances Stewart einen Besuch gemacht.«

»Allerdings.«

»Und sie hat Sie weggeschickt, unter dem Vorwand, sie leide an heftigen Kopfschmerzen.«

»Ihre Informationen sind unleugbar richtig.«

Karls Ton war sarkastisch, und sein ganzer Ausdruck verriet Zynismus und jenes Mißtrauen gegenüber seinen Mitmenschen, das ihn schon in seiner Knabenzeit charakterisiert hatte und mit den Jahren nur noch stärker wurde. Was für einen Streich mochte sie jetzt vorhaben, fragte er sich und wartete auf die unvermeidliche Lücke in ihrem Plan.

Doch plötzlich zeigte sich in ihrem Gesicht eine gewisse spöttische Koketterie, und ihre Stimme sank zu einem Flüstern herab. »Nun, Sire, ich komme, um Sie über Frances Stewarts Kälte zu trösten.«

Er hob erstaunt die Brauen und runzelte dann die Stirn. »Madame, Sie sind unerträglich geworden.«

Barbara warf den Kopf zurück und begann zu lachen, ein wildes, hemmungsloses Lachen, das für sie bezeichnend war, voll von Verachtung und höhnischer Grausamkeit. Als sie jetzt sprach, war ihre Stimme wieder leise, aber eindringlich, die Adern ihres Halses, das Glitzern ihrer Augen, ihre ganze Haltung verrieten höchste Erregung, als sie sich nun zu ihm beugte wie eine Katze, die zum Sprung ansetzt.

»Sie sind ein Narr, Karl Stuart! Sie sind ein törichter, lächerlicher, leichtgläubiger Narr, und jedermann bei Hof macht sich über Sie lustig. Und wissen Sie, warum? Weil Frances Stewart vor Ihrer Nase eine Liebschaft mit Richmond angefangen hat. Eben jetzt ist er bei ihr, während Sie glauben, sie liege mit Kopfschmerzen zu Bett.« Atemlos hielt sie inne, Triumph in ihrem Gesicht, Triumph und befriedigte Rache in jeder Linie ihres Körpers.

Karl antwortete rasch, ohne nachzudenken, und die gewohnte Selbstbeherrschung hatte ihn verlassen: »Du lügst!«

»Ich lüge? Sie sind ein Narr! Kommen Sie mit mir, und sehen Sie selbst, ob ich lüge.« Und während er noch zauderte, als fürchtete er, ihre Worte bestätigt zu finden, ergriff sie sein Handgelenk. »Kommen Sie mit mir, und sehen Sie selbst, wie keusch sie ist – Ihre kostbare Frances Stewart!«

Mit plötzlichem Entschluß befreite Karl seine Hand und ging aus dem Zimmer. Barbara eilte ihm nach – ein breites Lachen im Gesicht. Er trug nur ein weißes Leinenhemd und die Hosen. Die Perücke hatte er in seinem Arbeitszimmer gelassen. Zwei Höflinge sprangen von der Tür weg, und alle Gesichter blickten feierlich und schuldbewußt drein, und sämtliche Herren taten, als hätten sie nicht gehorcht. Karl sah sie gar nicht, er eilte weiter, durch die vielen Zimmer und Gänge, die zu Frances' Gemächern führten, und hinter ihm blieben Augen und Münder weit aufgerissen. Neben ihm klapperten Barbaras Absätze.

Doch vor Frances Stewarts Zimmer blieb er, den Türknauf in der Hand, stehen. »Sie sind weit genug mitgegangen«, sagte er kurz. »Gehen Sie jetzt in Ihre eigenen Zimmer.« Und während sie ihn enttäuscht anstarrte, öffnete er die Tür.

Frances' reizende kleine Zofe war im Vorraum, und beim Eintritt des Königs schrie sie leise auf, sprang in die Höhe und lief ihm entgegen. »Oh, Eure Majestät! Wie haben Sie – Gehen Sie nicht hinein – bitte! Sie ist so krank, seit Sie fort sind – aber jetzt schläft sie.«

Karl gönnte ihr nicht einmal einen Blick, sondern schob sie beiseite. »Das wollen wir einmal sehen.« Er ging weiter durch den Vorraum, durch den Salon, und ohne Zaudern riß er die Tür des Schlafzimmers auf.

Frances saß im Bett, sie trug eine weiße Satinjacke, und das Haar fiel ihr über die Schultern, und neben ihr saß ein junger Mann, der ihre Hand in der seinen hielt. Beide sahen überrascht auf, als der König jetzt auf der Schwelle erschien wie ein mächtiger, rächender Gott. Frances schrie nervös auf, und Richmond war so entsetzt, daß er weder den Hut abnahm noch aufstand.

Karl ging langsam auf sie zu, seine Lippen preßten sich an die Zähne. »Ich hatte ihr nicht geglaubt«, sagte er leise. »Ich dachte, sie habe gelogen.«

»Gelogen? Wer?« rief Frances. Sie verstand seinen Zorn und wußte, was er dachte, und das machte sie wütend.

»Mylady Castlemaine. Sie weiß anscheinend manches über meine Angelegenheiten, was mir selbst unbekannt ist.« Seine schwarzen Augen glitten von Frances zu Richmond, der jetzt aufgestanden war, den Hut in den Händen drehte und aussah wie ein verprügelter junger Hund. »Was tun Sie hier?« fragte ihn Karl plötzlich, und seine Stimme war rauh und hart.

Richmond versuchte ein unglückseliges, entschuldigendes Lachen. »Ha! Ich habe Mrs. Stewart einen Besuch gemacht.«

»Das sehe ich. Und mit welchem Recht besuchen Sie sie, wenn sie zu krank ist, um ihre andern Freunde zu empfangen?«

Richmond wurde sich plötzlich bewußt, daß er vor der Frau, die er liebte, eine hilflos lächerliche Figur machte, und erwiderte störrisch: »Zum mindesten, Sire, bin ich bereit, sie zu heiraten, und das ist mehr, als Eure Majestät tun kann.«

Karls Augen blitzten in plötzlicher Wut, und er ging mit geballten Fäusten auf den Herzog zu. Frances hob eine Hand zum Mund und stieß einen durchdringenden Schrei aus, während Richmond, der keinen Wert darauf legte, von den sachkundigen Händen seines Herrschers verprügelt zu werden, sich rasch umdrehte und aus dem Fenster sprang. Karl, der ihm nachgeeilt war, sah, wie er ungeschickt in den Schlamm des

Flusses fiel – es war gerade Ebbe –, sich mühsam aufrappelte, noch einen entsetzten Blick hinter sich warf und dann in den Nebel hineinlief. Lange blieb Karl stehen und sah ihm nach, Verachtung und Haß in seinen Zügen; dann wandte er sich zu Frances um.

»Das hätte ich von Ihnen nie erwartet.«

Frances blickte ihn trotzig an. »Ich verstehe Sie nicht, Sire. Wenn ich nicht die Besuche eines Mannes empfangen darf, dessen Absichten mir gegenüber durchaus ehrbar sind, dann bin ich eine Sklavin in einem freien Lande.« Sie strich sich mit einer müden, nervösen Hand rasch über den schmerzenden Kopf, und ohne seine Antwort abzuwarten, rief sie leidenschaftlich: »Wenn Sie nicht wollen, daß ich heirate, Sire, ist es Ihr Vorrecht, mir die Einwilligung zu versagen. Aber zum mindesten können Sie mich nicht dran hindern, nach Frankreich zu fahren und in ein Kloster einzutreten.«

Karl sah sie verblüfft an. Was war mit dieser Frances Stewart geschehen, die er vier Jahre lang gekannt und geliebt hatte! Was war vorgefallen, das aus ihr diese kalte, schamlose Frau machen konnte, die mit ihrer Treulosigkeit prahlte, ihm nicht erlaubte, Anstoß zu nehmen, und ein Vergnügen daran zu finden schien, daß sie ihn vor seinen Freunden der Lächerlichkeit preisgab? Er sah, daß er jetzt mit sechsunddreißig lernen mußte, was er mit zwanzig Jahren zu wissen geglaubt hatte.

Jetzt sprach er langsam, und die Trauer war stärker als sein Zorn. »Ich hätte das nicht von Ihnen geglaubt, Frances, wer es mir auch gesagt hätte.«

Frances' Blick war immer noch trotzig, und sie war erbost, daß sein Zynismus aus dem Unrathaufen seiner Erfahrung Schlüsse zog. »Eure Majestät ist sehr schnell bereit, das Schlimmste zu vermuten.«

»Anscheinend doch nicht schnell genug! Ich hatte seit meiner Geburt gewußt, daß nur ein Narr einer Frau vertrauen kann – und dennoch habe ich Ihnen gegen jedes bessere Wissen getraut.« Er hielt einen Augenblick inne, und sein dunkles Gesicht verzog sich höhnisch. »Ich hätte es lieber auf andere Art erfahren als auf diese.«

Frances war einem hysterischen Anfall nahe, und jetzt schrie sie mit hoher, zitternder Stimme: »Eure Majestät täten am besten zu gehen, bevor die Person, die Sie hergeführt hat, den schlimmsten Verdacht fassen kann!«

Er warf ihr einen langen, ungläubigen Blick zu, drehte sich dann ohne ein weiteres Wort um und verließ das Zimmer. Im Vorraum stieß er auf Lawrence Hyde, Clarendons Sohn, und schrie ihn an: »Sie sind also auch im Komplott? Bei Gott, das werde ich Ihnen nicht vergessen!« Hyde sah ihm bestürzt nach, aber da war der König schon um die nächste Ecke verschwunden. Karl, der höfliche, gutmütige, beherrschte und liebenswürdige, war in einer Wut, deren kein Mensch ihn für fähig gehalten hätte.

Am nächsten Tag schickte Frances ihm durch einen Boten alle Geschenke zurück, die sie je empfangen hatte – die Perlenschnur, die er ihr vor drei Jahren am St. Valentinstag geschenkt hatte, die wunderbaren Halsbänder und Ohrringe und Armbänder von Geburtstagen und Weihnachten und Neujahrsfesten. Alle wurden ihm jetzt ohne ein begleitendes Wort zurückgebracht. Karl warf sie in den Kamin.

Am selben Morgen erschien Frances unerwartet in den Gemächern der Königin. Sie war von Kopf bis Fuß von einem schwarzen Samtmantel verhüllt und trug eine Maske. Katharina und alle ihre Damen sahen überrascht zur Tür, als Frances die Maske abnahm. Einen Augenblick zögerte sie, dann eilte sie vorwärts, fiel auf die Knie und berührte den Saum von Katharinas Kleid mit den Lippen, Katharina bat die Damen, sie mit Frances allein zu lassen. Sie zogen sich zurück, um am Schlüsselloch zu horchen.

Dann bückte sich die Königin und berührte Frances' Scheitel, die plötzlich in Tränen ausbrach und ihr Gesicht mit den Händen bedeckte. »Oh, Eure Majestät! Wie müssen Sie mich hassen! Können Sie mir jemals vergeben?«

»Frances, meine Liebe – Sie dürfen nicht so weinen –, sehen Sie mich an, armes Kind!« Katharinas warme, weiche Stimme hatte noch immer eine Spur von portugiesischem Akzent, der ihrem Ton noch mehr Zärtlichkeit verlieh. Jetzt legte sie eine Hand besänftigend unter Frances' Kinn.

Widerstrebend gehorchte Frances, und sekundenlang sahen sie einander schweigend in die Augen. Dann schluchzte sie wieder.

»Es tut mir leid, Frances«, sagte Katharina. »Um Ihretwillen tut es mir leid.«

»Oh, ich weine nicht um meinetwillen«, protestierte Frances, »ich weine Ihretwegen. Des Leides wegen, das ich manchmal in Ihren Augen sah, wenn . . .« Sie hielt rasch inne, erstaunt über ihre eigene Kühnheit, und dann überstürzten sich die Worte so hastig, als könnte sie in zwei Minuten all das Unrecht wiedergutmachen, das ihre Eitelkeit Jahre hindurch dieser geduldigen, kleinen Frau angetan hatte.

»Oh, Sie müssen mir glauben, Majestät! Der einzige Grund, weshalb ich heirate, ist, daß ich auf diese Art den Hof verlassen kann! Ich hatte nie die Absicht, Sie zu kränken – keinen Augenblick. Aber ich bin eitel und töricht und gedankenlos gewesen. Ich habe mich lächerlich gemacht – aber ich habe Sie nie verraten, das schwöre ich Ihnen. Er ist nie mein Geliebter gewesen – oh, sagen Sie doch, daß Sie mir glauben – bitte, sagen Sie es!«

Sie hielt Katharinas Hand gegen die pochenden Pulse in ihrem Hals gepreßt, und ihr Kopf warf sich zurück, während die Augen leidenschaftlich bittend aufschauten. Sie hatte Katharina immer gern gehabt, aber bis heute hatte sie niemals erkannt, wie tief und demütig sie sie verehrte, noch wie schamlos ihr eigenes Benehmen gewesen war. Sie hatte auf die Gefühle der Königin nicht mehr Rücksicht genommen als auf die Gefühle irgendeiner seiner Mätressen – nicht einmal auf die Barbara Palmers'.

»Ich glaube Ihnen, Frances. Jedes junge Mädchen hätte sich geschmeichelt gefühlt. Und Sie sind immer gut und großherzig gewesen. Sie haben Ihre Macht niemals dazu mißbraucht, andere zu täuschen und zu kränken.«

»Oh, Majestät! Das habe ich wahrhaftig nicht getan! Niemals wollte ich jemanden kränken! Und Majestät – ich möchte, daß Sie auch das wissen – ich weiß, daß Sie mir glauben werden: Richmond war soeben eingetreten. Wir saßen und plauderten. Es hat niemals etwas Ungehöriges zwischen uns gegeben.«

»Natürlich nicht, meine Liebe!«

Frances war jetzt müde und niedergeschlagen. Noch einmal preßte sie ihre Lippen auf Katharinas Hand und stand dann auf. »Ich muß jetzt gehen, Majestät.« Sie standen einander gegenüber, echte Neigung in den Blicken. »Ich werde Sie vielleicht nie wiedersehen.« Rasch und impulsiv küßte sie Katharinas Wange, und dann huschte sie aus dem Zimmer.

Katharina blieb stehen und sah ihr nach. Sie lächelte ein wenig, eine Hand an der Wange, aber gleichzeitig fielen ihr die Tränen auf die Brust hinunter.

Drei Tage später hatte Frances Whitehall verlassen – sie war mit dem Herzog von Richmond durchgegangen. Niemand wußte, wohin sie verschwunden waren.

Achtundvierzigstes Kapitel

Es war an einem kalten, windigen Regenabend im Februar, als Buckingham in schwarzer Perücke, die blonden Brauen und den Schnurrbart geschwärzt, am Tisch Dr. Heydons saß und das Gesicht des Astrologen beobachtete, der seine Himmelskarten, die Linien, die sich überschnitten, und die geometrischen Figuren befragte. Der Raum war durch rauchende, übelriechende Kerzen spärlich erhellt, der Wind blies in den Schornstein, bis ihre Augen brannten und sie husten mußten.

»Die Pocken über das verdammte Wetter«, brummte der Herzog ärgerlich und bedeckte Nase und Mund mit dem langen Reitermantel, den er trug. Und als dann Heydon langsam das schmale, knochige Gesicht erhob, beugte er sich gespannt über den Tisch. »Nun, was gibt es? Was finden Sie?«

»Was ich nicht auszusprechen wage, Euer Gnaden.«

»Bah! Wofür bezahle ich Sie? Heraus damit!«

Als wäre er gegen seinen Willen dazu gezwungen, gab Heydon dem Verlangen des Herzogs nach. »Wenn Euer Gnaden darauf bestehen. Ich habe gefunden, daß er am 15. Januar in zwei Jahren ganz plötzlich sterben wird.« Er machte eine dramatische Pause, dann lehnte er sich über den Tisch, und seine blauen Augen bohrten sich in die Augen des Herzogs, als er jetzt die nächsten Worte zischte. »Und dann wird, auf den Wunsch des Volkes, Euer Gnaden den Thron von England zu einer langen, ruhmreichen Regierung besteigen. Das Haus Villiers ist bestimmt, das größte Herrscherhaus in der Geschichte unserer Nation zu werden.«

Buckingham starrte ihn völlig bezwungen an. »Bei Jesus! Es ist unglaublich – und doch – was finden Sie sonst?« fragte er plötzlich begierig.

Es war ihm, als stünde er am Saum irgendeines fremden Landes und vermöchte in die Zeit hineinzublicken und die Formen des Kommenden zu entdecken. König Karl verschmähte diese Dinge, denn selbst wenn es möglich wäre, meinte er, in die Zukunft zu sehen, so sei es doch nicht geziemend, sein Schicksal zu wissen – weder im Guten noch im Bösen. Nun – es gab andere und klügere Männer, die wußten, wie man solche Erkenntnisse für die eigenen Ziele verwertete.

»Wie wird er ...« Villiers unterbrach sich, denn die Worte, die er sprechen wollte, machten ihm Angst. »Was wird die Ursache zu einer solchen Tragödie sein?«

Heydon blickte auf seine Karten, als wollte er seine Weissagung noch einmal überprüfen, und da er antwortete, war seine Stimme nur ein kaum hörbares Flüstern: »Es ist ein Unglück – in den Sternen steht, daß Seine Majestät durch Gift sterben wird.«

»Gift!«

Der Herzog lehnte sich zurück, starrte in die Flammen des Kohlenfeuers, trommelte mit seinen Knöcheln auf die Tischplatte und hob nachdenklich die Brauen. Karl Stuart sollte an Gift sterben, und er, George Villiers, auf Wunsch des Volkes, den Thron besteigen! Je länger er darüber nachdachte, desto weniger unglaublich erschien es ihm.

Er wurde aus seinen Träumen durch ein ungeduldiges, scharfes Klopfen an der Tür aufgeschreckt. »Was ist das? Erwarten Sie jemanden?«

»Ich hatte vergessen, Euer Gnaden«, flüsterte Heydon. »Um diese Zeit hatte Lady Castlemaine sich bei mir angesagt.«

»Barbara? Ist sie schon früher hier gewesen?«

»Nur zweimal, Euer Gnaden. Das letzte Mal vor drei Jahren.«

Das Klopfen wiederholte sich, laut und nachdrücklich und auch ein wenig ärgerlich.

Buckingham stand schnell auf und ging zum Nebenzimmer. »Ich werde hier warten, bis sie wieder fort ist. Sehen Sie zu, saß Sie sie rasch loswerden – und wenn Ihnen Ihre Nase lieb ist, sagen Sie ihr nicht, daß ich hier bin.«

Heydon nickte und schob die zahlreichen Papiere und Karten, die Karls des Zweiten klägliche Zukunft betrafen, vom Tisch in eine Lade. Als der Herzog verschwunden war, öffnete er die Tür. Wie ein Wirbelwind stürmte Barbara herein. Ihr Gesicht war von einer schwarzsamtenen Maske völlig verdeckt, und über ihre roten Haare hatte sie eine silberblonde Perücke gezogen.

»Gottes Augäpfel! Was hat denn so lange gedauert? Haben Sie ein Frauenzimmer bei sich gehabt?«

Sie legte ihren schwarzen Bibermuff auf einen Stuhl, löste die Bänder der Kapuze und warf sie samt dem Mantel zur Seite. Dann ging sie ans Feuer, um sich zu wärmen, und gab dem Hund, der dort schlief, einen Fußtritt, daß er gekränkt aufschaute.

»Gott im Himmel!« rief sie und rieb sich schaudernd die Hände. »Das ist der kälteste Abend seit Menschengedenken. Es stürmt draußen wie toll!«

»Darf ich Mylady ein Glas Bier anbieten?«

»Natürlich!«

Heydon trat an ein Büfett und schenkte ein Glas ein. »Leider kann ich Mylady nichts Feineres anbieten, Claret oder Champagner – aber mein Unglück ist, daß zu viele meiner Gönner ihre Schulden so schleppend bezahlen.« Er zuckte die Achseln. »Das kommt davon, wenn man den Reichen dient, sagen die Leute.«

»Immer noch dieselben Redensarten?« Sie nahm das Glas, trank durstig und spürte, wie das saure Bier ihr durch die Kehle rann und ihr Inneres zu wärmen begann. »Sie müssen mir bei einer Sache von höchster Wichtigkeit behilflich sein. Aber es ist entscheidend, daß Sie sich nicht irren.«

»War meine letzte Voraussage nicht richtig, Mylady?«

Er beugte sich leicht vorwärts, seine Finger mit den groben Gliedern verschränkt, und in Stimme und Manieren war Unterwürfigkeit, aber auch ein salbungsvolles Verlangen nach Anerkennung.

Barbara warf ihm über den Rand des Bechers einen ungeduldigen Blick zu. Damals war die Königin ihre Feindin gewesen. Jetzt war sie, ohne es zu wissen, Barbaras Verbündete. Lady Castlemaine hatte durchaus nicht den Wunsch, daß Karl Stuart eine andere und wenn möglich schönere und zielsicherere Frau heiratete; wenn Katharina jemals etwas zustoßen sollte, dann waren ihre eigenen Tage in Whitehall gezählt, das wußte sie.

»Kramen Sie nicht in Ihren Erinnerungen«, sagte sie scharf. »In Ihrem Beruf ist das eine schlechte Gewohnheit. Soviel ich weiß, haben Sie auch meinem Vetter manchen nützlichen Rat erteilt.«

»Ihrem Vetter, Madame?« Heydon war die Ahnungslosigkeit selbst.

»Stellen Sie sich nicht so dumm! Sie wissen ganz gut, wen ich meine. Buckingham natürlich!«

Heydon spreizte die Hände protestierend. »Oh – aber, Madame, ich versichere Ihnen, daß Sie falsch unterrichtet sind. Seine Gnaden war so gütig, mich aus Newgate zu befreien, als ich meiner Schulden wegen dort untergebracht wurde – was auch nur darauf zurückzuführen ist, daß meine Gönner so ungern ihre Schulden zahlen. Aber seit damals hatte er mir nie mehr die Ehre erwiesen.«

»Unsinn!« Barbara trank den Becher aus und stellte ihn auf den Kaminsims. »Buckingham hat noch nie einen Hund einen Knochen zugeworfen, ohne eine Gegenleistung zu erwarten. Sie sollten nur erfahren, daß ich von seinen Besuchen bei Ihnen weiß. So werden Sie nicht in Versuchung geraten, ihm von meinem Besuch zu erzählen. Ich weiß mindestens ebensoviel von ihm wie er von mir.«

Daß der Gentleman, über den gesprochen wurde, im Nebenzimmer war und zuhörte, verlieh Heydon eine ungewohnte Charakterstärke, und er blieb unnachgiebig. »Ich protestiere, Madame – irgend jemand hat sich einen Scherz mit Ihnen erlaubt, Mylady. Ich schwöre, daß ich Seine Gnaden seit damals mit keinem Auge gesehen habe.«

»Sie lügen wie ein Hurensohn! Nun – hoffentlich plaudern Sie meine Geheimnisse ebensowenig aus wie die seinen. Ich habe Gründe, zu glauben, daß ich wieder in Hoffnung bin – und ich möchte, daß Sie mir sagen, wer dafür verantwortlich ist. Es ist ungemein wichtig, daß ich es weiß.«

Heydon riß die Augen auf und schluckte. Zum Teufel! Das überstieg doch alles! Wenn schon ein Vater es schwer hatte, herauszubringen, ob das Kind auch wirklich von ihm sei, wie sollte man es von einem völlig unbeteiligten Menschen erwarten?

Doch seinen weitverbreiteten Ruf verdankte Heydon nicht etwa der Praxis, diese oder jene Frage nicht zu beantworten. Und so nahm er denn die dicke grüne Brille, die ihm seiner Meinung nach das Aussehen eines Gelehrten verlieh, ließ sie auf der Nasenspitze balancieren, und Barbara und er setzten sich. Er begann, eifrig in den Karten auf dem Tisch zu suchen, schrieb irgendwelche Brocken in einem verdorbenen Latein, zeichnete Monde und Sterne, zwischen denen verschiedene gerade Linien sich schnitten.

Von Zeit zu Zeit räusperte er sich geräuschvoll.

Barbara beobachtete ihn, während sie nervös den großen Diamantring drehte, den sie an der linken Hand trug, um den Ehering zu verdekken, denn sie und Roger Palmer waren längst übereingekommen, daß sie nichts mehr miteinander zu tun haben wollten.

Nun räusperte Heydon sich ein letztes Mal und sah zu ihr hinüber – ihr weißes Gesicht schimmerte durch den Rauch der Kerzen. »Madame – ich muß in dieser Angelegenheit Ihr volles Vertrauen haben, sonst kann ich nicht weiterarbeiten.«

»Gut. Und was müssen Sie wissen?«

»Ich bitte Mylady, nicht gekränkt zu sein, aber ich muß die Namen jener Herren wissen, die für Ihr Mißgeschick verantwortlich sein könnten.«

Barbara runzelte die Stirne. »Werden Sie verschwiegen sein?«

»Natürlich, Madame, Verschwiegenheit ist die Grundlage meines Gewerbes.«

»Gut denn – zunächst der König, den Sie hoffentlich schuldig finden werden, denn wenn ich ihn davon überzeugen kann, würde mir das viel Ärger ersparen. Und dann . . .« Sie zögerte.

»Und dann?« drängte Heydon.

»Die Pocken über Sie! Lassen Sie mich doch nachdenken! Dann war James Hamilton und Charles Hart – aber den dürfen Sie nicht mitrechnen, denn er ist ein Mann von niedrigem Stande, ein gewöhnlicher Komödiant und ...« In diesem Augenblick war ein scharfer Laut vernehmbar, ein Mittelding von Husten und unterdrücktem Lachen. Barbara fuhr auf. »Zum Teufel, was ist das?«

Heydon war auch aufgefahren. »Nur mein Hund, Madame. Er knurrt im Schlaf.« Sie sahen beide nach dem Hund, der vor dem Feuer lag und die Muskeln in einer Traumjagd streckte.

Barbara warf dem Doktor einen mißtrauischen Blick zu, setzte sich aber wieder und fuhr fort: »Da ist mein neuer Lakai, aber er ist auch nicht von Stand, Sie brauchen ihn also nicht mitzuzählen, ferner Lady Southesks Page, doch der ist wahrscheinlich zu jung.«

Diesmal erscholl ein dröhnendes Lachen, das keineswegs dem Hund zugeschrieben werden konnte. Und bevor Heydon aufzustehen vermochte, war Barbara schon an der Tür, riß sie auf und versetzte dem Herzog mit den geballten Fäusten einen kräftigen Hieb in den Bauch.

Buckingham, der sich vorgebeugt hatte und vor Lachen fast hilflos war, erholte sich jetzt, streckte die Hand aus, um sie beim Hals zu pakken, und sprang vorwärts, um ihren Nägeln und ihren Fußtritten auszuweichen. Im Kampf faßte jeder nach der Perücke des andern und riß sie ihm herunter. Mit einem entsetzten Schrei fuhr Barbara zurück, die schwarze Perücke des Herzogs in den Händen, während er die ihre wie eine Schlachttrophäe schwenkte.

»Buckingham!«

»Ihr Diener, Madame!«

Er machte ihr eine spöttische Verbeugung und warf ihr die Perücke auf den Tisch, neben dem Heydon in stummem Schrecken die Ereignisse mitangesehen hatte, die ihn ganz bestimmt zugrunde richten würden; Barbara griff nach der Perücke und stülpte sie über ihr Haar.

»Du lausiger Bastard!« schrie sie wütend, als sie ihre Sprache wiedergefunden hatte. »Warum spionierst du mir nach?«

»Ich habe nicht spioniert, meine teure Cousine«, erwiderte Buckingham kühl. »Ich war hier, als Sie kamen, und habe mich nur in das Schlafzimmer zurückgezogen, um zu warten, bis Sie wieder gegangen wären, und dann wollte ich meine Unterhaltung mit dem Doktor fortsetzen.«

»Was für eine Unterhaltung?«

»Nun, ich wollte festzustellen versuchen, von welcher Frau ich mein nächstes Kind kriegen werde«, antwortete der Herzog höchlichst erheitert.

»Mir tut nur leid, daß ich mich nicht länger beherrschen konnte. Was du dem Doktor erzählt hast, war mächtig interessant. Aber in einem oder zwei Punkten solltest du doch meine Neugier befriedigen: Hast du auch mit deinem Neger geschlafen? Oder mit dem Kanzler?«

»Der schmutzige Hund! Du weißt, wie ich den alten Mann hasse!«

»Darin wenigstens sind wir einig.«

Barbara griff nach ihren Sachen, Maske, Fächer, Mantel und Muff, und zog die Kapuze über ihr Haar. »Nun, ich gehe jetzt, und Sie können Ihre Unterhaltung beenden, Mylord.«

»Oh, du mußt mir schon gestatten, dich in deine Wohnung zu bringen«, erklärte Seine Gnaden schnell, denn er fürchtete, sie würde gleich zum König gehen, und wollte sie irgendwie davon abhalten. »Es ist gefährlich, durch die zerstörte Stadt zu fahren. Erst gestern hörte ich, daß eine Dame von Stand aus ihrem Wagen gezogen, verprügelt und wie tot liegengelassen worden sei.« Was er sagte, war nur allzu wahr, denn zwischen den Trümmern der City wimmelte es nach Eintritt der Dunkelheit von Halsabschneidern und Dieben, und es war nicht immer möglich, einen Mietwagen zu finden. »Wie bist du denn hergekommen?«

»In einem Höllenwagen!«

»Nun, zum Glück habe ich nicht nur meinen Wagen, sondern ein Dutzend Diener unten. Es ist sehr töricht von dir, so ohne Schutz herumzustreichen, meine Liebe!«

Buckingham setzte die Perücke wieder auf, zog den federgeschmückten Hut darüber, winkte hinter Barbaras Rücken dem verstörten Doktor zu, nahm den Mantel über die linke Schulter und reichte Barbara den Arm. Er und Barbara waren bereits im dunklen Treppenhaus, als der Doktor sich so weit erholt hatte, um ihnen mit einer Kerze zu leuchten.

»Und hüten Sie sich!« rief Barbara auf halbem Weg, »kein Wort zu wem auch immer, sonst werden Sie es bereuen!«

»Gewiß, Mylady! Sie können mir vertrauen, Madame.«

Draußen war es kalt, und der Wind fegte durch das dunkle Gäßchen, jagte nasse Papierfetzen vor sich her und schlug ihnen den Regen wie harte Nadeln ins Gesicht. Der Mond war völlig hinter Wolken, so daß man nichts sehen konnte, Buckingham legte seine Finger an den Mund und pfiff. Einen Augenblick später tauchte ein halbes Dutzend Männer aus einem Versteck auf wie Geister, und zwei oder drei Minuten später rollte auch ein mächtiger Wagen rasselnd heran, gezogen von acht Pferden, und blieb vor ihnen stehen, sechs weitere Diener sprangen herab. Buckingham gab dem Kutscher seine Befehle, half Barbara beim Einsteigen, und der Wagen setzte sich wieder in Bewegung, einige Diener hingen am Wagen, andere liefen dahinter her, und zu jeder Seite lief ein Lakai, der eine Fackel trug.

Sie fuhren den Great Tower Hill hinunter, bogen in die Tower Street ein, die noch von Ruinen gesäumt war, obgleich die Straßen von Trümmern geräumt und befahrbar waren. Es war eine langsame Fahrt von etwa zweieinviertel Meilen, über East Cheap und die Watling Street, an den verkrümmten Eisen und den Schutthaufen vorbei, die den Platz der alten St.-Pauls-Kathedrale anzeigten, durch die Fleet Street und den Strand nach Whitehall.

Barbara schauderte, in ihren Mantel gewickelt, und klapperte mit den Zähnen. Buckingham breitete galant einen pelzgefütterten Mantel über sie beide. »Es wird dir gleich warm werden«, sagte er tröstend. »Wenn wir an einem Gasthaus vorüberkommen, werde ich ein paar Becher ›Lammswolle‹ holen lassen.« Das war ein heißes Getränk aus Bier, Zukker, Muskatnuß und gebrannten Äpfeln.

Doch Barbara hatte kein Verständnis für solche Galanterien. »Was wird Seine Majestät davon denken, wenn er hört, daß du einen Astrologen aufsuchst?«

»Wirst du es ihm erzählen?«

»Vielleicht, vielleicht auch nicht.«

»An deiner Stelle täte ich's nicht.«

»Warum nicht? Du hast dich in der letzten Zeit höchst seltsam gegen mich benommen, George Villiers. Und ich weiß mehr, als du glauben magst.«

Buckingham runzelte die Stirn; er hätte gern ihr Gesicht gesehen. »Du irrst dich aber, meine Liebe, denn es gibt überhaupt nichts zu wissen.«

Barbara lachte ein eitles, unverschämtes Lachen. »Gibt es wirklich nichts? Und wenn ich dir etwas darüber sagen könnte? Ich weiß, daß du dir ein Horoskop hast stellen lassen – und zwar nicht dein eigenes.«

»Wer hat dir das gesagt?« Buckingham griff plötzlich nach ihrem Arm, und seine Finger gruben sich so tief in ihr Fleisch, daß sie aufstöhnte und sich ihm zu entziehen suchte. Aber er hielt sie fest und beugte sich ganz nahe zu ihr. »Antworte mir! Wer hat dir das gesagt?«

»Laß mich los, Dummkopf! Ich werde es dir doch nicht sagen! Laß mich los, hörst du?« schrie sie und versetzte ihm mit der freien Hand eine schallende Ohrfeige.

Mit einem Fluch ließ er sie los und fuhr mit einer Hand an seine brennende Wange. Die Pocken über die Hure! dachte er wütend. Wenn sie eine andere wäre, dann würde sie mir dafür büßen! Doch statt dessen beherrschte er sich und begann zu schmeicheln.

»Nun, Barbara, meine Liebe! Wir wissen zu viel voneinander, um Feinde zu sein. Es ist für beide gefährlich. Jetzt weißt du zweifellos sehr wohl, daß Seine Majestät, wenn ich ihm jemals verraten würde, was aus deinen Briefen geworden ist, dich wie eine Ratte mit Stroh im Hintern davonjagen würde.«

Barbara warf den Kopf zurück und lachte. »Armer Narr! Er ahnt es nicht einmal, was? Manchmal glaube ich, daß er dumm ist wie ein Gimpel. Er würde sie nicht einmal suchen!«

»Darin irren Sie, Madame. Er hat den Palast vom Keller bis zum Dach durchstöbern lassen. Aber es gibt nur zwei Menschen auf Erden, die ihm sagen könnten, wo sie sind: du, Barbara, und ich.«

»Du bist die Fliege in meiner Suppe, George Villiers. Manchmal habe ich nicht übel Lust, dich vergiften zu lassen. Wenn du aus dem Weg geräumt wärest, hätte ich keine Sorgen mehr.«

»Bitte, vergiß nicht, daß auch ich das eine oder andere darüber weiß, wie man einen welschen Salat mischt. Und jetzt wollen wir einmal ernst sein. Sag mir, woher du diese Nachricht hast, und sag es mir ehrlich. Ich habe eine ungewöhnlich scharfe Nase, wenn es gilt, Lügen zu riechen.«

»Und wenn ich dir sage, was ich weiß – wirst du mir auch etwas sagen?«

»Was?«

»Sag mir, wessen es ist?«

»Wessen was ist?«

»Das Horoskop, Tölpel!«

»Dann weißt du in Wahrheit überhaupt nichts.«

»Ich weiß genug, um dich an den Galgen zu bringen.«

»Nun«, sagte der Herzog glatt, als würde er solche Worte täglich zum Frühstück hören, »ich will es dir sagen. Denn ich habe entschieden eine unheilbare Abneigung gegen hanfene Seile und Schlingen.«

»Geschäft ist Geschäft. Das Horoskop, das du hast stellen lassen, ist das einer Persönlichkeit von solcher Bedeutung, daß dein Leben keinen Farthing wert wäre, wenn es bekannt würde. Und nun frag mich nicht, wie ich das herausbekommen habe«, fügte sie mit drohend erhobenem Finger hinzu, »denn ich werde es dir doch nicht sagen.«

»Gott's Blut«, knurrte Buckingham. »Wie, zum Teufel, bist du nur darauf gekommen? Und was weißt du noch?«

»Ist das nicht genug? Und nun – sag mir: wessen Horoskop ist es?«

Der Herzog fühlte tiefe Erleichterung, als er sich jetzt zurücklehnte. »Du hast mir an die Hüfte gerührt! Ich werde es dir sagen müssen. Fällt aber ein Wort darüber zu irgend jemandem – glaub mir, daß ich dem König dann von deinen Briefen erzähle.«

»Ja, ja, schon gut. Wer ist es? Schnell?«

»Auf Ersuchen Seiner Majestät hin ließ ich Yorks Horoskop stellen, um herauszubringen, ob er je König werden wird oder nicht. Und jetzt gibt es drei Menschen, die es wissen – Seine Majestät, du und ich.«

*

Barbara glaubte an die Lüge, denn sie klang nicht unwahrscheinlich, doch obgleich sie ihm versprochen hatte, zu keinem Menschen jemals ein Wort davon zu sagen, spürte sie bald, wie es ihr ein Loch in die Zunge brannte. Es war solch ein aufregendes Ding, solch ein unheilvolles Geheimnis, so folgenschwer, daß es, ihrer Überzeugung nach, von größtem Wert für sie sein mußte. Ja, der Preis dieses Wissens ließ sich in Pfund Sterling kaum mehr ausdrücken, und sie sah darin eine ständige Quelle großen Reichtums für die kommenden Jahre, selbst wenn eine neue, jüngere Frau sie in der wankelmütigen Neigung des Königs ersetzen sollte.

Eines Nachts, als Karl gerade aus ihrem Bett aufstand, bat sie ihn um zwölftausend Pfund.

»Wenn ich zwölftausend Pfund besäße«, sagte der König, griff nach seiner Perücke und sah dann in den Spiegel, ob sie richtig saß, »würde ich einen Teil dazu verwenden, um mir ein neues Hemd zu kaufen. Die Lakaien haben unlängst meine Garderobe geplündert, um zu ihren Löhnen zu kommen. Arme Teufel – ich kann ihnen keinen Vorwurf machen.

Manche von ihnen haben seit meiner Rückkehr noch keinen Schilling zu sehen gekriegt.«

Barbara warf ihm einen bösen Blick zu, als sie jetzt in ihren Schlafrock schlüpfte. »Weiß Gott, Sire, Sie sind wahrhaftig geizig geworden wie ein jüdischer Pfandleiher.«

»Ich wollte, ich wäre so reich wie einer von ihnen«, sagte der König, setzte den Hut auf und ging zur Tür. Barbara stellte sich ihm in den Weg.

»Ich sage Ihnen aber, daß ich das Geld haben muß.«

»Braucht es Mr. Jermyn?« fragte Karl spöttisch, denn das Gerücht wollte wissen, daß sie jetzt einige ihrer Liebhaber bezahlen mußte. Er zog seine Spitzenkrawatte zurecht und ging an ihr vorüber; doch sie war vor ihm an der Tür und bedeckte den Knauf mit ihrer Hand.

»Eure Majestät sollten die Sache doch noch einmal überlegen.« Sie machte eine inhaltsschwere Pause, hob die Brauen und fügte jetzt hinzu: »Sonst könnte ich Seiner Hoheit manches erzählen.«

Er war verdutzt, aber um seinen Mund spielte ein Lächeln. »Was, zum Teufel, hast du da ausgeheckt?«

»Ach, welche überlegene Miene! Nun, Sie werden zweifellos überrascht sein, zu hören, daß ich weiß, was Sie zu entdecken versucht haben.« So! Nun war es heraus! Sie hatte es eigentlich nicht sagen wollen, aber ihre Zunge hatte – wie so oft – trotzdem gesprochen.

Er schüttelte gleichgültig den Kopf. »Ich habe nicht die leiseste Ahnung, wovon du spricht.« Er drehte den Knauf und öffnete die Tür spannbreit, dann aber blieb er brüsk stehen, als er ihre nächsten Worte hörte.

»Wußten Sie, daß Buckingham und ich wieder Freunde sind?«

Er schloß die Tür. »Was hat Buckingham damit zu tun?«

»Wozu diese Komödie? Ich weiß alles. Sie haben Yorks Horoskop stellen lassen, um herauszubringen, ob er König wird oder nicht.« Seht ihn nur an, dachte sie. Armer Narr! Er versucht, ganz unbeteiligt zu wirken. Zwölftausend! Wie, zur Hölle, bin ich nur auf diese lumpige Summe gekommen? Ich hätte zwanzigtausend verlangen sollen – dreißigtausend!

»Hat Villiers dir das gesagt?«

»Wer sonst?«

»Die Pocken über ihn! Ich schärfte ihm ein, es geheimzuhalten. Nun – du tätest besser daran, ihm nichts davon zu sagen, daß du mir etwas erzählt hast. Er wäre in einer furchtbaren Wut.«

»Oh, er hat es sonst niemandem erzählt. Und um nichts auf der Welt würde ich ihm sagen, daß ich es Ihnen erzählt habe. Und wie steht es jetzt mit meinen zwölftausend Pfund?«

»Warte ein paar Tage. Ich werde sehen, was ich für dich tun kann.«

Am nächsten Morgen hatte Karl eine vertrauliche Unterredung mit Henry Bennet, Baron Arlington, der wohl einst Buckinghams Freund gewesen war, ihn jetzt aber leidenschaftlich haßte. Tatsächlich hatte der Herzog nur sehr wenige Freunde am Hof; er ertrug den Zwang täglichen

Beisammenseins schlecht. Karl sagte seinem Staatssekretär genau, was die Castlemaine ihm mitgeteilt hatte, aber er nannte Barbaras Namen nicht.

»Meine Ansicht ist«, sagte der König, »daß die Person, die mir das erzählt hat, mich mit voller Überlegung irregeführt hat. Ich neige mehr zu der Annahme, daß es mein Horoskop war, das Villiers stellen ließ.«

Arlington hätte nicht erfreuter sein können, wenn jemand ihm den Kopf des Herzogs gebracht hätte. Seine blauen Augen leuchteten, und sein Mund schnappte zusammen wie eine arglistige Falle; seine Faust dröhnte auf den Tisch. »Bei Jesus, Majestät! Das ist ja Hochverrat!«

»Noch nicht«, stellte der König richtig. »Nicht, bevor wir die Beweise haben.«

Drei Tage später brachte Arlington Karl die nötigen Dokumente. Er hatte alle Möglichkeiten der Hintertreppen des Palastes unverzüglich ausgenützt, hatte Heydon verhaften lassen und verhört und dabei Abschriften verschiedener Briefe von ihm an den Herzog und einen Brief Buckinghams an Heydon entdeckt. Der König, erbost über diesen letzten Verrat eines Mannes, der buchstäblich sein Milchbruder war, erließ sogleich einen Haftbefehl. Doch der Herzog war in seinem Hause in Yorkshire von seiner Frau gewarnt worden und verschwand, bevor die Boten des Königs ihn erreichten.

Vier Monate lang spielte der Herzog mit den Häschern des Königs Katz und Maus, und obgleich manchmal das Gerücht ging, sein Aufenthalt sei festgestellt worden und er würde in den nächsten Stunden verhaftet sein, war es immer der Unrechte, den man festnahm, oder der Herzog war im letzten Augenblick entwischt. Das Volk begann, höhnische Bemerkungen über das Spionagesystem Seiner Majestät zu machen, das man stets mit dem System Cromwells verglichen hatte. Doch derzeit war es nicht weiter seltsam, daß der Herzog sich seinen Verfolgern dauernd entziehen konnte.

Fünfzehn Jahre vorher war der König selbst, trotz einer Belohnung für seinen Kopf und Maueranschlägen, die seine Beschreibung gaben, durch halb England gereist, hatte sogar mit Cromwells Rundköpfen gesprochen und war schließlich nach Frankreich entflohen. Die bekanntesten Edelleute des Landes gingen verkleidet in Wirtshäuser und Bordelle. Jeder Gentleman, jede Dame konnte Schmuck und vornehme Kleider ablegen und sich verkleiden. Die Gefahr, erkannt zu werden, war geringer, als die Gefahr, wenn nötig, seine Identität beweisen zu müssen. Und überdies war Buckingham ein Meister der Verstellungskunst und konnte Gesicht und Manieren derart verändern, daß auch seine besten Freunde ihn nicht erkannten.

Und so kehrte er denn sogar am Ende in den Palast zurück, in der Uniform einer Schildwache, mit Muskete, kurzer, schwarzer Perücke, schwarzem, buschigem Schnurrbart und schwarzen Brauen. Er trug hohe Stiefel, um größer zu wirken, und einen Rock, der über den Schultern stark ausgestopft war. Man stellte häufig Schildwachen in den Gängen auf, um Zweikämpfen oder anderen Störungen vorzubeugen, und einige Stunden lang blieb er völlig unbemerkt. Ihn amüsierte es, zu beobachten, wer zu seiner Cousine ging.

Im Laufe des Vormittags kam Barbara selbst mit Wilson und einigen andern ihrer Damen vorbei; ein kleiner Neger trug ihre Schleppe, ein anderer ihren Muff, aus dem die Schnauze eines Spaniels herausschaute. Barbara übersah ihn, dagegen bemerkte ihn eine der Begleiterinnen, und als er ihr zulächelte, lächelte sie auch. Ein wenig später kamen sie zurück, die Begleiterin lächelte abermals, doch diesmal bemerkte auch Barbara ihn. Bevor sie in ihre Gemächer verschwand, warf sie ihm einen Blick zu, musterte anerkennend seine prächtig ausgestopfte Gestalt und hob eine Braue.

Am nächsten Morgen blieb sie vor ihm stehen, sah ihn unter den langen Wimpern schmachtend an und öffnete den Fächer. »Sind Sie nicht der Bursche, der gestern hier Wache gehalten hat? Erwartet man ein Duell?«

Er verbeugte sich respektvoll und mit völlig verstellter Stimme erwiderte er: »Wo Mylady ist, besteht immer die Gefahr, daß die Männer den Kopf verlieren.«

Barbara war entzückt. »Mein Gott, sind Sie aber unverschämt!«

»Der Anblick Myladys hat mich kühn gemacht.« Sein Auge fiel in den Ausschnitts ihres Kleides, und sie schlug ihn mit dem Fächer über den Arm.

»Frecher Lump! Ich sollte dich prügeln lassen!«

Sie warf den Kopf zurück und ging weiter, aber am nächsten Morgen kam ein Page und geleitete ihn durch einen Gang und eine Hintertür in ihre Gemächer, und zwar durch einen engen Durchlaß, den er nur zu gut kannte, denn auf diesem Weg gelangte man unmittelbar in ihr warmes, üppig eingerichtetes Schlafzimmer. Und dort verließ ihn der Page. Barbara spielte mit ihrem Spaniel Jockey; sie trug den Schlafrock halboffen, und das Haar fiel ihr über den Rücken.

Sie sah auf und winkte ihm lässig zu. »Guten Morgen!«

Er verbeugte sich, seine Augen glänzten kecker als je, und Barbaras Augen musterten ihn prüfend wie einen Zuchthengst. »Guten Morgen, Mylady. Das ist wirklich ein guter Morgen, wenn ich Mylady aufwarten darf.« Er verbeugte sich abermals.

»Nun – du bist wahrscheinlich recht überrascht, daß eine Dame von Stand einen solchen Niemand holen läßt, nicht wahr?«

»Ich bin sehr dankbar, Madame, daß ich Mylady dienen kann.«

»Hm«, machte Barbara, eine Hand in die Hüfte gestützt, und ließ ein nacktes Bein sehen. »Vielleicht kannst du das! Ja – vielleicht kannst du das!« Plötzlich fragte sie scharf: »Sag, bist du ein verschwiegener Mann?«

»Mylady können mir Ihre Ehre anvertrauen.«

»Woher weißt du, daß ich das will?« rief Barbara, der es nicht lieb war, daß er sie so rasch verstanden hatte.

»Ich bitte Mylady um Vergebung; ich wollte Sie nicht kränken.«

»Schön, ich möchte nicht, daß du mich für eine Hure hältst – bloß weil ich am Hofe lebe. Whitehall hat heutzutage einen recht schlechten Ruf – aber Sie müssen wissen, Sir, daß ich eine ehrbare Frau bin.«

»Davon bin ich überzeugt, Madame.«

Barbara war bereit, ihm zu glauben, und ihr Schlafrock öffnete sich über ihrem Busen. »Du mußt wissen, daß du ein ungewöhnlich hübscher Junge bist. Und wenn ich mich für dich interessiere, könnte ich dich auch avancieren lassen.«

»Ich wünsche nichts mehr, als Mylady gefällig zu sein.«

»Im allgemeinen, verstehst du, würde ich eine Schildwache gar nicht ansehen – aber es ist nun einmal so, daß ich mich zu dir seltsam hingezogen fühle.«

Er verbeugte sich. »Das ist mehr, als ich verdiene, Madame.«

»Was ist mehr, als du verdienst, mein Schäfchen?«

Diesmal antwortete Buckingham mit seiner eigenen Stimme. »Nun, die gütige Aufmerksamkeit Myladys.«

»Ja«, begann Barbara, und dann weiteten sich plötzlich ihre Augen, und sie starrte ihn an. »Sag das noch einmal!«

»Was soll ich noch einmal sagen?« fragte die Schildwache.

Barbara atmete erleichtert auf. »Puh! Einen Augenblick lang erinnerte deine Stimme mich verteufelt an einen Herrn meiner Bekanntschaft – den ich durchaus nicht gerade jetzt zu sehen begierig bin.«

Buckingham stützte sich lässig auf seine Muskete. Eine Hand nahm die Perücke ab, und seine eigene Stimme fragte: »Doch nicht am Ende an Seine Gnaden von Buckingham?«

Barbara wurde kreidebleich und streckte die Hand nach ihm aus. »George! Du bist es?«

»Ich bin es, Madame. Und keinen Laut, wenn ich bitten darf. Dieses Ding hier«, er klopte auf sein Gewehr, »ist geladen, und ich möchte Sie nicht gerade jetzt niederschießen, denn Sie können immer noch von einigem Nutzen für mich sein.«

»Aber was tust du hier! Von allen Orten der Welt gerade hier? Du bist ja toll! Man schlägt dir den Kopf ab, wenn man dich findet!«

»Man wird mich aber nicht finden. Eine Verkleidung, die gut genug war, um meine Cousine zu täuschen, dürfte auch für die andern Leute genügen, nicht?«

Er war sichtlich sehr gut gelaunt.

»Aber was machst du hier?«

»Erinnerst du dich nicht? Du hast mich ja kommen lassen.«

»O du unverschämter Hund! Für diesen Streich könnte ich dich töten. Übrigens – ich wollte ja nur dem Soldaten das Blut ein wenig erhitzen – es war ein bloßer Zeitvertreib.«

»Ein reizender Zeitvertreib für eine Dame von Stand, das muß ich sagen. Aber ich habe nicht Schildwache gespielt, um mich von Lady Castlemaine verführen zu lassen. Du weißt, warum ich da bin.«

»Nein. Bestimmt nicht. Ich habe mit deinen Unannehmlichkeiten nichts zu schaffen.«

»Nur, daß du mein Geheimnis Seiner Majestät verraten hast.«

»Verraten? Du hast mich belogen. Du hast mir gesagt, es sei Yorks Horoskop, das du kennen wolltest.«

»Selbst eine Lüge war bei dir nicht in Sicherheit. Der König braucht nur eine Andeutung, um das ganze Spiel zu ahnen.« Er schüttelte den Kopf, als hätte er Mitleid mit ihr. »Wie kannst du nur so närrisch sein, Barbara, wenn es doch ausschließlich meiner Gutmütigkeit zu danken ist, daß du noch in England sein darfst? Immerhin wird es nicht so schwer sein, meine Freiheit zu erkaufen. Ich habe so eine Vorstellung, daß er größere Kränkungen als die meine verzeihen würde, wenn er dafür erfährt, daß diese Briefe verbrannt wurden.«

»George!« rief Barbara drängend. »Mein Gott, das wirst du ihm doch nicht sagen! Das darfst du ihm nicht sagen! Oh, bitte, Liebling! Ich will alles tun, was du verlangst, befiehl, und ich bin deine Sklavin – versprich mir nur, daß du ihm nichts sagen wirst!«

»Sprich leiser, sonst sagst du es ihm selbst. Gut denn – wenn du ein Geschäft mit mir machen willst. Was gibst du mir für mein Schweigen?«

»Alles, George! Alles! Ich werde dir alles geben – ich werde alles tun, was du sagst.«

»Es gibt nur eines, was ich im Augenblick brauche – und das ist, daß mein Name wieder reingewaschen wird.«

Barbara setzte sich, und ihr Gesicht wurde weiß vor Angst und Hoffnungslosigkeit. »Du weißt, daß dies das einzige ist, was ich nicht vermag! Keiner könnte das für dich tun – nicht einmal Minette selbst! Jeder sagt, daß du deinen Kopf aufs Spiel gesetzt hast – die Höflinge raufen sich schon um deine Güter. O George, bitte –« Sie fing an zu weinen und rang die Hände.

»Hör auf! Ich kann heulende Weiber nicht leiden. Old Rowley mag dich schmollen und jammern sehen, wenn es ihm Spaß macht, aber ich habe andere Dinge im Kopf. Hör, Barbara: du hast noch nicht allen Einfluß verloren. Du kannst ihn davon überzeugen, daß ich unschuldig bin, wenn du nur willst. Ich überlasse dir die Wahl der Mittel – eine Frau braucht niemals Hilfe, wenn es darum geht, Lügen zu spinnen.« Er stülpte die schwarze Perücke wieder auf den Kopf und nahm seine Muskete. »Ich werde es dir ermöglichen, mit mir in Verbindung zu bleiben.« Er verbeugte sich. »Ich wünsche Ihnen viel Erfolg, Madame.« Er drehte sich um und verließ ihre Gemächer und den Palast; die breitschultrige, schwarzhaarige Schildwache wurde nie mehr vor Lady Castlemaines Türe gesehen.

Selbst nach ihrer Heirat blieb Amber bei Almsbury, denn sie hoffte, bald ein Hofamt zu erhalten und im Palast zu wohnen.

Ihrem Gatten schlug sie vor, sich in Covent Garden einzurichten, und da er von Anfang an unter dem Pantoffel stand, gehorchte er wider bessere Einsicht. Denn war es auch zulässig, ja sogar korrekt, daß Gatte und Gattin einander haßten, Mätressen und Liebhaber hatten, in aller Öffentlichkeit stritten und über einander die gröbsten Verleumdungen verbreiteten, so war es doch nicht zulässig, getrennte Wohnungen zu haben und nicht im selben Bett zu schlafen. Amber fand es ungemein erheiternd, daß sie einen Skandal hervorgerufen hatte, der die ganze elegante Welt bewegte.

Ihr Gatte hieß Gerald Stanhope, und der Titel, den der König ihm verlieh, war Earl of Danforth. Er war zweiundzwanzig, ein Jahr jünger als sie, und sie hielt ihn für einen heillosen Dummkopf. Schüchtern und ohne Selbstbewußtsein, schwach und kümmerlich, lebte er in beständiger Angst davor, was Mutter zu alldem sagen werde. Mutter, meinte er, würde die getrennten Wohnungen nicht billigen, und am Ende rückte er mit der Nachricht heraus, daß Mutter zu Besuch nach London käme.

»Haben Sie in Ihrer Wohnung Platz für sie?« fragte Amber.

Sie saß vor ihrem Toilettentisch und ließ sich von einem Franzosen frisieren, der eben erst aus Paris gekommen war und dessen Dienste die Damen einander streitig machten. In einer Hand hielt sie einen silbernen Spiegel, studierte ihr Profil, bewunderte die Linien ihrer geraden Stirn und der zart geformten Nase, die Kurve ihres Mundes und das kleine, runde Kinn.

Ich bin alle Tage schöner als Frances Stewart, sagte sie herausfordernd. Und trotzdem bin ich froh, daß sie fort und in Ungnade ist und uns nie wieder stören wird.

Gerald sah unglücklich, blaß und unbedeutend aus. Diese Reise auf den Kontinent hatte ihn nicht geschliffen, eine mäßig gute Erziehung hatte ihm keine geistige Haltung zu geben vermocht, und Huren und Saufen hatten ihn nicht klüger gemacht. Er wirkte noch immer wie ein verstörter, einsamer Knabe und bei dieser neuen Wendung seines Lebens fühlte er sich noch verlorener denn je.

All diese Leute – seine Frauen und die andern Damen und Herren, die in Whitehall verkehrten – waren so schamlos selbstbewußt, so ichsüchtig in all ihren Gedanken und so grausam gleichgültig gegen Kränkungen und Hoffnungen anderer Menschen. Er sehnte sich nach der Ruhe, dem Frieden und der Gemütlichkeit, die er daheim genossen hatte. Diese Welt von Palästen und Gasthäusern, von Theatern und Bordellen schüchterte ihn ein und erschreckte ihn. Er fürchtete sich beinahe vor dem Besuch seiner Mutter, vor ihrem Zusammentreffen mit seiner Frau, und doch hatte die Nachricht von ihrem Kommen eine Erleichterung für ihn bedeutet. Mutter fürchtete sich vor niemandem.

Er zog seinen Kamm heraus und fuhr sich damit durch seine flachsblonde Perücke. Seine Kleidung war jetzt wenigstens so gut und modisch, wie sich das mit Geld erkaufen ließ, obgleich sein wenig einnehmendes Äußere und seine spindeldürren Beine sie nicht recht zur Geltung brachten.

»*Pas du tout,* Madame«, sagte Gerald. Alle Männer von Geist oder ihre Nachäffer sprenkelten ihre Konversation mit französischen Sätzen, wie die Damen ihr Gesicht mit Schönheitspflästerchen sprenkelten. Gerald tat dergleichen, denn es verlieh ihm das erhebende Gefühl, à la mode zu sein. »Wie Sie wissen, habe ich nur drei Zimmer. Darin kann ich sie nicht unterbringen.« Er wohnte im ›Cheval d'Or‹, einem Gasthof, der in der Lebewelt sehr beliebt war, weil die Wirtin eine hübsche, durchaus nicht widerspenstige Tochter hatte.

»Ja, wo wollen Sie sie dann hintun? Diese Locke gefällt mir nicht, Durand. Machen Sie das doch bitte anders!« Sie musterte sich noch immer, jetzt en face, ihre Zähne, ihre Haut, die rote Farbe ihrer Lippen.

Gerald zuckte die Achseln, wie er es einem Pariser abgeguckt hatte. »Eh, bien – ich dachte, sie könnte hier wohnen.«

Amber legte den Spiegel heftig auf den Tisch – zum Glück auf einen Haufen Bänder, so daß er keinen Schaden nahm. »Wirklich? Nun, das wird sie nicht. Glauben Sie denn, daß Lady Almsbury einen Gasthof hat? Am besten, Sie schreiben ihr einen Brief und sagen ihr, daß sie bleiben möge, wo sie ist. Was, zum Teufel, will sie denn in London?« Sie schüttelte ihr rechtes Handgelenk, um die Armbänder klingen zu hören.

»Wahrscheinlich will sie ihre alten Freunde besuchen, die sie seit Jahren nicht mehr gesehen hat. Und dann wundert sie sich auch – das muß ich Ihnen offen sagen, Madame –, daß wir getrennt wohnen.«

Da er vor Ambers Antwort Angst hatte, ging er rasch durch das Zimmer, zog eine lange Pfeife aus der weiten Tasche seines Mantels, füllte sie mit Tabak und zündete sie mit einem Span aus dem Kamin an.

»Mein Gott, schreiben Sie ihr, daß Sie erwachsen und verheiratet sind und Ihre Angelegenheit selbst ordnen können!« Und als sie sah, daß er rauchte, schrie sie: »Gehen Sie hinaus mit dem schmutzigen Ding! Glauben Sie, daß ich mir meine Zimmer verstinken lassen will? Gehen Sie hinunter, und bestellen Sie den Wagen – ich komme gleich nach. Oder fahren Sie allein, wenn Ihnen das lieber ist.«

Gerald verschwand hastig, aber Amber schimpfte noch in den Spiegel hinein, während Monsieur Durand, der im Ruf stand, niemals zuzuhören, mit leidenschaftlicher Hingabe an der bekrittelten Locke arbeitete.

»Ach Gott!« murrte Amber. »Was ist doch mein Gatte für ein albernes Geschöpf!«

Durand lächelte ölig, ließ seinen Kamm ein letztes Mal wirbeln und trat zurück, um die Wirkung zu prüfen. Dann nahm er, zufrieden mit seiner Leistung, eine dünne Phiole, füllte sie mit Wasser, steckte eine Rose hinein und verbarg die Phiole zwischen ihren Locken. »Die Gatten sind allerdings aus der Mode gekommen, Madame. Ich finde, daß eine Dame von Stand sie ebensowenig am Herzen tragen sollte wie einen Nelkenstrauß.«

»Warum heiraten eigentlich nur die Dummköpfe?« fragte sie, redete aber gleich weiter, ohne eine Antwort abzuwarten. »Nun, ich danke Ihnen, Durand, daß Sie zu mir gekommen sind. Und hier ist etwas für Ihre gute Arbeit.« Sie nahm drei Guineen vom Tisch und ließ sie in seine Hand fallen.

Seine Augen begannen zu glänzen, und er verbeugte sich ein übers andere Mal. »Oh, merci, Madame, merci. Es ist tatsächlich ein Vergnügen, jemanden zu bedienen, der so großzügig ist – und so schön dazu. Rufen Sie mich, wann Sie wollen, und ich werde kommen, wenn ich dadurch auch Ihrer Majestät selbst eine Enttäuschung bereiten sollte.«

»Danke, Durand! Und sagen Sie – wie gefällt Ihnen dieses Kleid! Meine Schneiderin ist Französin. Hat sie gut gearbeitet?« Sie drehte sich langsam, während Durand in die Hände schlug und seine Fingerspitzen küßte.

»C'est exquis, Madame est une vraie Parisienne. Exquis!«

Amber lächelte leicht und nahm Fächer und Handschuhe auf. »Was Sie für ein spitzbübischer Schmeichler sind! Nan, laß ihn hinaus!«

Sie verließ das Zimmer, Tansy hinter ihr her, der die lange Schleppe trug, damit sie nicht beschmutzt würde, bevor Amber auf den Ball ging. Durand war die drei Guineen wert, die sie ihm gegeben hatte – so unverschämt der Preis auch war –, und zwar nicht so sehr für das Werk seiner geschickten Finger als für das Ansehen, das er ihr verschaffte, von ihm bedient zu werden. Es hatte manche List erfordert, aber sie hatte ihn Lady Castlemaine für heute abend weggenommen, und jede Dame auf dem Ball würde es wissen.

*

Eine Woche später war Amber gerade im Kinderzimmer, wo sie jeden Morgen eine oder zwei Stunden verbrachte, und spielte mit Bruce Tricktrack. Susanna saß in einem weißen Kleidchen aus Leinen und Spitzen, mit einer kleinen Schürze und einem gestärkten Spitzenhäubchen neben ihnen auf dem Boden. Die Kleine begann schon das Kinderzimmer zu beherrschen und tyrannisierte die Almsburykinder, während ihr Bruder ein widerspenstiger Untertan war und sich nicht unter dieses Joch beugen wollte.

Die Stunden, die Amber im Kinderzimmer verbrachte, waren ihr die liebsten des Tages, denn sie waren das einzige wirkliche Band zwischen ihr und Lord Carlton. Diese Kinder waren auch seine Kinder, sein Blut war in ihren Adern, sie gingen und sprachen und lebten durch ihn. Die Liebe der Kinder zu ihr war, in gewissem Sinn, seine Liebe, ihre Küsse seine Küsse. Sie waren die Andenken an die Vergangenheit, alles, was sie in der Gegenwart besaß, und auch ihre Hoffnung für die Zukunft.

»Mutter!« Susanna unterbrach ständig das Spiel, denn war sie auch noch zu klein, um mitzuspielen, so wollte sie doch irgendwie Anteil daran haben.

»Ja, Liebling?«

»Hoppe hoppe Reiter machen!«

»Laß mich erst diese Partie zu Ende spielen. Ich habe doch vorhin erst hoppe hoppe Reiter gemacht.«

Susanna schmollte und schnitt ihrem Bruder eine Grimasse, aber Amber sah es und legte den Arm um sie. »Was tust du denn, du kleine Hexe?«

»Hexe? Was ist eine Hexe?«

»Eine Hexe«, sagte ihr Bruder ärgerlich, »ist ein Plaggeist.«

Amber sah zu dem Lakai auf, der eben eingetreten war und vor ihr stand. »Ja?«

»Sie werden gewünscht, Madame!«

»Wer ist da? Jemand von Wichtigkeit?«

»Ihr Gemahl glaube ich, Madame – und seine Mutter.«

»Ach, mein Gott! Nun – danke. Sagen Sie, daß ich sofort komme.« Der Lakai ging, und Amber stand auf, obgleich beide Kinder energisch protestierten. »Es tut mir leid, Kinder, ich komme gleich zurück.«

Bruce verbeugte sich vor ihr. »Guten Tag, Mutter. Vielen Dank für Ihren Besuch!«

Amber bückte sich und küßte ihn, dann nahm sie Susanna auf, die ihre Mutter leidenschaftlich auf Wangen und Mund küßte. »Nicht, Susanna!« rief Amber. »Du küßt mir den ganzen Puder herunter, kleiner Teufel!« Sie küßte beide nochmals, winkte ihm zu und ging, aber schon vor der Tür verschwand ihr Lächeln.

Sie blieb sekundenlang in der Halle stehen. Warum, zum Teufel, war dieses alte Weib hergekommen, dachte sie gereizt. Wenn sie in Hoffnung war, hatte sie immer das Gefühl, die unangenehmen Dinge ereigneten sich nur, um sie zu ärgern. Dann ging sie mit einem Achselzucken die Galerie hinunter in ihre eigenen Zimmer.

Gerald Stanhope und seine Mutter saßen auf einem Diwan vor dem Kamin in Ambers Salon. Die alte Baronin hatte der Tür den Rücken zugekehrt und sprach auf ihren Sohn ein, der besorgt und ängstlich dreinschaute. Die Augenbrauen, die er schwarz färbte, weil das für elegant galt, standen in aufreizendem Gegensatz zu seiner weißen Haut und der aschblonden Perücke. Doch kaum war Amber eingetreten, hörte die Baronin auf zu sprechen, glättete ihre erregten Züge, und ihre Augen verhehlten allerdings nicht ihr Staunen und Mißvergnügen über das, was sie sah.

Amber ging gelassen auf die beiden zu, und ihr Schlafrock ließ den Spitzenunterrock sehen. Gerald, der aussah, als erwarte er jeden Augenblick, daß ein Sturm das Dach vom Hause fortblasen werde, stand auf, um Amber seiner Mutter vorzustellen. Die beiden Frauen umarmten sich vorsichtig, als fürchteten sie, Hände und Kleider aneinander zu beschmutzen. Dann boten sie einander die Wange zum Kuß, denn unter vornehmen Damen galt es für schick, lieber die Wange als den Mund küssen zu lassen. Dann traten sie zurück, musterten einander, und keine von beiden ließ sich auch nur die kleinste Einzelheit an der andern entgehen. Gerald aber stand daneben mit wackelndem Adamsapfel und zog den Kamm aus der Tasche, um seine Hände irgendwie zu beschäftigen.

Lucilla, Lady Stanhope, war knapp über vierzig. Sie hatte ein derbes, lebhaftes Gesicht, das Amber an einen von des Königs Spaniels erinnerte, mit heruntergezogenen Mundwinkeln und schlaffen Wangen. Ihr Haar, einst blond, war jetzt karamelfarben. Aber ihre Haut war noch rosig und frisch, und ihr Busen wölbte sich kräftig vorwärts. Ihre Kleider waren noch altmodischer, als die Damen vom Land sie zumeist trugen, und ihr Schmuck war ganz unansehnlich.

»Oh, bitte, sehen Sie mein Kleid gar nicht an«, sagte Mylady sogleich. »Es sind alte Fetzen, die ich meiner Zofe schenken wollte, aber die Straßen waren so schlecht, daß ich nichts anderes anzuziehen wagte. Ach, mein Himmel! Einer der Wagen schlug um und warf drei von meinen Koffern in den Schlamm.«

»Schrecklich!« meinte Amber mitfühlend. »Mylady müssen ja zu Brei gerüttelt worden sein. Darf ich Ihnen eine Erfrischung anbieten?«

»Aber gewiß, Madame! Ich glaube, ein wenig Tee würde mir guttun.«

Sie hatte noch niemals Tee getrunken, weil es zu teuer war, jetzt aber war sie entschlossen, aller Welt zu zeigen, daß sie – obwohl zwanzig Jahre auf dem Lande – doch die Beziehung zur Stadt nicht verloren hatte.

»Ich werde gleich Tee kommen lassen. Arnold! Verdammter Kerl! Wo steckt er? Immer hinter den Mädchen her, wenn man ihn braucht!« Amber ging zur Tür des Nebenzimmers. »Arnold!«

Die Baronin beobachtete sie, Neid und Mißbilligung im Blick.

Sie hatte sich nie damit versöhnen können, daß die Tage ihrer eigenen Jugend und Schönheit so ungenützt verstrichen waren. Zuerst gab es die Bürgerkriege, ihr Mann war zumeist im Felde, wurde schließlich getötet, und sie war verurteilt, ihre besten Jahre auf dem Lande zu verleben, von Steuern bedrückt und mit Hausarbeit belastet wie eine einfache Bauernfrau. So waren die Jahre heimtückisch verflogen, und erst heute merkte sie, wie viele dieser Jahre vorbei waren.

Eine Gelegenheit zu einer zweiten Heirat bot sich ihr nicht, denn die Kriege hatten viele Frauen als Witwen hinterlassen, und sie mußte Gerald und seine zwei Schwestern aufziehen. Die Mädchen waren zufrieden damit, Landedelleute zu heiraten, aber Gerald – dazu war sie fest entschlossen – mußten größere Möglichkeiten geboten werden. Sie schickte ihn auf den Kontinent und hieß ihn nach seiner Rückkehr, in London zu bleiben. Vielleicht würde es ihm gelingen, den Blick des Königs auf sich zu lenken und Seiner Majestät die Opfer und die Treue der Stanhopes in Erinnerung zu bringen. Das war ihm besser gelungen, als sie zu hoffen gewagt hätte. Denn schon nach einem Monat schrieb er, der König habe der Familie nicht nur den Earltitel zuerkannt, sondern ihm auch eine Braut mit großem Vermögen zugeführt, so daß er nun gleichzeitig Earl of Danforth und Bräutigam sei.

Außer sich vor Entzücken traf sie sogleich Anstalten, um Ridgeway Manor, ihr Haus, zu schließen und nach London zu fahren. Sie sah sich bereits bei Hof, bewundert und beneidet wegen ihrer Kleider und Juwelen, ihrer großartigen Gastlichkeit, wegen ihrer Liebenswürdigkeit und – ja, warum nicht? – wegen ihrer Schönheit. Denn Lady Stanhope hatte gierig ihren Spiegel befragt und ihm die Antwort abgerungen, daß sie noch eine recht stattliche Erscheinung sei, und, mochten auch die meisten Damen von zweiundvierzig für übertragen gelten, sie selbst, Lady Stanhope, würde in neuen französischen Toiletten mit Bändchen, Löckchen und Schmuck geradezu als Schönheit angesehen werden. Vielleicht ergab sich sogar die Möglichkeit einer zweiten Heirat, wenn ein Edelmann nach ihrem Geschmack als Bewerber auftreten sollte.

Lady Cliffords Brief brachte ihr eine peinliche Überraschung.

»Meine liebe Lucilla«, hieß es darin, »wir alle, die wir Ihre Freunde sind, senden Ihnen unsere besten Wünsche. Wir waren überrascht und erfreut, daß Ihrer Familie der Earltitel zuerkannt wurde. Denn wenn es auch keiner mehr verdient haben mag, so wissen wir, die wir diese letzten sieben Jahre in London verbracht haben, nur zu gut, daß heutzutage das Verdienst nicht immer seinen Lohn findet und nicht gerade den Würdigsten Ehre erwiesen wird. Es hat keinen Zweck, sich darüber zu täuschen, die alten Sitten haben sich geändert; leider zum Schlechten.

Über die Nachricht von Geralds Heirat waren wir alle höchst erstaunt, denn es geschah sehr plötzlich, und nur dadurch, daß man mir von seiner Verheiratung mit der früheren Gräfin Radclyffe erzählte, erfuhr ich überhaupt, daß er in London ist. Sie haben ohne Zweifel auch vernommen, daß sie als eine große Schönheit gilt, viel bei Hof verkehrt und, wie man sagt, bei Seiner Majestät hoch in Gunst stehen soll. Ich meinerseits komme selten nach Whitehall, sondern ziehe die Gesellschaft unserer alten Freunde vor. Leichtfertige junge Leute beherrschen jetzt den Hof, und nach Personen von ruhigeren Sitten fragt man nicht viel. Doch vielleicht kommt die Zeit wieder, da die alten Tugenden der Ehrbarkeit beim Mann und der Bescheidenheit bei der Frau mehr waren als ein Vorwand für rohe Scherze und Gelächter.

Ich hoffe, Sie recht bald bei uns zu sehen. Denn Sie werden doch zweifellos nach London kommen, sobald Gerald und seine Frau eine gemeinsame Wohnung beziehen.

Ich verbleibe, Madame, Ihre sehr ergebene und gehorsame Dienerin.

Margaret, Lady Clifford.«

So war das also! Wie ein Felsen, der in einen stillen Teich fällt. »Sobald Gerald und seine Frau eine gemeinsame Wohnung beziehen.« Was meinte Mylady damit?

Waren sie verheiratet und wohnten nicht zusammen? Wo wohnte er also? Und wo wohnte sie? Sie las den Brief noch einmal und mit größter

Sorgfalt, und diesmal entnahm sie ihm noch manche anderen Unheil verheißenden Andeutungen. Sie kam zu dem Entschluß, daß sie, um ihres Sohnes willen, ihre Reise aufs äußerste beschleunigen müsse.

Und nun war sie hier, dieser leichtfertigen Person gegenüber, all ihre gekränkte Tugend geriet ins Wallen – und gleichzeitig fühlte sie sich, wider Willen, unbehaglich und verlegen. Zwanzig Jahre Landleben, niemanden um sich als ihre Kinder, die Dorfbewohner und die nächsten Nachbarn, keinen andern Gedanken, als die Mittel zusammenzuscharren, um Gerald nach Oxford und ins Ausland zu schicken, zuzusehen, wie ihre eigenen Reize verblühten und verblichen – das alles hatte sie nicht auf diesen Augenblick vorbereitet.

Denn mochten auch hinter ihr Generationen vornehmer Ahnen stehen – während dieses Geschöpf aus dem Theater oder aus noch schlimmerer Umgebung emporgekommen war –, fühlte sie doch jetzt vor der kühlen Zurückhaltung, den prächtigen Kleidern, der selbstbewußten Schönheit der anderen nichts als Bestürzung und Furcht. Besonders aber vor ihrer Jugend. Doch Lady Stanhope war aus härterem Stoff als ihr linkischer, schüchterner Sohn. Sie lächelte jetzt ihrer Schwiegertochter zu, die ihr gegenüber saß, während man auf den Tee wartete, und fächelte sich, als ob das Zimmer zu heiß wäre.

»Und so sind Sie denn meine Schwiegertochter! Wie reizend Sie sind! Gerry muß sehr stolz auf Sie sein. Ich habe schon sehr viel von Ihnen gehört, das kann ich Ihnen versichern.«

»Schon? Ich dachte, Mylady, Sie seien eben erst angekommen.«

»Oh, brieflich, meine Liebe, brieflich! Lady Clifford ist eine sehr liebe Freundin von mir und hält mich so auf dem laufenden, als ob ich auf der Piazza wohnen würde. Das war für mich eine angenehme Ablenkung, als ich in diesen letzten Jahren viel zu sehr unter dem Tode meines lieben Gatten litt, um in Gesellschaft zu gehen. Oh, ich kenne allen Klatsch genausogut, wie wenn ich die ganze Zeit hier gelebt hätte.«

Sie lachte ein wenig, warf einen Blick auf den verlegenen Gerry und einen zweiten auf ihre Schwiegertochter; die Person war wohl schlau genug, um den Sinn ihrer Worte zu verstehen! Doch nein, sie schien gar nicht darauf zu achten.

»Ja«, sagte Amber. »Nichts haben wir derzeit so reichlich wie Klatsch. Das ist das einzige, worin wir nicht von den Franzosen abhängen.«

Lady Stanhope räusperte sich, legte ihre Hand auf Geralds Hand und umfaßte ihn mit einem zärtlichen Mutterblick. »Wie mein Gerald sich verändert hat! Ich habe ihn nicht mehr gesehen, seit er seine Reise auf das Festland antrat – im kommenden Juni werden es zwei Jahre. Er ist wahrhaftig so elegant wie ein französischer Graf. Nun, Madame, hoffentlich sind Sie miteinander glücklich. Denn Gerald kann eine Frau bestimmt ebenso glücklich machen wie irgendein anderer Mann in Europa. Und für eine Frau gibt es nichts Wichtigeres als eine glückliche Ehe – wenn auch manche leichtfertige Menschen heutzutage die Ehe gern ins Lächerliche ziehen.«

Amber verzog leicht den Mund, antwortete aber nicht. Und in diesem Augenblick erschien der Lakai, gefolgt von zwei andern, die einen kunstvoll gearbeiteten silbernen Teetisch trugen, auf dem kleine Schalen aus Porzellan und Kristallgläser für den Branntwein standen.

Lady Stanhope tat sehr begeistert. »Wie herrlich dieser Tee ist! Woher beziehen Sie ihn bitte? Bei mir war er nie so gut.«

»Lady Almsburys Haushofmeister hat ihn besorgt – wahrscheinlich im Ostindienhaus.«

»Hmmm – köstlich.« Sie schlürfte. »Sie und Gerry werden vermutlich bald Ihre gemeinsame Wohnung beziehen, denke ich?«

Amber lächelte über den Tisch hinüber, aber ihre Augen funkelten hart wie Katzenaugen. »Vielleicht lassen wir uns eines Tages ein Haus bauen, wenn man leichter Handwerker findet. Jetzt sind alle damit beschäftigt, in der City Wirtshäuser zu bauen.«

»Aber was werden Sie denn in der Zwischenzeit anfangen, meine Liebe?« Die Baronin sah unschuldig und verblüfft drein.

»Ich denke, daß wir so weiterleben wie bisher. Es ist recht bequem; finden Sie nicht, Sir?«

Gerald, der die Augen seiner Frau und seiner Mutter drängend auf sich gerichtet fühlte, fuhr zusammen, und ein wenig Tee tropfte ihm auf die weiße Spitzenkrawatte. »Nun – hm – ja. Vermutlich. Ja, recht bequem. Wenigstens vorläufig.«

»Unsinn, Gerald«, widersprach seine Mutter ihm scharf. »Es ist unpassend. Ich darf es Ihnen wohl aufrichtig sagen«, erklärte sie und wandte sich wieder Amber zu, »es ist das Stadtgespräch.«

»Sie meinen wohl, daß es das Stadtgespräch war, Madame. Heute spricht man nur von Frances Stewarts Flucht.«

Die Baronin wurde nachgerade erbittert. An solchen Widerstand hatten diese Jahre der Herrschaft über einen fügsamen Sohn und zwei sanftmütige Töchter sie nicht gewöhnt, und sie fand das höchst beleidigend. Kam es diesem Frauenzimmer denn gar nicht in den Sinn, daß sie ihre Schwiegermutter war, eine Dame von einiger Bedeutung und von viel höherem Rang als Amber?

»Scherzen Sie nur, meine Liebe. Aber nichtsdestoweniger bleibt es etwas Unerhörtes, daß Gatte und Gattin getrennt wohnen. Die Welt ist so bösartig, und ein derartiger Zustand stellt geradezu den guten Ruf beider Teile in Frage – besonders aber den der Gattin. Ich weiß, daß die Zeiten seit meiner Heirat sich geändert haben, doch gestatten Sie mir, Ihnen zu sagen, Madame, daß selbst die heutigen Sitten dergleichen nicht verzeihen.« Je länger sie sprach, desto erregter wurde sie, und schließlich war sie wie eine gereizte Kropftaube.

Auch Amber wurde mit der Zeit wütend. Doch als sie Geralds armselig flehende Blicke sah, beherrschte sie sich aus Mitleid mit ihm. »Nun, es tut mir leid. Wenn dieser Zustand nicht nach Ihrem Geschmack sein sollte, Madame, aber da er uns beiden paßt, so meine ich, daß wir es dabei belassen werden.«

Der Mund der Baronin öffnete sich abermals, aber sie wurde unterbrochen, denn jetzt trat Lady Almsbury ein. Amber stellte die beiden Damen einander vor, und diesmal umarmte Geralds Mutter die neue Bekanntschaft mit weit größerer Begeisterung, küßte sie auf den Mund und tat alles, um den Unterschied zwischen der Achtung merken zu lassen, die sie einer ehrbaren Hausfrau erwies, und der Behandlung, die einer unverschämten Dirne gebührte, mochte sie auch ihre Schwiegertochter sein.

»Ich habe Sie kommen hören, Madame«, sagte Emily, setzte sich an den Kamin und nahm die Tasse, die Amber ihr reichte, »und wollte Sie doch begrüßen. Sie müssen London traurig verändert finden.«

»Allerdings, Madame«, erwiderte Lady Stanhope rasch. »Es war anders, als ich im Jahre 43 zum letzten Mal da war, das muß ich schon sagen.«

»Ja, heute sieht es beinahe hoffnungslos aus. Aber man hat doch schon begonnen, Pläne zu machen, und baut auch in verschiedenen Teilen der City. Man sagt, London werde eines Tages herrlicher auferstehen als jemals – obgleich es uns natürlich sehr bedrückt, das alte London dahingehen zu sehen. Aber haben Sie eine angenehme Reise gehabt, Mylady?«

»Ach nein! Es war einfach schrecklich! Ich sagte eben erst zu Mylady, daß ich gar nicht riskieren konnte, ein gutes Kleid anzuziehen. Aber ich hatte Gerry seit zwei Jahren nicht mehr gesehen, und da ich wußte, er würde jetzt als junger Ehemann nicht daran denken, London zu verlassen, so bin ich trotz allem hergekommen.«

»Das war sehr großherzig von Ihnen. Und sind Sie auch gut untergebracht, Madame? Seit dem Brand ist es schwer geworden, ein Quartier zu finden. Wenn Sie sich noch zu nichts entschlossen haben, wären mein Mann und ich sehr glücklich, Sie bei uns aufzunehmen, solange Sie keine andere Wahl getroffen haben.«

Mein Gott, dachte Amber gereizt. Muß ich wirklich mit dieser schwatzhaften alten Vettel im selben Hause wohnen?

Lady Stanhope zögerte nicht. »Ach, das ist sehr gütig von Ihnen, Mylady. Denn die Wahrheit ist, daß ich überhaupt noch keine Unterkunft habe – ich bin in solcher Eile hergekommen. Ich wäre entzückt, wenn ich einige Tage hier wohnen dürfte.«

Amber schluckte ihren Branntwein und stand auf. »Wollen die Damen mich entschuldigen? Ich werde noch vor zwölf im Palast erwartet und muß mich anziehen gehen.«

»Oh!« rief Lady Stanhope und wandte sich zu ihrem Sohn. »Dann mußt du ja wohl auch fort, Gerry. Nun, Herzchen, geh nur! Ich verstehe sehr gut, daß ein junger Mann lieber mit seiner Frau geht, als bei seiner Mutter zu bleiben.«

Amber warf Gerald einen Blick zu, und er sagte gehorsam: »Zufällig, Madame, bin ich heute mit einigen Herren zum Mittagessen bei Locket verabredet.«

»Zum Mittagessen mit einigen Herren verabredet und nicht mit deiner Frau? Gott schütze mich! Was für eine seltsame Zeit ist das!«

Gerald, durch seinen Mut noch verwegener gemacht, fuhr unbefangen mit der Hand über den blaugoldenen Brokatärmel. »Das ist eben modern, Mylady. Liebevolle Gatten undGattinnen sind démodé – kein Mensch will etwas von ihnen wissen.« Er machte eine möglichst elegante Verbeugung vor Amber. »Ihr Diener, Mylady.«

»Ihre Dienerin, Sir.« Sie knickste erheitert und ein wenig erstaunt darüber, daß er seiner Mutter zu trotzen gewagt hatte.

Dann verbeugte er sich vor seiner Mutter und vor Lady Almsbury und entwischte, während Lady Stanhope nicht recht wußte, ob sie ihn gehen lassen oder ihm sagen sollte, was sie von seinem Benehmen hielt. Schließlich ließ sie ihn gehen. Und als Amber das Zimmer verließ, hörte sie Mylady sagen: »Mein Himmel! Wie verändert er ist! Jeder Zoll ein junger Edelmann nach der letzten Mode!«

*

Es war beinahe Mitternacht, als Amber von Whitehall heimkehrte, völlig erschöpft und schlafbedürftig. Zwölf Stunden im Palast waren eine beträchtliche Anstrengung für sie, zumal jetzt, da sie in Hoffnung war. Ununterbrochen mußte sie heiter und lebhaft sein, es gab keine Minute Entspannung, man durfte niemals so müde aussehen, wie man häufig war. Und jetzt hatte sie nervöse Schmerzen im Nacken, und jeder Muskel schien zu zittern.

Sie ging eben die Stufen hinauf, da stürzte Almsbury aus einem erleuchteten Zimmer in die Halle. »Amber!« Sie drehte sich um. »Ich glaubte schon, Sie würden niemals zurückkommen.«

»Ich auch! Sie hatten ein paar verdammte Marionetten da, und es gab keine Ruhe, bevor man ›Romeo und Julia‹ viermal hintereinander gespielt hatte.«

»Ich habe eine Überraschung für Sie.« Er stand gerade am Fuß der Treppe und grinste. »Raten Sie, wer da ist.«

Amber zuckte gleichgültig die Achseln. »Wie soll ich das wissen?«

Dann aber sah sie über ihn hinweg nach der Schwelle, wo jemand erschien – ein hoher, schwarzhaariger Mann, der ihr zulächelte. Amber hielt den Atem an. »Bruce!« Sie sah, wie er auf sie zukam, wie er lief, und dann fiel sie hilflos, ohnmächtig in Almsburys Arme.

Fünfzigstes Kapitel

Die schwache Aprilsonne drang durch die kleinen Scheiben der Fenster und warf helle Flecke auf den bloßen Fußboden. Sie blitzte auf den Sporen von einem Paar Männerstiefeln, berührte die hellblaue Straußfeder eines Hutes, glitzerte auf dem in Gold und Silber gearbeiteten Korb eines Degens. All das lag neben dem Himmelbett. Darin aber, tief in der Federmatratze, lag Amber schlaftrunken. Ihr Arm glitt langsam über das leere Bett neben ihr, und ein Ausdruck von Bestürzung und Angst trat in ihre Züge. Sie öffnete die Augen, sah sich allein und setzte sich rasch mit einem leichten Schrei auf.

»Bruce!«

Er schlug die Vorhänge zurück und stand lachend vor ihr. Er trug seine Hosen, aber weder Hemd noch Perücke und war sichtlich gerade dabei, sich zu rasieren.

»Oh, Gott sei Dank! Ich hatte schon Angst, du wärest wieder fort – oder ich hätte alles nur geträumt und du seist gar nicht dagewesen. Aber du bist hier! Du bist wirklich hier, Bruce! Es ist wunderbar, dich wiederzuhaben!«

Sie streckte ihm die Arme entgegen, lachte, und ihre Augen leuchteten. »Komm her, Liebling. Ich möchte dich berühren.« Er setzte sich neben sie, und ihre Fingerpsitzen glitten über sein Gesicht, als könnte sie noch immer nicht glauben, daß er da war. »Wie gut du aussiehst«, flüsterte sie, »schöner als je!« Ihre Hände strichen über seine breiten, muskulösen Schultern und seine Brust und drückten fest auf das warme, braune Fleisch. Dann fielen ihre Blicke plötzlich auf seine Augen, die sie ansahen.

»Amber!«

»Ja?«

Mit verzehrender Heftigkeit preßten ihre Lippen sich aufeinander. Als der Sturm vorüber war, lag sein Kopf auf ihrer Brust, und ihre Gesichter waren entspannt und friedlich. Ambers Finger spielten zärtlich mit seinem starken schwarzen Haar.

Endlich stand er auf. Amber öffnete die Augen und lächelte lässig.

»Komm her, Liebling, und bleib bei mir!«

Er beugte sich über sie und küßte sie. »Ich kann nicht, Almsbury wartet auf mich.«

»Laß ihn warten!«

Er schüttelte den Kopf. »Wir gehen nach Whitehall – Seine Majestät empfängt mich heute. Vielleicht kann ich dich später treffen.« Er hielt inne und sah auf sie hinunter. Dann erschien ein leicht spöttisches Lächeln auf seinem Gesicht. »Wie ich höre, bist du ja jetzt Gräfin. Und wieder verheiratet dazu.«

Amber sah ihn plötzlich fast überrascht an. Wieder verheiratet! Guter Gott, dachte sie. Natürlich! Wenn Gerald nicht da war, vergaß sie sein Vorhandensein überhaupt.

Er lachte. »Was ist denn, Liebling? Vergessen, wer es ist? Almsbury sagt, daß er Stanhope heißt – ich glaube, so war der Name –, und sein Vorgänger war . . .«

»O Bruce! Mach dich nicht über mich lustig! Nicht in tausend Jahren hätte ich ihn geheiratet, wenn ich gewußt hätte, daß du zurückkommst. Ich hasse ihn – er ist ein alberner, hohlköpfiger Tölpel! Ich habe ihn nur geheiratet, weil . . .« Sie hielt inne und verbesserte sich hastig. »Ich weiß nicht, warum ich ihn geheiratet habe. Ich weiß nicht, warum ich überhaupt jemanden geheiratet habe. Ich wollte niemals mit einem andern verheiratet sein als mit dir, Bruce! O Liebling, wir hätten so glücklich miteinander leben können, wenn du nur . . .«

Sie sah, wie sein Gesichtsausdruck sich änderte – es war ein Blick, der sie mit einem Mal zu warnen schien. Sie starrte ihn an, die alte Angst stieg wieder in ihr auf, und schließlich sagte sie ganz leise: »Du bist verheiratet?« Und sie schüttelte langsam den Kopf, während sie das sagte.

Er holte tief Atem. »Ja, ich bin verheiratet.«

Nun war es geschehen. Was sie sieben Jahre lang erwartet und gefürchtet hatte, das mußte sie jetzt hören. Und jetzt schien es ihr, als sei es immer zwischen ihnen gewesen, unausweichlich wie der Tod. Elend und schwach, wie sie sich fühlte, konnte sie nichts tun, als ihn anschauen. Er setzte sich auf einen Stuhl und schnürte die Bänder seiner Schuhe. Dann blieb er sitzen, die Ellbogen auf den Knien, die Hände zwischen den Beinen, aber am Ende hob er doch sein Gesicht zu ihr.

»Es tut mir leid, Amber«, sagte er leise.

»Leid, daß du verheiratet bist?«

»Leid, daß ich dich gekränkt habe.«

»Wann hast du geheiratet? Ich dachte –«

»Vor einem Jahr im Februar habe ich geheiratet; gerade als ich nach Jamaika zurückkehrte.«

»Du wußtest also, daß du heiraten würdest, als du von mir fortgegangen bist! Du . . .«

»Nein, ich wußte es nicht«, unterbrach er sie. »Ich begegnete ihr am Tage, als ich in Jamaika ankam. Einen Monat später haben wir geheiratet.«

»Einen Monat später«, flüsterte sie, und dann schienen alle ihre Muskeln und Knochen zu einer widerstandslosen Masse zu werden. »O mein Gott!«

»Amber, Liebling – bitte – ich habe dich nie belogen. Ich habe dir von Anfang an gesagt, daß ich einmal heiraten würde.«

»Ja, aber so bald!« protestierte sie unvernünftig, und ihre Stimme war ein schwaches Jammern. Und dann hob sie plötzlich den Kopf und sah ihn an; in ihren Augen glitzerte es boshaft. »Wer ist sie? Irgendein schwarzes Frauenzimmer, das du . . .«

Bruces Gesicht wurde hart. »Sie ist Engländerin. Ihr Vater ist Earl und ließ sich nach den Kriegen in Jamaika nieder– er hat dort eine Zukkerplantage.« Er stand auf und zog sich an.

»Sie ist vermutlich reich?«
»Reich genug.«
»Und schön dazu?«
»Ja, ich glaube wohl.«
Diesmal machte sie eine kleine Pause, aber dann kam die Frage: »Liebst du sie?«
Er sah sie seltsam an, und seine Augen verengten sich. Eine Weile antwortete er gar nicht, und dann sagte er leise: »Ja, ich liebe sie.«
Sie griff nach ihrem Schlafrock und schlüpfte aus dem Bett. Die nächsten Worte, die sie sagte, hätte jede bei Hof aufgewachsene Dame in der gleichen Situation sagen können. »Zum Teufel mit dir, Bruce Carlton! Warum mußt gerade du als einziger Mann in England aus Liebe heiraten?«
Doch das Furnier des Spottes war zu dünn; unter dem leisesten Druck mußte es zerbrechen. Plötzlich sah sie ihn an: »Ich hasse sie!« schrie sie wütend. »Ich verabscheue sie! Wo ist sie?«
Er antwortete sanft: »In Jamaika. Sie hat im November ein Kind gekriegt und wollte nicht fort.«
»Sie muß dich ja schrecklich liebhaben!«
Bruce ging auf ihren spöttischen Ton nicht ein, und sie setzte heftig hinzu: »So hast du denn endlich eine Dame geheiratet, und deine Bälger werden von einer in die Welt gesetzt, deren Ahnen zweitausend Jahre lang auf ihren Ärschen im Oberhaus gesessen sind. Ich wünsche Ihnen viel Glück, Lord Carlton! Was für ein Elend, wenn eine gewöhnliche Sterbliche Ihre Kinder aufgezogen hätte!«
Er sah sie besorgt und mitleidig an. Den Hut hielt er in der Hand. »Ich muß jetzt gehn, Amber. Ich habe mich ohnehin schon um eine halbe Stunde verspätet.«
Sie warf ihm einen finsteren Blick zu und drehte den Kopf weg, als erwartete sie ein Wort der Entschuldigung. Doch wider Willen beobachtete sie ihn, als er jetzt durch das Zimmer ging – sein Körper bewegte sich in dem vertrauten Rhythmus, der einen der Gründe in sich zu bergen schien, um derentwillen sie ihn liebte. »Bruce!« rief sie plötzlich. Er blieb stehen und sah sich langsam um. »Mir ist es gleich, ob du verheiratet bist oder nicht. Ich werde dich niemals aufgeben – niemals, solange ich lebe, hörst du? Du gehörst ebensosehr mir wie ihr! Sie kann dich niemals ganz haben.«
Sie eilte auf ihn zu, aber er hatte sich schon abgewandt, hatte die Tür geöffnet und ruhig hinter sich geschlossen. Amber streckte eine Hand nach ihm aus, mit der andern griff sie nach der Kehle, um ein Schluchzen zu ersticken. »Bruce!« rief sie noch einmal. Und dann drehte sie sich erschöpft um und ging bis ans Bett zurück. Sekundenlang starrte sie es an, und dann sank sie daneben in die Knie. Er ist fort – dachte sie. Er ist fort – ich habe ihn verloren.

*

Während der ersten zwei Wochen seines Aufenthaltes in London sah Amber Lord Carlton nur selten. Er hatte viel auf den Werften zu tun, verhandelte mit Kaufleuten, verkaufte den Tabak, den er mitgebracht hatte, schloß neue Kontrakte ab, machte Einkäufe für sich und die andern Pflanzer. Wenn er nach Whitehall kam, geschah es nur, um König Karl zu sehen, denn er verlangte weitere Landzuteilungen – diesmal zwanzigtausend Morgen, mit denen er insgesamt dreißigtausend hätte. Doch er verbrachte seine Zeit weder in Salons noch im Theater.

Auf Ambers Bitte hatte Lady Almsbury ihm die Zimmer neben den ihren gegeben, und obgleich er am zweiten Abend nichts gesagt hatte, da er annahm, ihr Gatte würde bei ihr sein, klopfte sie an seine Tür, als sie ihn nach Hause kommen hörte. Sie verbrachte alle Nächte mit ihm. Wenn sie manchmal spät heimkam, wußte er ohne Zweifel, daß sie beim König gewesen war, aber er erwähnte es mit keinem Wort. Ihre Beziehung zu Gerald schien ihn zu amüsieren, aber auch davon sprach er niemals.

Weniger allerdings amüsierte das Geralds Mutter.

Während dieser vierzehn Tage hatte Amber sie nur ein- oder zweimal in Whitehall gesehen und war ihr stets sorgsam ausgewichen. Doch die Baronin schien außerordentlich beschäftigt zu sein, und Nan berichtete, sie habe ständig Friseure und Juweliere, Näherinnen und Schneiderinnen und ein Dutzend Kaufleute um sich, und ihre Zimmer füllten sich mit Satin und Samt, Taft und Spitzen, Bändern und Seide.

»Was, zum Teufel, hat sie denn vor?« fragte Amber. »Sie besitzt doch keinen Schilling.«

Aber sie glaubte, es recht wohl zu wissen. Die alte Hexe verbrauchte ihr, Ambers, Geld! Wäre sie selbst nicht so viel mit Bruce und ihren Interessen am Hof beschäftigt gewesen, so hätte sie der Baronin diese Streiche keine zwei Tage hingehen lassen, so aber ließ sie es geschehen und empfand es als Erleichterung, daß die alte Dame sie wenigstens nicht störte. Eines Tages werde ich ein Hühnchen mit ihr rupfen, dachte sie. Doch Lady Stanhope kam ihr zuvor.

Amber wachte niemals vor neun Uhr auf, denn sie kam spät aus dem Palast heim, und Bruce war morgens immer schon sehr früh fort. Sie trank dann ihre Schokolade, nahm einen Schlafrock und ging zu den Kindern. Die Zeit von zehn bis zwölf verbrachte sie mit ihrer Toilette. So lange dauerte es, teils weil Schminken, Frisieren und Anziehen eines Kleides schwierige Prozesse waren, teils aber auch weil sie unzählige Händler mit Putzwaren, Juwelen und Parfums empfing, die sich in den Vorzimmern der Reichen und Vornehmen sammelten. Niemals wurde einer vor Ambers Tür abgewiesen.

Sie liebte den Lärm und das Durcheinander; daß sie derart überlaufen wurde, verlieh ihr ein angenehmes Gefühl von Wichtigkeit, und überdies kaufte sie gern ein. Ihre Freigebigkeit war unter den Kaufleuten wohlbekannt, und gegen Mittag drängte man sich in ihren Zimmern wie im Hof des Royal Exchange.

Sie saß vor ihrem Toilettentisch, einen leichten Morgenrock um sich, ein Paar Pantöffelchen hingen an ihren Fußspitzen, während Monsieur Durand ihr Haar in kunstvolle Ordnung brachte. Über diese Dienstleistungen war Nan Britton bereits längst hinaus. Sie war jetzt die Begleiterin einer Gräfin, wo immer Amber erschien. Und wie die meisten Begleiterinnen der vornehmen Damen hatte sie ihre Clique und ihre Liebhaber – viele von ihnen waren Lords oder andere elegante Herren, die auch mit den Damen selbst verkehrten. Nan genoß ihr Leben mit der ganzen Begeisterung, mit der sie alles tat – obgleich es ein unverhoffter Triumph und Erfolg war, denn sie hatte nichts dazu getan.

Händler und Händlerinnen umgaben Amber in einem lebhaften Kreis, hielten ihr bald dies, bald das vor die Augen. »Bitte, betrachten Sie doch diese Handschuhe, Madame – und riechen Sie dazu. Stecken Sie die Nase hinein, und Sie werden nie mehr einen andern Duft haben wollen. Ist das nicht köstlich?«

Amber roch. »Neroli, nicht? Mein Lieblingsparfum. Ich nehme ein Dutzend Paar.« Sie strich mit einer kleinen Bürste über ihre geschwungenen schwarzes Brauen, glättete sie und entfernte hier und dort einen Puderfleck.

»Diesen Stoff habe ich für Sie gerettet, Madame. Fühlen Sie nur, wie das gewoben ist! Und die Farbe! Sie würde Mylady wunderbar kleiden. Sehen Sie nur, wie sie zu Ihren Augen paßt! Nichts könnte Ihnen besser stehen. Und erlauben Sie mir noch hinzuzufügen, Madame«, bei diesen Worten senkte sich die Stimme zu einem Flüstern, »daß die Gräfin Shrewsbury den Stoff unlängst gesehen hat und ganz hingerissen war. Aber ich sagte ihr, er sei schon verkauft. Niemand dürfte ihn tragen als Sie, Madame!«

»Und darum muß ich ihn nehmen, Sie Gauner?« Sie legte ein Brillanthalsband um. »Aber er ist schön; ich bin froh, daß Sie ihn mir aufgehoben haben. Und vergessen Sie mich nicht, wenn Sie Ihre nächste Ladung bekommen. Nan, gib ihm das Geld!«

»Madame, ich bitte Sie, nehmen Sie einmal dieses Armband in die Hand! Sehen Sie nur, wie es das Licht fängt – wie es blitzt! Schönere Steine sind noch nie gefunden worden. Und es ist fünfhundert Pfund und noch mehr wert! Aber Ihnen, Mylady, gebe ich es mit Verlust, nur um der Ehre willen, meine Arbeit an Ihrem Arm zu wissen. Jeder würde dafür fünfhundert Pfund verlangen – Sie, Mylady sollen es für hundertfünfzig haben.«

Amber lachte, nahm das Armband und bewunderte es. »Wie soll ich bei diesem Preis widerstehen? Lassen Sie es da. Ich kaufe es.« Sie warf das Armband auf den Toilettentisch zwischen Haufen von Büchsen und Tiegeln und Flaschen, Briefen, Fächern, Bändern. »Aber schicken Sie mir eine Rechnung – so große Beträge habe ich niemals im Haus.«

S'il vous plaît, Madame.« Das war Monsieur Durands ersterbende Stimme. »Ich flehe Sie an – bewegen Sie sich nicht soviel! Erst dahin, dann dorthin, ich kann nichts zustande bringen. *Mondieu,* Madame!«

»Es tut mir leid, Durand. Und was haben Sie da, Johnson?«

So spielte sich Morgen für Morgen diese fröhliche Messe ab, brachte allen Unterhaltung und Nutzen, und Amber bot ihren Besuchern mindestens ebensosehr ein Schauspiel wie die Besucher ihr. Spielleute waren fast immer im Zimmer und spielten die neuesten Balladen oder Lieder aus Theaterstücken *à la mode*. Ein halbes Dutzend Zofen kamen und gingen. Tansy strich zwischen den Gruppen umher und erbat sich manchmal auch irgend etwas. Er war sehr eitel geworden, und Amber kaufte ihm die teuersten Kleider, obgleich er sich noch immer weigerte, einen Schuh anzuziehen, der nicht ausgetreten war. Der König hatte ihr einen kleinen Spaniel geschenkt, den sie *Monsieur le Chien* nannte und der alles beschnüffelte und jeden anbellte, den er nicht schon kannte.

So war Amber auch eines Morgens beschäftigt, als ein kleiner Page eintrat und meldete: »Madame, die Baronin Stanhope wünscht Sie zu besuchen.«

Amber rollte ungeduldig die Augen. »Hölle und Teufel«, murmelte sie und sah sich um, als Mylady eben in der Tür erschien. Dann aber riß sie die Augen weit auf, und es dauerte eine ganze Weile, bevor sie sich so weit faßte, daß sie aufstehen und ihre Schwiegermutter begrüßen konnte.

Lucilla hatte sich derart verändert, daß sie kaum wiederzuerkennen war. Ihre Haare waren so goldig wie Susannas Haare, nach der letzten Mode gelockt und mit Bändern und Blumen und Perlen verziert. Ihr Gesicht war bemalt wie das einer chinesischen Puppe, und im Mund hatte sie offenbar Einlagen, um ihre Wangen fest und rund aussehen zu lassen. Ihrem Kleid aus perlgrauem Satin über einem fuchsfarbenen Unterrock merkte man an, daß es geschickten französischen Fingern entstammte, das Mieder schnürte ihre Taille und hob den Busen. Um den Hals wand sich eine Perlenschnur, an den Ohren baumelten Brillanten, an den Handgelenken klirrten ein halbes Dutzend Armbänder, und drei Finger jeder Hand waren mit Ringen geschmückt, und all diesem Geglitzer sah man von weitem die Echtheit und Kostspieligkeit an. Sie war binnen vierzehn Tagen eine sehr elegante Modedame geworden, vielleicht ein wenig überreif, aber immerhin noch recht konkurrenzfähig.

Mein Gott, dachte Amber, seht euch einmal diese alte Vettel an!

Die beiden Damen umarmten sich, doch Lady Stanhope hatte die Überraschung auf Ambers Zügen bemerkt und sah sie triumphierend und Bewunderung heischend an. Aber nachdem der erste Schock vorüber war, galten Ambers Gedanken nur entsetzt der Tatsache, daß das alles mit ihrem Geld fertiggebracht worden war. Die Stanhopes, das wußte sie, hatten ihre letzte geringe Einnahmequelle eingebüßt, als ihre Häuser beim Brand vernichtet worden waren.

»Sie müssen mir meine Unhöflichkeit verzeihen, Madame«, begann Lucilla sogleich. »Ich hätte Sie natürlich schon früher besucht, aber ich hatte so schrecklich viel zu tun.« Sie hielt atemlos inne, um sich Luft zuzufächeln. Obgleich sie in den Augen ihrer Schwiegertochter Neid zu erblicken glaubte, mußte sie sich dessen bewußt sein, daß sie mit allen ihren Künsten und dem gefärbten Haar und den falschen Löckchen eben doch nie wieder dreiundzwanzig Jahre werden konnte und daß die Jahre, die dazwischenlagen, lang und bitter gewesen waren.

»Oh, ich bin es, die Sie hätte aufsuchen müssen, Madame«, protestierte Amber höflich und versuchte, rasch auszurechnen, wieviel Pfund Sterling in Lady Stanhopes äußerer Erscheinung angelegt sein mochten; und je länger sie rechnete, desto wütender wurde sie. Aber sie lächelte und bat Mylady, Platz zu nehmen, bis sie selbst ihre Toilette vollendet hätte, und dann, als Lady Stanhope ihren Blick auf einen schönen blauen Samt warf, schickte Amber die Händler rasch aus dem Zimmer.

»Kommen Sie morgen früh in mein Appartement«, sagte Lucilla und winkte mit der Hand, und der Mann mit dem blauen Samt verschwand mit den andern.

Amber legte ihre Schönheitspflästerchen auf, während Lucilla sich in ihrem zu eng geschnürten Korsett sichtlich unbehaglich fühlte. »Mein Himmel«, sagte Mylady, kreuzte ihre kleinen Füße und legte den Kopf seitwärts, um sie zu bewundern. »Sie glauben gar nicht, wie beschäftigt ich diese vierzehn Tage gewesen bin. Ich kenne eine solche Menge Menschen hier in der Stadt, und jeder wollte mich gleich sehen. Man hat mich fast in Stücke gerissen.« Sie legte die Hand an den Kopf. »Auf diese Art habe ich Gerry kaum zu Gesicht bekommen. Ach bitte, sagen Sie mir doch, wie es dem lieben Jungen geht!«

»Soviel ich weiß, gut, Madame«, erwiderte Amber, war aber viel zu verärgert darüber, daß ihr harterworbenes Geld aufging, um dieses alte Weib herauszuputzen, als daß sie beachtet hätte, was ihr Besuch sagte.

Jetzt stand sie auf, ging durch das Zimmer, trat hinter einen prachtvollen, blaulackierten chinesischen Wandschirm und ließ sich von einer der Zofen ihr Kleid reichen. *Monsieur le Chien* beschnupperte neugierig Lucillas Schuhe und ließ sich von ihren scharfen Blicken durchaus nicht einschüchtern. Von Amber waren nur Kopf und Schultern sichtbar, und während sie nicht hinschaute, hafteten Lucillas Augen hart, prüfend und mißbilligend auf ihr. Doch als Amber sich plötzlich umdrehte, lächelte Mylady ein rasches, schuldbewußtes Lächeln.

»Es ist doch seltsam, daß ich Gerry morgens nie zu sehen bekomme. Daheim besuchte er mich jeden Tag, bevor er an seine Arbeit ging. Er war immer das zärtlichste Kind, das eine Mutter sich nur wünschen kann. Er muß wohl sehr früh ausgehn.« Sie sprach schnell und sah Amber an, als erwarte sie jetzt irgendeine verlogene Ausrede.

»Nun, wenn ich mich recht erinnere«, sagte Amber und zog den Bauch ein, während die Zofe das Mieder zuschnürte, »ist er seit dem Tag, da Sie ankamen, nicht mehr hier gewesen.«

»Was?« rief Lady Stanhope so entsetzt, als hätte sie gehört, ihr Sohn sei als Taschendieb verhaftet worden. »Schläft er denn nicht bei Ihnen?«

»Enger!« murrte Amber. »Es muß noch enger gehen.« Ihre Taille war breiter geworden, aber sie wollte das nicht merken lassen, solange es ging. Stärker als die Schmerzen der Geburt haßte sie die Monate, in denen sie entstellt war, und diesmal noch mehr als sonst, denn Bruce war hier, und sie wollte so gut aussehen wie nur irgend möglich. Dann antwortete sie leichthin: »O doch, gelegentlich.« Er hatte dreimal bei ihr geschlafen, und Amber hatte auch das nur erlaubt, weil der König hoffte, der junge Ehemann werde dann das Kind als das seine anerkennen.

»Ach!« Lady Stanhope fächelte sich heftiger als je, und ihr Gesicht lief rot an wie immer, wenn sie nervös oder verlegen war oder sich ärgerte. »So etwas habe ich in meinem Leben nicht gehört! Ein Mann, der nicht bei seiner Frau schläft! Das ist – das ist unmoralisch! Aber ich will einmal mit ihm darüber sprechen. Ich werde zusehen, daß er Sie in Zukunft nicht mehr vernachlässigen soll!«

Amber lächelte lässig amüsiert über den Wandschirm hinüber, dann bückte sie sich und trat in einen Unterrock und hierauf in den zweiten. »Regen Sie sich nicht auf, Madame, Mylord und ich fühlen uns dabei ganz wohl. Die jungen Leute sind heutzutage sehr beschäftigt, müssen Sie wissen, gehen in Theater und Gasthäuser, trinken bis Mitternacht und treiben sich nachher auf den Straßen herum. Damit haben sie mehr als genug zu tun, das können Sie mir glauben.«

»Ja, aber Gerry führt kein solches Leben, dessen bin ich sicher. Er ist ein guter stiller Junge, lassen Sie sich das von mir gesagt sein, Madame. Wenn er nicht herkommt, dann muß er wohl den Eindruck haben, daß er hier nicht erwünscht ist.«

Amber drehte sich um und sah ihrer Schwiegermutter geradeaus in die Augen; ihr Blick war kühl, und um den Mund spielte ein boshaftes Lächeln. »Ich wüßte wahrhaftig nicht, wie er auf diese Idee gekommen sein soll, Madame. Wie spät ist es, Nan?«

»Fast halbeins, Mylady.«

»O mein Gott!« Amber trat hinter dem Wandschirm hervor; sie war jetzt völlig angekleidet, ein Mädchen reichte ihr Fächer und Muff, während eine andere ihr den Mantel über die Schultern legte. Sie nahm die Handschuhe und zog sie an. »Um ein Uhr habe ich eine Sitzung bei Mr. Lely. Ich muß Sie bitten, mich zu entschuldigen, Madame. Mr. Lely ist so umworben, daß er keine Minute warten kann. Wenn ich zu spät komme, verliere ich die Sitzung, und mein Porträt bleibt unvollendet.«

Lady Stanhope stand auf. »Ich wollte auch gerade ausfahren. Ich bin zum Essen bei Lady Clifford eingeladen, und nachher gehen wir zusammen ins Theater. In der Stadt hat man keinen Augenblick für sich.« Die beiden Gräfinnen rauschten aus dem Zimmer, gefolgt von Nan und Tansy und Monsieur le Chien. Lucilla warf Amber einen Blick von der Seite zu. »Sie wissen vermutlich, daß Lord Carlton als Gast hier im Hause wohnt?«

Amber sah sie scharf an. Was wollte sie damit sagen? Konnte sie irgendeine Klatscherei gehört haben? Doch sie waren immer sehr vorsichtig gewesen, gingen nur durch ihre eigenen Türen ein und aus und schenkten einander in der Öffentlichkeit nicht mehr Beachtung als unbedingt nötig. Ambers Herz klopfte stark. Sie versuchte, ihr eine unbefangene Antwort zu geben.

»O ja, ich weiß es. Er ist ein alter Freund des Earl.«

»Ich finde ihn einfach bezaubernd. Man sagt, daß alle Frauen bei Hof in ihn verliebt sind. Und haben Sie das auch gehört? Er soll einer von Lady Castlemaines Liebhabern sein – aber das sagt man natürlich von jedem.« Sie schwatzte weiter, denn sie redete immer, als würde die Zeit ihr nicht alles zu sagen erlauben, was sie zu sagen hatte, aber Amber fühlte sich erleichtert. Sie wußte natürlich nichts – sie wollte nur schwatzen. »Wenn man an das abenteuerliche Leben denkt, das er geführt hat! Glücksritter, Freibeuter und jetzt Pflanzer! Er soll einer der reichsten Männer von England sein – und seine Familie gehört zu den vornehmsten. Marjorie Bruce war, wie Sie wissen, die Mutter des ersten schottischen Königs aus dem Hause Stuart. Und mit ihr ist seine Familie verwandt. Und seine Frau soll eine große Schönheit sein, sagt man.«

»Mit einer Mitgift von zehntausend Pfund ist jede eine große Schönheit«, fuhr Amber dazwischen.

»Nun«, sagte Lucilla, »er ist jedenfalls ein schöner Mann, das beschwöre ich. Er hat alles an sich, was ich bewundere.«

Amber verbeugte sich vor ihr. »Guten Tag, Madame.«

Sie ging wütend und gekränkt die Stufen hinunter. Ich kann es nicht aushalten, dachte sie. Ich kann nicht aushalten, zu wissen, daß er mit dieser Frau verheiratet ist. Ich hasse sie! Ich hasse sie! Ich hasse sie! Ich hoffe, daß sie sterben wird! Plötzlich blieb sie stehen und schöpfte Atem. Vielleicht! Sie ging weiter, und ihre Augen funkelten. Vielleicht wird sie sterben! Mit all den Krankheiten dort drüben! Vielleicht –! Sie hatte ganz den Zorn über das viele Geld vergessen, das die Baronin vergeudete.

Am nächsten Abend kam sie mit Bruce zusammen von Whitehall nach Hause. Den dringendsten Teil seiner Geschäfte hatte er nun erledigt und ging abends in den Palast, um zu spielen und sich zu unterhalten. Sie stiegen die Treppe hinauf und lachten über das neueste Gespräch. Buckingham, immer noch unauffindbar, sei wegen nächtlicher Ruhestörung verhaftet und eingesperrt und dann wieder freigelassen worden, ohne daß jemand ihn erkannt hätte. Vor ihren Zimmern trennten sie sich.

»Komm nur recht bald, Liebling«, flüsterte sie.

Dann trat sie, noch immer lächelnd, in ihr Wohnzimmer, aber ihr Lächeln erfror im Nu, als sie Gerald und seine Mutter vor dem Kamin sitzen sah.

»Nun?« Sie schlug die Tür zu.

Gerald stand auf. Er sah tiefunglücklich aus, und Amber wußte, daß er nicht aus eigenem Antrieb gekommen war. Die Baronin warf ihr über die bloße Schulter einen listigen Blick zu, erhob sich dann und deutete einen Knicks an. Amber erwiderte ihn nicht, sondern trat näher und sah von einem zum andern.

»Ich habe nicht erwartet, Sie hier zu finden«, sagte sie zu Gerald, der sich räusperte und einen Finger hinter die allzu hohe Krawatte steckte. Er versuchte zu lächeln, aber es gelang ihm nur eine nervöse Grimasse.

»Ich habe mich gerade mit Gerry unterhalten, während er auf Sie wartete», fiel seine Mutter hastig ein. »Ich gehe jetzt und lasse die beiden jungen Leutchen allein. Ihre Dienerin, Madame. Gute Nacht, Gerry, Liebling.« Als Gerald gehorsam die Wange seiner Mutter küßte, sah Amber, wie Lady Stanhope ihm einen mahnenden, aber aufmunternden Klaps auf den Arm gab.

Mit triumphierendem Lächeln verließ sie das Zimmer, ihre lange Schleppe rauschte hinter ihr her, der einzige Laut, der in der Stille zu vernehmen war. Und gleich darauf begann eine Uhr zu schlagen. Amber sah ihr nicht nach, ihre Augen hafteten an Gerald, und als sie hörte, wie die Tür sich schloß, warf sie Tansy Muff und Handschuhe zu und schickte ihn hinaus. Monsieur le Chien knurrte und bellte Gerald an, denn er hatte ihn nur selten gesehen und wußte nicht, ob dieser Mann auch hierher gehöre.

»Nun?« wiederholte Amber und ging ans Feuer, um sich die Hände zu wärmen.

»Eh bien, Madame«, sagte Gerald. »Hier bin ich. Und schließlich«, plötzlich strafften sich seine Schultern, und er sah sie trotzig an, »warum sollte ich nicht hier sein? Ich bin Ihr Gatte, Madame.« Es klang, als hätte ›Mutter‹ ihn die Worte gelehrt.

»Natürlich«, gab Amber zu. »Warum sollten Sie nicht?« Dann aber legte sie eine Hand auf den Magen und sank mit einem leisen Stöhnen in den Diwan.

Gerald stürzte auf sie zu. »Großer Gott, Madame! Was haben Sie? Ist Ihnen nicht wohl?« Er drehte sich um und wollte davonlaufen. »Ich werde jemanden holen.«

Doch Amber hielt ihn zurück. »Nein, Gerald. Es ist nichts. Aber ich bin in Hoffnung, glaube ich. Ich wollte es Ihnen nicht sagen, bevor ich ganz sicher war.«

Er sah so entzückt drein, als wäre das noch niemals einem andern Mann mitgeteilt worden. »Schon? Mein Gott, ich kann es kaum glauben! Aber – hoffentlich ist es auch wahr!« Sie hatte ihn so überrascht, daß all seine französischen Grimassen und sein geziertes Benehmen von ihm abfielen und er aussah wie ein englischer Bauernjunge, dem man etwas Angenehmes gesagt hat.

Amber erheiterte das sehr. »Das hoffe ich auch, Mylord. Aber Sie wissen, wie einer Frau unter diesen Bedingungen ist.«

»Nein – ich weiß nicht – ich-ich habe nie vorher daran gedacht. Ist Ihnen jetzt besser? Kann ich irgend etwas für Sie tun? Vielleicht ein Kissen für Ihren Kopf?«

»Nein, Gerald, vielen Dank. Ich brauche nur völlige Ruhe – ich – nun, um ganz aufrichtig zu sein, ich möchte lieber allein schlafen, wenn Sie es mir nicht übelnehmen wollen.«

»Aber natürlich, Madame! Ich wußte ja nicht – ich hatte nicht verstanden. Das tut mir leid.« Er nahm Abschied. »Wenn Sie irgend etwas brauchen sollten – alles, was ich tun kann . . .«

»Danke, Gerald. Ich werde es Sie wissen lassen.«

»Und – Madame – darf ich Sie manchmal besuchen, gerade nur um zu sehen, wie es Ihnen geht?«

»Natürlich, Mylord. Wann Sie wollen. Gute Nacht.«

»Gute Nacht, Madame.« Er zauderte, kämpfte sichtlich, um die der Situation angemessenen Worte zu finden, wiederholte aber schließlich mit einem hilflosen Lächeln: »Nun, gute Nacht, Madame«, und war verschwunden.

Amber schüttelte den Kopf und verzog das Gesicht; dann stand sie auf und ging in ihr Schlafzimmer. Nan hob fragend die Brauen, worauf Amber mit so deutlichen Gesten antwortete, daß beide in ein lautes Gelächter ausbrachen. Die zwei Frauen waren jetzt allein im Zimmer und lachten und schwatzten. Amber stand in Hemd und Mieder und spitzenschäumenden Unterröcken. Als Bruce klopfte, ließ sie ihn eintreten.

Er hatte Perücke, Mantel, Rock und Degen abgelegt, und sein weißes Hemd war offen. »Noch bei der Toilette?« fragte er mit einem Lächeln. »Ich habe unterdessen zwei Briefe geschrieben.« Er blieb bei einem Tisch stehen und schenkte sich einen Becher mit Branntwein und Wasser ein. »Ich hatte immer den Eindruck, die Frauen würden fünf Jahre ihres Lebens gewinnen, wenn sie einfacher angezogen wären.«

»Und was würden sie damit anfangen?« wollte Nan wissen, und alle drei lachten.

Ambers Haar war noch wohlfrisiert, denn keine Dame hätte selbst eine Hand an ihre Frisur gelegt, und Nan hatte mit Tansy und dem Hund das Zimmer verlassen. Sie stand jetzt vor dem Toilettentisch und löste ihr Halsband, als sie sein Gesicht und seine Schultern im Spiegel auftauchen sah. Seine grünen Augen beobachteten sie sekundenlang, dann bückte er sich, strich das Haar aus ihrem Nacken und küßte sie. Ein Schauer rann ihr durch den Leib, sie holte tief Atem und schloß die Augen.

Er setzte sein Glas auf den Tisch und legte den Arm um sie. Sie wandte sich zu ihm um. »O Bruce«, rief sie. »Wie ich dich liebe!«

Seine Arme umschlangen sie, und ihre Körper drängten sich fest aneinander. Als er plötzlich seine Lippen von den ihren löste, sah sie verwundert auf und merkte, daß er über sie hinweg nach der Tür schaute. Langsam ließ er sie los, und langsam wandte sie sich um. Dort stand Gerald auf der Schwelle, mit kreideweißem Gesicht und herabgesunkenem Unterkiefer.

»Oh!« rief Amber, und ihre Augen sprühten. »Was soll das heißen? Sich so hier einzuschleichen? Mir nachzuspionieren? O du verdammter, unverschämter Hund, du!«

Mit einer plötzlichen Bewegung hatte sie eine silberne Puderbüchse vom Toilettentisch ergriffen und warf sie nach ihm, aber sie hatte schlecht gezielt, und die Büchse traf nur den Türrahmen. Gerald sprang zur Seite. Bruce blieb ganz ruhig stehen und sah ihn an, erst überrascht und dann mit einer Art Mitleid, als er merkte, wie bestürzt und unglücklich und gekränkt der junge Mensch war.

Amber eilte, außer sich vor Wut, die geballten Fäuste erhoben, auf ihn zu. »Wie kannst du es wagen, dich so bei mir einzuschleichen? Dafür werde ich dir die Ohren abschneiden!« Er wich aus, und der Schlag traf nur seine Schulter.

Sein Gesicht war grau geworden, und er sah jämmerlich drein. Jetzt stammelte er: »Um Gottes willen, Madame – ich hatte ja keine Ahnung – ich wußte nicht . . .«

»Lüg nicht, du Affe! Dir werde ich's zeigen!«

»Amber!« Das war Bruces Stimme. »Laß ihn doch reden! Das ist offenbar ein Mißverständnis.«

Gerald warf ihm einen dankbaren Blick zu, denn er hatte sichtlich Angst vor der Frau, die tobend vor ihm stand. »Meine Mutter war noch in der Halle. Und als ich von Ihnen fortging – nun, da schickte sie mich wieder zurück.«

Amber wollte etwas sagen, aber dann sah sie Bruce an. Was mochte er davon denken? Sein Ausdruck war völlig ernst, doch in seinen Augen blinkte es heiter, und er empfand unleugbar eine gewisse Sympathie für den unglückseligen jungen Ehemann, dessen Pflicht es jetzt war, ihn zum Zweikampf herauszufordern. Die Ehre ließ keine andere Lösung zu. Und dennoch war es lächerlich, sich vorzustellen, daß der schmächtige, unentwickelte Gerald Stanhope mit dem Mut eines halbwüchsigen Mädchens sich einem Mann zum Zweikampf stellen sollte, der nicht bloß acht Zoll größer, sondern vor allem ein hervorragender Fechter war.

Bruce trat vor, machte vor ihm eine leichte Verbeugung und sagte höflich: »Sir, ich bedaure, daß Sie Gründe haben mögen, meine Beziehung zu Ihrer Frau verdächtig zu finden. Ich bitte Sie, meine aufrichtigste Entschuldigung entgegenzunehmen und nicht schlecht von mir zu denken.«

Gerald sah so erleichtert aus wie ein Verbrecher, der just im Augenblick, da sich die Schlinge um seinen Hals zusammenzieht, den Sheriff mit der Begnadigung herbeieilen sieht. Er erwiderte die Verbeugung. »Ich versichere Ihnen, Sir, daß ich hinreichend Weltmann bin, um zu wissen, daß der Schein oft trügen kann. Ich nehme Ihre Entschuldigung an und hoffe, daß wir uns unter freundlicheren Umständen wiederbegegnen mögen. Und jetzt, Madame, wenn Sie mir den Weg zeigen wollen, werde ich mich über die Hintertreppe zurückziehen.«

Amber sah ihn ganz verblüfft an. Gott im Himmel! So wollte dieser arme Narr sich nicht einmal schlagen? Ging er jetzt davon und ließ seine Frau im unbestrittenen Besitz des Liebhabers? Ihr Zorn verrauchte, und an seine Stelle trat Verachtung. Sie zog ihr Hemd zurecht und machte vor ihm einen Knicks.

»Hier, Sir!«

Sie gingen zu einer Tür, die zu einer dunklen kleinen Treppe führte. Bevor er ging, machte Gerald noch zuerst ihr und dann Bruce linkische Verbeugungen, aber Amber konnte bemerken, wie die Muskeln um seine Mundwinkel nervös zitterten. Sie schloß die Tür hinter ihm und wandte sich Bruce zu; um ihre Lippen war ein verächtliches Lächeln, das sie auch auf seinem Gesicht zu sehen erwartete.

Er lächelte wohl, aber in seinen Augen war ein seltsamer Ausdruck. Was war es? Fand er sie tadelnswert? Hatte er Mitleid mit dem Mann, der eben gegangen war? Machte er sich über sie alle drei lustig? Es beunruhigte sie, und für einen Augenblick fühlte sie sich verloren und einsam. Aber unter ihren Augen löste sich dieser Ausdruck auf, wechselte, Bruce machte eine Geste, zuckte die Achseln und ging auf sie zu.

»Nun«, sagte er, »er trägt seine Hörner ebensogut wie irgendein anderer Mann in Europa.«

Einundfünfzigstes Kapitel

London war so hysterisch geworden wie ein bleichsüchtiges Mädchen. In diesen letzten Jahren war sein Leben allzu sehr von Aufregung und Tragödie erfüllt, allzu lärmend und allzu krampfhaft, und nun fühlte es sich unbehaglich, nervös, in einem ständigen Zustand von Furcht und Sorge. Keine Zukunft war zu schwarz, keine Möglichkeit zu fern – alles konnte geschehen und würde wahrscheinlich geschehen.

Das neue Jahr hatte in der Verzweiflung begonnen, mit Tausenden obdachloser Männer und Frauen und Kinder, die in kümmerlichen Hütten neben ihren früheren Heimen lebten. Oder aber die Menschen waren in den wenigen Straßen zusammengedrängt, die innerhalb der Mauern verschont geblieben waren, und mußten phantastische Mieten zahlen. In einem Winter von ungewöhnlicher Härte und Strenge war die Steinkohle so teuer, daß viele sie sich nicht leisten konnten. Die meisten glaubten, nicht ohne Berechtigung, London würde nie wieder aufgebaut werden, sie hatten weder Vertrauen zur Gegenwart noch Hoffnung auf die Zukunft.

Ein schlechter Stern schien über England aufzugehen.

Die nationale Schuld war nie größer gewesen, und die Regierung war dem Bankrott nahe. Der Krieg, der mit so großen Hoffnungen begonnen hatte, war jetzt unpopulär, denn er war erfolglos und gesellte sich in der öffentlichen Meinung zu den anderen Katastrophen dieser letzten zwei Jahre. Die Seeleute der Königlichen Marine meuterten, und im Hof der Admiralität lagen hungernde Menschen. Das Parlament hatte sich geweigert, noch in diesem Jahr das Geld für eine Flotte zu bewilligen, und die Kaufleute ließen sich nicht noch einmal bewegen, die Schiffe ohne Barzahlung auszurüsten. So hatte der Rat – gegen die Stimmen des Königs und Albemarles und des Prinzen Rupert – beschlossen, die Flotte für dieses Jahr stillzulegen, und auf die Friedensverhandlungen vertraut, die bereits im Gange waren.

Doch all diese Probleme beschäftigten den Hof nur sehr wenig. Trotz des verzweifelten Zustandes der Staatsfinanzen war in den Händen einzelner mehr Reichtum als je – mit Unternehmungsgeist und einigem Kapital konnte man sein Geld in Beteiligungen anlegen und in kurzer Zeit vervielfachen. Und man hatte auch keine Angst vor den Holländern, denn man wußte, daß ein Geheimvertrag mit Frankreich bestand, um die holländische Flotte am Auslaufen zu hindern. Die Franzosen hatten niemals Interesse an diesem Krieg gehabt, und Ludwigs des Vierzehnten Ehrgeiz reichte nicht über den Kanal. Mochte das unwissende Volk sich sorgen und ängstigen, wenn es ihm Spaß machte – Damen und Herren hatten anderes im Kopf. Ihnen war Buckinghams Flucht weit wichtiger, oder auch der Klatsch, der wissen wollte, daß Frances Stewart in Hoffnung sei, ein Gerücht, das einen Monat nach ihrer Entführung in Umlauf gesetzt worden war.

Spät im April aber kam die bestürzende Nachricht, daß die Holländer mit vierundzwanzig Schiffen längs der Küste kreuzten.

Das Volk war wie toll. Schrecken und Groll und Argwohn verbreiteten sich wie ein Lauffeuer. Was hatte bei den Friedensverhandlungen nicht geklappt? Irgendwer hat uns verraten, hat uns dem Feinde verkauft! Nacht für Nacht erwartete man, das Dröhnen der Trommeln zu hören, von dem Geschrei hingemetzelter Männer und Frauen zu erwachen, von dem Feuerschein und dem Donner der Kanonen – doch obgleich die Holländer nach wie vor bedrohlich die Küste entlangsegelten, kamen sie doch nicht näher.

*

Amber kümmerte sich um all das nicht sehr – weder um den Krieg noch um die drohenden Holländer, weder um Buckinghams mißliche Lage noch um Frances Stewarts Kind. Für sie gab es nur eines auf der Welt: Lord Carlton.

König Karl hatte ihm weitere 20 000 Morgen zugestanden. Große Flächen waren nötig, denn der Tabak erschöpfte den Boden binnen drei Jahren, und es war billiger, neues Land zu erschließen als das alte wieder fruchtbar zu machen. Er unterhielt jetzt eine Flotte von sechs Schiffen, denn Kaufleute und Pflanzer pflegten den Ertrag der Ernten zu unterschätzen, und die Folge war, daß der Schiffsraum knapp wurde. Darum herrschte starke Nachfrage nach seinen Schiffen, und er hatte im vergangenen Oktober eine große Ladung nach Frankreich geschickt. Obgleich das dem Gesetz widersprach, war der Schmuggel doch allgemein üblich und eine Lebensnotwendigkeit für die Pflanzer, denn Virginia brachte in zwei Jahren so viel Tabak hervor, wie England in drei Jahren verbrauchte.

Bruce war jetzt damit beschäftigt, für sich und für seine Nachbarn einzukaufen, die ihn damit betraut hatten. Gewöhnlich mußte man das einem Kaufmann überlassen, der minderwertige Waren schickte oder auf Kosten der Kolonisten seinen Profit machte.

Sein Haus in Virginia war noch immer nicht vollendet, denn im vergangenen Jahr hatte er zuviel damit zu tun gehabt, Land zu erschließen und Tabak zu bauen. Überdies war es schwierig, Handwerker zu finden, denn die meisten, die nach Amerika kamen, erwarteten, in fünf bis sechs Jahren ein Vermögen zu machen, und waren nur ungern bereit, hier ihr altes Handwerk auszuüben. Er wollte jetzt einige Dutzend vertraglich verpflichtete Leute mitnehmen, um das Haus zu vollenden und den Boden zu bearbeiten. Er kaufte Glas, Ziegel und Nägel, lauter in Amerika noch seltene Waren, und nahm auch, wie die meisten Emigranten, zahlreiche englische Pflanzen und Blumen für den Garten mit.

Er sprach mit leidenschaftlicher Begeisterung von Virginia und seinem Leben dort drüben.

Er schilderte Amber die Wälder mit ihren Eichen und Fichten, dem blühenden Lorbeer, der Fülle von Veilchen, Rosen, Hartriegel und Geißblatt. Er erzählte ihr, der Fischreichtum sei so groß, daß ein Mann sich nur über das Wasser beugen mußte und aus dem fließenden Strom eine Bratpfanne voll Fische schöpfen konnte. Da gab es Maifische und Stör, große Austern, Schildkröten und Krebse. Er erzählte ihr von den Vögeln, die im September in ganzen Wolken kamen, den Himmel verdunkelten und sich von der wilden Sellerie und dem Hafer nährten, die am Flußufer wuchsen. Und dann gab es Schwäne, Gänse, Enten, Regenpfeifer und Truthühner, die an siebzig Pfund wogen. Ein so üppiges Land war noch nie entdeckt worden.

Wilde Pferde durchstreiften die Wälder; sie zu fangen war einer der Lieblingssporte des Landes. Überall flatterten vielfarbige Vögel – braune und rote Papageien, andere wieder mit gelben Köpfen und grünen Flügeln. Es wimmelte von Tieren, und die Nerze waren so zahlreich, daß man Fallen auslegen mußte. Da er ihre Liebe für schönes Pelzwerk kannte, hatte er genügend Felle mitgebracht, um einen Mantel und ein Kleid zu füttern und noch einen großen Muff daraus zu machen.

Corinna, seine Frau, hatte im Vorjahr noch in Jamaika gelebt, aber sie hatte nach seiner Beschreibung einen Namen für das Haus gefunden: sie nannte es Summerhill. In einigen Jahren, sagte Bruce, hatten sie vor, nach England und Frankreich zu reisen und sich dort den größten Teil der Einrichtung zu kaufen. Corinna hatte England im Jahre 1655 verlassen und war seither nicht mehr in der Heimat gewesen; und wie alle Engländer, die ins Ausland gingen, sehnte sie sich danach, die Heimat wiederzusehen, und sei es auch nur für einen kurzen Besuch.

Amber konnte gar nicht genug von diesen Dingen hören und bestürmte ihn mit ihren Fragen, aber wenn er antwortete, war sie stets gekränkt und wütend und eifersüchtig. »Mein Gott, ich kann mir gar nicht vorstellen, wie ihr euch an so einem Ort die Zeit vertreibt. Oder müßt ihr den ganzen Tag arbeiten?« Arbeit war keine Beschäftigung für einen Edelmann, und die Art, wie sie das Wort aussprach, klang, als beschuldige sie ihn, etwas Unwürdiges zu tun.

An einem heißen, hellen Nachmittag Ende Mai fuhren sie auf der Themse gegen Chelsea, etwa dreieinhalb Meilen von Almsburys Haus stromaufwärts. Sie hatte eine neue Barke gekauft, ein großes, schönes Boot, ganz vergoldet und mit goldgestickten, grünsamtenen Kissen gefüllt, und sie hatte ihn gedrängt, sie auf der Jungfernfahrt zu begleiten. Amber hatte sich im Schatten des Sonnensegels ausgestreckt, ihr Haar war mit weißen Rosen bekränzt, die dünne Seide ihres Kleides schmiegte sich an ihre Beine, und in der Hand hielt sie einen breiten grünen Fächer, um das Gesicht gegen die Sonne zu schützen. Die Bootsleute in ihrer goldgrünen Livree hatten nichts zu tun und schwatzten miteinander. Die Barke war lang, und sie saßen nicht so nahe, daß sie hören konnten, was Bruce und Amber sprachen.

Es gab noch zahlreiche andere kleine Boote auf dem Fluß, die Liebespaare, Familien, Gruppen junger Leute zu Vergnügungsfahrten oder Picknicks führten. Der erste warme Frühlingstag lockte jeden hinaus, der Zeit hatte – denn London und das Land waren damals noch beinahe eins, und jeder Londoner hatte ein rechtes englisches Herz für das Land.

Er saß ihr gegenüber, und jetzt schloß er ein Auge gegen die Sonnenstrahlen und lachte. »Ich gebe zu«, sagte er, »daß ich den Morgen nicht im Bett mit billets-doux verbringe oder den Nachmittag im Theater oder den Abend im Wirtshaus. Aber wir haben auch unsere Unterhaltungen. Wir leben alle an Flüssen, und die Arbeit ist nicht schwer. Wir jagen und trinken und tanzen und spielen genau wie ihr. Die meisten Pflanzer sind Edelleute und bringen ihre Sitten und Gebräuche ebenso mit wie ihre Möbel und ihre Ahnenbilder. Ein Engländer haftet fern von der Heimat so fest an den alten Formen, als ob sein Leben davon abhinge.«

»Aber es gibt doch keine Städte und keine Theater und keine Paläste! Mein Gott, ich könnte das nicht aushalten! Corinna liebt dieses langweilige Leben wahrscheinlich«, fügte sie unfreundlich hinzu.

»Ich denke schon. Sie ist auf der Pflanzung ihres Vaters sehr glücklich gewesen.«

Amber glaubte, eine sehr genaue Vorstellung von dem Frauentypus zu haben, zu dem Corinna gehören mochte. Sie stellte sie sich wie Jenny Mortimer oder Lady Almsbury vor, ein stilles scheues Geschöpf, das für nichts in der Welt lebte als für Mann und Kinder. Wenn schon das englische Land solche Frauen hervorbrachte, um wieviel schlimmer mußten sie in jenem leeren Land jenseits des Meeres sein! Ihre Kleider waren wahrscheinlich fünf Jahre hinter der Mode zurück, und sie schminkte sich nicht und legte keine Schönheitspflästerchen auf. Sie hatte kein Schauspiel gesehen, war nicht im Hyde Park gefahren, zu einem Rendezvous gegangen oder zum Essen in ein Gasthaus. Sie hatte bestimmt niemals irgend etwas getan, was sie interessant machen konnte.

»Ach ja – natürlich ist sie zufrieden. Sie hat ja nie etwas anderes gekannt, das arme Ding. Wie sieht sie denn aus? Vermutlich blond, nicht?« Ihr Ton setzte als selbstverständlich voraus, daß keine Frau, die auch nur den geringsten Anspruch auf Schönheit erhob, anders als blond sein konnte.

Er schüttelte heiter den Kopf. »Nein. Ihr Haar ist sehr dunkel – dunkler als meines.«

Amber riß ihre Topasaugen auf und war höflich schockiert, als hätte er gesagt, seine Frau habe eine Hasenscharte oder Säbelbeine. Schwarze Haare waren bei Damen durchaus nicht modern. »Oh«, sagte sie mitleidsvoll. »Ist sie eine Portugiesin?« Sie erinnerte sich ganz gut daran, daß er gesagt hatte, sie sei Engländerin, aber in England galten Portugiesinnen als sehr häßlich. Sie versuchte, unbefangen zu wirken, lehnte sich über den Rand und griff lässig nach einem vorüberflatternden Schmetterling.

Jetzt lachte er. »Nein, sie ist Engländerin. Ihre Haut ist hell, und ihre Augen sind blau.«

Amber gefiel die Art nicht, wie er von ihr sprach – es war etwas Seltsames im Klang seiner Stimme und im Ausdruck seiner Augen. Ihr wurde warm, sie war nervös und hatte ein unangenehmes Gefühl im Magen.

»Wie alt ist sie?«

»Achtzehn.«

Plötzlich spürte sie, daß sie in diesen letzten Sekunden um ein Dutzend Jahre gealtert war. Frauen sind sich des Alters fast tragisch bewußt, und, einmal über zwanzig, verschwor sich alles, um sie empfinden zu lassen, daß sie alterten. Amber war vor kaum zwei Monaten dreiundzwanzig gewesen und hatte jetzt den Eindruck, sie sei alt und verfallen. Fünf Jahre waren zwischen ihnen! Ach, fünf Jahre sind ein Jahrhundert!

»Du hast gesagt, daß sie hübsch ist«, flüsterte Amber mit einer verlorenen, leisen Stimme. »Ist sie hübscher als ich, Bruce?«

»Mein Gott, Amber – was für Fragen an einen Mann! Du weißt, daß du schön bist. Anderseits bin ich nicht so verbohrt zu glauben, es gebe nur eine hübsche Frau auf Erden.«

»Du hältst sie also für hübscher!« rief sie grollend.

Bruce nahm ihre Hand und küßte sie. »Nein, das tue ich nicht, Liebling, wahrhaftig nicht. Ihr habt nicht die geringste Ähnlichkeit, aber ihr seid beide reizend.«

»Und du liebst mich?«

»Und ich liebe dich.«

»Warum hast du dann – ja, ja, ich weiß«, sagte sie lebhaft, aber sie gehorchte seinem Blick und sprach von etwas anderem. »Bruce, ich habe eine Idee. Wenn du mit deinen Geschäften fertig bist, könnten wir Almsburys Jacht nehmen und eine Woche lang auf dem Fluß spazierenfahren. Er sagt, wir könnten sie haben – ich habe ihn gefragt. O bitte – es wäre wunderbar.«

»Ich verlasse London nicht gern. Wenn die Holländer wollen, können sie geradewegs zu den Privy Stairs segeln.«

Amber spottete. »Lächerlich! Das würden sie niemals wagen! Übrigens ist der Friedensvertrag schon unterzeichnet. Seine Majestät hat es gestern abend gesagt. Sie kreuzen nur an unseren Küsten, um uns Angst einzujagen und uns heimzuzahlen, was wir ihnen im letzten Sommer getan haben. O bitte, Bruce!«

»Vielleicht. Wenn die Holländer heimfahren.«

*

Doch die Holländer fuhren nicht heim. Sechs Wochen lang lagen sie mit einer Flotte von hundert Schiffen vor der Küste – zu denen sich noch fünfundzwanzig französische Schiffe gesellten –, während England kein einziges gutes Schiff zur See hatte und die schlechten heimberufen mußte. Die französische Armee stand in Dünkirchen.

Infolgedessen weigerte sich Bruce, trotz all ihrem Treiben und Drängen, London zu verlassen. Wenn die Holländer kämen, sagte er, dann wünsche er nicht, etliche Meilen stromaufwärts auf einer Vergnügungsfahrt zu sein wie irgendein unverantwortlicher türkischer Sultan. Seine Leute seien wenigstens gut bezahlt, und auf sie könne man bei der Verteidigung der Schiffe hoffentlich zählen.

Und dann, eines Nachts, als Bruce fest schlief und sie im Einschlummern war, drang ein Ton in ihren Halbschlaf. Sie horchte, es wurde lauter – was mochte das sein? Plötzlich wußte sie es – Trommeln dröhnten wie Donner durch die Straßen. Ihr Herz wollte stocken, dann aber schlug es so heftig wie die Trommeln. Sie setzte sich auf und schüttelte ihn.

»Bruce! Bruce, wach auf! Die Holländer sind gelandet!«

Ihre Stimme überschlug sich, und sie fror vor Angst. Die Wochen der Ungewißheit hatten ihr stärker zugesetzt, als sie selbst bemerkt hatte, und nun, in der schwarzen Nacht, bei dem unheilverkündenden Wirbeln der Trommeln, war ihr, als stünden die Holländer schon mitten in der City, ja eben vor ihrem Hause. Immer lauter, immer drängender schlugen die Trommeln, und von draußen hörte man Männer schreien und schrille, erregte Frauenstimmen.

Bruce war rasch auf. Ohne ein Wort schlug er den Vorhang zurück und sprang aus dem Bett. Amber folgte ihm und schlüpfte schnell in ihren Schlafrock. Schon war Bruce am Fenster, das Hemd in der Hand, lehnte sich hinaus und rief in den Hof:

»He! Was ist geschehen? Sind die Holländer gelandet?«

»Sie haben Sheerness genommen! Die Invasion ist da!«

Abermals rollte der Trommelwirbel, und von den Kirchtürmen hallten die Glocken; ein Wagen rasselte durch die Gassen und hinter ihm galoppierte ein Reiter. Bruce schloß das Fenster und zog sich an.

»Heiliger Jesus! Sie werden gleich da sein; wir haben nichts, um sie aufzuhalten!«

Amber weinte im Gefühl völliger Hilflosigkeit. Draußen schlugen die Trommeln wilder und wilder und erfüllten die Nacht mit einem schaurigen Rhythmus der Not und Angst. Die Leute schrien aus den Fenstern und liefen auf die Straßen. Nan hämmerte gegen die Tür.

»Komm herein!« rief Amber. Sie wandte sich zu Bruce. »Was wirst du tun? Wohin willst du gehen?« Sie fühlte sich völlig durchgefroren, und ihre Zähne klapperten, obgleich die Nacht warm war. Nan trat mit einer Kerze ein und zündete rasch die andern an. In dem Maße, wie sich das Zimmer erhellte, schwand auch Ambers Furcht ein wenig.

»Ich gehe nach Sheerness.«

Bruce knüpfte sein Halstuch; er hieß Nan, ihm aus seinem Zimmer ein Paar Stiefel zu bringen. Amber hielt ihm den Rock, während er in die Ärmel fuhr.

»O Bruce! Geh nicht! Sie haben wahrscheinlich viele Tausende dort. Du wirst erschlagen werden, Bruce! Du darfst nicht gehen!« Sie hielt seinen Arm fest, als könnte sie ihn zwingen, bei ihr zu bleiben.

Er riß sich los, knüpfte seinen Rock zu und zog die hohen Sporenstiefel an, die Nan ihm gebracht hatte. Er gürtete den Degen um, und Nan reichte ihm Hut und Mantel.

»Hol die Kinder und verlaß London«, sagte er und setzte den Hut auf. »Geh von hier fort, so schnell du nur kannst.«

Nan antwortete auf ein Klopfen an der Türe des Vorraums, und Almsbury und Emily stürzten herein, der Earl völlig angekleidet, seine Frau im Schlafrock. »Bruce! Die Holländer sind gelandet. Unsere Pferde stehen gesattelt im Hof.«

»Aber du darfst doch nicht fort, Bruce! O Almsbury! Er darf nicht fort – ich habe solche Angst!«

Almsbury sah sie angewidert an. »Um Christi willen, Amber! Der Feind steht im Land!« Die beiden Männer verließen schnell das Zimmer, die drei Frauen hinter ihnen her.

Die Halle war voll von Dienstleuten, die in ihren Nachthemden unglücklich hin und her liefen; einige Frauen weinten, und alle schwatzten durcheinander. Gerade als sie aus Ambers Türe traten, erschien Lady Stanhope in atemloser Hast. Ihr Haar bedeckte eine Nachthaube, unter der papierene Lockenwickler hervorschauten, an den Händen hatte sie Handschuhe aus Hühnerhaut, alles zitterte an ihr. Sie stürzte sich auf Bruce.

»O Lord Carlton! Gott sei Dank, daß Sie hier sind! Die Invasion ist da! Oh, was soll ich tun? Was soll ich nur tun!«

Bruce schüttelte ihre Hand ab, die sich an seinen Arm klammerte, und antwortete ihr kurz, während er und Almsbury zur Treppe gingen: »Ich schlage vor, daß Sie London verlassen, Madame. Komm mit mir, Amber, ich habe noch mit dir zu reden.«

Die Männer eilten hinunter, ihre Sporen klirrten über die Stufen, und Amber lief neben ihnen her. Der erste Schreck war vorüber, doch die Trommeln, die Glocken, das Schreien und Kreischen verstärkten ihre

Ahnung nahenden Unheils. Er darf nicht fort, dachte sie. Er darf nicht fort. Aber er ging dennoch.

»Lady Almsbury fährt sogleich nach Barberry Hill. Alle Pläne sind seit Wochen bereit – nimm Susanna und Bruce und fahre mit ihr. Wenn mir irgend etwas zustößt, werde ich dir eine Botschaft senden.« Sie öffnete den Mund, wollte etwas sagen, aber er ließ sie nicht zu Wort kommen, sondern redete schnell weiter. »Wenn ich falle – versprichst du mir, meiner Frau zu schreiben?«

Doch nun waren sie im Hof, wo zwei gesattelte Pferde standen und ungeduldig schnauften und stampften. Fackeln loderten, überall wimmelte es von Dienern und Stallknechten, Hunde strichen bellend umher. Die Trommeln dröhnten ihnen in die Ohren, schienen im Klopfen ihrer Herzen, im Pulsen ihres Blutes zu widerhallen. Almsbury saß sogleich auf, aber Bruce stand noch, die Hand in den Zügeln, und sah auf sie hinunter.

»Versprich es mir, Amber!«

Sie nickte, ihr Hals schnürte sich zusammen. Ihre Hände griffen nach seinem Mantel. »Ich verspreche es, Bruce. Aber sieh zu, daß dir nichts geschieht! Laß dich nicht verwunden!«

»Ich werde daran denken!« lachte er.

Dann beugte er sich zu ihr und schlang einen Arm um sie. Sein Mund berührte rasch ihre Lippen. Und dann saß er auf, und die beiden Männer galoppierten aus dem Hof. Als sie durch das Tor ritten, wandte er sich noch einmal um und winkte ihr zu. Mit einem schluchzenden Schrei stürzte Amber, einen Arm ausgestreckt, nach, aber nun waren sie schon im Dunkel verschwunden; sie hörte das Stampfen der Hufe, doch es wurde immer schwächer.

Das Haus war in größter Aufregung. Einige von den Dienstleuten trugen Möbelstücke, warfen sie in den Hof und holten andere. Viele der Frauen weinten und klagten und rangen hilflos die Hände. Andere hatten sich angezogen, hatten Bündel auf dem Rücken und flohen auf die Straße hinaus, ziellos, nur fort, nur fort. Amber raffte ihre Röcke und eilte die Stiege hinauf, stieß, tränenblind, mit Fliehenden zusammen. Sie lief geradewegs ins Kinderzimmer.

Die Tür stand weit offen, und drinnen waren zwölf oder fünfzehn angsttolle Frauen, die hin- und herliefen, die Kinder zogen und zerrten, um sie anzukleiden. Emily war kühl und ruhig, traf Anordnungen und half auch selbst. Der kleine Bruce war schon angezogen; als er Amber sah, lief er auf sie zu. Sie kniete neben ihm nieder, preßte ihn an sich, mehr zu ihrem eigenen Trost als zu dem seinen. Er schien dergleichen weder zu brauchen noch zu wünschen.

»Weine nicht, Mutter! Die verdammten Holländer werden niemals bis hierher kommen. Wenn der Vater gegen sie kämpft!«

Doch Susanna schrie mit aller Kraft ihrer Lungen und stieß das Kindermädchen, das sie anziehen wollte, weg, die kleinen Händchen an die Ohren gepreßt, um das Trommeln nicht zu hören. Und nun sprang sie von dem Tisch herunter, auf den man sie gestellt hatte, und heulte eifersüchtig, weil sie Mutter und Bruder beisammen sah.

»Mutter!«

Amber stand auf und ging zu ihr hin, während Bruce sich gewissermaßen als Beschützer an ihrer Seite hielt. »Herzchen, du mußt dich anziehen lassen. Du brauchst nicht zu weinen. Sieh nur – ich weine ja auch nicht.« Sie öffnete ihre Augen weit, aber die Ränder waren rot und die Lider verschwollen. Susanna schlang die Arme um sie und heulte nur noch lauter. Endlich schüttelte Amber sie ungeduldig. »Susanna!« Susanna warf den Kopf zurück und öffnete erstaunt den Mund. »Hör jetzt mit dem Heulen auf! Niemand tut dir was Böses! Zieh dich an! Du darfst jetzt ausfahren!«

»Ich will aber nicht ausfahren! Es ist zu dunkel!«

Amber wandte sich ab. »Das macht nichts! Du fährst trotzdem aus. Und jetzt laß dich anziehen, sonst . . .«

Sie überließ Susanna dem Mädchen und ging zu Lady Almsbury, die mit ihren vier Kindern beschäftigt war. Emily kniete neben dem sechsjährigen Jungen und band ihm die Spitzenkrawatte. »Emily – ich fahre nicht mit Ihnen.«

Lady Almsbury sah erstaunt auf. »Sie fahren nicht mit? Aber, Amber, Sie müssen! Was, wenn die Holländer oder die Franzosen hierherkommen?«

»Sie sind noch nicht hier, und ich fahre nicht aufs Land, wo ich keine Nachrichten von Bruce haben könnte. Wenn er verwundet wird, kann er mich brauchen.«

»Aber er selbst sagte Ihnen doch . . .«

»Das ist mir gleich. Ich fahre nicht. Aber ich möchte, daß Bruce und Susanna wegfahren. Würden Sie sie mitnehmen? Und Nan auch?«

»Natürlich, meine Liebe! Aber es ist gefährlich für Sie hierzubleiben! Er wollte doch, daß Sie mitfahren – die Männer hatten oft darüber gesprochen und für den Fall eines Angriffs Pläne gemacht.«

»Hier werde ich sicher sein. Und wenn sie kommen, dann gehe ich nach Whitehall. Sie werden nicht wagen, den Palast anzugreifen. Für Ihre Sachen hier will ich Sorge tragen. Geben Sie mir den Schlüssel zum Keller, ich werde alle Wertgegenstände dort unterbringen.«

In diesem Augenblick kam Nan gelaufen. »Mein Gott, ich habe Sie überall gesucht. Kommen Sie schnell, ziehen Sie sich an! Die Holländer sind schon da – ich habe die Kanonen gehört!« Ihr Kleid war zerdrückt, ihr Haar ungekämmt, und sie hatte auch keine Strümpfe an. Sie griff nach Ambers Hand und wollte sie mit sich fortziehen.

Die beiden Frauen gingen in die überfüllte, lärmende Halle, und Amber mußte schreien, um sich Gehör zu verschaffen. »Ich fahre nicht, Nan. Aber du kannst fort, wenn du willst – ich habe eben darum gebeten.«

Nan war ganz entsetzt. Sie sah bereits die französische Armee landen und die holländischen Schiffe im Hafen. »Oh, Mam, das dürfen Sie nicht! Sie dürfen nicht hierbleiben! Jeder, den man findet, wird umgebracht! Man wird Ihnen den Bauch aufschlitzen und die Augen ausstechen und ...«

»Heilige Mutter Gottes! Ist schon jemals so etwas Schreckliches geschehen?« Es war Lady Stanhope, die sich unterdessen angekleidet hatte, wenn auch sichtlich in Hast, gefolgt von zwei Frauen mit überfüllten Säcken und Schachteln. »Ich fahre noch in dieser Minute nach Ridgeway! Ich hätte das Land niemals verlassen sollen! Diese gräßliche Stadt – immer geschehen solche Dinge! Wo ist Gerry?«

»Ich weiß nicht. Vorwärts, Nan – Lady Almsbury fährt in wenigen Minuten.« Sie wandte sich zu ihrer Schwiegermutter. »Ich habe ihn in der letzten Zeit nicht gesehen.«

»Sie haben ihn nicht gesehen! Aber, mein Gott! Wo ist er dann? Er hat mir doch gesagt, daß er jede Nacht bei Ihnen verbringt!« Plötzlich funkelten ihre Augen, und sie warf Amber einen bösen Blick zu. »Und – übrigens – ist nicht vorhin Lord Carlton aus Ihrem Zimmer gekommen?«

Amber drehte sich ungeduldig weg und ging. »Und wenn es so wäre?«

Lady Stanhope brauchte einige Sekunden, um sich von der Antwort zu erholen, dann aber lief sie hinter Amber her und schrie ihr ins Ohr: »Wollen Sie damit sagen, Sie schamloses Geschöpf, daß Seine Lordschaft mit Ihnen allein im Zimmer war – zu einer Stunde, da eine ehrbare Frau mit keinem andern Mann allein sein darf als mit ihrem Gatten? Wollen Sie damit sagen, daß Sie meinen armen Gerry betrogen haben? Antworten Sie mir, Sie Dirne!« Sie packte Amber beim Arm.

Amber blieb stehen, dann wandte sie sich um und sah Lucilla in die Augen. »Lassen Sie mich los, Sie abgetakelte Fregatte! Ja, ich war mit Lord Carlton dort drinnen, und es ist mir verdammt gleichgültig, ob man es weiß oder nicht. Hätte er Ihnen nur den leisesten Schimmer von einem Blick gegönnt, dann wären Sie gern mit ihm gegangen. Schauen Sie, daß Sie weiterkommen, suchen Sie Ihren verfluchten Gerry und lassen Sie mich zufrieden.«

»Was, Sie unverschämte Hure? Warten Sie nur, bis Gerry davon hört! Warten Sie, bis ich ihm gesagt habe, was Sie ...«

Doch Amber war so schnell weitergegangen, daß Lady Stanhope verdutzt in der Halle stehen blieb. Einen Augenblick zögerte sie. War es jetzt wichtiger, ihrer Schwiegertochter zu folgen und ihr alles zu sagen, was sie zu hören verdiente, oder aber die Stadt zu verlassen und sich in Sicherheit zu bringen. »Nun – ich werde später mit ihr abrechnen!« Sie sah Amber nach und murmelte »Schlampe!« Dann aber lief sie mit ihren beiden Mägden die Treppe hinunter.

Amber ging mit einem Mantel über ihrem Schlafrock in den Hof, um die Frauen wegfahren zu sehen. Noch einmal beschworen Emily und Nan sie, mit ihnen zu fliehen, aber sie weigerte sich. Hier sei sie vollkommen sicher. Sie hatte auch wirklich keine Angst mehr, denn das Trommeln, das Stampfen der Hufe, das Kreischen und Schreien, das

Dröhnen der Glocken, das alles hatte eine unbändige Energie in ihr geweckt.

Die Kinder saßen mit zwei Kindermädchen in dem einen Wagen beisammen, und Susanna hatte sich bereits damit abgefunden, das Abenteuer heiter zu finden. Amber küßte die beiden. »Gib acht auf deine Schwester, Bruce! Sieh zu, daß sie nicht erschrickt oder sich gar zu einsam fühlt!« Abermals begann Susanna zu weinen, als sie merkte, daß die Mutter nicht mitfuhr, sie stand auf dem Sitz, die Hände an das Fenster gepreßt, als der schwere Wagen aus dem Hof rollte. Amber winkte und ging dann ins Haus zurück; sie hatte sehr viel zu tun.

*

Den Rest der Nacht schlief sie nicht, sondern wachte darüber, daß alle Wertgegenstände in den Keller hinuntergeschafft wurden. Die goldenen und silbernen Schüsseln, das Zinnservice, das Karl. I. dem Vater Almsburys geschenkt hatte, als der alte Earl sein Silber als Beitrag zu den Kriegskosten schmelzen ließ, der Schmuck der Almsburys und ihr eigener – das alles verschwand in einer ausgemauerten Höhlung im Keller. Dann trank sie eine Tasse heiße Schokolade, zog sich an und ging noch vor sechs Uhr morgens zu Shadrac Newbold in die Lombard Street, wohin er und viele andere Goldschmiede nach dem Brand übersiedelt waren.

Es war eine lange Fahrt vom Strand durch die zerstörte City. Überall standen Gerüste, aber viele Häuser waren auch schon wieder bewohnbar; ein paar neugebaute Straßen waren völlig leer. Aus manchen Kellern rauchte es noch, und der Geruch von nasser Kohle war stark. Über der Asche hatte sich ein neuer Boden gebildet, der mit kleinen gelben Blumen bedeckt war, die freundlich durch den breiigen Nebel schimmerten, der fast bis zur Erde herabhing.

Amber saß müde und sorgenvoll in dem schaukelnden Wagen. Sie fühlte sich elend und hatte Schwindel. Als sie sich Newbolds Haus näherten, sah sie eine ganze Reihe von Wagen, von Männern und Frauen, die noch um die Ecke bis in die Abchurch Lane reichte. Außer sich klopfte sie mit dem Fächer an die Wagenwand und rief John Waterman zu:

»Fahr die St. Nicholas Lane hinunter und halte dort an!«

Sie stieg aus und ging mit John und zwei Lakaien zum Hintereingang des Hauses. Die Tür war von zwei Männern mit Musketen bewacht.

»Mylady Danforth wünscht euren Herrn zu sehen«, sagte einer der Lakaien.

»Tut mir leid, Mylady. Wir haben strengen Befehl, niemanden durch diese Tür einzulassen.«

»Laßt mich herein«, sagte Amber kurz, »oder man wird euch beiden die Nasen aufschlitzen.«

Durch ihre Drohung oder Johns mächtige Gestalt eingeschüchtert, ließen sie Amber passieren. Ein Diener rief Shadrac Newbold, der sofort erschien, obgleich er ebenso müde aussah, wie Amber sich fühlte. Er verbeugte sich höflich.

»Ich habe mir erlaubt, durch die Hintertür zu Ihnen zu kommen. Ich bin die ganze Nacht aufgewesen und konnte nicht so lange warten.«

»Gewiß, Madame. Kommen Sie in mein Kontor.«

Erschöpft und erleichtert fiel sie in den Stuhl, den er ihr anbot. Ihre Augenränder waren rot, und ihre Beine schmerzten. Sie seufzte und stützte den Kopf auf die Hand, als könnte sie ihn nicht mehr gerade halten. Er schenkte ihr ein Glas Wein ein, das sie dankbar annahm; der Wein verlieh ihr wenigstens zeitweilig das täuschende Gefühl neuer Lebenskraft.

»Ach, Madame«, sagte Newbold. »Das ist ein trauriger Tag für England.«

»Ich bin mein Geld holen gekommen. Ich möchte jetzt gleich alles haben.«

Er lächelte ihr trübe zu und drehte seine Brille nachdenklich in der Hand. Endlich sagte er: »Das wollen die andern alle auch, Madame.« Er wies durch das Fenster auf die wartende Reihe. »Jeder von ihnen. Manche haben zwanzig Pfund bei mir, andere, wie Sie, haben größere Beträge. In wenigen Minuten muß ich sie einlassen. Ich muß allen Leute sagen, was ich Ihnen sage – ich kann das Geld nicht auszahlen.«

»Was!« rief Amber, und der Schock weckte sie aus ihrer Müdigkeit. »Wollen Sie damit sagen . . .« Sie hatte sich halb aus ihrem Stuhl erhoben.

»Einen Augenblick, Madame! Ihrem Geld ist nichts geschehen. Es ist völlig in Sicherheit. Aber wenn ich und jeder andere Goldschmied in London versuchen wollten, jeden Schilling auszuzahlen, der bei uns hinterlegt wurde . . .« Er machte eine Geste der Hilflosigkeit. »Das ist unmöglich, Madame, und das sehen Sie doch wohl selbst ein. Ihr Geld ist in Sicherheit, aber ich habe nur einen kleinen Betrag davon hier im Hause. Das übrige ist auf Zinsen ausgeliehen und auf verschiedene Arten angelegt, das wissen Sie ja. Ich kann Ihr Geld nicht müßig liegen lassen und das meiner andern Kunden ebensowenig. Und darum kann ich Ihnen auch nicht alles auf einmal zurückgeben. Lassen Sie mir zwanzig Tage Zeit – und wenn Sie wollen, können Sie es dann haben. Aber diese zwanzig Tage müssen wir alle verlangen, um das Geld wieder hereinzukriegen. Selbst das kann eine finanzielle Anarchie heraufbeschwören, durch die die ganze Nation ins Unglück gestürzt würde.«

»Die Nation ist ohnehin ins Unglück gestürzt worden. Was kann uns Schlimmeres geschehen als eine Invasion? Nun, ich verstehe Sie, Mr. Newbold. Sie haben mein Geld während der Pest und während des Brandes wohl behütet, und Sie können es zweifellos auch jetzt besser behüten als ich . . .«

Amber fuhr wieder zurück, versuchte vier Stunden lang zu schlafen, aß und fuhr dann nach dem Palast. Den Strand entlang rollten Wagen und Karren, die wieder einmal in aller Eile die Stadt verlassen und die verhältnismäßig größere Sicherheit des Landes aufsuchen wollten. In Höfen und Durchlässen von Whitehall standen beladene Karren. Die Menschen sammelten sich, horchten auf das Geschützfeuer, schwatzten von nichts als von der Invasion und davon, wie sie ihr Geld zurückbekommen oder ihre Wertsachen verstecken oder ihr Testament machen könnten. Einige der Hofherren hatten sich den Freiwilligen angeschlossen, die mit Albemarle nach Chatham oder mit Prinz Rupert nach Woolwich gezogen waren, und auf diesen wenigen hundert Mann ruhte die ganze Hoffnung Englands.

Jeden Augenblick wurde Amber von irgendeinem aufgeregten Höfling oder einer Dame aufgehalten, die sie fragten, was sie vorhabe, und dann, ohne eine Antwort abzuwarten, von ihren eigenen Sorgen zu reden anfingen. Jeder sah die Zukunft schwarz, gab offen zu, daß die Befestigungen verfallen, ohne Waffen und Mannschaft seien und daß das Land dem Eindringling hilflos offenstand. Sie waren wütend über die Goldschmiede, die das Geld nicht zurückgeben wollten, und schwuren, sie würden nie wieder mit ihnen Geschäfte machen. Einige planten, Bristol oder einen andern Hafen zu erreichen, um nach Amerika oder nach dem Festland zu segeln. Wenn England ein sinkendes Schiff war, dann dachten sie nicht daran, mit ihm zu versinken.

Die Gemächer der Königin waren heiß und überfüllt; schrille lärmende Stimmen schrien durcheinander. Katharina fächelte sich und versuchte, gesammelt zu wirken, aber die raschen angstvollen Blicke ihrer schwarzen Augen verrieten ihre eigene Unruhe und Unsicherheit. Amber trat auf sie zu.

»Wie sind die neuesten Nachrichten, Majestät? Sind die Holländer näher gekommen?«

»Man sagt, daß die Franzosen in Mounts Bay sein sollen.«

»Aber hierher werden sie doch nicht kommen? Das werden sie nicht wagen!«

Katharina lächelte schwach und zuckte die Achseln. »Wir glauben nicht, daß das ein großes Wagnis wäre. Die meisten Damen haben die Stadt verlassen. Sie sollten es auch tun. Die traurige Wahrheit ist leider, daß wir das nicht erwartet haben und nicht darauf vorbereitet waren.«

In diesem Augenblick hörte sie die laute, helle Stimme Lady Castlemaines, die nur wenige Schritte entfernt mit Lady Southesk und Bab May sprach. »Jemand wird dafür schmoren, dessen können Sie sicher sein. Das Volk ist in heller Wut. Man hat Clarendons Bäume gefällt und seine Fenster eingeschlagen. Und die Leute haben ihre Gefühle deutlich genug an sein Tor geschrieben. Sie haben einen Reim gemacht, der heißt: Drei Zeichen zu sehen sind, Dünkirchen, Tanger und eine Königin ohne Kind!«

Lady Southesk winkte ihr warnend, und Barbara sah sich um, blies die Backen wie in peinlichster Überraschung auf und preßte eine Hand an den Mund. Doch das Glitzern ihrer Augen besagte, daß sie gehört werden wollte. Katharina starrte geradeaus, während Barbara die Achseln zuckte und mit Bab May den Saal verließ.

Verdammte, hartherzige Hure, dachte Amber. Ihr möchte ich die Haare ausreißen!

»Und eine Königin ohne Kind«, flüsterte Katharina, und ihre schmalen Hände umklammerten zitternd den Fächer. »Wie sie mich deswegen hassen!« Plötzlich hoben sich ihre Augen, und sie sah Amber ins Gesicht. »Wie ich mich selber hasse!«

Mit einemmal überkam Amber die Scham; wußte Katharina, daß sie selbst in dieser Stunde ein Kind von ihm trug? Impulsiv drückte sie die Hand der Königin, versuchte, ihr tröstend zuzulächeln, empfand es aber als Erleichterung, als jetzt die schmachtende, affektierte Mrs. Boynton herankam, fächerschwenkend und halb ohnmächtig.

»O mein Gott, Majestät! Wir sind alle verloren! Eben hörte ich, daß die französische Armee sich anschicke, an der Küste von Dover zu landen.«

»Was?« rief eine andere Frau, die daneben stand. »Die Franzosen sind gelandet? Großer Gott!« Und sie eilte zur Tür. Im Nu war der Ruf aufgegriffen worden, und der ganze Saal war nur noch eine wirbelnde Masse, Männer und Frauen stießen und schoben einander in ihrer wilden Angst und drängten nach der Tür.

Doch wie hundert andere erwies dieses Gerücht sich als falsch.

Die Trommeln schlugen die ganze Nacht hindurch und riefen die Bürgerwehr auf. Von der London Bridge konnte das Kanonenfeuer vernommen werden. Wogen von hysterischem Alarm und zorniger Schwarzseherei überfluteten die Stadt. Wer auch nur die geringsten Habseligkeiten besaß, vergrub sie eiligst im Hinterhof, schaffte sie mit Weib und Kind aus der Stadt, belagerte die Goldschmiede, machte sein Testament. Ganz offen hieß es, man sei vom Hof verraten worden, und die meisten erwarteten, von einem französischen oder holländischen Degen zu sterben. Nachrichten meldeten, die Holländer hätten die Befestigungswerke am Medway durchbrochen, die sie abhalten sollten, hätten sechs Kriegsschiffe verbrannt und den ›Royal Charles‹ erobert und plünderten das Land.

Der König befahl, mehrere Schiffe bei Barking Creek zu versenken, um den Strom zu sperren und sie an weiterem Vordringen zu hindern. Unglücklicherweise wurde sein Befehl von irgend jemandem mißverstanden, und man versenkte irrtümlich mehrere Schiffe mit wertvollen Vorräten für die Flotte. In der zehnten Nacht nach dem Angriff auf Sheerness konnte man den Feuerschein brennender Schiffe sehen. Zerstörte Schiffsrümpfe trieben die Themse herauf nach London. Und die erschrockene Stadt wurde immer wieder von Alarm zu Alarm gehetzt; das Geschäftsleben lag völlig darnieder, denn kein Mensch hatte jetzt anderes im Kopf, als sich, seine Familie und seinen Besitz zu retten.

Schließlich zogen sich die Holländer zur Flußmündung zurück, und die Friedensverhandlungen wurden wieder aufgenommen. Diesmal waren die Engländer in bestimmten Punkten weniger schwierig, und die Konferenz machte raschere Fortschritte als vorher.

Mit den andern Freiwilligen kehrten auch Carlton und Almsbury nach London zurück, bärtig und sonnenverbrannt und in bester Stimmung. Aber Amber war vor Sorgen und dauernder Schlaflosigkeit einem Nervenzusammenbruch nahe, und als sie einen trockenen, blutigen Verband an Bruces rechtem Oberarm sah, brach sie in einen hysterischen Weinkrampf aus.

Er nahm sie in seine Arme, als wäre sie ein kleines Mädchen, streichelte ihr Haar und küßte ihre nassen Wangen. »Aber Liebling, was, zum Teufel, soll das? Ich bin schon ein dutzendmal schwerer verwundet worden.«

Sie lehnte sich an seine Brust und schluchzte verzweifelt, denn sie konnte und wollte gar nicht aufhören zu weinen. »O Bruce, du hättest getötet werden können! Ich hatte solche Angst –«

Er hob sie auf und trug sie die Treppe hinauf. »Weißt du denn nicht, du unfolgsame, kleine Hexe«, flüsterte er ihr zu, »daß ich dir gesagt hatte, du solltest London verlassen? Wenn die Holländer gewollt hätten, dann hätten sie die ganze Insel erobern können. Wir wären nicht imstande gewesen, sie daran zu hindern.«

*

Amber saß auf dem Bett, feilte ihre Nägel und wartete, während Carlton einen Brief nach Amerika beendete.

Leichthin sagte er: »Wenn ich zurückfahre, möchte ich Bruce mitnehmen.«

Sie sah entsetzt zu ihm hinüber. Jetzt stand er auf, warf seinen Schlafrock ab, und just, als er sich bückte, um die einzige brennende Kerze auszulöschen, erblickte sie sein beschattetes Gesicht. Er hatte sie angesehen, als er diese Worte sagte, und seine Augen hatten sich beobachtend verengt. Sie ging auf die andere Seite des Bettes, und er legte sich neben sie.

Eine Weile konnte sie nicht antworten. Sie lag auch nicht, sondern blieb sitzen und starrte ins Dunkel. Bruce wartete ganz ruhig.

»Du willst nicht, daß er mitfährt?« fragte er endlich.

»Natürlich will ich es nicht! Er ist mein Kind, nicht wahr? Kannst du dir vorstellen, daß ich zusehen will, wie er von hier fortgeht, von einer andern Frau aufgezogen wird und mich vergißt? O nein! Und ich lasse ihn nicht fort. Er gehört mir, und er soll bei mir bleiben! Ich will nicht, daß diese – die Frau, die du geheiratet hast, ihn aufzieht.«

»Hast du irgendwelche Pläne für seine Zukunft?« Es war so dunkel, daß sie sein Gesicht nicht sehen konnte, aber seine Stimme klang beherrscht und vernünftig.

»Nein«, gab sie widerwillig zu. »Nein, natürlich nicht! Wie soll ich? Er ist doch erst sechs Jahre alt.«

»Aber er wird nicht immer sechs Jahre alt sein. Und was willst du tun, wenn er größer wird? Was wirst du ihm von seinem Vater erzählen? Wenn ich fortgehe und er mich jahrelang nicht sieht, wird er vergessen, daß ich überhaupt auf der Welt bin. Was willst du ihm für einen Zunamen geben? Mit Susanna ist es anders – sie gilt als Dangerfields Tochter und trägt seinen Namen. Aber Bruce hat überhaupt keinen Nachnamen, wenn ich ihm nicht den meinen gebe, und das kann ich nicht tun, wenn er bei dir bleibt. Ich weiß, daß du ihn liebst, Amber, und er liebt dich auch. Du bist jetzt reich und stehst in des Königs Gunst – vielleicht könntest du ihn dahin bringen, dem Jungen eines Tages irgendeinen Titel zu verleihen. Aber wenn er mit mir geht, dann wird er mein Erbe: er soll alles haben, was ich ihm geben kann, und er wird niemals die Demütigungen eines Bastards zu erdulden haben.«

»Er ist dennoch ein Bastard«, rief Amber, froh, daß sie eine Ausrede gefunden hatte. »Du kannst ihn nicht zum Lord machen, indem du ihn dafür ausgibst.«

»Er wird nicht in England leben. Drüben spielt das keine Rolle. Und jedenfalls wird er es leichter überwinden als hier, wo jeder Mensch es weiß.«

»Und wie steht es mit deiner Frau? Was wirst du ihr erzählen? Woher hast du ihn? Aus einem Kohlbeet vielleicht?«

»Ich habe ihr erzählt, daß ich bereits verheiratet war. Sie erwartet, daß ich ihn diesmal mitbringe.«

»Wirklich? Du warst deiner Sache sehr sicher, nicht wahr? Und was soll denn mit seiner Mutter geschehen sein?« Plötzlich hielt sie inne. »Du hast ihr erzählt, ich sei tot!« Er antwortete nicht, und sie rief anklagend: »Ist es so?«

»Ja, natürlich. Was hätte ich ihr sonst erzählen sollen?« Seine Stimme klang ungeduldig und verärgert. »Nun, Amber, ich will ihn dir nicht wegnehmen. Du kannst deinen Entschluß selbst fassen. Aber versuche auch ein wenig an ihn zu denken, bevor du dich entscheidest.«

Amber war so gekränkt und wütend bei dem Gedanken, ihren Sohn einer andern Frau zu überlassen, damit er fern von ihr aufwachse und sie ihn nicht mehr an sie erinnern solle, daß sie tagelang nicht einmal daran denken wollte. Er brachte die Sache nicht wieder zur Sprache.

Noch lag die holländische Flotte in der Themsemündung, und kein englisches Schiff konnte herein oder hinaus. Infolgedessen mußte Bruce, obgleich er zur Zeit des Angriffs bereits segelfertig gewesen war, die Friedensverhandlungen abwarten. Doch er wollte London nicht mit ihr verlassen, denn sobald der Friede geschlossen war, mußte er unverzüglich fort. Einen großen Teil der Zeit verbrachte er mit dem König auf der Jagd. Dann gab es wieder Stunden, da er mit dem kleinen Jungen ausritt oder ihm beim Fechtunterricht half. Manchmal segelten sie in Almburys Jacht ›Sapphire‹ die Themse aufwärts, und Amber fuhr mit.

Sie konnte die beiden nicht zusammen sehen, ohne von Eifersucht geplagt zu werden – denn irgendwo in ihrem Herzen wußte sie, daß er mit seinem Vater gehen und sie vergessen werde. Sie konnte ihn Bruce geben, aber sie konnte den Gedanken nicht ertragen, daß eine andere Frau ihn besitzen sollte.

Eines Morgens ging sie mit dem Jungen im Garten und wartete auf Bruce, der mit ihm rudern wollte. Es war Mitte Juli, ein heißer, heller Tag. Die Linden dufteten, und die Bienen umsummten beständig die süßen gelbgrünen Blüten. Monsieur le Chien lief vor ihnen her, beschnupperte alles, und seine Ohren waren schmutzig, denn er hatte sie in den Brunnen getaucht, und jetzt schleiften sie im Staub.

Ein Gärtner hatte jedem von ihnen eine reife gelbe Birne gegeben. Sie schmeckte wie Wein. »Bruce«, sagte sie plötzlich, »wirst du deinen Vater sehr vermissen, wenn er jetzt fortfährt?« Sie hatte das gar nicht sagen wollen, aber jetzt wartete sie gespannt auf seine Antwort.

Sie sah sie in dem wehmütigen Lächeln des Kindes. »O ja, Mutter. Bestimmt.« Er zögerte. »Und du nicht auch?«

Die Tränen traten ihr in die Augen; aber sie blickte zur Seite und zwang sich, an die Moschusrose zu denken, die halb offen an der Mauer lag. Sie pflückte sie. »Ja, natürlich. Und – Bruce – wenn du . . .« Plötzlich sagte sie es: »Würdest du gern mit ihm fahren?«

Er sah ungläubig zu ihr auf, dann aber packte er ihre Hand. »Darf ich denn, Mutter? Darf ich?«

Amber sah zu ihm hinunter und konnte ihre Enttäuschung nicht verbergen, aber seine Augen glänzten so, daß sie wußte, was geschehen würde. »Ja – du darfst. Wenn du willst. Und willst du denn?«

»O ja, Mutter! Ich will! Bitte, laß mich mitfahren!«

»Du willst fort und mich verlassen?« Sie wußte, daß es unedel war, das zu sagen, aber sie konnte sich nicht helfen.

Wie sie erhofft hatte, verflog der glückliche Ausdruck von seinem Gesicht, und an dessen Stelle traten Bestürzung und Kummer. Er sagte eine Weile gar nichts. »Aber kannst du denn nicht auch mitfahren, Mutter?« Plötzlich lächelte er wieder. »Komm doch mit uns! Dann bleiben wir alle beisammen.«

Ambers Augen ruhten nachdenklich auf ihm; ihre Finger spielten in seinem Haar. »Ich kann nicht fort, Liebling. Ich muß hierbleiben.« Die Tränen schossen ihr wieder in die Augen. »Du kannst nicht mit uns beiden zusammen sein.«

Er nahm mitleidig ihre Hand. »Weine nicht, Mutter. Ich werde dich nicht verlassen. Ich werde Vater sagen, daß ich – daß ich nicht mitfahren kann.«

Im Nu fand Amber sich selbst hassenswert. »Komm her«, sagte sie. »Setz dich neben mich auf diese Bank. Hör zu, Liebling. Dein Vater wünscht, daß du mit ihm fährst. Er braucht dich drüben – du sollst ihm helfen – es gibt so viel zu tun. Ich möchte wohl, daß du bei mir bleibst – aber ich glaube, daß er dich dringender braucht.«

»Wirklich, Mutter? Glaubst du es wirklich?« Seine Augen forschten ängstlich in ihrem Gesicht, aber er konnte seine freudige Erleichterung nicht verbergen.

»Ja, Liebling. Ich glaube das wirklich.«

Amber sah über seinen Kopf hinüber, wie Bruce auf sie zukam. Der kleine Junge schaute auf, wandte sich um und lief seinem Vater entgegen. Er benahm sich Carlton gegenüber immer viel förmlicher als mit Amber; nicht daß sein Vater es verlangt hätte, aber sein Erzieher bestand darauf. So verbeugte er sich denn zeremoniell vor Carlton:

»Ich habe beschlossen, mit Ihnen nach Amerika zu fahren, Sir«, teilte er ihm feierlich mit. »Mutter sagt, daß Sie mich drüben brauchen.«

Bruce blickte auf das Kind hinunter, dann sah er rasch Amber an. Sekundenlang sprachen sie kein Wort. Er legte den Arm um die Schulter seines Sohnes und lächelte ihm zu. »Ich freue mich, daß du beschlossen hast, mit mir zu fahren.« Sie gingen zusammen auf Amber zu, und sie stand auf. Lord Carlton sagte nichts, aber er beugte sich zu ihr und küßte sie rasch; und es war beinahe der Kuß eines Gatten.

Zuerst hatte Amber das Gefühl, sie habe etwas sehr Edles und Uneigennütziges getan, und hatte nichts dagegen, daß auch Bruce dasselbe fühlte. Aber schon meldete sich leise die Hoffnung, daß das Kind, das er beständig um sich haben würde, die Erinnerung an sie lebendiger halten könnte als irgend etwas anderes. Vielleicht konnte sie Corinna besiegen, ohne sie auch nur zu sehen. –

Der Vertrag von Breda war unterzeichnet, und Ende des Monats erreichte die Nachricht Whitehall. Mit der nächsten Morgenflut segelte Bruce. Amber ging ans Ufer hinunter, entschlossen, sich die gute Meinung zu bewahren, die die beiden jetzt von ihr hatten, auch wenn es ihr das Herz zerriß. Doch als sie niederkniete, um ihren Sohn zu küssen, schwoll ihr die Brust in unerträglichem Schmerz. Bruce half ihr beim Aufstehen, denn die schwere Last, die sie trug, machte sie mit der Zeit ungeschickt.

»Sieh zu, daß er mich nicht vergißt, Bruce«, flehte sie.

»Ich werde dich nicht vergessen, Mutter. Und wir kommen bald, dich besuchen. Vater hat es selbst gesagt – nicht wahr, Sir? Er sah zu Bruce auf, um eine Bestätigung zu hören.

»Ja, Bruce, wir werden wiederkommen. Das verspreche ich dir.« Er war unruhig, brannte schon darauf, fort zu sein, denn ihm war das schmerzliche Abschiednehmen verhaßt. »Amber – wir dürfen uns nicht verspäten.«

Sie schrie leise auf und schlang die Arme um ihn; er neigte den Kopf, und ihre Lippen trafen sich. Leidenschaftlich klammerte Amber sich an ihn, völlig unbekümmert um die Menschen, die sich rund um sie drängten und den schönen Mann, die Frau, das ruhig wartende Kind neugierig betrachteten. Dies war der Augenblick, der ihr noch gestern, als sie schon wußte, daß Bruce fuhr, unvorstellbar gewesen war. Jetzt war er da – er war da, und in ihr weckte er nichts als hilflose Verzweiflung.

Und plötzlich griff Bruce nach ihren Armen und befreite sich. Und noch bevor sie es erfassen konnte, hatten er und ihr Sohn die Planke zum Schiff überquert. Langsam, sehr langsam bewegte es sich, die Segel blähten sich weiß und voll im Wind, das Schiff richtete sich auf, als ob es zum Leben erwachte. Der kleine Junge nahm den Hut ab und winkte.

»Wir kommen wieder, Mutter!«

Amber stieß einen scharfen Schrei aus, machte einige Schritte längs des Ufers, doch das Schiff entfernte sich von ihr. Bruce stand halbabgewendet und gab der Mannschaft Befehle, aber plötzlich trat er zu dem Kinde, und seine Hand legte sich auf die Schulter des Knaben. Einen Arm streckte er zum Gruß, doch obgleich Amber auch die Hand hob, um seinen Gruß zu erwidern, konnte sie sie nur an die Lippen pressen. Lange blieb sie so stehen, einsam und verloren, und dann hob sie den andern Arm und winkte ihnen schwach und mutlos nach.

Zweiundfünfzigstes Kapitel

Im ganzen Raum hörten die Männer auf zu essen und starrten verblüfft nach der Tür. Um zwölf Uhr war die Sun Tavern, die gerade hinter dem neuerbauten Royal Exchange in der Threadneedle Street lag, immer überfüllt, denn die großen Kaufherren kamen hierher zum Mittagessen, schlossen hier Geschäfte ab und sprachen über die Neuigkeiten des Tages. Nicht zuletzt wurde von Buckingham gesprochen, dessen böse Lage in der City mit mehr Sympathie betrachtet wurde als bei Hof. Und in diesem Augenblick trat der Herzog ein.

Ein weißhaariger alter Mann riß die Augen auf. »Bei Gott! Was sagt man! Wenn man vom Teufel spricht . . .«

Nichts an dem Auftritt Seiner Gnaden wies darauf hin, daß er sich verborgen halten wolle, oder daß sein Leben durch sein eigenes verräterisches Tun gefährdet sei. Er trug seine gewöhnliche blonde Perücke und ein prächtiges Gewand, bestehend aus schwarzsamtenen Hosen, einem goldbrokatnen Rock und einer langen grünen Satinweste. Er war so kühl und unbefangen wie irgendein Edelmann, der sich vor dem Theater noch ein wenig in seinem bevorzugten Wirtshaus aufhält.

Doch sogleich standen die Gäste auf und umringten ihn. Buckingham hatte es darauf angelegt, sich bei diesen Leuten beliebt zu machen, und sie waren überzeugt, daß er ihr einziger Freund bei Hof war. Wie sie alle haßte er Holland und wollte es vernichtet sehen. Wie sie begünstigte er religiöse Duldung. Und sie wußten nicht, daß er das nur aus tiefer Gleichgültigkeit allen Religionen gegenüber tat. Aus allem Zusammenbruch seines Lebens hatte er dies eine gerettet – die gute Meinung der mächtigsten Klasse der Nation.

»Willkommen, Euer Gnaden! Wir sprachen gerade von Ihnen und zweifelten, daß wir Sie je wiedersehen würden!«

»Man sagte, Sie seien ins Ausland gegangen!«

»Mein Gott! Sind Sie es wirklich? Keine Geistererscheinung?«

Buckingham schlenderte zwischen ihnen hindurch zum Kamin und schüttelte die Hände, die sich ihm entgegenstreckten. Der ererbte Charme der Villiers war eine mächtige Waffe, wenn er einmal Gebrauch davon machte. »Ich bin's, meine Herren. Kein Gespenst, das kann ich Ihnen versichern.« Er winkte einem Kellner, bestellte sein Mittagessen – man möge sich aber beeilen, denn seine Zeit mochte kurz bemessen sein. Dann wandte er sich zu einem Burschen, der glotzäugig am Feuer saß und einen Spieß drehte, an dem eine Hammelkeule röstete. »Kannst du eine Botschaft besorgen, junger Mann?«

Der Bursche sprang auf. »Ja, Euer Gnaden.«

»Dann gib wohl acht, daß du dich nicht irrst. Geh, so rasch du kannst, zum Tower, und melde dort der Schildwache, der Herzog von Buckingham erwarte in der Sun Tavern die Beamten Seiner Majestät.« Er warf ihm eine Silbermünze zu.

Ein Murmeln des Staunens und der Bewunderung wurde vernehmbar, denn es war kein Geheimnis, daß der Herzog seinen Kopf wagte, wenn er vor seine Richter kam. Der Bursche verschwand, und Buckingham setzte sich, von den Gästen umgeben, an einen Fenstertisch und begann in aller Ruhe zu essen. Eine erregte, neugierige Menge hatte sich draußen angesammelt, sie umdrängte die Tür und spähte durch das Fenster nach ihm. Der Herzog winkte und lächelte den Leuten zu, und draußen wurden Hochrufe laut.

»Meine Herren«, sagte Buckingham zu den Umstehenden, während er seine silberne Gabel aus ihrem Behälter nahm und in das Fleisch stach, »meine Herren, ich bin gewillt, mich meinen Feinden auszuliefern, obgleich ich wohl weiß, wie sie mich behandeln können. Aber mein Gewissen erlaubt mir nicht, nach unserem letzten Unglück den Staatsgeschäften länger fernzubleiben.« Höfliche Zustimmung unterbrach ihn nach diesen Worten. Aber er hob die Hand und bat um weiteres Gehör. »England braucht Männer, die nicht nur daran interessiert sind, sich ein neues Haus zu bauen oder eine ganze Nacht durchzuschlafen, was es auch die Nation kosten mag.«

Das war ein Anlaß zu lauten Zurufen, die sich auf die Straße fortpflanzten, obgleich draußen kein Mensch ahnte, was der Herzog eigentlich gesagt hatte. Denn die öffentliche Meinung war sehr darüber aufgebracht, daß Clarendon sich in Piccadilly ein neues Haus baute. Und keiner hatte vergessen, daß Arlington geschlafen hatte, als der Befehl kam, Rupert möge zurückkehren und sich den Holländern zum Kampf stellen, und daß Arlingtons Diener ihn nicht geweckt hatten, um den Befehl zu unterzeichnen. Ebensogern wie die Leute Kritik am Hof übten, hörten sie, wenn ein anderer ihn kritisierte.

»Ja, Euer Gnaden«, gab ein bejahrter Goldschmied zu. »Das Land hat zu lange unter der schlechten Leitung unzuständiger alter Leute gestanden.«

Ein anderer beugte sich vor und hämmerte auf den Tisch. »Sobald das Parlament wieder zusammentritt, wird die Anklage erhoben. Wir werden den alten Lumpen für seine Verbrechen zur Rechenschaft ziehen!«

»Ja aber, meine Herren«, protestierte Buckingham mild und nagte an seiner Hammelkeule, »der Kanzler hat die Dinge so redlich und gut verwaltet, wie seine Fähigkeiten es ihm eben erlaubten.«

Das gab einen Sturm von Protestrufen. »Redlich! Was! Der alte Schuft hat uns weißbluten lassen! Wie wäre er sonst zu dem Geld gekommen, um sich einen Palast zu bauen!«

»Er ist ebenso ein Tyrann wie Oliver!«

»Seit seine Tochter den Herzog geheiratet hat, bildet er sich ein, er sei ein Stuart!«

»Er haßt das Unterhaus!«

»Er hat immer mit den Bischöfen intrigiert!«

»Er ist der größte Lump in England. Euer Gnaden sind zu großherzig!«

Buckingham lächelte und machte eine leichte Geste der Entschuldigung. »Ich bin Ihnen nicht gewachsen«, sagte er achselzuckend, »ich bin offenbar überstimmt worden.«

Er hatte seine Mahlzeit noch nicht beendet, als die Beamten des Königs erschienen – er hatte schon vorher einen andern Boten ausgeschickt, den Burschen aus dem Gasthaus aber hatte er nur verwendet, um der Szene eine dramatische Steigerung zu geben und die Sympathien der Anwesenden zu wecken. Zwei Beamte traten atemlos und erregt ein und waren sichtlich sehr erstaunt, Seine Gnaden hier in aller Ruhe sitzen, sein Mittagessen verzehren und mit den andern Gästen plaudern zu sehen. Sie näherten sich ihm, um ihn festzunehmen, aber er winkte ihnen nachlässig.

»Lassen Sie mich zu Ende essen, meine Herren. Dann gehe ich sogleich mit Ihnen.«

Sie warfen einander fragende Blicke zu, aber nach kurzem Zögern traten sie zurück und warteten. Als er mit dem Essen fertig war, wischte er sich den Mund, spülte seine Gabel, versorgte sie in ihrem Behälter, den er in die Tasche steckte, schob den Zinnteller beiseite und stand auf. »Nun, meine Herren, ich gehe jetzt und stelle mich selbst.«

»Gott mit Ihnen, Euer Gnaden!«

Als er auf die Tür zuging, sprangen die Beamten hinzu und wollten ihn an den Armen packen, aber er wehrte ab. »Ich kann auch ohne Hilfe gehen, meine Herren.« Mit hängenden Köpfen schlichen sie hinter ihm her.

Es gab einen wahren Ausbruch von Jubelrufen, als Buckingham an der Schwelle erschien, den Gaffern zulächelte und die Hand zum Gruß erhob. Die Menge auf der Straße war jetzt stark angewachsen. Von einer Mauer bis zur andern standen die Menschen dicht gedrängt, und auf mehrere hundert Meter nach beiden Seiten war jeder Verkehr zum Stillstand gekommen. Wagen mußten stehenbleiben, und Händler, Kutscher und Sänftenträger warteten geduldiger als sonst; alle Fenster und Balkone waren überfüllt. Dieser Mann, den man des Verrats an König und Land beschuldigte, war zum Nationalhelden geworden, weil er beim Hof in Ungnade stand und der einzige Höfling war, den man nicht für die Mißhelligkeiten der Zeit verantwortlich machte.

Vor dem Tor wartete ein Wagen auf ihn, und Buckingham stieg ein. Bis zum Tower war es kaum mehr als eine halbe Meile, und den ganzen Weg entlang wurde er mit Zurufen und Jubel begrüßt. Der König war nicht begeisterter empfangen worden, als er vor sieben Jahren nach London zurückgekehrt war.

»Macht euch keine Sorge, gute Leute«, rief Buckingham, »ich werde sehr rasch wieder draußen sein.«

Doch bei Hof dachte man anders und wettete große Summen darauf, daß es ihn seinen Kopf kosten werde. Der König hatte ihn all seiner Würden entkleidet und die meisten bereits anderen verliehen. Seine Feinde, die zahlreich und mächtig waren, zeigten sich sehr rege. Immerhin hatte er wenigstens eine mächtige Stütze – seine Cousine Castlemaine.

Gerade drei Tage vorher war Barbara mit Mrs. Wilson, ihrer Begleiterin, auf der Rückkehr aus dem Hyde Park durch die Edgware Road gefahren. Plötzlich erschien ein zerlumpter, alter lahmer Bettler aus irgendeinem Winkel, schleppte sich vor den Wagen und zwang ihn anzuhalten. Der Kutscher fluchte wütend und holte mit der Peitsche zum Schlag aus, doch bevor er den Bettler treffen konnte, hatte der sich schon ans offene Fenster gedrängt und streckte der Gräfin eine schmutzige Hand entgegen.

»Bitte, Mylady«, jammerte er, »ein Almosen für die Armen!«

»Fort mit dir, du stinkender Halunke!« rief Barbara. »Gib ihm einen Schilling, Wilson!«

Der Bettler hatte sich hartnäckig an die Wagentür gehängt, obgleich der Wagen sich jetzt wieder in Bewegung setzte. »Mylady sind sehr geizig für jemanden, der mit Perlen, die dreißigtausend Pfund wert sind, ins Theater fährt.«

Barbara warf ihm einen Blick zu, und ihre Augen verdunkelten sich. »Wie wagst du, mit mir zu sprechen? Ich werde dich prügeln lassen!« Sie schlug mit dem Fächer fest auf seine Hand. »Fort mit dir, du Lump!« Wütend schrie sie dem Kutscher zu: »Harvey! Harvey! Halt! Halt!«

Der Kutscher zog die Zügel an, und als die Räder sich langsamer drehten, öffnete der Bettler den Mund zu einem Grinsen und zeigte zwei Reihen schöner Zähne. »Tut nichts, Mylady! Behalten Sie nur Ihren Schilling! Hier – ich gebe Ihnen statt dessen etwas.« Er warf ihr ein zusammengefaltetes Stück Papier in den Schoß. »Lesen Sie das, wenn Ihnen Ihr Leben lieb ist.« Und als jetzt der Wagen hielt und die Lakaien gelaufen kamen, um ihn zu fassen, sprang er rasch davon und hatte sichtlich vergessen zu hinken. Noch einmal drehte er sich nach ihnen um und machte ihnen eine lange Nase.

Barbara sah ihm nach, warf dann einen Blick auf das Papier, entfaltete es rasch und las. »Die Pocken über dieses Leben, das ich führen muß!« las sie leise. »Erwarte mich in zwei oder drei Tagen. Und sieh zu, daß du deine Sache gut machst. B.« Sie schrie auf und beugte sich aus dem Wagen, aber er war bereits verschwunden.

Barbara hatte große Angst. Auch sie hatte das Gerücht gehört, Seiner Majestät Geduld sei jetzt am Ende, und diesmal werde Buckingham seine Verräterei zu büßen haben. Verbannung war die mildeste Strafe, die man für ihn voraussah. Und sie kannte die Bosheit ihres Vetters gut genug, um zu wissen, daß er sie mit sich reißen würde. Jedesmal wenn sie Karl sah, bat sie ihn flehend, er möge doch an die Unschuld des Herzogs glauben, das Ganze sei ein Komplott seiner Feinde, um Buckingham zu stürzen. Doch er achtete kaum auf ihre Worte und fragte nur, lässig erheitert, warum sie sich denn so für einen Mann einsetze, der ihr wenig Gutes und manches Böse angetan hatte.

»Er ist mein Cousin, das ist der Grund. Ich kann nicht zusehen, daß er von Schurken verleumdet wird.«

»Ich glaube, daß der Herzog es mit jedem Schurken aufnehmen kann, der je einen Kopf zwischen den Schultern hatte. Machen Sie sich um ihn keine Sorgen.«

»Werden Sie ihn also anhören und ihm verzeihen?«

»Ich werde ihn anhören, aber was nachher geschieht, das kann ich nicht sagen. Ich bin neugierig, wie er sich verteidigen wird, und ich zweifle nicht, daß er uns mit ein paar sehr schlau erfundenen Geschichten unterhalten kann.«

»Wie soll er sich verteidigen? Welche Möglichkeit hat er? In Ihrem Rat ist keiner, der ihn nicht auf das Schafott bringen möchte.«

»Und ich bin überzeugt, daß er den andern dasselbe wünscht.«

Das Verhör war für den folgenden Tag angesetzt, und Barbara war entschlossen, irgendeine Art von Versprechen vom König zu erlangen, obgleich sie wußte, daß er es mit seinen Versprechen ebenso hielt wie mit den Frauen – sie durften ihm keine allzu großen Unannehmlichkeiten verursachen. Wie gewöhnlich suchte sie ihn durch jene Mittel zu gewinnen, denen er zugänglich war.

»Aber Buckingham ist unschuldig, Sire, ich weiß es. Lassen Sie sich nicht von ihnen dazu zwingen, ihn zu bestrafen!«

Karl sah sie scharf an. Es hatte niemals in seinem Leben etwas getan, was er nicht tun wollte, wenn er auch manches getan hatte, was ihm gleichgültig war, sobald er sich nur dadurch seine Ruhe oder sonst etwas erkaufen konnte, woran ihm gerade lag. Doch er hatte Jahre eines zähen Konflikts mit einer herrschsüchtigen Mutter aushalten müssen, und die bloße Andeutung, daß er sich von andern leiten lasse, war ihm schon verhaßt. Und das wußte Barbara.

Als er ihr jetzt antwortete, war seine Stimme rauh und ärgerlich. »Ich weiß nicht, Madame, welches Interesse Sie an der Sache haben, aber es scheint nicht gering zu sein. Niemals habe ich Sie sonst so eifrig für einen andern eintreten sehen. Aber ich habe es herzlich satt, mir das anzuhören. Ich werde meine Entscheidungen ohne die Hilfe eines lästigen Frauenzimmers treffen.«

Sie gingen am Südostrand des privaten Gartens, wo eine Reihe von Häusern ihn begrenzte, in denen die Wohnungen verschiedener Hofangestellter untergebracht waren. Der Tag war heiß und ruhig, und viele Fenster standen offen; Damen und Herren spazierten über die Wege oder lagerten sich ins Gras. Trotzdem schrie Barbara jetzt wütend:

»Ein lästiges Frauenzimmer bin ich? Nun – dann werde ich Ihnen sagen, was Sie sind. Sie sind ein Narr! Ja, das sind Sie. Ein Narr! Denn wären Sie es nicht, so würden Sie sich nicht von Narren beherrschen lassen.«

»Hüten Sie Ihre Zunge«, fuhr Karl sie an. Dann drehte er sich um und ließ sie stehen.

Barbara öffnete den Mund, ihr erster Impuls war, ihn zurückzurufen, wie sie es einst wohl getan hätte; dann aber hörte sie irgendwo in der Nähe kichern. Ihre Blicke suchten rasch, aber alle Gesichter, die sie sah, blieben verschleiert, lächelten unschuldig . . . Sie schwenkte ihre Schleppe und ging nach der entgegengesetzten Seite; die Wut schwoll in ihr, sie mußte irgend etwas zerbrechen oder irgend jemandem wehtun. In diesem Augenblick stieß sie auf einen ihrer Pagen, einen zehnjährigen Knaben, der auf dem Gras lag und sang.

»Steh auf, Faulpelz!« schrie sie. »Was treibst du hier?«

Er sah sie bestürzt an, dann richtete er sich auf. »Mylady, Sie haben mir ja selbst . . .«

»Widersprich mir nicht, du Flegel!« Sie gab ihm eine Ohrfeige, und als er zu weinen anfing, schlug sie ihn noch einmal. Das brachte ihr wohl eine gewisse Erleichterung, aber der Lösung ihres Problems war sie doch nicht nähergekommen.

*

Der Beratungssaal war ein schmaler, langer Raum, mit dunklem Holz getäfelt, und an den Wänden hingen einige große Bilder in goldenen Rahmen. An dem einen Ende war ein Kamin, flankiert von hohen Fenstern. Die Mitte nahm ein Eichentisch ein, den mehrere hochlehnige, kunstvoll geschnitzte Stühle mit gewundenen Beinen und dunkelroten Samtkissen umstanden.

Kanzler Clarendon kam als erster. Seine Gicht plagte ihn sehr, und er hatte des Verhörs wegen aus dem Bett aufstehen müssen, aber er hätte diese Gelegenheit nicht versäumt, auch wenn es ihm viel schlechter gegangen wäre. An der Schwelle verließ er seinen Rollstuhl und humpelte mühsam in den Saal. Sogleich beugte er sich über einen Aktenstoß, den einer seiner Sekretäre vor ihn hingelegt hatte. Von den andern Eintretenden nahm er keine Notiz.

Eine Weile später trat Karl mit York ein, und um ihre Füße tummelten sich einige Spaniels. Einen hielt er auf dem Arm, und als er stehenblieb, um ein paar Worte mit Sir William Coventry zu wechseln, streichelte er die seidigen Ohren des Tieres, das den Kopf hob und ihm die Hand leckte.

Jetzt erschien Lauderdale, der riesige Schotte, und erzählte Karl eine lustige Geschichte, die er am Abend vorher gehört hatte. Er war ein sehr schlechter Erzähler, aber Karl lachte dennoch, denn ihn erheiterten die rohen Übertreibungen des Earl mehr als dessen Geschichte. York betrachtete ihn dagegen mit Mißfallen und Verachtung. Er setzte sich jetzt neben den Kanzler, und die beiden waren sogleich in eine leise, ernste Unterhaltung vertieft. Für niemanden im Saal stand so viel auf dem Spiel wie für die beiden, denn Buckingham war seit vielen Jahren ihr tätiger und gefährlicher Gegner gewesen. Die Feindseligkeit ging auf die Zeit vor der Restauration zurück, hatte sich aber seither noch vertieft.

Wenn es einen Mann in England gab, der Buckingham mehr haßte und fürchtete als York oder der Kanzler Clarendon, so war das der Staatssekretär Baron Arlington. Als Arlington vor sechs Jahren an den Hof kam, waren sie Freunde gewesen, widerstreitender Ehrgeiz hatte sie getrennt, bis sie es heute schwierig fanden, einander auch nur die geringste Höflichkeit zu bezeigen.

Als letzter schritt jetzt Baron Arlington majestätisch in den Saal – er vermochte niemals, einfach ein Zimmer zu betreten.

Einige in Spanien verbrachte Jahre hatten ihm große Bewunderung für alles Spanische eingeflößt, und er machte sich einen übertriebenen spanischen Pomp zu eigen. Er trug eine blonde Perücke, seine vorgewölbten Augen waren fahl, fast wie Fischaugen, und über der Nasenwurzel trug er ein halbmondförmiges schwarzes Pflaster, das einmal eine Hiebwunde bedeckt hatte und das er nach wie vor beibehielt, weil es ihm seiner Ansicht nach eine gewisse düstere Würde verlieh. Karl mochte ihn seit jeher gut leiden, während York ihn natürlich nicht ausstehen konnte. Jetzt blieb er stehen, zog aus der Tasche eine Flasche und einen Löffel und tropfte ein wenig Gundelrebensaft in den Löffel. Den Löffel führte er an die Nase, zog mehrmals den Geruch ein, dann wischte er sich die Nase mit einem Taschentuch und steckte Flasche und Löffel wieder ein. Mylord litt häufig an Kopfschmerzen, und das war sein Mittel dagegen. Heute waren die Kopfschmerzen ärger als sonst.

Karl saß an der Schmalseite des Tisches, ihm gegenüber war die Tür, hinter ihm der Kamin. Er räkelte sich in seinem Stuhl, zwei Spaniels auf seinem Schoß – ein träger, wohlgelaunter Mann, der einen guten Schlaf hatte und dem auch seine Verdauung keine Sorgen machte. Dementsprechend blickte er duldsam in die Welt und war geneigt, viele Dinge erheiternd zu finden, über die weniger ruhige Menschen in Wut gerieten. Wenn er sich ärgerte, so war das nicht von Dauer und er hatte seit langem jedes Interesse an einer Bestrafung des Herzogs verloren. Er wußte genau, was er von Buckingham zu halten hatte, machte sich über ihn ebensowenig Illusionen wie über irgendeinen anderen, aber er wußte auch, daß gerade die Frivolität des Herzogs ihn davon abhielt, ernsthaft gefährlich zu sein. Der Prozeß war nötig, weil das Interesse an dem Fall doch zu weite Kreise zog, aber Karl wünschte keine Rache mehr. Ihm würde es genügen, wenn der Herzog ihnen heute nachmittag ein amüsantes Schauspiel böte.

Auf ein Zeichen des Königs wurde die Tür geöffnet, und da stand Seine Gnaden, George Villiers, zweiter Herzog von Buckingham, ebenso prunkvoll gekleidet, als ob es zur Hochzeit oder zum Schafott ginge. Sein schönes Gesicht trug einen Ausdruck, in dem sich Hochmut und Höflichkeit mischten. So blieb er einen Augenblick stehen. Dann ging er, kerzengerade wie ein Gardesoldat, auf den König zu und kniete vor ihm nieder. Karl nickte, reichte ihm aber nicht die Hand zum Kuß.

Die anderen musterten ihn streng und versuchten, ihm ins Herz zu sehen. War er unruhig oder selbstsicher? Erwartete er den Tod oder die Verzeihung? Doch Buckinghams Gesicht verriet ihn nicht.

Arlington, als Hauptankläger, stand auf und begann, die Beschuldigungen zu verlesen, die gegen den Herzog erhoben wurden. Es waren ihrer zahlreiche und recht ernste: Komplott mit dem Haus der Gemeinen, Opposition gegen den König im Haus der Lords. Aufreizung der Lords und der Gemeinen gegen die Interessen des Königs. Versuch, sich populär zu machen. Und schließlich das Verbrechen, um dessentwillen sie seinen Kopf zu haben hofften – Verrat an König und Staat, dadurch, daß er sich das Horoskop des Königs stellen ließ. Das belastende Dokument wurde dem Herzog aus sicherer Entfernung gezeigt.

Unter diesen Männern hatte Buckingham gerade nur zwei Freunde, Lauderdale und Ashley, und obgleich die anderen beabsichtigt hatten, das Verhör mit Würde und Anstand zu führen, war es mit diesem Entschluß bald vorbei. In ihrer Erregung sprachen mehrere gleichzeitig, begannen zu schreien und einander und ihn zu unterbrechen. Doch Buckingham verlor die Ruhe nicht, wie es sonst leicht geschah, sondern antwortete mit höflicher Ergebenheit auf jede Frage oder Anklage. Der einzige Mann, dem er keinen Respekt bezeigte, war sein einstiger Freund Arlington, und ihm gegenüber war er ganz offen unverschämt.

Als sie ihm vorwarfen, er versuche, sich populär zu machen, sah er dem Baron fest ins Auge. »Jeder, der vom Lord-Kanzler oder von Lord Arlington ins Gefängnis geworfen wird, muß populär sein, ob er will oder nicht.«

Auf die Anklage wegen Verrats hatte er eine glatte Antwort. »Ich leugne nicht, meine Herren, daß dieses Papier ein Horoskop ist. Noch leugne ich, daß Sie es von Dr. Heydon erhalten haben, der es gestellt hat. Aber ich leugne, daß ich es war, der es haben wollte oder daß es die Zukunft Seiner Majestät betrifft.«

Ein Murmeln erhob sich rund um den Tisch. Was sagte der Schelm? Wie konnte er wagen, vor ihnen zu stehen und derart zu lügen? Karl lächelte leicht, doch als der Herzog ihm einen hastigen Blick zuwarf, verblich das Lächeln, und das dunkle Gesicht des Königs wurde wieder ernst.

»Würden Eure Gnaden so gütig sein, uns zu sagen, wer dieses Horoskop bestellt hat?« fragte Arlington spöttisch. »Oder ist das ein Geheimnis Eurer Gnaden?«

»Es ist durchaus kein Geheimnis. Wenn es Ihnen die Sache klarer machen kann, meine Herren, dann bin ich gern bereit, es Ihnen zu sagen. Meine Schwester hat das Horoskop bestellt.«

»Ihre Schwester hat das Horoskop bestellt?« wiederholte Arlington mit einem Tonfall, der keinen Zweifel darüber ließ, daß er diese Behauptung für eine Lüge hielt. Dann plötzlich: »Wessen Horoskop ist es?«

Buckingham verbeugte sich verächtlich. »Das ist das Geheimnis meiner Schwester. Mir hat sie es nicht anvertraut.«

Seine Gnaden wurde in den Tower zurückgebracht, wo er so viele Besuche empfing wie eine neue Schauspielerin oder die Favoritin des Königs.

Karl tat, als ob er die Akten nochmals überprüfen würde, und gab zu, daß es sich um die Unterschrift Marie Villiers‘ handelte. Das verursachte wütende, leidenschaftliche Proteste Arlingtons und Clarendons, denn keiner von beiden war gewillt, den Kampf um das Leben des Herzogs oder zumindest um sein Ansehen und Vermögen aufzugeben. Diesmal hatten sie ihn erwischt, aber wenn er jetzt zu entkommen vermochte, dann würde sich vielleicht nie wieder eine Gelegenheit bieten.

Karl hörte beiden mit der gewohnten höflichen Aufmerksamkeit zu. »Ich weiß sehr wohl, Kanzler«, sagte er eines Tages, als er den alten Mann in dessen Wohnung in Whitehall aufsuchte, »daß ich diesen Fall von Hochverrat weiterverfolgen könnte. Aber ich habe gefunden, daß ein Mann häufig nützlicher ist, wenn er seinen Kopf behält.« Er saß neben dem Diwan, auf dem Clarendon lag, denn die Gicht hatte ihn sehr heftig gepackt.

»Wie soll er Ihnen nützlich sein, Sire? Ihn laufenlassen, damit er neue Verschwörungen spinnt, von denen eine gelingen und Eure Majestät das Leben kosten kann?«

Karl lächelte. »Ich habe keine große Angst vor Buckinghams Verschwörungen. Seine Zunge sitzt zu lose, als daß er jemandem andern gefährlich werden könnte außer sich selbst. Wenn er eine Verschwörung anzettelt, wird er immer, noch lange bevor er fertig ist, den verhängnisvollen Fehler begehen, jemand anders ins Vertrauen zu ziehen. Nein, Kanzler. Seine Gnaden hat alles Mögliche getan, um sich bei den Gemeinen einzuschmeicheln, und er steht zweifellos sehr in Gunst bei ihnen. Auf diese Art kann er mir nützlich sein; ihm den Kopf abzuschlagen würde nur einen Märtyrer aus ihm machen.«

Clarendon war verärgert und besorgt, aber er versuchte, seine Gefühle zu verbergen. Er hatte sich nie mit des Königs zäher Gewohnheit versöhnen können, bei Fällen, deren Ausgang ihm wichtig war, selbst zu entscheiden.

»Eure Majestät ist zu gütig, verzeiht zu leicht. Wenn Ihnen nicht persönlich an Seiner Gnaden gelegen wäre, dann hätte dies nie durchgehen dürfen.«

»Vielleicht ist es wahr, Kanzler, daß ich zu leicht verzeihe . . .« Er zuckte die Achseln, stand auf und hielt Clarendon mit einer Geste davon ab, gleichfalls aufzustehen. »Aber ich glaube es nicht.«

Einen Augenblick lang hafteten Karls schwarze Augen ernsthaft auf dem Kanzler. Schließlich lächelte er leicht, nickte ihm zu und ging. Clarendon starrte ihm mit gerunzelter Stirne nach. Als der König verschwunden war, sah er wieder nach seinem verbundenen Fuß. Der König, das wußte er, war sein einziger Schutz gegen eine Horde eifersüchtiger Gegner, von denen Buckingham nur einer der lautesten und vordringlichsten war. Sobald Karl Clarendon seine Stütze entzog, konnte der Kanzler sich keine vierzehn Tage halten, und das war ihm wohlbekannt.

Vielleicht verzeihe ich zu leicht – aber ich glaube es nicht.

Plötzlich erschienen vor den geistigen Augen des Kanzlers die Dinge, mit denen er den König gekränkt haben konnte. Clarendon hatte es niemals zugegeben, aber viele behaupteten es, und Karl glaubte ohne Zweifel daran, daß das Parlament dem König nach der Restauration eine größere Apanage bewilligt hätte, wenn der Kanzler nicht dagegen gewesen wäre. Karl war wütend gewesen, als der Kanzler das Gesetz über die religiöse Duldung verhinderte. Es hatte ferner Zwistigkeiten wegen Lady Castlemaines Titel gegeben. Wegen der Weigerung des Kanzlers, den Akt zu unterschreiben, hatte sie endlich den irischen Adel erhalten müssen. So hatten sich im Lauf der Jahre hundert andere Fälle, größere und kleinere, angehäuft.

Vielleicht verzeihe ich zu leicht – Clarendon wußte, was der König damit gemeint hatte. Karl vergaß nichts, und er hatte auch nichts vergeben.

*

Weniger als drei Wochen, nachdem er in den Tower geschickt worden war, hatte Buckingham seine Freiheit erlangt und erschien hochmütig wie immer allerorten. Und bei einem Abendessen bei der Gräfin Castlemaine ließ der König sich wieder von ihm die Hand küssen.

Dreiundfünfzigstes Kapitel

Etwa einen Monat nach Lord Carltons Abreise wurde Amber zur Hofdame ernannt und übersiedelte nach Whitehall. Ihre Wohnung bestand aus zwölf Räumen, davon sechs in einer Front an der Themse und an die Gemächer des Königs anstoßend, mit denen sie durch einen engen

Durchlaß und eine Treppe verbunden waren, die von einem Alkoven in einem Salon ausging. Solche Durchlässe und kleine Treppen waren zu den Zeiten der Mrs. Cromwell in großer Zahl eingebaut worden, denn sie legte Wert darauf, ihre Dienstleute bespitzeln zu lassen – und der König fand sie seinerseits auch recht nützlich.

Seht mich jetzt einmal an, dachte Amber, als sie ihre neue Umgebung musterte. Es war ein weiter Weg, den ich gegangen bin!

Manchmal fragte sie sich heiter, was wohl Tante Sarah und Onkel Matt und alle ihre sieben Cousins und Cousinen sagen würden, wenn sie sie hier erblicken könnten – geadelt, reich, einen achtspännigen Wagen vor ihrer Tür, Kleider aus Satin und Samt, soviel sie nur wollte, eine Sammlung von Smaragden, die mit den Perlen der Castlemaine wetteifern konnte, von Lords und Earls respektvoll gegrüßt, wenn sie durch die Galerien des Palastes ging. Das würde einen Eindruck machen! Aber anderseits wußte sie auch, was Onkel Matt im Grunde davon halten würde. Er würde sagen, sie sei eine Hure und eine Schande für die Familie. Doch Onkel Matt war immer ein alter Starrkopf gewesen.

Zuerst hatte Amber gehofft, sie sei jetzt gleichzeitig Gatten und Schwiegermutter los, aber nicht lange nach Unterzeichnung des Friedensvertrages kehrte Lucilla nach London zurück, Gerald im Schlepptau. Er machte ihr einen Höflichkeitsbesuch bei Almsburys, fragte sie nach ihrem Befinden und verschwand nach einigen Minuten. Sein Zusammentreffen mit Bruce Carlton war schon peinlich genug gewesen, und er war gar nicht neugierig darauf, auch den König bei Amber zu überraschen. Denn jetzt wußte er bereits, warum Karl ihn zum Earl gemacht und mit einer reichen Frau verheiratet hatte. Wenn er sich gedemütigt fühlte, so sah er doch keinen andern Ausweg als erheuchelte Gleichgültigkeit, kein anderes Heilmittel als die Flucht in Zerstreuungen aller Art. Er war zufrieden, sein eigenes Leben weiterzuführen und Amber unbehelligt zu lassen.

Doch seine Mutter sah die Dinge anders. Am Tag nach Ambers Übersiedlung nach Whitehall erschien Lady Stanhope bei ihr.

Amber bot ihr einen Stuhl an, fuhr aber fort, die Arbeiter zu dirigieren, die Bilder und Spiegel hängten. Sie wußte, daß Lucilla ihre Gestalt mit höchst kritischen Blicken musterte, denn sie war jetzt im achten Monat. Aber sie hörte wenig auf das, was Lucilla sagte, nickte bloß gelegentlich oder machte irgendeine gleichgültige Bemerkung.

»Mein Gott«, sagte Lucilla, »wie schlecht die Welt doch geworden ist! Jeder, wahrhaftig jeder einzelne wird heute beargwöhnt. Finden Sie nicht auch? Klatsch! Klatsch! Man hört nichts anderes.«

»Hm«, sagte Amber, »ja, gewiß, natürlich! Dieses Bild sollten wir lieber dorthin hängen, gerade neben das Fenster. Es muß das Licht von dieser Seite her bekommen.« Sie hatte sich verschiedene Dinge aus Lime Park schicken lassen und erinnerte sich, was sie bei Radclyffe gelernt hatte.

»Natürlich glaubt Gerry kein Wort von alldem.« Amber hatte sichtlich nicht zugehört, und Lady Stanhope wiederholte ihre Worte mit lauter Stimme: »Natürlich glaubt Gerry kein Wort von alldem.«

»Was?« fragte Amber und sah über die Schulter zu ihr hinüber. »Kein Wort wovon? Nein – ein wenig weiter links. Jetzt etwas tiefer – so! Jetzt ist's gut! Was haben Sie doch gesagt, Madame?«

»Ich sagte, meine Liebe, daß Gerry es für eine abscheuliche Lüge hält und daß er den Lumpen zum Duell fordern wird, der das aufgebracht hat.«

»Ja, gewiß«, meinte auch Amber, trat zurück und prüfte mit halbgeschlossenen Augen, ob das Bild jetzt auch richtig hing. »Ein Mann gilt nichts in Whitehall, wenn er nicht seine Schläge bezogen, ein Theaterstück geschrieben und einen andern getötet hat . . . So, jetzt ist es richtig. Wenn ihr fertig seid, könnt ihr gehn.«

Sie war zu der Überzeugung gelangt, daß sie Lucilla niemals loswerden konnte, wenn sie sie nicht anhörte; so setzte sie sich denn in einen Stuhl und nahm den Hund auf ihren Schoß. Sie war jetzt stundenlang gegangen und gestanden und fühlte sich ganz erschöpft. Das einzige, was sie gebraucht hätte, wäre Ruhe gewesen. Aber jetzt beugte ihre Schwiegermutter sich mit der ganzen tiefen Schadenfreude einer Frau vor, die einen besonders peinlichen Klatsch zu berichten hat.

»Sie sind eben noch jung, meine Liebe«, sagte Lucilla, »und vielleicht verstehen Sie den Lauf der Welt nicht so gut wie eine erfahrene Frau. Aber, um ganz offen zu sprechen, es werden über Ihre Ernennung ziemlich häßliche Dinge bei Hof herumerzählt.«

Ambers Mund kräuselte sich zu einem leichten Lächeln. »Es dürfte noch niemals eine Ernennung bei Hof gegeben haben, über die man nicht häßliche Dinge erzählt hätte.«

»Ja, aber diesmal ist es etwas anderes. Man sagt – nun, ich kann wohl ganz offen sprechen. Man sagt, Sie seien mehr in der Gunst des Königs, als es sich für eine ehrbare Frau geziemen würde. Man sagt, Madame, es sei das Kind des Königs, das Sie tragen.« Sie musterte Amber mit harten, strengen Augen, als erwartete sie einen Ausbruch von Empörung und Tränen.

»Nun«, sagte Amber, »wenn Gerald es nicht glaubt, brauchen Sie sich ja keine Sorgen darum zu machen.«

»Keine Sorgen? Guter Gott, Madame, ich bin recht erstaunt! Sind Sie wirklich geneigt, solche Dinge über sich verbreiten zu lassen? Bestimmt würde keine ehrbare Frau das gestatten!« Sie hatte den Atem verloren. »Und Sie auch nicht, Madame, wenn Sie eine ehrbare Frau wären. Aber ich glaube nicht, daß Sie eine ehrbare Frau sind – ich glaube, daß die Geschichte wahr ist. Sie waren von Seiner Majestät in Hoffnung und wußten es, als Sie meinen Sohn heirateten. Wissen Sie, was Sie getan haben, Madame? Sie haben meinen guten, redlichen Jungen vor aller Welt lächerlich gemacht, Sie haben den ehrenwerten Namen Stanhope befleckt. Sie haben . . .«

»Sie wissen eine ganze Menge über meine Moral zu sagen, Madame«, unterbrach Amber. »Aber es paßt Ihnen nicht schlecht, von meinem Geld zu leben.«

Lady Stanhope seufzte empört. »Ihr Geld! Großer Himmel, wohin ist es mit der Welt gekommen! Wenn eine Frau heiratet, gehört ihr Geld ihrem Gatten. Sogar Sie müssen das wissen! Von Ihrem Geld leben! Selbst der bloße Gedanke daran wäre mir verächtlich, Madame, das lassen Sie sich gesagt sein.«

Amber entgegnete scharf: »Dann hören Sie doch damit auf!«

Lady Stanhope erhob sich. »Ah, Sie gemeine Person! Ich werde Sie wegen dieser Beleidigung vor Gericht fordern. Wir werden feststellen, wessen Geld es ist, dafür verbürge ich mich.«

Auch Amber stand auf und ließ den Hund auf den Boden gleiten, wo er sich träge ausstreckte und seine lange, rosige Zunge aus dem Maul hängen ließ. »Wenn Sie das tun, sind Sie noch törichter, als ich gedacht hätte. Der Heiratskontrakt läßt mir die Verfügung über all mein Geld. Und jetzt hinaus mit Ihnen, und belästigen Sie mich nicht wieder, sonst werden Sie es mir büßen.« Sie hob wütend den Arm, und als Lady Stanhope noch zauderte, griff sie nach einer Vase und schwang sie wurfbereit. Da raffte denn die Baronin ihre Röcke und rauschte hinaus. Aber Amber hatte keine Freude an ihrem Triumph. Sie warf die Vase auf den Boden, brach in einem Stuhl zusammen und begann ohne rechten Grund zu weinen.

*

Es war Dr. Fraser, der Amber von einem Sohn entband, denn viele der Damen bei Hof begannen jetzt, die Ärzte den Hebammen vorzuziehen – obgleich man diese Gewohnheit anderswo als einen Beweis mehr für den Verfall des Adels ansah. Das Kind wurde an einem stürmischen Oktobermorgen um drei Uhr geboren; es war ein langes, mageres Baby mit fleckiger, roter Haut und einem schwarzen Flaum auf dem Kopf.

Wenige Stunden später trat Karl leise und allein ins Zimmer, um diesen neuesten Zuwachs seiner zahlreichen Familie zu besichtigen. Er beugte sich über die kunstvoll geschnitzte und eingelegte Wiege, die neben Ambers Bett stand, und schlug vorsichtig die weiße Decke zurück, die bis auf den Boden hinunterhing. Um seinen Mund erschien ein leises Lächeln.

»Verdammt«, flüsterte er. »Ich glaube, daß der kleine Bengel wahrhaftig genau aussieht wie ich.«

Amber lag blaß und schwach auf ihrem Bett, als ob ihre Kraft ihren Körper verlassen hätte, aber sie sah lächelnd zu ihm auf. »Haben Sie es anders erwartet, Karl?«

Er lachte ihr zu. »Natürlich nicht, Liebe.« Er nahm die kleinen Finger des Babys, die sich zu einer Faust geballt hatten, und führte sie an den Mund. »Aber ich bin viel zu häßlich, als daß ein hilfloses Kind mir nachschlagen sollte.« Er wandte sich ihr zu. »Dir geht es hoffentlich gut? Ich habe vorhin mit dem Doktor gesprochen; es sei eine leichte Geburt gewesen, sagt er.«

»Für ihn war sie leicht«, meinte Amber, die ein Bedürfnis nach Mitgefühl für ihre Schmerzen hatte. »Aber jetzt geht es mir vermutlich ganz gut.«

»Bestimmt, meine Liebe. In zwei Wochen wirst du nicht mehr wissen, daß du ein Kind gekriegt hast.« Er küßte sie und ging, damit sie ruhen könne. Abermals wenige Stunden später kam auch Gerald und weckte sie.

Er war sichtlich verlegen, als er in das Zimmer schwankte. Er trug ein Gewand aus blaßgelbem Satin mit hundert Metern Bänder um Ärmel und Hosen geschlungen und duftete nach Orangenwasser. Von dem silbernen Degen bis zur Spitzenkrawatte, von dem federumwallten Hut bis zu den reichgestickten Handschuhen war er das vollendete Bild eines Gecken, eines Lebemannes, aufgezogen in England, verfeinert in Frankreich, ein Stammgast im Royal Exchange, in Chatelins Wirtshaus, in den Garderoben der Theater und in Covent Garden. Sein Typus war ein dutzendmal zu erblicken, wenn man Drury Lane oder Pall Mall entlangschlenderte.

Er küßte Amber, wie jeder gleichgültige Besuch es getan hätte, und sagte fröhlich: »Nun, Madame! Für eine Frau kurz nach der Entbindung sehen Sie recht munter aus. Eh bien, wo ist er denn – der neue Sprößling aus dem Hause Stanhope?«

Nan war ins Kinderzimmer hinuntergegangen, um das Baby zu holen, und brachte es jetzt auf einem Kissen; sein langes, gestricktes Kleidchen schleifte am Boden nach. Es war nicht mehr Mode bei Hof, die Kinder fest einzuwickeln wie Mumien, damit sie sich nicht rühren konnten.

»Hier«, sagte Nan beinahe herausfordernd, aber sie hielt das Kind fest und reichte es Gerald nicht. »Ist er nicht schön?«

Gerald beugte sich vor, um das Kind anzusehen, aber er hielt die Hände hinter dem Rücken. Er war ein wenig verwirrt und suchte nach den rechten Worten. »Nun, hallo, junger Herr! Hmmm! Mordieu, was er für ein rotes Gesicht hat!«

»Das haben Sie bestimmt auch gehabt«, fuhr Nan ihn an.

Gerald trat von einem Fuß auf den andern. Er hatte vor Nan fast ebensoviel Respekt wie vor seiner Frau oder seiner Mutter. »Ja, mein Himmel, ich wollte ihn doch nicht kränken! Er ist – natürlich ist er sehr schön! Ja, gewiß, er sieht genau aus wie seine Mutter!« Das Baby öffnete den Mund und begann zu weinen; Amber winkte, und Nan brachte es aus dem Zimmer. Gerald wurde unruhig. »Nun, Madame, Sie brauchen zweifellos Ruhe. Ich werde Sie nicht länger stören. Offen gestanden, ich bin mit einigen Herren verabredet – wir gehen zusammen ins Theater.«

»Um Himmels willen, Mylord, gehen Sie nur. Und vielen Dank für Ihren Besuch!«

»Oh, nicht der Rede wert, Madame, ich protestiere! Ich danke Ihnen, daß Sie mich empfangen haben. Ihr Diener, Madame!« Er küßte sie abermals, einen furchtsamen, hastigen Kuß auf ihre Nase, und ging zur Tür. Dort blieb er plötzlich stehen und wandte sich um. »Ja – und – Madame – wie sollen wir ihn denn nennen?«

Amber lächelte. »Karl, wenn es Ihnen recht ist, Mylord.«

»Karl? O ja – mais oui! Natürlich Karl!« Er ging, und sie konnte noch sehen, wie er sein Taschentuch zog und sich die Stirne wischte.

*

Ambers erster Empfang war ein triumphales Ereignis.

Ihre Zimmer waren gefüllt mit der vornehmsten Gesellschaft von England. Sie ließ Wein und Kuchen reichen und nahm ihre Küsse und Komplimente gnädig entgegen. Alle mußten zugeben, das Kind sei ganz ohne Zweifel ein echter Stuart, aber sie bemerkten auch boshaft, es sei ebenso häßlich, wie der König bei der Geburt gewesen war. Auch Amber fand es nicht schön, aber mit der Zeit würde das sich vielleicht bessern, und das Wichtigste war jedenfalls, daß es Karl glich. Und als das Baby getauft wurde, war Karl der Pate und schenkte der Mutter ein silbernes Tischservice, das einfach und schön, aber sehr kostspielig war; sein Sohn empfing das herkömmliche Geschenk – zwölf silberne Apostellöffel.

Als Amber sich völlig erholt hatte, begann sie darüber nachzudenken, wie sie sich ihrer lästigen Schwiegermutter entledigen sollte.

Lucilla hatte nicht die Absicht, aufs Land zurückzukehren, sie war verschwenderisch, und trotz Ambers Warnung schickte sie nach wie vor die Händler mit den Rechnungen zu ihr. Amber ließ sie warten, denn sie hatte einen Plan, der die Baronin zwingen würde, ihre Verpflichtungen selbst zu erfüllen. Sie hoffte, ihr einen Gatten zu finden. Lucilla sprach wohl noch immer von der Sittenstrenge und den Lebensformen ihrer Jugend und tat sehr entrüstet über die neuen Manieren, was sie aber nicht hinderte, selbst einige dieser neuen Manieren anzunehmen. Keine Schauspielerin trug tiefer ausgeschnittene Kleider, keine Ehrendame konnte heftiger flirten, keine der Frauen, die im Parterre des Theaters ihrem Geschäft nachgingen, konnte geschminkter sein. Sie war so munter und, wie sie meinte, so herzig wie ein kleines Kätzchen.

Sie machte sich nichts aus Männern ihres Alters, sondern bevorzugte die fünfundzwanzigjährigen Lebemänner, lustige junge Leute, die mit ihren erotischen Erfolgen prahlten und es besonders witzig fanden, einem Wächter den Schädel einzuschlagen, der sie wegen nächtlicher Ruhestörung festnehmen wollte. Für die Baronin stellten sie all die Heiterkeit, all das fröhliche Leben dar, das sie entbehrt hatte, und da sie sich nicht älter fühlte als jene, weigerte sie sich zu glauben, die Jahre hätten sie verändert. Doch wenn sie den Unterschied nicht merkte, so merkten ihn doch die anderen, und sie entschlüpften ihr, wo sie nur konnten, um einem hübschen jungen Mädchen von fünfzehn oder siebzehn nachzustellen. In ihren Augen war die Baronin ein altes Weib, das diesen Nachteil durch kein Vermögen auszugleichen vermochte, und sie fanden, daß sie sich einfach lächerlich machte.

Zu einem unter ihnen fühlte sie sich ganz besonders hingezogen. Das war Sir Frederick Fothergill, ein selbstgefälliger Geck, den man überall sah, wo es darauf ankam, gesehen zu werden. Er war groß, mager, hübsch, wenn auch weibisch, aber gleichzeitig ein begeisterter Duellant und hatte sich in den vergangenen zwei Jahren als Freiwilliger gegen die Holländer ausgezeichnet.

Amber ließ sich über seine Verhältnisse unterrichten und erfuhr, daß er der Sohn eines Mannes war, der bei der Restauration nichts profitiert hatte – wie das den meisten Royalisten geschehen war. Infolgedessen steckte er tief in Schulden und verschuldete sich immer mehr. Er lebte ein recht kostspieliges Leben, kaufte schöne Kleider, hielt einen Wagen, spielte ohne Glück und mußte sich manchmal bei seinen Freunden verbergen, um dem Drängen seiner Gläubiger zu entgehn. Amber nahm an, er werde froh sein, über eine so einfache Lösung all seiner Sorgen.

Eines Morgens ließ sie ihn holen, und er kam in ihre Wohnung in Whitehall. Sie hatte die Händler weggeschickt, aber ihr Zimmer war noch immer nicht leer: Nan und ein halbes Dutzend Mädchen waren da, ferner ein Schneider, der gerade seine Sachen zusammenräumte, und schließlich Tansy, der Hund und Susanna. Susanna stützte ihre rundlichen Ellbogen auf Ambers Knie, die großen, grünlichen Augen sahen feierlich zur Mutter auf, die dem Kind gerade erklärte, daß junge Damen den Herren nicht die Perücken wegziehen sollten. Einmal hatte Susanna beim König den Versuch gemacht, hatte Erfolg gehabt und griff seither nach jeder Perücke, deren Träger ihr nahe genug kam. Jetzt allerdings nickte sie ergeben.

»Und du wirst es nie wieder tun?« fragte Amber.

»Nie wieder!« versicherte Susanna.

Sir Frederick trat ein, machte eine kunstvolle Verbeugung an der Schwelle und eine zweite, als er vor Amber stand. »Ihr Diener, Mylady«, sagte er würdig, aber seine Augen musterten sie vertraulich.

Susanna machte ihm einen Knicks, und Sir Frederick bückte sich sehr tief, um ihr die Hand zu küssen. Ihre Augen sahen gierig nach seiner Perücke, begannen boshaft zu funkeln, dann aber warf sie einen raschen, schuldbewußten Blick auf ihre Mutter, die das Kind streng beobachtete. Sogleich legte sie die Hände auf den Rücken. Amber lachte, gab ihrer Tochter einen Kuß und schickte sie mit dem Kindermädchen aus dem Zimmer. Sie war sehr stolz auf Susanna, die ihrer Meinung nach das entzückendste Mädchen in ganz England war – und England war natürlich die Welt. Die Tür schloß sich, Amber wandte sich Sir Frederick zu und bot ihm einen Stuhl an.

Sie selbst ging an den Toilettentisch und schminkte sich, während er sich neben sie setzte, höflich zufrieden mit sich selbst, weil er zu Ambers

Levée geladen worden war – und weit und breit kein anderer Mann. Er glaubte sehr wohl zu wissen, weshalb sie ihn gerufen hatte.

»Mylady erweist mir eine große Ehre«, sagte er, und seine Augen hafteten an ihrem Busen, »ich habe Mylady immer sehr tief verehrt, seit ich Sie zum erstenmal sah – es war vor einigen Monaten im Theater in der Königlichen Loge. Ich schwöre Ihnen, Madame, daß ich gar nicht mehr auf die Bühne schauen konnte.«

»Das ist sehr freundlich von Ihnen, Sir. Zufällig hatte ich Sie auch bemerkt. Sie unterhielten sich gerade mit meiner Schwiegermutter.«

»Pah!« er zog die Lippen zusammen und machte eine Handbewegung. »Sie bedeutet mir gar nichts, das kann ich Ihnen versichern.«

»Sie spricht aber sehr freundlich von Ihnen, Sir. Ich möchte fast sagen, daß sie in Sie verliebt zu sein scheint.«

»Was? Lächerlich! Und wenn sie es ist? Was geht das mich an?«

»Sie haben hoffentlich ihre zärtlichen Gefühle nicht mißbraucht?«

Sie stand auf, ging durch das Zimmer, um sich hinter einem Wandschirm anzuziehen. Und dabei ließ sie ihren Schlafrock so weit sinken, daß er einen Blick auf eine volle, straffe Brust werfen konnte; noch immer verlangte es sie nach der Bewunderung eines jeden Mannes, so wenig er ihr auch bedeuten mochte. Aber sie schlief nur mit Karl – oder allein.

Sir Frederick mußte sich erst sammeln, bevor er beteuern konnte: »Mein Gott, nein! Ich habe niemals irgendein unziemliches Wort an sie gerichtet. Wenn ich auch ganz offen sagen darf, daß ich wohl nicht abgewiesen worden wäre.«

»Aber als Ehrenmann haben Sie keinen Versuch gemacht?«

»Ich muß leider gestehn, Madame, daß sie nicht ganz meinem Geschmack entspricht.«

»Wirklich nicht, Sir Frederick? Und warum denn nicht?«

Sir Frederick war verdutzt. Auf ihre Einladung hin hatte er all seinen Freunden erzählt, die junge Gräfin Danforth habe sich in ihn verliebt und wolle unbedingt mit ihm schlafen. Und jetzt begann es ihm aufzugehen, daß sie ihn durchaus nicht für sich haben, sondern mit ihrer Schwiegermutter verkuppeln wollte. Wie würde er jetzt dastehen, wenn sie ihn mit dem alten Frauenzimmer zusammentat!

»Nun, sie ist erheblich älter als ich, Mylady. Mein Gott, sie muß doch vierzig sein! Alte Frauen mögen Wert auf junge Männer legen, aber das Gegenteil ist im allgemeinen nicht der Fall.«

Amber war jetzt völlig angekleidet und ging wieder an den Toilettentisch, um den passenden Schmuck auszusuchen. Nichts in ihrem neuen Leben bei Hof hatte ihr so viel Freude gemacht wie dieser Augenblick, da sie so hochgestellt, so reich, so mächtig war, daß sie die Leben anderer nach ihrem Geschmack lenken konnte. Sie hielt ein Armband aus Brillanten und Smaragden gegen das Licht, schob die Unterlippe vor, während sie es betrachtete, wußte aber gleichzeitig ganz genau, daß er sie beobachtete, und wußte auch, woran er dachte.

»Nun, Sir Frederick, das tut mir leid zu hören.« Sie legte das Armband um. »Ich wollte Ihnen gefällig sein. Sie besitzt ein großes Vermögen, müssen Sie wissen.« Sie stöberte unter den anderen Schmucksachen.

Sogleich kam Leben in ihn, und er beugte sich vor. »Ein Vermögen, sagen Sie?«

Sie sah ihn mit sanftem Erstaunen an. »Ja, natürlich. Wußten Sie das denn nicht? Mein Gott, sie hat doch hundert Kurmacher, die sie alle heiraten wollen. Sie braucht nur zu wählen – und ich hatte den Eindruck, daß sie sich gerade auf Sie versteifen würde.«

»Ein Vermögen! Und ich dachte, sie habe keinen Schilling! Jeder sagte mir – nun, Mylady, das ist, offen gestanden, eine große Überraschung.« Er war ganz verblüfft und vermochte noch nicht an das Glück zu glauben, das sich ihm offenbar bot. »Und wieviel – hat – sie?«

Amber kam ihm zu Hilfe. »Etwa fünftausend Pfund, glaube ich.«

»Fünftausend! Jährlich?« Fünftausend jährlich hätten allerdings einem Riesenvermögen entsprochen.

»Nein«, sagte Amber. »Fünftausend als Vermögen. Aber sie hat natürlich auch noch Grundbesitz.« Das war sichtlich eine Enttäuschung, und als sie seinen Ausdruck bemerkte, fügte sie hinzu: »Ich glaube, daß sie gerade im Begriff ist, den jungen Dingsda zu erhören – ich kann mich im Augenblick nicht an seinen Namen erinnern. Er trägt immer einen Anzug aus grünem Satin. Doch wenn Sie sich rasch genug entschließen, wird sie Ihnen vielleicht den Vorzug geben.« –

Kaum zwei Wochen später heiratete Sir Frederick die Baronin.

Da er wußte, daß die meisten hübschen jungen Mädchen mit Geld unter der Hut von wachsamen Eltern und Beschützern standen, die ihn niemals als passende Partie ansehen würden, begann er sogleich, nachdem er Amber verlassen hatte, der Baronin den Hof zu machen – und als er sich zu einem Heiratsantrag entschloß, wurde er nicht abgewiesen. Amber zahlte fünftausend Pfund aus und empfing dafür eine vor Zeugen unterschriebene Erklärung, daß die Baronin von ihr niemals irgendeine Zahlung verlangen werde.

Zuerst war die Baronin sehr entrüstet, weigerte sich und behauptete, sie würde das ganze Vermögen beanspruchen, denn es gehöre nach Fug und Recht ihrem Sohn. Doch bald hatte Amber sie davon überzeugt, daß in solch einem Fall der König Partei nehmen würde, und schließlich war Lucilla froh, ihre fünftausend Pfund zu erhalten, die allerdings in der Hauptsache dazu dienen mußten, ihre Schulden zu zahlen. Doch sie dachte nicht viel an das Geld. All ihre Gefühle galten der beglückenden Aussicht, wieder verheiratet zu sein, und diesmal mit einem hübschen jungen Mann, dem es gar nicht zum Bewußtsein zu kommen schien, daß sie alt genug war, um seine Mutter zu sein. Die Zeremonie fand abends statt, und während Gerald durch das Benehmen seiner Mutter in der tödlichsten Verlegenheit war, amüsierte sich Amber lebhaft und war sehr erleichtert.

Es gäbe kein lächerlicheres Geschöpf auf Erden, stellte sie fest, als eine tugendhafte Frau, die jahrelang ein elendes Leben führt, um etwas zu bewahren, wofür die böse Welt ihr doch keinen Dank weiß.

Jetzt, da Amber ihre Schwiegermutter los war, beschloß sie, sich auf ähnliche Art ihres Gatten zu entledigen. Sie wußte, daß er eine Beziehung zu Polly Stark angeknüpft hatte, einem hübschen, fünfzehnjährigen Mädchen, das einen kleinen Laden im Change hatte, wo sie Bänder und andere Kleinigkeiten verkaufte. Und als er eines Abends den Salon der Königin betrat, verließ Amber ihren Kartentisch und gesellte sich zu ihm.

Wie immer, wenn er allein mit ihr war, sah er sie furchtsam und erwartend an. Jetzt würde sie ihn vermutlich mit der kleinen Stark necken. »Mein Gott!« rief er. »Verdammt heiß ist es hier!«

»Das finde ich gar nicht«, sagte Amber süß. »Nein, aber was für einen schönen Anzug Sie tragen! Ihr Schneider ist wahrhaftig unvergleichlich!«

»Ja? Sehr freundlich, Madame.« Verdutzt sah er an sich hinunter, und dann erwiderte er das Kompliment. »Und das ist auch ein prächtiges Kleid, Madame!«

»Vielen Dank, Sir. Ich habe die Bänder bei einem jungen Frauenzimmer gekauft, das kürzlich einen Laden im ›Change‹ aufgemacht hat. Ich glaube, sie heißt Stark. Sie kennt sich in diesen Dingen ausgezeichnet aus.«

Er wurde rot und schluckte. So ging es also tatsächlich um Polly Stark. Er wünschte, er wäre nie in den Palast gekommen. Er hatte auch gar nicht kommen wollen, aber einige seiner Freunde hatten ihn gedrängt, weil sie eine Intrige mit ein paar Mädchen aus dem Hofstaat Ihrer Majestät angeknüpft hatten. »Stark?« wiederholte er. »Mondieu, der Name klingt bekannt.«

»Denken Sie nur gut nach, und Sie werden sich bestimmt an sie erinnern. Mrs. Stark erinnert sich auch sehr gut an Sie.«

»Sie haben mit ihr gesprochen?«

»Aber gewiß. Eine halbe Stunde oder noch länger. Wir sind dicke Freundinnen.«

»Nun?«

Sie lachte herzlich und klopfte ihm mit dem Fächer auf den Arm. »Mein Gott, Gerald, tun Sie nicht so unschuldig. Wären Sie ein Mann von Welt, wenn Sie sich nicht auch ein Mädchen aushalten würden? Weiß Gott, ich möchte keinen treuen Gatten haben – das würde mich unter meinen Bekannten unmöglich machen.«

Er sah sie erstaunt an und dann blickte er unglücklich auf seine Schuhe hinunter. Er war gar nicht sicher, ob sie im Ernst sprach oder sich einen Scherz mit ihm machte; in jedem Fall hatte er den Eindruck, eine klägliche Rolle zu spielen. Es gelang ihm nicht, eine Antwort zu finden.

»Und was meinen Sie?« fuhr Amber fort. »Sie behauptet, Sie seien schäbig.«

»Was? Schäbig? Ich? Nun, Madame – Sie will einen Wagen und eine

Wohnung in Drury Lane und will nur seidene Strümpfe tragen und weiß Gott, was noch alles. Sie ist ein verdammt anspruchsvolles Frauenzimmer. Es würde mich weniger kosten, die London Bridge reparieren zu lassen.«

»Aber immerhin können Sie nicht als Lebemann gelten«, meinte Amber nachdenklich, »wenn Sie sich kein Verhältnis leisten.«

Er warf ihr abermals einen erstaunten Blick zu. »Ja – ich – nun, es ist natürlich modern, aber dann . . .«

»Und wenn Sie ein Verhältnis haben, dann muß sie hübsch sein, und die Hübschen sind nicht billig.« Plötzlich wurde sie ernst. »Hören Sie, Sir – wir könnten ein Geschäft miteinander machen. Ich werde Mrs. Stark jährlich zweihundert Pfund geben – solange sie bei Ihnen in Gunst steht – und Ihnen biete ich vierhundert. Sie geben mir schriftlich, daß Sie von jetzt an alle Ihre Auslagen selbst tragen und keinen Anspruch mehr gegen mich erheben. Wenn Sie in Schulden geraten, dann will ich nicht dafür verantwortlich sein. Wie gefällt Ihnen das?«

»Ja – allerdings –, das ist sehr großzügig von Ihnen, Madame. Nur – ich dachte – Mutter sagt . . .«

»Die Pocken über Ihre Mutter! Mir ist es gleich, was sie sagt. Sind Sie damit zufrieden oder nicht? Wenn nicht, dann werde ich den König bitten, er möge mit dem Erzbischof wegen einer Ungültigkeitserklärung unserer Ehe sprechen.«

»Eine Ungültigkeitserklärung? Aber, Madame – wie können Sie das? Die Ehe ist ja doch konsumiert worden!«

»Wer kann das beweisen? Und ich glaube, daß ich mehr Mittel besitze, um einen Gerichtshof zu bestechen, als Sie. Wie steht es also, Gerald? Ich habe das Schriftstück für Sie aufgesetzt, es ist in meinem Zimmer. Mein Gott, ich weiß wirklich nicht, was Sie noch verlangen können. Es scheint mir doch ein recht großzügiges Angebot zu sein – ich müßte Ihnen eigentlich gar nichts geben, das wissen Sie.«

»Gut – sehr gut – nur eines!«

»Was denn?«

»Sagen Sie Mutter nichts davon!«

Vierundfünfzigstes Kapitel

James lehnte sich zum Fenster hinaus und beobachtete einige Frauen, die unten im sonnigen Garten spazierengingen; er pfiff leise, und als sie hinaufschauten, winkte er. Die Frauen waren zuerst überrascht, dann kicherten sie und machten ihm Zeichen, er möge doch hinunterkommen. Er spielte eine ganze Pantomime, schüttelte den Kopf, zuckte die Achseln und wies mit dem Daumen über seine Schulter rückwärts. Und dann, als die Tür hinter ihm sich öffnete, legte er sein Gesicht in ernste Falten, schloß die Fenster und wandte sich um.

Anne Hyde kam aus dem Kabinett ihres Schwagers, ihr häßlicher Mund zitterte erregt, sie schnupfte und hielt ein Taschentuch vor das Gesicht. Die Jahre seit der Restauration hatten ihr Äußeres nicht verschönt. Sie war jetzt dreißig Jahre alt; die sechste Schwangerschaft wölbte ihren Bauch, sie hatte viel Fett angesetzt, denn das Essen war ihr einziger Trost. Rote Pusteln bedeckten ihr Gesicht, die sie hinter kleinen schwarzen Pflästerchen verbarg. Seine königliche Hoheit hatte sie mit Syphilis angesteckt. Und dennoch war eine Art respekteinflößender Größe um sie, eine stolzere und trotzigere Majestät, als wenn sie aus königlichem Blut stammen würde. Sie war nicht sehr beliebt, aber sie wurde geachtet und auch gefürchtet.

Jeder wußte, daß sie den Herzog beherrschte, ihn mit ihrer Verschwendungssucht hoffnungslos in Schulden geraten ließ, ihm auftrug, was er im Rat zu sagen hatte und was nicht, und daß er ihr gehorchte. Nur bei seinen Liebesabenteuern hatte er sich seine Unabhängigkeit bewahrt, da ließ er sich nicht von ihr hineinreden, so sehr sie auch klagte. Häufig hatte er seine Freundinnen in das Zimmer neben dem Schlafzimmer gebracht und verließ nachts Annas Bett, um sich zu ihnen zu stehlen. Doch zumeist verstanden und achteten sie einander.

Langsam schloß sie die Tür. Er sah sie fragend an, während sie versuchte, ihre Ruhe wiederzugewinnen. Endlich fragte er: »Was hat er Ihnen gesagt?«

»Was er mir gesagt hat?« wiederholte sie bitter und rieb ihre beringten Finger. »Ich weiß nicht, was er mir gesagt hat. Er hörte zu – oh, er hat sehr höflich zugehört. Aber er wollte nichts versprechen. Ach Hoheit, was kann ich tun?«

York zuckte die Achseln und sah mürrisch drein. »Ich weiß nicht.«

Sie schaute auf, und ihre Augen begannen zu glitzern. »Sie wissen nicht? Das sieht Ihnen ähnlich. Sie wissen nie, was man tun soll, um was immer es sich handeln mag. – Sie werden auch nicht wissen, was Sie tun sollen, wenn Sie einmal König sein werden. Gott helfe Ihnen, wenn ich nicht mehr da bin, um Ihnen zu helfen. Hören Sie auf mich . . .« Sie trat ganz nahe an ihn heran, und als sie jetzt sprach, hämmerte sie mit der Faust auf seine Brust. »Sie werden nicht danebenstehen wie ein Narr und zusehen, wie mein Vater von einem Pack intrigierender, verlogener Schakale hinausgeworfen wird; verstehen Sie? Sie müssen zu ihm hineingehen und mit ihm sprechen – erklären Sie ihm doch, was die anderen vorhaben! Nach all den Jahren, die mein Vater den Stuarts gedient hat, nach all seiner Treue und Ergebenheit, kann er ihm das doch nicht antun! Er kann ihn nicht absetzen! Gehen Sie hinein, jetzt gleich, und sagen Sie ihm . . .« Sie gab ihm einen Stoß.

»Ich will's versuchen«, sagte York überzeugungslos. Er ging durch die Tür, klopfte an der nächsten und trat ein, als er des Königs Stimme hörte. »Ich störe hoffentlich nicht, Sire.«

Karl sah ihm über die Schulter lachend entgegen. Wenn er wußte, weshalb sein Bruder kam, so ließ er sich das jedenfalls nicht anmerken.

»Durchaus nicht, James. Komm nur! Du kannst gerade Minette grüßen lassen. Was soll ich ihr von dir sagen?«

Der Herzog war mit seinen eigenen Gedanken beschäftigt und zögerte, bevor er eine Antwort gab. »Nun – sagen Sie ihr, daß sie uns hoffentlich bald besuchen kann.«

»Darüber schreibe ich eben. Sie will nächstes Jahr kommen. Nun, James, was gibt's? Du hast etwas auf dem Herzen.«

James setzte sich und rieb nachdenklich die Handflächen gegeneinander. »Ja, Sire, das habe ich.« Er machte eine Pause, während sein Bruder geduldig wartete. »Anne fürchtet, Sie würden den Kanzler nicht glimpflich behandeln.«

Karl lächelte. »Da ist sie sehr im Irrtum. Ich werde ihn so glimpflich behandeln, wie ich nur kann. Doch du weißt ebensogut, James, wie ich, daß das nicht meine Sache ist. Ich muß einem Parlament Rede stehen, und dort ist man sehr kritisch aufgelegt.«

»Aber Eure Majestät wird doch nicht einen Mann opfern, der Ihnen so lange und so gut gedient hat, bloß um das Parlament zufriedenzustellen?« James hatte keine hohe Meinung von der regierenden Körperschaft des Landes noch von seines Bruders Geduld und Kompromißbereitschaft. Die Dinge werden anders werden, sagte er sich häufig, wenn ich einmal auf den Thron komme.

»Niemand kann des Kanzlers Dienste mehr schätzen als ich. Aber die Wahrheit ist, daß er sich abgenützt hat. Er ist weder für mich noch für England von Wert. Ich weiß, daß man ihn für viele Dinge tadelt, an denen er unschuldig ist, aber die Tatsache bleibt bestehen, daß man ihn haßt. Sie wollen ihn ein für allemal los sein. Und was kann ein Mann mir nützen, der einmal dahin gelangt ist?«

»Das kann doch vorübergehend sein – wenn Eure Majestät sich die Mühe nehmen will, ihm herauszuhelfen.«

»Es ist mehr als das, James. Ich weiß, daß er treu und fähig ist, aber er steckt trotzdem in einem Sumpf altmodischer Ideen. Er will nicht erkennen, daß die Revolution die Dinge hier in England verändert hat. Er fühlt nicht in den Fingerspitzen, daß man heute neue Wege gehen muß. Und was schlimmer ist – er will es auch gar nicht fühlen. Nein, James, ich fürchte, daß die Tage des Kanzlers vorüber sind.«

»Vorüber? Meinen Sie damit, Sire, daß Sie ihn entlassen wollen?«

»Ich glaube nicht, daß ich eine Wahl habe. Er hat recht wenige Freunde, die ihm jetzt helfen würden – er hat sich nie die Mühe genommen, eine Partei treuer Anhänger zu kaufen. Über solche Praktiken war er immer erhaben.«

»Nun, Sire, wenn wir schon offen reden – warum sagen Sie mir nicht den wahren Grund, weshalb Sie ihn entlassen wollen?«

»Das habe ich getan.«

»In den Galerien ist ein anderes Gerücht verbreitet. Man sagt, Eure Majestät könne ihm alles verzeihen, nur nicht, daß er Mrs. Stewart zugunsten Richmonds beeinflußt habe.«

Karls schwarze Augen blitzten. »Gerüchte sind oft unverschämt, James – und du bist es auch. Wenn du glaubst, ich wäre ein solcher Narr, einen Mann, der mir nützlich sein kann, einer Frau wegen zu entlassen, dann wirst du meiner Einsicht nicht sehr gerecht. Du mußt zugeben, daß ich zu dir so gut war, wie nur je ein König zu seinem Bruder gewesen sein mag, und du lebst nicht weniger das Leben eines Königs als ich selbst. Doch in dieser Angelegenheit ist mein Entschluß gefaßt. Du kannst nichts daran ändern, es hat also keinen Zweck, mich damit zu plagen.«

James verbeugte sich höflich und verließ das Zimmer. Königen hatte man zu gehorchen, das wußte er.

*

Wenige Tage später forderte der König den Kanzler Clarendon auf, nach Whitehall zu kommen, obgleich der alte Mann krank zu Bett lag und in seinem Haus in Piccadilly wohnte. Schon oft hatte sich der König sonst mit seinen Räten zu ihm begeben, um Clarendon die weite Fahrt zu ersparen. Karl und der Herzog von York gingen jetzt in die offiziellen Amtsräume des Kanzlers und setzten sich mit ihm zur Beratung nieder.

Karl war dieser Augenblick verhaßt, und er hätte ihn noch weiter aufgeschoben, aber er wußte, daß es notwendig war. Denn im ganzen Land herrschte Unruhe, und sie hatte im Parlament ihren Brennpunkt gefunden; er hoffte, es mit dem Versprechen einzulullen, daß alles sich bessern werde, wenn einmal das nationale Schreckgespenst verschwunden sei. Und doch kannte er ihn seit langem und hatte an ihm einen treuen Diener gehabt. Ob auch Clarendon ihn häufig behandelt hatte, als wäre er ein ungebärdiger Schuljunge und ob er strenge Kritik an seinen Freunden und Mätressen übte und ihm sagte, er sei nicht fähig zu regieren, so wußte Karl dennoch, daß er nie einen besseren Minister gehabt hatte und wohl auch nicht so bald haben würde. War Clarendon einmal gegangen, dann blieb er von pfiffigen, feindseligen, selbstsüchtigen Leuten umgeben, gegen deren Schlauheit er seinen eigenen Witz schärfen, siegen – oder auf die Regierung Englands verzichten mußte.

Doch dagegen gab es keine Abhilfe. Karl sah ihm in die Augen. »Mylord, wie Sie selbst feststellen müssen, herrscht allgemein das Verlangen nach neuen Männern in der Regierung. Ich bedauere, daß ich es Ihnen sagen muß, aber ich werde mich nicht dagegen stemmen können. Man wird Ihren Rücktritt fordern, und Sie würden zu Ihrem eigenen Besten handeln, wenn Sie diesem Wunsch zuvorkämen.«

Clarendon antwortete nicht sogleich. »Eure Majestät spricht doch nicht im Ernst?«

»Im Ernst, Kanzler. Es tut mir leid, aber ich spreche im Ernst. Wie Sie wissen müssen, habe ich diesen Entschluß nicht plötzlich gefaßt – und ich bin auch nicht allein dazu gelangt.« Er wollte offenbar sagen, daß Hunderte und Tausende seiner Untertanen der gleichen Meinung seien.

Aber Clarendon zog vor, Karls Worte zu mißdeuten. »Eure Majestät denkt wohl damit an die Lady?« Er hatte Barbara niemals anders bezeichnet.

»Offen gestanden, Kanzler, das tue ich nicht.« Karl antwortete ganz ruhig; er wollte nicht den Gekränkten spielen.

»Ich fürchte, daß Eurer Majestät unwürdige Gefährten mehr Einfluß haben, als Sie selbst wahrnehmen.«

»Zum Teufel, Mylord«, erwiderte Karl plötzlich ungeduldig und mit blitzenden Augen, »meine geistigen Fähigkeiten sind doch hoffentlich nicht völlig unzureichend.«

Clarendon war wieder einmal der Schulmeister. »Niemand weiß Ihre natürlichen Gaben besser zu schätzen, Sire, als ich, und eben darum war es mir seit langem schmerzhaft, zu sehen, wie Eure Majestät Ihre und Englands Zeit in der Gesellschaft von solchen Geschöpfen wie der Lady und ihrer . . .«

Karl stand auf. »Mylord, ich habe Sie über dieses Thema bereits ausführlich sprechen gehört. Sie werden entschuldigen, wenn ich ablehne, mir das abermals anzuhören. Ich werde den Sekretär Morrice zu Ihnen um das Großsiegel senden. Guten Tag!« Rasch und ohne sich umzusehen verließ er das Zimmer.

Clarendon und York sahen ihm nach. Als die Tür sich geschlossen hatte, begegneten ihre Augen einander. Lange Zeit sagten sie kein Wort. Endlich verbeugte sich Clarendon und ging hinaus, wo die Sonne schien. In der Nähe der Tür, auf dem Rasen an die Mauer gelehnt, warteten Männer und Frauen – die Nachricht hatte sich verbreitet, der Kanzler sei bei dem König, und nun wollte man ihn weggehen sehen. Er musterte sie, und als die Köpfe sich abwandten und die Lippen lächelten, ging er zwischen ihnen hindurch. Er hörte, wie ein Flüstern anhob.

Fast hatte er das Gartentor erreicht, als plötzlich eine lustige Frauenstimme ihm zurief: »Leben Sie wohl, Kanzler!«

Es war Lady Castlemaine auf ihrem Balkon, umgeben von Käfigen mit buntgefiederten Vögeln; neben ihr standen Lord Arlington und Bab May. Obgleich es bereits Mittag war, sprang sie erst jetzt aus dem Bett, als man ihr meldete, der Kanzler komme vom König, und nun stand sie auf dem Balkon, schloß ihren Morgenrock und lachte, und ihr rotes Haar fiel lose auf die Schultern.

»Leben Sie wohl, Kanzler«, wiederholte sie. »Hoffentlich sehen wir uns nicht mehr wieder.«

Die jungen Leute unten lachten und sahen zu ihr hinauf und dann wieder auf den Kanzler. Eine Sekunde begegneten Clarendons Augen den ihren, es war der erste Blick, den er je auf sie gerichtet hatte. Dann straffte er langsam seine Schultern, sein Gesicht war müde und alt und trug die Spuren von Schmerz und Enttäuschung – und er sah sie jetzt mit einem Gemisch von Verachtung und Mitleid an.

»Madame«, sagte er ruhig, aber völlig deutlich, »wenn Sie es erleben, werden auch Sie altern.« Dann ging er weiter und war verschwunden.

Die jungen Leute riefen ihre Glückwünsche hinauf, Arlington und Bab sprachen auf sie ein, aber sie hörte nichts von dem, was sie sagten. Plötzlich wandte sie sich um, schob die beiden beiseite, eilte in ihr Zimmer und schlug die Tür hinter sich zu. Rasch griff sie nach einem Spiegel, starrte hinein, betastete ihre Wangen, ihren Mund, ihre Brust.

Es ist nicht wahr, dachte sie verzweifelt. Verdammter alter Hund! Natürlich ist es nicht wahr! Ich werde niemals alt sein, ich werde nie anders aussehen. Ich bin ja erst siebenundzwanzig, und das ist doch kein Alter! Ich bin jung – mit siebenundzwanzig ist eine Frau auf ihrer Höhe!

Doch sie erinnerte sich an eine Zeit – war es nicht erst gestern gewesen? – da ihr siebenundzwanzig als sehr viel erschienen war, da sie den Gedanken daran gefürchtet und vermieden hatte. Oh, zur Hölle mit ihm! Warum hatte er das gesagt? Sie fühlte sich elend und müde, und der Groll nagte an ihr. Nach all diesen Jahren, da sie einander gehaßt hatten, behielt er jetzt doch irgendwie das letzte Wort. Aber dann flammte in ihr plötzlich ein entschlossener Widerstand auf. Draußen warteten die Männer auf sie, erregt, triumphierend – was lag daran, was ein blöder, alter, boshafter Mann sagte? Er war jetzt erledigt, und sie würde ihn nie wiedersehen. Sie warf den Spiegel fort, ging zur Tür und trat lächelnd zu den anderen.

*

Im Palast waren Unruhe und Angst spürbar. Die Menschen mißtrauten einander, und frühere Freunde sprachen kaum, wenn sie sich trafen, sondern gingen in den Galerien aneinander vorbei, als gäbe es weder Freund noch Feind. Flüstern und Murmeln glitt von Mund zu Mund, Gerüchte pflanzten sich fort, die einen wie leichte Lüfte, streiften ihr Ziel und verschwanden, die andern von solcher Kraft, daß alles vor ihnen zu weichen schien. Keiner fühlte sich sicher. Der Kanzler war fort, aber man war nicht so zufrieden, wie man es erwartet hatte. Wer würde nun der nächste sein?

Viele sagten, Lady Castlemaine sei an der Reihe.

Barbara hörte das Geschwätz, zuckte aber gleichgültig die Achseln und machte sich keine Sorgen darum. Sie war voll Selbstvertrauen, und wenn es soweit wäre, dann würde sie ihn schon kleinkriegen, wie ihr das stets gelungen war. Sie hatte ihr behagliches, angenehmes Leben bei Hof und wollte sich von niemandem verdrängen lassen. Dann aber, eines Morgens, als sie mit Mr. Jermyn im Bett lag, stürzte Mrs. Wilson erregt ins Zimmer.

»Mylady! Mylady! Er kommt!«

Barbara setzte sich auf, warf ärgerlich die Haare zurück, während Mr. Jermyn über den Rand der Decke herausspähte. »Was, zum Teufel, soll das heißen, daß Sie hier hereinstürzen? Ich dachte doch, ich . . .«

»Aber es ist der König! Er ist in der Halle, gleich wird er da sein!«

»O mein Gott! Halt ihn eine Minute auf! Jermyn, um Christi willen, schau nicht drein wie ein Tölpel und mach, daß du herauskommst!«

Henry Jermyn kroch aus dem Bett, packte seine Hosen mit der einen, die Perücke mit der andern Hand und sprang nach der Tür. Barbara legte sich wieder hin und zog die Decke bis ans Kinn. Sie konnte die Spaniels toben hören, und jetzt klang im Nebenzimmer des Königs Lachen und seine Stimme, als er mit Mrs. Wilson sprach. Der Klatsch wollte wissen, daß er neuerdings eine Beziehung mit ihrer hübschen Kammerfrau begonnen habe, doch war es Barbara noch nicht gelungen, einen von den beiden zu einem Geständnis zu veranlassen. Sie blinzelte und sah zu ihrem Schrecken, daß Jermyn auf der Flucht einen Schuh verloren hatte, faßte schnell danach und verbarg ihn im Bett. Dann zog sie die Vorhänge zu und tat, als ob sie schliefe.

Sie hörte, wie die Tür des Schlafzimmers sich öffnete, und einen Augenblick später waren zwei von den Hunden zwischen den Vorhängen auf das Bett gesprungen und leckten Barbaras Gesicht. Sie murmelte einen Fluch und wehrte sie ab, als Karl die Vorhänge zurückschlug, ohne sich von dem schläfrigen Blick täuschen zu lassen. Er warf die beiden Hunde auf den Boden.

»Guten Morgen, Madame!«

»Ach – guten Morgen, Sire.« Sie setzte sich auf, die eine Hand im Haar, während die andere züchtig die Decke vor die bloße Brust hielt. »Wie spät ist es denn?«

»Fast Mittag.«

Jetzt streckte er die Hand aus und faßte nach dem langen, blauen Band von Mr. Jermyns Schuh, den er langsam herauszog und in die Höhe hielt, als wüßte er nicht recht, was das eigentlich für ein Gegenstand sei. Barbara sah ihm ängstlich zu. Er ließ den Schuh an der Schnur kreisen und musterte ihn sorgfältig von allen Seiten.

»Nun«, sagte er schließlich, »das ist also die neueste Unterhaltung für Damen von Stand – der Schuh an Stelle des Kavaliers. Das soll ein großer Fortschritt sein. Was halten Sie davon, Madame?«

»Ich halte davon, daß jemand mich bespitzelt hat und Sie herkommen ließ, um mich zu erwischen. Nun – ich bin ganz allein, davon können Sie sich selbst überzeugen. Sehen Sie hinter die Wandschirme und hinter die Vorhänge, wenn Sie Lust haben.«

Karl lächelte und warf den Schuh den Hunden hin, die eifrig daran nagten. Dann setzte er sich auf das Bett. »Lassen Sie sich von mir einen Rat geben, Barbara. Unter alten Freunden! Ich glaube, daß Sie für Ihr Geld mehr von Jacob Hall hätten als Mr. Jermyn Ihnen bieten kann.« Jacob Hall war ein schöner, kräftiger Akrobat, der sich auf Jahrmärkten und manchmal auch bei Hof produzierte.

Barbara fand eine rasche Antwort. »Ich zweifle nicht daran, daß Jacob Hall ebensosehr ein Gentleman ist wie Moll Davis eine Lady.« Moll Davis war seiner Majestät neueste Mätresse, eine Schauspielerin an Yorks Theater.

»Daran zweifle ich auch nicht«, räumte er ein. Eine ganze Weile sahen sie einander an. »Madame«, sagte er endlich, »ich glaube, die Zeit ist gekommen, daß wir uns aussprechen sollten.«

Irgend etwas in ihr schien zu sinken. So war es also doch nicht bloßer Klatsch gewesen! Ihre Manieren wurden sogleich respektvoll und artig, und sie versuchte beinahe zu flirten. »Aber gewiß, Majestät. Und worüber?« Ihre violetten Augen weiteten sich unschuldsvoll.

»Ich meine, daß wir nicht länger Komödie spielen müssen. Wenn ein Mann und eine Frau, die verheiratet sind, aufhören, einander zu lieben, so brauchen sie ihre Unterhaltung nur anderwärts zu suchen. Glücklicherweise steht es mit uns anders.«

Das war das offenherzigste Geständnis seiner Gefühle, das er ihr je gemacht hatte. Manchmal konnte er im Ärger scharfe Worte sagen, aber sie war stets überzeugt gewesen, daß er es nicht ernster meinte als sie selbst, wenn sie wütend war. Und sogar jetzt weigerte sie sich, zu glauben, daß er es diesmal ernst meine.

»Wollen Sie damit sagen«, fragte sie ihn leise, »daß Sie mich nicht mehr lieben?«

Er lächelte. »Warum muß eine Frau immer diese Frage stellen, auch wenn sie die Antwort noch so genau kennt?«

Sie sah ihn an und hatte ein unangenehmes Gefühl in der Magengrube. Selbst in seiner Körperhaltung war zu merken, daß er ihrer müde war, und sein Gesicht hatte die Entschlossenheit eines Menschen, der sich über seine Empfindungen völlig im klaren ist. War es möglich? War er ihrer wirklich und wahrhaftig müde? In diesen vergangenen vier Jahren war sie oft genug gewarnt worden, von ihm und auch von anderen, aber sie hatte das in den Wind geschlagen, hatte nicht glauben wollen, daß er aufhören könnte, sie zu lieben, wie er aufgehört hatte, andere Frauen zu lieben.

»Und was haben Sie vor?« Ihre Stimme war jetzt kaum noch ein Flüstern.

»Das wollte ich eben mit Ihnen besprechen. Da wir einander ja doch nicht mehr lieben ...«

»Oh, Sire!« protestierte sie rasch. »Ich liebe Sie noch immer. Nur daß Sie ...«

Er sah sie mit unverhülltem Widerwillen an. »Barbara, um Himmels willen, ersparen Sie mir das! Sie meinen vermutlich, ich hätte mir selbst vorgelogen, daß Sie mich lieben. Nun – das habe ich nicht. Als ich Ihnen begegnete, war ich schon über das Alter solcher Illusionen hinaus. Und wenn ich Sie einmal geliebt haben sollte – vielleicht habe ich das getan –, so ist es heute vorbei. Und es ist Zeit, daß wir eine neue Grundlage für unsere Beziehungen finden.«

»Eine neue – wollen Sie mich hinausjagen?«

Er lachte kurz und hart. »Das hieße, das Kaninchen den Hunden hinwerfen, nicht? In zwei Minuten wären Sie in Stücke gerissen.« Seine schwarzen Augen sahen ihr spöttisch ins Gesicht. »Nein, meine Liebe.

Ich will anständig mit Ihnen verfahren. Wir werden zu irgendeiner Vereinbarung gelangen.«

»Oh!« Barbara war sichtlich erleichtert. Das war etwas anderes. Er war noch immer bereit, ›anständig‹ mit ihr zu verfahren, zu einer ›Vereinbarung‹ zu gelangen. Sie glaubte zu wissen, wie sie die Sache zu behandeln hatte. »Ich möchte Eurer Majestät gefällig sein. Aber ich hoffe, daß Sie mir zwei Tage Frist geben, das alles zu überlegen. Ich muß an meine Kinder denken. Was auch mit mir geschehen mag, möchte ich doch, daß sie erhalten, was ihnen zukommt . . .«

»Es wird für Sie gesorgt werden. Überlegen Sie Ihre Bedingungen – ich komme am Donnerstag zur gleichen Stunde, und dann sprechen wir darüber.«

Er stand auf, machte eine leichte Verbeugung, pfiff den Hunden und ging, ohne zurückzuschauen. Barbara setzte sich im Bett auf und starrte verstört, unglücklich vor sich hin. Und dann hörte sie ihn leise sprechen, hörte Mrs. Wilsons erregtes Kichern. Plötzlich sprang sie aus dem Bett und schrie:

»Wilson! Wilson! Kommen Sie! Ich brauche Sie dringend!«

Donnerstags ging sie ihm bis zur Tür entgegen, schön gekleidet und geschminkt, und während er geglaubt hatte, sie in hysterischen Weinkrämpfen zu finden, war sie liebenswürdig und charmant – die alte Pose, die er in diesen letzten zwei oder drei Jahren so selten zu sehen bekommen hatte. Die Mädchen hatte sie fortgeschickt, und so setzten sich die beiden einander gegenüber, und jeder versuchte, die Stärke der Position des anderen abzuschätzen. Barbara erkannte im Nu, daß er seinen Entschluß nicht geändert hatte; auch diese Hoffnung erwies sich als eitel.

Sie reichte ihm ein Blatt Papier, eine sauber aufgestellte Liste, mit schwarzer Tinte geschrieben, und während er las, trommelte sie mit den Nägeln auf die Armlehnen ihres Stuhles; ihre Blicke schweiften durch das Zimmer, kehrten aber immer wieder zu ihm zurück. Er überflog die Liste, seine Brauen zogen sich zusammen, und schließlich ließ er ein leises Pfeifen hören. Ohne aufzusehen, las er laut:

»Fünfundzwanzigtausend, um Ihre Schulden zu bezahlen. Zehntausend Jahresrente. Ein Herzogtum für Sie und den Earltitel für die Jungen –.« Er warf ihr einen raschen Blick zu, und sein Gesicht war beinahe heiter. »Zum Teufel, Barbara, Sie müssen mich für den König Midas halten. Denken Sie daran, daß ich der arme Karl Stuart bin, dessen Land eben erst die schlimmste Seuche und den schrecklichsten Brand seiner Geschichte überstanden hat und bis zu den Ohren in Kriegsschulden steckt. Sie wissen verdammt gut, daß ich nicht die Mittel besitze, das alles zu bestreiten.« Er schlug kräftig auf das Blatt und legte es beiseite.

Barbara zuckte lächelnd die Achseln. »Wie sollte ich das wissen, Sire? Sie haben mir in der Vergangenheit mehr als das gegeben – und jetzt wollen Sie mich loswerden, obgleich ich ohne Schuld bin. Mein Gott, aus bloßem Anstandsgefühl sollten Sie mir das bewilligen. Man braucht sehr viel Geld, um einer feindlichen Umwelt Trotz zu bieten. Das wissen Sie ebensogut wie irgend jemand. Wenn Sie mich einmal verstoßen haben, dann könnte ich ebensogut tot sein wie mit weniger auskommen zu müssen. Mein Leben wäre nicht länger lebenswert.«

»Ich habe nicht die Absicht, Ihnen das Leben unmöglich zu machen. Aber Sie wissen, daß ich solch eine Vereinbarung nicht abschließen kann.«

»Andererseits sollte die Mutter von fünf Kindern nicht um ihren Lebensunterhalt bitten müssen, wenn Sie ihrer müde geworden sind; nicht wahr? Wie würde es aussehen, Sire, wenn die Welt erführe, daß Sie mich mit einer schäbigen Abfindung auf die Straße gesetzt haben?«

»Ist es Ihnen je in den Sinn gekommen, daß es in Frankreich etliche sehr behagliche Klöster gibt, wo eine Dame von Ihrer Religion mit weniger als fünfhundert Pfund im Jahr ganz wohl und glücklich leben kann?«

Einen Augenblick starrte Barbara ihn ungläubig an. Dann brach sie in ein Gelächter aus. »Ich will verdammt sein, aber Sie sind wirklich komisch. Können Sie sich vorstellen, daß ich in einem Kloster lebe?«

Er lächelte wider Willen. »Nicht sehr gut«, gab er zu. »Aber ich kann Ihnen trotzdem keine so hohe Rente zahlen.«

»Nun, dann können wir uns vielleicht auf eine andere Art einigen.«

»Und wie sollte das sein?«

»Warum dürfte ich nicht hierbleiben? Sie lieben mich vielleicht nicht mehr, aber es kann Ihnen doch gewiß nichts ausmachen, wenn ich nach wie vor im Palaste wohne. Ich werde Ihnen keinerlei Unannehmlichkeiten bereiten – Sie gehen Ihre Wege, und ich die meinen. Ist es denn edel, mich unglücklich zu machen, weil Sie mich nicht mehr lieben?«

Er wußte, was an ihren Worten ehrlich war, aber er war bereit zu glauben, daß das wirklich die bequemste Form sein mochte. Kein plötzlicher Bruch, der sie trennte, keine peinlichen Szenen mit Tränen und Vorwürfen – aber eine langsame, erträgliche Lösung. Eines Tages würde sie dann aus eigenem Entschluß fortgehn. Ja, das mochte das beste sein. Jedenfalls bedeutete es für ihn am wenigsten Ärger – und unmittelbare Auslagen.

Er stand auf. »Schön, Madame, machen Sie mir keine Schwierigkeiten mehr, und wir werden ganz gut miteinander auskommen. Leben Sie, wie Sie nur wollen, aber so ruhig, wie Sie nur können. Und noch eines: wenn Sie über diese Angelegenheit nicht sprechen, wird kein Mensch etwas erfahren – denn ich werde schweigen.«

»Oh, vielen Dank, Sire. Sie sind wirklich gütig.«

Sie stand ihm gegenüber und sah ihm ins Gesicht, ihre Augen lockten und luden. Noch immer hoffte sie, ein Kuß und eine halbe Stunde im Bett könnten alles verändern – die Feindseligkeit, das Mißtrauen austilgen, in das sich die heftige Verliebtheit der ersten Zeit gewandelt hatte. Er sah sie ruhig an und lächelte; eine leichte Geste, dann ging er an ihr vorbei und verließ das Zimmer. Barbara wandte sich um und sah ihm nach; es war ihr, als hätte sie einen Schlag ins Gesicht erhalten.

Sie wohnte am Ende der Maypole Alley, einer engen, kleinen Seitenstraße von Drury Lane, in einer Zweizimmerwohnung, die genauso aussah, wie ihre Bewohnerin selbst – vernachlässigt und unsauber, und nichts war am rechten Ort. Seidenstrümpfe hingen über Sessellehnen, ein schmutziges Hemd lag neben dem Bett auf dem Boden, Orangenschalen bedeckten den Tisch, und überall standen leere, ungewaschene Biergläser herum. Der Kamin war voll Asche und sichtlich seit Jahren nicht mehr gereinigt. Auf den Möbeln lag Staub, ebenso auf dem Fußboden, denn das Mädchen, das das Zimmer aufräumen sollte, war seit mehreren Tagen nicht mehr dagewesen. Alles verriet tiefste Gleichgültigkeit, fröhliche, gedankenlose Verachtung für jede hausfrauliche Tugend.

Und inmitten dieses Chaos tanzte Nelly Gwynne.

Barfuß wirbelte sie durch das Zimmer, bog ihren geschmeidigen Körper, schwenkte die Röcke hingebungsvoll und glücklich. In einem Stuhl räkelte sich Charles Hart und beobachtete sie zwischen halbgeschlossenen Lidern, und rittlings auf einem andern Stuhl saß John Lacy, gleichfalls ein Schauspieler von der Gruppe des Königs und gleichfalls ein früherer Liebhaber Nellys. Ein vierzehn- oder fünfzehnjähriger Straßenmusikant, den sie hereingerufen hatten, stand daneben und kratzte auf einer Fiedel.

Als sie zuletzt innehielt und den Herren eine so tiefe Verbeugung machte, daß ihr Kopf das Knie berührte, applaudierten sie herzlich. Nelly sah sie mit funkelnden Augen an und keuchte noch ein wenig von der Anstrengung.

»Gefällt euch das? Glaubt ihr, daß ich besser tanze als sie?«

Hart machte eine Geste. »Besser? Neben dir ist Moll Davis plump wie eine trächtige Kuh!«

Nelly lachte, aber ihr Ausdruck wechselte rasch. Sie nahm eine Orange, begann sie zu schälen, und ihre Unterlippe schob sich schmollend vor. »Was ich schon davon habe! Keiner kommt mich anschauen. Das Parterre war leer wie der Kopf eines Holländers, seit Seine Majestät ihr diesen Brillantring gegeben hat. Alle Leute wollten bloß die neueste Hure des Königs ansehen.«

In diesem Augenblick wurde laut an der Tür geklopft, und Nelly machte eilig auf. Ein Lakai in Livree stand vor ihr. »Mrs. Knight läßt sich Ihnen empfehlen, Madame, und würde gern ein Wort mit Ihnen sprechen. Sie wartet unten in ihrem Wagen.«

Nelly warf den beiden Männern einen Blick zu und verzog das Gesicht. »Sprecht vom Teufel, und gleich ist ein anderer unten. Im Büfett findet ihr Branntwein. Vielleicht gibt es in der Speisekammer auch etwas zum Essen. Ich bin gleich wieder da.«

Sie verschwand, doch in der nächsten Sekunde war sie zurück, um ihre Füße in ein Paar hochhackige, breite Schuhe zu stecken. Dann raffte sie ihre Röcke und sprang die Treppe hinunter und auf die Straße hinaus. Ein vergoldeter, vierspänniger Wagen stand vor ihr, dessen Tür ein Lakai offen hielt. Mary Knight saß darin, ihr schönes Gesicht war hell geschminkt und ein reich mit Juwelen geschmückter Arm griff nach Nellys Handgelenk.

»Steigen Sie ein, Herzchen. Ich muß mit Ihnen sprechen.« Ihre Stimme war warm und melodisch, und sie duftete nach einem berauschenden Parfum.

Nelly kletterte gehorsam in den Wagen und setzte sich neben sie. Mit leidenschaftlicher Bewunderung sah sie zu Mary auf. »Mein Gott, Mary! Jedesmal, wenn ich Sie sehe, sind Sie schöner geworden!«

»Ach Kind, das kommt nur daher, daß ich heute schöne Kleider und Schmuck habe. Was ist übrigens aus der Perlenkette geworden, die Lord Buckhurst Ihnen geschenkt hat?«

Nelly zuckte die Achseln. »Ich habe sie ihm zurückgeschickt.«

»Zurückgeschickt? Guter Gott, warum denn?«

»Ach, ich weiß nicht. Was nützt mir eine Perlenschnur? Meine Mutter hätte sie verpfändet, um sich Schnaps zu kaufen oder Roses Mann aus Newgate auszulösen.« Rose war Nellys Schwester.

»Herzchen, lassen Sie sich etwas von mir sagen. Geben Sie niemals etwas zurück! Oft genug hat eine Frau mit dreißig nichts, wovon sie leben kann, als die Geschenke, die man ihr in ihrer Jugend gemacht hat.«

Aber Nelly war eben erst siebzehn, und dreißig war tausend Jahre weit entfernt. »Ich bin niemals hungrig geblieben. Ich werde schon irgendwie leben. Was wollen Sie von mir, Mary?«

»Ich wollte Sie zu einem Besuch mitnehmen. Sind Sie angezogen? Ist Ihr Haar frisiert?« Der Schein der Fackeln war zu ungewiß, um das erkennen zu lassen.

»Gut genug, meine ich. Und wen wollen wir besuchen?«

»Einen Herrn namens Karl Stuart.« Sie machte eine Pause, denn Nelly saß völlig wortlos und erfaßte nicht, was damit gemeint war. »Seine Majestät, König Karl den Zweiten!« Die Worte rollten ihr von der Zunge wie Trompetenschall, und ein Schauer überlief Nellys Haut die Arme entlang und den Rücken hinunter.

»König Karl!« flüsterte sie. »Er will mich sehen!«

»Ja. Und er hat mich als alte Freundin ersucht, die Einladung zu überbringen.«

Nelly saß ganz steif da und starrte vor sich hin. »Heilige Mutter Gottes«, keuchte sie. Und dann packte sie die Angst. »Aber ich bin ja gar nicht angezogen! Mein Haar ist offen, und ich habe nicht einmal Strümpfe an. O Mary, ich kann nicht gehen.«

Mary legte eine Hand auf Nellys Hände. »Natürlich können Sie, Herzchen. Ich leihe Ihnen meinen Mantel. Und ich habe einen Kamm bei mir.«

»Ach, aber Mary, ich kann doch nicht, ich kann einfach nicht.« Sie suchte krampfhaft nach einer Entschuldigung, und plötzlich fiel ihr ein, daß Hart und Lacy oben auf sie warteten. Sie erhob sich, um auszusteigen. »Ich habe selbst Gäste, eben erinnere ich mich daran. Ich . . .«

Mary nahm sie beim Arm und zog sie auf den Sitz nieder. »Er erwartet Sie.« Sie beugte sich vor und klopfte an die Wagenwand. »Vorwärts!«

Es war nicht viel weiter als eine halbe Meile bis nach Whitehall, und Nelly verbrachte die Zeit damit, Marys Kamm durch ihre üppigen, blonden Haare zu ziehen, ihr Magen schien auf und nieder zu gehen, und ihre Handflächen waren kalt und feucht. Ihre Kehle war so zugeschnürt, daß sie kaum sprechen konnte und gerade nur von Zeit zu Zeit murmelte: »O Jesus!«

Vor dem Palast stieg sie aus, Marys Mantel über die Schultern geschlagen, und bevor sie davonlief, hatte Mary auch die Perlen aus ihren Ohren genommen und Nelly gereicht. »Stecken Sie das an, Herzchen. Ich warte auf Sie und bringe Sie wieder nach Hause.«

Nelly nahm die Ohrringe und machte zwei Schritte, dann aber kehrte sie um und ging wieder zum Wagen. »Ich kann nicht gehen, Mary. Ich kann nicht! Er ist der König!«

»Geh nur, Kind! Er wartet auf dich!«

Nelly schloß die Augen fest und murmelte ein Gebet, dann überquerte sie den Hof, ging durch die Tür, die Mary ihr gezeigt hatte, dann durch gewundene Korridore über viele Treppen zu einer andern Türe; dort klopfte sie. Ein Lakai öffnete, sie nannte ihren Namen und wurde eingelassen. Sie sah sich in einem schön eingerichteten Zimmer. An den Wänden hingen Bilder in goldenen Rahmen, es gab einen großen geschnitzten Kamin und bestickte französische Stühle. Minutenlang blieb sie an der Schwelle stehen, sah sich ehrfurchtsvoll um und putzte nervös ihre Fingernägel.

Nach zwei oder drei Minuten trat William Chiffinch ein, wohlgenährt und gemütlich, mit Taschen unter den Augen, einem sinnlichen Mund und in bester Stimmung, als ob er sich eben von einem reichlichen Mahl erhoben hätte. Seine Erscheinung hatte etwas Beruhigendes für Nelly, denn er sah keineswegs bedrohlicher aus als irgendein anderer Mann, wenn er auch der Vertrauensmann des Königs für die Hintertreppenbesucher war.

Er hob leicht die Brauen, als er sie vor sich sah. »Madame Gwynne?« Nelly nickte leicht. »Ja.«

»Sie wissen vermutlich, Madame, daß nicht ich es bin, der um Sie geschickt hat?«

»Hoffentlich nicht, Sir«, sagte Nelly. Und dann fügte sie, um ihn nicht zu kränken, rasch hinzu: »Nicht, daß es mir nicht ein Vergnügen gewesen wäre, wenn Sie ...«

»Ich verstehe, Madame. Und haben Sie den Eindruck, daß Sie für eine Zusammenkunft mit dem König passend gekleidet sind?«

Nelly sah an ihrem blauen Wollkleid hinunter und stellte fest, daß es Spuren mancher Mahlzeiten trug und die Armlöcher fleckig waren; auch gab es ein Loch, durch das ein roter Unterrock schimmerte. Sie legte keinen Wert auf ihre Kleidung wie überhaupt auf ihr Aussehen, und war von ihren Reizen überzeugt. Sie hatte die gute Gage von sechzig Pfund jährlich und gab das Geld unbekümmert aus, unterstützte Freundinnen, die sie besuchen kamen, kaufte Schnaps für ihre dicke, verschlampte Mutter und Geschenke für Rose und warf jedem Bettler, der sich ihr auf der Straße näherte, Münzen zu.

»Das hatte ich gerade an, als Mrs. Knight zu mir kam. Ich wußte nicht – ich kann auch heimgehen und mich umziehen –, ich habe ein sehr schönes Kleid für besondere Anlässe, blauen Satin mit einem silberfarbenen Unterrock und ...«

»Dazu ist jetzt keine Zeit mehr. Aber nehmen Sie ein wenig von diesem hier.«

Er holte eine Flasche hervor und gab sie ihr. Nelly zog den Pfropfen heraus, und ihre Augen verdrehten sich entzückt, als sie den schweren, süßen Duft roch. Dann preßte sie die Flasche an das Miederleibchen und spritzte ein wenig auf Haar und Hände.

»Das ist genug«, warnte Chiffinch und nahm ihr die Flasche weg. Er sah auf die Uhr. »Es ist Zeit. Kommen Sie mit mir!«

Er ging voran, und Nelly zauderte einen Augenblick; ihr Herz schlug so, daß sie kaum atmen konnte. Dann aber raffte sie mit plötzlichem Entschluß ihre Röcke und folgte ihm. Sie gingen durch einen halbdunklen Gang; Chiffinch entzündete eine Kerze, steckte sie in einen kupfernen Leuchter und reichte ihn ihr.

»Hier! Damit leuchten Sie sich die Treppe hinauf. Oben ist eine Tür, die nicht versperrt ist. Öffnen Sie sie, treten Sie ein, verhalten Sie sich aber ganz ruhig, bis der König Sie holt. Er hat vielleicht noch eine Besprechung mit einem der Minister oder schreibt einen Brief.«

Sie sah ihn feierlich an, nickte und spähte ungewiß nach der unsichtbaren Tür. In ihrer zitternden Hand warf die Kerze hüpfende Schatten an die Mauern. Sie wandte sich nach Chiffinch um, als erwartete sie von ihm irgendeine Stütze, aber er sah ihr gleichgültig nach und dachte bei sich, daß der König dieses ungekämmte Geschöpf zweifellos kein zweites Mal holen lassen würde. Langsam klomm sie die Stufen hinauf, mit der freien Hand raffte sie ihre Röcke, aber ihre Knie waren so schwach, daß sie vermeinte, sie würde das Ende dieser Treppe niemals erreichen. Immer weiter stieg sie, und ihr war, als ob sie in einem schrecklichen Traum eine endlose Stufenreihe ersteigen müsse. Immer noch stand Chiffinch unten und wartete, bis sich die Tür öffnete; ihr Profil zeichnete sich an der Wand ab, bevor sie die Kerze ausblies. Dann zuckte er die Achseln und ging zu seinen Gästen zurück.

Doch er hatte sich geirrt, und wenige Abende später war sie wieder da, diesmal sauber und in ihrem blauen Satinkleid mit dem silberfarbenen Unterrock. Immerhin war noch eine gewisse Unbekümmertheit um sie, als wäre ihre Lebenslust zu stark, zu überschäumend, um sich mit Lappalien abzugeben. Und diesmal grüßte Chiffinch sie mit einem Lächeln, denn auch ihn hatte sie bezaubert.

Nelly konnte das Wunder noch nicht fassen, das ihr geschehen war; beinahe hatte sie das Gefühl, als wäre sie Karls erste Mätresse. O Mary«, rief sie atemlos an jenem Abend, als sie wieder zum Wagen kam. »Er ist wunderbar! Ach, er hat mich behandelt, als ob ich eine Prinzessin wäre!« Und plötzlich war sie in Tränen ausgebrochen, hatte gleichzeitig gelacht und geweint. Ich habe mich in ihn verliebt, dachte sie. Nelly Gwynne, Tochter der Londoner Straßen, öffentliche Dirne und Komödiantin, verliebt in den König von England! Oh, wie närrisch! Und doch – was war da zu tun?

Nicht viel später fragte Karl sie, was für ein Jahrgeld sie beanspruche, und obgleich sie lachte und erklärte, sie sei bereit, der Krone auch umsonst zu dienen, bestand er darauf, daß sie einen Betrag nennen müsse. Das nächste Mal fragte sie Chiffinch um Rat.

»Sie sind fünfhundert im Jahr wert – schon dieses Lächelns wegen.«

Doch als sie die Treppe hinunterkam, schien sie bekümmert und traurig zu sein, und Chiffinch fragte sie, was denn geschehen sei. Nelly sah ihn an, ihr Kinn zitterte, und sie begann zu weinen. »Oh, er hat mich ausgelacht! Er fragte mich, und ich sagte fünfhundert Pfund und – und er lachte!« Chiffinch legte den Arm um sie, und während sie weinte, streichelte er ihr das Haar. »Sie müssen Geduld haben, eines Tages werden Sie weit mehr erlangen als fünfhundert Pfund.«

Ihr lag nichts am Geld, aber es kränkte sie, daß er fand, sie sei keine fünfhundert Pfund wert, wenn er doch für einen einzigen Ring der Moll Davis weit mehr ausgegeben hatte.

Nelly und Moll Davis waren gut miteinander bekannt, denn alle Theaterleute kannten einander und wußten auch von allem, was in der kleinen Zigeunerwelt am Rande des Hoflebens vorging. Und weil sie alle Menschen gern hatte und gar nicht zur Eifersucht neigte, mochte sie auch Moll gut leiden, selbst wenn sie beim Theater – und neuerdings in einer andern Sphäre – Rivalinnen waren. Aber dann hörte sie, daß Moll sich darüber lustig machte, daß Karl ihr den geforderten Preis verweigert habe.

»Nelly ist eine gewöhnliche Schlampe«, sagte Moll. »Lange wird sie ihn nicht amüsieren!«

Moll selbst schlug Kapital aus dem Gerücht, daß sie die illegitime Tochter des Earl of Berkshire sei, wenn auch in Wahrheit ihr Vater Hufschmied und sie Milchverkäuferin gewesen war, bevor sie ihr Glück in London versucht hatte.

»Eine gewöhnliche Schlampe bin ich?« sagte Nelly, als sie das hörte. »Nun, das mag wahr sein. Ich gebe mich ja auch für nichts anderes aus. Aber wir wollen doch sehen, ob ich mich darauf verstehe, Seine Majestät zu amüsieren, oder nicht!«

Und sie machte Moll einen Besuch, eine große Schachtel hausgemachten Zuckerwerks unter dem Arm. Sie zwängte sich durch ein enges, gewundenes Gäßchen, dann durch ein zweites, warf einem Dutzend Bettlern Münzen zu, winkte grüßend den Frauen, die sich aus den Fenstern beugten, schwatzte mit einem kleinen Mädchen, das übelriechende Fische verkaufte, schenkte ihr eine Guinee, um Schuhe und Mantel für den Winter zu kaufen. Der Tag war sonnig, aber kalt, und sie ging schnell, ihr Haar war von einer Kapuze bedeckt, und der lange Wollmantel schlug ihr um die Beine.

Moll wohnte unweit von Maypole Alley in einer Wohnung im zweiten Stock, die nicht viel anders war als Nellys Wohnung, aber sie prahlte damit, daß Seine Majestät ihr ein schönes Haus kaufen und einrichten wolle. Nelly klopfte an die Tür, begrüßte Moll mit breitem Grinsen und trat ein. Ihr Blick schweifte rasch durch das Zimmer und stellte sogleich neue Anzeichen des wachsenden Luxus fest: gelbsamtene Vorhänge an den Fenstern, ein oder zwei schöngeschnitzte Stühle, den Silberspiegel, den Moll in der Hand hielt.

»Nun, Moll!« Nelly schob ihre Kapuze zurück und öffnete den obersten Knopf. »Sagst du mir gar nicht guten Tag? Oh, vielleicht bist du nicht allein!« Sie tat, als ob sie eben erst bemerken würde, daß Moll bloß ein Hemd und einen gestärkten Unterrock trug, die Füße in Pantoffeln steckten und das Haar unfrisiert auf den Rücken hing.

Moll lugte argwöhnisch und suchte nach einem Grund für diesen Besuch, und ihr rundliches kleines Gesicht lächelte nicht. Sie wußte, daß Nell gehört haben mußte, was sie gesagt hatte. Sie hob das Kinn, schürzte die Lippen mit dem Hochmut, der sich erst neulich in ihr entwickelt hatte. »Nein«, sagte sie, »ich bin ganz allein. Wenn du es wissen willst – ich ziehe mich an, weil ich um zehn Uhr Seine Majestät treffen soll.«

»Mein Himmel!« rief Nelly mit einem Blick nach der Uhr. »Da mußt du dich ja beeilen! Es ist fast sechs Uhr.« Das machte Nelly einen Riesenspaß. Vier Stunden, um sich anzuziehen, auch wenn es der König sein mochte! »Nun, wir können noch ein wenig schwatzen, während du dich anziehst. Hier, Moll, ich habe dir was mitgebracht. Ach, es ist nichts Besonderes. Ein paar Süßigkeiten, die Rose und ich gemacht haben – mit Nüssen darin; wie du sie gern hast.«

Durch diese Aufmerksamkeit war Moll völlig entwaffnet, langte nach der Schachtel, die Nelly ihr hinhielt, und lächelte endlich. »O vielen Dank, Nell! Wie nett von dir, daß du dich daran erinnert hast, daß ich Süßigkeiten für mein Leben gern esse.« Sie öffnete die Schachtel und nahm ein großes Stück, stopfte es in den Mund, leckte sich die Finger und bot auch Nelly die Schachtel an.

Nelly lehnte ab. »Vielen Dank, Moll. Jetzt nicht. Ich habe schon eine Menge gegessen, während wir sie gemacht haben.«

»Oh, es ist köstlich, Nell. Ein ungewöhnlich guter Geschmack ist dabei. Komm nur, meine Liebe – ich will dir was zeigen. Mein Gott, es gibt wahrhaftig keinen großzügigeren Mann in Europa als Seine Majestät. Er überhäuft mich mit Geschenken. Sieh nur diese Schmuckschatulle! Reines Gold und jedes Schmuckstück echt – ich weiß es, weil ich alles von einem Juwelier habe abschätzen lassen. Und das dort auf der Puderschachtel sind echte Saphire. Und sieh nur diesen Spitzenfächer! Hast du schon je etwas Ähnliches gesehen? Und denk nur, er hat ihn eigens für mich von seiner Schwester aus Paris schicken lassen.« Sie steckte noch zwei Stück Zuckerzeug in den Mund, und ihre Blicke streiften das Kleid, das Nelly trug. Es war aus roter Halbwolle, ein warmer, brauchbarer Stoff, doch ganz gewiß weder schön noch luxuriös. »Aber du hast natürlich dein Brillanthalsband auf der Straße nicht tragen wollen, nicht wahr?«

Nelly hatte Lust, zu weinen oder der andern eine Ohrfeige zu geben, aber sie lächelte bloß und sagte ruhig: »Ich habe überhaupt kein Halsband. Er hat mir noch gar nichts gegeben.«

Moll hob mit geheuchelter Überraschung die Brauen, setzte sich und griff wieder nach der Schminke. »Oh – mach dir nichts draus, meine Liebe. Er wird dir schon etwas schenken – wenn er Geschmack an dir finden sollte.« Sie steckte abermals ein Stückchen in den Mund und verteilte mit einer Hasenpfote die Schminke über ihr Gesicht. Nelly hatte die Hände über dem Knie verschlungen und sah ihr zu.

Mindestens eine Stunde verbrachte Moll mit ihrer Frisur, ließ sich von Nelly hier einen Pfeil einstecken, dort einen herausnehmen. »Ach verflucht«, rief sie schließlich. »Eine Dame kann sich nicht allein frisieren. Ich muß unbedingt eine Hilfe haben. Noch heute abend werde ich mit ihm darüber sprechen.«

Als kurz nach neun Uhr der königliche Wagen vorfuhr, kreischte Moll erregt auf, steckte die drei letzten Stückchen in den Mund, nahm Maske und Fächer, Muff und Handschuhe und war in einem Wirbel von Satin und Parfum aus dem Zimmer. Nelly folgte bis zum Wagen hinunter, wünschte ihr viel Glück und winkte ihr nach. Doch als der Wagen davonrasselte, blieb sie noch stehen und lachte, bis sie Tränen in den Augen hatte und die Seiten sie schmerzten.

»Na, Mrs. Davis, ich bin ja neugierig, wie Sie sich aufblasen werden, wenn wir uns das nächste Mal treffen.«

*

Am folgenden Tag ging Nelly mit dem jungen John Villiers, einem entfernten Verwandten Buckinghams, in das Theater des Herzogs, um zu sehen, ob ihre Nebenbuhlerin es wagte, sich nach den Ereignissen der vergangenen Nacht auf der Bühne zu zeigen. Und Villiers, der sich mit der Hoffnung trug, nach der Vorstellung bei Nelly etwas zu erreichen, zahlte vier Schilling für jeden Platz. Sie setzten sich in eine der Mittellogen, wo Moll sie unbedingt sehen mußte, wenn sie auftrat.

Als sie ihre Plätze einnahmen, bemerkte Nelly, daß in der Nebenloge zwei Männer waren, die sie beobachteten. Sie sah lächelnd zu ihnen hinüber, dann aber ließ sie einen Laut des Entsetzens hören und griff sich an die Kehle. Es war der König und sein Bruder, beide sichtlich inkognito, denn sie trugen gewöhnliche Kleider, und der König hatte weder den Stern noch den Hosenbandorden angelegt. Ihre Kleidung war viel unauffälliger als die der meisten Gecken, die unten im Parterre wimmelten.

Karl lächelte, nickte grüßend, und York musterte sie eingehend. Nelly brachte es fertig, sein Lächeln zu erwidern, aber am liebsten wäre sie aufgestanden und davongelaufen, und sie hätte es auch getan, aber sie wollte nicht die Aufmerksamkeit des ganzes Hauses auf sich lenken. Und überdies war jetzt Betterton, in den herkömmlichen langen schwarzen Mantel gehüllt, aufgetreten und hatte den Prolog zu sprechen begonnen.

Doch nach dem Prolog, als der Vorhang sich geteilt hatte, blieb sie ganz starr sitzen und wagte nicht den Kopf zu drehen, kaum auf die Bühne zu schauen. Endlich stieß Villiers sie an und flüsterte ihr zu:

»Was ist denn mit Ihnen los, Nelly? Sie sehen aus, als ob Sie vor einer Ohnmacht wären.«

»Pst! Ich bin es auch.«

Vielliers sah verärgert drein, denn er wußte nicht, ob er das ernst nehmen sollte oder nicht. »Wollen Sie lieber gehen?«

»Nein. Natürlich nicht! Seien Sie doch ruhig!«

Sie gönnte ihm nicht einmal einen Blick, aber ihre Wangen brannten, denn sie war sich bewußt, daß Karl sie die ganze Zeit ansah, und er saß so nahe, daß sie ihn fast berühren konnte, dann aber wandte sie plötzlich den Kopf und sah ihm geradeaus fragend ins Gesicht. Er lachte, seine Zähne schimmerten unter dem schwarzen Schnurrbart, und auch Nelly lachte erleichtert. Dann war er also nicht böse! Er hatte es offenbar auch lustig gefunden.

»Was bringt Sie her?« flüsterte Karl so leise, daß man es kaum merken konnte.

»Nun – ich – ich wollte sehen, ob Moll Davis wirklich besser tanzt als ich.«

»Und glauben Sie, daß sie heute tanzen wird?« Seine Augen funkelten heiter, während sie sichtlich verlegen und verwirrt war. »Ich dachte, sie würde mit einer Kolik im Bett liegen.«

Nelly wurde rot und senkte die Lider; sie konnte ihn nicht ansehen. »Es tut mir leid, Sire. Ich mußte es ihr heimzahlen, daß sie . . .« Plötzlich sah sie ihn wieder an, diesmal ernsthaft und eifrig. »Oh, verzeihen Sie mir, Majestät! Ich werde es gewiß nicht wieder tun.«

Daraufhin lachte Karl laut, und der Klang seiner vertrauten Stimme zog manche Blicke auf die Loge. »Entschuldigen Sie sich bei ihr, nicht bei mir. Ich habe mich schon lange nicht so gut unterhalten wie gestern abend.« Er lehnte sich zu ihr und flüsterte ihr hinter der Hand vertraulich zu: »Offen gestanden, Madame, ich glaube, daß Mrs. Davis recht schlecht auf Sie zu sprechen ist.«

Plötzlich kühn gemacht, erwiderte Nelly: »Nun, sie muß sehr einfältig sein, um auf einen solch abgebrauchten Trick hereinzufallen. Sie hätte beim ersten Bissen merken müssen, daß ein Abführmittel darin war.«

In diesem Augenblick wirbelte Moll über die Bühne, eine kleine, anmutige Gestalt in enganliegenden Knabenhosen und dünner weißer Leinenbluse. Es gab spontanen Applaus. Karl warf Nelly einen Blick zu, und eine Braue hob sich; nun, sie hat es doch gewagt aufzutreten, sollte das bedeuten. Dann wendete er seine Aufmerksamkeit der Bühne zu, und bald hatte auch das Mädchen ihn bemerkt und lächelte so selbstsicher, als wäre am Abend vorher nichts Ungewöhnliches geschehen.

Doch in der nächsten Sekunde hatte sie Nelly neben ihm sitzen sehen, die Ellbogen auf die Brüstung gestützt und auf die Bühne hinuntergrinsend. Molls Lächeln verschwand, war aber gleich wieder da. Schnell hob Nelly den Daumen an die Nase und wackelte mit den andern Fingern – aber nicht so schnell, daß der König die Geste nicht gesehen hätte. Als Molls Tanz vorüber war, warf sie Kußhände in die Mittelloge. Dann verschwand sie und kam nicht wieder, denn sie hatte keine Rolle im Schauspiel.

Während der Aufführung tauschten Karl und Nelly ihre Meinungen über das Stück, über ein Lied, über die Inszenierung, die Kostüme oder das Publikum. Villiers war sehr mißgestimmt, aber York betrachtete seines Bruders neueste Mätresse wohlwollend; ihm gefiel ihr ausdrucksvolles Gesicht, ihre Heiterkeit und das spontane, glückliche Lachen, das ihre blauen Augen zusammendrückte, bis sie ganz und gar verschwanden.

Als die Aufführung zu Ende war und sie aufstanden, bemerkte Karl leichthin: »Jetzt erinnere ich mich, daß ich noch gar nicht zu Abend gegessen habe. Und du, James?«

»Nein, ich auch nicht.«

Nelly gab Villiers mit dem Ellbogen einen leichten Puff in die Rippen, und als er nicht rasch genug begriff, trat sie ihn fest in den Knöchel. Er stöhnte, faßte sich aber sogleich und sagte: »Majestät, wenn es nicht zu unverschämt wäre, dann würde ich Sie bitten, mit Seiner Hoheit meine Gäste sein zu wollen.«

Karl und York nahmen unverzüglich an, die ganze Gesellschaft verließ gemeinsam das Theater, bestieg eine Mietskutsche und fuhr nach der Rose Tavern. Es war bereits dunkel, obwohl die Uhr noch nicht halbsieben zeigte, und der Regen fiel in Strömen. Karl und York blieben im Gasthaus unerkannt, denn sie hatten die Mäntel hochgeschlagen und die Hüte tief in die Stirn gezogen, Nelly aber trug eine Maske. Der Wirt führte sie hinauf in ein Séparée, wie sie es verlangten, erwies ihnen aber durchaus nicht mehr Aufmerksamkeit als drei beliebigen anderen Gästen, die mit einer Dirne zum Abendessen gekommen wären.

Villiers war nicht sehr gut gelaunt, denn das Dazwischentreten des Königs paßte ihm gar nicht, aber Karl und James und Nelly unterhielten sich ausgezeichnet. Sie bestellten die teuersten und köstlichsten Dinge, die es nur gab, tranken Champagner, schluckten Austern, bis der Tisch ein Chaos von Muscheln und Knochen und leeren Flaschen war. Es vergingen zwei Stunden, bevor Karl plötzlich mit den Fingern knipste und erklärte, er müsse fort. Seine Frau erwarte ihn; in ihrem Salon singe heute abend der neuangekommene italienische Eunuch, der die süßeste Stimme der ganzen Christenheit haben sollte.

Villiers sprang entzückt auf und rief nach der Rechnung. Der Kellner kam, während Karl Nelly in den Mantel half, und da er sichtlich der älteste war, wurde ihm die Rechnung präsentiert. Karl, leicht angeheitert, betrachtete sie, ließ ein leises Pfeifen hören, griff in die verschiedenen Taschen seines Mantels und zog sie immer leer heraus.

»Kein Schilling! Und du, James?«

James suchte gleichfalls in seinen Taschen und schüttelte den Kopf. Nelly brach in ein helles Gelächter aus. »Weiß Gott!« rief sie, »mit solchen Habenichtsen bin ich noch nie in einem Wirtshaus gewesen!«

Die königlichen Brüder sahen zu Villiers hinüber, der versuchte, seine üble Laune zu verbergen, als er jetzt seinen letzten Schilling hergab, um die Rechnung zu bezahlen. Dann gingen sie die Stiege hinunter, Karl und James küßten Nelly zum Abschied, bevor sie in einen Mietswagen stiegen und, zu beiden Seiten aus den Fenstern gelehnt und winkend, nach Whitehall fuhren. Sie aber warf ihnen begeisterte Kußhände nach.

Am nächsten Tag war die Geschichte im ganzen Palast bekannt, fand auch den Weg in die Garderoben, ins Change, in die Kaffeehäuser und Wirtsstuben – zur größten Erheiterung aller bis auf Moll Davis. Und sie ärgerte sich wütender denn je, als ihr ein Strauß gebracht wurde, ein mächtiges Büschel stinkendes Unkraut, das Nelly irgendwo bei Drury Lane gefunden hatte.

Sechsundfünfzigstes Kapitel

Es war Ambers größte Freude, daß sie zum Hof gehörte.

Selbst die nahe Vertrautheit hatte ihr nichts von ihren Illusionen nehmen können, es war für sie immer noch die große Welt, und alles, was darin geschah, war erregender und wichtiger als die Dinge, die sich anderswo begaben. Buckingham selbst war nicht überzeugter als sie, daß die Hofleute Gottes auserwähltes Volk und die Herren und Herrinnen der Schöpfung seien. Und nun war sie ein Stück davon! Ohne den geringsten Widerstand ließ sie sich in den Mahlstrom des Hoflebens einsaugen und wirbelte mit den anderen in Tollheit und Finsternis.

Sie ging zu Soupers und Theatervorstellungen und Bällen. Sie wurde überall eingeladen, und niemand lehnte ihre Einladung ab, denn es war gefährlich und unpolitisch, eine von des Königs Mätressen zu kränken. Ihr Salon war häufig voller als der Salon der Königin, und an ihren Spieltischen drängten sich die Leute. Die Straßenbettler riefen sie bei ihrem Namen, ein sicheres Zeichen der Popularität. Dichterlinge und Stückeschreiber hockten in ihren Vorzimmern und wollten ihr ein neues Schauspiel oder ein Sonett widmen. Der erste junge Mann, dem gegenüber sie sich als großherzige Gönnerin erwies, indem sie ihm fünfzig Pfund schenkte, ohne sein Gedicht vor der Veröffentlichung auch nur zu lesen, hatte eine bösartige Satire auf den Hof und die Hofgesellschaft geschrieben – Amber eingeschlossen.

Sie gab Geld aus, als hätte sie die königliche Apanage geerbt, und wenn Shadrac Newbold ihr Vermögen nach wie vor sorgfältig verwaltete, so kümmerte sie sich nicht darum, was einging oder ausging. Die Erbschaft nach Samuel erschien ihr noch immer unerschöpflich.

Und überdies gab es bei Hof tausend Möglichkeiten, Geld zu machen, wenn der König einem wohlgesinnt war: einmal erlaubte er ihr, eine Lotterie zu veranstalten. Ein andermal verpachtete er ihr sechshundert Morgen in Lincolnshire aus dem Besitz der Krone zu sehr günstigen Bedingungen, und sie verpachtete das Land mit großem Nutzen weiter. Er gestand ihr ein Jahr lang den ganzen Nutzen an den Schiffen zu, die im Hafen lagen. Sie erhielt den Ertrag vom Holzverkauf in bestimmten Waldabschnitten. Sie betrieb zwei der lukrativsten Geschäfte, die es bei Hof gab: sie erbettelte Landgüter und kaufte und verkaufte Beteiligungen. Karl ließ ihr einen Teil der irischen Steuern zukommen, und alle fremden Botschafter machten ihr Geschenke, die nach dem Wert wechselten, den man ihrem Einfluß auf den König zumaß. Aus diesen Quellen allein hätte sie in größtem Stil leben können.

Kurz vor Weihnachten wollte sie ihre Zimmer neu ausstatten und einrichten lassen, und vier Monate lang hämmerten und schabten und malten die Handwerker. Die Möbel waren durch schwere, weiße Überzüge geschützt, überall standen Eimer mit Farben, Männer auf hohen Leitern nahmen Maß für die Wandbehänge. Tansy folgte ihnen neugierig von Raum zu Raum, Monsieur le Chien schnappte nach ihren Schuhen und bellte den ganzen Tag, und manchmal, wenn seine Herrin nicht da war, erwischte er auch einen heimlichen Fußtritt.

Amber ließ die Einrichtung aus Lime Park kommen und verbrachte ganze Tage damit, Radclyffes Nachlaß zu durchstöbern, der ihr mit Hilfe des Königs zugesprochen worden war.

Darunter fand sie ein langes, aber unvollendetes Gedicht: »Das Reich ist nahe, eine Satire«. Ein rascher Blick zeigte ihr, daß es im Frühjahr und Sommer 1666 in Lime Park geschrieben war, und zwar auf Grund der Informationen, die er in London kurz nach ihrer Verheiratung gesammelt hatte. Es war obszön, grausam, boshaft, aber in Anlage und Stil glänzend. Amber freute sich an den Bosheiten und Obszönitäten, die sie sogleich durchschaute, während die anderen Qualitäten ihr verborgen blieben, und warf es achtlos ins Feuer. Auch andere Papiere gab es: eine Geschichte aller Besitzungen der Familie, Briefe – von denen einer zweifellos von dem Mädchen herrührte, das er geliebt hatte und das während der Bürgerkriege verschwunden war –, viele alchimistische Rezepte, Stöße von Notizen, Rechnungen über Bilder und andere Gegenstände, die er gesammelt hatte, seine Übersetzungen aus dem Lateinischen und Griechischen, Essays über die verschiedensten Themen. Mit trotzigem Vergnügen vernichtete sie das alles.

Sie stieß auf einen Schädel, an dem mit dünnem Kupferdraht ein Rezept befestigt war. Es war ein Mittel gegen Impotenz und empfahl, jeden Morgen Quellwasser aus dem Schädel einer Ermordeten zu trinken. Amber fand das höchst spaßig, und es steigerte nur ihre Verachtung für den Earl. Sie behielt den Schädel, um ihn dem König zu zeigen, und er nahm ihn in sein eigenes Laboratorium. Wer weiß, eines Tages würde er dieses Mittel selbst benötigen, sagte er.

Was Amber von den Vorhängen, Bildern und Möbeln Radclyffes gefiel, behielt sie für ihre Wohnung, den Rest ließ sie versteigern. Radclyffes lebenslanges Interesse an allem, was schön und selten war, die Jahre des Sammelns, der unendliche Aufwand an Arbeit und Geld – das alles wurde jetzt unter Leuten verzettelt, die er verachtet hatte, oder diente einer Frau zum Zeitvertreib, für die er nichts empfunden hatte als Haß oder Abscheu. Ambers Triumph war vollständig und furchtbar, aber es war einfach der Triumph des Lebenden über den Hilflosen, Toten. Doch sie fand eine große Genugtuung darin.

Karl und sein Hof hatten von Frankreich, was Einrichtung und alle andern Dinge betraf, einen veränderten Geschmack mitgebracht. Der neue Stil war gleichzeitig zarter und üppiger. Nußholz trat an die Stelle der schweren, soliden Stücke aus geschnitzter Eiche, Stickerei galt als altmodisch, und reiche persische und türkische Teppiche lagen auf dem bloßen Boden, der nicht länger mit Matten bedeckt war. Keine Überspanntheit war verboten – und die Damen und Höflinge wetteiferten miteinander, wer wohl den augenfälligsten Effekt erzielen könne. Amber stand ihnen durchaus nicht nach.

Sie hatte Wände niederreißen und andere ziehen lassen, um die Maße der Räume zu ändern, denn sie wollte alles recht großartig und prunkvoll. Selbst das Vorgemach war sehr groß, wie das ja auch der Zahl der Wartenden entsprach, aber seine gesamte Ausstattung bestand in Wandbehängen aus grüner, gerauhter Seide, einigen lebensgroßen italienischen Statuen aus schwarzem Marmor und einer Reihe vergoldeter Stühle. Der große Salon, dessen Fenster auf den Fluß blickten, war fünfundsiebzig Fuß lang und fünfundzwanzig Fuß breit. Seine Wände waren mit schwarzgoldgestreifter Seide bespannt, und abends konnten die Vorhänge zugezogen werden, um die Fensternischen völlig zu verdecken. Perlbestickte Teppiche breiteten sich über den Boden. Die zarten, anmutigen reichgeschnitzen Möbel hatten ein Muster von Goldblättern, und ihre Kissen waren aus smaragdgrünem Samt. Weil Karl ein Büfett der großen Tafel vorzog, standen überall kleine Tischchen, und Amber gab ihre Soupers in diesem Saal. Über dem Kamin hing ein Porträt Ambers als heilige Katharina – alle Damen bei Hofe ließen sich als Heilige malen. Katharina war eine Königin gewesen, und so trug Amber ein herrliches Gewand und auf dem Kopf eine Krone; sie hielt ein Buch und die Palme der Märtyrerin in den Händen, und neben ihr lag das Symbol des Leidens, ein zerbrochenes Rad. Ihr Ausdruck war gesetzt und versonnen.

Ein kleiner weißbespannter Raum, wo Radclyffes italienischer Mohr auf einem goldenen Tischchen vor einem Spiegel stand, führte von dem Salon ins Schlafzimmer, dessen Einrichtung Amber mehr gekostet hatte als die der ganzen übrigen Wohnung.

Die Wände waren von oben bis unten mit Spiegeln belegt – venezianischen Spiegeln, die mit Einverständnis des Königs hereingeschmuggelt worden waren. Den Boden bedeckte schwarzer, genuesischer Marmor, der als schönster in Europa galt. Die Decke hatte ein Maler namens Streater mit den Liebesabenteuern Jupiters ausgemalt, und es wimmelte von vollbrüstigen, rundhüftigen Frauen.

Das riesige Bett trug auf seinen vier Posten einen massiven Baldachin; es war mit getriebenem Silber verziert, und die Vorhänge waren aus rotem Samt. Und jedes andere Möbelstück im Zimmer war gleichfalls dick mit Silber beschlagen; jede Sitzgelegenheit, vom kleinen Hocker bis zu dem großen Diwan vor dem Kamin, scharlachrot gepolstert. Die Vorhänge waren aus silberbesticktem roten Samt. Über dem Kamin aber, in die Wand eingelassen, war ein intimeres und wesentlich charakteristischeres Porträt Ambers, gemalt von Peter Lely. Sie lag auf einem Haufen schwarzer Kissen in schamloser Nacktheit und lächelte jedem kokett zu, der davor stehenblieb.

Der Raum schien eine heftige, beinahe wilde Persönlichkeit zu besitzen. Er war, als ob in ihm kein menschliches Wesen irgendeine Bedeutung wahren konnte. Und doch war er der Neid des ganzen Palastes, denn dergleichen hatte noch kein Mensch gewagt. Amber fühlte sich durchaus nicht eingeschüchtert, sondern liebte dieses Zimmer seiner Anmaßung, seiner kompromißlosen Herausforderung, seiner starken, ungestümen Schönheit wegen. Für sie stellte es alles dar, was sie je vom Leben verlangt, und alles, was sie erreicht hatte. Es war ihr Sinnbild des Erfolges.

*

Doch jetzt, da sie alles besaß, genügte es nicht, um sie glücklich zu machen.

Denn waren ihre Tage auch mit endlosem Klatsch, mit neuen Kleidern, Spiel, Theater, Soupers, Intrigen und Gegenintrigen erfüllt, so vermochte das alles sie doch niemals Bruce Carlton vergessen zu lassen. Er ließ sie nicht locker, was sie auch tat, und wenn ihre Sehnsucht nach ihm gewöhnlich nur eine gedämpfte Melodie in Moll blieb, so schwoll sie doch manchmal zu einer betäubenden, rauschenden Musik, die fast unerträglich wurde. Sobald es dazu kam – und das geschah, wenn sie es am wenigsten erwartete –, dann hatte sie nur einen Wunsch – zu sterben. Dann schien es ihr unmöglich, auch nur eine Minute länger ohne ihn zu existieren, und ihr blindes, verzweifeltes Begehren wuchs – bis zur unausweichlichen Enttäuschung.

Und Mitte März erschien Almsbury allein in London, um verschiedene geschäftliche Angelegenheiten zu erledigen und auch um sich einige Wochen zu amüsieren. Amber hatte ihn seit August nicht mehr gesehen, und ihre erste Frage war, ob er nichts von Bruce gehört habe.

»Nein«, sagte der Earl. »Und Sie?«

»Ich?« fragte sie mürrisch. »Natürlich nicht! Er hat mir in seinem ganzen Leben noch keinen Brief geschrieben. Aber Sie wenigstens sollte er wissen lassen, wie es ihm geht!«

Almsbury zuckte die Achseln. »Warum sollte er? Er hat zu tun – und solange ich nichts von ihm höre, weiß ich, daß es ihm gutgeht. Das Gegenteil würde er mir schon mitteilen.«

»Sind Sie dessen sicher?«

Ihre Augen streiften ihn heimlich. Sie waren in ihrem Schlafzimmer, Amber lag im Morgenrock auf einem schmalen Tagbett, die schlanken Knöchel gekreuzt, während Tansy neben ihr auf dem Boden saß und seine Fußspitzen betrachtete. Wenn er auch sehr unterhaltend sein konnte, so sprach er gewöhnlich doch nur, sobald man zu ihm redete, und war sonst auf eine Art still, die eine seltsame innere Ruhe, eine fast tierische Selbstgenügsamkeit verriet.

»Was meinen Sie damit?« Almsburys Augen verengten sich ein wenig, als er sie ansah. »Wenn Sie noch immer darauf hoffen, daß Corinna etwas zustößt, so mögen Sie diese Hoffnung nur ruhig begraben. Auf den Tod einer anderen Frau zu hoffen verschafft Ihnen niemals das, was Sie sich wünschen, das wissen Sie so gut wie ich. Er hatte keinen Augenblick lang die Absicht, Sie zu heiraten.«

»Woher wissen Sie das? Er hätte daran denken können – jetzt, da ich eine Gräfin bin. Wenn es nicht ihretwegen gewesen wäre.«

Ihre Augen wurden hart, wenn sie von Corinna sprach, und ihre Oberlippe verzog sich eigensinnig. Doch in gewissem Sinn war es ihr gar nicht unlieb, Corinna als Grund und Ausrede für all ihren Kummer zu haben – sonst hätte sie weder sich noch einem andern seine Weigerung, sie zu heiraten, erklären können.

»Amber, meine Liebe«, sagte er jetzt, und Blick und Ton ließen eine Art zärtlichen Mitleids spüren. »Es hat keinen Zweck, sich etwas vorzumachen. Er hat sie nicht geheiratet, weil sie reich und adlig war. Wahrscheinlich hätte er sie nicht geheiratet, wenn sie beides nicht gewesen wäre – kein Mann in seiner Stellung hätte das getan – aber wenn das alles gewesen wäre, wonach er begehrte, dann hätte er längst geheiratet. Nein, Herzchen – Sie müssen ehrlich gegen sich selbst sein. Er liebt sie.«

»Aber er liebt mich auch!« rief sie verzweifelt. »Ja, er liebt mich, Almsbury! Sie wissen das!« Plötzlich wurden Augen und Stimme wehmütig. »Sie glauben doch auch, daß er mich liebt, nicht wahr?«

Almsbury lächelte und nahm ihre Hand. »Mein armer Liebling! Ja, ich glaube es, und manchmal glaube ich sogar, Sie würden ihn lieben, auch wenn er Sie geheiratet hätte.«

»Ja, natürlich würde ich es», rief sie, und dann fügte sie ein wenig beschämt hinzu: »Hören Sie auf, mich zu necken, Almsbury!« Sie sah nervös weg, denn sie kam sich sehr lächerlich vor. Aber dann brachen die Worte aus ihr heraus. »Oh, ich liebe ihn, Almsbury! Sie können sich nicht vorstellen, wie ich ihn liebe! Ich würde alles tun – alles auf der Welt, um ihn zu erobern. Und ich würde ihn immer lieben – auch wenn ich ihn tausend Jahre lang jeden Tag und jede Nacht sehen würde. Sie wissen, daß das wahr ist, Almsbury – ich habe nie einen andern Mann geliebt –, und ich könnte es auch nicht!« Dann sah sie einen seltsamen Ausdruck in seinen Augen. »Natürlich«, sagte sie rasch, um ihn nicht zu kränken, »Sie habe ich auch lieb, Almsbury – aber auf andere Art –, ich ...«

»Tut nichts, Amber. Versuchen Sie nicht, sich darüber klarzuwerden – ich weiß es wahrscheinlich besser als Sie selbst. Sie lieben uns alle drei: den König und Bruce – und mich. Und jeder von uns liebt Sie. Aber das kann Sie nicht glücklich machen, denn Sie verlangen mehr, als wir zu geben gewillt sind. Keinen von uns können Sie so völlig beherrschen wie den armen Teufel von Hauptmann – wie hieß er nur gleich? – oder den alten Mann, der Ihnen sein Vermögen hinterlassen hat. Und wollen Sie auch wissen, warum? Das werde ich Ihnen sagen. Der König liebt Sie – aber nicht anders, als er schon ein Dutzend Frauen geliebt hat und noch ein Dutzend lieben wird. Keine Frau auf Erden kann ihn kränken, weil er von keiner in etwas anderem abhängig ist als in seinem physischen Vergnügen. Seine Schwester ist die einzige Frau, die er wirklich liebt – doch das geht uns hier weiter nichts an. Bruce liebt Sie, doch es gibt andere Dinge, die er mehr liebt. Und jetzt gibt es auch eine andere Frau, die er mehr liebt. Und zu allerletzt, mein Liebling – ich liebe Sie auch. Aber ich habe mir niemals Illusionen über Sie gemacht. Ich weiß, was Sie sind, und ich kümmerte mich nicht darum – so können Sie mich auch nicht kränken.«

»Mein Gott, Almsbury! Warum sollte ich Sie kränken wollen – oder irgendeinen anderen Menschen? Wie, zum Teufel, sind Sie nur auf diese Grille gekommen?«

»Keine Frau ist ganz zufrieden, wenn sie den Mann nicht kränken kann, der sie liebt. Nun, seien Sie aufrichtig – ist es so oder nicht? Sie haben immer daran gedacht, Sie könnten mich unglücklich machen, wenn Sie es nur versuchen wollten – nicht wahr?« Seine Augen beobachteten sie scharf.

Amber lächelte – das Lächeln einer schönen Frau, die weiß, daß sie bewundert wird. »Vielleicht«, gab sie schließlich zu. »Und sind Sie auch ganz sicher, daß ich es nicht könnte?«

Einen Augenblick blieb er reglos sitzen, und dann stand er auf, und ein breites Grinsen ließ seine weißen Zähne sehen. »Nein, Herzchen, das könnten Sie nicht.« Er wurde wieder ernst. »Ich will Ihnen eines sagen – wenn es einen Mann auf Erden gibt, mit dem Sie eine glückliche Frau geworden wären, so bin ich es.«

Amber sah ihn verdutzt an, und dann erhob sie sich mit einem Lachen.

»Almsbury, wie können Sie so etwas sagen? Wenn es einen Mann gibt, mit dem ich eine glückliche Frau geworden wäre, so ist es Bruce, und Sie wissen das.«

»Dann irren Sie sich.« Doch als sie protestieren wollte, ging er bereits zur Tür, und sie begleitete ihn. »Wir sehen uns heute abend am Spieltisch, und ich werde die hundert Pfund zurückgewinnen, die Sie mir gestern abend abgenommen haben.«

Sie lachte. »Unmöglich, Almsbury! Ich habe sie heute morgen für ein neues Kleid ausgegeben.« Und dann, als er schon vor der Tür war, lachte sie wieder: »Stellen Sie sich uns beide verheiratet vor!«

Er winkte ihr zu, ohne sich umzudrehen, aber als er fort war, hob sie nachdenklich die Brauen. Almsbury und ich verheiratet! Diese Idee war ihr bisher noch nie gekommen. Sie hatte nie von jemand anderem geheiratet werden wollen als von Bruce Carlton, und es erschien ihr denn auch als völlig unglaubhaft, daß sie mit einem anderen glücklich geworden wäre – selbst mit Almsbury nicht. Aber wie eigentümlich er das gesagt hatte – Almsbury, der von der Ehe nicht besser dachte als irgendein anderer vernünftiger Mann.

Nun – sie hob die Schultern und ging an ihre Toilette. Was nützte es, jetzt darüber nachzudenken?

Zudem gab es wichtige Dinge, die sie beschäftigten. Bald würde Durand erscheinen, um sie zu frisieren, und dann Madame Rouvière, mit der das Kleid für den Geburtstag des Königs zu besprechen war. Sie mußte sich auch entscheiden, ob sie zu ihrem nächsten Souper den französischen oder den spanischen Botschafter einladen sollte. Welcher von den beiden würde seine Dankbarkeit auf großzügige Art beweisen? Sollte sie die Castlemaine auffordern und sie den ganzen Abend vor Neid und Eifersucht schmoren lassen? Oder sollte sie sie überhaupt ignorieren? Karl wäre das heute bestimmt gleichgültig – er würde auch die Gesellschaft nicht auf Barbaras Geheiß verlassen, wie er das noch vor wenigen Jahren getan hatte. Es war ein unendliches Vergnügen für Amber, daß sie diese Dinge in ihren Händen hatte – gewissermaßen Leben und Tod der Großen wie der Kleinen im Palast.

Und da der Tag sich schön anließ, beschloß sie, in ihrer neuen Kalesche in den Hyde Park zu fahren; es war ein kleiner zweisitziger Wagen, in dem man schlecht saß, doch dafür ließ er die Insassen höchst vorteilhaft von Kopf bis zu Fuß sehen. Sie hatte ein neues Kleid aus goldenem Samt mit Nerzschwänzen, und sie wollte selber kutschieren – diese Aussicht war sehr erregend, denn zweifellos würde das große Sensation machen.

*

Als Frances Stewart, jetzt Herzogin von Richmond, wieder in der Stadt erschien, gab das bei Hof größte Aufregung. Wieder einmal brach der ganze Aufbau des Lebens in Stücke und mußte neu zusammengefügt werden – Politiker, Mätressen, selbst Lakaien begannen, unruhig zu werden und Ränke zu spinnen, und hofften, sich selbst zu retten, was auch geschehen mochte. Im Groom Porter's Lodge wurden Wetten darauf abgeschlossen, daß Frances als verheiratete Frau klüger sein werde denn als Jungfrau. Man erwartete, daß sie bald den Platz einnehmen würde, der ihr immer vorbehalten gewesen war. Und als sie sich denn in Somerset House einrichtete und große Feste zu geben begann, ging ein jeder hin – nicht Frances zuliebe, sondern sich selbst zuliebe. Zum allgemeinen Erstaunen blieb allerdings der König fern und schien überhaupt nicht bemerkt zu haben, daß sie zurück war.

Wenn Frances diese offene Gleichgültigkeit zu nahe ging, so wußte sie es gut zu verbergen. Doch sie war durchaus nicht die einzige Frau, deren Stellung von des Königs Gunst abhing und die Grund zur Sorge hatte.

Als Barbara, die auf dem Lande gewesen war, zurückkehrte, fand sie ihren Platz von der Gräfin Danforth besetzt, und überdies prahlten zwei Schauspielerinnen vor der ganzen Stadt mit der Neigung des Königs. Moll Davis hatte die Bühne verlassen und wohnte in einem schönen Haus, das er ihr eingerichtet hatte, und Nelly Gwynne machte gar kein Hehl aus ihren häufigen Hintertreppenbesuchen im Palast. Barbara ließ durchblicken, daß der König sie jeden Tag anflehe, ihn wieder in Gnaden aufzunehmen, daß sie ihn aber als Mann verschmähe und nichts von ihm haben wolle als Geld. Doch im Herzen war ihr recht elend zumute; sie begann, ihren jungen Liebhabern große Summen zuzuwenden.

Karl, der von alldem hörte, lächelte ein wenig traurig und zuckte die Achseln. »Arme Barbara! Sie wird alt!«

Doch nicht bloß die Frauen sorgten für Gesprächsstoff. Auch der Herzog von Buckingham machte dauernd von sich reden. Zu Beginn des neuen Jahres ließ sich der Earl of Shrewsbury, dessen Frau Buckinghams Geliebte war, von seinen Verwandten bereden, er müsse sich mit dem Herzog schlagen. Er tat es und wurde getötet. Daraufhin brachte Buckingham Lady Shrewsbury in seinem Haus unter, und als seine geduldige Gattin dieses Arrangement unerträglich fand, ließ er einen Wagen vorfahren und schickte sie zu ihrem Vater.

Das machte Karl viel Spaß, denn seiner Ansicht nach hätte Seine Gnaden keinen Plan aushecken können, um sich rascher mit den Gemeinen zu überwerfen. Doch derzeit hatte Buckingham gar kein Interesse für das Haus der Gemeinen und kümmerte sich wenig darum, was sie von ihm dachten – er vermochte seinen eigenen Plänen niemals länger treu zu bleiben als einer Frau.

Andere Ereignisse, die weniger sensationell, aber wichtiger waren, begaben sich zur gleichen Zeit. Sehr gegen seinen Willen war Clarendon vom König genötigt worden, das Land zu verlassen, und alle Feinde seiner Tochter machten sich das zunutze, um sie zu kränken. Doch Anne trug diese neidische Geringschätzung mit Hochmut und Gleichgültigkeit, und es gelang ihr durch ihre überlegene Klugheit und Entschlossenheit, ihren eigenen Hof zu halten. Sie sagte sich selbst, daß all diese Narren mit ihren Winkelzügen und ihrer Eifersucht ihr nichts anzuhaben vermochten, denn eines Tages würde ein Kind von ihr auf dem Thron von England sitzen – und mit jedem Jahr machte die Unfruchtbarkeit der Königin es gewisser, daß sie recht hatte.

Als Clarendon abging, wurde er durch die ›Cabal‹ ersetzt, so genannt nach den Anfangsbuchstaben der fünf Namen, deren Träger die Regierung bildeten. Den Beginn machte Sir Thomas Clifford, der einzige Ehrenmann unter ihnen und von nun an der Doppelzüngigkeit verdächtig; Arlington, der sein Freund, aber auf ihn eifersüchtig war, Buckingham, Ashley und Lauderdale. Sie einte der gemeinsame Haß gegen Clarendon und die Angst vor seiner möglichen Rückkehr, und der gleich starke Haß gegen York. Sonst aber waren sie untereinander nichts weniger als einträchtig. Jeder mißtraute dem andern und fürchtete ihn – und der König traute keinem von ihnen, sondern war zufrieden, daß er wenigstens eine Regierung besaß, die völlig sein Werkzeug war. Er war klüger als jeder einzelne von ihnen und auch als alle zusammen.

Und so gingen sie daran, die Nation zu regieren.

England schloß mit Holland einen Bündnisvertrag, durch den es Karl gelang, die Holländer bloßzustellen, so daß sie keine Aussicht auf französische Hilfe hatten, sobald er einmal bereit war, den Krieg gegen sie von neuem zu beginnen. Tatsächlich war sein Vorsatz, bei einem nächsten Krieg Frankreich auf seiner Seite zu haben, und dieses Ziel strebte er auch in der Korrespondenz mit seiner Schwester an. Der Vertrag mit Holland in Gemeinschaft mit den Geheimverträgen, die sowohl mit Frankreich wie mit Holland unterzeichnet wurden, hatte England das europäische Gleichgewicht beschert, und ob auch durch die gröbsten politischen Quertreibereien erreicht, war das Ganze doch typisch für die Methoden des Königs. Denn sein Charme und sein umgängliches Wesen waren ein hinreichender Schild, um auch vor dem Schlauesten die Tatsache zu verbergen, daß er im Grunde zynisch, selbstsüchtig und ein rücksichtsloser Opportunist war.

*

Es war der Earl of Rochester, der gesagt hatte, die drei Beschäftigungen des Zeitalters seien Politik, Frauen und Trinken – und die ersten zwei waren niemals ganz voneinander getrennt.

Karl konnte nicht leiden, daß eine Frau sich in die Staatsgeschäfte mischte, aber es war ihm unmöglich, die Frauen davon fernzuhalten. So nahm er denn – nach seiner Art – hin, was er nicht ändern konnte. Denn sobald eine Frau seine Aufmerksamkeit geweckt hatte oder als seine Mätresse galt, wurde sie – sehr zum Unterschied von der Königin – im Nu von allen Seiten bestürmt. Man erbat ihre Hilfe, bot ihr Geld für eine Gunst, die man durch sie zu erreichen hoffte, schlug ihr vor, sich mit der einen oder der andern Partei bei Hof zu verbünden. Amber war noch keine vierzehn Tage in Whitehall, als man sie bereits in ein Dutzend der verschiedensten Projekte einbezogen hatte. Und mit der Zeit fügte sie sich selbst immer enger in das Gewebe ein.

Von dem Abend ihrer Vorstellung bei Hof an hatte Buckingham sich ihr gegenüber freundschaftlich gezeigt – zum mindesten war er stets auf ihrer Seite gegen Lady Castlemaine. Noch immer mißtraute Amber ihm und hatte einen Widerwillen gegen ihn, aber sie verbarg das sorgfältig, denn mochte er auch nur ein fraglicher Freund sein, so wäre er bestimmt ein gefährlicher Feind. Und so zog sie denn das erstere vor. Doch etliche Monate hindurch verlangte keiner etwas vom anderen oder stellte den guten Willen des anderen auf die Probe.

Dann eines Morgens, Ende März, machte er ihr einen überraschenden Besuch. »Nun, Mylord?« sagte Amber erstaunt. »Was bringt Sie so früh hierher?« Es war noch nicht einmal neun Uhr, und Seine Gnaden war selten vor Mittag außerhalb des Bettes zu sehen.

»Früh? Für mich ist das nicht früh – es ist eher spät. Ich bin noch nicht schlafen gegangen. Haben Sie ein Glas Wein für mich? Ich bin verdammt ausgetrocknet.«

Amber ließ einen recht herben weißen Wein und Sardellen holen, und während sie warteten, streckte sich der Herzog in einem Stuhl neben dem Kamin und begann zu sprechen.

»Ich komme gerade von Moor Fields. So etwas haben Sie noch niemals gesehen. Die Lehrlinge haben ein paar Hurenhäuser niedergerissen, Mutter Cresswell tobt wie eine Wahnsinnige, und die Dirnen werfen den Lehrlingen Nachttöpfe an den Kopf. Nächstens wollen sie das größte Hurenhaus von allen niederreißen, haben sie gerufen.« Er machte eine Geste. »Whitehall!«

Amber lachte und schenkte zwei Glas Wein ein. »Und unzweifelhaft werden sie hier mehr Huren entdecken, als sie in Moor Fields je finden könnten.«

Buckingham griff in seine Rocktasche und zog ein zerknittertes Blatt hervor. Es war unsorgfältig gedruckt, die frische schwarze Farbe war verschmiert, und überall konnte man Daumenabdrücke erkennen. Er reichte es ihr.

»Haben Sie das gesehen?«

Amber las hastig.

Es trug den Titel: »Bittschrift der armen Huren an Mylady Castlemaine«, aber nach dem satirischen Inhalt war es gewiß das Werk von jemandem, der in naher Beziehung zum Hof stand. In groben, unverhüllten Worten wurde Barbara als die Haupthure von England angerufen, dem bedrängten Beruf zu Hilfe zu kommen, dessen Stolz sie sei. Amber erkannte sogleich, daß dies einer von des Herzogs heiteren Einfällen war, um seine Cousine zu ärgern, denn sie wußte, daß die beiden sich wieder gestritten hatten, und freute sich über Barbaras Demütigungen.

Sie lächelte und gab es ihm zurück. »Hat sie es schon gesehen?«

»Wenn sie es noch nicht gesehen hat, dann wird sie es bald genug zu sehen kriegen. Es ist in ganz London verbreitet. Die Verkäufer schreien es vor dem Change und an jeder Straßenecke aus. Ich habe einen Dachdecker gesehen, der so lachte, daß er fast vom Dach gefallen wäre. Was für ein trauriger Lump kann die Lady nur mit solchen Schmähschriften plagen wollen?«

Amber sah ihn an. »Ja, Euer Gnaden! Wer kann das sein? Ich kann es mir nicht vorstellen – haben Sie vielleicht eine Ahnung?« Sie schlürfte ihren Wein und genoß den Salzgeschmack der Sardellen.

Ihre Blicke begegneten sich, und dann lachten beide. »Nun«, sagte Seine Gnaden, »jetzt, wo es einmal geschehen ist, kommt es nicht mehr darauf an. Sie haben vermutlich gehört, daß Seine Majestät ihr Berkshire House zum Geschenk macht.«

Ambers dunkle Brauen zogen sich zusammen. »Ja natürlich. Sie tut alles, damit es jeder erfährt, das kann ich Ihnen versichern. Und was mehr ist – sie behauptet, daß er ihr den Herzogtitel verleihen will.«

»Das scheint Sie zu ärgern, Mylady?«

»Mich ärgern? O nein, Mylord«, protestierte Amber spöttisch. »Warum sollte mich das ärgern?«

»Ich wüßte keinen Grund, Madame. Nicht den geringsten.« Er sah sehr selbstzufrieden aus und freute sich an der Wärme des Feuers, dem guten Wein in seinem Magen und an gewissen Informationen, die ihm zugekommen waren.

»Ich würde mich viel weniger ärgern, wenn er Berkshire House mir gegeben hätte. Und den Herzogtitel – es gibt nichts auf Erden, was ich mir dringender wünschte!«

»Keine Sorge! Eines Tages werden Sie ihn bekommen – wenn er Sie loswerden will, was ja einmal eintreten wird.«

Sie sah ihn eine Weile schweigend an. »Wollen Sie damit sagen, Mylord . . .« begann sie endlich.

»Ja, Madame, das will ich. Sie ist hier in Whitehall erledigt. Ein für allemal fertig. Ich gäbe keine Feige mehr für das Interesse, das man bei Hof an ihr hat.«

Aber Amber blieb skeptisch. Acht Jahre lang hatte Barbara den Palast beherrscht, hatte in die Staatsgeschäfte eingegriffen, ihre Freunde gefördert, ihre Feinde gequält. Sie schien so dauerhaft und unvergänglich zu sein wie die Steine des Hauses selbst.

»Nun«, meinte Amber, »hoffentlich haben Sie recht. Doch ich habe sie erst gestern abend im Salon gesehen, und da erklärte sie, Berkshire House sei der Beweis dafür, daß Seine Majestät sie noch immer liebe.«

Buckingham räusperte sich. »Sie noch immer liebe! Er schläft nicht einmal mehr mit ihr. Aber natürlich hofft sie, daß wir alle ihr ihre Geschichte glauben. Denn wenn die Welt meint, daß der König sie noch immer liebt – nun, dann ist es ja ebensoviel wert, als wenn er sie wirklich liebte. Aber ich weiß es besser.«

Daran zweifelte Amber nicht, denn Seine Gnaden besaß unberechenbare Mittel, um sich stets auf dem laufenden zu halten. Es geschah in Whitehall wenig von größerer oder geringerer Bedeutung, das seinem Netz von Spitzeln und Aufpassern entging.

»Was Euer Gnaden auch wissen mögen – hoffentlich ist es richtig.«

»Richtig? Natürlich ist es richtig! Lassen Sie mich Ihnen eines sagen, Madame – ich selbst bin das Mittel, mit dessen Hilfe sich Myladys endgültige Niederlage vollzog.« Er sah so stolz und zufrieden drein, als hätte er der Nation einen uneigennützigen Dienst erwiesen.

Amber sah ihn fragend an. »Ich verstehe Sie nicht, Sir.«

»Dann will ich mich klarer ausdrücken. Ich wußte, daß Old Rowley sie loswerden wollte – aber ich wußte auch, was für eine Art von Geschäft sie vorhatte. Es war sehr einfach: ich mußte ihm nur erzählen, daß die Liebesbriefe, mit deren Veröffentlichung sie gedroht hatte, vor einigen Jahren verbrannt worden waren.«

»Und er hat Ihnen geglaubt?« Amber neigte jetzt zu der Annahme, daß er Barbara gestürzt, den König genarrt hatte und jetzt auch von ihr etwas wollte.

»Er hat es nicht bloß geglaubt – es ist die Wahrheit. Ich sah sie selbst brennen. Ich hatte es ihr sogar geraten.« Plötzlich klatschte er sich auf die Knie und lachte, aber Amber beobachtete ihn sorgfältig, denn sie war noch immer nicht ganz überzeugt. »Sie ist in schrecklicher Wut. Sie sagt, dafür werde sie eines Tages meinen Kopf haben. Nun, sie kann ihn haben, wenn sie ihn nehmen kann – aber Old Rowley ist derzeit sehr zufrieden mit mir, und ich habe vor, meinen Kopf noch auf meinem Totenbett zu behalten. Sie mag planen und Ränke schmieden, soviel sie will – die Giftzähne wurden ihr gezogen, und jetzt ist sie hilflos. Sie scheinen noch zu zweifeln, Madame? Sie können mich doch unmöglich für einen Lügner halten!«

»Ich kann wohl glauben, daß Sie ihm von den Briefen erzählt haben, aber ich kann nicht glauben, daß er die Lady nicht wieder zurücknehmen wird; er hat es bisher immer getan. Warum sollte er ihr das Haus schenken und den Herzogtitel versprechen, wenn er mit ihr fertig wäre? In den Galerien erzählt man sogar, daß er sich das Geld zum Ankauf von Berkshire ausborgen mußte.«

»Ich will Ihnen sagen, warum, Madame. Er hat es getan, weil er ein weiches Herz hat. Wenn er bei einer Frau alles erreicht hat, was er erreichen wollte, dann kann er es nicht über sich bringen, sie völlig beiseite zu schieben. O nein! Er verfährt anständig mit allen, erkennt ihre Bälger an, ob sie nun von ihm sind oder nicht und zahlt ihnen große Abfindungen, damit sie gegen die böse Welt geschützt sein sollen. Nun, Madame – ich sollte meinen, daß das gute Nachrichten für Sie sind. Ich hatte niemals das Gefühl, als empfänden Sie und Barbara Palmer übertrieben viel Zärtlichkeit füreinander.«

»Ich hasse sie! Aber nach all den Jahren, da sie an der Macht war – ich kann's kaum glauben.«

»Sie kann es selbst kaum glauben. Aber sie wird sich binnen kurzem daran gewöhnen müssen. Ich hatte ihr prahlerisches Auftreten satt, und so ergriff ich die nötigen Maßnahmen, um sie loszuwerden. Sie wird vielleicht noch Jahre in Whitehall kleben bleiben, aber sie wird nie mehr mitzählen. Denn wenn Old Rowley einmal jemanden gründlich satt hat, sei es ein Mann oder eine Frau, dann kann er ihn nicht mehr brauchen. Das ist unser bester Schutz gegen den Kanzler. Und nun, Madame, habe ich den Eindruck, daß sich da für eine kluge Frau Möglichkeiten bieten . . .«

Amber erwiderte seinen Blick. Ein Verbündeter Buckinghams war niemals beneidenswert. Der Herzog betrieb Politik lediglich zur Unterhaltung. Er hatte weder Grundsätze noch Ziele, sondern folgte einfach seinen wechselnden Launen, und Freundschaft, Ehre, Moral bedeuteten ihm nichts. Er fühlte sich keineswegs durch diese Begriffe belastet. Doch trotz allem hatte er einen großen Namen, eines der größten Vermögen Englands und genoß große Popularität bei den reichen Kaufleuten, bei den Gemeinen und bei dem Londoner Volk. Außerdem besaß er eine gute Portion Bosheit und Rachsucht, die wohl nicht immer dauerhaft war, aber doch sehr schädlich werden konnte. Amber war sich über ihn längst im klaren.

»Und angenommen, daß eine andere Myladys Platz einnehmen würde?« fragte sie leise.

»Dazu kommt es. Ich gebe Ihnen mein Wort darauf. Old Rowley wurde seit dem ersten Schluck an der Brust seiner Amme von einer Frau beherrscht. Und diesmal, Madame, könnten Sie die Frau sein. Keine in England besitzt die gleichen Möglichkeiten. Jene Herren, die sich derzeit an die Herzogin von Richmond halten, versuchen nichts anderes als eine Mohrenwäsche. Sie wird Seiner Majestät niemals lange gefallen. Darauf verwettte ich meinen Kopf. Ich bin ein alter Jagdhund, Madame, und verstehe mich auf diese Dinge sehr gut – und ich bin gekommen, um Ihnen meine Dienste anzubieten.«

»Euer Gnaden erweist mir zu viel Ehre. Das ist bestimmt mehr, als ich verdiene.«

Der Herzog wurde plötzlich kurz angebunden. »Wir wollen uns die Komplimente ersparen. Wie Sie wissen, Madame, kann ich Ihnen helfen, wenn ich will – Sie Ihrerseits können auch mir von Nutzen sein. Meine Cousine beging den Fehler zu glauben, sie könne alle ihre Geschäfte im Bett erledigen und es sei gleichgültig, wie sie sich sonst benehme. Das war ein ernsthafter Fehler, wie sie heute verstehen dürfte – wenn sie Witz genug hat, um es zu erkennen. Aber das geht uns nichts weiter an. Ich habe mein Leben lang den Charakter Seiner Majestät studiert und schmeichle mir, ihn ebensogut zu kennen wie irgendein Mensch, der noch seinen Kopf hat. Wenn Sie sich von mir leiten lassen wollen, dann, denke ich, werden wir England nach unseren eigenen Plänen modeln können.«

Amber hatte keinerlei Plan, England zu modeln, und auch nicht den

Wunsch, solch einen Plan zu erfinden. Die Politik – die nationale wie die internationale – ging sie nur insoweit an, als ihre persönlichen Wünsche und Bestrebungen davon beeinflußt wurden. Ihre Intrigen erstreckten sich – wenigstens ihren Absichten nach – nicht über den Kreis der Leute, die sie kannte, und der Ereignisse, die sie selbst beobachten konnte. Sie neigte dazu, mit Karl einer Meinung zu sein, der fand, Seine Gnaden habe Windmühlen im Kopf. Aber wenn es dem Herzog gefiel, sich in große Vorhaben verwickelt zu glauben, sah sie nicht ein, weshalb sie mit ihm darüber streiten sollte.

»Nichts könnte mir besser gefallen, Euer Gnaden, als Ihre Freundin zu sein und Ihre Interessen zu teilen. Das bitte ich Sie, mir zu glauben.« Sie hob das Glas, und sie tranken einander zu.

Siebenundfünfzigstes Kapitel

Frances Stewart hatte sich lange nicht mit dem Landleben abfinden können. Sie hatte vorher immer dort gelebt, wo viele Menschen waren, wo es Bälle und Soupers, Jagd und Theater, Plaudern und Lachen und eine unendliche Kette kleiner Sensationen gegeben hatte. Auf dem Land war es still, die Tage verflossen in ruhiger Eintönigkeit, einer dem anderen gleich, und, am Palast gemessen, erschien ihr großes Haus ihr einsam und verlassen. Nirgends galante Männer, die sie unterhielten, die ihr schmeichelten, ihr den Fächer aufhoben oder aus dem Sattel halfen.

Ihr Gatte verbrachte einen großen Teil seiner Zeit auf der Jagd, und wenn er daheim war, dann war er allzu häufig betrunken. Der Haushofmeister führte den Haushalt, wozu sie ohnehin niemals erzogen worden war, und die müßigen Stunden langweilten sie, denn nie hatte jemand sie dazu ermutigt, zu lernen, wie man auch in der Einsamkeit glücklich sein konnte. Es gefiel ihr nicht, verheiratet zu sein, aber sie hatte natürlich auch nicht erwartet, daß es ihr gefallen würde.

Sie hatte geheiratet, weil ihr das als der einzige Weg erschien, um eine ehrbare, achtungswerte Frau zu bleiben – und dies war der Wunsch ihres Lebens gewesen. Der Herzog liebte sie ohne Zweifel aufrichtig und war ihr dankbar dafür, daß sie ihn geheiratet hatte, doch verglichen mit den vornehmen Herren von Whitehall, die auf tausend Arten eine Frau zum Lachen bringen konnten, erschien er dumm und ungehobelt.

Auch die eheliche Liebe war ihr verhaßt. Es graute ihr vor der Nacht, und sie erfand eine Menge kleiner Leiden, um ihn fernzuhalten. Sie hatte einen derartigen Widerwillen gegen die Schwangerschaft, daß sie sich manchmal ganz elend fühlte, wenn sie die Symptome zu bemerken glaubte, ohne daß sie doch je in Hoffnung gewesen wäre.

Beständig galten ihre Gedanken der Stadt und dem Hof und dem schönen Leben, das sie dort geführt hatte; damals war ihr sein Reiz nicht so sehr bewußt geworden, jetzt aber hatte sie den Eindruck, als sei dies das schönste und wünschenswerteste Dasein auf Erden. Sie verbrachte endlose Stunden damit, sich an die Bälle zu erinnern, bei denen sie getanzt, an die Kleider, die sie getragen hatte, an die Männer, die sich um sie geschart hatten, wohin sie auch ging; immer und immer erlebte sie jede kleinste Episode wieder, an die sie sich erinnern konnte, um damit ihre Einsamkeit zu nähren.

Doch mehr als an irgend etwas anderes dachte sie an König Karl. Jetzt meinte sie, er sei der schönste und bezauberndste Mann, den sie je gekannt hatte, und sie begriff schmerzlich, daß sie ihn liebte. Warum war sie nicht klüger gewesen und sich dessen nicht früher bewußt geworden? Wie anders hätte ihr Leben sein können! Denn jetzt, da sie ihre Ehrbarkeit bewahrt hatte, maß sie ihr weit weniger Bedeutung bei, als sie nach den Reden ihrer Mutter haben sollte. Was brauchte eine Frau anderes – wenn sie den Schutz des Königs genoß.

Sie sehnte sich, nach London zurückzukehren; doch was, wenn er nicht bereit war, ihr zu vergeben? Wenn er vergessen hatte, was sie für ihn gewesen war? Sie hatte von seinen neuesten Mätressen sprechen gehört: der Gräfin Northumberland, der Gräfin Danforth, Mary Knight, Moll Davis, Nelly Gwynne. Vielleicht hatte er jetzt alles Interesse an ihr verloren. Einmal aus dem Gesichtskreis, vergaß er die Menschen, so nahe sie ihm auch gestanden sein mochten. Daran erinnerte sich Frances.

Sie versuchte, sich mit Malen oder Gitarrenspiel oder mit Sticken zu zerstreuen. Aber sie fand an diesen Dingen keine Unterhaltung, wenn sie dabei allein war. Sie langweilte sich gründlich und hoffnungslos.

Endlich drängte sie den Herzog, nach London zurückzukehren, und anfangs waren ihre Hoffnungen sehr hoch gespannt. Jedermann erschien bei ihren Soupers und Bällen. Sie wurde ebenso umringt und gefeiert wie bei ihrem ersten triumphalen Erscheinen in Whitehall. Sie wußte sehr wohl, daß jedermann erwartete, der König würde sich bald erweichen lassen und sie zu seiner Mätresse machen, und zum erstenmal war sie beinahe bereit, die Stellung mit all ihren Vorteilen und Wechselfällen anzunehmen. Doch Karl wußte scheinbar nicht einmal, daß sie in der Stadt war.

Das dauerte vier Monate.

Zunächst war Frances erstaunt, dann aber ärgerte sie sich, um schließlich gekränkt und erschrocken zu sein. Und wenn er ihr nie mehr vergeben wollte? Der bloße Gedanke war furchtbar, denn sie kannte den Hof nur allzu gut, um nicht zu wissen, daß die Gesellschaft, einmal davon überzeugt, daß sein Interesse erloschen war, sie fliehen würde wie die Dohlen eine pestverseuchte Stadt. Mit Entsetzen sah sie die Möglichkeit vor sich, daß sie gezwungen sein konnte, zu ihrem Leben müßiger Einsamkeit auf dem Lande zurückzukehren – die Jahre schienen sich vor ihr zu einem endlosen Gespinst zu verflechten.

Dann aber, noch kein ganzes Jahr nach ihrer Flucht aus Whitehall, wurde Frances ernstlich krank. Zunächst glaubten die Ärzte, es könne eine Schwangerschaft sein oder ein Viertagefieber oder ein schwerer

Anfall von ›Vapeurs‹, aber nach wenigen Tagen wußten sie, daß es die Pocken waren. Unverzüglich unterrichtete Dr. Fraser den König davon. Aller Groll, den Karl gegen sie empfunden hatte, seine zynische Gewißheit, sie habe ihn mit voller Überlegung lächerlich machen wollen, schwand dahin und verwandelte sich in Entsetzen und Mitleid.

Die Pocken. Ihre Schönheit könnte zerstört werden! Daran dachte er, bevor er an die Lebensgefahr dachte – denn er hatte den Eindruck, daß solche Schönheit beinahe geheiligt sei und für Gott und die Menschen gleich unverletzlich. Sie zu beeinträchtigen oder gar zu zerstören wäre in seinen Augen geradezu Gotteslästerung gewesen. Und Frances bedeutete ihm immer noch mehr, als er sich in diesen letzten Monaten zugestanden hatte, denn sie besaß eine Art von Frische und Reinheit, die er nur bei wenigen Frauen seiner Bekanntschaft entdecken konnte und die eine starke Anziehungskraft auf ihn ausübten.

Er hätte sie sogleich besucht, aber die Ärzte widerrieten aus Furcht, er könnte sich anstecken und die Krankheit weiterverbreiten. Statt dessen schrieb er ihr. Doch obgleich er versuchte, seinen Brief zuversichtlich und hoffnungsvoll klingen zu lassen, war doch ein falscher Ton darin, denn er selbst hatte weder Zuversicht noch Hoffnung. Er besaß nur noch wenig Glauben, und ganz gewiß glaubte er nicht an die Pflicht Gottes, die Schönheit einer Frau für die Augen der Menschen zu bewahren. Er hatte Gott als nachlässigen Schuldner befunden, dem wenig daran lag, seine Rechnungen in Ordnung zu halten. Doch er schickte ihr seine besten Ärzte und wollte beständig Nachrichten von ihr erhalten.

Wie fühlte sie sich? Ging es ihr heute besser? War sie heiter? Und – würde sie entstellt bleiben? Sie erzählten ihm dauernd, was er zu hören wünschte, aber er wußte, daß sie logen.

Am Ende der ersten Maiwoche – mehr als einen Monat später, erlaubten sie ihm, sie zu sehen. Und als dann sein Wagen in den Hof von Summerset House rollte, hatten sich viele Leute angesammelt. Offenbar hatte es sich herumgesprochen, daß er kam, und alle hatten bei dieser ersten Begegnung dabeisein wollen. Karl murmelte einen Fluch, und seine Züge wurden finster und hart.

Zur Hölle mit dieser erbärmlichen Neugier, mit diesen jämmerlichen Kreaturen, die ein boshaftes Vergnügen daran fanden, im Kummer des anderen herumzustochern!

Er stieg aus dem Wagen und ging ins Haus. Mrs. Stewart, Frances' Mutter, hatte ihn erwartet. Er sah auf den ersten Blick, daß sie nervös und erregt und dem Weinen nahe war, und da wurde es ihm klar, daß die Ärzte ihn belogen hatten.

»Oh, Eure Majestät! Ich bin so glücklich, daß Sie gekommen sind! Glauben Sie mir, Sire, sie hat sich den unseligen Streich nie vergeben, den sie Ihnen gespielt hat.«

»Wie geht es ihr?«

»Viel besser! Viel, biel besser! Sie ist angezogen und außer Bett, obgleich sie natürlich noch sehr, sehr schwach ist.«

Karl sah sie an, seine schwarzen Augen lasen, was hinter den seltsam erregten Gesten, hinter den atemlos hervorsprudelnden Worten, hinter der Angst in ihren dunklen Augen und den neuen Furchen ihres Gesichts war.

»Kann ich sie jetzt sehen?«

»O ja, Majestät! Kommen Sie bitte mit mir!«

»Nach dem Gedränge auf dem Hof zu schließen, bin ich heute nicht der einzige Besucher.«

Mrs. Stewart stieg neben ihm die Treppe hinauf. »Es ist heute der erste Tag, an dem sie Besuche empfangen darf. Das Zimmer ist voll – die ganze Stadt ist da.«

»Dann werde ich in diesem Vorraum warten, bis die andern fort sind.«

Sie schickte die Besucher unter dem Vorwand weg, Frances bedürfe der Ruhe. Karl stand hinter der geschlossenen Tür und hörte die Leute gehen; sie schwatzten und kicherten boshaft. Als schließlich alle fort waren, kam Mrs. Stewart ihn holen. Sie gingen durch die Galerie und in Frances' Appartement, dann durch verschiedene Zimmer, bis sie endlich das Schlafzimmer erreichten, wo sie wartete.

Sie saß halb liegend auf einem Diwan und trug ein reizendes Seidenkleid, das in Falten bis zum Boden hing. Die Vorhänge waren zugezogen, um den Raum zu verdunkeln – es war erst zwei Uhr – und mehrere brennende Kerzen waren in einiger Entfernung von ihr aufgestellt worden. Karl warf den Hut zur Seite und verbeugte sich, dann schritt er rasch durch das Zimmer, bis er vor ihr stand. Abermals verbeugte er sich tief und hob dann widerstrebend die Augen zu ihr. Was er sah, machte ihn ganz elend.

Sie war verändert. Ja selbst in diesem Dämmerlicht sah man die Veränderung. Die Krankheit hatte ihr nichts erspart. Auf dieser Haut, die glatt und weiß gewesen war wie eine Wasserlilie, waren jetzt häßliche rote Flecken und tiefe Pockennarben. Das eine Auge war halb geschlossen. All diese reine, vollendete Schönheit war verschwunden. Doch, was ihn am härtesten traf, war der Jammer in Frances' flehenden Augen.

Mrs. Stewart war noch im Zimmer, denn Karl hatte sie ersucht, zu bleiben, und sie stand angstvoll besorgt mit gefaltenen Händen vor ihr. Aber Karl und Frances hatten vergessen, daß sie da war.

»Meine Liebe«, sagte er, nach langem Schweigen gezwungen, »Gott sei Dank, daß Sie wieder gesund sind!«

Frances sah ihn an, rang um Selbstbeherrschung und war ihrer Stimme nicht sicher. Schließlich brachte sie ein klägliches Lächeln zuwege, aber ihre Mundwinkel zitterten. »Ja, Eure Majestät. Ich bin wieder gesund.« Ihre leise Stimme verlor sich zu einem Flüstern: »Wenn man dafür dankbar sein kann!«

Ihr Mund zog sich plötzlich bitter zusammen, und sie sah rasch zur Seite. Im Nu bedeckte sie ihr Gesicht mit den Händen und begann zu weinen. Die Schultern und der ganze Körper waren von ihrem Schluchzen geschüttelt. Es war nicht allein der Schmerz, daß sie ihn sehen lassen mußte, was ihr widerfahren war, das wußte er, es war die Häufung all dessen, was sie an diesem Nachmittag erduldet hatte – die neugierigen, grausamen Augen der Frauen und Männer, die sie besucht hatten, alle so ausgesucht höflich, so voll Mitleid und falscher Heiterkeit. Sie hatten an ihr Rache genommen für jeden Augenblick der Bewunderung, die sie ihr mißgönnt hatten, für jede unterwürfige Schmeichelei, jede geheuchelte Freundschaft.

Karl kniete neben ihr nieder. Seine Hand berührte sacht ihren Arm, seine tiefe Stimme begann zu bitten. »Ich habe mir solche Sorgen um Sie gemacht, Frances. O meine Liebe – verzeihen Sie mir, daß ich mich wie ein eifersüchtiger Narr benommen habe!«

»Ihnen verzeihen? Oh, Sire!« Sie sah ihn, ihre Hände gaben nur die Augen frei, als könnte sie sich vor ihm verbergen. »Ich bin es, die um Verzeihung bitten muß! Darum ist dies über mich gekommen – ich weiß es –, um mich dafür zu bestrafen, was ich Ihnen angetan hatte.«

Eine Welle von fast unerträglichem Mitgefühl, von Zärtlichkeit überflutete ihn. Alles, was er besaß, hätte er hingeworfen, um ihr ihre Schönheit wiederzugeben, um sie noch einmal zu sehen, wie sie ihn früher angeblickt hatte, mit ihrer schelmischen, vertrauensvollen Koketterie. Doch es war vorbei, dieser belebte Ausdruck ihres Gesichtes, das glückliche Lachen einer reizenden Frau, die weiß, daß ihre Schönheit ihr Vergebung für alles erkauft. Wilder Zorn erfüllte ihn. Gott im Himmel! Zerstört denn die Welt alles, was sie berührt?

»Sprechen Sie nicht so, Frances! Ich weiß nicht, was mich dazu brachte, so töricht zu handeln. Doch als ich hörte, Sie seien krank, war ich ganz außer mir. Wenn Ihnen etwas zugestoßen wäre – Aber, Gott sei Dank, Sie sind wieder gesund! Ich werde Sie nicht verlieren.«

Sie sah ihn lange und ernst an, als fragte sie sich, ob er die Veränderung an ihr sah oder nicht – schon hoffte sie schmerzlich –, aber es war sinnlos. Natürlich sah er alles. Jeder hatte es gesehen – warum gerade er nicht?

»Ich bin wieder gesund«, flüsterte sie. »Aber ich wünschte, ich wäre es nicht. Ich wünschte, ich wäre tot. Sehen Sie mich doch an!« Ihre Hände sanken herab, ihre Stimme war ein einsames Weinen, war nichts als Furcht und Verzweiflung. »Oh, sehen Sie mich doch an! Ich bin jetzt häßlich!« Er griff nach ihrer Hand. »Nein, nein, Frances, das sind Sie nicht. Es wird nicht so bleiben, das schwöre ich Ihnen. Sie hätten mich sehen sollen, nachdem ich die Krankheit gehabt hatte. Der Teufel wäre vor mir erschrocken. Und jetzt – sehen Sie nur – nicht das geringste Zeichen.« Er blickte eifrig zu ihr auf, lächelte, hielt ihre beiden Hände an sein stark pochendes Herz. Er empfand ein leidenschaftliches Verlangen, ihr zu helfen, ihr den Glauben an die Zukunft wiederzugeben, obgleich er selbst nicht daran glaubte. Und während er sprach, begannen ihre Augen zu leuchten, etwas wie Hoffnung erschien in ihren Zügen. »Ja, nur ein wenig Geduld, und man wird überhaupt nicht sagen können, daß Sie die Pocken gehabt haben. Sie werden auf Bälle gehn, und man wird Sie schöner finden als vorher. Sie werden schöner sein als damals, da ich Sie zum erstenmal sah. Erinnern Sie sich, Liebling. Sie hatten ein schwarzweißes Spitzenkleid an und Brillanten im Haar.«

Hingegeben lauschte ihm Frances. Seine Worte hatten den Klang einer alten und halb absichtlich verdrängten Melodie. »Ja«, flüsterte sie, »ja, ich erinnere mich – und Sie forderten mich auf, mit Ihnen zu tanzen.«

»Ich konnte die Augen nicht von Ihnen wenden – ich hatte niemals eine so schöne Frau gesehen.«

Sie lächelte ihm zu, von leidenschaftlicher Dankbarkeit für seine Güte erfüllt, doch es war ein trauriges Spiel, und sie wußte ebensogut wie er, daß sie nur spielten. Mit allem Aufwand an Willenskraft vermochte sie die Tränen zurückzuhalten, während er neben ihr saß und sprach und verzweifelt versuchte, sie sich selbst zu entreißen. Aber sie konnte nur an ihre Tragödie denken, und auch Karl dachte an nichts anderes.

Ach, warum mußte ihr das geschehen, dachte er grollend. Warum mußte es Frances geschehen, die so heiter, so süß, so freundlich gewesen war, wo es doch andere Frauen gab, die ein solches Schicksal weit eher verdient hätten.

*

Doch Karl war ein hartnäckiger Mann.

Einmal hatte er gesagt, er hoffe sie eines Tages häßlich und bereitwillig zu finden. Er hatte die gedankenlosen Worte vergessen, aber er hatte die Jahre des Wartens, des Bittens, der Verheißungen, des Begehrens, der Sehnsucht nach Besitz und Erfüllung nicht vergessen. Und jetzt mit einem Male war sie die Bittende geworden.

Eines Nachmittags spät waren sie im Garten, der sich hinter Summerset House zum Fluß hinunterzog, schlenderten Arm in Arm zwischen den hohen Linden. Frances trug ein hübsches Kleid aus blauem Satin mit schwarzen Spitzenrüschen am Rock; ein schwarzer Spitzenschleier schlang sich um ihre Haare und fiel ihr bis zum Kinn. Mit ihrem Gefühl für Schönheit hatte sie instinktiv angefangen, das auszugleichen, was die Krankheit ihr angetan hatte. Sie verwendete ihren Fächer, um ihr Gesicht dahinter zu verbergen, trug Schleier, und als sie am Fluß stehenblieben, hielt sie sich im Schatten einer mächtigen Ulme.

Schweigend standen sie und blickten über das Wassser hin, und dann gruben sich ihre Finger langsam in die Beuge seines Armes. Er wandte sich ihr zu und bemerkte, daß sie zu ihm aufsah. Er blieb eine Weile regungslos stehen und beobachtete sie, und da spürte er, daß sie um einen Kuß bat. Seine Arme legten sich um sie, und diesmal hielt sie ihn nicht mit den Fingerspitzen von sich ab, wehrte sich nicht, als er sie an sich preßte. Sie klammerte sich an ihn, ihre Arme umschlangen ihn, und er konnte an ihrem Mund fühlen, daß es nicht echte Leidenschaft war, sondern das Verlangen zu gefallen – die Furcht, er würde sie nicht mehr begehrenswert finden.

Karls Mitleid siegte über die unausweichliche Wirkung von Frauenkörper und Frauenlippen, und er gab sie sanft wieder frei. Aber sie wollte ihn nicht loswerden. Ihre Hände griffen nach seinen Armen.

»Oh, Sie hatten die ganze Zeit über recht. Ich war eine Närrin – Sie hätten niemals so viel Geduld mit mir haben dürfen.«

Von ihrer Offenheit überrascht, sagte er leise: »Meine Liebe, ich werde hoffentlich niemals ein solcher Stümper sein, daß ich eine Frau gegen ihren Willen nehmen muß.«

»Aber ich . . .«, begann sie, und dann hielt sie plötzlich errötend inne. Sie wandte sich ab und eilte den Weg hinauf, und Karl wußte, daß sie weinte.

Als er am nächsten Abend allein in ein kleines Boot an der Palasttreppe stieg, um ein wenig auf dem Fluß zu rudern, faßte er einen plötzlichen Entschluß, wendete das Boot und fuhr zum Summerset House. Das kleine Boot glitt rasch über die Oberfläche; er war bald da und stieg aus. Die Tür nach dem Fluß war versperrt, aber im Augenblick hatte er die Mauer überklettert und eilte durch die Gärten auf das Haus zu.

Fünfeinhalb Jahre habe ich auf diese Stunde gewartet, dachte er. Und ich hoffe zu Gott, daß es nicht zu lange war.

Achtundfünfzigstes Kapitel

Karl und der Herzog von Buckingham saßen einander gegenüber und prüften ein kleines, aber sehr genaues Modell eines neuen Kriegschiffs; sie waren ganz in die Diskussion vertieft. Karl hatte immer eine Vorliebe für Schiffe und Meer gehabt. Er verstand so viel davon, daß manche meinten, eine solche Beherrschung des technischen Wissens sei unter der Würde eines Königs. Nichtsdestoweniger war die Flotte sein Stolz, und er litt noch immer unter der Demütigung, daß die Holländer in seine Flüsse eingefahren waren, die Küste geplündert, seine schönsten Schiffe verbrannt und versenkt hatten. Eines Tages wollte er diese Beleidigung heimzahlen – unterdessen aber baute er eine stärkere, größere Flotte. Es war Plan und Hoffnung seines Lebens, daß England eines Tages die Meere als höchste, unbestrittene Herrin aller Gewässer der Erde befahren solle – denn auf diesem Weg, und nur auf diesem, konnte sein kleines Königreich zur Größe gelangen.

Zuletzt stand Karl auf. »Nun – ich habe keine Zeit mehr, dies Ding noch länger zu bewundern. Um zwei Uhr habe ich eine Tennispartie mit Rupert.« Er nahm die Perücke von einer Stuhllehne, stülpte sie über den Kopf, warf einen raschen Blick in einen Spiegel und griff nach dem Hut. Buckingham stand gleichfalls auf, den Hut unter dem Arm. »An einem so heißen Tag? Ich bewundere den Fleiß Eurer Majestät.«

Karl lächelte. »Das ist meine tägliche Körperübung. Ich brauche meine Gesundheit, um meinen Unterhaltungen gewachsen zu sein.«

Die beiden Männer verließen das Zimmer. Karl sperrte die Tür zu und steckte den Schlüssel zu sich. Sie gingen durch mehrere Räume, stiegen eine enge Treppe hinauf und gelangten in die große Stone Gallery. Hier kam ihnen, mit einer Begleiterin und einem kleinen Negerknaben als Schleppenträger, Frances Stewart entgegen. Sie winkte, um die Aufmerksamkeit der beiden Herren auf sich zu lenken, und als sie stehenblieben, ging Frances rasch auf sie zu.

Buckingham verbeugte sich, Karl lächelte und küßte sie zum Gruß leicht auf die Lippen. Doch als Frances zu ihm aufsah, waren ihre Augen voller Angst, denn sie konnte keine Sekunde vergessen, daß ihre Schönheit zerstört war. Ihr ganzes Wesen war verändert, als wollte sie gewissermaßen einen Ausgleich für den Verlust schaffen. Jetzt war sie nervös lebhaft, eifrig und dabei verstört.

»Oh, Eure Majestät! Ich bin so froh, daß wir uns begegnet sind. Es ist schon eine Woche her, seit ich Sie zuletzt gesehen habe.«

»Das tut mir leid. Aber ich hatte sehr viel zu tun – Ratssitzungen und Botschafterempfänge.«

Sie hatte einst die gleichen Ausreden anderen Frauen gegenüber gehört. Damals hatte sie ihn geneckt und ausgelacht, weil er log, denn in jenen Tagen hatte sie zu allem fröhlich gelacht.

»Könnten Sie nicht zu mir zum Abendessen kommen? Heute vielleicht? Ich habe noch eine Menge Leute eingeladen«, fügte sie schnell hinzu.

»Vielen Dank, Frances, aber heute abend bin ich nicht frei, und diese Verabredung muß ich einhalten.« Es war traurig, ihre Enttäuschung mitansehen zu müssen, und weil ihm so unbehaglich dabei zumute war, sagte er: »Aber morgen abend bin ich frei. Dann kann ich kommen, wenn es Ihnen recht ist.«

»Ja wirklich?« Sogleich leuchtete ihr Gesicht. »Ich werde alles bestellen, was Sie gern essen – und Moll Davis soll uns etwas vortanzen.« Sie wandte sich zu Buckingham. »Ich würde mich sehr freuen, wenn Sie auch kommen wollten, Euer Gnaden – mit Lady Shrewsbury natürlich.«

»Vielen Dank, Madame! Wenn ich kann, werde ich gern kommen.«

Frances knickste, die Männer verbeugten sich und gingen dann weiter. Karl war still geworden. »Arme Frances«, sagte er endlich. »Das Herz tut mir weh, wenn ich sie sehe.«

»Sie ist allerdings schwer mitgenommen«, gab der Herzog zu. »Aber wenigstens ist sie dieses gräßliche Gekicher losgeworden. Zwei Monate habe ich sie jetzt nicht mehr kichern gehört.« Dann sagte er leichthin: »Ach, richtig – Lauderdale erzählte mir von dem Abenteuer Ihrer Majestät.«

Karl lachte. »Ich glaube, daß mit der Zeit jeder davon gehört hat. Ich hätte ihr nie so viel Courage zugetraut.«

Katharina hatte sich verkleidet und mit Mrs. Boynton den Palast verlassen, um einer Verlobungsfeier in der Stadt beizuwohnen, zu der sie natürlich nicht eingeladen waren. Maskiert und unkenntlich hatten sie sich unter die anderen Gäste gemischt, waren aber im Gedränge voneinander getrennt worden, so daß die Königin gezwungen war, ganz allein in einem Mietwagen nach Hause zu fahren. Das war eine Unterhaltung, die sich die Damen und Herren vom Hofe häufig gönnten, aber Katharina hatte solch ein Abenteuer noch nie gewagt, und nun summte der ganze Palast von Heiterkeit, als man erfuhr, daß die scheue kleine Königin schließlich doch der großen, verschlossenen Welt jenseits der Mauern getrotzt hatte.

»Sie soll am ganzen Leibe gezittert haben, als sie hinkam«, fuhr Karl fort. »Aber nach wenigen Minuten war sie durchaus heiter und sah das Abenteuer als guten Spaß an. Die Sänftenträger, die sie hinbrachten, seien recht rauhe Gesellen gewesen, und der Kutscher war so betrunken, daß sie ständig fürchtete, er würde den Wagen umwerfen.« Der König amüsierte sich sichtlich. »Und die Bürger murrten, ich führe das Land geradeaus in die Hölle! Sie würde eine gute Geheimagentin abgeben, nicht? Ich werde sie von jetzt an öfters ausschicken.«

Buckingham zog ein vorwurfsvolles Gesicht. »Es war doch recht unschicklich. Und immer noch – recht gefährlich.«

Nun traten sie in den heißen Julisonnenschein hinaus und blinzelten, bis ihre Augen sich an das strahlende Licht gewöhnt hatten. Sie gingen durch die Gärten auf den Tennisplatz zu, kamen an verschiedenen Damen und Herren vorüber, die hier spazierten oder in Gruppen herumstanden. Viele grüßte der König mit einem Lächeln oder einem Winken, manchmal blieb er auch stehen und sprach ein paar freundliche Worte. Buckingham liebte diese Unterbrechungen nicht.

»Ach, ich kann nicht glauben, daß sie in großer Gefahr war. Nun, jedenfalls ist sie heil davongekommen.«

»Doch ein weiteres Mal könnte sie weniger heil davonkommen, Sire.«

Karl lachte laut auf. »Sie meinen doch nicht, George, daß jemand glaubt, es würde sich lohnen, mir meine Frau zu stehlen?«

»Ich habe nicht an das Lösegeld gedacht. Ist es Ihnen aber nie in den Sinn gekommen, Sire, daß Ihre Majestät geraubt und nach irgendeiner verlassenen Insel verschickt werden könnte?«

»Ich habe mir, offen gestanden, über diese Frage noch nicht viel Sorgen gemacht.« Karl winkte einer Gruppe reizender Frauen zu, die auf dem Rasen saßen, und sie lachten und stießen einander an und winkten mit den Fächern zurück.

»Es gibt sehr viele solche Inseln«, fuhr Buckingham fort und nahm die Unterbrechung nicht zur Kenntnis, »in Westindien zum Beispiel. Es ist gar kein Grund vorhanden, daß man nicht eine von ihnen mit allem Komfort ausstatten könnte. Eine Frau würde dort in aller Behaglichkeit bis ans Ende ihrer Tage leben.«

Ein Schatten glitt über die Züge des Königs, und er sah den Herzog scharf an. »Verstehe ich Sie falsch, Villiers, oder schlagen Sie mir vor, mich meiner Frau dadurch zu entledigen, daß ich sie von Ihnen rauben lasse?«

»Der Gedanke ist durchaus nicht undurchführbar, Majestät. Ich habe die Frage tatsächlich eingehend studiert; lange bevor Ihre Majestät auf diesen Zeitvertreib verfallen ist. Und ich habe auch eine passende Insel gefunden.«

Karl ließ einen Laut des Widerwillens hören. »Sie sind ein Schurke, George Villiers. Ich leugne nicht, daß ich mir verzweifelt einen Erben wünsche – aber durch solche Mittel werde ich es nie erzwingen. Und ich will Ihnen noch eines sagen: Wenn Ihre Majestät jemals belästigt oder gar geraubt werden sollte, dann weiß ich, wer der Schuldige ist. Und Sie würden Ihren Kopf keine Stunde lang zwischen den Schultern behalten. Guten Tag.«

Er warf Buckingham einen raschen, finsteren Blick zu und ging in das Gebäude, in dem die Tennisplätze untergebracht waren. Der Herzog drehte sich um und ging in die entgegengesetzte Richtung.

Doch dies war keineswegs der erste noch der letzte Plan, mit dem man Katharina aus dem Wege schaffen wollte, damit Karl sich wieder verheiraten und einen Erben zeugen könnte. Die Hälfte der Hofherren schmiedeten solche Pläne, legten sie dem König vor, und wenn die Pläne verworfen wurden, schmiedeten sie eben neue. Die einzigen Personen von Einfluß, die keinen Wert darauf legten, die Königin durch eine andere Frau ersetzt zu sehen, waren York, Anne Hyde, ihre wenigen Anhänger – und die Mätressen des Königs.

*

Buckingham war gekränkt, mied Whitehall einige Tage und verbrachte seine Zeit mit den reichen Kaufleuten der City, die er kannte. Doch bald langweilte ihn auch das. Für diese dicken, leichtgläubigen Leute, die alles für bare Münze nahmen, was er ihnen erzählte, empfand er nichts als Verachtung, und da es gewissermaßen seine zweite Natur war, spann er ein neues Komplott.

In den letzten Jahren hatte der Herzog in den verschiedenen Stadtteilen Wohnungen gemietet und ging je nach Laune in die eine oder in die andere. Für seine politischen Ränkespiele war es bequem, einen Koffer voll Verkleidungen und ein Dutzend Absteigequartiere zu besitzen.

In der Idle Lane, nahe der Thames Street und knapp beim Tower, hatte ein Wohnhaus dem Feuer widerstanden. Es hatte seither Gesellschaft bekommen, denn drei weitere Häuser waren im Bau, ein anderes war im Vorjahr fertig geworden und an den Besitzer eines Bierhauses vermietet, der die Handwerker verpflegte, und eines war im Rohbau eingestürzt, weil das Material so schlecht war. Das begab sich derzeit in der City ziemlich häufg. Die Themse strömte so nahe vorbei, daß man das Geschrei der Barkenführer und die Rufe der Austernverkäuferinnen hören konnte. Hier hatte Buckingham drei Zimmer im vierten Stockwerk gemietet, und zwar unter einem der Namen, die er gern erfand. Diesmal nannte er sich Illingworth.

Der Herzog, in türkischem Schlafrock und Turban, Pantoffeln mit aufwärtsgerichteten Spitzen an den Füßen, lag schlafend vor dem Kamin, in dem die Kohlen zu glimmendem Rot heruntergebrannt waren. Das Zimmer war ungelüftet und lichtlos, denn die Dämmerung war bereits eingebrochen, und er schlief seit Mittag.

An die Tür wurde geklopft, und das Klopfen wiederholte sich, während Buckinghams Schnarchen durch das Zimmer rasselte. Erst beim vierten Klopfen setzte er sich mit einem Ruck auf, das Gesicht vom Schlaf ganz rot und verschwollen, schüttelte die Schlummertrunkenheit ab und stand auf. Doch er zog den Riegel nicht zurück, bevor er gefragt hatte, wer draußen sei.

Ein kleiner dicker Priester mit rotem Gesicht stand auf der Schwelle, er trug das Kleid seines Standes und Sandalen, eine Kappe auf der Tonsur und ein Gebetbuch in den Händen.

»Guten Abend, Vater Scroope.«

»Guten Abend, Sir.« Der Priester war die Treppe so schnell hinaufgestiegen, daß er noch immer um Atem rang. »Ich bin gekommen, so rasch ich nur konnte, aber ich war bei der Abendandacht Ihrer Majestät, als die Botschaft mich erreichte.« Seine Augen blickten über die Schultern des Herzogs in das halbdunkle Zimmer. »Wo ist der Kranke? Es ist keine Zeit zu verlieren.«

Buckingham machte die Tür hinter ihm zu, drehte den Schlüssel im Schloß und steckte ihn in die Tasche seines Schlafrocks. »Hier gibt es keinen Kranken, Vater Scroope.«

Der Priester drehte sich um und sah ihn erstaunt an. »Keinen Kranken? Aber man sagte mir doch – der Bote sagte, ein Mann liege im Sterben.«

Er setzte sich in einen hochlehnigen Stuhl, während der Hezog zwei Glas kanarischen Wein einschenkte, eines seinem Gast hinschob und sich dann ihm gegenübersetzte.

»Ich wollte Sie so rasch wie möglich hierhaben – darum habe ich Ihnen das sagen lassen. Erkennen Sie mich jetzt, Vater?«

Vater Scroope, der seinen Wein bereits getrunken hatte und das Glas noch in der fetten, roten Hand hielt, sah schärfer hin, und langsam merkte er, wen er vor sich hatte.

»Euer Gnaden!«

»Niemand sonst!«

»Verzeihen Sie, Sir! Aber Sie sind in dieser Kleidung derart verändert, daß ich Sie nicht erkannte – und das Licht ist nicht sehr hell«, fügte er hinzu.

Buckingham lächelte und füllte die Gläser ein zweites Mal. »Sie sagen, daß Sie eben von der Abendandacht Ihrer Majestät kommen?«

»Ja, Euer Gnaden. Ihre Majestät hat sich manche neue Gewohnheiten angeeignet, zieht sich aber nach wie vor niemals ohne Abendandacht zurück – wofür Gott gedankt sei!« Er rollte die Augen fromm himmelwärts.

»Sie sind auch der Beichtvater Ihrer Majestät, wenn ich mich nicht irre.«

»Manchmal, Euer Gnaden!«

Buckingham lachte kurz. »Sie muß viel zu beichten haben! Was können schon ihre Sünden sein? Ein neues Kleid oder eine Spielpartie am Sonntag? Oder vielleicht der Wunsch, das Kind Seiner Majestät möge in ihrem Bauch sein und nicht in dem einer anderen Frau?«

»Ach ja, Mylord – arme Frau! Das ist eine häßliche Sünde. Und ich fürchte, daß wir sie alle an ihr begehen.« Vater Scroope trank das zweite Glas aus, und der Herzog füllte es abermals.

»Ja, aber Wünsche werden die Sache nicht besser machen. Es ist nun einmal eine Tatsache, daß sie unfruchtbar ist und bleiben wird.«

»Sie ist in Hoffnung gewesen. Aber es tritt immer irgend etwas ein, was sie hindert, das Kind auszutragen.«

»Und so wird es immer sein. Seine Majestät wird niemals einen legitimen Erben von Katharina von Braganza haben. Und wenn der Thron an York fällt, dann ist das Land zugrunde gerichtet.« Vater Scroope riß die blauen Augen weit auf, denn Yorks Sympathien für die katholische Kirche waren notorisch, während Buckingham dafür bekannt war, daß er die Kirche haßte. Doch der Herzog sagte rasch: »Nicht seiner Religion wegen, Vater. Der Fall liegt ernster. Seine Hoheit besitzen die Fähigkeiten nicht, dieses Land zu regieren. Sechs Monate nach seiner Thronbesteigung würde es in Bürgerkriege versinken.« Im Gesicht des Herzogs war jetzt ein leidenschaftlicher Ernst. Er beugte sich vor und streckte den Zeigefinger aus. »Ihre Pflicht ist es, Vater, wenn Sie England und die Stuarts lieben, mir bei meinem Vorhaben behilflich zu sein – und ich kann Ihnen ja gleich ganz offen sagen, daß Seine Majestät hinter mir steht, doch aus recht durchsichtigen Gründen vorzieht, nicht selbst einzugreifen.«

»Sie sind an den unrechten Mann gekommen, Euer Gnaden! Ich kann nichts gegen Ihre Majestät unternehmen, wer auch dahinter sein mag.« Vater Scroope war in tiefer Besorgnis, und seine dicken Wangen zitterten. Er wollte aufstehen, aber Buckingham nötigte ihn sanft, doch nachdrücklich auf seinen Stuhl zurück.

»Nicht so hastig, Vater! Hören Sie mich doch zuerst an, ich bitte Sie. Und denken Sie daran – vor allem sind Sie dem König zum Gehorsam verpflichtet!« Buckingham sah, als er jetzt sprach, wie alle großen, selbstlosen Patrioten der Weltgeschichte aus, und Vater Scroope konnte sich dem Eindruck nicht entziehen. »Wir haben nicht vor, Ihrer Majestät auch nur das geringste Leid zuzufügen – darüber können Sie sich beruhigen. Doch es geht um England und um den König, meinen Herrn, und ich habe einen Plan, um ihm eine andere Frau zu verschaffen. Nach einem Jahr kann er sich wieder verheiraten und einen Erben haben, wenn

Ihre Majestät einwilligt, zu dem Leben zurückzukehren, das sie einst geführt und geliebt hat – das Leben im Kloster.«

»Ich glaube nicht, daß ich Euer Gnaden völlig verstehe.«

»Nun also, es handelt sich um folgendes: Sie sind ihr Beichtvater. Sie sprechen vertraulich zu ihr. Wenn Sie sie dazu überreden können, sich freiwillig von der Welt zurückzuziehen, nach Portugal heimzukehren und in ein Kloster zu gehn, dann ist Seine Majestät in der Lage, eine neue Ehe zu schließen. Und wenn Sie Erfolg haben«, fuhr Buckingham hastig fort, als Vater Scroope den Mund aufmachte, um zu reden, »dann wird Seine Majestät Sie so reichlich belohnen, daß Sie den Rest Ihres Lebens in Reichtum und Glanz verbringen können. Zunächst einmal«, Buckingham stand auf und nahm einen Lederbeutel vom Kaminsims, »finden Sie hier in diesem Beutel tausend Pfund. Und das ist nur der Anfang.« Vater Scroope griff nach dem Beutel, wog ihn in der Hand, war aber zu höflich, um ihn zu öffnen. »Nun, Vater – wie lautet Ihre Antwort?«

Lange zauderte der Priester, nachdenklich, bekümmert, nicht imstande, zu einem Entschluß zu kommen. »Und Seine Majestät wünscht es?« wiederholte er zweifelnd.

»Ja, er wünscht es. Sie glauben doch nicht, Vater, daß ich in einer so wichtigen Angelegenheit ohne die Instruktion des Königs zu handeln wagen würde?«

»Gewiß nicht, Euer Gnaden.« Vater Scroope stand auf und stellte das Weinglas auf den Tisch. »Nun, ich will versuchen, ob ich Einfluß habe, Euer Gnaden.« Er runzelte die Stirn und warf dem Herzog einen raschen Blick zu. »Aber wenn ich keinen Erfolg habe? Diese sanften kleinen Frauen sind manchmal sehr eigensinnig.«

Buckingham lächelte. »Sie werden Erfolg haben, Vater Scroope. Ich bin dessen ganz sicher. Denn wenn Sie keinen Erfolg hätten, fände ich auch kein Geld mehr; und Sie müßten dies hier zurückgeben. Überflüssig zu sagen, daß es Ihnen schlecht ergehn würde, wenn dieses Gespräch nicht ganz unter uns bliebe.« Das Funkeln seiner Augen ließ noch weit mehr ahnen, als seine Worte sagten.

»Oh, ich bin sehr verschwiegen, Euer Gnaden«, protestierte Vater Scroope. »Sie können volles Vertrauen zu mir haben.«

»Schön. Gehen Sie jetzt. Und wenn Sie mir etwas mitzuteilen haben, schicken Sie mir einen Boten. Schreiben Sie mir, mein neuer Anzug sei fertig. Und sehen Sie zu, daß Sie Erfolg haben. Binnen einer Woche erwarte ich Nachrichten.«

»Geben Sie mir ein wenig mehr Zeit, Euer Gnaden!«

»Zehn Tage also.«

Er schloß die Tür hinter Vater Scroope und verriegelte sie.

*

Amber ließ sich von Vater Scroope Bericht erstatten.

Zum Preis von fünfzehnhundert Pfund hatte er ihr eben Buckinghams Verschwörung gegen die Königin verraten. Denn mochte der König mit im Komplott sein oder nicht – Vater Scroope hatte nicht die Absicht, sich um seinen schönen Platz bei Hof bringen zu lassen. Sobald die Königin in einem Kloster lebte, blieb er unbeschützt und allein in einem England, das den Katholiken feindlich gesinnt war. Wohl hatte Karl häufig versucht, allen Religionen Duldung zu gewähren, aber das Parlament stand dieser Politik feindlich gegenüber, und das Parlament konnte Gehorsam erzwingen, indem es sich weigerte, Geld zu bewilligen.

»Großer Gott!« flüsterte sie entsetzt. »Dieser Teufel wird uns noch alle zugrunde richten! Haben Sie mit ihr gesprochen?«

Vater Scroope preßte die Lippen aufeinander, kreuzte die Hände über dem Bauch und schüttelte den Kopf. »Kein Wort, Mylady. Kein einziges Wort! Und ich war heute mit der Königin allein im Beichtstuhl.«

»Sie werden gut daran tun, auch in Zukunft kein Wort darüber zu sprechen! Sie wissen, was mit Ihnen geschehen würde, wenn Ihre Majestät uns verließe. Verdammter Schurke! Wenn ihm nur jemand die Kehle aufschlitzen würde!«

»Werden Sie es Ihrer Majestät sagen?«

»Natürlich werde ich das! Er kann sehr wohl noch jemand anders bestochen haben, um mit ihr zu sprechen.«

»Das glaube ich nicht, Madame. Aber er wird es sicher tun, wenn er merkt, daß er mit mir keinen Erfolg hatte.«

In diesem Augenblick trat Nan leise ein und gab Amber einen Wink. Amber stand auf. »Kommen Sie jetzt«, sagte sie zu ihm. »Der Weg ist frei. Sie können jetzt gehn.«

Sie verließen das Zimmer und betraten einen sehr schmalen, dunklen Gang. Die beiden Frauen kannten den Weg, aber Vater Scroope mußte sich mit den Händen an der Wand entlangtasten, bis sie zu einer Tür kamen. Dort wartete Amber mit dem Priester. Nan öffnete die Tür, spähte hinaus und winkte ihnen dann. Sie folgten ihr. Draußen konnten sie das ruhige Plätschern des Flusses im Schilf des Ufers hören. Es war eine Unbequemlichkeit aller Wohnungen des Palastes, die am Wasser lagen, daß sie manchmal, wenn die Themse anschwoll, überschwemmt wurden.

Doch Vater Scroope hatte kaum den Fuß über die Türschwelle gesetzt, als plötzlich das Geräusch eines Falles zu hören war, ein keuchendes Atmen, ein Kampf und unterdrücktes Fluchen. Rasch wie ein Kaninchen war der Priester wieder zurückgesprungen, während Amber nach Nans Hand tastete.

»Was war das?«

»John muß einen Spitzel erwischt haben«, flüsterte Nan. Und ein wenig lauter rief sie: »John!«

Er antwortete leise und vorsichtig. »Hier bin ich – ich habe einen Kerl erwischt, der sich im Rohr versteckt hielt. Er ist allein.«

»Vorwärts!« flüsterte Amber dem Vater zu, und er schlüpfte hinaus und verschwand; sie konnten seine Schritte durch den Uferschlamm stapfen hören. »Bring ihn herein«, sagte sie zu John und ging in das kleine Zimmer zurück, in dem sie mit Vater Scroope gesprochen hatte.

John schleppte einen schmächtigen, wütenden Burschen hinter sich her, der immer noch mit Beinen und Armen um sich schlug. Beide waren fast bis zu den Knien mit Schlamm bedeckt. John schleuderte ihn in eine Ecke. Der Mann schüttelte sich, brachte seine Kleider in Ordnung und tat, als ob er die anderen nicht sehen würde.

»Was hast du da draußen getan?« fragte Amber.

Er sah sie nicht an und antwortete auch nicht.

Sie wiederholte ihre Frage, und diesmal warf er ihr einen finsteren Blick zu.

»Du unverschämter Lump! Dich werde ich schon zum Sprechen bringen!«

Sie nickte John zu, der aus einer Tischlade eine kurze Peitsche nahm, deren zahlreiche schmale Riemen an ihren Enden Bleikugeln hatten.

»Wirst du jetzt antworten?« rief Amber.

Er schwieg hartnäckig. Da hob John die Peitsche und schlug ihn über Brust und Schultern. Eine Bleikugel traf seine Wange. Amber und Nan sahen ganz kühl zu, wie John rücksichtslos wieder und wieder zuschlug, obgleich der Mann sich wand und krümmte und seinen Kopf mit den Händen zu schützen suchte. Endlich stöhnte er auf.

»Genug! Um Gottes willen – genug! Ich werde sprechen.«

John ließ die Peitsche sinken und trat zurück. Von den Bleikugeln tropfte das Blut auf den Boden.

»Du bist ein Narr«, sagte Amber. »Hast du das nötig gehabt? Und jetzt sprich – was hast du das draußen gemacht, und wer hat dich geschickt?«

»Ich darf es nicht sagen. Bitte, Mylady!« Er jammerte flehend. »Bringen Sie mich nicht zum Reden, Mylady. Wenn ich es tue, läßt mein Herr mich prügeln.«

»Und wenn du nicht sprichst, lasse ich dich prügeln«, erwiderte Amber mit einem Blick auf John, der, die Fäuste in die Hüften gestemmt, wartend dastand.

Der Mann sah auf, seufzte und leckte sich die Lippen. »Ich bin von Seiner Gnaden, dem Herzog von Buckingham geschickt.«

Das hatte sie erwartet. Sie wußte, daß Buckingham sie bespitzeln ließ, wenn es auch das erste Mal war, daß sie einen seiner Spione erwischte. Immerhin hatte sie bereits vier von ihren Kammermädchen entlassen, die sie verdächtigte, in seinen Diensten zu stehen.

»Wozu?«

Jetzt redete der Mann ganz geläufig, wenn auch mürrisch und die Augen auf den Boden geheftet. »Ich sollte Vater Scroope folgen, überallhin, wohin er ging. Und Seiner Gnaden dann Bericht erstatten.«

»Und was wirst du berichten?« Ihre Augen blickten hart.

»Ja – daß er den ganzen Abend seine Wohnung nicht verlassen hat, Mylady.«

»Gut. Erinnere dich daran. Das nächste Mal wird man nicht so sanft mit dir umgehen. Und untersteh dich nicht, noch einmal hier herumzuspionieren, sonst lasse ich dir die Nase aufschlitzen. Hinaus mit ihm, John!«

Neunundfünfzigstes Kapitel

Amber war der Königin gegenüber stets freundlich und respektvoll gewesen, teils weil es politisch war, teils auch, weil sie ihr wirklich leid tat. Aber ihr Mitleid war recht oberflächlicher Art – es war das gleiche Gefühl, das sie für Jenny Mortimer und Lady Almsbury oder für irgendeine andere Frau empfand, von der sie offenbar wenig zu fürchten hatte. Und doch wußte sie, daß Katharina bei Gelegenheit eine gute, aufmerksame Freundin sein konnte. Sie wurde im allgemeinen von den Leuten, die in Whitehall ihr Glück machen wollten, mißachtet, und war darum beinahe dankbar, wenn jemand sich um ihre Gunst bewarb. Amber hatte den Eindruck, daß dies eine sehr günstige Gelegenheit wäre, um sich das Wohlwollen Ihrer Majestät zu sichern.

Ihr Gespräch mit der Königin hatte die erwartete Wirkung. So entsetzt Katharina war, als sie vernahm, daß ihre Feinde sich verschworen hatten, um sich ihrer zu entledigen, ließ sie sich doch mühelos überzeugen, daß Karl nichts von dem Plan wisse und ganz gewiß außer sich vor Wut sein würde, wenn er davon erfuhr. Es rührte Amber sogar, als sie merkte, wie sehr die Königin darauf erpicht war, sich wenigstens einen Teil seiner vielfach zersplitterten Neigungen zu bewahren und ihm den Glauben zu erhalten, sie würde ihm doch noch eines Tages den leidenschaftlich ersehnten Erben schenken. Und obgleich Amber ihren eigenen Wunsch nach dem Herzogstitel nicht sofort erwähnte, brachte sie doch wenige Tage später das Gespräch darauf; und Katharina bot ihr ihre Hilfe an, wenn auch mit einer gewissen Scheu, denn sie war sich ihres begrenzten Einflusses sehr bewußt. Amber wünschte sich Glück dazu, daß sie eine Freundin gewonnen hatte, wohl keine sehr mächtige, doch eine Freundin, die ihr überhaupt von Nutzen sein konnte, war nicht zu verachten.

Bei Hof pflegte man zu sagen, eine unnütze Freundin sei ebensoviel wert wie ein unbedeutender Feind. Aber Amber kümmerte das wenig.

Sie hatte bald gelernt, daß im Palast die günstigen Gelegenheiten nicht zu jenen kamen, die ruhig sitzen blieben und warteten – Geduld und Unschuld waren hier zwei unverwertbare Artikel. Man mußte unablässig geschäftig sein, mußte sich über jedes große und kleine Ereignis informieren, das sich über oder unter einem begab, mußte aus allem und jedem seinen Vorteil zu ziehen wissen. Es war eine Lebensform, der sie sich rasch und leicht anpaßte; nichts in ihrem Innern wehrte sich dagegen.

Unterdessen hatte sie sich mit einem Spionagesystem umgeben, das nach allen Seiten ausstrahlte, von Bowling Green bis Scotland Yard und vom Park Gate zu den Privy Stairs. Mochte man über den Geheimdienst Seiner Majestät Klage führen – auf den Geheimdienst der Hofleute traf das nicht zu, denn es wurden große Summen dafür ausgegeben, um jedermann über Tun und Lassen des Nachbarn auf dem laufenden zu halten, ob es sich nun um Liebesabenteuer, um politische oder religiöse Fragen handelte.

Amber beschäftigte ein buntes Gemisch von Kreaturen. Da gab es zwei oder drei von Buckinghams Lakaien, einen Mann, den er für vertrauliche Missionen verwendete, der aber recht gern einige hundert Pfund dadurch verdiente, daß er seinen Herrn verriet, den Schneider des Herzogs, die Schneiderin der Herzogin und den Coiffeur der Lady Shrewsbury. Madame Bennet informierte sie über die außerehelichen Beziehungen verschiedener Herren, Seine Gnaden miteingeschlossen. Ferner erhielt sie Mitteilungen aller Art über andere Leute bei Hof durch ein Heer von Dirnen, Gastwirten, Pagen, Bootsleuten, Schildwachen.

Viele dieser Spione sah sie selber nie, und die meisten ahnten nicht einmal, in wessen Auftrag sie tätig waren. Denn es war Nan, die, mit blonder oder schwarzer Perücke über ihrem goldroten Haar, Ganzmaske, Kapuze und Mantel, nach Abendeinbruch diesen Geschäften ihrer Herrin nachging. John Waterman folgte ihr, um sie notfalls zu beschützen, bald als Träger, bald als Lakai einer großen Dame, bald auch als einfacher Bürger. Nan nahm die Nachrichten entgegen und bezahlte, feilschte auch manchmal und freute sich über jedes Pfund, das sie ihrer Herrin ersparen konnte, denn sie erinnerte sich besser an die mageren Jahre als Amber.

Amber wußte, wo und mit wem der König seine Nächte verbrachte, wenn er nicht bei ihr war. Sie wußte, wann Lady Castlemaine einen neuen Liebhaber nahm oder ein neues Kleid kaufte, sie wußte es, wenn sich bei der Königin neuerdings Symptome der Schwangerschaft zeigten, und was im Ratssaal gesprochen wurde. Es kostete sie viel Geld, aber sie erfuhr so ziemlich alles, was in Whitehall vorging, und selbst an Dingen, die für sie ohne Belang waren, freute sie sich, bloß weil es die Geheimnisse anderer Leute waren, die sie kannte. Es durfte ihr einfach nichts vom Palastklatsch entgehen, sonst wäre sie von jenen, die mehr wußten, verachtet worden.

Häufig konnte sie natürlich ihr Wissen zu ihren eigenen Zwecken verwerten, wie sie es mit dem Geheimnis tat, das sie von Vater Scroope erkauft hatte.

Es war noch sehr früh am nächsten Morgen, als Buckingham die Treppe zu Amber hinaufstieg, die Perücke zerrauft, die Kleider in Unordnung. Er klapperte auf seinen hochhackigen Schuhen über den marmornen Fußboden, und als er sich grüßend vor ihr verneigte, roch sein Atem nach Branntwein. Amber lehnte, noch ein wenig schlaftrunken, gegen die Kissen und trank eine Tasse heiße Schokolade, doch als sie ihn sah, war sie sogleich wach und auf der Hut.

»Nun, Euer Gnaden! Sie sehen aus, als hätten Sie eine lustige Nacht hinter sich.«

Er grinste. »Wahrscheinlich – aber ich kann mich, weiß der Teufel, nicht mehr genau erinnern.« Dann setzte er sich ihr gegenüber an den Rand des Bettes. »Ja, Madame – Sie würden gar nicht glauben, was ich über Sie erfahren habe.«

Ihre Blicke trafen sich eine Sekunde lang, dann lächelte er, und sie sah auf Monsieur le Chien hinunter, der sich am Fuß des Bettes räkelte. »Mein Gott, Euer Gnaden, ich kann es mir nicht vorstellen«, sagte sie einigermaßen nervös. »Was ist denn der neueste Klatsch?«

»Ich habe es erst vorige Woche gehört. Man sagt . . .«, er machte eine kurze und, wie ihr schien, unheilverkündende Pause. »Man sagt«, fuhr er dann rasch fort, »daß Colbert Ihnen ein Brillanthalsband im Werte von zweitausend Pfund geschenkt haben soll.«

Amber empfand ein Gefühl der Erleichterung, denn sie hatte befürchtet, er sei gekommen, um mit ihr über Vater Scroope zu sprechen. Sie trank ihre Schokolade und setzte die Schale auf den Tisch neben dem Bett. »Nun, wenn es das ist, was man sagt, so ist es wahr. Oder beinahe wahr, denn mein Juwelier schätzt das Halsband nur auf sechshundert Pfund. Aber es ist trotzdem recht schön, finde ich.«

»Vielleicht gefällt spanischer Schmuck Ihnen besser.«

Jetzt lachte Amber. »Euer Gnaden wissen aber auch alles. Ich wünschte, ich besäße solch einen Geheimdienst. Zu mir kommen die Neuigkeiten kalt wie Hafergrütze, so teuer ich sie auch bezahle. Aber ich will Ihnen die Wahrheit sagen – der spanische Botschafter hat mir ein Armband geschenkt, und es ist viel schöner als das französische Halsband.«

»Dann wollen Sie sich also mit den Spaniern einlassen, Mylady?«

»Ganz gewiß nicht, Euer Gnaden. Zu irgendeinem Preis werde ich mich mit dem Holländer oder mit dem Teufel einlassen. Ist das nicht schließlich die Methode, wie wir hier bei Hofe Geschäfte machen?«

»Wenn es so ist, sollten Sie es nicht zugeben. Die Nachricht könnte sich herumsprechen – und was wären Sie dann noch wert?«

»Ach, unter Freunden darf man sich doch wohl offen aussprechen.« Ihre Stimme klang spöttisch.

»Sie sind sehr hoch hinaufgelangt, Madame, nicht wahr, seit den Tagen, da Sie auf der Bühne die abgelegten Kleider der Hofdamen trugen! Selbst der Papst, sagt man, bemüht sich um Ihre Gunst.«

»Der Papst«, rief Amber entsetzt. »Großer Gott, Sir, da protestiere ich. Erlauben Sie mir, Ihnen zu sagen, daß ich mit dem Papst nichts zu schaffen habe.«

Amber machte von ihrem Glauben wenig Gebrauch – außer wenn sie beunruhigt war oder Sorgen oder einen Wunsch hatte – aber sie teilte den volkstümlichen Haß gegen den Katholizismus, ohne sich eine rechte Vorstellung zu machen, warum sie ihn eigentlich haßte.

»Nichts mit dem Papst zu schaffen? Aber ich weiß aus bester Quelle, daß Sie, Mylady, Vater Scroope manchmal mitten in der Nacht – oh, ich bitte um Verzeihung, Mylady«, rief er mit erheucheltem Bedauern. »Habe ich irgend etwas gesagt, was Sie erschrecken könnte?«

»Nein, natürlich nicht. Aber wie, zum Teufel, kommen Sie nur auf diesen Gedanken? Was sollte ich mit Vater Scroope? Ich habe gar nichts für fette, alte Männer übrig.« Sie warf ihr Haar zurück und nahm einen Schlafrock um.

»Nur einen Augenblick noch, Madame!« Buckingham ergriff ihren Arm. »Ich glaube, daß Sie recht gut wissen, wovon ich spreche.«

»Und wovon sprechen Sie denn eigentlich, Sir?« fragte sie herausfordernd.

Sie war wütend geworden. Das Benehmen des Herzogs hatte sie aufgebracht.

»Ich spreche darüber, Madame, daß Sie sich in meine Angelegenheiten mischen. Um ganz offen zu sein, Madame – ich weiß, daß Sie meine Vereinbarung mit Vater Scroope entdeckt haben und Schritte unternehmen, um meinen Plan zu stören.« Sein hochmütiges, schönes Gesicht war hart geworden, und er sah sie drohend an. »Ich dachte, wir wären übereingekommen, das gleiche Spiel zu spielen – Sie und ich!«

Sie machte ihren Arm frei und sprang aus dem Bett. »Ich will gern das gleiche Spiel spielen wie Sie, Euer Gnaden – aber, zum Teufel, ich habe nicht vor, gegen mich selbst zu spielen. Es ist durchaus nicht mein Vorteil, wenn Ihre Majestät den Hof verläßt und . . .«

Gerade in diesem Augenblick sprangen die Spaniels des Königs jaulend und tobend in das Zimmer, und bevor Amber und der Herzog sich noch recht fassen konnten, war auch schon der König, gefolgt von einigen Höflingen, erschienen.

Buckingham hatte sich rasch gesammelt und küßte dem König die Hand – er hatte ihn seit jenem Tage nicht mehr gesehen, da Karl ihn einen Schuft genannt hatte. Der Herzog verweilte noch einige Minuten, war gesprächig und heiter und tat, als hätte er sich mit Amber auf die freundschaftlichste Art unterhalten, dennoch fühlte sie sich erleichtert, als er ging. Die Nachricht von einem Zank zwischen den beiden verbreitete sich rasch. Als Amber noch vormittags Barbara in dem Zimmer der Königin traf, hatte Mylady bereits davon gehört und gab ihr zu verstehen, daß der Herzog geschworen habe, er werde die Lady Danforth zugrunde richten, und wenn er sein ganzes Leben daransetzen müßte. Amber lachte nur. Buckingham möge tun, was ihm beliebe, sie würde sich schon zu wehren wissen. Sie war jetzt schließlich erst seit einem Jahr in Whitehall, und die Möglichkeit, Karls Neigung zu verlieren, erschien ihr höchst unwahrscheinlich und in weitester Ferne.

Und die erste Wirkung ihrer neuen Feindschaft war gewiß nicht ungünstig. Baron Arlington machte ihr insgeheim einen Besuch.

Der Baron war Amber gegenüber immer höflich gewesen, doch nur auf seine kühle, kastilianische Manier, ohne ihr jemals besondere Aufmerksamkeit zu schenken. Denn wenn Karl der Ansicht war, daß Frauen sich besser zu anderen Beschäftigungen als zur Politik eigneten, so war sein Staatssekretär davon überzeugt, daß sämtliche Frauen nichts als verdammte Plagegeister seien, die man beiseite schieben müsse, damit die Männer das Land in Frieden regieren könnten. Doch Arlington war ein Politiker, und Vorurteile oder persönliche Beweggründe durften nie mit den wichtigen Geschäften vermischt werden. Dem König zu dienen, war das wichtige Geschäft seines Lebens, obwohl er natürlich hoffte, sich gleichzeitig auch selbst zu dienen. So war er offenbar zu der Meinung gelangt, Amber könne ihm, gerade infolge ihres Bruchs mit Buckingham, von Nutzen sein.

Eines Nachts kam Amber spät und in bester Stimmung nach Hause, denn sie war mit Karl und einer Schar von Damen und Herren maskiert und unkenntlich in Beggars Bush gewesen, einer verrufenen Kneipe in High Holborn, wo Bettlerinnen und Bettler sich allwöchentlich zu einem Gelage trafen. Arlington und der König waren eng befreundet, aber an so leichtfertigen Vergnügungen nahm der steife, gemessene Baron nur selten teil. Amber war sehr erstaunt, als Nan ihr meldete, der Baron sei unten und warte bereits seit beinahe einer Stunde.

»Mein Gott! Führ ihn nur schnell herauf!«

Sie warf Maske, Handschuhe und Muff beiseite und ließ den Mantel fallen, den Tansy umnahm und durch das Zimmer schleppte. Amber lachte, als sie ihn sah, dann wandte sie sich zu ihrem Porträt oberhalb des Kamins und betrachtete es mißvergnügt. Warum hatte er sie so plump gemacht? Gewiß, eine römische Nase hatte sie nicht, und auch die Haarfarbe stimmte nicht mit der ihren überein. Sie ärgerte sich jedesmal, wenn sie das Bild sah, denn Lely malte seine Modelle nicht, wie sie wirklich waren, sondern nach seiner bestimmten Auffassung, der sich das ganze weibliche Geschlecht anpassen mußte.

Doch er war nun einmal der Modemaler. Nan ließ jetzt Lord Arlington eintreten. Er verbeugte sich an der Schwelle, und sie machte ihm einen Knicks.

»Madame, Ihr ergebenster Diener.«

»Ihre Dienerin, Sir. Treten Sie doch näher bitte. Es tut mir leid, daß Sie warten mußten.«

»Das macht nichts, Madame. Ich habe unterdessen einige Briefe geschrieben.«

Er hatte einen langen, faltigen Mantel umgeworfen, und in der Hand trug er eine Maske. Und nun, als er lächelte, ließ er den Charme spielen, den er wie ein Gewand für besondere Gelegenheiten in Reserve hatte und nur dann zur Schau trug, wenn es ihm Vorteil versprach. Er war nicht aufrichtig, aber er besaß eine tüchtige Portion Verschlagenheit und

Klugheit und vor allem, was an Karls leichtlebigem Hof selten war, Fleiß und Methode, wenn es um die Staatsgeschäfte ging.

»Sie sind allein, Madame?«

»Ganz allein, Mylord. Wollen Sie Platz nehmen? Darf ich Ihnen etwas zu trinken anbieten?«

»Vielen Dank, Madame. Es ist ungemein gütig von Ihnen, Mylady, mich zu dieser ungewöhnlichen Stunde zu empfangen.«

»Oh, nicht der Rede wert, Mylord«, erklärte Amber. »Es ist an mir, Euer Lordschaft für Ihren Besuch dankbar zu sein.«

Ein Mädchen brachte ein Tablett mit Gläsern und Karaffen und stellte es auf einen niedrigen Tisch. Amber schenkte dem Baron Branntwein, sich selber Salbeiwasser ein, und er trank auf ihr Wohl. So saßen sie noch eine ganze Weile in diesem großen, scharlachsilbernen Raum mit dem schwarzen Marmorboden, mitten unter ihren zahllosen Spiegelbildern in den venezianischen Spiegeln, und tauschten Komplimente aus.

Doch endlich kam der Baron auf den Zweck seines Besuches zu sprechen. »All diese Vorsichtsmaßregeln sind lediglich der Eifersucht Seiner Gnaden, des Herzogs von Buckingham, wegen notwendig. Wollen Sie mich bitte nicht mißverstehen, denn der Herzog und ich sind natürlich gute Freunde.«

In Wahrheit waren sie natürlich erbitterte Feinde, aber Arlington war zu vorsichtig, um das zuzugestehen, während Buckingham keinem Menschen gegenüber ein Hehl daraus machte. Erst vor kurzem hatte er Amber angeschnauzt, weil sie den Baron als gefährlichen Feind erwähnte: »Madame, es ist mir ganz gleichgültig, ob ich einen Narren zum Feinde habe oder nicht.«

»Es scheint«, fuhr Arlington fort, »als wünschte er nicht, daß Sie mit jemandem andern als mit ihm in freundschaftlichen Beziehungen stünden. Die Wahrheit ist nämlich, daß Seine Gnaden, wie ich heute aus bester Quelle vernahm, Colbert sagte, es sei ganz unnütz, Ihnen weiterhin Geschenke zu machen, da Sie sich für die Sache Spaniens entschieden hätten.«

»Zur Hölle mit ihm«, rief Amber entrüstet, denn sie war überzeugt, daß sie für Buckingham und seine hinterlistige Freundschaft keine Verwendung mehr hatte. »Er mischt sich in alles wie eine alte Kupplerin! Bei der Art, wie er seine Freunde mißbraucht, ist es kein Wunder, daß sie es bald satt haben.«

»Oh, bitte, Madame, urteilen Sie nicht so hart über Seine Gnaden. Es war niemals meine Absicht, Seiner Gnaden freundschaftliche Gesinnung für Sie in Zweifel zu ziehen. Doch es scheint, daß er Sie ganz für sich allein haben will, und ich hatte gehofft, daß auch Sie und ich Freunde werden könnten.«

»Warum nicht, Mylord? Selbstverständlich muß einer Frau – selbst in Whitehall – erlaubt sein, auch zwei Männer zu Freunden zu haben.«

Der Baron lächelte. »Sie sind eine Frau von Geist, Madame – es gibt nichts, was ich mehr bewundere.» Sie schenkte ihm ein zweites Glas

Branntwein ein. Er sah nachdenklich hinein und sagte zunächst nichts. Dann schließlich: »Soviel ich weiß, muß man Ihnen Glück wünschen, Mylady.«

»Wozu bitte?«

»Man erzählt sich in den Galerien, daß Ihr junger Sohn eines Tages ein Herzogtum erben wird.«

Amber richtete sich in ihrem Stuhl auf, und ihre Augen funkelten. »Hat der König Ihnen . . .«

»Nein, Madame, der König nicht. Aber es wird allgemein darüber geredet.«

Sie lehnte sich wieder zurück und verzog das Gesicht. »Geredet! Geredet! Aus Gerede kann ich mir kein Herzogtum machen.«

»Ist es das, was Sie wünschen?«

»Was ich wünsche? Mein Gott! Es gibt nichts, was ich sehnlicher wünsche. Ich würde alles tun, um es zu bekommen.«

»Wenn das wahr ist, Madame, und wenn Sie bereit wären, etwas für mich zu tun – nun, dann könnte ich Ihnen in diesem Fall vielleicht behilflich sein.« Er senkte bescheiden die Augen. »Ich darf wohl ohne Überheblichkeit sagen, daß ich hier in Whitehall einen gewissen kleinen Einfluß besitze.«

Er hatte tatsächlich sehr großen Einfluß. Und was wichtiger war – er genoß den Ruf, daß er sich für seine Günstlinge mit Erfolg einsetzte.

»Wenn Sie mir zur Herzogskrone verhelfen können, dann schwöre ich, daß ich alles für Sie tun will, was Sie nur verlangen.«

Und nun sagte er, was er von ihr haben wollte.

Es war im Palast allgemein bekannt, daß Buckingham sich häufig mit einer Gruppe alter Cromwellanhänger traf, die planten, Karls Regime zu stürzen und selbst die Macht zu ergreifen. Daß das Königtum erst vor so kurzer Zeit zersplittert und zerstört worden war, gab gewissen Leuten von maßlosem Ehrgeiz die Hoffnung, dergleichen könnte sich nochmals wiederholen. Arlington wünschte nun, Zeit und Ort dieser Zusammenkünfte zu erfahren, ferner, was dort besprochen und welche Maßnahmen ergriffen wurden. Und die Berichte darüber sollten an ihn gehen. Kein Zweifel – er hätte diese Dinge auch selbst herausbringen können, aber das wäre eine kostspielige Sache mit zahlreichen großen Bestechungen geworden, und wenn er sie dazu überredete, die Kosten zu übernehmen, sparte er viel Geld und gab dafür etwas, das er leicht geben konnte – ein paar Worte zum König. Amber verstand das alles, aber Geld bedeutete ihr nichts, dagegen war Arlingtons Unterstützung viel wert.

Amber hatte bereits vier Morgen Land auf dem St. James' Square gekauft, dem vornehmsten und aristokratischsten Viertel der Stadt, und seit Monaten verhandelte sie mit Captain Wynne, der viele der schönsten Häuser in England gebaut hatte, über die Pläne für Haus und Garten. Sie wußte ganz genau, was sie wollte, das Großartigste, Neueste und Teuerste, was es gab. Ihr Haus mußte modern, üppig, aufsehenerregend sein. Geld spielte keine Rolle.

Was liegt mir daran, solange man mich nicht nach Newgate schicken kann, dachte sie, und ihre Unbekümmertheit machte riesige Fortschritte.

Nach ihrem Gespräch mit Arlington hatte sie den Eindruck, daß ihr die Herzogskrone bereits sicher war, und sie gab Captain Wynne den Auftrag, mit dem Bau zu beginnen. Bis zur Fertigstellung würden zwei Jahre vergehen, und es würde etwa sechzigtausend Pfund kosten – weit mehr als Clarendon House. Diese neue Verschwendung setzte alle bösen Zungen bei Hof in Bewegung, man sprach mit Respekt, mit Entrüstung oder mit Neid davon, denn darüber war alle Welt sich im klaren, daß man mindestens Herzogin sein mußte, um sich einen solchen Lebensstil zu leisten. Und die meisten kamen zu der Ansicht, der König habe ihr das Herzogtum bereits zugesagt. Karl amüsierte die Sache, die er weder bestätigte noch leugnete, und Amber nahm in ihrem Optimismus sein Schweigen für Zustimmung. Doch die Wochen vergingen, und sie war immer noch Gräfin.

Zweifellos hing der König ebenso an ihr wie an einer anderen, aber er hatte nichts dabei zu gewinnen, wenn er ihr den Titel einer Herzogin verlieh, und die Großzügigkeit des Königs pflegte im allgemeinen mit seinen Interessen Hand in Hand zu gehen. Von Zeit zu Zeit fühlte Amber sich schon entmutigt, aber sie war entschlossen, ihr Ziel so oder so zu erreichen – und bis jetzt war es ihr durch irgendein Mittel immer möglich gewesen, zu erlangen, was sie sich vorgesetzt hatte.

Sie benützte einen jeden, so gering sein Einfluß auch sein mochte, und wenn sie anderen dauernd Gefälligkeiten erwies, so achtete sie doch darauf, daß sie immer einen Gegendienst empfing. Barbara Palmer war wütend, weil ihre Rivalin ihr den Rang ablief, und sagte jedem, der es hören wollte, Karl würde es noch zu bedauern haben, daß er auf die Welt gekommen sei, wenn er dieser Dirne von dunkelster Herkunft eine solche Ehre zuteil werden ließe. Endlich kam es sogar in aller Öffentlichkeit zu einem Streit mit ihm, und sie drohte, seinen Kindern vor seinen Augen den Schädel zu zerschmettern und den Palast in Brand zu stecken.

Weniger als vierzehn Tage später machte der König, um sich an ihr zu rächen, Gerald zum Herzog von Ravenspur, ein Titel, der später auf Karl, den Sohn seiner Frau, überzugehen hätte. Und Barbaras Gesicht, als sie zum erstenmal einen Lehnstuhl verlassen und sich auf einen Sessel setzen mußte, weil die neue Herzogin eintrat, war etwas, dessen Amber sich bis ans Ende ihrer Tage mit Genugtuung zu erinnern hoffte.

Unverzüglich wuchs ihre Stellung in Whitehall zu weit größerer Bedeutung.

Sie machte die Mode. Wenn sie in ihrem Muff eine kleine Pistole trug, so tat der ganze Hof dasselbe. Mehrere Wohnungen wurden neuerdings mit Spiegelwänden ausgestattet, und die Möbel ließ man mit Silber beschlagen. Sie steckte eines Tages die Krempe ihres Reithuts auf, und am nächsten Tag trugen bei der Falkenjagd Seiner Majestät die Hälfte der

Damen den Hut aufgesteckt. Sie erschien bei einem Ball, das Haar lose über die Schultern und mit Goldstaub gesprenkelt, und eine Woche lang war das die höchste Mode. Jede Frau ahmte ihre Schönheitspflästerchen nach – kleine Liebesgötter, die einen Bogen spannten, die verschlungenen Initialen CR, was Carolus Rex bedeutete, oder einen langgehörnten Bock.

Amber zerbrach sich den Kopf, um immer etwas Neues zu erfinden; denn es kitzelte ihre Eitelkeit, die anderen zu führen wie Affen, die an eine Stange gebunden sind. Alles, was sie begann, wurde besprochen. Dabei tat sie, als wäre es ihr nur peinlich, wenn man sie nachahmte, und grollte scheinbar, weil sie niemals eine Mode für sich allein behalten konnte.

An einem unerwartet warmen Oktoberabend legte sie an der Spitze einiger der fröhlichsten Damen und Herren die Kleider ab und sprang von der Barke, auf der die Gesellschaft gespeist und getanzt hatte, in die Themse. Seit der Restauration hatte sich kaum etwas begeben, was derart die Empörung der ehrbaren Bürger erregt hätte, denn Männer und Frauen hatten niemals gemeinsam gebadet, und das war noch so ungefähr die einzige Schranke, die in einem verderbten Zeitalter geachtet worden war. Ihre privaten Gesellschaften für den König galten für höchst skandalös, ihre angeblich zahllosen Liebhaber, ihre Schönheitspflege, ihre Verschwendungssucht waren das Stadtgespräch. Es gab nichts, wessen man sie nicht beschuldigt, nichts, was man ihr nicht zugetraut hätte.

Amber hatte wenig gegen all diesen Klatsch einzuwenden, sie gab große Summen aus, um neue Gerüchte auszusprengen und lebendig zu erhalten. Obgleich ihr Leben verhältnismäßig keusch war, genoß es doch den Ruf schlimmster Ausschweifung. Einmal, als Karl eine der stärksten Geschichten wiederholte, die er über sie gehört hatte, lachte sie und meinte, lieber als gar nicht bekannt zu sein wolle sie als das bekannt sein, was sie in Wirklichkeit war.

Das Volk liebte sie. Wenn sie in ihrer Kalesche durch die Straßen fuhr, die Zügel selbst in der Hand, und sechs oder acht Lakaien vor ihr herliefen, um den Weg frei zu machen, dann blieben die Leute stehen und riefen ihr fröhlich zu. Man erinnerte sich noch an ihre Theaterzeit; und ihr häufiges aufsehenerregendes Erscheinen in der Öffentlichkeit wie auch ihre Freigebigkeit hatten sie bekannt und populär gemacht.

Sie sah Gerald selten und niemals allein. Mrs. Stark hatte ihm vor kurzem ein Kind geboren, ein Anlaß, zu dem Amber ihr sechs Apostellöffel schickte. Lucilla war weniger als drei Monate nach der Hochzeit in Hoffnung gekommen, woraufhin der muntere Sir Frederick sie aufs Land zurückschickte. Er und Amber lachten manchmal miteinander über die fatale Lage seiner Frau, die ihre Schwangerschaft freudig begrüßt hatte und ihren Gatten jetzt in einem Schwall von Briefen anflehte, zu ihr zu kommen. Doch Sir Frederick hatte in London vielerlei zu tun, und so versprach er ihr alles Mögliche, was er nicht hielt.

Amber langweilte sich nie und glaubte, die glücklichste Frau auf Erden zu sein. Ein Kleid zu kaufen, ein Souper zu geben, ein neues Theaterstück zu sehen – das alles war für sie von gleicher Wichtigkeit. Niemals versäumte sie einen Ball oder eine Intrige. Und in jeder Gegenintrige, bei jedem Seitensprung spielte sie ihre Rolle. Nichts entging ihr, und niemand wagte, sie zu umgehen. Sie lebte wie jemand, der in eine Trommel eingesperrt ist und an nichts anderes denken kann als an das Dröhnen, das von allen Seiten auf ihn eindringt.

Nur einen offenen Wunsch hatte sie noch, und schließlich sollte auch dieser Wunsch erfüllt werden. Anfang Dezember schrieb ihr Almsbury, Lord Carlton habe vor, im nächsten Herbst nach London zu kommen.

VI. BUCH

Sechzigstes Kapitel

Das Frühjahr war diesmal recht trocken und staubig. Es gab zu wenig Regen. Trotzdem waren die Wiesen rund um London voll von Rotklee, die Bienen summten, und in den Kornfeldern wuchsen große rote Mohnblumen. Wieder hörte man den Ruf: »Kirschen, süße Kirschen, reif und rot!« oder »Rosmarin und Rosen! Wer kauft mein Lavendel?« Sommerkleider aus Seidengaze, Florentiner Taft und Moiré in allen hellen Farben – schwefelgelb, pflaumenfarben, türkis und rot – waren im New Exchange zu sehen oder wenn die Damen im Theater erschienen oder in eine der vergoldeten Kutschen stiegen, die in St Martin's Lane und Pall Mall warteten. Die warme, windige, köstliche Jahreszeit war wieder da.

Seit langem hatte nichts so viel Erregung und Entrüstung hervorgerufen wie das Gerücht, York sei schließlich überzeugter Katholik geworden. Keiner konnte es beweisen, der Herzog wollte es nicht zugeben, und Karl, der wissen mußte, ob es wahr war, zuckte die Achseln und lehnte ab, sich irgendwie bloßzustellen. Alle Feinde des Herzogs schmiedeten mehr als je Pläne, um ihn vom Thron fernzuhalten, während andererseits bemerkt wurde, daß York und Arlington mit einem Male die besten Freunde zu sein schienen. Das gab den Gerüchten von einem bevorstehenden französisch-englischen Bündnis Nahrung, denn mochte Arlington auch lange Zeit hindurch für Holland gewesen sein, so galt er doch selbst als Katholik oder hatte zumindest starke Sympathien für die Katholiken.

Da all die Gerüchte unweigerlich auch in die Stadt drangen, fand Karl es mit der Zeit schwer, seinen Unmut zu verhehlen, und man hörte ihn übellaunige Bemerkungen darüber verlieren, daß das englische Volk sich in alles einmische. Warum konnten die Leute das Regieren nicht jenen überlassen, deren Sache es war? Zum Teufel, ein König war heutzutage weniger wichtig als irgendein Bäcker oder Dachdecker. Vielleicht hätte er lieber ein Gewerbe erlernen sollen.

»Du tätest besser, etwas Nützliches zu lernen«, sagte er zu James. »Meiner Meinung nach wirst du dich eines Tages selbst ernähren müssen.« James meinte, sein Bruder scherze, und sagte, er finde den Scherz nicht besonders lustig.

Doch man konnte nicht länger daran zweifeln, daß York, wenn der König sich nicht zum zweitenmal verheiratete und wenn der Herzog es erlebte, Karl auf den Thron folgen würde. Denn Katharina hatte Ende Mai eine vierte Fehlgeburt gehabt.

Ein kleiner Hund sprang ihr ins Gesicht, während sie schlief. Sie erschrak furchtbar, und wenige Stunden später hatte sie das Kind verloren. Buckingham bestach ihre beiden Ärzte, damit sie erklärten, die Königin sei überhaupt nicht schwanger gewesen, aber Karl glaubte ihrem Zeugnis nicht. Nichtsdestoweniger waren König und Königin verzweifelt, und Katharina vermochte nicht länger die Hoffnung zu bewahren, daß sie eines Tages doch noch ein lebendes Kind gebären könnte. Sie wußte jetzt, daß sie das unnützeste Geschöpf auf dem Erdboden war – eine unfruchtbare Königin. Doch Karl widersetzte sich hartnäckig allen Versuchen, ihn von seiner Gattin zu trennen. Ob es nun Treue oder lediglich Trägheit war, ließ sich allerdings schwer sagen.

Es gab verschiedene junge Frauen, denen das Gerede über eine neue Frau für den König Sorge und Angst bereitete – sie hatten allzuviel zu verlieren.

Doch Barbara Palmer konnte mit einem amüsierten Lächeln und nicht ohne boshaftes Vergnügen zuhören. Denn sie wußte, daß sie nicht länger die Mätresse des Königs war und die Zufälle dieser Stellung sie nicht mehr gefährdeten. Aber das hieß nicht, daß sie sich bescheiden zurückgehalten hätte; es war Barbara unmöglich, im Verborgenen zu bleiben, und solange sie gesund und schön war, hatte sie auch gar nicht die Absicht.

Denn obgleich sie sich bereits den Dreißig näherte, somit weit über das hinaus war, was man bei Hof als die besten Jahre der Frau ansah, war sie noch immer so auffallend schön, daß neben ihr die reizenden Fünfzehnjährigen, die man bei Hof vorstellte, unbedeutend wie Milch und Wasser wirkten. Sie blieb die bemerkenswerteste Erscheinung von Whitehall. Und ihre Gesundheit war viel zu robust, ihr Lebenshunger viel zu groß, als daß sie sich, nach einer glänzenden Jugend, mit einem stillen, langweiligen Alter zufriedengegeben hätte.

Allmählich hatten ihre Beziehungen zu Karl sich gelockert. Sie glichen jetzt mehr dem Zusammenleben von Ehegatten, die einander gleichgültig geworden waren und nun ganz behaglich miteinander auskommen – ohne Zank oder Eifersucht, Leidenschaft oder Haß oder Freuden. Die Kinder bildeten ihr gemeinsames Interesse, und so entwikkelte sich zwischen ihnen neuerdings eine Art Kameradschaft, die sie während der stürmischen Jahre, da sie Liebende gewesen waren, nicht gekannt hatten. Sie war nicht mehr auf seine Mätressen eifersüchtig, er empfand es als Erleichterung, daß er ihren Temperamentsausbrüchen entzogen war, und konnte, aus sicherer Entfernung, mit sanfter Heiterkeit ihre Launen und Schwächen beobachten.

*

Amber sah die Monate ungeduldig verstreichen und schrieb einen Brief nach dem andern an Almsbury nach Barberry Hill. Ob er Nachrichten von Lord Carlton habe? Ob er genau wisse, wann Bruce ankommen werde? Der Earl antwortete stets dasselbe. Er habe nichts Neues gehört – man erwarte ihn im August oder September. Wie sollte es möglich sein, bei den Zwischenfällen einer Seereise Genaueres vorherzusagen?

Doch Amber konnte an nichts anderes denken, sich um nichts anderes kümmern. Abermals war die alte, leidenschaftlich schmerzliche Sehnsucht aufgeflammt, die abzuebben pflegte, wenn keine Hoffnung auf ein Wiedersehn vorhanden war. Jetzt erinnerte sie sich mit quälender Klarheit aller Einzelheiten – die seltsam graugrüne Farbe seiner Augen, sein gewelltes dunkles Haar, seine glatte, sonnverbrannte Haut, der warme Klang seiner Stimme, der ihr ein physisches Vergnügen bereitete. Sie erinnerte sich an den Männergeruch seiner Kleider, an das Gefühl, wenn seine Hände sie liebkosten, an den Geschmack seines Mundes, wenn er sie küßte. An alles und jedes erinnerte sie sich.

Und doch marterte es sie, daß alle diese Einzelerscheinungen kein Ganzes bilden wollten. Irgendwie entzog er sich ihr. Lebte er wirklich dort draußen in der Weite des Raumes außerhalb Englands, oder war er nur ein Wesen ihrer Einbildung, geschaffen aus Traum und Hoffnung? Sie schlang die Arme in Sehnsucht und Verzweiflung um Susanna, aber auch das gab ihr keine Sicherheit.

Doch trotz ihres heftigen Verlangens, ihn wiederzusehen, hatte sie beschlossen, sich diesmal würdig und geziemend zu benehmen. Sie mußte sich ein wenig zurückhalten, ihn die ersten Schritte machen lassen. Jede Frau wußte, daß das der Weg war, um die Gefühle eines Mannes anzustacheln. Ich habe mich immer zu seiner Dienerin hergegeben, aber jetzt soll das anders sein, meinte sie. Schließlich bin ich jetzt eine Frau von Rang, eine Herzogin – und er ist nur ein Baron.

Wohl wußte sie, daß seine Frau mitkam, aber darum machte sie sich wenig Sorgen. Denn Lord Carlton war gewiß nicht der Typus des treuen Ehemannes. Das war gut für die Bürger, die es nicht besser gelernt hatten, aber ein Edelmann konnte ebensowenig den verliebten Gatten spielen, wie er ohne Degen mit zerraufter Perücke in der Öffentlichkeit erscheinen durfte.

Lord und Lady Almsbury waren im Juli wieder in London, um ihr Haus instandzusetzen, neue Dienerschaft aufzunehmen und alles für den Besuch ihrer sehnlichst erwarteten Gäste vorzubereiten. Der Earl suchte Amber auf, und da sie beschlossen hatte, ihm zu zeigen, wie gleichgültig ihr die Aussicht auf ein Wiedersehen mit Bruce war, schwatzte sie unaufhörlich von ihren eigenen Angelegenheiten – von ihrem Titel, dem großen Haus, das sie sich auf dem St. James' Square bauen ließ, von den Leuten, die sie für Sonntag zum Souper geladen hatte. Von Zeit zu Zeit fragte sie ihn, was er auf dem Land gemacht habe, aber ohne eine Antwort abzuwarten, redete sie gleich weiter, denn jedermann wußte ja, daß man auf dem Land gar nichts machen konnte als reiten und trinken und die Pächter inspizieren. Almsbury hörte ihr zu, beobachtete ihre nervöse Lebhaftigkeit, lächelte und nickte – und erwähnte Bruce mit keinem Wort.

Endlich ebbte Ambers Redeflut ab. Sie wurde verwirrt und stiller, und dann bemerkte sie, daß er sie neckte, und wurde wütend. »Nun«, sagte sie, »was haben Sie für Neuigkeiten?«

»Neuigkeiten? Lassen Sie mich einmal nachdenken! Meine schwarze Stute – Sie haben sie oft geritten – hat vorige Woche gefohlt und ...«

»Zur Hölle mit Ihnen, Almsbury! Warum behandeln Sie mich so? Sagen Sie mir, was haben Sie gehört? Wann kommt er? Kommt sie auch?«

»Ich weiß heute nicht mehr, als ich damals wußte, da ich Ihnen zuletzt schrieb – August oder September. Ja, sie kommt auch. Warum? Sie haben doch keine Angst vor ihr?«

Amber warf ihm einen giftigen Blick zu. »Angst vor ihr?« wiederholte sie verächtlich. »Almsbury, Sie sind wahrhaftig komisch! Warum sollte ich Angst vor ihr haben?« Sie hielt einen Augenblick inne, und dann meinte sie von oben herab. »Ich habe mir jetzt ein Bild von ihr gemacht – von dieser Corinna.«

»Ja?« fragte er höflich.

»Ja, ich weiß genau, wie sie aussieht. Ein mäßig hübsches Geschöpf, das Kleider trägt, die seit fünf Jahren aus der Mode sind, und zu nichts anderem dazusein glaubt, als ihrem Gatten den Haushalt zu führen und seine Brut aufzuziehen.« Das war ungefähr ein Bild von Almsburys eigener Frau. »Sie wird in London großen Eindruck machen!«

»Da mögen Sie recht haben«, gab er zurück.

»Mögen Sie recht haben?« rief sie entrüstet. »Wie sollte sie sonst sein? In einer Wildnis, mitten unter heidnischen Indianern aufgewachsen.«

In diesem Augenblick kreischte eine rauhe Stimme: »Diebe, Gottverdammt! Diebe! Diebe! Beeilt euch!«

Unwillkürlich sprangen Amber und der Earl auf, wobei Amber den Spaniel weckte, der auf ihren Röcken geschlafen hatte. »Das ist mein Papagei«, rief sie. »Er hat einen Dieb erwischt!« Und sie stürzte in den Salon, Almsbury an ihrer Seite und Monsieur le Chien kläffend hinter ihr her. Sie rissen die Tür auf und standen dem König gegenüber, der unangemeldet eingetreten war und von einer Fruchtschale eine Orange genommen hatte. Er lachte herzlich, als er dem Papagei zusah, der sich hin- und herschaukelte und dazu kreischte. Es war nicht das erstemal, daß der Vogel, dressiert, Eindringlinge zu melden, sich in der Person geirrt hatte.

Almsbury nahm Abschied, und wenige Tage später fuhr er zur Jagd nach Barberry Hill zurück, während Emily in der Stadt blieb, um die Gäste zu erwarten, wenn sie unverhofft früh ankommen sollten. So hatte Amber keine Gelegenheit mehr, mit ihm über Corinna zu sprechen.

*

Im abgelaufenen Jahr war sie wöchentlich drei- oder viermal auf den Bauplatz gegangen, um die Fortschritte von Ravenspur House zu überwachen.

In neuem Stil entworfen, war es ein völlig symmetrischer Bau von viereinhalb Stockwerken, aus kirschroten Backsteinen, mit Fenstern, die aus zahllosen kleinen Scheibchen bestanden. Die Front blickte nach Pall Mall, die Gärten hinter dem Haus stießen an den St. James' Square.

Weder Captain Wynne noch seine Bauherrin hatten irgendeine Möglichkeit übersehen, um aus dem Haus den modernsten und prächtigsten Wohnsitz von London zu machen. Farbige Holztäfelung war nicht mehr à la mode, statt dessen waren in einigen Räumen große Paneele mit allegorischen Figuren geschmückt, zumeist aus der griechischen und römischen Mythologie. Die Böden der wichtigeren Zimmer waren in kunstvoll verschlungenen Mustern parkettiert. Gläserne Kerzenhalter, die großen Brillantohrgehängen glichen, waren damals sehr ungewöhnlich, doch Ravenspur House besaß einige. Die anderen Beleuchtungskörper waren aus Silber. Ein Zimmer hatte sie mit duftendem blaßorangefarbenem Mahagoni täfeln lassen. Der Buchstabe C, umrankt von Kronen und Liebesgöttern, war ein häufig wiederkehrendes Motiv – für Amber bedeutete dieses C ebensogut Carlton wie Charles.

Alles, was sie veräumt hatte, zur Ausschmückung ihres Schlafzimmers in Whitehall zu tun, holte sie hier nach. Das riesige Bett – das größte in ganz England – sollte mit goldenem Brokat bedeckt und mit goldenen Quasten und Fransen geschmückt werden. Jeder seiner vier Pfosten trug einen Strauß von schwarzgrünen Straußenfedern. Jedes andere Möbelstück war vergoldet, während die Kissen der Stühle und Diwans aus smaragdgrünem Samt oder Satin waren. Der Plafond bestand nur aus Spiegeln, an den Wänden wechselten Spiegel mit Goldbrokatfeldern ab. Den Boden bedeckten persische Teppiche. Die Einrichtung der anderen Räume war von ähnlichem, überwältigendem Prunk.

An einem heißen Tag spät im August besichtigte Amber das Haus; sie drängte Captain Wynne, denn sie wollte sobald als möglich einziehen, während er erklärte, eine beschleunigte Fertigstellung würde auf Kosten der Qualität der Handarbeit gehen. Die Sommerhitze lastete auf London, doch der Herbst war nahe, schon hingen die Weidenäste in goldenen Streifen. Und überall deckten schon trockene tote Blätter die Erde.

Ambers Aufmerksamkeit wurde durch Susanna abgelenkt, die sich lachend den Händen ihres Kindermädchens entzog. Sie war jetzt fünf Jahre alt, groß genug, um die Kleider einer Erwachsenen zu tragen, und Amber zog sie prächtig an, von zahllosen Kleidern aus Taft und Seide bis zu den dazu passenden Schuhen und Miniaturhandschuhen. Der zweijährige Charles Stanhope, künftiger Herzog von Ravenspur, versprach mindestens so groß zu werden wie sein Vater und, wie der König, trug auch er einen frühreifen, drolligen Ernst zur Schau. Sein Kindermädchen hielt ihn in den Armen, und er blickte mit solch feierlichem Anteil nach dem Haus, als verstünde er, welche Rolle er eines Tages darin zu spielen berufen war.

Endlich stampfte Amber mit dem Fuß und rief: »Susanna! Benimm dich anständig, du schreckliches kleines Mädchen. Sonst kriegst du Prügel!«

Susanna blieb stehen, sah sich langsam nach Amber um, und ihre Unterlippe schob sich eigensinnig vor. Amber ärgerten Susannas Unarten, aber als sie sich eben abwenden wollte, hörte sie ein lautes männliches Lachen und sah Almsbury, der aus seinem Wagen stieg und auf sie zukam.

»Warten Sie nur, bis sie älter wird!« meinte er. »Warten Sie nur! In zehn Jahren wird sie Ihnen mancherlei zu raten geben, dafür bürge ich Ihnen.«

»O Almsbury!« Jetzt schob sich auch Ambers Unterlippe vor, und die Ähnlichkeit zwischen Mutter und Tochter war sehr auffallend. »Wer will auf zehn Jahre hinaus denken?« Je älter sie wurde, desto mehr fürchtete sie die Gewalt der Zeit. »Hoffentlich kommt es nie so weit!«

»Es wird!« versicherte er ihr freundlich. »Alles kommt, wenn man nur lange genug wartet.«

»Wirklich?« Amber war gereizt. »Ich habe lange genug gewartet, und trotzdem ist nicht alles gekommen.« Sie drehte ihm den Rücken und wollte ihr Gespräch mit Captain Wynne wieder aufnehmen, doch in Almsburys Augen hatte sie etwas gesehen, was sie veranlaßte, sich nochmals umzuwenden. Er grinste ihr, sichtlich sehr mit sich zufrieden, zu.

»Almsbury«, sagte sie langsam, und plötzlich war ihre Kehle trocken und eng. »Almsbury, warum sind Sie eigentlich hergekommen?«

Er trat ganz nahe zu ihr und schaute ihr in die Augen. »Ich bin gekommen, Herzchen, um Ihnen zu sagen, daß sie hier sind. Sie sind gestern abend angekommen.«

*

Ihr war, als hätte sie einen harten Schlag ins Gesicht erhalten, und eine Weile sah sie Almsbury wie gelähmt an. Sie merkte, daß er eine Hand ausstreckte und nach ihrem Arm griff, wie um sie zu beruhigen. Dann sah sie über seine Schulter nach der Stelle, wo sein Wagen wartete.

»Wo ist er?« Ihre Lippen formten die Worte, aber sie hörte keinen Laut.

»Er ist zu Hause. Bei mir. Seine Frau ist auch da.«

Rasch war ihr Blick wieder auf ihn gerichtet. Der Ausdruck der Betäubung war aus ihrem Gesicht entschwunden, und sie sah ihn fast herausfordernd an.

»Wie sieht sie aus?«

Almsbury antwortete sanft, als wollte er sie nicht kränken: »Sie ist schön.«

»Sie kann nicht schön sein!«

Amber schaute nach den Brettern und Ziegeln, die überall aufgehäuft herumlagen. Ihre dunklen Brauen hatten sich zusammengezogen, und ihre Züge waren von einer beinahe tragischen Angst erfüllt.

»Sie kann nicht schön sein», wiederholte sie. Dann sah sie ihn wieder an. Sie schämte sich ein wenig. Noch vor keiner Frau auf Erden hatte sie sich je gefürchtet. Welcher Art die Schönheit dieser Corinna auch sein mochte, Amber hatte keinen Grund, sie zu fürchten. – Wenn . . . Plötzlich erinnerte sie sich, daß Captain Wynne neben ihr stand, und änderte die Worte, die sie auf der Zunge gehabt hatte. »Ich gebe heute abend ein Souper. Wollen Sie nicht kommen und Lord Carlton mitbringen – und seine Frau auch, wenn sie Lust hat?«

»In den nächsten Tagen werden sie wohl kaum ausgehen wollen. Die Reise hat ungewöhnlich lange gedauert, und Mylady ist müde.«

»Das ist schade«, sagte Amber in wenig höflichem Ton. »Und ist Seine Lordschaft auch zu müde, um auszugehen?«

»Ich glaube nicht, daß er ohne sie ausgehen wird.«

»Mein Gott!« rief Amber. »Ich hätte nie gedacht, daß Lord Carlton ein Pantoffelheld werden würde.«

Almsbury ging darauf nicht ein. »Donnerstag abend gehen sie zu Arlington. Sie werden wohl auch dort sein?«

»Natürlich. Aber Donnerstag . . .« Abermals erinnerte sie sich, daß Captain Wynne zuhörte. »Geht er heute zur Werft hinunter?«

»Ja. Aber er hat dort sehr viel zu tun. Ich rate Ihnen, bis Donnerstag zu warten . . .«

Amber warf ihm einen Blick zu, der den Satz in der Mitte entzweischnitt. Dann machte er eine sehr förmliche Verbeugung und ging zu seinem Wagen. Amber sah ihm nach, dachte einen Augenblick lang daran, sich bei ihm zu entschuldigen, tat es aber nicht. Sein Wagen war kaum verschwunden, als Amber bereits alles Interesse an ihrem Haus verloren hatte.

»Ich muß jetzt gehn, Captain Wynne«, sagte sie hastig. »Wir sprechen später darüber. Auf Wiedersehn!« Sie eilte zu ihrem eigenen Wagen, gefolgt von Kindermädchen und Kindern. »Fahr zur Water Lane hinunter! Und schnell!«

Doch er war nicht da. Ihr Lakai suchte überall, sie sahen seine Schiffe am Anker schaukeln, man erzählte, er sei den ganzen Morgen dagewesen, aber zur Mittagszeit fortgegangen und nicht wiedergekommen. Sie wartete fast eine Stunde, aber die Kinder waren schließlich müde, und sie mußte nach Hause fahren.

Unverzüglich schrieb sie ihm einen Brief und flehte ihn an, zu ihr zu kommen, doch sie erhielt erst am nächsten Morgen eine hastig gekritzelte Antwort. »Die Geschäfte machen es mir unmöglich, Sie aufzusuchen. Wenn Sie Donnerstag in Arlington House sind, bitte ich um einen Tanz.« Amber zerriß das Papier in kleine Fetzen und warf sich weinend auf das Bett.

Doch wider Willen war sie genötigt, recht praktische Erwägungen anzustellen.

Denn war Lady Carlton wirklich eine Schönheit, dann mußte Amber es irgendwie zuwege bringen, Donnerstag abend verführerischer auszusehen als jemals in ihrem Leben. An sie war man bei Hof bereits gewöhnt, und ihre Erscheinung bei großen oder kleineren Anlässen hatte nicht mehr jene Aufregung, jenen Neid zur Folge wie vor dreieinhalb Jahren. Wenn Lady Carlton auch nur mäßig hübsch war, dann würde sie das Ziel jedes Blickes, der Gegenstand jedes Gespräches sein, ob man sie nun günstig oder ungünstig beurteilte. Es sei denn, daß ich irgend etwas tun oder tragen würde, was sie nicht übersehen können, so sehr sie es auch versuchen mögen.

Mehrere Stunden verbrachte sie unentschlossen und in eifrigem Nachdenken, und dann ließ sie Madame Rouvière kommen. Die einzig mögliche Lösung war ein neues Kleid, aber ein Kleid, das sich von allem unterschied, was sie je gesehen hatte, ein Kleid, das zu tragen keine andere wagen dürfte.

»Ich muß etwas haben, das sie einfach anstarren müssen, ob sie wollen oder nicht«, sagte Amber. »Und wenn ich ganz nackt gehen müßte und meine Haare in Flammen!«

Madame Rouvière lachte. »Als Entrée wäre das gewiß ganz wirksam, aber nach einer Weile hätte man es satt und würde sich den Damen zuwenden, die mehr anhaben. Es muß etwas ›Indiskretes‹ sein und doch verhüllend genug, daß man versucht, noch mehr zu sehen. Schwarz wäre das Richtige – schwarz Tiffany vielleicht –, aber es muß auch irgend etwas Glitzerndes daran sein.« Sie redete weiter, formte das Kleid bereits mit ihren Händen in der Luft, während Amber hingerissen und mit glänzenden Augen zuhörte.

Lady Carlton! Armes Geschöpf – was hatte sie daneben für Aussichten?

In den nächsten zwei Tagen verließ Amber ihre Zimmer nicht. Vom frühen Morgen bis spät in die Nacht war Madame Rouvière mit ihren kleinen Näherinnen da, sie schwatzten französisch, kicherten, klapperten mit den Scheren, geschickte Finger nähten, und Madame rang die Hände und kreischte hysterisch, wenn sie entdeckte, daß eine Naht zuviel eingenommen worden war oder ein Saum um einen Viertelzoll abwich. Amber stand geduldig Stunde um Stunde, während das Kleid probiert wurde. Niemand durfte sie sehen, und zu ihrer großen Freude schuf diese Geheimnistuerei eine Flut von Gerüchten.

Die Herzogin käme als Venus, die aus dem Meer aufsteigt, nur in eine Seemuschel gekleidet. Sie würde einen goldenen Wagen mit vier völlig ausgewachsenen Pferden die Treppe hinauf und in den Salon kutschieren. Ihr Kleid bestehe ausschließlich aus echten Perlen, die abfallen sollten, bis sie völlig nackt dastehen würde. Zum mindesten zweifelte man nicht an ihrer Kühnheit, und die Erfindungsgabe der Hofdamen hatte das größte Vertrauen zu Ambers Erfindungsgabe.

Donnerstag war man noch immer an der Arbeit.

Ambers Haar wurde gewaschen und getrocknet und mit Seide abgerieben, bevor der Coiffeur zugelassen wurde. Der Flaum an ihren Armen und Beinen wurde mit Bimsstein entfernt. Ein dutzendmal schmierte sie Gesicht und Hals mit französischer Cold-Cream ein und putzte ihre Zähne, bis sie der Arm schmerzte. Sie badete in Milch und goß Jasminparfüm in ihre Handflächen, um sich Arme, Beine und Körper damit einzureiben. Fast eine Stunde brauchte sie zum Schminken.

Um sechs Uhr war das Kleid fertig, und Madame Rouvière hielt es stolz in die Höhe, damit alle es bewundern konnten. Susanna, die den ganzen Tag nicht aus dem Zimmer gegangen war, sprang hin und her, klatschte in die Hände und küßte den Saum. Bei dieser Entweihung stieß Madame Rouvière einen solchen Schrei des Entsetzens aus, daß Susanna fast auf den Rücken fiel.

Amber warf ihren Schlafrock ab und streckte – nur mit hochhackigen Schuhen und schwarzseidenen Strümpfen bekleidet, die von Strumpfbändern mit Brillantschließen gehalten wurden – die Arme über den Kopf, um sich das Kleid anziehen zu lassen. Die Taille war Spitzenarbeit aus schwerem Garn, besetzt mit Glasperlen und sehr tief ausgeschnitten. Der Rock war lang und eng, völlig mit Glasperlen besät; es war, als bedecke etwas Schwarzes, Feuchtschimmerndes Hüften und Beine, um hinten in eine Schleppe auszulaufen. Aus schwarzer Seidengaze waren die Puffärmel und ein Oberrock, der an den Seiten gerafft war und wie ein dunkler Dunst über die Schleppe flutete.

Während die anderen »Ah!« und »Oh!« riefen und sich vor Begeisterung gar nicht fassen konnten, musterte Amber sich mit einem Triumphgefühl in den Spiegelwänden.

Jetzt konnte Corinna ihr nichts anhaben! Er ist verloren, wenn er mich sieht, sagte sie sich in einem Rausch von Selbstsicherheit.

Madame Rouvière richtete noch einen Kopfputz, der aus einem mächtigen Bogen schwarzer Straußenfedern bestand, die sich aus einem kleinen Helm emporhoben. Ein Mädchen reichte ihr die Handschuhe, lange schwarze Handschuhe, die sie bis zum Ellbogen zog. Neben der Nacktheit ihres Körpers wirkten sie fast aufdringlich. Sie nahm einen schwarzen Fächer und ließ sich einen schwarzen, pelzgesäumten Samtmantel um die Schultern legen. Das starke Schwarz gegen ihre vollen Farben wie Sahne und Honig, etwas in dem Ausdruck ihrer Augen und die Schwingung ihres Mundes verliehen ihr das Aussehen eines teuflischen Engels – zu gleicher Zeit rein, schön, verderbt und unheimlich.

Jetzt wandte Amber sich vom Spiegel ab, und ihre und Madames Blicke trafen sich mit dem funkelnden Glanz der Augen erfolgreicher Verschwörer. Madame preßte den Daumen an den Zeigefinger und hob sie an den Mund. Sie trat ganz nahe an Amber heran und zischte ihr ins Ohr. »Man wird sie überhaupt nicht bemerken – die andere!«

Amber warf ihr einen schnellen dankbaren Blick zu. Dann bückte sie sich, um Susanna zu küssen, die sich ihr sehr vorsichtig genähert hatte, als hätte sie Angst, ihre Mutter zu berühren. Und mit heftig pochendem Herzen ging Amber, die Maske vor dem Gesicht, durch einen schmalen Gang zu der Tür, vor der der Wagen wartete. Seit jenem Abend, da sie bei Hof vorgestellt worden war, hatte sie sich niemals vor einer Gesellschaft so erregt, so besorgt, so erwartungsvoll gefühlt.

Arlington House stand im Westen des Palastes nächst dem alten Mulberry Garden. Hier gaben Baron und Baronin Arlington die glänzendsten Feste von London, die mit höchster Sorgfalt vorbereitet waren und zu denen alles sich drängte. Die Einladungen waren der sicherste Barometer für die gesellschaftliche Stellung der Gäste, denn Leute ohne Einfluß wurden niemals aufgefordert.

Seine Lordschaft war als der aufmerksamste, großzügigste Gastgeber der eleganten Gesellschaft bekannt. Man bekam bei ihm das beste Essen, für das ein Dutzend französischer Köche sorgten, und Weine aus einem reichbesetzten Keller. In jedem Raum tönte Musik, auf den Spieltischen häufte sich das Gold, die Kerzen brannten zu Tausenden. Das Haus wimmelte von Earls und Herzögen und Rittern, Gräfinnen, Herzoginnen und Edelfrauen, und dem oberflächlichen Blick bot sich ein höchst prächtiges Bild von seidenrauschenden Damen, die knicksten und lächelten, Herren in Brokat, die malerisch ihre Hüte schwenkten und sich verbeugten. Gedämpfte Stimmen schienen sich zu einer Symphonie höfischer Unterhaltung zu vereinen.

Doch in Wahrheit waren diese Stimmen gierig am Werk, guten Ruf und Ansehen zu zerstören. Wenn die Männer eine schöne Frau musterten, dann prahlten sie damit, daß sie sie besessen hatten, diskutierten ihre körperlichen Vorzüge und Mängel und ihr Benehmen im Bett. Mit gleicher oder noch größerer Nachdrücklichkeit zerpflückten die Damen einander ihren Ruf. Halbdunkle Schlafzimmer standen im ganzen Hause Paaren zur Verfügung, die sich zurückziehen wollten. In irgendeiner Ecke hob eine Hofdame die Röcke, um ihren Kurmachern zu beweisen, daß sie schönere Beine habe als eine Konkurrentin, und kicherte und kreischte, wenn die Hände der Bewunderer allzu kühn wurden. Einer der Lebemänner hatte ein Mädchen aus dem Haus der Madame Bennet in Mantel und Maske eingeschmuggelt, die jetzt hinter verschlossenen Türen etlichen jungen Männern und Frauen ihre Tanzkünste zeigte.

Arlington mischte sich niemals ein, sondern ließ jeden seiner Gäste sich ganz nach dessen Geschmack amüsieren.

Um sieben Uhr waren die Anwesenden noch nüchtern und neugierig, hatten sich im großen Salon versammelt und warfen Neuankommenden wenigstens einen Blick zu. Man wartete auf zwei Frauen, die noch nicht erschienen waren – die Herzogin von Ravenspur und Lady Carlton. Mylady, die bisher nur wenige gesehen hatten, galt bereits als eine der größten Schönheiten, die man jemals in England erblickt hatte, obgleich die Meinungen geteilt waren. Viele Damen waren schon darauf vorbereitet, auf den ersten Blick festzustellen, sie sei durchaus nicht so schön, wie man behauptet hatte. Und von der Herzogin von Ravenspur erwartete man, daß sie aus Angst, vor dem neuen Stern zu verblassen, mit etwas ganz Ungewöhnlichem aufwarten werde.

»Wie ich Ihre Gnaden bedauere«, sagte eine junge Dame schmachtend. »Sie soll in beständiger Angst schweben, zu verlieren, was sie besitzt. Ach Gott, es ist doch unangenehm, auf solchen Höhen zu leben!«

Ihre Nachbarin lächelte mit dünnen Lippen. »Ist das vielleicht der Grund, weshalb Sie niemals höher auf der Leiter gestiegen sind? Aus Angst, herunterzufallen?«

»Mir ist es gleich, wie Lady Carlton aussehen mag«, erklärte ein schmächtiger junger Geck, der einen Frauenfächer in der Hand hielt, »aber ich will gern ihr Sklave sein, wenn sie der Herzogin eins auf die Nase geben kann. Seit Seine Majestät sie wieder im Rang erhöht hat, ist dieses verdammte Weibsbild ganz unerträglich geworden. Als sie noch eine armselige Komödiantin war, habe ich ihr gewöhnlich das Mieder zugeschnürt, und jetzt -- jedesmal wenn wir einander begegnen, tut sie, als hätte sie mich niemals gesehen.«

»Sie kommt aus der Gosse, Jack. Was kann man da anderes erwarten?«

Eine Stimme wie eine Trompete unterbrach das Gespräch. »Ihre Gnaden, die Herzogin von Ravenspur!«

Jedes Auge wandte sich zur Tür – doch zunächst stand nur der meldende Lakai neben dem Eingang. Man mußte sich einige Sekunden gedulden, dann aber, mit hocherhobenem Kopf und einem Ausdruck von herausforderndem Stolz auf den Zügen, wurde die Herzogin sichtbar, die langsam die Schwelle überschritt. Eine Woge von Verblüfftheit und Staunen flutete vor ihr her, und selbst König Karl, der eben mit Mrs. Wells sprach, wendete sich um.

Amber kam vollkommen gelassen näher, obgleich sie das Gefühl hatte, als zitterte all ihr Inneres. Sie hörte einen entrüsteten Laut aus dem Mund der älteren Damen, sah, wie sie ihre Schultern strafften und ihr vorwurfsvolle Blicke zuwarfen. Sie hörte das leise Pfeifen der Männer, sah, wie sich die Brauen hoben, die Ellbogen einander anstießen. Sie sah die jungen Frauen empört und wütend, weil sie gewagt hatte, ihnen auf diese Art den Rang abzulaufen.

Mit einemmal löste sich ihre innere Spannung, sie wußte, daß sie Erfolg hatte. Hoffentlich waren Bruce und Corinna schon da und hatten ihren Triumph mitangesehen.

Dann gewahrte sie, daß Almsbury an ihrer Seite war. Sie sah ihn mit einem leichten Lächeln in den Mundwinkeln an, doch ein Ausdruck in seinen Augen ließ ihr Lächeln im Nu gefrieren. Was war das? Mißbilligung? Mitleid? Etwas von beidem? Aber das war ja lächerlich! Sie wirkte hinreißend, und sie wußte es.

»Heiliger Christus, Amber«, flüsterte er, und seine Augen musterten sie langsam von oben bis unten.

»Gefällt es Ihnen nicht?« Ihre Blicke wurden hart, und selbst in ihren eigenen Ohren hatte ihre Stimme einen frechen, prahlerischen Klang.

»Doch, natürlich, Sie sind großartig.«

»Ist Ihnen aber nicht kalt?« unterbrach eine weibliche Stimme, und als Amber sich umsah, war es Mrs. Boynton, die hinter ihr stand.

Eine andere Stimme, diesmal die eines Mannes, tönte von der anderen Seite her. »Zum Teufel, Madame, so viel weibliche Reize habe ich seit meiner Entwöhnung nicht mehr öffentlich zur Schau gestellt gesehen.« Es war der König mit seinem lässigen, sichtlich amüsierten Lächeln.

Amber war es plötzlich zumute, als wäre sie tief in ihrem Innern verwundet worden.

Mit einem Gefühl des Entsetzens und des Ekels vor sich selbst wandte sie sich ab. Was habe ich getan, dachte sie. O mein Gott, was tue ich hier in diesem Aufzug?

Ihre Blicke wanderten durch den Saal, und jedes Gesicht lächelte heimlich, höhnte verstohlen. Sie war wie ein Mensch im Traum, der splitternackt in die Stadt geht und sich dessen auf halbem Wege bewußt wird. Und wie der Träumer wünschte sie leidenschaftlich, daheim zu sein, wo keiner sie sehen konnte – doch in tiefer Bestürzung erfaßte sie, daß sie sich diesmal in ihrer eigenen Falle gefangen hatte. Aus diesem bösen Traum konnte sie nicht erwachen.

Oh, was soll ich nur tun, dachte sie verzweifelt. Wie komme ich hier hinaus? In ihrer Beklemmung und in ihrer Selbsterkenntnis hatte sie sogar Lord Carlton und seine Frau vergessen.

Und dann, so unerwartet, daß sie zusammenfuhr, hörte sie die beiden Namen laut und klar: »Mylord Carlton, Mylady Carlton!«

Ohne zu wissen, was sie tat, grub sie ihre Finger in Almsburys Arm, und ihre Augen wandten sich der Tür zu. Alle Farbe war ihr aus Gesicht und Hals gewichen, als sie die beiden eintreten sah, sie spürte nicht den raschen Blick, den Almsbury ihr zuwandte, aber dennoch den warmen, beruhigenden Druck seiner Hand.

Bruce sah ungefähr so aus wie damals, als er vor zwei Jahren London verlassen hatte. Er war jetzt achtunddreißig Jahre alt, vielleicht etwas massiger als das letzte Mal, aber noch immer schön, mit straffer Haut und kräftigen Gliedmaßen, ein Mann, den die Jahre wenig veränderten. Amber hatte nur ihn angesehen, doch dann wandte sich ihre Aufmerksamkeit der Frau zu, die an seiner Seite schritt, die Finger auf seinen Arm gelegt.

Sie war ziemlich groß, aber schlank und anmutig, mit klaren blauen Augen, dunklem Haar und einer Haut, die so blaß war wie das Mondlicht. Ihre Züge waren rein, ihr Ausdruck gelassen. Ihr Anblick hatte eine seltsame Wirkung – etwa wie der Anblick von zart bemaltem Porzellan. Das Kleid, das sie trug, war aus Silberstoff, bedeckt mit schwarzen Spitzen, und in ihrem Haar war eine Mantille aus schwarzen Spitzen befestigt; um den Hals lag das Halsband aus Brillanten und Saphiren, das Bruces Mutter gehört und auf das Amber immer gehofft hatte.

Der König setzte sich über alles Zeremoniell hinweg und ging mit Lord und Lady Arlington auf das Paar zu – und während er das tat, summte und schwirrte es im ganzen Saal.

»Bei Gott, ein herrliches Geschöpf!«

»Ich weiß, daß dieses Kleid aus Paris stammt, meine Liebe, es muß aus Paris sein, unmöglich könnte es . . .«

»Daß sie in Jamaika wirklich solche Frauen haben?«

»Haltung und Rasse – nichts bewundere ich mehr an einer Frau!«

Amber fühlte sich jetzt ganz elend. Ihre Hände waren feucht, alle ihre Muskeln schmerzten. Ich muß fort, bevor sie mich gesehen haben, dachte sie. Doch kaum hatte sie eine unwillkürliche Bewegung gemacht, als wollte sie fliehen, verstärkte sich Almsburys Griff um ihre Hand. Überrascht sah sie ihn an, aber dann faßte sie sich schnell.

Karl, der wenig Sinn für Etikette hatte, forderte Lady Carlton zum Tanz auf, und die Musik stimmte eine Pavane an. Andere Paare folgten, und bald hatte der Saal sich mit Damen und Herren gefüllt, die sich nach dem Klang von Spinett, Flöten und gedämpften Trommeln rhythmisch langsam bewegten. Amber hörte kaum, wie Almsbury sie zum Tanz aufforderte. Er wiederholte seine Bitte lauter.

»Ich mag nicht tanzen», murmelte sie unglücklich. »Ich will überhaupt nicht bleiben. Ich – ich habe die Vapeurs – ich fahre nach Hause.«

Diesmal raffte sie ihre Röcke und machte einen Schritt, aber der Earl faßte sie am Handgelenk und zog sie so kräftig zurück, daß ihre Locken wackelten. »Hören Sie auf, sich wie eine verdammte Närrin zu benehmen, sonst prügle ich Sie! Lächeln Sie mir zu – jedermann beobachtet Sie!«

Rasch sah sich Amber unter halbgesenkten Lidern im Saal um. Sie hätte sich am liebsten umgedreht, hätte geschrien, hätte irgend etwas nach ihnen geworfen, etwas, das sie alle vernichtet, all diese höhnenden Gesichter für ewig aus ihren Augen verjagt hätte. Statt dessen sah sie Almsbury an, lächelte und trachtete, ihre Mundwinkel in der Gewalt zu behalten, damit die Muskeln nicht zu zittern begannen. Sie legte ihre Hand auf seinen ausgestreckten Arm, und sie gingen auf die anderen Paare zu.

»Ich muß von hier fort«, sagte sie zu ihm. »Ich kann nicht bleiben.«

Sein Ausdruck veränderte sich nicht. »Sie gehen nicht fort, und wenn ich Sie anbinden müßte. Wenn Sie den Mut hatten, dieses Ding da anzuziehen, dann, bei Gott, werden Sie auch den Mut haben, bis zum Ende zu bleiben!«

Amber biß die Zähne zusammen. Ach , wie sie ihn in diesem Augenblick haßte! Während ihre Füße sich nach dem Takt der Musik bewegten, schmiedete sie einen Plan. Sie wollte fliehen, durch irgendeine Seitentür verschwinden, wenn er sie eine Sekunde aus den Augen ließ. Zur Hölle mit ihm, dachte sie. Er benimmt sich wie meine Großmutter! Was bedeutet es für ihn, ob ich bleibe oder gehe? Ich werde gehen, sobald ich . . .

Und dann sah sie plötzlich Lady Carlton keine zehn Fuß von ihr entfernt. Corinna lächelte Almsbury zu, doch als sie seine Partnerin erblickte, ließ sie einen leisen Laut des Staunens hören. Ambers Augen blitzten wütend, und Corinna sah schnell, sichtbar verlegen zur Seite.

Ach, diese Frau, dachte Amber. Ich hasse sie! Ich hasse sie, ich hasse sie! Wie sie sich ziert und lächelt und die Füße setzt! So aufgeblasen! So spröd und vornehmtuerisch! Ich wollte, ich wäre ganz nackt! Da würden ihr die Augen aus dem Kopf fallen! Das will ich ihr heimzahlen! Sie soll es mir bereuen, daß sie weggeschaut hat! Wart nur!

Doch mit einemmal hatte ihre Energie sich erschöpft. Sie fühlte sich schwach, verloren, hilflos.

Ich werde sterben, dachte sie unglücklich. Niemals werde ich das überleben. Mein Dasein ist mir jetzt keine zwei Pence wert – o Gott, laß mich hier auf der Stelle sterben – ich kann keinen Schritt mehr machen. In dieser Sekunde war es, als wäre Almsburys Arm alles, was sie vor dem Zusammenbrechen bewahrte. Dann hörte die Musik auf zu spielen, und die Paare lösten sich, sammelten sich in Gruppen. Amber, immer an Almsburys Seite, ging zwischen den Leuten hindurch, als sähe sie niemanden.

Jetzt fahre ich nach Hause, sagte sie. Und dieser verdammte Holzkopf wird mich nicht länger zurückhalten.

Doch als sie auf eine Tür zuging, ergriff er wieder ihren Arm. »Kommen Sie jetzt, damit ich Sie mit Lady Carlton bekannt mache.«

Amber riß sich los. »Wozu soll ich sie kennenlernen?«

»Amber, um Gottes willen!« Seine Stimme war kaum mehr als ein Flüstern, als er sie jetzt fast anflehte. »Sehen Sie sich doch um! Merken Sie denn nicht, was die andern denken?«

Hastig blickte Amber in ein Dutzend Augenpaare, die sich auf sie geheftet hatten, und jetzt rasch anderswohin schauten, funkelnde Augen über Lippen, die sich verächtlich und spöttisch kräuselten. Manche nahmen sich nicht einmal die Mühe wegzuschauen, sondern begegneten ihrem Blick mit frechem, höhnischem Lächeln; sie beobachteten und lauerten.

Amber holte tief Atem, legte ihren Arm in Almsburys Arm, und sie gingen miteinander auf Lord und Lady Carlton zu, die in einer Gruppe mit dem König, Buckingham, Lady Shrewsbury, Lady Falmouth, Buckhurst, Sedley und Rochester standen. Als sie sich näherten, verstummte das Gespräch, als erwartete man von Ambers bloßer Gegenwart irgendein Ereignis. Almsbury stellte Lady Carlton der Herzogin von Ravenspur vor, und die beiden Frauen lächelten höflich und machten einander leichte Knickse. Lady Carlton war freundlich und hatte offenbar keine Ahnung, daß ihr Mann dieses prachtvolle, halbnackte Geschöpf kannte. Die Männer, und auch Seine Majestät wandten unterdessen die Köpfe, um Amber anzusehen, und ließen die Blicke bewundernd über ihre Gestalt gleiten.

Doch Amber sah nichts als Bruce.

Sekundenlang hätte Lord Carltons Gesichtsausdruck ihn verraten können, doch niemand achtete auf ihn, und sehr schnell hatte er sich wieder in der Gewalt und verbeugte sich, als wären sie die oberflächlichsten Bekannten. Amber fühlte die Erde unter sich schaukeln und zittern, als sie einander jetzt ansahen. Die Unterhaltung ging weiter, aber es verstrich eine ganze Weile, bevor sie folgen konnte. König Karl und Bruce sprachen von Amerika, den Tabakpflanzungen, der Unzufriedenheit der Kolonisten mit den Schiffahrtsgesetzen, von Leuten, die der König gekannt hatte und die jetzt ihren Wohnsitz in der neuen Welt aufgeschlagen hatten. Corinna sagte nur wenig, aber immer wenn sie sprach, wandte der König sich mit Interesse und unverhohlener Bewunderung zu ihr. Ihre Stimme war leicht und weich, ganz weiblich, und der Glanz in ihren Augen, wenn sie Bruce ansah, verriet, daß es hier ein in der Londoner Gesellschaft unerhörtes Phänomen gab: eine Frau, die ihren Mann aufrichtig liebte.

Amber hätte am liebsten ihre Arme ausgestreckt und dieses ruhig liebliche Gesicht mit ihren langen Nägeln aufgerissen.

Als die Musik wieder begann, knickste sie vor Corinna kühl und so hochmütig, daß es fast wie eine Beleidigung wirken mochte, nickte Bruce leicht zu und verließ die Gruppe. Und von nun an tat sie aus Trotz, als würde sie sich köstlich unterhalten und ihre Nacktheit durchaus nicht peinlich empfinden. Sie aß ihr Souper, umgeben von einem Schwarm von Galans, trank zuviel Champagner und tanzte jeden Tanz. Doch der Abend schleppte sich unendlich langsam dahin und wollte überhaupt nicht enden.

Nach etwa einer Stunde begannen die Tänzer, in die hinteren Säle zu verschwinden, wo die Spieltische aufgestellt waren. Amber, die Nervenschmerzen im Rücken und eine quälende Müdigkeit in jedem Knochen spürte, entschuldigte sich und ging in die Garderobe, die für die Damen eingerichtet worden war. Hier konnten sie sich pudern oder ihre Lippen färben, ein Strumpfband straffziehen oder auch nur einige Minuten Entspannung finden – in Gegenwart von Männern war das unmöglich!

Bis auf einige Zofen war der Raum leer, als sie eintrat, und sie blieb einen Augenblick stehen, der Zwang wich von ihr, sie ließ die Schultern sinken und vergrub den Kopf in die Hände. Dann hörte sie Schritte hinter sich, und Mrs. Boyntons Stimme rief heiter: »Was gibt es denn, Euer Gnaden? Ein Anfall von Vapeurs?«

Amber warf ihr einen verächtlichen Blick zu und bückte sich, um ihre Strümpfe hochzuziehen und die Strumpfbänder zu richten. Mrs. Boynton warf sich mit einem schweren Seufzer der Erleichterung auf einen Diwan, streckte die Beine weit von sich und drehte den Hals hin und her.

Mit einem Seitenblick auf Amber begann sie, ihre Handschuhe abzustreifen. »Nun – wie finden Sie Lady Carlton?«

Amber zuckte die Achseln. »Sie ist ganz hübsch.«

Mrs. Boynton lachte laut. »Ganz hübsch! Die Herren sind einstimmig der Ansicht, daß sie die schönste Frau im Saal ist, wenn auch nicht die nackteste.«

»Oh, schweigen Sie!« murrte Amber, wandte sich ab, preßte die Handflächen auf einen Tisch und besah sich in einem Spiegel. Sah sie wirklich so müde aus, oder kam es nur daher, daß ihr Gesicht ein wenig glänzte? Sie ließ sich von einem der Mädchen Puder bringen.

Gerade in diesem Augenblick erschien Lady Carlton auf der Schwelle. Amber sah sie im Spiegel, ihr Herz schien zu stocken und schlug dann so heftig, daß sie zu ersticken meinte. Sie nahm die Puderbüchse und begann ihre Nase zu pudern.

»Darf ich eintreten?« fragte Corinna.

»Aber selbstverständlich, Mylady«, rief Mrs. Boynton mit einem triumphierenden Blick zu Amber. »Wir stellen eben fest, daß, seitdem die Herzogin von Richmond die Pocken hatte, keine schönere Frau als Sie bei Hof erschienen ist.«

Corinna lachte leise. »Oh, vielen Dank! Es ist ungemein freundlich von Ihnen, das zu sagen.« Ihre Augen blickten ungewiß nach Ambers Rücken, als wollte sie sie ansprechen, wußte aber nicht, wie sie es anstellen sollte. Offenbar wollte sie sich irgendwie entschuldigen, weil sie zu Beginn des Abends so ungeschickt gewesen war. London, das erfaßte sie, war nicht Amerika, und hier war es zweifellos für eine Dame aus den höchsten Ständen zulässig, fast ganz nackt bei einem privaten Fest zu erscheinen.

»Euer Gnaden«, versuchte sie endlich schüchtern, »würden Sie es übelnehmen, wenn ich Ihnen sage, wie sehr ich Ihr Kleid bewundere?«

Amber sah sich gar nicht um, sondern bearbeitete ihr Gesicht mit der Hasenpfote. »Nicht, wenn Sie es wirklich so meinen«, sagte sie unhöflich.

Corinna schaute verdutzt und verletzt auf und wußte nicht, was sie darauf antworten sollte. Schon hatte sie erstaunt entdeckt, daß sich unter dem glatten Strom der Hofetikette wilde Wirbel verbargen.

Doch Mrs. Boynton fiel sogleich ein. »Aber Ihr eigenes Kleid, Lady Carlton, ist heute abend bestimmt das reizendste. Wie bekommen Sie nur in Amerika solche Kleider? Dieser Silberstoff und diese Spitzen – es ist einfach exquisit!«

»Wie nett, daß Sie das sagen! Aber meine Schneiderin ist eine Französin, und sie hat das Material aus Paris kommen lassen. Ja, wirklich«, fügte sie mit einem leichten Lachen hinzu, »wir in Amerika sind gar keine solchen Wilden. Jedermann scheint hier überrascht zu sein, weil ich kein Lederkleid und keine Mokassins trage.«

Amber nahm Fächer und Handschuhe, drehte sich um und sah Corinna in die Augen. »Was das angeht, Madame, müssen Sie doch finden, daß wir eigentlich die Wilden sind.«

Damit rauschte sie aus dem Zimmer, aber nicht ohne noch Mrs. Boynton sagen gehört zu haben: »Mylady, Sie müssen sie entschuldigen. Sie hat heute abend einen schweren Schlag erlitten.« Amber wußte, daß alle meinten, sie sei eifersüchtig, weil König Karl seine Aufmerksamkeit Lady Carlton zugewendet hatte.

»Oh«, murmelte Corinnas Stimme mitleidig, »das tut mir leid.«

Amber fand Bruce am Spieltisch – denn sobald die Karten ausgeteilt wurden und die Würfel rollten, hielt es ihn niemals lange in einem Ballsaal – und er war so vertieft, daß er sie erst sah, als sie schon eine ganze Weile ihm gegenüberstand. Völlig bewußt hatte sie ihrem Gesicht den liebenswürdigsten Ausdruck verliehen, schob die Unterlippe leicht schmollend vor und hob die Brauen.

Sie spürte es sogleich, als er zu ihr aufsah, und erwiderte seinen Blick mit einem halben Lächeln. Doch sein Mund antwortete nicht, und seine grünlichen Augen sahen sie ernsthaft an, zogen sich dann zusammen, und seine Blicke glitten mit lässiger Keckheit an ihrem Körper entlang. Langsam kehrten sie dann zu ihrem Gesicht zurück, und eine Braue hob sich fast unmerklich. In dieser Sekunde fühlte sie sich wie die gemeinste Dirne, die sich jedem Mann anbot, um von ihm abgeschätzt und – das Schlimmste von allem – verworfen zu werden.

Demütigung und Wut brachten sie dem Weinen nahe, sie wandte sich rasch ab und ging.

Als sie auf Lord Buckhurst stieß, schlug er ihr vor, sich in ein ungestörtes Zimmer zurückzuziehen, und sie war einverstanden – vor allem, um irgendwohin zu verschwinden, wo sie nicht gesehen werden konnte. Doch sie blieb länger als zwei Stunden mit ihm und empfand eine krankhafte Genugtuung darüber, daß Bruce wahrscheinlich erfahren würde, wo sie war. Neun Jahre lang hatte sie erfolglos versucht, ihn eifersüchtig zu machen, aber noch immer war sie nicht davon überzeugt, daß es unmöglich war.

Nach elf kehrten sie in den Salon zurück, wo noch immer gespielt wurde. Eine Gruppe hatte sich um den König und Seine Königliche Hoheit gesammelt – James spielte Gitarre, und Karl sang mit seiner prachtvollen Baßstimme ein Reiterlied aus den Tagen des Bürgerkrieges. Der erste Mensch, den sie erblickte, als sie die Treppe herunterkam, war Almsbury, der sie besorgt ansah. Er sagte aber nichts, sondern wechselte mit Buckhurst höfliche Verbeugungen. Seine Lordschaft ging weiter und überließ sie dem Earl.

»Ich habe Sie überall gesucht, Amber. Ich dachte schon, Sie seien fort.«

Und mit einemmal wäre sie fast wieder in Tränen ausgebrochen. Sie suchte verzweifelt nach einem Ausweg aus ihrer unglücklichen Lage.

»Almsbury! O Almsbury, bitte bringen Sie mich nach Hause! Habe ich es nicht lange genug ausgehalten?«

Sie verließen das Haus, stiegen in ihren Wagen, und jetzt begann Amber fast hysterisch zu weinen. Es dauerte eine ganze Weile, bevor sie sprechen konnte, und auch dann stöhnte sie nur. »O Almsbury, er hat mir nicht einmal zugelächelt. Er hat mich angesehen wie eine – wie eine . . . O Gott, ich wollte, ich wäre tot!«

Almsbury hielt sie fest an sich gedrückt und flüsterte ihr ins Ohr: »Was hätte er sonst tun sollen, Herzchen? Seine Frau war doch da!«

»Was macht das für einen Unterschied? Warum muß er der einzige

Mann in London sein, dem etwas daran liegt, was seine Frau denkt? Oh, er haßt mich! Ich weiß es. Und ich hasse ihn auch!« Sie schneuzte sich. »Oh, ich wünschte, ich würde ihn hassen!«

*

Am nächsten Tag sah sie Lord und Lady Carlton im Ring fahren. Amber wußte, daß ihm zuwider war, beständig im Kreise zu fahren und zwei dutzendmal denselben Leuten zuzunicken und zuzulächeln, aber offenbar war er Corinnas wegen gekommen, denn den Damen machte dieser Zeitvertreib seit jeher viel Spaß. Am folgenden Tag saßen Carltons im Theater des Herzogs in der Nebenloge, und am Tag darauf begegnete man einander in der Kapelle in Whitehall. Es war das erstemal, daß sie ihn überhaupt in einer Kirche sah. Jedesmal lächelten Lord und Lady Carlton ihr zu und verbeugten sich, und Seine Lordschaft schien mit ihr nicht näher bekannt zu sein als seine Frau.

Amber schwankte zwischen Zorn und Jammer.

Wie kann er mich vergessen haben? fragte sie sich hitzig. Er tut, als hätte er mich vorher nie gesehen. Nein, das tut er auch nicht! Kein Mann, der mich bisher nie gesehen hätte, würde mich jetzt so anschauen wie er. Wenn seine Frau nur eine Spur von Verstand hat, muß sie schon argwöhnen, daß er mich nur zu gut kennt Aber das wird sie natürlich nicht, dachte Amber verächtlich. Sie ist, weiß Gott, die dümmste Gans auf Erden!

Doch trotz seiner scheinbaren Gleichgültigkeit konnte sie nicht glauben, daß er imstande war, zu vergessen, was sie einander neun Jahre lang in Glück und Kummer bedeutet hatten. Er konnte die Dinge nicht vergessen haben, deren sie sich so deutlich erinnerte. Jenen ersten Tag in Marygreen, die glücklichen Wochen in London, den furchtbaren Morgen, da Rex Morgan gefallen war, die Tage der Pest – er konnte nicht vergessen haben, daß sie ihm zwei Kinder geboren hatte. Er konnte die Freuden nicht vergessen haben, die sie geteilt, das Lachen, den Streit, all das Elend und Glück leidenschaftlich Liebender. Das waren Dinge, die niemals verblassen konnten – nichts vermochte sie auszulöschen. Keine andere Frau konnte für ihn völlig das sein, was Amber gewesen war.

Ach, er kann es nicht vergessen, weinte sie einsam und verzweifelt. Er kann nicht! Er kann nicht! Er wird zu mir kommen, sobald er nur kann. Ich weiß es. Er wird heute abend kommen.

Doch er kam nicht.

Fünf Tage, nachdem sie ihn in Arlington House getroffen hatte, erschien er endlich mit Almsbury spät nachmittags bei ihr, als sie sich gerade zum Souper ankleidete. Sie hatte an ihn gedacht – wütend und erregt, hatte leidenschaftlich sein Kommen ersehnt und war doch überrascht, als er jetzt mit Almsbury bei ihr eintrat.

»Ach – Euer Lordschaft!«

Die beiden Männer verbeugten sich und schwenkten ihre Hüte.

»Madame.«

Dann faßte Amber sich schnell und schickte die Zofe aus dem Zimmer. Aber sie stürzte nicht auf ihn zu, wie sie selbst erwartet hatte. Jetzt, da er hier war, stand sie bloß da und sah ihn an, war sich seiner Anwesenheit beinahe schmerzhaft gewahr und wußte nicht, was sie tun sollte oder was sie wagen dürfte, zu tun. Sie wartete.

»Dürfte ich Susanna sehen?«

»Ja – natürlich!»

Sie ging an die Tür und rief jemandem im Nebenzimmer etwas zu. Dann wandte sie sich wieder zu ihm. »Susanna ist unglaublich gewachsen. Sie – sie ist viel größer als bei Ihrer Abreise.« Sie wußte kaum, was sie sagte. O mein Liebling, dachte sie inbrünstig. Ist das alles, was du nach zwei Jahren zu sagen hast? Wirst du hier stehen und mich ansehen, als ob du mich kaum känntest?

Doch im nächsten Augenblick wurde die Tür geöffnet, und Susanna stand an der Schwelle, wie eine Erwachsene gekleidet, in einem grünen Taftkleid, den Rock über einen rosa Unterrock gerafft und das goldene Haar mit einer rosa Schleife hinten seitlich zusammengebunden. Sie sah zuerst ihre Mutter an und dann, einigermaßen bestürzt, die beiden Männer. Was mochten sie bloß von ihr wollen?

»Erinnerst du dich nicht an deinen Daddy?« fragte Amber.

Susanna warf ihm einen unsicheren Blick zu. »Aber ich habe doch einen Daddy«, protestierte sie höflich.

Als sie einmal gesagt hatte, sie habe keinen Daddy, da hatte Karl ihr erklärt, er wolle jetzt ihr Daddy sein. Und seither hatte sie den König als ihren Vater betrachtet, denn sie sah ihn häufig, und er machte immer viel Wesens mit ihr, denn sie war reizend und er hatte kleine Kinder sehr gern.

Bruce lachte, ging auf sie zu, ergriff sie und schwang sie hoch in die Luft. »Mit solchen Märchen kannst du mich nicht foppen, junges Fräulein! Du magst einen neuen Vater haben, aber ich bin noch immer der erste Vater – und auf den ersten kommt es an. Gib mir einen Kuß – und wenn es ein schöner Kuß ist, dann finde ich vielleicht auch ein Geschenk für dich.«

»Ein Geschenk?«

Susannas Augen wurden groß und rund, und sie drehte sich nach ihrer Mutter um, die ihr zunickte und winkte. Und ohne weiteres Zaudern legte das Kind die Arme um seinen Hals und küßte schallend seine Wange.

Almsbury grinste. »Ganz die Mutter! Ich sehe das täglich deutlicher.«

Amber schnitt eine Grimasse, aber sie war jetzt viel zu glücklich, um sich über seine Scherze zu kränken. Bruce trug Susanna zur Tür, öffnete und zog eine Schachtel herein. Dann setzte er die Kleine auf den Boden und kniete neben ihr. »Da«, sagte er, »mach das auf, und wir wollen einmal sehen, was darin ist.«

Amber und Almsbury traten näher, als Susanna den Deckel hob. Da lag eine schöne Puppe, etwa anderthalb Fuß lang, mit hellblonden Haaren, nach letzter Mode frisiert und mit einem eleganten französischen Kleid angetan. Daneben aber gab es noch einen ganzen Schrank, der mehrere Kleider, Unterröcke und Hemden, Schuhe und Handschuhe und Fächer und Masken und all das enthielt, dessen eine Dame von Stand bedurfte. Susanna war ganz verzückt vor Freude und küßte ihn immer wieder. Dann hob sie behutsam die Puppe aus ihren Satindecken und hielt sie in den Armen.

»O Mutter«, rief sie. »Ich möchte sie auch auf meinem Bild haben! Darf ich?« Susanna sollte nämlich gleichfalls von Mr. Lely gemalt werden.

»Natürlich darfst du, Liebling.« Sie sah Bruce an, der die beiden betrachtete, und wenn er auch leicht lächelte, war doch in seinen Augen eine gewisse Wehmut. »Es war so lieb von Ihnen, an sie zu denken«, sagte sie leise.

Nach einer Stunde sah Amber auf die Uhr. »Es ist Zeit zum Abendessen, Herzchen. Du mußt gehn, sonst kommst du zu spät.«

»Aber ich mag nicht gehen! Ich mag kein Abendessen. Ich will bei meinem neuen Daddy bleiben!«

Sie lief auf ihn zu, während er noch kniete, und er legte den Arm um sie. »Ich komme bald wieder, Liebling, das verspreche ich dir. Aber jetzt mußt du gehn.« Er küßte sie, und dann machte sie widerstrebend einen Knicks vor Amber und vor Almsbury. Sie ging bis zur Tür, die das Kindermädchen offen hielt, drehte sich nochmals um und sah Amber und Bruce an.

»Jetzt ist es wahrscheinlich Zeit, mit dem neuen Daddy zu Bett zu gehn!«

Das Kindermädchen legte ihr hastig die Hand auf den Mund und zog sie fort, während die beiden Männer laut auflachten. Amber streckte die Arme aus, hob die Schultern und zog eine komische Grimasse. Susanna war ohne Zweifel häufig mit der Ausrede aus dem Zimmer geschickt worden, ihre Mutter und Daddy müßten jetzt auch zu Bett gehen. Bruce stand auf.

Ambers Augen weiteten sich, fragend, bittend.

Rasch zog Almsbury seine Uhr heraus. »Ja – verdammt! Ich habe mich schon verspätet – ihr werdet mich hoffentlich entschuldigen.« Er war bereits an der Tür.

Aber Bruce wandte sich schnell um. »Ich gehe mit dir, John.«

»Bruce!« Amber stieß einen leichten Angstschrei aus und lief auf ihn zu. »Du kannst jetzt nicht gehn! Bleib doch noch ein wenig – sprich mit mir!«

Während er stehenblieb und sie anschaute, schloß Almsbury leise die Tür hinter sich. Bruce sah rasch über die Schulter zurück, als er das Geräusch hörte, zauderte noch einen Augenblick, und dann warf er den Hut auf einen Stuhl.

Amber lag auf einem niedrigen Diwan, die Augen geschlossen, das Gesicht hell und friedlich. Ihr Haar hatte sich gelöst und fiel in braunem Schwall über ihre Schultern. Bruce saß neben ihr auf dem Boden, die Arme auf den hochgezogenen Knien, den Kopf vorgebeugt. Er hatte Perücke, Rock und Degen abgelegt, und sein feuchtes, weißes Leinenhemd klebte an Rücken und Armen.

Lange Zeit schwiegen sie.

Endlich streckte Amber, ohne die Augen zu öffnen, den Arm aus und legte eine Hand mit warmen zärtlichen Fingern auf seine Hand. Er hob den Kopf und sah sie an. Sein Gesicht war gerötet. Er lächelte langsam, senkte den Kopf wieder und preßte seine Lippen auf ihren Handrücken, wo die blauen Adern sich abzeichneten.

»Mein Liebling!« ihre Stimme verweilte bei dem Wort, als wollte sie es liebkosen. Dann öffnete sie die Lider und blickte zu ihm hinüber; sie lächelten – ein Lächeln, geboren aus jüngster Erinnerung und langer Gemeinschaft. »Bist du doch zurückgekommen! O Bruce, du hast mir ja so sehr gefehlt! Habe ich dir auch gefehlt? Ein wenig?«

»Natürlich«, sagte er. Es war eine automatische Antwort, als würde er die Antwort für töricht oder überflüssig ansehen.

»Wie lange willst du hierbleiben? Wirst du jetzt ganz hier wohnen?« Wenn Corinna darauf bestanden hätte, in England zu leben, so wäre Amber ihr dankbar gewesen.

»Wir bleiben ein paar Monate, denke ich. Dann fahren wir nach Frankreich, um uns Möbel zu kaufen und meine Schwester zu besuchen. Und dann fahren wir zurück nach Virginia.«

»Wir.« Amber liebte dieses Wort nicht. Es erinnerte sie daran, daß all sein Leben, all seine Pläne jetzt eine Frau einschlossen – eine Frau, die nicht sie selbst war. Und es verletzte ihren Stolz, daß er Corinna zum Besuch seiner Schwester mitnahm, denn sie hatte Almsbury einmal gefragt, was für eine Art von Frau diese Schwester eigentlich sei; und er hatte geantwortet, sie sei sehr schön, stolz und hochmütig – und sie und Amber würden nicht miteinander auskommen.

»Wie gefällt es dir, verheiratet zu sein?« fragte sie herausfordernd. »Nach dem lustigen Leben, daß du geführt hast, muß du es doch mächtig langweilig finden.«

Er lächelte abermals, aber sie erfaßte jetzt, daß er sich mit jedem Wort, das sie sagte, mehr und mehr von ihr zurückzog. Sie kränkte sich, wußte aber nicht, was sie tun sollte. Wie immer hatte sie das Gefühl, daß sie sich ihm gegenüber nicht behaupten konnte. »Ich finde es gar nicht langweilig. In Virginia haben wir eine bessere Meinung von der Ehe als ihr hier.«

Sie setzte sich auf und brachte ihre Kleider in Ordnung. »Nein, so was! Wie sittsam Sie geworden sind, Lord Carlton! Weiß Gott, Sie sind nicht derselbe Mann, der vor zwei Jahren von hier fortgefahren ist.«

Er lachte. »Bin ich das nicht?«

Sie sah ihn an, dann kniete sie plötzlich neben ihm und umschlang ihn. »O mein Liebling, mein Liebling – ich liebe dich ja so sehr! Ich kann es nicht aushalten, zu wissen, daß du mit einer andern Frau verheiratet bist. Ich hasse sie, ich verabscheue sie, ich . . .«

»Sprich nicht so, Amber!« Er versuchte, scherzhaft zu bleiben. »Du bist schließlich viermal verheiratet gewesen, und ich habe keinen deiner Gatten gehaßt.«

»Warum auch? Ich habe keinen von ihnen geliebt.«

»Vermutlich auch den König nicht?«

Da senkte sie die Augen und war sekundenlang verlegen. Dann aber sah sie wieder zu ihm auf. »Nicht so wie dich – und dann –, er ist der König. Aber du weißt so gut wie ich, Bruce – wenn du nur wolltest, ich würde ihn und den Hof und alles, was ich auf Erden besitze, verlassen und dir folgen. Wohin auch immer.«

»Was?« sagte er spottend. »Dies alles würdest du verlassen?«

Und als er das sagte, erkannte sie plötzlich, daß er ihre Stellung und allen Prunk und Luxus, in dem sie lebte, nicht als wirkliche Werte ansah. Das war die tiefste Enttäuschung, die ihr widerfahren konnte. Denn sie hatte gehofft, damit prahlen, ihm mit Titel und Macht, mit Geld und dieser herrlichen Wohnung Eindruck machen zu können. Statt dessen ließ er sie fühlen, daß alles, was das Leben ihr gebracht hatte – diese Dinge, für die sie so bereit gewesen war, jedes Zugeständnis zu machen – ganz unwichtig waren. Schlimmer noch – nichts als Plunder.

»Ja«, sagte sie leise. »Natürlich würde ich das.« Sie hatte ein unerklärliches Gefühl von Erniedrigung, fast von Beschämung.

»Nun, mein Kind, ich würde gar nicht daran denken, solch ein Opfer von dir zu verlangen. Du hast hart gearbeitet, um zu erreichen, was du hast, und du verdienst, es dir zu erhalten. Du und Whitehall, ihr paßt zusammen wie Kupplerin und Dirne.«

»Was meinst du damit?« rief sie.

Er zuckte die Achseln und sah auf die Uhr. »Ich muß jetzt gehn.«

Amber war auch aufgesprungen. »Du wirst doch nicht schon fortgehn? Du bist keine zwei Stunden hiergewesen!«

»Ich dachte, du seist zum Abendessen eingeladen.«

»Ich gehe nicht. Ich werde sagen lassen, daß ich die Vapeurs habe. Oh, bleib doch bei mir, Liebling, und wir essen zusammen, wir könnten . . .«

»Es tut mir leid, Amber. Ich würde gern bleiben, aber ich kann nicht. Ich habe mich schon verspätet.«

Ihre Augen sahen ihn hart und anklagend an. »Verspätet?«

»Meine Frau erwartet mich.«

»Deine Frau!« Ein häßlicher Ausdruck verzog ihr Gesicht. »Und Sie dürfen wahrscheinlich keine halbe Stunde ausbleiben, sonst nimmt sie Sie bei den Ohren. Es ist sehr komisch, Lord Carlton, zu sehen, daß von allen Männern gerade Sie ein richtiger Tom Otter geworden sind!« Tom Otter war das Urbild des Pantoffelhelden.

Er zog den Rock an, und seine Stimme klang spöttisch, wenn er Amber auch nicht ansah. »Das Leben in Amerika hat mich leider ein wenig altmodisch gemacht.« Er gürtete den Degen um, setzte die Perücke auf und griff nach dem Hut. »Gute Nacht, Madame«, sagte er mit leichter Verbeugung.

Aber als er auf die Tür zuging, lief sie ihm nach. »Oh, Bruce, ich habe es nicht so gemeint. Wahrhaftig nicht! Bitte, sei nicht zornig! Wann kann ich dich wiedersehen? Und ich will auch Bruce sehen! Erinnert er sich noch an mich?«

»Natürlich erinnert er sich an dich, Amber. Heute hat er mich gefragt, wann er dich besuchen dürfe.«

Im Nu funkelten ihre Augen boshaft. »Und was hat Corinna . . .«

»Corinna weiß nicht, daß seine Mutter lebt.«

Das Funkeln erlosch. »Ein erquicklicher Zustand«, sagte sie bitter.

»Du warst damit einverstanden. Und bitte, Amber, wenn sie euch je beisammen sieht, laß es sie nicht merken. Ich habe Bruce erklärt, daß er niemals von dir sprechen darf.«

»Mein Gott! So etwas Lächerliches habe ich noch nie gehört! Die meisten Frauen werden nicht so verzärtelt und verhätschelt. Ich gebe der Freundin meines Mannes eine Rente.«

Er lächelte zu ihr hinunter, und in den Winkeln von Mund und Augen erschien ein zynischer Ausdruck. »Aber Corinna, mein liebes Kind, hat nicht den Vorteil deiner Erziehung genossen. Bis zur Heirat hat sie einigermaßen zurückgezogen gelebt.«

»Ach ihr Männer! Warum heiraten die größten Schürzenjäger unter euch immer solche kümmerlichen Zuckerpuppen?«

»Wann soll ich also Bruce herbringen?«

»Jederzeit. Morgen?«

»Um zwei Uhr?«

»Ja. Aber, Bruce . . .«

Er verbeugte sich nochmals und ging, während Amber ihm nachsah und unschlüssig war, ob sie weinen oder irgend etwas zerschlagen solle. Und so tat sie beides.

*

Am nächsten Tag, um zwei Uhr, kamen sie. Der Junge war jetzt achteinhalb Jahre alt, aber viel größer, als da sie ihn zuletzt gesehen hatte, und sah auch älter aus. Seine Ähnlichkeit mit dem Vater war stärker als je. Er hatte gar nichts von ihr. Er war ein sehr schöner, sehr männlicher Junge mit sehr viel Charme und ausgezeichneten Manieren, und Amber konnte kaum glauben, daß er ihr Kind war, gezeugt vor etlichen Jahren in irgendeiner Minute der Ekstase.

Er freute sich sichtlich, sie wiederzusehen, blieb aber als echter Gentleman erst an der Schwelle stehen, schwenkte seinen Hut und verbeugte sich förmlich. Mit einem Schrei lief Amber auf ihn zu, fiel neben ihm auf die Knie, schlang die Arme um ihn und küßte ihn leidenschaftlich, während sie die Tränen hinunterwürgen mußte. Er vergaß seine Manieren und erwiderte ihre Küsse, hielt aber den Kopf so, daß der Vater die Tränen in seinen Augen nicht sehen konnte.

»O mein Liebling«, rief Amber. »Wie schön du bist! Und wie groß und stark!«

Er schnupfte heimlich und wischte die Tränen mit dem Handrücken ab. »Du hast mir so gefehlt, Mutter. England ist so weit weg, wenn man in Amerika ist.« Jetzt lachte er und legte eine seiner braunen Hände auf ihre Schulter. »Sie sind aber sehr schön, Ma'am.«

Es verlangte sie, in Tränen auszubrechen, aber sie vermochte zu lächeln. »Vielen Dank, Liebling! Für dich werde ich hoffentlich immer schön sein.«

»Warum kommst du nicht mit uns nach Amerika? Wir wohnen jetzt in einem großen Haus in Virginia. Da ist Platz genug für uns alle und noch mehr. Wirst du kommen, Mutter? Es würde dir bestimmt besser gefallen als London – es ist mächtig fein drüben, das kann ich dir sagen.«

Amber warf Carlton einen raschen Blick zu, dann küßte sie das Kind. »Ich bin froh, daß du mich bei dir haben willst, Liebling, aber ich kann leider nicht. Ich wohne jetzt hier.«

Er wandte sich um und sagte zu seinem Vater, wie ein Mann, der einem anderen einen praktischen geschäftlichen Vorschlag macht: »Warum wohnen wir dann nicht alle hier, Sir?«

Bruce hockte nieder, bis sein Gesicht etwa neben dem Gesicht des Knaben war, und legte einen Arm um ihn. »Wir können nicht hier wohnen, Bruce, weil ich die Pflanzung nicht verlassen kann. Amerika ist meine Heimat. Aber wenn es dir lieber ist, kannst du dableiben.«

Auf den Zügen des Kindes erschien rasche Enttäuschung. »Oh, aber ich will Sie nicht verlassen, Sir. Und ich liebe Amerika.« Er wandte sich wieder zu Amber. »Wirst du uns einmal besuchen kommen?«

»Vielleicht«, sagte Amber leise, aber sie wagte nicht, Carlton anzusehen. Und dann stand sie auf. »Willst du deine Schwester sehen? Susanna?«

Zu dritt eilten sie die Stufen in das Kinderzimmer hinauf, wo Susanna eben bei einem verzweifelten Franzosen ihre Tanzstunde nahm, und gerade, als sie eintraten, stampfte sie auf den Boden und brüllte ihn wütend an. Zunächst erinnerte sie sich nicht an ihren Bruder, denn sie war erst zweieinhalb Jahre alt gewesen, als er wegfuhr, aber bald schwatzten sie schon ganz aufgeregt und tauschten ihre Neuigkeiten aus. Amber schickte die Dienstleute fort, und sie blieben allein mit den Kindern.

So groß der kleine Bruce auch geworden war, konnte er doch nicht der Versuchung widerstehen, vor seiner Schwester ein wenig zu prahlen. Denn er lebte jetzt in einem großen Land, hatte zweimal den Ozean überquert, ritt auf seinem eigenen Pferd mit seinem Vater durch die Pflanzung, lernte segeln und hatte gerade vor der Abreise einen Auerhahn geschossen. Susanna aber ließ sich nicht imponieren.

»Psch«, machte sie verächtlich. »Was liegt mir an all dem! Ich habe dafür zwei Väter!«

Bruce ließ sich nur einen Augenblick lang einschüchtern. »Das ist gar nichts! Ich habe zwei Mütter.«

»Du lügst, du Spitzbub!« rief Susanna, und es wäre bald zu offenem Zwist gekommen, aber da griffen Amber und Bruce ein und schlugen vor, daß sie alle vier miteinander spielen wollten.

*

Von nun an sah sie Lord Carlton häufig, und er kam auch, wenn er den Jungen nicht mitbringen konnte. Gewöhnlich blieb er nicht länger als eine oder zwei Stunden, aber er machte kein besonderes Geheimnis daraus, und Amber stellte fest, daß die Ehe ihn doch nicht so sehr verändert hatte, wie es anfangs ihre Besorgnis gewesen war.

Schließlich war sie kühn genug, um ihn eines Tages zu fragen: »Und was, wenn Corinna es entdeckt?«

»Das wird sie hoffentlich nicht.«

»Hier in Whitehall verbreitet sich der Klatsch wie die Pest.«

»Dann wird sie es wahrscheinlich nicht glauben.«

»Nicht glauben? Mein Gott, für wie naiv hältst du sie denn?«

»Sie ist nicht an die Londoner Moral gewöhnt. Sie wird es für böswilliges Gerede halten.«

»Aber wenn sie es nicht tut? Wenn sie dich fragt?«

»Ich würde sie nicht belügen.« Er verzog die Stirne. »Hör einmal, du kleine Katze, wenn ich erfahre, daß du irgendeinen deiner Streiche gespielt hast, dann werde ich . . .«

»Was wirst du?«

Ihre Augen funkelten, ihr Mund lächelte. Sie umarmte ihn, preßte sich an ihn. Corinna war für sie beide nicht auf der Welt.

Mit der Zeit wuchs Ambers Selbstvertrauen. Denn mochte er auch erklären, daß er Corinna liebte, so wußte sie doch, daß er sie ebenfalls liebte. Sie hatten soviel miteinander geteilt, es gab so viele Gemeinsamkeiten zwischen ihnen, so viele Erinnerungen – all diese Dinge waren in seinem Herzen und würden immer dort bleiben, dessen war sie sicher. Sie hatte bald die Empfindung, seine Frau sei lediglich eine Unbequemlichkeit, ein gesellschaftlicher Vorsprung, und selbst Corinnas Schönheit hatte ihre Schrecken verloren.

Wie sie erwartet hatte, waren ihre Zusammenkünfte nicht lange geheim geblieben. Buckingham und auch Arlington mußten natürlich von Anfang an davon gewußt haben, und Karl zweifellos auch, obgleich er niemals eine Anspielung machte; aber all diese Herren hatten Dinge von größerer Wichtigkeit im Kopf als die Liebesgeschichte einer Frau. Die Damen vom Hof dagegen nicht.

Lord und Lady Carlton waren weniger als einen Monat in London, als die Gräfin Southesk und Jane Middleton eines Morgens Amber besuchten und Bruce antrafen, der schon vor der Tür war. Er verbeugte sich vor den beiden, doch wenn auch Mrs. Middleton ihm ihren schmachtendsten Blick zuwarf und die Gräfin Southesk versuchte, ihn ins Gespräch zu ziehen, entschuldigte er sich und wollte gehen.

»Oh, Mylord«, rief die Gräfin Southesk überschwenglich. »Gehen Sie nur. Aber, das kann ich schwören, keines Mannes Ruf ist sicher, wenn er vor Mittag aus dem Zimmer Ihrer Gnaden kommt.«

»Ihr Diener, Madame«, sagte Bruce, verbeugte sich nochmals und ging.

Mrs. Middletons Augen folgten ihm, und ihre rosigen Lippen schoben sich vor. »Mein Gott, was für ein schöner Mann! Es gibt keinen auf der Welt, in den ich mich so verlieben könnte.«

»Ich sagte es Ihnen! Ich sagte es Ihnen!« rief die Gräfin Southesk triumphierend. »Er ist ihr Liebhaber! Kommen Sie, gehen wir hinein!«

Sie fanden Amber in einer großen Marmorbadewanne, die auf einem Teppich mitten auf dem Fußboden des Schlafzimmers stand. Das Wasser war von Eselsmilch getrübt, und ein Kleid mit weißem Fuchsbesatz lag über der untern Hälfte der Wanne und verbarg ihren Körper von der Taille abwärts. Das Zimmer war voll von Handelsleuten, die alle durcheinanderredeten, der Affe schrie, der Papagei kreischte, der Hund bellte. Gerade hinter ihr stand der neueste Zuwachs ihres Haushalts, ein hoher blonder Eunuch, ein schöner junger Mensch und nicht älter als fünfundzwanzig Jahre. Er war einer der zahlreichen Seeleute, die alljährlich von den algerischen Piraten gefangengenommen und kastriert wurden, um nachher wieder nach Europa verkauft zu werden, wo die vornehmsten Damen sie erwarben.

»Nein«, sagte Amber gerade. »Ich will es nicht. Es ist häßlich. Mein Gott, sehen Sie doch nur diese Farbe an! Ich könnte es nicht anziehen.«

»Aber Madame«, erklärte der Händler, »es ist die neueste Nuance – ich habe es eben aus Paris erhalten. Man nennt es dort ›constipation‹. Ich schwöre Ihnen, daß es derzeit höchste Mode ist.«

»Das ist mir gleich. Ich würde schrecklich darin aussehen.« Und als jetzt die Damen hinter ihr erschienen, ließ sie einen leisen Schrei der Überraschung hören. »Ach, meine Damen! Wie Sie sich an einen heranschleichen können!«

»Wirklich? Wir sind doch so geräuschvoll eingetreten wie nur möglich, Euer Gnaden. Ihre Gedanken müssen anderswo gewesen sein.«

Amber lächelte und zerdrückte eine Seifenblase zwischen zwei Fingern. »Oh – vielleicht haben Sie da nicht unrecht. Ihr könnt jetzt alle gehn«, sagte sie zu den Händlern, »heute brauche ich nichts mehr. Hermann«, rief sie dem Eunuchen zu, »reich mir ein Trockentuch!«

Mrs. Middletons Augen glitten abschätzend über Hermans eindrucksvolles Äußeres, und sie sagte, als handle es sich nicht um ein menschliches Wesen, sondern um irgendeinen unbelebten Gegenstand: »Wo haben

Sie nur diesen prächtigen Kerl her? Mein Eunuch ist daneben reiner Plunder.«

Amber nahm das Tuch, stand auf und begann sich abzutrocknen, obgleich sie sich der prüfenden Blicke der anderen durchaus bewußt war. Mochten sie nur schauen, soviel sie wollten, sie würden wenig zu mäkeln haben, denn trotz drei Schwangerschaften sah Amber beinahe genauso aus wie in ihrem sechzehnten Jahr. Sie hatte es an keiner Pflege fehlen lassen und wohl auch ein wenig Glück gehabt.

»Ach, ich habe ihn von dem Dingsda – dem Ostindienhändler gekauft. Er war sehr teuer, aber er ist seinen Preis wert, nicht?«

Mrs. Middleton war es eilig, auf ihr Thema zu kommen: »Wen glauben Sie, Euer Gnaden, haben wir gerade aus Ihrer Tür kommen sehen?«

Amber warf ihr einen Blick zu und merkte, daß die Katze nun aus dem Sack war. Ihr war es eher angenehm, obgleich sie nicht gewagt hätte, die Neuigkeit selbst zu verbreiten. »Vermutlich Lord Carlton. Wollen Sie nicht Platz nehmen? Bitte, nur keine Umstände!«

Für Amber war die Etikette ein ständiges boshaftes Vergnügen, die vorschrieb, daß Personen von geringerem Rang in Gegenwart einer Herzogin nur mit ihrer Erlaubnis sitzen durften und dann auf Stühlen ohne Armlehnen. Es freute sie jedesmal, wenn eine Frau, die sich früher weggedreht oder die Nase gerümpft hatte, jetzt aufstehen oder sich auf einen unbequemeren Stuhl setzen mußte, sobald Amber eintrat.

Sie warf Herman das Tuch zu, schlüpfte in einen Morgenrock, den ein Mädchen ihr hielt, steckte die Füße in Pantoffel, nahm die Pfeile aus dem Haar und schüttelte es kräftig. Noch immer spürte sie die Wärme, die sie jedesmal erfüllte, wenn sie Bruce sah, und sie hatte ein wunderbares Gefühl von Kraft und Wohlsein. Niemals war ihr das Leben köstlicher und beglückender erschienen.

»Man sagt Lord Carlton schlimme Dinge nach«, meinte Lady Southesk, und Amber verzog den Mund zu einem halben Lächeln. »Euer Gnaden Ruf würde bedauerlich darunter leiden, wenn man ihn häufig aus Ihren Zimmern kommen sehen sollte.«

Bevor Amber noch antworten konnte, fiel auch Mrs. Middleton ein.

»Mein Gott, aber er ist der schönste Mann, den ich je gesehen habe. Doch er scheint sich um niemanden zu kümmern als um seine Frau. Wie, zum Teufel, haben Eure Gnaden es nur fertiggebracht, mit ihm so intim bekannt zu werden?«

»Ach, wissen Sie das nicht?« rief die Gräfin Southesk. »Ihre Gnaden hat ihn ja schon vor Jahren gekannt.« Sie wandte sich zu Amber und lächelte süß: »Ist es nicht so, Madame?«

Amber lachte. »Ich protestiere – Sie, meine Damen, wissen ja alles viel besser als ich selbst.«

Sie blieben noch einige Minuten, und alle drei klatschten mit der gleichen Bosheit über das Tun und Lassen ihrer Freunde und Bekannten. Doch die Damen Southesk und Middleton hatten entdeckt, was sie entdecken wollten, und nun empfahlen sie sich, um die Neuigkeiten in

Whitehall und Covent Garden zu verbreiten. Bruce sprach niemals vor Amber davon, und wenn die Frauen einander begegneten, war Corinna so freundlich und liebenswürdig wie immer. Sie wenigstens hatte nicht den leisesten Argwohn gegen die Herzogin von Ravenspur und ihren Gatten.

*

Etwa acht Wochen nach der Ankunft der Carltons machte Amber einen Besuch bei Corinna; sie hatte sorgsam einen Tag gewählt, da sie wußte, daß Bruce mit dem König jagen gegangen war. Corinna kam ihr bis zum Eingang entgegen und lächelte mit ungeheuchelter Freude, als sie ihren Gast erkannte. Die beiden Frauen begrüßten einander mit einem Knicks, aber ohne Kuß, denn Corinna hatte sich an diese Londoner Sitte noch nicht gewöhnt, und Amber konnte es nicht über sich bringen, obgleich sie viele Damen küßte und sich von ihnen küssen ließ, an denen ihr nicht viel mehr gelegen war.

»Wie gütig von Euer Gnaden, mich zu besuchen.«

Amber begann, die Handschuhe abzustreifen, und wider Willen stiegen Groll und Eifersucht in ihr auf, als ihr Blick Corinna traf. »Durchaus nicht«, erklärte sie leichthin. »Ich hätte viel früher kommen sollen. Aber man hat in London immer so viel zu tun! Man muß da sein und dort sein, dies tun und jenes tun! Es ist wahrhaftig barbarisch!« Sie ließ sich in einen Stuhl sinken. »Sie müssen es doch sehr verschieden von Amerika finden!« In ihrem Ton war zu spüren, daß sie Amerika für eine sehr langweilige Gegend hielt, wo man kaum etwas anderes tun konnte, als Kinder hüten und sticken.

Doch während sie sprach, beobachtete sie Corinna sehr sorgfältig, bemerkte jede Einzelheit ihrer Frisur und ihrer Kleidung, ihre Art zu gehen, den Kopf zu halten und sich zu setzen. Lady Carlton trug ein Kleid aus perlgrauem Satin, mit rosa Rosen in die Taille eingewoben, und um den Hals lag eine schöne Kette von Saphiren; anderen Schmuck trug sie nicht – bis auf den Ehering aus Gold und Saphiren.

»Es ist verschieden«, gab Corinna zu, »aber wenn es auch seltsam klingen mag – ich finde, daß man in London weniger zu tun hat als in Amerika; ich wenigstens.«

»Oh, wir haben hier tausend Zerstreuungen – man muß sich nur damit vertraut machen. Wie gefällt Ihnen London? Ihnen muß es doch als eine Riesenstadt erscheinen.« So sehr sie es auch versuchte, war Amber nicht imstande, ohne spöttischen Unterton zu sprechen, ohne geringschätzige Anspielungen, ohne eine Überlegenheit, derer sie im Grunde gar nicht so sicher war.

»Ich liebe London! Es tut mir nur leid, daß ich es nicht vor dem Brand gesehen habe. Wir sind nach Amerika übersiedelt, als ich fünf Jahre alt war, und ich konnte mich an gar nichts mehr erinnern. Ich hatte mir immer gewünscht, einmal zurückzukommen.«

Sie hatte so viel Haltung, war so ruhig und dabei so strahlend glücklich, daß es Amber danach verlangte, irgend etwas zu sagen, was diese wohlbehütete Welt, in der Corinna lebte, zu erschüttern vermochte. Aber sie wagte es nicht. Sie konnte nur bemerken: »Aber ist es nicht schrecklich langweilig, ständig auf einer Pflanzung zu leben? Sie sehen vermutlich niemals eine lebende Seele außer Mohren und wilden Indianern.«

Corinna lachte. »Jemandem, der immer in der Stadt gelebt hat, mag es langweilig erscheinen, mir nicht. Es ist so ein schönes Land. Und die Pflanzungen liegen alle an Flüssen, und so können wir leicht mit dem Boot Reisen machen, wohin wir wollen. Wir geben gern Gesellschaften, und manchmal dauern sie Tage oder Wochen. Die Männer haben natürlich viel Arbeit, aber es bleibt ihnen doch reichlich Zeit zum Jagen und Fischen und Tanzen. Oh, verzeihen Sie, Euer Gnaden, ich langweile Sie gewiß mit all dem Unsinn.«

»Ganz und gar nicht. Ich habe mich immer gefragt, wie dieses Amerika wohl aussehen mag. Vielleicht komme ich Sie eines Tages besuchen.« Sie wußte nicht, was sie dazu gezwungen hatte, das zu sagen.

Aber Corinna nahm ihre Worte freudig auf. »Oh, Euer Gnaden, wenn Sie das doch tun wollten! Mein Mann und ich wären ganz entzückt! Sie können sich gar nicht vorstellen, was das für eine Sensation gäbe! Eine Herzogin und eine berühmte Schönheit in Amerika! In jedem großen Hause von Virginia würden Sie gefeiert werden. Aber natürlich würden wir Sie vor allem für uns behalten wollen.« Ihre Freude war so spontan, so rückhaltlos, daß Amber innerlich kochte. Was für ein kümmerliches Nonnenleben mußte diese Frau geführt haben, dachte sie verächtlich.

Laut aber fragte sie: »Wann wollen Sie nach Frankreich fahren?« Sie hatte das Bruce schon mehrmals gefragt, aber nie eine bestimmte Antwort erhalten, und da die Carltons nun schon länger als zwei Monate da waren, fürchtete sie, daß die Abreise für die nächste Zeit angesetzt sein mochte.

»Ach – nicht so bald, meine ich.« Corinna zauderte einen Augenblick, als wäre sie nicht sicher, ob sie mehr darüber sagen dürfe. Dann aber fügte sie mit einer Art Stolz und, als sei es ein kostbares Geständnis, hinzu: »Wissen Sie, ich bin in Hoffnung, und mein Mann meint, es wäre unklug, vor der Geburt des Kindes zu reisen.«

Amber sagte nichts, aber sekundenlang fühlte sie sich ganz elend, und Hirn und Muskeln waren wie gelähmt. »Oh«, hörte sie sich endlich sagen. »Ist das nicht schön?«

Wütend sagte sie sich selber, sie sei eine Närrin. Was konnte es ihr bedeuten, daß diese Frau schwanger war? Sie sollte eher froh darüber sein. Denn nun würde er länger hierbleiben, als er geplant hatte – viel länger, denn bis jetzt war es unmöglich, Corinna ihre Schwangerschaft anzumerken. Sie stand auf. Sie müsse jetzt gehen. Corinna zog eine Klingelschnur, um eine Zofe zu rufen.

»Vielen Dank für Ihren Besuch, Euer Gnaden«, sagte sie, während sie neben Amber zur Tür ging. »Hoffentlich werden wir gute Freundinnen werden.«

Sie blieben an der Schwelle stehen. »Das hoffe ich auch«, sagte Amber. Und dann sagte sie unvermutet etwas ganz anderes. »Ich habe gestern im Palast Ihren Sohn gesehen, Madame.«

Ein rascher Ausdruck des Erstaunens trat in Corinnas Züge. »Ach, Sie meinen den jungen Bruce! Er ist nicht mein Sohn, Euer Gnaden. Er ist der Sohn von meines Mannes erster Frau – wenn ich ihn auch genau so liebe, als wäre er mein eigenes Kind.«

Amber sagte nichts, aber ihr Blick wurde plötzlich hart, und abermals stieg die Eifersucht wild in ihr hoch. Was meinst du denn, dachte sie wütend. Du liebst ihn, als wäre er dein eigenes Kind! Welches Recht hast du denn, ihn zu lieben? Welches Recht hast du, ihn überhaupt zu kennen? Er gehört mir!

Corinna sprach weiter. »Ich bin der ersten Lady Carlton natürlich niemals begegnet – ich weiß nicht einmal, wer sie war –, aber sie muß eine wunderbare Frau gewesen sein, um solch einen Sohn gehabt zu haben.«

Amber zwang sich zu einem leichten Lachen, doch es war keine Fröhlichkeit darin. »Sie sind wirklich sehr großherzig, Madame. Sie hätten sie auch hassen können – diese erste Frau Lord Carltons.«

Corinna lächelte langsam. »Sie hassen? Warum sollte ich das? Schließlich gehört er heute ja nur mir.« Sie sprach jetzt natürlich vom Vater und nicht vom Sohn. »Und sie hat mir ihr Kind hinterlassen.«

Amber wandte sich rasch ab, um ihr Gesicht zu verbergen. »Ich muß jetzt gehn, Madame –. Leben Sie wohl!« Sie ging durch den Korridor, aber sie hatte kaum das Treppenhaus erreicht, als sie Corinnas Stimme noch einmal hörte.

»Euer Gnaden – Sie haben ihren Fächer fallen lassen.«

Sie ging weiter, als hätte sie nichts gehört, denn sie war außerstande, die andere noch einmal anzusehen. Doch Corinna lief ihr nach, und die hohen, vergoldeten Absätze klapperten laut. »Euer Gnaden«, wiederholte sie, »Sie haben Ihren Fächer fallen lassen.«

Amber wandte sich um und nahm den Fächer aus ihrer Hand. Corinna stand eine Stufe über ihr und lächelte jetzt wieder, ein liebenswürdiges, beinahe wehmütiges Lächeln. »Bitte, halten Sie mich nicht für töricht, Euer Gnaden – aber lange Zeit hindurch hatte ich das Gefühl, als würden Sie mich hassen.«

»Natürlich nicht . . .«

»Ja, ich weiß jetzt auch, daß es nicht so ist. Und ich will auch gar nicht mehr daran denken. Leben Sie wohl, Euer Gnaden – und besuchen Sie mich doch bald wieder.«

Dreiundsechzigstes Kapitel

An einem warmen Abend anfangs November fand ein Fest auf der Themse statt. Das war eine Lieblingsunterhaltung des Königs, und in seinen Gemächern hatten sich Gruppen gesammelt, um von den Balkonen aus zuzusehen. Nachen und Barken waren mit Blumengirlanden und Fahnen geschmückt und mit zahllosen Laternen und Fackeln beleuchtet. Vom anderen Ufer stiegen Raketen auf und sanken zischend ins Wasser, Streifen gelben Lichtes überquerten den Himmel. Von den Schiffen her tönte Musik, und die Spielleute des Königs fiedelten in einer Ecke des Saales.

Unter dem Gewirr der Stimmen, den Klängen der Musik, dem Zischen der Raketen flüsterte Lady Southesk Amber zu: »Wissen Sie schon, wer Lady Castlemaines neueste Eroberung ist?«

Amber hörte nicht sehr aufmerksam zu, denn sie hatte nur Augen für Bruce und Corinna, die unweit von ihr standen. Sie zuckte gleichgültig die Achseln. »Woher soll ich das wissen? Wer ist es? Vielleicht Claude du Vall?« Du Vall war ein Straßenräuber von großem Ruf, und er rühmte sich, mehr als eine Dame von Stand habe ihn in ihr Bett geladen.

»Nein. Raten Sie noch einmal. Ein guter Freund von Ihnen.«

Amber kannte die Gräfin und warf ihr einen scharfen Blick zu.

»Wer?«

Gräfin Southesk blickte zu Carlton hinüber, hob bezeichnend die Brauen und lächelte, während sie Ambers Züge beobachtete. Amber sah rasch Bruce an und dann wieder Lady Southesk; sie war ganz weiß geworden.

»Das ist eine Lüge!«

Die Southesk hob die Schultern und fächelte sich schmachtend. »Glauben Sie mir oder nicht, aber es ist wahr. Er war gestern nacht bei ihr – ich habe es aus der besten . . . Mein Gott, Euer Gnaden, geben Sie doch acht, Ihr Mieder wird platzen!«

»Sie verdammte Klatschbase«, zischte Amber wütend, »Sie brüten Skandale aus, wie eine Senkgrube Fliegen ausbrütet!«

Gräfin Southesk sah sie mit einem Blick gekränkter Unschuld an, schüttelte ihre Locken und segelte weiter. Nur wenige Sekunden später flüsterte sie bereits in ein anderes Ohr, ein geheimes Lächeln auf den Lippen, als sie mit dem Kopf auf Amber hinwies. Amber ging mit der äußersten Gleichgültigkeit, die sie aufbringen konnte, zu Almsbury und legte ihren Arm in den seinen. Sie versuchte zu lächeln, aber ihre Augen verrieten sie.

»Was ist geschehen?« flüsterte er.

»Es geht um Bruce. Ich muß ihn sprechen. Sofort!«

»Ja – aber, Herzchen?«

»Wissen Sie, was er tut? Er hat mit Barbara Palmer geschlafen. Oh, dafür könnte ich ihn ermorden!«

»Pssst!« warnte der Earl, denn sie waren von einem Dutzend Paar aufmerksamer Ohren umgeben. »Was macht das denn? Er hat das schon früher getan.«

»Aber die Southesk erzählt es überall herum. Alle Welt macht sich über mich lustig! Zur Hölle mit ihm!«

»Ist Ihnen gar nicht in den Sinn gekommen, daß man sich auch über seine Frau lustig machen könnte?«

»Was liegt mir an ihr? Mögen sie doch! Immerhin weiß sie es nicht – und ich weiß es!«

Als sie Bruce das nächstemal sah, versuchte sie, ihn versprechen zu lassen, daß er Barbara nie mehr besuchen werde, und wenn er sich auch weigerte, irgendein Versprechen zu geben, so überzeugte sie sich später selbst, daß er nicht mehr hinging. Denn der Klatsch war verstummt, und Barbara hätte gewiß kein Geheimnis daraus gemacht. Ihre eigene Beziehung zu Bruce dagegen wurde in immer weiteren Kreisen bekannt, und – so unglaublich das auch klingen mochte – Corinna war augenscheinlich der einzige Mensch in der eleganten Londoner Gesellschaft, der nichts davon wußte. Aber ihrer Ansicht nach war Corinna eine solche Närrin, daß sie Bruce nicht für Ambers Liebhaber halten würde, und wenn sie die beiden miteinander im Bett erwischte.

Doch Amber war im Irrtum.

*

Als Corinna Amber zum erstenmal gesehen hatte – an jenem Abend bei Arlingtons – war sie schockiert gewesen, dann aber hatte sie bedauert, daß sie sich ungeschickt benommen hatte. Von dieser Episode hatte sie die kalte Feindseligkeit der Herzogin abgeleitet, und darum war sie auch so ehrlich erfreut gewesen, als Amber ihr einen Besuch machte, denn sie nahm an, daß der Zwischenfall damit vergessen war. Doch schon vorher hatte Corinna bemerkt, daß Amber mit ihrem Gatten flirtete.

In den vier Jahren ihrer Ehe hatte Corinna vielerlei Frauen – von den Negerinnen auf der Pflanzung bis zu den adligen Damen von Port Royal – mit Bruce flirten gesehen. Sie war seiner Liebe so sicher, daß das sie niemals gestört oder gar eifersüchtig gemacht hatte, im Gegenteil, sie fand es eher amüsant. Bald aber erkannte sie, daß die Herzogin von Ravenspur eine ernstere Störung ihrer Ehe bedeuten konnte. Mit ihren herausfordernden Blicken, dem reichen, honigfarbenen Haar, der schmiegsamen Gestalt war sie allerdings außerordentlich reizvoll; und was mehr war – ihre Anziehungskraft auf Männer war ebenso mächtig wie Bruces Anziehungskraft auf Frauen. Keine Frau hätte gerne gesehen, wenn gerade Amber sich für ihren Mann interessierte.

Zum erstenmal seit ihrer Heirat hatte Corinna Angst.

Seit langem ließen die andern Frauen Andeutungen fallen. Bei Soupers wurden boshafte Worte laut, und wenn sie nachmittags Besuche machte, geschah es, daß sie kleine Anspielungen hörte. Ein Anstoßen, ein Blick wiesen darauf hin, wie Ihre Gnaden sich über Lord Carlton lehnte, wenn er am Spieltisch saß und ihr Gesicht fast das seine berührte, ihre Brust sich an seine Schulter preßte. Lady Southesk und Mrs. Middleton forderten sie eines Morgens auf, mit ihnen die Herzogin aufzusuchen, und Bruce trat aus dem Zimmer.

Doch Corinna wollte nicht glauben, was man sie so nachdrücklich glauben machen wollte. Sie sagte sich, sie sei klug genug, um zu erkennen, wie müßige Leute gern Unfrieden unter jenen stifteten, die glücklicher und zufriedener wären als sie selbst. Und sie wünschte leidenschaftlich, ihren Glauben an Bruce und an all das zu bewahren, was er ihr bedeutete. Sie war entschlossen, ihr eheliches Glück nicht dadurch erschüttern zu lassen, daß eine Frau in ihren Mann verliebt war und andere ihren Glauben an ihn zu zerstören wünschten. Corinna war nun einmal nicht an Whitehall gewöhnt, denn das dauerte eine Weile – ebenso wie jemand sich an einen verdunkelten Raum gewöhnen muß, wenn er aus der Sonne kommt.

Doch wider Willen wuchs in ihr ein Gefühl der Eifersucht gegen die Herzogin von Ravenspur. Wenn sie sah, wie Amber Bruce anblickte oder mit ihm sprach, ihm am Kartentisch gegenübersaß, mit ihm tanzte oder ihm auch nur mit dem Fächer auf die Schulter klopfte, wenn er vorbeikam, dann fühlte Corinna sich plötzlich elend und fror vor nervöser Angst.

Endlich gestand sie es sich ein: sie haßte diese Frau. Und sie schämte sich dessen, daß sie sie haßte.

Aber sie wußte nicht, was sie tun konnte, um dem Fortschritt einer Sache Einhalt zu gebieten, die rasch zu dem wurde, was man in London eine Affäre nannte. Bruce war kein Schuljunge, dem man befehlen, dem man verbieten konnte, spät heimzukommen oder etwa mit einer hübschen Frau zu kokettieren. Gewiß – bisher war nichts in seinem Benehmen, was Verdacht erregen mußte. An jenem Morgen, da sie ihn getroffen hatte, wie er aus den Gemächern der Herzogin kam, war er völlig kühl und unbefangen gewesen und nicht im geringsten verlegen. Er war so aufmerksam und liebevoll zu ihr wie immer, und sie glaubte, ungefähr zu wissen, wo er seine Zeit verbrachte, wenn sie nicht zusammen waren.

Ich muß mich irren, sagte sie sich. Ich habe bisher nie in einem Palast oder in einer großen Stadt gelebt, und ich vermute wahrscheinlich in meinem Argwohn alle möglichen Dinge, die gar nicht vorhanden sind. Aber wenn es sich um eine andere Frau handeln würde – dann würde ich wohl auch nicht so denken wie jetzt.

Um den Verdacht auszugleichen, den sie gegen ihn hatte, war Corinna heiterer und reizender als je. Sie hatte Angst, er könnte irgendeine Veränderung in ihrem Benehmen merken und auch die Ursache ahnen. Was würde er dann von ihr denken? Wenn er wußte, wie niedrig sie sein konnte, wie kleinlich und eifersüchtig?! Und wenn sie sich irrte, wie sie es sich beständig glauben machen wollte, dann wäre es Bruce, der den Glauben an sie verlieren müßte. Ihre Ehe war ihr bisher so vollkommen und makellos erschienen; es war ihr ein furchtbarer Gedanke, daß durch ihre Schuld etwas geschehen sollte, was diese Ehe zerstören würde.

Der Herzogin wegen war sie heute dahin gelangt, London zu hassen – wenn es auch der Traum ihres Lebens gewesen war, London wiederzusehen –, und sie wünschte nur, sie könnte unverzüglich fort. Sie hatte sich bereits gefragt, ob die Herzogin der Grund sei, weshalb er vorgeschlagen hatte, die Zeit ihrer Schwangerschaft in London zu verbringen statt nach Paris zu fahren. Darum wagte sie auch nicht den Vorschlag, nach Frankreich zu fahren und bei seiner Schwester die Geburt abzuwarten. Wenn er ihren wahren Beweggrund erriet? Denn wie sollte sie solch einen Wunsch erklären, da er doch gesagt hatte, es sei ihrer eigenen Sicherheit wegen, und wo sie doch beide sich dieses Kind so sehnlichst wünschten? Denn ihr Sohn war im Vorjahr, noch nicht drei Monate alt, bei der Pockenepidemie gestorben, die in Virginia gewütet hatte.

Sie schalt sich selbst feige. Ich bin seine Frau, und er liebt mich. Wenn diese Frau ihm überhaupt etwas bedeutet, dann kann es nur eine oberflächliche Verliebtheit sein. Es ist nichts Dauerndes. Ich werde mit ihm zusammenleben, wenn er bereits vergessen hat, daß sie ihm je begegnet ist.

Eines Abends fragte er sie zu ihrer größten Überraschung in scherzhaftestem Gesprächston: »Hat Seine Majestät noch kein Rendezvous von dir erbeten?« Sie waren eben aus dem Palast heimgekommen und zogen sich aus.

Corinna sah ihn erstaunt an. »Warum? Wie kommst du darauf?«

»Wie? Nun, er bewundert dich doch ganz unverhohlen.«

»Er ist sehr gnädig zu mir gewesen, aber du bist doch sein Freund. Du wirst doch bestimmt nicht glauben, daß ein Mann seinen Freund betrügen könnte?«

Bruce lächelte. »Mein liebes Kind, ein Mann wird gewöhnlich von seinen Freunden betrogen. Der Grund dafür ist einfach genug – der Freund ist es, der die meisten Gelegenheiten hat.«

Corinna konnte den Blick nicht von ihm wenden. »Bruce«, sagte sie leise. Der Ton ihrer Stimme bewirkte, daß er sich umwandte, als er gerade sein Hemd auszog, und sie ansah. »Wie seltsam du manchmal sprichst! Weißt du, wie das geklungen hat – so grausam und gefühllos!«

Er warf das Hemd beiseite, trat zu ihr und nahm sie in die Arme. Zärtlich lächelte er. »Das tut mir leid, Liebling. Aber es gibt so vieles an mir, was du nicht kennst – so viele Jahre, die ich gelebt habe, bevor ich dich kannte, und die ich niemals mit dir teilen kann. Ich war erwachsen, hatte meinen Vater sterben, mein Land zugrunde gerichtet gesehen, hatte in der Armee gekämpft, bevor du auf der Welt gewesen bist. Als du sechs Monate alt warst, fuhr ich schon mit Prinz Ruperts Freibeutern aus. Ja, ich weiß – du meinst, das alles mache jetzt für uns keinen Unterschied. Aber das tut es doch. Du bist in einer andern Welt aufgewachsen als ich. Wir sind nicht, was wir äußerlich scheinen.«

»Aber du bist doch nicht wie die Leute hier, Bruce«, widersprach sie. »Du bist nicht wie die Männer vom Hof.«

»Ach, ich mache wohl ihre Äußerlichkeiten nicht mit. Ich färbe meine Augenbrauen nicht und kämme auch nicht meine Perücke in der Öffentlichkeit oder spiele mit den Fächern der Damen. Aber – um die Wahrheit zu sagen, die ganze Welt ist ein wenig krank, und wir alle, die darin leben, haben etwas von dieser Krankheit in uns.«

»Aber ich lebe doch auch darin?«

»Nein, du nicht!« Er ließ sie los. »Du bist kein Teil dieser schäbigen Welt. Und Gott sei Dank, daß es so ist!«

»Gott sei Dank? Aber warum? Magst du denn diese Leute nicht? Ich dachte, sie seien deine Freunde. Ich wünschte, ich könnte ihnen ein wenig mehr gleichen – den Damen, meine ich.« Und jetzt dachte sie an die Herzogin von Ravenspur.

Sein Mund verzog sich bitter. »Corinna, mein Liebling, wie kommst du nur auf eine so törichte Idee? Du darfst gar nicht an so etwas denken! Ach Corinna, du weißt nicht, wie glücklich ich bin, daß ich dich an jenem Tage in Port Royal gesehen habe.«

Plötzlich waren alle Furcht und Eifersucht verschwunden. Ein wundervolles Gefühl der Erleichterung durchflutete sie, spülte allen Haß, alles Gift des Mißtrauens fort, das sich angesetzt hatte.

»Bist du wirklich glücklich, Liebling? Oh, ich erinnere mich so gut daran!«

»Ich auch. Du warst auf dem Weg zur Kirche. Und du hattest ein schwarzes Spitzenkleid an mit einem schwarzen Schleier und Rosen im Haar. Ich hielt dich für eine Spanierin.«

»Und mein Vater meinte, du seist ein Freibeuter.« Sie warf den Kopf zurück und lachte heiter. Wie sicher fühlte sie sich in der Erinnerung an jene glücklichen Tage, da es keine blickeschleudernden Frauen mit dem Titel ›Herzogin‹ gegeben hatte, die darauf aus waren, ihn ihr zu rauben. »Er wollte dich zum Duell fordern.«

»Kein Wunder. Ich muß sehr wenig vertrauenerweckend ausgesehen haben. Ich war erst eine halbe Stunde vorher an Land gegangen. Erinnerst du dich – ich bin dir in die Kirche gefolgt.«

»Und hast mich die ganze Zeit während der Messe angestarrt! Oh, wie böse mein Vater war! Aber mir war das gleich – ich hatte mich schon in dich verliebt.«

»Trotz schmutziger Kleider, des Fünftagebarts und allem übrigen?«

»Trotz schmutziger Kleider, des Fünftagebarts und allem übrigen! Aber als du noch am selben Abend zu Besuch kamst – o Bruce, du kannst dir gar nicht vorstellen, wie du auf mich gewirkt hast. Wie alle Prinzen aus sämtlichen Märchen, die ich je gelesen hatte.«

Sie sah zu ihm auf, und ihre Augen glänzten wie farbige Kirchenfenster. Plötzlich schloß er die Augen, als wollte er ein Bild verdrängen, das ihn beunruhigte, aber zu gleicher Zeit zog er sie an sich und küßte sie. Oh, wie töricht bist du gewesen, sagte Corinna sich. Natürlich liebt er dich, und natürlich ist er treu. Ich würde es an seinem Blick erkennen, wenn er es nicht wäre. Ich würde es fühlen, wenn er mich berührt. –

Und dennoch – als sie die Herzogin von Ravenspur das nächstemal wiedersah, war ihr Mißbehagen stärker als je. Denn sie wußte, wie diese Frau sie anschaute – mit einer Art Verachtung, einer Art geheimen Hohns, als hätte sie ihr einen Vorteil abgerungen. Ihre Gnaden war dabei scheinbar freundlicher zu Corinna als anfangs und sprach immer sehr liebenswürdig mit ihr.

Aber endlich fühlte Corinna, daß sie diese Ungewißheit, diesen eifersüchtigen Verdacht nicht länger ertragen konnte. Und als sie hoffte, den bösen Geist zu bannen, indem sie ihn beim Namen nannte, entschloß sie sich, zu Bruce von der Herzogin zu sprechen – so unbefangen sie nur konnte. Denn schon seit langem vermochte sie den Namen der Frau nicht mehr zu hören, ohne innerlich zu leiden. Sie waren eines Abends auf der Heimfahrt aus dem Palast, als sie sich soweit überwand. Sie wußte, was sie sagen wollte, sie hatte sich den Satz so oft wiederholt, daß die Worte jetzt kalt und gespreizt herauskamen.

»Wie reizend die Herzogin von Ravenspur heute abend ausgesehen hat! Ich finde sie schöner als Mylady Castlemaine – du nicht auch?« Ihr Herz schlug so heftig, daß sie kaum die eigenen Worte hörte, und die Hände, die sie im Muff verschlungen hatte, waren feucht und kalt.

Zu beiden Seiten des Wagens ritten Lakaien, und die Fackeln, die sie trugen, warfen ein helles flackerndes Licht in das Innere des Wagens, aber Corinna sah gerade vor sich hin. Ihr schien es, als zögerte er allzu lange mit seiner Antwort, und die Sekunden vergingen in Martern. Ich hätte das nie sagen sollen, dachte sie. Der Klang ihres Namens bedeutet etwas für ihn – etwas, das ich nicht wissen will. Ich wünschte, ich hätte geschwiegen.

Dann aber hörte sie, wie er sprach, und in seiner Stimme war nicht mehr Erregung, als hätte er vom Wetter geredet. »Ja, ich glaube auch.«

Sie fühlte sich plötzlich erleichtert und sagte beinahe lustig: »Sie flirtet schrecklich mit dir. Ich sollte eigentlich eifersüchtig sein.«

Bruce sah sie an und lächelte, gab aber keine Antwort.

Doch Corinna war entschlossen, jetzt, da sie einmal begonnen hatte, nicht stehenzubleiben. »Ist es wahr, daß sie Schauspielerin gewesen ist? Oder ist das bloß Klatsch? Die anderen Frauen scheinen sie nicht sehr zu lieben. Sie sagen furchtbare Dinge von ihr – sie sind wahrscheinlich eifersüchtig«, fügte sie hastig hinzu.

»Lieben Frauen einander überhaupt jemals? Mindestens nicht sehr oft, meine ich. Aber es ist wahr, daß sie Schauspielerin war – vor mehreren Jahren.«

»Dann ist sie auch nicht von adliger Herkunft?«

»Nein, in ihrer Familie waren sie Freisassen.«

»Aber wie ist sie zu Vermögen und Titel gelangt?«

»Auf dem einzigen Weg, der einer Frau offensteht, wenn sie nicht damit geboren ist. Irgendwie hat sie es fertiggebracht, einen reichen, alten

Kaufmann zu heiraten, und als er starb, erbte sie ein Drittel seines Vermögens. Damit kaufte sie sich einen Titel – einen andern alten Mann. Er ist auch tot.«

»Aber jetzt ist sie doch auch verheiratet? Und wo ist ihr Mann? Ich habe ihn nie gesehen.«

»Ach, er kommt manchmal zu Hof. Ich glaube, daß sie einander nicht näher kennen.«

»Einander nicht näher kennen? Mann und Frau?« Corinna war darüber so erstaunt, daß sie ihre eigene nervöse Spannung vergaß. »Warum hat sie ihn dann geheiratet?«

»Um einen Namen für den Bastard des Königs zu haben, denke ich.«

»Ach, mein Himmel! Ich habe das Gefühl, als wäre ich hier in einer seltsamen neuen Welt. Alles scheint völlig umgekehrt zu sein.«

»Es ist auch umgekehrt – wenn man nicht wie die andern auf dem Kopf steht. Du wirst froh sein, wenn wir wieder zu Hause sind, nicht wahr?«

»O ja.« Dann aber bedauerte sie ihre rasche Begeisterung und setzte hinzu: »Aber nur, weil mir Summerhill fehlt und alles, was es für uns bedeutet.« Sie hob den Kopf, und seine Lippen preßten sich auf die ihren.

*

Einige Tage später ging Corinna mit ihrer Begleiterin in das New Exchange, um verschiedene kleine Einkäufe zu machen. Das Exchange lag weit draußen an der Thames Street; es war ein großes, dunkles Steinhaus mit zwei Galerien, die voneinander getrennt waren. Alle kleinen Läden hatten ihr eigenes Schild, das so tief hing, daß jeder, der über das Mittelmaß hinausragte, sich bücken mußte, um nicht daran zu stoßen. Die Läden wurden meist von reizenden, gutgekleideten jungen Mädchen geführt – obgleich es auch einige wenige junge Männer gab – und sie hatten täglich ihre Verehrer um sich. Es war der eleganteste Rendezvousort der Stadt und sehr besucht von den jungen Beaus, die hier maskierte Damen erwarteten, die einen Vater oder Gatten zu hintergehen wünschten. Auch hübsche junge Mädchen erschienen hier, sehr geneigt zum Flirt, aber zunächst durchaus ablehnend, wenn man sich ihnen näherte.

Corinna stieg mit ihrer Begleiterin die Stufen hinauf und ging durch die Galerie. Blicke und leises Pfeifen und hörbare Bemerkungen folgten ihr, denn viele der vornehmen Damen blieben bei den Lebemännern stehen, tauschten doppelsinnige Komplimente oder mit einem Lächeln versüßte Beleidigungen. Corinna aber hatte diese Londoner Gewohnheit nicht angenommen und achtete nicht auf die Herren.

Endlich machte sie vor dem Stand einer hübschen kleinen Frau halt, einer Mrs. Sheldon, die zeitweilig die Geliebte verschiedener großer Herren gewesen war, jetzt aber gerade keinen Freund hatte, der sie aushielt.

»Guten Tag, Lady Carlton«, rief sie heiter. »Ich wußte nicht, daß Sie heute mit Seiner Lordschaft hier sind.«

»Ach, ist mein Mann hier?«

Sie wandte sich, sah sich um, und als hätte sie genau gewußt, wo er zu finden war, blickte sie in den gegenüberliegenden Gang. Dort stand er, drehte ihr den Rücken zu und sprach mit jemandem, den seine Gestalt verdeckte. Im ersten Impuls wollte sie auf ihn zugehen, aber gerade in diesem Augenblick trat er zur Seite, um Leute vorbeizulassen. Und da sah sie, daß er mit der Herzogin von Ravenspur sprach.

Entsetzt blieb sie stehen.

Konnte er sie zufällig hier getroffen haben? Natürlich! Von ganzem Herzen wollte sie glauben, daß es das war. Doch nach all den Zweifeln und Anspielungen und dem Argwohn der vergangenen Wochen konnte es für sie nur einen einzigen Sinn haben, wenn sie die beiden hier miteinander sah. Corinna wandte sich ab und versuchte, ihre Verwirrung zu verbergen. Die kleine Mrs. Sheldon sah so kläglich drein, als wäre sie unfreiwillig Mitwisserin eines Staatsgeheimnisses.

»Er spricht gerade mit einer Freundin«, murmelte Corinna und wußte kaum, was sie sagte. »Ich werde meine Besorgungen machen und ihn dann unten im Wagen erwarten.«

»Darf ich Ihnen die gestickten Bänder zeigen, Mylady, von denen ich Ihnen vorige Woche erzählt habe? Sie sind vor kaum zwei Tagen mit dem Postschiff aus Frankreich gekommen.« Sie flatterte hin und her, während sie sprach, und wider Willen lenkten sich ihre Blicke immer wieder nach dem Gang dort drüben. Sie war über ihren schrecklichen Mißgriff errötet und häufte jetzt aufgeregt große Mengen von Bändern auf dem Ladentisch. Ach, wenn es doch nur eine andere gewesen wäre als Lady Carlton! So eine reizende, sanfte, freundliche Frau!

Corinnas Kopf dröhnte, und vor ihren Augen verschwamm alles; sie sah nichts als einen farbigen Dunst vor sich. »Ja«, sagte sie leise, »ich möchte drei Yards von diesem hier und zehn von jenem.«

Jetzt schlenderte Lord Carlton mit der Herzogin von Ravenspur an ihr vorbei, sie gingen gemächlich durch die überfüllte Galerie und waren ganz in ihre Unterhaltung vertieft. Rasch trat Corinnas Begleiterin hinter sie, um sie vor ihren Blicken zu decken. Und die kleine Mrs. Sheldon schwatzte und schwatzte und hoffte, die Stimmen der beiden zu übertönen.

Aber Corinnas Ohren hörten in gesteigerter Empfindlichkeit, wie die Herzogin eben jetzt sagte: »... und Bruce, wenn wir daran denken, daß wir alles ...«

Corinna hielt sich mit den Fingern am Ladentisch fest, ihre Augen waren geschlossen, sie schwankte leicht und fühlte, wie sie schwach und elend wurde. Leidenschaftlich betete sie: Nur nicht ohnmächtig werden und die Aufmerksamkeit auf mich ziehen! Aber nach wenigen Sekunden hatte sie ihre Selbstbeherrschung wiedergewonnen. »Und ich nehme auch zwölf Yards von diesem Silberband, Mrs. Sheldon. Das dürfte alles ein.« Noch bevor ihre Begleiterin gezahlt hatte, war Corinna schon weitergegangen – nur fort in die Sicherheit, in die Einsamkeit ihres Wagens!

An diesem Abend hörte Corinna sich zu ihrer eigenen Überraschung fragen – und ihre Stimme klang unpersönlich und nur höflich interessiert, nichts mehr: »Was hast du heute nachmittag gemacht, mein Liebling? Mit Seiner Majestät Tennis gespielt?«

Sie waren im Schlafzimmer, und er schrieb einen Brief an seine Freunde in Amerika, während sie das Haar ihrer dreijährigen Tochter bürstete. »Eine Weile«, sagte er, hielt die Feder in der Hand und sah sich um. »Und dann war ich ein oder zwei Stunden im Oberhaus.«

Er wandte sich wieder zu seinem Brief, und sie fuhr automatisch fort, Melindas Haar zu bürsten. Selbst jetzt, da es geschehen war, konnte sie kaum glauben, daß er sie belog. Melinda, eine schwarzhaarige, blauäugige Miniaturausgabe ihrer Mutter, sah mit großen, ernsten, feierlichen Augen Corinna ins Gesicht und duckte sich jedesmal ein wenig, wenn die Bürste über ihre Haare strich. Und als schließlich Corinna sich vorbeugte, um sie zu küssen, fiel eine Träne auf den Kopf des kleinen Mädchens. Hastig wischte Corinna sie fort, bevor Melinda es merken und fragen konnte, warum die Mutter weine.

Corinna hatte das Gefühl, als sei ihr Leben zu Ende.

Jetzt genügte es ihr, zu sehen, wie die Herzogin von Ravenspur Bruce anschaute, um zu wissen, daß er ihr Liebhaber war. Wie konnte sie nur so einfältig sein, daß sie es nicht längst gemerkt hatte? Denn jetzt zweifelte sie nicht mehr, daß die Beziehung schon bei ihrer Ankunft in England begonnen hatte – vielleicht auch schon viel früher. Er mochte ihr begegnet sein, als er im Jahre siebenundsechzig hiergewesen war, denn sie wußte, daß die Herzogin damals bei Hof war, und einige der Damen hatten nicht unterlassen, Corinna davon in Kenntnis zu setzen, daß Amber abermals in Almsbury House gewohnt hatte.

Sie hätten ihr auch mehr erzählt – alles, was sie zu wissen begehrte und fürchtete –, aber sie hatte nichts hören wollen. Und aus irgendeinem Grunde, vielleicht nur, weil sie anders war als die anderen, war man ein wenig freundlicher zu ihr und zwang sie nicht, zu hören, was sie nicht hören wollte.

Doch das konnte nicht so weitergehen. Irgend etwas mußte geschehen – aber was sollte das sein?

Würde er sie zu ihrem Vater nach Jamaika heimsenden und selbst in London bleiben? Oder würde er gar die Herzogin nach Summerhill mitnehmen – nach ihrem eigenen, lieblichen Summerhill, das sie Corinna benannt und das sie miteinander aus ihren Träumen und ihrer Liebe und ihren grenzenlosen Plänen und Hoffnungen für die Zukunft gebaut hatten? All diese Dinge waren jetzt vorüber. Sie mußten vorüber sein, denn er liebte eine andere Frau.

Mehrere Tage lang wußte Corinna nicht, was sie tun sollte, und so tat sie gar nichts. Es hatte keinen Zweck, ihm Vorwürfe zu machen. Denn was lag daran, ob er leugnete oder nicht – da die Tatsache sich doch nicht leugnen ließ? Er war achtunddreißig Jahre alt und hatte stets getan, was er wollte; er würde sich jetzt nicht ändern, und in Wirklichkeit wollte sie ihn auch gar nicht ändern, denn sie liebte ihn, wie er war. Sie fühlte sich in diesem fremden Land, umgeben von fremden Sitten und fremden Gebräuchen, völlig hilflos und verloren. Hier hatten die Damen sich ohne Zweifel häufig in dieser Lage befunden, das erkannte sie, hatten sie mit einem Lächeln oder einem geistreichen Wort erledigt und ihre Zerstreuungen anderswo gesucht. Niemals war ihr so klar bewußt geworden, was Bruce ihr oft gesagt hatte, daß sie kein Teil dieser Welt war. Alles in ihr schrak angeekelt und entsetzt davor zurück.

Wenn er sie in seine Arme nahm, küßte, wenn er mit ihr im Bett lag – niemals konnte sie den Gedanken an die andere Frau völlig verdrängen. So sehr sie sich auch selbst deswegen haßte, waren es immer wieder dieselben Fragen, die in ihr laut wurden. Wann hatte er die Herzogin zum letztenmal geküßt? Wann hatte er die gleichen leidenschaftlichen Worte zu ihr gesprochen? Warum sagt er es mir nicht, fragte sie sich verzweifelt. Warum muß er mich so betrügen und anlügen? Es ist nicht recht! Aber es war die Herzogin, die sie haßte, nicht Bruce.

Und dann machte ihr eines Tage Lady Castlemaine einen Besuch.

König Karl hatte der Herzogin von Ravenspur kürzlich zwanzigtausend Pfund geschenkt, und Barbara war so wütend darüber, daß sie sich entschlossen hatte, auf irgendeine Art Rache zu nehmen. Sie war überzeugt, daß jede Frau – sogar die Ehefrau –, wenn sie Corinnas Schönheit besaß, erheblichen Einfluß auf einen Mann haben mußte, und sie hoffte, Ihrer Gnaden das Spiel mit Lord Carlton zu verderben. Sehr gelegen kam es ihr, daß Rochester eben eines seiner Pamphlete geschrieben hatte – diesmal handelte es von der Liebschaft zwischen der Herzogin und dem Lord.

Rochester pflegte einen seiner Lakaien als Schildwache anzuziehen und nachts vor dem Palast aufzustellen, um zu beobachten, wer zu später Stunde ein- und ausging. Mit diesen Informationen zog er sich dann aufs Land zurück, schrieb seine unsauberen Satiren, von denen einige Abschriften gemacht, anonym versandt wurden und bei Hof von Hand zu Hand gingen. Sie gefielen jedem, außer dem Betroffenen, doch der Earl war unparteiisch, und früher oder später mußten jeder Mann und jede Frau von einigem Rang erwarten, von dem vergifteten Stachel seiner Feder getroffen zu werden.

Zunächst blieb es bei einer oberflächlichen, heiteren Konversation über die neue französische Mode, über die gestrige Vorstellung im Theater des Herzogs, über den großen Ball, der nächste Woche im Bankethaus stattfinden sollte. Und dann wandte Barbara sich unvermittelt den neuesten Liebesgeschichten zu, wer mit wem schlief, welche Dame fürchtete, von einem Mann, der nicht ihr Gatte war, in Hoffnung zu sein, wer unlängst verprügelt worden war. Corinna ahnte, wohin das alles führen sollte; ihr Herz begann heftig zu pochen.

»Ach mein Gott«, meinte Barbara affektiert, »wie es hier zugeht – ein Außenstehender würde das niemals vermuten. Da geschehen mehr Dinge, als man glauben möchte, das kann ich Ihnen sagen.« Sie machte eine Pause, beobachtete Corinna scharf und fuhr dann fort: »Meine Liebe, Sie sind wohl noch sehr jung und unschuldig, nicht wahr?«

»Ja«, sagte Corinna erstaunt, »vermutlich.«

»Sie verstehen leider den Gang der Welt nicht sehr genau – und da ich die Dinge nur allzu gut kenne, bin ich als Freundin zu Ihnen gekommen, um . . .«

Corinna, erschöpft von all den Wochen der Sorge und Ungewißheit, dem Gefühl der Unsauberkeit und der Enttäuschung, war plötzlich wieder erleichtert. Jetzt würde es endlich herauskommen. Sie wollte, sie konnte nicht länger Komödie spielen.

»Ich glaube, Madame«, sagte sie ruhig, »daß ich manche Dinge besser verstehe, als Sie vermuten dürften.«

Barbara sah sie überrascht an, zog aber trotzdem ein gefaltetes Papier aus ihrem Muff und reichte es Corinna. »Dies hier zirkuliert bei Hof. Sie sollten nicht die letzte sein, die es zu Gesicht bekommt.«

Langsam streckte Corinna die Hand aus und nahm das Blatt. Das schwere Papier raschelte, als sie es entfaltete. Widerstrebend wandte sie den Blick von Barbaras kühlem, lauerndem Gesicht ab und zwang ihn auf das Blatt, wo acht Verszeilen in eckiger Handschrift geschrieben waren. Irgendwie hatten die Wochen des Unglücks und des Argwohns ihre Seele gegen weitere Schläge verhärtet, denn wenn sie auch das brutale, grobe kleine Gedicht las, so bedeutete es für sie doch nichts anderes als so und so viele einzelne Wörter.

Und dann sagte sie ebenso liebenswürdig, als hätte Barbara ihr ein kleines Geschenk mitgebracht, etwa eine Schachtel Süßigkeiten oder ein Paar Handschuhe: »Vielen Dank, Madame. Ich weiß Ihr Interesse an mir sehr wohl zu schätzen.«

Barbara schien über diese geringe Wirkung erstaunt und auch enttäuscht zu sein, aber sie stand auf, und Corinna begleitete sie bis zur Tür. Im Vorraum blieben sie stehen. Eine Weile schwiegen die beiden Frauen und sahen einander an, dann sagte Barbara: »Ich erinnere mich –, als ich in Ihrem Alter war – zwanzig Jahre, nicht? –, da glaubte ich, die Welt liege vor mir und ich könnte alles haben, was ich mir nur wünschte.« Sie lächelte ein seltsam versonnenes und dabei zynisches Lächeln. »Nun – ich habe es!« Dann aber fügte sie brüsk hinzu: »Nehmen Sie meinen Rat an und bringen Sie Ihren Mann von hier fort, ehe es zu spät ist.« Dann wandte sie sich rasch ab, ging den Korridor hinunter und verschwand.

Corinna sah ihr nach. Arme Frau, dachte sie. Wie unglücklich sie ist! Und dann schloß sie sachte die Tür.

*

In dieser Nacht kam Bruce erst nach ein Uhr nach Hause. Sie hatte ihm nach Whitehall sagen lassen, sie fühle sich nicht wohl genug, um zu Hof zu kommen, bat ihn aber, seine eigenen Pläne deshalb nicht zu ändern. Sie hatte wohl gehofft, leidenschaftlich gehofft, er würde es trotzdem tun – aber er tat es nicht. Es war ihr unmöglich, einzuschlafen, und als sie ihn kommen hörte, setzte sie sich im Bett auf und tat, als ob sie ein neues Stück von John Dryden lesen würde.

Er kam nicht gleich ins Schlafzimmer, sondern ging wie immer zuerst ins Kinderzimmer, um einen Blick auf die Kinder zu werfen. Corinna horchte auf das Geräusch seiner Schritte, die leicht über den Fußboden glitten, hörte, wie die Tür hinter ihm sich leise schloß – und wußte mit einemmal, daß der kleine Bruce der Sohn der Herzogin war. Wie hatte sie das nicht längst begriffen? Darum hatte er ihr fast gar nichts von der Frau erzählt, die seine erste Gattin gewesen sein sollte. Darum hatte der kleine Junge so sehr gedrängt, nach England zu fahren. Darum schienen sie einander so gut zu kennen, darum hatte sie sogar eine Gemeinsamkeit zwischen den beiden gespürt, die nicht bloß von einem kurzen, gelegentlichen Liebesabenteuer herrühren konnte.

Als er jetzt eintrat, war sie fast betäubt von dieser Erkenntnis. Er hob überrascht die Brauen, als er sie noch wach sah, lächelte aber und beugte sich über sie, um sie zu küssen. Als er sich bückte, hielt sie ihm Rochesters Pamphlet hin. Seine Augen verengten sich rasch. Er nahm es, richtete sich auf, ohne sie zu küssen, warf einen schnellen Blick darauf – er kannte es offenbar bereits – und legte das Blatt auf den Tisch neben dem Bett.

Lange schwiegen sie und sahen einander an. Endlich sagte er: »Es tut mir leid, daß du es auf diese Art erfahren hast, Corinna. Ich hätte es dir längst sagen müssen.«

Er scherzte nicht, wie sie es erwartet haben mochte, sondern war durchaus ernsthaft und verstört. Doch er zeigte auch weder Scham noch Verlegenheit, auch kein Bedauern. Nur den Schmerz, den er ihr angetan hatte, schien er zu bereuen. Sie beobachtete ihn minutenlang, das offene Buch auf ihrem Schoß, die eine Gesichtshälfte von den Kerzen auf einem nahen Tisch erhellt.

»Sie ist Bruces Mutter, nicht wahr?« sagte sie dann.

»Ja. Ich hätte niemals diese plumpe Lüge erfinden sollen – aber ich wollte, daß du ihn liebst, und ich fürchtete, du würdest ihn nicht lieben, wenn du die Wahrheit wüßtest. Und jetzt – was wird er jetzt für dich sein?«

Corinna lächelte schwach. »Ich werde ihn ebenso lieben, wie ich ihn immer geliebt habe.« Ihre Stimme war weich, sanft und weiblich wie ein gemalter Fächer oder wie der Duft des Flieders.

Er setzte sich ihr gegenüber auf das Bett. »Seit wann weißt du es schon?«

»Ich bin nicht ganz sicher. Heute glaube ich fast – seit jeher. Zuerst versuchte ich mir einzubilden, es sei ein bloßer Flirt, ich sei verrückt vor

Eifersucht. Aber die anderen Frauen machten Bemerkungen, und ich beobachtete euch, und einmal sah ich euch im New Exchange – ach, was hat es für einen Sinn, das alles jetzt noch einmal aufzufrischen? Ich wußte es seit Wochen.«

Eine Zeitlang schwieg er, sah düster auf seine Füße hinunter, die Schultern vorgebeugt, die Ellbogen auf die Knie aufgestützt. »Du glaubst mir doch hoffentlich, Corinna, wenn ich es dir sage – ich habe dich nicht deswegen nach London gebracht. Ich schwöre dir – ich hatte nicht erwartet, daß es dazu kommen würde.«

»Du wußtest nicht, daß sie da war?«

»Doch, das wußte ich. Aber ich hatte sie seit zwei Jahren nicht mehr gesehen. Ich hatte vergessen – nun, ich hatte eine ganze Menge vergessen.«

»Du hast sie also gesehen, als du das letztemal hier warst – nach unserer Heirat?«

»Ja. Sie wohnte in Almsbury House.«

»Seit wann kennst du sie?«

»Fast zehn Jahre.«

»Fast zehn Jahre! Ja, ich bin dir in Wahrheit eine Fremde.« Er lächelte, sah sie eine Sekunde lang an und wandte sich wieder ab. »Liebst du sie, Bruce?« fragte sie ihn schließlich. »Sehr?« Sie hielt den Atem an, als sie jetzt eine Antwort erwartete.

»Sie lieben?« Er runzelte die Stirn, als wäre er sich selbst nicht im klaren. »Wenn du damit meinst, ob ich etwa wünsche, ich hätte sie geheiratet – nein, das wünsche ich nicht. Aber in einem andern Sinn – nun ja, vermutlich liebe ich sie. Es ist etwas, das ich nicht erklären kann – etwas, das seit dem ersten Tag, da ich sie kennenlernte, zwischen uns gewesen ist. Sie ist – um dir die volle Wahrheit zu sagen – sie ist eine Frau, die jeder Mann zur Geliebten haben möchte, aber nicht zur Frau.«

»Aber was fühlst du jetzt – jetzt, da du sie wiedergesehen hast und nicht aufgeben kannst? Bereust du, daß du mich geheiratet hast!«

Bruce sah sie an, und dann legte er rasch die Arme um sie und preßte den Mund an ihre Stirn. »O mein Gott, Corinna! Ist es das, woran du gedacht hast? Natürlich tut es mir nicht leid. Du bist die einzige Frau, die ich jemals heiraten wollte – das mußt du mir glauben, Liebling. Ich wollte dich niemals kränken. Ich liebe dich, Corinna – ich liebe dich mehr als irgend etwas auf Erden.«

Corinna lehnte den Kopf an ihn, und abermals fühlte sie sich glücklich und sicher. Alle Zweifel und Ängste dieser vergangenen Wochen waren vorüber. Er liebt mich, er will mich nicht verlassen. Ich werde ihn nicht verlieren. Nichts anderes ist wichtig. Ihr Leben war so vollständig in seinem Leben aufgegangen, daß sie genommen hätte, was immer er zu geben gewillt wäre, was von einem oder zehn Abenteuern übrigblieb. Und zu mindest war sie seine Frau. Das war etwas, das die Herzogin von Ravenspur niemals erreichen konnte – sie konnte ja nicht einmal den Sohn anerkennen, den sie ihm geboren hatte.

Schließlich sagte Corinna leise, den Kopf unter seinem Kinn: »Du hattest recht, Bruce, als du sagtest, ich gehörte zu einer andern Welt als dieser hier. Ich fühle, daß ich wirklich kein Teil von alldem bin – keine Dame von Hof würde vermutlich zuzugeben wagen, daß es für sie irgend etwas bedeute, wenn ihr Mann in eine andere verliebt ist. Aber mir bedeutet es etwas, und ich schäme mich dessen nicht.« Sie legte den Kopf zurück und sah ihn an. »Ach Liebling – mir bedeutet es etwas!«

Seine grünen Augen waren voll Zärtlichkeit, und er lächelte wehmütig, während er ihren Kopf beim Haaransatz küßte. »Es würde mir nicht helfen, wenn ich dir sagen wollte, daß ich traurig bin, weil ich dich gekränkt habe. Aber wenn du noch solche Pamphlete liest oder weiteren Klatsch hörst – glaub mir, Corinna, es wird eine Lüge sein.«

Vierundsechzigstes Kapitel

Im Hydepark gab es neben einem kleinen See ein hübsches, halb aus Holz gebautes Landhaus, wo die elegante Welt gern haltmachte, um einen ›Sillibub‹ zu trinken oder, wenn es kalt war, einen Becher ›Lammwolle‹, ein Gemisch aus Bier, Zucker, Muskatnuß und gebratenen Äpfeln, oder einen Becher Glühwein. Es war nun bald Weihnachten und zu spät, um auszureiten, doch vor dem Hause standen einige vergoldete Kutschen und warteten in der kalten, scharlachfarbenen Abendsonne. Die Kutscher und Lakaien rauchten ihre Pfeifen, stampften, um die Füße warmzuhalten, standen in Gruppen herum, lachten und schwatzten, tauschten den neuesten Hintertreppenklatsch über die Herren und Damen aus, die drinnen im Hause saßen.

In dem großen eichengetäfelten Raum brannte ein lustiges Kohlenfeuer. Um den langen Schanktisch drängten sich die jungen Lebemänner, mit Perücken und Bändern geschmückt, tranken Bier oder Schnaps und würfelten. Etliche Damen saßen mit ihren Galans an kleinen Tischen. Kellner balancierten Tablette, und drei oder vier Spielleute fiedelten.

Amber, in einem hermelingefütterten Kapuzenmantel aus rotem Samt, ein Glas ›Sillibub‹ in der einen Hand und ihren Muff mit Hermelinschwänzen in der anderen, stand in der Nähe des Feuers und unterhielt sich mit Oberst Hamilton, dem Earl of Arran, und George Etherege.

Sie plauderte ohne Unterbrechung, und der Ausdruck ihres Gesichtes wechselte beständig. Sie schien völlig in diesem Gespräch aufzugehen. Doch gleichzeitig beobachteten ihre Blicke die Tür – keiner konnte eintreten oder gehen, ohne daß sie ihn bemerkt hatte. Und dann erschien endlich Mrs. Middleton, begleitet von Lord Almsbury. Amber zauderte keine Sekunde. Sie entschuldigte sich bei den drei Herren und bahnte sich einen Weg durch den Raum bis zu den beiden neuen Gästen. Jane war an der Schwelle stehengeblieben, damit die Menge sie auch sicher bemerkte.

Amber nickte Mrs. Middleton nur leicht zu. »Almsbury«, sagte sie, »ich muß mit Ihnen sprechen. Ich habe Sie überall gesucht.«

Der Earl verbeugte sich vor Mrs. Middleton. »Wollen Sie mich eine Weile entschuldigen, Madame?«

Jane war sichtlich gekränkt. »Ach mein Gott, Sir, Sie sind es, der mich entschuldigen muß. Dort winkt mir Oberst Hamilton, und ich habe mich eben erinnert, daß er mich heute morgen gebeten hat, hierher zu kommen. Und ich hatte es ganz und gar vergessen.« Mit einem gezierten Wink ihrer schmalen, behandschuhten Hand verzog sie sich, ohne Amber auch nur einen Blick zu gönnen, die allerdings nicht mehr wußte, daß Mrs. Middleton überhaupt dagewesen war.

»Kommen Sie dorthin – ich brauche kein Dutzend großer Ohren, die uns zuhören.« Sie durchquerten das Zimmer und zogen sich in eine stille kleine Ecke beim Fenster zurück. »Erzählen Sie mir, was geschehen ist«, rief sie, ohne lange zu zögern. »Ich habe ihn seit vierzehn Tagen nicht mehr gesehen! Ich schreibe ihm, und er antwortet mir nicht! Ich spreche im Salon zu ihm, und er sieht mich an, als wäre ich eine Fremde. Ich bitte ihn, mich zu besuchen, und er kommt nicht. Sagen Sie mir, was geschehen ist, Almsbury! Ich werde noch verrückt!«

Almsbury seufzte. »Mylady Castlemaine hat seiner Frau die Satire gezeigt, die Rochester über euch geschrieben hat.«

»Ach, ich kenne das«, rief Amber verächtlich. »Aber was ist geschehen, daß er mich auf diese Art behandelt?«

»Eben das ist es, was geschehen ist.«

Sie sah ihn an. »Ich glaube Ihnen nicht.« Beide schwiegen, und ihre Blicke trafen sich. Dann sagte Amber: »Aber das kann doch nicht der einzige Grund sein. Nur weil seine Frau dahintergekommen ist? Es muß noch mehr sein.«

»Nichts anderes.«

»Sie wollen mir doch nicht erzählen, John Randolph, daß er mich so behandelt, weil seine Frau es von ihm verlangt hat!«

»Sie hat es nicht von ihm verlangt. Er hat diesen Entschluß allein gefaßt. Ich kann Ihnen auch gleich die Wahrheit sagen. Amber – er will Sie überhaupt nicht mehr allein sehen.«

»Hat er Ihnen das gesagt?« Ihre Stimme war kaum mehr als ein Wispern.

»Ja. Und er meint es auch so.«

Amber fühlte sich ganz hilflos. Sie setzte ihren Becher auf das breite Fensterbrett und sah auf die nackten Bäume hinaus. Und dann schaute sie wieder Almsbury an. »Wissen Sie, wo er jetzt ist?«

»Nein.«

Ihre Augen wurden schmal. »Sie lügen! Sie wissen es. Und Sie müssen es mir sagen. O Almsbury, bitte, sagen Sie es mir! Sie wissen, wie ich ihn liebe! Wenn ich ihn nur sehen und mit ihm sprechen kann! Ich werde ihm begreiflich machen, wie töricht das ist. Bitte, Almsbury, bitte, bitte! Bald fährt er fort, und dann werde ich ihn vielleicht nie mehr wiedersehen. Ich muß ihn sehen, solange er noch da ist!«

Er zögerte lange, sah sie eindringlich an, und dann endlich nickte er. »Kommen Sie!«

Als sie an Jane Middleton vorübergingen, wollte er stehenbleiben, um sich bei ihr zu entschuldigen, aber sie schüttelte ihre Locken und drehte ihm hochmütig die Schulter zu. Almsbury zuckte die Achseln.

Der Nachmittag war kalt, der Schlamm hart und schlüpfrig und mit einer dünnen Eisschicht bedeckt. Sie stiegen in Ambers riesige vergoldete Kutsche, die von acht Braunen gezogen wurde, deren Mähnen und Schweife mit goldenen und grünen Bändern durchflochten waren. Kutscher und acht Läufer trugen ihre smaragdgrüne Samtlivree, und ein ganz in Weiß gekleideter Lakai, der einen weißen Heroldstab trug, an dessen Ende er eine Orange befestigt hatte, um sich hin und wieder daran zu erfrischen, lief voran und verkündete ihr Kommen. Einige von den Lakaien hingen am Wagen, während andere hinter oder auch vor dem Wagen liefen. Im Innern war der Wagen mit grünem Samt gepolstert, und die Sitze und Decke waren mit goldenen Troddeln und Quasten verziert.

Almbury gab dem Kutscher die nötigen Weisungen und kletterte dann auf den Sitz neben Amber. »Er ist bei seinem Buchhändler in der Ave Maria Lane, glaube ich.« Dann sah er sich im Wagen um und ließ ein leises Pfeifen hören. »Jesus Christus, wann haben Sie denn den bekommen?«

»Voriges Jahr. Sie haben ihn schon gesehen.«

Sie antwortete in abgerisssenen Sätzen und achtete nicht viel darauf, was er sagte, denn sie war völlig von ihren eigenen Gedanken erfüllt. Was sollte sie Bruce sagen? Wie sollte sie ihn davon überzeugen, daß er unrecht hatte? Es vergingen einige Minuten, bevor Almsbury wieder zu sprechen begann.

Und dann sagte er: »Hat es Ihnen niemals leid getan?«

»Leid getan? Was?«

»Daß Sie das Land verlassen haben und nach London gekommen sind?«

»Warum sollte mir das leid tun? Sehen Sie doch, was ich erreicht habe!«

»Und denken Sie nach, auf welche Art Sie es erreicht haben! ›Nur über Wendeltreppen gelangt man hoch hinauf!‹ Haben Sie das jemals gehört?«

»Nein.«

»Sie sind über eine Wendeltreppe hoch hinauf gelangt, nicht wahr?«

»Und wenn es so ist! Ich habe manches getan, was mir zuwider war, aber heute ist es vorbei, und ich bin, wo ich sein wollte. Ich bin jemand, Almsbury! Wäre ich in Marygreen geblieben und hätte einen Bauernlümmel geheiratet und seine Bälger aufgezogen und sein Essen gekocht und sein Linnen gesponnen – was wäre ich jetzt? Eine Bauernfrau wie die andern auch, und kein Mensch hätte je erfahren, daß ich überhaupt vorhanden bin. Und sehen Sie mich jetzt an – ich bin reich, ich bin Herzogin, und mein Sohn wird eines Tages Herzog sein. Leid tun!« endete sie verächtlich. »Mein Gott, Almsbury!«

Er grinste. »Amber, mein Liebling, ich liebe dich – aber du bist eine grundsatzlose, berechnende Abenteurerin.«

»Nun«, entgegnete Amber, »ich habe eben mit nichts anfangen müssen ...«

»Als damit, schön und begehrenswert zu sein.«

»Es gibt eine Menge Frauen, die das auch sind – aber nicht alle sind heute Herzoginnen, das kann ich Ihnen versichern.«

»Nein, Herzchen, das ist richtig. Der Unterschied ist, daß du bereit warst, beides auszunützen, um zu erreichen, was du wolltest – und nicht allzuviel darauf geachtet hast, was dir unterwegs zustieß.«

»Mein Gott!« rief sie da ungeduldig. »Sie sind heute aber in einer seltsamen Laune!« Sie beugte sich vor, klopfte an die Wagenwand und rief dem Kutscher zu: »Schneller fahren!«

Ave Maria Lane war eines der Gäßchen, die rund um die mächtigen verbrannten Trümmer von St. Paul ein Gewirr bildeten. Als sie endlich angekommen waren, führte Almsbury sie zum Eingang eines neugebauten Hauses und wies auf eines der Schilder. »Hier drinnen sollte er sein. ›Drei Bibeln und drei Tintenfässer‹.« Viel zu erregt, um sich bei ihm zu bedanken, hob sie die Röcke und lief in den Hof; er sah ihr nach, und als sie im Haus verschwunden war, drehte er sich um und ging.

Es war jetzt dunkel draußen, und der Laden war schwach beleuchtet; ein dichter, staubiger Geruch von Tinte, Papier, Leder und Talg lastete über allem. An den Wänden zogen sich Gestelle hin, mit Büchern überfüllt, und auf dem Boden lagen braun- und grün- und rotgebundene Bände in Haufen. In einer Ecke stand ein kleiner, fetter junger Mann und las bei einer flackernden Kerze, die in einem Wandarm steckte. Er hatte eine Brille mit dicken grünen Gläsern auf der Nase, den Hut auf dem Kopf, und obgleich es viel zu warm in dem Raum war, trug er seinen Mantel. Sonst war niemand zu sehen.

Amber schaute sich um und wollte weitergehen, als ein alter Mann aus einer Haustür trat und sie lächelnd fragte, ob er ihr dienlich sein könne. Sie ging auf ihn zu und fragte leise, damit Bruce es nicht hören könnte, wenn er da war. »Ist Mylord Carlton hier?«

»Ja, Madame.«

Sie legte den Finger vor den Mund. »Er erwartet mich.« Sie zog eine Guinee aus ihrem Muff und drückte sie dem Mann in die Hand. »Wir wollen nicht gestört werden.«

Der Mann verbeugte sich, lugte verstohlen nach dem Geldstück in seiner Hand und lächelte noch immer. »Gewiß Madame, gewiß.« Er grinste, sichtlich erfreut, daß er bei dem Rendezvous Seiner Lordschaft mit dieser schönen Dame eine Rolle spielen durfte.

Sie ging zu der Tür, öffnete sie, trat ein und schloß sie leise. Bruce trug Mantel und Federhut; er stand nur wenige Schritte von ihr entfernt und las ein Manuskript. Er hatte ihr den Rücken zugekehrt. Amber blieb stehen, lehnte sich an die Tür, denn ihr Herz pochte heftig, und sie war plötzlich ganz schwach und außer Atem. Sie fürchtete sich beinahe davor, was er tun oder sagen mochte, sobald er sie erblickte.

Nach einer Weile sage Bruce, ohne sich umzuschauen: »Dieses Manuskript von Carew – wie sind Sie nur dazu gekommen?« Und als er keine Antwort erhielt, drehte er sich um und sah sie.

Amber lächelte schüchtern und machte einen kleinen Knicks. »Guten Abend, Mylord.«

»Ja –« Bruce warf das Manuskript auf einen Tisch hinter sich. »Ich hätte dich nie für eine Büchersammlerin gehalten.« Seine Augen wurden schmal. »Wie, zum Teufel, bist du hergekommen?«

Sie lief auf ihn zu. »Ich mußte dich sehen, Bruce! Bitte, sei mir nicht böse! Sag mir, was geschehen ist! Warum bist du mir aus dem Weg gegangen?«

Er verzog die Stirne, sah aber nicht weg. »Ich wußte nicht, wie ich es ohne Streit hätte anders machen sollen.«

»Ohne Streit! Das habe ich dich hundertmal sagen gehört. Dich, der seinen Lebensunterhalt nur mit Streit verdient hat!«

Er lächelte. »Nicht mit Frauen.«

»Oh, ich schwöre dir, Bruce, ich bin nicht hergekommen, um mit dir zu streiten. Aber du mußt mir sagen, was geschehen ist. Eines Tages bist du zu mir gekommen, und wir waren glücklich miteinander – und am nächsten hast du kaum noch ein Wort gesprochen. Warum?« Sie breitete die Hände bittend aus.

»Du mußt es wissen, Amber, warum spielst du Komödie?«

»Almsbury hat es mir gesagt, aber ich wollte es nicht glauben. Ich kann es jetzt noch nicht glauben. Daß gerade du, von allen Männern du, dich von deiner Frau an der Nase führen läßt!«

Er setzte sich auf den Tisch, neben dem sie standen, und stützte einen Fuß auf einen Stuhl. »Corinna ist keine Frau, die einen an der Nase führt. Ich habe diesen Entschluß selbst gefaßt – aus einem Grunde, den ich dir wahrscheinlich nicht erklären kann.«

»Warum nicht?« fragte sie, ein wenig gekränkt. »Was andere verstehn, das verstehe ich zur Not auch, das kannst du mir glauben. Aber du mußt es mir sagen, Bruce! Ich muß es wissen! Ich habe ein Recht darauf!«

Er holte tief Atem. »Nun – du hast vermutlich gehört, daß die Castlemaine Corinna das Pamphlet gezeigt hat – aber sie sagte mir, sie habe schon lange vorher gewußt, daß wir – sie muß in diesen vergangenen Wochen Qualen durchlebt haben, von denen wir nichts wissen. Für uns mag der Ehebruch nichts Ernstes bedeuten – für sie aber schon. Sie ist unschuldig, und was noch mehr ist, sie liebt mich; ich möchte sie nicht noch mehr kränken, als ich sie schon gekränkt habe.«

»Und ich?« rief sie. »Ich liebe dich ebensosehr, wie sie dich lieben kann. Mein Gott, ich glaube, daß auch ich etwas von solchen Qualen weiß. Oder bedeutet es dir denn gar nichts, wenn du mich kränkst?«

»Gewiß, gewiß, Amber, aber es ist ein Unterschied.«

»Wieso?«

»Corinna ist meine Frau, und wir werden unser ganzes Leben miteinander leben. In wenigen Monaten werde ich England verlassen, und ich werde nicht wiederkommen – mit dem Reisen ist es jetzt vorbei. Dein Leben ist hier, und mein Leben ist in Amerika. Wenn ich diesmal wegfahre, dann werden wir einander niemals wiedersehen.«

»Einander niemals wiedersehen?« Ihre braunen, gesprenkelten Augen starrten ihn an, und ihre Lippen blieben halboffen. »Niemals –!« Sie hatte es eine halbe Stunde vorher zu Almsbury gesagt, aber jetzt klang es ihr anders, da es aus seinem Mund kam. »Niemals, Bruce! O Liebling, du kannst mir das nicht antun! Ich brauche dich ebensosehr, wie sie dich braucht – ich liebe dich ebensosehr, wie sie dich liebt. Und wenn in Zukunft dein ganzes Leben ihr gehört – kannst du mir nicht jetzt ein wenig davon geben? Sie würde es niemals erfahren, und wenn sie es nicht erfährt, kann es sie doch nicht kränken! Du kannst nicht in den nächsten sechs Monaten in London sein und mich niemals besuchen – ich würde sterben, wenn du mir das antätest! O Bruce, das kannst du nicht tun! Das kannst du nicht!«

Sie warf sich an seinen Hals, klopfte sachte mit den Fäusten an seine Brust, schluchzte verzweifelt, leise, traurig. Lange Zeit blieb er mit hängenden Armen sitzen und berührte sie nicht. Dann aber zog er sie an sich, und sein Mund senkte sich mit einer Mischung von Zorn und Begehren auf den ihren. »Oh, du kleine Hexe«, flüsterte er. »Eines Tages werde ich dich vergessen – eines Tages werde ich . . .«

*

Er mietete eine Wohnung in einem Mietshaus in Magpie Yard, etwa eine Meile vom Palast entfernt, in dem alten Viertel, das vom Brand verschont geblieben war. Sie hatten zwei große Zimmer, schön eingerichtet in dem pompösen, schwerfälligen Stil, der siebzig Jahre vorher geherrscht hatte. Da gab es Tische mit gewundenen Beinen, riesige Stühle, ungeheure Schränke, eine hochlehnige Polsterbank vor dem Kamin und verblaßte Tapeten an den Wänden. Das Eichenbett besaß majestätische Ausmaße, mit geschnitzten Säulen und reich verziertem Kopfende und dunkelroten Samtvorhängen, die, von den Jahren verblichen, in den Falten noch immer ihre reiche, ursprüngliche Farbe bewahrt hatten. Fenster mit Butzenscheiben blickten drei Stockwerke hinunter, auf der einen Seite in einen mit Backsteinen gepflasterten Hof, auf der anderen zur geräuschvoll wimmelnden Straße.

Zwei- oder dreimal in der Woche trafen sie sich dort, meistens nachmittags, doch manchmal auch abends. Amber hatte ihm versprochen, daß Corinna es niemals erfahren sollte, und ergriff die kunstvollsten Vorsichtsmaßnahmen, um das Geheimnis zu wahren. Wenn sie sich am Nachmittag trafen, verließ sie Whitehall in ihren eigenen Kleidern und in ihrem Wagen, fuhr in ein Gasthaus, wo sie die Kleider wechselte und Nan in ihren Kleidern maskiert durch die Vordertür aus dem Haus gehen ließ, während sie verkleidet durch die Hintertür verschwand. Abends nahm sie eine Barke oder einen Mietwagen, doch da war John Waterman immer bei ihr.

Mit diesem Versteckspiel ging sie viel weiter, als es im Grund nötig gewesen wäre, weil sie große Freude daran hatte.

Einmal kam sie mit schwarzer Perücke, die Röcke geschürzt, die Ärmel hochgestreift, in einem Wollmantel, um sich gegen die Kälte zu schützen, mit einem Korb getrockneter Rosmarin, Lavendel und Hekkenrosen. Ein andermal war sie eine ehrbare Bürgersfrau in einfachem schwarzem Kleid, mit weißleinenem Kragen und einer Haube, die das Haar bedeckte – doch diese Tracht behagte ihr nicht, und sie stopfte sie in eine Truhe, um im Zimmer heiterer gekleidet zu sein. Auch als junger Bursch verkleidete sie sich, in anliegendem Samtanzug, mit flachsgelber Perücke, stolzierte, den Degen an der Seite, den Hut keck über die Augen, durch die Straßen, einen kurzen Samtmantel bis zum Kinn gezogen.

Ihre Verkleidungen erheiterten sie beide, denn manchmal ging sie auf der Straße an Bekannten vorbei, ohne daß einer sie bemerkt hätte. Einmal hielten ein paar Lebemänner sie an und boten ihr ein Guinee, wenn sie mit ihnen ins Wirtshaus gehen wollte. Ein andermal war sie dem König begegnet, der mit Buckingham und Arlington am Ufer spazierte. Alle drei Herren wandten den Kopf nach der maskierten Dame, die ihre Röcke hob, um in eine Barke einzusteigen, und einer von ihnen pfiff leise. Das mußte der Herzog oder Karl selbst gewesen sein, denn Arlington hätte gewiß hinter keiner Dame gepfiffen, und wäre sie auch splitternackt über die Cheapside gegangen.

Manchmal brachte Bruce ihren Sohn, und manchmal Amber ihre Tochter mit. Sie veranstalteten heitere Mahle, riefen häufig Straßenmusikanten herein, die ihnen bei Tisch aufspielen mußten, und die Kinder fanden, es sei ein höchst aufregendes Abenteuer. Bruce erklärte dem Knaben, so gut er konnte, warum Corinna nichts davon erfahren durfte; und Susanna konnte sie nicht verraten, denn sie machte ihre unschuldigen Bemerkungen vor niemandem, der etwas ahnen konnte – abgesehen von dem König; und Karl war nicht der Mann, um sich in die Liebesgeschichten seiner Mätressen zu mischen.

Anfang März übersiedelte Amber nach Ravenspur House, obgleich es noch nicht ganz fertig war. Die Ziegel waren leuchtend hell, denn der Londoner Rauch hatte noch keine Zeit gehabt, sie zu verdunkeln. Das Gras auf den Terrassengärten war noch spärlich, die umgesetzten Linden und Kastanien, Buchen und Sykomoren waren noch kahl; die Hekken aus Buchs und Rosen waren viel zu jung, um auf dekorative Art beschnitten zu werden. Trotzdem war es ein mächtiges, eindrucksvolles Haus, und zu wissen, daß es ihr gehörte, empfand Amber mit leidenschaftlichem Stolz.

Sie führte Bruce eines Tages hin und zeigte ihm das Badezimmer – eines der wenigen in London – mit seinen Wänden und seinem Boden aus schwarzem Marmor, den grünen Satinvorhängen, den vergoldeten Stühlen und der in den Boden eingelassenen Wanne, die beinahe so groß war, daß man darin schwimmen konnte. Sie prahlte damit, daß jedes Stück im Haushalt, vom Nachttopf bis zur Lichtputzschere, aus reinem Silber war. Sie erzählte ihm, daß die Spiegel, deren es einige hundert gab, und jeder in Silber gerahmt, durchweg aus Venedig hereingeschmuggelt worden seien. Sie zeigte ihm ihr berühmtes Tischgeschirr aus Gold und Silber, das, der Sitte nach, auf mehreren großen Büfetts an den Wänden des Speisesaals stand.

»Was hältst du davon?« Sie krähte beinahe, und ihre Augen funkelten triumphierend. »So etwas gibt es in Amerika nicht, das kann ich dir sagen.«

»Nein«, räumte er ein. »Allerdings nicht.«

»Und wird es auch nie geben!«

Er zuckte die Achseln, widersprach aber nicht. Nach einer Weile sagte er – sehr zu ihrer Überraschung: »Du bist mächtig reich, nicht wahr?«

»Oh, schrecklich! Ich kann alles haben.« Sie vergaß hinzuzufügen, daß sie wohl alles haben konnte – aber auf Kredit.

»Weißt du, in welchem Zustand sich deine Anlagen befinden? Newbold erzählte mir, wie schwierig es sei, dich dazu zu bekommen, daß du ihm überhaupt noch etwas Geld zum Anlegen läßt. Glaubst du nicht, daß es vorsichtig wäre, zwei- oder dreitausend Pfund beiseite zu legen, an die du nicht rühren könntest?«

Teils erstaunt, teils verächtlich sagte sie: »Wozu? Ich kann mich nicht mit diesen Dingen abgeben. Immerhin – wo dieses Geld hergekommen ist, wird es immer welches geben, das schwöre ich dir.«

»Aber, mein Kind, du wirst nicht immer jung sein.«

Sie sah ihn entsetzt und zornig an. Denn wenn auch das Verstreichen der Jahre sie erschreckte und ihr sechsundzwanzigster Geburtstag nahe bevorstand, hatte sie sich nie den Gedanken erlaubt, auch er könnte merken, daß sie älter wurde. Für Bruce Carlton war sie in ihrer Seele niemals älter als sechzehn Jahre. Nun saß sie still und nachdenklich, bis sie wieder im Palast war, und stürzte sich vor den Spiegel.

Minutenlang beschaute sie sich, prüfte rücksichtslos ihre Haut, ihre Haare und die Zähne; und am Ende kam sie zu der Überzeugung, daß sie noch nicht begonnen hatte zu altern. Ihre Haut war weich und cremig, ihr Haar so üppig und reich gefärbt, ihre Gestalt so schön wie damals, als sie ihn in Marygreen gesehen hatte. Immerhin gab es eine Veränderung, derer sie sich aber nur vage bewußt wurde.

Damals war ihr Gesicht noch von lebendigen Erfahrungen unberührt gewesen, jetzt zeigte es unverkennbar die Spuren eines reichen, vollen heftigen Lebensgenusses. Der gleiche Eifer, die gleiche Leidenschaft blitzten in ihren Augen und schienen sich noch gesteigert zu haben. Wie auch die vergangenen Jahre gewesen sein mochten, sie hatten weder ihr Selbstvertrauen zu vernichten noch ihre Begeisterung zu dämpfen vermocht; es gab etwas Unzerstörbares in ihr.

Nan trat ein und sah, wie ihre Herrin mit fast krankhafter Gier in den Spiegel starrte. »Nan«, rief sie, als die Tür sich öffnete. »Geht es schon abwärts mit mir?«

Nan sah sie ganz verdutzt an. »Abwärts mit Ihnen? Mit Ihnen?« Sie lief auf Amber zu und sah sie prüfend an. »Ach, mein Gott, Euer Gnaden, Sie sind niemals in ihrem Leben schöner gewesen! Sie müssen ganz verrückt sein, um so etwas zu sagen!«

Amber blickte zweifelnd zu ihr auf und dann wieder in den Spiegel. Langsam hob sie die Finger, um ihr Gesicht zu berühren. Natürlich nicht, dachte sie. Er hat nicht gemeint, daß ich alt werde. Das hat er nicht gesagt. Er sagte nur, daß eines Tages . . .

Eines Tages – das war es, was sie fürchtete. Sie warf den Spiegel beiseite, stand auf und begann, sich zum Abendessen umzuziehen. Aber der Gedanke, daß sie eines Tages alt sein sollte, daß ihre Schönheit – heute so makellos – am Ende vergehen würde, erfüllte ihr Gehirn immer nachdrücklicher. Sie schob ihn von sich, aber immer wieder schlich er sich ein, ein heimtückisch hartnäckiger Feind ihres Glücks . . .

Die erste Gesellschaft, die Amber in Ravenspur House gab, kostete sie beinahe fünftausend Pfund. Sie lud einige hundert Gäste ein, und alle kamen, und auch etliche Dutzend mehr, die nicht geladen waren, denen es aber gelungen war, sich trotz der Wachen durchzuschleichen.

Das Essen war köstlich und wurde von einer ganzen Schar livrierter Lakaien aufgetragen, die alle jung und hübsch waren. Es gab Champagner und Burgunder in großen silbernen Gefäßen, und trotz der Gegenwart Seiner Majestät tranken einige der Herren zuviel. Musik und Zurufe und Lachen erfüllten das Haus und drangen in alle Winkel. Während die einen tanzten, sammelten sich die anderen um die Kartentische oder knieten erregt im Kreise um die rollenden Würfel.

König Karl und Königin Katharina waren gekommen, und natürlich auch alle großen Kurtisanen der Stadt. Jakob Hall und Moll Davis gaben ihre Vorstellungen und – in privaterem Kreise – auch einige von Madame Bennets nackten Tanzmädchen. Doch der Höhepunkt des Abends war es, als eine Dirne, die seit einigen Monaten die Stadt und den Hof durch ihre unglaublich vollendete Nachahmung Lady Castlemaines unterhielt, in dem gleichen Kleid auftauchte, das Mylady trug. Amber hatte durch Bestechung einer Zofe Lady Castlemaines herausgebracht, was deren Herrin abends tragen würde, und von Madame Rouvière das gleiche Kleid anfertigen lassen. Wütend und gedemütigt verlangte Barbara vom König, diesen Schimpf zu strafen oder das Geschöpf hinausweisen zu lassen, aber ihn amüsierte der Streich ebenso wie jener, den Nelly Gwynne seinerzeit Moll Davis gespielt hatte.

Barbara Palmer, Lord und Lady Carlton und einige andere verschwanden früh, aber alle übrigen blieben und hielten die Nacht bis zum Morgen durch.

Morgens gegen drei Uhr wurde ein Frühstück serviert, ein Frühstück, ebenso üppig wie das Souper, und um sechs Uhr gab es eine Kissenschlacht zwischen den Nachzüglern. Zwei reizbare junge Gecken gerieten dabei in Streit, zogen den Degen und hätten einander im Salon umgebracht – Karl war zu dieser Stunde schon gegangen –, aber Amber konnte sie trennen, und die Herren fuhren, von allen ihren Freunden begleitet, nach Marylebone Fields, um die Sache ritterlich auszutragen. Und endlich, erschöpft, aber glücklich, stieg Amber die Treppe zu ihrem schwarzgoldgrünen Schlafzimmer hinauf.

Man war sich allgemein darüber einig, daß es seit Monaten kein so erfolgreiches Fest gegeben hatte.

Fünfundsechzigstes Kapitel

Zuerst war Amber völlig zufrieden damit, Bruce nur insgeheim zu treffen. Sie war so nahe daran gewesen, ihn zu verlieren, daß sie jetzt den flüchtigen Stunden dankbar war und entschlossen, jeden Augenblick des Beisammenseins aufs äußerste zu genießen. Denn jetzt erfaßte sie, daß er niemals wiederkommen würde, und sie sah die Zeit verrinnen – Tage, dann Wochen, dann Monate, und ihr Leben verrann mit ihnen.

Doch langsam wuchs ein Groll in ihr. Als er es ihr gesagt hatte, da war sie bereit zu glauben, daß er sie wirklich nicht mehr sehen wollte, wenn Corinna ihre Beziehung entdecken würde. Und dennoch hatte er seiner Frau dieses eine Versprechen nicht gehalten – warum nicht auch andere? Und niemals in diesen zehn Jahren, seit sie ihn kannte, schien er sie so ehrlich, so aus tiefstem Innern geliebt zu haben. Es kam ihr nicht zum Bewußtsein, daß sie selbst ihren Anteil daran hatte, weil sie niemals so wenig von ihm verlangt hatte, von einer so unversieglichen Liebenswürdigkeit gewesen war, niemals Streit suchte oder klagte. Und so begann sie immer mehr zu glauben, sie sei für ihn so wichtig, daß er sie nie aufgeben würde, was auch geschehen mochte. Und darum wurde sie immer unzufriedener mit ihrem Los.

Was bin ich für ihn? fragte sie sich bitter. Etwas zwischen einer Geliebten und einer Frau – gewissermaßen ein Fisch mit Federn. Ich will verdammt sein, wenn ich mich auf die Dauer derart von ihm behandeln lasse! Er soll spüren, daß ich heute nicht mehr die Nichte eines Bauern bin! Ich bin die Herzogin von Ravenspur, eine große Dame, eine Frau von Rang und Stand – ich will nicht behandelt werden wie eine Dirne, die man nur heimlich besucht und in guter Gesellschaft niemals erwähnt.

Doch als sie zum erstenmal ihre Entrüstung merken ließ, war seine Antwort eindeutig. »Diese Einrichtung war deine Idee, Amber, nicht meine. Wenn sie dir nicht länger behagt, mußt du es nur sagen, und wir werden uns eben nicht mehr treffen.« Und sein Blick erschreckte sie – für einige Zeit.

Doch sie glaubte noch immer, es gebe einen Weg, zu erreichen, was sie wollte, und so wurde sie bald wieder herausfordender und widerspenstiger. Mitte Mai war ihre Geduld, die in diesen fünf Monaten hart geprüft worden war, völlig erschöpft. Als sie eines Tages, gerüttelt und gestoßen, in einem Mietwagen zu ihrem Rendezvous fuhr, da hatte ihre Reizbarkeit sich zu rücksichtsloser Unvernunft gesteigert. Im nächsten Monat erwartete Corinna ihr Kind, und so dauerte der Aufenthalt der Carltons in England noch sechs oder sieben Wochen. Sie wußte recht wohl, daß es keinen Sinn hatte, jetzt in dem Hornissennest zu stochern. Aber wer hatte je gehört, daß man eine Mätresse so behandelt? Warum muß ich mich wie eine gemeine Taschendiebin heranschleichen, wenn ich ihn sehen will? Ach, die Pocken über ihn und seine höllische Geheimnistuerei!

Sie war wie ein Landmädchen gekleidet, das etwa aus Knightsbridge oder Chelsea gekommen war, um ihr Gemüse zu verkaufen, und aus Sentimentalität hatte sie eine Tracht gewählt, die jener glich, die sie damals am Tage des Jahrmarkts in Heathstone getragen hatte. Dieses Kostüm bestand aus einem grünen Wollrock über einem kurzen, rot und weiß gestreiften Unterrock, einem schwarzen, festgeschnürten Leibchen und einer weißen Bluse mit bauschigen Ärmeln. Ihre Beine waren nackt, sie hatte hübsche schwarze Schuhe an und einen Strohhut. Mit dem lose fallenden Haar und dem ungeschminkten Gesicht sah sie tatsächlich fast genauso aus wie vor zehn Jahren.

Der Tag war warm, denn sie Sonne war nach einem frühen Morgenregen plötzlich herausgekommen, und Amber hatte das Fenster heruntergelassen. Der Wagen rumpelte durch die King Street nach Charing Cross, wo der Strand mit Pall Mall zusammentrifft, und als er nun hielt, steckte sie den Kopf hinaus. Der Platz wimmelte von Kindern und Tieren, Bettlern und Verkäufern und Bürgern, es ging lärmend und geschäftig zu und so aufregend, wie sie London immer empfunden hatte und empfinden würde.

Sie sah ihn sogleich; er stand nur wenige Fuß von ihr entfernt, hatte ihr den Rücken zugedreht und kaufte von einer alten Obsthändlerin ein Körbchen mit den ersten Kirschen, während ein schmieriges kleines Mädchen ihn am Rock zog und um ein Almosen bat. Bruce hatte nicht wie sie Geschmack an Verkleidungen gefunden, sondern trug stets seine gutgeschnittenen, unauffälligen Kleider. Diesmal hatte er grüne Kniehosen an, einen schönen, knielangen Rock mit sehr breiten, goldgestickten Umschlägen an den Ärmeln, und dazu einen Dreispitz. Und Anzug und Hut waren nach der neuesten Mode.

Ihr Gesicht verlor jetzt den lebhaft-spöttischen Ausdruck, sie beugte sich vor, winkte und schrie: »He, Sie da!«

Ein halbes Dutzend Männer drehten sich grinsend um, sie wollten wissen, ob sie gemeint seien. Sie schnitt ihnen eine unverschämte Grimasse. Bruce wandte sich um, zahlte die Obsthändlerin, gab dem Kutscher einen Befehl und stieg zu ihr in den Wagen. Er reichte ihr den Korb mit den Kirschen, und als die Kutsche jetzt mit einem Ruck anfuhr, fiel er in den Sitz. Mit jäher Bewunderung glitt sein Blick über sie, vom Kopf zu den zarten, sittsam gekreuzten Knöcheln.

»Du bist ein ebenso reizendes Landmädchen wie damals, als ich dich zum erstenmal gesehen habe.«

»Wirklich?« Amber sonnte sich in seinem Lächeln, begann die Kirschen zu essen und reichte ihm auch eine Handvoll. »Es ist jetzt zehn Jahre her, Bruce – seit jenem Tag in Marygreen. Ich kann es nicht glauben. Und du?«

»Ich sollte meinen, daß es dir länger vorkommen müßte als zehn Jahre.«

»Warum?« Plötzlich weiteten sich ihre Augen, und sie sah ihn an. »Sehe ich denn um so viel mehr als zehn Jahre älter aus?«

»Natürlich nicht, Liebling. Wie alt bist du denn? Sechsundzwanzig?«

»Ja. Und sehe ich so aus?« In ihrem Eifer war beinahe etwas Rührendes.

Er lachte. »Sechsundzwanzig! Mein Gott, was für ein Alter! Weißt du, wie alt ich bin? Neununddreißig. Stellst du dir vielleicht vor, daß ich auf einen Stock gestützt herumgehe?«

Amber beugte sich über die Kirschen. »Bei Männern ist es anders.«

»Nur weil die Frauen das glauben.«

Doch sie wollte lieber von angenehmeren Dingen sprechen. »Hoffentlich werden wir etwas zu essen kriegen. Ich habe heute nicht zu Mittag gegessen – Madame Rouvière hatte mir das Kleid für den Geburtstag Seiner Majestät anprobiert.« Es war Sitte bei Hof, zu diesem Anlaß in großer Toilette zu erscheinen. »Oh, warte nur, bis du mich sehen wirst!« Sie rollte vielversprechend die Augen. Er sollte wie vom Blitz getroffen werden, wenn er sie sah.

Er lächelte. »Du brauchst mir nichts zu erzählen – ich weiß schon. Von der Taille abwärts ist es durchsichtig.«

»Oh, du schlechter Mensch! Nein, das ist es nicht! Es ist sehr dezent – mindestens ebenso dezent wie eines von Corinnas Kleidern, das schwöre ich dir.«

Aber sie wußte, daß es – wie immer – ein Fehler gewesen war, seine Frau zu erwähnen. Sein Gesicht verschloß sich, das Lächeln verblich, und sie schwiegen.

Als sie so neben ihm saß, unbequem auf den harten, ungefederten Sitzen hin- und hergerüttelt, fragte Amber sich, woran er wohl denken mochte, und all ihr Groll gegen ihn erwachte von neuem. Doch dann warf sie aus den Augenwinkeln einen verstohlenen Blick nach ihm, sah sein schönes Profil, das nervöse Zucken des Kinns unter der glatten, braunen Haut, und sehnte sich danach, die Hand auszustrecken, ihn zu berühren und ihm zu sagen, wie tief, wie hoffnungslos, wie ewig sie ihn liebte. In diesem Augenblick bog die Kutsche in den Hof des Mietshauses und hielt. Bruce sprang rasch hinaus und steckte ihr die Hand entgegen.

Hühner hatten sich mit lärmendem Gackern verzogen, als die Pferde herangetrabt waren, und eine Katze wich den Rädern aus. Die Sonne lag warm auf dem backsteingepflasterten Hof, obgleich auch der Geruch des Morgenregens noch zu spüren war, und die Blumentöpfe an der Mauer hatten grüne Blätter und zarte Knospen mit farbigen Spitzen ausgestreckt. Oben hingen an Leinen oder über dem Balkongeländer Wäschestücke, Bettücher, Handtücher, Hemden. Ein kleiner Junge saß in der Sonne, streichelte seinen Hund und sang sich ein dummes, endloses Lied; er sah neugierig auf, rührte sich aber nicht, als die Kutsche nur wenige Fuß vor ihm hielt.

Amber legte die Hand in Bruces Hand, sprang hinaus und nahm den Hut ab, um die Sonne auf ihrem Haar und ihrer Haut zu fühlen, lächelte dem Jungen zu und fragte ihn, ob er ein paar Kirschen wolle. Gleich war er aufgesprungen, und nachdem Amber sich noch eine Handvoll genommen hatte, gab sie ihm den Korb. Bruce zahlte den Kutscher, und dann gingen sie zu dem Seiteneingang, der zu ihrer Wohnung führte.

Er hatte eine Mahlzeit bestellt, und als sie hinaufkamen, entfernten sich soeben die Kellner. Eine schwere, weiße Damastdecke lag auf einem Tisch vor dem Kamin, mit silbernem Eßbesteck und Servietten, einem siebenarmigen Leuchter und schönen italienischen Tellern aus getriebenem Silber. Es gab Erdbeeren in dickem Rahm, einen knusprig gebratenen Karpfen, der am selben Morgen gefangen worden war, eine Schüssel heißer Kümmelstangen und eine Torte – ein köstliches Kunstwerk mit gekochten Äpfeln in der Mitte und Apfelgelee über das Ganze gestrichen. Und dort stand auch ein Krug mit dampfendem schwarzem Kaffee.

»Oh!« rief Amber entzückt und vergaß, wie gespannt die Stimmung zwischen ihnen noch gewesen war. »Alles, was ich gern habe!« Sie wandte sich fröhlich zu ihm um und küßte ihn. »Du erinnerst dich immer an meine Lieblingsspeisen, Liebster!«

Und das war auch richtig. Von Zeit zu Zeit hatte er ihr unverhofft Geschenke mitgebracht, manchmal sehr kostbare Dinge, manchmal ganz wertloses Zeug. Wenn etwas schön oder erheiternd war, wenn es ihn an sie erinnerte, oder wenn er meinte, es würde sie amüsieren, dann kaufte er es – ein paar Yard von irgendeinem prächtigen, grüngolden glitzernden Stoff, ein fabelhaftes Schmuckstück oder einen mutwilligen Affen.

Sie warf ihren Hut beiseite und öffnete die Bänder ihres Schnürleibchens, um es bequemer zu haben, und dann setzten sie sich zu Tisch. All ihr Groll war verschwunden, sie sprachen und lachten, freuten sich am guten Essen, dachten nur aneinander, waren glücklich und zufrieden.

Sie waren kurz nach zwei Uhr gekommen und hatten den Eindruck, daß ihnen ein langer Nachmittag gegönnt sein werde. Aber die Sonne rückte von dem Tisch, an dem sie gegessen hatten, in das Schlafzimmer, haftete noch an den Nischen der Fenster mit den kleinen, viereckigen

Scheiben und verließ schließlich den Raum. Eine kühle, schattige Dämmerung blieb zurück, obgleich es noch nicht so dunkel war, daß sie Kerzen anzünden mußten. Amber stieg aus dem Bett und ging ans Fenster.

Sie war barfuß und nur im Hemd. Bruce lag in Hosen und dem weitärmeligen, weißen Hemd ausgestreckt, stützte sich auf einen Ellbogen, knackte Nüsse und sah ihr nach.

Sie lehnte sich hinaus und blickte auf den geschäftigen, schiffereichen Fluß hinunter, den die untergehende Sonne kupfern färbte. Unten im Schatten des Hofes standen zwei Männer und schwatzten und drehten die Köpfe nach einem Mädchen, das, in jeder Hand einen Eimer mit Wasser, vorbeiging. Ein letzter Sonnenstrahl ließ ihr Haar aufflammen. Als jetzt der lange Tag sich seinem Ende zuneigte, war eine gewisse Schlaffheit und Ruhe in der Luft, und die Bewegungen aller Geschöpfe waren langsam und müde geworden. Ambers Brust schwoll und schmerzte, ihre Augen waren tränennaß, als sie sich jetzt wieder ins Zimmer wandte.

»O Bruce, es wird eine herrliche Nacht werden. Wäre es nicht wunderbar, wenn wir eine Barke nehmen, die Themse aufwärts zu irgendeinem kleinen Wirtshaus segeln und morgen zurückfahren würden?«

»Ja gewiß«, gab er zu.

»Dann tun wir's doch!«

»Du weißt, daß wir es nicht tun können.«

»Warum nicht?« Ihre Augen und ihre Stimme wurden herausfordernd. Aber er sah sie nur an, als wäre die Frage völlig überflüssig. Sie schwiegen beide. »Du wagst es nicht«, sagte sie geradeheraus.

Und nun stieg es wieder in ihr auf, all der Zorn und Groll, der verletzte Stolz und die verschmähte Liebe dieser vergangenen Monate. Sie setzte sich neben ihn auf das zerwühlte Bett und war entschlossen, es zu einer Aussprache kommen zu lassen.

»O Bruce, warum können wir nicht fahren? Erfinde doch irgend etwas, das du ihr sagen kannst. Sie wird dir alles glauben. Bitte! Du bist ja nicht mehr lange hier.«

»Ich kann es nicht tun, Amber, und du weißt das verdammt gut. Und jetzt ist es ohnehin Zeit zu gehen.« Er setzte sich auf.

»Natürlich!« schrie sie wütend. »In der Sekunde, da ich von etwas spreche, was du nicht hören willst, ist es Zeit zu gehen.« Ihr Mund verzog sich, und in ihrer Stimme war bitterer Hohn. »Nun, dieses eine Mal wirst du mich bis zu Ende anhören. Glaubst du denn, daß ich in diesen fünf Monaten gar so glücklich war? Mit den tausend Schlichen, die ich erfinden mußte, um dich zu sehen und ohne daß ich wagen durfte, in Gesellschaft ein Wort zu dir zu sprechen – alles aus Angst, sie könnte es merken und gekränkt sein! Ach, mein Gott! Arme Corinna! Und ich? Was ist mit mir?« Ihre Stimme war rauh und zornig, und zuletzt schlug sie sich an die Brust. »Zähle ich denn überhaupt nicht?«

Bruce runzelte die Stirne und stand auf. »Es tut mir leid, Amber, aber das war deine eigene Idee. Erinnere dich daran!«

Auch sie sprang auf. »Du und deine verfluchte Geheimniskrämerei! Es gibt keinen andern Mann in London, der seine Frau so verzärteln würde, wie du es tust! Es ist einfach lächerlich!«

Er langte nach seinem Rock und begann ihn zuzuknöpfen. »Du solltest dich lieber anziehen.« Er sprach ganz kurz, und die Linien seines Unterkiefers waren hart geworden; aber sein Gesichtsausdruck stachelte sie nur noch mehr auf.

»Hör, Bruce Carlton! Du magst wohl glauben, daß ich zufrieden sein soll, wenn du mir die Ehre antust, dich mit mir ins Bett zu legen. Nun, so mag es einmal gewesen sein – aber ich bin nicht mehr das simple Landmädchen! Ich bin heute jemand, verstehst du? Ich bin die Herzogin von Ravenspur, und ich mag mich nicht länger in Mietwagen rütteln lassen oder in Gasthäusern verstecken! Und das ist mir ernst! Verstehst du mich?«

Er nahm sein Halstuch und band es sich vor dem Spiegel um. »Ich glaube wohl. Kommst du jetzt mit mir?«.

»Nein! Ich komme nicht. Warum sollte ich auch?« Sie stand mit gespreizten Beinen, die Hände in den Hüften, vor ihm, und ihre Augen blitzten trotzig.

Nachdem er sein Halstuch gebunden hatte, setzte er die Perücke auf, nahm seinen Hut und ging durch das Schlafzimmer auf den Ausgang zu, während Amber ihm angstvoll und mit bösen Ahnungen nachblickte. Was würde er jetzt tun? Plötzlich lief sie ihm nach und erreichte ihn, als er eben den Türknauf ergriffen hatte. Er wandte sich um. Sekundenlang sahen sie einander schweigend an.

»Leb wohl, meine Liebe!«

Ihr Blick haftete an seinem Gesicht. »Wann sehe ich dich wieder?« Sie fragte leise, und ihre Stimme klang besorgt.

»Vermutlich in Whitehall.«

»Hier, meine ich!«

»Überhaupt nicht. Du willst nicht, daß wir uns im geheimen treffen – und ich kann nicht anders. Damit ist die Sache wohl erledigt.«

Sie starrte ihn entsetzt und ungläubig an, dann aber brach die Wut hemmungslos aus ihr heraus. »Zur Hölle mit dir!« schrie sie. »Ich brauche dich nicht! Geh nur – und hoffentlich werde ich dich niemals wiedersehen. Hinaus! Hinaus!« Ihre Stimme kreischte hysterisch, und sie hob die Fäuste, um ihn zu schlagen.

Rasch öffnete er die Tür, ging und zog sie hinter sich zu. Amber warf sich gegen das Holz und weinte hilflose, zornige Tränen. Sie konnte seine Schritte auf der Treppe hören, immer schwächer wurde das Geräusch und dann, als sie aufhörte zu schluchzen und lauschte, war alles verhallt. Nur eine Geige war irgendwo im Hause zu hören. Sie rannte ans Fenster und beugte sich hinaus. Es war beinahe dunkel, aber eben betrat jemand mit einer brennenden Fackel den Hof, und sie konnte Bruce sehen, der rasch über das Backsteinpflaster schritt.

»Bruce!«

Es war nichts mehr in ihr als Angst, furchtbare Angst.

Doch sie war drei Stockwerke über dem Hof, und vielleicht hörte er sie nicht; im nächsten Augenblick war er jedenfalls auf der Straße verschwunden.

Sechsundsechzigstes Kapitel

Sechs Tage lang sah sie ihn überhaupt nicht. Zuerst glaubte sie, sie könnte ihn dazu bringen, daß er zu ihr zurückkehrte, aber er kam nicht. Sie schrieb ihm, um ihn wissen zu lassen, daß sie bereit sei, seine Entschuldigungen anzunehmen. Er antwortete, er habe kein Bedürfnis, sich zu entschuldigen, und wünsche, die Dinge so zu lassen, wie sie waren. Das beunruhigte sie, doch noch immer wollte sie nicht glauben, daß alle diese stürmischen Jahre, das unleugbare, starke Gefühl, das sie füreinander empfanden, jetzt zu Ende sein sollte – jämmerlich, nutzlos, enttäuschend – eines nichtigen Zankes wegen, der so leicht zu vermeiden gewesen wäre.

Überall, wohin sie ging, spähte sie nach ihm aus.

Jedesmal wenn sie einen vollen Saal betrat, forschten ihre Blicke nach ihm. Wenn sie durch den Privy Garden oder durch die Galerien ging, erwartete und hoffte sie, ihm zu begegnen. Wenn sie im Theater war oder durch die Straßen fuhr, suchte sie ihn. Er erfüllte ihr Denken und ihre Gefühle, bis ihr nichts anderes mehr bewußt war. Ein dutzendmal meinte sie, ihn zu sehen. Doch immer war es ein anderer, jemand, der ihm überhaupt nicht ähnlich sah.

Nicht ganz eine Woche nach ihrem Zank fuhr sie zu einer Auktion im Indienhaus in der Clement's Lane, wo verschiedene kleine Läden sich der Kundschaft von Herren und Damen der eleganten Gesellschaft erfreuten. An jenem Tage waren sämtliche umliegenden Straßen durch die großen vergoldeten Karossen des Adels und die zahlreichen wartenden Lakaien verstopft.

Der ganze nicht sehr große Raum war dichtgedrängt von Damen mit ihren Schoßhündchen, ihren Mohren und ihren Begleiterinnen und verschiedenen jungen Lebemännern. Frauenstimmen, Rufe und Lachen sprudelten durch den Raum wie ein Frühlingsbach, der dem Fluß entgegeneilt. Chinesisches Teegeschirr klirrte, und Taftröcke raschelten.

Länger als eine Stunde dauerte der Verkauf bereits, als die Herzogin von Ravenspur ankam. Ihr Eintritt war aufsehenerregend und verriet, daß sie immer noch mehr Schauspielerin als große Dame war. Wie ein Sturmwind rauschte sie herein, nickte hierhin, lächelte dorthin, war sich des plötzlichen Verstummens bei ihrem Erscheinen ebenso bewußt wie des Flüsterns, das ihr folgte. Sie war wie immer prachtvoll angezogen. Ihr Kleid war aus Goldstoff, ihr Kapuzenmantel aus smaragdgrünem Samt, mit Zobel gefüttert, und von ihrem großen Zobelmuff sprühten

Smaragde. Der Mohr, der ihre Schleppe trug, hatte einen smaragdgrünen Anzug und auf dem Kopf einen goldenen Turban.

Amber hatte an diesem allgemeinen Aufsehen – so viel Bosheit sich auch hineinmischen mochte – ihre Freude, denn sie meinte, daß nur Eifersucht und Neid so große Aufmerksamkeit beim eigenen Geschlecht zu erregen imstande waren. Nächst der Bewunderung der Männer wußte sie den Neid der Frauen zu schätzen. Jemand schob ihr rasch einen Stuhl neben Mrs. Middleton hin, und als sie sich setzte, umwölkte sich Janes Gesicht mit dem Kummer einer reizenden Frau, die den Vergleich mit einer noch reizenderen aushalten muß.

Mit einem Blick hatte Amber Mrs. Middletons Toilette gemustert, die für die bescheidene Stellung ihres Mannes viel zu kostbar war, die Perlen, die sie von einem Liebhaber, die Ohrringe, die sie von einem anderen erhalten hatte, das Kleid, in dem man sie öfter gesehen hatte, als es einer eleganten Frau erlaubt war, und das schon seit Wochen ihrer Begleiterin gehören sollte.

»Nein, meine Liebe«, rief sie, »wie gut Sie aussehen! Und dieses Kleid! Woher haben Sie es nur?«

»Wie gütig von Ihnen, das zu sagen, Madame, wo Sie mich doch bei weitem ausstechen!«

»Aber ganz und gar nicht«, protestierte Amber. »Sie sind zu bescheiden! Jeder Mann bei Hof verzehrt sich vor Sehnsucht, Ihnen dienen zu dürfen.«

Dieses Gefecht von Höflichkeiten endete, als ein junger Neger Amber eine Schale Tee brachte, die sie schlürfte, während ihre Augen überallhin spähten – nach ihm aussahen. Auch hier war er nicht, obgleich sie schwören wollte, daß sie Almsburys Wagen auf der Straße gesehen hatte. Eben bereitete man die Auktion eines indischen Kalikos vor – jener kostspieligen geblumten Baumwolle, die von den Damen der außerordentlichen Seltenheit halber für Morgenröcke bevorzugt wurde. Der Auktionator maß einen Zoll von einer Kerze ab, steckte eine Nadel hinein, die Kerze wurde angezündet, und nun konnte mit dem Bieten begonnen werden. Mrs. Middleton stieß Amber an, lächelte ihr über die Schale zu und sah nach einer bestimmten Richtung.

»Ach! Wen sehe ich denn dort?«

Ambers Herz schien völlig stillzustehen, dann pochte es heftig.

»Wen?«

Doch schon folgte ihr Blick dem Blick Mrs. Middletons, und sie sah Corinna nur wenige Fuß von ihr entfernt, aber halb abgewendet, so daß nur die Rundung ihrer Wange und die langen dunklen Wimpern zu sehen waren. Ihr Mantel fiel so, daß er ihre Schwangerschaft verbarg, und als sie jetzt den Kopf wandte, um mit jemandem zu sprechen, wurde ihr klares liebliches Profil voll sichtbar. Amber fühlte sich von einem mörderischen Haß gepackt.

»Man sagt«, flüsterte Mrs. Middleton, »daß seine Lordschaft ganz verrückt verliebt sein soll. Aber das ist auch kein Wunder, nicht wahr.«

Amber wandte die Augen von Corinna ab, die entweder nicht wußte, daß sie auch im Raum war, oder es nicht wissen wollte, und warf Mrs. Middleton einen wilden Blick zu. Diese Auktion verlief recht lustlos, die Kunden hatten, wie im Theater, mehr Interesse aneinander als an dem, dessentwegen sie scheinbar gekommen waren. Ohne großen Erfolg versuchte der Versteigerer, die Bietenden anzuregen. Der Kaliko war ein schönes Stück, mit sanften rosigen, blauen und violetten Schattierungen bedruckt, aber das höchste Gebot war bisher nur fünf Pfund.

Amber lehnte sich vor, um mit ein paar jungen Leuten zu sprechen, und sie flüsterten und lachten miteinander über den neuesten Skandal.

Am Abend vorher war Karl mit Rochester ins Russia House gegangen, ein Bordell in Moor Fields, und während die Aufmerksamkeit des Königs abgelenkt war, hatte seine Lordschaft ihm die Börse gestohlen und war verschwunden. Als Karl zahlen und gehen wollte, hatte er keinen Penny bei sich und konnte sich nur dadurch vor Prügeln retten, daß ihn zufällig jemand erkannte. Rochester aber hatte sich wieder aufs Land zurückgezogen, zweifellos, um eine Reihe neuer Pamphlete zu verfassen, mit denen der Hof bald überflutet sein sollte.

»Und halten Sie es für wahr?« wollte Henry Jermyn wissen. »Ich habe Seine Majestät heute morgen gesehen, und er sah frisch aus wie Sie und ich.«

»Das tut er immer«, erinnerte ihn ein anderer. »Es ist das große Glück Seiner Majestät, daß seine Ausschweifungen sich ihm nicht am Gesicht ablesen lassen – wenigstens heute noch nicht.«

»Wir werden niemals erfahren, ob es wahr ist oder nicht«, sagte Amber. »Denn er mag sich am nächsten Morgen nicht daran mahnen lassen, was er in der Nacht getan hat.«

»Euer Gnaden muß es wissen.«

»Er soll sich derzeit hauptsächlich um Nelly Gwynne kümmern«, sagte Jermyn und beobachtete Amber sorgfältig, während er sprach. »Chiffinch sagt mir, daß er sie zwei- oder dreimal in der Woche sieht, obgleich ihr Bauch so dick ist, daß sie nicht mehr in den Wagen steigen kann.«

Amber wußte das bereits, und Karl hatte sie tatsächlich schon seit mehreren Wochen nicht mehr abends besucht. Das hätte sie unter normalen Bedingungen beunruhigen können, aber ihre Gedanken waren viel zu sehr von Bruce erfüllt, als daß sie sich darum Sorgen gemacht hätte. Der König hatte sie auch vorher manchmal vernachlässigt, und sie wußte, daß er es immer wieder tun würde, denn er schätzte in seinen Liebesgeschichten die Abwechslung, und keine Frau vermochte ihn dauernd zu befriedigen. Das war eine Gewohnheit, die er sehr früh angenommen hatte und von der er gar nicht abzugehen versuchte. Aber es ärgerte sie, daß auch andere es wußten und sie daran mahnten, daß sie weniger Favoritin war als bei ihrem ersten Erscheinen am Hof.

Sie hätte ihnen etwas Scherzhaftes erwidert, doch in diesem Augenblick hörte sie die letzten Worte des Versteigerers: » . . . und wenn keiner mehr bietet, fällt der Stoff für den Betrag von sechs Pfund an Mylady Carlton.« Seine Augen schweiften durch den Raum. »Bietet keiner mehr? Dann . . .«

»Sieben Pfund!«

Ambers Stimme hallte laut und klar und trotzig durch den Raum; sie selbst war zusammengefahren, als sie sich rufen hörte. Denn sie hatte im Grunde genommen gar keine Verwendung für den Kaliko, so hübsch er war. Er war aber mit Farben bedruckt, die sie niemals trug und auch nicht zu tragen gedachte. Doch Corinna hatte ein Gebot gemacht, wollte ihn haben – und durfte ihn nicht bekommen!

Corinna wandte den Kopf nicht nach Amber, aber sie war sekundenlang ganz still – entweder überrascht oder verlegen. Der Auktionator spürte die Rivalität der beiden Damen, die man vielleicht noch zu höheren Geboten reizen konnte, und ließ die in solchen Fällen üblichen Reden los. Amber erwartete, daß Corinna sich zurückziehen und auf den Stoff verzichten werde, und war sehr erstaunt, als Corinnas Stimme leise, aber entschlossen sagte:

»Acht Pfund!«

Zum Teufel mit ihr! dachte Amber. Ich muß es haben, und wenn es mich den letzten Farthing kostet!

Die Flamme näherte sich der Nadel. In wenigen Augenblicken würde die Nadel herunterfallen, und wer dann das letzte Gebot gemacht hatte, der erhielt die Ware. Amber wartete, bis der Versteigerer abermals begonnen hatte, den Stoff Corinna zuzusprechen, und dann unterbrach sie ihn: »Zwanzig Pfund!«

Es war völlig still geworden, und endlich hatte das Publikum Interesse an der Auktion gefunden, denn die Affäre der Herzogin von Ravenspur mit Lord Carlton war allgemein bekannt. Man verstand, warum sie so sehr darauf aus war, den Stoff zu kaufen, aber man hoffte, sie besiegt zu sehen. Die Sympathien für Corinna waren nicht beträchtlich, aber die Abneigung gegen Amber war desto größer. Sie hatte zu viel erreicht, war zu erfolgreich gewesen, und selbst ihre Schmeichler und scheinbaren Freunde hofften jetzt heimlich auf ihre Niederlage, die ihnen gar nicht groß genug sein konnte.

Corinna zauderte und fragte sich, ob es nicht unsinnig sei, mit einer Frau um die Wette zu feilschen, die weder Herkunft noch Manieren besaß, um zu begreifen, daß sie beide das peinlichste Aufsehen erregten. Solche Bedenken kannte Amber nicht. Sie beugte sich eifrig in ihrem Stuhl vor, ihre Augen waren weit offen und glänzten vor Erregung, die Fäuste hatten sich im Muff geballt.

Ich muß sie besiegen, dachte sie. Ich muß! Sie hatte den Eindruck, als sei nichts in ihrem Leben jemals so wichtig gewesen.

Und während Corinna zögerte, war die Flamme der Nadel näher gekommen, das Wachs schmolz und tropfte langsam. Amber atmete rascher, und ihre Muskeln strafften sich. Jetzt! Jetzt ist es vorüber! Ich habe es! Ich habe gewonnen!

»Fünfzig Pfund!« rief eine männliche Stimme, als die Nadel von der Kerze auf den Tisch fiel.

Der Auktionator hielt den Stoff in den Händen und grinste. »Verkauft für fünfzig Pfund an Mylord Carlton.«

Sekundenlang war Amber nicht imstande, sich zu rühren, während alle anderen Köpfe sich neugierig umdrehten und ihn beobachteten, wie er sich den Weg durch das Gedränge bahnte. Dann, als ob ihr Hals an einem knarrenden Gelenk hinge, zwang Amber sich auch, den Kopf zu wenden, und in diesem Augenblick sah sie ihm ins Gesicht. Seine grünlichen Augen begegneten den ihrigen, um seinen Mund spielte ein leichtes Lächeln, er nickte ihr zu und ging weiter. Sie sah auch andere lächeln, überall in der Runde spöttische Gesichter, die sich um sie zu schließen, über ihrem Kopf zu schwimmen, zu tanzen schienen.

O mein Gott, dachte sie unglücklich. Warum hat er mir das angetan? Warum?

Lord Carlton stand neben seiner Frau, und sie hatte sich erhoben. Ihre Begleiterin hatte den Stoff geholt und hielt ihn triumphierend in den Armen. Stühle wurden gerückt, Herren traten zur Seite, als Bruce und Corinna jetzt weggingen. Es summte wie in einem Bienenstock, und nicht jedes höhnische Grinsen verbarg sich hinter einem höflichen Fächer.

»Mein Gott«, sagte eine Baronin, »wohin soll das führen, wenn es zur Mode wird, daß ein Mann seine Frau seiner Geliebten vorzieht?«

Amber war es, als sei sie in einem Gefängnis, wo sie weder sehen noch atmen konnte, und als würde sie explodieren, wenn sie sich nicht irgendwie einen Weg hinauszubahnen vermochte. Lord und Lady Carlton waren fort, und der Auktionator maß abermals einen Zoll an seiner Kerze ab, aber keiner achtete auf ihn.

»Was meinen Sie?« rief Mrs. Middleton, schwenkte ihren Fächer und zeigte mit falschem Lächeln ihre Zähne. »Sind die Männer nicht die aufreizendsten Geschöpfte auf der Welt?«

Im Nu trat Amber ihr mit ihrem Absatz fest auf den Fuß. Mrs. Middleton stöhnte auf und bückte sich, um die mißhandelte Stelle zu reiben. Drohend schaute sie Amber an, doch Amber übersah sie vollkommen. Sie schlürfte ihren Tee, die Augen in die Schale gesenkt, und warf nicht einmal einen einzigen verstohlenen Blick um sich, um zu sehen, wer sie anschaute, denn sie wußte, daß kein Auge ein anderes Ziel hatte.

Doch später, zu Hause, fühlte sie sich so elend, daß sie gleich zu Bett ging. Sie wollte nur sterben. Sie dachte an Selbstmord – oder wenigstens an einen aufsehenerregenden Selbstmordversuch, der ihr sein Mitgefühl erzwingen, ihn zu ihr zurückbringen würde. Doch sie fürchtete, daß auch das fehlschlagen könnte. Irgend etwas im Ausdruck seiner Augen, in die sie nur eine Sekunde gesehen hatte, überzeugte sie endlich, daß er mit ihr fertig war. Sie wußte es – aber sie wollte es nicht hinnehmen.

Irgendwie, irgendwie, sagte sie sich, kann ich ihn zurückerobern. Ich weiß, daß ich es kann. Ich muß! Ich kann noch einmal mit ihm sprechen! Ich kann ihm zum Bewußtsein bringen, wie töricht das ist.

Doch jetzt antwortete er nicht einmal auf ihre Briefe. Die Boten, die sie ausschickte, kamen mit leeren Händen zurück. Sie versuchte ihm zu begegnen. Einmal zog sie Männerkleider an und ging vor Almsbury House. Sie wartete länger als eine Stunde im Regen an der Tür, durch die er kommen mußte, aber sie sah ihn nicht. Sie hatte überall ihre Kundschafter, um sogleich zu erfahren, wenn er den Bereich des Palastes betrat, aber anscheinend kam er überhaupt nicht mehr nach Whitehall. Endlich sandte sie ihm eine Herausforderung zum Zweikampf – das einzige unfehlbare Mittel, das ihr noch übrigblieb, wenn sie ihn wiedersehen wollte.

»Seit einigen Monaten, Sir«, hieß es, »habe ich darunter gelitten, von Ihnen betrogen zu werden. Das hat die Ehre meiner Familie und meine eigene Ehre verletzt, und um diese Schande zu tilgen, fordere ich Sie auf jede Waffe, die Ihnen belieben mag, und erwarte Sie morgen um fünf Uhr früh, am achtundzwanzigsten Tag des Mai in Tothill Fields, dort, wo die drei Eichen neben dem Fluß stehen. Wollen Sie bitte so freundlich sein, unser Rendezvous geheimzuhalten und ohne Begleitung erscheinen. Ihr ergebener Diener, Sir.

Gerald, Herzog von Ravenspur.«

Amber fand, daß das sehr echt klang, und sandte Nan zu einem Schreiber, um es in einer Handschrift kopieren zu lassen, die Geralds Handschrift glich, denn wenn es auch unwahrscheinlich war, daß Bruce Geralds Schrift kannte, so wollte sie doch völlig sicher sein. Wenn das fehlschlug . . . Aber es konnte nicht fehlschlagen! Er mußte kommen – kein Edelmann wagte es, einer Herausforderung nicht Folge zu leisten.

Doch Nan protestierte. »Wenn Ihr Gatte sich überhaupt mit ihm schlagen wollte, dann hätte er nicht so lange gewartet.«

Amber wollte keinen Einwand hören. »Warum nicht? Denk nur daran, wie lange der Earl of Shrewsbury sich Zeit gelassen hatte, bevor er Buckingham zum Duell forderte!«

Früh am nächsten Morgen, als alles im Palast noch schlief, stieg sie zu Pferd, nur von John Waterman begleitet. Sie trug ein Reitkleid aus hellgrünem Samt, mit Gold bestickt, und von der Krempe ihres Männerhutes hoben sich granatfarbene Straußenfedern. Obgleich sie kaum geschlafen hatte, war sie doch so erregt, daß sie keine Müdigkeit spürte. Sie galoppierte die King Street hinunter und durch das enge, schmutzige Dörflein Westminster in die grünen Felder hinaus und zu den drei großen Eichen. Dort saß Amber ab, und John führte ihr Pferd weg; er sollte in einiger Entfernung warten, bis sie ihm ein Zeichen gab.

Es hatte gerade begonnen zu tagen, und sie stand minutenlang allein inmitten ruhiger, vertrauter Geräusche des Landlebens: der Fluß bespülte die Ufer, zahlreiche unsichtbare kleine Tiere huschten durch Gras und Busch. Der Nebel bewegte sich leicht wie der Atem an einem kalten Morgen. Sie beobachtete eine Bachstelze, die einen Wurm aus dem Boden zog und bestürzt den Kopf zur Seite legte, als der Gefangene entschlüpfte und in die Erde verschwand. Sie lachte laut und nervös, dann aber fuhr sie auf und sah sich um. Schnell trat sie hinter den Baum, denn jetzt kam er über die Wiese auf sie zugeritten.

Sie wagte nicht, hervorzugucken, aus Angst, er könnte sie sehen, sich umdrehen und davonreiten, aber sie konnte den Schall der Hufe auf dem sumpfigen Grund hören, und ihr Herz schlug schneller – ebensosehr erleichtert wie beängstigt. Nun, da er hier war – was würde er tun? Sie hatte niemals weniger Zutrauen zu ihrer Fähigkeit gehabt, ihn umzustimmen und zu gewinnen.

Sie hörte das Pferd keuchen, und sie hörte, wie er zu ihm sprach, als er absaß und stehenblieb. Sie versuchte, all ihren Mut zu sammeln und sich ihm zu zeigen, aber noch zauderte sie. Endlich rief er ungeduldig:

»He! Sind Sie bereit?«

Ihre Kehle war zu trocken und eng, um zu antworten, aber sie trat hervor und sah ihm ins Gesicht. Ihren Kopf senkte sie ein wenig, wie ein Kind, das Prügel erwartet, aber ihre Augen spähten zu ihm auf. Er sah nicht sehr überrascht aus, lächelte ihr aber doch flüchtig zu.

»Du bist es also«, sagte er langsam. »Ich dachte mir ja gleich, daß dein Mann kein so glühender Duellant ist. Nun . . .« Er hatte den Mantel in der Hand gehalten, jetzt schwang er ihn wieder über die Schulter, wandte sich um und ging zu seinem Pferd, das ruhig graste.

»Bruce!« Sie lief auf ihn zu. »Du gehst doch nicht fort! Noch nicht! Ich muß mit dir sprechen!« Sie streckte die Hände nach ihm aus, faßte ihn bei den Oberarmen, und er blieb stehen und sah zu ihr hinunter.

»Worüber? Alles, was zwischen uns zu sagen war, ist tausendmal gesagt worden.«

Diesmal war kein Lächeln auf seinen Zügen, sondern Ernst, Ungeduld und aufkeimender Ärger, wie sie es kommen gesehen und gefürchtet hatte.

»Nein, noch nicht. Ich muß dir sagen, wie leid es mir tut. Ich weiß nicht, was an jenem Tag in mich gefahren war – ich muß verrückt gewesen sein. O Bruce, du kannst mir das nicht antun! Es tötet mich! Ich schwöre dir's! Bitte, Liebling, bitte! Ich will alles, alles auf der Welt tun, wenn ich dich nur wiedersehen kann!« Ihre Stimme war voll Inbrunst und Leidenschaft und flehte mit wilder Verzweiflung. Sie fühlte, daß sie ihn irgendwie überzeugen mußte oder sterben.

Aber er sah zu ihren ausschweifenden Verprechungen und Drohungen ebenso skeptisch drein wie immer. »Ich will verdammt sein, wenn ich weiß, was du verlangst. Aber eines weiß ich, und das ist, daß wir uns nicht mehr treffen werden. Ich denke nicht daran, meiner Frau jetzt knapp vor ihrer Entbindung noch mehr Kummer zu bereiten.«

»Aber sie würde es doch niemals erfahren«, sagte Amber außer sich vor der unzugänglichen Härte, die sie in seinem Gesicht erkannte.

»Vor weniger als einer Woche hat sie einen Brief erhalten, in dem man ihr mitteilte, daß wir uns noch immer treffen.«

Amber sah ihn überrascht an, denn sie hatte den Brief nicht geschickt und wußte auch nichts davon; dann aber stahl sich ein Lächeln der Genugtuung auf ihre Lippen.

»Was hat sie gesagt?«

»Sie hat es nicht geglaubt«, erwiderte er mit einem Ausdruck des Ekels.

»Nicht geglaubt? Sie muß eine schreckliche Närrin sein.«

Doch schon hielt sie inne, schlug sich auf den Mund und wünschte, sie könnte sich die hemmungslose Zunge abbeißen. Ihr Blicke senkten sich, und all ihr Mut war dahin.

»Ach«, flüsterte sie. »Verzeih mir!«

Nach einer Weile wagte sie wiederaufzusehen; er beobachtete sie mit einem seltsamen Gemisch von Zärtlichkeit und Ärger. Sie standen lange einander gegenüber und sahen sich in die Augen. Dann warf sie sich mit einem schluchzenden Schrei an seine Brust, schlug die Arme um ihn und preßte sich an ihn. Einen Augenblick lang blieb er still stehen, dann griffen seine Hände nach ihren Schultern und seine Finger bohrten sich in ihr Fleisch. Mit einem wilden Triumphgefühl sah sie, wie der Ausdruck seines Gesichtes wechselte.

Ihre Augen schlossen sich, und ihr Kopf sank zurück. Sie war fast berauscht von der Kraft ihres Verlangens. Alles war ausgelöscht, nur die Sehnsucht nach der Vereinigung mit ihm blieb. Ihre Lippen öffneten sich und formten seinen Namen. »Bruce.«

Er schüttelte sie plötzlich und heftig. »Amber!«

Ihre Augen öffneten sich und sahen ganz benommen zu ihm auf. Langsam beugte er sich zu ihr und küßte ihren Mund, aber seine Arme hielten sie so fest, daß sie sich nicht rühren konnte. Dann aber ließ er sie plötzlich los, und ehe sie wieder zur Besinnung gekommen war, hatte er bereits schnell sein Pferd bestiegen und ritt im Galopp nach der Stadt zurück. Amber blieb allein unter den Bäumen stehen, war noch zu betäubt, um sich zu regen oder zu weinen, und sah ihn davonreiten. Das fahle, weiße Licht des Tagesanbruchs begann durch die Blätter auf ihren unbedeckten Kopf herunterzurieseln.

Siebenundsechzigstes Kapitel

Minette kam wieder nach England. Es war das erstemal, daß sie ihre beiden Brüder wiedersah, seit sie, ein fröhliches sechzehnjähriges Mädchen, gleich nach der Restauration mit ihrer Mutter zu Besuch gekommen war. Damals hatte ein neues Leben für sie alle begonnen – ein Leben, das eine Entschädigung für die langen dunklen Jahre des Wanderns und der Hoffnungslosigkeit zu bieten versprach. Zehn Jahre waren seither vergangen. Und nun waren noch drei von den neun Kindern am Leben – Karl, James und Henriette Anne. Die Königinmutter war vor acht Monaten gestorben.

Seit mehr als zwei Jahren war dieser Besuch geplant, aber jedesmal hatte er verschoben werden müssen – gewöhnlich um der Eifersucht und Bosheit ihres Mannes willen. Endlich hatte Karl einen Vorwand von solcher Wichtigkeit, daß Monsieur und seine Einwände sich bescheiden mußten. England und Frankreich sollten ein Geheimbündnis abschließen, und als Karl verlangte, seine Schwester müsse ihn vor der Unterzeichnung des Vertrags besuchen, erklärte Ludwig seinem jüngeren Bruder, das Staatsinteresse gehe vor. Doch Monsieur durfte ihr die Erlaubnis verweigern, weiter als bis Dover zu fahren.

Dover war ein nebliges, schmutziges Städtchen mit einer einzigen engen, schlechtgepflasterten Straße, die baufällige Farmerhäuser und Wirtshäuser säumten. In den Zeiten der Feudalherrschaft hatte die große alte Burg die Küste geschützt, ein uneinnehmbarer Wall gegen jede Invasion, doch nach der Erfindung der Kanonen wurde sie nicht mehr als Festung benützt, sondern diente lediglich als Gefängnis. Der englische Hof – zunächst nur die Männer, denn Karl hoffte noch, daß Monsieur sich bewegen lassen würde, seine Erlaubnis auch auf London zu erstrecken – kam in vergoldeten Karossen oder auf prächtig gezäumten Pferden in den Ort. Und früh am nächsten Morgen wurde weit draußen auf dem Kanal die französische Flotte gesichtet.

Karl, der, ruhelos und ungeduldig, fast die ganze Nacht nicht geschlafen hatte, stieg sogleich mit York, Rupert und Monmouth in ein kleines Boot und fuhr Minette entgegen. Er trieb die Bootsleute an, schneller und schneller zu rudern, bis es aussah, als würden die Arme ihnen aus den Gelenken fallen. Die französische Flotte tanzte ihnen auf den leichten Wellen entgegen, vergoldete Rümpfe, die im Morgenlicht glänzten, und farbige Segel, die sich im Winde blähten wie fette Bäuche. Die Wolken lagerten wie Seifenschaum am Horizont, während See und Himmel in scharfer, blendender Bläue strahlten.

James stand neben seinem Bruder, den Arm um dessen Schulter, und Karl, der seinen Arm um den Gürtel des Bruders gelegt hatte, lachte ihn an, und seine schwarzen Augen schimmerten glücklich und aufgeregt. Nun waren die Schiffe so nahe gekommen, daß es möglich war, die Gestalten an Bord zu unterscheiden, obgleich man noch niemanden erkennen konnte.

»Wenn ich daran denke, Jamie!« rief Karl. »Nach zehn Jahren sehen wir sie jetzt wieder!«

Und dann war es plötzlich möglich, Madame zu erkennen, die auf dem Vorderdeck stand, das weiße Satinkleid umwehte sie, ihr Fächer schützte die Augen gegen den Sonnenglast; als sie jetzt winkend den Arm hob, riefen die Brüder: »Minette!«

»James, es ist Minette!«

Rasch waren das Boot und das französische Kriegsschiff einander nahe, und kaum konnte das Boot an dem großen Segler anlegen, als Karl schon mit einem Sprung auf der Strickleiter war und so schnell und leicht hinaufkletterte, als hätte er sein ganzes Leben auf dem Meer verbracht.

Minette lief ihm entgegen, und als er auf dem Deck war, stürzte sie in seine Arme.

Er hielt sie an sich gedrückt, und seine Lippen berührten ihre Haare. In seinen Augen waren Tränen des Glücks, und Minette weinte leise. Instinktiv sprach er französisch mit ihr, denn es war ihre Sprache, und die Worte glichen zärtlichen Liebkosungen.

»Minette«, murmelte er. »Ma chère petite Minette!«

Sie warf den Kopf zurück, wischte rasch die Tränen mit den Fingerspitzen fort und lachte ihn an. »Ach mein Lieber! Ich weine vor Glück! Ich hatte Angst, daß ich dich nie wiedersehen würde.«

Karl betrachtete sie schweigend, in seinen Augen liebende Bewunderung, aber auch dunkle Furcht, denn er hatte im Nu erkannt, welch große tragische Veränderung in diesen zehn Jahren mit ihr vorgegangen war. Damals war sie noch ein Kind gewesen, ein überschwengliches, lebenslustiges, unerschrockenes Kind, jetzt war sie völlig eine Frau von vollendeter, weltläufiger Haltung und einem herzbezwingenden Charme. Aber sie war zu mager, und hinter dem fröhlich lachenden Gesicht verbarg sich ein Ernst, der ihn beunruhigte, denn er wußte, was der Grund war. Keine Komödie konnte ihn darüber täuschen: sie war unglücklich, und sie war krank.

Auch die anderen Männer waren an Bord geklettert, und Karl gab sie frei, damit sie auch James und Rupert und Monmouth umarmen konnte. Endlich stand Minette zwischen Karl und James, ihre Arme in den Armen der Brüder, und sah strahlend von einem zum andern. »Endlich sind wir alle drei wieder beisammen!« Die Brüder waren in dunkelpurpurner Trauer um ihre Mutter, und auch Minette trug die königliche Trauerkleidung, ein einfaches weißes Satinkleid mit einem leichten schwarzen Schleier über dem Haar.

Keiner von ihnen wagte zu sagen, was er dachte: jetzt sind nur noch wir drei übrig – und wie lange werden wir drei beisammenbleiben?

Hinter der königlichen Familie drängte sich an Deck des Schiffes ein glänzendes Gefolge von Männern und Frauen, denn wenn Minette auch nur einen Hofstaat von zweihundertfünfzig Personen mitgebracht hatte, war die Auswahl doch mit äußerster Vorsicht geschehen, die Frisuren nach Schönheit und Anmut, die Männer nach ihren Verdiensten und dem großen Namen.

Unter ihnen war auch eine reizende junge Frau mit dem Aussehen eines hochaufgeschossenen, durchtriebenen kleinen Mädchens, Louise de Kerouaille, deren Familie wohl alt und angesehen, aber mittellos war. Sie wandte kein Auge von dem englischen König. Die Reise war das aufregendste Ereignis ihres Lebens, die erste Gelegenheit, sich einen Platz in der großen Welt zu schaffen, zu der sie gehörte. Es war viel Überlegung in ihren Blicken, als sie jetzt Karl betrachtete, sein dunkles eindrucksvolles Gesicht, seine breiten Schultern, seine schöne Gestalt. Mit einem leisen Laut hielt sie den Atem an, als Minette und die beiden Männer sich umwandten, und Karls Augen ihr Gesicht kurz streiften.

Hinter ihrem Fächer flüsterte sie ihrer Nachbarin zu: »Ninon, glauben Sie, daß all die Geschichten wahr sind, die man über ihn erzählt?«

Ninon war vielleicht ein wenig eifersüchtig und warf Louise einen Blick voll überlegener Verachtung zu: »Sind Sie aber naiv!« In dieser Sekunde sah Karl sie abermals an und lächelte flüchtig.

Doch mochte er auch niemals so beschäftigt sein, daß er nicht einen Blick für ein hübsches Gesicht gehabt hätte, so gehörte sein wirkliches Interesse jetzt nur seiner Schwester. »Wie lange kannst du bleiben?« lautete seine erste Frage, nachdem die Begrüßung vorüber war.

Minette erwiderte mit wehmütigem Lächeln. »Gerade nur drei Tage.«

Karls schwarze Augen blitzten, und seine Brauen zogen sich zusammen. »Monsieur hat es so befohlen?«

»Ja.« Ihre Stimme klang schuldbewußt, als würde sie sich für ihren Gatten schämen. »Aber er . . .«

»Sag nichts! Du brauchst ihn nicht zu entschuldigen. Aber er wird es sich vielleicht doch noch überlegen.«

Und Monsieur überlegte es sich.

Schon am nächsten Morgen kam ein Bote über den Kanal mit der Meldung, Madame könne noch weitere zehn Tage bleiben, dürfe aber Dover nicht verlassen. Minette und Karl jubelten. Zehn Tage! Fast ein Menschenalter! Eine kalte Wut packte ihn, wenn er daran dachte, daß dieser eingebildete kleine französische Geck der Schwester des Königs von England vorschreiben durfte, wo sie ihre Ferien zu verbringen hatte, aber Ludwig bat ihn in einem Brief, Philipps Wünsche zu respektieren, denn Monsieur hatte von dem Vertrag erfahren und könnte indiskret werden, wenn man ihn allzusehr reizte.

Königin Katharina kam mit allen Damen des Hofes von London herüber, und in der kurzen Zeit, die ihm zur Verfügung stand, hatte Karl das Äußerste getan, um aus dem unglückseligen kleinen Küstenfleck etwas zu machen, das des Menschen würdig war, den er auf Erden am meisten liebte. Die Burg von Dover war kalt und dunkel und feucht, und die Möbel von einfacher Strenge. Doch sie belebte sich wieder, als die Wände mit Goldstoff behängt wurden und Fahnen in Scharlachrot und Saphir und hellem Grün aus den Fenstern hingen. Aber sogar die Burg war nicht groß genug, um alle zu beherbergen, und so mußten die Damen und Herren der beiden Hofstaate in Landhäusern oder überfüllten Gasthäusern untergebracht werden.

Diese Unbequemlichkeiten störten keinen Menschen, und jede Stunde war von dem lauten Lachen und der fröhlichen Laune eines Hofes auf Urlaub belebt. Goldene Kutschen rasselten durch die schmalen steinigen Gäßchen, schöngekleidete Damen und Herren in Perücken und reichbestickten Röcken wurden in den engen Höfen und in den Schankstuben der Gasthäuser erblickt. Das Leben war ein ständiger Reigen von Schauspielen und Banketten, Bällen und Diners. Bei Tanz und Spiel entspann sich, wie Unkraut nach dem Regen, der Flirt zwischen französischen Damen und englischen Herren, französischen Herren und englischen Damen. Auch Intrigen und Komplotte gingen weiter – man konnte ihnen selbst zeitweilig ebensowenig Einhalt gebieten wie dem Gesetz der Schwerkraft, denn sie waren es, die den Hof zusammenhielten.

Den Vertrag zur Unterzeichnung bereit zu machen bedurfte nur weniger Tage, er war seit zwei Jahren vorbereitet worden, und es blieb nicht viel mehr zu tun, als die Unterschriften darunterzusetzen. Für England zeichnete Arlington und drei andere, für Frankreich de Croissy.

Für Karl bedeutete das den Höhe punkt des Erfolges einer zehnjährigen Planung. Französisches Geld würde ihn, wenigstens zum Teil, von seinem Parlament frei machen; französische Soldaten und Schiffe würden ihm helfen, den gefährlichsten Feind seines Landes zu besiegen, den Holländer. Als Gegenleistung gab er nichts als ein Versprechen – das Versprechen, daß er sich eines Tages – wann, stand ihm frei – zum katholischen Glauben bekennen würde. Karl erheiterte es lebhaft, zu sehen, wie erpicht die französische Abordnung war, dieses Geschäft abzuschließen, wie begierig sie ihn bezahlten, um sich gegen einen Krieg zu schützen, den er niemals zu unternehmen gedacht hatte.

»Wenn alles, was ich je getan habe«, sagte er zu Arlington, als der Vertrag unterzeichnet war, »mit mir sterben sollte – so werde ich doch England wenigstens dieses hier hinterlassen. Dieser Vertrag bedeutet die Sicherheit, daß es eines Tages die mächtigste Nation auf Erden sein wird. Mag mein französischer Vetter den Kontinent haben, wenn er will. Die Welt ist weit, und haben wir einmal die Holländer vernichtet, dann gehören England alle Meere.«

Arlington, der eine müde Hand an den schmerzenden Kopf preßte, ließ einen Seufzer hören. »Hoffentlich wird es Ihnen dankbar sein, Sire!«

Karl lachte, zuckte die Achseln und gab ihm einen freundschaftlichen Klaps. »Dankbar, Harry? Wann war je eine Nation oder ein Frauenzimmer dankbar für das Gute, das man ihnen erweist? Nun, ich denke, daß meine Schwester jetzt zu Bett sein wird; ich habe ihr immer abends noch einen letzten Besuch gemacht. Sie haben in diesen wenigen Tagen hart gearbeitet, Harry. Nehmen Sie einen Schlaftrunk, und ruhen Sie sich eine Nacht gut aus.« Er verließ das Zimmer.

Er fand Minette in ihrem mächtigen vierpfostigen Bett mit dem Baldachin; sie saß an die Kissen gelehnt und erwartete ihn. Die letzten Kammerfrauen hatte sich verzogen, und auf ihrem Schoß lag, schon halb im Schlaf, ihr kleiner Spaniel Mimi. Karl setzte sich auf einen Stuhl neben sie, und eine ganze Weile sahen sie einander stumm und lächelnd an. Er streckte die Hand aus und legte sie auf die ihre.

»Nun«, sagte er, »es ist erledigt.«

»Endlich! Ich kann es noch kaum glauben. Ich habe hart gearbeitet, mein Lieber – denn ich dachte mir's, daß es das war, was du wolltest; Ludwig hat mir oft vorgeworfen, daß ich deine Interessen besser wahrte als die seinen.« Sie lachte ein wenig. »Du weißt, wie empfindlich sein Stolz ist.«

»Ich glaube, daß es mehr ist als Stolz, Minette – meinst du nicht auch?« Sein Lächeln neckte sie, denn die Gerüchte wollten nicht verstummen, daß Ludwig ganz toll verliebt in sie gewesen sei und sich noch immer nicht vollständig erholt habe.

Doch davon wollte sie nicht reden. »Ich weiß nicht. Mein Bruder – es gibt etwas, das du mir versprechen mußt.«

»Alles, Liebe.«

»Versprich mir, daß du dich nicht allzu früh zum katholischen Glauben bekennen wirst.«

In Karls Augen war ein überraschter Blick, der aber sogleich wieder verschwand. Sein Gesicht verriet ihn nur selten. »Warum sagst du das?«

»Weil der König sich darum Sorgen macht. Er fürchtet, du könntest dich erklären und dir dadurch die deutschen protestantischen Fürsten entfremden – und er braucht sie, wenn wir gegen Holland kämpfen. Und er fürchtet auch, daß das englische Volk es nicht dulden würde. Er meint, die beste Gelegenheit fände sich mitten in einem siegreichen Krieg.«

Fast unwiderstehlich wollte sich ein Lächeln auf Karls Züge drängen, aber er unterdrückte es.

So dachte Ludwig also, das englische Volk würde keinen katholischen König dulden, und hatte Angst, eine Revolution in England könnte auf Frankreich übergreifen. Er betrachtete seinen französischen Vetter mit einer Art amüsierter Verachtung und freute sich darüber, daß er ihn immer wieder täuschen konnte. Karl hatte niemals beabsichtigt und dachte auch jetzt nicht daran, seinem Volk den Katholizismus aufzuzwingen – das würden sie natürlich nicht dulden –, und er zog es vor, seinen Thron zu behalten. Er rechnete darauf, ruhig in seinem Bett in Whitehall zu sterben.

Nichtsdestoweniger antwortete er Minette ganz ernsthaft, denn selbst sie teilte nicht alle seine Geheimnisse. »Ich werde keine Erklärung abgeben, ohne sein Interesse zu berücksichtigen. Das kannst du ihm von mir bestellen.«

Sie lächelte, und ihre kleine Hand preßte zärtlich die seine. »Ich bin froh darüber – denn ich weiß, wieviel es für dich bedeutet.«

Fast beschämt senkte er schnell die Augen.

Ich weiß, wieviel es für dich bedeutet, wiederholte er bei sich. Wieviel es ... Er wünschte glühend, es möge ihr immer soviel bedeuten wie jetzt. Sie sollte niemals erfahren, was es hieß, an gar nichts zu glauben. Er sah wieder auf. Seine Blicke ruhten auf ihr, sein dunkles Gesicht war ernst.

»Du bist mager, Minette.«

Sie schien überrascht. »Wirklich? Nun – vielleicht.« Sie sah an sich hinunter, und als sie sich bewegte, knurrte der kleine Spaniel. »Aber ich bin ja niemals dick gewesen.«

»Fühlst du dich wohl?«

»Nun ja, natürlich.« Sie sprach schnell, wie jemand, der ungern lügt. »Vielleicht hin und wieder ein wenig Kopfschmerzen. Ich mag von all den Aufregungen ermüdet sein. Aber das wird bald vorübergehn.«

Seine Züge wurden langsam härter. »Bist du glücklich?«

Nun sah sie aus, als hätte er sie in einer Falle gefangen. »Mon Dieu! Was für eine Frage. Was würdest du antworten, wenn jemand dich fragte: ›Bist du glücklich?‹ Ich bin vermutlich ebenso glücklich wie die meisten Menschen. Niemand ist wirklich glücklich; nicht? Wenn du nur halb soviel vom Leben kriegst, wie du verlangst . . .« Sie zuckte leicht die Achseln und machte eine Handbewegung. »Ja, das ist wohl alles, das man erhoffen kann.«

»Und hast du halb soviel vom Leben bekommen, wie du verlangt hast?«

Sie sah von ihm fort nach dem geschnitzten Fußende des Bettes; ihre Finger streichelten Mimis schimmerndes Fell. »Ja, ich glaube schon. Ich habe dich – und ich habe Frankreich: ich liebe euch beide.« Mit wehmütigem Lächeln blickte sie auf. »Und ich glaube, daß ihr beide mich auch liebt.«

»Ich liebe dich, Minette. Ich habe dich lieber als irgend jemanden auf Erden. Ich habe nie den Eindruck gehabt, daß viele Männer der Freundschaft und viele Frauen der Liebe eines Mannes wert sind. Aber mit dir ist es etwas anderes, Minette. Du bist alles, worauf es mir in der Welt ankommt.«

Ihre Augen funkelten neckend. »Alles, worauf es ankommt? Du kannst doch nicht ernstlich meinen, daß du . . .«

Er antwortete beinahe schroff. »Ich scherze nicht. Du bist alles, was ich besitze – die andern Frauen . . .« Er zuckte die Achseln. »Du weißt, wozu sie da sind.«

Minette schüttelte sanft den Kopf. »Manchmal, Bruder, tun deine Mätressen mir beinahe leid.«

»Überflüssig! Sie lieben mich ebensowenig wie ich sie. Sie bekommen, was sie wollen, und die meisten mehr, als sie wert sind. Erzähl mir, Minette – wie hat Philipp dich seit der Verbannung des Chevaliers behandelt? Jeder Engländer, der Frankreich besucht, kommt mit Geschichten über sein Benehmen zu dir zurück, die mir das Blut gerinnen lassen. Ich beklage den Tag, da du diesen boshaften kleinen Affen geheiratet hast.« Seine schwarzen Augen glänzten von Widerwillen, er biß die Zähne zusammen, und die Muskeln seines Unterkiefers zitterten nervös.

Minette antwortete ihm sehr ruhig, und auf ihrem Gesicht war ein Ausdruck von fast mütterlichem Mitleid. »Armer Philipp! Du mußt ihn nicht zu hart beurteilen. Er hatte den Chevalier wirklich gern gehabt. Als Ludwig ihn fortschickte, hatte ich Angst, Philipp würde darüber den Verstand verlieren – und er meinte, ich sei verantwortlich für seine Verbannung. Offen gestanden – ich wäre ganz froh, ihn wiederzuhaben, es würde mein eigenes Leben friedlicher machen. Und Philipp ist so eifersüchtig auf mich. Er leidet Qualen, wenn jemand mir ein Kompliment wegen eines neuen Kleides macht. Er war ganz wild, als er hörte, daß ich diese Reise unternehmen sollte. Du wirst es nicht glauben, aber er hat jede Nacht mit mir geschlafen und hoffte, ich würde schwanger werden und die Reise verschieben müssen.« Sie lachte ein wenig darüber, aber es war ein Lachen ohne jede Fröhlichkeit. »So verzweifelt war er! Es ist seltsam«, fuhr sie nachdenklich fort, »aber bevor wir verheiratet waren, glaubte er, er sei in mich verliebt. Jetzt sagt er, der Magen drehe sich ihm bei dem Gedanken um, daß er mit einer Frau ins Bett steigen müsse. Oh, verzeih, Lieber«, sagte sie rasch, als sie sah, wie bleich er geworden war, so bleich, daß eine eigentümliche, fast graue Blässe durch den Bronzeton seiner Haut durchschien. »Ich wollte dir diese Dinge nie erzählen. Es ist nicht so wichtig. Es gibt so viele andere genußreiche Dinge im Leben.«

Plötzlich verzerrte sich Karls Gewicht wie in einem schmerzhaften Krampf, er beugte den Kopf und bedeckte die Augen mit den Handballen. Minette wurde unruhig und streichelte ihn.

»Karl«, sagte sie leise. »Karl, bitte verzeih, daß ich wie eine Närrin spreche.« Sie schob den kleinen Spaniel fort, sprang hastig aus dem Bett und kniete vor ihm nieder, aber er löste die Hände nicht von seinem Gesicht. »Lieber – sieh mich an – bitte.« Sie griff nach seinen Gelenken, und wenn er zuerst auch Widerstand leistete, zog sie doch langsam seine Hände hinunter. »Bruder«, rief sie dann, »was hast du denn?«

Er seufzte schwer; plötzlich entspannte sich sein Gesicht. »Es tut mir leid. Aber, bei Gott, ich könnte ihn mit den bloßen Händen umbringen! Er wird dich nicht länger so behandeln. Ludwig soll zusehen, daß sein Bruder sich bessert, sonst zerreiße ich diesen verdammten Vertrag in Fetzen.«

*

In dem kleinen Raum waren scharlach- und goldfarbene Stoffe mit dem eingewobenen Wappen der Stuarts über die steinernen Mauern gehängt worden. Es brannten eine Menge Kerzen, denn war es auch erst Nachmittag, so war das Zimmer doch dunkel, weil es keine Fenster, sondern nur schmale Schlitze hatte. Ein schwerer Geruch von Parfum und Schweiß belastete die Nüstern. Die Stimmen flüsterten leise und respektvoll, Fächer wurden von schmachtenden Händen auf- und zugeklappt, ein halbes Dutzend Spielleute fiedelten eine sanfte, zärtliche Musik.

Nur Karl und Minette hatten Stühle, die anderen standen zumeist, obgleich einige unter den Männern auch auf Kissen saßen. Monmouth hatte ein Kissen zu den Füßen seiner Tante geschoben und sah, die Arme um seine Knie geschlungen, verehrungsvoll zu ihr auf. Alle waren wieder willige Opfer von Minettes herzbezwingendem Charme geworden, von ihrem Wunsch, geliebt zu werden, und jener Eigenschaft, die sie mit ihrem ältesten Bruder gemeinsam hatte: daß die Menschen sie liebten, ohne recht zu wissen, warum.

»Ich möchte dir irgend etwas geben«, sagte sie zu Karl. »Etwas, das dich an mich erinnern soll.«

»Meine Liebe«, sein Mund lächelte heiter. »Als ob ich dich sonst vergessen würde!«

»Aber erlaube, daß ich dir ein kleines Geschenk mache. Vielleicht ein Schmuckstück – etwas, das du manchmal an dir tragen kannst, damit du an mich denkst.« Sie wandte den Kopf und sprach zu Louise de Kerouaille, die neben ihr stand. Denn Louise war niemals sehr weit, wenn der König im Zimmer war. »Meine Liebe, wollen Sie mir meine Schmuckschatulle bringen – sie ist in der Mittellade.«

Louise machte einen kleinen Knicks; alle ihre Bewegungen waren anmutig. Sie hatte eine Art angeborener Vornehmheit, eine verfeinerte, selbstverständliche Eleganz, die Karl bei Frauen bewunderte, bei den leichtlebigeren Damen seines Hofes aber nur selten vereint fand. Sie war Pariserin bis in die letzte Faser ihres Körpers, den letzten Faden ihres Kleides. Und wenn sie auch unleugbar mit ihm flirtete, so war sie doch niemals aufdringlich oder taktlos oder keck gewesen – sie war eine Frau, die man erobern mußte, bevor man sie besitzen durfte. Karl war, bei all seiner Blasiertheit, durch den Gedanken gereizt, einmal wieder Jäger und nicht Gejagter sein zu können.

Als sie nun, die Schmuckschatulle in den Händen vor Minette stand, sagte er: »Hier ist das Juwel, das ich mir wünsche – laß sie hier in England, Minette.«

Louise errötete, was ihr gut stand, und ihre Augen senkten sich. Einige der englischen Damen machten gekränkte Gesichter. Die Herzogin von Ravenspur und die Gräfin Castlemaine wechselten entrüstete Blicke, denn alle englischen Mätressen waren von der ersten Stunde an gegen Louise verbündet. Aber Minette schüttelte den Kopf.

»Ich bin ihren Eltern verantwortlich, Sire. Sie verlassen sich darauf, daß ich sie zurückbringe.« Und dann, um den peinlichen Augenblick zu überbrücken, fügte sie hinzu: »Hier – nehmen Sie, was Sie wollen – was Sie am häufigsten an mich erinnern kann.«

Karl lächelte mild, weder gekränkt noch verlegen, und wählte unter den Schmuckstücken. Eine Minute später schien er die Episode vergessen zu haben. Doch so war es nicht. Eines Tages, schwur er sich zu, werde ich diese Frau besitzen – und sein Gedächtnis war in diesen Dingen häufig so zuverlässig, wie es in anderen kurz sein konnte.

Gerade jetzt trat die Königin mit einigen ihrer Damen ein, unter ihnen auch, wie immer in diesen Tagen, die Herzogin von Richmond. Seitdem Frances' Gesicht von den Pocken entstellt war, hatte sie sich mit der Königin stets mehr angefreundet, bis sie endlich mit einer Art rührender, vertrauensvoller Hingabe an Ihrer Majestät hing – für die Damen und Herren von Whitehall lediglich ein Grund für verächtliche Erheiterung.

Am nächsten Tag mußte Minette abreisen.

Karl kam mit York, Monmouth und Rupert an Bord des französischen Schiffes und fuhr eine Strecke mit ihr. Seit er sie wiedergesehen, hatte er diese Abschiedsstunde gefürchtet; und jetzt war es ihm, als könnte er sie nicht fortlassen. Denn er wurde die Angst nicht los, daß er sie niemals wiedersehen werde. Sie sah müde, enttäuscht und krank aus.

Dreimal sagte er ihr Lebewohl, dreimal wandte er sich um und umarmte sie nochmals. O mein Gott, Minette«, flüsterte er endlich. »Ich kann dich nicht fortgehen sehen.«

Minette hatte versucht, nicht zu weinen, jetzt aber rollten ihr die Tränen über die Wangen. »Erinnere dich daran, was du mir versprochen hast. Und erinnere dich daran, daß ich dich liebe und daß ich dich immer mehr geliebt habe als alles andere auf Erden. Wenn ich dich nicht wiedersehen sollte . . .«

»Sag das nicht!« Ohne sich dessen bewußt zu werden, schüttelte er sie. »Natürlich werde ich dich wiedersehen. Nächstes Jahr kommst du zurück. Versprich mir das – versprich mir das Minette!«

Minette legte den Kopf zurück und lächelte ihm zu; ihr Gesicht war plötzlich hell und friedvoll. Wie ein gehorsames Kind wiederholte sie: »Ich komme nächstes Jahr zurück – ich verspreche es.«

Achtundsechzigstes Kapitel

Amber ärgerte sich fast ebensosehr wie Karl über Monsieurs Bedingung, daß Minette in Dover bleiben müsse, denn sie hatte gar keine Lust gehabt, London zu verlassen. Bis zum letzten Augenblick hatte sie gezögert, doch als die Königin abreiste, fuhr sie mit. Immerhin fühlte sie sich während dieser ganzen vierzehn Tage von Minettes Besuch unbehaglich und unglücklich. Verzweifelt sehnte sie sich danach, nur wieder in London zu sein und auf irgendeine Art zu versuchen, ihn wiederzusehen. Es war eine tiefe Erleichterung für sie, als die französische Flotte die Segel setzte und Minette heimreiste.

Kaum hatte sie den Palast betreten, wo sie immer ihre Gemächer behielt und häufig benützte, als sie auch schon einen Burschen ausschickte, um etwas über Lord Carlton zu erfahren. Ungeduld und Nervosität machten sie reizbar, und sie fand an allem etwas zu tadeln, bekrittelte das Kleid, das Madame Rouvière eben fertiggestellt hatte, klagte, sie sei von diesem höllischen Kutscher, den man sofort davonjagen müsse, zu Brei gerüttelt worden, und schwor, sie habe noch niemals ein solches Luder gesehen wie diese französische Katze de Kerouaille.

»Und was treibt denn dieser Lausejunge?« fragte sie endlich wütend. »Zweieinhalb Stunden ist er jetz fort! Ich werde ihm den Hintern versohlen lassen!« Und als sie im selben Augenblick sein ruhiges »Madame« hinter sich hörte, drehte sie sich rasch um. »Nun, Bursche!« schrie sie. »Was gibt's? Ist das eine Art, mir zu dienen?«

»Verzeihung, Euer Gnaden. In Almsbury House sagte man mir, Seine Lordschaft sei zur Werft hinuntergegangen.« Bruces Schiffe waren seit August zweimal in Amerika gewesen, und er rüstete sie jetzt zur dritten Fahrt aus. Er wollte erst einen französischen Hafen anlaufen und dann mit den Möbeln, die sie in Paris zu kaufen gedachten, nach Amerika segeln. »Aber als ich zur Werft kam, war er nirgend zu finden. Es hieß, er sei mit einem Kaufmann aus der City zum Mittagessen gegangen, und niemand wußte, ob er heute noch einmal zurückkommen werde oder nicht.«

Amber sah düster zu Boden, die rechte Hand im Nacken. Sie war außerordentlich beunruhigt und in peinlichster Enttäuschung, und zu allen anderen Sorgen kam noch hinzu, daß sie vermutete, sie sei wieder in Hoffnung. Wenn es so war, so mußte es ein Kind Lord Carltons sein, und obgleich sie sich danach sehnte, es ihm zu sagen, wagte sie es dennoch nicht.

»Mylady ist zu Hause«, sagte der Bursche, um doch irgend etwas zu berichten.

»Und wenn sie zu Hause ist!« schrie Amber. »Was geht das mich an? Geh jetzt und störe mich nicht länger!«

Er verbeugte sich respektvoll, aber Amber hatte sich bereits umgedreht und war ganz von ihren eigenen Plänen und Gedanken in Anspruch genommen. Sie war entschlossen, ihn wiederzusehen – auf welche Art auch immer, und es war ihr gleichgültig, daß er nur zu offensichtlich keinen Wert darauf legte, ihr noch einmal zu begegnen. Unvermutet kamen ihr die Worte wieder in den Sinn, die der Bursche gesagt hatte: »Mylady ist zu Hause.« Er war noch keine Minute fort, da hatte sie bereits einen Entschluß gefaßt.

»Nan! Der Wagen soll wieder angespannt werden! Ich will Mylady Carlton einen Besuch machen.« Nan starrte sie betäubt an, und Amber klatschte ärgerlich in die Hände. »Steh nicht mit offenem Mund herum! Tu, was ich dir gesagt habe! Und schnell!«

»Aber Madame«, wandte Nan ein,» ich habe gerade angeordnet, daß der Kutscher fortgejagt werden soll.«

»Sieh zu, daß man ihn noch erwischt! Ich brauche ihn mindestens noch heute!«

Sie lief hin und her, nahm Muff und Handschuhe, Maske, Fächer und Mantel und verließ das Zimmer knapp hinter Nan. In diesem Augenblick kam Susanna aus dem Kinderzimmer, denn man hatte ihr eben erzählt, daß ihre Mutter angekommen sei. Amber gab ihr einen hastigen Kuß und sagte ihr, sie müsse gleich wieder fort. Susanna wollte mitgehen, und als Amber ihr das abschlug, begann sie zu weinen und schließlich heftig mit den Füßen zu stampfen.

»Ich will auch mitgehen!«

»Nein, du gehst nicht, du schlimmes Kind! Und wenn du nicht gleich still bist, kriegst du Prügel!«

Susanna hörte sofort auf zu weinen und sah sie so gekränkt und erstaunt an – denn sonst, wenn Amber für einige Tage verreist war, gab es ein freudiges Wiedersehen und stets auch ein Geschenk –, daß Amber im Nu bezwungen war. Sie kniete nieder, nahm das Kind in die Arme, küßte es zärtlich, streichelte ihm das Haar und erlaubte ihm, heute zum Nachtgebet zu ihr ins Zimmer zu kommen. Susannas Gesicht und Augen waren noch tränennaß, aber als Amber ihr einen raschen Abschiedsgruß zuwinkte, lächelte das Kind bereits.

Doch als Amber im Vorgemach auf Corinna wartete, wünschte sie, sie wäre niemals hergekommen.

Denn sollte Bruce heimkehren und sie finden, dann würde er wütend sein, das wußte sie – und das konnte jede letzte Aussicht, den Streit mit ihm wieder beizulegen, gründlich verderben. Sie fühlte sich elend und fror innerlich bei dem bloßen Gedanken, daß sie dieser Frau jetzt gegenüberstehen sollte. Die Tür öffnete sich, und Corinna trat ein, sichtlich überrascht, als sie Amber erblickte. Aber sie machte einen Knicks und sagte höflich, es sei sehr liebenswürdig von Ihrer Gnaden, sie aufzusuchen. Und dann bat sie Amber, näher zu treten.

Amber stand auf und war nahe daran, irgendeine beliebige Entschuldigung hervorzustottern und wegzulaufen, doch als Corinna zur Seite trat, ging sie in den Salon. Corinna trug einen weiten wallenden Morgenrock aus Seide in warmen rosa und blauen Tönen. Ihr schweres dunkles Haar fiel frei über die Schultern auf den Rücken, zwei oder drei Tuberosen waren darin befestigt, und einen Strauß ihrer Lieblingsblumen hatte sie an den Busen gesteckt.

Oh, wie ich dich hasse, dachte Amber plötzlich in wilder Wut.

Unleugbar hegte Corinna bei all ihren glatten, liebenswürdigen Manieren gegen Amber keine anderen Gefühle. Sie hatte gelogen, als sie Bruce sagte, sie glaube nicht daran, daß er Amber noch immer begegne – und nun erfüllte der bloße Anblick dieser Frau mit dem honigfarbenen Haar und den Bernsteinaugen sie mit tiefem Widerwillen. Sie war beinahe zur Überzeugung gelangt, daß keine von ihnen wirklich Frieden finden könnte, solange sie beide am Leben waren. Ihre Blicke trafen sich, und sekundenlang sahen sie einander in die Augen: zwei Todfeindinnen, zwei Frauen, die denselben Mann liebten.

Amber erfaßte, daß sie etwas sagen mußte, und bemerkte jetzt mit aller Unbefangenheit, die sie aufzubringen vermochte: »Almsbury erzählte mir, daß Sie jetzt bald abreisen wollen.«

»Sobald wie möglich, Madame.«

»Sie werden vermutlich sehr froh sein, London zu verlassen.«

Sie war nicht gekommen, weibische Komplimente zu drechseln, unaufrichtiges Lächeln und geschickt versteckte Stiche zu tauschen; ihre gesprenkelten Augen funkelten hart und rücksichtslos wie die Augen einer Katze, die ihre Beute beobachtet.

Corinna erwiderte ihren Blick; sie war weder außer Fassung noch eingeschüchtert. »Allerdings, Madame, aber nicht aus dem Grund, den Sie vermuten.«

»Ich weiß nicht, was Sie meinen.«

»Das bedaure ich. Ich dachte, Sie würden es verstehn.«

Amber begann, ihre Klauen zu zeigen. O du Hündin, dachte sie. Das werde ich dir heimzahlen. Ich weiß schon, wie ich dich schwitzen machen werde.

»Mir scheint, Madame, daß Sie für eine Frau, die von ihrem Mann betrogen wird, recht hochmütig sind.«

Corinnas Augen weiteten sich ungläubig. Eine Minute lang schwieg sie, dann sagte sie sehr ruhig: »Warum sind Sie hergekommen, Madame?«

Amber beugte sich in ihrem Stuhl vor, hielt krampfhaft ihre Handschuhe, ihre Augen wurden schmal, und sie sprach leise, aber nachdrücklich. »Ich bin gekommen, um Ihnen etwas zu sagen. Ich bin gekommen, um Ihnen zu sagen, daß er mich noch liebt – was Sie auch glauben mögen. Er wird mich immer lieben.«

Corinnas kühle Antwort überraschte sie: »Wenn es Ihnen beliebt, dürfen Sie das immer glauben.«

Amber sprang auf. »Wenn es mir beliebt, darf ich das glauben!« höhnte sie. Rasch trat sie ganz nahe an Corinna heran. »Seien Sie doch nicht so töricht! Sie wollen mir nicht glauben, weil Sie Angst haben. Er hat niemals aufgehört, mich zu sehen!« Ihre Aufregung war gefährlich im Steigen. »Wir haben uns insgeheim getroffen – zwei- oder dreimal in der Woche – in einer Wohnung in Magpie Yard! Alle Nachmittage, wenn sie glaubten, er sei auf der Jagd oder im Theater, hat er mit mir verbracht! Alle Abende, da Sie ihn in Whitehall oder in einem Wirtshause vermuteten, waren wir beisammen.«

Sie sah, wie Corinnas Gesicht weiß wurde und ein kleiner Muskel neben ihrem linken Auge zuckte. So! dachte Amber mit wilder Freude. Das hat getroffen! Darum war sie gekommen: um Corinna zu quälen, sie in ihren empfindlichsten Gefühlen zu stacheln, sie durch das Prahlen mit Bruces Untreue zu demütigen. Amber wollte sie zerbrochen und vernichtet sehen. Sie wollte sich an dem Anblick einer Frau weiden, die so elend und jammervoll geschlagen aussah, wie sie selbst sich fühlte.

»Und was halten Sie jetzt von seiner Treue zu Ihnen?«

Corinna sah sie mit einem gewissen Grauen an. »Ich glaube nicht, daß in Ihnen noch ein Funken Ehrgefühl vorhanden ist.«

Ambers Lippen krümmten sich zu einem häßlichen Höhnen; sie merkte nicht, wie abstoßend sie aussah, es wäre ihr aber auch gleichgültig gewesen. »Ehre! Was, zum Teufel, ist Ehre? Ein Popanz, um Kinder zu schrecken! Dazu allein ist es heute noch gut. Sie können sich ja nicht vorstellen, wie lächerlich Sie uns allen in diesen letzten Monaten waren – wir haben uns über Sie lustig gemacht – und täuschen Sie sich auch darüber nicht, er hat genauso mitgelacht wie wir alle.«

Corinna war aufgestanden. »Madame«, sagte sie kalt, »ich habe niemals eine Frau von schlechteren Manieren kennengelernt. Ich vermag wohl zu glauben, daß Sie aus der Gosse kommen – Sie benehmen sich so, und Sie sprechen so. Ich bin nur darüber erstaunt, daß Sie einem Kind wie Bruce das Leben schenken konnten.«

Amber war völlig verblüfft. Lord Carlton hatte ihr nie gesagt, daß seine Frau wußte, wer die Mutter des Knaben war. Und obgleich Corinna es wußte, hatte sie niemals ein Wort darüber gesprochen, hatte nicht abgelehnt, ihn bei sich zu haben, und schien ihn so aufrichtig zu lieben, als wäre er ihr eigenes Kind.

Guter Gott, diese Frau war ja noch törichter, als Amber geglaubt hatte!

»Sie wußten also, daß er mein Kind ist! Nun, und jetzt wissen Sie auch, wer ich bin! Und wie behagt es Ihnen zu wissen, daß mein Sohn eines Tages Lord Carlton sein wird? Alles, was Ihr Gatte ist und hat, wird eines Tages meinem Kind gehören und nicht den Ihren! Wie schmeckt Ihnen das? Sind Sie wirklich so verdammt tugendhaft und edel, daß Ihnen das gar nicht am Eingeweide nagt?«

»Sie wissen sehr wohl, daß das unmöglich ist, wenn seine Legitimität nicht bewiesen werden kann.«

Sie und Corinna standen jetzt dicht voreinander, eine atmete den Atem der anderen ein, und eine starrte der anderen in die Augen. Amber spürte ein übermächtiges Verlangen, die andere bei den Haaren zu packen, ihr das Gesicht zu zerkratzen, ihre Schönheit, ja ihr Leben selbst zu vernichten. Und doch hielt irgend etwas sie zurück.

»Wollen Sie bitte meine Wohnung verlassen, Madame«, sagte Corinna jetzt, und ihre Lippen waren steif vor Zorn, daß sie kaum die Worte zu formen vermochten.

Da lachte Amber plötzlich, ein hohes, hysterisches Lachen. »Hört sie doch nur!« schrie sie. »Ja, ich werde Ihre Wohnung verlassen. Ich kann gar nicht schnell genug von hier fortkommen.« Mit hastigen ruckweisen Bewegungen nahm sie Muff und Fächer auf, die ihr entfallen waren, und wandte sich noch einmal zu Corinna. Ihr Atem ging keuchend, und jeder Muskel zitterte. Sie vermochte nicht länger zu denken, sondern sagte halb unbewußt etwas, das sie ihr seit langem zu sagen begehrt hatte.

»Sie werden jetzt bald in die Wochen kommen, nicht wahr? Denken Sie dann manchmal an mich! Oder stellen Sie sich vielleicht vor, daß er neben Ihrem Bett sitzen wird wie ein geduldiger Hund und warten wird, bis Sie . . .«

Sie sah, wie Corinnas Augen sich langsam schlossen. In dieser Sekunde tönte eine Männerstimme rauh durch das Zimmer.

»Amber!«

Sie wandte sich rasch um und sah, wie Bruce auf sie zutrat; in seinem Zorn wirkte er wie ein Riese. Sie zuckte zusammen, als wollte sie davonlaufen, aber er packte sie bei der Schulter, drehte sie um und im selben Augenblick schlug seine andere Hand sie ins Gesicht. Sie war sekundenlang völlig geblendet, dann aber sah sie, wie in einem Blitz sein Gesicht über ihr, verzerrt, häßlich – und sie wußte, daß er imstande war, sie zu töten.

Ihre Reaktion war rasch, teils von Furcht und ihrem heftigen Selbsterhaltungsinstinkt bestimmt, teils auch, weil sie längst jede Beherrschung über ihr Denken und Tun verloren hatte. Mit der Wildheit eines Tieres stieß und kratzte und trat sie, kreischte vor Wut und sprudelte jedes häßliche Wort und jeden Fluch hervor, die sie nur kannte. Immer und immer wieder schrie sie, wie sie ihn hasse. In dieser Minute war ihr Verlangen nach Rache so übermächtig, daß sie ihn gern getötet hätte – alle Qualen, die sie jedesmal seinetwegen erlitten, all der Haß, den sie gegen Corinna fühlte, hatten sie gepackt und aus ihr etwas Böses, Gefährliches, Dämonisches gemacht.

Nach dem ersten Wutausbruch hatte Bruce sich sogleich wieder in der Gewalt. Jetzt versuchte er lediglich, sie zur Vernunft zu bringen, aber ihre Kraft, von ihrer Leidenschaft gesteigert, machte es ihm beinahe unmöglich, sie zu überwältigen.

»Amber!« schrie er, um durch ihre Taubheit und Blindheit hindurchzudringen. »Amber, um Gottes willen – beruhige dich doch!«

Die eine Seite seines Gesichtes war wund und blutig, und lange Risse zeigten, wo ihre Nägel seine Wange erreicht hatten. Perücke und Hut waren auf den Boden gefallen, Ambers Kleid war über einer Brust aufgerissen, und ihre Frisur hatte sich gelöst. Corinna konnte sich nicht rühren, und in ihrem Gesicht war Grauen, Furcht und ein Gefühl der Erniedrigung.

Plötzlich ergriff er Amber bei den Haaren und riß sie so heftig, daß die Wirbel zu krachen schienen. Sie stieß einen Schrei aus, und im nächsten Augenblick schlug sie ihn mit der Faust ins Gesicht; ihre Knöchel schmerzten, und sein Kopf schnellte rückwärts. Seine Augen wurden ganz grün,und er umfaßte ihren Hals mit beiden Händen, seine starken, schlanken Finger begannen sich fest zusammenzuschließen. Ihr Gesicht wurde dunkel. Ungestüm riß sie an seinen Händen, ihre Zunge hing aus dem Mund, und die Augen schienen aus den Höhlen zu treten. Sie versuchte zu schreien.

Corinna stürzte auf ihn zu. »Bruce!« rief sie. »Bruce! Du tötest sie!«

Er schien nicht zu hören, aber Corinna hängte sich an seine Arme, hämmerte mit den Fäusten auf ihn ein, und plötzlich löste sich sein Griff. Amber fiel zu Boden wie ein Sack. Mit einem Blick voll unsäglichem Ekel – einem Ekel, der ebensosehr ihm selbst wie Amber zu gelten schien – wandte er sich ab, die Hände erhoben, und starrte die Finger, die noch immer gekrümmt waren, an, als gehörten sie nicht zu seinem Körper. Corinna sah zärtlich und mit einem fast mütterlichen Mitleid auf.

»Bruce«, sagte sie endlich sehr leise, »Bruce – ich glaube, daß du um die Hebamme schicken mußt. Die Schmerzen kommen jetzt öfter.«

Er schaute sie dumpf an, aber nur langsam begann er zu begreifen. »Du hast Schmerzen? O Corinna!« Es war wie ein qualvoller Vorwurf in seiner Stimme. Er hob sie auf und trug sie ins Nebenzimmer zu dem Bett. Dort legte er sie nieder. Das Blut auf seinem Hemd und Rock hatte auch ihr Kleid und die eine Seite ihres Gesichtes besudelt. Er streckte die Hand aus, um es wegzuwischen; dann aber wandte er sich rasch um und eilte aus dem Zimmer.

Zwei oder drei Minuten lang lag Amber bewußtlos auf dem Boden. Als sie langsam zur Besinnung kam, war es ihr, als läge sie in einem warmen, weichen behaglichen Bett. Sie versuchte, die Decke über sich zu ziehen. Es dauerte noch eine Weile, bevor sie wieder so weit war, daß sie sich erinnern konnte, wo sie war und was sich begeben hatte. Sie versuchte, aufzusitzen. Das Blut dröhnte schwer in ihren Ohren und Augen, ihr Hals schmerzte, und sie fühlte sich benommen und betäubt. Sehr langsam gelang es ihr, sich aufzurichten, und sie stand da, als würde sie an einem Haken hängen; ihr Kopf war auf die Brust gesunken, als Bruce jetzt wieder eintrat. Sie sah auf, und er blieb vor ihr stehen.

»Hinaus mit dir!« sagte er. Er sprach ganz leise zwischen den Zähnen. »Hinaus!«

Neunundsechzigstes Kapitel

In den nächsten Tagen verließ Amber kaum ihr Schlafzimmer in Ravenspur House. Besuche wurden nicht vorgelassen, und sie ging nicht ein einziges Mal in den Palast. Irgend jemand brachte das Gerücht auf, Lady Carlton habe sich vergiftet, und sie liege jetzt im Sterben. Andere behaupteten, sie erhole sich von den Folgen einer Abtreibung. Amber war es völlig gleichgültig, was man sagte, nur als Karl sich nach ihrem Befinden erkundigen ließ, wurde ihm mitgeteilt, sie habe einen heftigen Fieberanfall.

Den größten Teil der Zeit lag sie nur auf dem Bett, das Gesicht ungeschminkt, die Haare wirr. Unter ihren Augen waren graue Ränder, und ihre Haut war fahl; sie hatte zu wenig gegessen und zu viel getrunken. Ihre Zunge fühlte sich dick und ledrig an, und sie hatte einen schlechten Geschmack im Mund. Sie wäre am liebsten tot gewesen.

Auch in der Vergangenheit hatte sie bittere Stunden von Einsamkeit, mangelndem Selbstvertrauen, Verzweiflung durchlebt, dies aber war mehr. Was sie auch für die Zunkunft erhofft haben mochte, was ihr in der Gegenwart teuer war, das alles war an jenem Tag in Almsbury House verlorengegangen. In wenigen Minuten hatte sie es zerstört, und diese Zerstörung war vollständig gewesen; nichts schien mehr übrigzubleiben, worauf sich neu aufbauen ließ. Selbst ihre Energie, die unbeugsame Lebenskraft, die niemals versagt hatte, schien jetzt wie verflogen zu sein.

Als Buckingham versuchte, sie für sein neuestes Komplott zu interessieren, fand er sie zu seiner größten Überraschung vollkommen apathisch. Um überhaupt eine Antwort von ihr zu erlangen, mußte er ihr doppelt soviel bieten, wie er vorgehabt hatte. Doch mit seiner gewöhnlichen anfänglichen Begeisterung war er bereit, alles, was ihm von seinem Vermögen geblieben war, an diesen dunkelsten und phantastischsten all seiner Pläne zu wagen. Er hatte nämlich die Absicht, den Baron Arlington zu vergiften.

Amber hörte mit wachsender, wenn auch widerstrebender Bewunderung zu, wie er ihr seinen Plan auseinandersetzte. Endlich schüttelte sie sich in scheinbarem Entsetzen. »Mein Gott, Euer Gnaden, Sie sind ja ein erfindungsreicher Mörder! Und wie denken Sie, mich nachher loszuwerden?«

Buckingham lächelte unschuldig. »Sie loswerden, Madame? Da protestiere ich. Warum sollte ich das? Sie sind mir viel zu nützlich!«

»Natürlich«, erwiderte sie, »es ist Ihnen zweifellos lieber, meinen Kopf auf einem Pfahl an der London Bridge zu sehen als Ihren eigenen.«

»Pah! Seine Majestät würde gegen Sie kein Verfahren einleiten lassen, und wenn Sie seinen leiblichen Bruder ermordet hätten. Er ist viel zu gutmütig gegen alle Frauen, mit denen er einmal geschlafen hat. Aber machen Sie sich keine Sorge, Madame – ich bin kein so plumper Verschwörer, daß ich einen von uns beiden gefährden würde.«

Darüber wollte Amber nicht mir ihm streiten, aber sie wußte sehr wohl, warum er den Plan ohne sie nicht ausführen konnte – er brauchte einen Sündenbock, wenn irgend etwas fehlschlagen sollte. Und sie war derzeit die einzige Frau am Hof, der man zutrauen durfte, daß sie den König dazu brächte, zu glauben oder wenigstens so zu tun, als glaubte er, Arlington sei eines natürlichen Todes gestorben. Wenn ihr das nicht gelang, dann war eben sie es, die auch die Folgen tragen mußte.

Doch Amber rechnete mit keinem Mißlingen. Noch während er ihr seinen Plan entwickelte, hatte sie bereits selbst einen Plan gefaßt. Des Herzogs Plan war geradezu eine Anregung für ihren Scharfsinn, und sie begann, sich von der lähmenden Betäubung zu befreien. Sie glaubte, einen Weg zu sehen, wie sie den Herzog betrügen, den Baron überlisten und mit wenig Gefahr eine Menge Geld ergattern konnte.

Buckingham zahlte ihr zweitausendfünfhundert Pfund, die er ihr versprochen hatte – die andere Hälfte wurde fällig, sobald der Baron sicher in seinem Grabe lag – und Amber ließ Shadrac Newbold kommen, der das Geld abholte. Sie hatte keine Lust zu warten, bis Seine Gnaden ihr die Summe wieder stehlen ließ. Dann aber begab sie sich zu ihrem Rendezvous mit Arlington.

Es war Mitternacht, als sie den Palast in einem Waschkorb verließ, den zwei Träger trugen, von ihren eigenen schmutzigen Hemden und Unterröcken bedeckt, die scheinbar zur Wäscherin gebracht werden sollten. Einen Augenblick später kam Nan zur selben Tür heraus. Sie trug dieselben Kleider und denselben Schmuck, mit denen Amber an diesem Tag gesehen worden war, überdies eine Perücke in Ambers Haarfarbe. Ihr Gesicht war hinter der Maske versteckt. Ein Mann, der seit der Dämmerung in der Nähe des Tores gelungert hatte, sah dem Waschkorb nach und überlegte, ob er ihm folgen solle, da aber erschien Nan, stieg in Ambers große Karosse und fuhr davon. Nun pfiff der Mann seinem eigenen Wagen und folgte doch lieber ihr als dem Waschkorb.

Nan machte eine gemächliche Rundfahrt durch die Stadt bis zur Camomile Street und kicherte, als sie sah, wie der Spion des Herzogs bemüht war, sich in unauffälliger Entfernung von ihr zu halten, sie aber nicht aus der Sicht zu verlieren. Er wartete drei Stunden vor einem Mietshaus auf sie, und als sie wieder fortfuhr, erkundigte er sich bei der Vermieterin, wer im Hause wohne. Als man Mr. Harris nannte, einen jungen Schauspieler von des Herzogs Theater, fuhr er zu Buckingham und erstattete ihm Bericht. Seine Gnaden amüsierte sich höchlich darüber, daß die Herzogin sich mit solch niedrigstehenden Kreaturen einließ, nachdem sie soviel Mühe daran gewandt hatte, um sich über sie zu erheben.

Unterdessen wurde Amber in einen dunklen kleinen Hof eines der elenden Gäßchen von Westminster getragen. Die Träger hatten alle Mühe, ihre Last bis zur Wohnung im dritten Stock hinaufzubringen, und Amber mußte abwechselnd den Atem anhalten oder fluchen, wenn sie spürte, wie der Korb auf jeder Stufe abgesetzt wurde. Doch endlich waren sie oben, stellten den Korb hin und gingen. Als Amber hörte, wie die Tür geschlossen wurde, öffnete sie den Korb, warf die Wäsche beiseite und holte tief Atem. Sie war kaum hinausgestiegen, als auch schon Arlington aus dem Nebenzimmer eintrat – sein schwarzer Mantel schleifte fast am Boden, der Hut war tief in die Stirn gezogen, und in der einen Hand hielt er eine Maske.

»Die Zeit ist kurz, Mylord«, sagte Amber, zog einen Unterrock von ihren Schultern und warf ihn beiseite. »Ich habe Nachrichten von großem Wert – ich bin bereit, sie Ihnen für fünftausend Pfund weiterzugeben.«

Arlingtons Ausdruck blieb unverändert. »Das ist sehr freundlich von Ihnen, Madame. Aber fünftausend Pfund ist ein ansehnlicher Betrag. Ich glaube nicht, daß ich . . .«

Amber unterbrach ihn ungeduldig. »Ich bin keine Krämerin, Mylord, und gebe nichts auf Borg. Ich muß bar bezahlt werden. Aber wir können uns vielleicht einigen. Ich erzähle Ihnen jetzt einen Teil dessen, was ich weiß, und wenn Sie mir morgen das Geld geben, sorge ich dafür, daß der Anschlag mißlingt. Wenn nicht,...« Sie zuckte mit den Achseln, und das war eine klare Andeutung, daß ihm etwas recht Peinliches bevorstünde.

»Für eine Frau ist das eine höchst vernünftige Art zu denken.«

»Es hat jemand vor, Eure Lorschaft zu ermorden. Ich weiß, wann und wie. Wenn Sie zahlen, kann ich das Komplott scheitern lassen.«

Arlington blieb unerschütterlich. Er hatte mehr Feinde, als er wußte und er kannte eine große Zahl von ihnen – dies aber schien ihm doch völlig durchsichtig.

»Ich glaube, daß ich das Komplott selbst zum Scheitern bringen und fünftausend Pfund sparen kann.«

»Wie?«

»Wenn ich eine Anklage erhebe ...«

»Das wagen Sie nicht, und Sie wissen es!«

Sie hatte recht, denn wenn er dem König auch nur eine Andeutung machte, so würde Buckingham wütend werden und das Ganze an die Öffentlichkeit bringen. Und der Herzog war immer noch zu mächtig, hatte große Beziehungen außerhalb des Hofes, in Kreisen, deren Unterstützung der König dringend brauchte. Wenn Arlington ihn jetzt des Mordversuchs anklagte, so konnte der Herzog ihn rascher politisch als mit Gift umbringen. Vielleicht war es überhaupt das, was er wollte – vielleicht hatte er Amber gerade darum ins Vertrauen gezogen. Arlington sah dies als ein neues Beispiel dafür an, daß die Einmischung einer Frau das Leben schwieriger und kostspieliger macht.

»Dies könnte auch einzig und allein ein Komplott sein«, sagte er, »das Sie ersonnen haben, um Geld zu kriegen. Ich glaube nicht, daß jemand wagen wird, den Staatssekretär Seiner Majestät zu vergiften.«

Dieser Bluff verfing bei Amber nicht. Sie lächelte. »Wenn es aber doch jemand wagt, dann sind Sie in einer Woche oder in einem Monat so tot wie ein Hering.«

»Und nehmen wir einmal an, daß ich Ihnen das Geld gebe. Woher weiß ich, daß Sie das Komplott – wenn es überhaupt eines gibt – nicht doch gelingen lassen?«

»So weit müssen Sie mir eben vertrauen.«

Der Baron sah jetzt sehr mißmutig drein. Er wußte, daß sie ihn gefangen hatte, und fand keinen Weg, auf dem er sowohl sein Leben wie sein Geld retten konnte. Denn er durfte es nicht darauf ankommen lassen. Buckingham war, das wußte er sehr wohl, zu gewissen Zeiten und in gewissen Stimmungen durchaus fähig, ihn, ohne mit der Wimper zu zucken, ermorden zu lassen. Und wenn nicht Buckingham, dann irgendein geringerer Feind. Zur Hölle mit diesem Weibsbild! Warum sollte sie fünftausend Pfund von ihm bekommen? Die Dirnen des Königs kamen mit wenig Mühe zu ihrem Geld – aber ihn würde es Monate harter Arbeit kosten, um diesen Betrag wieder zu ersetzen. Niemals hatte er sich so sehr als Gegner aller Frauen gefühlt, aber vor allem der Herzogin von Ravenspur.

»Ich werde das Nötige tun, damit Sie morgen das Geld haben. Gute Nacht, Madame. Und vielen Dank!«

»Kein Grund, Mylord! Ihr Leben ist viel zu wertvoll für England. Ich bin es, die Ihnen zu danken hat.«

Buckinghams Komplott war sehr simpel. Am nächsten Tag brachte er einen hübschen fünfzehnjährigen Burschen, John Newmarch, zu Amber, der zum Haushalt des Barons gehörte. Amber hatte die Aufgabe, ihn davon zu überzeugen, er müsse seinen Herrn zum Wohl des Königs und des Vaterlandes vergiften. War Arlington tot, so wollte Buckingham dem Burschen hundert Pfund geben, erklären lassen, er sei an den Pocken gestorben, und ihn ins Ausland schicken. Doch von alldem hatte der Herzog ihm nichts gesagt, sondern nur, daß die Herzogin von Ravenspur ihn gesehen, Gefallen an ihm gefunden habe und nun seine Bekanntschaft zu machen wünsche. Mit der ganzen frühreifen Verderbtheit, die das Hofleben bewirkte, kam John eifrig zu Amber, fest überzeugt, daß er sehr wohl wußte, was sie von ihm begehrte. Doch er täuschte sich.

Amber ließ ihren Zauber spielen, und John Newmarch war zu allem bereit. Doch nachdem sie Arlingtons fünftausend Pfund erhalten hatte, gab sie ihm lediglich ein harmloses Schlafmittel, das er dem Baron in den Nachttrunk mischen sollte. Am nächsten Morgen hielt Buckingham sie an, als sie auf dem Weg in die Gemächer der Königin war, und sah besorgt und wütend drein.

»Was haben Sie getan?« fragte er. »Er ist in diesem Augenblick beim König.«

Amber blieb stehen und sah ihn an. »Wirklich?« Sie tat sehr überrascht. »Ja – nun, das ist aber höchst seltsam, nicht wahr?«

»Ja, nicht wahr?« wiederholte er spöttisch. »John sagt, er habe seinen Nachttrunk nicht berührt – und er trinkt ihn jeden Abend; ich weiß es, denn ich habe seine Gewohnheiten auskundschaften lassen. Antworte mir, du Dirne! Was hast du getan?«

Sie starrten einander an, und keiner von beiden konnte die Komödie länger aufrechterhalten. In beider Züge war offener Haß. Als Amber ihm jetzt erwiderte, kamen die Worte langsam zwischen ihren zusammengebissenen Zähnen hervor.

»Wenn Sie es wagen, noch einmal so zu mir zu sprechen, Georges Villiers, dann soll der König Verschiedenes zu hören bekommen, was Sie lieber vor ihm geheimhalten möchten.«

Sie wartete seine Antwort nicht ab, sondern drehte sich um und ging. Er zauderte noch einen Augenblick und sah ihr nach, dann drehte auch er sich auf seinem Absatz um und verzog sich in die entgegengesetzte Richtung. Nan hatte ihn mit aufgerissenen Augen beobachtet, dann raffte sie die Röcke und lief Amber nach.

»Mein Gott, Mam! Sie hätten sein Gesicht sehen sollen! Das ist wahrhaftig ein Teufel!«

»Ein Teufel, und die Pocken über ihn! Ich habe keine Angst vor diesem zudringlichen Dummkopf. Ich hätte große Lust ...«

Doch eben, als sie in die Gemächer der Königin eintreten wollte, sah sie Almsbury durch die Menge auf sich zukommen. Er hatte es mit drei anderen Männern, und sie lachten und schwatzten. Sie hatte ihn seit jenem Tag, da sie zuletzt in Almsbury House gewesen war, nicht wiedergesehen, aber jetzt blieb sie stehen und erwartete ihn. Vielleicht konnte er ihr Nachrichten über Bruce geben. Corinna hatte noch am selben Tag einen Sohn geboren, und Amber wußte, daß die Carltons vorhatten, sobald wie möglich nach Frankreich zu segeln. Jetzt sah sie aber verblüfft, wie der Earl, kaum daß er sie bemerkt hatte, kehrt machte und in einem Seitengang verschwand.

»Ah!« rief sie. Ihr war, als hätte er sie in aller Öffentlichkeit geschlagen. Doch sie zauderte nicht, hob die Röcke und eilte ihm durch das Gewimmel nach. Als sie ihn eingeholt hatte, ergriff sie ihn beim Arm.

»Almsbury!«

Widerwillig drehte er sich um und sah sie an, sagte aber kein Wort.

»Was ist denn?« fragte sie. »Warum laufen Sie vor mir davon?«

Er antwortete nicht, sondern zuckte nur die Achseln.

»Sagen Sie, Almsbury, wann fahren Carltons?«

»Bald. Vielleicht morgen oder übermorgen.«

»Hat er jemals ...« Sie zögerte, bevor sie diese Frage stellte, denn sie konnte nicht verkennen, was sie in seinen Augen sah – eine tiefe, harte Mißbilligung. Doch sie sprach es trotzdem aus. »Hat er Ihnen irgend etwas über mich gesagt?«

Er sah sie mit ungeheucheltem Widerwillen an. »Nein.«

»O Almsbury!« rief sie flehend, ohne sich um die neugierigen Blicke zu kümmern, die von allen Seiten auf sie fielen. »Sie dürfen mich nicht auch noch hassen! Ich schwöre Ihnen, daß ich genug gelitten habe – Sie sind der einzige Freund, der mir geblieben ist. Ich weiß nicht, was an jenem Tag mit mir geschehen ist – ich war völlig außer mir. Aber, Almsbury, ich liebe ihn! Und nun fährt er weg, und ich werde ihn nie wiedersehen. Ich muß ihn noch einmal sehen – wollen Sie mir dazu verhelfen? Ich werde kein Wort sprechen – ich will ihn nur sehen. Und ich weiß nicht, wo ich ihn finden soll – er kommt niemals zu Hof. O Almsbury, ich muß ihn wiedersehen!«

Der Earl verzog grimmig den Mund und wandte sich ab. »Nicht mit meiner Hilfe!«

*

Baron Arlington hatte eine Besprechnung mit seinen Ärzten, die ihn mit Blutegeln behandelten. Doch als, ganz unerwartet, der Herzog von Buckingham gemeldet wurde, nahm man die vollgesogenen Tiere hastig ab und versorgte sie in der weithalsigen Flasche, in der sie aufbewahrt wurden. Der Herzog wurde in das Zimmer geführt und fand seine Lordschaft zu Bett, gegen die Kissen gelehnt, überall lagen Akten umher, und an jeder Seite des Bettes saß ein Sekretär und las ihm Briefe vor. Buckingham, in umgänglicherer Stimmung als seit Jahren, verbeugte sich und lächelte mit dem ganzen Charme, den er aufbringen konnte, wenn der Anlaß es lohnte.

»Mylord!«

»Euer Gnaden!«

Auf die Einladung des Barons nahm Buckingham einen Stuhl, setzte sich neben das Bett und sagte mit leiser, aber eindringlicher Stimme: »Ich habe mit Eurer Lordschaft eine Sache von höchster Wichtigkeit zu besprechen.«

Arlington entließ die Sekretäre, obgleich er wußte, daß einer oder auch beide in nächster Nähe erreichbar blieben.

»Ich möchte ehrliches Spiel mit Eurer Lordschaft spielen«, fuhr Bukkingham fort, sobald sie allein waren. »Sie wissen natürlich, daß ich mich eine Zeitlang der Herzogin von Ravenspur für meine Zwecke bedient habe.«

Arlington nickte kaum merklich.

»Und ich habe ebenso wahrgenommen, daß sie auch in Ihren Diensten stand, von uns beiden Geld genommen hat, um gegen uns beide zu arbeiten. Dagegen läßt sich nicht viel sagen, das muß ich einräumen, denn es ist nun einmal Sitte bei Hof. Doch neuerdings habe ich erfahren, daß Ihre Gnaden es unternommen hatte, Eure Lordschaft ermorden zu wollen.«

Darauf ließ Arlingtons kaltes strenges Gesicht eine leise Spur von Überraschung merken. Doch die Überraschung galt der Verwegenheit dieses Mannes, der völlig unverfroren bereit war, jeden Umstand zu seinen Gunsten auszunützen.

»Sie hat die Absicht, mich ermorden zu lassen, sagen Sie?« fragte er mild.

»Ja Sir, das hat sie. Ich kann Ihnen nicht sagen, wie ich es entdeckt habe, aber so viel kann ich Ihnen verraten: die Verschwörung hat ihre Wurzeln in Frankreich, wo verschiedene Personen höchsten Ranges befürchten, Eure Lordschaft könnte versuchen, das Zustandekommen des geplanten Handelsvertrages zwischen unseren beiden Ländern zu verhindern. Jemand hat ihr eine ungeheure Summe gezahlt, um Sie aus dem Wege zu räumen. Ich komme im Namen unserer alten Freundschaft, um Sie vor ihr zu warnen.«

Arlington hatte während dieser Rede den Herzog aus seinen blaßblauen vorspringenden Augen feierlich angeblickt. Irgend etwas hatte Seine Gnaden von seinem Projekt abgeschreckt, und nun wollte der Herzog den Anschein erwecken, als gedächten die Franzosen ihn zu ermorden, damit er sich einem Handelsvertrag nicht widersetzen könnte. Wo er doch bereits einen weit umfassenderen und wichtigeren Vertrag gesiegelt und unterzeichnet hatte! Der Herzog war tatsächlich ein seltenes Phänomen und ebenso interessant zu beobachten wie die Mißgeburten auf der Bartholomäusmesse.

»Dieses Frauenzimmer ist eine verdammte Plage«, fuhr Buckingham fort. »Ich glaube, für den richtigen Preis würde sie sogar Old Rowley vergiften. Aber bei seiner fatalen Schwäche, sich niemals von einem Weib zu trennen, in das er einmal verliebt gewesen war, kann sie sich noch jahrelang an der Macht behaupten – wenn nicht wir beide, Sir, Sie und ich, uns zusammentun, um uns ihrer zu entledigen.«

Arlington preßte die Fingerspitzen gegeneinander. »Und auf welche Art schlägt Euer Gnaden vor, sich der Bedrohung meines Lebens zu entledigen?« Sein Ton war schwach, aber höflich von Spott gefärbt, und um seinen Mund war gleichsam ein Schimmer von Hohn.

Buckingham spielte jetzt gemütliche Offenherzigkeit. »Euer Lordschaft kennt mich zu gut, um zu glauben, daß ich lediglich in Ihrem Interesse handle. Ich habe sie selbst herzlich satt – sie kostet mich eine Menge Geld, und ich habe eigentlich gar nichts davon. Aber wir können nicht wagen, sie zu vergiften oder rauben und wegschaffen zu lassen. Das würde Old Rowley uns niemals vergeben.«

»Euer Gnaden ist ein ritterlicher Herr«, bemerkte der Baron mit gespielter Bewunderung.

»Zur Hölle mit der Ritterlichkeit! Sie muß aus Englad fort, und mir ist es gleichgültig, wie das geschieht, wenn ich nur keine Folgen für mich zu befürchten habe.« Er wollte sie allerdings verschwinden lassen, bevor sie die Möglichkeit besaß, herumzuerzählen, daß er es gewesen war, der es auf das Leben des Barons abgesehen hatte. Seiner Auffassung nach war die Insel kein gemächlicher Aufenthalt mehr für sie beide – und er dachte nicht daran, England zu verlassen.

Arlington ließ seine distanzierte Überlegenheit fallen. Er wußte, daß der Herzog unverschämt log, aber mit dessen Vorhaben war er völlig einverstanden. Denn Ambers Einfluß auf den König war gerade groß genug, um sie als Belästigung erscheinen zu lassen. War sie einmal aus dem Weg, so gab es eben ein Frauenzimmer weniger, mit dem man rechnen mußte. Und er zweifelte nicht daran, daß Buckingham jetzt gründlich von seinem Mordplan geheilt war.

»Ich glaube zu wissen, wie ich sie dazu bringe, England unverzüglich zu verlassen, und sogar mit Begeisterung«, sagte er.

»Wie, um Himmels willen?«

»Euer Gnaden mag mir das überlassen. Sollte mein Plan fehlschlagen, dann tun Sie mit mir, was Sie wollen – meinen Segen haben Sie.«

*

Amber saß in ihrem Wagen und zerriß nervös einen Spitzenfächer in Fetzen. Es war so früh am Morgen, daß der Dunst noch tief in den Bäumen längs des Strandes hing, und die Dächer der großen Häuser verschwanden im Nebel. Das Warten machte sie ganz krank und elend, und fast tat es ihr leid. daß sie gekommen war, denn der Gedanke, ihm jetzt noch einmal gegenüberzustehen, erschreckte sie.

Sie hatte vor einigen Tagen einen von Almsburys Pagen bestochen, und vor etwa einer Dreiviertelstunde hatte er ihr gemeldet, Seine Lordschaft wolle zur Werft gehen. Amber hatte noch geschlafen, als er gekommen war, hatte sich aber schnell angekleidet, flüchtig frisiert und war in einen Wagen gesprungen. Jetzt versuchte sie, während des Wartens mit zitternden Händen ihr Gesicht zu pudern und ihre Lippen zu malen, aber ihre Augen spähten weit öfter angstvoll durch die Wagenfenster als in den Spiegel. Sie hatte den Eindruck, als säße sie schon seit einer Ewigkeit hier und als müßte er längst fort sein. Derzeit hoffte sie das beinahe, denn so verzweifelt sie sich nach einem Wiedersehen sehnte, war doch die Furcht vor ihm vielleicht noch größer.

Plötzlich hielt sie den Atem an und ließ Spiegel und Puderbüchse in den Schoß fallen. Das große Tor von Almsbury House öffnet sich.

Während sie mit leidenschaftlicher, angstvoller Spannung hinschaute, erschienen Bruce und der Earl, sprachen noch ein paar Worte zu jemandem, der hinter ihnen stand, und kamen jetzt die Treppe herunter. Sie bemerkten den Mietwagen nicht, der, vom Nebel halb verhüllt, in der Nähe des Tores wartete. Drei oder vier Minuten blieben sie stehen, und als die Stallknechte ihnen die Pferde brachten, saßen sie auf und ritten in gemächlichem Schritt auf sie zu.

Amber saß steif und zitternd vor Erregung da, überzeugt, daß sie den Mut nicht aufbringen würde, ihn anzusprechen. Dann aber, als sie gerade an dem Wagen vorbeiritten, lehnte sie sich aus dem Fenster und rief:

»Lord Carlton!«

Beide wandten schnell den Kopf. Bruce sah überrascht aus, aber er ließ sein Pferd anhalten, drehte sich halb im Sattel um und blickte auf sie hinunter.

»Madame?«

Seine Stimme sprach zu einer Fremden. Seine Augen hatten sie niemals vorher gesehen.Ambers Hals schwoll schmerzhaft, und sie hätte am liebsten geschrien: Liebe mich nur noch eine Minute, Liebster! Schenk mir ein wenig Glück, an das ich mich erinnern darf.

Ganz leise sagte sie: »Mylady hat sich hoffentlich wieder erholt?«

»Ja, danke.«

Mit gieriger Zärtlichkeit suchte sie in seinen Augen. Irgend etwas mußte doch noch darin sein, irgend etwas, das von all den Jahren übrig war, da sie einander gekannt und geliebt hatten. Doch diese Augen sahen grün und kühl ohne Erregung und ohne Erinnerung auf sie hinunter.

»Fahren Sie bald?«

»Heute, wenn der Wind gut ist.«

Amber wußte, daß sie sich nur lächerlich machte. Mit der größten Anstrengung ihres Lebens flüsterte sie rasch: »Glückliche Reise, Mylord«, dann senkten sich ihre Lider, und ihre geschlossenenen Fäuste preßten sich an ihren Mund.

»Vielen Dank, Madame. Leben Sie wohl.«

Er hatte den Hut wieder aufgesetzt, die beiden Männer zogen die Zügel an, die Pferde setzten sich in Bewegung. Lange blieb Amber steif und regungslos sitzen, dann warf sie sich mit einem Schluchzen in die Kissen zurück. »Weiterfahren!« schrie sie. Langsam rollte der Wagen die Straße entlang. Eine ganze Weile kämpfte sie mit sich, dann aber hielt sie es nicht länger aus. Sie drehte sich um, kniete auf den Sitz und wischte mit der feuchten Handfläche den Dunst von der Scheibe in der Rückwand des Wagens. Sie waren jetzt schon in einiger Entfernung, hatten sich in Trab gesetzt, dichte Nebelstreifen machten sie fast unsichtbar, und sie hätte nicht sagen können, welcher von den beiden Reitern Bruce war.

Um Mittag kam der Page wieder. Er erzählte ihr, daß Lord und Lady Carlton eben auf einer der königlichen Jachten abgereist seien, die Personen von Stand über den Kanal brachten.

Am nächsten Nachmittag erhielt sie einen Brief von Lord Buckhurst, der auf demselben Schiff gefahren war. Amber öffnete das Schriftstück ohne Interesse. »Euer Gnaden«, las sie, »ich glaube, daß meine Nachrichten von einigem Interesse für Sie sein dürften. Lady Carlton ist während der Überfahrt plötzlich erkrankt, und als wir Calais erreichten, war sie bereits tot. Seine Lordschaft soll, wie es heißt, beabsichtigen, unverzüglich nach Amerika zu fahren. Ihr sehr demütiger und ergebener Diener, Madame, Buckhurst.«

*

Es war gerade zu dieser Zeit nicht leicht, eine Fahrgelegenheit zu finden, denn die meisten Handelsschiffe segelten in großen Geleitzügen, die dreimal jährlich abfuhren, schließlich aber entdeckte sie einen Kapitän, der auf einem alten Kasten, den er ›Fortune‹ nannte, nach Amerika fuhr; sie bestach ihn so reichlich, daß er sich bereit erklärte, so rasch wie möglich zu laden und mit der nächsten Flut zu segeln.

»Ich schließe mein Haus zu und tue, als ob ich aufs Land ginge«, sagte sie zu Nan. »Viel kann ich nicht mitnehmen, aber sobald wir eingerichtet sind, lasse ich alles andere nachkommen. O Nan, es ist ...«

»Sagen Sie das nicht«, warnte Nan, »es tut nicht gut, wenn man durch den Tod eines anderen glücklich wird.«

Amber wurde rasch wieder nüchtern. Davor fürchtete sie sich selbst, fürchtete sich davor, so glücklich zu sein, wie sie sich fühlte, fürchtete sich davor, dankbar zu sein, da jetzt das einzige, was sie ersehnt hatte, zur Wahrheit geworden war. Und so wollte sie auch gar nicht daran denken. Sie war ohnehin viel zu sehr beschäftigt, viel zu aufgeregt, um überhaupt zum Nachdenken zu kommen. Doch andererseits sagte sie sich, es sei geschehen, weil Gott es gewollt, weil Er sie einander immer zugedacht habe. Es war so, wie sie nach der Pest zu Bruce gesagt hatte – sie waren vom Beginn aller Zeiten füreinander bestimmt. Doch wie lange dauerte es, ehe er das einsah! Vielleicht erfaßte er es selbst heute noch nicht – aber sobald er sie wiedersah, würde es ihm klar werden. Selbst die unwillkommene Schwangerschaft, die jetzt einwandfrei feststand, paßte in den höheren Plan. Sie waren füreinander bestimmt – ihr Kind würde ihm vergessen helfen.

Amber verbrachte die Nacht in Whitehall, als ob alles in schönster Ordnung wäre, Nan dagegen war in Ravenspur House, um zu packen und die Kinder samt den Kindermädchen zur Abfahrt bereit zu machen. Sie würden zu zehnt sein: Amber, Nan, John Waterman, Tansy, Susanna und Charles und vier Kindermädchen und natürlich Monsieur le

Chien. Als sie um Mitternacht aus dem Hall Theater heimkam, versuchte sie nicht einmal zu schlafen, sondern wechselte die Kleider und verbrachte die Zeit damit, alle ihre Sachen noch einmal zu mustern und zu entscheiden, was nachgeschickt werden sollte.

Doch sie war nicht imstande, zusammenhängend zu denken oder ernsthafte Entscheidungen zu treffen. Kurz vor fünf Uhr erschien einer ihrer Lakaien und meldete, die ›Fortune‹ sei bereit, in einer Stunde die Anker zu lichten.

Amber griff nach dem Mantel und warf ihn um, ließ die Handschuhe fallen und hob sie wieder auf, ging aus der Tür und lief zurück, um ihren Fächer zu holen, und als sie schon bei der Treppe war, erinnerte sie sich, daß sie ihre Maske vergessen hatte. Automatisch kehrte sie um und wollte sie holen, dann aber murmelte sie: »Zum Teufel damit!« und lief weiter. Ihr Wagen stand die ganze Nacht am Palasttor bereit, und mit Nan und den anderen sollte sie am Hafen zusammentreffen.

Als sie aus dem engen Gang in die Stone Gallery gelangte, lief sie geradewegs in eine Gruppe hinein, die aus Lord Arlingtons Gemächern kam. Es war noch halbdunkel, und der Lakai, der die Herren begleitete, trug eine Fackel. Amber blieb stehen, eilte aber gleich weiter. Sie kümmerte sich gar nicht darum, wer die Herren waren, und wäre ohne einen Blick vorübergegangen, wenn nicht eine vertraute Stimme sie angesprochen hätte.

»Guten Morgen, Euer Gnaden.«

Sie sah in das Gesicht des Barons und fragte sich in plötzlicher Panik, ob etwa der König ihren Plan entdeckt und den Baron entsandt habe, um sie an der Abreise zu hindern. In der nächsten Sekunde stand auch Bukkingham, der aus dem Schatten aufgetaucht war, neben ihr. Nun war sie überzeugt, daß es sich um ein Komplott handle. Doch nichts sollte sie zurückhalten – nichts auf Erden! Sie schenkte dem Herzog keinen Blick, sondern hob den Kopf herausfordernd und sah Arlington an.

»Mylord?« Ihre Stimme war kühl und scharf.

»Euer Gnaden ist früh aufgestanden.«

Sie hatte eine billige Lüge bereit. »Lady Almsbury ist plötzlich erkrankt und hat nach mir geschickt. Und ist es nicht auch für Sie sehr früh, Mylord?« fragte sie geradeheraus.

»Allerdings, Madame. Ich habe eine Mission von höchster Wichtigkeit. Eben hat mich die Nachricht erreicht, daß die Schwester des Königs gestern früh gestorben ist.«

Einen Augenblick war Amber so betroffen, daß sie ihre eigenen Angelegenheiten vergaß. »Minette?« fragte sie, »Minette ist tot?«

»Ja, Madame.« Er neigte den Kopf.

»Oh, das ist furchtbar.« Sie fühlte leidenschaftliches Mitleid mit Karl

Dann aber hob der Baron den Kopf wieder und sah sie an. Und plötzlich bemerkte sie ein seltsames, gewissermaßen amüsiertes Aufleuchten in seinen Augen. Sie warf rasch auch Buckingham einen Blick zu – er lächelte. Beide schienen sie auszulachen. Was war das? Was wußten sie

Was war geschehen? Es mußte etwas sein, das sie betraf, etwas Unangenehmes, weil es die beiden gar so erheiterte.

Und dann begriff sie plötzlich erleichtert, daß es darauf nicht länger ankam. Noch eine Stunde, und sie war fort von England, fort von Whitehall und seinen Komplotten und Intrigen, fort für immer. Nie würde sie wiederkommen. Noch gestern hätte sie es nicht für möglich gehalten, daß sie so glücklich darüber sein könnte, England zu verlassen.

Ich habe euch alle satt, dachte sie. Und dann sagte Arlington:

»Ich möchte Sie nicht aufhalten, Madame. Auch Ihr Vorhaben ist wichtig. Sie dürfen nicht zu spät kommen.«

Amber knickste, der Baron verbeugte sich, und sie gingen weiter.

Buckingham sah noch einmal über die Schulter zurück, Arlington nicht, doch dann tauschten sie ein Lächeln. »Die wären wir los«, meinte der Herzog. Und dann lachte er plötzlich. »Herrgott, ich möchte doch dabeisein und ihr Gesicht sehen, wenn sie in Virginia ankommt und Lady Carlton bei bestem Wohlsein findet. Ich gratuliere Ihnen, Sir. Ihr Plan ist besser gelungen, als ich gedacht hätte. Jetzt haben wir dieses unruhige Weibsbild aus unserem Weg geschafft.«

»Ihre Gnaden mag fort sein«, erwiderte Arlington. »Aber darum wird es in Whitehall doch niemals Ruhe geben.« Der Ton seiner Stimme war so, daß Buckingham den Baron argwöhnisch anschaute. Arlington sah ganz harmlos drein. »Kommen Sie, Euer Gnaden, wir haben heute noch Geschäfte von wirklicher Bedeutung zu erledigen.« –

Amber hatte ihre Röcke gerafft und hastete weiter. Draußen war es hell geworden, und die Sonne streifte bereits die Spitzen der Häuser. Ihr Wagen erwartete sie. Als der Lakai sie kommen sah, öffnete er den Schlag und trat in steifer Haltung zur Seite; sie lachte, tippte ihm mit dem Finger auf die reichbetreßte Brust. Unerschütterlich schloß er den Schlag, kletterte zum Kutscher hinauf, und die Pferde zogen an. Noch immer lachend, winkte sie zu den geschlossenen, leeren Fenstern hinauf.

Inhalt

Prolog
Seite 5–15
*
I. Buch
Erstes Kapitel – Achtes Kapitel
Seite 16–106
*
II. Buch
Neuntes Kapitel – Einundzwanzigstes Kapitel
Seite 107–248
*
III. Buch
Zweiundzwanzigstes Kapitel – Zweiunddreißigstes Kapitel
Seite 249–362
*
IV. Buch
Dreiunddreißigstes Kapitel – Fünfundvierzigstes Kapitel
Seite 363–504
*
V. Buch
Sechsundvierzigstes Kapitel – Neunundfünfzigstes Kapitel
Seite 505–651
*
VI. Buch
Sechzigstes Kapitel – Neunundsechzigstes Kapitel
Seite 652–743

Ein Roman um die Eroberung Konstantinopels

Als Band mit der Bestellnummer 10546 erschien:

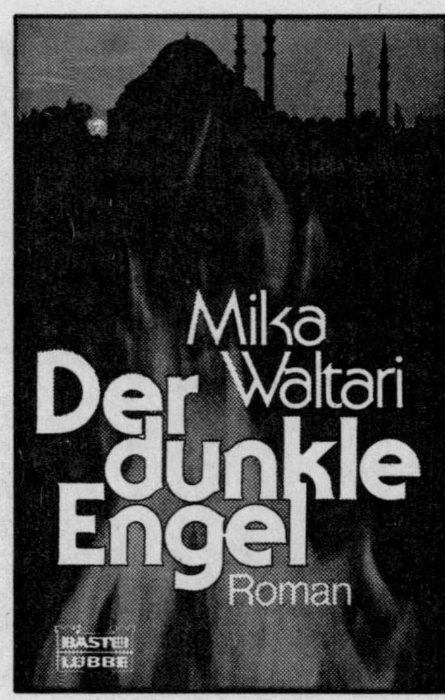

Mit dem Fall dieser mächtigen Stadt am Bosporus im Jahr 1453 ging ein Bollwerk der abendländischen Kultur und des Christentums verloren. Im Mittelpunkt des dramatischen Geschehens steht der Held und Abenteurer Johannes Angelo, dessen Liebe zu einer griechischen Prinzessin vom Untergang Konstantinopels überschattet wird.